D1343265

LE TRÔNE DE FER

L'INTÉGRALE 2

Du même auteur
aux Éditions J'ai lu

Chanson pour Lya, *J'ai lu* 1380
Des astres et des ombres, *J'ai lu* 1462
L'agonie de la lumière, *J'ai lu* 2692
Les rois des sables, *J'ai lu* 8494

Le trône de fer :
1 - Le trône de fer, *J'ai lu* 5591
2 - Le donjon rouge, *J'ai lu* 6037
3 - La bataille des rois, *J'ai lu* 6090
4 - L'ombre maléfique, *J'ai lu* 6263
5 - L'invincible forteresse, *J'ai lu* 6335
6 - Intrigues à Port-Réal, *J'ai lu* 6513
7 - L'épée de feu, *J'ai lu* 6709
8 - Les noces pourpres, *J'ai lu* 6894
9 - La loi du régicide, *J'ai lu* 7339
10 - Le chaos, *J'ai lu* 8398
11 - Les sables de Dorne, *J'ai lu* 8495
12 - Un festin pour les corbeaux, *J'ai lu* 8813
Le chevalier errant suivi de L'épée lige (Prélude au Trône de fer) *J'ai lu* 8885

GEORGE R.R.

MARTIN

LE TRÔNE DE FER

L'INTÉGRALE 2

Traduit de l'américain par Jean Sola

Titre original :
A CLASH OF KINGS
Cet ouvrage a paru en langue française sous les titres suivants :
La bataille des rois, Paris, 2000
L'ombre maléfique, Paris, 2000
l'invincible Forteresse, Paris, 2000

Texte intégral

A John et Gail,
avec qui j'ai tant de fois partagé le pain et le sel

PRINCIPAUX PERSONNAGES

Maison Targaryen (le dragon)

Le prince Viserys, prétendant « légitime » au Trône de Fer, en exil à l'est depuis le renversement et la mort de ses père, Aerys le Fol, et frère, Rhaegar

La princesse Daenerys, sa sœur, épouse du Dothraki Khal Drogo

Maison Baratheon (le cerf couronné)

Le roi Robert, dit l'Usurpateur

Lord Stannis, seigneur de Peyredragon, et lord Renly, seigneur d'Accalmie, ses frères

La reine Cersei, née Lannister, sa femme

Le prince héritier, Joffrey, la princesse Myrcella, le prince Tommen, leurs enfants

Maison Stark (le loup-garou)

Lord Eddard (Ned), seigneur de Winterfell, Main du Roi

Benjen (Ben), chef des patrouilles de la Garde de Nuit, son frère, porté disparu au-delà du Mur

Lady Catelyn (Cat), née Tully de Vivesaigues, sa femme

Robb, Sansa, Arya, Brandon (Bran), Rickard (Rickson), leurs enfants

Jon le Bâtard (Snow), fils illégitime officiel de lord Stark et d'une inconnue

Maison Lannister (le lion)

Lord Tywin, seigneur de Castral Roc

Kevan, son frère

Jaime, dit le Régicide, frère jumeau de la reine Cersei, et Tyrion le nain, dit le Lutin, ses enfants

Maison Tully (la truite)

Lord Hoster, seigneur de Vivesaigues

Brynden, dit le Silure, son frère

Edmure, Catelyn (Stark) et Lysa (Arryn), ses enfants

I

La Bataille des rois

PRÉLUDE

La comète étalait sa queue, telle une balafre sanguinolente, en travers de l'aube mauve et rose qui se levait sur les falaises de Peyredragon.

Cinglé par tous les vents, le mestre la lorgnait du balcon de ses appartements. Là aboutissaient, au terme de leurs longues courses, les corbeaux. Leurs fientes maculaient les deux statues-gargouilles – un cerbère et une vouivre – qui, hautes de douze pieds, le flanquaient, deux des mille dont se hérissaient les antiques murailles de la forteresse. A son arrivée, jadis, cette armée de chimères grotesques l'avait incommodé. Il avait eu tout le temps de s'y faire et considérait même comme de vieux amis ses voisins immédiats. Et c'était de conserve qu'ils contemplaient tous trois ce ciel maléficieux.

Les présages, le mestre n'y croyait pas. Encore que... Tout chenu qu'il était, Cressen n'avait jamais vu de comète comparable à celle-ci. Ni d'un tel éclat, tant s'en fallait, moins encore de cette couleur, de cette effroyable couleur de sang, de crépuscule et d'incendie. Etait-ce une première aussi pour les gargouilles ? Elles dardaient leurs regards sur le vide depuis tant de siècles... *Bien avant moi.* Continueraient de le faire bien après lui. Si seulement les langues de pierre pouvaient parler !

Quelle bouffonnerie. Il se pencha par-dessus le rempart, la mer s'écrasait, furieuse, tout en bas, la rugosité du basalte lui meurtrissait les doigts. *Des gargouilles qui parlent et des prophéties dans le ciel. Tellement vieux, voilà, je retombe en enfance. Pas plus de jugeote qu'un marmot.* En lui retirant la force et la santé, l'âge l'avait-il également privé de la science acquise par toute une vie d'étude ? Etre mestre, avoir obtenu sa chaîne après des années d'apprentissage dans la grande citadelle de Villevieille et en arriver là, la cervelle aussi farcie de superstitions que le plus ignare des rustres, quelle déchéance…

Et pourtant…, pourtant…, la comète, à présent, brûlait même de jour, tandis que de Montdragon, derrière le château, les bourrasques exhalaient des vapeurs grisâtres ; et un corbeau blanc, pas plus tard que la veille, était arrivé de la Citadelle annoncer la fin de l'été, nouvelle qui, pour avoir été dès longtemps pressentie, prévue, n'en était pas moins effrayante. Présages, présages partout. Trop nombreux pour qu'on les récuse. Il avait envie de hurler : que signifie tout cela ?

« Mestre, nous avons de la visite », chuchota Pylos, en homme qui répugne à troubler de solennelles méditations. S'il avait deviné quelles balivernes occupaient Cressen, il aurait glapi. « La princesse aimerait voir le corbeau blanc. » Avec son sens aigu des convenances, il l'appelait désormais princesse, puisqu'aussi bien le seigneur son père était devenu roi. Roi, certes, d'un écueil tout froncé par les flots salés, mais roi tout de même. « Son fou l'accompagne. »

Le vieillard se détourna de l'aube en se cramponnant d'une main à la vouivre pour conserver l'équilibre. « Ramène-moi à mon fauteuil avant de les introduire. »

Agrippé au bras de Pylos, il regagna la pièce. Preste et vif dans sa jeunesse, il avait, à près de quatre-vingts ans, des faiblesses de jambes et le pied instable. Il s'était, deux ans plus tôt, brisé la hanche en tombant, et la fracture ne s'était pas bien ressoudée. Et il n'avait pas été dupe lorsque, à l'occasion de sa maladie, l'année précédente, juste avant que lord Stannis ne retranche l'île, Villevieille avait envoyé Pylos… le seconder, prétendument. Attendre en fait sa mort pour le remplacer, mais il n'en avait cure. Il fallait bien quelqu'un pour lui succéder, dût ce quelqu'un-là trouver la pilule prématurée…

Il se laissa installer derrière ses livres et ses paperasses. « Introduis-la. Il est malséant de faire attendre une dame. » Du bout des doigts, il lui signifia d'avoir à se hâter, mais la débilité de son geste indiquait assez qu'il n'était même plus capable de hâter quiconque. Sa chair était toute ridée, toute tavelée, sa peau si fine qu'y transparaissaient le réseau des veines et l'os comme à nu. Et comme elles tremblaient, ces mains qu'il se rappelait naguère si sûres, si déliées…

Pylos reparut. Aussi timide que jamais, la fillette l'accompagnait. De son étrange démarche en crabe mi-traînard et mi-sautillant la suivait son fou ; un heaume dérisoire le coiffait, taillé dans un vieux seau d'étain ceint d'une couronne où étaient plantés des andouillers surchargés de clarines ; chacun de ses pas trébuchants faisait tintinnabuler celles-ci, en un concert hétéroclite de *ding ding din drelin din drelin dong dong*.

« Qui nous vient donc de si bonne heure, Pylos ? affecta de demander Cressen.

– Moi et Bariol, mestre. » Des yeux d'un bleu sans malice clignotaient vers lui. La pauvre enfant était tout, hélas, sauf jolie. Du seigneur son père elle tenait la ganache carrée, de dame sa mère les consternantes feuilles de chou, et, de son propre cru, comme pour achever de se défigurer, les stigmates de la léprose qui avait failli la tuer au berceau. Sur un bon pan de sa joue et du cou, la chair s'était littéralement pétrifiée, morte et rigide, sous des crevasses, des écailles et des cloques noires et cendreuses. « Pylos m'a dit que vous nous permettriez de voir le corbeau blanc.

– Bien sûr que je permets », répondit-il. Jamais il ne se sentait le cœur de lui refuser rien. La vie ne l'avait-elle pas déjà suffisamment abreuvée de refus ? Shôren, c'était son nom, allait bientôt fêter ses dix ans, et jamais il n'avait vu d'enfant si triste. *Ma honte que cette tristesse*, se dit-il, *une preuve supplémentaire de mes échecs*. « Faites-moi la grâce, mestre Pylos, de monter à la roukerie chercher l'oiseau pour lady Shôren.

– Ce me sera un plaisir. » En dépit de sa jeunesse, à peine vingt-cinq ans, Pylos mettait dans sa politesse la gourme d'un sexagénaire. Que n'avait-il davantage de gaieté, de *vie*, on en manquait si fort, ici… ! Les lieux lugubres avaient besoin de lumière, pas de gourme, et, dans le genre lugubre, Peyredragon se posait un peu là, citadelle isolée, perdue dans le désert des flots, cernée de tempêtes saumâtres, à l'ombre fumante de sa montagne. Comme un mestre va où on l'expédie, que tel est son devoir, Cressen avait suivi lord Stannis, quelque douze ans plus tôt, et servi, bien servi, mais sans jamais parvenir à se plaire dans l'île ni même à s'y sentir en vérité chez lui. C'en était au point que, ces derniers temps, quand le réveillait en sursaut l'affreux cauchemar où figurait la femme rouge, il lui arrivait souvent de se demander où il se trouvait.

En se tournant pour regarder Pylos gravir l'échelle de fer qui menait aux combles, le bric-à-brac bigarré de Bariol sonnailla. « Dans la mer, lâcha-t-il en *ding-din-dongant*, les oiseaux portent des écailles en guise de plumes. Oh, je sais je sais, holà. »

Une chose navrante que ce fou, même pour un fou. S'il avait jamais été capable de déclencher le moindre rire par ses saillies, la mer s'était bien chargée de lui en ôter le talent, non sans le rendre amnésique et semi-idiot. Obèse et flasque, atteint de tremblote et d'épilepsie, l'incohérence était son lot. Et s'il n'amusait plus qu'elle, la petite était aussi la seule à se soucier qu'il fût mort ou vif.

Une fillette disgraciée, un fou sinistre et un mestre sénile pour compléter..., quel trio ! Le genre de conte à faire larmoyer les foules. « Viens t'asseoir, petite. Plus près, plus près, là..., insista-t-il d'un signe. C'est bien tôt pour une visite, l'aube est à peine levée. Tu devrais être pelotonnée dans ton lit.

– Je faisais de mauvais rêves, s'excusa-t-elle. Pleins de dragons. Ils venaient me manger. »

Du plus loin qu'il se souvînt, le mestre l'avait toujours vue hantée de cauchemars. « Nous en avons déjà parlé, protesta-t-il d'un ton doux. La vie ne peut venir aux dragons. Ils sont sculptés dans la pierre, petite. Dans les anciens temps, notre île était, à l'ouest, le dernier avant-poste de l'immense empire de Valyria. Ce sont les Valyriens qui édifièrent cette citadelle, et leur art de façonner la pierre s'est perdu, depuis. Pour sa défense, un château doit comporter des tours partout où ses murailles forment des angles. Ces tours, les Valyriens leur donnaient la forme de dragons pour accentuer l'aspect redoutable de leurs forteresses, tout comme ils en hérissaient les remparts d'innombrables statues-gargouilles en guise de créneaux. »

Enfermant la menotte rose dans sa frêle main tachetée de brun, il la pressa gentiment. « Ainsi, vois-tu, tes craintes sont vaines. »

Shôren demeurait sceptique. « Et le truc qu'on voit dans le ciel ? Matrix et Dalla en parlaient, au puits, et Dalla disait avoir entendu la femme rouge dire à Mère que c'était du souffle de dragons. Si les dragons soufflent, ça signifie bien qu'ils vivent, non ? »

La femme rouge, pensa Cressen avec aigreur. *Cette folle ! Il ne lui suffisait pas de farcir la cervelle de la mère avec ces sornettes ? Il lui fallait encore empoisonner les rêves de la fille ?* Il en toucherait un mot à Dalla. La sommerait de ne plus caqueter à tort et à travers. « Le truc dans le ciel, comme tu dis, n'est qu'une comète, ma douce. Une étoile avec une queue, égarée dans le firmament. Elle ne tardera guère à déguerpir, et nous ne la reverrons plus de notre vivant. Dépêche-toi de la regarder. »

Shôren acquiesça d'un brave hochement. « Mère a dit que le corbeau blanc signifiait la fin de l'été.

– Ça, oui, dame. Les corbeaux blancs ne s'envolent que de la Citadelle. » Ses doigts se portèrent à la chaîne qui cernait son col et dont chaque chaînon symbolisait par un métal spécifique l'une des disciplines où il était passé mestre dans son ordre. Du temps de sa fière jeunesse, il l'avait allégrement arborée ; il la trouvait pesante, à présent, et glacé son contact sur la peau. « Comme ils sont plus grands que leurs congénères et plus intelligents, on les élève pour ne porter que les messages essentiels. Celui que tu vas voir est venu nous annoncer que le Conclave s'est réuni et, après avoir étudié l'ensemble des rapports et des mesures effectuées par les mestres de tout le royaume, a conclu que le grand été touchait à son terme. Avec une durée de dix ans, deux lunes et seize jours, il aura été le plus long connu de mémoire d'homme.

– Il va faire froid, maintenant ? » Enfant de l'été, elle ignorait ce qu'était véritablement le froid.

« Le moment venu, répondit-il. Si les dieux daignent, leur bonté nous accordera la grâce d'un automne chaud et de moissons opulentes pour nous permettre d'attendre l'hiver de pied ferme. » Le dicton du petit peuple avait beau jurer qu'« à long été succède hiver plus long », contes que cela, Cressen répugnait à en effrayer la fillette.

Bariol tintinnabula. « Dans la mer, c'est *toujours* l'été, pontifia-t-il. Les ondines se coiffent de nénimones et se tissent des tuniques d'algues argentées. Oh, je sais je sais, holà. »

Shôren se mit à glousser. « J'aimerais bien en avoir une, tunique d'algues argentées.

– Dans la mer, reprit le fou, la neige s'élève et la pluie est sèche comme l'os. Oh, je sais je sais, holà.

– Il neigera vraiment ? demanda l'enfant.

– Oui », confirma Cressen. *Mais veuillez, par pitié, que cela ne dure pas des années, que cela ne s'éternise pas.* « Ah ! voici Pylos avec l'oiseau. »

Shôren poussa un cri de ravissement. Cressen lui-même devait en convenir, l'oiseau le méritait, superbe, avec sa blancheur neigeuse, sa taille supérieure à celle du plus gros faucon, les prunelles de jais qui, le distinguant des vulgaires albinos, l'attestaient pur corbeau blanc de la Citadelle. « Ici », appela-t-il. L'oiseau déploya ses ailes, prit son essor, traversa la pièce à grand bruit, vint se poser sur la table à côté du mestre.

« Je vais de ce pas m'occuper de votre déjeuner », déclara Pylos. Cressen acquiesça d'un signe et, s'adressant au corbeau : « Je te présente lady Shôren. » L'oiseau hocha sa tête pâle en guise de révérence et « *Lady* », croassa-t-il, « *Lady* ».

La petite en demeura bouche bée. « Il parle !

– Quelques mots. Je t'avais prévenue qu'ils étaient futés.

– Oiseau futé, homme futé, fou futé futé, fit écho le carillon discordant de Bariol. Oh, fou futé futé futé. » Il se mit à chanter. « *Les ombres entrent, messire, dans la danse, danse messire, messire danse*, chantait-il en sautillant d'un pied sur l'autre, alternativement. *Les ombres entendent s'installer, messire, s'installer messire, s'installer messire.* » Et de tant branler du chef, à chaque mot, que les clarines de ses andouillers menaient un tapage d'enfer.

Avec un cri d'effroi, le corbeau blanc prit l'air et s'alla percher sur la rampe en fer de l'échelle de la roukerie. Shôren s'était recroquevillée. « Il me chante ça tout le temps. Je dis : “Arrête !”, il continue. Ça me terrifie. Faites qu'il arrête. »

Et je m'y prends comment ? se demanda le vieillard. *Autrefois, j'aurais pu lui imposer silence pour jamais. Maintenant...*

Il n'était qu'un marmouset, Bariol, lorsque Sa Seigneurie Baratheon, lord Steffon, de tendre mémoire, le découvrit à Volantis où le roi – le vieux roi Aerys II Targaryen qui, à l'époque, conservait encore un semblant de raison – l'avait envoyé chercher sur le continent un parti pour son fils Rhaegar, faute de sœurs à lui faire épouser. « Nous venons de trouver le plus fabuleux des fous, mandait-il à Cressen quinze jours avant de rentrer bredouille de sa mission. L'agilité d'un singe, tout jeune qu'il est, et plus d'esprit qu'une douzaine de courtisans. Il jongle, trousse la charade, sait des tours de magie, chante en quatre langues d'une jolie voix. Nous l'avons affranchi et comptons bien le ramener. Il fera les délices de Robert et saura peut-être même, à la longue, inculquer le rire à Stannis. »

Le souvenir de la missive attrista Cressen. Enseigner le rire à Stannis, personne n'y devait parvenir, Bariol moins que quiconque. Durant la tempête dont la soudaineté, les hululements ne confirmaient que trop l'appellation « baie des Naufrageurs » sombra, juste en vue d'Accalmie, *Fière-à-Vent*, la galère à deux mâts de lord Baratheon. Sous les yeux de Stannis et Robert, debout sur les remparts, elle se fracassa contre les écueils, et les flots l'engloutirent, avec Père et Mère et une centaine de rameurs et de mariniers. Pour lors et durant des jours et des jours, chaque marée déballa sur la grève, au bas du château, sa cargaison fraîche de corps ballonnés.

C'est le troisième jour, alors que le mestre aidait les gens à identifier les cadavres, que le fou refit surface, nu, blanc, tout fripé, tout saupoudré de sable humide. « Un mort de plus », pensa Cressen. Mais lorsque Jommy le saisit aux chevilles pour le traîner vers le tombereau, le gamin revomit de l'eau et se jucha sur son séant. « Foutrement glacé qu'il était pourtant, j'vous dis ! » jura Jommy jusqu'à son dernier souffle.

Deux jours d'immersion..., le mystère demeurait entier. Les pêcheurs se plaisaient à dire qu'en échange de sa semence une sirène lui avait appris à respirer l'eau. Quant à Bariol, il n'en pipait mot, lui. L'être vif et malicieux vanté par lord Stefford n'atteignit jamais Accalmie ; le garçon découvert sur la plage était quelqu'un d'autre, une ruine de corps et d'esprit, à peine à même de parler, moins encore de divertir. Et pourtant, son aspect même attestait son identité. Dans la cité libre de Volantis, l'usage voulait qu'esclaves et domestiques eussent le visage tatoué ; depuis le col jusqu'au sommet du crâne, des carreaux verts et rouges bigarraient le sien.

« Ce pauvre diable souffre, il est dément, ne peut être utile à personne et surtout pas à lui. » Tel fut à l'époque l'avis du vieux ser Harbert, gouverneur d'Accalmie. « Le meilleur service à lui rendre est d'emplir sa coupe de lait de pavot. Un sommeil paisible, et c'en sera fini. Il vous en bénirait, s'il était conscient. » Mais Cressen refusa tout net et finit par imposer son point de vue. Amère victoire... Bariol en avait-il éprouvé la moindre joie ? Impossible de l'affirmer, même aujourd'hui, tant d'années après.

« *Les ombres entrent, messire, dans la danse, messire danse, danse messire* », persistait à chanter le fou, ponctuant chaque mot d'un branle de tête qui vous fracassait les oreilles. *Dong dong din drelin ding dong.*

« *Sire*, piailla le corbeau blanc, *sire, sire, sire.* »

« Les fous chantent à leur gré, soupira le mestre et, dans l'espoir d'apaiser la princesse : Ne prends pas à cœur ses paroles, il ne faut pas. Peut-être, demain, se souviendra-t-il d'une autre chanson, tu n'entendras plus celle-ci. » *Il chante en quatre langues d'une jolie voix*, disait la lettre de lord Steffon…

Pylos entra en trombe. « Daignez me pardonner, mestre.

– Tu as oublié mon gruau… ! » s'amusa Cressen. Une incongruité, de la part de Pylos.

« Ser Davos est revenu durant la nuit, mestre. Toute la cuisine en parlait. J'ai pensé que vous seriez aise d'en être informé sur-le-champ.

– Davos…, cette nuit, dis-tu ? Où est-il ?

– Chez le roi. Ils ont quasiment passé la nuit ensemble. »

Révolu, le temps où lord Stannis aurait fait réveiller Cressen, quelque heure qu'il fût, pour s'assurer de ses conseils. « On aurait dû m'avertir, maugréa-t-il. On aurait dû m'éveiller. » Il se libéra des doigts de Shôren. « Pardon, dame, je dois aller m'entretenir avec votre seigneur père. Pylos, ton bras. Bien qu'il y ait déjà par trop de marches dans le château, il me semble que, chaque nuit, on en rajoute quelques-unes, à seule fin de m'humilier. »

Shôren et Bariol leur emboîtèrent d'abord le pas, mais la démarche languissante du vieillard ne tarda pas à impatienter la petite qui fusa de l'avant, suivie du fou, clopin-clopant, dont les carillons faisaient un vacarme insensé.

Qu'inhospitaliers aux faibles soient les châteaux, Cressen avait tout lieu de s'en souvenir dans l'escalier scabreux qui conduisait au bas de la tour Mervouivre. Lord Stannis, il le trouverait à la chambre de la Table peinte, tout en haut du donjon central à qui son étourdissante capacité de résonance durant les orages avait valu le nom de tour Tambour. D'ici là, il lui faudrait emprunter la galerie, franchir les portes de fer noir de l'enceinte médiane puis de l'enceinte intérieure, sous l'œil des gargouilles qui les gardaient, gravir tant et tant de marches que mieux valait n'y point songer. Si les jeunes gens les grimpaient quatre à quatre, chacune était un martyre pour les méchantes hanches d'un vieillard. Mais comme lord Stannis ne se souciait pas d'aller à lui, force était au mestre de se résigner. Du moins avait-il Pylos pour lui alléger le supplice, et il en rendait grâces aux dieux.

L'interminable galerie qu'ils suivaient, cahin-caha, passait devant une série de hautes baies cintrées d'où l'on jouissait d'une vue plongeante sur la courtine extérieure, la braie et, au-delà, les maisons de pêcheurs. Dans la cour, les cris : « Coche ! bande ! tir ! » rythmaient l'exercice à la cible, et les volées de flèches émettaient des froufrous de plumes affolées. Des gardes arpentaient les chemins de ronde et, de gargouille en gargouille, jetaient un œil sur l'armée qui campait dehors. La fumée des foyers brouillait le petit matin, trois mille hommes se restauraient là, sous la bannière de leurs seigneurs et maîtres respectifs. A l'arrière-plan, le mouillage, une forêt de coques et de mâts. Depuis six mois, aucun des bâtiments qui s'étaient aventurés dans les parages de Peyredragon n'avait été autorisé à reprendre le large. Tout imposante qu'elle était avec ses trois ponts et ses trois cents rameurs, *Fureur*, la galère de guerre personnelle de lord Stannis, paraissait presque naine à côté de telle caraque ou telle gabare pansues qui émergeaient de la cohue.

Les connaissant de vue, les plantons postés devant la tour Tambour laissèrent passer les mestres. « Attends-moi ici, dit Cressen, une fois entré. Mieux vaut que je le voie seul à seul.

– Il y a tant de marches, mestre… », protesta Pylos.

Cressen eut un sourire. « Crois-tu que j'aie pu l'oublier ? Je les ai grimpées si souvent… Je les connais toutes par leur petit nom. »

Il ne tarda guère à se repentir de son procédé. Il se trouvait à mi-parcours et s'était arrêté pour reprendre haleine et donner un peu de répit à sa hanche quand lui parvint un martèlement de bottes. Quelqu'un descendait. Il se retrouva bientôt nez à nez avec ser Davos Mervault. Lequel, le voyant, s'immobilisa.

Un individu mince dont les traits vulgaires proclamaient l'extrace. Usé jusqu'à la trame et aussi maculé de sel et d'écume que décoloré par le soleil, un manteau verdâtre drapait ses piètres épaules. Assortis à ses yeux comme à ses cheveux, chausses marron, doublet marron. Attachée à son col, sous la barbichette poivre et sel, par une courroie pendait une bourse de cuir râpé. La main gauche, estropiée, se dissimulait dans un gant de cuir.

« Ser Davos…, feignit de s'étonner le mestre. De retour ? Depuis quand ?

– A la brune. Mon heure de prédilection. » Pour naviguer de nuit, jamais personne n'était arrivé, disait-on, à la cheville de Davos Courte-Main. Avant d'être fait chevalier par lord Stannis, il s'était taillé dans les Sept Couronnes une réputation de contrebandier hors pair.

« Et ? »

L'homme secoua la tête. « Et il en est comme vous le lui aviez prédit. Ils ne se soulèveront pas, mestre. Pas en sa faveur. Ils ne l'aiment pas. »

Non, songea Cressen. *Ni maintenant ni jamais. Il est énergique, capable, juste…, mmouais, juste jusqu'à l'absurde…, mais cela ne suffit pas. Cela n'a jamais suffi.* « Vous les avez tous rencontrés ?

– Tous, non. Seulement ceux qui ont condescendu à me recevoir. Ils ne m'aiment pas non plus, ces bien-nés. A leurs yeux, je serai toujours le chevalier Oignon. » Il crispa sa main gauche dont les doigts tronqués formèrent un vilain moignon ; Stannis les lui avait tous tranchés à la dernière jointure, le pouce excepté. « J'ai rompu le pain avec Gulian Swann et le vieux Penrose, les Torth ont daigné m'accorder un rendez-vous bucolique à minuit. Quant aux autres, bon…, Béric Dondarrion est porté disparu, d'aucuns le prétendent mort, et Bryce l'Orangé – lord Caron – se trouve auprès de Renly. Il fait partie de la garde Arc-en-ciel.

– La garde Arc-en-ciel ?

– La garde royale que s'est fabriquée Renly, expliqua l'ancien contrebandier. Sept hommes aussi, mais qui, au lieu du blanc, portent chacun sa couleur. Loras Tyrell en est le commandant. »

Un nouvel ordre de chevalerie nippé de neuf et bien rutilant, bien somptueux pour ébouriffer, voilà exactement ce qui pouvait le mieux séduire Renly Baratheon. Dès son plus jeune âge, Renly avait adoré les couleurs vives, les tissus riches, adoré jouer. « Regardez-moi ! criait-il à tous les échos d'Accalmie, tout galops, tout rires. Regardez-moi, je suis un dragon », ou : « Regardez-moi, je suis un mage », ou : « Regardez-moi, regardez-moi, je suis le dieu de la pluie. »

Pour avoir grandi, depuis, pour être devenu adulte, vingt et un ans…, le petit effronté aux cheveux noirs hirsutes et aux yeux rieurs n'en poursuivait pas moins ses batifolages. *Regardez-moi, je suis roi*, s'attrista Cressen. *Oh, Renly, Renly, te rends-tu compte, mon cher garçon, de ce que tu fais ? T'en soucierais-tu, si tu le savais ? Qui, à part moi, s'inquiète de ton sort ?* « Et quels motifs les lords ont-ils invoqués pour refuser ? demanda-t-il.

– Eh bien, là…, certains m'ont bercé de cajoleries, certains rebuté tout court, certains régalé de regrets, certains de promesses, certains se sont contentés de mentir. » Il haussa les épaules. « En définitive, des mots, du vent.

– Ainsi n'aviez-vous aucun espoir à lui rapporter ?

– Que des fallacieux, et je n'avais garde, répondit Davos. Je lui ai dit la vérité. »

Ces seuls mots remémorèrent à mestre Cressen toutes les circonstances de l'adoubement de Davos... Malgré sa maigre garnison, lord Stannis soutient le siège d'Accalmie depuis près d'un an contre les forces conjuguées des lords Tyrell et Redwyne, et ce quoique la mer aussi lui soit interdite, car les galères de La Treille croisent à l'affût, jour et nuit, sous pavillon pourpre ; dans la place, où l'on a dès longtemps mangé chevaux, chiens et chats, les défenseurs en sont réduits à se nourrir de racines et de rats ; survient une nuit de nouvelle lune où, de noires nuées voilant les étoiles, Davos le contrebandier ose dans les ténèbres braver le blocus, ainsi que la baie périlleuse des Naufrageurs. Noir de coque et de rames et de voiles se faufile son cotre, la soute emplie d'oignons et de poisson salé. Piètre cargaison, certes, mais suffisante pour survivre jusqu'à l'arrivée du libérateur, Eddard Stark.

Pour sa peine, Davos reçoit de Stannis, outre des terres de premier choix dans le cap de l'Ire, un petit fort et les honneurs de la chevalerie..., la récompense méritée par des années de contrebande : l'amputation de quatre phalanges de la main gauche. A quoi il consent, sous réserve toutefois que Sa Seigneurie maniera le fer en personne, nul autre qu'elle n'étant digne de le punir. A cet effet, Stannis utilise un hachoir de boucher, seul instrument susceptible d'opérer propre et net, puis Davos se baptise Mervault et, pour blason de sa maison, choisit, sur champ gris perle, un navire noir – aux voiles frappées d'un oignon. Et il répète volontiers, depuis, qu'en lui donnant quatre ongles de moins à tailler et curer lord Stannis l'a gratifié d'une faveur insigne.

Non, se dit Cressen, un homme de cette trempe ne donnait pas de faux espoirs, il assenait crûment la rude vérité. « Breuvage amer que la vérité, ser Davos, même pour un lord Stannis. Son idée fixe est de regagner Port-Réal en possession de toute sa puissance, de tailler en pièces ses ennemis et de réclamer son dû légitime. Or, à présent...

– S'il s'y rend avec ces trois milliers d'hommes, ce ne sera que pour mourir. Il n'a pas l'avantage du nombre. Je me suis acharné à l'en avertir, mais vous connaissez son orgueil. » Davos brandit sa main gantée. « Les doigts me repousseront avant qu'il ne fléchisse devant l'évidence. »

Le vieillard soupira. « Vous avez fait votre possible. A moi, maintenant, de joindre ma voix à la vôtre. » D'un pas lourd, il reprit son ascension.

Le repaire de lord Stannis Baratheon était une vaste pièce ronde aux murs de pierre noire et nue que perçaient quatre espèces de meurtrières orientées vers les points cardinaux. Au centre se dressait la grande table à laquelle il devait son nom : une énorme bille de bois ciselée sur ordre d'Aegon Targaryen avant la Conquête. Longue de plus de cinquante pieds, large de quelque vingt-cinq dans sa plus grande largeur, elle n'en avait pas quatre en son point le plus étroit. Les ébénistes du roi l'avaient en effet façonnée d'après la carte de Westeros, y découpant si précisément chaque golfe, chaque péninsule qu'elle ne comportait en définitive aucune ligne droite. Quant au plateau, noirci par près de trois siècles de vernis, les peintres y avaient représenté les Sept Couronnes dans leur état d'alors, avec leurs fleuves et leurs montagnes, leurs villes, leurs châteaux, leurs lacs et leurs forêts.

Le seul siège que comportât la pièce se trouvait très précisément installé devant le point qu'au large des côtes de Westeros occupait Peyredragon, et on l'avait surélevé pour jouir d'une vue cavalière globale. S'y tenait, étroitement corseté de cuir et culotté de bure brune, un homme à qui l'irruption de mestre Cressen fit lever les yeux. « Je savais que *tu* viendrais, vieux, que je t'appelle ou non. » Nulle aménité dans sa voix. Une denrée rare en toute occurrence.

En dépit de sa large carrure et de ses membres musculeux, Stannis Baratheon, sire de Peyredragon et, par la grâce des dieux, légitime héritier du Trône de Fer des Sept Couronnes de Westeros, avait une rigidité de chair et de physionomie qui évoquait invinciblement les cuirs mégissés au soleil jusqu'à devenir coriaces comme acier. *Dur* était le qualificatif que lui appliquaient ses hommes, et dur il était. Bien qu'il n'eût pas trente-cinq ans révolus, seul lui demeurait un tour de fins cheveux noirs qui, derrière les oreilles, lui cerclait le crâne comme l'ombre d'une couronne. Son frère, le feu roi Robert, s'était laissé vers la fin de sa vie pousser une barbe dont, sans l'avoir jamais vue, Cressen savait par ouï-dire que c'était une rude chose, hirsute et drue. Comme en réplique, Stannis portait des favoris taillés strict et court qui, telle une ombre bleu-noir, barraient ses pommettes osseuses et sa mâchoire carrée. D'un bleu sombre comme mer nocturne, ses yeux vous faisaient, sous d'épais sourcils, l'effet de plaies ouvertes. Sa bouche avait de quoi désespérer le fou le plus comique ; réduite à un fil exsangue et crispé, cette bouche taillée pour la menace, la réprobation, le laconisme et les ordres secs avait oublié le sourire et toujours ignoré le rire. Parfois, la nuit, lorsque l'univers redoublait de silence et de calme, mestre Cressen se figurait entendre lord Stannis, au cœur de la forteresse, grincer des dents.

« Autrefois, vous m'auriez fait éveiller, dit-il.

– Tu étais jeune, autrefois. Maintenant, te voilà vieux, cacochyme, et tu as besoin de sommeil. » Il n'avait jamais pu apprendre à mâcher ses mots, à dissimuler ni flatter ; il disait sa pensée, et au diable qui n'appréciait pas. « Je savais que tu ne tarderais guère à connaître les propos de Davos. C'est ton habitude, non ?

– Si ce ne l'était, je ne vous servirais à rien, répliqua Cressen. J'ai croisé Davos dans l'escalier.

– Et il t'a tout déballé, je présume ? J'aurais dû lui raccourcir la langue, en plus des doigts.

– Riche émissaire que vous auriez eu là.

– Pauvre émissaire de toute façon. Les seigneurs de l'orage ne se soulèveront pas pour moi. Il semble qu'ils ne m'aiment point, et la justice de ma cause ne leur est de rien. Les pleutres demeureront tapis derrière leurs murs à guetter le sens du vent pour mieux rallier le vainqueur probable. Les téméraires se sont déclarés en faveur de Renly. De *Renly* ! » Il cracha le nom comme s'il se fût agi d'un poison.

« Votre frère est sire d'Accalmie depuis treize ans. Ces derniers sont ses bannerets liges, et…

– *Ses*, coupa Stannis, quand ils devraient être les miens. Je n'ai jamais demandé Peyredragon. Je ne l'ai jamais désiré. Je m'en suis emparé parce que les ennemis de Robert s'y cramponnaient et qu'il m'a ordonné de les en extirper. J'ai armé sa flotte et fait sa besogne, en cadet respectueux de ses devoirs vis-à-vis de l'aîné – Renly me devrait la pareille –, et comment Robert me remercie-t-il ? En me faisant sire de Peyredragon et en donnant Accalmie et ses revenus à *Renly*. Voilà trois siècles qu'Accalmie est l'apanage de notre maison ; il me revenait de plein droit, quand Robert s'est adjugé le Trône de Fer. »

Un vieux grief, jamais digéré, et pour l'heure moins que jamais. La faiblesse actuelle de lord Stannis prenait en effet sa source dans le fait que, tout vénérable et fort qu'était Peyredragon, de son allégeance ne relevait qu'une poignée de noblaillons dont les possessions insulaires quasi désertes offraient plus de rocaille que de combattants. Stannis avait eu beau recruter des reîtres dans les cités libres de Myr et de Lys, l'armée qu'il faisait camper sous ses murs était beaucoup trop maigre pour abattre la puissance des Lannister.

« Robert vous a lésé, rétorqua posément mestre Cressen, mais pour des motifs judicieux. Peyredragon avait été longtemps le siège de la maison Targaryen. Il lui fallait là, comme gouverneur, un homme énergique, et Renly n'était qu'un gamin.

– Il est toujours un gamin, trancha Stannis avec une colère qui fit tonner la pièce vide, un gamin chapardeur qui n'aspire qu'à m'escamoter la couronne. De quels exploits peut-il se prévaloir pour briguer le trône ? Il siège au Conseil, blague avec Littlefinger et, dans les tournois, n'endosse sa superbe armure que pour s'offrir le luxe d'être démonté par meilleur que lui. Voilà sur quel bilan mon cher frère fonde ses prétentions à la royauté. Je te le demande, pourquoi les dieux m'ont-ils affligé de *deux* frères ?

– Je ne saurais répondre à la place des dieux.

– Tu me sembles fort à court de réponses, ces temps-ci. Qui sert donc de mestre à Renly ? je l'enverrais chercher, ses conseils me conviendraient mieux. Qu'a dit ce mestre, à ton avis, quand mon frère se mit en tête de me voler ma couronne ? Quel conseil ce collègue à toi donna-t-il à ce traître de mon sang à moi ?

– Je serais surpris que lord Renly demande conseil à quiconque, Sire. » Pour hardi que fût devenu le dernier des trois fils de lord Steffon, il agissait à l'étourdie, de manière plus impulsive que calculée. En quoi il ressemblait, comme à tant d'autres égards, à Robert et différait absolument de Stannis.

« *Sire...*, répéta ce dernier d'un ton aigre. C'est te ficher de moi que me régaler de ce style royal. Sur quoi régné-je ? Peyredragon et quelques écueils du détroit, voilà mon royaume. » Dévalant de son siège, il vint se camper devant la table où son ombre barra l'embouchure de la Néra et les forêts peintes qu'avait supplantées Port-Réal. Et il couvait du regard, là, debout, le royaume qu'il entendait revendiquer, ce royaume à portée de main qui se trouvait au diable. « Ce soir, je dois souper avec mes bannerets – ce qui m'en tient lieu. Celtigar, Velaryon, Bar Emmon, enfin toute cette pitoyable clique. Du petit bétail, pour ne rien celer, les rogatons, bref, qu'ont daigné me laisser mes frères. Sladhor Saan, le pirate de Lys, m'y harcèlera de sa dernière ardoise, tandis que Morosh de Myr m'assommera en me chapitrant sur les tempêtes et les marées d'automne, et que ce cagot de lord Solverre me marmottera la volonté des Sept. Celtigar voudra savoir quels seigneurs de l'orage se joignent à nous. Velaryon menacera de plier armes et bagages si nous ne frappons tout de suite. Que leur répondre ? Que faire, maintenant ?

– Vos véritables ennemis sont les Lannister, messire, opina Cressen. Si vous et votre frère faisiez cause commune contre eux…

– Je ne traiterai pas avec Renly, rétorqua Stannis d'un ton à interdire toute discussion. Aussi longtemps qu'il usurpera le titre de roi.

– Pas de Renly, alors », concéda le mestre. Il le savait aussi têtu qu'orgueilleux et, une fois résolu, incapable de la moindre concession. « D'autres seraient aussi à même de vous seconder. Depuis qu'on l'a proclamé roi du Nord, le fils d'Eddard Stark dispose des forces conjointes de Winterfell et de Vivesaigues.

– Un godelureau, lâcha Stannis, et un faux roi de plus. Me faut-il accepter l'éclatement du royaume ?

– Un demi-royaume vaut à coup sûr mieux qu'aucun, suggéra Cressen, et si vous aidez le garçon à venger le meurtre de son père…

– Pourquoi devrais-je venger Eddard Stark ? Il ne m'était rien. Oh, certes, *Robert* l'aimait. L'aimait comme un frère, combien de fois l'ai-je entendue, cette rengaine ? Son frère était *moi*, pas Ned Stark, mais qui l'eût cru, vu la manière dont il me traitait ? Pendant que je tenais Accalmie pour lui et regardais mes braves crever de faim, Mace Tyrell et Paxter Redwyne se gobergeaient sous mon nez. M'en remercia-t-il ? Nenni. C'est *Stark* qu'il remercia pour avoir fait lever le siège, alors que nous grignotions, nous, des racines et des rats. Sur les ordres de Robert, j'armai une flotte et, en son nom, m'emparai de Peyredragon. Me prit-il la main en disant : *Bravo, mon frère, que pourrais-je faire sans toi ?* Nenni. Il me blâma de m'être laissé filouter Viserys et sa nouveau-née de sœur par Willem Darry – comme si j'avais pu l'en empêcher. J'ai siégé à son Conseil quinze ans durant, aidé Jon Arryn à gouverner le royaume pendant que Robert courait la pute et se soûlait, mon frère me nomma-t-il sa Main ? Nenni. Il partit au triple galop retrouver son bien-aimé Ned Stark et lui en décerna l'honneur. Dont leur advint à tous deux grand bien.

– Soit, messire, convint Cressen par diplomatie. On vous a repu de couleuvres, mais poussière que le passé. Une alliance avec les Stark peut vous assurer l'avenir. Vous pourriez du reste en sonder d'autres. Lady Arryn, par exemple. Si la reine a assassiné son mari, sûrement brûle-t-elle d'en obtenir réparation. Elle a un fils, l'héritier du Val. Des fiançailles avec Shôren…

– Il est débile, égrotant, objecta Stannis. En me priant de le prendre pour pupille à Peyredragon, son père lui-même en était conscient. Le service de page aurait pu améliorer son état, la maudite Lannister a tout flanqué par terre en faisant empoisonner lord Arryn et, maintenant, la Lysa nous embusque le môme aux Eyrié. Jamais, je t'en fiche mon billet, jamais elle ne se séparera de lui.

– Dans ce cas, que ne lui expédiez-vous Shôren ? insista le mestre. Peyredragon est lugubre pour un enfant. Que son fou l'accompagne, ce visage familier lui adoucira le dépaysement.

– Familier et hideux. » L'effort de réflexion lui laboura le front. « Toutefois… Cela vaut peut-être la peine d'essayer…

– Hé quoi ! s'indigna une voix acerbe, le maître légitime des Sept Couronnes devrait mendier l'appui de veuves et d'usurpateurs ? »

Mestre Cressen se retourna, s'inclina. « Madame », dit-il, fort marri de ne l'avoir pas entendue entrer.

Lord Stannis s'était renfrogné. « Je ne mendie pas. Auprès de personne. Veille à t'en souvenir, femme.

– Je suis charmée de l'apprendre, messire. » Aussi grande que son mari, maigre de corps comme de visage, lady Selyse avait d'immenses oreilles et, sous son nez pointu, le spectre d'une moustache. Elle avait beau le plumer tous les jours en le maudissant, le poil s'obstinait à lui orner la lèvre dès le lendemain. Elle avait des yeux délavés, la bouche sévère, une voix de fouet qu'elle fit claquer derechef : « Lady Arryn te doit allégeance, ainsi que les Stark et ton frère et tous les autres. Toi seul es leur authentique souverain. Il serait messéant de chicaner, marchander avec eux quant à ce qui te revient légitimement par la grâce du dieu. »

Du, disait-elle, et non *des*. La femme rouge l'avait conquise, cœur et âme, détournée des dieux, tant nouveaux qu'anciens, révérés dans les Sept Couronnes, et convertie au culte de celui qu'on appelait le Maître de la Lumière.

« Point ne me chaut la grâce de ton dieu, répliqua Stannis, qui ne partageait pas les ferveurs nouvelles de sa moitié. Ce n'est pas de punaiseries que j'ai besoin, mais d'épées. Aurais-tu, quelque part, une armée secrète, à mon propre insu ? » Le ton était tout sauf affectueux. Les femmes, y compris la sienne, avaient toujours mis Stannis mal à l'aise. Lorsque ses fonctions de conseiller l'avaient requis à Port-Réal, il s'était gardé d'emmener Selyse et Shôren. Là-dessus, peu de lettres et moins encore de visites ; il accomplissait ses devoirs conjugaux une ou deux fois l'an, sans joie, et les fils qu'il en espérait n'avaient jamais vu le jour.

« Mes frères, mes oncles, mes cousins possèdent des armées, répliqua-t-elle. La maison Florent ralliera ta bannière.

– Ta maison Florent m'alignera deux mille hommes, au mieux. » Il passait pour connaître à la virgule près les forces respectives de chaque maison des Sept Couronnes. « Et tu accordes à tes frères et oncles infiniment plus de crédit que moi, dame. Les domaines Florent se trouvent beaucoup trop près de Hautjardin pour que le seigneur ton oncle ose affronter l'ire de Mace Tyrell.

– Il existe un autre moyen. » Elle se rapprocha. « Mettez-vous à votre fenêtre, messire. Vous verrez le ciel armorié du signe que vous attendiez. Rouge, d'un rouge de flamme, d'un rouge qui symbolise le cœur ardent du vrai dieu. C'est *sa* bannière – et la vôtre ! Voyez comme elle flotte et se déploie dans le firmament, telle la brûlante haleine d'un dragon, quand vous êtes vous-même seigneur et maître de Peyredragon… Elle l'indique assez, votre heure est venue, Sire. Rien n'est plus certain. Vous êtes, à l'instar d'Aegon le Conquérant, jadis, appelé à appareiller de ce roc désolé et, comme lui, jadis, à tout balayer sur votre passage. Il vous suffit de prononcer le mot, embrassez l'omnipotence du Maître de la Lumière.

– Combien d'épées le Maître de la Lumière, insista Stannis, mettra-t-il à ma disposition ?

– Autant que nécessaire, promit-elle. D'abord celles d'Accalmie et de Hautjardin, plus toutes celles de leurs vassaux.

– Davos te dirait le contraire, objecta Stannis. Ces épées ont prêté serment à Renly. Le charme de mon jeune frère opère, on l'aime comme on aimait Robert…, et on ne m'a jamais aimé.

– Certes, admit-elle, mais que Renly meure… »

Comme les yeux rétrécis de Stannis la scrutaient longuement, Cressen n'y tint plus : « Il n'y faut pas songer. De quelques foucades que Renly se soit rendu coupable, Sire…

– *Foucades ?* J'appelle cela trahison. » Stannis revint à sa femme. « Outre sa force et sa jeunesse, mon frère a pour lui des troupes nombreuses, sans compter ses arcs-en-ciel de chevaliers.

– Dans les flammes, Mélisandre a lu sa mort. »

Le mestre balbutia, horrifié. « Un fratricide…, ceci est *mal*, messire, impensable…, écoutez-moi, je vous en conjure ! »

Lady Selyse le toisa. « Et que lui direz-vous, mestre ? Qu'il peut obtenir un demi-royaume en allant à deux genoux supplier les Stark et en vendant notre fille à lady Arryn ?

– Je connais ton opinion, Cressen, dit lord Stannis. A elle, maintenant, de m'exposer la sienne. Retire-toi. »

Le mestre ploya roidement un genou. Et les yeux de lady Selyse ne cessèrent de peser sur lui qu'il n'eût, à pas poussifs, achevé de se retirer. Tout juste était-il encore capable de se tenir droit lorsqu'il atteignit le bas de l'escalier. « Aide-moi », dit-il à Pylos.

Une fois de retour dans ses appartements, il le renvoya et, une fois de plus, boitilla jusqu'au balcon pour regarder les flots, debout entre ses gargouilles. L'un des vaisseaux de guerre de Sladhor Saan cinglait au large. Zébrée de couleurs gaies, sa coque fendait les lames gris-vert au rythme cadencé des rames. Un promontoire finit par le lui dérober. *Que n'est-il aussi facile à mes craintes de s'évanouir.* N'avait-il tant vécu que pour subir cela ?

En prenant le collier, les mestres avaient beau renoncer à tout espoir de paternité, Cressen n'en connaissait pas moins les sentiments d'un père. Robert, Stannis, Renly… trois fils qu'il avait élevés lui-même, après la disparition de lord Steffon dans la mer rageuse. S'y était-il donc si mal pris qu'il lui fallût voir maintenant l'un d'entre eux assassiner l'autre ? Impossible de le permettre, non, cela, il ne le *permettrait* pas.

A l'origine de cette infamie, la femme. Pas lady Selyse, *l'autre*. La femme rouge, comme l'appelaient les serviteurs, de peur de prononcer son nom. « Je le prononcerai, moi, dit-il au cerbère de pierre. Mélisandre. *Elle.* » Mélisandre d'Asshai, sorcière et larve-noue, prêtresse de R'hllor, Maître de la Lumière, Cœur du Feu, dieu de la Flamme et de l'Ombre. Mélisandre et sa démence à qui il fallait interdire de se propager au-delà de Peyredragon.

Après l'éblouissement du matin, sombre et maussade lui sembla son cabinet. D'une main mal assurée, le vieillard alluma un bougeoir qu'il emporta sous l'escalier de la roukerie. Là reposaient, bien en ordre sur leurs étagères, ses onguents, potions, médicaments divers. Le rayonnage du bas recelait, derrière une rangée trapue de pots d'argile à baume, une fiole de verre indigo, pas plus haute que le petit doigt. A peine agitée, elle crépita. L'ayant dépoussiérée d'un souffle, Cressen l'emporta jusqu'à sa table et, s'affaissant dans son fauteuil, la déboucha et en répandit le contenu. Une douzaine de cristaux, pas plus gros que des graines, et qui roulèrent en cliquetant sur le grimoire qu'il étudiait. La lueur de la bougie les faisait scintiller comme des joyaux, mais dans un ton si violacé que le mestre se prit à penser qu'il le voyait vraiment pour la première fois.

Autour de sa gorge, la chaîne devenait extrêmement pesante. Du bout de son petit doigt, il effleura l'un des cristaux. *Le pouvoir de vie et de mort dans ce volume infinitésimal.* La plante qui servait à les fabriquer ne poussait que dans les îles de la mer de Jade, à mi-distance de l'antipode. Après avoir laissé vieillir les feuilles, on les mettait à mariner dans un bain de limons, d'eau sucrée, d'épices rares en provenance des îles d'Eté ; on pouvait ensuite les jeter, mais il fallait encore ajouter des cendres pour épaissir la décoction et lui permettre de cristalliser. Un processus lent, malaisé, qui réclamait des ingrédients coûteux et difficiles à se procurer. Les alchimistes de Lys en savaient le secret, cependant, tout comme les Sans-Visage de Braavos..., ainsi que les mestres de son propre ordre, encore que ce sujet de conversation-là demeurât réservé à l'enclos de la Citadelle. Le monde entier savait que l'anneau d'argent de leur chaîne symbolisait l'art de guérir – mais le monde aimait mieux ignorer que savoir guérir implique aussi savoir tuer.

Cressen ne se rappelait plus quel nom les gens d'Asshai donnaient à la feuille ni les empoisonneurs de Lys au cristal. A Villevieille, on disait simplement : *l'étrangleur*, parce que, dissous dans le vin, il resserrait les muscles de la gorge en un tel étau qu'il devenait absolument impossible de respirer. On disait que la face de la victime s'en violaçait du même ton que le cristal mortel, mais il suffisait, après tout, de s'étouffer par gloutonnerie pour s'offrir cette carnation.

Or, il se trouvait que, ce soir même, lord Stannis allait festoyer ses bannerets, son épouse..., ainsi que la femme rouge, Mélisandre d'Asshai.

Il faut me reposer, se dit mestre Cressen. *Il me faudra toute mon énergie, quand viendra la nuit. Il ne faut pas que ma main tremble, ni que me défaille le cœur. Ce que je vais faire est abominable, mais je le dois. Les dieux, s'il en est, ne manqueront pas de me pardonner*. Il avait si peu, si mal dormi ces derniers temps. Un brin de somme le revigorerait pour affronter l'épreuve. Cahin-caha, il se traîna jusqu'à son lit. Et cependant, à peine eut-il fermé les yeux que la comète lui apparut, brillante et rouge et féroce et formidablement vivante au sein des rêves ténébreux. *Peut-être est ce ma comète*, songea-t-il dans un demi-sommeil avant de sombrer définitivement. *Un présage de sang, la prédiction d'un meurtre..., oui...*

A son réveil, il faisait nuit noire, la chambre était plongée dans les ténèbres, chacune de ses articulations le faisait souffrir. Il se dressa vaille que vaille, la tête lourde d'élancements, rattrapa sa canne, finit par se jucher sur ses pieds. *Si tard*, pensa-t-il. *Ils ne m'ont pas fait appeler*. On le conviait toujours aux festins. Sa place était près du ser, aux côtés de lord Stannis. Devant ses yeux flotta l'image de ce dernier, non point de l'homme qu'il était mais du garçonnet d'autrefois, froid comme l'ombre où il campait, tandis que le soleil nimbait son aîné. En toutes choses, Robert se montrait plus prompt, mieux doué. Pauvre gosse... – allons, vite, vite, il y allait de *son* salut.

Les cristaux gisaient toujours sur le grimoire, il les y rafla. A défaut de bague à chaton truqué comme celles qu'à en croire la rumeur utilisaient de préférence les empoisonneurs de Lys, le mestre avait des quantités de poches grandes et petites cousues dans ses vastes manches. Il faufila dans l'une d'elles les graines d'étrangleur, ouvrit sa porte, appela : « Pylos ? Tu es là ? » et, n'obtenant pas de réponse, haussa le ton : « Pylos, viens m'aider ! » Silence. Un silence d'autant plus bizarre que la cellule du jeune homme se trouvait à portée de voix, quelques marches à peine plus bas.

A la fin, Cressen dut héler ses domestiques. « Hâtez-vous, leur dit-il. Je me suis oublié à dormir et, maintenant, le festin sera commencé..., les libations... On aurait dû me réveiller. » Qu'était-il advenu de mestre Pylos ? En vérité, son absence était inconcevable...

Il dut à nouveau longer la galerie. La brise nocturne y murmurait, de baie en baie, d'aigres murmures à goût de mer. Sur les remparts de Peyredragon vacillaient des torches et, dessous, dans le camp, se discernaient, telle une moisson d'étoiles jonchant la terre, des centaines et des centaines de foyers. Là-dessus flamboyait, rouge et maléfique, la comète. *Je suis trop vieux, trop avisé pour m'effrayer de telles choses*, se morigéna le mestre.

Les portes de la grand-salle s'engonçaient dans la gueule d'un dragon de pierre. Cressen congédia ses gens. Mieux valait entrer seul pour dissimuler sa faiblesse. Pesamment appuyé sur sa canne, il gravit sans secours les dernières marches et, clopin-clopant, s'inséra sous le porche en forme de crocs. Deux gardes poussèrent à son intention les lourds battants rouges, et sur lui déferlèrent d'un coup tapage et lumières. Un pas de plus, et il se retrouva dans les entrailles du dragon.

Par-dessus le fracas des plats, des couteaux que sous-tendait la rumeur sourde des conversations lui parvint le refrain de Bariol : « … *danse, messire, messire danse* », ponctué par son carillon discordant. Toujours l'horrible chanson du matin. « *Les ombres entendent s'installer, messire, s'installer messire, s'installer messire.* » Le bas bout de la salle était bondé de chevaliers, d'archers, de capitaines mercenaires qui dépeçaient des miches de pain noir afin de saucer leur ragoût de poisson. Ici, point de ces rires gras, point de ces cris rauques qui gâtaient ailleurs la dignité de tous les banquets, lord Stannis ne le tolérait pas.

Cressen s'avança vers l'estrade réservée aux lords et au roi. Pour l'atteindre, il lui fallait d'abord contourner Bariol qui, tout occupé par ses entrechats et assourdi par ses clarines, ne le vit ni ne l'entendit approcher. Tant et si bien qu'en embardant d'un pied sur l'autre le fou finit par heurter la canne du mestre, laquelle se déroba sous lui, et tous deux allèrent, jambes et bras mêlés, s'aplatir parmi la jonchée, tandis que, tout autour, fusait un formidable éclat de rire. Un spectacle, assurément, comique…

A demi vautré sur Cressen, Bariol lui plaquait quasiment au nez sa face bigarrée. Envolés, le heaume d'étain, les clarines et les andouillers. « Dans la mer, on tombe vers le haut, déclara-t-il, oh, je sais je sais, holà. » Avec un gloussement, il se laissa rouler de côté, rebondit sur ses pieds et exécuta quelques galipettes.

Dans un effort de bonne contenance, le mestre s'arracha un demi-sourire et entreprit de se relever, mais sa hanche protesta de manière si véhémente qu'il la craignait de nouveau en miettes quand de fortes mains l'empoignèrent aux aisselles et le replacèrent debout.

« Merci, ser, souffla-t-il tout en se tournant pour voir quel chevalier l'avait secouru.

– Mestre, dit dame Mélisandre, dont le timbre grave semblait comme parfumé par l'accent mélodieux de la mer de Jade. Vous devriez être plus prudent. » Elle était, comme à l'accoutumée, vêtue de rouge de pied en cap. A sa longue robe flottante de soie vaporeuse s'ajustaient des manches et un corsage dont les crevés laissaient entrevoir une doublure cramoisie. Plus étroit qu'aucune chaîne de mestre lui ceignait le col un torque d'or rouge agrémenté d'un gros solitaire en rubis. Sa chevelure avait non pas la nuance orange ou fraise commune aux rouquins mais un ton de cuivre bruni que les torches faisaient miroiter. Rouges étaient également ses yeux..., mais elle avait une peau blanche et lisse, onctueuse et immaculée comme de la crème. Svelte elle était, ronde de sein, fine de taille et, quoique plus grande que la plupart des chevaliers, gracieuse, visage en cœur. Le regard des hommes, fussent-ils mestres, ne la lâchait plus, dès lors qu'il s'était posé sur elle. D'aucuns la prétendaient belle. Belle, elle ne l'était pas, non, mais rouge – et terrifiante – rouge.

« Je..., je vous remercie, dame.

– Un homme de votre âge doit regarder où il met les pieds, reprit-elle d'un ton poli. La nuit est noire et pleine de terreurs. »

Il connaissait la phrase, extraite de quelque prière de sa religion à elle. *N'importe, j'ai ma religion à moi.* « Seuls les enfants ont peur du noir », répondit-il, malgré Bariol qui, simultanément, reprenait sa scie lancinante : « *Les ombres entrent dans la danse, messire, danse messire, messire danse.* »

« Et voici une énigme, reprit Mélisandre. Un fou perspicace et un sage qui extravague. » Elle se baissa pour ramasser le heaume de Bariol puis en coiffa Cressen. Au fur et à mesure que la cuvette glissait par-dessus ses oreilles, il percevait le doux tintement des clarines. « Une couronne assortie à votre chaîne, seigneur mestre », commenta-t-elle. Les hommes riaient, tout autour.

Serrant les dents, Cressen lutta pour dominer sa rage. Elle le croyait débile, désarmé, elle en jugerait autrement d'ici que la nuit s'achève. Si vieux qu'il pût être, il demeurait lui-même : un mestre de la Citadelle. « C'est de vérité que j'ai cure, non de couronne, dit-il en se débarrassant du couvre-chef.

– Il est, en ce monde, des vérités que l'on n'enseigne pas à

Villevieille. » Se détournant de lui dans un tourbillon de soie rouge, Mélisandre se dirigea vers la haute table que présidaient le roi et la reine. Cressen rendit à Bariol la bassine aux andouillers et s'apprêta à gagner sa place.

Mestre Pylos l'occupait.

Eberlué, le vieillard s'immobilisa. « Mestre Pylos, balbutia-t-il enfin, vous… vous ne m'avez pas réveillé.

– Sa Majesté m'a commandé de vous laisser reposer. » Pylos eut toutefois la bonne grâce de rougir. « Elle m'a dit que votre présence n'était pas nécessaire ici. »

Cressen parcourut des yeux les chevaliers, capitaines et lords assis là et qui se taisaient. Ce vieux revêche de lord Celtigar portait une cape brodée de crabes en grenats. Ce bellâtre de lord Velaryon avait opté pour des soieries vert d'eau, et l'hippocampe d'or blanc qui lui ornait la gorge mettait en valeur sa blondeur. Ce gamin bouffi de lord Bar Emmon avait boudiné ses quatorze printemps frappés au phoque blanc de velours violet, ser Axell Florent demeurait quelconque, en dépit de ses tons feuille morte et de ses renards, le pieux lord Solverre s'était constellé la gorge, le poignet, l'annulaire de pierres de lune, et le capitaine de Lys, Sladhor Saan, n'était qu'écarlates, ors, pierreries, satins. Ser Davos seul s'était habillé simplement, doublet brun, cape de laine verte, et seul ser Davos, non sans compassion, lui rendit son regard.

« Vous êtes trop malade et trop âgé pour m'être d'une quelconque utilité. » Le timbre ressemblait étonnamment à celui de Stannis, mais cela ne se pouvait, ne se pouvait. « Pylos me conseillera, dorénavant. Il s'occupe déjà des corbeaux, puisque votre état vous interdit l'accès de la roukerie. Vous vous tueriez à mon service, je ne le veux point. »

L'incrédulité fit papilloter mestre Cressen. *Stannis, mon seigneur, mon pauvre petit garçon maussade, tu ne peux faire cela, toi, le fils que je n'ai pas eu, ne sais-tu pas de quels soins je t'ai entouré, combien j'ai vécu pour toi, de quel cœur je t'ai aimé, en dépit de tout ? Oui, aimé, mieux aimé même que Robert ou Renly, parce que, toi, personne ne t'aimait, que tu étais le seul à avoir tant besoin de moi.* Il se contenta néanmoins de dire : « Ainsi soit-il donc, messire, mais… mais j'ai faim. Ne saurais-je m'asseoir à votre table ? » *A tes côtés, ma place est à tes côtés…*

Ser Davos se leva. « Ce serait un honneur pour moi, Sire, que d'avoir le mestre pour voisin.

– Soit. » Lord Stannis se détourna pour chuchoter quelque chose à Mélisandre qui occupait, à sa droite, la place la plus honorifique, tandis qu'à sa gauche lady Selyse arborait un sourire aussi clinquant et grêle que ses bijoux.

Trop loin, se désola Cressen. La moitié des bannerets séparaient Davos du haut bout. *Il me faut être plus près d'elle pour glisser l'étrangleur dans sa coupe, mais le moyen ?*

Pendant qu'à pas lents le mestre contournait la table pour aller s'asseoir auprès de Mervault, Bariol reprit ses gambades désordonnées. « Ici, nous mangeons du poisson, s'extasia-t-il en agitant le sceptre d'une morue. Dans la mer, le poisson nous mange. Oh, je sais je sais, holà. »

Ser Davos se décala sur le banc. « Nous devrions tous porter la livrée de bouffon, ce soir, grommela-t-il comme le mestre s'asseyait, car nous sommes en veine de bouffonnerie. La femme rouge a lu victoire dans ses flammes, aussi Stannis brûle-t-il d'en découdre, le rapport des forces, bah. D'ici là, je parie que nous aurons vu ce qu'a vu Bariol – le fond de la mer. »

Comme pour se réchauffer les mains, Cressen les fourra dans ses manches et palpa le menu durillon que formaient les cristaux sous la laine. « Lord Stannis ? »

Celui-ci se détourna de la femme rouge, mais c'est lady Selyse qui répondit. « *Votre Majesté*. Vous vous oubliez, mestre.

– L'âge, dame. Son esprit divague, commenta le roi d'un ton bourru. Qu'y a-t-il, Cressen ? Expliquez-vous.

– Puisque vous comptez appareiller, il est capital de faire cause commune avec lord Stark et lady Arryn, et…

– Je ne fais cause commune avec personne, coupa Stannis.

– Pas plus que la lumière ne fait cause commune avec les ténèbres », approuva lady Selyse en lui prenant la main.

Il hocha la tête. « Les Stark cherchent à me spolier de la moitié de mon royaume, tout comme les Lannister m'ont spolié de mon trône et mon doux frère des épées, des services et des places fortes qui m'appartiennent de plein droit. Ils sont tous des usurpateurs et mes ennemis, tous. »

Il est perdu pour moi, se désespéra Cressen. Que ne pouvait-il, de manière ou d'autre, approcher Mélisandre à l'insu de tous…, une seconde suffirait, moins d'une seconde… « Vous êtes l'héritier légitime de Robert, vrai suzerain des Sept Couronnes, et roi des Andals, de Rhoynar et des Premiers Hommes, insista-t-il désespérément, mais, sans alliés, vous ne sauriez faire valoir ces titres incontestables.

– Il a un allié, riposta lady Selyse. R'hllor, le Maître de la Lumière, Cœur du Feu, dieu de la Flamme et de l'Ombre.

– Des plus incertaine est l'alliance des dieux, dame, objecta-t-il, et *celui-là* n'a pas de pouvoir, ici.

– Ah bon ? » Au mouvement que fit Mélisandre, son rubis capta la lumière et, en un éclair, brilla du même éclat que la comète. « Pour proférer pareille sottise, mestre, vous devriez remettre votre couronne.

– Oui, abonda lady Selyse. Le heaume de Bariol. Il vous sied, vieil homme. Recoiffez-le, je vous l'ordonne.

– Dans la mer, intervint le fou, personne ne porte de couvre-chef. Oh, je sais je sais, holà. »

Sous leurs épais sourcils, les yeux de lord Stannis faisaient deux puits d'ombre et, sous sa bouche encore étrécie, ses mâchoires travaillaient, muettes. Toujours il grinçait des dents quand le submergeait la colère. « Fou, grogna-t-il enfin, ma dame commande. Donne ton heaume à Cressen. »

Non, pensa le vieux mestre, non, *ce n'est pas toi, pas toi, ces façons, toujours tu t'es montré juste, dur toujours mais jamais méchant, jamais, tu ne concevais pas la dérision, pas plus que tu ne concevais le rire*.

Cependant, Bariol approchait en dansant, dans un tapage de clarines, *ding ding dong drelin drelin din din dong*. Sans un mot, Cressen se laissa coiffer par le fou, le poids du baquet lui fit courber la tête, les cloches tintèrent. « S'il nous chantait ses avis maintenant ? suggéra lady Selyse.

– Tu vas trop loin, femme, intervint lord Stannis. C'est un vieil homme, et il m'a bien servi. »

Et il achèvera de te servir, mon doux seigneur, mon fils, mon pauvre enfant seul, se dit Cressen, car il venait tout à coup de trouver le biais. La coupe de ser Davos se trouvait devant lui, pleine à demi d'âpre vin rouge. De sa manche, il retira l'un des cristaux et, le pouce et l'index étroitement serrés, tendit la main. *Pas de gestes brusques, de l'adresse et, surtout, surtout, ne pas trembloter*, s'enjoignit-il en guise de prière, et les dieux l'exaucèrent. En un clin d'œil, ses doigts se retrouvèrent vides.

Des années qu'il ne les avait eus si fermes ni si fluides, tant s'en fallait. Davos vit tout, mais personne d'autre, sûr et certain. Coupe en main, il se hissa sur ses pieds. « Il se peut, au fond, que je me sois montré sot. Accepteriez-vous, dame Mélisandre, de partager une coupe avec moi ? Une coupe en l'honneur de votre dieu, le Maître de la Lumière ? Une coupe pour célébrer sa puissance ? »

La femme rouge le lorgna. « Si vous le souhaitez. »

Il sentait tous les regards attachés sur lui. Comme il quittait le banc, la main mutilée de Davos le retint par la manche. « Que faites-vous là ? chuchota-t-il.

– Ce qu'il faut faire à tout prix, répondit le mestre, pour le salut du royaume et de l'âme de mon seigneur. » En se dégageant, il renversa sur la jonchée une goutte de vin.

La femme vint le retrouver au bas de l'estrade, en vue de toute l'assistance. Cressen ne vit qu'elle. Soies rouges et prunelles rouges, rubis rouge à son col, lèvres rouges ourlées d'un demi-sourire, comme elle posait la main sur la sienne autour de la coupe. Une main chaude, on eût dit fiévreuse. « Il est encore temps de jeter ce vin, mestre.

– Non, souffla-t-il d'une voix rauque, non.

– A votre aise. » Mélisandre d'Asshai lui prit la coupe des mains et but une longue, longue lampée. A peine restait-il au fond de la coupe une demi-gorgée de vin quand elle la lui rendit. « A vous, maintenant. »

Les mains tremblantes, il se contraignit au courage. Un mestre de la Citadelle devait ignorer la peur. Le vin était âpre. Ses doigts laissèrent échapper la coupe, qui alla s'écraser au sol. « Son pouvoir s'exerce ici, messire, dit la femme. Et le feu purifie. » A sa gorge rutilait le rubis.

Cressen voulut répliquer, mais les mots s'étranglèrent dans la sienne. L'épouvante le prit, tous ses efforts pour respirer échouaient sur un imperceptible sifflement, des doigts de fer lui enserraient le cou. Mais lors même qu'il s'effondra sur les genoux, il persistait à secouer la tête en signe de dénégation, la récusant, elle, et lui récusant ses pouvoirs, récusant sa magie, récusant son dieu. Et les clarines de ses andouillers tintaient en lui épelant *sot, sot, sot,* sous le regard apitoyé de la femme rouge dans les yeux de qui dansait la flamme des bougies, des yeux rouges rouges rouges…

ARYA

En s'entendant affubler du sobriquet d'« Arya-Ganache », à Winterfell, jadis, elle en avait souffert comme de la pire injure, mais ce petit salaud de Lommy Mains-vertes avait trouvé mieux en la surnommant « Tête-à-cloques ». Du coup, pour peu que d'aventure elle y touchât, elle *se sentait* la tête cloquée.

Une fois coincée sous le porche, elle s'était vue perdue, Yoren allait la tuer ; il l'avait seulement tenue ferme et, avec son poignard, sévèrement débroussaillée. Elle revoyait la brise folâtrer parmi de pleines poignées de tignasse brune et s'en jouer sur le pavé, les emporter, là-bas, vers le septuaire où Père venait de périr. « J'emmène d'ici qu' les hommes et les garçons, grommela le vieux, lorsque l'acier crissa sur la peau du crâne. Tiens-toi peinard, main'nant, mon *gars.* » Du chaume, des chardons, tout ce qui restait.

De Port-Réal jusqu'à Winterfell, dit-il ensuite, elle serait Arry l'orphelin. « D'vrait pas êt' trop dur, sortir, mais la route…, aut'ment coton. Va t' falloir la faire, et longue ! en sale compagnie. J'en ramène trente, c' coup-ci, des mioches et des adultes. Tout ça pou' l' Mur. Et t' figur' pas qu'y sont des comme ton bâtard d' frangin. » Il la secoua. « Lord Eddard m'a donné racler les culs-d'-bass'-foss', et j'y ai pas trouvé des damoiseaux. Dans c'te clique, la moitié te r'fourguerait à la reine, eul temps d' cracher, contre un pardon, rien qu' quèqu' sous même, p't-êt'. L'aut', pareil, mais t' viol'raient d'abord. Aussi, fais gaffe, va pisser qu' seule, et dans les bois. Ça qui va êt' l' vrai tintouin, pisser. F'dra mieux boire qu' l'indispensab'. »

Comme annoncé, quitter Port-Réal fut aisé. Les gardes Lannister arrêtaient tout le monde, mais Yoren en appela un par son nom, et on leur fit signe de passer. Pas un regard n'effleura Arya. On n'avait d'yeux que pour retrouver une demoiselle de haut parage, fille de la

Main du Roi, pas pour un gamin maigrichon ras tondu. Elle ne jeta pas, quant à elle, le moindre coup d'œil en arrière. Elle ne désirait qu'une chose, que la Néra déborde et emporte la ville entière, Culpucier comme le Donjon Rouge et le Grand Septuaire, emporte *tout*, tout et *tous*, tous, à commencer par le prince Joffrey et sa mère. Un désir qui ne se réaliserait pas, hélas. D'ailleurs, Sansa se trouvait encore en ville, et elle aurait été emportée aussi. A cette seule idée, Arya préféra concentrer son désir sur Winterfell.

Pour ce qui était de pisser, Yoren se trompait, en revanche. Là n'était pas le plus dur ; le plus dur, c'étaient Lommy Mains-vertes et Tourte-chaude. Deux des orphelins recrutés par Yoren : certains dans les rues, par la promesse que leurs ventres auraient de quoi s'emplir, leurs pieds de quoi se chausser, les autres en prison. « La Garde a besoin d'hommes de cœur, leur avait-il dit au moment de partir, et le cœur, vous tous... ! »

Des cachots provenaient également des hommes faits, braconniers, voleurs, violeurs et consorts. Les pires étaient les trois dénichés dans les oubliettes, et dont Yoren lui-même devait avoir peur car, non content de les tenir enchaînés, pieds et mains, à l'arrière d'un fourgon, il jurait ses grands dieux qu'ils le resteraient en permanence jusqu'au Mur. L'un n'avait plus, à la place du nez, qu'un trou ; et les yeux de cette brute grasse et chauve aux joues purulentes, aux dents acérées, n'avaient rien d'humain.

Au sortir de Port-Réal, le convoi comprenait cinq fourgons chargés de fournitures destinées au Mur : ballots de peaux et de tissus, barres de fer brut, plus une cage de corbeaux, des livres, du papier, de l'encre, une balle de surelle en feuilles, des jarres d'huile, des coffrets d'épices, de médicaments. Des chevaux de labour y étaient attelés, et Yoren avait acheté, outre deux coursiers, une demi-douzaine d'ânes pour les gamins. Arya aurait préféré monter un vrai cheval, mais mieux valait toujours un âne que les fourgons.

Si les hommes ne lui prêtaient aucune attention, elle avait moins de chance avec les garçons. Indépendamment du fait qu'elle était plus petite et menue, qu'elle avait deux ans de moins que leur benjamin, Tourte-chaude et Mains-vertes ne manquaient pas d'attribuer son mutisme à la panique, la bêtise ou la surdité. « Vise un peu l'épée qu'y s'est dégotée, Tête-à-cloques », dit le second, un beau matin que l'on cheminait entre vergers et champs de blé. Il avait les bras verts jusqu'au coude car, avant de se faire pincer à voler, il était apprenti chez un teinturier. Il ne riait pas, il brayait comme les baudets du convoi. « D'où qu'un rat d'égout comme Tête-à-cloques peut avoir une épée ? »

Sans broncher, Arya se mâchouilla la lèvre. Le manteau noir délavé de Yoren s'apercevait, là-bas devant, mais l'appeler à la rescousse, elle s'y refusait.

« S'rait pas un 'tit écuyer, des fois ? » suggéra Tourte-chaude. Sa mère avait, jusqu'à son dernier souffle, poussé dans les rues une carriole de boulange au cri de *Tourtes ! tourtes chaudes !* «'tit écuyer d' quèq' grand grand seigneur..., 't êt' ça.

– Ecuyer, tu parles ! vis' putôt... Doit même pas être une vraie, s'n épée. Juste un joujou d' fer-blanc, j' parie. »

Qu'ils plaisantent Aiguille lui fut odieux. « Feriez mieux de la fermer ! jappa-t-elle en se tournant sur sa selle pour les toiser, c'est de l'acier château, corniauds ! »

Des huées lui répondirent. « D'où qu' t'aurais dégoté c'te lame, alors, Face-à-cloques ? » Tourte-chaude brûlait de curiosité.

« *Tête*-à-cloques, rectifia Lommy. L' ra volée...

– Je ne l'ai *pas* volée ! » glapit-elle. Aiguille, elle la tenait de Jon Snow. Elle pouvait à la rigueur tolérer de s'entendre appeler Tête-à-cloques, mais pour rien au monde qu'on la calomnie.

« Mais s'y l'a volée, dis..., pourrait l'y piquer, nous ? reprit Tourte chaude. 'll' est pas à lui, d' tout' façon. 'n' épée com' ça, moi, chaurais quoi en faire.

– Ben, vas-y, l'encouragea Lommy. Piques-y. J' te permets. »

L'autre talonna son âne pour se rapprocher. « Hé, Tête-à-cloques, file-me-la. » Sous sa tignasse jaune paille, sa trogne cuite de soleil pelait. « Sais pas t'en servir. »

Si, je sais, rétorqua-t-elle à part elle. *J'ai tué un type, un gros malin comme toi. Je lui ai crevé la bedaine, et il est mort. Et, si tu ne me fiches pas la paix, je te tuerai aussi.* Seulement, elle n'osa le dire. Yoren n'était pas au courant, pour le garçon d'écurie, mais, s'il l'apprenait... Elle avait peur de sa réaction. Des tueurs, bon, il y en avait un certain nombre dans la troupe, à commencer par les trois aux fers, ça, aucun doute, mais ce n'est pas *eux* que cherchait la reine, là était la différence.

« Vise-me-le..., se mit à braire Lommy Mains-vertes, y va chialer, j' parie ! Hein, Tête-à-cloques, qu' t'as envie d' chialer ? »

Elle avait tant pleuré durant son sommeil, la nuit précédente, en rêvant de Père, que, si rouges qu'ils fussent au matin, ses yeux n'auraient pu, dût sa vie en dépendre, verser une larme de plus.

« Va s' tremper les chausses..., insinua Tourte-chaude.

– Laissez-le tranquille », intervint le garçon qui, derrière eux, se distinguait par un maquis de cheveux noirs. Eu égard au heaume à cornes qu'il passait son temps à fourbir sans jamais le coiffer, Lommy l'avait surnommé Taureau. Moins gamin qu'eux et grand pour son âge, il avait un torse très développé et des bras impressionnants.

« F'rais mieux d'y filer l'épée, Arry, poursuivit nonobstant Mains-vertes. C't un dur, Tourte. A mort qu'il a battu un gars. Te f'ra pareil, j' parie.

– J' l'ai flanqué par terre et pis j'y ai botté les couilles et botté les couilles jusqu'à temps qu'y meure, fanfaronna l'autre. D' la bouillie qu' j'y ai fait, d' ses couilles. T' les avait tout' dehors, écrabouillées, saignantes, et pis la queue noire. Faudrait mieux m' la filer, l'épée. »

Arya tira de sa ceinture la latte d'entraînement. « Je peux te donner celle-ci », dit-elle, afin d'éviter l'empoignade.

« C' qu'un bâton. » Se rapprochant encore, il essaya d'attraper Aiguille.

Le bâton siffla, s'abattit sur l'arrière-train de l'âne que montait Tourte. La bête renâcla, bondit, désarçonnant son cavalier, tandis qu'Arya, bondissant à bas de la sienne, empêchait celui-ci de se relever en piquant aux tripes, puis comme, avec un grognement, il retombait sur son séant, lui cingla si violemment la face que son nez fit *crac*, telle une branche qui se brise. Alors, comme Tourte, les narines tout ensanglantées, se mettait à geindre, elle virevolta vers l'autre, abasourdi sur son âne. « T'en veux autant ? » vociféra-t-elle, mais, loin d'être tenté, il s'enfouit la face dans ses mains vertes et lui piaula de se tirer.

« Derrière ! » cria Taureau, et elle pivota. Tourte, agenouillé, serrait dans son poing une grosse pierre anguleuse qu'elle le laissa lancer, se contentant de baisser la tête pour l'éviter, puis elle vola sur lui, frappa la main qu'il levait, frappa sa joue, frappa son genou. Il voulut l'agripper, elle dansa de côté et lui assena sa latte sur la nuque. Il tomba, se releva, tituba vers elle, sa face rouge toute barbouillée de poussière et de sang, mais Arya se coulissa pour l'attendre en posture fluide de danseur d'eau et, lorsqu'il se fut suffisamment avancé, lui porta, juste entre les jambes, une botte si rude que, munie d'une pointe, l'épée de bois n'eût pas manqué de lui ressortir par le fondement.

Lorsque Yoren vint s'interposer, Tourte gisait à terre, hurlant, recroquevillé, les chausses embourbées de puanteur brune, pendant qu'Arya continuait à le rosser partout partout partout. « *Suffit !* tonitrua-t-il en rabattant la latte de vive force, tu veux tuer cet imbécile ? » Et comme Mains-vertes et quelques autres se mettaient à braire, le vieux leur rabattit aussi sec le caquet : « Vos gueules !... ou je vous les ferme, moi. Un mot d' pus, j' vous attache aux fourgons, tous, et j' vous *traîne* jusqu'au Mur. » Il cracha. « Et ça vaut doub', Arry, pour toi. Tu viens avec moi, mon gars. *Zou.* »

Tous les regards étaient sur elle, même ceux des trois types aux fers dans le fourgon. Le gros alla jusqu'à claquer de ses dents pointues et *siffler*, mais elle l'ignora.

Sans cesser de maugréer, jurer, le frère noir l'entraîna fort à l'écart de la route dans un fouillis d'arbres. « J' rais eu qu'une once d' bon sens, j' te laissais à Port-Réal. M'entends, mon *gars* ? » Toujours il grondait ce terme en y mettant tant de mordant qu'elle ne risquait pas la surdité. « Défais ton froc et baiss'-moi-le. Allez, y a personne pour voir. Allez. » Elle s'exécuta, maussade. « Là, cont' eul chêne. Ouais, com' ça. » Elle enveloppa le tronc de ses bras, pressa sa figure contre la rude écorce. « Main'nant, t' vas gueuler. Gueuler fort. »

Pas question, se promit-elle, mais, lorsque la volée de bois cingla l'arrière de ses cuisses nues, le cri jaillit d'elle, malgré qu'elle en eût. « Douloureux ? dit-il, tâte d' çui-ci. » Le bâton s'abattit en sifflant. Sur un nouveau cri, Arya s'agrippa à l'arbre de peur de tomber. «'core un. » Elle resserra l'étreinte et, tout en se mâchouillant la lèvre, défaillit en entendant venir le coup. Lequel la fit bondir et hurler. *Je ne pleurerai pas*, se jura-t-elle, *je ne pleurerai pas. Je suis une Stark de Winterfell, notre emblème est le loup-garou, les loups-garous ne pleurent pas*. Elle sentait un ruisselet de sang dégouliner le long de sa jambe gauche. La douleur embrasait ses cuisses et ses joues. « F'ras p't'-êt' gaff', main'nant, conclut-il. La prochaine qu' tu touches un d' tes frères, s'ra deux fois pus qu' t'auras donné, t'entends ? Rhabill'-toi, main'nant. »

Ils ne sont pas mes frères, contesta-t-elle en son for tout en se penchant pour remonter ses braies, mais elle se garda de le dire. Ses mains s'empêtraient dans les attaches et la ceinture.

Yoren la regardait. « T'as mal ? »

Calme comme l'eau qui dort, se dit-elle, conformément aux leçons de Syrio Forel. « Un peu. »

Il cracha. « Moins qu' l'aut' tourte. C' pas lui qu'a tué ton père, p'tite, et c' voleur d' Lommy non pus. Te l' rendra pas, z'y cogner d'ssus.

– Je sais, dit-elle avec chagrin.

– Y a un truc qu' tu sais pas. Ça d'vait pas s' passer com' ça. J'allais partir, tout réglé, les fourgons chargés, et un homme m'amène un gosse, et un' bourse, 'vec du pognon d'dans, et un message qu'on s' fout d' qui.' « Lord Eddard va prend' l' noir, qu'y m' dit, t'attends, y t'accompagn'ra. » Pourquoi tu crois qu' j'étais là, sinon ? Seul'ment, quèqu'chose a foiré, dans l' truc.

– *Joffrey*, souffla-t-elle. On devrait le *tuer* !

– Quelqu'un le f'ra, mais ça s'ra pas moi, ni toi. » Il lui lança l'épée de bois. « Prends d' la surell' dans les fourgons, conseilla-t-il comme ils retournaient vers la route. T'en mâcheras, c'est bon cont' les cuissons. »

Effectivement, la surelle apaisait. Un peu. Mais le goût en était infect, et vous crachiez rouge comme du sang. Force lui fut cependant de marcher jusqu'au soir, ce jour-là et le jour d'après et le jour d'après, parce qu'elle était trop à vif pour remonter en selle. Autrement pire était l'état de Tourte ; Yoren dut déplacer des barriques pour lui permettre de s'allonger sur des sacs d'orge à l'arrière d'un fourgon, et le moindre cahot le faisait gémir. Quoiqu'intact, lui, Lommy Mainsvertes se tenait le plus loin possible d'Arya. « Il tique dès que ton regard le frôle », dit Taureau, comme elle marchait à côté de lui. Elle ne répondit pas. Il était apparemment plus sûr de n'adresser la parole à personne.

Couchée à la dure, cette nuit-là, sous sa mince couverture, elle observa la grande comète rouge. Elle la trouvait tout à la fois splendide et terrifiante. Taureau la nommait « l'Epée Rouge », eu égard, jurait-il, à sa ressemblance avec une lame encore incandescente. Mais lorsque Arya eut suffisamment louché dessus pour y voir aussi une épée, ce n'est pas une épée nouvelle qu'elle vit là, mais Glace, la grande épée de Père, toute d'acier valyrien moiré, Glace rougie de sang, après que ser Ilyn, la Justice du roi, l'avait utilisée pour perpétrer le meurtre. Yoren avait eu beau l'obliger à regarder ailleurs au moment de l'exécution, Arya ne pouvait s'en défendre, Glace avait dû, après, ressembler à cette comète.

Elle finit par s'endormir et, aussitôt, rêva de *la maison.* Avant de se poursuivre jusqu'au Mur, la route royale passait par Winterfell. Yoren avait promis de l'y laisser, sans que quiconque eût la moindre idée de sa véritable identité. Elle aspirait à revoir Mère, et Robb, et Bran, et Rickon..., mais c'était à Jon qu'elle pensait le plus. Quel bonheur ce serait que d'atteindre le Mur *avant* Winterfell et de s'y faire ébouriffer par Snow, de l'entendre murmurer : « Sœurette » ! Elle lui dirait : « Tu m'as manqué », et il le dirait au même moment, selon leur habitude de toujours dire les choses d'une seule voix. Un si grand bonheur, hélas, que cela. Un bonheur préférable à n'importe quel autre.

SANSA

Le jour anniversaire de Joffrey, l'aube parut dans tout son éclat, le vent faisait fuir tout en haut du ciel quelques nuages au travers desquels se discernait la longue queue de la grande comète. De la fenêtre de sa tour, Sansa observait celle-ci quand se présenta ser Arys du Rouvre, qui devait l'escorter jusqu'aux lices. « Que signifie-t-elle, à votre avis ? lui demanda-t-elle.

– Gloire à votre fiancé, répondit-il du tac au tac. A voir comme elle flamboie aujourd'hui, on dirait que les dieux eux-mêmes ont brandi leur étendard en l'honneur de Sa Majesté. Le petit peuple ne l'appelle que "la comète du roi Joffrey". »

La version des flagorneurs, sans doute. Sansa demeurait sceptique. « J'ai entendu les servantes la nommer "la Queue du dragon".

– Le roi Joffrey occupe maintenant, dans le palais que construisit le fils de celui-ci, le trône qu'occupa jadis Aegon le Dragon. Il est l'héritier du dragon et, autre signe, l'écarlate est la couleur de la maison Lannister. A n'en point douter, cette comète nous est envoyée pour proclamer, tel un héraut, l'intronisation de Joffrey. Elle signifie qu'il triomphera de ses ennemis. »

Vraiment ? se demanda-t-elle. *Les dieux seraient-ils si cruels ?* Mère, à présent, faisait partie des ennemis de Joffrey, et Robb aussi. Père avait péri sur ordre du roi. Mère et Robb devaient-ils périr à leur tour ? La comète était rouge, sans conteste, mais Joffrey était autant Baratheon que Lannister, et l'emblème de ses pères était un cerf noir sur champ d'or. Les dieux n'auraient-ils pas dû, dès lors, lui expédier une comète d'or ?

Les battants refermés, Sansa se détourna vivement de la fenêtre. « Vous me semblez fort en beauté, madame, aujourd'hui, dit ser Arys.

– Merci, ser. » S'attendant que son roi l'obligerait à assister au tournoi qu'il se donnait, elle avait consacré les soins les plus minutieux à sa parure et à sa toilette. Elle portait la résille de pierres de lune qu'il lui avait offerte et une robe de soie mauve dont les longues manches dissimulaient les ecchymoses de ses bras – autant de présents de Joffrey... En apprenant qu'on avait proclamé Robb roi du Nord, il était entré dans une fureur noire et avait dépêché ser Boros la rosser.

« Prête ? » Ser Arys lui offrit son bras, et elle se laissa emmener. Puisqu'elle devait toujours avoir un garde attaché à ses pas, plutôt celui-ci qu'un autre. Ser Boros était violent, ser Meryn glacial, les étranges yeux morts de ser Mandon la mettaient mal à l'aise, ser Preston la traitait en arriérée mentale. Ser Arys du Rouvre, lui, se montrait courtois et cordial de ton. Il avait même, une fois, protesté lorsque Joffrey lui ordonnait de la frapper. Il avait certes fini par *obtempérer*, mais pas aussi fort que l'eussent fait ser Meryn ou ser Boros, et du moins non sans avoir d'abord tenté de discuter. Les autres obéissaient aveuglément, tous... excepté le Limier, mais Joff ne chargeait jamais le Limier de la punir. Les cinq autres lui servaient à ça.

Ni les traits ni les cheveux châtain clair de ser Arys n'étaient d'un commerce désagréable. Il avait même plutôt bonne mine, aujourd'hui, dans son manteau de soie blanche agrafé à l'épaule par une feuille d'or, avec sa tunique sur la poitrine de laquelle étincelaient les vastes frondaisons d'un chêne brodé en fil d'or. « Qui remportera la palme, aujourd'hui, selon vous ? lui demanda-t-elle comme elles descendait l'escalier, toujours à son bras.

– Moi, sourit-il. Mais ce triomphe n'aura guère de saveur, je crains, faute d'espace et de rivaux sérieux. A peine si deux vingtaines entreront en lice, écuyers et francs-coureurs inclus. Piètre honneur que de démonter des bleus. »

Quelle différence avec le tournoi précédent..., songea Sansa. Le roi Robert l'avait donné en l'honneur de Père. Grands seigneurs et fabuleux champions étaient accourus des quatre coins du royaume pour y prendre part, et la ville entière pour y assister. Elle s'en rappelait toutes les splendeurs : les pavillons, le long de la rivière, et, à la porte de chacun, l'écu d'un chevalier, les longues rangées soyeuses d'oriflammes flottant au vent, le miroitement du soleil sur l'acier poli, l'or des éperons, le jour fracassé par les sonneries de trompettes, le martèlement des sabots, les nuits enchantées de fêtes et de chansons. Elle s'en souvenait comme des heures les plus magiques de son existence, mais tout cela semblait dater d'un autre âge, à présent. Robert Baratheon était mort, mort, Père, aussi, décapité comme traître sur le parvis du Grand Septuaire de Baelor. A présent, le royaume avait trois rois, la guerre faisait rage au-delà du Trident, la ville était bondée de gens au désespoir. Rien d'étonnant si Joffrey devait s'offrir son chétif tournoi derrière les murs formidables du Donjon Rouge...

« Vous croyez que la reine y assistera ? » Sansa se sentait toujours moins menacée lorsque Cersei se trouvait là pour refréner son fils.

« Je crains que non, madame. Le Conseil est en séance. Quelque affaire urgente. » Il baissa la voix. « Lord Tywin est parti se terrer à Harrenhal au lieu de ramener ici son armée comme le lui ordonnait la reine. Sa Grâce est furieuse. » Sur ce, il se tut : vêtue de manteaux écarlates et coiffée du heaume à mufle de lion passait une colonne de gardes Lannister. Si ser Arys adorait cancaner, il ne s'abandonnait à son penchant que lorsqu'il était certain que ne traînaient point d'oreilles indiscrètes.

Ils découvrirent sur la courtine extérieure la lice et la tribune édifiée par les charpentiers. Quelque chose de bien mesquin, vraiment. Et à peine la moitié des places était-elle occupée. Et la plupart des spectateurs portaient au surplus l'écarlate Lannister ou l'or du Guet. En fait de seigneurs et de dames, il n'y avait là que la pauvre poignée demeurée à la cour. Le grisâtre lord Gyles Rosby suffoquait dans un mouchoir de soie rose. Ses filles, Lollys la bovine et Fallys la vipère, servaient de parenthèses à lady Tanda. L'exilé Jalabhar Xho n'exhibait là sa peau d'ébène qu'à défaut de meilleur refuge. Quant à lady Ermesande – juste un bambin dans le giron de sa nourrice –, le bruit courait qu'elle allait bientôt épouser l'un des cousins de la reine et, par là, permettre aux Lannister de s'approprier ses terres.

Une jambe négligemment jetée par-dessus le bras tarabiscoté de son fauteuil, le roi prenait l'ombre sous un dais d'écarlate, ses frère et sœur Tommen et Myrcella assis derrière lui. Au fond de la loge royale, Sandor Clegane montait sa faction, les pouces passés dans sa ceinture. Une broche de pierreries retenait sur ses larges épaules le blanc manteau de la Garde dont l'étoffe neigeuse jurait quelque peu avec la bure brune de la tunique et le cuir clouté du justaucorps.

« Lady Sansa », annonça-t-il d'un ton sec en la voyant. Son timbre avait le moelleux de la scie dans le bois. Non contentes de le défigurer, ses cicatrices calcinées lui tordaient un côté de la bouche quand il parlait.

Au nom de Sansa, la princesse Myrcella se contenta d'incliner timidement la tête en signe de bienvenue, mais son embonpoint n'empêcha pas le prince Tommen de se lever d'un bond fougueux. « Savez-vous, Sansa ? je vais courir des lances, aujourd'hui ! Mère m'a donné la permission. » Avec ses huit ans tout juste sonnés, il rappelait Bran, son contemporain, désormais infirme mais en vie, là-bas, à Winterfell. Que n'eût-elle donné pour se trouver auprès de lui... !

« Je crains pour les jours de votre adversaire, dit-elle pompeusement.

– Son adversaire sera bourré de paille », dit Joff en se levant. Le lion rugissant gravé sur son corselet de plates doré semblait trahir ce qu'il attendait de la guerre : engouffrer tôt ou tard un chacun. Grand pour les treize ans qu'il fêtait en ce jour, il avait la blondeur et les prunelles vertes des Lannister.

« Sire », dit-elle en lui plongeant une révérence.

Ser Arys s'inclina. « Que Votre Majesté daigne me pardonner, je dois aller m'équiper. »

D'un geste bref, Joff le congédia, tout en étudiant Sansa des pieds à la tête. « Il me plaît que vous portiez mes pierres. »

Il avait donc décidé de jouer les galants, aujourd'hui. Elle répondit, soulagée : « Soyez remercié pour elles... et pour ces mots affectueux. Je souhaite un heureux anniversaire à Votre Majesté.

– Assise, commanda-t-il en désignant le siège vide à ses côtés. Savez-vous la nouvelle ? Le roi Gueux est mort.

– Qui donc ? » Une seconde, elle craignit qu'il ne s'agît de Robb.

« Viserys. Le dernier fils d'Aerys le Fol. Je n'étais pas né qu'il vagabondait déjà par les cités libres en s'intitulant roi. Mère dit que les Dothrakis l'ont finalement couronné. D'or en fusion. » Il s'esclaffa. « C'est comique, non ? Leur emblème était le dragon. Un peu comme si quelque loup tuait votre félon de frère. Peut-être en nourrirai-je des loups quand je l'aurai attrapé. A propos, vous ai-je dit que je compte le défier en combat singulier ?

– Je serais heureuse de voir cela, Sire. » *Plus que tu ne crois.* Malgré le ton froidement poli qu'elle avait adopté, les yeux de

Joffrey s'étrécirent – se moquait-elle ? « Prendrez-vous part au tournoi ? » demanda-t-elle précipitamment.

Il se renfrogna. « Madame ma mère le déclare inconvenant, dans la mesure où il se donne en mon honneur. Sans quoi j'aurais raflé le prix. N'est-ce pas, Chien ? »

La bouche du Limier se tordit. « Contre cette racaille ? Pourquoi non ? »

Lui avait remporté le tournoi de Père, se souvint Sansa. « Jouterez-vous, messire ? s'enquit-elle.

– Vaut même pas la peine de m'armer, grommela-t-il avec un souverain mépris. Combat de moustiques. »

Le roi éclata de rire. « Farouche aboiement que celui de mon chien ! Peut-être devrais-je lui commander d'affronter le champion du jour. Un duel à mort... » C'était une friandise, pour Joff, que d'obliger les gens à se battre à mort.

« Mais tu ferais là piètre figure de chevalier. » Le Limier s'était toujours refusé à prononcer les vœux de chevalerie. Par haine de son frère qui l'avait fait, lui.

Une sonnerie de trompes éclata là-dessus. Le roi s'adossa confortablement et saisit la main de Sansa. Un geste qui, naguère encore, l'aurait chavirée, mais, depuis qu'au lieu de la grâce de Père il lui avait offert sa tête, il lui inspirait, sans qu'elle en montrât rien, la dernière des répugnances. Elle se contraignit à feindre une parfaite tranquillité.

« *Ser Meryn Trant, de la Garde* », appela le héraut.

Revêtu de plate blanche guillochée d'or, ser Meryn se présenta par le côté ouest de la cour. Il montait un destrier laiteux à longue crinière grise, et son manteau flottait derrière lui comme un champ de neige. Il portait une lance de douze pieds.

« *Ser Hobber Redwyne, de La Treille* », entonna le héraut. Ser Hobber entra au trot par l'est sur un étalon noir caparaçonné de bleu et de lie-de-vin. Sa lance était rayée des mêmes couleurs, et sur son écu se voyait le pampre de sa maison. Lui et son frère jumeau étaient, comme Sansa, les hôtes forcés de la reine. Aussi semblait-il peu probable que la fantaisie de prendre part au tournoi de Joffrey leur fût venue spontanément.

Au signal que donna le maître des cérémonies, les combattants couchèrent leurs lances en éperonnant leurs montures. Des acclamations clairsemées montèrent de l'assistance. Dans un grand fracas de bois et d'acier, la rencontre eut lieu au centre de l'arène. Les deux lances explosèrent simultanément en une volée d'échardes, et si le choc le fit chanceler, Redwyne parvint néanmoins à demeurer en selle. Retournant chacun à son point de départ, les deux chevaliers jetèrent leurs lances rompues et en reçurent de nouvelles des mains de leurs écuyers. Ser Horas Redwyne encouragea son frère à grands cris.

Ser Meryn n'en trouva pas moins le moyen, lors de la seconde passe, d'atteindre ser Hobber en pleine poitrine et de l'envoyer, bruyamment cabossé, mordre la poussière. Avec un juron, ser Horas se rua pour aider son frère à quitter la place.

« Piètre joute », décréta le roi.

« *Ser Balon Swann de Pierheaume, de la garde Rouge* », hélait déjà le héraut. De larges ailes blanches ornaient le casque de ser Balon, et sur son écu s'affrontaient des cygnes noirs et blancs. « *Morros Slynt, fils aîné de lord Janos de Harrenhal.* »

« Regardez-moi ce parvenu godiche ! » brocarda Joff assez haut pour que la moitié de l'assistance l'entendît. En vulgaire écuyer tout juste promu écuyer, pour ne rien gâter, Morros éprouvait quelque peine à se dépêtrer de sa lance et de son écu. Des armes nobles, apprécia Sansa, entre des mains de vilain, mais qui donc avait lordifié, nommé membre du Conseil et fieffé de Harrenhal Janos Slynt, jusque-là simple commandant du Guet, sinon Joff lui-même ?

Sur une armure noire niellée d'or, Morros arborait un manteau à carreaux noir et or, et son écu portait la pertuisane ensanglantée dont le père avait blasonné leur fraîche maison. Mais, au moment de pousser son cheval, il ignorait apparemment si fort à quoi servait un bouclier qu'un instant plus tard la pointe de ser Balon y donna de plein fouet. Morros en lâcha sa lance, gigota pour garder l'équilibre, le perdit, se prit un pied dans l'étrier durant sa chute, et sa monture emballée le traîna jusqu'en bout de lice, tête bondissant au sol, sous les huées narquoises de Joffrey. Epouvantée quant à elle, Sansa se demandait si les dieux n'exauçaient pas là ses prières vindicatives. Mais, lorsqu'on l'eut enfin dégagé, le garçon, tout sanglant qu'il était, vivait. « Nous nous sommes trompés d'adversaire pour toi, Tommen, commenta le roi. Le chevalier de paille joute mieux que celui-ci. »

Vint alors le tour de ser Horas Redwyne. Il s'en tira mieux que son frère, en l'emportant sur un chevalier chenu dont la monture était tapissée de griffons d'argent sur champ strié de bleu et blanc, mais que ces dehors superbes ne préservèrent pas d'une insigne médiocrité. La lèvre de Joff s'ourla de dégoût. « Pitoyable.

– Je vous avais prévenu, dit le Limier. Moustiques. »

Avec l'ennui croissant du roi croissait l'anxiété de Sansa. Baissant les yeux, elle décida de ne souffler mot, quoi qu'il advînt. Quand s'assombrissait l'humeur de Joffrey Baratheon, le moindre mot hasardeux risquait de déclencher sa rage.

« *Lothor Brune, franc-coureur au service de lord Baelish*, cria le héraut. *Ser Dontos Hollard le Rouge.* »

Petit homme armé de plate bosselée unie, le premier se présenta bien mais, du second, point trace. A la fin, toutefois, parut au trot un étalon bai brun juponné de soies cramoisies et écarlates, mais ser Dontos ne le montait pas, qui survint au bout d'un moment, jurant, titubant, sans autre appareil qu'un corselet de plates et un heaume à plumes. Il avait des jambes maigres et blêmes, et sa virilité ballotta de manière obscène quand il se jeta aux trousses de son cheval, parmi les injures et les rugissements de l'assistance. Le chevalier finit toutefois par empoigner la bride, mais lorsqu'il tenta d'enfourcher la bête, il était si ivre et elle dansait si bien que jamais son pied nu ne trouvait l'étrier.

Désormais, tout hurlait de rire..., tout sauf le roi. Dans ses yeux luisait une expression que Sansa se rappelait trop bien, celle-là même qui s'y lisait, devant le Grand Septuaire de Baelor, au moment de la condamnation de lord Eddard Stark. Finalement, ser Dontos le Rouge renonça, s'assit carrément par terre, retira son heaume et glapit : « J'ai perdu ! Qu'on m'apporte du vin ! »

Le roi se dressa. « Un foudre des caves ! ordonna-t-il. Je veux l'y voir noyer. »

Sansa s'entendit hoqueter : « *Non*, vous ne pouvez... »

Il se tourna vers elle : « Qu'avez-vous dit ? »

Elle ne pouvait y croire, elle avait parlé. Etait-elle folle ? Oser lui dire *non* devant la moitié de la cour ? Elle n'avait pas voulu dire quoi que ce fût, seulement... Ser Dontos était soûl, stupide, bon à rien, mais il n'y entendait pas malice.

« Vous avez dit que *je ne peux pas* ? C'est bien ça ?

– S'il vous plaît, je... je voulais simplement..., cela vous porterait malchance, Sire, de... de tuer un homme le jour de votre anniversaire.

– Vous mentez ! gronda-t-il. Je devrais vous faire noyer ensemble, puisque vous lui portez tant d'intérêt.

– Je ne lui en porte aucun, Sire. » Elle s'embrouillait désespérément. « Noyez-le ou décapitez-le, seulement... tuez-le demain, s'il vous agrée, mais, je vous en prie..., pas aujourd'hui, pas le jour de votre anniversaire. Il me serait odieux que vous... vous portiez malchance..., malheur, même pour les rois, des malheurs terribles, tous les chanteurs le disent... »

Il la regardait de travers. Il n'était pas dupe, elle le voyait. Et il s'en vengerait de façon sanglante.

« La petite dit vrai, intervint le Limier de sa voix râpeuse. Ce qu'on sème à son anniversaire, on le moissonne toute l'année. » Il parlait d'un ton neutre, comme s'il n'avait cure d'être cru ou non. Se pouvait-il pourtant qu'elle eût dit *vrai* ? Sans le savoir, alors, car elle avait parlé au hasard, comme ça, dans le fol espoir de s'épargner les représailles.

D'un air dépité, Joffrey se tortilla sur son siège puis, claquant des doigts vers ser Dontos : « Emmenez-moi ce bouffon. Je le ferai tuer demain.

– Un bouffon, oui, confirma Sansa. Vous seul pouviez trouver ce qualificatif. Bouffon lui va tellement mieux que chevalier, n'est-ce pas ? Que ne lui donnez-vous la livrée bigarrée, il vous divertirait par ses pitreries. Il ne mérite pas la miséricorde d'une mort si prompte. »

Le roi l'observa un moment. « Peut-être n'êtes-vous pas si niaise, au fond, que le prétend Mère. » Il haussa le ton. « As-tu entendu ma dame, Dontos ? A dater de ce jour, tu seras mon fou. Je te permets d'en prendre le costume et de dormir avec Lunarion. »

Dégrisé par le vent de la mort, ser Dontos tomba sur ses genoux. « Soyez remercié, Sire. Et à vous, madame, merci. »

Tandis que l'emmenaient deux gardes Lannister, le maître des cérémonies s'approcha de la loge. « Sire, dit-il, faut-il convoquer un nouvel adversaire pour Brune ou bien passer à la joute suivante ?

– Aucun des deux. J'ai des moustiques où j'attendais des chevaliers. N'était mon anniversaire, je les ferais tous exécuter. Le tournoi est fini. Hors de ma vue, tous. »

Si l'homme s'inclina, le prince Tommen se montra, lui, moins docile. « Je suis censé courir au mannequin.

– Pas aujourd'hui.

– Mais je veux jouter !

– Je me fiche de ce que tu veux.

– Mère a *dit* que je pouvais jouter.

– Elle l'a dit, confirma la princesse Myrcella.

– Mère a *dit* ! les railla le roi. Assez d'enfantillages.

– Etant des enfants, riposta Myrcella d'un ton altier, nous sommes *censés* nous montrer enfantins. »

Le Limier se mit à rire. « Elle vous a eu ! »

Joffrey dut s'avouer battu. « Fort bien. Mon frère lui-même ne risque pas de jouter plus mal que les précédents. Maître, faites installer la quintaine. Tommen veut faire le moustique. »

Avec un cri de joie, le petit courut à toutes jambes dodues se faire équiper. « Bonne chance », lui souhaita Sansa.

Pendant qu'un palefrenier sellait le poney du prince, on dressa la quintaine à l'extrémité de la lice. Elle consistait en un guerrier miniature de cuir bourré de paille et monté sur pivot, dont un bras portait bouclier, l'autre une masse capitonnée. Quelqu'un l'avait couronnée d'andouillers semblables à ceux, se souvint Sansa, qui ornaient le heaume du roi Robert... tout comme celui de son frère Renly, déclaré félon depuis lors pour s'être proclamé roi.

Deux écuyers bouclèrent Tommen dans son armure d'argent rehaussée d'écarlate. Un gros bouquet de plumes rouges lui faîtait le heaume, et sur son écu folâtraient le lion Lannister et le cerf couronné Baratheon. Après que ses servants l'eurent aidé à se mettre en selle, le petit reçut des propres mains du maître d'armes du Donjon Rouge, ser Aron Santagar, une épée d'argent assortie à sa taille et dont la lame foliacée se terminait par un bout rond.

Après avoir brandi celle-ci, le prince, tout en criant d'une voix puérile : « Castral Roc ! », talonna sa monture dont les sabots firent durement retentir la terre battue. Les voix grêles de lady Tanda et lord Gyles ayant entrepris de l'ovationner, celle de Sansa tenta de les étoffer. Le roi ruminait en silence.

Pressant le trot du poney, Tommen fit vigoureusement tournoyer son arme et, parvenu à la hauteur du mannequin, assena un grand coup sur le bouclier, mais la quintaine pivota, et la masse vint à la volée lui administrer une si fameuse claque derrière la tête qu'il vida la selle et qu'en heurtant le sol son armure neuve quincailla comme une batterie de cuisine qui se décroche, tandis que, dans un hourvari de rires que dominaient ceux de Joffrey, son épée fusait vers le ciel, et que son cheval détalait au triple galop.

« Oh ! » s'écria la princesse Myrcella, avant de quitter la loge pour se précipiter vers son petit frère.

Un accès d'étrange témérité submergea Sansa. « Vous devriez l'accompagner, dit-elle au roi. Votre frère est peut-être blessé. »

Il haussa les épaules. « Et le serait-il ?

– Vous devriez l'aider à se relever et le féliciter chaleureusement. » Elle ne parvenait plus à s'arrêter.

« Il s'est fait désarçonner et jeter à terre, observa Joffrey. Ce n'est pas brillant.

– Regardez, intervint le Limier. Il a du courage. Il va retenter sa chance. »

On aidait en effet Tommen à se remettre en selle. *Que n'est-il l'aîné*, songea Sansa, *je ne serais pas fâchée de l'épouser, lui.*

Le tapage en provenance de la conciergerie les prit tous au dépourvu. La herse se relevait à grand grincement de chaînes, et les portes craquaient en couinant sur leurs gonds. « Qui a donné l'ordre d'ouvrir ? » s'insurgea Joffrey. Eu égard au désordre qui régnait en ville, le Donjon Rouge était, depuis des jours et des jours, demeuré hermétiquement clos.

De sous le porche émergea, clinquante d'acier piaffant, une colonne de cavaliers. La main à l'épée, Clegane vint se placer auprès du roi. Mais, tout dépenaillés, crasseux, cabossés qu'ils étaient, les intrus marchaient bel et bien sous l'étendard Lannister, lion d'or sur champ d'écarlate. Quelques-uns portaient même le manteau rouge et la maille des hommes d'armes Lannister, mais l'armure et l'armement hétéroclites de nombre d'autres, hérissés de fer, trahissaient des reîtres et des francs-coureurs…, le restant n'étant qu'une horde d'affreux sauvages issus tout droit de ceux des contes de Vieille Nan que Bran aimait par-dessus tout, les plus effroyables. Tout cheveu, tout poil farouches, ils étaient accoutrés de pelures sordides et de cuir bouilli. Certains avaient la tête ou les mains emmaillotées de chiffons sanglants, tels n'avaient qu'un œil, tels un doigt sur deux, d'autres plus d'oreilles.

Au milieu d'eux, juché sur un grand bai rouge dont l'étrange selle le berçait d'arrière en avant, Tyrion le nabot, frère de la reine, dit le Lutin. Il s'était laissé pousser la barbe, et son museau camus disparaissait dans un fouillis jaune et noir aussi soyeux que paille de fer. Dans son dos flottait une pelisse de lynx noire flammée de blanc. Il tenait les rênes de la main gauche, ayant le bras droit maintenu par une écharpe de soie blanche, mais, à cela près, demeurait tout aussi grotesque qu'à Winterfell. Et Sansa conclut que son front saillant, ses yeux vairons achevaient de lui assurer la palme de la laideur.

Cela n'empêcha pas Tommen d'éperonner son poney et de le lancer au galop dans la cour en poussant des cris d'allégresse. L'un des sauvages, un colosse aux airs lambins et tellement chevelu, velu qu'on ne discernait même pas ses traits, l'enleva de selle comme un fétu pour le déposer, tout armé, auprès de son oncle. Et, tandis que les murailles se renvoyaient le rire éperdu du gamin dont Tyrion claquait la dossière, Sansa s'ébahit qu'ils fussent de la même taille. Myrcella accourut à son tour, le nain la saisit par la taille et la fit toupiller, gloussante, avant de la reposer à terre et de lui effleurer le front d'un petit baiser.

Après quoi il tangua vers Joffrey. Le talonnaient deux de ses hommes, un reître à prunelles et cheveux de jais dont la démarche évoquait celle d'un chat à l'affût, et un adolescent borgne et décharné. Dans leur sillage, les deux petits princes.

Le nain ploya un genou devant le roi. « Sire.

– Toi ? répondit Joffrey.

– Moi, confirma Tyrion, qui pouvais m'attendre, en qualité d'oncle et d'aîné, à une réception plus courtoise.

– On vous disait mort », intervint Clegane.

Le petit homme toisa le géant. Verte était l'une de ses prunelles, noire l'autre, froides toutes deux. « Je m'adressais au roi, pas à son roquet.

– *Moi*, je suis contente que tu sois vivant, dit Myrcella.

– Nous en sommes d'accord, ma douce. » Tyrion se tourna vers Sansa. « Navré de vos pertes, madame. Les dieux sont cruels, à la vérité. »

Elle demeura muette, incapable de trouver un mot. Comment pouvait-il déplorer ses pertes ? Se moquait-il ? La cruauté des dieux n'était que celle de Joffrey.

« Navré aussi de la tienne, Joffrey, reprit le nain.

– Laquelle ?

– Ton royal père. Un grand gaillard à barbe noire. Fais un effort, et tu te souviendras de lui. Il t'a précédé sur le trône.

– Oh, *lui*. Oui, c'est très triste, un sanglier l'a tué.

– Est-ce là ce qu'"on" dit, Sire ? »

Joffrey fronça le sourcil. Sansa se sentait tenue de dire quelque chose. Que répétait donc septa Mordane ? ah oui..., *l'armure des dames est la courtoisie*. Elle endossa donc son armure et susurra : « Je suis navrée, messire, que madame ma mère vous ait retenu en captivité.

– Quantité de gens le déplorent aussi, répliqua-t-il, et, d'ici que j'en aie fini, certains pourraient s'en repentir bien davantage..., mais je vous remercie de m'en exprimer le regret. Joffrey, où pourrais-je trouver ta mère ?

– Elle préside mon Conseil, répondit le roi. Ton frère Jaime nous fait perdre bataille après bataille. » Il jeta un coup d'œil colère à Sansa, comme si elle en portait la responsabilité. « Il s'est fait prendre par les Stark, nous avons perdu Vivesaigues et, maintenant, voilà que son benêt de frère se proclame roi. »

Le nain lui faufila un sourire crochu. « Toutes sortes de gens suivent cette mode, depuis quelque temps. »

Sans trop savoir comment prendre l'insinuation, Joffrey redoubla de maussaderie soupçonneuse. « Oui. Bon. Je me réjouis que vous ne soyez pas mort, mon oncle. M'avez-vous apporté un cadeau pour mon anniversaire ?

– Oui. Ma perspicacité.

– J'aurais préféré la tête de Robb Stark, maugréa Joffrey, non sans un regard en dessous du côté de Sansa. Tommen, Myrcella ? Venez. »

Sandor Clegane s'attarda le temps d'un avertissement : « Vous feriez bien de tenir votre langue, nabot », puis il s'élança sur les traces du roi.

Laissée seule avec le nain Lannister et ses monstres, Sansa s'évertuait à trouver quelque autre chose à dire. « Vous vous êtes blessé le bras, lâcha-t-elle enfin.

– Un de vos gens du nord qui m'a frappé de sa plommée, durant la bataille de la Verfurque. Je n'ai dû la vie qu'à une chute de cheval. » Son sourire grinçant s'adoucit quand il la regarda. « C'est le deuil de votre père qui vous donne cet air si triste ?

– Père était un traître, répondit-elle du tac au tac. Tout comme le sont madame ma mère et mon frère. » Un réflexe si vite appris. « Ma loyauté est tout acquise à mon bien-aimé Joffrey.

– Sans doute. La loyauté du daim cerné par des loups.

– Des lions », murmura-t-elle à l'étourdie. Elle jeta un regard éperdu autour d'elle, mais personne ne se trouvait assez près pour avoir entendu.

Tyrion lui prit la main, la pressa. « Je ne suis qu'un petit lion, enfant, et, je te le jure, tu n'as pas de morsure à craindre de moi. » Là-dessus, il s'inclina. « Daignez m'excuser, maintenant, des affaires urgentes m'appellent auprès de la reine et du Conseil. »

Elle le regarda s'éloigner. Chacun de ses pas le faisait rouler pesamment de bâbord à tribord, tellement grotesque… *Il me parle plus gentiment que Joffrey,* se dit-elle, *mais la reine aussi me parlait gentiment. C'est bel et bien un Lannister, le frère de Cersei, l'oncle de Joffrey, tout sauf un ami.* Elle avait aimé de tout son cœur le prince Joffrey, naguère, naguère elle avait admiré et cru sur parole la reine sa mère. Et cet amour, cette confiance, ils l'en avaient récompensée par la tête de Père. Jamais, jamais plus Sansa ne commettrait pareille erreur.

TYRION

Dans le réfrigérant arroi blanc de la Garde, ser Mandon Moore avait tout d'un cadavre dans son linceul. « Sa Grâce a formellement interdit de laisser déranger le Conseil.

– Je ne serai qu'un tout petit dérangement, ser. » De sa manche, Tyrion retira un parchemin. « J'apporte une lettre de mon père, lord Tywin Lannister, Main du roi. Voyez le sceau…

– Sa Grâce entend n'être pas dérangée », répéta l'autre, articulant syllabe après syllabe comme s'il s'adressait à un cancre incapable de comprendre dès le premier coup.

A en croire Jaime, Moore était – après lui-même, naturellement – l'homme le plus dangereux de la Garde en ceci que jamais son visage ne trahissait ce qu'allait être sa réaction. Le moindre indice eût contenté Tyrion. Certes, si l'on en venait à tirer l'épée, Bronn et Timett auraient probablement raison du chevalier, mais débuter en tuant l'un des protecteurs de Joffrey présagerait plutôt mal de la suite. Pouvait-il toutefois se laisser éconduire sans compromettre son autorité ? Il se contraignit à sourire. « Vous ne connaissez pas mes compagnons, ser Mandon. Timett, fils de Timett, main rouge des Faces Brûlées. Bronn. Peut-être vous rappelez-vous ser Vardis Egen, capitaine de la garde personnelle de lord Arryn ?

– Je le connais. » Ser Mandon avait des prunelles gris pâle, étrangement neutres et sans vie.

« Vous l'*avez connu* », rectifia Bronn avec un demi-sourire.

Ser Mandon dédaigna montrer qu'il eût entendu.

« Advienne que pourra, commenta Tyrion d'un air guilleret. Je dois vraiment voir ma sœur, ser, et lui remettre cette lettre. Seriez-vous assez aimable pour nous ouvrir cette porte ? »

Faute de réponse, il allait se résoudre à tenter le passage en force quand le chevalier blanc s'écarta, tout à coup : « Vous pouvez entrer. Pas eux. »

Menue victoire, songea-t-il, *mais douce*. Il venait de réussir la première épreuve. Et c'est presque grand qu'il franchit le seuil. Les cinq membres du Conseil restreint suspendirent instantanément leur discussion. « Toi ? s'exclama Cersei d'un ton où entraient à parts égales la répugnance et l'incrédulité.

– Je vois d'où Joffrey tient ses bonnes manières. » Avec un air d'insouciance des mieux affecté, il s'accorda le loisir d'admirer les sphinx valyriens qui flanquaient l'entrée. Il savait sa Cersei aussi bien douée pour flairer la faiblesse qu'un chien la peur.

« Que viens-tu faire ici ? » Les ravissants yeux verts de sa sœur le scrutaient sans la moindre espèce d'affection.

« Délivrer une lettre de notre seigneur père. » Il sautilla jusqu'à la table et y déposa le rouleau.

Varys l'eunuque y porta ses doigts poudrés et le tourna, retourna délicatement. « Trop aimable à lord Tywin. Et exquise, sa cire à cacheter, ce ton doré... » Il inspecta minutieusement le sceau. « Authentique, selon toute apparence.

– Evidemment qu'il est authentique. » Cersei lui arracha la lettre, rompit le sceau, déroula la feuille et se mit à lire.

Tyrion l'observait, cependant. Et comme elle s'était adjugé le siège du roi – d'où il conclut que Joffrey ne devait pas plus se soucier que Robert d'assister aux séances –, il escalada celui de la Main, qui lui semblait le seul adéquat.

« Absurde ! dit enfin la reine. Le seigneur mon père envoie mon frère le suppléer au Conseil. Il nous enjoint d'accepter Tyrion comme Main du roi jusqu'à ce qu'il soit lui-même en mesure de se joindre à nous. »

Avec des hochements sentencieux, le Grand Mestre Pycelle tripota sa longue barbe blanche. « Entériner paraîtrait dans l'ordre.

– Effectivement. » Suffisance, bajoues, calvitie, Janos Slynt avait tout d'un batracien, d'un batracien parvenu plus qu'au-delà de ses mérites. « Nous avons un pressant besoin de vous, messire. Des rebelles de tous côtés, dans le ciel, ce signe sinistre, des émeutes en ville...

– A qui la faute, lord Janos ? décocha Cersei. Il appartient à vos manteaux d'or de maintenir l'ordre. Quant à toi, Tyrion, tu nous serais plus utile sur le champ de bataille. »

Il s'esclaffa. « Non pas, j'en ai ma claque, des champs de bataille, merci bien. Je me tiens mieux dans un fauteuil qu'en selle, et j'ai plus tôt fait de brandir une coupe de vin qu'une hache. Quant au tonnerre des tambours, à l'éclat des armures au soleil, à la splendeur des destriers piaffants, renâclants, pardon ! les tambours m'ont flanqué la migraine, l'éclat du soleil sur mon armure m'a rôti comme une oie le jour de la moisson, et les splendides destriers, misère..., ça chie *partout*. Non que je me plaigne. A côté de l'hospitalité dont j'ai joui au Val d'Arryn, les tambours, le crottin, les mouches et leurs piqûres sont mes délices de prédilection. »

Littlefinger se mit à rire. « Bien parlé, Lannister. En homme selon mon cœur. »

En souvenir de certain poignard à lame d'acier valyrien et manche en os de dragon, Tyrion lui sourit. *Il nous faut en causer, et vite.* Ce sujet-là divertirait-il autant lord Petyr Baelish ? « S'il vous plaît, dit-il à la ronde, permettez-moi de me rendre utile, si *petits* que soient mes moyens. »

Cersei relut la lettre. « Combien d'hommes as-tu amenés ?

– Quelques centaines. Mes propres gens, pour l'essentiel. Père répugnait à se défaire d'aucun des siens. Il est en train de faire la guerre, après tout, *lui*.

– Et de quoi nous serviront tes quelques centaines d'hommes, si Renly marche sur la ville, ou si Stannis appareille de Peyredragon ? Je réclame une armée, et mon père m'expédie un nain. C'est le *roi* qui nomme la Main. Et Joffrey avait, avec le consentement du Conseil, nommé notre seigneur père.

– Et notre seigneur père m'a nommé.

– Il ne peut faire cela. Pas sans l'aval de Joffrey.

– S'il vous convient d'en débattre avec lord Tywin, riposta poliment Tyrion, vous le trouverez à Harrenhal avec son armée. Verriez-vous un inconvénient, messires, à ce que nous ayons, ma sœur et moi, un entretien privé ? »

De la manière onctueuse qui n'appartenait qu'à lui, Varys se laissa glisser sur ses pieds avec un sourire. « Combien vous avez dû vous languir, messire, de Sa Grâce et de sa douce voix... Accordons-leur, messeigneurs, je vous prie, quelques instants d'intimité. Les malheurs du royaume nous attendront bien. »

Tour à tour se levèrent, non sans hésiter, Janos Slynt et, non sans pesanteur, le Grand Mestre Pycelle, mais tous deux finirent par se lever. Bon dernier s'exécuta Littlefinger. « Avertirai-je l'intendant de vous préparer des appartements dans la citadelle de Maegor ?

– Je vous remercie, lord Petyr, mais je prendrai ceux qu'occupait lord Stark dans la tour de la Main. »

Littlefinger se remit à rire. « Vous êtes plus brave que moi, Lannister. Vous connaissez pourtant le triste sort de nos deux dernières Mains ?

– Deux ? Pourquoi ne pas dire quatre, si vous entendez m'effrayer ?

– Quatre ? » Littlefinger haussa un sourcil. « Les prédécesseurs de lord Arryn y auraient-ils tragiquement péri ? Il faut croire, alors, que j'étais trop jeune pour m'intéresser à eux.

– La dernière Main d'Aerys Targaryen fut tué lors du sac de Port-Réal. Comme il n'exerça ses fonctions qu'une quinzaine de jours, il n'eut probablement pas le temps de s'installer dans la tour. Son prédécesseur immédiat avait été brûlé vif. Quant aux deux précédents, ils s'estimèrent trop chanceux de mourir en exil, indigents et dépossédés de leurs terres. Je pense que la dernière Main à quitter Port-Réal intact et avec ses nom, domaines et tout le reste fut le seigneur mon père.

– Fascinant, s'extasia Littlefinger. Et raison de plus pour que j'y préfère la paille humide des cachots ! »

Tu pourrais bien être exaucé, pensa Tyrion, quitte à dire : « Courage et folie sont cousins, du moins le prétend-on. Mais quelque malédiction qui pèse sur la tour de la Main, j'espère être assez petit pour y échapper. »

Janos Slynt éclata de rire, Littlefinger sourit, le Grand Mestre se contenta d'une grave révérence avant de les suivre vers la sortie.

« J'espère que Père ne t'a pas envoyé de si loin nous assommer de leçons d'histoire, dit Cersei, dès qu'ils furent seuls.

– Combien je me suis langui de ta douce voix…, lui soupira-t-il.

– Et combien je me suis languie, moi, de faire arracher la langue de cet eunuque avec des pincettes rougies ! riposta-t-elle. Père a-t-il perdu la tête, ou est-ce toi qui as fabriqué cette lettre ? » Tandis qu'elle la relisait, son mécontentement ne cessait de croître. « Pourquoi est-ce *toi* qu'il m'inflige ? Je voulais qu'il vienne en personne. »

Elle froissa la lettre avec fureur. « J'exerce la régence au nom de Joffrey. Je lui avais envoyé un *ordre* royal !

– Et il t'a ignorée, commenta Tyrion. Il peut se le permettre, il possède une grande armée. Et il n'est pas le premier. Si ? »

La bouche de Cersei se serra. Son teint s'empourprait. « Si je dénonce un faux dans cette lettre et te fais jeter dans quelque oubliette, personne ne l'*ignorera*. Crois-moi sur parole. »

Il était pleinement conscient de marcher désormais sur la glace pourrie. Un faux pas, ce serait le plongeon. « Personne, convint-il de bonne grâce, et notre père moins que quiconque. Lui qui a l'armée. Mais pourquoi voudrais-tu me jeter dans quelque oubliette, ma douce sœur, alors que j'ai fait tout ce long voyage uniquement pour t'aider ?

– Je n'ai que faire de *ton* aide. C'est la présence de notre père que j'ai exigée.

– Oui, dit-il d'un ton paisible, mais c'est Jaime que tu veux. »

Elle avait beau se croire maligne, il la connaissait depuis sa naissance. Le visage de sa sœur, il pouvait le lire aussi facilement qu'un de ses livres favoris, et il y lisait à présent la rage et la peur et le désespoir. « Jaime…

– … n'est pas moins mon frère que le tien, coupa-t-il. Accorde-moi ton soutien, et je te promets que nous obtiendrons sa libération et son retour sain et sauf parmi nous.

– Comment ? demanda-t-elle. Le petit Stark et sa mère ne sont pas gens à oublier que nous avons raccourci lord Eddard.

– Exact, admit-il, mais tu détiens toujours ses filles, non ? J'ai vu l'aînée dehors, dans la cour, avec Joffrey.

– Sansa, dit-elle. J'ai fait accroire que j'avais aussi la cadette, c'est un mensonge. J'avais envoyé Meryn Trant se saisir d'elle au moment de la mort de Robert, mais son maudit maître à danser s'est interposé, et elle s'est enfuie. Plus personne ne l'a revue. Elle est probablement morte. Tant de gens ont péri, ce jour-là… »

Bien qu'il eût compté sur les deux petites Stark, Tyrion présuma qu'une seule ferait encore l'affaire. « Parle-moi de nos bons amis du Conseil. »

Elle regarda du côté de la porte. « A savoir ?

– Père semble les avoir pris en grippe. Il se demandait, quand je l'ai quitté, quel effet feraient leurs têtes sur le rempart, à côté de celle de lord Stark. » Il se pencha par-dessus la table. « Es-tu certaine de leur loyauté ? As-tu confiance en eux ?

– Confiance en aucun, mordit-elle. J'ai besoin d'eux. Père pense qu'ils nous doublent ?

– Les en soupçonne, plutôt.

– Pourquoi ? Que sait-il ? »

Tyrion haussa les épaules. « Que le court règne de ton fils n'a été jusqu'ici qu'une longue kyrielle d'extravagances désastreuse. De là à croire que quelqu'un donne à Joffrey des conseils exécrables… »

Elle le scruta d'un air inquisiteur. « Joff n'a nullement manqué de bons conseils. Mais il est l'opiniâtreté même. Maintenant qu'il règne, il s'imagine devoir agir à sa guise et non comme on le lui commande.

– Les couronnes produisent des effets bizarres sur les têtes qu'elles coiffent, acquiesça-t-il. Cette histoire d'Eddard Stark…, l'œuvre de Joffrey ? »

La reine grimaça. « Il avait pour consigne de faire grâce à Stark en lui permettant de prendre le noir. Cette solution nous débarrassait de ce gêneur et nous permettait de faire la paix avec son fils, mais Joff a pris de son propre chef l'initiative d'offrir à la populace un spectacle plus excitant. Que pouvais-je faire ? Il s'est prononcé pour la mort devant la moitié de la ville. Et Janos Slynt et ser Ilyn y ont mis tant d'allégresse que la chose était faite avant que j'aie pu prononcer un mot ! » Elle serra le poing. « Le Grand Septon crie partout que nous avons profané le septuaire de Baelor en y versant le sang et que nous l'avions trompé sur nos intentions.

– L'argument ne manque pas de poids, confessa Tyrion. Ainsi, ce *lord* Slynt, il était de la fête, n'est-ce pas ? Dis-moi, qui a eu la riche idée de le fieffer de Harrenhal et de le nommer au Conseil ?

– Littlefinger. Il avait tout arrangé. Nous avions besoin des manteaux d'or de Slynt. Eddard Stark complotait avec Renly, et il avait écrit à Stannis pour lui offrir le trône. Nous risquions de tout perdre. Il s'en est fallu d'un cheveu, d'ailleurs. Si Sansa n'était venue me trouver pour me révéler tous les plans de son père… »

Tyrion fut abasourdi. « Vraiment ? Sa propre fille ? » Elle lui avait toujours paru si douce, si tendre, si bien élevée…

« Moite d'amour, elle était. Prête à *n'importe quoi* pour Joffrey, jusqu'à ce qu'il ose appeler grâce l'exécution du père et gâche tout.

– Façon singulière, en effet, de conquérir le cœur de ses sujets, commenta Tyrion avec un rictus. Et le renvoi de ser Barristan Selmy, encore une de ses lubies ? »

Cersei soupira. « Il désirait imputer la mort de Robert à quelqu'un. Varys suggéra ser Barristan. Pourquoi pas ? Ce biais assurait à Jaime le commandement de la Garde et un siège au Conseil restreint, tout en permettant à Joffrey de jeter un os à son chien. Il a un gros faible pour Sandor Clegane. Nous étions tout prêts à doter Selmy d'un bout de terre et d'un manoir. L'incapacité du vieux fou n'en méritait pas tant.

– Si je ne m'abuse, le vieux fou incapable a tout de même trucidé les deux manteaux d'or qui prétendaient l'arrêter, porte de la Gadoue. »

Cersei ne déguisa pas son irritation. « Janos aurait dû envoyer davantage d'hommes. Il n'a pas la compétence escomptée.

– Ser Barristan était lord commandant de la Garde de Robert Baratheon, rappela Tyrion sans ambages, et, avec Jaime, le seul survivant des sept d'Aerys Targaryen. Les petites gens le mettent aussi haut que Serwyn Bouclier-Miroir et que le prince Aemon Chevalier-Dragon. Que penseront-ils, selon toi, quand ils le verront chevaucher aux côtés de Robb Stark ou de Stannis Baratheon ? »

Elle détourna son regard. « Je n'avais pas envisagé les choses sous cet angle.

– Père, si, dit-il. Et c'est pour *cela* qu'il m'a envoyé. Pour mettre un terme à ces turlupinades et ton fils au pas.

– Joff ne se montrera pas plus docile avec toi qu'avec moi.

– Voire.

– Et pourquoi le ferait-il ?

– Il sait que pour rien au monde tu ne le châtierais, *toi.* »

Les yeux de Cersei s'étrécirent. « Si tu te figures que je te laisserai lui faire le moindre mal, tu délires. »

Il soupira. Elle mettait à côté de la plaque, une fois de plus. « Il ne court pas plus de risque avec moi qu'avec toi, la rassura-t-il, mais, dans la mesure où il se *sentira* menacé, il sera plus enclin à écouter. » Il lui prit la main. « Je *suis* ton frère, tu sais. Que tu daignes l'admettre ou non, tu as besoin de moi. Et ton fils a besoin de moi, s'il tient à conserver le moindre espoir de conserver ce hideux Trône de Fer. »

Elle était manifestement choquée qu'il osât la toucher. « Toujours aussi madré…

– A ma petite petite manière, s'épanouit-il.

– Autant essayer..., mais ne t'y méprends pas, Tyrion. Si je consens, tu seras Main du roi de nom mais de fait *la mienne*. Tu m'exposeras tous tes plans, toutes tes intentions avant d'agir, et tu ne feras rien sans mon consentement. Compris ?

– Oh oui.

– Tu en es d'accord ?

– Absolument, mentit-il. Je te suis tout acquis, ma sœur. » *Aussi longtemps du moins que de besoin.* « Ainsi, plus de cachotteries entre nous, puisque nous voici d'intelligence. Si je résume tes propos, c'est Joffrey qui a fait tuer lord Eddard, Varys démettre ser Barristan et Littlefinger qui nous a gratifiés de Slynt. Qui est l'assassin de Jon Arryn ? »

Cersei dégagea vivement sa main. « Comment le saurais-je ?

– La veuve éplorée des Eyrié semble croire à ma culpabilité. D'où lui est venue cette idée farfelue ?

– Ça, je l'ignore ! Cet imbécile d'Eddard Stark m'en accusait aussi. Il insinuait que lord Arryn soupçonnait ou..., bref, se figurait...

– ... que tu baisais avec notre cher Jaime ? »

Elle le gifla.

« Me croyais-tu aussi aveugle que Père ? » Il se frotta la joue. « Peu m'importe avec qui tu couches..., encore qu'il y ait quelque injustice à ouvrir tes cuisses pour l'un de tes frères et pas pour l'autre. »

Elle le gifla.

« Sois gentille, Cersei, je blague, voilà tout. Parce que, pour parler franc, je préfère une bonne pute. Je n'ai jamais compris ce que Jaime te trouvait, son propre reflet mis à part. »

Elle le gifla.

Les joues lui cuisaient, mais il sourit. « Si tu continues, je finirai par me mettre en colère. »

La main demeura en suspens. « Pourquoi devrais-je m'en soucier ?

– J'ai quelques nouveaux amis, confessa-t-il. Et qui ne te plairont pas du tout. Comment t'y es-tu prise pour tuer Robert ?

– Il s'en est chargé lui-même. Nous l'y avons seulement aidé. Quand Lancel le vit prêt à s'élancer sur les traces du sanglier, il lui donna du vin. Son rouge favori, l'âpre, mais renforcé, trois fois plus corsé que l'habituel. Et il a tellement aimé, ce grand couillon puant, qu'au lieu d'arrêter d'en boire à tout bout de champ, bernique, il a sifflé la première gourde et en a réclamé une autre. Le sanglier fit le reste. Que n'étais-tu du banquet, Tyrion ! jamais on ne mangea de sanglier si délicieux... Mitonné aux pommes et aux champignons, une merveille de saveur.

– En vérité, ma sœur, tu étais née pour le veuvage. » Tout bravache et godiche qu'il le trouvait, Tyrion l'aimait assez, le grand Robert Baratheon..., et d'autant mieux que sa sœur, elle, l'abominait. « A présent, si tu as fini de me gifler, je vais me retirer. » Il fit pivoter ses courtes pattes et dégringola gauchement de son siège.

Cersei fronça le sourcil. « Je ne t'ai pas donné l'autorisation. Je veux savoir comment tu comptes délivrer Jaime.

– Je t'en aviserai dès que je saurai. Les projets sont comme les fruits, il faut leur laisser le temps de mûrir. Pour l'heure, je me propose de parcourir les rues afin de prendre la température de la ville. » Parvenu à la porte, il posa la main sur la tête d'un sphinx. « Une requête, avant de partir. Assure-toi gracieusement qu'on ne maltraite pas Sansa Stark. Perdre les *deux* petites n'avancerait pas nos affaires. »

Après avoir simplement salué d'un signe ser Mandon dans l'antichambre, il enfila, flanqué de Bronn, la longue salle voûtée. De Timett, fils de Timett, pas trace. « Où est passé notre main rouge ? s'enquit-il.

– Un besoin urgent d'explorer les lieux. Les types de son espèce n'étaient pas faits pour poireauter.

– Espérons qu'il ne tuera personne d'important. » A leur manière pour le moins sauvage, les gens des clans qu'il avait débauchés de leurs forteresses dans les montagnes de la Lune se montraient loyaux, mais il se défiait de leur vanité sourcilleuse et de leur propension à laver dans le sang toute insulte réelle ou imaginaire. « Tâche de me le trouver. Et, tant que tu y es, veille que les autres aient été logés et nourris. Je veux qu'on leur attribue les baraquements situés sous la tour de la Main, mais ne laisse pas l'intendant mettre côte à côte Sélénites et Freux ; tu l'avertiras aussi de réserver toute une salle aux seules Faces Brûlées.

– Où serez-vous ?

– Je retourne à *L'Enclume brisée.* »

Bronn lui élargit un sourire impudent. « Besoin d'un coup de main ? Paraît que c'est pas du gâteau, les rues.

– Je vais convoquer le capitaine de la garde personnelle de ma sœur et lui rappeler que je ne suis pas moins Lannister qu'elle. Il faut lui rafraîchir la mémoire. Son serment l'engage vis-à-vis de Castral Roc et non de Cersei ou Joffrey. »

Une heure après, Tyrion quittait le Donjon Rouge en compagnie d'une douzaine de manteaux rouges coiffés d'armets au lion. Au moment de franchir la herse, il aperçut les têtes empalées aux créneaux. Noircies de bitume et de putréfaction, elles étaient depuis longtemps méconnaissables. « Capitaine Vylar ? appela-t-il. Je ne veux plus voir ça demain. Vous les ferez remettre aux sœurs du Silence pour la toilette. » Une gageure, sûrement, que de les assortir chacune à son corps, mais cela devait être fait. Il fallait observer, même en temps de guerre, certaines convenances.

Vylar tenta de tergiverser. « Le vœu formel de Sa Majesté est que les têtes des traîtres demeurent sur la muraille jusqu'à ce que les trois dernières piques, là-bas au bout, aient reçu leurs destinataires.

– Laissez-moi deviner. Une pour Robb Stark, les autres pour les lords Stannis et Renly. Juste ?

– Juste, messire.

– Mon neveu a treize ans aujourd'hui même, Vylar. Tâchez de vous en souvenir. Que je revoie ces têtes là-haut, demain, et l'une des piques vacantes changera de destinataire. M'avez-vous bien entendu, capitaine ?

– Je m'occuperai personnellement de les faire enlever, messire.

– Bien. » Là-dessus il éperonna sa monture et partit au trot, sans autrement s'inquiéter de ses gardes.

En annonçant à Cersei qu'il comptait prendre la température de la ville, il n'avait menti qu'à demi. Ce qu'il vit ne l'enchanta guère. Au lieu de grouiller comme à l'ordinaire de vie, de bruit, de cris rauques, les rues de Port-Réal puaient le traquenard à un point littéralement inconnu de lui. Près de la rue des Tisserands, des chiens sauvages se disputaient un cadavre qui gisait nu dans le caniveau, et personne n'en avait cure. Deux par deux, manteau d'or et haubert de maille noire, matraque de fer toujours à portée de main, les sergents du guet faisaient des rondes ostentatoires par les venelles. Les marchés foisonnaient de gens déguenillés qui tentaient de vendre à n'importe quel prix leurs effets personnels… mais, à l'évidence, plus un fermier n'y proposait de victuailles, et le peu de marchandises qu'il aperçut coûtait dix fois plus cher que l'année précédente. Brandissant des brochettes de rats rôtis, un camelot graillonnait : « *Rats frais !* » d'une voix de stentor, « *Rats frais !* ». Et s'il ne faisait aucun doute que mieux valait des rats frais que de vieux rats pourris, le pire était que lesdits rats semblaient trop souvent plus appétissants que la barbaque à l'étal des bouchers. Dans la rue aux Farines, Tyrion vit des vigiles en faction toutes les deux boutiques. C'était, réfléchit-il, qu'en période de vaches maigres les boulangers eux-mêmes trouvaient les spadassins meilleur marché que le pain.

« Il n'entre pas de vivres, n'est-ce pas ? demanda-t-il à Vylar.

– Guère, admit celui-ci. Les routes sont coupées à l'est comme à l'ouest, vu la guerre dans le Conflans et la rébellion fomentée par lord Renly à Hautjardin.

– Et quelles mesures a prises ma bonne sœur ?

– Elle est en train de restaurer la paix du roi, assura Vylar. Lord Slynt a triplé les effectifs du Guet, et la reine affecté un millier d'ouvriers aux travaux de défense. Les tailleurs de pierre renforcent les murs, les charpentiers construisent des centaines de catapultes et de scorpions, les fléchiers et les forgerons fabriquent d'arrache-pied lames et flèches, et la guilde des Alchimistes s'est engagée à fournir dix mille pots de feu grégeois. »

Tyrion se tortilla sur sa selle. Que Cersei ne fût pas restée inactive le charmait, mais rien de si traître que le feu grégeois ; dix mille pots ! il n'en fallait pas tant pour réduire Port-Réal en cendres… « Et d'où ma sœur a-t-elle tiré les fonds pour payer le tout ? » Il était de notoriété publique que Robert avait prodigieusement endetté la Couronne et qu'il ne fallait point trop compter sur l'altruisme des alchimistes.

« Lord Littlefinger n'est jamais à court d'expédients, messire. En l'occurrence, il a frappé d'une taxe tous les gens désireux d'entrer dans la ville.

– Mmouais, ça devrait marcher… », dit Tyrion, songeur. *Malin. Malin et cruel.* Des dizaines de milliers de pauvres hères fuyaient la zone des combats pour la sécurité présumée de Port-Réal. Il avait dépassé sur la route royale des cohues de mères, d'enfants, de pères angoissés qui lorgnaient avec convoitise ses chevaux, ses fourgons. Une fois parvenus aux portes de la cité, ces malheureux ne manqueraient sans doute pas de payer plus qu'ils ne possédaient pour mettre entre la guerre et eux ces remparts si réconfortants. Y réfléchiraient à deux fois s'ils se doutaient du feu grégeois…

L'auberge à l'enseigne de l'enclume brisée se dressait précisément au bas de ces mêmes remparts, près de la porte des Dieux franchie le matin. Dès qu'ils entrèrent dans la cour, un garçon se précipita pour aider Tyrion à démonter. « Ramenez vos hommes au château, je passe la nuit ici. »

Vylar ouvrit de grands yeux. « Y serez-vous en sécurité, messire ?

– Ça... Lorsque j'ai quitté l'auberge, ce matin, elle était pleine d'Oreilles Noires. Et on n'est jamais tout à fait en sécurité quand Chella, fille de Cheyk, rôde dans les parages. » Sur ce, il se dandina vers la porte, laissant Vylar ruminer ces paroles incompréhensibles.

Une ambiance joyeuse le cueillit à son entrée dans la salle commune, où il démêla les gargouillis de Chella et le rire plus mélodieux de Shae. Assise à une table ronde auprès de l'âtre, la jeune femme sirotait du vin avec les trois Oreilles Noires qu'il avait préposés à sa garde et un homme rondouillard dont il ne voyait que le dos. L'aubergiste, supposa-t-il..., mais lorsque Shae le héla : « Tyrion ! », l'inconnu se leva. « Mon bon seigneur, je suis *si* content de vous voir... », s'énamoura-t-il avec un souris suave de toute sa face poudrée.

Tyrion broncha. « Lord Varys. Si je m'attendais à vous trouver ici. » *Les Autres l'emportent ! Comment nous a-t-il si vite découverts ?*

« Pardonnez mon intrusion, dit l'eunuque. Je me suis brusquement laissé emporter par le désir fou de rencontrer votre jeune dame.

– Jeune dame..., répéta Shae, savourant les mots. Vous dites à d'mi vrai, m'sire. J' suis jeune. »

Dix-huit ans, songea Tyrion. *Dix-huit et putain, mais vive d'esprit, preste comme une chatte entre les draps, de grands yeux noirs, de beaux cheveux noirs et une bouche petite et douce et pulpeuse et vorace... et mienne ! Maudit soit l'eunuque !* « Je crains fort que l'intrus soit moi, lord Varys, dit-il d'un ton de courtoisie forcé. Mon entrée a interrompu vos divertissements.

– M'sire Varys complimentait Chella sur ses oreilles et disait qu'elle avait dû tuer pas mal d'hommes pour avoir un si joli collier », expliqua Shae. L'entendre appeler Varys *m'sire*, et du ton qu'elle employait avec lui durant leurs ébats, écorcha Tyrion. « Et Chella lui a dit que seuls les lâches tuaient les vaincus.

– Plus brave, laisser la vie à l'homme et une chance de laver sa honte en regagnant son oreille », commenta Chella, petit bout de femme noiraud dont le collier macabre ne comportait pas moins de quarante-six oreilles desséchées, ridées. Un jour, Tyrion les avait comptées. « Seulement comme ça que vous pouvez prouver qu'il vous fait pas peur, l'ennemi. »

Shae se mit à hennir. « Et là, m'sire a dit que s'il était Oreille Noire y dormirait jamais, cause des rêves d'hommes qu'en ont qu'une !

– Un problème qui ne se posera jamais à moi, intervint Tyrion. Comme mes ennemis me terrifient, je les tue tous systématiquement. »

Varys se trémoussa. « Prendrez-vous un doigt de vin avec nous, messire ?

– Je prendrai un doigt de vin. » Tyrion s'assit aux côtés de Shae. Si ni celle-ci ni Chella ne comprenaient ce qui se passait, lui si. Varys transmettait un message. En disant : *Je me suis brusquement laissé emporter par le désir fou de rencontrer votre jeune dame*, il insinuait : *Vous vouliez la cacher, mais je savais où elle était, qui elle était, et me voici.* Mais qui s'était chargé de la délation ? L'aubergiste, le garçon d'écurie, un garde de la porte..., ou l'un de ses propres hommes ?

« Ç'a toujours été mon plaisir que de rentrer dans la cité par la porte des Dieux, dit Varys à Shae tout en emplissant les coupes. Les bas-reliefs de la poterne sont d'une telle délicatesse, j'en pleure chaque fois. Les yeux..., tellement expressifs, ne trouvez-vous pas ? On jurerait qu'ils vous suivent, pendant que vous vous engagez sous la herse.

– J'ai jamais remarqué, m'sire, avoua-t-elle. Je regarderai mieux demain, pour vous complaire. »

T'en fais pas, mignonne, songea Tyrion, les yeux attachés sur le tournoiement de son vin. *Se fout éperdument des bas-reliefs. Les yeux dont il jacte sont les siens propres. Il veut simplement dire qu'il regardait, qu'il nous a sus ici dès l'instant où nous en franchissions le seuil.*

« Soyez prudente, petite, appuya Varys. Port-Réal n'est pas très sûr, ces temps-ci. J'ai beau en connaître les rues par cœur, je tremblais presque, aujourd'hui, de venir comme cela, seul et sans armes. Cette sombre époque fait pulluler les gens de sac et de corde, oh oui. Des gens à l'acier moins glacial que le cœur. » *Soit, en termes clairs : où je puis me rendre seul et sans armes, d'autres peuvent le faire l'épée au poing.*

Shae se contenta de rire. « Qu'ils essaient de me chercher noise, et Chella les allégera d'une oreille ! »

Le mot fit hurler Varys comme s'il n'avait jamais rien entendu de si drôle, mais ses yeux ne riaient pas lorsqu'ils se reportèrent sur Tyrion. « Votre jeune dame a une grâce singulière. Je prendrais le plus grand soin d'elle, si j'étais vous.

– J'en ai bien l'intention. Quiconque oserait me la taquiner... – bref, je suis trop petit pour me comporter en Oreille Noire, et je ne me pique pas de bravoure. » *Vu ? Je parle la même langue que toi, eunuque. Touche à elle, et j'aurai ta tête.*

« Je vous laisse. » Varys se leva. « Vous devez être vannés. Je désirais seulement vous souhaiter la bienvenue, messire, et vous dire à quel point je me réjouissais de votre arrivée. Nous avons cruellement besoin de vous au Conseil. Vous avez vu la comète ?

– Je suis court, pas aveugle », répliqua Tyrion. Vue de la route, elle occupait la moitié du ciel et éclipsait par son éclat le croissant de lune.

« Le vulgaire l'a surnommée "le Messager rouge", reprit Varys. Elle viendrait annoncer, tel un héraut royal, carnage et incendie. » Ses mains poudrées s'entre-pétrirent. « M'est-il permis de prendre congé sur un bout d'énigme, lord Tyrion ? » Il n'attendit pas la réponse. « Dans une pièce sont assis trois grands personnages, un roi, un prêtre et un type archicousu d'or. Entre eux se dresse un reître, un petit homme du commun et d'intelligence ordinaire. Chacun des trois autres lui enjoint de tuer ses compères. "Obéis-moi, dit le roi, je suis légalement ton chef." "Obéis-moi, dit le prêtre, je te l'ordonne au nom des dieux." "Obéis-moi, dit le riche, et tout cet or t'appartiendra." Qui survit, qui meurt, selon vous ? » Et, sur une profonde révérence, l'eunuque s'empressa de quitter la salle commune à pas feutrés.

A peine eut-il disparu que Chella renifla galamment, tandis que Shae fripait son joli minois : « C'est le riche qui survit, n'est-ce pas ? »

D'un air songeur, Tyrion sirota son vin. « Peut-être. Ou pas. Tout dépendrait du reître, apparemment. » Il vida sa coupe. « Viens, montons. »

Elle dut l'attendre en haut de l'escalier, car autant elle avait la jambe alerte et longue, autant il l'avait, lui, douloureuse et torse et courtaude. Mais elle souriait quand il la rejoignit enfin. « T'ai-je manqué ? taquina-t-elle en lui prenant la main.

– Atrocement », confessa-t-il. Bien qu'elle n'eût guère plus de cinq pieds de haut, il devait se tordre le col pour la contempler... mais, avec elle, s'aperçut-il, cela lui était égal. Elle était douce à regarder d'en bas.

« Je te manquerai tout le temps, dans ton Donjon Rouge, dit-elle en se laissant mener vers sa chambre. Tout seul dans ton lit froid de ta tour de la Main...

– Trop vrai. » Il l'aurait volontiers gardée avec lui, mais Père l'avait interdit. *Tu n'emmènes pas ta pute à la cour.* Tyrion ne pouvait pousser le défi plus loin que de l'avoir amenée quand même à Port-Réal. Il ne tenait son autorité que de lord Tywin, la petite devait le comprendre. « Tu ne seras pas loin, promit-il. Tu auras une maison, des gardes et des serviteurs, et je viendrai te voir le plus souvent possible. »

D'un coup de pied, elle ferma la porte. Les vitres glauques de l'étroite fenêtre laissaient deviner le Grand Septuaire de Baelor, tout en haut de la colline de Visenya, mais Tyrion n'avait d'yeux que pour autre chose : Shae se courbait pour empoigner le bas de sa robe, la retirait par-dessus sa tête, la jetait de côté. Elle dédaignait les sous-vêtements. « Pourras jamais te reposer..., prévint-elle, campée toute nue, rose, adorable, la main sur la hanche, devant lui. Tu penseras si fort à moi, chaque fois que tu te coucheras, que tu te mettras à bander, et tu n'auras personne pour te secourir, et il te sera impossible de t'endormir, à moins que tu... » Elle eut le damné sourire qu'il aimait tant. « C'est pour *ça* qu'on l'appelle la tour de la Main, m'sire ?

– Tais-toi et m'embrasse », commanda-t-il.

Ses lèvres avaient la saveur du vin, ses petits seins une fermeté délicieuse contre lui, ses doigts n'aspiraient qu'à le délacer. « Mon lion, souffla-t-elle lorsqu'il se dégagea pour se dévêtir. Mon doux seigneur, mon géant Lannister. » Il la poussa vers le lit. Et, quand il la pénétra, elle poussa un cri capable de réveiller le bienheureux Baelor dans sa tombe, tandis que ses ongles lui labouraient cruellement le dos. Et jamais douleur n'avait procuré à Tyrion tant de jouissance.

Fou, se dit-il après, comme ils gisaient tous deux au creux de la paillasse défoncée, parmi le saccage des draps. *N'apprendras-tu jamais rien, nain ? Une putain, maudit sois-tu, qui n'aime que ton argent, pas ta queue. Te souviens, Tysha ?* Et pourtant, lorsque ses doigts effleurèrent un téton, celui-ci s'érigea bientôt, le sein portait la marque d'une morsure passionnée.

« Et que vas-tu faire, m'sire, dis, main'nant que t'es la Main du roi ? demanda Shae, comme il posait sa main en coupe sur la douce chair tiède.

– Quelque chose à quoi Cersei est loin de s'attendre, lui murmura-t-il au tendre du cou – rendre… justice. »

BRAN

Au douillet de son matelas de plumes et des couvertures il préférait la banquette de pierre dans l'embrasure de la fenêtre et sa dureté. S'il demeurait au lit, les murs resserraient leur étreinte, et la pesanteur du plafond l'oppressait ; s'il demeurait au lit, sa chambre était une cellule, et Winterfell une prison. Tandis que la fenêtre ouvrait toujours sur les appels du vaste monde.

Certes, il ne pouvait plus ni marcher ni grimper ni chasser ni manier une épée de bois, mais il pouvait encore *regarder*. Il aimait voir s'éclairer une à une, ici d'une bougie, là d'un rougeoiement d'âtre, les vitres en pointes de diamant des tours et des salles de Winterfell, et il adorait écouter les loups-garous donner sérénade aux étoiles.

Depuis quelque temps, il rêvait souvent de loups. *Ils s'adressent à moi, fraternellement*, se dit-il quand les loups-garous commencèrent à hurler. Il pouvait presque les comprendre..., pas tout à fait, pas vraiment, mais *presque*..., comme s'ils chantaient dans une langue autrefois connue de lui et quelque peu oubliée. Libre aux deux Walder d'en avoir peur, les Stark avaient, eux, du sang de loup, Vieille Nan l'affirmait, non sans préciser qu'il n'avait pas « la même force dans leurs veines à tous ».

Longs et tristes, lourds de deuil et de nostalgie étaient les hurlements d'Eté, plus sauvages ceux de Broussaille. Mais leurs voix conjointes éveillaient tant d'échos dans les cours et les salles que tout le château finit par résonner, comme hanté par une meute et non par deux loups-garous seulement..., les deux seuls restants des six d'autrefois. *Leurs frères et sœurs leur manquent-ils, à eux aussi ?* se demandait Bran. *Réclament-ils Vent Gris, Fantôme et Nymeria, évoquent-ils l'ombre de Lady ? Souhaitent-ils leur retour pour reformer la meute ?*

« Va donc savoir ce qui se passe dans la tête d'un loup », répondit ser Rodrik lorsqu'il l'interrogea. En l'absence de Mère, ses tâches de gouverneur ne lui laissaient guère de loisir pour les questions oiseuses.

« C'est à leur liberté qu'ils en ont, déclara Farlen, le maître piqueux, qui partageait l'aversion de ses chiens pour eux. Ils n'aiment pas être emmurés, et qui les en blâmerait ? Sauvages, il sont faits pour vivre en pleine sauvagerie et non dans un château.

– Ils brûlent de chasser, confirma le cuisinier Gage, tout en jetant de gros cubes de graisse dans une marmite à ragoût. Ils ont plus de flair qu'aucun homme. Probable qu'ils ont repéré du gibier. »

Mestre Luwin fut d'un autre avis. « Les loups hurlent volontiers à la lune. Ceux-ci hurlent à la comète. Tu vois comme elle brille, Bran ? Peut-être la prennent-ils pour la lune… »

Cette explication-là fit ensuite s'esclaffer Osha. « Tes loups ont plus de jugeote que ton mestre, dit la sauvageonne. Ils savent des vérités dont l'homme gris ne se souvient plus. » Bran frissonna du ton qu'elle y mettait, et ce fut bien pis lorsque, interrogée sur ce que signifiait la comète, elle répondit : « Sang et feu, mon gars, tout sauf des douceurs. »

Il questionna de même septon Chayle, tout en l'aidant à inventorier les rares manuscrits arrachés à l'incendie de la bibliothèque. « Elle est l'épée meurtrière de la saison », trancha-t-il. Et comme, peu après, survint le corbeau blanc grâce auquel Villevieille annonçait l'automne, sans doute avait-il raison.

Or Vieille Nan s'inscrivit en faux, qui avait vécu beaucoup plus d'années que quiconque. « Dragons », dit-elle en humant, nez en l'air. Quoique sa quasi-cécité l'empêchât de voir la comète, elle affirmait qu'elle la *sentait*, répéta : « Dragons, mon petit. »

Quant à Hodor, il se contenta comme à l'accoutumée d'éructer : « Hodor ! »

Et, cependant, les loups hurlaient toujours, au grand dam des sentinelles qui, sur le rempart, grommelaient des imprécations, des limiers qui, dans les chenils, aboyaient furieusement, des chevaux qui ruaient dans leurs stalles, des deux Walder qui grelottaient contre leur feu, et même de mestre Luwin qui se plaignait de ne plus fermer l'œil. Seul Bran n'en était pas indisposé. Et bien que ser Rodrik eût relégué les loups dans le bois sacré depuis que Broussaille avait mordu Petit Walder, les pierres de Winterfell se jouaient si malignement du son qu'ils semblaient parfois se trouver dans la cour, juste en dessous de la croisée de Bran, et parfois arpenter le chemin de ronde, là-haut là-haut. Que ne pouvait-il les voir, hélas, comme…

… comme il *pouvait* voir la comète, en suspens par-dessus le beffroi, la salle des gardes, incendier par-delà la silhouette ronde et trapue de l'ancien donjon et en découper les gargouilles, noir sur violacé. Il avait, jadis, connu la moindre pierre, dehors et dedans, de ces édifices, il les avait tous escaladés, gravissant leurs murs avec autant d'aisance que les autres gamins dévalent des volées de marches, il avait eu pour secret repaire le faîte des toits, pour amis intimes les corneilles de la tour tronquée.

Et puis – et puis il était tombé.

Il ne se souvenait pas de sa chute mais, comme on affirmait qu'il était tombé, cela devait être vrai. Il avait failli mourir. Rien qu'à regarder les gargouilles rongées par les siècles de l'ancien donjon – ça s'était passé là… –, quelque chose en lui se serrait. Et voilà qu'il ne pouvait plus grimper ni courir ni marcher ni faire de passes d'armes, et tous ses rêves de chevalerie tournaient à l'aigre dans sa cervelle.

A en croire Robb, Eté n'avait cessé de hurler le jour de sa chute et, bien après, tandis qu'il gisait, rompu, dans le coma, Eté n'avait, tout du long, cessé de mener grand deuil de lui, bientôt rejoint par Broussaille et Vent Gris. Et ils avaient su aussi, le soir où le corbeau sanglant avait apporté la nouvelle de la mort de Père chez mestre Luwin…

De qui mènent-ils grand deuil, à présent ? Quelque ennemi aurait-il tué le roi du Nord qu'était entre-temps devenu Robb ? Jon le bâtard serait-il tombé du Mur ? Mère serait-elle morte, ou l'une de leurs sœurs ? Ou bien s'agissait-il de tout autre chose, ainsi que semblaient le croire et Vieille Nan et le mestre et le septon ?

Si j'étais véritablement un loup-garou, je comprendrais leur chant, se dépita-t-il. Dans ses rêves de loup, il gravissait au triple galop le flanc des montagnes, des pics de glace déchiquetés plus hauts que la plus haute tour et, à leur sommet, se dressait sous la pleine lune, dominant le monde entier comme par le passé.

« *Ooooo* », cria-t-il en guise d'essai. Il arrondit les mains autour de sa bouche et, la tête levée vers la comète, « *Ooooooooooo, ahoooooooooooo* », hurla-t-il. Cela sonnait stupide, pointu, creux, chevrotant – un hurlement non de loup mais de garçonnet. Et pourtant, Eté répondit, couvrant de sa voix profonde la voix si ténue de Bran, et Broussaille fit chorus. « *Harooooo* », refit l'enfant, et ils hurlèrent tous ensemble, derniers chacun de leur portée.

Le tapage alerta l'un des gardes en faction devant sa porte, Bille-de-foin. Il aventura dans l'entrebail la loupe qui ornait son nez et, voyant Bran hurler par la fenêtre, demanda : « Qu'y a-t-il, mon prince ? »

Qu'on l'appelât prince faisait toujours à Bran un drôle d'effet, tout héritier de Robb qu'il était, et tout roi du Nord qu'était à présent Robb. Il se tourna vers l'intrus et lui hurla : « *Oooooooo. Oo-oo-oooooo.* »

La face de Bille-de-foin se ferma. « Arrêtez-moi ça tout de suite.

– *Ooo-ooo-ooooo. Ooo-ooo-oooooooooooo.* »

Le garde battit en retraite mais, quand il revint, mestre Luwin l'accompagnait. « Bran, ces bêtes font suffisamment de boucan sans que tu les aides. » Il traversa la pièce, lui posa la main sur le front. « Il se fait tard, tu devrais dormir depuis longtemps.

– Je parle aux loups. » Il repoussa la main du mestre.

« Me faut-il dire à Bille-de-foin de te porter au lit ?

– Je peux me coucher moi-même. » Mikken avait fixé aux murs des tas de pitons de fer pour lui permettre de se déplacer dans la pièce à la force des bras. Un moyen de locomotion lent, difficile et qui lui meurtrissait les épaules, mais il détestait se laisser porter. « D'ailleurs, je ne suis pas obligé de dormir si je ne le veux pas.

– Tous les hommes doivent dormir, Bran. Même les princes.

– Quand je dors, je me change en loup. » Il détourna son visage et contempla de nouveau la nuit. « Les loups rêvent-ils ?

– Toutes les créatures rêvent, je pense, mais pas à la manière humaine.

– Et les morts, ils rêvent ? » Il pensait à Père dont, au fin fond des cryptes sombres de Winterfell, un tailleur de pierre était en train de sculpter l'effigie dans le granit.

« Certains auteurs disent oui, d'autres non. Les morts eux-mêmes gardent le silence sur ce sujet.

– Et les arbres, ils rêvent ?

– Les arbres ? Non…

– Si fait, démentit Bran avec une certitude subite. Ils rêvent des rêves d'arbres. Il m'arrive de rêver d'un arbre. D'un barral, comme celui du bois sacré. Il m'appelle. Les rêves de loup sont mieux. Je sens des choses et peux même, parfois, goûter la saveur du sang. »

Le mestre tripota nerveusement sa chaîne. « Si seulement tu consentais à vivre davantage avec les autres enfants...

– Je les déteste ! » s'écria-t-il. Il pensait aux Walder. « Ne vous ai-je pas donné l'ordre de les renvoyer ? »

Luwin prit un air sévère. « Les Frey sont les pupilles de dame ta mère. Nous avons reçu d'elle des ordres exprès. Il ne t'appartient pas de les exclure, et ce n'est pas gentil. Où iraient-ils, si nous les congédiions ?

– Chez eux. C'est par leur faute que vous me privez d'Eté.

– Le petit n'a pas demandé à se faire agresser, plaida le mestre. Pas plus que moi.

– Par Broussaille. » Le gros loup noir de Rickon était si sauvage qu'il effrayait même Bran, par moments. « Eté n'a jamais mordu personne, lui.

– Il a égorgé un homme ici même, l'oublierais-tu ? Force est d'en convenir, les charmants chiots que tes frères et toi aviez découverts dans la neige sont devenus des fauves dangereux. Les Frey n'en ont peur qu'à trop juste titre.

– C'est eux qu'il faut mettre dans le bois sacré. Ils y joueraient tout à leur aise à "seigneur du pont", pendant qu'Eté reviendrait dormir avec moi. Si je suis le prince, ici, pourquoi ne tenez-vous aucun compte de mes désirs ? Je voulais monter Danseuse, et Panse-à-bière m'a interdit la sortie.

– Je m'en félicite. Le Bois-aux-Loups n'est plus sûr du tout, tu devrais le savoir depuis ta dernière équipée. Souhaiterais-tu te faire capturer par quelque bandit qui te vendrait aux Lannister ?

– Eté me sauverait, s'obstina Bran. Et l'on devrait laisser les princes prendre à leur gré la mer, rompre des lances et chasser le sanglier.

– Bran, mon enfant, pourquoi te tourmenter de la sorte ? Il se peut que certains de tes vœux se réalisent un jour mais, pour l'instant, tu n'es qu'un gamin de huit ans.

– Plutôt être un loup. Je pourrais vivre dans les bois, dormir quand ça me chante et aller retrouver Arya et Sansa. Je *sentirais* où elles se trouvent, je les sauverais ; et, quand Robb partirait se battre, je combattrais à ses côtés comme Vent Gris. Je déchirerais à belles dents la gorge du Régicide, *hop*, et alors finie, la guerre, et chacun pourrait regagner Winterfell. Si j'étais un loup… » Il se mit à hurler. « *Ooo-ooo-oooooooooooo.* »

Luwin haussa le ton. « Un véritable prince aurait à cœur d'accueillir…

– *AAHOOOOOOO*, hurla Bran à pleins poumons, *OOOO-OOOO-OOOO.* »

Le mestre capitula. « A ta guise, mon petit. » Et, non sans un regard où le chagrin le disputait à la répugnance, il quitta la pièce.

Hurler perdit tout charme aussitôt que Bran se vit seul, et il se tut au bout d'un moment. *Je les ai accueillis*, se dit-il avec rancune, *je me suis conduit en sire de Winterfell, véritablement, il ne saurait le nier.* Quand les Walder étaient arrivés des Jumeaux, c'est Rickon qui voulait leur départ, Rickon qui, du haut de ses quatre ans, criait qu'il voulait Mère et Père et Robb, pas ces étrangers. Et c'est lui-même qui s'était chargé d'amadouer son cadet, de l'obliger à faire bon visage aux Frey, lui qui leur avait offert si gracieusement le pain et le sel et une place au coin du feu que même Luwin s'en était déclaré charmé.

Seulement, ça, c'était avant le jeu.

Le jeu qui se jouait avec une bûche, un bâton, une pièce d'eau et force clameurs, l'élément essentiel étant l'eau, affirmèrent à Bran Walder et Walder. Une planche, voire une file de galets, pouvait suppléer la bûche, et une branche le bâton, crier n'était pas *obligatoire*, mais, sans eau, point de jeu. Et comme ser Rodrik et mestre Luwin n'étaient pas près de leur laisser courir les bois en quête d'un ruisseau, l'un des bassins fuligineux du bois sacré fit l'affaire. Sans avoir jamais vu jusque-là d'eau chaude sourdre du sol en bouillonnant, Walder et Walder tombèrent d'accord néanmoins que la partie n'en serait que meilleure.

Si les deux Frey s'appelaient Walder, Grand Walder précisa qu'il y avait aux Jumeaux des flopées d'autres Walder, tous baptisés ainsi pour complaire à Grand-Père, lord Walder Frey. A quoi Rickon répliqua hautement : « A Winterfell, nous avons tous notre *propre* nom. »

Leur jeu consistait à placer la bûche en travers de l'eau et à y jucher, bâton en main, l'un des participants, dit « le seigneur du pont », qui devait dire à quiconque approchait : « Je suis le seigneur du pont, qui va là ? » L'intrus devait alors improviser un discours sur son identité et sur les motifs justifiant qu'on lui accordât le passage. Le « seigneur » pouvait vous obliger à répondre sous serment. Vous n'étiez pas forcé de dire la vérité mais, à moins de les assortir d'« il se peut », les serments vous engageaient, de sorte que le truc consistait à dire « il se peut » pour empêcher le « seigneur du pont » d'avoir barre sur vous. Alors, vous pouviez essayer de le flanquer à l'eau, et *vous* preniez sa place, mais uniquement si vous aviez dit « il se peut ». Autrement, vous étiez hors jeu. Le « seigneur » pouvait à tout moment vous flanquer à l'eau, et lui seul avait le droit d'utiliser un bâton.

Dans la pratique, le jeu se réduisait quasiment à pousser, frapper, tomber dans l'eau, non sans mille disputes tapageuses pour établir si Untel avait bien dit « il se peut » ou pas. Et Petit Walder ne cessait guère d'être « seigneur du pont ».

On l'appelait Petit Walder, malgré sa taille, sa force, sa bedaine ronde, son teint rougeaud, et bien que Grand Walder fût, avec un demi-pied de moins, maigrichon et pointu de museau. « Comme il a cinquante-deux jours de plus que moi, expliqua le premier, il était plus grand, au début, mais j'ai poussé plus vite.

– Nous sommes cousins, pas frères, ajouta le second. Moi, c'est Walder, fils de Jammos. Lord Walder avait eu mon père de sa quatrième femme. Lui, c'est Walder, fils de Merrett. Sa grand-mère était la troisième femme – une Crakehall – de lord Walder. Bien que je sois l'aîné, il me précède en ligne de succession.

– L'aîné seulement de cinquante-deux jours, objecta le cadet. Et aucun de nous deux n'aura jamais les Jumeaux, bêta.

– Moi si, affirma Grand Walder. De toute façon, nous ne sommes pas non plus les seuls Walder. Ser Stevron a un petit-fils, Walder le Noir, qui vient quatrième en ligne de succession, puis il y a Walder le Rouge, fils de ser Emmon, et Walder le Bâtard, qui n'entre pas en ligne. On l'appelle Walder Rivers, pas Walder Frey. Puis il y a des filles nommées Walda.

– Et Tyr. Tu oublies toujours Tyr.

– Parce qu'il s'appelle Wal*tyr*, pas Wal*der*, rétorqua Grand Walder d'un ton désinvolte. Et comme il vient après nous, il ne compte pas. Je ne l'ai d'ailleurs jamais aimé. »

Ser Rodrik leur avait attribué l'ancienne chambre de Jon Snow, vu que celui-ci appartenait désormais à la Garde de Nuit et n'en reviendrait plus. Autre grief de Bran. Il avait l'impression que les Frey cherchaient à voler la place de Jon.

Durant leur fameux jeu, il devait en principe – ainsi en avaient décidé les Frey – servir d'arbitre et trancher si oui ou non les joueurs avaient dit « il se peut » mais, dès le début de la partie, tout le monde l'avait oublié, le condamnant à subir, non sans mélancolie, les querelles des deux Walder avec le marmiton Turneps et les filles de Joseth, Bendy et Syra.

Les cris, le tapage des éclaboussures ne tardèrent pas à attirer de nouveaux joueurs : la fille du chenil, Palla, le garçon de Cayn, Calon, Tom Aussi, fils du Gros Tom qui avait péri avec Père à Port-Réal, et il ne fallut guère pour que chacun d'eux fût trempé, crotté. De la mousse dans les cheveux, Palla, brune de la tête aux pieds, suffoquait de rire. Depuis le soir du corbeau sanglant, Bran n'avait pas entendu semblables éclats. *Si j'avais mes jambes, c'est moi qui les flanquerais tous à l'eau*, songea-t-il avec amertume, *moi et personne d'autre qui serais tout le temps le seigneur du pont.*

Finalement, Rickon survint en courant, Broussaille sur ses talons. Après avoir regardé Turneps affronter Petit Walder pour la possession du bâton, vaciller, perdre l'équilibre et, bras battants, faire un énorme plouf, il cria : « A moi ! à moi ! je veux jouer ! » Petit Walder l'y invita du geste, Broussaille prétendit suivre. « Non, lui interdit son maître, les loups ne peuvent pas jouer. Tu restes avec Bran. » Ce qu'il fit…

… fit jusqu'au moment où le bâton de Petit Walder cingla sans ménagements le ventre de Rickon. Bran n'eut pas le temps de ciller que le loup noir volait par-dessus la bûche, que l'eau rougissait de sang, que les Walder piaillaient au meurtre, qu'assis dans la boue Rickon se tordait de rire et qu'Hodor surgissait à pas lourds en tonitruant : « Hodor ! Hodor ! Hodor ! »

Après cela, bizarrement, Rickon décida qu'il *aimait bien* les Walder. Ils ne jouèrent plus à « seigneur du pont » mais à d'autres jeux – monstre-et-fillette, chats-et-rats, viens-dans-mon-castel…, plein de trucs. Escortés du petit, les Walder faisaient des razzias de tartes et de gâteaux de miel aux cuisines, des courses autour des remparts, jetaient des os aux chiots des chenils et s'entraînaient à l'épée de bois sous l'œil aigu de ser Rodrik. Rickon les initia même au noir dédale des souterrains où s'apprêtait le tombeau de Père. Un véritable sacrilège, aux yeux de Bran. « Tu n'avais pas le droit ! s'indigna-t-il en l'apprenant, ce sont *nos* cryptes, des cryptes *réservées* aux Stark ! » Mais Rickon n'en avait tenu aucun compte.

La porte de la chambre se rouvrit. Accompagné cette fois de Bille-de-foin et d'Osha, mestre Luwin brandit une fiole verte. « Je t'ai confectionné un somnifère. »

Osha enleva Bran comme une plume dans ses bras osseux et le déposa sur son lit. Elle était très grande pour une femme et puissamment bâtie.

« Ceci te procurera un sommeil sans rêves, promit le mestre en débouchant la fiole. Un sommeil doux et sans rêves.

– Vraiment ? » s'enquit Bran. Il ne demandait qu'à le croire.

« Oui. Bois. »

Il but. Tout épaisse et crayeuse qu'elle était, la potion contenait du miel qui facilita la descente.

« Demain matin, tu te sentiras mieux. » Avant de se retirer, Luwin le rassura d'un sourire et d'une petite tape.

Osha s'attarda un instant. « De nouveau tes rêves de loup ? »

Il acquiesça d'un signe.

« Ferais mieux de pas tant te battre, mon gars. Je te vois parler à l'arbre-cœur. Peut-être que les dieux essaient de te répondre.

– Les dieux ? » murmura-t-il. Il sombrait déjà. La figure d'Osha se fit grise et floue. *Un sommeil doux et sans rêves*, songea-t-il.

Mais quand les ténèbres se furent recloses sur lui, il se retrouva dans le bois sacré, se glissant sans bruit sous les branches aussi vieilles que le temps des vigiers gris-vert et des chênes noueux. *Je marche*, exulta-t-il. Quelque chose en lui savait que ce n'était qu'un rêve, mais même rêver de marcher valait mieux que la réalité de la chambre, des murs, du plafond, de la porte.

Il faisait sombre au milieu des arbres, mais la comète éclairait la marche, et il avançait d'un pied sûr. Il avait quatre *bonnes* jambes, vigoureuses, alertes, et il éprouvait sous ses pas les sensations du sol, le crissant soyeux des feuilles mortes et le dru des racines et le dur des pierres et le moelleux des couches d'humus. Des sensations exquises.

Et mille arômes lui emplissaient le cerveau, vivaces, enivrants : verts remugles bourbeux des bassins d'eau chaude, riches parfums de terre en décomposition, de chêne et d'écureuil. Le parfum d'écureuil lui évoqua si nettement le goût du sang chaud sur la langue et le craquement des os sous la dent que l'eau lui en vint à la bouche. Son dernier repas remontait à moins d'une demi-journée, mais la viande morte, fût-ce de cerf, ne recelait aucune joie. Au-dessus de sa tête, à l'abri des feuilles, les écureuils froufroutaient, jacassaient, mais ils se gardaient bien de s'aventurer là où lui-même et son frère étaient en maraude.

L'odeur de son frère, il la sentait également – une odeur familière, puissante et tellurienne, une odeur aussi noire que son manteau. Et son frère courait, fou de fureur, en rond tout le long des murs. Il tournait, tournait, jour et nuit et nuit et jour, infatigable, en quête... de proie, d'une issue, de sa mère, du reste de sa portée, de sa meute..., et cherchait, cherchait sans jamais trouver.

Derrière les arbres se dressaient, empilement mort de rochers humains surplombant de façon sinistre l'îlot de bois vif, les murs. Des murs maculés de mousse, mouchetés de gris, mais massifs, formidables et trop hauts pour qu'aucun loup pût se flatter de les sauter. Et les seules ouvertures dont ils étaient percés, du bois mort bardé de fer les fermait hermétiquement. Et son frère avait beau s'immobiliser devant chacune d'elles et dénuder rageusement ses crocs, toutes demeuraient closes.

Il s'était aussi comporté de la sorte, la première nuit, et rendu compte de son erreur. Gronder n'ouvrait rien, ici. Faire le tour des murs ne les repoussait pas. Et il ne suffisait pas non plus de lever la patte et de marquer les arbres pour tenir l'homme à distance. Le monde s'était rétréci autour d'eux, mais au-delà du bois muré subsistaient les immenses galeries grises de rocher humain. *Winterfell*, se rappela-t-il, et il entendit soudain. Par-delà les falaises humaines et hautes comme le ciel retentissait l'appel du monde véritable, et Bran sut qu'il fallait y répondre ou mourir.

ARYA

Ils voyageaient du point du jour au crépuscule parmi les bois, les vergers et les terres bien entretenues, traversaient de menues bourgades, des villes aux marchés bondés, longeaient les murs de manoirs trapus. La nuit venue, l'Epée rouge éclairait leur repas et leur campement. Les hommes prenaient le quart à tour de rôle. A travers les arbres, Arya discernait les feux d'autres voyageurs. Ils se faisaient chaque soir plus nombreux, et, le jour, la circulation s'intensifiait sur la grand-route.

Matin, midi, soir, cela déferlait, vieilles gens, bambins, grands diables et petits bonshommes, filles nu-pieds, femmes allaitant. Certains précédaient des charrettes, d'autres suivaient cahin-caha des chars à bœufs. Beaucoup étaient montés, qui sur des chevaux de trait, des poneys, des mules, qui sur des ânes, enfin sur tout ce qui pouvait marcher, courir, rouler. Une femme menait une vache laitière que chevauchait une fillette. A peine un forgeron fut-il passé, poussant une carriole pleine d'outils, marteaux, pincettes et même une enclume, qu'Arya vit survenir un individu dont la carriole, cette fois, ne contenait rien d'autre que deux nouveau-nés emmaillotés dans une couverture. Mais la plupart des gens allaient à pied, vannés, ployant sous leurs paquets de hardes, la peur et la défiance aux yeux. Tous descendaient vers le sud, vers la ville, vers Port-Réal, et c'est tout juste si un sur cent consentait un mot à Yoren et à ses « protégés » remontant vers le nord.

Beaucoup se montraient armés – de poignards et de coutelas, de haches et de faux, plus une épée par-ci par-là ; certains s'étaient fait un bâton de la première branche, d'autres carrément taillé un gourdin. Leurs doigts se crispaient sur ces armes, à l'approche du convoi, mais la trentaine d'hommes qui l'escortaient protégeait trop bien le contenu, quel qu'il fût, des fourgons, et l'on se croisait sans accrochage, finalement.

Regarde avec tes yeux, avait dit Syrio, *écoute avec tes oreilles.*

Du bord de la route, un jour, une espèce de démente leur cria : « Fous que vous êtes ! ils vous tueront, vous êtes fous ! » D'une maigreur d'épouvantail, elle avait l'œil creux et les pieds en sang.

Le matin suivant, un marchand gras à lard immobilisa sa jument grise à la hauteur de Yoren et se porta acquéreur des fourgons et de leur cargaison au quart de leur valeur. « C'est la guerre, ils se serviront à leur guise, tu ferais mieux de me les vendre à moi, l'ami. » Yoren détourna vivement sa bosse en crachant.

Le même jour, Arya repérait sa première tombe, un minuscule monticule sur le bas-côté : celle d'un enfant. On avait posé un cristal sur la terre meuble, et Lommy ne s'abstint de le faucher qu'après que Taureau lui eut conseillé de laisser les morts en paix. Quelques lieues plus loin, Praed signala toute une rangée de tombes fraîchement creusées. Et il ne s'écoula guère de jour, dès lors, que l'on n'en vît d'autres.

Une fois, Arya s'éveilla dans le noir, terrifiée sans savoir pourquoi, sous la comète qui, là-haut, disputait le ciel à quelques centaines d'étoiles. Mais elle avait beau percevoir les ronflements sourds de Yoren, le craquement des braises et même le frémissement feutré des ânes, la nuit lui parut singulièrement silencieuse. On eût dit que l'univers retenait son souffle, elle en frissonna. Et ne se rendormit qu'en étreignant Aiguille.

Lorsque, au matin, Praed ne se réveilla pas, elle comprit, c'était la toux du reître qui lui avait manqué. A leur tour, ils creusèrent une tombe à l'endroit même où il avait dormi. Avant qu'on ne le recouvrît de terre, Yoren le dépouilla de tout ce qui avait une valeur quelconque. L'un demanda ses bottes, l'autre sa dague, on fit deux lots de son haubert de mailles et de son heaume, et Taureau se vit attribuer sa rapière. «'vec des bras com' t'as, dit Yoren, 't-êt' sauras t' servir d' ça ? » Un gamin du nom de Tarber jeta sur le cadavre une poignée de glands, dans l'espoir qu'un chêne vienne indiquer la sépulture.

Le soir venu, ils firent étape dans une auberge de village tapissée de lierre. Après avoir compté ce qui lui restait en bourse, Yoren déclara la somme suffisante pour un repas chaud. « Dormira dehors, com' t'jours, mais z'ont des bains, ici, cas qu'un d' vous s'rait tenté par d' l'eau chaude et un bout d' savon. »

Bien qu'elle puât aussi fort que lui, maintenant, aussi âcre et sur, Arya n'osa pas. Certaines des créatures qui habitaient ses vêtements s'étant montrées tout du long d'une irréprochable fidélité depuis Culpucier, les noyer n'eût pas été juste. Pendant que Tarber, Tourte et Taureau rejoignaient la queue des candidats au bain, que d'autres s'installaient face à la porte, le restant s'en fut peupler la salle commune. Yoren expédia même Lommy porter des chopes aux trois enchaînés du fourgon.

Propres et crasseux bénéficièrent du même menu : croustade de porc, pommes au four. L'aubergiste offrit sa tournée de bière. « J'avais un frère qu'a pris le noir, y a des années d' ça. Un gars serviable et malin, mais v'là-t-y pas qu'un jour y s' fait prendre à chiper du poivre à la tab' de m'sire ? Le goût qui lui plaisait, v'là. Qu'une pincée d' poivre, mais ser Malcolm badinait pas. Z'avez du poivre, au Mur ? » Yoren secoua la tête, l'homme soupira. « C' gâchis. 'l adorait l' poivre, Lyn... »

Arya ne buvait qu'à petites gorgées précautionneuses, entre deux cuillerées de croustade tiède. Père, se rappela-t-elle, leur permettait parfois de prendre une coupe de bière. Le goût de celle-ci faisait toujours grimacer Sansa, qui finissait invariablement par décréter le vin tellement plus délicat..., mais Arya ne détestait pas, elle. La pensée de Père et Sansa l'attrista.

L'auberge étant bondée de gens qui partaient vers le sud, Yoren souleva une tempête de réprobation en disant qu'il allait dans l'autre sens avec ses compagnons. « Vous ne tarderez pas à rebrousser chemin, affirma l'aubergiste. Impossible d'aller au nord. On a incendié la moitié des champs, et ce qu'il reste d'habitants s'est retranché derrière ses fortifications. Une poignée de cavaliers se risque dehors à l'aube, une autre montre son nez au crépuscule.

– Nous concerne pas, s'obstina Yoren. Lannister ou Tully, n'importe. La Garde ne prend pas parti. »

Lord Tully est mon grand-père, objecta Arya, in petto. Cela lui importait, mais elle garda le silence et se contenta d'écouter en se mâchouillant la lèvre.

« Y a plus que Lannister ou Tully, repartit l'homme. Y a des sauvages des montagnes de la Lune, et allez *leur* dire que vous prenez pas parti. Et les Stark y sont aussi, le jeune lord est descendu, le fils de feu la Main... »

Arya se crispa, tout oreilles. Voulait-il dire *Robb* ?

« J'ai entendu qu'à la bataille y monte un loup, dit un type à cheveux jaunes, chope en main.

– Foutaises ! » Yoren cracha.

« Çui qu' j'ai entendu, y l'a vu lui-même. Un loup gros comme un cheval, y jurait.

– Jurer prouve pas l' vrai, Hod, insinua l'aubergiste. Depuis qu' tu jures qu' tu vas m' payer, j'ai t'jours pas vu un sou. » La salle explosa de rire, et le type aux cheveux jaunes s'empourpra.

« Ç'a été une mauvaise année, question loups, intervint un homme olivâtre qui portait un manteau vert crotté. Autour de l'Œildieu, jamais qu'on a vu les meutes si hardies. Brebis, chiens, vaches, tout leur va, y tuent comme y veulent, et z'ont pas peur des hommes. Va dans ces bois la nuit, t'es mort.

– Ah, des contes des contes, et aussi farfelus qu' les aut'.

– Ma cousine m'a dit pareil, et a l'est pas du genre qui ment, insista une vieille. A' dit qu'y a c'te grande meute, des cent et des cent qu'y sont, tueurs d'hommes, même. C'est une louve qu'a' les conduit, une chienne du septième enfer. »

Une louve. De saisissement, Arya manqua renverser sa bière. L'Œildieu se trouvait-il dans les parages du Trident ? Elle aurait aimé consulter une carte. C'est près du Trident qu'elle avait laissé Nymeria. Elle s'y refusait, mais Jory avait dit qu'il fallait, que si la louve les accompagnait, on la tuerait pour avoir mordu Joffrey, même s'il ne l'avait pas volé. Ils avaient dû crier, l'injurier, lui lancer des cailloux, et surtout, surtout qu'un de ceux d'Arya l'atteigne pour qu'elle renonce enfin à les suivre. *Elle ne me reconnaîtrait probablement même plus*, songea-t-elle. *Ou bien ce serait pour me détester.*

L'homme au manteau vert reprit : « J'ai entendu que c'te chienne d'enfer est entrée dans un village, un jour..., un jour de marché, des gens partout, eh bien, elle entre, et peinarde, s'il vous plaît, et elle arrache un bébé des bras de sa mère. Quand c'te histoire est arrivée aux oreilles de lord Mouton, lui et ses fils ont juré d'en finir avec la bête. Y l'ont traquée jusque sa tanière avec une meute, et z'ont même pas sauvé la peau d' leurs molosses. Pas un qu'est revenu, pas un.

– Des blagues, ne put s'empêcher d'intervenir Arya. Les loups ne mangent pas de bébés.

– Et qu'est-ce t'en sais, mouflet ? » demanda l'homme au manteau vert.

Elle n'eut même pas le temps d'imaginer une réponse que Yoren lui prenait le bras. «'l est fin saoul, v'là c' qu'y a.

– Je ne le suis pas. Ils ne mangent *pas* de bébés.

– Dehors, mon *gars*..., et garde-toi de r'venir tant qu' tu sauras pas la fermer quand les hommes parlent. » Il la poussa sans ménagements vers la porte de côté qui donnait sur les écuries. « File, main'nant. Va voir qu'on a bien abreuvé nos ch'vaux. »

Arya sortit, roidie de rage. « Ils n'en mangent *pas* ! » maugréa-t-elle en donnant un coup de pied dans un caillou qui, au terme de sa course, alla se nicher sous l'un des fourgons.

« Hep ! appela une voix amicale, hep, mon mignon ! »

C'était l'un des hommes aux fers. Elle s'approcha, la main prudemment posée sur la garde d'Aiguille.

Dans un cliquetis de chaînes, le captif brandit sa chope vide. « Un homme aurait volontiers du rabiot de bière. Un homme a soif, à porter ces lourds bracelets. » Mince et délicat de traits, toujours souriant, il était le plus jeune des trois. Rouges d'un côté, blancs de l'autre, ses cheveux étaient tout emmêlés par la crasse du voyage en cage. « Un homme prendrait aussi volontiers un bain, ajouta-t-il en voyant de quel air elle le dévisageait. Un garçon pourrait faire un ami.

– J'ai des amis, dit-elle.

– J' t'en vois pas », intervint celui qui n'avait plus de nez. Trapu, épais, il avait des mains énormes. Du poil noir lui couvrait les bras, les jambes et le torse. Il lui remémora la vignette représentant un singe des îles d'Eté dans un livre qu'elle avait un jour feuilleté. Quant à le regarder longtemps au visage, c'était dur à cause du trou.

Le chauve, lui, entrouvrit les lèvres et émit un *sifflement* que n'aurait pas désavoué quelque colossal lézard blanc. Et comme Arya, suffoquée, reculait d'un pas mal assuré, il ouvrit largement la bouche et lui tira la langue, à ce détail près qu'il s'agissait moins d'une langue que d'un moignon. « Arrêtez ! lâcha-t-elle.

– Un homme ne choisit pas ses compagnons d'oubliettes », repartit le beau gosse aux cheveux rouges et blancs. Quelque chose dans sa façon de parler rappelait Syrio ; la même et pourtant différente. « Ces deux-là n'ont pas de manières. Un homme doit demander pardon. Tu t'appelles Arry, n'est-ce pas ?

– Tête-à-cloques, dit celui qui n'avait plus de nez. Tête-à-cloques Face-à-cloques La Trique. Gaffe, Lorath, ou t'auras du bâton.

– Un homme doit avoir honte de sa compagnie, reprit le beau gosse. Cet homme a l'honneur d'être Jaqen H'ghar, jadis citoyen de la cité libre de Lorath. Puisse-t-il se trouver chez lui. Les grossiers compagnons de captivité de cet homme se nomment Rorge – la chope désigna le sans-nez – et Mordeur. » Mordeur *siffla* de nouveau vers elle en découvrant une pleine bouche de dents jaunies et pointues. « Un homme doit avoir tant bien que mal un nom, n'est-ce pas ? Mordeur ne peut pas parler, Mordeur ne sait pas écrire, mais il a des dents tellement acérées qu'un homme l'appelle Mordeur, et ça le fait sourire. Es-tu sous le charme ? »

Arya s'écarta du fourgon. « Non. » *Ils ne peuvent me faire de mal*, se dit-elle, *ils sont tous enchaînés*.

Le beau gosse retourna sa chope. « Un homme doit pleurer. »

Avec un juron, le sans-nez, Rorge, lança sa lourde chope d'étain et, malgré la gaucherie que lui imposaient ses menottes, eût atteint la petite en pleine tête si elle n'avait sauté de côté. « Tu vas nous chercher de la bière, pustule, oui ? *Main'nant !*

– Ta gueule ! » Qu'aurait fait Syrio, à sa place ? se demanda-t-elle. Elle tira sa latte de bois.

« Approche..., grogna Rorge, et j' te fous c' bâton dans l' cul, qu'y t'encule au sang ! »

La peur est plus tranchante qu'aucune épée. Arya se força d'approcher. Chaque pas devenait plus pénible que le précédent. *Intrépide comme une louve*, calme comme l'eau qui dort. Les mots chantaient dans sa tête. Syrio n'aurait pas eu peur. Elle était presque sur le point de toucher la roue du fourgon quand Mordeur bondit sur ses pieds et, dans un tapage assourdissant de ferraille, essaya de l'attraper. Les menottes arrêtèrent ses mains à un demi-pied du visage d'Arya. Il *siffla*.

Alors, elle le frappa. Violemment, juste entre ses petits yeux.

Une seconde, il battit l'air en gueulant puis, de tout son poids, se jeta de l'avant malgré ses chaînes. Leurs gros maillons de fer glissèrent en quincaillant sur le plancher du fourgon, s'emboîtèrent, se tendirent, le vieux bois sec dans lequel elles étaient scellées craqua, tandis qu'au bout d'énormes bras aux veines saillantes s'ouvraient sur Arya d'énormes mains blêmes, mais la rupture n'eut pas lieu, et

Mordeur s'effondra à la renverse. Le sang dégoulinait le long de ses joues.

« Un garçon plus brave que sensé », commenta celui qui disait s'appeler Jaqen H'ghar.

A reculons, Arya s'éloignait du fourgon quand, sentant une main sur son épaule, elle pirouetta, sa latte à nouveau brandie, mais l'agresseur présumé n'était que Taureau. « Que me veux-tu ? »

Il esquissa le geste de se protéger, paumes en avant. « Yoren l'a dit, faut pas s'approcher de ces trois.

– Ils ne me font pas peur, répliqua-t-elle.

– Alors, t'es idiot. Ils me font peur, à *moi.* » Sa droite retomba sur la poignée de son épée. Rorge se mit à rire. « Ecartons-nous d'eux. »

Après avoir un instant raclé la terre du bout du pied, Arya se laissa néanmoins reconduire vers la façade de l'auberge. Le rire de Rorge et le sifflement de Mordeur les poursuivaient. « Veux te battre ? » demanda-t-elle à Taureau. Elle avait envie de taper contre quelque chose.

Il cilla, médusé. Encore humides du bain, des mèches drues de cheveux noirs barraient son regard bleu sombre. « Je te ferais mal.

– Non.

– Tu ne te doutes pas de ma force.

– Tu ne te doutes pas de ma rapidité.

– Toi qui l'auras voulu, Arry. » Il dégaina la rapière de Praed. « C'est de l'acier médiocre, mais c'est une épée réelle. »

Elle tira Aiguille. « Elle est de bon acier, donc plus réelle que la tienne. »

Il secoua la tête. « Tu promets de pas pleurer si j' te coupe ?

– Je promettrai si tu promets toi-même. » Elle se plaça de biais, en posture de danseur d'eau, mais Taureau ne bougea pas. Il regardait quelque chose derrière elle. « Qu'est-ce qui cloche ?

– Manteaux d'or. » Sa physionomie se ferma.

Impossible, se dit Arya, mais un coup d'œil en arrière la convainquit du contraire. Ils étaient six à remonter la route royale, six vêtus de la maille noire et des manteaux d'or du Guet. Six dont un officier dont le pectoral de plates en émail noir était frappé de quatre disques d'or. Et ils venaient droit sur l'auberge. *Regarde avec tes yeux*, murmura la voix de Syrio, et ses yeux virent l'écume blanche sous les selles ; les chevaux avaient fait une longue route et à vive allure. Aussi calme que l'eau qui dort, elle prit Taureau par le bras et l'entraîna derrière une grande haie en fleurs.

« Qu'est-ce qu'il y a ? demanda-t-il. Qu'est-ce que tu fais ? Laisse.

– *Silencieux comme une ombre* », chuchota-t-elle en le forçant à se baisser.

Attendant encore leur tour, certains des « protégés » de Yoren étaient assis devant les bains. « Hé, vous ! leur gueula l'un des manteaux d'or, z'êtes ceux qu'on fait prendre le noir ?

– S' pourrait, répondit quelqu'un prudemment.

– On préfér'rait s' joindre à vous, les gars, dit le vieux Reysen. Paraît qu' fait *froid*, su' c' Mur. »

L'officier mit pied à terre. « J'ai un mandat pour un gosse, un certain… »

Tripotant sa barbe noire embroussaillée, Yoren parut alors sur le seuil. « Qui c'est qui l' veut ? »

Les autres manteaux d'or démontaient un à un et demeuraient debout près de leurs chevaux. « Pourquoi s' cacher ? chuchota Taureau.

– Moi qu'ils veulent », chuchota-t-elle. Il sentait le savon. « Silence.

– C'est la reine qui le veut, l'ancêtre, c'est pas tes oignons, dit l'officier, tout en tirant un ruban de sa ceinture. Regarde, le sceau de Sa Grâce et le mandat. »

Derrière la haie, Taureau branla du chef d'un air sceptique. « Et pourquoi la reine *te* voudrait, Arry ? »

Elle lui frappa l'épaule. « *Chut !* »

Yoren manipula le ruban frappé de cire d'or. « Joli. » Il cracha. « L'ennui, c'est qu'eul gosse, il est dans la Garde de Nuit, main'nant. C' qu'il a pu faire en ville vaut pus un clou.

– Ton avis, l'ancêtre, la reine s'en moque, et moi aussi, dit l'officier. Me faut le gosse. »

Fuir ? Arya l'envisagea, mais elle n'irait pas loin sur son âne, alors que les manteaux d'or avaient des chevaux. Puis elle était si lasse de s'enfuir. Elle avait dû s'enfuir pour échapper à ser Meryn, dû s'enfuir à nouveau après la mort de Père. Que n'était-elle un authentique danseur d'eau, elle irait droit sur eux, là-bas, les tuerait tous avec Aiguille et plus jamais ne fuirait, jamais plus.

« Ni lui ni un autre, s'obstina Yoren. Y a des lois pour ces trucs. »

L'autre dégaina un braquemart. « La voilà, ta loi. »

Yoren contempla l'arme. « C' pas une loi. Rien qu'une épée. S' trouve qu' j'en ai une aussi. »

L'officier sourit. « Vieux fou. J'ai cinq hommes avec moi. »

Yoren cracha. « S' trouve qu' j'en ai trente. »

Un gros rire lui répliqua. « C'te racaille ? dit un grand rustre au nez cassé. Qui qu'en veut l' premier ? » cria-t-il en montrant l'acier.

D'une meule de foin, Tarber arracha une fourche. « Moi.

– Non, moi, réclama Cutjack, le tailleur de pierre rondouillard, en tirant son têtu du tablier de cuir qui ne le quittait jamais.

– Moi. » Kurz surgissait de terre, armé de son dépeçoir.

« Nous deux. » Koss bandait son arc.

« Nous tous », dit Reysen en agitant son grand bâton de marche en houx.

Ses vêtements en vrac dans les bras, Dobber sortit nu des bains, vit ce qui se passait, lâcha tout, sa dague exceptée. « Y a du barouf ? demanda-t-il.

– Dirait... », répondit Tourte qui, à quatre pattes, cherchait une bonne pierre à lancer. Arya n'en croyait pas ses yeux. Alors qu'elle le *haïssait*, pourquoi prenait-il des risques pour elle ?

L'homme au nez cassé continuait à trouver ça marrant. « Hé, fillettes ! laissez tomber vos cannes et vos cailloux 'vant qu'y vous en cuit ! Savez mêm' pas par qué bout ça s' tient, 'n' épée...

– *Si !* » Arya ne les laisserait pas mourir pour elle comme Syrio. Pas question. Aiguille au poing, elle se faufila à travers la haie et adopta la posture du danseur d'eau.

Nez-cassé s'esclaffa. L'officier la toisa de son haut. « Rengaine, petite, personne ne te veut de mal.

– Je suis *pas* une fille ! » protesta-t-elle avec fureur. Mais qu'est-ce qu'ils avaient, aussi ? Avoir fait tout ce chemin pour elle, l'avoir là, devant eux, et ne faire que ricaner... « Je suis celui que vous voulez.

– C'est *lui* que nous voulons. » L'officier pointait son braquemart vers Taureau qui, sa pauvre rapière à la main, avait suivi Arya pour se placer à ses côtés.

Mais c'était une gaffe que de cesser d'avoir Yoren à l'œil, fût-ce une seconde. Aussitôt, l'épée du frère noir lui piqua la saillie de la gorge. « Faut r'noncer à l'avoir non pus, ou j' vais tâter si ta pomme est mûre. Pis j'ai dix, quinze frères à moi d' pus dans c't' auberge, s'y t'en faut d'aut' pou' t' convainc'. Je s'rais toi, j' me tir'rais de c' coup'-gorge en m'écrasant les fesses su' c' canasson, et j' rentrerais dare-dare en ville. » Il cracha, puis poussa plus avant la pointe de l'épée. « Main'nant. »

Les doigts de l'officier se desserrèrent, son épée tomba.

« On gard'ra qu' ça, dit Yoren. Manqu' tjours d' bon acier, su' l'Mur.

– Soit. Pour l'instant. Les gars ? » Les manteaux d'or rengainèrent et se mirent en selle. « Feras bien de détaler jusqu'à ton Mur, l'ancêtre. Lambine pas. La prochaine fois que je t'attrape, je me charge d'assortir ta tête avec celle du petit bâtard.

– Des plus doués qu' toi l'avaient dit. » Du plat de l'épée, il lui claqua la croupe de sa monture et l'expédia ballotter sur la grand-route, suivi de ses hommes.

Après qu'ils eurent disparu, Tourte se mit à pousser des hourras, mais cela ne fit qu'exacerber la colère de Yoren. « Idiot ! T' figures qu'on est tirés d'affaire ? La prochaine fois, y s' content'ra pas d' trépigner et de m' montrer son maudit ruban. Allez, terminé, l' bain, zou, faut déménager. A ch'vaucher tout' la nuit, 't-êt' qu'on gard'ra un peu d'avance sur eux. » Il ramassa le braquemart de l'officier. « Qui l' veut ?

– Moi ! s'écria Tourte.

– T'en sers pas sur Arry. » Il lui tendit l'arme, garde en avant, et marcha sur Arya, mais c'est à Taureau qu'il s'adressa. « La reine t' veut du mal, mon gars. »

Arya n'y comprenait rien. « Mais pourquoi le voudrait-elle, *lui* ? »

Taureau la regarda de travers. « Et pourquoi te voudrait-elle, *toi* ? Tu n'es qu'un petit rat d'égout.

– Et toi qu'un bâtard, alors ! » A moins qu'il ne *prétendît* l'être, tout simplement ? « Quel est ton vrai nom ?

– Gendry, répondit-il, mais comme s'il n'en était pas tout à fait certain.

– Vois pas l' pourquoi d' l'un l'aut', maugréa Yoren, mais v's auront t'jours pas gratis. Z'allez m' monter deux coursiers. Qu'on voye un manteau d'or, et vous filez au Mur com' si z'aviez un dragon s' la queue. Nous aut', on vaut pas un crachat pour eux.

– Vous, si, remarqua Arya. Ce type a dit qu'il aurait votre tête aussi.

– Quant à ça, répliqua Yoren, s'y peut m' la détacher d's épaules, hé ben, bon vent. »

JON

« Sam ? » appela Jon tout bas.

Ça sentait la paperasse, la poussière et la vétusté. Dans la pénombre se devinaient des rayonnages bourrés de volumes reliés en cuir et d'un fatras de rouleaux anciens. De derrière filtrait la vague lueur jaunâtre de quelque lampe invisible. Jon souffla la bougie qu'il portait. Mieux valait ne pas aventurer de flamme à découvert parmi cet invraisemblable amoncellement de vieux trucs secs. Se laissant dès lors guider par la lueur, il se faufila dans l'étroite faille qui sinuait sous les voûtes en plein cintre. Tout de noir vêtu, cheveux sombres et prunelles grises, il n'était qu'une ombre à longue figure parmi les ombres. Des gants de moleskine noire dissimulaient ses mains, la droite en raison de ses brûlures, la gauche parce qu'on se sent fichtrement godiche avec un seul gant.

Courbé sur sa table, Samwell Tarly était assis dans une niche creusée à même le mur. Le pas de Jon lui fit lever les yeux.

« Tu as passé toute la nuit ici ?

– Toute la nuit ? » Sam eut l'air éberlué.

« Tu n'es pas venu dîner avec nous, et ton lit n'est même pas défait. » Rast avait envisagé la désertion de Sam, Jon pas une seconde. Déserter réclamait une espèce de courage que Sam ne possédait guère.

« C'est le matin ? Pas moyen de s'en douter, ici.

– Quel doux dingue tu fais, Sam… Tu regretteras ton pieu, crois-moi, quand nous coucherons à la dure et dans le froid. »

Sam se mit à bâiller. « Mestre Aemon m'a demandé de chercher des cartes pour le Commandant. Si je m'attendais…, ces *livres*, as-tu jamais vu le pareil ? il y en a des *milliers* ! »

Jon le fixa. « La bibliothèque de Winterfell en possède plus d'une centaine. Tu as trouvé les cartes ?

– Oh, oui. » Ses doigts boudinés désignèrent tout un amas de livres et de rouleaux épars devant lui. « Une douzaine, pour le moins. » Il déploya un parchemin carré. « Les couleurs ont passé, mais on distingue parfaitement les sites des villages sauvageons repérés par le cartographe, et un autre bouquin..., où l'ai-je fourré ? je le lisais encore, voilà un instant. » Il repoussa quelques rouleaux, un volume apparut, relié de cuir poussiéreux, délabré. « *Celui-ci*, dit-il avec respect. Rédigé par un pionnier nommé Redwyn, il relate de bout en bout le voyage qui le mena depuis Tour Ombreuse jusqu'à Nonretour, au bord de la Grève glacée. Il n'est pas daté, mais sa mention d'un Dorren Stark comme roi du Nord le prouve antérieur à la Conquête. Tu te rends compte, Jon ? ils affrontèrent des *géants* ! Redwyn traita même avec les enfants de la forêt, tous les détails sont là. » Son doigt tournait page après page avec une extraordinaire délicatesse. « Il dressa également des cartes, vois...

– Tu pourrais bien être le chroniqueur de notre propre expédition, Sam. »

Le ton se voulait encourageant, mais c'était la dernière des choses à dire. Avec Sam, il ne fallait jamais évoquer les embûches du lendemain. Du coup, il s'empêtra fébrilement dans ses rouleaux. « Y a d'autres cartes. Si j'avais le temps de..., mais dans ce fouillis... Pourrais tout mettre en ordre, *moi*, quoique, oui, je pourrais, mais ça prendrait du temps..., bon, des *années*, en fait.

– Mormont les veut un peu plus tôt que ça. » Il préleva un rouleau dans le tas, en souffla la poussière, vaille que vaille. L'un des coins s'émietta sous ses doigts quand il le déroula. « Regarde-moi celui-ci, d'un friable..., dit-il, les sourcils froncés pour tenter d'en déchiffrer les caractères délavés.

– Doucement. » Sam contourna la table pour lui reprendre le rouleau. Il le manipulait comme un animal blessé. « On recopiait les manuscrits importants au fur et à mesure des besoins. Certains des plus anciens ont dû l'être une centaine de fois.

– Eh bien, ne t'embête pas à copier celui-ci. Vingt-trois barils de morue salée, dix-huit jarres d'huile de poisson, un tonneau de sel...

– Un inventaire, expliqua Sam, ou quelque facture.

– Qui ça peut intéresser, combien de morue salée mangeaient les gens d'il y a six siècles ? s'ébahit Jon.

– Moi. » Il remit soigneusement le rouleau dans son étui. « C'est tellement instructif, ce genre de registre, oui, tellement. Tu peux y apprendre combien d'hommes composaient à l'époque la Garde de Nuit, comment ils vivaient, ce qu'ils consommaient…

– De la nourriture, dit Jon. Et ils vivaient comme nous vivons.

– Tu serais suffoqué. Cette resserre est un trésor, Jon.

– Si tu le dis… » Pas convaincu du tout. Trésor signifiait or, argent, joyaux, pas poussière, araignées, cuir pourri.

« Je le dis », maintint le gosse adipeux. Bien qu'il fût plus âgé que Jon et adulte au regard de la loi, « gosse » était le seul terme que sa personne vous inspirât spontanément. « J'ai découvert des dessins représentant les faces des arbres-cœur et un bouquin consacré à la langue des enfants de la forêt…, des ouvrages que ne possède pas même la Citadelle, des rouleaux de l'ancienne Valyria, des comptabilités de saisons tenues par des mestres morts depuis un millénaire et…

– Et ces livres seront toujours là quand nous reviendrons.

– *Si* nous revenons…

– Le Vieil Ours emmène deux cents hommes chevronnés dont les trois quarts sont des patrouilleurs. Qhorin Mimain va nous amener de Tour Ombreuse une centaine de frères supplémentaire. Tu seras aussi peinard que si tu étais rentré au château de ton père à Corcolline. »

Samwell Tarly s'extirpa un pauvre petit sourire. « Je n'ai jamais été très peinard non plus dans le château de Père. »

Les dieux jouent de cruelles farces, pensa Jon. Alors qu'ils étaient tout feu tout flammes à l'idée de participer à l'expédition, Pyp et Crapaud resteraient à Châteaunoir. Et c'était Sam, le pleutre avoué, l'obèse, le pusillanime, presque aussi nul à cheval qu'à l'épée, qui affronterait la Forêt hantée. Le Vieil Ours emportait deux cages de corbeaux pour maintenir en permanence le contact. Et comme sa cécité, sa santé pis que précaire empêchaient mestre Aemon de les accompagner, son assistant devait le suppléer. « Nous avons besoin de toi pour les oiseaux, Sam. Et quelqu'un doit m'aider à préserver l'humilité de Grenn. »

Les fanons de Sam tremblotèrent. « Tu pourrais t'occuper des corbeaux, ou Grenn, ou *n'importe qui*, protesta-t-il d'un ton où perçait une pointe de désespoir. Je pourrais te montrer la manière. Et comme tu sais aussi ton alphabet, tu pourrais rédiger les messages de lord Mormont aussi bien que moi.

– Je suis l'homme à tout faire du Vieil Ours. Il me faudra lui servir d'écuyer, panser son cheval, monter sa tente, je n'aurai pas le temps de soigner aussi les oiseaux. Sam, tu as prononcé tes vœux. Tu es frère de la Garde de Nuit, maintenant.

– Un frère de la Garde de Nuit ne devrait pas avoir si peur.

– Nous avons tous peur. N'avoir pas peur serait idiot. » Trop de pionniers avaient disparu depuis deux ans, Oncle Ben inclus. Quant à ceux de ses hommes qu'on avait retrouvés, la main droite de Jon en conservait un souvenir cuisant. Et les yeux bleus d'Othor, ses doigts noirs et glacés persistaient à hanter ses nuits, mais Sam n'avait que faire de la confidence… « La peur n'a rien de honteux, me disait mon père, seule compte la manière de l'affronter. Allons, je vais t'aider à rassembler les cartes. »

Sam acquiesça d'un signe désolé. L'espace entre les rayonnages était si étroit qu'ils durent sortir l'un derrière l'autre. La resserre débouchait sur l'un des tunnels que les frères comparaient à des trous de vers, tant ils sinuaient sous terre pour relier les différents bâtiments, tours et fortins de Châteaunoir. Hormis les rats et autres vermines, on les empruntait rarement l'été, mais d'autant plus volontiers l'hiver que, dehors, vous attendaient des quarante et cinquante pieds de neige, qu'ululait la bise glacée du nord et qu'eux seuls, d'ailleurs, maintenaient la cohésion de toutes les parties.

Bientôt, songea Jon tandis qu'ils remontaient vers la surface. Il avait vu l'émissaire expédié par la Citadelle à mestre Aemon présager la fin de l'été, un grand corbeau aussi blanc et silencieux que Fantôme. L'hiver, il en avait vu un, mais dans sa prime enfance, et très bref et clément, chacun en convenait. Celui-ci, il le sentait jusque dans ses moelles, s'annonçait tout autre.

Lorsqu'ils eurent fini de gravir l'escalier de pierre abrupt, Sam haletait comme un soufflet de forge. Un vent frisquet les accueillit, qui fit claquer, virevolter le manteau de Jon. Mollement étendu au bas du mur de torchis et de claies de la grange aux grains, Fantôme dormait, mais le retour de son maître le réveilla instantanément et, la queue dressée comme un panache blanc, il trottina vers lui.

Sam loucha vers le sommet du Mur qui, telle une falaise de glace, les surplombait de ses sept cents pieds. Jon était parfois tenté de lui attribuer une espèce de vie, des humeurs aussi changeantes que sa couleur selon la lumière et l'heure. Tantôt du bleu sombre des rivières prises et tantôt jaunâtre comme vieille neige ou, pour peu qu'un nuage occultât le soleil, d'un grisâtre moucheté de pierre, le Mur s'étendait à l'est comme à l'ouest à perte de vue, si colossal qu'il réduisait à rien le vaste château hérissé de tours de pierre et d'annexes à colombages. Il marquait bel et bien la limite du monde.

Et nous nous rendons au-delà.

De fins nuages gris zébraient l'aube et, cependant, la ligne rougeâtre était là, derrière. Sous couleur, mi-figue mi-raisin, que les dieux la destinaient à éclairer la marche à travers la forêt hantée, les frères noirs avaient surnommé la vagabonde « Torche de Mormont ».

« Elle est devenue si brillante qu'on la distingue même de jour, à présent, observa Sam, levant ses livres en guise de visière.

– Les comètes, on s'en fout. Des cartes, que veut le Vieil Ours. »

Fantôme gambadait en avant. Les lieux semblaient déserts, ce matin-là, nombre de pionniers s'étant esbignés au bordel de La Mole, qui pour fouir au trésor, qui pour se saouler la gueule. Grenn était du nombre. Crapaud, Pyp et Halder fêtaient sa première patrouille en lui payant sa première garce. Ils auraient volontiers emmené de même Jon et Sam, mais les putains terrifiaient autant celui-ci que la forêt hantée, et celui-là refusait par principe : « Libre à vous, mais je tiens mes vœux. »

A la hauteur du septuaire, il entendit s'élever des chants. *Avant la bataille, les uns recourent aux putes et les autres aux dieux.* Lesquels s'en portaient mieux ? se demanda-t-il. Pas plus que le bordel ne le tentait le septuaire ; les temples de ses propres dieux se trouvaient dans des lieux sauvages, sous les frondaisons des barrals livides et sanguinolents. *Les Sept n'ont aucun pouvoir au-delà du Mur*, se dit-il, *mais j'y suis attendu par mes dieux à moi.*

Dans la cour de l'armurerie, ser Endrew Torth dégrossissait quelques recrues arrivées la veille avec Conwy, l'un des corbeaux itinérants qui écumaient les Sept Couronnes en quête d'hommes pour le Mur. Le nouveau lot comprenait une barbe grise appuyée sur un bâton, deux blondinets semblait-il frères, un jeune fat en satin crasseux, un gueux pied-bot. Enfin un petit rigolard qui, s'étant pris pour un guerrier, voyait mises à mal toutes ses présomptions, car si ser Endrew se montrait un maître d'armes autrement plus aimable que ser Alliser, ses leçons n'en laissaient pas moins d'ecchymoses. Mais autant chaque coup faisait grimacer Sam, autant il avait d'intérêt pour Jon.

« Que t'en dit, Snow ? » Le torse nu sous son tablier de cuir, le moignon de son bras gauche à découvert pour une fois, Donal Noye se tenait sur le seuil de l'armurerie. Ni sa grosse panse de foudre ni son nez camus ni sa mâchoire hérissée de noir ne le rendaient joli joli, mais c'était un brave type et qui s'était révélé bon ami.

« Ils sentent l'été, répondit Jon, comme ser Endrew fonçait sur l'adversaire et l'envoyait bouler au sol. Où les a dénichés Conwy ?

– Dans le cachot d'un lord des environs de Goëville. Un coupe-jarrets, un barbier, un mendiant, deux orphelins et un cul à vendre. Avec ça que nous défendons les royaumes humains.

– Feront l'affaire. » Jon gratifia Sam d'un sourire de connivence. « Comme nous. »

Noye le fit approcher. « Tu es au courant, pour ton frère ?

– Depuis hier soir. » Avec Conwy et ses protégés étaient arrivées les nouvelles, et il n'avait guère été question que d'elles dans la salle commune. Jon ne démêlait pas encore ce qu'elles lui inspiraient. Roi, Robb ? Roi, le frère avec qui il avait joué, fait des passes d'armes, partagé sa première coupe de vin ? *Mais pas le lait maternel, non. Ainsi donc, Robb sirotera désormais le vin d'été dans des gobelets rutilants de pierres, pendant qu'agenouillé au bord de quelque ruisseau je puiserai, moi, de l'eau de neige entre mes mains.* « Robb fera un bon roi, dit-il loyalement.

– Faut voir... » L'armurier le regarda bien en face. « Je l'espère, mon garçon, mais j'aurais dit pareil de Robert, autrefois.

– Vous aviez forgé sa masse d'armes, n'est-ce pas ?

– Ouais. J'ai été son homme, un homme des Baratheon, le forgeron et l'armurier d'Accalmie jusqu'à la perte de mon bras. Etant assez âgé pour garder un souvenir précis de feu lord Steffon et pour avoir vu naître chacun de ses fils, je puis témoigner : la couronne avait définitivement altéré Robert. Certains hommes sont comme les épées, faits pour le combat. Raccroche-les, ils se rouillent.

– Et ses frères ? »

Noye s'accorda un moment de réflexion. « Robert était l'acier fait homme. Stannis est de fer, noir et dur et solide, oui, mais cassant, tout comme le fer. Il se brisera plutôt que de plier. Quant à Renly, lui, c'est du cuivre, il brille, il luit, joli à regarder mais des clopinettes, tout compte fait. »

Et Robb, de quel métal, lui ? Jon s'abstint de poser la question.

Appartenant au clan Baratheon, Noye devait considérer Joffrey comme le roi légitime et Robb comme un félon. Une espèce de convention tacite interdisait, au sein de la confrérie qu'était la Garde de Nuit, de s'appesantir sur de tels sujets. Originaires de tous les coins des Sept Couronnes, les hommes avaient eu beau jurer du contraire, ils n'oubliaient pas si facilement leurs amours et leurs loyautés antérieures..., Jon était mieux placé que quiconque pour le savoir. Et cela valait même pour Sam, rejeton d'une maison vassale de Hautjardin, c'est-à-dire de lord Tyrell qui soutenait le roi Renly. En telles matières, le meilleur était de se taire, par conséquent. La Garde de Nuit se voulait impartiale. « Lord Mormont nous attend, s'excusa-t-il.

– Alors, je ne te retiens pas. » Noye lui tapota l'épaule et sourit. « Les dieux soient avec vous demain, Snow. Vous nous ramènerez ton oncle, hein ?

– Entendu », promit Jon.

Il laissa Fantôme en compagnie des factionnaires au pied de la tour du Roi qu'habitait Mormont depuis l'incendie de la sienne. « Et encore des escaliers..., gémit Sam au moment de monter, je déteste les escaliers !

– Eh bien, voilà un désagrément que nous épargneront les bois. »

Le corbeau les repéra dès qu'ils pénétrèrent dans la loggia. « *Snow !* » cria-t-il. Mormont suspendit sa conversation avec Thoren Petibois. « Vous en ont pris du temps, ces cartes. » Il repoussa les vestiges de son déjeuner pour déblayer la table. « Posez-les ici. J'y jetterai un coup d'œil plus tard. »

Menton chiche et bouche plus chiche encore au fond d'une barbe chiche, Petibois gratifia les garçons d'un regard glacé. Ayant fait partie de la clique d'Alliser Thorne, ce patrouilleur tendineux les confondait dans une même antipathie. « La place du lord Commandant se trouve à Châteaunoir, reprit-il en les dédaignant. Pour gouverner et commander. Voilà mon sentiment à moi. »

Le corbeau battit de ses noires ailes. « *Moi, moi, moi.* »

« Libre à toi d'agir à ta guise si tu deviens jamais lord Commandant, répliqua Mormont, mais mon sentiment à *moi* est que je ne suis pas encore mort et que nos frères ne t'ont pas substitué à moi.

– De par la disparition de Ben Stark et la mort de ser Jaremy, je suis à présent Premier patrouilleur, s'entêta Thoren. Le commandement devrait m'échoir. »

Mormont ne l'entendait pas de cette oreille. « J'ai envoyé coup sur coup ser Waymar puis Ben Stark. Je n'ai aucune envie de t'envoyer à ton tour à leur recherche et de rester là, passif, à me demander au bout de quel délai je devrai te réputer disparu aussi. » Il brandit l'index. « Et Stark demeure Premier patrouilleur tant que nous n'avons pas la certitude de sa mort. Et dût-elle être acquise un jour, alors c'est à moi qu'il appartiendrait de nommer son successeur, pas à toi. Cesse donc de m'importuner avec ça, j'ai des affaires autrement urgentes. Oublierais-tu que nous partons au point du jour ? »

Petibois se mit pesamment sur pied. « A vos ordres, messire. » Mais, tout en se dirigeant vers la sortie, il décocha à Jon un regard lourd d'incrimination.

« Premier patrouilleur ! » Les yeux du Vieil Ours flambèrent en direction de Sam. « J'aimerais mieux *toi*, comme Premier patrouilleur... Oser me jeter à la tête que je suis trop vieux pour l'accompagner, l'impudent ! Tu me trouves vieux, toi ? » Tout le poil qui avait déserté son crâne tavelé semblait s'être regroupé dans le taillis de barbe grise qui lui couvrait presque le torse. Il se frappa la poitrine à coups redoublés. « J'ai l'air *fragile* ? »

Sam ouvrit la bouche sans pouvoir émettre qu'un maigre couac. Le Vieil Ours le terrifiait. « Non, messire, intervint promptement Jon. Vous semblez aussi fort qu'un... qu'un...

– Pas de flagorneries, Snow, tu sais bien que ça ne prendrait pas. Ces cartes, plutôt. » Mormont se mit à les manipuler rudement, sans leur accorder qu'un coup d'œil à chacune et un grognement. « C'est tout ce que tu m'as trouvé ?

– Je..., m-m-messire, bafouilla Sam, il y... y en a – avait d'autres, m-m-mais... le dé – le désordre...

– Elles datent », râla le Vieil Ours, et son oiseau lui fit aigrement écho : « *Datent ! datent !* »

« Pour les emplacements des villages, concéda Jon, mais non pour ceux des collines et des cours d'eau.

– Pas faux. Tu as choisi tes corbeaux, Tarly ?

– M-m-mestre Aemon c-c-compte les p-p-prendre ce soir, ap-p-près leur repas.

– Je suis tranquille, son surchoix. Futés et forts. »

« *Forts*, claironna le sien, *forts, forts*. »

« Si nous devons tous nous faire massacrer, là-bas, je veux que mon successeur sache où et comment. »

La simple évocation d'un massacre éventuel mit Sam hors d'état de prononcer un mot. Mormont se pencha vers lui. « Quand j'avais la moitié de ton âge, Tarly, madame ma mère me prévint que si je restais bouche bée, une belette risquait de la prendre pour son trou et de dévaler dans ma gorge. Si tu as quelque chose à dire, dis-le. Sinon, méfie-toi des belettes. » Il le congédia d'un geste brusque. « Du vent, maintenant. Trop débordé pour ces niaiseries. Le mestre a sûrement du travail pour toi. »

Sam avala sa salive, recula, puis décampa si vite qu'à peine semblait-il toucher la jonchée.

« Est-il aussi bête qu'il le paraît ? » s'enquit le Vieil Ours dès qu'il eut disparu. « *Bête* », geignit le corbeau. Sans attendre la réponse, Mormont reprit : « Comme le seigneur son père occupe une place importante dans les conseils du roi Renly, j'avais presque envie de le dépêcher..., mais non, mieux vaut pas. Renly n'est pas homme à tenir compte d'un petit trembleur adipeux. J'enverrai ser Arnell. Il est nettement plus ferme, et il avait pour mère une Fossovoie pomme-verte.

– Sauf votre respect, messire, que souhaiteriez-vous obtenir du roi Renly ?

– Exactement ce que je souhaiterais obtenir de ses pareils, mon gars. Des hommes, des chevaux, des épées, des armures, du grain, du fromage, du vin, de la laine, des clous... La Garde de Nuit n'a pas de vanité, nous prenons ce que l'on nous offre. » Ses doigts tambourinèrent sur le bois grossier de la table. « Si les vents se sont montrés gracieux, ser Alliser devrait atteindre Port-Réal au changement de lune, mais quant à savoir si ce marmouset de Joffrey lui prêtera la moindre attention, ça... La maison Lannister n'a jamais eu de sympathie pour nous.

– Thorne dispose d'un argument de choc. » Une horrible chose livide dont les doigts noirs persistaient, comme doués de vie, à gigoter dans le vinaigre.

« Que n'avons-nous une autre main pour Renly...

– On trouve de tout, selon Diwen, au-delà du Mur.

– Mmouais, selon Diwen... Qui prétend avoir vu, lors de sa dernière patrouille, un ours haut de quinze pieds. » Mormont renifla. « On prétend que ma sœur a pris un ours pour amant. J'aurais moins de mal à gober *ça* que les quinze pieds. Encore que, dans un monde où les morts viennent se balader… – bah, toutes choses égales, il faut s'en tenir au témoignage de ses propres yeux. J'ai vu les morts marcher, je n'ai pas vu d'ours géants. » Il posa sur Jon un long regard scrutateur. « A propos de mains, comment va la tienne ?

– Mieux. » Il se déganta pour montrer. Sans avoir encore récupéré son élasticité, la chair rosâtre et boursouflée demeurait sensible, mais elle était en bonne voie de cicatrisation. « Démange quand même. Bon signe, d'après mestre Aemon. Il m'a donné un baume à emporter.

– Tu peux néanmoins manier Grand-Griffe ?

– Pas trop mal. » Il ploya les doigts, ouvrit et referma le poing. « Le mestre m'a montré comment travailler la souplesse, jour après jour.

– Tout aveugle qu'il est, il sait de quoi il parle. Puissent les dieux nous le garder vingt ans de plus. Tu sais qu'il aurait pu régner ? »

La remarque prit Jon au dépourvu. « Il m'a dit que son père était roi, mais pas… Je le supposais puîné.

– Il l'était effectivement. Il a eu pour grand-père le Daeron II Targaryen qui intégra Dorne au royaume et, conformément à l'une des clauses du traité, en épousa une princesse. Elle lui donna quatre fils. Du dernier de ceux-ci, Maekar, Aemon n'est lui-même que le *troisième* fils. Note que tout ça se passa bien avant ma naissance, si décrépit que Petibois veuille me faire croire.

– Le mestre fut nommé d'après le Chevalier-Dragon.

– Oui. D'aucuns attribuent la paternité du roi Daeron non pas à Aegon l'Indigne mais au prince Aemon. Quoi qu'il en soit, le caractère martial de ce dernier ne distinguait pas notre Aemon. Il se plaît à dire qu'il avait l'esprit aussi vif que lente l'épée. Rien d'étonnant dès lors si son grand-père l'expédia à la Citadelle. Il avait dans les huit ou neuf ans… et ne venait également que huitième ou neuvième en ligne de succession. »

Gageure que d'imaginer dans la peau d'un petit garçon pas plus vieux qu'Arya le mestre largement centenaire, aveugle et débile, rabougri, fripé.

« Il étudiait ses grimoires, poursuivit Mormont, quand l'aîné de ses oncles, l'héritier présomptif, périt accidentellement lors d'un tournoi, laissant deux fils, mais qui le suivirent de près dans la tombe, emportés par le fameux Fléau de printemps. Le roi Daeron y succomba de même, de sorte que la couronne échut à son fils Aerys.

– Le Fol ? » Jon s'y perdait. Comme Aerys avait précédé Robert, cela ne remontait pas si loin…

« Non, Aerys Ier. Celui que détrôna Robert était le second du nom.

– A quelle époque, alors ?

– Voilà quelque quatre-vingts ans…, mais non, je n'étais pas *encore* né, tandis que le mestre avait déjà forgé une demi-douzaine des maillons de sa chaîne. Après avoir épousé sa propre sœur, selon l'usage targaryen, Aerys régna dix ou douze années. Ses vœux prononcés, Aemon quitta la Citadelle et s'en fut servir à la cour d'un hobereau… jusqu'à la disparition de son oncle et, faute d'héritier direct, à l'accession au Trône de Fer de son propre père, Maekar. Lequel aurait désiré l'associer à ses conseils, mais Aemon refusa d'usurper la place qui revenait au Grand Mestre et partit servir chez son frère aîné, nommé lui aussi Daeron. Or, celui-ci mourut à son tour – d'une vérole de catin, si je ne m'abuse –, ne laissant qu'une fille faible d'esprit. Le dauphin devenait Aerion.

– Aerion le Monstre ? » Jon connaissait ce nom. « Le Prince qui se prenait pour un dragon » était l'un des contes les plus macabres de Vieille Nan. Bran en raffolait.

« Tout juste, sauf qu'il se nommait lui-même "le Flamboyant". Si bien qu'un soir il descendit toute une bouteille de feu grégeois, non sans avertir ses amis que cela le métamorphoserait en dragon mais, grâce aux dieux, cela ne le métamorphosa qu'en cadavre. Et, moins d'un an après, le roi Maekar tombait au cours d'une bataille contre un seigneur en rupture de ban. »

Quant à l'histoire du royaume, Jon n'était pas totalement ignare, son propre mestre y avait paré. « Cela se passa l'année du Grand Conseil, dit-il. Les seigneurs enjambèrent le fils du prince Aerion tout comme la fille du prince Daeron et donnèrent la couronne à Aegon.

– Oui et non. D'abord ils la proposèrent sans sourciller à notre Aemon qui, sans sourciller non plus, la refusa. Les dieux, leur dit-il, l'avaient voué à servir, pas à gouverner. Le serment qu'il avait prononcé, il n'entendait pas le rompre, en dépit de l'absolution que lui offrait le Grand Septon. En fait, c'eût été folie que de couronner aucun descendant d'Aerion ; quant à la fille de Daeron, sa niaiserie l'excluait, en plus de son sexe ; ainsi ne restait-il d'autre solution que de se tourner vers le cadet d'Aemon – en l'occurrence Aegon, cinquième du nom, Aegon l'Invraisemblable, comme on l'appela, parce qu'il était le quatrième fils d'un quatrième fils. Et comme Aemon redoutait, non sans raison, que, s'il restait à la cour, les gens qui réprouvaient la politique de son frère ne cherchent à l'utiliser, il vint au Mur. Et il n'en a pas bougé, pendant que son frère et le fils de son frère et le fils de ce fils régnaient et mouraient, chacun à son tour, et que Jaime Lannister mettait un point final à la dynastie des rois-dragons. »

« *Roi !* » croassa le corbeau qui, d'un coup d'aile, vint à travers la loggia se percher sur l'épaule de Mormont. « *Roi !* » répéta-t-il en se pavanant d'arrière en avant.

« Il aime ce mot, sourit Jon.

– Facile à dire. Facile à aimer. »

« *Roi !* » dit à nouveau l'oiseau.

« Je pense qu'il vous verrait volontiers couronné, messire.

– Le royaume a déjà trois rois, ce qui fait deux de trop pour mon goût. » D'un doigt, il caressa le corbeau sous le bec, mais sans lâcher Jon des yeux.

Celui-ci en éprouva comme un malaise. « Pourquoi m'avoir dit cela, messire, à propos de mestre Aemon ?

– Me faut-il une raison spéciale ? » Le sourcil froncé, il s'agita sur son siège. « On a couronné roi du Nord ton frère Robb. Tu as cela de commun avec mestre Aemon. Un frère roi.

– Et autre chose encore, répliqua Jon. Un serment. »

Le Vieil Ours renifla bruyamment, le corbeau prit son essor et vola tout autour de la pièce. « Donne-moi un homme pour chaque serment que j'ai vu rompre, et le Mur ne manquera jamais de défenseurs.

– J'ai toujours su que Robb deviendrait seigneur de Winterfell. »

Un sifflotis de Mormont, et l'oiseau revint se poser sur son bras. « Seigneur et roi font deux. » Il tira de sa poche une poignée de grain qu'il offrit au corbeau. « On va parer ton frère de soieries, satins, velours de cent coloris différents, tandis que tu vivras et mourras, toi, vêtu de maille noire. Il va épouser quelque belle princesse et engendrer des fils. Tu n'auras pas d'épouse et ne tiendras jamais dans tes bras d'enfant de ton propre sang, toi. Il va gouverner, toi servir. Les gens t'appelleront "*freux*", lui "*Votre Majesté*". Les chanteurs monteront en épingle le moindre de ses actes, tes exploits les plus valeureux demeureront inchantés. Dis-moi que rien de cela ne te trouble, Jon..., et, en pleine connaissance de cause, je t'accuserai de mentir. »

Jon se redressa de toute sa hauteur, aussi roidi qu'une corde d'arc. « Et si j'en étais *effectivement* troublé, que me servirait, bâtard que je suis ?

– Que te *servira*, rectifia Mormont, bâtard que tu es ?

– A être troublé, riposta-t-il, et à respecter mes vœux. »

CATELYN

Elle avait l'impression qu'à peine forgée la couronne accablait Robb. L'antique couronne des rois du Nord avait disparu le jour où, trois siècles plus tôt, Torrhen Stark s'était soumis, le genou ployé devant Aegon le Conquérant. Ce que celui-ci avait fait d'elle, nul ne le savait mais, grâce au savoir-faire du forgeron de lord Hoster et aux descriptions qu'en donnaient les contes des anciens temps, la nouvelle en était la réplique aussi fidèle que possible : un diadème ouvert de bronze martelé frappé des runes des Premiers Hommes et d'où surgissaient neuf piques de fer noir ouvragées en forme d'estramaçons. D'or, d'argent, de pierreries, pas l'ombre ; bronze et fer exclusivement, les métaux de l'hiver, sombres et vigoureux antagonistes du froid.

Pendant qu'ils attendaient, dans la grande salle de Vivesaigues, qu'on leur amenât le captif, Catelyn vit Robb reculer la couronne sur ses cheveux auburn puis, peu après, la ramener vers l'avant, lui imprimer ensuite un quart de tour comme pour mieux l'assurer sur son front. *Il n'est pas facile de porter une couronne*, songea-t-elle, sans le quitter des yeux, *surtout lorsqu'on n'a que quinze ans*.

Pendant que les gardes introduisaient le prisonnier, Robb réclama son épée, la reçut, garde en avant, des mains d'Olyvar Frey, la dégaina et la posa, nue, en travers de ses genoux, telle une menace visible de tous. « Voici l'homme que vous demandiez, Sire, annonça ser Robin Ryger, capitaine de la garde Tully.

– A genoux devant le roi, Lannister ! » cria Theon Greyjoy. Ser Robin contraignit le prisonnier à obtempérer.

Catelyn ne lui trouva rien d'un lion. Ce ser Cleos Frey avait beau être par sa mère, lady Genna, le propre neveu de lord Tywin, il ne possédait aucun des fameux atouts Lannister, blondeur et prunelles vertes. Mèches brunes filandreuses, menton fuyant, longue figure lui venaient de son géniteur, ser Emmon, deuxième fils de lord Walder. Quant à l'invincible clignotement de ses yeux pâles et aqueux, peut-être fallait-il ne l'imputer qu'à l'éblouissement, les cachots de Vivesaigues étant aussi sombres qu'humides... – et bondés, ces derniers temps.

« Levez-vous, ser Cleos. » Sans être aussi glacée que l'eût été celle de son père, la voix de Robb n'était pas non plus celle d'un gamin de quinze ans. La guerre avait prématurément fait de lui un homme. La lumière du matin jetait une vague lueur sur l'acier qui barrait son giron.

Ce n'était pourtant pas la lame qui angoissait ser Cleos, mais l'approche souple et feutrée de Vent Gris qui, ausi grand que le plus grand des limiers d'orignac, venait, prunelles d'or et fourrure couleur de fumée, le flairer. Toute l'assistance perçut les sueurs froides du chevalier qui, durant la bataille du Bois-aux-Murmures, avait vu le loup égorger plusieurs hommes.

Aussi s'écarta-t-il si vivement, sitôt relevé, que de gros rires fusèrent, çà et là. « Merci, messire.

– *Sire !* » aboya Lard-Jon Omble, le plus tonitruant des bannerets du Nord et, du moins s'en targuait-il..., le plus farouchement loyal. Pour avoir été le premier à proclamer Robb roi du Nord, il ne souffrait pas que l'on mégotât la moindre lichette d'honneur à son tout nouveau souverain.

« Sire, s'empressa de rectifier ser Cleos. Avec mes excuses. »

Pas téméraire, le bonhomme, jugea Catelyn. *Autrement Frey que Lannister*, à la vérité. Son Régicide de cousin ne se fût pas montré si coulant. Jamais on n'eût obtenu que les dents parfaites de ser Jaime Lannister se desserrent en faveur du titre honorifique.

« Je vous ai fait extraire de votre cellule pour vous charger d'un message à l'intention de votre cousine Cersei Lannister. Vous vous rendrez à Port-Réal sous bannière blanche. Trente de mes meilleurs hommes vous escorteront. »

Ser Cleos ne déguisa pas son soulagement. « C'est avec le plus grand plaisir que je transmettrai à Sa Grâce le message de Votre Majesté.

– Ne vous méprenez pas, reprit Robb, je ne vous rends pas votre liberté. Votre grand-père, lord Walder, m'a engagé sa foi et celle de la maison Frey. Nombre de vos oncles et cousins chevauchaient à nos côtés dans le Bois-aux-Murmures, mais *vous* avez préféré combattre sous la bannière au lion. Cela fait de vous un Lannister, pas un Frey. J'exige de vous le serment, sur votre honneur de chevalier, qu'après avoir délivré mon message vous reviendrez apporter la réponse de la reine et reprendre vos fers. »

Ser Cleos n'hésita pas. « Je le jure.

– Tous les hommes ici présents vous ont entendu, l'avertit le frère de Catelyn qui, aux lieu et place de leur père mourant, portait la parole pour Vivesaigues et pour les seigneurs du Trident. Si vous ne revenez pas, le royaume entier vous saura parjure.

– Je tiendrai parole, répliqua l'autre avec raideur. Quelle est la teneur du message ?

– Une offre de paix. » Robb se leva, l'épée au poing. Vent Gris vint se placer à ses côtés. La salle devint houleuse. « Dites à la reine régente que, si elle accepte mes conditions, je rengainerai cette épée et mettrai un terme à la guerre qui nous oppose. »

Au fond de la salle, la silhouette dégingandée de lord Rickard Karstark fendit une haie de gardes et prit la porte. Personne d'autre ne bougea. Sans paraître s'apercevoir de rien, Robb commanda : « La lettre, Olyvar ». L'écuyer lui reprit l'épée et lui tendit un rouleau de parchemin.

Robb déploya la feuille. « En premier lieu, la reine doit relâcher mes sœurs et assurer leur transport par mer de Port-Réal à Blancport, étant par là entendu que sont rompues les fiançailles de Sansa et de Joffrey Baratheon. Sitôt que le gouverneur de Winterfell m'aura avisé de leur arrivée saines et sauves, je relâcherai moi-même les cousins de la reine, l'écuyer Willem Lannister et votre propre frère Tion Frey, que je ferai ramener sous bonne escorte à Castral Roc ou en quelque autre lieu qu'il lui plaira. »

Que ne pouvait-on connaître les pensées qui s'agitaient derrière chacun de ces masques aux sourcils froncés, aux lèvres serrées, se dit Catelyn.

« En deuxième lieu, les restes du seigneur mon père nous seront rendus pour lui permettre, ainsi qu'il l'eût désiré, de reposer dans les cryptes de Winterfell auprès de ses frère et sœur. Il en ira de même pour ceux des gens de sa maisonnée qui sont morts à son service à Port-Réal. »

Du nord étaient partis des hommes pleins de vie, du sud ne reviendraient que des os glacés. *Ned voyait juste*, songea-t-elle. *Sa place était à Winterfell, il le disait assez, mais j'ai refusé de l'entendre. « Va, lui ai-je dit, tu dois être la Main de Robert. Pour le bien de notre maison, pour le salut de nos enfants... » Mon œuvre, mon œuvre à moi, l'œuvre de personne d'autre...*

« En troisième lieu, Glace, l'épée de mon père, me sera restituée en mains propres ici même, à Vivesaigues. »

Elle jeta un coup d'œil du côté de son frère, debout, là, pouces enfilés dans sa ceinture. Visage de pierre.

« En quatrième lieu, la reine ordonnera à son père, lord Tywin, de relâcher ceux de mes chevaliers et seigneurs bannerets qu'il a faits prisonniers lors de la bataille sur la Verfurque du Trident. Cela acquis, je relâcherai moi-même ceux des siens que j'ai capturés tant au Bois-aux-Murmures que sous ces remparts, à l'exception du seul Jaime Lannister qui demeurera mon otage et le répondant de l'attitude de son père. »

Que pouvait bien signifier le fin sourire de Theon Greyjoy ? Il avait toujours l'air, celui-là, de s'amuser d'une blague connue de lui seul... Un air qu'elle n'avait jamais aimé.

« Enfin, le roi Joffrey et la reine régente renonceront à toutes leurs prétentions sur le Nord. Loin de relever de leur souveraineté, celuici est désormais un royaume libre et indépendant, comme par le passé. Notre domaine inclut toutes les terres Stark sises au nord du Neck, ainsi que les terres baignées par le Trident et ses affluents, soit depuis la Dent d'Or à l'ouest jusqu'aux montagnes de la Lune à l'est.

– LE ROI DU NORD ! explosa Lard-Jon Omble, avant de hurler, son jambon de poing martelant le vide : *Stark ! Stark ! le roi du Nord !* »

Robb reploya le parchemin. « Mestre Vyman a dressé une carte où figurent les frontières que nous revendiquons. Vous en aurez une copie destinée à la reine. Lord Tywin doit se retirer en deçà de ces frontières et mettre un terme à ses raids, incendies et pillages. La reine régente et son fils ne réclameront de mes gens ni taxes ni rentes ni service, ils relèveront mes vassaux et chevaliers de tous serments de loyauté, promesses, engagements, dettes et obligations vis-à-vis du Trône de Fer et des maisons Baratheon et Lannister. En outre, les Lannister livreront, en gage de paix, dix otages de haut parage dont il sera convenu mutuellement, et que je traiterai en hôtes de marque et eu égard à leur condition. Pourvu que soient loyalement respectées les clauses de notre pacte, je libérerai chaque année deux d'entre eux et les rendrai sains et saufs à leurs familles. » Il lança le message aux pieds de ser Cleos. « Telles sont mes conditions. Que la reine les accepte, et je lui accorderai sa paix. Sinon... – il siffla, Vent Gris s'avança en grondant –, je lui offrirai un autre Bois-aux-Murmures.

– *Stark !* rugit à nouveau le Lard-Jon, cette fois imité par d'autres, *Stark ! Stark, roi du Nord !* » Le loup-garou pointa son museau vers le ciel et se mit à hurler.

Ser Cleos était devenu d'une pâleur de lait caillé. « La reine entendra votre message, mess... – Sire.

– Bien, dit Robb. Ser Robin, veillez à lui faire donner un bon repas et des vêtements propres. Il partira dès l'aube.

– Votre Majesté sera obéie.

– La séance est levée. » Comme il se retirait, escorté de Vent Gris, toute l'assistance ploya le genou. Olyvar Frey s'empressa de lui ouvrir la porte, et Catelyn suivit, son frère à ses côtés.

« Tu t'en es bien tiré, dit-elle à son fils en le rejoignant dans le corridor. Sauf que ton numéro avec le loup était une farce plus puérile que royale. »

Robb grattouilla Vent Gris derrière l'oreille. « Avez-vous vu la tête qu'il faisait, Mère ? sourit-il.

– J'ai surtout vu sortir lord Karstark.

– Moi aussi. » Des deux mains, il retira sa couronne et la tendit à Olyvar. « Remporte ce truc dans ma chambre.

– De ce pas, Sire. » L'écuyer s'éclipsa.

« Je parie que d'autres partageaient les sentiments de lord Karstark, intervint Edmure. Comment pouvons-nous parler de paix pendant que les Lannister infestent les domaines de mon père, volent ses récoltes et massacrent ses gens ? Je le répète, nous devrions déjà marcher sur Harrenhal.

– Nos forces sont insuffisantes », répliqua Robb, mais d'un ton chagrin.

Edmure insista. « S'accroissent-elles dans l'inaction ? Notre armée s'affaiblit de jour en jour.

– A qui la faute ? » lui jappa Catelyn. C'est sur les instances d'Edmure que Robb avait, après son couronnement, donné aux seigneurs riverains la permission d'aller défendre chacun ses terres. Ser Marq Piper et lord Karyl Vance s'étaient retirés les premiers. Lord Jonos Bracken avait suivi, sous couleur solennelle de récupérer sa coquille brûlée de château et d'enterrer ses morts. Et voilà que lord Jason Mallister annonçait à son tour qu'il comptait regagner son cher Salvemer, pourtant épargné par la guerre…

« Tu ne peux demander à mes vassaux de rester bras croisés pendant qu'on pille leurs champs et passe leurs gens au fil de l'épée, dit Edmure. Lord Karstark vient du nord, lui. Il serait fâcheux qu'il nous abandonne.

– Je vais lui parler, dit Robb. Il a perdu deux fils au Bois-aux-Murmures. Comment le blâmer de ne pas vouloir conclure de paix avec ceux qui les ont tués…, et qui sont aussi les assassins de mon père… ?

– De nouvelles effusions de sang ne nous rendront pas plus ton père que ses fils à lord Rickard, repartit Catelyn. Il fallait faire une offre – et un homme plus avisé eût offert des conditions moins rudes…

– Un rien moins rudes, et je dégueulais. » Il avait la barbe plus ardente que ses cheveux. Il semblait croire qu'elle lui donnait un air plus mâle et royal…, plus vieux. Mais, barbe ou pas, il demeurait un adolescent de quinze ans et ne brûlait pas moins de se venger que lord Karstark. Il n'avait pas été aisé de l'amener à condescendre même à cette offre, si pingre fût-elle.

« Cersei Lannister n'acceptera *jamais* d'échanger tes sœurs contre une paire de cousins. C'est son frère qu'elle voudra, tu le sais pertinemment. » A force de le lui répéter en pure perte, elle finissait par s'apercevoir que les rois sont bien moins attentifs que les fils.

« Le voudrais-je que je ne pourrais relâcher le Régicide. Mes vassaux ne me le permettraient jamais.

– Ils t'ont fait roi.

– Me *défaire* leur serait tout aussi facile.

– Si ta couronne est le prix à payer pour obtenir qu'on nous rende Arya et Sansa, tu nous vois barguigner ? Assassiner le Régicide dans son cachot ravirait la moitié de tes vassaux. Qu'il meure en ton pouvoir, et les gens diront…

– … qu'il ne l'a pas volé, termina Robb.

– Et tes sœurs ? riposta-t-elle vertement, n'auront-elles pas non plus volé de mourir ? Qu'il arrive malheur à son frère, et je te garantis que Cersei nous rendra sang pour sang.

– Il ne mourra pas, affirma Robb. Nul n'est admis fût-ce à lui parler sans mon autorisation. Il a de quoi manger, de l'eau, de la paille propre, plus d'aises qu'il n'en saurait exiger. Mais le libérer, pas question, même en faveur d'Arya et de Sansa. »

Il la regardait *de son haut*, découvrit-elle soudain. *Est-ce la guerre qui a si fort précipité sa croissance*, se demanda-t-elle, *ou la couronne dont on l'a coiffé ?* « Aurais-tu peur de le retrouver devant toi en rase campagne, pour parler crûment ? »

Vent Gris grogna comme s'il percevait la colère de Robb, et Edmure posa une main fraternelle sur l'épaule de Catelyn. « Pas ça, Cat. Le gosse a raison.

– Ne m'appelez pas *le gosse* ! s'emporta Robb, déchargeant d'un coup sa fureur sur son malheureux oncle dont le seul tort avait été de chercher à le soutenir. Me voici presque un homme fait, et je suis roi – *votre* roi, ser. Quant à Jaime Lannister, il ne me fait pas peur. Je l'ai battu une fois, je le battrai de nouveau s'il le faut. Seulement… » Il repoussa une mèche qui lui tombait sur les yeux, secoua la tête. « J'aurais pu échanger le Régicide contre Père, mais…

– … mais pas contre les filles ? » Elle parlait d'une voix calme et glacée. « Broutille que des filles, n'est-ce pas ? »

Robb ne répondit pas, mais de la peine parut dans ses yeux. Des yeux bleus, des yeux Tully, des yeux qu'il tenait d'elle. Elle l'avait blessé, mais il était trop le fils de son père pour en convenir.

Une conduite indigne de moi, se dit-elle. *Bonté divine, que va-t-il advenir de moi ? Il fait de son mieux, de toutes ses forces, je le sais, je le vois, et néanmoins… J'ai déjà perdu mon Ned, le rocher sur lequel était bâtie mon existence, je ne supporterais pas de perdre aussi les filles…*

« Je ferai tout mon possible pour mes sœurs, reprit Robb. Si la reine a la moindre jugeote, elle acceptera mes conditions. Sinon, je lui ferai déplorer son refus. » Il en avait manifestement assez de ce sujet. « Mère, êtes-vous sûre de ne pas vouloir vous rendre aux Jumeaux ? Outre que vous vous y trouveriez moins exposée, vous seriez en mesure de vous y lier avec les filles de lord Walder et de guider mon choix, la guerre achevée. »

Il souhaite mon départ, songea-t-elle, accablée. *Les rois sont censés n'avoir pas de mère, apparemment, et je l'assomme d'avis qu'il n'a aucune envie d'entendre.* « Tu es assez grand, Robb, pour élire sans mon aide ta préférée parmi les filles de lord Walder.

– Alors, partez avec Theon. Il s'en va demain. Il doit aider les Mallister à escorter tout un lot de captifs jusqu'à Salvemer avant de s'embarquer pour les îles de Fer. Vous pourriez également prendre un bateau et, si les vents sont favorables, être de retour à Winterfell d'ici la prochaine lune. Bran et Rickon ont besoin de vous. »

Et toi non, si j'ai bien compris ? « Le seigneur mon père n'a plus guère à vivre. Jusqu'à sa disparition, ma place est à son chevet. Je reste à Vivesaigues.

– Je pourrais vous ordonner de partir. En tant que roi, je le pourrais. »

Elle ignora la remarque. « Permets-moi d'insister, je préférerais te voir envoyer quelqu'un d'autre à Pyk et garder Theon auprès de toi.

– Se peut-il meilleur ambassadeur auprès de Balon Greyjoy que son propre fils ?

– Jason Mallister, proposa-t-elle. Tytos Nerbosc. Stevron Frey. N'importe qui..., sauf Theon. »

Son fils s'accroupit pour caresser Vent Gris et, accessoirement, se soustraire à son regard. « Theon s'est bravement battu pour nous. Je vous ai conté comment il sauva Bran des sauvageons dans le Bois-aux-Loups. Si les Lannister refusent la paix, j'aurai besoin de la flotte de lord Greyjoy.

– Tu l'obtiendras plus promptement si tu gardes le fils en otage.

– Il a passé la moitié de sa vie en otage.

– Non sans motif, observa-t-elle. On ne peut faire confiance à Balon Greyjoy. Il a lui-même porté une couronne, souviens-t'en, même si cela ne dura qu'une saison. Qui sait s'il ne nourrit pas l'ambition de s'en recoiffer ? »

Robb se releva. « Je ne m'en formaliserai pas. Je suis bien roi du Nord ? Eh bien, qu'il soit roi des îles de Fer, si cela lui chante. Je lui donnerai volontiers sa couronne, pourvu qu'il nous aide à abattre les Lannister.

– Robb...

– J'envoie Theon. Je vous souhaite le bonjour, Mère. Viens, Vent Gris. » Et il s'éloigna à grands pas, flanqué de son loup.

Elle le regarda partir, impuissante. Son fils et, désormais, son roi. Une impression des plus bizarre. *Commande*, lui avait-elle enjoint à Moat Cailin. Voilà, il commandait. « Je vais voir Père, annonça-t-elle à brûle-pourpoint. Tu m'accompagnes, Edmure.

– Je dois d'abord prendre langue avec les nouveaux archers qu'entraîne ser Desmond. Je me rendrai chez lui plus tard. »

S'il vit encore, songea-t-elle sans souffler mot. Son frère eût mieux aimé se battre que d'affronter la chambre du mourant.

Le chemin le plus court pour accéder au donjon central où gisait ce dernier passait par le bois sacré. Des fleurs sauvages émaillaient l'herbe d'où surgissaient les troncs massifs des ormes et des rubecs dont l'opulente frondaison persistait à bruire, au mépris du message apporté par un corbeau blanc quinze jours plus tôt. Le Conclave avait eu beau décréter la venue de l'automne, les dieux jugeaient encore inutile d'en avertir les vents et les bois. Catelyn ne manqua pas de leur en rendre grâces. En ce qu'il présageait le spectre imminent de l'hiver, l'automne avait toujours quelque chose de formidable. Le plus perspicace des hommes, en automne, ignorait si sa prochaine récolte ne serait pas la dernière.

De son lit installé dans la loggia, Hoster Tully, seigneur de Vivesaigues, pouvait contempler le confluent de la Ruffurque et de la Culbute, à l'est du château, mais il s'était assoupi lorsqu'entra Catelyn, aussi blanc de barbe et de cheveux que ses oreillers, l'ombre de lui-même et amenuisé par l'inexorable sape de la mort.

A son chevet était assis, toujours vêtu de son haubert de mailles et de son manteau de voyage crasseux, toujours botté de poussière et de boue séchée, son frère, le Silure. « Robb vous sait-il de retour, Oncle ? » En tant que chef des éclaireurs et des estafettes, ser Brynden Tully était les yeux et les oreilles du jeune roi.

« Non. En apprenant qu'il tenait séance, je suis monté tout droit des écuries ici. Je suppose qu'il aimera mieux m'entendre d'abord en privé. » De grande taille, osseux, grisonnant, rasé de près, hâlé, il avait le geste avare et précis. Il demanda : « Comment va-t-il ? » sans qu'elle s'y méprît. Il n'était plus question de Robb.

« Toujours pareil. Comme le mestre l'apaise avec du vin-de-songe et du lait de pavot, il dort la plupart du temps, mange à peine. Il s'affaiblit de jour en jour.

– Il parle ?

– Oui…, mais pour dire des choses de moins en moins sensées. Il évoque ses regrets, les tâches inachevées, des gens morts depuis longtemps, des temps révolus depuis une éternité. Parfois, il ne sait plus en quelle saison nous sommes ni qui je suis. Une fois, il m'a confondue avec Mère.

– Elle n'a cessé de lui manquer, commenta Brynden. Et tu as ses traits. Les pommettes, la mâchoire…

– Vous vous la rappelez mieux que moi. Cela fait tant d'années… » Elle se posa sur le lit, écarta du visage de son père une fine mèche blanche qui le barrait.

« Chaque fois que je me mets en selle, je me demande si je le reverrai vivant. » Malgré toutes leurs querelles, une affection profonde liait lord Hoster et le frère jadis renié.

« Du moins avez-vous fait la paix, tous deux. »

Ils se turent un long moment, puis Catelyn se redressa. « De quelles nouvelles vouliez-vous entretenir Robb ? » Avec un gémissement, le moribond se laissa rouler sur le flanc, comme s'il avait entendu.

Brynden se leva. « Sortons. Mieux vaut ne pas le réveiller. »

Elle le suivit vers le balcon de pierre qui, sur les trois côtés de la loggia, saillait en proue de navire. Les sourcils froncés, son oncle jeta un coup d'œil vers le ciel. « Elle se voit même le jour, maintenant. Mes hommes l'appellent "le Messager rouge"…, mais son message, quel est-il ? »

Catelyn leva les yeux vers l'endroit du ciel où, rougeâtre sur outremer, se traçait, telle une balafre en travers de la face divine, le sillage de la comète. « Le Lard-Jon affirme à Robb que les anciens dieux ont déployé en faveur de Ned le pavillon rouge de la vengeance. Edmure en tire, lui, présage de la victoire de Vivesaigues, car il voit là un poisson dont la longue queue porte aux couleurs Tully, rouge sur bleu. » Elle soupira. « Que n'ai-je leur foi. L'écarlate est une couleur Lannister.

– Ce machin n'est pas écarlate, objecta ser Brynden. Ni rouge du rouge Tully, celui de la Ruffurque en crue. Ce qui macule le ciel, là-haut, petite, c'est du sang.

– Le nôtre ou le leur ?

– Jamais guerre a-t-elle uniquement ensanglanté un camp ? » Il secoua la tête. « Autour de l'Œildieu, le Conflans se trouve à feu et à sang. La lutte a fait tache d'huile au sud jusqu'à la Néra et, au nord, par-delà le Trident, quasiment jusqu'aux Jumeaux. Marq Piper et Karyl Vance remportent çà et là de petits succès, ce nobliau de Béric Dondarrion razzie les razzieurs et tombe à l'improviste sur les fourrageurs de lord Tywin avant de s'évanouir dans les bois. Alors qu'il se vantait, paraît-il, de l'avoir tué, ser Burton Crakehall a perdu tout son monde dans l'un de ses traquenards.

– Quelques-uns des gardes de Ned se trouvent avec lord Béric, rappela-t-elle. Puissent les dieux les préserver.

– Dondarrion et son copain le prêtre rouge sont assez malins pour s'en tirer tout seuls, s'il faut en croire la rumeur, mais les bannerets de ton père ont moins de bonheur. Robb n'aurait jamais dû les laisser partir. Ils se sont éparpillés comme des cailles, chacun prétendant protéger son bien, et c'est là folie, Cat, folie. Jonos Bracken a été blessé lors des combats dans les ruines de son château, et son neveu Hendry tué. Tytos Nerbosc a bien expulsé les Lannister de chez lui, mais ils ont tout emporté, chaque vache et chaque cochon, tout, jusqu'au dernier grain de blé, ne lui laissant d'autre à défendre qu'un désert de cendres et son Raventree. Quant aux gens de Darry, peine perdue s'ils ont reconquis son fort, ils ne l'ont pas conservé deux semaines ; Gregor Clegane a fondu sur eux et tout massacré, la garnison comme son maître. »

Elle en fut horrifiée. « Un bambin…

– Mmouais. Et le dernier de sa lignée, en plus. Il aurait rapporté une belle rançon, mais que signifie l'or pour un molosse écumant de l'acabit Clegane ? Quel noble cadeau ce serait, ma foi, pour tout le royaume que la tête de ce fauve-là… ! »

Bien qu'elle connût la sinistre réputation de Gregor, Catelyn ne put réprimer un cri de protestation. « Ne me parlez pas de têtes, je vous prie… Cersei a fait empaler celle de Ned sur les remparts du Donjon Rouge et l'a livrée aux mouches et aux corbeaux. » Il lui semblait impossible, même à présent, que la séparation fût définitive. Il lui arrivait de se réveiller dans le noir et, l'espace d'une seconde, de s'attendre à le sentir là, contre elle. « Clegane n'est d'ailleurs rien de plus qu'une patte de lord Tywin. » En tant que seigneur de Castral Roc et que gouverneur de l'Ouest, que père de la reine et du Régicide et du Lutin, que grand-père du roi Joffrey, Tywin Lannister incarnait de fait, aux yeux de Catelyn, le danger suprême.

« Pas si faux, convint son oncle. Et il n'est pas fou, le Tywin. Bien à l'abri derrière les murs de Harrenhal, il utilise nos moissons pour nourrir son armée et brûle ce qu'il ne prend pas. Gregor n'est pas le seul chien qu'il ait découplé. Ser Amory Lorch bat également la campagne, ainsi que des spadassins de Qohor, moins friands de tuer que d'estropier les gens. J'ai vu ce qu'ils laissent derrière eux. Des villages entiers livrés à la flamme, des femmes violées, mutilées, des enfants charcutés laissés sans sépulture afin d'attirer chiens sauvages et loups… De quoi soulever jusqu'au cœur des morts.

– Edmure enragera de l'apprendre.

– Et cela comblera précisément les vœux de lord Tywin. La terreur même a ses visées, Cat. Lannister nous provoque, il cherche la bataille.

– Et Robb n'aspire qu'à le satisfaire, dit-elle d'un ton chagrin. L'oisiveté l'énerve comme un chat, et le Lard-Jon, Edmure et les autres vont l'y pousser. » Pour avoir remporté deux grandes victoires en écrasant ser Jaime dans le Bois-aux-Murmures puis son armée privée de chef, lors de la bataille des Camps, sous les murs mêmes de Vivesaigues, il n'était en effet rien moins, à entendre certains de ses vassaux, qu'Aegon le Conquérant ressuscité.

Le Silure dressa un sourcil broussailleux. « Les imbéciles ! Mon premier principe de guerre, Cat – ne *jamais* exaucer les vœux de l'ennemi. Lord Tywin souhaite se battre sur un terrain de son propre choix. Il entend que nous marchions sur Harrenhal.

– Harrenhal. » Le dernier des enfants du Trident connaissait les contes consacrés à la vaste forteresse édifiée trois siècles auparavant sur les bords de l'Œildieu par le roi Harren le Noir, alors que les Sept Couronnes étaient encore sept royaumes *réels*, et que les gens des îles de Fer régissaient les terres du Conflans. Dans son orgueil, Harren s'étant flatté de posséder les voûtes et les tours les plus hautes de tout Westeros, quarante années furent nécessaires pour en ériger la silhouette immense au bord du lac, quarante années durant lesquelles les armées du roi écumèrent son voisinage en quête de pierre, de bois, d'or et de main-d'œuvre. Des milliers de prisonniers périrent dans ses carrières, enchaînés à ses traîneaux ou s'échinant à ses cinq tours géantes, gelés l'hiver, suffoqués l'été. On abattit des barrals trois fois millénaires pour en tirer des poutres, des chevrons, et la réalisation du rêve d'Harren ruina le Conflans tout comme l'archipel de Fer. Et le jour où, son Harrenhal enfin parfait, le roi vint s'y établir, le même jour, à Port-Réal, débarquait Aegon le Conquérant.

Catelyn entendait encore Vieille Nan, à Winterfell, là-bas, conter l'histoire à ses propres enfants. « Et force fut au roi Harren d'apprendre qu'il n'est tours altières ni murailles épaisses qui vaillent contre des dragons, concluait-elle invariablement, car les dragons *volent.* » Lui-même avait péri, et toute sa lignée, dans le déluge de feu, et le malheur n'avait cessé, depuis, d'accabler chacune des familles à qui était échu le monstrueux château. Si forte que fût la place, elle était surtout lugubre et maudite.

« Je ne laisserais pas volontiers Robb livrer bataille à l'ombre de ces remparts, convint-elle, mais nous devons faire *quelque chose*, Oncle.

– Et vite, acquiesça-t-il. Parce que je ne t'ai pas encore dit le plus grave, petite. Les hommes que j'ai dépêchés à l'ouest me mandent qu'une nouvelle armée se forme à Castral Roc. »

Une autre armée Lannister. Cette perspective la chavira. « Il faut en avertir Robb immédiatement. Qui la conduira ?

– Ser Stafford Lannister, paraît-il. » Il détourna son regard vers la rive opposée. La brise agitait mollement son manteau rouge et bleu.

« Encore un neveu ? » Fichtrement nombreuse et féconde, la maison Lannister...

« Un cousin, rectifia-t-il. Frère de feu lady Lannister et, par là, doublement parent de Tywin. Un vieillard passablement crétin mais doté d'un fils, ser Daven, vraiment redoutable.

– Alors, espérons que ce soit le père qui mène ces troupes en campagne.

– Nous n'aurons pas à les affronter tout de suite. C'est un ramassis de reîtres, de francs-coureurs et de bleus recrutés dans les gargotes de Port-Lannis. Avant de les aventurer sur un champ de bataille, ser Stafford devra les équiper, les instruire... mais, ne t'abuse pas, lord Tywin n'est pas le Régicide. Il ne va pas se ruer tête baissée mais attendre patiemment pour quitter sa tanière que ser Stafford ait fait mouvement.

– A moins..., hésita-t-elle.

– Oui ? la pressa-t-il.

– A moins qu'il n'y soit *obligé*, pour parer à quelque autre menace. »

Son oncle lui décocha un regard songeur. « Lord Renly.

– *Sa Majesté* Renly. » Pour en obtenir de l'aide, elle devrait le gratifier du titre dont il s'était lui-même décoré.

« Peut-être. » Le Silure sourit d'un sourire acéré. « Il réclamera quelque chose, en contrepartie.

– Il réclamera ce que réclament toujours les rois, dit-elle. Hommage. »

TYRION

En bon fils de boucher, Janos Slynt rigolait comme un hachoir à côtelettes. « Encore un peu de vin ? proposa Tyrion.

– Pas de refus », dit lord Janos en tendant sa coupe. Il avait la carrure d'une futaille, et sa capacité y correspondait. « Pas de refus du tout. C'est du bon rouge. De La Treille ?

– De Dorne. » Sur un geste de Tyrion, le valet versa. Abstraction faite des serviteurs, les deux hommes se trouvaient seuls dans la Petite Galerie, et la chandelle posée sur leur guéridon les environnait de ténèbres. « La vraie trouvaille. Rare, que les vins de Dorne soient si riches.

– Riche », reprit la grosse face de grenouille, avec une lampée gloutonne. Pas homme à siroter, le Slynt. Tyrion l'avait noté d'emblée. « Oui, riche, exactement le mot que je cherchais, *exactement*. Vous avez un don pour les mots, lord Tyrion, sauf votre respect. Puis marrant, ce que vous racontez. Marrant, oui.

– Je suis charmé que vous le pensiez…, mais je ne suis pas lord, contrairement à vous. Je me contenterai d'un simple *Tyrion*, lord Janos.

– A votre aise. » Il s'envoya une autre gorgée dont le surplus dégoulina sur son doublet de satin noir. Il portait un mantelet de drap d'or qu'agrafait une pertuisane à la pointe émaillée de pourpre. Et il était parfaitement saoul.

Tyrion se couvrit la bouche et rota poliment. Contrairement à lord Janos, il tenait fort bien le vin, mais il était pis que rassasié. Son premier soin avait été, sitôt installé dans la tour de la Main, d'envoyer quérir la meilleure cuisinière de la ville et de l'embaucher. Au menu, ce soir-là, consommé de queue de bœuf, petits légumes sautés aux pacanes, raisins, fenouil rouge et fromage râpé, tourte de crabe, purée d'épices et cailles au beurre, chacun des plats ayant son propre vin pour l'accompagner. Et comme Janos confessait n'avoir jamais, et de loin, fait pareille chère, « Sans doute, messire, dit Tyrion, vous montrerez-vous plus gourmand lorsque vous prendrez possession de votre fief de Harrenhal.

– Assurément. Je devrais peut-être engager votre cuisinière, qu'en dites-vous ?

– Nombre de guerres ont éclaté pour moins, répliqua Tyrion et, après qu'ils eurent ri tout leur content : Vous êtes bien hardi de l'adopter pour résidence. Un lieu si sinistre et si *colossal*..., vous allez vous ruiner, à l'entretenir. Sans compter qu'on le dit maudit.

– Vais-je m'effarer pour un tas de pierres ? » Cette idée le fit s'esclaffer. « Vous avez dit hardi. Faut être hardi, pour s'élever. Comme je l'ai fait. Jusqu'à Harrenhal, oui ! Et pourquoi pas ? Vous savez. Vous êtes un hardi aussi, je le sens. Petit, peut-être, mais *hardi*.

– Trop aimable. Un peu plus de vin ?

– Non. Non, vraiment, je..., oh puis, sacredieux, *oui*. Pourquoi pas ? On boit tout son plein, quand on est hardi !

– Exact. » Il lui remplit sa coupe à ras bord. « J'ai jeté un œil à la liste de vos successeurs éventuels au commandement du Guet.

– De chics types. Des types bien. N'importe lequel des six fera l'affaire, mais je choisirais Allar Deem, moi. Mon bras droit. Chic chic type. Loyal. Prenez-le, vous ne vous en repentirez pas. S'il plaît au roi.

– Evidemment. » Tyrion trempa le bout des lèvres dans son vin. « J'aurais plutôt pensé à ser Jacelyn Prédeaux. Voilà trois ans qu'il est capitaine à la porte de la Gadoue, et il s'est montré si valeureux durant la rébellion de Balon Greyjoy que le roi Robert l'a fait chevalier à Pyk. Et pourtant il ne figure pas dans votre liste. »

Lord Janos prit une gorgée de vin qu'il fit clapoter dans sa bouche avant de la déglutir. « Prédeaux. Bien. Brave, assurément, mais..., mais un *rigide*, celui-là. Un fameux chien. Les hommes ne l'apprécient pas. Puis un infirme, il a perdu sa main à Pyk, pour ça qu'on l'a fait chevalier. Piètre troc, si vous me demandez, une main contre un *ser*. » Il rigola. « Ser Jacelyn se surestime, lui et son honneur, mon point de vue. Vous ferez mieux de le laisser là où il est, mess... – Tyrion. Allar Deem est ce qu'il vous faut.

– Pas très aimé de la rue, paraît-il.

– Redouté. C'est mieux

– Cette histoire qui court sur lui d'une bagarre dans un bordel, que s'est-il passé ?

– Ça ? Pas sa faute, mess… – Tyrion. Non. Il ne voulait pas tuer la femme, c'est elle, la responsable. Il l'avait avertie de se tenir peinarde et de le laisser faire son devoir.

– Peinarde…, une mère et son gosse, il aurait pu s'attendre qu'elle essaie de sauver le bébé. » Il sourit. « Une lichette de ce fromage ? une splendeur avec ce vin… Dites-moi, pourquoi avoir choisi Deem pour cette vilaine besogne ?

– Un bon chef connaît ses hommes, Tyrion. Certains sont bien pour ci, certains pour ça. Le coup du bébé, et celui-là encore au sein, ça demande une espèce à part. Pas tout le monde qui le ferait. Quoiqu'il s'agissait rien que d'une pute et de sa portée.

– Je veux bien le croire », dit Tyrion, que *rien qu'une pute* faisait songer à Shae, et à Tysha, jadis, et à toutes les femmes qui avaient, depuis des années, pris son argent et sa semence.

Slynt poursuivit, sans se douter de rien : « Un type dur pour un boulot dur, c'est Deem. Fait ce qu'on lui dit, et bouche cousue, après. » Il se tailla une bonne tranche de fromage. « Ça qu'est fameux. Raide. Donnez-moi un couteau bien tranchant et un fromage bien violent, je suis un homme heureux. »

Tyrion haussa les épaules. « Régalez-vous tant que vous pouvez. Avec le Conflans en feu et le roi Renly à Hautjardin, le bon fromage va se raréfier. A propos, qui vous avait lancé aux trousses de la bâtarde de cette putain ? »

Lord Janos lui lança un regard en dessous puis se mit à rire et le tança de son fromage. « Vous êtes un malin, Tyrion. Pensiez m'avoir, hein ? Mais faut plus que du fromage et du vin pour le faire déparler, Janos Slynt. Je me respecte. Jamais de question et jamais un mot, après, moi.

– Comme Deem.

– Tout à fait pareil. Vous lui donnez le commandement quand je partirai pour Harrenhal, et vous le regretterez pas. »

Tyrion prit un soupçon de fromage. Raide, en effet, et, avec un filet de vin, succulent. « Quel qu'il soit, le choix du roi n'entrera pas facilement dans votre armure, je gage. Le même problème tarabuste lord Mormont. »

Lord Janos eut l'air abasourdi. « Je croyais que c'était une dame. Mormont. Bien celle qui couche avec des ours, non ?

– C'est de son frère que je parlais. Jeor Mormont, lord Commandant de la Garde de Nuit. Lors de mon séjour chez lui, au Mur, je l'ai entendu dire à quel point le tourmentait la difficulté de se trouver un bon successeur. La Garde recrute si peu de sujets d'élite, aujourd'hui... » Il se fendit d'un grand sourire. « Il dormirait sur ses deux oreilles s'il avait quelqu'un comme vous, j'imagine. Ou comme le brave Allar Deem. »

Slynt poussa un rugissement. « Risque pas !

– Certes certes, opina Tyrion, encore que la vie vous joue de ces tours de cochon... Prenez Eddard Stark, messire. M'étonnerait qu'il ait jamais envisagé de finir sur le parvis du septuaire de Baelor.

– Fichtre pas foule qui s'y attendait, aussi ! » concéda Janos en pouffant.

Tyrion pouffa de même. « Dommage que j'aie raté ça. On dit que Varys lui-même était suffoqué. »

Lord Janos éclata d'un rire qui lui secoua la panse. « L'Araignée... ! hoqueta-t-il. Sait tout, qu'on dit. Ben, savait pas *ça*.

– Forcément, commenta Tyrion, d'un ton qu'il rafraîchit imperceptiblement pour la première fois. Il s'était employé à convaincre ma sœur de pardonner, sous réserve que Stark prendrait le noir.

– Hein ? » Slynt papillota vaguement.

« Ma sœur Cersei, répéta Tyrion, juste un peu plus fort, au cas où l'autre âne aurait besoin de la précision. La reine régente.

– Oui. » Nouvelle gorgée. « Pour ça, bon..., c'est le roi qu'a donné l'ordre, m'sire. Le roi lui-même.

– Le roi a treize ans, rappela Tyrion.

– N'empêche. Il *est* le roi. » Ses bajoues tremblotèrent quand il fronça les sourcils. « Le suzerain des Sept Couronnes.

– Enfin..., d'une ou deux, plus ou moins, sourit aigrement Tyrion. Je pourrais jeter un œil sur votre pertuisane ?

– Ma pertuisane ? » La stupeur le fit clignoter.

Tyrion pointa l'index. « La broche de votre mantelet. »

Non sans hésitation, lord Janos la dégrafa, la lui tendit.

« Nous avons des orfèvres, à Port-Lannis, qui travaillent plus finement, commenta-t-il. Un brin outrancier, le sang d'émail rouge, si vous souffrez que je le dise. Dites-moi, messire, cette pertuisane, vous l'avez vous-même plantée dans le dos du type, ou vous vous êtes contenté de donner l'ordre ?

– J'ai donné l'ordre, et je le referais. Lord Stark était un traître. » La partie chauve de son crâne était rouge betterave, son mantelet d'or avait glissé de ses épaules à terre. « Il a tenté de m'acheter.

– Songe menu que vous étiez déjà vendu. »

Slynt assena violemment sa coupe sur la table. « Etes-vous saoul ? Si vous croyez que je vais sans broncher laisser mettre mon honneur en cause...

– Quel honneur ? Je l'admets, vous avez fait un meilleur troc que ser Jacelyn. Un titre de lord et un château contre une pertuisane plantée dans un dos, sans même avoir à l'en arracher. » Il lui jeta la broche d'or, qui rebondit sur sa poitrine et de là à terre avec un petit bruit clinquant. L'autre se leva.

« Votre ton me déplaît, mess... – *Lutin.* Je suis seigneur de Harrenhal, membre du Conseil du roi, qui êtes-vous pour me maltraiter de la sorte ? »

Tyrion pencha la tête de côté. « M'est avis que vous savez parfaitement qui je suis. Combien de fils avez-vous ?

– Que t'importent mes fils, nabot ?

– *Nabot ?* » Sa colère flamba. « Vous auriez dû vous en tenir à Lutin. Je suis Tyrion, de la maison Lannister, et, tôt ou tard, si les dieux vous ont seulement donné autant de jugeote qu'à une limace de mer, vous tomberez à deux genoux pour rendre grâces d'avoir eu affaire à moi et non au seigneur mon père. Maintenant, *combien de fils avez-vous ?* »

La panique se lut tout à coup dans les yeux de Slynt. « T-trois, m'sire. Et une fille. S'il vous plaît, m'sire...

– Pas besoin de mendier. » Il se laissa glisser à bas de son siège. « Vous avez ma parole qu'il ne leur arrivera aucun mal. En qualité de pupilles, les plus jeunes seront écuyers. S'ils servent bien et loyalement, on les fera chevaliers, le moment venu. Qu'il ne soit jamais dit que la maison Lannister ne récompense pas ses serviteurs. L'aîné héritera du titre de lord Slynt et de votre épouvantail d'emblème » D'un coup de pied, il envoya valser la petite pertuisane d'or. « On lui trouvera des terres, et il pourra s'y bâtir une résidence. Ce ne sera pas Harrenhal, mais cela suffira. Il dépendra de lui d'arranger un mariage pour sa sœur. »

De cramoisi, Janos était devenu livide. « Q-que... qu'allez-vous... ? » Ses fanons tremblaient comme gélatine.

« Ce que j'entends faire de *vous* ? » Tyrion laissa grelotter le lourdaud tout à son aise avant de poursuivre. « La caraque *Rêve d'été* appareille à la marée, demain matin. Le maître du bord me dit qu'elle fera escale à Goëville, aux Trois Sœurs, à l'île de Skagos et à Fort-Levant. Quand vous verrez lord Mormont, transmettez-lui mes chaleureuses salutations et dites-lui que je n'ai pas oublié la détresse de la Garde de Nuit. Je vous souhaite bon service et longue vie, messire. »

Une fois que Janos eut compris qu'il échappait à l'exécution sommaire, il recouvra son teint normal. Sa mâchoire jaillit en galoche. « A voir, ça, Lutin. *Nabot.* Pourrait être toi, sur ce bateau, qu'en dis-tu ? Pourrait être toi, sur le Mur. » Il émit un aboiement de rire nerveux. « A voir, toi et tes menaces. Je suis l'ami du roi, tu sais. Verrons ce que Joffrey dira de tout ça. Et Littlefinger et la reine, oh oui. Janos Slynt en a, des bons amis, des tas. Verrons qui va voguer, te jure. Ça, sûr, verrons. »

En sentinelle qu'il avait été, il pivota sur son talon et, faisant durement sonner la pierre sous ses bottes, descendit à grandes enjambées toute la Petite Galerie, gravit bruyamment les marches, ouvrit la porte à la volée... et se trouva nez à nez avec un grand diable à joues creuses en corselet de plates noir et manteau d'or. Ajustée au moignon de son poignet droit se trouvait une main de fer. « Janos », dit-il. Sous la toison poivre-et-sel qui ombrageait son front proéminent luisaient des prunelles profondément enfoncées. A sa suite pénétrèrent en silence dans la salle six manteaux d'or, tandis que Slynt reculait, pas à pas.

« Lord Slynt ? appela Tyrion. Je présume que vous connaissez ser Jacelyn Prédeaux, notre nouveau commandant du Guet ?

– Une litière vous attend, messire, ajouta ser Jacelyn. Les quais sont loin, sombres, et les rues peu sûres la nuit. Les gars ? »

Comme ces derniers emmenaient leur ancien chef, Tyrion fit venir Prédeaux et lui tendit un rouleau de parchemin. « La route est longue. Lord Slynt aura besoin de compagnie. Veillez que ces six soient à bord du *Rêve d'été*. »

Un coup d'œil à la liste, et ser Jacelyn sourit. « A vos ordres.

– Il en est un, reprit paisiblement Tyrion, Deem... Avertissez le capitaine que s'il arrivait à celui-là d'être balancé à la flotte avant d'atteindre Fort-Levant, la chose ne serait pas très mal prise.

– Ces mers du nord sont des plus houleuses, à ce qu'on prétend, messire. » Prédeaux s'inclina et se retira, son manteau voletant derrière lui. Au passage, il foula le mantelet d'or abandonné par Slynt.

Une fois seul, Tyrion se rassit pour siroter ce qui restait de son doux cru de Dorne et, comme les serviteurs s'affairaient à débarrasser la table, les pria de le lui laisser. Ils en avaient terminé quand, vêtu de robes flottantes dont le parfum de lavande rivalisait avec sa propre odeur, Varys se coula dans la salle. « Oh, moelleusement agi, cher seigneur.

– D'où me vient, alors, cette amertume dans la bouche ? » A deux mains, il se pressa les tempes. « J'ai demandé qu'on jette Deem à la mer. Je suis grièvement tenté de vous infliger le même sort.

– L'issue risquerait de vous désappointer, répliqua l'eunuque. La tempête va, vient, les lames déferlent à la surface, le gros poisson mange le menu fretin, et je continue à trottiner. Oserai-je vous prier de me laisser tâter du vin que lord Slynt appréciait si fort ? »

Tyrion lui désigna le flacon d'un geste maussade.

Varys se servit une coupe. « Hm. Doux comme l'été. » Il en reprit une becquée. « J'entends le raisin chanter sur ma langue.

– Je m'étonnais, aussi, de ce tintamarre. Dites au raisin de la fermer, j'ai la tête près d'éclater. C'était ma sœur. Voilà ce que le si loyal, ho ho, lord Janos refusait de révéler. C'est *Cersei* qui a dépêché les manteaux d'or à ce foutu bordel. »

Varys pouffa nerveusement. Il n'avait donc rien ignoré.

« Vous m'aviez caché ce détail, accusa Tyrion.

– Votre propre sœur bien-aimée..., plaida Varys d'un ton si chagrin qu'il semblait presque au bord des larmes. Un coup pénible à porter, messire. Je redoutais votre réaction. Ne pouvez-vous me pardonner ?

– Non ! jappa Tyrion. Maudit soyez-vous. Maudite soit-*elle*. » Il ne pouvait toucher à Cersei, il le savait. Pas encore. Dût-il même en crever d'envie, ce qui n'était rien moins que sûr. Mais en être réduit à ces pantalonnades de justice l'ulcérait. A quoi rimait de châtier ces sous-fifres de Janos Slynt et Deem, pendant que sa sœur poursuivait allégrement sa carrière de férocité ? « A l'avenir, vous me direz ce que vous savez, lord Varys. *Tout* ce que vous savez. »

Le sourire de l'eunuque puait son matois. « Cela prendrait pas mal de temps, cher seigneur. J'en sais un bout.

– Pas assez, semble-t-il, pour sauver la gosse.

– Hélas, non. Il y avait un autre bâtard, un garçon, plus vieux. Je me suis débrouillé pour le sortir de ce guêpier… mais, je l'avoue, sans songer que le bébé courait le moindre risque. Une fille de rien, moins d'un an, et née d'une putain…, quelle menace pouvait-elle représenter ?

– Elle était de Robert, répliqua aigrement Tyrion. Cela suffisait, apparemment, pour Cersei.

– Oui. Désolant. Je ne saurais assez me reprocher la mort de ce pauvre petit bébé et de sa mère, qui était si jeune et qui adorait le roi.

– Vraiment ? » Sans avoir jamais vu la victime, Tyrion lui prêtait les traits tout à la fois de Shae et de Tysha. « Est-ce qu'une putain peut aimer véritablement ? Non, ne répondez pas. Il est des choses que je préfère ignorer. » Il avait installé Shae dans une vaste maison de pierre et de bois qui possédait son propre puits, un jardin et une écurie, lui avait donné des servantes pour veiller à ses moindres désirs, un oiseau blanc des îles d'Eté comme compagnie, de la soie, des gemmes, de l'argent pour sa parure, des gardes pour la protéger, mais elle n'en boudait pas moins. Elle le voulait davantage à elle, disait-elle, elle voulait le servir et l'aider. « M'aider ? mais c'est ici que tu m'aides le plus, entre nos draps », lui dit-il un soir que, la tête nichée dans ses seins, l'aine endolorie délicieusement, il se lovait contre elle, après leurs ébats. Elle demeura muette, mais ses yeux disaient clairement qu'elle aurait préféré un autre discours.

Avec un soupir, il tendit la main vers le vin, mais le souvenir de lord Janos lui fit repousser le flacon. « Pour ce qui est de la mort de Stark, il semblerait que ma sœur dise la vérité. C'est à mon neveu qu'il faut rendre grâces de cette aberration.

– Si le roi Joffrey a bien donné l'ordre, Janos Slynt et ser Ilyn Payne n'ont pas hésité une seconde à l'exécuter, et si promptement…

– … qu'on dirait presque qu'ils s'y attendaient. Oui, nous avons déjà épuisé ce sujet, vainement. D'une bêtise.

– Maintenant que vous avez le Guet bien en main, messire, n'êtes-vous pas en mesure d'empêcher Sa Majesté de commettre d'autres… bêtises ? Certes, il faut encore tenir compte de la garde personnelle de la reine…

– Les manteaux rouges ? » Tyrion haussa les épaules. « C'est à Castral Roc que s'adresse la loyauté de Vylar. Il sait que je tiens mon autorité de mon père. Cersei aurait du mal à utiliser ses hommes contre moi... En outre, ils ne sont qu'une centaine, et j'en ai moitié plus à moi. *Plus* six mille manteaux d'or, si Prédeaux est bien l'homme que vous prétendez.

– Vous le trouverez courageux, docile, homme d'honneur... et des plus reconnaissant.

– Envers qui, là est la question. » Sans contester ses qualités ni l'étendue de ses informations, il se défiait de Varys. « Pourquoi vous *montrez*-vous si serviable messire Varys ? » s'enquit-il tout en détaillant les mains onctueuses, la face glabre et poudrée, le petit sourire visqueux de son vis-à-vis.

« Vous êtes la Main. Je sers le royaume, le roi – et vous.

– Comme vous avez servi Jon Arryn et Ned Stark ?

– J'ai servi de mon mieux lord Arryn et lord Stark. Leurs morts on ne peut plus prématurées m'ont affligé et horrifié.

– Imaginez ce que j'éprouve, *moi* que tout désigne à être le prochain.

– Oh, je crois que non, riposta Varys en chambrant posément son vin. Curieuse chose que le pouvoir, messire. Auriez-vous réfléchi, par hasard, à l'énigme que je vous ai soumise à l'auberge, l'autre jour ?

– Elle m'a traversé l'esprit une ou deux fois, reconnut Tyrion. Le roi, le prêtre, le richard – qui survit ? qui succombe ? à qui obéira le reître ? C'est une énigme insoluble, il y a trop de solutions, plutôt. Tout dépend de l'homme qui manie l'épée.

– Et pourtant, il n'est rien. Il ne peut se prévaloir ni de sa couronne ni de la faveur des dieux ni de son or – juste d'un petit bout d'acier pointu.

– Ce petit bout d'acier incarne le pouvoir de vie et de mort.

– Précisément..., mais si ce sont vraiment les gens d'épée qui nous gouvernent, à quoi bon prétendre, nous, que nos rois détiennent le pouvoir ? Pourquoi un homme vigoureux et muni d'une épée devrait-il *toujours* obéir à un gamin de roi comme Joffrey ou à un godiche ivrogne comme était son père ?

– Parce que ces godiche ivrogne ou gamin de rois peuvent leur opposer d'autres hommes vigoureux munis d'autres épées.

– Dans ce cas, ces autres-là possèdent le vrai pouvoir. Oui ou non ?

De qui tiennent-ils leurs épées ? pourquoi obéissent-*ils* ? » Il se mit à sourire. « D'aucuns disent que connaissance et pouvoir font un. D'autres que tout pouvoir dérive des dieux. D'autres de la loi. Et pourtant, ce jour-là, sur le parvis du septuaire de Baelor, la piété de notre Grand Septon, la légalité de la reine régente et l'omniscience de votre serviteur se révélèrent aussi impuissantes que la nullité du dernier savetier, du dernier tonnelier de la foule. Qui a véritablement tué Eddard Stark, selon vous ? Joffrey, qui donna l'ordre ? Ser Ilyn Payne, qui abattit l'épée ? Ou bien… quelqu'un d'autre ? »

Tyrion pencha la tête de côté. « Quel but vous proposez-vous ? De me résoudre votre chiennerie d'énigme, ou seulement d'aggraver ma migraine ? »

Varys sourit. « Brisons là, alors. Le pouvoir réside là où les gens se le *figurent*. Ni plus ni moins.

– Il ne serait donc qu'une blague d'illusionniste ?

– Une ombre sur le mur, chuchota Varys, mais les ombres peuvent tuer. Et un tout petit homme projette souvent une ombre démesurée. »

Tyrion sourit. « Je suis en train de me prendre d'une étrange affection pour vous, lord Varys. Je puis encore vous tuer, mais cela, je pense, me contristerait.

– Je le prends comme un grand éloge.

– Qu'êtes-vous, Varys ? » Tyrion se surprit à vraiment désirer le savoir. « Une araignée, dit-on.

– On n'aime guère les espions ni les mouchards, messire. Je ne suis qu'un loyal serviteur du royaume.

– Et un eunuque. Ne l'oublions pas.

– Il est rare que je l'oublie.

– Les gens ont beau me qualifier moi-même de demi-homme, je pense néanmoins que les dieux m'ont plutôt mieux traité. Je suis petit, j'ai les jambes torses, les femmes ne jettent pas sur moi de regards bien ardents…, mais je demeure un homme. Shae n'est pas la première à honorer ma couche et, un jour, je puis prendre femme et engendrer un fils. Lequel aura, si les dieux se montrent bienveillants, l'aspect de son oncle et la cervelle de son papa. Vous n'avez pas d'espoir semblable pour vous soutenir. Les nains sont une farce des dieux…, mais ce sont les hommes qui font les eunuques. Qui vous a coupé, Varys ? Quand et pourquoi ? Qui *êtes*-vous, à la vérité ? »

Pas un instant le sourire de l'eunuque n'avait vacillé, mais ce qui luisait dans ses yeux n'était pas rieur. « Je vous sais gré de vous en enquérir, messire, mais c'est une longue et triste histoire, et il nous faut parler de trahisons. » Il tira un parchemin de sa manche. « Le commandant de la galère royale *Cerf blanc* projette de lever l'ancre d'ici trois jours pour aller offrir son navire et son bras à lord Stannis. »

Tyrion soupira. « Je présume qu'un exemple sanglant s'impose ?

– Ser Jacelyn pourrait lui faciliter l'évasion, mais un procès devant le roi ne serait pas de trop pour raffermir la fidélité de ses pairs. »

Et pour tirer d'oisiveté, par la même occasion, mon royal neveu. « Soit. Qu'il tâte un brin de la justice de Joffrey. »

Varys fit une marque sur le document. « Ser Horas et ser Hobber Redwyne ont soudoyé un garde pour déguerpir par une porte dérobée, la nuit d'après-demain. Grâce à des complices, ils sont censés appareiller, déguisés en rameurs, sur la galère de Pentos *Coureur de lune*.

– Ne saurions-nous les maintenir au banc de nage quelques années, voir s'ils apprécient ? sourit-il. Non..., ma sœur serait consternée de perdre des hôtes aussi distingués. Informer ser Jacelyn. Se saisir de l'homme qu'ils ont soudoyé et lui expliquer quel insigne honneur c'est que de servir dans la Garde de Nuit. Cerner ce *Coureur de lune*, au cas où les Redwyne découvriraient un autre garde impécunieux.

– Bien. » Nouvelle marque sur le document. « Hier soir, votre Timett a tué le fils d'un marchand de vin, rue de l'Argent, dans un tripot. Il l'accuse d'avoir triché.

– Et qu'en était-il ?

– Oh, pas l'ombre d'un doute.

– Alors, les honnêtes gens de la cité doivent en savoir gré à Timett. Je veillerai à ce que le roi l'en remercie expressément. »

Petit rire nerveux, nouvelle marque. « Nous déplorons encore une soudaine épidémie de saints. Il semblerait que la comète ait fait pousser toutes sortes de prêtres divagants, de prêcheurs, de prophètes. Ils mendigotent dans les tavernes et prédisent ruine et catastrophe à qui veut les entendre. »

Tyrion haussa les épaules. « Vu que nous approchons du trois centième anniversaire du débarquement d'Aegon, rien de bien surprenant dans ce phénomène, à mon sens. Laissez-les s'époumoner.

– Ils répandent la peur, messire.

– N'est-ce pas votre spécialité ? »

De la main, Varys se couvrit la bouche. « Vous êtes féroce... ! Une dernière chose. Lady Tanda donnait un petit souper, la nuit dernière. Je tiens le menu et la liste des convives à votre disposition. Lorsque, au moment des toasts, lord Gyles se leva pour en porter un au roi, ser Balon Swann fit distinctement observer : "*Nous faudra trois coupes*", et nombreux furent les rieurs... »

Tyrion l'interrompit d'un geste. « Assez. Ser Balon s'est offert un bon mot. Les propos de table séditieux ne m'intéressent pas, lord Varys.

– Vous êtes aussi sage que noble, messire. » Le parchemin s'évanouit dans sa manche. « Nous avons tous deux fort à faire. Je vous laisse. »

Après le départ de l'eunuque, Tyrion s'attarda longuement, les yeux fixés sur la chandelle, à se demander comment sa sœur prendrait le renvoi de Slynt. Pas de gaieté de cœur, s'il ne s'abusait, mais sans pouvoir faire pis que d'adresser des protestations furibondes à lord Tywin. A présent qu'en plus de ses cent cinquante sauvages et du nombre croissant de reîtres que recrutait Bronn il disposait du Guet, n'était-il pas bien protégé ?

Eddard Stark devait le croire, lui aussi.

Le Donjon Rouge était plongé dans l'ombre et le silence quand Tyrion quitta la Petite Galerie. Bronn l'attendait dans la loggia. « Slynt ? demanda-t-il.

– Appareillera pour le Mur à la marée. Varys s'attendait à me voir remplacer l'un des hommes de Joffrey par l'un des miens. J'ai simplement, selon toute vraisemblance, remplacé un homme de Littlefinger par une créature de l'eunuque, mais tant pis.

– Autant que vous le sachiez, Timett a zigouillé...

– Varys me l'a dit. »

Le reître ne manifesta aucune surprise. « Le couillon s'imaginait qu'un borgne serait plus facile à duper. D'un coup de poignard, Timett lui a cloué le poignet sur la table et l'a égorgé à mains nues. Avec ce truc qu'il a de se raidir les doigts...

– Epargne-moi les détails scabreux, coupa Tyrion, mon souper me reste en travers. Comment marche le recrutement ?

– Pas mal. Trois de plus cette nuit.

– Comment sais-tu qui engager ?

– Je les examine. Je les interroge pour savoir où ils se sont battus et s'ils mentent bien. » Il sourit. « Et puis je leur procure une occasion de me tuer – tout en m'accordant la réciprocité.

– Et tu en as tué ?

– Aucun qui pouvait nous servir.

– Et si l'un d'eux te tue ?

– Ne manquez pas de l'engager. »

Tyrion se sentait gris et vanné. « Dis-moi, Bronn. Si je t'ordonnais de tuer un bébé…, une petite fille, en fait, encore au sein…, le feraistu ? Sans poser de question ?

– Sans poser de question ? Non. » Il se frotta l'index contre le pouce. « Je demanderais combien. »

Et que voudriez-vous que j'en foute, lord Slynt, de votre Deem ? songea Tyrion. *J'en ai cent à moi.* Il avait envie de rire, il avait envie de pleurer. Et, par-dessus tout, il avait envie de Shae.

ARYA

La voie se réduisait quasiment à deux ornières dans les herbes folles.

L'avantage en était qu'avec si peu de passage il ne se trouverait personne pour pointer le doigt dans la direction qu'ils auraient suivie. Au lieu de la marée humaine qui déferlait sur la grand-route, à peine un ruisselet, ici.

Mais elle avait pour inconvénient de sinuer tel un serpent, tantôt vers l'arrière, tantôt vers l'avant, de s'enchevêtrer avec des sentes plus étroites encore et de sembler parfois s'évaporer, pour ne reparaître qu'une demi-lieue plus loin, quand on désespérait de la retrouver. Arya la détestait. Bien que le paysage fût assez plaisant, tout en collines onduleuses et en terrasses cultivées parsemées de prairies et de bois, coupées de vallons foisonnants de saules inclinés sur de lents filets d'eau, ce maudit chemin tortillait tellement son exiguïté qu'on n'avançait plus – on rampait !

C'était les fourgons qui les ralentissaient en se traînant, craquant de tous leurs essieux sous le faix de leurs cargaisons. Dix fois par jour, il fallait s'arrêter pour dégager une roue coincée dans un trou, ou bien doubler les attelages pour escalader quelque versant bourbeux. Une fois, on s'était trouvé nez à nez, au beau milieu d'un bosquet de chênes, avec trois hommes qui tiraient avec leur bœuf une charrette chargée de bûches, et pas moyen, de part ni d'autre, de s'écarter. Rien d'autre à faire que d'attendre, pendant que les forestiers dételaient leur bête, l'emmenaient sous le couvert, tournaient le véhicule, y attelaient à nouveau le bœuf et repartaient sur leurs propres traces, et à une allure encore plus *lente* que les fourgons ! Si bien qu'on n'avait, ce jour-là, pour ainsi dire pas bougé.

Et elle ne pouvait s'empêcher de regarder par-dessus son épaule si les manteaux d'or ne surgissaient pas pour s'emparer d'eux. La nuit, le moindre bruit la réveillait, les doigts crispés sur la poignée d'Aiguille. Car des sentinelles avaient beau désormais toujours monter la garde autour du camp, elle s'en défiait, des orphelins surtout. Ils auraient pu être assez efficaces dans les venelles de Port-Réal mais là, en pleine nature, ils étaient complètement perdus. Pour peu qu'elle se rendît aussi silencieuse qu'une ombre, ce lui était un jeu que de se faufiler entre eux à la lumière des étoiles et que d'aller en catimini faire ses besoins dans les bois. Une fois, même, que Lommy Mains-vertes se trouvait de faction, elle grimpa se percher dans un chêne et, passant d'arbre en arbre, parvint, sans qu'il s'avisât de rien, juste au-dessus de sa tête. Elle lui aurait volontiers sauté dessus, mais elle ne tenait pas plus à ce qu'il éveille tout le monde par ses cris qu'à se faire à nouveau bastonner par Yoren.

Le fait que la reine voulût sa tête valait à Taureau, de la part de Lommy et de ses semblables, une espèce d'égards, en dépit de ses dénégations. « J'ai jamais rien fait à aucune reine, grondait-il, rageur, je faisais rien d'autre que mon boulot. Soufflets, pincettes, va chercher, rapporte. Je devais être armurier, puis v'là que maître Mott me dit : "Tu pars à la Garde de Nuit", et je sais rien d' plus. » Et il repartait à polir son heaume. Un heaume magnifique, les courbes, la rondeur, la découpe de la visière et les grandes cornes, tout. Arya se plaisait à le regarder polir le métal avec un chiffon huilé, le rendre si brillant que les flammes du feu venaient s'y mirer. Il ne le coiffait jamais, cependant.

« Parierais que c' 't un bâtard de c' traître, souffla tout bas Mains-vertes, un soir, de peur que Gendry n'entendît. Le seigneur au loup, çui qu'y-z-ont tranché su' les marches à Baelor.

– Sûrement pas », déclara-t-elle. *Père n'avait qu'un bâtard, Jon.* Et elle s'en fut sous les arbres, navrée de ne pouvoir tout bonnement seller sa monture et rentrer chez elle. Juste marquée d'une liste blanche au chanfrein, sa jument bai brun ne manquait pas d'ardeur et, bonne cavalière comme elle était, il lui serait enfantin de filer au triple galop et d'être une fois pour toutes, si elle voulait, débarrassée de ses compagnons. Seulement, elle se retrouverait alors sans personne pour éclairer sa marche, surveiller ses arrières, monter la garde durant son sommeil, et toute seule contre les manteaux d'or. Sa sécurité l'obligeait à subir Yoren et les autres.

« 'n approch' d' l'Œildieu, dit le frère noir un matin. La route royale s'ra dangereuse jusque c' qu'on a traversé l' Trident. Va donc contourner l' lac par sa rive ouest. Peu d'apparence qu'y nous cherchent de c' côté-là. » Et l'on prit vers l'ouest au confluent de deux ruisseaux.

Aux champs cultivés succéda dès lors la forêt, villages et forts s'amenuisèrent en se clairsemant, les collines se firent monts, les vallons combes, et se procurer des vivres devint plus ardu. De la masse des provisions emportées de Port-Réal – poisson salé, pain de munition, saindoux, navets, sacs de haricots, d'orge, formes de fromage jaune – ne subsistait plus une bouchée. Contraint de vivre sur le pays, Yoren eut recours à Koss et Kurz, qui s'étaient naguère fait prendre à braconner. Il les expédiait en avant courir les bois, et on les voyait revenir, à la brune, avec un daim embroché sur une perche, quand des brassées de cailles ne leur ballottaient à la ceinture. Aux benjamins revenait la tâche de cueillir des baies, chemin faisant, ou de sauter les haies pour faucher des pommes quand, d'aventure, se présentait quelque verger.

Grimpeuse alerte et prompte piqueuse, Arya se plaisait à partir en chasse de son côté. Un jour, elle tomba, par le plus grand des hasards, sur un lapin brun, dodu, paré de longues oreilles et d'un museau fébrile. Mais comme les lapins, s'ils courent plus vite, montent aux arbres moins bien que les chats, elle l'assomma d'un bon coup de latte, et Yoren n'eut plus qu'à le cuisiner avec des champignons et des oignons sauvages. Gratifiée d'une cuisse entière, puisque c'était *son* lapin, elle la partagea avec Gendry. Aux autres, enchaînés inclus, revint l'équivalent d'une cuillerée. Jaqen H'ghar la remercia poliment – un régal ! –, Mordeur se pourlécha les doigts, crasse et jus mêlés, d'un air béat, mais Rorge, le sans-nez, ricana : « V'là qu'on a un chasseur, main'nant. Face-à-cloques Tête-à-cloques Tue-connil. »

Aux abords d'un fort nommé Blanchépine, des paysans les cernèrent dans un champ de maïs pour leur réclamer le prix des quenouilles qu'ils venaient tout juste de ramasser. Alarmé par leurs faux, Yoren préféra leur jeter quelques sols. « Fut un temps où s'ffisait d' porter l' noir pour êt' fêté d' Dorne à Winterfell, et qu' mêm' les grands seigneurs s' faisaient honneur d' l'accueillir s' leur toit, dit-il amèrement. Et main'nant, 'vec des couards com' vous, faut payer, s'y mord dans un ver d' pom'. » Il cracha.

« C' du maïs doux, trop bon pour un vieux puant d'oiseau noir com' toi, riposta rudement l'un d'eux. Tu t' tires d' not' champ, main'nant, 'vec c'te band' de canailles à toi, ou on t'y plant' pour chasser l's aut' corbeaux. »

La nuit venue, ils firent griller le maïs en le retournant avec de longs bâtons fourchus et le dégustèrent brûlant. Arya s'en délecta, mais la colère empêcha Yoren de dîner. Un nuage aussi noir et dépenaillé que son manteau semblait en suspens sur sa tête pendant qu'il parcourait le camp sans trêve ni cesse en maugréant.

Le lendemain, Koss revint au galop avertir Yoren qu'il avait repéré un campement. « Vingt ou trente hommes, maille et morions, dit-il. Certains vilainement blessés, un qui agonise, d'après le bruit. Le tapage qu'il fait m'a permis d'approcher. Ils ont des pertuisanes et des boucliers, mais un seul cheval, et boiteux. A l'odeur, fait pas mal de temps qu'ils sont là.

– Vu une bannière ?

– Ocelot jaune et noir, sur champ d'ocre. »

Yoren se fourra dans la bouche une feuille de surelle et se mit à mâcher. « N' saurais trop dire, avoua-t-il. 't êt' un bord, 't êt' l'aut'. S'y sont si mal en point, voudront nos montures, sans s'inquiéter de qui qu'on est. Et 't-êt' plus qu'ça. Faut passer au large. » Cela les détourna de plusieurs milles et leur fit perdre au moins deux jours, mais le vieux trouva que c'était bon marché. « Pass'rez bien assez d'temps su' l' Mur. L' reste d' vot' vie, probab'. Pas b'soin qu'on s' dépêche d'arriver, j'dis. »

On repartit en direction du nord. De plus en plus d'hommes gardaient les champs. D'ordinaire, ils se tenaient au bord de la route et, sans un mot, scrutaient froidement quiconque passait. De-ci de-là, ils patrouillaient à cheval, le long des clôtures, la hache à l'arçon. Ailleurs, un homme était juché, l'arc au poing et son carquois suspendu à portée, dans un arbre mort ; dès qu'il aperçut le convoi, il encocha une flèche sur la corde et ne le lâcha des yeux que son dernier fourgon n'eût disparu au loin. Yoren écumait. « Çui-là dans son arbre, savoir s'y jouira quand y viendront l' dénicher, les Aut'! Y t' l'appell'ra, la Garde, là, pou' l' coup, ça ! »

Un jour plus tard, Dobber discerna une lueur rouge dans le crépuscule. « Ou c'te route a' core tourné, ou v'là que l' soleil y s' couche au nord. »

Yoren monta sur une éminence afin d'y mieux voir. « Feu », dit-il.

Il suça son pouce, le dressa. « L' vent d'vrait l'éloigner d' nous. M' tant fair' gaffe'. »

Et gaffe ils firent. Au fur et à mesure que le monde s'enténébrait, le feu devenait de plus en plus brillant, et le nord, bientôt, parut embrasé tout entier. De temps à autre leur parvenait l'odeur de la fumée, bien que le vent demeurât stable et interdît toujours aux flammes de se rapprocher. Aux abords de l'aube, l'incendie s'était de fait consumé de lui-même, mais personne n'avait pour autant sérieusement dormi.

C'est sur le coup de midi qu'ils parvinrent à l'emplacement du village. Les champs alentour n'étaient, sur des milles et des milles, que désert calciné, les maisons que coques noircies. Des carcasses d'animaux massacrés, brûlés, jonchaient les décombres sous des couvertures de charognards qui, dérangés, s'envolèrent avec des cris furieux. Du fortin s'élevait encore de la fumée. Son enceinte de bois semblait redoutable, de loin, mais elle s'était révélée insuffisante.

Précédant les fourgons, Arya distingua des corps calcinés qu'on avait empalés sur des pieux, tout en haut des murs, et dont les mains brandies semblaient encore vouloir protéger leurs visages contre le brasier. Quelques pas plus loin, Yoren ordonna de faire halte et, confiant aux garçons la garde des fourgons, se rendit à pied dans les ruines avec Murch et Cutjack. Une nuée de corbeaux s'en éleva lorsqu'ils franchirent ce qui restait de la porte, et, de leurs cages, les oiseaux du convoi jetèrent des *croâ* rauques et des appels criards.

« Si nous y allions aussi ? proposa Arya à Gendry comme les trois autres tardaient à revenir.

– Yoren a dit d'attendre. » Sa voix sonnait creux. Elle se retourna vers lui et vit qu'il portait son heaume étincelant d'acier aux grandes cornes en lyre.

Lorsqu'ils reparurent enfin, Yoren portait une fillette dans ses bras, et les deux autres charriaient une femme dans une vieille couverture déchirée. La petite, qui avait tout au plus deux ans, piaillait sans arrêt, mais de manière inarticulée, comme si quelque chose l'étranglait. Soit qu'elle ne parlât pas encore ou l'eût oublié. Le bras droit de la femme s'achevait, à hauteur du coude, en moignon sanglant, et ses yeux semblaient ne rien voir, lors même qu'ils se fixaient sur un objet. Elle parlait, elle, mais ne disait qu'une seule chose. « Pitié, criait-elle inlassablement, pitié, pitié, pitié. » Un refrain que Rorge trouva si drôle qu'il se mit à pouffer par son trou de nez, bientôt imité par Mordeur, jusqu'à ce que Murch les injurie et leur gueule de la fermer.

Yoren commanda d'installer la femme à l'arrière d'un fourgon. « Maniez-vous, dit-il. La nuit v'nue, y aura des loups, dans l' coin, et pire.

– J'ai peur, chuchota Tourte en voyant comme la manchote se débattait.

– Moi aussi », confessa Arya.

Il lui pressa l'épaule. « J'ai jamais battu aucun gars à mort, Arry. J' vendais juste les tourtes à Maman, c' tout. »

Elle chevauchait le plus loin qu'elle osait en tête pour s'épargner les cris de la petite et la rengaine de la femme, « Pitié, pitié ». Une histoire jadis contée par Vieille Nan lui revint en mémoire, celle d'un homme emprisonné par de méchants géants dans un château sinistre. Très brave et très malin, il finit par tromper ses geôliers et par s'évader…, mais à peine a-t-il recouvré la liberté que les Autres s'emparent de lui et boivent tout chaud son sang rouge. Elle comprenait maintenant ce qu'il avait dû éprouver.

La femme mourut à l'aube. Gendry et Cutjack lui creusèrent une fosse à mi-coteau, sous un saule pleureur. Et Arya, quand le vent se leva, se dit que la malheureuse entendait les longues branches murmurer : « Pitié, pitié, pitié. » Les petits cheveux de sa nuque se hérissèrent, et c'est presque en courant qu'elle s'éloigna de la tombe.

« Pas de feu, ce soir », ordonna Yoren. Et l'on dîna d'une poignée de radis sauvages découverts par Koss, d'un gobelet de haricots secs, et de l'eau d'un ruisseau voisin qui avait un goût bizarre – celui, prétendit Lommy, des cadavres en décomposition quelque part vers l'amont. Sans Reysen qui les sépara, Tourte l'assommait.

A seule fin de s'emplir le ventre avec quelque chose, Arya en but néanmoins plus que de raison. Persuadée qu'elle ne pourrait fermer l'œil, elle s'endormit tout de même mais, à son réveil, ténèbres de poix, sa vessie pleine à éclater. Tout autour d'elle, des dormeurs, pelotonnés dans leurs couvertures et leurs manteaux. Elle prit Aiguille, se leva et tendit l'oreille. Elle perçut les pas feutrés d'une sentinelle, le changement de position de quelque insomniaque ou quelque agité, le ronflement hideux du sans-nez Rorge et l'étrange sifflement qu'émettait Mordeur jusque dans son sommeil. D'un autre fourgon provenait le crissement régulier de l'acier sur la pierre : Yoren était là, mâchant de la surelle tout en affilant son poignard.

Tourte était de garde. « Où tu vas ? » demanda-t-il en la voyant s'éloigner vers les arbres.

Elle indiqua les bois d'un geste vague.

« Pas question », dit-il. Sa hardiesse lui était revenue, maintenant qu'il portait une épée à la ceinture, encore que celle-ci fût fort courte et qu'il la tînt comme un rouleau à pâtisserie.

« Besoin de pisser, expliqua-t-elle.

– Eh ben, prends l'arbre, là..., dit-il, joignant le geste à la parole. Tu sais pas c' qu'y a dans ces fourrés, Arry. J'ai entendu des loups, t't à l'heure. »

Se battre avec lui ? Yoren serait mécontent. Elle prit un air effrayé. « Des loups ? Vraiment ?

– L's ai entendus, assura-t-il.

– Je crois que je n'ai pas besoin d'y aller, après tout. » Elle retourna vers son couchage et fit semblant de dormir jusqu'à ce qu'elle l'eût entendu s'éloigner. Alors, roulant sur elle-même, elle se glissa, silencieuse comme une ombre, vers les bois de l'autre côté du camp. Il y avait aussi des sentinelles par là, mais les éviter lui serait facile. Par pure mesure de précaution, elle alla simplement deux fois plus loin qu'à l'ordinaire et, une fois certaine que personne ne la verrait, délaça ses chausses et s'accroupit pour se soulager.

Elle était en train, chevilles entravées, quand un bruissement se fit entendre dans le sous-bois. *Tourte*, s'affola-t-elle, *il m'a suivie*. Et puis elle vit les yeux qui brillaient dans l'ombre, moirés par le clair de lune. Les tripes nouées, elle empoigna Aiguille et sans se soucier de se pisser dessus, compta : deux, quatre, huit, douze – toute une meute...

L'un des loups sortit du couvert à pas feutrés, la regarda, dénuda ses crocs, tandis qu'elle, atterrée de sa stupidité, n'entendait rien d'autre dans sa cervelle que les quolibets de Tourte lorsque, au matin, on la retrouverait à demi dévorée. Mais le loup se détourna, l'ombre l'engloutit et, déjà, les yeux avaient disparu. D'une main tremblante, elle se torcha, relaça et, au plus vite, guidée par l'imperturbable crissement, rallia le camp – et Yoren. Encore sous le choc, elle monta près de lui dans le fourgon. « Des loups, chuchota-t-elle d'une voix enrouée. Dans les bois.

– Ouais. Y en a. » Il ne leva même pas les yeux.

« Ils m'ont fichu une de ces trouilles…

– Ah bon ? » Il cracha. « T' croyais d' n'espèce qu'a du goût pour.

– Nymeria était un loup-garou. » Elle s'étreignit dans ses propres bras. « Ce n'est pas pareil. Puis elle est partie. Jory et moi lui avons lancé des cailloux jusqu'à ce qu'elle se sauve, sans quoi la reine l'aurait tuée. » En parler renouvelait son chagrin. « Je parie que si elle s'était trouvée à Port-Réal, elle n'aurait pas laissé décapiter Père.

– Les orphelins n'ont pas de père, répliqua Yoren, l'as oublié ? » Il crachait rouge, à cause de la surelle, et on aurait dit que sa bouche saignait. « Les seuls loups qu'on aye à r'douter portent un' peau d'homme, comm' ceux qu'ont détruit c' village.

– Je voudrais être à la maison », dit-elle d'un ton pitoyable. Si fort qu'elle s'efforçât de se montrer brave, de se montrer intrépide comme une louve et tout et tout, il y avait des moments où elle se sentait ce qu'elle était, après tout, juste une petite fille.

Le frère noir préleva une nouvelle feuille de surelle dans le ballot du fourgon et se la fourra dans la bouche. « 't-êt' mieux fait d' t' laisser où j' t'ai trouvé, mon gars. Tel que. 'tait moins risqué, j' crains.

– M'est égal. Je veux rentrer à la maison.

– Près d' trente ans que j' mène des types au Mur. » Une mousse rouge lui crevait aux lèvres, telles des bulles de sang. « Perdu qu' trois, d' tout c' temps. Un vieux mort d' fièvre, un p'tit voyou mordu p'r un serpent 'dant qu'y chiait, et un fou qu'a v'lu m' tuer 'dant que j' dormais et qu'a écopé d'un sourir' roug' p' sa pein'. » En guise de démonstration, il se passa le poignard sur la gorge. « Trois en trente ans. » Il cracha sa vieille chique. « Mieux valu un bateau, d' fait. Pas risqué d' croiser tant d' monde en ch'min, quoique…, m' un malin prenait l' bateau, moi…, trente ans que j' prends la route. » Il rengaina son poignard. « Va dormir, mon gars. T'entends ? »

Elle essaya. Mais, sitôt couchée sous sa mince couverture, elle entendit le hurlement des loups… et un autre bruit, beaucoup plus faible, à peine plus qu'un murmure porté par la brise, et qu'on aurait pu prendre pour des cris.

DAVOS

La fumée des dieux en flammes assombrissait l'air du matin.

Ils flambaient tous, à présent, la Jouvencelle comme la Mère et le Guerrier, le Ferrant, l'Aïeule avec ses yeux de perles, et le Père avec sa barbe d'or, et l'Etranger lui-même, aux traits plus bestiaux qu'humains. Le vieux bois sec et ses innombrables couches de peinture et de vernis brûlaient d'un éclat féroce et vorace. La chaleur du brasier s'élevait en faisant frissonner la fraîcheur de l'aube et, derrière, les gargouilles et les dragons du château devenaient aussi flous que si Davos les voyait à travers un rideau de pleurs. *Ou comme s'ils tremblaient, s'agitaient...*

« Quelle ignominie ! » grogna Blurd, assez sensé du moins pour parler tout bas. Dale acquiesça d'un grommellement.

« Silence, intima Davos. N'oubliez pas où vous vous trouvez. » Ses fils étaient des gars solides, mais la jeunesse les rendait acerbes, Blurd surtout. *Si j'étais resté contrebandier, Blurd finissait au Mur. Stannis lui a épargné cette fin..., encore une dette que j'ai vis-à-vis de lui...*

Des centaines de témoins se pressaient aux portes de la forteresse pour voir le bûcher des Sept. Il dégageait une vilaine odeur. Les soldats eux-mêmes ne contemplaient pas sans malaise un tel sacrilège envers des dieux qu'ils avaient pour la plupart révérés leur vie durant.

La femme rouge en fit le tour à trois reprises, priant une fois dans la langue d'Asshai, une autre en haut valyrien, la dernière en vernaculaire. Davos ne comprit que celui-ci. « Visite-nous dans nos ténèbres, R'hllor, conjura-t-elle. O Maître de la Lumière, nous t'offrons ces faux dieux, ces sept qui sont un, l'ennemi. Daigne les prendre et répandre sur nous ta clarté, car la nuit est sombre et pleine de terreurs. » La reine Selyse lui faisait écho. A ses côtés, Stannis regardait, impassible, mâchoire de pierre sous l'ombre bleu-noir de sa barbe rasée de près. Il s'était vêtu plus richement que de coutume, comme s'il se fût agi d'une cérémonie au septuaire.

C'est au septuaire de Peyredragon qu'Aegon le Conquérant s'était abîmé en prières, à deux genoux, la nuit précédant son appareillage. Les hommes de la reine ne l'avaient pas épargné pour autant, renversant ses autels, abattant ses statues, fracassant ses verrières à la masse de guerre. Mais si septon Barre en était réduit à maudire les profanateurs, ser Hubard Rambton vint, lui, défendre ses dieux avec ses trois fils. Après avoir tué quatre des sbires, ils avaient succombé sous le nombre. Du coup, Guncer Solverre, le plus affable et dévot des lords, informa Stannis qu'il lui devenait impossible de le soutenir. Aussi croupissait-il à présent dans la même cellule étouffante que le septon et les deux fils survivants de Rambton, leçon que les autres seigneurs s'étaient empressés de comprendre.

Les dieux n'avaient jamais signifié grand-chose pour Davos le contrebandier, dût-on l'avoir vu déposer, comme la plupart des gens, des offrandes au Guerrier, la veille d'une bataille, au Ferrant lors du lancement d'un bateau, à la Mère chaque fois que sa femme se trouvait grosse, mais les voir brûler le rendait malade, et la fumée n'était pas seule responsable de ses nausées.

Mestre Cressen aurait arrêté cela. Pour avoir été défié, le Maître de la Lumière avait châtié le vieillard impie, caquetaient les commères. Davos savait ce qu'il en était. Il avait vu le mestre verser quelque chose dans la coupe, à la dérobée. *Du poison. Quoi d'autre, sinon ? Il a bu le vin de mort afin de délivrer Stannis de Mélisandre, mais son dieu à elle l'a protégée, d'une manière ou d'une autre.* Il aurait volontiers tué la femme rouge en expiation, mais comment se flatter de réussir où avait échoué un mestre de la Citadelle ? Si haut qu'il se fût élevé, il n'était rien de plus qu'un contrebandier, Davos de Culpucier, chevalier Oignon.

Le bûcher des dieux donnait une jolie lumière, drapés qu'ils étaient dans des robes dansantes de flammes écarlates, jaunes, orangées. A en croire septon Barre, on les avait sculptés à même les mâts des navires à bord desquels étaient venus de Valyria les premiers Targaryens puis, au cours des siècles, peints et repeints, dorés, argentés, sertis de joyaux. « Leur beauté les rendra d'autant plus agréables à R'hllor », avait dit Mélisandre à Stannis en le conviant à les jeter bas et à les traîner devant les portes du château.

Les bras ouverts comme pour l'embrasser, la Jouvencelle gisait en travers du Guerrier. La Mère sembla frémir lorsque les flammes vinrent lui lécher la face. On lui avait fiché dans le cœur une rapière dont la poignée de cuir vivait de menues flammèches. Premier tombé, le Père vacillait sur son postérieur. Davos regarda la main de l'Etranger se tordre et se crisper tandis que ses doigts noircis tombaient un à un, dérisoires braises charbonneuses. Secoué de quintes de toux, non loin, lord Celtigar enfouissait ses rides dans un carré de tissu brodé de crabes incarnats. Tout à la joie de la chaleur, les gens de Myr échangeaient des blagues, mais le jeune lord Bar Emmon avait viré au gris verdâtre, et lord Velaryon observait moins attentivement le brasier que le roi.

Davos aurait donné gros pour connaître les pensées de cet homme, mais jamais le sire des Marées ne condescendrait à les lui confier : le sang de l'ancienne Valyria coulait dans ses veines, et sa maison avait donné trois épouses à des princes targaryens ; à ses nobles narines, un Davos Mervault puait l'écaille et l'oignon. Même répugnance affichaient les autres seigneurs. Aucun n'eût daigné admettre à son intimité pareil parvenu, aucun ne méritait du reste sa confiance, et leur commun mépris s'étendait à ses fils. *Ce qui n'empêchera pas mes petits-fils de jouter avec les leurs, et leur sang, tôt ou tard, de se mêler au mien. Tôt ou tard, mon petit bateau flottera aussi haut que les crabes incarnats Celtigar ou l'hippocampe Velaryon.*

Du moins si Stannis conquérait son trône. S'il était vaincu…

Tout ce que je suis, je le lui dois. C'est Stannis qui l'avait haussé jusqu'à la chevalerie. Qui lui avait accordé une place d'honneur à sa table et permis d'échanger son rafiot de contrebandier contre une galère de guerre. Dale et Blurd commandaient aussi chacun la sienne, Maric était maître de nage à bord de *La Fureur*, Matthos l'adjoint de son père à bord de *La Botha noire*, et Devan serait un jour, en sa qualité d'écuyer du roi, fait à son tour chevalier, tout comme ses deux cadets. Marya régnait sur le manoir du cap de l'Ire où ses serviteurs lui donnaient du *m'dame*, et lui-même était en mesure de chasser le daim rouge sur ses propres terres. Et tout cela, qu'il tenait de Stannis Baratheon, ne lui avait coûté que quelques phalanges. *Il n'a fait en cela que justice. J'avais toute ma vie bafoué les lois du roi. Ma loyauté lui est due, pleine et entière.* Il toucha la petite bourse attachée à son cou par une lanière de cuir et qui contenait ses bouts de doigts.

Son porte-bonheur. Et du bonheur, il lui en faudrait à présent. *A nous tous. Et à lord Stannis plus qu'à quiconque.*

La pâleur des flammes léchait le ciel gris. Sombre montait la fumée en volutes épaisses et capricieuses et, quand le vent la rabattit sur elle, l'assistance clignota des yeux, se les frotta en larmoyant. Blurd se détourna, toussant, jurant. *Un avant-goût de ce qui nous attend*, songea Davos. Avant que la guerre ne s'achevât, que de ravages commettrait le feu...

La prunelle du même rouge que le gros rubis qui lui rutilait au col comme embrasé lui-même, Mélisandre, toute de velours sang, de satin cramoisi vêtue, reprit la parole : « Les livres d'Asshai l'ont dès longtemps annoncé, un jour viendra où, après un long été, saigneront les étoiles et où s'appesantira sur le monde l'haleine glacée des ténèbres. En cette heure effroyable viendra un guerrier qui tirera des flammes une épée de feu. Et cette épée qui, nommée Illumination, sera l'épée rouge des héros, c'est Azor Ahai ressuscité qui la brandira, dissipant devant lui les ténèbres affolées. » Elle éleva la voix, de manière à être entendue de toute l'armée rassemblée sous les murs. « *Azor Ahai, bien-aimé de R'hllor ! Le Guerrier de Lumière, le Fils du Feu ! Viens, ton épée t'attend ! Viens, et prends-la en main !* »

Stannis Baratheon s'avança du pas d'un soldat qui marche au combat. Ses écuyers le suivirent pour l'assister. Davos regarda son fils Devan enfiler un long gant capitonné sur la droite du roi. Le garçon portait un doublet crème empiécé d'un cœur ardent. Vêtu de même, Bryen Farring agrafa ensuite au col de Sa Majesté une cape rigide de cuir. Dans son dos, Davos entendit tintinnabuler doucement des clarines. « Dans la mer, la fumée s'élève sous forme de bulles, et les flammes sont vertes et noires et bleues, chantonna Bariol, quelque part. Oh, je sais je sais, holala. »

Les dents serrées, le roi pénétra dans les flammes et, bien enveloppé dans sa cape de cuir pour se protéger, se dirigea droit sur la Mère, empoigna l'épée de sa main gantée et, d'une seule traction, l'arracha brutalement du bois avant de battre en retraite, l'acier brandi, rouge cerise parcouru de flammeroles jade. Des gardes se précipitèrent pour éteindre les braises attachées à ses vêtements.

« *Une épée de feu !* cria la reine Selyse, aussitôt imitée par ser Axell Florent et le reste de son parti. *Une épée de feu ! Elle brûle ! Elle brûle ! Une épée de feu !* »

Mélisandre leva les bras au ciel. « *Voyez ! Un signe était promis, et le voici manifesté ! Voyez Illumination ! Azor Ahai nous est revenu ! Acclamez tous le Guerrier de Lumière ! Acclamez tous le Fils du Feu !* »

Une ovation clairsemée retentit, tandis que le gant de Stannis menaçait de se consumer. Avec un juron, le roi planta l'épée dans la terre humide et se mit à claquer les flammes qui grimpaient le long de sa jambe.

« Répands, Seigneur, ta clarté sur nous ! conjura Mélisandre.

– Car la nuit est sombre et pleine de terreurs », enchaînèrent en répons la reine et ses gens. *Devrais-je aussi prononcer ces mots ?* se demanda Davos. *Ma dette envers Stannis va-t-elle jusque-là ? Ce dieu féroce est-il vraiment le sien ? Ses doigts écourtés se crispèrent.*

Stannis se défit du gant, le laissa choir à terre. Dans le bûcher, les dieux n'étaient plus guère identifiables. La tête du Ferrant se détacha parmi une volée de cendres et d'escarbilles. En langue d'Asshai, Mélisandre entonna une mélopée qui s'élevait et retombait comme les vagues de la mer. Sitôt débarrassé de sa cape de cuir roussi, Stannis écouta sans mot dire. Fichée dans le sol, Illumination rougeoyait toujours, mais les flammes qui l'environnaient s'amenuisaient, mouraient.

Lorsque s'acheva le chant, les dieux n'étaient plus que de vagues charbons, et la patience du roi s'était épuisée. Prenant la reine par le coude, il la reconduisit dans la forteresse, abandonnant Illumination sans autre forme de procès. La femme rouge, elle, s'attarda jusqu'à ce que Devan et Bryen eussent, à genoux, achevé de rouler l'épée calcinée, noircie dans la cape de cuir du roi. *A sale mine*, songea Davos, *son épée rouge des héros*.

Demeurés à parler tout bas à contre-feu, quelques seigneurs se turent en se voyant observés par lui. *Que Stannis tombe, et ils m'abattront sur-le-champ*. Il n'était pas non plus du clan de ceux – chevaliers ambitieux et menue noblaille – à qui leur conversion à ce fameux Maître de la Lumière valait les bonnes grâces et la protection de lady, *pardon ! la reine...*, Selyse.

Le feu dépérissait, Mélisandre et les écuyers se retirèrent avec l'inestimable épée. Davos et ses fils se joignirent à la foule qui redescendait vers la grève et les vaisseaux à l'ancre. « Devan s'est bien tenu, remarqua-t-il.

– Oui, repartit Dale, il a donné le gant sans le laisser choir. »

Blurd hocha la tête. « Cet insigne sur son doublet, ce cœur ardent, c'est quoi ? L'emblème des Baratheon est le cerf couronné, que je sache.

– Un seigneur peut s'en donner plusieurs », expliqua Davos.

Dale sourit. « Par exemple un bateau noir *et* un oignon, Père ? »

D'un coup de pied, Blurd envoya valser une pierre. « Les Autres emportent notre oignon... et ce cœur en flammes. C'est une ignominie que d'avoir brûlé les Sept.

– Depuis quand es-tu si dévot ? s'étonna Davos. Quelle connaissance un fils de contrebandier a-t-il des actions des dieux ?

– Je suis fils de chevalier, Père. Pourquoi s'en souviendrait-on, si vous l'oubliez ?

– Fils de chevalier mais pas chevalier. Et tu ne le seras jamais si tu te mêles des affaires qui ne te regardent pas. Stannis est notre roi légitime, il ne nous appartient pas de le critiquer. Nous menons ses vaisseaux selon ses directives, un point c'est tout.

– A ce propos, Père, intervint Dale, je n'aime guère les barils à eau qu'on a livrés au *Spectre*. Du pin vert. En cas de voyage un peu long, l'eau se gâtera.

– J'ai les mêmes à bord de la *Lady Marya*, dit Blurd. Les gens de la reine se sont arrogé tout le bois sec.

– J'en parlerai au roi », promit Davos. Mieux valait que la réclamation vînt de lui que de Blurd. Si bons combattants et meilleurs marins que fussent ses fils, ils ignoraient la manière de parler aux grands. *Ils sont issus du commun, comme moi, mais ils préfèrent l'oublier. Quand ils regardent notre bannière, ils n'y voient qu'un grand vaisseau noir cinglant toutes voiles dehors. Ils ferment les yeux sur l'oignon.*

Le port était aussi populeux que jamais. Chaque quai fourmillait de marins affairés à charger des vivres, chaque auberge regorgeait de soldats, qui buvant, qui jouant aux dés, qui se cherchant une putain..., vaine quête, puisque Stannis n'en tolérait aucune sur son île. Toutes sortes de bâtiments, galères de guerre et bateaux de pêche, caraques pansues, gabarres à gros cul, bordaient le rivage. Les plus gros vaisseaux occupaient les meilleurs mouillages : le navire amiral de Stannis, *La Fureur*, roulait entre le *Lord Steffon* et *Le Cerf des Mers*, non loin des quatre coques argentées du *Glorieux* de lord

Velaryon et de ses pareils, de *La Pince rouge* de lord Celtigar et de *L'Espadon* massif au long rostre de fer. Ancré plus au large se distinguait l'imposant *Valyrien* de Sladhor Saan parmi les rayures multicolores d'une bonne vingtaine de galiotes lysiennes.

Tout au bout de la jetée de pierre où *La Botha noire*, *Le Spectre* et la *Lady Marya* côtoyaient six ou sept galères de cent rames ou moins se trouvait un très vieil estaminet. Saisi d'une soif soudaine, Davos prit congé de ses fils et y dirigea ses pas. Près de la porte était accroupie une statue-gargouille qui lui arrivait à mi-corps et si érodée par le sel et la pluie que l'on ne distinguait plus rien de ses traits. Elle et Davos n'en étaient pas moins bons copains. Il lui tapota la tête au passage et entra. « Chance », murmura-t-il.

A l'autre bout de la salle pleine de vacarme, Sladhor Saan grappillait des raisins présentés dans une jatte en bois. En voyant Davos, il l'invita d'un signe à le rejoindre, et celui-ci se fraya passage entre les tables. « Prenez place, messer. Mangez une grappe. Mangez-en deux. Elles sont merveilleusement sucrées. » Lisse et tout sourires, le Lysien s'était rendu fameux des deux côtés du détroit par ses outrances vestimentaires. Un éblouissant brocart d'argent le parait aujourd'hui, et ses manches à crevés traînaient jusqu'à terre. Des singes ciselés de jade lui servaient de boutons, un panache de plumes de paon décorait le vert effronté de la toque perchée tout en haut de ses boucles blanches tirebouchonnées.

Pour lui avoir souvent acheté des marchandises du temps où il pratiquait encore ses coupables activités, Davos s'était en personne rendu à Lys pour intéresser le vieux coquin à la cause de Stannis. Contrebandier lui-même autant que commerçant, banquier, pirate notoire, Sladhor Saan s'était de son propre chef intitulé prince du Détroit. *Il suffit qu'un forban s'engraisse suffisamment pour que les gens s'attrapent à sa principauté.*

« Vous n'êtes pas venu voir brûler les dieux, messire ? demanda-t-il.

– Les prêtres rouges ont un grand temple, chez nous. Ils passent leur temps à brûler ci, brûler ça et corner leur R'hllor. Je suis saoulé de leurs bûchers. Espérons qu'ils ne tarderont pas à saouler Stannis aussi. » Tout au plaisir de manger ses raisins dont les pépins venaient un à un sur sa lèvre se faire évacuer d'une pichenette, il semblait éperdument se moquer des oreilles indiscrètes. « Mon *Oiseau diapré* est arrivé hier, mon cher chevalier. Ce n'est pas un vaisseau de guerre, non, mais un caboteur, et il s'est offert une escale à Port-Réal. Une grappe... – non ? vraiment ? Il paraîtrait que les enfants y sont affamés. » Avec un sourire, il balançait un raisin sous les yeux de Davos.

« C'est de bière que j'ai envie. Et de nouvelles.

– Ah, l'éternelle précipitation des gens de Westeros..., soupira Sladhor Saan. Elle vous avance à quoi, je vous prie ? Qui se hâte sa vie durant hâte simplement sa mort. » Il émit un rot. « Le maître de Castral Roc a envoyé son gnome de fils s'occuper de la ville. Peut-être espère-t-il que sa laideur terrifiera les assaillants, hé ? Ou bien que nous mourrons de rire en voyant le Lutin gambader aux créneaux, qui sait ? Le nain a congédié le rustre qui commandait les manteaux d'or en le remplaçant par un chevalier muni d'une main de fer. » Il détacha un grain de raisin, le pressa entre le pouce et l'index jusqu'à ce qu'en éclate la peau. Le jus lui ruissela entre les doigts.

Tout en abattant les pattes qui cherchaient à la tripoter, une serveuse se faufila jusqu'à eux. Après lui avoir commandé une chope, Davos revint à Saan. « De quelle force, les défenses de la ville ? »

L'autre haussa les épaules. « Les murs ont beau être hauts et puissants, qui les garnira ? Ils construisent des scorpions et des crache-feu, ça oui, mais leurs manteaux d'or sont trop peu nombreux, trop bleus, et il n'y a rien d'autre. Une vive attaque semblable à celle du faucon fondant sur le lièvre, et la grande cité sera nôtre. Que le vent favorise seulement nos voiles, et votre roi pourrait bien occuper son Trône de Fer demain soir. Il suffirait dès lors d'accoutrer le nain en bouffon et de lui titiller ses petites fesses avec nos piques pour qu'il nous danse un rigodon et, avec un peu de chance, votre gracieux souverain m'accorderait une nuit de la belle reine Cersei pour bassiner mon lit. Voilà trop longtemps que je me suis séparé de mes épouses pour me consacrer tout entier à son service.

– Forban ! riposta Davos. En fait d'épouses, vous n'avez que des concubines, et on vous a royalement payé chaque jour et chaque bateau.

– En promesses uniquement..., protesta Sladhor Saan d'un ton morne. C'est d'or que j'ai faim, non de paroles et de paperasses. » Il s'envoya dans le bec un grain de raisin.

« Votre or, vous l'aurez quand nous mettrons la main sur le trésor royal. Il n'est pas dans les Sept Couronnes d'homme d'honneur plus ponctuel que Stannis Baratheon. Il tiendra parole. » Ce disant, il pensait : *Rien à espérer d'un monde aussi tordu, s'il faut des contrebandiers de bas étage pour répondre de l'honneur des rois*.

« C'est ce qu'il a dit et répété. Aussi dis-je, moi, réglons cette affaire. Ces raisins eux-mêmes ne pourraient être plus mûrs que la ville, mon vieil ami. »

La serveuse apporta la bière, Davos lui donna une pièce. « Il se peut que nous soyons capables de prendre Port-Réal comme vous le prétendez, reprit-il en levant sa chope, mais combien de temps le garderions-nous ? On sait que Tywin Lannister se trouve à Harrenhal à la tête d'une grande armée, et lord Renly...

– Ah oui, le jeune frère, interrompit Sladhor Saan. Les choses se présentent moins bien de ce côté-là. Le roi Renly s'active également. Mais pardon, il n'est ici que *lord* Renly. Tellement de rois que ce mot, ma langue en a marre. Le frère Renly a quitté Hautjardin, en compagnie de sa jeune et ravissante reine, de la fleur de ses vassaux, de brillants chevaliers et d'une puissante infanterie. Et il suit votre route de la Rose en direction très précisément de la grande ville dont nous parlions.

– Il emmène sa *femme* ? »

Saan fit une moue évasive. « Il ne m'a pas confié ses raisons. Peut-être répugne-t-il à se séparer, ne fût-ce qu'une nuit, d'elle et du terrier douillet de son entrecuisse. A moins qu'il ne doute pas une seconde d'être victorieux.

– Il faut avertir le roi.

– Je m'en suis chargé, cher chevalier. Bien que Sa Majesté se renfrogne tellement pour peu qu'Elle m'aperçoive que je n'approche d'Elle qu'en tremblant. A votre avis, m'apprécierait-Elle davantage si je portais une chemise de crin et ne souriais jamais ? Eh bien, je m'en garderai. Je suis un honnête homme, Elle doit me souffrir vêtu de soie et de lamé. Sinon, j'emmènerai mes navires où l'on m'aimera mieux. Cette épée n'était pas Illumination, mon bon. »

Ce brusque changement de sujet troubla Davos. « Quelle épée ?

– Une épée tirée du feu, oui. Les gens me racontent des choses, grâce à mon charmant sourire. A quoi diable une épée brûlée servira-t-elle à Stannis ?

– Une épée *brûlante*, rectifia Davos.

– Brûlée, maintint Sladhor Saan, et réjouissez-vous, mon cher.

Vous connaissez l'histoire de la forge d'Illumination ? Ecoutez un peu. Il fut un temps où les ténèbres s'appesantissaient sur le monde. Pour les affronter, le héros devait avoir une épée de héros, oh mais ! telle que jamais on n'en avait vu. Aussi Azor Ahai consacra-t-il, sans prendre un instant de repos, trente jours et trente nuits à forger une lame dans les feux sacrés du temple. Chauffer, marteler, plier, chauffer, marteler, plier, voilà, jusqu'à la fin. Mais, lorsqu'il le plongea dans l'eau pour le tremper, l'acier se fendilla.

« Alors, au lieu de hausser les épaules et d'aller chercher des grappes aussi succulentes que celles-ci comme eût fait le commun des mortels, il recommença, en héros qu'il était. Il y consacra cette fois cinquante jours et cinquante nuits, et la nouvelle épée semblait plus belle encore que la précédente. Azor Ahai captura un lion pour tremper la lame en la lui plongeant dans le cœur, mais l'acier se craquela derechef. Dont il mena grand deuil et grand chagrin, car il savait désormais ce qu'il devait faire.

« Après qu'il eut œuvré cent jours et cent nuits sur la troisième lame et que celle-ci fut parvenue à l'incandescence dans les feux sacrés, il appela sa femme. "Nissa Nissa, dit-il, car elle s'appelait ainsi, dénude ton sein et sache que je t'aime plus que tout au monde." Elle s'exécuta, je ne sais pourquoi, et Azor Ahai lui plongea l'épée fumante dans le cœur. Elle poussa, dit-on, un tel hurlement d'angoisse et d'extase que la face de la lune en demeura fêlée, mais son âme et son sang, sa bravoure et son énergie imprégnèrent l'acier. Telle est l'histoire de la forge d'Illumination, l'épée rouge des héros.

« Maintenant, vous comprenez ce que je voulais dire ? Réjouissez-vous que Sa Majesté n'ait retiré du feu qu'une épée brûlée. L'excès de lumière blesse les yeux, et le feu *brûle*. » Il acheva le dernier raisin, se lécha les babines. « Quand pensez-vous que le roi nous ordonnera d'appareiller, cher chevalier ?

– Bientôt, je pense. Si son dieu le veut.

– *Son* dieu, messer ami ? Pas le vôtre ? Où est le dieu de Davos Mervault, chevalier du cotre à l'oignon ? »

Davos sirota sa bière en guise de délai. *L'auberge est bondée, et tu n'es pas Sladhor Saan*, se chapitra-t-il. *Pèse ta réponse.* « Le roi Stannis est mon dieu. C'est lui qui m'a fait en m'accordant, bénie soit-elle, sa confiance.

– Je m'en souviendrai. » Sladhor Saan se leva. « Vous me pardonnerez. Ces raisins m'ont ouvert l'appétit, et mon dîner m'attend à bord du *Valyrien*. Emincé d'agneau au poivre et mouette rôtie avec sa farce de champignons, de fenouil et d'oignons. Sous peu, nous festoierons ensemble à Port-Réal, hein ? Dans le Donjon Rouge, pendant que le nain nous chantera quelque air gracieux. Quand vous parlerez au roi Stannis, ayez la bonté de lui rappeler qu'il me devra trente mille dragons supplémentaires à la disparition de la vieille lune. Il aurait dû me donner ces dieux, au lieu de les brûler. J'aurais tiré un bon prix de leur beauté sur les marchés de Pentos ou de Myr. Enfin…, je lui pardonnerai s'il m'accorde ma nuit avec la reine Cersei. » Une bourrade dans le dos de Davos, et il sortit de l'auberge d'un air aussi crâne que s'il en avait été le propriétaire.

Ser Davos Mervault se perdit un long moment dans la contemplation de sa chope. Un an plus tôt, il avait accompagné Stannis à Port-Réal pour le tournoi donné par le roi Robert à l'occasion de l'anniversaire du prince Joffrey. Il revoyait le prêtre rouge Thoros de Myr brandir son épée de flammes au-dessus de la mêlée. Un spectacle haut en couleur que ces envols de robes pourpres et la lame tout environnée de feux follets verdâtres, mais totalement exempt de magie, personne ne s'y était mépris, d'autant qu'à la fin le feu s'était éteint et que la masse on ne peut plus ordinaire du Bronzé Yohn Royce avait assommé le cabot.

N'empêche que posséder une véritable épée de feu serait une merveille. Un peu cher, quand même… La Nissa Nissa du conte lui évoquait sa propre Marya, toujours de bonne humeur et souriante, affable, rondelette avec des seins tombants, la crème des femmes. Il essaya de s'imaginer lui passant une épée au travers du corps, grimaça. *Je n'ai décidément pas l'étoffe des héros*, conclut-il. Si tel était le prix d'une épée magique, le payer ne le tentait pas.

Il termina sa bière, repoussa la chope et sortit. Au passage, il tapota la tête de la gargouille et marmonna : « Chance ». Ils en auraient tous grand besoin.

Close était la nuit depuis longtemps quand, menant un palefroi d'un blanc neigeux, Devan descendit à bord de *La Botha noire*. « Père, annonça-t-il, Sa Majesté vous ordonne de La rejoindre dans la salle de la Table peinte. Vous monterez ce cheval et vous y rendrez sur-le-champ. »

Malgré le plaisir que lui procurait la superbe de son fils en arroi d'écuyer, la convocation bouleversa Davos. *Va-t-il nous donner l'ordre d'appareiller ?* se demanda-t-il. Si Sladhor Saan n'était pas le seul capitaine à croire Port-Réal mûr pour l'assaut, la patience était vertu nécessaire de contrebandier. *Nous n'avons aucun espoir de vaincre. Je l'avais déjà dit à mestre Cressen, le jour de mon retour à Peyredragon, et rien n'a changé depuis. Nous sommes trop peu contre un ennemi trop nombreux. Mouillons nos rames, nous périssons.* Il se mit néanmoins en selle.

Quand il atteignit la tour Tambour, une douzaine de chevaliers de haut parage et de bannerets importants la quittaient. Les lords Celtigar et Velaryon lui adressèrent chacun un bref signe de tête, les autres l'ignorèrent délibérément, mais ser Axell Florent s'arrêta pour lui dire un mot.

L'oncle de la reine Selyse était une futaille d'homme aux bras épais, aux jambes en cerceaux. Il avait les vastes oreilles de la famille, en plus développé même que sa nièce. Le buisson de poils qui jaillissait des siennes ne l'empêchait pas d'enregistrer tout ce qui se colportait de ragots dans les corridors. Gouverneur de Peyredragon durant les dix ans où Stannis avait siégé au Conseil du roi son frère, il s'était révélé depuis peu le plus avancé du clan de la reine. « Ser Davos, dit-il, ce m'est une joie, comme toujours, que de vous voir.

– Et à moi de même, messire.

– J'avais aussi remarqué votre présence, ce matin. Les faux dieux ont flambé gaiement, n'est-ce pas ?

– Brillamment. » Davos se défiait d'autant plus de lui qu'il déployait davantage de politesse. La maison Florent s'était déclarée pour Renly.

« Selon dame Mélisandre, R'hllor autorise parfois ses fidèles serviteurs à entrevoir l'avenir dans les flammes. En contemplant le brasier, ce matin, j'ai eu l'impression qu'une troupe de belles danseuses, des jouvencelles en soieries jaunes, virevoltaient en tourbillonnant devant un grand roi. Je ne doute pas qu'il ne s'agisse là d'une vision prophétique, ser. Un aperçu de la gloire promise à Sa Majesté lorsque nous aurons pris Port-Réal et qu'Elle occupera le trône qui Lui revient légitimement. »

Stannis n'a aucun goût pour ce genre de ballet, songea Davos, mais il n'osa pas offusquer l'oncle de la reine. « Je n'ai vu que du feu, dit-il, mais la fumée me faisait larmoyer. Vous voudrez bien m'excuser, messire, le roi m'attend. » Il reprit sa marche, assez perplexe. D'où venait que ser Axell l'eût ainsi troublé ? *Il est un homme de la reine, je le suis du roi.*

Stannis était assis à sa table peinte, mestre Pylos à hauteur d'épaule, des tas de papiers devant eux. « Ser, dit-il en le voyant entrer, venez donc jeter un œil sur cette lettre. »

Davos s'empressa de saisir une feuille au hasard. « Le graphisme m'en paraît fort beau, Sire, mais je suis au regret de ne savoir lire. » S'il se montrait aussi habile que quiconque à déchiffrer cartes et plans, les écritures le laissaient en effet pantois. *Mais mon Devan a appris son alphabet, lui, tout comme mes petits derniers, Steffon et Stannis.*

« J'oubliais ce détail. » Un sillon d'agacement creusa le front du roi. « Lisez-la-lui, Pylos.

– Sire. » Le mestre prit l'un des parchemins, s'éclaircit la voix. « *Chacun me connaît pour le fils légitime de Steffon Baratheon, seigneur d'Accalmie, et de dame son épouse Cassana d'Estremont. Sur l'honneur de ma maison, je déclare que le feu roi Robert, mon frère bien-aimé, n'a pas laissé de descendant légitime, le prétendu prince Joffrey, le prétendu prince Tommen et la prétendue princesse Myrcella étant les fruits abominables des relations incestueuses de Cersei Lannister et de son frère Jaime le Régicide. Aussi revendiqué-je en ce jour pour mien, par droit de naissance et du sang, le Trône de Fer des Sept Couronnes de Westeros. A toutes gens d'honneur de manifester leur loyauté. Fait en la lumière du Maître, sous le paraphe et le sceau de Stannis Baratheon, premier du nom, roi des Andals, de Rhoynar et des Premiers Hommes, suzerain des Sept Couronnes.* » Le document émit un bruissement soyeux lorsque mestre Pylos le reposa.

« A l'avenir, mettez *ser* Jaime le Régicide, se renfrogna Stannis. Quel que puisse être par ailleurs cet individu, il n'en demeure pas moins chevalier. Je ne vois pas davantage de raisons d'appeler Robert mon bien-aimé frère. Il ne m'aimait pas plus que de raison, et je le lui rendais.

– Pure formule de courtoisie, Sire, plaida Pylos.

– Mensonge. Otez-moi cela. » Il se tourna vers Davos. « Le mestre me dit que nous disposons de cent dix-sept corbeaux. J'entends les utiliser tous. Cent dix-sept corbeaux, cela fait cent dix-sept copies de ma lettre expédiées aux quatre coins du royaume, et depuis La Treille jusqu'au Mur. Comptons qu'une centaine parviendront à destination contre vents et flèches et faucons. Ainsi, cent mestres liraient mon message à autant de lords dans autant de loggias et de chambres à coucher..., après quoi tout présage qu'on le livrera aux flammes et que le silence scellera les lèvres. Ces grands seigneurs aiment qui Joffrey, qui Renly, qui Robb Stark. Bien que je sois leur souverain légitime, ils me récuseront s'ils le peuvent. Voilà pourquoi j'ai besoin de vous.

– A vos ordres, Sire. Plus que jamais. »

Stannis opina du chef. « J'entends que vous mettiez cap au nord avec *La Botha noire*, de Goëville aux Quatre Doigts, aux Trois Sœurs et même à Blancport. Avec *Le Spectre*, votre fils Dale partira pour le sud et, via le cap de l'Ire et le Bras Cassé, longera la côte de Dorne jusqu'à La Treille. Chacun de vous emportera un plein coffre de lettres et en délivrera une dans chaque port, chaque manoir et chaque village de pêcheurs. Vous en clouerez aux portes des septuaires et des auberges, afin que nul homme capable de lire n'en ignore.

– Cela ne fera pas grand monde, objecta Davos.

– Ser Davos dit vrai, Sire, intervint mestre Pylos. Mieux vaudrait en donner lecture publiquement.

– Mieux mais plus dangereux, riposta Stannis. Il faut s'attendre à un accueil hostile.

– Donnez-moi des chevaliers pour lecteurs, dit Davos. Cela aura plus de poids qu'aucune parole de ma part. »

La solution parut séduire Stannis. « Je puis vous confier ce genre d'hommes, oui. J'ai une centaine de chevaliers plus enclins à la lecture qu'au combat. Agissez ouvertement où vous le pourrez, en catimini où vous le devrez. Utilisez tout votre répertoire de contrebandier, voiles noires, anses dérobées, toutes astuces que de besoin. Si vous vous trouvez à court de lettres, capturez quelques septons pour qu'ils effectuent des copies. J'entends également me servir de votre fils cadet. Il mènera sa *Lady Marya* de l'autre côté du détroit et diffusera mon message parmi les principaux dignitaires de Braavos et autres cités libres. Le monde entier saura mes prétentions et l'infamie de la reine Cersei. »

Libre à vous de l'en informer, songea Davos, *mais le croira-t-il ?* Il coula vers le mestre un regard circonspect que le roi surprit. « Peut-être devriez-vous, mestre, aller vous occuper de vos écritures. Il nous faudra quantité de lettres, et vite.

– Votre serviteur, Sire. » Pylos s'inclina et se dirigea vers la sortie.

Le roi attendit qu'il eût disparu pour reprendre : « Quelle est donc la pensée que vous ne vouliez pas exprimer en sa présence, Davos ?

– Ce n'est pas que Pylos me déplaise, Sire, mais je ne puis voir la chaîne qu'il porte au col sans pleurer mestre Cressen.

– Est-ce par sa faute qu'est mort le vieillard ? » Le regard de Stannis se porta vers le feu. « Je ne voulais à aucun prix que Cressen assiste à ce banquet. Il m'avait mis en colère, oui, et mal conseillé, mais je ne désirais pas sa mort. J'espérais le voir jouir de quelques années paisibles et douillettes. Il l'avait d'ailleurs amplement mérité, mais voilà – ses dents se mirent à grincer –, mais voilà qu'il meurt. Et je n'ai qu'à me louer de l'habileté de Pylos.

– Pylos est le moindre de mes soucis. La lettre... Je me demande comment l'ont prise vos grands vassaux. »

Stannis renifla. « Celtigar l'a qualifiée d'admirable. Lui montrerais-je le contenu de ma chaise percée qu'il s'en extasierait aussi. Les autres ont dodeliné comme un troupeau d'oies, seul Velaryon a dit qu'en l'occurrence l'acier trancherait, et non des mots sur un parchemin. Comme si je l'avais jamais ignoré. Mais les Autres emportent mes grands, c'est votre avis que je veux entendre.

– Votre message est énergique et hardi.

– Et véridique.

– Et véridique. Mais vous n'avez pas de preuve. De cet inceste. Pas plus que l'année dernière.

– Il existe une espèce de preuve à Accalmie. Le bâtard de Robert. Celui qu'il engendra la nuit de mes noces, dans le lit même que l'on avait apprêté pour ma femme et pour moi. Comme Delena était une Florent, et vierge lorsqu'il la prit, Robert reconnut l'enfant. Edric Storm, on l'appelle. Il est le portrait craché de mon frère, paraît-il. Si les gens le voyaient puis le comparaient à Joffrey et Tommen, ils ne manqueraient pas de s'interroger, je pense.

– Mais comment le verraient-ils, s'il est à Accalmie ? »

Les doigts de Stannis tambourinèrent sur la table peinte. « Voilà le hic. Entre autres. » Il leva les yeux. « La lettre vous inspire bien d'autres réserves. Allez-y. Je ne vous ai pas fait chevalier pour vous apprendre à me dégoiser des politesses creuses. J'ai mes vassaux pour cela. Dites ce que vous vouliez dire, Davos. »

Davos inclina la tête. « Il y avait une phrase, à la fin. Comment était-ce ? *Fait dans la lumière du Maître…*

– Oui. » La mâchoire du roi s'était bloquée.

« Vos peuples vont détester ces termes.

– Comme vous ? lança vertement Stannis.

– Si vous mettiez à la place : *Fait sous le regard des dieux et des hommes*, ou *Par la grâce des dieux anciens et nouveaux…*

– Prétendrais-tu me donner des leçons de piété, contrebandier ?

– C'est le problème que je me devais de vous soumettre en loyal sujet.

– Vraiment ? On dirait que tu n'aimes pas plus mon nouveau dieu que mon nouveau mestre.

– Je ne connais pas ce Maître de la Lumière, admit Davos, mais je connaissais les dieux qu'on a brûlés ce matin. Le Ferrant préservait mes bateaux, la Mère m'a donné sept garçons solides.

– Ta femme t'a donné sept garçons solides. La pries-tu pour autant ? C'est du bois que nous avons brûlé ce matin.

– Il se peut, mais, lorsque j'étais gosse et que je mendiais un sou de-ci de-là, à Culpucier, parfois les septons me donnaient à manger.

– C'est *moi* qui te nourris, maintenant.

– Vous m'avez offert une place d'honneur à votre table. En retour, je vous offre la vérité. Vos peuples ne vous aimeront pas si vous leur retirez les dieux qu'ils ont toujours adorés et si vous leur en donnez un dont le seul nom rend un son bizarre sur leur langue. »

Stannis se leva brusquement. « *R'hllor*. Qu'y a-t-il là de si âpre ? Ils ne m'aimeront pas, dis-tu ? Quand m'ont-ils jamais aimé ? Comment pourrais-je perdre une chose que je n'ai jamais eue ? » Il se dirigea vers la croisée du sud et regarda la mer éclairée par la lune. « J'ai cessé de croire dans les dieux le jour où je vis *La Fière*-à-vent se fracasser dans la baie. Des dieux assez monstrueux pour noyer mes père et mère, jurai-je alors, n'obtiendraient jamais *mon* adoration. A Port-Réal, le Grand Septon me bassinait avec l'ineffable bonté, l'ineffable justice des dieux, mais je n'ai jamais vu dans les dieux que la main des hommes.

– Si vous ne croyez pas dans les dieux…

– … pourquoi m'embarrasser de ce nouveau-là ? coupa Stannis.

Je me le suis demandé aussi. Je sais peu de chose des dieux et ne me soucie guère d'eux, mais la prêtresse rouge a des pouvoirs. »

Oui, mais des pouvoirs de quelle sorte ? « Cressen avait la sagesse.

– J'ai cru en sa sagesse et en ton astuce, et de quel profit m'ont-elles été, contrebandier ? Les seigneurs de l'orage t'ont envoyé paître. Je me suis adressé à eux en mendiant, et ils m'ont ri au nez. Eh bien, je ne mendierai plus, et l'on ne me rira plus au nez non plus. Le Trône de Fer m'appartient de droit, mais comment faire pour m'en emparer ? Il y a quatre rois dans le royaume, et les trois autres possèdent plus d'hommes et plus d'or que moi. J'ai des bateaux..., et je l'ai, *elle*. La femme rouge. La moitié de mes chevaliers tremblent même à l'idée de prononcer son nom, sais-tu ? Ne fût-elle capable que de cela, une sorcière qui inspire tant de terreur à des hommes faits ne saurait être dédaignée. Un homme effrayé est un homme battu. Et peut-être peut-elle faire davantage. J'entends en tenter l'épreuve.

« Quand j'étais gosse, je ramassai un autour blessé et le soignai jusqu'à ce qu'il se remette. *Fière-aile*, je l'appelais. Il aimait à se percher sur mon épaule et à voleter à ma suite de pièce en pièce, à manger dans ma main, mais il refusait de prendre son essor. Cent fois je l'emmenai chasser, jamais il ne dépassa la cime des arbres. Robert le surnomma *Bat-de-l'aile*. Lui possédait un gerfaut, nommé *Foudre*, qui ne ratait jamais sa cible. Un jour, mon grand-oncle, ser Harbert, me conseilla de tâter d'un autre oiseau ; je me rendais ridicule, dit-il, avec mon *Fière-aile*, et il avait raison. » Stannis se détourna de la croisée et des fantômes en suspens sur les flots. « Les Sept ne m'ont jamais rapporté ne fût-ce qu'un moineau. Il est temps que je tâte d'un autre faucon, Davos. D'un faucon *rouge*. »

THEON

Bien que Pyk ne possédât point de mouillage sûr, Theon désirait contempler du large le château de son père, le voir comme il l'avait vu la dernière fois, dix ans plus tôt, quand la galère de Robert Baratheon l'emmenait comme pupille d'Eddard Stark, à ceci près qu'au lieu de le regarder s'amenuiser à l'horizon, dans le fracas des rames et le battement du tambour du maître de nage, il entendait le regarder surgir des flots et grandir, grandir.

Pour exaucer ce vœu, le *Myraham* se frayait durement passage, au sortir du golfe, parmi le claquement des voiles et les jurons du capitaine contre le vent, l'équipage et les maudites lubies des gentils damerets. Sans lâcher des yeux son chez lui, Theon rabattit son capuchon pour se préserver des embruns.

Brochée d'écueils écumants, la côte n'était qu'un amas de rochers déchiquetés avec lesquels le château semblait ne faire qu'un, taillés qu'étaient ses tours, ses remparts, ses ponts dans la même roche noirâtre, moites qu'ils étaient des mêmes vagues saturées de sel, festonnés qu'ils étaient des mêmes plaques de lichen vert sombre et maculés des mêmes fientes d'oiseaux de mer. Le bout de terre sur lequel les Greyjoy avaient édifié leur forteresse s'était jadis enfoncé comme une épée dans les entrailles de l'océan mais, à force de le marteler nuit et jour, la houle l'avait, des millénaires auparavant, rompu, fait voler en éclats. N'en subsistaient désormais que trois îles nues, stériles, et une quinzaine d'îlots abrupts qui surgissaient de l'abysse comme les piliers d'un temple voué à quelque dieu marin, et contre lesquels s'acharnait toujours la rage des lames baveuses.

Ténébreux, maussade et lugubre au-dessus de ces îles et de ces piliers dont il faisait quasiment partie planait Pyk, sa première enceinte enserrant le pied du cap à pic du haut duquel s'élançait en direction de l'île principale, elle-même écrasée par la masse énorme du Grand Donjon, un pont de pierre prodigieux. Au-delà, chacun sur son île, se dressaient donjon des Cuisines et donjon Sanglant. Des tours et diverses dépendances s'agrippaient aux autres chicots rocheux, reliés entre eux, selon l'ampleur de l'intervalle, par des ponceaux couverts ou par de longues passerelles instables de câbles et de bois. A l'extrême pointe de l'épée brisée se distinguait l'altière rondeur de la tour de la Mer, la plus ancienne du château, plantée sur un moignon à demi rongé par l'incessant assaut des lames. Sa base était blanchie par des siècles de sel, ses étages supérieurs verdis par le lichen qui les emmitouflait à la manière d'une courtepointe, son couronnement délabré noirci par la suie des feux de guet nocturnes.

Là-haut jappait la bannière de Père. De la distance où se trouvait le *Myraham*, Theon n'en discernait guère que le tissu, mais sa mémoire y restituait l'emblème familier : la seiche d'or aux tentacules convulsés sur champ noir. En haut de son mât de fer, la bannière se tordait, claquait au gré du vent, se démenait tel un oiseau captif. Et ici du moins ne la dominait pas le loup-garou Stark, ici du moins ne faisait-il pas d'ombre à la seiche Greyjoy.

Jamais spectacle n'avait si fort touché Theon. Derrière le château transparaissait, à peine voilée de nuages en fuite, la belle queue rouge de la comète. De Vivesaigues à Salvemer, les Mallister n'avaient cessé de débattre sur sa signification. *C'est ma comète*, se dit-il en glissant la main dans son manteau doublé de fourrure pour tâter la bourse de cuir huilé qui, blottie dans l'une de ses poches, abritait la lettre – aussi précieuse qu'une couronne – remise par Robb.

« Le château ressemble-t-il à vos souvenirs, messire ? lui demanda la fille du capitaine en se pressant contre son bras.

– Il me paraît plus petit, avoua-t-il, mais peut-être en raison de l'éloignement. » Originaire de Villevieille, la gabarre marchande *Myraham* transportait dans sa vaste panse du vin, du drap et du grain qu'elle négocierait contre du minerai de fer. Egalement du sud, également doté d'une vaste panse marchande était son capitaine, et la mer peuplée de rochers écumants qui battait le pied du château donnait tant la tremblote à ses lèvres pulpeuses qu'il se tenait le plus loin possible de ces parages, trop loin, au gré de Theon. Un natif des îles, un fer-né, eût mené son boutre le long des falaises jusque sous le pont qui enjambait la brèche entre la poterne et le Grand Donjon, mais ce rondouillard de méridional n'avait ni l'habileté, ni les gens, ni le cran nécessaires pour s'y risquer. Aussi croisait-on prudemment au large, et Theon devait se contenter de la silhouette de Pyk. Le *Myraham* n'en était pas moins contraint à lutter farouchement pour se maintenir à distance respectueuse des fameux rochers.

« Ça doit être venté, dans le coin », remarqua la fille.

Il se mit à rire. « Venté, froid et humide. Aussi rude que misérable, à la vérité..., mais le seigneur mon père m'a dit un jour que les lieux rudes produisaient des hommes rudes, et que ce sont les hommes rudes qui gouvernent le monde. »

La face du capitaine était du même vert que la mer quand il amena ses courbettes et s'enquit : « Nous est-il permis de gagner le port, à présent, messire ?

– Il vous est permis », répondit Theon, avec un sourire du bout des lèvres. L'appât de l'or avait métamorphosé ce gros plein-de-soupe en lécheur éhonté. Le voyage eût été tout autre si, comme espéré, s'était trouvé à Salvemer l'un des boutres des îles de Fer. Aussi fiers que braves, les capitaines fer-nés n'entraient pas en transe pour quelques pintes de sang humain. Leurs îles étaient trop petites, et leurs boutres encore plus, pour que la terreur n'y fût pas un luxe. Si chacun d'eux était, comme on disait communément, un roi à bord de son propre bateau, les îles ne volaient pas leur surnom d'archipel des dix mille rois. Et quand vous aviez vu vos rois chier par-dessus la lisse et verdir durant la tempête, vous n'étiez pas vraiment tenté de ployer le genou et de les vénérer comme des idoles. Ce d'autant moins, d'ailleurs, que, comme le disait déjà voilà des millénaires le vieux roi Urron Mainrouge : « Le dieu Noyé fabrique les hommes, mais les couronnes, ce sont les hommes qui les fabriquent »... !

Un boutre aurait également effectué la traversée en deux fois moins de temps. Le *Myraham* n'étant, pour parler poliment, qu'un sabot merdeux, Theon n'aurait pas voulu s'y trouver par gros temps, mais il s'estimait, tout bien pesé, verni. Il parvenait à destination sans avoir fait naufrage et après s'être pas mal amusé. Il enlaça la fille en disant au père : « Avertissez-moi quand nous atteindrons Lordsport. Nous serons en bas, dans ma cabine », et, sans paraître noter l'air offensé de celui-ci, entraîna celle-là vers la poupe.

Sa cabine était celle du capitaine, au vrai, mais on l'avait aménagée pour lui en quittant Salvemer. Sans être incluse au nombre des aménagements, la fille s'y était néanmoins jointe d'assez bon gré. Trois doigts de vin, quelques chuchotages galants, elle parfaisait le couchage. Quoiqu'un peu trop copieuse pour son goût, et la peau tachetée comme une platée de son, elle avait des nichons qui vous emplissaient gentiment la poigne, et elle s'était au surplus révélée intacte. Un comble, vu son âge, mais que Theon trouva du plus haut comique. Presque aussi cocasse que la réprobation du papa qui, tout en remâchant malaisément l'outrage à lui fait par le grand seigneur, redoublait envers lui d'obséquiosité par pure rapacité.

Tandis qu'il se débarrassait de son manteau trempé, la fille reprit : « Vous devez être si heureux de revenir chez vous, messire. Vous en êtes parti depuis combien d'années ?

– Dix ou peu s'en faut, répondit-il. Et j'en avais dix quand on m'a emmené à Winterfell en tant que pupille d'Eddard Stark. » Pupille de nom, otage de fait. La moitié de ses jours..., mais pas un de plus. Désormais, aucun Stark en vue, sa vie lui appartenait à nouveau. Il attira la fille contre lui et l'embrassa sur l'oreille. « Enlève ton manteau. » Elle baissa les yeux, subitement intimidée, mais s'exécuta. Quand le lourd vêtement raidi d'écume eut glissé de ses épaules sur le plancher, elle esquissa une petite révérence et un pauvre sourire alarmé. Elle avait l'air plutôt stupide quand elle souriait, mais l'intelligence n'était pas ce qu'il demandait aux femmes.

« Viens », dit-il.

Elle obéit. « Je ne connais pas les îles de Fer.

– Une chance que tu as. » Il lui caressa les cheveux. De beaux cheveux sombres, bien que le vent les eût emmêlés. « Elles sont austères et pierreuses, peu hospitalières, mornes d'aspect. L'existence y est chiche et mesquine, la mort jamais loin. Les hommes passent leurs nuits à boire de la bière et à discuter qui, du pêcheur affrontant la mer ou du paysan grattant le sol maigre, est le plus mal loti. Pour ne pas mentir, le pompon revient au mineur qui se brise les reins dans le noir et pour quoi ? pour de l'étain, du fer, du plomb, nos trésors à nous. Pas étonnant que, dans les anciens temps, les fer-nés se soient tournés vers la razzia. »

L'idiote n'écoutait apparemment pas. « Je pourrais descendre à terre avec vous, dit-elle. Je le ferais, s'il vous agréait...

– Tu le pourrais, acquiesça-t-il en lui tripotant la poitrine, mais pas avec moi, je crains.

– Je travaillerais dans votre château, messire. Je sais nettoyer le poisson, cuire le pain, baratter le beurre. Papa dit que mon ragoût de crabe aux poivrons n'a pas son pareil. Vous me trouveriez une place dans vos cuisines, je vous ferais mon ragoût de crabe aux poivrons.

– Et tu me chaufferais les draps, la nuit ? » D'une main preste et experte, il entreprit de lui délacer le corsage. « Autrefois, je t'aurais ramenée chez moi comme part de butin et possédée de gré ou de force à ma convenance. Les fer-nés en usaient ainsi, dans les anciens temps. L'homme avait, en plus d'une femme-roc, sa véritable épouse, fer-née comme lui, des femmes-sel, capturées durant les razzias. »

Elle ouvrit de grands yeux, mais pas parce qu'il lui avait dénudé les seins. « Je serais votre femme-sel, messire.

– Je crains que ces temps ne soient révolus. » Son doigt traçait des spirales autour d'une lourde aréole en se rapprochant peu à peu du gras et brun téton. « Plus ne nous est loisible de monter le vent pour aller, par le fer et le feu, prendre ce que nous voulons. Maintenant, nous grattons la terre et jetons des lignes dans la mer comme le commun des hommes, et nous nous estimons gâtés si nous avons à suffisance de bouillie d'avoine et de morue salée pour passer l'hiver. » Il prit dans ses lèvres le mamelon et le mordit jusqu'à faire hoqueter la fille.

« Vous pouvez me la mettre, s'il vous agrée », lui murmura-t-elle à l'oreille tandis qu'il suçait.

Quand il releva la tête, la chair du sein portait une marque violacée. « Il m'agréerait plutôt de t'apprendre une autre recette. Délace-moi et fais-moi jouir avec ta bouche.

– Avec ma bouche ? »

D'un revers de pouce, il effleura les lèvres charnues. « Ces lèvres-là n'ont été faites que pour cela, ma douce. Si tu étais ma femme-sel, tu m'obéirais. »

D'abord timorée, elle apprit plus vite qu'il ne l'espérait de tant de bêtise, et il s'en sut gré. Elle avait la bouche aussi moite et douce que le con, et cette manière de procéder le dispensait, lui, d'essuyer des babillages ineptes. *Oui, autrefois, je l'aurais gardée pour femme-sel, vraiment*, se dit-il tout en enfouissant ses doigts dans la chevelure emmêlée. *Autrefois. Quand, observant l'Antique Voie, nous vivions encore par la hache et non par le pic, nous emparions de ce que nous souhaitions, qu'il s'agît de biens, de femmes ou de gloire.* En ces temps-là, les fer-nés ne travaillaient pas dans les mines ; ils réservaient cette dégradante besogne aux captifs ramenés de leurs expéditions, tout comme celles de cultiver les champs, d'élever chèvres et brebis. La guerre était leur véritable métier. Le dieu Noyé les avait créés pour ravager, violer, se tailler des royaumes et inscrire en lettres de flammes et de sang leurs noms dans les chansons.

L'Antique Voie n'était plus depuis que, carbonisant Harrenhal, Aegon le Dragon avait démembré le royaume d'Harren le Noir au profit des mollusques du Conflans et, par la constitution d'un royaume autrement plus vaste, réduit les îles de Fer au rôle insignifiant d'annexe. On n'en persistait pas moins, par tout l'archipel, à conter les vieux contes rouges autour des feux de bois flotté, devant la fumée de l'âtre et jusque sous les hautes voûtes de Pyk. Parmi les titres de Père figurait celui de lord Ravage, et les Greyjoy se targuaient toujours que leur devise fût : *Nous ne semons pas*.

Ce qui avait inspiré la grande rébellion de lord Balon était moins la vanité de recouvrer une couronne que l'espoir de restaurer l'Antique Voie. Or, si Robert Baratheon et son copain Stark avaient mis un sanglant point final à cette ambition, voilà qu'ils étaient morts tous deux. De simples gosses gouvernaient à leur place, maintenant, et la zizanie morcelait le royaume forgé par le Conquérant. *Voici venue la saison*, songea Theon, tandis que le besognaient tout du long les lèvres de la fille, *la saison, l'année, le jour, et je suis l'homme de la situation.* Un sourire crochu lui vint. Que dirait Père en apprenant que lui, le dernier-né, le bambin pris en otage, avait réussi, *lui*, là où lord Balon en personne avait échoué ?

Brusque comme une tornade l'assaillit l'orgasme, et il emplit de sa semence le gosier de la fille qui, suffoquée, tenta de se dérober, mais il la maintint ferme par les cheveux. « Ai-je satisfait messire ? demanda-t-elle en se relevant lorsqu'il l'eut lâchée.

– Pas mal, dit-il.

– Ç'avait un goût salé, souffla-t-elle.

– Comme la mer ? »

Elle acquiesça d'un signe. « J'ai toujours aimé la mer, messire.

– Moi aussi », dit-il en lui triturant négligemment un téton. La mer et la liberté ne faisaient qu'un, aux yeux des fer-nés. Il s'en était soudain ressouvenu lorsque, à Salvemer, le *Myraham* avait mis à la voile. Chaque bruit du bord faisait ressurgir des sensations perdues :

le crissement des cordages et du bois, les ordres tonitruants du capitaine, le claquement de la toile au contact du vent, tout lui revenait, aussi familier que les pulsations de son propre cœur, et aussi roboratif. *Ne jamais oublier cela*, s'enjoignit-il. *Ne plus jamais m'éloigner de la mer*.

« Emmenez-moi, messire, mendia la fille. Ce n'est pas aller à votre château que je veux. Je peux loger dans une ville, je serai votre femme-sel. » Elle ébaucha le geste de lui caresser la joue.

Il écarta la main tendue, dévala de sa couchette. « Ma place est à Pyk, la tienne sur ce bateau.

– Je ne peux plus y rester. »

Il renoua ses braies. « Pourquoi ça ?

– Mon père, dit-elle. Après votre départ, il me punira, messire. Il me traitera de tous les noms et me battra. »

Il décrocha son manteau, s'en drapa les épaules. « Les pères sont ainsi, convint-il en l'agrafant avec une broche d'argent. Dis-lui qu'il devrait se montrer content. Vu le nombre de fois où je t'ai baisée, tu dois être grosse. Tout le monde n'a pas l'honneur d'élever un bâtard royal. » Elle le dévisageait d'un air si stupide qu'il la planta là.

Le *Myraham* contournait un promontoire boisé de pins sous lequel une douzaine de bateaux de pêche remontaient leurs filets. La grosse gabarre les doubla de loin en louvoyant. Theon se porta vers l'étrave afin de mieux voir. La première chose qu'il aperçut fut la bastille des Botley, non pas celle qu'il avait connue jadis, un fouillis de bois et de claies – Robert Baratheon l'avait rasée –, mais telle que l'avait depuis rebâtie lord Sawane, modeste cube de pierre sur sa colline. A chacune de ses tours d'angle trapues pendouillait le pavillon vert pâle frappé d'un banc de poissons d'argent.

Sous la protection pour le moins douteuse de ce fretin-là de castel reposait, avec son havre fourmillant, le bourg de Lordsport. La dernière image qu'en avait emportée Theon était celle d'un désert fumant le long d'une grève rocheuse jonchée de boutres calcinés, de galères fracassées, tel un ossuaire de léviathans, de maisons réduites à des tas de cendres et des pans de murs. Il ne restait plus guère, au bout de dix ans, trace de ce désastre. Le petit peuple s'était construit de nouvelles masures avec les décombres des précédentes et les avait couvertes de mottes fraîchement taillées. Deux fois plus grande que l'ancienne se dressait, près du débarcadère, une auberge neuve, pierre de taille au rez-de-chaussée, colombages aux deux étages supérieurs. Le septuaire n'avait toutefois pas été relevé ; seules en subsistaient les fondations heptagonales. A croire que la fureur de Robert Baratheon avait aigri les fer-nés contre les nouveaux dieux...

Mais les navires intéressaient autrement Theon que les dieux. Parmi les mâts d'innombrables bateaux de pêche, il repéra une galère marchande de Tyrosh qui déchargeait auprès d'une lourde gabarre d'Ibben à la coque noircie de goudron. Nombre de boutres, cinquante à soixante au moins, gagnaient le large ou gisaient échoués sur les galets, au nord de la baie. Quelques voiles arboraient l'emblème des autres îles : la lune sanglante Wynch, la trompe de guerre baguée de lord Bonfrère, la faux d'argent Harlaw. Theon chercha vainement la fine et redoutable silhouette rouge du *Silence* de son oncle Euron, mais *La Grand-Seiche* de Père se trouvait bien là, avec sa figure de proue symbolique et son éperon de fer gris.

Lord Balon l'aurait-il devancé en convoquant le ban ? Une fois de plus, la main de Theon se faufila sous le manteau vers la bourse de cuir huilé. Hormis Robb Stark, nul n'était au courant, pour la lettre ; pas si bêtes que de confier leurs secrets à un oiseau. Mais Père n'était pas bête non plus. Il pouvait avoir deviné dans quel but son fils revenait enfin et agi en conséquence.

Une hypothèse qui n'était pas du goût de Theon. Terminée depuis belle lurette, la guerre de Père, et perdue. Sa propre heure venait de sonner – celle d'exécuter son plan, d'assurer sa gloire et de coiffer, tôt ou tard, sa couronne. *Encore que, si les boutres entrent dans la danse...*

Mais peut-être ne s'agissait-il là, tout bien réfléchi, que d'une mesure de précaution. Un mouvement défensif, au cas où la guerre tendrait à franchir la mer. Les vieilles gens étaient par nature précautionneux. Et Père était vieux, maintenant, tout comme Oncle Victarion, grand amiral de la flotte de Fer. Avec Oncle Euron, tout autre était la chanson, nul doute, mais *Le Silence* semblait avoir pris la mer. *Tout se présente le mieux du monde*, se dit Theon. *Cela va me permettre de frapper d'autant plus vite.*

Pendant que le *Myraham* lambinait vers la terre, Theon se mit à arpenter fiévreusement le pont tout en scrutant la côte. Sans s'être attendu à voir lord Balon en personne sur le quai, il ne doutait pas qu'un quelconque émissaire ne vînt l'accueillir. Sylas Aigrebec, l'intendant, lord Botley, voire même Dagmer Gueule-en-deux. Quel plaisir il se promettait de revoir l'horrible vieillard. On ne pouvait pas ne pas savoir son arrivée. De Vivesaigues, Robb avait expédié des corbeaux à Pyk et, faute de boutre à Salvemer, Mallister les siens, au cas où les premiers se seraient perdus.

Et pourtant, il ne voyait aucune figure connue, ni la moindre garde d'honneur chargée de l'escorter de Lordsport à Pyk, rien d'autre que du menu peuple vaquant à ses menues affaires, débardeurs roulant les fûts de vin que recélait la soute du rafiot de Tyrosh, pêcheurs criant leur prise du jour, gosses éperdus de courses et de jeux. Flottant dans ses robes vert d'eau, un prêtre du dieu Noyé menait un couple de chevaux le long des galets du rivage et, penchée sur sa tête à la fenêtre de l'auberge, une souillon hélait des marins d'Ibben.

Une poignée de négociants locaux n'attendit pas que le *Myraham* fût amarré pour l'assaillir de questions sur sa cargaison. « Nous arrivons de Villevieille, leur cria le capitaine, et nous transportons des pommes et des oranges, des vins de La Treille, des plumes des îles d'Eté. J'ai du poivre, des tissages de cuir, un ballot de dentelles de Myr, des miroirs pour dames, une paire de harpes de Villevieille plus mélodieuses que vous n'en avez jamais entendu. » La passerelle s'abattit avec des craquements suivis d'un choc sourd. « Et je vous ai ramené votre héritier. »

Au regard inexpressif et bovin que les bourgeois de Lordsport posèrent sur sa personne, Theon se rendit compte qu'ils ignoraient qui il était. Cela le mit en rogne. Il déposa un dragon d'or dans la paume du capitaine. « Dites à vos gens d'apporter mes affaires. » Et, sans attendre la réponse, il descendit la passerelle à longues foulées. « Holà, l'aubergiste, aboya-t-il, un cheval !

– Vot' serviteur, m'sire », répondit l'homme sans seulement s'incliner, lui rafraîchissant ainsi la mémoire sur la singulière outrecuidance des fer-nés. « Pourrait ben s' trouver qu' j'n ai p't-êt' un. Pour aller où, m'sire ?

– Pyk. » A constater que l'imbécile ne l'avait pas *encore* reconnu, Theon se repentit de n'avoir pas revêtu son beau doublet brodé de la seiche.

« F'ra mieux v' dépêcher, si v' voulez y êt' 'vant la nuit, repartit l'homme. Mon gars vous mont'ra le ch'min.

– Pas besoin de ton gars, lança une voix grave, ni de ton cheval. C'est moi qui ramènerai mon neveu chez son père. »

L'intervenant n'était autre que le prêtre aperçu peu auparavant. Au fur et à mesure qu'il s'approchait, les petites gens ployaient le genou, et Theon entendit l'aubergiste souffler : « Tifs-trempés ! »

Mince et de haute taille, il portait les robes chamarrées aux tons fluides – gris, verts et bleus – du dieu Noyé et, retenue en bandoulière sous son bras par une courroie de cuir, une outre à eau. Lui tombant jusqu'à la ceinture, ses cheveux étaient, tout comme sa barbe hirsute, entre-tressés de nattes d'algues sèches.

Tout à coup, Theon se souvint. Dans l'un de ses rares billets, lord Balon avait évoqué ce benjamin qui, disparu au cours d'une tempête et rejeté sain et sauf par les flots, tournait au saint homme. « Oncle Aeron ? dit-il, sans grande assurance.

– Neveu Theon, répliqua le prêtre. Le seigneur ton père m'envoie te prendre. Viens.

– Un instant, Oncle. » Il retourna vers le *Myraham*. « Mes effets », commanda-t-il au capitaine.

Un marin lui tendit son grand arc d'if et son carquois hérissé de flèches, mais c'est la fille qui lui apporta son balluchon de bons vêtements. « Messire. » Elle avait les yeux rouges. Comme il saisissait son bien, elle prétendit l'embrasser, là, en présence de son propre père, de son prêtre d'oncle à lui et de la moitié de l'île. Il sut esquiver le baiser. « Je vous remercie.

– S'il vous plaît, dit-elle, je vous aime tellement, messire...

– Je dois partir. » Il s'élança aux trousses de son oncle qui déjà s'éloignait, le rejoignit en quelques longues enjambées. « Je ne m'attendais pas à vous voir, Oncle. Je m'étais flatté qu'après dix années de séparation, le seigneur mon père et dame ma mère viendraient peut-être m'accueillir en personne ou m'enverraient Dagmer avec une garde d'honneur.

– Il ne t'appartient pas de discuter les volontés de lord Ravage de Pyk. » Le prêtre affectait des manières glaciales qui achevèrent de dérouter Theon. De tous ses oncles, Aeron Greyjoy était jadis le plus affable, frivole et rieur, friand de chansons, de chopes et de femmes. « Quant à Dagmer, il est parti pour Vieux Wyk sur ordre de ton père secouer les Maisonpierre et les Timbal.

– Dans quel but ? Pourquoi les boutres sont-ils sur le pied de guerre ?

– Pourquoi l'ont-ils jamais été ? » Son oncle avait laissé les chevaux attachés plus loin. Au moment de les atteindre, il se retourna. « Dis-moi la vérité, neveu. Pries-tu maintenant les dieux du loup ? »

Prier, Theon n'y songeait guère, mais était-ce le genre de choses que l'on avoue à un prêtre, ce prêtre fût-il le frère de votre propre père ? « Ned Stark priait un arbre. Non, je n'ai que faire des dieux Stark.

– Bien. A genoux. »

Le sol était caillouteux, crotté. « Oncle, je...

– *A genoux*. A moins que tu ne sois trop fier, à présent ? Est-ce un damoiseau des terres vertes qui nous revient là ? »

Theon s'agenouilla. Il arrivait avec un projet, l'appui d'Aeron lui serait peut-être nécessaire pour le réaliser. Une couronne valait bien un peu de poussière et de crottin sur les chausses, supposa-t-il.

« Courbe la tête. » L'oncle leva son outre, la déboucha et en fit gicler un fin jet d'eau de mer qui mouilla les cheveux de Theon, lui dégoulina le long du front jusque dans les yeux, nappa ses joues, glissa un doigt dans le col de son manteau et de son doublet, lui fit courir le long de l'échine un ruisselet frisquet. Le sel lui brûlait si fort les paupières qu'il lui fallut toute son énergie pour ne pas larmoyer. Ses lèvres goûtaient l'océan. « Fais que ton serviteur Theon renaisse de la mer comme tu en renaquis, psalmodia Aeron Greyjoy. Accorde-lui la bénédiction du sel, la bénédiction de la pierre, la bénédiction de l'acier. Connais-tu encore les mots, neveu ?

– Ce qui est mort ne saurait plus mourir, se rappela Theon.

– Ce qui est mort ne saurait plus mourir, lui fit écho le prêtre, mais ressurgit plus rude et plus vigoureux. Debout. »

En clignotant pour refouler les larmes imputables au sel, Theon se leva. Sans un mot, son oncle reboucha l'outre, détacha son cheval, se mit en selle, Theon l'imita, et, tournant le dos à l'auberge et au port, ils s'enfoncèrent dans les collines pierreuses au-delà du château de lord Botley. Le prêtre ne desserrait pas les dents.

« J'ai passé la moitié de ma vie loin de la maison, hasarda finalement Theon. Vais-je trouver les îles changées ?

– Les hommes pêchent dans la mer, creusent dans la terre et meurent. Les femmes enfantent dans le sang et dans la douleur et meurent. La nuit suit le jour. Les vents et les marées demeurent. Les îles sont telles que les créa notre dieu. »

Bons dieux, il est devenu sinistre ! songea Theon. « Trouverai-je à Pyk ma sœur et dame ma mère ?

– Non. Ta mère habite Harloi, avec sa propre sœur. Le climat y est moins âpre, et sa toux la tourmente. Ta sœur est partie à bord de son *Vent noir* transmettre des messages de ton père à Grand Wyk. Sois sûr qu'elle en reviendra au plus tôt. »

Dire à Theon que *Le Vent noir* était le boutre personnel d'Asha ne s'imposait pas. Malgré leur longue séparation, ce détail lui était connu. Bizarre, tout de même, qu'elle l'eût baptisé ainsi, quand Robb Stark avait son Vent Gris, lui. « Stark est gris, Greyjoy noir, murmura-t-il avec un sourire, mais il semble que nous soyons l'un et l'autre ventés. »

A cela, le prêtre n'avait rien à redire.

« Et vous, Oncle ? Vous n'étiez pas prêtre lorsqu'on m'a emmené. Il me semble encore vous voir chanter les vieilles chansons de pillage, debout sur la table, une corne de bière au poing.

– Jeune j'étais, et vain, dit Aeron Greyjoy, mais la mer a lavé mes sottises et mes vanités. Cet homme a péri noyé, neveu. L'eau de mer a empli ses poumons, les poissons dévoré les écailles qui couvraient ses yeux. En ressurgissant, j'ai vu clair. »

Il est aussi fou que fielleux. Ce que Theon se remémorait de l'ancien Aeron Greyjoy avait autrement de charme. « Oncle, pourquoi Père a-t-il convoqué ses voiles et ses épées ?

– Sans doute te le dira-t-il à Pyk.

– J'aimerais connaître ses plans tout de suite.

– De moi, tu n'apprendras rien. Il nous est formellement interdit d'en parler à quiconque.

– Même à *moi* ? » Sa colère flamba. Il avait mené des hommes à la bataille, chassé en compagnie d'un roi, il s'était distingué dans des mêlées de tournoi, il avait chevauché avec Brynden le Silure et Lard-Jon Omble, combattu au Bois-aux-Murmures, baisé plus de filles qu'il ne saurait dire, et cette espèce d'oncle le traitait comme s'il était encore un mioche de dix ans ? « Si Père échafaude des plans de guerre, je dois les connaître. Je ne suis pas *quiconque*. Je suis l'héritier de Pyk et des îles de Fer.

– Pour ça, dit son oncle, nous verrons. »

La remarque lui fit l'effet d'une gifle. « *Nous verrons ?* Mes deux frères sont morts. Je suis le seul fils survivant de Père.

– Ta sœur est en vie. »

Asha ? Il demeura pantois. Certes, elle avait trois ans de plus que lui, mais… « Une femme ne peut hériter qu'à défaut d'héritier mâle en ligne directe ! protesta-t-il avec véhémence. Je ne me laisserai pas barboter mes droits, je vous préviens. »

Son oncle émit un grognement. « Comment oses-tu *prévenir* un serviteur du dieu Noyé, petit drôle ? Tu as oublié plus que tu ne crois. Et tu divagues complètement si tu t'imagines que ton père transmettra jamais ces saintes îles à un Stark. Tais-toi, maintenant. La route est bien assez longue sans tes jacasseries. »

Non sans mal, Theon se le tint pour dit. *Alors, ça se goupille comme ça ?* songea-t-il. Comme si dix années de Winterfell pouvaient faire un Stark. Lord Eddard avait eu beau l'élever parmi ses propres enfants, jamais Theon n'avait été l'un d'eux. Personne, au château, depuis lady Catelyn jusqu'au dernier des marmitons, n'ignorait sa position d'otage et de garant de la bonne conduite de son père, et tous le traitaient en conséquence. Même le bâtard Jon Snow se voyait accorder plus de considération que lui.

Pour s'être amusé de-ci de-là à jouer les pères avec lui, lord Eddard n'en demeurait pas moins, aux yeux de Theon, l'homme qui, non content de mettre Pyk à feu et à sang, l'avait ensuite lui-même arraché aux siens ; l'homme dont la face austère et la grande épée sombre le terrifiaient, gosse ; l'homme dont l'épouse se montrait, si possible, encore plus distante et défiante.

Quant aux enfants, les derniers-nés n'avaient guère été, durant son séjour, que des mioches vagissants. Seuls Robb et son demi-frère adultérin s'étaient, de par leur âge, révélés dignes d'un brin d'attention. Aussi maussade qu'ombrageux, le bâtard lui enviait sa haute naissance et son ascendant sur Robb. Quant à ce dernier, Theon n'était pas sans lui vouer l'espèce d'affection qu'on aurait pour un jeune frère…, mais mieux valait n'en pas souffler mot. A Pyk, semblait-il, les conflits anciens demeuraient d'actualité. Il aurait dû s'y attendre. Les îles de Fer vivaient dans le passé ; l'extrême rudesse du présent révoltait trop leur amertume. En outre, Père et ses frères étaient vieux, et les vieux lords étaient comme ça ; ils emportaient dans la tombe leurs inimitiés poussiéreuses, rancœur intacte et pardon nul.

Tels s'étaient aussi révélés les Mallister, ses compagnons de chevauchée de Vivesaigues à Salvemer. Point trop mauvais bougre,

Patrek Mallister partageait son propre penchant pour la gueuse, le vin, la chasse au faucon. Mais, en voyant croître outre mesure son goût pour la société de Theon, ce barbon de lord Jason s'était empressé de prendre à part son héritier pour lui rappeler qu'on avait bâti Salvemer afin de défendre la côte contre les pillards des îles de Fer et, au premier chef, contre leurs principaux meneurs, les Greyjoy de Pyk ; que la tour Retentissante, ainsi nommée en raison de son énorme cloche de bronze, sonnait le tocsin, jadis, pour rameuter dans le château les gens de la ville et de la campagne lorsqu'à l'horizon paraissaient les boutres fer-nés.

« Peu lui chaut que la cloche n'ait sonné qu'une seule fois en trois siècles, confia Patrek le lendemain, tout en arrosant de cidre vert les circonspections de son père.

– Quand mon frère attaqua Salvemer », précisa Theon. Lord Jason avait tué Rodrik Greyjoy sous les murs du château et rejeté les fer-nés à la mer. « Si ton père se figure que je lui en garde la moindre rancune, c'est qu'il ne connaissait vraiment pas Rodrik. »

Ils avaient éclaté de rire tout en galopant retrouver une jeune meunière en chaleur connue de Patrek. *Que n'est-il avec moi, aujourd'hui.* Mallister ou pas, le gaillard était un partenaire plus gracieux que cette espèce de vieux bigot rance qu'était devenu l'oncle Aeron.

Le chemin qu'ils suivaient montait en lacets, montait toujours parmi des collines arides et rocailleuses. Ils perdirent bientôt de vue la mer, mais l'odeur de sel saturait toujours l'atmosphère humide. Sans modifier leur train pesamment régulier, ils dépassèrent une bergerie puis les vestiges d'une mine abandonnée. Ce nouveau saint d'Aeron Greyjoy n'était décidément pas communicatif. Chevaucher dans un silence aussi compact finit par devenir intolérable à Theon. « Voilà Robb Stark maître de Winterfell, à présent », dit-il.

L'oncle continua d'aller. « Un loup, un autre, pas de différence.

– Robb a rompu ses engagements vis-à-vis du Trône de Fer et s'est couronné roi du Nord. C'est la guerre.

– Les corbeaux de mestre volent aussi vite qu'une pierre par-dessus le sel. Ces nouvelles sont vieilles et froides.

– Elles annoncent un nouveau jour, Oncle.

– Chaque matin apporte un nouveau jour en tous points semblable au jour révolu.

– A Vivesaigues, on ne serait pas d'accord avec vous. On voit là-bas dans la comète rouge le héraut d'une ère nouvelle. Un messager des dieux.

– Elle est bien un signe, acquiesça le prêtre, mais de notre dieu, pas des leurs. Elle est une torche embrasée, telle qu'en brandissait notre peuple dans les anciens temps. Elle est la flamme que le dieu Noyé rapporta de la mer, et elle claironne un raz-de-marée. Le temps est venu de hisser nos voiles et de nous ruer dans le monde avec le fer et le feu, comme il fit lui-même. »

Theon sourit. « Je ne serais pas davantage d'accord.

– L'homme est d'accord avec le dieu comme la goutte de pluie avec l'ouragan. »

La goutte de pluie sera roi un jour, vieillard. Saoulé de l'humeur de son oncle, Theon éperonna sa monture et prit le trot, un sourire aux lèvres.

C'est aux abords du crépuscule qu'ils atteignirent les murs de Pyk, une demi-lune de pierre noire qui courait de falaise en falaise, percée en son centre d'une poterne que flanquaient de chaque côté trois tours carrées. S'y discernait toujours l'impact des projectiles largués par les catapultes du Baratheon. Au sud s'était élevée sur les ruines de l'ancienne une tour neuve dont la pierre, un rien plus pâle, demeurait encore exempte de lichens. Là s'était ouverte la brèche par où Robert avait bondi par-dessus décombres et cadavres, masse au poing, Ned Stark à ses côtés. Un spectacle que Theon, bien à l'abri dans la tour de la Mer, avait vu de ses propres yeux et qu'il lui arrivait de revivre en rêve, ébloui par les torches et abasourdi par le tohu-bohu lugubre de la débâcle.

Et voici qu'après tant d'années les portes béaient devant Theon Greyjoy, la herse de fer rouillé relevée, que, du chemin de ronde, les gardes jetaient sur sa personne un œil indifférent. Il était enfin de retour chez lui.

Passé la première enceinte s'étendait, durement plaquée entre ciel et mer, une braie de quelque cinquante arpents qu'encombraient écuries, chenils et ramas d'autres dépendances. Moutons et pourceaux s'entassaient dans des parcs, mais on laissait vagabonder les chiens. Au sud, les falaises et le large pont vers le Grand Donjon, le fracas des vagues. Theon sauta de selle, et un palefrenier vint prendre son cheval. Deux mioches émaciés, quelques serfs le dévisageaient d'un œil morne, mais toujours pas trace du seigneur son père ni d'aucun être qui lui rappelât son enfance. *Des retrouvailles aigres et glacées*, songea-t-il.

Le prêtre n'avait pas démonté. « Vous ne restez pas dîner et passer la nuit, Oncle ?

– T'amener, tels étaient mes ordres. Te voilà amené. Je retourne aux affaires de notre dieu. » Il tourna bride sur ces mots et, lentement, passa sous les pointes boueuses de la herse.

Pliée en deux et fagotée dans une espèce de sac gris l'aborda de biais une vieille. « Je suis chargée de vous montrer vos appartements, m'sire.

– Par qui ?

– Par m'seigneur votre père, m'sire. »

Il retira ses gants. « Ainsi, tu sais qui je suis, *toi*. Pourquoi mon père n'est-il pas venu m'accueillir ?

– Il vous attend dans la tour de la Mer, m'sire. Quand vous serez un peu reposé de votre voyage. »

Et je trouvais Ned Stark froid. « Et qui es-tu, toi ?

– Helya. Je tiens le château pour m'seigneur votre père.

– Mais Sylas était l'intendant, ici. On l'appelait Aigrebec. » Il se rappelait fort bien l'haleine vineuse du vieil homme.

« Mort y a cinq ans, m'sire.

– Et mestre Qalen, où est-il ?

– Il dort dans la mer. C'est Wendamyr qui s'occupe des corbeaux, maintenant. »

Exactement comme si j'étais un étranger, se dit-il. *Rien n'a changé, et tout a changé néanmoins*. « Conduis-moi à mes appartements, femme », commanda-t-il. Sur une courbette roide, elle lui fit traverser la braie vers le pont. Ce dernier du moins était conforme à ses souvenirs ; les vieilles pierres luisantes d'embruns et maculées de lichens ; la mer écumant là-dessous comme une énorme bête sauvage ; le vent salé qui s'en prenait aux vêtements.

Chaque fois qu'il s'était figuré son retour, il s'était invariablement vu franchissant le seuil de la chambre douillette où il dormait, enfant, dans la tour de la Mer. Or, la vieille le mena au donjon Sanglant dont, sans être ni moins froides ni moins humides, les pièces étaient plus vastes et mieux meublées. Il s'y vit attribuer une suite glaciale aux plafonds si hauts qu'ils se perdaient dans la pénombre. Elle l'eût davantage séduit, peut-être, s'il n'avait su qu'il s'agissait précisément de celle à qui la tour devait son nom. Mille ans plus tôt, les fils du roi de la Rivière y avaient été assassinés, débités dans leur lit en mille morceaux, ce qui était plus pratique pour les réexpédier à leur père, dans le Conflans.

Mais on n'assassinait pas les Greyjoy, à Pyk. Ce n'était arrivé qu'une seule fois – entre frères – depuis des éternités, et les frères de Theon étaient morts tous deux. Ce n'était pas la peur des fantômes qui motivait son regard écœuré. Les tentures des murs étaient vertes de moisissure, le matelas effondré puait le chanci, et la jonchée vétuste l'aigre. On n'avait pas ouvert ces pièces depuis des années. L'humidité vous pénétrait jusqu'au fond des os. « Un baquet d'eau chaude et du feu dans cette cheminée, dit-il à la vieille. Fais disposer des braseros dans les autres pièces pour en chasser un peu le froid. Et, bonté divine, envoie-moi dare-dare quelqu'un me changer ces joncs !

– Oui, m'sire. Votre servante. » Elle fila.

Pas mal de temps s'écoula avant que n'arrive l'eau chaude – tiède, bientôt froide, et de mer, par-dessus le marché ; du moins lui permit-elle de se débarbouiller les mains, le visage, et de décrasser ses cheveux. Pendant que deux serfs allumaient les braseros, Theon retira ses vêtements de voyage et, pour aller retrouver son père, choisit des chausses en laine d'agneau moelleuse gris-argent, des bottes souples de cuir noir et un doublet de velours noir brodé de la seiche d'or Greyjoy. Il s'entoura le col d'une fine chaîne d'or, la taille d'une ceinture de cuir blanc où il enfila d'un côté un poignard, de l'autre une rapière, tous deux en fourreaux rayés noir et or. Après avoir éprouvé le fil du poignard sur son pouce, il tira de son aumônière une pierre à aiguiser et, en un tournemain, le peaufina. L'acuité permanente de ses armes faisait son orgueil. « Qu'à mon retour je trouve la chambre chaude et jonchée de frais », prévint-il les serfs tout en se gantant de soie noire délicatement brochée d'arabesques d'or.

Il regagna le Grand Donjon par une galerie couverte où l'écho de ses pas sur la pierre se mêlait à la rumeur incessante de la mer, dessous. Pour se rendre à la tour de la Mer, juchée sur son pilier difforme, il fallait encore franchir trois autres ponts, chacun plus étroit que le précédent. Le dernier n'était qu'une passerelle de câbles et de bois que le vent saturé d'embruns faisait se tortiller sous le pied comme un organisme vivant. A mi-parcours, Theon fut pris de haut-le-cœur. Du fond de l'abîme où elles s'écrasaient contre le rocher, les vagues projetaient des panaches d'écume vertigineux. Enfant, même au plus noir de la nuit, c'est en courant qu'il traversait. *Les gamins se croient invulnérables*, lui souffla son désarroi. *Les hommes faits savent davantage à quoi s'en tenir.*

Bardée de fer, la porte de bois gris se révéla barrée de l'intérieur. Il se mit à la marteler du poing et poussa un juron lorsqu'une écharde érailla son gant. Le bois était humide et moisi, rouillé le fer de ses renforts.

Au bout d'un moment, un garde ouvrit, corseté dans un pectoral de plates en fer noir et coiffé d'un bassinet. « C'est vous, le fils ?

– Hors de ma route, ou je t'apprendrai qui je suis. » L'homme s'écarta. Theon gravit l'escalier tournant qui menait à la loggia. Assis près d'un brasero, le seigneur et maître des îles de Fer portait une robe en peau de phoque qui l'enveloppait des pieds au menton dans une odeur de renfermé. Le bruit des bottes lui fit lever les yeux sur son dernier fils vivant. Il était plus petit que ne se rappelait Theon. Et si décharné. Certes, il n'avait jamais été gras, mais on eût dit à présent que les dieux l'avaient plongé dans un chaudron et fait bouillir pour lui retirer la moindre once de viande et ne lui laisser que les os, la peau et le poil. D'os maigre et d'os dur il était, et sa figure aurait pu être aussi bien taillée dans le silex. De silex étaient également ses yeux, durs et acérés, mais les vents saumâtres et les ans avaient donné à sa chevelure le gris moucheté de blanc des mers hivernales. Laissée flottante, elle lui pendait jusqu'au bas des reins.

« Neuf ans, c'est ça ? dit-il enfin.

– Dix, répondit Theon en retirant ses gants éraflés.

– Ils ont pris un gosse, reprit lord Balon. Qu'es-tu maintenant ?

– Un homme. Votre sang et votre héritier. »

Son père grogna. « Nous verrons.

– Vous verrez, promit Theon.

– Dix ans, dis-tu. Stark t'a eu aussi longtemps que moi. Et voilà que tu m'arrives comme son émissaire.

– Pas le sien, rectifia-t-il. Lord Eddard est mort, décapité par la reine Lannister.

– Ils sont morts tous les deux, Stark et ce Robert qui m'a démantelé mes murs avec ses catapultes. Je m'étais juré de vivre assez pour les voir au tombeau, c'est fait. » Il grimaça. « Mais mes articulations souffrent autant du froid et de l'humidité que lorsqu'ils étaient en vie. Alors, à quoi cela sert-il ?

– Cela sert. » Theon se rapprocha. « J'apporte une lettre…

– C'est Ned Stark qui t'habillait de cette façon ? coupa son père en louchant de dessous sa robe. Ça lui plaisait, de t'accoutrer de velours et de soie et de faire de toi sa fille mignonnette ? »

Theon sentit s'empourprer son visage. « Je ne suis la fille de personne. Si vous n'aimez pas ma tenue, j'en changerai.

– Changes-en. » Rejetant ses pelures, lord Balon se mit poussivement sur pied. Vraiment moins grand que ne se rappelait Theon. « Cette babiole, autour de ton cou… – c'est de l'or ou du fer qui l'a achetée ? »

Theon toucha sa chaîne d'or. Il avait oublié. *Cela faisait si longtemps…* L'Antique Voie permettait à la femme de se parer de bijoux payés en espèces, mais elle interdisait au guerrier d'en porter d'autres que ceux dont il dépouillait les ennemis tués de sa propre main. Cela s'appelait *payer le fer-prix.*

« Tu rougis comme une pucelle, Theon. Je t'ai posé une question. Est-ce au prix de l'or que tu l'as payée, ou au fer-prix ?

– De l'or », avoua-t-il.

Son père glissa les doigts sous le collier et tira dessus d'une secousse si violente que, n'eût celui-ci cédé le premier, la tête de Theon volait de ses épaules. « Ma fille a pris pour amant une hache d'armes, reprit-il. Je ne laisserai pas mon fils s'attifer comme une putain. » Il jeta la chaîne brisée dans le brasero. Elle s'y coula parmi les charbons. « Juste ce que je craignais. Les pays verts t'ont efféminé, et les Stark fait leur.

– Vous vous trompez. Ned Stark était mon geôlier, mais mon sang demeure de fer et de sel. »

Lord Balon se détourna pour chauffer ses mains osseuses au-dessus du brasero. « N'empêche que le chiot Stark t'envoie, comme un corbeau bien dressé, m'apporter son petit message.

– Il n'y a rien de petit dans la lettre que j'apporte, protesta Theon, et l'offre qu'il fait, c'est moi qui la lui ai soufflée.

– Parce que ce loup de roi tient compte de tes conseils, n'est-ce pas ? » L'idée sembla divertir lord Balon.

« Il m'écoute, oui. J'ai chassé avec lui, je me suis entraîné avec lui, j'ai partagé le pain et le sel avec lui, j'ai guerroyé à ses côtés. J'ai gagné sa confiance. Il me considère comme un frère aîné, il…

– *Pas de ça !* » Son père lui brandit son index sous le nez. « Pas ici, pas à Pyk, pas à portée de mon oreille, non, tu ne vas pas l'appeler *frère*, ce fils de l'homme qui a passé tes propres frères au fil de l'épée ! Aurais-tu oublié Rodrik et Moron ? Eux étaient ton propre sang !

– Je n'oublie rien. » Ned Stark n'avait tué aucun de ses frères, à la vérité. Rodrik était tombé sous les coups de Jason Mallister à Salvemer, Moron avait péri écrasé lors de l'effondrement de la tour du sud..., mais Stark s'en *serait* aussi bien chargé si la marée des combats ne les avait d'aventure tous deux balayés d'abord. « Je me rappelle fort bien mes frères », insista-t-il. Notamment les taloches de cet ivrogne de Rodrik et, de Moron, les blagues cruelles et les mensonges incessants. « Et je me rappelle aussi l'époque où mon père était roi. » Il exhiba la lettre de Robb, la tendit. « Voici. Lisez..., Sire. »

Lord Balon rompit le sceau, déroula le parchemin. Ses yeux noirs papillonnèrent des allers-retours. « Alors, comme ça, le gamin me rendrait ma couronne, dit-il, sous la simple réserve que j'anéantisse ses ennemis. » Ses lèvres se tordirent en une sorte de sourire.

« Robb se trouve pour l'heure à la Dent d'Or, expliqua Theon. Une fois que la place sera tombée, le franchissement des cols ne prendra qu'un jour. L'armée de lord Tywin campe à Harrenhal, coupée de ses communications avec l'ouest. Le Régicide est prisonnier à Vivesaigues. Dans sa marche, Robb ne rencontrera d'autre obstacle que les troupes de bleus levées à la hâte par ser Stafford Lannister. Celuici cherchera à l'intercepter avant qu'il n'atteigne Port-Lannis. Ce qui revient à dire que la ville se retrouvera sans défenseurs quand nous l'attaquerons par mer. Avec l'aide des dieux, Castral Roc lui-même pourrait tomber entre nos mains avant que les Lannister ne se doutent seulement que nous fondons sur eux. »

Lord Balon grogna. « Castral Roc n'a jamais été pris.

– Jusqu'à nos jours. » Theon sourit. *Et quel régal ce sera.*

Son père ne lui rendit pas son sourire. « Voilà donc pourquoi Robb Stark me restitue mon fils après tant d'années ? Pour que mon fils me fasse adhérer à son plan ?

– C'est mon plan, non le sien », se rengorgea Theon. *Le mien, tout comme miennes seront la victoire et, le moment venu, la couronne.* « Je conduirai moi-même les opérations, s'il vous agrée. Je vous prierai de m'en récompenser en m'accordant pour résidence Castral Roc, dès que nous en aurons dépossédé les Lannister. » Du même coup tomberaient dans son escarcelle Port-Lannis et les pays dorés de l'ouest. Et, par là, jamais la maison Greyjoy n'aurait connu pareille opulence ni pareille puissance.

« Tu te récompenses assez joliment, pour quelques gribouillages et une hypothèse en l'air. » Lord Balon relut la lettre. « Le chiot ne pipe mot de récompense, lui. Seulement que tu parles en son nom, que je dois écouter, lui donner mes voiles et mes épées, qu'en retour il me donnera une couronne. » Il reporta sur son fils ses prunelles de silex. « Il me *donnera* une couronne, répéta-t-il d'un ton où perçait l'exaspération.

– Un mot maladroit, peut-être, mais dont le sens…

– Dont le sens est parfaitement explicite. Le gamin me *donnera* une couronne. Et ce qui se donne peut être repris. » La lettre rejoignit la chaîne d'or dans le brasero. Elle ondula, noircit, s'enflamma.

Theon en fut atterré. « Etes-vous devenu fou ? »

D'un revers de main cuisant, son père le souffleta. « Surveille ta langue. Tu n'es plus à Winterfell, et je ne suis pas Robb le Gamin pour que tu oses parler de la sorte. Je suis le Greyjoy, lord Ravage de Pyk, roi du Sel et du Roc, fils du Vent de mer, et personne ne me donne de couronne. Je paie le fer-prix. Ma couronne, je la *prendrai*, comme le fit Urron Mainrouge voilà cinq mille ans. »

Theon recula, hors de portée de la fureur qui faisait vibrer la voix de son père. « Alors, prenez-la, cracha-t-il, la joue lui piquant encore. Appelez-vous roi des îles de Fer, nul n'en aura cure… jusqu'à ce que, les hostilités terminées, le vainqueur jette un regard circulaire et aperçoive le vieux bouffon juché sur sa grève et couronné de fer. »

Lord Balon se mit à rire. « Eh bien, du moins n'es-tu pas couard ! Pas plus que je ne suis bouffon. Dans quel but t'imagines-tu que je concentre mes bateaux ? Pour les regarder danser sur leurs ancres ? J'entends me tailler un royaume par le fer et par le feu…, mais pas dans l'ouest, et pas sur ordre du roi Robb le Gamin. Castral Roc est trop fort, et lord Tywin deux fois trop futé. Ouais, nous pourrions prendre Port-Lannis, mais nous ne pourrions le garder. Non. J'ai faim d'une tout autre prune…, pas si sucrée ni si juteuse, assurément, mais qui pend mûre sur la branche, mûre et sans défense. »

Où ? faillit étourdiment demander Theon. Mais il connaissait la réponse.

DAENERYS

Les Dothrakis nommaient la comète *shierak qiya*, l'Etoile sanglante. Les vieux ronchonnaient qu'elle était un présage funeste mais, pour l'avoir vue paraître la nuit même où le bûcher de Khal Drogo avait réveillé les dragons, Daenerys Targaryen s'émerveillait en son cœur de la contempler au firmament. *C'est le héraut proclamant ma venue*, se dit-elle, *les dieux l'ont envoyée pour me montrer la voie.*

Mais à peine eut-elle formulé cette pensée que Doreah gémit, défaillante : « De ce côté sont les pays rouges, *Khaleesi.* Un lieu terrible et sinistre, disent les cavaliers.

– La voie qu'indique la comète est la voie que nous devons suivre », affirma-t-elle, d'autant plus péremptoire qu'à la vérité… toute autre lui était fermée.

Elle n'osait, au nord, s'engager sur l'océan d'herbe de la mer Dothrak. Le premier *khalasar* venu ne ferait qu'une bouchée de sa maigre troupe de loqueteux, tuerait les guerriers et réduirait les autres en esclavage. Au sud du fleuve, les terres des Agnelets ne leur étaient pas moins interdites. Ils étaient trop peu nombreux pour se défendre même contre un peuple aussi pacifique, lequel n'avait cependant guère motif de les aimer. Quant à descendre le courant jusqu'aux ports de Meeren, Yukai et Astapor, c'est, à en croire Rakharo, ce que faisaient déjà Pono et son *khalasar*, poussant devant eux les milliers de captifs qu'ils comptaient vendre dans les innombrables comptoirs de traite qui, comme autant de pustules, infestaient le pourtour de la baie des Esclaves. « Et qu'aurais-je à craindre de Pono ? s'était étonnée Daenerys. Il était le *ko* de Drogo et me parlait si gentiment…

– Ko Pono vous parlait peut-être gentiment, répliqua ser Jorah Mormont, Khal Pono vous tuerait. Il a été le premier à abandonner

Drogo. Dix mille guerriers l'ont suivi. Vous n'en avez qu'une centaine. »

Non, songea-t-elle. *J'en ai quatre. Les autres ne sont que des femmes, des vieillards malades et des bambins dont on n'a toujours pas tressé la chevelure.* « J'ai les dragons, objecta-t-elle.

– Des poussins, riposta ser Jorah. Une simple taloche d'*arakh* les anéantirait, encore que Pono soit plutôt du genre à se les adjuger. Vos œufs de dragon étaient plus précieux que des rubis, mais un dragon vivant, voilà qui est inestimable. Il n'y en a que trois au monde. Quiconque les verra les voudra, ma reine.

– Ils sont à *moi* », dit-elle d'un ton farouche. Ils étaient nés de sa foi et de son dénuement, venus au monde par la mort de son mari, de son fils avorté et de la *maegi* Mirri Maz Duur. Elle avait marché dans les flammes au-devant d'eux, et ils avaient bu son lait. « Moi vivante, personne ne me les prendra.

– Vous ne vivrez pas longtemps si vous rencontrez Khal Pono. Ou Khal Jhaqo, ou aucun des autres. Il vous faut aller où ils ne vont pas. »

Elle l'avait nommé premier de sa Garde Régine..., et puisque le conseil bourru qu'il lui donnait concordait avec les présages, sa voie était toute tracée. Les flammes ayant entièrement brûlé sa chevelure, ses femmes l'enveloppèrent dans la fourrure du lion blanc naguère tué par Drogo. Le mufle effrayant du fauve s'ajustait comme un capuchon sur son crâne nu, et sa peau lui drapait les épaules et, tel un manteau, flottait dans son dos. Enroulant sa queue autour de son bras, le dragon crème planta ses griffes noires acérées dans la crinière du *hrakkar*. Alors, elle enfourcha l'argenté et, tandis que ser Jorah venait occuper sa place ordinaire à ses côtés, convoqua le *khalasar*.

« Nous suivons la comète », annonça-t-elle sans susciter la moindre espèce de protestation. Tous s'étaient donnés à elle comme auparavant à Drogo. Ils l'appelaient tantôt *l'Imbrûlée*, tantôt *la Mère des Dragons*, et sa parole était leur loi.

Chevauchant de nuit, on s'abritait tant bien que mal du soleil, le jour, en se réfugiant sous les tentes. La véracité de Doreah, Daenerys ne l'avait reconnue que trop tôt. Ces parages n'étaient pas des plus hospitaliers. Sa progression y traçait un sillage de chevaux morts ou mourants, car Pono, Jhaqo et les autres s'étaient emparés des plus belles bêtes, ne lui abandonnant que les fourbues, boiteuses, étiques, mal en point, rétives ou débiles. Et de même en allait-il des gens. *Je dois d'autant plus leur tenir lieu de force*, se disait-elle, *qu'ils en sont plus dépourvus. Je ne dois montrer ni peur ni faiblesse ni doute. Si pantelant que soit mon cœur, ils ne doivent lire sur mon visage qu'intrépidité, voir en moi que l'épouse de Drogo, leur reine.* Elle se sentait plus mûre que ses quatorze ans. Si tant est qu'elle eût jamais été une simple fillette, révolue, cette époque-là.

A peine avait-on marché trois jours que le premier homme mourut. Un vieillard édenté, aux prunelles bleuâtres, qui tomba de selle, trop épuisé pour se relever. Au bout d'une heure, les mouches-à-sang qui grouillaient sur lui dénoncèrent sa male chance aux vivants. « Il avait dépassé son temps, commenta Irri. Personne ne devrait vivre plus que ses dents. » L'assistance acquiesça. Daenerys ordonna d'abattre le plus moribond des chevaux mourants pour servir de monture au mort jusqu'aux contrées nocturnes.

Deux nuits plus tard, c'est une toute petite fille qui succomba. Vainement retentirent toute la journée les lamentations de la mère. Morte trop jeune pour avoir monté, pauvrette, l'enfant ne pouvait accéder aux noirs pâturages infinis des contrées nocturnes ; il lui faudrait à nouveau naître pour cela.

Le fourrage était rare, dans le désert rouge, et plus rare encore l'eau. On ne voyait jusqu'à l'horizon que vagues collines arides et désolées, plaines stériles et battues des vents. Le lit des rivières que l'on traversait avait l'aspect sec de squelettes humains. Les montures ne subsistaient vaille que vaille qu'en grignotant les maigres touffes brunes et rêches d'herbe-au-diable qui végétaient au pied des arbres morts et des rochers. Daenerys eut beau envoyer des éclaireurs en exploration, ils ne découvrirent ni puits ni sources, uniquement des mares saumâtres et stagnantes, des flaques plutôt, que rétrécissait sans cesse l'ardeur du soleil. Et plus on s'enfonçait dans le désert, plus elles s'amenuisaient, plus s'accroissait la distance de l'une à l'autre. S'il y avait des dieux, dans cette désolation vierge de pierre et de sable et d'argile rouges, c'étaient des dieux secs et durs et sourds aux prières de pluie.

Le vin manqua le premier, puis le lait caillé de jument que les seigneurs du cheval préféraient même à l'hydromel. Puis les réserves de galettes d'orge et de viande séchée s'épuisèrent à leur tour. Les chasseurs ne trouvant aucun gibier, seule la viande des chevaux crevés servit à garnir les ventres. La mort suivait la mort. Enfants faiblards, vieillardes ratatinées, crétins, malades, écervelés, tous les revendiquait le pays féroce. Doreah se décharna, l'œil cave, et l'or soyeux de sa chevelure s'effritait comme de la paille.

Daenerys avait aussi soif et faim que ses compagnons. Son lait se tarit, ses tétons se craquelèrent au sang, sa chair s'évapora si bien de jour en jour qu'elle finit par devenir aussi maigre et dure qu'un bâton, mais c'est à ses dragons qu'allaient toutes ses craintes. Son père avait été tué avant qu'elle ne naisse, et son splendide frère, Rhaegar, aussi. Sa mère était morte en lui donnant le jour, tandis que tout autour le typhon faisait rage. Le noble ser Willem Darry qui devait, à sa manière, l'aimer de son mieux, lui avait été ravi, miné par son mal, quand elle était encore toute jeune. Et les dieux lui avaient encore ôté coup sur coup Viserys, son frère, et le soleil étoilé de sa vie, Khal Drogo, tous, tous, et même son fils avorté. *Ils n'auront pas mes dragons*, jura-t-elle. *Ils ne les auront pas.*

Ses dragons n'étaient pas plus grands que les matous étiques qu'elle voyait autrefois rôder le long des murs de maître Illyrio, à Pentos, non, pas plus grands..., tant qu'ils ne déployaient pas leurs ailes. L'envergure de ces dernières était trois fois supérieure à la longueur totale du corps, et chacune se présentait comme un éventail exquis de peau translucide aux coloris somptueux tendue sur une fine membrure d'os. Un examen attentif révélait qu'ils étaient pour l'essentiel col, queue et ailes. *De si petites choses*, se disait-elle, tout en les nourrissant à la main. En tentant, du moins, car ils refusaient de manger. Ils sifflaient, crachaient, dès que s'approchait un morceau saignant de viande de cheval, leurs narines lançaient des jets de vapeur, mais ils refusaient de prendre la nourriture... – et, tout à coup, elle se souvint de ce que lui avait dit Viserys des années plus tôt.

Seuls les dragons mangent comme les hommes la viande cuite.

Et, de fait, aussitôt que ses femmes l'eurent quasiment carbonisée, ils l'engloutirent avec voracité, ondulant de la tête comme des serpents. Du moment que la viande ne saignait pas, ils en ingurgitaient plusieurs fois par jour l'équivalent de leur propre poids, si bien qu'ils commencèrent enfin à grandir et à prendre des forces. Ils émerveillaient Daenerys par le moelleux de leurs écailles et la *chaleur* qu'ils dégageaient, une chaleur si intense que, par les nuits froides, leur corps tout entier paraissait fumer.

Avant que ne s'ébranle, au crépuscule, le *khalasar*, elle élisait l'un d'eux pour compagnon de route et, tandis qu'il se lovait sur son épaule, les deux autres prenaient place dans une cage de bois tressé qu'Irri et Jhiqui transportaient suspendue entre leurs montures et d'où ils pouvaient en permanence, juste devant eux, voir leur maîtresse, faute de quoi ils ne connaissaient pas de repos.

« Les dragons d'Aegon portaient les noms des dieux de l'antique Valyria, confia-t-elle à ses sang-coureurs au terme d'une longue chevauchée nocturne. Visenya montait Vhagar, Rhaenys Meraxès, Aegon Balerion, la Terreur noire. On raconte que l'ardeur du souffle de Vhagar était susceptible de faire fondre une armure de chevalier et d'en cuire le porteur, que Meraxès gobait les chevaux comme un rien, que Balerion... vomissait des flammes aussi noires que ses écailles, et que telle était l'ampleur de ses ailes qu'il lui suffisait de survoler une ville pour que celle-ci se retrouvât tout entière plongée dans l'ombre. »

L'aspect des poussins mettait les Dothrakis mal à l'aise. D'un noir étincelant, le plus gros des trois avait les écailles flammées de la vive écarlate qui lui peignait ailes et cornes. « *Khaleesi*, murmura Aggo, c'est Balerion ressuscité.

– Tu dis peut-être vrai, sang de mon sang, opina-t-elle d'un ton grave, mais il lui faut un nom nouveau pour sa nouvelle existence. J'entends les baptiser tous d'après les êtres que m'ont enlevés les dieux. Le vert s'appellera Rhaegal, en souvenir de mon vaillant frère mort sur les bords verdoyants du Trident. Le crème-et-or, je le baptise Viserion. Tout cruel et mauviette et froussard qu'il était, Viserys n'en demeurait pas moins mon frère. Son dragon accomplira ce dont lui-même était incapable.

– Et le noir ? s'enquit ser Jorah.

– Le noir, dit-elle, est Drogon. »

Or, si prospéraient ses dragons, son *khalasar*, lui, s'amenuisait et se mourait. Le paysage se faisait, autour, de plus en plus désolé. Il n'était jusqu'à l'herbe-au-diable qui ne se raréfiât ; tant de carcasses de chevaux jonchaient les traces de la colonne que déjà certains en étaient réduits à la suivre à pied. L'état de Doreah, minée par la fièvre, ne cessait d'empirer. Des gerçures sanguinolentes lui crevassaient les lèvres et les mains, ses cheveux tombaient à poignées et, un soir, elle n'eut plus même la force d'enfourcher sa bête. Jhogo parla de l'abandonner ou de l'attacher à sa selle mais, en mémoire de la nuit où, sur la mer Dothrak, la jeune fille lui avait enseigné l'art de se faire aimer mieux de Drogo, Daenerys refusa. Elle lui fit boire l'eau de sa propre gourde, bassina son front d'un linge humide et lui tint la main jusqu'à son dernier souffle avant de permettre qu'on reprît la marche.

Comme ne s'apercevait aucun indice que personne eût passé par là, les Dothrakis se mirent à chuchoter, terrifiés, que la comète les menait en enfer. Un matin qu'on dressait le camp parmi un chaos de roches noires érodées par le vent, Daenerys s'en fut consulter ser Jorah. « Nous sommes-nous égarés ? demanda-t-elle. Ou bien ce désert n'a-t-il pas de fin ?

– Il en a une, répondit-il d'un ton accablé. J'ai vu les cartes dessinées par les négociants. Peu de caravanes empruntent cette voie, certes, mais il y a de grands royaumes à l'est, et des cités pleines de merveilles. Yi Ti, Qarth, Asshai-lès-l'Ombre…

– Vivrons-nous assez pour les voir ?

– Je ne vais pas vous mentir. La rudesse de ces contrées-ci dépasse mes prévisions. »

Son teint gris trahissait qu'il n'en pouvait plus. Depuis le soir où il s'était battu contre les sang-coureurs de Drogo, la plaie de sa hanche ne s'était jamais vraiment refermée ; elle lui arrachait une grimace quand il enfourchait son cheval et lui donnait en selle une allure désarticulée. « Persévérer nous condamne peut-être…, mais retourner sur nos pas nous condamne à coup sûr. »

Elle lui effleura la joue d'un baiser. Le voir sourire la réconforta. *Je dois me montrer forte également pour lui*, se morigéna-t-elle. *Tout chevalier qu'il est, le sang du dragon, c'est moi.*

L'eau de la mare suivante était quasiment bouillante et puait le soufre, mais celle des gourdes touchant à sa fin, les Dothrakis en remplirent des jarres et des pots de terre où elle se rafraîchit – s'attiédit, du moins –, sans que son goût devînt certes moins infect, mais toujours était-ce de l'eau, et tous avaient soif. Daenerys scrutait l'horizon avec désespoir. Un tiers de sa troupe avait déjà péri, et le désert se poursuivait à l'infini, morne et rouge. *Elle se joue de mes illusions*, se dit-elle en levant les yeux vers le point du ciel qu'écorchait la comète. *N'aurai-je traversé la moitié du monde et vu renaître les dragons que pour succomber avec eux dans cet épouvantable désert torride ?* Elle refusait de le croire.

Le lendemain, l'aube les surprit au moment où ils traversaient une plaine rouge à la croûte crevassée, fissurée, et Daenerys était sur le point d'ordonner la halte quand ses éclaireurs revinrent au triple galop. « Une ville, *Khaleesi* ! crièrent-ils. Une ville pâle comme la lune et gracieuse comme une adolescente. A une heure de route au plus.

– Guidez-moi », dit-elle.

Lorsque la ville s'offrit à ses regards, avec la blancheur de ses murs et de ses tours comme dépolie par un voile de chaleur, elle lui parut trop belle pour être autre chose qu'un mirage. « De quelle cité s'agit-il ? demanda-t-elle à Mormont. En avez-vous une idée ? »

Il secoua lentement la tête. « Non, ma reine. Jamais je ne me suis tant aventuré à l'est. »

Dans le lointain, les murailles blanches promettaient si bien repos et sécurité, convalescence et retour des forces que Daenerys n'aspirait à rien tant qu'à se précipiter vers elles. Elle se contenta néanmoins de dire à ses sang-coureurs : « Sang de mon sang, prenez les devants et tâchez d'apprendre quelle est cette ville et quel accueil elle nous réserve.

– *Ai, Khaleesi* », dit Aggo.

Ils ne tardèrent pas à revenir, et Rakharo ne fit qu'un bond de sa selle à terre. A sa ceinture alourdie de médaillons pendait le grand *arakh* courbe que Daenerys lui avait offert avec la dignité de sang-coureur. « C'est une ville morte, *Khaleesi*. Nous l'avons trouvée sans nom ni dieux, portes fracassées, rues abandonnées aux mouches et au vent. »

Jhiqui frissonna. « Quand les dieux sont partis, les mauvais fantômes festoient la nuit. On fait mieux d'éviter ce genre de lieux. C'est connu.

– C'est connu, confirma Irri.

– Pas de moi. » Eperonnant sa monture, Daenerys ouvrit la route et franchit au petit trot l'arche brisée d'une ancienne porte, descendit une rue muette. Ser Jorah et les sang-coureurs suivirent et, plus mollement, le restant de la troupe.

Depuis combien de temps la ville avait été désertée, impossible à dire, hormis que, vus de près, ses remparts blancs, si beaux de loin, se révélaient lézardés, croulants. Ils renfermaient un dédale de venelles sinueuses que bordaient, quasi nez à nez, des façades blanches, d'un blanc crayeux, dépourvues de fenêtres. Partout régnait sans partage le blanc, comme si les anciens habitants avaient ignoré la couleur. De-ci de-là ne demeuraient des maisons effondrées que monceaux de décombres écrasés de soleil, ailleurs se discernaient de vagues traces d'incendie. Au carrefour de six ruelles se dressait un socle de marbre vacant. S'il fallait imputer pareil abandon à quelque incursion lointaine des Dothrakis, la statue absente figurait peut-être, à présent, parmi les dieux volés de Vaes Dothrak. Daenerys l'aurait dès lors côtoyée des centaines de fois sans se douter de sa provenance. Sur son épaule, Viserion ne cessait de *siffler*.

Ils établirent leur camp sur une place battue des vents que surplombait la carcasse vide d'un palais, et entre les pavés de laquelle foisonnait l'herbe-au-diable. Daenerys envoya les hommes en exploration. Certains manifestèrent leur répugnance, mais tous finirent par obtempérer. Peu après reparut un vieillard cousu de cicatrices qui, tout épanoui, rapportait en cabriolant des brassées de figues. Des figues ridées, minuscules, mais sur lesquelles les affamés se ruèrent voracement, jouant des coudes et se bousculant pour en enfourner une et, les joues gonflées, la mastiquer d'un air béat.

D'autres revinrent leur vanter la trouvaille d'arbres fruitiers dissimulés derrière des portes closes en des jardins secrets. Aggo mena Daenerys dans une cour envahie par une treille exubérante qui portait de menues grappes vertes. Jhogo découvrit un puits d'eau pure et glacée. Mais partout gisaient aussi les crânes et les ossements blanchis, fracassés de victimes sans sépulture. « Spectres, maugréa Irri. Terribles spectres. Il ne faut pas rester ici, *Khaleesi*, leur domaine.

– Je ne crains pas les spectres. Les dragons sont plus puissants que les spectres. » *Et les figues m'importent davantage.* « Va plutôt me chercher avec Jhiqui du sable propre pour mon bain, et cesse de m'importuner avec ces niaiseries. »

Et, là-dessus, tout en faisant griller de la viande de cheval sur le brasero, dans l'ombre fraîche de sa tente, elle se mit à réfléchir aux décisions qu'il convenait de prendre. Ces lieux fournissaient suffisamment de nourriture et d'eau pour sustenter ses gens, suffisamment d'herbe pour permettre aux bêtes de se refaire. Quel plaisir ce serait que de s'éveiller chaque jour au même endroit, de flâner parmi des jardins ombreux, de déguster des figues, boire frais, séjourner là aussi longtemps qu'elle le souhaiterait…

Irri et Jhiqui de retour avec leurs vases emplis de sable blanc, elle se dévêtit et s'abandonna entre leurs mains. « Vos cheveux repoussent,

Khaleesi », dit Jhiqui tout en lui étrillant le dos. Daenerys porta les doigts sur son crâne et constata le fait. *Ne devrais-je pas les laisser croître à la façon des guerriers dothrakis, les natter, les huiler dorénavant, comme eux, sans jamais les couper qu'en cas de défaite, afin de rappeler à tous que je suis désormais la dépositaire de l'énergie de Drogo ?*

A l'autre bout de la tente, Rhaegal déploya ses ailes vertes et, à force d'en battre, décolla d'un demi-pied avant de retomber, pataud, sur le tapis, la queue fouettante de colère, puis dressa la tête et se mit à piauler. *Que n'ai-je des ailes pour voler aussi*, songea-t-elle. Par le passé, les Targaryens guerroyaient montés sur leurs dragons. Elle tenta de se figurer quelle impression l'on éprouvait à s'élever au plus haut des airs à califourchon sur leur nuque. *Celle de se tenir sur la cime d'une montagne, mais en plus grisant. L'univers entier se déroulerait à mes pieds. Et si je m'élevais suffisamment haut, j'apercevrais jusqu'aux Sept Couronnes, et je n'aurais qu'à tendre la main pour toucher la comète.*

Irri la tira brusquement de sa rêverie en lui annonçant que ser Jorah Mormont se trouvait dehors, n'attendant que son bon plaisir. « Fais-le entrer », commanda-t-elle, la peau cuisante encore du décapage, avant de se draper dans la fourrure du lion blanc qui, bien plus grande qu'elle, couvrait facilement tout ce qui devait l'être.

« Je vous apporte une pêche », dit-il en s'agenouillant. Le fruit était si petit qu'elle pouvait presque l'enfermer dans sa paume, et blet au surplus, mais il se révéla si sucré lorsqu'elle y planta ses dents qu'elle en eut presque les larmes aux yeux. Aussi le dégusta-t-elle à petites bouchées, pendant que Mormont lui parlait de l'arbre où il l'avait cueilli, dans un jardin proche du mur ouest.

« Des fruits, de l'eau, de l'ombre, dit-elle, les lèvres empoissées de jus. Les dieux ont été bons de nous conduire ici.

– Nous devrions nous y reposer le temps de restaurer nos forces, enchaîna-t-il. Les terres rouges sont impitoyables aux faibles.

– Mes femmes prétendent la ville infestée de spectres.

– Ils ne sont pas plus nombreux ici qu'ailleurs, objecta-t-il doucement. Nous les emmenons partout avec nous. »

Oui, pensa-t-elle. *Viserys, Khal Drogo, mon fils Rhaego m'accompagnent en permanence.* « Dites-moi donc le nom de votre propre spectre, Jorah. Vous savez tout des miens, vous. »

Son visage se pétrifia. « Elle se nommait Lynce.

– Votre femme ?

– Ma seconde femme. »

Il lui est douloureux d'en parler, s'aperçut-elle, mais le désir de connaître la vérité la fit insister. « N'en voulez-vous rien dire d'autre ? » La peau de lion glissant de l'une de ses épaules, elle la rajusta. « Elle était belle ?

– Très belle. » Les yeux de ser Jorah remontèrent de son épaule vers son visage. « La première fois que je l'entrevis, je la pris pour une déesse descendue parmi les mortels, pour la Jouvencelle elle-même incarnée. D'une naissance très supérieure à la mienne, elle était la dernière fille de lord Leyton Hightower de Villevieille. La petite-nièce du Taureau Blanc qui commandait la Garde de votre père. Bref, issue d'une maison fort ancienne, fort riche et des plus hautaine.

– Et loyale, ajouta Daenerys. Je me rappelle que Viserys citait toujours les Hightower parmi les gens restés fidèles à notre père.

– En effet, convint-il.

– Et vos pères respectifs décidèrent de vous unir ?

– Non. Notre mariage..., mais c'est une longue histoire, Votre Grâce, et navrante. Je crains qu'elle ne vous ennuie.

– Je n'ai rien de mieux à faire, insista-t-elle. Poursuivez, je vous en prie.

– J'obéirai, ma reine. » Il se rembrunit. « Chez moi..., ces détails sont nécessaires pour comprendre la suite. Si belle soit-elle, l'île-aux-Ours se trouve à l'écart de tout. Imaginez de vieux chênes tourmentés, de grands pins, des buissons d'épineux en fleurs, des rochers gris tout barbus de mousse, des torrents glacés cascadant le long de collines abruptes. La demeure de mes ancêtres est bâtie de rondins et entourée d'un remblai de terre. Exception faite de quelques menus fermiers, la population vit le long des côtes et se consacre à la pêche. Et comme nous nous trouvons au septentrion, nos hivers sont plus rigoureux que vous ne pouvez vous le figurer, *Khaleesi*.

« En dépit de cela, l'île m'agréait assez, et je n'y manquais pas de femmes. Avant comme après mon mariage, je puisai parmi les épouses de pêcheurs et les filles de paysans. Mon père m'avait fait épouser, tout jeune, une Glover de Motte-la-Forêt avec qui je vécus peu ou prou dix ans. Elle ne manquait pas, malgré son visage épaté, d'une certaine bonne grâce, et je finis, je crois, par lui vouer une espèce d'affection, bien que le devoir tînt plus de place que la passion dans notre commerce. Trois fausses couches la privèrent de me donner un héritier. La dernière lui fut fatale. Elle y succomba peu après. »

Daenerys lui pressa doucement la main. « J'en suis fâchée pour vous, sincèrement. »

Il hocha la tête. « A l'époque, mon père ayant pris le noir, je me trouvais légitime maître et seigneur de l'île-aux-Ours. Les offres de mariage ne me laissaient que l'embarras du choix quand lord Balon Greyjoy se rebella contre l'Usurpateur, en faveur de qui son ami Ned Stark convoqua le ban de Winterfell. La bataille finale se déroula à Pyk. Après que les pierriers de Robert eurent ouvert la brèche, c'est un prêtre de Myr qui se jeta le premier dans la place, mais je le talonnai d'assez près pour être alors fait chevalier.

« Afin de célébrer sa victoire, Robert fit donner un tournoi sous les remparts de Port-Lannis, et c'est en cette occasion que j'aperçus Lynce. Toute jeunette – elle avait la moitié de mon âge –, elle était venue de Villevieille en compagnie de son père voir jouter ses frères. Je ne parvenais pas à détacher d'elle mes yeux. Dans un accès de démence, je la priai de me laisser porter ses couleurs durant le tournoi, et je m'attendais à essuyer un refus quand, passant même mon rêve, elle y consentit.

« Si je me bats aussi bien que quiconque, *Khaleesi*, je n'ai pourtant jamais été un champion de tournoi. Mais arborer les couleurs de Lynce à mon bras suffit à me métamorphoser. Je remportai joute après joute. Lord Jason Mallister tomba devant moi, ainsi que Yohn Royce le Bronzé. Ser Ryman Frey puis son frère, ser Hosteen, lord Whent le Sanglier, tous, et même ser Boros Blount, de la Garde, je les démontai tour à tour. Lors de la dernière épreuve, je rompis neuf lances indécises contre Jaime Lannister, et le roi Robert m'attribua la palme. Après avoir couronné Lynce reine d'amour et de beauté, j'allai le soir même trouver son père et demandai sa main. J'étais ivre, mais de gloire autant que de vin. Or, tandis que j'aurais dû me voir dédaigneusement repoussé, lord Leyton agréa mes vœux. Nos noces furent célébrées sur place et, durant quinze jours, l'univers ne connut pas d'homme plus heureux que moi.

– Quinze jours seulement ? » s'étonna Daenerys. *Mon propre bonheur lui-même a duré davantage, avec le soleil étoilé de mes jours que fut Drogo.*

« Une quinzaine... Le temps que mit notre bateau pour aller de Port-Lannis à l'île-aux-Ours. Mon chez moi désappointa grièvement Lynce. Il était trop froid, trop humide, trop loin de tout, mon château n'était qu'un hangar de planches. On n'y avait ni fêtes ni bals ni spectacles comiques ou féeriques. Les saisons pouvaient se succéder sans qu'y vînt vous divertir ombre de chanteur, et l'île ne possède point d'orfèvre. Les repas eux-mêmes devinrent une épreuve. Sorti des rôtis et ragoûts, mon cuisinier ne savait pas grand-chose, et Lynce ne tarda guère à se blaser du poisson et de la venaison.

« Ses sourires étant toute mon existence, j'envoyai jusqu'à Villevieille quérir un nouveau chef et ramener un harpiste de Port-Lannis. Orfèvres, joailliers, couturières, rien ne me parut trop beau pour la satisfaire, et rien ne la satisfaisait. Les ours et les arbres abondent dans l'île-aux-Ours, mais elle manque de tout le reste. J'armai un beau navire à bord duquel nous courûmes fêtes et festins, poussant même une fois jusqu'à Braavos, où je m'endettai lourdement chez les usuriers. Et comme j'avais conquis son cœur et sa main par ma victoire lors d'un tournoi, je tournoyai pour lui complaire, mais le charme n'agissait plus. Jamais plus je ne me distinguai, et chacune de mes défaites se soldait par la perte d'un nouveau coursier, d'une nouvelle armure de parade et par l'obligation de les remplacer, bref, par un gouffre de dépenses que je ne pouvais assumer ni combler. Si bien qu'à la fin force nous fut de rentrer chez nous, mais ma situation y devint plus intenable encore que par le passé. Je n'étais plus en mesure d'entretenir le harpiste et le chef, et Lynce m'agonit lorsque je parlai d'engager ses bijoux.

« La suite... Je recourus à des expédients que je rougirais d'avouer. Contre de l'or. Pour permettre à Lynce de conserver ses joyaux, son chef, son harpiste. Et je finis par tout y perdre. En apprenant qu'Eddard Stark marchait sur l'île-aux-Ours, je me trouvais déjà si perdu d'honneur qu'au lieu de rester pour affronter son verdict, je préférai prendre avec Lynce le chemin de l'exil. Hormis notre amour, me disais-je, rien n'importait. Nous nous enfuîmes à Lys, où je vendis mon bateau pour que nous ayons de quoi vivre. »

Le chagrin le suffoqua. Malgré ses scrupules à le presser davantage, Daenerys voulut en avoir le fin mot. « Et c'est là qu'elle mourut ? demanda-t-elle avec sollicitude.

– A moi seulement, répondit-il. Quelques mois suffirent à épuiser mon or, et je fus contraint à m'enrôler comme mercenaire. Profitant de ce que je combattais les gens de Braavos sur la Rhoyne, Lynce alla loger chez un prince négociant nommé Tregar Ormollen. Il paraît qu'elle est devenue sa concubine favorite et fait trembler jusqu'à l'épouse légitime. »

Daenerys frémissait d'horreur. « Vous devez la haïr ?

– Presqu'autant que je l'aime, avoua-t-il. Je vous prie de m'excuser, ma reine. Il se trouve que je me sens éreinté. »

Elle lui permit de se retirer mais, comme il soulevait la portière de la tente, elle ne put s'empêcher de lui poser une dernière question : « Comment était-elle, physiquement, votre lady Lynce ? »

Il sourit tristement. « Eh bien, elle vous ressemblait un peu, Daenerys. » Il s'inclina bien bas. « Dormez bien, ma reine. »

Un frisson la prit. Elle s'emmitoufla plus étroitement dans la peau de lion. *Elle me ressemblait.* Cela lui faisait l'effet d'une brusque illumination. *Il me désire,* songea-t-elle. *Il m'aime comme il l'aimait, non pas comme un chevalier sa reine mais comme un homme une femme.* Elle essaya de s'imaginer dans les bras de ser Jorah, l'embrassant, le faisant jouir, se laissant pénétrer par lui. Cela n'allait pas. Elle ferma les yeux, et l'image de Drogo se substitua à celle de Mormont.

Khal Drogo qui, ayant été le soleil étoilé de sa vie, son premier, serait peut-être son dernier. La *maegi* Mirri Maz Duur le lui avait prédit, elle ne porterait plus d'enfant vivant, et quel homme voudrait d'une épouse stérile ? Puis quel homme pouvait se flatter de rivaliser avec un Khal Drogo, mort sans avoir jamais coupé sa chevelure, et qui maintenant menait à travers les contrées nocturnes et les étoiles son *khalasar* ?

Elle avait perçu dans la voix de ser Jorah la nostalgie que lui inspirait son île-aux-Ours. *Je ne saurais me donner à lui mais, un jour, je lui rendrai sa demeure et son honneur. Cela, je puis le faire en sa faveur.*

Aucun spectre ne vint hanter son sommeil, cette nuit-là. Elle rêva simplement de Drogo et de la première chevauchée qu'elle avait faite en sa compagnie, lors de leur nuit de noces. Et, dans son rêve, ils montaient tous deux non des chevaux mais des dragons.

Le matin venu, elle manda ses trois sang-coureurs. « Sang de mon sang, leur dit-elle, j'ai besoin de vous. Que chacun de vous prenne trois des chevaux les plus résistants et sains qui nous restent, les charge d'autant de vivres et d'eau qu'ils en pourront porter et parte en éclaireur. Aggo se dirigera vers le sud-ouest, Rakharo droit au sud. Quant à toi, Jhogo, tu suivras *shierak qiya* vers le sud-est.

– Que rechercherons-nous, *Khaleesi* ? demanda ce dernier.

– Tout ce que nous trouverions sur notre route, répondit-elle. D'autres cités, vivantes ou mortes. Caravanes et peuples. Rivières, lacs et grande mer salée. Découvrez jusqu'où s'étend ce désert-ci, et ce qui se trouve au-delà. A mon départ d'ici, j'entends ne plus marcher à l'aveuglette. Je veux connaître ma destination et le meilleur moyen d'y parvenir. »

Et c'est avec ce viatique qu'ils s'éloignèrent, au doux tintement des clochettes de leur chevelure, cependant que Daenerys et la petite troupe de survivants s'installaient dans ce qu'ils nommèrent *Vaes Tolorro*, la cité des os. Après quoi les jours succédèrent aux nuits et les nuits aux jours. Les femmes cueillaient les fruits dans les jardins des morts. Les hommes pansaient les montures et ravaudaient selles, étriers, chaussures. Les enfants vagabondaient de par les ruelles et y glanaient d'antiques pièces de bronze, des tessons de verre incarnat, des flacons de pierre aux anses ciselées en forme de serpents. Une femme fut mordue par un scorpion rouge, mais sa mort fut la seule que l'on déplora. Les chevaux recouvraient peu à peu leur chair. Daenerys soigna personnellement la blessure de ser Jorah, dont la hanche entreprit dès lors de se cicatriser.

Rakharo reparut le premier. Plein sud, le désert se poursuivait, rapporta-t-il, sur des lieues et des lieues avant de venir s'enliser dans les dunes blêmes du rivage de l'océan. Dans l'intervalle, il n'avait vu que tourbillons de sable, rochers rongés par le vent, plantes hérissées d'épines acérées. Il avait aussi rencontré le squelette d'un dragon, jura-t-il, tellement colossal qu'il en avait franchi les noires mâchoires sans descendre de son cheval. Hormis cela, rien à signaler.

Daenerys lui confia la tâche de faire dépaver la place par une douzaine de ses hommes les plus valides. Là où poussait l'herbe-au-diable en pousseraient bien d'autres, une fois la terre à découvert. Comme on avait de l'eau à suffisance, il suffirait d'ensemencer l'espace dégagé pour le transformer en un bon pâturage.

Aggo revint là-dessus. Le sud-ouest était, selon ses dires, stérile et calciné. Deux autres cités s'y trouvaient, semblables, en plus modeste, à Vaes Tolorro. S'il n'avait osé pénétrer dans la première, que cernaient en guise de gardes des squelettes empalés sur des pointes de fer rouillées, il avait en revanche exploré de son mieux la seconde et découvert, outre un bracelet de fer serti d'une opale de feu brute grosse comme le pouce qu'il exhiba, des rouleaux de manuscrits tellement secs et friables qu'il avait dû renoncer à en rapporter.

Après l'avoir remercié, Daenerys l'affecta à la réparation des portes. Puisque quelque horde avait jadis traversé le désert afin d'anéantir ces villes, une nouvelle incursion n'avait rien d'impossible. « Nous devons nous tenir prêts à toute éventualité », déclara-t-elle.

Quant à Jhogo, il était parti depuis si longtemps qu'elle le craignait à tout jamais perdu, et l'on avait cessé de l'attendre lorsqu'une des sentinelles postées par Aggo signala d'un cri son retour. Daenerys se précipita sur les murs s'en assurer par elle-même. Il revenait effectivement du sud-est, mais pas seul. Le suivaient trois inconnus bizarrement accoutrés et juchés tout en haut de vilaines créatures bossues auprès desquelles son cheval paraissait nain.

Tous quatre s'immobilisèrent devant l'enceinte et levèrent les yeux vers Daenerys. « Sang de mon sang, cria Jhogo, j'arrive de la grande ville de Qarth avec trois de ses habitants qui désiraient vous voir de leurs propres yeux. »

Elle dévisagea les étrangers. « Me voici. Regardez-moi, si tel est votre désir..., mais dites-moi d'abord vos noms. »

De teint pâle avec des lèvres bleues, l'un répondit d'une voix gutturale, en langue dothrak : « Je suis le grand conjurateur Pyat Pree. »

Le chauve aux narines étincelantes de joyaux s'exprima, lui, en valyrien des cités libres : « Je suis Xaro Xhoan Daxos des Treize, prince négociant de Qarth. »

Quant à la femme masquée de bois laqué, c'est dans le vernaculaire des Sept Couronnes qu'elle se présenta. « Je suis Quaithe de l'Ombre. Nous sommes à la recherche des dragons.

– Ne cherchez plus, répondit Daenerys Targaryen. Vous venez de les trouver. »

JON

L'Arbre blanc, tel était le nom du village, d'après les vieilles cartes de Sam. Moins qu'un village, aux yeux de Jon. Chacune composée d'une pièce unique, quatre bicoques délabrées de pierres sèches, au centre d'un enclos à moutons désert, et un puits. Toitures en terre gazonnée, fenêtres obturées par des haillons de peaux. Là-dessus planait la silhouette monstrueuse d'un gigantesque barral, membrure blême et feuillage lie-de-vin.

Le plus gros arbre qu'eût jamais contemplé Jon Snow. Un tronc de près de huit pieds de large, et des frondaisons d'une telle envergure qu'elles ensevelissaient dans leur ombre tout le hameau. Mais ses dimensions exceptionnelles vous chamboulaient moins que sa face..., la bouche dentelée surtout, qui, loin d'être une simple estafilade, béait, vaste à gober un bélier.

Reste que ce ne sont pas là des os de bélier. Et que ce crâne, dans les cendres, n'est pas d'un bélier non plus.

« Vieux, cet arbre », commenta Mormont, rembruni, du haut de son cheval. « *Vieux*, approuva le corbeau perché sur son épaule, *vieux, vieux, vieux.*

– Et puissant. » Cette puissance, Jon la percevait charnellement.

Assombri de plate et de maille, Thoren Petibois mit pied à terre auprès du tronc. « Visez-moi c'te gueule. Pas étonnant que les hommes en aient eu peur, la première fois qu'ils débarquèrent à Westeros. Je manierais moi-même volontiers la hache contre cette saloperie.

– Le seigneur mon père, intervint Jon, croyait que personne ne pouvait mentir en présence d'un arbre-cœur. Les anciens dieux n'étaient pas dupes des mensonges.

– Mon père le croyait aussi, dit le Vieil Ours. Va donc m'examiner ce tronc. »

Jon démonta. Enfilée à un baudrier d'épaule dans son fourreau de cuir noir, Grand-Griffe, l'épée bâtarde offerte par Mormont en gage de gratitude après l'agression du mort-vivant, lui battait le dos. *Une lame idéale pour un bâtard*, plaisantaient les hommes.

Il s'agenouilla et aventura sa main gantée dans la gueule du monstre. L'intérieur en était rougi de sève sèche et noirci de feu. Sous le premier crâne s'en discernait un second, plus petit, qui, mâchoire brisée, se trouvait à demi enfoui dans les cendres et les débris d'os.

Quand il l'eut remis à Mormont, celui-ci l'éleva entre ses deux mains pour en scruter les orbites vides. « Les sauvageons brûlent leurs défunts. Nous le savons depuis toujours. N'empêche que j'aurais bien aimé leur demander pourquoi, s'il s'en trouvait encore dans le coin. »

Cette explication, Jon n'en avait que faire. Il lui suffisait de se rappeler la manière dont la créature se relevait toujours, avec sa face blême de mort où étincelait le bleu glacé des yeux.

« Dommage que des os ne puissent causer, grommela le Vieil Ours. Ce type-là aurait pas mal de choses à nous conter. Comment il est mort. Qui l'a brûlé, et dans quel but. Où sont partis les sauvageons. » Il soupira. « Paraît que les enfants de la forêt savaient parler aux morts. Moi pas. » Il rejeta le crâne dans la bouche de l'arbre, qui répliqua par une bouffée de cendres vaporeuses. « Allez m'explorer ces maisons. Toi, Géant, grimpe en haut de l'arbre m'examiner les environs. Vous, amenez les limiers. Au cas où, ce coup-ci, la piste serait plus fraîche. » Son ton trahissait qu'à ce dernier égard il ne nourrissait guère d'illusions.

Pour s'assurer qu'aucun détail n'y soit négligé, chaque masure reçut la visite de deux hommes. Jon fit équipe avec Eddison Tallett, un écuyer gris de poil et aussi mince qu'une pique à qui sa mine austère avait valu le sobriquet d'Edd-la-Douleur. « Suffisait pas que les morts se baladent, dit-il à Jon comme ils traversaient le village, faut encore que le Vieil Ours ait envie de leur faire la conversation ? Sortira rien de bon de ça, ma tête à couper. Puis va savoir si les os ne mentiraient pas. Pourquoi la mort rendrait-elle les gens véridiques ou même rien qu'intelligents ? Probable que les morts sont des types sinistres, toujours à râler pour des conneries – la terre est trop froide, je méritais une dalle plus imposante, pourquoi il a, lui, plus d'asticots que moi… ? »

La porte était si basse que Jon dut se courber pour entrer. Sol de terre battue, pas un meuble, pas un ustensile, aucun indice qu'on eût vécu là, sauf un vague tas de cendres sous le trou de fumée. « Lugubre, comme habitation, dit-il.

– Pas si différente de celle où je suis né, déclara Edd-la-Douleur. Mes années enchanteresses. Après, que j'ai bouffé de la vache enragée. » De la paille jonchait un angle de la pièce. Edd la regarda d'un air mélancolique. « Je donnerais tout l'or de Castral Roc pour dormir à nouveau dans un lit.

– Tu appelles ça un lit ?

– Si c'est moins dur que le sol et qu'y a un toit dessus, j'appelle ça un lit. » Il huma l'air. « Sent le fumier. »

L'odeur était imperceptible. « Un vieux relent », dit Jon. Les lieux donnaient l'impression d'un abandon qui ne datait pas d'hier. A genoux, il fouilla dans la litière pour s'assurer qu'on n'y avait rien dissimulé, puis il fit le tour des murs, ce qui ne lui prit guère de temps. « Il n'y a rien, là-dedans. »

Rien de ce qu'il avait escompté ; quatrième village à se trouver sur leur route, L'Arbre blanc se révélait identique aux précédents. Les gens étaient partis, évanouis avec leurs pauvres hardes et tout ce qu'ils pouvaient posséder de bêtes. Nulle part on n'avait relevé le moindre indice de bataille. Partout, le vide..., simplement. « Que leur est-il arrivé, d'après toi ? demanda-t-il.

– Quelque chose de pire que tout ce que nous pouvons imaginer, avança Edd-la-Douleur. Enfin, *moi*, j'en serais bien capable, mais je préfère pas. Bien assez pénible de savoir qu'on va vers une fin abominable sans la ruminer prématurément. »

Quand ils ressortirent, deux des chiens flairaient les abords du seuil, les autres patrouillaient de toutes parts, violemment agonis par Chett du ton colère dont il semblait incapable de se départir. La lumière que laissaient filtrer les feuilles du barral donnait aux pustules de sa trogne un air encore plus enflammé qu'à l'ordinaire. En apercevant Jon, ses yeux se rétrécirent ; l'aversion était réciproque, d'ailleurs.

Les autres maisons n'avaient pas davantage éclairé la situation. « *Partis*, cria le corbeau de Mormont en allant d'un coup d'aile se percher dans le barral au-dessus des têtes, *partis, partis, partis*. »

« Des sauvageons habitaient encore L'Arbre blanc voilà seulement un an. » Paré de la reluisante maille noire et du pectoral de plates ciselé de ser Jaremy Rykker, Thoren Petibois faisait plus lord que Mormont. Une broche d'argent aux armes des Rykker – les marteaux croisés – fermait son lourd manteau richement bordé de martre. Les dépouilles du chevalier tombé contre le mort-vivant… La Garde de Nuit n'avait garde de rien gaspiller.

« Il y a un an, Robert était roi et le royaume en paix, commenta Jarman Buckwell, chef aussi carré que flegmatique des éclaireurs. Bien des choses peuvent changer en un an.

– Il en est une qui n'a pas changé, précisa ser Mallador Locke. Moins il y a de sauvageons, mieux nous nous portons. Quoi qu'il soit advenu d'eux, je ne les pleurerai pas. Des pillards et des meurtriers, tous tant qu'ils sont. »

Un léger bruissement de feuilles fit lever la tête à Jon. Deux rameaux s'écartèrent, un bout d'homme allait de branche en branche avec l'aisance d'un écureuil. Bedwyck, alias Géant, n'avait guère que cinq pieds de haut, mais l'argent qui filetait ses cheveux indiquait son âge. Il se cala dans une fourche au-dessus des têtes et déclara : « De l'eau, vers le nord. Un lac, peut-être. A l'ouest, des collines de silex, altitude médiocre. Rien d'autre de notable, messeigneurs.

– Si nous campions ici, ce soir ? » suggéra Petibois.

Le Vieil Ours chercha une échappée de ciel au travers de la membrure blême et du feuillage lie-de-vin. « Non, trancha-t-il. Combien d'heures de jour nous reste-t-il, Géant ?

– Trois, messire.

– Nous irons vers le nord, annonça Mormont. Si nous atteignons ce lac, nous dresserons le camp sur ses berges et, d'aventure, prendrons du poisson frais. Du papier, Jon, il n'est que temps d'écrire à mestre Aemon. »

Jon alla chercher dans ses fontes ce que de besoin et le lui rapporta. *A* L'Arbre blanc, griffonna Mormont, *quatrième village. Tous vides. Sauvageons partis.* « Déniche-moi Tarly, et veille à ce qu'il m'expédie ceci dûment », dit-il à Jon en lui tendant le message. Sur un simple sifflement, son corbeau prit l'air et vint se poser sur la tête de son cheval. « *Grain ?* » suggéra-t-il d'un air penché. Le cheval s'ébroua.

Jon enfourcha le sien et, tournant bride, s'en fut, en deçà de l'ombre du barral, rejoindre le gros de la troupe qui, sous des arbres plus raisonnables, patientait en pansant les bêtes, mâchouillant des lichettes de bœuf salé, pissant, se grattant, bavardant. Sitôt ordonné le départ, tout fit silence et se mit en selle. En tête, les éclaireurs de Jarman Buckwell et l'avant-garde qui, commandée par Thoren

Petibois, ouvrait la marche de la colonne proprement dite, menée par le Vieil Ours, puis ser Mallador Locke, avec le train et les bêtes de bât, enfin l'arrière-garde, conduite par ser Ottyn Wythers. En tout, deux cents hommes et moitié plus de chevaux.

Le jour, on suivait des sentes à gibier et des lits de cours d'eau, toutes « routes de patrouille » qui s'enfonçaient toujours plus avant dans le chaos de racines et de feuilles. La nuit, on campait à la belle étoile, fascinés par la comète. Si les frères noirs avaient quitté Châteaunoir dans la bonne humeur, la bouche fleurie de blagues et de parlotes, le silence angoissant des bois semblait depuis peu les contaminer. Les plaisanteries s'étaient raréfiées, les nerfs tendus. Sans que quiconque avouât sa peur – n'était-on pas de la Garde de Nuit ? –, Jon percevait le malaise général. Quatre villages déserts, pas l'ombre d'un sauvageon nulle part, le gibier lui-même enfui, semblait-il. Jamais la forêt hantée n'avait paru si fort hantée, de l'aveu même des vétérans.

Tout en avançant vers ses compagnons, Jon retira son gant pour aérer ses doigts brûlés. *Pas joli joli.* Il se rappela soudain la manière qu'il avait d'ébouriffer Arya. Son petit brin de sœur. Comment se portait-elle ? L'idée que peut-être il n'aurait plus jamais l'occasion de l'ébouriffer lui pinça le cœur. Il se mit à ouvrir, reployer ses doigts pour les assouplir. La main de l'épée. Il ne pouvait se permettre de la laisser s'ankyloser sans courir le risque de le payer cher – très cher. L'épée n'était un luxe pour personne, au-delà du Mur.

Mêlé aux autres auxiliaires, Samwell Tarly faisait boire les trois chevaux dont il avait la charge : le sien et les deux qui portaient chacun une cage de fer et d'osier pleine de corbeaux. Lesquels battirent des ailes à l'approche de Jon et l'apostrophèrent à travers les barreaux. Certains de leurs cris pouvaient plus ou moins passer pour des mots. « Tu leur as appris à parler ? demanda-t-il.

– Quelques mots. Trois d'entre eux savent dire *snow*.

– Déjà trop qu'un seul croasse mon nom…, bougonna Jon, surtout que voilà bien le dernier mot qu'un frère noir ait envie d'entendre. » On utilisait souvent ce terme, au nord, pour éviter de dire *mort*.

« Vous avez découvert quelque chose ?

– Des ossements, des cendres, des maisons vides. » Il brandit le rouleau. « Le Vieil Ours veut que tu transmettes à Aemon. »

Sam retira un oiseau de sa cage, lui caressa les plumes, attacha le message et dit : « Rentre à la maison, mon brave. A la maison. » Le corbeau lui retourna un *croâ* inintelligible et, une fois que Sam l'eut lancé en l'air, il prit son essor à travers les arbres droit vers le ciel. « S'il pouvait m'emporter…

– Encore ?

– Eh bien, oui, quoique… Je suis moins froussard qu'avant, vraiment. La première nuit, chaque fois que quelqu'un se levait pour aller pisser, je croyais entendre ramper des sauvageons venus me trancher la gorge. Je me disais, affolé : "Si je ferme les yeux, jamais plus, peut-être, je ne les rouvrirai." Et puis…, bon…, l'aube se levait tout de même. » Il s'extirpa un pâle sourire. « Couard, soit, mais pas *crétin*. J'en ai plein les fesses et le dos, de chevaucher et de coucher à la dure, mais c'est à peine si j'ai la trouille. Regarde. » Il tendit une main devant lui pour montrer comme elle était ferme. « J'ai travaillé à mes cartes. »

Quelle chose étrange que le monde, se dit Jon. Des deux cents hommes partis du Mur, Sam était le seul dont la peur ne se fût pas aggravée, Sam, le pleutre avoué. « Nous finirons par faire un patrouilleur de toi, blagua-t-il. Et, après, tu voudras être éclaireur comme Grenn. J'en parle au Vieil Ours ?

– Garde-t'en bien ! » Sam releva le capuchon de son énorme manteau noir et se hissa pesamment en selle. Il montait une grande bête de labour balourde et lambine, mais mieux apte à véhiculer pareil faix que les chétifs bidets communs. « J'avais espéré que nous passerions la nuit au village, soupira-t-il. Ce serait si bon de coucher de nouveau sous un toit…

– Pas assez pour nous héberger tous. » Jon se remit en selle et, prenant congé par un sourire, s'élança. Mais comme la colonne embouteillait déjà pas mal le chemin, il contourna d'assez loin le village pour s'épargner le plus gros du bouchon. Il avait du reste assez vu L'Arbre blanc.

Fantôme émergea du sous-bois si subitement que le cheval broncha et se cabra. Il avait beau chasser fort en avant de la colonne, la chance ne lui souriait guère plus qu'aux fourrageurs expédiés par Petibois en quête de gibier. Les bois n'étaient pas moins déserts que les villages, avait confié Dywen à Jon, un soir, au coin du feu. « Nous sommes très nombreux, objecta celui-ci. Le gibier a probablement pris le large, effrayé par tout le tapage que nous faisons.

– Effrayé par *quelque chose*, de toute façon », répliqua Dywen.

Une fois le cheval remis, la présence du loup courant à ses côtés ne l'alarma plus. Jon rattrapa Mormont alors que celui-ci longeait un inextricable roncier. « L'oiseau est parti ? demanda-t-il.

– Oui, messire. Sam leur enseigne à parler. »

Le Vieil Ours renifla. « S'en repentira. Ces maudites choses font un boucan du diable mais ne disent jamais rien d'intéressant. »

Ils poursuivirent en silence jusqu'à ce que Jon reprît : « Si mon oncle avait lui aussi trouvé vides tous ces villages…

– … il se serait proposé de savoir pourquoi, acheva Mormont à sa place, et il se pourrait fort que quelqu'un ou bien quelque chose ne tienne pas à voir le mystère éclairci. En tout cas, nous serons trois cents lorsque Qhorin nous aura rejoints. Et l'ennemi qui nous attend dans ces parages ne nous trouvera pas, quel qu'il soit, si traitables. Nous le découvrirons, Jon, je te le promets. »

A moins qu'il ne nous découvre, lui, se dit Jon.

ARYA

La rivière scintillait tel un ruban bleu-vert sous les premiers rayons du soleil. Les roseaux se pressaient dans chaque creux des berges, un serpent sinuait à la surface des eaux, suscitant dans son sillage des risées qui allaient sans cesse s'élargissant. Un faucon décrivait au zénith des cercles nonchalants.

Tout respirait la paix..., mais c'est alors que Koss repéra le cadavre. « Là, dans les roseaux. » Il tendit l'index, et Arya le vit, informe et ballonné. Celui d'un soldat. Son manteau vert détrempé s'était accroché à une souche pourrie, un banc de minuscules poissons d'argent lui grignotaient la face. « Quand je vous disais qu'y a des charognes, claironna Lommy. C't' eau avait un goût. »

En voyant la chose, Yoren cracha. « Dobber ? vois s'y a rien à récupérer d'sus. Maille, couteau, quèqu' sous, c' qu'y aura. » Il éperonna son hongre, entra dans la rivière, mais le cheval manqua s'embourber, se débattit, et, passé les roseaux, le lit se creusait brusquement. Avec colère, Yoren regagna le bord, sa bête crottée jusqu'à mi-jambes. « Pourra pas traverser ici. Toi et moi, Koss, on va vers l'amont chercher un gué. Woth et Gerren, vers l'aval. Les autres, bougez pas. Mettez des sentinelles. »

Dans la ceinture du mort, Dobber découvrit une bourse de cuir. A l'intérieur, quelques piécettes et une mèche de cheveux blonds noués d'une faveur rouge. Lommy et Tarber se mirent à poil pour aller patauger, et le premier en profita pour bombarder Tourte de boue vaseuse en gueulant : « Tourbe ! Tourbe ! » Du fourgon des captifs provenaient les injures et les menaces de Rorge exigeant qu'on le libérât, lui et ses compagnons de chaîne, en l'absence de Yoren, mais nul n'en tint compte. Kurz ayant attrapé un poisson, Arya regarda comment il s'y prenait pour pêcher à la main. Penché sur un bas-fond, il se tenait là, calme comme l'eau qui dort, et, prestes comme un serpent, ses doigts fondaient sur la proie qui s'aventurait à portée. Cela semblait moins malaisé que d'attraper des chats. Surtout que les poissons n'avaient pas de griffes.

Les autres ne revinrent qu'à midi. A un demi-mille vers l'aval, rapporta Woth, se trouvait un pont de bois, mais quelqu'un l'avait incendié. Yoren préleva une feuille de surelle dans le ballot. « S' pourrait qu' les ch'vaux passent à la nage, et p't-êt' l's ânes, mais pas mèche p' les fourgons. Pis y a d' la fumée au nord et l'ouest, des tas d' feux, que p't-êt' faut mieux rester c' côté-ci. » Un long bout de bois lui servit à tracer au sol un cercle approximatif puis un trait vertical qui en dérivait. « L'Œildieu, 'vec la rivière qui coule au sud. Ici, nous. » Il creusa un point sous le cercle, à côté du trait. « Peut pas contourner l' lac par l'ouest, com' j' comptais. Par l'est, on r'vient vers la grand-route. » Son bâton se déplaça vers le point de jonction du cercle et du trait. « P'r autant qu' j' m'en rappelle, y a un' vill', là. 'vec un fort de pierre, et aussi l' manoir d'un nobliau, rien d'aut' qu'un' tour, mais 'l aura un' garde, 't-êt' un ch'valier ou deux. En longeant la rivière vers l' nord, on d'vrait y êt' avant la nuit. Z'auront des bateaux. Suffira d' vend' c' qu'on a p'r en louer un. » Le bâton traversa le lac de part en part. « 'vec l'aide des dieux, l' vent nous port'ra jusqu'à Ville-Harren. » Il piqua un point tout en haut du cercle. « On y achèt'ra d'aut' montures, ou ben 'n ira d'mander asile à Harrenhal. C' la résidenc' d' lady Whent, qu'a t'jours protégé la Garde. »

Les yeux de Tourte s'arrondirent. « Y a des fantômes, à Harrenhal... »

Yoren cracha. « V'là p' tes fantômes. » Il jeta le bâton. « En selle. »

Harrenhal... A ce seul nom, toutes les histoires de Vieille Nan affluaient à la mémoire d'Arya. Le méchant roi Harren s'étant renfermé dans ses murs, Aegon lança ses dragons contre le château, et ils l'embrasèrent. Nan affirmait que des spectres ardents persistaient à hanter les tours carbonisées. Il arrivait que, le soir, des hôtes allaient se coucher paisiblement et, au matin, on les découvrait calcinés. Arya n'y croyait pas véritablement, et, de toute manière, ces événements-là dataient du déluge. Tourte n'était qu'un imbécile ; ce n'est pas des fantômes que l'on trouverait à Harrenhal mais des *chevaliers*. Ce qui la mettrait en mesure, elle, de révéler son identité à lady Whent, laquelle ne manquerait pas de lui procurer une escorte de chevaliers pour la ramener saine et sauve à la maison. Ainsi se comportaient les chevaliers ; ils vous sauvegardaient, notamment les femmes. Et il se pourrait même que lady Whent accepte de se charger de la petite chialeuse.

Sans valoir la route royale, le chemin qui longeait la rivière était bien moins mauvais que les précédents, de sorte que, pour une fois, les fourgons roulaient gentiment et qu'une petite heure avant le crépuscule on aperçut la première maison – une modeste chaumière douillettement blottie parmi des champs de blé. Yoren prit les devants, mais il eut beau appeler à grands cris, point d'écho. « Morts, 't-êt'. Ou s' cachent. Dobber, Rey ? Avec moi. » Ils entrèrent tous trois. « Tout déménagé, maugréa-t-il en ressortant, pas un sou qui traîne. Ni d'animaux. Enfuis, probab'. 't-êt' d' ceux qu'on a croisés s' la grand-rout'. » Du moins la demeure comme les champs n'avaient-ils pas été brûlés, et il n'y avait pas de cadavres dans les parages. Sur les arrières, Tarber découvrit un potager où l'on arracha des oignons, des radis et où l'on emplit un sac de choux avant de se remettre en route.

Un peu plus loin se distingua une cabane de bûcheron environnée de vieux arbres et auprès de laquelle s'empilaient en bon ordre des troncs prêts à débiter, puis, encore au-delà, une bicoque perchée sur des pilotis de dix pieds de haut qui s'inclinait, passablement branlante, sur la rivière. Abandonnées toutes deux. Les champs succédaient aux champs, champs de blé, de maïs et d'orge qui mûrissaient doucement au soleil, mais il n'y avait pas dans le coin d'hommes juchés dans les arbres ou arpentant la campagne, armés de faux. Enfin se discerna la ville, avec son amas de maisons blanches blotties sur tout le pourtour du fort, avec son bon gros septuaire couvert de bardeaux, son manoir seigneurial planté sur une modeste éminence, à l'ouest..., mais nul signe de vie, nulle part.

Campé sur son cheval, Yoren se renfrogna, du fond de son poil en bataille. « J'aim' pas ça, dit-il, mais c'est com' c'est. Allons j'ter un coup d'œil. Un coup d'œil *prudent.* Voir s'y aurait pas des gens qui s' cachent. S'y-z-auraient pas laissé un bateau, des fois, ou des armes qu'on pourrait s' servir. »

Après avoir préposé dix hommes à la garde des fourgons et de la chialeuse, il expédia les autres explorer la ville par groupes de cinq. «'vrez vos yeux et vos oreilles », ordonna-t-il avant de se diriger lui-même vers la tour pour voir ce qu'il était advenu du maître des lieux ou de sa garde.

Arya se retrouva dans le groupe que formaient Gendry, Tourte et Lommy sous les ordres de Woth. Trapu, ventru comme une bouilloire, ce dernier avait autrefois ramé à bord d'une galère, ce qui faisait de lui le futur atout majeur de la bande comme marinier. Aussi Yoren l'avait-il spécialement affecté à la recherche d'une embarcation sur les bords du lac. Comme ils avançaient tous les cinq entre les façades blanches et muettes, la chair de poule hérissa les bras d'Arya. Cette ville déserte lui paraissait presque aussi lugubre que les décombres fumants du fortin dans lequel on avait découvert la femme manchote et la mioche aux cris suraigus. Pourquoi les gens s'étaient-ils enfuis, abandonnant tout ce qu'ils possédaient ? Qu'est-ce qui avait bien pu les terroriser à ce point ?

Le soleil s'abaissait sur l'horizon, les maisons projetaient de longues ombres sombres. A un claquement subit, la main d'Arya se porta vers Aiguille, mais c'était simplement le vent faisant battre un volet. Et l'impression d'enfermement que lui causait la ville, au sortir de la plaine ouverte où coulait la rivière, lui mettait les nerfs à vif.

Aussi pressa-t-elle sa monture quand se discerna, droit devant, parmi les édifices et la végétation, le lac et, dépassant en trombe Woth et Gendry, elle déboucha bride abattue sur une espèce de prairie qui bordait la grève de galets. Sous les feux du soir, la nappe d'eau paisible avait des miroitements de cuivre martelé. Jamais Arya n'avait vu de lac si vaste. On ne devinait même pas la rive opposée. A gauche, une auberge biscornue s'avançait sur l'eau, portée par de puissants pilotis de bois. A droite, une longue jetée courait sur le lac et, plus loin, d'autres prolongeaient la ville, tels des doigts de bois. Mais le seul bateau visible, une barque, gisait cul par-dessus tête au bas de l'auberge, abandonné sur les rochers, dans un état des plus piteux. « Ils sont partis », dit-elle, découragée. Que faire, dorénavant ?

« Y a une auberge, dit Lommy, quand il l'eut rejointe avec les autres. S'y z-avaient laissé quèqu' chose à bouffer, dites ? Ou d' la bière ?

– Allons-y voir, suggéra Tourte.

– T'occupe d'auberge ! aboya Woth. Yoren veut qu'on cherche un bateau.

– Ils ont emmené les bateaux. » Arya était sûre de son fait. On pouvait bien passer la ville entière au peigne fin, on n'y trouverait rien d'autre que cette épave ventre en l'air. D'un air abattu, elle mit pied à terre et alla s'agenouiller au bord du lac. Avec un murmure soyeux, l'eau venait lui lécher les jambes. Des phalènes voletaient de-ci de-là, clignotant par intermittence. L'eau verte avait la tiédeur des larmes, mais elle n'était pas salée. Elle avait un goût d'été, de limon, de machins qui poussent. Arya y plongea son visage pour le débarbouiller de la poussière et de la crasse et de la sueur du jour. Quand elle le releva, des gouttelettes lui coururent le long de l'échine et de la poitrine. Que ne pouvait-elle, hélas, se dévêtir et nager, fendre les flots tièdes comme une loutre maigrichonne et rose. Peut-être en aurait-elle l'occasion, d'ici à Winterfell ?

Comme Woth lui gueulait de venir se joindre aux recherches, elle s'exécuta, jetant un œil dans les hangars et les abris à bateaux tandis que son cheval broutait le long du rivage. On dénicha quelques voiles, quelques clous, des baquets de goudron durci, une chatte et sa portée de nouveau-nés, mais de bateaux, point.

La ville était aussi noire qu'une forêt lorsque reparurent Yoren et les autres. « La tour est vide, dit-il. Parti, l' seigneur, ou s' batt' ou mett' à l'abri t' ses 'tit' gens, va savoir. En ville, z'ont pas laissé un ch'val ni un cochon, mais on aura d' quoi. Vu rôder une oie et quèq' poulets, puis y a d' bon poisson, dans l'Œildieu.

– Les bateaux sont partis, dit Arya.

– On pourrait réparer le fond de cette barque, proposa Koss.

– Irait qu' pour quat', objecta Yoren.

– Mais y a des clous, spécifia Lommy. Et des arbres partout. On pourrait s' faire des bateaux. »

Yoren cracha. « Pasque tu sais quèq' chose d'en faire, apprenti teinturier ?

– Et un radeau ? suggéra Gendry. N'importe qui peut en construire et faire des perches pour le pousser. »

Yoren prit un air pensif. « L' lac est trop profond p' traverser à la perche, mais à condition d' pas trop s'éloigner du bord, 't-êt' ben..., sauf qu'y faudrait laisser l' fourgons. Faut 't-êt' mieux. J' vais y roupiller d'sus.

– On peut coucher à l'auberge ? demanda Lommy.

– On couch'ra dans l'fort, et les port' barrées, mêm', répondit le vieux. J'aim' ben sentir des murs d' pierre autour d' moi quand j' dors. »

Arya ne put se contenir davantage. « Nous ne devrions pas rester, lâcha-t-elle. Les gens s'en sont bien gardés. Ils ont tous décampé, leur seigneur inclus.

– Arry qu'a les j'tons ! s'esclaffa Lommy.

– Pas moi, riposta-t-elle vertement, mais eux les avaient.

– Futé, mon gars, dit Yoren. Fait est, les gens qu'habitaient ici s' trouvaient en guerre, qu' ça leur plaise ou pas. Pas nous. Pisque la Garde d' Nuit prend pas parti, personne est not' enn'mi. »

Et personne notre ami, songea-t-elle, mais en retenant cette fois sa langue. Lommy et les autres la dévisageaient, et elle ne voulait à aucun prix qu'ils la soupçonnent de lâcheté.

Derrière les portes cloutées du fort se trouvaient deux barres de fer aussi longues et larges que des baliveaux qui, s'ajustant tout à la fois dans des loges de pierre au chambranle et, sur les battants, dans des consoles de métal, formaient, une fois en place, un grand X. Si le fort n'était pas le Donjon Rouge, observa Yoren après visite de fond en comble, il valait mieux que la plupart de ses pareils et conviendrait parfaitement pour une nuit. Grossièrement bâtis en pierres sèches et hauts de dix pieds, les murs comportaient une coursive en bois derrière leurs créneaux. Une poterne s'ouvrait au nord. Et Gerren découvrit sous la paille d'une vieille grange une trappe qui dissimulait l'entrée d'un tunnel étroit et sinueux qui se révéla déboucher, au terme d'une longue trotte, non loin du lac. Afin d'interdire toute incursion de ce côté-là, Yoren en fit bloquer l'accès par l'un des fourgons. Il divisa son monde en trois tours de veille et envoya Tarber, Kurz et Cutjack au manoir abandonné épier d'un peu plus haut les alentours. En cas de menace, Kurz utiliserait son cor de chasse pour donner l'alerte.

Une fois fourgons et bêtes à l'abri, on barra les portes. Malgré son délabrement, la grange était assez vaste pour contenir tous les animaux de la ville ; et plus vaste encore était l'hospice destiné à accueillir le menu peuple en temps de troubles : un édifice de pierre bas, tout en longueur et coiffé de chaume. Koss se glissa par la poterne arrière et finit par rapporter la fameuse oie, plus deux poulets en l'honneur desquels Yoren donna l'autorisation d'allumer du feu dans l'énorme cuisine d'où s'étaient évaporés les moindres ustensiles, bouilloires aussi bien que pots. Gendry, Dobber et Arya furent de corvée. Dobber chargea l'une de plumer la volaille tandis que l'autre fendrait du bois. « Pourquoi ne puis-je fendre le bois ? » protesta-t-elle, mais personne ne s'en soucia. Non sans maussaderie, elle attaqua donc un poulet, pendant que Yoren s'asseyait à l'autre bout du banc pour affûter son éternel poignard.

La cuisson achevée, elle grignota une patte de poulet et un bout d'oignon. Tout le monde était taciturne, même Lommy. Après le repas, Gendry se retira dans son coin et se mit à polir une fois encore son heaume d'un air totalement absent. La petite piaulait et geignait toujours, mais lorsque Tourte lui offrit un peu d'oie, elle l'avala goulûment et guetta la suite.

Comme elle était de la deuxième veille, Arya se trouva un tas de paille dans l'hospice. Mais le sommeil ne venant pas, elle emprunta la pierre de Yoren et entreprit de fourbir Aiguille. Syrio Forel l'avait bien mise en garde, lame émoussée vaut cheval boiteux. Tourte vint s'accroupir près d'elle et la regarda opérer. « D'où tu tiens une bonne épée comme ça ? » demanda-t-il. Au regard qu'elle lui décocha, il mit les mains en avant pour se protéger. « J'ai jamais dit que tu l'avais volée, je voulais juste savoir d'où tu la tenais, rien plus.

– C'est mon frère qui me l'a donnée, marmonna-t-elle.

– Je savais pas que t'avais un frère. »

Elle interrompit sa besogne pour se gratter sous sa chemise. Il y avait des puces dans la litière, mais, à dire vrai, quelques-unes de plus..., pas de quoi en faire une affaire. « J'ai plein de frères.

– Ah bon ? Plus petits ou plus grands que toi ? »

Je ne devrais pas bavarder de la sorte. Yoren m'a conseillé de la boucler. « Plus grands, mentit-elle. Eux aussi possèdent des épées, mais des grandes, des longues, et ils m'ont montré comment tuer les gens qui me cherchent noise.

– Je te cherchais pas noise, je causais. » Il s'éloigna, la laissant seule, et elle se pelotonna dans la paille. A l'autre extrémité de l'hospice, la mioche braillait à nouveau. *Si elle pouvait seulement se taire, un peu... ! Pourquoi lui faut-il chialer tout le temps ?*

Sans qu'elle se souvînt d'avoir clos les paupières, elle avait dû s'assoupir, car – était-ce en rêve ? – le hurlement d'un loup, un hurlement effroyable, la réveilla en sursaut. Le cœur battant, elle se mit sur son séant. « Tourte, réveille-toi ! » Elle rassembla ses pieds, se leva. « Woth ! Gendry ! vous n'avez pas entendu ? » Elle enfila une botte.

Tout autour, les hommes et les garçons s'agitaient, rampaient dans la litière. « Qu'y a-t-il ? » demanda Tourte. « Entendu quoi ? » s'enquit Gendry. « Arry qu'a fait un cauchemar, grogna quelqu'un d'autre.

– Non, protesta-t-elle, j'ai bel et bien entendu. Un loup.

– C'est dans ta tête, Arry, les loups, ricana Lommy.

– Laisse-les hurler, dit Gerren. Y sont dehors, et nous dedans. » Woth acquiesça : « Jamais vu un loup attaquer un fort. » Tourte ronchonnait : « Rien entendu, moi.

– C'était un loup ! s'emporta-t-elle tout en tirant sur sa seconde botte. Quelque chose cloche, quelqu'un vient, debout, *zut !* »

Ils n'eurent pas le loisir de la chahuter davantage, l'appel ébranla la nuit – mais il s'agissait non pas d'un loup, cette fois, mais de Kurz qui, sur son cor de chasse, sonnait l'alerte et, instantanément, tous se retrouvèrent en train de s'habiller, de saisir à tâtons ce qu'ils pouvaient posséder d'armes. Arya se ruait déjà vers les portes quand retentit à nouveau le cor. Comme elle dépassait la grange, Mordeur tira comme un forcené sur ses chaînes, et Jaqen H'ghar la héla du fourgon : « Petit ! mon mignon ! c'est la guerre ? la guerre rouge ? Délivre-nous, petit ! Un homme peut se battre. *Petit !* » Mais elle l'ignora et poursuivit sa course. Au-delà des murs se percevaient désormais des cris, des hennissements.

A croupetons, elle grimpa jusqu'à la coursive. Mais le parapet étant un rien trop haut, elle un rien trop courte, il lui fallut glisser ses orteils dans les interstices des pierres avant de pouvoir risquer un œil vers l'extérieur. La ville lui parut un instant foisonner de phalènes. De cavaliers, en fait, qui, torche au poing, parcouraient les rues au galop. Un toit se souleva, de longues langues orange léchèrent le ventre de la nuit, le chaume s'embrasait. Puis c'en fut un autre, et un autre et encore un autre et, bientôt, l'incendie gronda de toutes parts.

Coiffé de son heaume, Gendry vint la rejoindre. « Combien ? »

Elle essaya de compter, mais tout allait trop vite, les torches tournoyaient en l'air comme si on les lançait. « Une centaine, estima-t-elle. Ou deux cents, je ne sais. » Des glapissements perçaient le rugissement des flammes. « Notre tour, bientôt.

– Là », dit-il en pointant le doigt.

Parmi les édifices en feu, une colonne de cavaliers faisait effectivement mouvement vers le fort. L'incendie faisait miroiter les heaumes et scintiller de reflets jaunes et orange la maille et la plate. Tout en haut d'une lance se discernait un étendard. Rouge ? il était difficile de l'affirmer dans la nuit peuplée de brasiers rugissants. Tout avait l'air rouge ou noir ou orange.

Le feu sautait de maison en maison. Un arbre s'embrasa peu à peu sous les yeux d'Arya, la flamme rampait d'une branche à l'autre, et il finit par n'être plus contre la nuit qu'une silhouette drapée de voiles orange et mouvants. Nul ne songeait plus à dormir, maintenant. En haut, la coursive se garnissait, en bas, des ombres se démenaient pour maîtriser les bêtes affolées. Yoren beuglait des ordres dans le tapage. Quelque chose heurta la jambe d'Arya – la chialeuse qui se cramponnait à elle. « Va-t'en ! » Elle se dégagea sans ménagements. « Qu'est-ce que tu viens fiche ici ? Cours te cacher, bougre d'idiote ! » Elle la repoussa.

Les cavaliers s'immobilisèrent devant les portes. « *Holà, vous, là-dedans !* cria un chevalier dont le heaume s'achevait en pointe, *ouvrez ! au nom du roi !*

– Mmmouais, mais d' quel roi, dis ? » répliqua d'en haut le vieux Reysen, avant que Woth ne le fît taire d'une taloche.

Yoren se hissa jusqu'à un créneau proche de la porte, son manteau noir pisseux noué à un bâton. « *Du calme, en bas, vous !* tonna-t-il, *y a pus personne d' la ville.*

– Et qui es-tu, le vieux ? L'un des pleutres de lord Béric ? cria le chevalier. Si ce gros pitre de Thoros est des vôtres, demande-lui voir si *nos* feux lui plaisent.

– Rien d' pareil ici ! riposta Yoren sur le même ton. Que des gars p' la Garde d' Nuit. 'cune part à vot' foutue guerre. » Il brandit son bâton pour bien montrer la couleur du manteau. « Visez ça. Noir. L' noir d' la Garde.

– Ou l' noir Dondarrion ! » clama l'homme à l'étendard. L'éclat de l'incendie permettait à présent de mieux voir l'emblème et ses couleurs : un lion d'or sur champ cramoisi. « Lord Béric porte à l'éclair pourpre sur champ noir. »

Arya se souvint tout à coup du matin où elle avait jeté l'orange à la tête de Sansa et maculé de jus toute sa stupide robe de soie ivoire. Au tournoi figurait un hobereau du sud dont cette gourde de Jeyne s'était amourachée et dont la foudre zébrait l'écu. C'est lui que Père avait chargé d'aller raccourcir le frère du Limier. Tout cela semblait maintenant remonter à des milliers d'années, comme quelque chose qui serait arrivé à quelqu'un d'autre, et dans une autre existence..., à une certaine Arya Stark, fille de la Main du roi, pas à l'orphelin Arry. D'où vouliez-vous qu'il connaisse des lords et autre gratin de la haute, Arry ?

« T' 's aveug' ou quoi ? » Yoren agita son bâton de manière à déployer vaille que vaille le manteau. « Où tu l' vois, ton putain d'éclair ?

– Toutes les bannières ont l'air noires, la nuit, rétorqua le heaume à pointe. Ouvre, ou nous vous tiendrons pour des hors-la-loi de mèche avec les ennemis du roi. »

Yoren cracha. « C'est qui, vot' chef ?

– Moi. » Les rangs s'écartèrent devant un destrier dont le caparaçon reflétait lugubrement l'incendie de la ville. Le cavalier massif qui le montait arborait une manticore sur son écu, et des arabesques niellaient son pectoral de plates en acier. « Ser Amory Lorch, banneret de lord Tywin Lannister de Castral Roc, Main du roi. Du *vrai* roi, Joffrey. » Il avait une voix perchée, ténue. « En son nom, je vous ordonne d'ouvrir ces portes. »

La ville brûlait, tout autour. L'air nocturne empestait la fumée, des escarbilles rougeoyantes y voletaient, plus nombreuses que les étoiles. Yoren se renfrogna. « Vois pas la nécessité. Faites à la ville c' qui vous chante, j' m'en fous, mais laissez-nous tranquilles. 'n est pas d's adversaires à vous. »

Regarde avec tes yeux, avait envie de crier Arya à toute la clique d'en bas. « Pas capables de *voir* qu'on n'est ni des lords ni des chevaliers ? murmura-t-elle.

– Je pense qu'ils s'en foutent, Arry », souffla Gendry.

Alors, elle dévisagea ser Amory comme Syrio lui avait appris à le faire, et elle reconnut que son voisin avait raison.

« Si vous n'êtes pas des traîtres, ouvrez vos portes, reprit Lorch. Une fois sûrs que vous dites la vérité, nous repartirons de notre côté. »

Yoren mastiquait sa surelle. « V's ai dit, nous rien que, ici. Donne ma parole. »

Le heaume à pointe se mit à rire. « Le corbeau nous donne sa *parole* !

– T'es paumé, l' vioque ? lança une pique, goguenard. C't au nord, l' Mur..., pas la porte à côté !

– Une dernière fois, je vous l'ordonne au nom du roi Joffrey, prouvez la loyauté dont vous vous targuez en ouvrant ces portes », répéta Lorch.

Yoren réfléchit un bon moment sans cesser de mastiquer. « J' crois pas que j' vais.

– Soit. Puisque vous bravez les ordres du roi, vous vous proclamez vous-mêmes rebelles, manteaux noirs ou pas.

– J'ai qu' des gamins 'vec moi ! lui gueula Yoren.

– Gamins et vieux meurent de même. » Ser Amory leva un poing languide, et une lance fusa des ombres qui grouillaient, rougeâtres, derrière lui. Elle devait viser Yoren, mais c'est son voisin, Woth, qu'elle atteignit en pleine gorge avant de ressortir, sombre et luisante, en lui ravageant l'échine. Des deux mains, il agrippa la hampe et, tel un pantin de son, tomba de la coursive.

« A l'attaque, et tuez-les tous », reprit ser Amory d'un ton d'ennui. De nouvelles lances grêlèrent. Arya contraignit Tourte à se baisser en le tirant par sa tunique. De l'extérieur leur parvinrent des cliquetis d'armures, le crissement d'épées qu'on dégainait, le choc retentissant des lances contre les écus, le tout confusément mêlé d'imprécations et de sabots martelant le sol au galop. Une torche survola leurs têtes en tournoyant, qui éparpilla des flammèches en s'écrasant dans la cour, en bas.

« *Lames !* cria Yoren, disséminez-vous et défendez le mur partout où ils frapperont. Koss ? Urreg ? tenez la poterne. Lommy ? retire de Woth cette lance, et prends la place qu'il occupait. »

En s'efforçant de dégainer, Tourte laissa choir son branc. Arya le lui remit au poing. « Sais pas m'en servir, dit-il, l'œil blanc.

– Facile », répliqua-t-elle, mais le mensonge mourut dans sa gorge quand une *main* se cramponna sur le parapet. L'éclat de la ville en flammes la lui fit voir aussi nettement que si le temps s'était arrêté. Les doigts en étaient carrés, calleux, hérissés de poils noirs sur chaque phalange, l'ongle du pouce était en deuil. *La peur est plus tranchante qu'aucune épée*, se rappela-t-elle, comme émergeait derrière la main la calotte d'un bassinet.

De toutes ses forces, elle frappa de haut en bas, et l'acier château d'Aiguille mordit les doigts crispés entre les articulations. « *Winterfell !* » cria-t-elle. Le sang gicla, les doigts volèrent, et la tête casquée disparut aussi vite qu'elle était apparue. « Derrière ! » hurla Tourte. Elle pivota. Son nouvel adversaire était barbu, nu-tête et, afin d'avoir les mains libres pour l'escalade, serrait les dents sur son poignard. Comme il passait la jambe par-dessus le parapet, elle lui poussa une pointe droit aux yeux… mais ne rencontra que le vide. En se rejetant en arrière, l'homme avait basculé tout seul. *Je lui souhaite de tomber sur le pif et de se couper la langue.* « Mais c'est eux qu'il faut regarder, pas moi ! » cria-t-elle à Tourte. Et, du coup, le garçon hacha les mains du suivant qui tentait de franchir leur portion de mur jusqu'à ce qu'il lâche prise.

Bien que ser Amory fût dépourvu d'échelles, les murs grossiers du fort ne s'en prêtaient pas moins à l'escalade, et les assaillants paraissaient innombrables. Pour chacun de ceux que taillait, coupait, repoussait Arya, surgissait un remplaçant. Le chevalier au casque à pointe atteignit le rempart, mais Yoren lui entortilla la tête dans son drapeau noir et, pendant qu'il se démenait contre le tissu, le poignarda au défaut de l'armure. Pour peu qu'Arya levât les yeux, de plus en plus de torches la survolaient dans un long sillage de flammes qui se prolongeait indéfiniment dans son dos. La vue d'un lion d'or sur une bannière écarlate lui évoqua Joffrey, et elle déplora qu'il ne fût pas là, ricanant, pour prendre Aiguille en pleine gueule. Quatre hommes attaquèrent la porte à la hache, Koss les abattit d'une flèche, un par un. Au terme d'un corps à corps acharné, Dobber éjecta de la coursive un type auquel Lommy ne laissa pas le temps de se relever : il lui écrabouilla le crâne avec une pierre et poussa un cri de triomphe qui s'étrangla lorsqu'il vit que Dobber, un couteau dans le ventre, ne se relèverait pas non plus. Arya enjamba le cadavre d'un garçon pas plus vieux que Jon et à qui manquait un bras. Son œuvre ? elle ne le croyait pas mais n'était pas sûre. Elle entendit Qyle demander merci à un chevalier dont une guêpe ornait le bouclier et qui lui fracassa la figure avec sa plommée. Tout puait le sang, la pisse, le fer, la fumée, puis on finissait par ne plus sentir qu'une puanteur uniforme. Sans l'avoir seulement vu franchir le mur, elle n'aperçut l'adversaire suivant, un type décharné, qu'au moment même où elle et Tourte et Gendry fondaient sur lui. L'épée de Gendry l'atteignit au heaume et l'en décoiffa, révélant une boule chauve, effarée, une barbe mouchetée de gris où manquaient des dents, mais, tout en se sentant désolée pour lui, elle le tuait, gueulait : « *Winterfell ! Winterfell !* » tandis qu'à ses côtés Tourte glapissait : « *Tourte !* » et faisait un hachis de cou tendineux.

Une fois mort et bien mort le type décharné, Gendry lui vola son épée et bondit dans la cour se battre encore un peu. Arya le suivit des yeux et, apercevant des ombres d'acier, des reflets flamboyants de maille et de lames qui parcouraient en tous sens le fort, comprit que le rempart avait été franchi quelque part, ou emportée la poterne arrière. Elle sauta rejoindre Gendry, atterrit en souplesse ainsi que Syrio le lui avait appris. La nuit résonnait du fracas de l'acier, des cris des blessés, de râles d'agonie. Pendant un moment, Arya demeura là, balançant sur la route à prendre. De toutes parts sévissait la mort.

Et, brusquement, Yoren fut là, qui la secouait, lui vociférait en pleine figure. « *Gars !* gueulait-il, du ton dont il le gueulait toujours, *zou !* mon gars ! c'est foutu, 'n a perdu ! Rassemb' tous ceux qu' tu peux, toi, lui et les aut', les gosses, et zou, filez. *Main'nant !*

– Mais comment ? demanda-t-elle.

– C'te trappe ! hurla-t-il. S' la grang'! »

Déjà il était reparti se battre, l'épée au poing. Arya empoigna le bras de Gendry. « Il a dit *filez*, cria-t-elle, la grange, l'issue. » Par la fente de la visière, l'incendie faisait flamboyer les yeux de Taureau. Il branla du chef. D'en bas, ils hélèrent Tourte, toujours au créneau, relevèrent Lommy Mains-vertes qui gisait, le mollet percé d'une lance, retrouvèrent aussi Gerren, mais trop grièvement blessé, lui, pour pouvoir bouger. Pendant qu'ils détalaient tous quatre vers la grange, Arya repéra la chialeuse assise au beau milieu du chaos, dans le carnage et la fumée. Elle lui saisit la main, la remit sur pied d'une secousse, tandis que les autres poursuivaient leur course, mais elle eut beau la gifler, la mioche refusait de marcher. Elle dut l'entraîner de force avec la main droite, la gauche crispée sur Aiguille. Là-bas devant, la nuit était d'un rouge sinistre. *La grange brûle*, songea-t-elle. A l'endroit où une torche avait embrasé la paille, des flammes en léchaient effectivement les flancs, et l'on entendait les cris affolés des bêtes piégées dedans. Tourte en sortit en trombe. « *Dépêche*, Arry ! Lommy est *parti*, laisse la gosse si veut pas v'nir ! »

Mais Arya s'entêta, tirant d'autant plus durement sa chialeuse qu'il fallait même la traîner. Du coup, Tourte déguerpit, les abandonnant à leur sort..., mais Gendry ressortit à son tour et courut vers elles, son heaume poli réfléchissant les flammes avec tant d'éclat que les cornes en étaient orange vif, et hissa la mioche sur son épaule. « *Vite !* »

Se précipiter dans la grange, c'était se précipiter dans une fournaise. Les tourbillons de fumée ne laissaient entrevoir que le mur du fond, telle une nappe de feu verticale, du sol au toit, et des silhouettes de chevaux, d'ânes qui ruaient, se cabraient, hennissaient, brayaient. *Pauvres bêtes*, se dit Arya. Et, là-dessus, elle discerna le fourgon et les trois hommes enchaînés aux montants. Mordeur se démenait pour rompre ses fers, le sang dégoulinait de sous les menottes qui l'entravaient. Rorge tentait de démolir à coups de pied le bois et tonitruait des jurons. « Petit ? appela Jaqen H'ghar. Mon mignon ? »

La trappe ouverte n'était plus qu'à deux pas de là, mais le feu se diffusait à une vitesse effrayante, consumant le vieux bois et la paille sèche en bien moins de temps qu'Arya ne l'eût cru. Elle se rappela l'horrible face brûlée du Limier. « Le tunnel est étroit, cria Gendry. Comment va-t-on faire avec elle ?

– Tire-la, dit Arya, pousse-la.

– Bons gars ? gentils gars ? appela Jaqen H'ghar entre deux quintes de toux.

– *Otez-nous ces putains de chaînes !* » beugla Rorge.

Gendry les ignora. « Passe le premier, puis elle, et puis moi. Dépêche, on est pas arrivé…

– Après avoir fendu le bois, demanda-t-elle, où tu as mis la hache ?

– Devant l'hospice. » Il n'accorda même pas un coup d'œil aux captifs. « Je sauverais d'abord les ânes. On a pas le temps.

– Tu la prends ! cria-t-elle. Tu la sors de là ! Tu le fais ! » Les ailes rouges et brûlantes du feu lui battirent le dos quand elle sortit à toutes jambes de la grange. Il faisait divinement frais, dehors, mais des hommes mouraient, tout autour. Elle vit Koss jeter son épée pour se rendre, et elle vit les autres le tuer quand il se leva. De Yoren, pas trace, mais elle trouva la hache là où l'avait laissée Gendry, devant l'hospice, plantée dans le tas de bois. Comme elle la libérait, une main tapissée de maille lui saisit le bras. Le temps de toupiller, elle abattait la hache entre les jambes de l'agresseur. Elle n'en vit pas la figure, ne vit rien d'autre que le sang noir qui dégouttait entre les mailles du haubert. Rentrer dans la grange était le truc le plus difficile qu'elle eût jamais fait. La fumée se déversait par la porte ouverte avec des contorsions noires de serpent, et de l'intérieur provenaient les cris de détresse des animaux qui s'y trouvaient, ânes et chevaux et hommes. Elle se mâchouilla la lèvre puis s'élança, courbée en deux pour s'épargner le plus épais de la fumée.

Enveloppé dans un cercle de feu, un âne brayait d'épouvante et de douleur. L'air empestait le poil brûlé. La toiture s'était envolée, des choses en flammes, débris de bois, bouchons de paille et de foin, pleuvaient de partout. D'une main, Arya se couvrit la bouche et le nez. La fumée l'empêchait de voir le fourgon, mais les hurlements inarticulés de Mordeur la guidèrent au jugé.

Enfin s'esquissa l'ombre d'une roue. A chacun des élans forcenés de Mordeur contre ses chaînes, le fourgon *tressautait* et se déportait d'un demi-pied. Jaqen vit Arya mais, tout au supplice de respirer, ne souffla mot. Elle jeta la hache dans le véhicule, Rorge s'en saisit, l'éleva au-dessus de sa tête, des ruisseaux de sueur noire de suie dévalaient son mufle sans nez. Mais déjà Arya détalait, suffoquant, toussant. Elle entendit une fois le choc de l'acier contre le bois, et une autre, une autre, puis un *crrrac !* aussi formidable qu'un coup de tonnerre, et tout l'arrière du fourgon explosa dans une volée d'échardes.

Elle boula tête en avant dans le tunnel, dégringola de quelque cinq pieds de haut, se retrouva la bouche pleine de terre, mais peu lui importait, la terre avait même une merveilleuse saveur, une saveur d'humus et d'eau et de vers et de vie. Dans le boyau régnaient l'ombre et la fraîcheur. Alors que, là-haut dessus, tout n'était que sang, rugissement rouge, étouffement, fumée, hennissements d'agonie. Après avoir fait tourner sa ceinture pour qu'Aiguille ne pût la gêner, elle commença à ramper. Mais à peine avait-elle un peu progressé que vint l'assourdir quelque chose comme le hurlement d'un fauve monstrueux et que la talonna une nuée de fumée chaude et de poussière noire dont les ondes successives puaient l'enfer. Elle retint son souffle et, tout en baisant convulsivement la terre du tunnel, se mit à pleurer. Sur qui, elle n'eût su dire.

TYRION

La reine ne se montrait pas d'humeur à patienter jusqu'à l'arrivée de Varys. « Trahir est déjà bien assez scélérat, s'emporta-t-elle, mais, là, il s'agit d'une scélératesse impudente, éhontée ! et je n'ai que faire des avis de cet eunuque minaudier pour savoir comment l'on doit traiter les scélérats. »

Tyrion prit les lettres qu'elle tenait pour les comparer côte à côte. Il s'agissait de deux copies qui, pour être d'une main différente, se révélaient identiques, mot pour mot.

« Mestre Frenken a reçu la première à Castelfoyer, commenta le Grand Mestre Pycelle. Nous devons la seconde à lord Gyles. »

Littlefinger tripota sa barbe. « Si Stannis s'est donné la peine d'informer *ceux-là*, c'est que tous les autres seigneurs des Sept Couronnes ont l'équivalent sous les yeux.

– Je veux qu'on brûle ces lettres, toutes, reprit Cersei. Pas l'ombre d'une rumeur n'en doit parvenir aux oreilles de mon fils ou de mon père.

– J'imagine que Père en a déjà perçu plus que l'ombre, intervint sèchement Tyrion. Stannis n'aura pas manqué d'expédier un oiseau à Castral Roc et un autre à Harrenhal. Quant à brûler les lettres, à quoi bon ? La chanson est chantée, le vin versé, la gueuse engrossée. Et il n'y a rien là de si terrible, à la vérité. »

Elle reporta contre lui la fureur de ses prunelles vertes. « Es-tu complètement bouché ? Tu as lu ce qu'il dit ? *Le prétendu prince Joffrey*, voilà comment il qualifie mon fils ! Et il ose m'accuser, *moi*, d'inceste, d'adultère et de félonie ! »

Parce que tu t'en es rendue coupable, voilà tout. L'indignation avec laquelle elle rejetait des accusations qu'elle savait pertinemment fondées ne manquait pas d'époustoufler Tyrion. *Si nous perdons la guerre, elle fera bien de monter sur les planches, elle est douée pour la comédie.* Il attendit qu'elle eût fini son numéro pour reprendre : « Il fallait à Stannis un prétexte pour justifier sa rébellion. T'attendais-tu à lui voir écrire : "Joffrey est le fils et l'héritier légitime de mon frère, et voilà précisément pourquoi j'entends lui piquer son trône" ?

– Je ne souffrirai pas que l'on me traite de putain.

Voyons, ma sœur, il n'affirme nullement que Jaime te payait... Non sans affectation, il se replongea dans l'examen du texte. Une phrase l'y faisait tiquer... « "Fait en la lumière du Maître", lut-il. Bizarre, ce choix de termes... »

Pycelle s'éclaircit la gorge. « Ces mots se retrouvent souvent dans les missives et documents en provenance des cités libres. Ils signifient simplement, disons, *rédigé au regard du dieu.* Du dieu des prêtres rouges. Tel est leur usage, je crois.

– Varys nous a informés voilà quelques années, rappela Littlefinger, que lady Selyse s'était entichée de l'un d'eux. »

Tyrion tapota les lettres. « Apparemment, son seigneur et maître en est venu là, lui aussi. Nous pouvons retourner cela contre lui. Pressez le Grand Septon de révéler qu'il s'attaque autant aux dieux qu'à son souverain légitime, et...

– Oui oui, coupa la reine d'un ton impatienté, mais il nous faut d'abord mettre un terme à la diffusion de ces immondices. Le Conseil doit publier un édit. On tranchera la langue à tout individu surpris à parler d'inceste ou à traiter Joffrey de bâtard.

– Une sage mesure, opina Pycelle en faisant quincailler sa chaîne à chaque hochement.

– Une sottise, soupira Tyrion. Quand vous arrachez la langue d'un homme, vous ne prouvez pas qu'il est un menteur, vous avertissez seulement le monde que vous redoutez ce qu'il proférerait.

– Que devrions-nous faire alors, selon *toi* ? demanda sa sœur.

– Très peu de chose. Les laisser chuchoter. Ils se lasseront bien assez vite de cette histoire. Tout homme ayant un grain de bon sens n'y verra qu'un mauvais procès pour tenter de légitimer l'usurpation du trône. Stannis fournit-il la moindre preuve ? Comment le pourrait-il, quand tout n'est qu'invention ? » Il offrit à sa sœur son sourire le plus suave.

« Certes, dut-elle admettre, et cependant...

– Votre frère a raison sur ce point, Votre Grâce. » Petyr Baelish joignit ses doigts en pointe. « Si nous essayons d'étouffer la rumeur, nous ne lui donnerons que davantage de créance. Mieux vaut la mépriser pour ce qu'elle est, un mensonge des plus pitoyable. Sans pour autant renoncer à combattre le feu par le feu. »

Cersei le gratifia d'un regard interrogatif. « Quel genre de feu ?

– Des balivernes de même nature, peut-être. Mais en plus crédible. Lord Stannis a vécu la plus grande partie de son existence conjugale loin de sa femme. Non que je songe à l'en blâmer, j'eusse agi de même, affublé de lady Selyse. Néanmoins, si nous faisons courir le bruit qu'il est cocu, qu'elle a eu sa fille de n'importe qui, ma foi..., la populace ne demandera qu'à le croire – elle est si avide des pires ragots, quand ils rabaissent ses seigneurs, surtout ceux de l'acabit âcre et sévère et pourri de morgue à la Stannis Baratheon.

– On ne l'aime guère, c'est un fait. » Cersei médita un moment. « Ainsi lui rendrions-nous la monnaie de sa pièce. Oui, l'idée me séduit. Qui pourrions-nous donner pour amant à lady Selyse ? Elle a deux frères, si je ne me trompe. Et l'un de ses oncles n'a cessé de se trouver près d'elle, à Peyredragon...

– Le gouverneur, ser Axell Florent. » Quelque répugnance qu'eût Tyrion à l'admettre, le stratagème de Littlefinger promettait. Sans avoir jamais été épris de sa femme, Stannis était soupçonneux par nature et se montrait aussi épineux qu'un hérisson quant à son honneur. S'il était possible de semer la discorde entre lui et ses partisans, la cause Lannister ne s'en porterait que mieux. « La petite a les oreilles Florent, m'a-t-on dit. »

Littlefinger eut un geste langoureux. « Un attaché commercial de Lys me fit un jour observer que lord Stannis devait aimer passionnément sa fille pour avoir érigé des centaines d'effigies d'elle le long des remparts de Peyredragon. "Ce sont des gargouilles, messire", fus-je obligé de lui expliquer. » Il gloussa. « Ser Axell pourrait effectivement tenir lieu de père à Shôren, mais l'expérience m'a appris que, plus une histoire est choquante et bizarroïde, plus elle se colporte allégrement. Stannis a chez lui un fou particulièrement grotesque – un parfait crétin tout barbouillé de tatouages. »

Le Grand Mestre béa, stupéfait. « Vous ne comptez tout de même pas suggérer que lady Selyse a mis un *fou* dans son lit ?

– Ne faut-il pas être un fou pour vouloir coucher avec lady Selyse ?

riposta Littlefinger. Sans doute Bariol lui rappelait-il Stannis. Et les meilleurs mensonges recèlent une parcelle de vérité suffisante pour émoustiller la jugeote de l'auditeur. En l'occurrence, ce fou est entièrement attaché au service de la fillette et ne la lâche pas d'une semelle. Ils ne sont d'ailleurs pas sans se ressembler. Tout le côté paralysé du visage de Shôren est en quelque sorte chamarré aussi. »

Pycelle perdait manifestement pied. « Mais ce sont les séquelles de la léprose qui a failli la tuer quand elle était encore au berceau, pauvrette.

– J'aime mieux ma propre version, dit Littlefinger, et la populace fera de même. Elle est généralement convaincue que, si une femme mange du lapin pendant sa grossesse, son enfant naîtra équipé de longues oreilles flasques. »

Cersei eut pour lui le sourire qu'elle réservait d'ordinaire à Jaime. « Vous êtes un pervers, lord Petyr.

– Votre Grâce me comble.

– Et un menteur hors pair », ajouta Tyrion de manière moins chaleureuse. *Infiniment plus dangereux que je ne le savais*, se compléta-t-il, à la réflexion.

Les yeux gris-vert de Littlefinger croisèrent sans la moindre gêne les yeux vairons du nain. « Chacun ses dons, messire. »

L'obsession de sa vengeance empêcha la reine de remarquer cet échange aigre-doux. « Cocufié par un fou niais ! On fera des gorges chaudes de Stannis dans tous les bistrots de ce côté-ci du détroit.

– Mieux vaudrait que ce bobard n'émane pas de nous, représenta Tyrion, sans quoi on y verra un mensonge intéressé. » *Ce qu'il est, en somme.*

La solution vint une fois de plus de Littlefinger. « Les putes adorent cancaner, et il se trouve que je possède un bordel ou deux. Varys est pour sa part à même de semer la bonne parole dans les brasseries et troquets.

– Varys, dit Cersei d'un air sourcilleux. Où peut-il bien *être*, Varys ?

– Je ne cesse de me poser la même question, Votre Grâce.

– L'Araignée tisse nuit et jour ses toiles occultes, pontifia le Grand Mestre d'un ton prophétique. Je me défie de cet être-là, messires.

– Alors qu'il parle si gracieusement de vous. » Tyrion s'extirpa de son siège. Il savait d'aventure de quoi s'occupait l'eunuque, mais cela ne regardait pas les autres conseillers. « Veuillez m'excuser, messires. D'autres affaires me réclament. »

Cersei se mit instantanément sur ses gardes. « Des affaires du roi ?

– Rien qui doive t'inquiéter.

– J'en suis seule juge.

– Tu ne voudrais pas me gâcher ma surprise ? dit-il. Je fais réaliser un présent pour Joffrey. Une petite chaîne.

– Quel besoin a-t-il d'une nouvelle chaîne ? Il a plus de chaînes d'or et d'argent qu'il n'en peut porter. Si tu t'imagines une seconde pouvoir t'acheter son affection avec des cadeaux...

– Oh, mais je ne doute pas que l'affection du roi ne me soit *acquise* autant que la mienne à lui. Et m'est avis qu'il prisera un jour *cette* chaîne-là par-dessus toute autre. » Il s'inclina puis gagna la porte en chaloupant.

Dans l'antichambre l'attendait Bronn, qui le raccompagna jusqu'à la tour de la Main. « Les forgerons se trouvent dans votre salle d'audience, attendant votre bon plaisir, dit-il pendant qu'ils traversaient le poste.

– Attendant mon bon plaisir. Voilà qui me charme l'oreille, Bronn. Tu sonnes presque comme un authentique courtisan. D'ici que tu t'agenouilles...

– Va te faire foutre, nabot.

– Shae s'y emploie. » Il s'entendit héler gaiement du haut de l'escalier serpentin par lady Tanda mais affecta la surdité tout en pressant un rien son chaloupement. « Fais préparer ma litière, je compte quitter le château dès que j'en aurai terminé ici. » Deux des Sélénites gardaient le seuil de la tour. Il les régala d'une gaudriole et grimaça au bas des marches. La grimpette jusqu'à sa chambre mettait chaque fois ses jambes à rude épreuve.

Le gamin de douze ans qui lui tenait lieu d'écuyer était en train d'étaler des vêtements sur le lit. La seule vue de ce Podrick Payne aussi timoré que sournois entretenait le soupçon de Tyrion qu'en l'en affligeant Père n'avait songé qu'à se gausser de lui.

« Vos habits, messire », bredouilla-t-il en le voyant entrer, ou plutôt ses bottes. Lors même qu'il trouvait le courage de proférer trois mots, celui de vous regarder en face lui faisait toujours défaut. « Pour l'audience. Et votre chaîne. La chaîne de la Main.

– Parfait. Aide-moi à me changer. » Le pourpoint était de velours noir tapissé de clous d'or en mufles léonins, la chaîne un entrelacs de mains d'or massif aux doigts refermés sur le poignet les unes des autres. Pod le drapa enfin dans un manteau de soie cramoisie frangé d'or qui, sur un homme de taille normale, n'eût guère été qu'une demi-cape.

Sans être aussi grande que celle du roi – ou, à plus forte raison, que l'immense salle du Trône –, la chambre d'audience personnelle de la Main charmait Tyrion par ses tapis de Myr, ses tentures murales et son espèce d'intimité. Quand il y pénétra, l'huissier proclama : « Tyrion Lannister, Main du roi », et cela aussi le charmait. Ainsi que de voir aussitôt s'agenouiller le troupeau de forgerons, d'armuriers et de ferronniers regroupés par Bronn.

Il attendit de s'être hissé sur les hauteurs du siège que dominait un oculus doré pour permettre à l'assistance de se relever. « Vous sachant tous fort occupés, bonnes gens, je serai bref. S'il te plaît, Pod. » Le gamin lui tendit un sac de toile dont il desserra le cordon avant de le retourner. Le contenu s'en déversa sur le tapis de laine avec un ferraillement feutré. « J'ai fait fabriquer ceci à la forge du château. J'en veux mille autres absolument identiques. »

L'un des forgerons s'agenouilla pour examiner les objets : trois énormes anneaux de fer reliés entre eux. « Une chaîne puissante.

– Puissante mais courte, répliqua le nain. En quelque sorte comme moi. J'en désire une beaucoup plus longue. Tu t'appelles comment ?

– On me surnomme Ventre-en-fer, messire. » Il était large et trapu, vêtu simplement de laine et de cuir, mais avait des bras aussi épais qu'un cou de taureau.

« Je veux que chacune des forges de Port-Réal se consacre toutes affaires cessantes à la fabrication de ces chaînons et à leur assemblage. Exclusivement. Je veux que tout homme expert dans l'art de travailler le métal, et qu'il soit maître, compagnon ou apprenti, s'attelle à cette tâche. Rue de l'Acier, je veux entendre battre les marteaux, que je la remonte de jour ou de nuit. Et je veux un homme, un homme énergique, pour veiller sur l'exécution de l'ensemble. Es-tu cet homme, Ventre-en-fer ?

– Je pourrais l'être, m'seigneur, mais la maille et les épées que voulait la reine ? »

Un de ses semblables prit la parole. « Sa Grâce nous a ordonné de forger des hauberts et des armures, des épées, des poignards, des haches, et ce en grande quantité. Pour équiper ses nouveaux manteaux d'or, m'seigneur.

– Ce travail peut attendre. La chaîne d'abord.

– Sauf vot' respect, m'seigneur, Sa Grâce a dit qu' ceux qu'auraient pas fait leur quot'-part, on y écraserait les mains, insista le bonhomme d'un air angoissé. Ecrasées su' leur prop' enclume, qu'elle a dit. »

Cette bonne Cersei... Acharnée à nous faire aimer des manants. « On n'écrasera les mains de personne. Vous en avez ma parole.

– Le fer est devenu cher, observa Ventre-en-fer, et cette chaîne en prendra énormément, sans parler du charbon pour les feux.

– Lord Baelish pourvoira à vos besoins d'argent », promit-il. A cet égard, il espérait pouvoir se fier à Littlefinger. « J'ordonnerai au Guet de seconder vos recherches de métal. Si nécessaire, fondez tous les fers à cheval de la ville. »

Richement vêtu d'une tunique damassée à fermoirs d'argent et d'un manteau bordé de renard s'avança un homme d'âge qui, à son tour, s'agenouilla pour examiner le modèle de chaîne. « Monseigneur, dit-il gravement, ceci est d'un travail on ne peut plus grossier. Il n'y a aucun art, là-dedans. Cette besogne convient à des forgerons ordinaires, assurément, des maréchaux-ferrants, des ferblantiers mais, ne vous déplaise, je suis maître armurier. Elle ne saurait me concerner, moi, ni aucun de mes confrères. Nous élaborons des lames dignes des chansons de geste, des armures qu'un dieu se flatterait de revêtir – pas *ça*. »

Tyrion pencha la tête de côté et distilla à l'homme un regard vairon. « Quel est ton nom, maître armurier ?

– Salloreon, monseigneur, pour vous servir. Si Son Excellence la Main daigne me le permettre, je me ferai un *immense* honneur de lui façonner une armure aussi digne de sa maison que de ses hautes fonctions. » Deux des assistants ricanèrent, mais il n'en fonça que plus étourdiment. « De plates et d'écailles, je pense. Les écailles dorées, tout l'éclat du soleil, la plate émaillée de la somptueuse écarlate Lannister. Je suggérerais un heaume à tête de démon, surmontée de grandes cornes d'or. De quoi terrifier tous vos adversaires, durant la bataille. »

A tête de démon, s'attrista Tyrion, *en quoi diable ceci s'applique-t-il à moi ?* « Voyez-vous, maître Salloreon, mes batailles à venir, je projette de les mener toutes de ce fauteuil. C'est de maillons que j'ai besoin, et non de cornes démoniaques. Aussi m'accorderez-vous ma requête. Vous ferez des chaînes, ou bien vous en porterez. Libre à vous de choisir. » Sur ce, il se leva et se retira sans même un regard en arrière.

Bronn l'attendait près de la poterne avec la litière et une escorte d'Oreilles Noires. « Tu connais l'adresse », lui dit Tyrion en acceptant son aide pour s'installer. Bien qu'il eût fait tout son possible pour approvisionner la ville affamée – affectant plusieurs centaines de charpentiers requis pour les catapultes à la construction de bateaux de pêche, ouvrant le Bois-du-Roi à tout chasseur assez hardi pour se risquer sur l'autre rive de la Néra, expédiant même des manteaux d'or fourrager au sud et à l'ouest –, des regards accusateurs le traquaient toujours, où qu'il se rendît. Les rideaux de la litière le préservaient de ce désagrément tout en le laissant méditer à loisir.

Ainsi, tout en descendant lentement la sinueuse allée Sombrenoir, au pied de la colline d'Aegon, réfléchissait-il aux événements de la matinée. La colère avait amené sa sœur à méconnaître la véritable portée de la lettre de Stannis Baratheon. Faute de preuves, les accusations de celui-ci ne valaient pas un clou ; autrement capital était le fait qu'il se fût proclamé roi. *Et comment Renly va-t-il réagir en l'apprenant ?* Il n'y avait pas de place pour *tous deux* sur le Trône de Fer.

D'une main paresseuse, il entrebâilla le rideau pour lorgner les rues. Les Oreilles Noires flanquaient la litière, le col paré de leurs hideux trophées. Bronn ouvrait la marche en éclaireur. Fixant les passants qui le fixaient, il s'amusa au petit jeu d'essayer de distinguer les mouchards des autres. *Les mines les plus soupçonneuses sont probablement innocentes*, conclut-il. *Ce sont les mines innocentes qu'il faut soupçonner.*

L'endroit où il se rendait se trouvait derrière la colline de Rhaenys, et les ruelles grouillaient de monde. Près d'une heure s'était écoulée et Tyrion assoupi quand le balancement de la litière annonça l'arrêt, mais c'est la fin du tangage qui le réveilla en sursaut. Il se frotta les yeux, et Bronn lui prêta la main pour débarquer.

La maison n'avait qu'un étage, rez-de-chaussée de pierre et premier de bois. A l'un de ses angles saillait une échauguette ronde. Nombre des fenêtres étaient résillées de plomb. Au-dessus de la porte oscillait une lanterne ouvragée composée d'un globe de métal doré et de verre écarlate.

« Un bordel, dit Bronn. Qu'allez-vous foutre là-dedans ?

– Que fout-on d'habitude dans un bordel ? »

Le reître se mit à rire. « Shae suffit pas ?

– Elle suffisait gentiment pour la vie de camp, mais j'ai changé d'existence. Les petits hommes ont des appétits d'ogre, et je me suis laissé dire que les filles de cet établissement sont des morceaux de roi.

– Le gosse est assez vieux pour ça ?

– Pas Joffrey. Robert. L'une de ses adresses favorites. » *Au fait, Joffrey doit être assez vieux pour ça. Une idée à creuser, ma foi.* « Si ça vous tente de vous amuser, toi et les Oreilles Noires, quartier libre, mais les pensionnaires de Chataya coûtent la peau des fesses. Vous trouverez meilleur marché tout le long de la rue. Laissez-moi seulement quelqu'un qui sache où vous trouver lorsque je désirerai repartir. »

Bronn acquiesça. « Entendu. » Les barbares étaient tout sourires.

A l'intérieur, une grande femme enveloppée de soieries flottantes l'attendait, peau d'ébène et prunelles de santal. « Je suis Chataya, déclara-t-elle avec une profonde révérence. Et vous êtes…

– Ne prenons pas la manie des noms. Les noms sont dangereux. » L'air embaumait une épice exotique, le sol était orné d'une mosaïque représentant deux femmes accouplées. « Tu as un charmant établissement.

– Le résultat d'un long labeur. Je suis ravie qu'il plaise à la Main. » Elle avait une voix d'ambre fluide et vaporeuse et les intonations des lointaines îles d'Eté.

« Les titres peuvent être aussi dangereux que les noms, la tança Tyrion. Montre-moi quelques échantillons de ton pensionnat.

– Avec le plus grand plaisir. Vous les trouverez toutes aussi délicieuses que belles et expertes aux raffinements de l'amour, quel qu'il soit. » Elle s'évapora, gracieuse, le laissant vaille que vaille chalouper dans son sillage sur ses jambes deux fois moins longues.

De derrière un superbe paravent de Myr ciselé de fleurs, de rinceaux capricieux, de vierges rêveuses, ils guignèrent, invisibles, le salon dans lequel un vieillard jouait sur sa cornemuse un air entraînant. Dans une alcôve capitonnée, un Tyroshi saoul à la barbe pourpre faisait sauter sur son genou une jeune putain dodue ; il lui avait délacé le corsage et s'apprêtait à y faire couler un filet de vin pour le laper entre ses seins. Assises devant une fenêtre à réseaux de plomb, deux autres filles jouaient aux cartes ; l'une, mouchetée de taches de rousseur, avait dans ses cheveux de miel une guirlande de corolles bleues ; l'autre, la peau aussi soyeuse et noire que du jais poli, d'immenses yeux sombres et de petits tétons pointus ; toutes deux portaient des soieries flottantes nouées à la taille par des ceintures de perles. Le soleil que filtraient les verres de couleur soulignait par transparence la délicatesse juvénile des corps, et Tyrion sentit s'émouvoir son aine. « Révérence gardée, dit Chataya, je vous conseillerais la noire.

– Elle est bien jeune...

– Elle a seize ans, monseigneur. »

L'âge idéal pour Joffrey, se dit-il en repensant à la réflexion de Bronn. Sa première, se rappela-t-il, était plus jeune encore. Et comme elle semblait timide en retirant sa robe par-dessus sa tête, la première fois. De longs cheveux noirs, des yeux d'un bleu à s'y noyer – et il s'y était noyé. Si loin, tout ça... *Quel maudit corniaud tu fais, nabot.* « Elle vient de votre propre patrie, cette enfant ?

– Son sang est bien le sang de l'Eté, monseigneur, mais ma fille est née ici même, à Port-Réal. » Le visage de Tyrion dut trahir sa stupeur, car elle reprit : « L'appartenance à une maison de plaisir n'a rien d'infamant, pour mon peuple. Aux îles d'Eté, les êtres doués pour faire jouir sont au contraire tenus en très haute estime. Beaucoup de garçons et de filles de haute naissance s'y consacrent quelques années, une fois pubères, afin d'honorer les dieux.

– Que viennent faire les dieux là-dedans ?

– Les dieux ont fait nos corps tout autant que nos âmes, non ? Ils nous donnent des voix pour les adorer par nos chants. Ils nous donnent des mains pour leur bâtir des temples. Et ils nous donnent le désir pour les adorer par nos accouplements.

– Fais-moi penser à en aviser le Grand Septon, dit Tyrion. S'il m'était possible de prier avec ma queue, je serais d'une piété beaucoup plus ardente. » Il agita la main. « Je serai heureux de suivre ton conseil.

– Je vais appeler ma fille. Venez. »

La gamine le rejoignit au pied de l'escalier. Moins grande que sa mère mais plus que Shae, ele dut se mettre à genoux pour que

Tyrion pût l'embrasser. « Je m'appelle Alayaya, dit-elle, avec une pointe imperceptible de l'accent maternel. Venez, monseigneur. » Elle lui prit la main et lui fit monter deux volées de marches avant de l'entraîner dans un long corridor. Des cris, des hoquets de plaisir se faisaient entendre derrière une porte, de petits rires et des chuchotements derrière une autre. Tyrion suffoquait dans ses braies. *Cela pourrait être humiliant*, songea-t-il tout en empruntant derrière elle un autre escalier qui menait à la chambre de l'échauguette. Il n'y avait qu'une porte qu'Alayaya referma derrière lui. La pièce contenait un immense lit capitonné, une haute armoire sculptée de motifs érotiques et une fenêtre étroite dont le vitrail semblait composé de diamants rouges et jaunes.

« Tu es très belle, Alayaya, se hâta-t-il de lui dire. De la tête aux pieds, je te trouve adorable. Mais pour l'heure, c'est à ta langue que se porte l'essentiel de mon intérêt.

– Monseigneur trouvera ma langue des mieux stylée. Dès ma petite enfance, j'ai appris quand l'utiliser et quand non.

– Voilà qui me plaît. » Il sourit. « Qu'allons-nous donc faire maintenant ? Se trouverait-il que tu aies quelque chose à me suggérer ?

– Oui, dit-elle. Si monseigneur veut bien ouvrir l'armoire, il y trouvera ce qu'il cherche. »

Tyrion lui baisa la main et grimpa dans le meuble vide qu'Alayaya referma sur lui. Il palpa le panneau du fond, le sentit bouger sous ses doigts, le fit entièrement glisser de côté. Une noirceur de poix régnait dans la cavité aménagée entre les murs mais, à force de tâtonner, il y rencontra du métal. Sa main reconnut un barreau d'échelle, son pied en trouva un autre, et il entreprit de descendre. Bien au-dessous du niveau de la rue, la cheminée s'ouvrait sur un tunnel de terre en pente où l'attendait Varys, un bougeoir à la main.

Un Varys qui avait cessé d'être Varys. Une figure couturée de cicatrices, hérissée de picots sombres, se devinait sous son armet d'acier à pointe, de la maille couvrait son justaucorps de cuir bouilli, un poignard et un branc pendaient à sa ceinture. « Votre visite chez Chataya vous a-t-elle donné satisfaction, messire ?

– Presque trop, convint Tyrion. Vous êtes certain de la loyauté de cette femme ?

– Je ne suis certain de rien dans ce monde frivole et perfide, messire. Chataya n'a cependant aucun motif d'adorer la reine, et elle sait quelle reconnaissance elle vous doit pour l'avoir débarrassée d'Allar Deem. Nous y allons ? » Il se mit à descendre le long du tunnel.

Même sa démarche n'est plus la même, remarqua Tyrion. Une odeur d'ail et de vinasse avait également supplanté le parfum de lavande. « J'aime bien votre nouvelle tenue, remarqua-t-il tout en avançant.

– Le métier que j'exerce ne me permet pas de parcourir les rues dans une colonne des chevaliers. Aussi adopté-je pour sortir du château des déguisements plus seyants et qui me permettent de prolonger mes jours pour vous servir.

– Le cuir vous va. Vous devriez venir vêtu de la sorte à la prochaine séance du Conseil.

– Votre sœur n'apprécierait point, messire.

– Ma sœur en mouillerait ses sous-vêtements. » Il sourit dans le noir. « Je n'ai vu trace d'aucun de ses espions dans mon ombre.

– Je suis charmé de l'apprendre, messire. Comme certains des gens aux gages de votre sœur sont aussi – à son insu le plus total – aux miens, je me sentirais personnellement outragé s'ils s'étaient avachis au point de se laisser repérer.

– Et quant à moi, je *serais* personnellement outragé de m'être pour des prunes fourré dans des armoires et imposé les affres de la concupiscence frustrée.

– Pas tout à fait pour des prunes, assura Varys. Ils savent que vous êtes là. Je n'affirmerais pas que l'un d'entre eux serait assez hardi pour se présenter travesti en pratique chez Chataya, mais je préfère pécher par excès de prudence.

– Comment se fait-il qu'un bordel dispose d'une entrée secrète ?

– Le tunnel fut creusé pour une Main du roi à qui son honneur interdisait de pénétrer ouvertement dans une telle maison. Chataya n'en a jamais trahi l'existence.

– Et cependant, *vous* êtes au courant.

– Les oisillons volent en maint tunnel noir. Attention, les marches sont raides. »

L'écurie au fond de laquelle ils émergèrent devait se trouver à quelque trois blocs de leur point de départ, sous la colline de Rhaenys. Un cheval hennit dans sa stalle lorsque Tyrion laissa retomber bruyamment la trappe. Pendant que Varys soufflait la bougie et la déposait sur une solive, le nain jeta un regard circulaire. Une mule et trois chevaux occupaient les stalles. Il s'approcha du hongre pie, lui examina les dents. « Vieux, lâcha-t-il, et pas grand souffle, selon moi.

– A ne pas monter un jour de bataille, je vous l'accorde, répliqua Varys, mais il nous sera utile et n'attirera pas l'attention. Pareil pour les autres. Et le palefrenier ne voit et n'entend que les animaux. » Il décrocha un manteau suspendu là comme par hasard. Un manteau d'une étoffe grossière, délavée, usée jusqu'à la corde, mais de coupe très ample. « Si vous permettez ? » Après que Varys lui en eut drapé les épaules, il s'y trouva enfoui jusqu'aux pieds. « Les gens ne voient que ce qu'ils s'attendent à voir, dit l'eunuque, tout en lui rabattant le capuchon jusqu'au nez. Les nains n'étant pas si communs que les gosses, c'est un gosse qu'ils verront en vous. Un gosse enveloppé dans un vieux manteau, montant le cheval de son papa et faisant quelque course pour son papa. Mieux vaudrait néanmoins venir le plus souvent de nuit.

– J'envisage de..., mais pas aujourd'hui. Pour l'heure, Shae m'attend. » De peur d'être suivi, il n'avait pas encore osé lui rendre visite dans la demeure qu'elle occupait à l'extrémité nord-est de Port-Réal, non loin de la mer.

« Quel cheval voulez-vous prendre ? »

Tyrion haussa les épaules. « Celui-ci devrait m'aller.

– Je vous le prépare. » Il détacha d'un piton selle et picotin.

Tyrion se drapa dans le lourd manteau et fit les cent pas d'un air fébrile. « Vous avez raté une séance palpitante. Stannis s'est fait couronner, paraît-il.

– Je sais.

– Il accuse d'inceste mon frère et ma sœur. Je me demande d'où lui est venu ce soupçon.

– D'une lecture, peut-être, et de l'examen des cheveux d'un bâtard. Jon Arryn puis Ned Stark avaient procédé de même. A moins que quelqu'un ne le lui ait soufflé dans le tuyau de l'oreille. » Il se mit à rire, mais d'un rire de gorge et beaucoup plus grave que ses petits rires de tête habituels.

« Quelqu'un comme vous, d'aventure ?

– Me suspectez-vous ? Non, pas moi.

– Dans le cas contraire, l'avoueriez-vous ?

– Non. Mais pourquoi trahir un secret que j'ai si longtemps gardé par-devers moi ? Puis il est infiniment plus facile de tromper un roi que d'échapper au grillon des jonchées et à l'oisillon du foyer. Sans compter que tout le monde avait les bâtards sous les yeux.

– Les bâtards de Robert ? Qu'en est-il au juste ?

– Pour autant que je sache, il en avait engendré huit, expliqua Varys tout en ajustant les sangles. Les mères avaient beau être cuivre ou miel, beurre ou châtaigne, les petits n'en étaient pas moins d'un noir de corbeau… et, par là, d'aussi fâcheux augure. Aussi était-il enfantin de deviner la vérité lorsque Joffrey, Myrcella et Tommen parurent entre les cuisses de votre sœur aussi dorés que le soleil. »

Tyrion secoua la tête. *Si elle avait mis au monde ne fût-ce qu'un enfant de son mari, cela aurait suffi pour désarmer la suspicion…, mais alors Cersei n'aurait pas été Cersei.* « Si vous n'avez pas joué le rôle du souffleur, qui ?

– Quelque traître, assurément. » Il resserra la sangle.

« Littlefinger !

– Je n'ai point prononcé de nom. »

Tyrion laissa l'eunuque lui tenir lieu d'écuyer. « Lord Varys, reprit-il une fois en selle, il me semble tantôt n'avoir pas à Port-Réal de meilleur ami, tantôt de pire ennemi que vous.

– Comme c'est bizarre. Vous me faites exactement la même impression. »

BRAN

Les premières pâleurs du jour étaient fort loin de s'insérer dans l'interstice des volets qu'il avait déjà les yeux ouverts.

La fête des moissons avait attiré des hôtes à Winterfell. On courrait la quintaine dans la cour durant la matinée, mais cette perspective qui l'aurait enflammé naguère – *avant* – le glaçait.

Le glaçait. Car si les Walder allaient rompre des lances avec les écuyers de lord Manderly, lui-même, au lieu de jouter, serait condamné à jouer les princes dans la loggia de Père. Mestre Luwin avait beau dire : « Ecoute, et tu t'initieras peu à peu à l'exercice de la souveraineté », belle consolation.

Etre prince ne l'avait jamais tenté. Son rêve de toujours, c'était chevalier, c'étaient l'éclat de l'armure et le flottement des bannières, c'étaient la lance et l'épée, c'était entre les cuisses un destrier. Pourquoi lui fallait-il gâcher ses jours à écouter des vieux parler de choses dont à peine comprenait-il la moitié ? *Parce que tu es brisé*, martelait la petite voix insidieuse. Un seigneur pouvait se permettre d'être infirme, une fois étayé par des coussins (les Walder disaient que, vu sa débilité, leur grand-père ne se déplaçait qu'en civière), un seigneur, oui, un chevalier sur sa monture, non. Restait le devoir, bien sûr..., ainsi que le rabâchait ser Rodrik. « Tu es l'héritier de ton frère, le Stark de Winterfell. Lors des visites de bannerets, souviens-toi, Robb siégeait aux côtés de ton père. »

Trop obèse, lui, pour monter à cheval, lord Wyman Manderly était arrivé de Blancport par péniche puis litière deux jours plus tôt, suivi d'une longue file de vassaux : chevaliers, écuyers, hobereaux et dames, hérauts, musiciens et même un jongleur, toute chamarrée d'étendards et de surcots multicolores. La corvée se fût-elle bornée à les accueillir – et d'une manière louée ensuite par ser Rodrik – du haut du trône de pierre aux bras sculptés en forme de loups-garous, Bran s'en serait facilement accommodé. Mais elle débutait seulement...

« La fête fournit un charmant prétexte, avait expliqué ser Rodrik, mais personne ne s'inflige un trajet de cent lieues pour une aiguillette de canard et une gorgée de vin. Seuls les gens qui ont des affaires d'importance à nous soumettre font un tel voyage. »

Les yeux fixés sur le rude plafond de pierre, Bran se morigénait de son mieux. Robb aurait dit : « Ne fais pas l'enfant. » Il l'entendait presque. Et Père aussi. *L'hiver vient. Tu es presque un homme fait, Bran. Tu as des devoirs.*

Aussi était-il résigné à son sort quand Hodor vint, tout sourires et tout fredons discordants, bourdonner dans sa chambre et l'aider à faire sa toilette et à se coiffer. « Le doublet de laine blanc, aujourd'hui, commanda-t-il. Et la broche d'argent. Ser Rodrik va me vouloir l'air seigneurial. » Dans la mesure du possible, il préférait s'habiller lui-même, mais l'humiliation d'enfiler ses chausses ou ses bottes durait moins, à deux. Une fois initié aux gestes nécessaires, Hodor se montrait adroit et, en dépit de sa force prodigieuse, d'une délicatesse jamais démentie. « Tu aurais pu être chevalier, toi aussi, je parie, lui dit Bran, et un grand chevalier, si les dieux ne t'avaient retiré l'esprit.

– Hodor ? s'ébahirent en toute incompréhension les naïves prunelles brunes d'Hodor.

– Oui. Hodor », dit Bran en le désignant du doigt.

Près de la porte était accrochée l'espèce de hotte qui servait à le véhiculer. Après avoir glissé ses bras dans le harnais de cuir et assuré une large sangle autour de son torse, Hodor s'agenouilla auprès du lit, et Bran, s'aidant des barres de fer fixées au mur, hissa ses jambes mortes et les laissa, ballantes, s'insérer tant bien que mal dans les orifices ménagés à leur intention.

« Hodor ! » répéta Hodor en se relevant. Et comme il avait près de sept pieds de haut, peu s'en fallait que la tête de Bran ne frôlât le plafond. Aussi l'enfant se tassa-t-il pour franchir la porte. Emoustillé par l'odeur du pain chaud, le géant s'était une fois mis à *courir* vers les cuisines, et le cuir chevelu de sa charge en avait si bien pâti que mestre Luwin avait dû le recoudre. Quant à coiffer l'antique heaume rouillé, dépourvu de visière que Mikken avait après cela déniché dans l'armurerie, Bran n'y songeait guère. Les Walder s'en étaient chaque fois gaussés.

Les mains cramponnées aux épaules d'Hodor pendant que celui-ci dévalait le colimaçon, Bran percevait déjà, dans la cour, le tapage des sabots, des épées et des boucliers. Cela faisait un délicieux concert. *Je jetterai juste un coup d'œil*, se dit-il, *juste un, vite vite, et pas plus*.

La fine fleur de Blancport ne se montrant, avec ses chevaliers et hommes d'armes, qu'à une heure plus avancée de la matinée, c'est à ses écuyers, des garçons de dix à quatorze ans, qu'appartenait jusque-là la cour. La nostalgie d'être et n'être pas l'un d'eux tourmentait si fort Bran qu'il en avait mal au ventre.

On avait dressé deux quintaines, chacune constituée d'un gros poteau sur lequel s'ajustait une traverse mobile aux extrémités munies l'une d'une trique rembourrée, l'autre d'un bouclier peint d'écarlate et d'or et barbouillé d'un lion contrefait ; les premiers assauts avaient déjà pas mal éraflé l'effigie Lannister.

L'apparition de Bran dans sa hotte écarquilla ceux des participants qui ne l'avaient pas encore vu dans cet appareil, mais il savait désormais dédaigner les écarquillements. Du moins dominait-il son monde, du haut d'Hodor, et jouissait-il d'une vue imprenable. Les Walder étaient en train de se mettre en selle. Ils avaient apporté de leurs Jumeaux de belles armures de plates argentées repoussées d'émaux bleus. Le cimier de Grand Walder avait la forme d'un château, celui de Petit Walder s'ornait de faveurs flottantes de soie grises et bleues. Leurs écus et surcots respectifs achevaient de les différencier. Le sanglier moucheté de sa grand-mère Crakehall et le laboureur Darry de sa mère écartelaient les tours Frey du cadet, celles de l'aîné l'étant par l'arbre-aux-corbeaux Nerbosc et les serpents géminés Paege. *Quelle famine d'honneur*, songea Bran pendant qu'ils empoignaient leurs lances, *un Stark n'a besoin que du loup-garou.*

Sur leurs coursiers gris pommelé vifs et solides et superbement dressés, tous deux chargèrent côte à côte, heurtèrent tous deux de plein fouet les boucliers, s'esquivèrent tous deux bien avant que les triques n'eussent pivoté. Petit Walder avait frappé plus vigoureusement, mais Grand Walder se tenait mieux en selle, au gré de Bran, qui aurait volontiers donné ses deux jambes vaines contre l'aventure de leur courir sus, à l'un comme à l'autre.

Petit Walder se débarrassa de sa lance rompue puis, apercevant Bran, immobilisa sa monture. « Le vilain cheval que voilà ! dit-il d'Hodor.

– Hodor n'est pas un cheval, riposta Bran.

– Hodor ! » lâcha Hodor.

Grand Walder se rapprocha de son cousin. « Oh, sûr qu'il n'est pas si *joli* qu'un cheval. » Quelques gars de Blancport se bourrèrent les côtes en pouffant.

« Hodor ! » Rayonnant de cordialité, le regard d'Hodor se portait d'un Walder à l'autre. Leurs sarcasmes lui échappaient. « Hodor Hodor ? »

Le coursier de Petit Walder émit un hennissement. « Regarde, ils se parlent ! Peut-être qu'*hodor* veut dire "Je t'aime" en cheval.

– La ferme, Frey ! » Bran se sentit voir rouge.

Petit Walder poussa son cheval de manière que le choc fît reculer Hodor. « Et que feras-tu, si je n'obéis pas ?

– Il lâchera son loup sur toi, cousin, prévint Grand Walder.

– Tant mieux. J'ai toujours eu envie d'une pelisse en loup.

– Eté t'arrachera ta tête de lard », dit Bran.

Petit Walder fit sonner son pectoral de plates sous son poing maillé. « Il a des dents d'acier, ton loup, pour mordre à travers plate et maille ?

– *Assez !* » La voix de mestre Luwin surmonta le tumulte de la cour avec le fracas d'un coup de tonnerre. Ce qu'il avait exactement perçu de l'échange, Bran n'aurait su dire..., mais assez, de toute manière, pour être à l'évidence hors de lui. « Ces menaces sont indécentes, et je ne souffrirai pas d'entendre un mot de plus. Est-ce ainsi, Walder Frey, que vous vous comportez aux Jumeaux ?

– Si j'en ai envie. » Du haut de son coursier, Petit Walder toisait Luwin d'un regard importuné comme pour dire : *Vous n'êtes qu'un vulgaire mestre. De quel front osez-vous réprimander un Frey du Pont ?*

« Eh bien, ce n'est pas ainsi qu'à Winterfell devrait se comporter un pupille de lady Stark. D'où est partie cette querelle ? » Il scruta tour à tour chacun des garçons. « L'un de vous va me le dire, ou je vous jure que...

– Nous étions en train de taquiner Hodor, avoua Grand Walder. Désolé, si nous avons offensé le prince Bran. Nous voulions seulement blaguer. » Lui du moins avait la bonne grâce de se montrer confus.

Tandis que Petit Walder se montrait seulement maussade. « Moi aussi, ronchonna-t-il. Je blaguais moi aussi. »

Au sommet du crâne du mestre, la clairière s'était empourprée. La colère de Luwin s'aggravait, si possible. « Un seigneur digne de ce nom protège les faibles et les démunis, dit-il aux Frey. Je ne tolérerai pas que vous preniez Hodor pour cible de vos sarcasmes, entendez-vous ? je ne le tolérerai pas ! C'est un bon cœur, docile et respectueux. Je ne saurais en dire autant de vous deux. » Il agita l'index en direction de Petit Walder. « Quant à toi, garde-toi d'entrer dans le bois sacré et de t'approcher des loups, ou il t'en cuira. » Sur ce, il tourna vivement les talons dans un grand envol de manches, fit trois pas, jeta un regard en arrière. « Bran. Viens. Lord Wyman attend.

– En route, Hodor, ordonna Bran.

– Hodor ! » dit Hodor, et ses longues foulées rattrapèrent le trottinement rageur du mestre sur le perron du Grand Donjon. Luwin lui tint la porte, et Bran n'eut qu'à s'agripper au cou du colosse et à se tasser pour franchir indemne le seuil.

« Les Walder..., commença-t-il.

– Plus un mot là-dessus. L'incident est clos. » Le mestre avait l'air vanné, à bout. « Tu as eu raison de défendre Hodor, mais tu n'aurais pas dû te trouver là. Ser Rodrik et lord Wyman ont fini de déjeuner pendant que tu t'attardais. Me faut-il encore venir te chercher moi-même, comme si tu étais un bambin ?

– Non, reconnut Bran, honteux. Je suis navré. Je voulais seulement...

– Je sais ce que tu voulais, coupa Luwin, mais d'un ton radouci. Plaise aux dieux que ce fût possible. As-tu des questions à me poser avant le début de l'audience ?

– Allons-nous parler de la guerre ?

– Tu ne parleras de rien. » Le ton s'était à nouveau durci. « Tu n'as encore que huit ans...

– Presque neuf !

– Huit, maintint le mestre. A moins que ser Rodrik ou lord Wyman ne t'interrogent, contente-toi des formules de courtoisie. »

Bran hocha la tête. « Bien.

– Je n'informerai pas ser Rodrik de ton différend avec les Frey.

– Merci. »

Après qu'on l'eut calé dans la cathèdre en chêne de Père avec des coussins de velours gris au haut bout de la longue table dressée sur des tréteaux, ser Rodrik prit place à sa droite, et mestre Luwin à sa gauche, muni de plumes, d'encriers et de parchemin vierge afin de dresser le procès-verbal de la séance. Tout en caressant d'une main le bois noueux du plateau, Bran pria lord Wyman d'excuser son retard.

« Un prince n'est jamais en retard, voyons, répliqua le sire de Blancport avec affabilité. Ceux qui le précèdent sont en avance, voilà tout ! » Il accompagna sa saillie d'un rire retentissant. Que Wyman Manderly fût interdit de selle n'était qu'à demi surprenant, car son poids semblait excéder celui des plus gros chevaux. Aussi verbeux qu'enveloppé, il pria d'abord Winterfell d'entériner la nomination des nouveaux douaniers de Blancport. Les anciens avaient préféré retenir l'argent destiné à Port-Réal plutôt que de le verser au nouveau souverain du Nord. « Du reste, déclara-t-il, le roi Robb doit frapper sa propre monnaie, et le lieu idéal pour ce faire est Blancport. » Il offrit donc de s'en charger, s'il plaisait à Sa Majesté, puis en vint à vanter la manière dont il avait renforcé les défenses de la rade, non sans détailler le coût de chaque amélioration.

En sus de battre la monnaie de Robb, il proposa également de lui construire une flotte de guerre. « Voilà des centaines d'années, très exactement depuis que Brandon l'Incendiaire brûla tous les vaisseaux de son père, que nous n'avons plus de force maritime. Fournissez-moi l'or, et je me fais fort de vous lancer dans l'année suffisamment de galères pour prendre Port-Réal et Peyredragon. »

Ce dernier sujet fit dresser l'oreille à Bran. Nul ne lui demandait son avis, mais il trouvait splendide l'idée de lord Wyman. Il la voyait en imagination déjà réalisée, et se demandait si jamais infirme avait commandé un bateau de guerre. Mais ser Rodrik promit simplement de transmettre à Robb la proposition, tandis que la plume de mestre Luwin égratignait le parchemin.

Midi survint, passa. Mestre Luwin expédia aux cuisines Tym-la-Grêle, et l'on déjeuna dans la loggia de chapons, de fromage et de pain bis. Tout en écartelant une volaille avec ses doigts graisseux, lord Wyman s'enquit poliment de lady Corbois, sa cousine. « Elle est née Manderly, savez-vous. Une fois émoussé son premier chagrin, peut-être lui agréerait-il de le redevenir, hein ? » Il mordit dans une aile, sourit de toute sa large face. « Il se trouve que d'aventure je suis veuf moi-même depuis huit ans. Bien temps que je me remarie, messires, pas votre avis ? On se sent seul, à la longue… » Les os repoussés de côté, il tendit la main vers un pilon. « Et si elle désire un mari plus jeune, mon fils Wendel est disponible aussi. Il se trouve pour l'heure auprès de lady Catelyn, dans le sud, mais je ne doute pas qu'il ne souhaite au retour prendre femme. Un gars vaillant – et gaillard. Juste l'homme qu'il lui faudrait pour réapprendre à rire, hein ? » Il torcha son menton maculé de graisse avec la manche de sa tunique.

Par les fenêtres entrait la rumeur lointaine de cliquetis d'armes. Ces histoires de mariage assommaient Bran. *Je serais tellement mieux dans la cour...*

Sa Seigneurie attendit que l'on eût desservi pour aborder le chapitre de son fils aîné, ser Wylis, fait prisonnier sur la Verfurque. « Lord Tywin Lannister m'a écrit pour me proposer de me le rendre sans rançon, sous réserve que je retire mes troupes à Sa Majesté et jure de ne plus prendre part aux combats.

– Vous allez refuser, naturellement, dit ser Rodrik.

– N'ayez crainte, à cet égard, protesta le lord. Le roi Robb n'a pas de plus loyal serviteur que Wyman Manderly. Il me répugnerait néanmoins de voir mon fils croupir plus que nécessaire à Harrenhal. C'est un sale endroit qu'Harrenhal. Maudit, dit-on. Non que je sois du genre à avaler de telles sornettes mais, bon, c'est un fait. Regardez la mésaventure de ce Janos Slynt. Elevé par la reine à la dignité de sire de Harrenhal, puis abattu par le Lutin. Embarqué pour le Mur, à ce qu'on prétend. Mon vœu le plus cher serait que l'on parvienne sans trop tarder à un échange équitable de prisonniers. Il déplairait fort à Wylis, je le sais, d'attendre sur le cul la fin des hostilités. C'est un brave, mon fils, la férocité d'un molosse. »

Quand l'audience approcha de son terme, l'immobilité forcée avait douloureusement ankylosé les épaules de Bran. Or, le soir même, comme il présidait le souper, le cor sonna l'arrivée d'un nouvel hôte. Lady Donella Corbois n'était suivie ni de vassaux ni de chevaliers ; seuls l'escortaient, en livrée orange poussiéreuse au chef d'orignac, six hommes d'armes las. « Vos deuils nous ont extrêmement peiné, madame », lui dit Bran lorsqu'elle se présenta devant lui. Elle avait perdu son mari à la bataille de la Verfurque et leur fils unique à celle du Bois-aux-Murmures. « Winterfell ne l'oubliera pas.

– J'en suis touchée. » Elle n'était, avec sa pâleur et ses traits creusés de chagrin, qu'une cosse de femme. « Je n'en puis plus, messire. Je vous serais reconnaissante de m'accorder la permission de me reposer.

– Cela va de soi, dame, intervint ser Rodrik. Nous aurons bien le temps de causer demain. »

Le lendemain, la plus grande partie de la matinée s'écoula en discussions de légumes et de céréales et de viande salée. Depuis que les mestres de la Citadelle avaient proclamé l'entrée dans l'automne, les gens avisés mettaient de côté une partie de chaque récolte, mais définir l'ampleur de ladite partie semblait exiger des parlotes interminables. Lady Corbois stockait un cinquième. Sur les instances de mestre Luwin, elle promit d'aller jusqu'au quart.

« Le bâtard de Bolton est en train de masser des hommes à Fort-Terreur, les avisa-t-elle. J'espère qu'il compte les emmener grossir les forces de son père aux Jumeaux, mais, lorsque je me suis informée de ses intentions, il m'a fait répondre qu'aucun Bolton ne daignait répondre aux questions d'une femme. Comme s'il était légitime et avait le moindre droit de porter ce nom… !

– Lord Bolton ne l'a jamais reconnu, que je sache, dit ser Rodrik. J'avoue ne pas le connaître.

– Vous n'êtes pas le seul, reprit-elle. Il a vécu avec sa mère jusqu'au jour où, voilà deux ans, la mort du jeune Domeric l'ayant privé d'héritier, Bolton l'a ramené à Fort-Terreur. C'est un sournois de la pire espèce, et il a pour serviteur un homme presque aussi cruel que lui. Un surnommé Schlingue. Qui ne se baigne jamais, dit-on. Lui et le Bâtard chassent de conserve, et pas le daim. Il court sur eux des tas d'histoires, des choses que j'ai peine à croire, même de la part d'un Bolton. Et maintenant que mon seigneur et maître comme notre cher fils ont rejoint les dieux, mes domaines excitent la voracité du Bâtard. »

Bran aurait volontiers donné cent hommes à la dame pour défenseurs, mais ser Rodrik se contenta de dire : « Libre à lui de les lorgner mais, s'il faisait pis, je vous jure qu'il le paierait cher. Vous ne risquez pas grand-chose, madame, cependant…, peut-être la prudence vous fera-t-elle, une fois remise de vos deuils, songer à vous remarier ?

– J'ai passé l'âge d'avoir des enfants, et ce que je pouvais avoir de charmes m'a dès longtemps fuie, dit-elle avec un demi-sourire exsangue, mais cela n'empêche en effet pas les hommes de venir me renifler comme ils ne le firent jamais quand j'étais jeune fille.

– Vous ne voyez donc pas d'un œil favorable ces prétendants ? demanda mestre Luwin.

– Je me remarierai si Sa Majesté me l'ordonne, répondit-elle, mais Mors Freuxchère est une brute ivrogne et plus vieux que mon père. Quant à mon noble cousin Manderly, le lit de mon époux n'est pas assez large pour en accueillir un de si fastueux, et je suis moi-même trop frêle et menue pour lui servir de reposoir. »

Bran savait qu'au lit les hommes dormaient sur les femmes, mais il imagina la chose : dormir sous lord Manderly devait être comme dormir sous un percheron. Ser Rodrik gratifia la veuve d'un hochement de sympathie. « Vous aurez d'autres poursuivants, madame. Nous tâcherons de vous procurer un avenir qui vous agrée mieux.

– Il n'est peut-être pas nécessaire de chercher bien loin, ser. »

Après qu'elle se fut retirée, mestre Luwin se mit à sourire. « M'est avis, ser Rodrik, que la dame vous trouve à son goût... »

Le chevalier s'éclaircit la gorge d'un air gêné.

« Elle était bien triste », s'apitoya Bran.

Ser Rodrik acquiesça d'un signe. « Triste et gente – et nullement dépourvue de charmes, pour une femme de son âge, ne déplaise à sa modestie. Elle n'en représente pas moins un danger pour la paix du royaume de ton frère.

– Elle ? » s'ébahit Bran.

Mestre Luwin le lui expliqua. « Faute d'héritier direct, les terres Corbois vont sûrement susciter nombre de compétiteurs. Les Tallhart, les Flint et les Karstark sont tous apparentés aux Corbois par les femmes, et les Glover ont pour pupille, à Motte-la-Forêt, le bâtard de lord Harys. A ma connaissance, Fort-Terreur ne saurait fonder de revendication... mais, ses propres domaines étant contigus, Roose Bolton n'est pas homme à dédaigner l'aubaine. »

Ser Rodrik tripotait fébrilement ses favoris. « En telle occurrence, il convient donc que son suzerain lui trouve un parti digne d'elle.

– Et pourquoi ne pas l'épouser, *vous* ? demanda Bran. Vous dites la trouver avenante, et elle servirait de mère à Beth. »

Rodrik lui posa la main sur le bras. « C'est gentil de le penser, mon prince, mais je suis un simple chevalier, et trop vieux, en plus. Je tiendrais ses terres quelques années mais la laisserais, sitôt disparu, dans le même pétrin qu'aujourd'hui, et l'avenir de Beth risquerait d'en être lui-même compromis.

– Alors, laissez le bâtard de lord Corbois hériter d'elle, insista Bran, qui pensait à Jon.

– Cette solution satisferait les Glover et peut-être aussi l'ombre de lord Corbois, objecta ser Rodrik, mais elle nous aliénerait lady Corbois, je pense. Le garçon n'est pas de son sang.

– Encore mérite-t-elle d'être envisagée, dit mestre Luwin. Lady Donella n'est plus d'âge à concevoir, de son propre aveu. A part le bâtard, qui ?

– Me permettez-vous de me retirer ? » De la cour montait vers Bran le chant de l'acier contre l'acier. Les écuyers s'exerçaient, en bas...

« Faites, mon prince, dit ser Rodrik. Vous vous êtes bien comporté. » Bran rougit de plaisir. Faire le seigneur était moins ennuyeux qu'il ne l'avait craint, et comme lady Corbois s'était montrée infiniment plus concise que lord Manderly, cela lui laissait même quelques heures de jour pour aller voir Eté. Il aimait consacrer quotidiennement son temps libre au loup, quand le mestre et le chevalier l'y autorisaient.

A peine Hodor eut-il pénétré dans le bois sacré qu'Eté, comme averti de leur venue, surgit de sous un chêne. Bran distingua également sous le couvert une fine silhouette noire aux aguets. « Broussaille, appela-t-il, ici, Broussaille, viens. » Mais le loup de Rickon disparut aussi vite qu'il s'était montré.

Connaissant les prédilections de Bran, Hodor le porta spontanément au bord de l'étang, sous l'arbre-cœur, à l'endroit même où lord Eddard avait coutume de s'agenouiller pour prier. A leur arrivée, de longues risées animaient la surface de l'eau, le reflet du barral en avait des frissons dansants. Nul vent ne soufflait, pourtant. Le phénomène interloqua Bran.

Jusqu'à ce que du fond jaillît..., dans une gerbe d'éclaboussures tapageuses et si soudaines qu'Eté lui-même cula en grondant, jaillît Osha. Hodor fit une embardée en piaillant des « Hodor ! *Hodor !* » d'épouvante, et Bran dut lui tapoter l'épaule pour le calmer. « Comment peux-tu nager là-dedans ? s'étonna-t-il lui-même. Ce n'est pas trop froid ?

– Dès le berceau, j'ai tété des glaçons, petit. J'aime le froid. » Elle gagna les rochers du bord et, ruisselante, s'y campa. Elle était nue, la peau granulée par la chair de poule. L'échine basse, Eté s'approcha pour la flairer. « Je désirais toucher le fond.

– Il y en a un ?

– Peut-être pas. » Elle grimaça un sourire. « Que regardes-tu, petit ? Jamais vu de femme ?

– Si fait. » Il s'était baigné avec ses sœurs des centaines de fois et avait aussi regardé les servantes s'ébattre dans les bassins d'eau chaude. Mais la sauvageonne était différente. Point de courbes, rien de moelleux, des angles secs et durs. La jambe noueuse, le sein plat comme une bourse vide. « Tu es couverte de cicatrices…

– Toutes au prix fort. » Ramassant à terre sa cotte brune, elle la secoua pour en détacher quelques feuilles mortes et l'enfila par-dessus sa tête.

« Contre des géants ? » Elle affirmait qu'il en subsistait, au-delà du Mur. *Peut-être en verrai-je un, un jour…*

« Contre des hommes. » Elle se ceignit la taille avec un bout de corde. « Des corbeaux noirs, plus qu'à mon tour. M'en suis même tué un », dit-elle en ébrouant sa chevelure. Celle-ci lui couvrait largement les oreilles, désormais, et adoucissait quelque peu les traits de la rude créature qui l'avait agressé naguère dans le Bois-aux-Loups. « Ça jacasse, aux cuisines, aujourd'hui, sur toi et les Frey.

– Qui ça ? Que dit-on ? »

Elle lui dédia un rictus chagrin. « Qu'y a un p'tit crétin qui nargue un géant, et que ce monde est fou puisqu'y a qu'un estropié pour lui clouer le bec.

– Hodor n'a pas compris qu'on se moquait de lui. Et, de toute manière, il ne se bat jamais. » Le souvenir, ce disant, lui revint d'un jour où, en compagnie de Mère et de septa Mordane, il s'était rendu, tout petit, sur la place du marché. Censé les escorter pour porter les emplettes, Hodor s'était mis à errer à l'aventure et, lorsqu'on l'avait retrouvé, des gamins l'acculaient au fond d'une impasse et le rouaient de coups de bâton. « *Hodor !* hurlait-il sans discontinuer, *Hodor !* » tout en se pelotonnant pour se protéger, mais il ne levait pas seulement la main contre ses bourreaux. « Septon Chayle dit que c'est un noble cœur.

– Ouais, convint-elle, mais avec des mains capables de dévisser une tête de ses épaules, si la fantaisie lui prenait. En tout cas, fera bien de surveiller son dos, avec ce Walder. Lui et toi, pareil. Pas pour rien qu'on l'appelle petit, ce grand diable-là, maintenant que j'y pense. Grand dehors et dedans petit, mesquin jusqu'aux moelles.

– Il n'a jamais osé me frapper. Il a beau dire, il a peur d'Eté.

– Alors, il serait moins stupide qu'il n'a l'air. » Elle ne démordait pas du qui-vive avec les loups-garous. N'avaient-ils pas, à eux deux, mis en pièces trois sauvageons le jour de sa propre capture ? « S'il ne l'est autant. Et ça sent mauvais, tout de même. » Elle noua sa chevelure. « Toujours des rêves de loup ?

– Non. » Il lui répugnait d'en parler.

« Un prince devrait mentir mieux que ça. » Elle se mit à rire. « Enfin, tes rêves sont tes oignons. Mes oignons à moi sont à la cuisine, et je ferais bien d'y retourner avant que Gage ne commence à gueuler et à démanger de sa grande louche. Avec votre permission, mon prince. »

Elle n'aurait jamais dû parler des rêves de loup, songea Bran tandis qu'Hodor gravissait l'escalier pour le ramener à sa chambre. Une fois couché, il lutta de son mieux contre le sommeil, mais il finit par succomber, comme d'habitude. Et il rêva du barral, cette nuit-là. De ses prunelles ensanglantées, l'arbre le dévisageait, il l'appelait de sa bouche de bois convulsive, et, de ses branches pâles, la corneille aux trois yeux descendait d'un vol mou lui becqueter la face en criant son nom d'une voix blessante comme des épées.

Des sonneries de cor l'éveillèrent. Il se laissa rouler sur le côté, tout heureux du répit. Des chevaux hennissaient, des appels retentissaient. *Nouveaux hôtes, et nouveau tapage pour me griser.* De barre en barre, il s'arracha du lit, se propulsa jusqu'à la banquette de la fenêtre. La bannière au géant déchaîné lui apprit qui étaient les survenants, des Omble, descendus des contrées du nord, au-delà, là-bas, de la rivière Ultime.

Le lendemain se présentèrent ensemble à l'audience, effectivement, deux d'entre eux : des oncles du Lard-Jon, vieillards aussi forts en gueule en leur hiver que lui, et dont la barbe blanche le disputait à la blancheur de leurs manteaux d'ours. Le croyant mort, un corbeau avait jadis picoré l'œil du premier, Mors, qui depuis portait un cabochon de verredragon dans l'orbite vide ; son surnom de Freuxchère lui provenait de ce qu'il s'était vengé de l'oiseau, contait Vieille Nan, en lui arrachant la tête d'un coup de dent. Quant à son lugubre squelette de frère, Hother, Bran n'avait jamais pu obtenir d'elle l'origine de son sobriquet, Pestagaupes.

A peine assis, Mors demanda l'autorisation d'épouser lady Corbois. « Le Lard-Jon est le vigoureux bras droit du Jeune Loup, nul n'en disconvient. Se peut-il rêver meilleur protecteur des terres de la veuve qu'un Omble et, de tous les Omble, meilleur que moi ?

– Lady Donella se trouve encore plongée dans l'affliction, objecta mestre Luwin.

– J'ai sous mes fourrures de quoi calmer l'affliction », s'esclaffa Mors. Ser Rodrik se répandit en formules gracieuses et promit de soumettre la chose à la dame et au roi.

Hother réclama des bateaux. « Il descend du nord plus de pillards sauvageons que je n'en ai jamais vu. Ils traversent en barque la baie des Phoques et déferlent sur nos côtes avec des vivacités de belettes, et les corbeaux de Fort-Levant sont trop peu nombreux pour les arrêter. C'est de frégates qu'on a besoin contre, ouais, plus des marins solides comme équipages. Le Lard-Jon a emmené trop d'hommes. La moitié de nos récoltes s'est perdue, faute de bras pour faucher. »

Ser Rodrik tirailla ses favoris. « Vos forêts foisonnent de vieux chênes et de grands pins. Les caréneurs et les matelots surabondent chez lord Manderly. En vous unissant à lui, vous devriez pouvoir lancer suffisamment de frégates pour préserver votre littoral et le sien.

– Manderly ? renifla Mors Omble. Ce ballot de suif ? M'est parvenu que ses gens eux-mêmes s'en foutent sous le nom de lord Lamproie. Tout juste s'il marche. Un coup d'estoc dans sa bedaine, et vous verrez, ça grouille, des milliers d'anguilles.

– Pour être gras, protesta ser Rodrik, il ne manque pas de jugeote. Vous coopérerez, ou bien le roi saura la raison de votre refus. » A la stupeur de Bran, les deux ogres tombèrent d'accord, non sans maugréer, pour obtempérer.

La séance n'était pas levée que survinrent tour à tour, qui de Motte-la-Forêt, qui de Quart-Torrhen, des Glover et un fort parti de Tallhart. Bien qu'à leur départ pour le sud Galbart et Robett Glover eussent délégué leurs pouvoirs à l'épouse du second, c'est leur intendant que vit arriver Winterfell. « Ma dame vous prie de l'excuser. Ses enfants sont encore trop jeunes pour faire le voyage, et elle répugnait à les abandonner. » Bran ne tarda néanmoins guère à s'apercevoir que le véritable gouverneur de Motte n'était pas lady Glover mais son truchement. De son propre aveu, celui-ci ne mettait de côté qu'un dixième des récoltes. Un mage l'avait, se flatta-t-il, informé qu'un été prodigue précéderait l'installation définitive de l'hiver. Mestre Luwin trouva mille choses pertinentes à redire aux prophéties des mages de canton. Après lui avoir pour sa part intimé de stocker un cinquième de chaque denrée, ser Rodrik pressa l'intendant de questions sur le bâtard de lord Corbois, Larence, alias *Snow*, selon la coutume du Nord. Un garçon de près de douze ans dont le témoin vanta la bravoure et l'intelligence.

« Ce que tu suggérais à son propos pourrait se révéler fondé, Bran, commenta par la suite le mestre. M'est avis qu'un jour Winterfell n'aura qu'à se louer d'un maître tel que toi.

– Il n'en aura pas l'occasion, objecta Bran, conscient qu'il ne serait pas plus lord qu'il ne pouvait être chevalier. Robb doit épouser une Frey, vous m'en avez avisé vous-même, et les Walder ne cessent de le répéter. Il en aura des fils, et ce sont eux, pas moi, qui gouverneront Winterfell après lui.

– Il se peut, Bran, intervint ser Rodrik, mais j'ai eu beau me marier trois fois, mes femmes ne m'ont donné que des filles, et seule Beth m'en reste, à présent. Quant aux quatre fils vigoureux qu'avait engendrés mon frère Martyn, seul Jory parvint à l'âge d'homme. Son meurtre a éteint cette lignée-là. Il ne faut jamais jurer de demain. »

Le tour de Leobald Tallhart vint le jour suivant. Il parla du temps, de présages, de l'abattement des petites gens, de son neveu Benfred qui brûlait de se battre. « Il a monté sa propre compagnie de lances. Avec des garçons dont le plus âgé n'a pas dix-neuf ans, et qui le considèrent tous comme un second louveteau. Si bien qu'ils m'ont ri au nez quand je les ai qualifiés de simples lapereaux. Mais, du coup, ils se sont eux-mêmes dénommés "les Bouquins sauvages" et courent à bride abattue la campagne avec des peaux de lièvre accrochées à leurs hampes, chantant à tue-tête des chansons de chevalerie. »

Bran trouva cela grandiose. Winterfell ayant maintes fois accueilli ce Benfred en compagnie de son père, ser Helman, il revoyait le grand braillard bourru qui traitait de plain-pied Robb et Theon Greyjoy. Ser Rodrik manifesta, lui, sans ambages sa réprobation. « S'il lui fallait davantage d'hommes, le roi le leur manderait. Vous voudrez bien prier votre neveu de rester à Quart-Torrhen, conformément aux ordres du seigneur son père.

– Je n'y manquerai pas, ser », dit Leobald, avant de soulever finalement la question de lady Corbois. La pauvrette, sans époux pour défendre ses terres ni fils pour en hériter. Lui-même avait une Corbois pour femme, n'est-ce pas ? la propre sœur de feu lord Harys, mais à quoi bon le leur rappeler ? « Une demeure déserte, rien de si lugubre… Mon dernier fils pourrait s'y rendre comme pupille auprès de lady Donella. Bientôt dix ans, un caractère aimable, et puis son propre neveu, n'est-ce pas ? Beren saurait la réconforter, j'en suis sûr, et il pourrait même adopter le nom de Corbois...

– Si elle en faisait son héritier, n'est-ce pas ? insinua mestre Luwin.

– ... de manière à perpétuer la maison », conclut Leobald.

Là, Bran connaissait la réponse. « Merci de la suggestion, messire, lâcha-t-il avant que ser Rodrik n'eût même ouvert la bouche. Nous la soumettrons au roi mon frère. Oh, et à lady Corbois. »

Son intervention souffla manifestement le visiteur. « Je vous en sais gré, mon prince », articula-t-il, mais Bran surprit dans ses prunelles pâles une lueur apitoyée qui n'allait pas, peut-être, sans la joie secrète que cet estropié ne fût pas, après tout, *son* fils, et qui le lui fit haïr une seconde.

Mestre Luwin s'en montra quant à lui davantage charmé. « Ce Beren Tallhart pourrait bien être notre meilleure carte, leur confia-t-il après que se fut retiré Leobald. Il est à demi Corbois par le sang, et s'il prend le nom de son oncle...

– ... il n'en demeurera pas moins un gosse, coupa ser Rodrik, et un gosse harcelé par les rapaces comme Mors Omble ou le bâtard de Roose Bolton. Cela mérite un examen sérieux. Qu'avant de prendre une décision Robb dispose d'éléments solides.

– Elle peut dépendre d'intérêts triviaux, repartit le mestre. Du seigneur qu'il paraîtra le plus nécessaire de cajoler. Surtout à présent que le Conflans fait partie du royaume. Peut-être souhaitera-t-il en cimenter l'intégration en accordant lady Corbois à un lord du Trident. Un Nerbosc, par exemple, ou un Frey...

– Pourquoi ne pas lui donner l'un des nôtres ? suggéra Bran. Voire les deux, si ça lui chante ?

– Voilà qui est vilain, mon prince », le gronda doucement ser Rodrik.

Pas plus que les deux Walder, se renfrogna Bran, les yeux obstinément baissés sur la table et les dents serrées.

Au cours des jours suivants arrivèrent maints corbeaux porteurs des regrets d'autres nobles maisons. Le bâtard de Fort-Terreur ne se souciait pas de venir, les Mormont et Karstark avaient tous accompagné Robb, son grand âge empêchait lord Locke d'oser faire le voyage, lady Flint était grosse, on était malade, à La Veuve... Tant et si bien qu'en fin de compte les principaux vassaux de la maison Stark se manifestèrent tous, à l'exception du maître des paluds, Howland Reed, lequel n'avait pas mis le pied hors de ses tourbières depuis une éternité, et des Cerwyn, dont le château ne se trouvait qu'à une demi-journée de cheval. La captivité de lord Cerwyn n'empêcha cependant pas son fils, quatorze ans, de franchir la porte, un beau matin venteux, suivi d'une bonne vingtaine de lances. Et Bran, qui se trouvait pour lors faire évoluer Danseuse autour de la cour, prit le trot pour se porter au-devant de ce vieux copain.

« Bonjour, toi ! le héla Cley avec chaleur. Ou me faut-il dire "vous" et "mon prince", à présent ?

– Uniquement si tu le désires. »

Cley éclata de rire. « Pourquoi pas ? Tout le monde, ces jours-ci, s'intitule prince ou roi. Stannis vous a écrit, à vous aussi ?

– Stannis ? Pas que je sache.

– Lui aussi est roi, maintenant, lui souffla Cley. Il prétend que la reine Cersei couchait avec son frère, que Joffrey n'est donc qu'un bâtard.

– Joffrey le Mauné, grommela l'un des chevaliers de sa suite. Avec le Régicide pour père, allez vous étonner de sa déloyauté.

– Les dieux vomissent l'inceste, ajouta un autre. Pas pour des prunes qu'ils ont mis bas les Targaryens... »

Pendant un instant, Bran se sentit suffoquer. Une main gigantesque lui étreignait la poitrine. L'impression qu'il tombait lui fit agripper désespérément les rênes.

Son épouvante devait se lire sur son visage. « Bran ! s'exclama Cley, ça ne va pas ? Cela ne fait qu'un roi de plus...

– Robb le battra aussi. » Sans seulement voir les regards abasourdis des Cerwyn, Bran fit pivoter Danseuse en direction des écuries. Les rugissements de son sang l'assourdissaient et, sans les sangles qui le maintenaient en selle, il eût vidé les étriers.

Le soir, il supplia les dieux de Père de lui accorder un sommeil sans rêves. Mais, s'ils l'entendirent, ils ne l'exaucèrent pas, loin de là, car le cauchemar qu'il reçut d'eux dépassait en horreur le pire des rêves de loup.

« *Vole ou meurs !* » piaulait la corneille aux trois yeux tout en le becquetant. Et il avait beau pleurer et la conjurer, elle s'acharnait impitoyablement. Elle lui dévora l'œil gauche puis le droit et, après l'avoir bien aveuglé, dûment plongé dans les ténèbres, s'en prit à son front et se mit à lui fouailler cruellement la cervelle. Et il poussait de tels hurlements que ses poumons, devina-t-il, allaient éclater. La douleur lui fendait la tête à la manière d'une hache, mais, lorsque la corneille extirpa son bec tout barbouillé d'esquilles et de matière grise, il recouvra soudain la vue. Et le spectacle lui arracha un hoquet de terreur. La tour à laquelle il se cramponnait avait des lieues de haut, et ses doigts glissaient, glissaient, ses ongles éraflaient la pierre, ses jambes l'entraînaient inexorablement, des jambes vaines, des jambes stupidement mortes. « *A l'aide !* » cria-t-il. Dans le ciel, là-haut, parut un homme doré qui lui tendit la main, le hissa, le hissa. « Ce que me fait faire l'amour, quand même ! » murmura-t-il d'une voix douce en repoussant Bran dans le vide.

TYRION

« Je dors moins que dans ma jeunesse, commenta le Grand Mestre Pycelle en guise d'excuse pour leur entrevue matinale. J'aime mieux me lever, lors même que les ténèbres enveloppent le monde, que de ruminer dans mon lit les tâches en suspens. »

En dépit de cette assertion, ses paupières lourdes lui donnaient l'air d'un homme encore à demi assoupi…

Directement situés sous la roukerie, ses appartements avaient l'air suspendus en plein ciel. Pendant que sa servante disposait œufs durs, prunes en compote et bouillie d'avoine, il crut devoir faire étalage de ses scrupules : « En cette période fâcheuse où tant de gens ont faim, je me flatte que la frugalité s'impose par simple décence.

– Louable, admit Tyrion, tout en rompant un gros œuf brun qui, bizarrement, lui évoqua la calvitie tavelée de son hôte. Je vois quant à moi les choses autrement. Si j'ai de quoi manger, je mange, au cas où je n'aurais rien à manger demain. » Il sourit. « Dites-moi, vos corbeaux sont-ils aussi lève-tôt que vous ? »

La barbe neigeuse de Pycelle acquiesça jusque sur son torse. « Assurément. Me faudra-t-il demander une plume et de l'encre après notre déjeuner ?

– Inutile. » Tyrion déposa les lettres – deux parchemins roulés menu et scellés de cire à chaque extrémité – près de sa bouillie. « Congédiez seulement votre servante.

– Laisse-nous, petite », ordonna Pycelle. Elle s'empressa de quitter la pièce. « Eh bien, ces lettres… ?

– A l'intention de Doran Martell, prince de Dorne, et de lui seul. » Il acheva posément de décortiquer son œuf, y mordit. Manquait de sel. « Une seule lettre ; en deux exemplaires. A expédier par vos oiseaux les plus prompts. C'est très important.

– Je m'y emploierai dès la fin de notre repas.

– Faites-le sur-le-champ. La compote attendra. Pas le royaume. Lord Renly a pris la route de la Rose à la tête de son armée, et nul ne saurait dire quand lord Stannis appareillera de Peyredragon. »

Pycelle cilla. « Si Votre Excellence préfère...

– C'est le cas.

– Votre serviteur. » Le Grand Mestre se leva pesamment, faisant par là tintinnabuler sa chaîne. Une lourde chaîne, composée d'une douzaine de colliers de mestrise torsadés les uns sur les autres et enrichis de pierreries. Et Tyrion eut l'impression que les chaînons de platine, d'or et d'argent y étaient infiniment plus nombreux que ceux des métaux vulgaires.

Pycelle se mouvait avec tant de lenteur que Tyrion eut tout loisir d'achever son œuf et de tâter des prunes – outrageusement cuites et aqueuses... – avant qu'un froufrou d'ailes ne le fît bondir sur ses pieds. Le temps d'un coup d'œil au corbeau qui s'envolait, noir sur la pâleur de l'aube, et il se dirigea vivement vers le fouillis de rayonnages qui occupait la paroi du fond.

L'exposition des drogues du mestre avait un aspect impressionnant : des dizaines de pots cachetés, des centaines de fioles bouchées, autant de bouteilles d'opaline, d'innombrables jarres de simples. Nettement libellée de la main même de Pycelle, une étiquette identifiait chacun des récipients. *Un méticuleux*, se dit Tyrion. Et, de fait, sitôt dissipé le premier vertige, on discernait là un ordre impeccable, chaque article occupait sa place. *Et tant de choses passionnantes*. Il y repéra notamment bonsomme et noxombre, lait du pavot, larmes de Lys, poudre de griset, pesteloup, daemonium, venin de basilic, cécite, sang-de-veuve...

En se juchant sur la pointe des pieds, il parvint non sans peine, à force d'extension, à retirer de l'étagère supérieure un petit flacon poussiéreux. La lecture de l'étiquette le fit sourire, et il le fourra dans sa manche.

Il écalait paisiblement un nouvel œuf quand la croupe du Grand Mestre parvint au bas de l'escalier. « Voilà qui est fait, messire. » Le vieillard se rassit. « Une affaire de ce genre..., oui oui, jamais assez tôt..., très importante, disiez-vous ?

– O combien. » Trop épaisse, à son gré, la bouillie manquait de beurre et de miel. Certes, le beurre et le miel étaient devenus plutôt rares à Port-Réal, ces derniers temps, mais, que diable, lord Gyles en approvisionnait le château de manière d'autant plus satisfaisante qu'actuellement la moitié de ce que l'on mangeait provenait de ses propres terres ou de celles de lady Tanda. Rosby et Castelfoyer se trouvant presque aux portes de la ville, au nord, la guerre les avait pour l'heure épargnés.

« Au prince de Dorne en personne... Me serait-il permis de demander... ?

– Mieux vaut pas.

– Soit. » La curiosité de Pycelle faisait à Tyrion l'effet d'un fruit mûr. « Peut-être que... le Conseil du roi... »

De sa cuiller de bois, Tyrion tapota le bord de son écuelle. « Le Conseil a pour fonction d'*aviser* le roi, mestre.

– Précisément, susurra Pycelle, et le roi...

– ... est un garçon de treize ans. Je parle avec sa voix.

– Sans doute. Assurément. En qualité de Main. Toutefois..., votre très gracieuse sœur, notre reine régente, elle...

– ... porte un poids formidable sur la blancheur exquise de ses épaules. Je ne désire à aucun prix alourdir son fardeau. Et vous ? » Il inclina la tête de côté, darda sur le Grand Mestre un regard scrutateur.

Pycelle baissa les yeux sur son déjeuner. Le noir et vert dépareillé des prunelles de Tyrion mettait invariablement les gens au supplice, et il en jouait en virtuose. « Ah, marmonna le vieux mestre dans sa compote. Vous devez avoir raison, messire. C'est on ne peut plus délicat à vous que... que de lui épargner ce... surcroît.

– Je suis ainsi, voilà tout. » Il retourna à sa bouillie ratée. « Délicat. Après tout, Cersei est ma sœur bien-aimée.

– Et femme, c'est certain... Une femme hors pair, mais..., mais ce n'est pas une mince affaire que d'assumer tous les soins du royaume, en dépit de la fragilité du sexe qui est le sien... »

Oh oui, une frêle colombe, Eddard Stark pourrait témoigner. « Je suis charmé de vous voir partager ma sollicitude. Et je vous sais gré de votre hospitalité. Mais j'ai une longue journée devant moi. » Il balança ses jambes afin de s'extraire de son fauteuil. « S'il advenait que nous reçussions réponse de Dorne, soyez assez aimable pour m'en informer immédiatement ?

– Vous pouvez y compter, messire.

– Et moi *seul* ?

– Mais… évidemment. » Sa main tavelée s'agrippait à sa barbe comme à un cordage celle d'un noyé. Le cœur de Tyrion en bondit de joie. *Et d'un*, pensa-t-il.

Tout en le portant cahin-caha vers la courtine inférieure, ses pauvres jambes maudissaient les marches. Sous le soleil à présent bel et bien levé, le château reprenait peu à peu son activité. Des sentinelles arpentaient le chemin de ronde, des chevaliers et des hommes d'armes s'entraînaient à fleuret moucheté. Assis non loin sur la margelle du puits, Bronn ne condescendit pas l'ombre d'un regard à deux servantes accortes qui passaient par là, joliment déhanchées par leur corbeille de joncs commune. « C'est à désespérer de toi, dit Tyrion en les lui désignant d'un geste. D'aussi délicieuses visions sous le nez, et tu n'as d'yeux que pour cette clique de rustres à fracas…

– Il y a cent bordels, en ville, riposta Bronn, où un liard m'achètera tout le con souhaitable, alors qu'un jour ma vie peut dépendre du degré d'attention prêté à vos rustres. » Il se leva. « C'est qui, le mioche en surcot à carreaux bleus qui a trois yeux sur son écu ?

– Un chevalier de bas étage. Un certain Tallad. Pourquoi ? »

Bronn repoussa la mèche qui lui tombait sur le museau. « C'est le meilleur. Mais regardez-le, c'est comme une ritournelle, ses coups se succèdent identiques et dans le même ordre à chaque assaut. » Il ricana doucement. « C'est signer sa mort, le jour où il m'affrontera.

– Improbable que ça lui arrive ; il est à Joffrey. » Ils se mirent à marcher côte à côte, le reître adaptant sa longue foulée au pas trottinant du nain. Il avait depuis quelques jours une dégaine presque honorable. Ses cheveux noirs étaient propres et brossés, sa barbe rasée de frais, et il portait le pectoral de plates noir d'officier du Guet. A ses épaules flottait le manteau écarlate des Lannister, rehaussé de mains d'or. Tyrion le lui avait offert en le nommant capitaine de sa garde privée. « Combien de quémandeurs, aujourd'hui ? demanda-t-il.

– Une trentaine. La plupart pour geindre ou mendigoter, comme à l'ordinaire. Votre toutou est revenu.

– Lady Tanda ? grogna-t-il.

– Son page. Elle vous prie de nouveau à souper. Il y aura un cuissot de venaison, dit-elle, une couple d'oies farcies au coulis de mûres et…

– … sa fille », acheva-t-il aigrement. Depuis l'heure où il était arrivé au Donjon Rouge, lady Tanda n'avait cessé de le harceler, bardée d'un inépuisable arsenal de pâtés de lamproie, sanglier, crèmes, ragoûts, sauces, aromates, épices. L'idée saugrenue lui était venue qu'un nabot bien né ferait un mari idéal pour sa Lollys, vaste buse molle et, selon la rumeur, intacte de trente-trois ans. « Transmets mes regrets.

– Vous plaît pas, l'oie farcie ? » Bronn sourit méchamment.

« Que dirais-tu de manger l'oie et d'épouser la vierge ? Ou, mieux encore, d'envoyer Shagga ?

– Shagga serait plutôt du genre à bouffer la vierge et déflorer l'oie, objecta Bronn. Cela dit, Lollys pèse plus que lui.

– C'est un fait, convint Tyrion tandis qu'ils s'engouffraient dans l'ombre d'un ponceau lancé entre deux tours. Qui d'autre demande après moi ? »

Le reître se fit plus sérieux. « Un prêteur de Braavos, les mains pleines de belles paperasses. Il veut voir le roi pour le remboursement de quelque emprunt.

– Comme si Joff savait compter au-delà de vingt. Envoie ce zèbre à Littlefinger, lui saura comment l'éconduire. Après ?

– Un seigneur venu tout exprès du Trident accuser les hommes de votre père d'avoir incendié son fort, violé sa femme et zigouillé tous ses paysans.

– Sauf erreur, on appelle cela *guerre.* » Il subodorait là un coup de Gregor Clegane, de ser Amory Lorch ou de cet autre cerbère chouchou de lord Tywin, Qohorik. « Que réclame-t-il de Joffrey ?

– De nouveaux paysans. Il s'est tapé tout ce voyage pour vous enchanter de sa loyauté et en obtenir récompense.

– Je prendrai demain le temps de m'occuper de lui. » Que l'homme fût authentiquement loyal ou simplement aux abois, sa complaisance dans le Conflans pouvait être utile. « Veille à lui faire attribuer une bonne chambre et servir un repas chaud. Envoie-lui aussi des bottes neuves – de bonnes –, en don gracieux de Sa Majesté Joffrey. » Une démonstration de générosité ne gâchait jamais rien.

Bronn acquiesça d'un hochement sec. « Il y a aussi tout un troupeau de boulangers, bouchers, fruitiers qui réclament audience à grands cris.

– Je leur ai déjà répondu : rien à leur donner. » A Port-Réal n'affluait plus qu'un mince filet de denrées, et réservées pour la plupart au château et à la garnison. Légumes, betteraves, farine, fruits, tout atteignait des prix exorbitants, et Tyrion préférait ne point trop se demander quels genres de viande entraient désormais dans les marmites des gargotes de Culpucier. Du poisson, espérait-il. On avait encore la rivière et la mer..., tant que Stannis du moins n'appareillerait pas.

« Ils exigent qu'on les protège. La nuit dernière, on a rôti un boulanger dans son propre four. La populace lui reprochait de vendre le pain trop cher.

– Et qu'en était-il ?

– Il n'est plus en mesure de le nier.

– On ne l'a pas mangé, si ?

– Pas que je sache.

– On le fera la prochaine fois, s'assombrit Tyrion. Je les protège déjà de mon mieux. Les manteaux d'or...

– Ils affirment qu'il y avait des manteaux d'or dans la populace. Ils exigent d'en parler au roi en personne.

– Les idiots. » Il leur avait exprimé ses regrets en les congédiant ; Joffrey les ferait chasser à coups de pique et de fouet. Il fut à demi tenté de permettre..., mais non, il n'osait. Tôt ou tard, des ennemis viendraient assiéger Port-Réal, et du diable s'il voulait voir dans l'enceinte de la ville se dresser des traîtres prêts à tout. « Dis-leur que le roi partage de tout cœur leurs craintes et fera tout son possible en leur faveur.

– C'est du solide qu'ils veulent, pas des promesses.

– Que je leur donne du solide aujourd'hui, demain ils seront deux fois plus nombreux aux portes. Qui d'autre ?

– Un frère noir venu du Mur. L'intendant prétend qu'il apporte dans un bocal une espèce de main pourrie. »

Tyrion sourit tristement. « Etonnant que personne ne l'ait mangée. Il me faudrait le recevoir, je présume. Ce ne serait pas Yoren, des fois ?

– Non. Un chevalier. Thorne.

– Ser *Alliser* Thorne ? » De tous les hommes qu'il avait côtoyés au Mur, celui-là était bien le dernier qu'il eût apprécié. Amer, mesquin et boursouflé de sa médiocrité. « Tout bien réfléchi, je ne me sens pas grande envie de le voir tout de suite. Déniche-lui une cellule bien douillette où l'on n'ait pas changé la jonchée cette année, et laisses-y sa main pourrir encore un tantinet. »

Avec un gros rire de nez, Bronn partit de son côté, et Tyrion gravit seul l'escalier serpentin. Comme il débouchait sur la cour extérieure, il entendit grincer les chaînes de la herse. Escortée de pas mal de monde, Cersei attendait devant la porte principale.

Telle une déesse drapée de vert sur son palefroi blanc, elle le dominait de très haut. « Frère ? » appela-t-elle d'un ton dépourvu de chaleur. Elle n'avait toujours pas digéré la manière dont il avait traité Janos Slynt.

« Votre Grâce. » Il s'inclina poliment. « Vous êtes ravissante, ce matin. » Sa couronne était d'or, son manteau d'hermine. Derrière elle piaffaient ses suivants : ser Boros Blount, de la Garde, tout tapissé d'écaille blanche, avec son air revêche de prédilection ; ser Balon Swann, un arc à sa selle niellée d'argent ; lord Gyles Rosby, plus asthmatique et quinteux que jamais ; Hallyne, le pyromant de la guilde des Alchimistes ; et le tout dernier favori, le cousin ser Lancel, ancien écuyer du feu roi Robert, bombardé chevalier sur les instances de la veuve. Vylar et une vingtaine de gardes les accompagnaient. « Et où comptes-tu te rendre aujourd'hui, sœur ? s'enquit-il.

– Je vais faire la tournée des portes afin d'y inspecter les nouveaux scorpions et feux grégeois. Il me déplairait de laisser accroire que nous sommes tous aussi indifférents à la défense de la ville que toi-même, à ce qu'il semblerait. » Elle dardait sur lui ses claires prunelles vertes dont le mépris même n'altérait pas la splendeur. « J'ai appris que Renly Baratheon avait quitté Hautjardin. Il est en train de remonter la route de la Rose, à la tête de toutes ses forces.

– Je tiens la même chose de Varys.

– Il pourrait survenir vers la pleine lune.

– Pas s'il flâne comme à présent, lui affirma-t-il. Il banquette chaque soir dans un nouveau château et tient sa cour dans tous les carrefours qu'il croise en chemin.

– Et, chaque jour, davantage d'hommes rallient ses bannières. Son armée en compterait cent mille maintenant, dit-on.

– Cela semble un rien excessif.

– Il a derrière lui les forces conjointes d'Accalmie et de Hautjardin, petit sot que tu es ! lui jappa-t-elle de son haut. Tous les bannerets Tyrell – moins les Redwyne, mais c'est à moi que tu le dois.

Parce que, tant que je tiendrai ses scrofuleux de jumeaux, lord Paxter demeurera tapi dans sa Treille, trop heureux de n'être mêlé à rien.

– Dommage que tes jolis doigts aient laissé filer le chevalier des Fleurs. Avec Père à Harrenhal et Robb Stark à Vivesaigues, cependant, Renly n'a pas que nous sur les bras... Si j'étais lui, j'agirais pas mal comme il le fait. Progresser avec mes forces de manière à en épater le royaume, observer, patienter ; laisser mes rivaux s'entre-déchirer tout en guettant gentiment mon heure. Que Stark nous batte, et, sans qu'il lui en coûte un seul homme, le sud tombe aux mains de Renly comme un fruit mûri par les dieux. Et il lui suffit, dans le cas contraire, de nous fondre dessus sitôt que la victoire nous aura épuisés. »

Cette analyse n'était pas faite pour tranquilliser Cersei. « Je veux que tu fasses ramener à Père son armée sur Port-Réal. »

Où elle ne servirait qu'à te donner un sentiment de sécurité. « Ai-je jamais été à même de lui faire faire quoi que ce soit ? »

Elle dédaigna l'objection. « Et quand projettes-tu de libérer Jaime ? Il vaut cent de tes pareils. »

Un sourire lui tordit la bouche. « Ne le dis pas à lady Stark, je t'en prie. Nous n'avons pas cent de mes pareils à lui offrir en contrepartie.

– Il faut que Père délire pour t'avoir envoyé. Tu es pire qu'inutile. » Tournant sèchement bride, elle mit sa monture au trot et franchit la porte dans une envolée d'hermines. L'escorte se jeta dans son sillage.

A la vérité, Tyrion redoutait bien moins Renly que Stannis. Tout idolâtré du vulgaire qu'il était, le premier n'avait aucune expérience comme meneur d'hommes. D'une autre trempe était le second : froid, dur, inexorable. Et pas moyen de savoir, en plus, ce qui se passait à Peyredragon... Aucun des pêcheurs soudoyés pour aller espionner l'île n'était revenu, et les mouches que l'eunuque se targuait d'avoir disposées dans l'entourage de Stannis n'avaient elles-mêmes, mauvais présage, pas seulement bourdonné. On avait toutefois aperçu au large les coques zébrées de galères de guerre lysiennes, et Varys appris de Myr que des capitaines louaient leurs services au Baratheon. *S'il attaque par mer pendant que son frère assiège nos portes, la tête de Joffrey ne tardera pas à orner la pointe d'une pique. Et, plus fâcheux, la mienne la jouxtera.* La perspective le déprimait. Dans le cas trop probable où le pire adviendrait, des plans s'imposaient pour expédier Shae saine et sauve hors les murs.

Fasciné par l'étude du plancher, Podrick Payne se tenait à la porte de la loggia. « Il est là, dit-il à la boucle de ceinture de Tyrion. Dedans. Messire. Désolé. »

Tyrion soupira. « *Regarde-moi*, Pod. Ça m'horripile, que tu t'adresses à ma braguette, surtout quand je n'en porte pas. Qui donc se trouve dans ma loggia ?

– Lord Littlefinger. » Podrick ne parvint à le regarder en face que le temps de baisser à nouveau les yeux. « Je veux dire lord Petyr. Lord Baelish. L'argentier.

– Tu en fais une foule. » En voyant le garçon se ratatiner comme s'il l'avait frappé, un absurde sentiment de culpabilité submergea Tyrion.

Languissamment affalé dans l'embrasure d'une baie, l'élégant visiteur portait un doublet de peluche prune et une cape de satin jaune. L'une de ses mains reposait, gantée, sur son genou. « Le roi est en train de chasser le lièvre à l'arbalète, dit-il. Et les lièvres sont en train de gagner. Venez voir. »

Tyrion dut se dresser sur les orteils pour jeter un œil en bas. Un lièvre mort gisait à terre ; un autre, ses longues oreilles agitées de spasmes, agonisait, le flanc percé d'un carreau. Hérissée, jonchée de traits perdus, la cour avait tout d'éteules après un orage de grêle. « Là ! » cria Joff. Le garde-chasse libéra le lièvre qu'il tenait, bondit à l'écart, Joffrey relâcha le ressort, rata sa cible de deux bons pieds. Juché sur son postérieur, le lièvre tortilla son nez en direction du roi. Lequel eut beau, non sans jurer, tourner bien vite la manivelle pour tendre à nouveau la corde, l'animal avait déjà détalé. « Un autre ! » Le garde-chasse fourragea dans la cage mais il n'en fusa, cette fois, qu'un éclair brun, et le coup précipité de Joffrey faillit atteindre à l'aine ser Preston.

Littlefinger se détourna. « Te chante, mon gars, interrogea-t-il Podrick Payne à brûle-pourpoint, le lièvre en conserve ? »

Aussitôt, ses bottes, un délicieux travail de cuir teint en rouge et rehaussé de broderies noires, obnubilèrent Pod. « A manger, messire ?

– A mettre en pots, spécifia l'intrus. Sous peu, le lièvre va pulluler dans le château. Nous en mangerons trois fois par jour.

– Toujours mieux que des rats en brochette, intervint Tyrion. Laisse-nous, Pod. A moins que lord Petyr ne souhaite prendre un rafraîchissement ?

– Non, merci. » Son sourire goguenard flamboya. « Buvez avec le nain, dit-on, et vous vous retrouverez arpentant le Mur à votre réveil. Le noir souligne outrageusement ma pâleur maladive. »

N'ayez crainte, messire, songea Tyrion, *le Mur n'est point ce que je vous mijote*. Se hissant dans un grand fauteuil rembourré de coussins, il reprit : « Je vous trouve aujourd'hui bien élégant, messire.

– Vous me blessez. Je vise *toujours* à l'élégance.

– Ce doublet n'est-il pas nouveau ?

– Si fait. On ne saurait se montrer plus observateur.

– Prune et jaune… Seraient-ce là les couleurs de votre maison ?

– Non pas. Mais on se lasse, moi du moins, de porter jour après jour les mêmes, invariablement.

– Et quel beau poignard, aussi.

– Ah bon ? » Une lueur maligne anima ses yeux. Il tira son poignard et l'examina sous tous les angles comme s'il le découvrait à l'instant. « Acier valyrien. Poignée d'os de dragon. Un rien simplet, tout de même. Il est à vous, s'il vous fait plaisir.

– A moi ? » Le regard de Tyrion se fit insistant. « Non. Je pense que non. Jamais à moi. » *Il sait, le maudit impudent. Il sait, et il sait que je sais, et il se figure que je ne puis toucher à lui.*

Si jamais homme s'était véritablement équipé d'une armure d'or, c'était Petyr Baelish et non Jaime Lannister. La fameuse armure de Jaime n'était que de l'acier doré, mais celle de Littlefinger, hum… Les quelques détails recueillis sur le charmant Petyr aggravaient le malaise de Tyrion.

Il s'était vu, dix ans plus tôt, confier par Jon Arryn un poste subalterne aux douanes et rapidement distingué en faisant rentrer trois fois plus d'argent qu'aucun autre percepteur du Trésor. Le roi Robert se montrant d'une épouvantable prodigalité, sa Main ne pouvait manquer de trouver inestimables les dons d'un Baelish pour amener par frotti-frotta deux dragons d'or à en procréer un troisième. Aussi l'ascension de ce dernier fut-elle fulgurante. Trois années de présence à la cour lui suffirent pour devenir Grand Argentier, siéger au Conseil restreint et multiplier par dix les revenus antérieurs de la Couronne…, tout en endettant celle-ci de manière faramineuse. Un maître escamoteur, rien d'autre.

Oh, futé. Il ne se contentait pas de collecter l'or et de le renfermer dans des caves voûtées, non non, s'il remboursait en promesses les emprunts du roi, il savait aussi les faire travailler. En achetant fourgons, boutiques, bateaux, maisons. En achetant des céréales quand elles surabondaient pour trafiquer du pain en période de pénurie. En achetant de la laine dans le nord, du lin dans le sud, des dentelles à Lys pour les stocker, les teindre, en régir la circulation, les vendre. Et, tandis que les dragons d'or croissaient et multipliaient, le Littlefinger les prêtait au-dehors et les rapatriait avec leurs poussins.

Ce faisant, il introduisait ses hommes dans la place. Des créatures à lui, les garde-clefs – les quatre. Et nommés par lui, le Comptable ainsi que le Trébuchet du roi. Les fonctionnaires chargés des trois frappes. Et, dans chaque état ou corporation, commandants de ports, fermiers des impôts, sergents des douanes, manufacturiers de la laine, collecteurs de taxes, financiers, vinificateurs..., neuf hommes sur dix lui appartenaient. Recrutés dans la classe moyenne au sens large, ils étaient fils qui de négociants, qui de hobereaux, voire étrangers, mais, à en juger par leurs résultats, infiniment plus aptes que leurs prédécesseurs issus du grand monde.

Critiquer ces nominations, nul ne s'en était seulement soucié, mais aussi à quoi bon ? Littlefinger n'était une menace pour personne. Intelligent, tout sourires et tout égalité d'humeur, tout à tous et jamais en peine de trouver autant d'or que le roi ou sa Main l'en sommait, ce assorti d'une naissance des plus médiocre, à peine au-dessus d'un simple chevalier, à qui eût-il porté ombrage ? Il ne pouvait convoquer de ban, n'avait point d'armée de vassaux, point de puissante forteresse, point de domaines dignes de mention, point à espérer de grand mariage.

Mais oserai-je toucher à lui ? se demanda Tyrion. *Quelque traître qu'il puisse être ?* Il en doutait fort, surtout dans les circonstances présentes, avec la guerre qui faisait rage. A la longue, il serait en mesure de remplacer les hommes de Littlefinger dans les postes clés par des hommes à lui, mais...

Une clameur monta tout à coup de la cour. « Ah, Sa Majesté vient de tuer un lièvre, observa lord Baelish.

– Un lambin, sans doute, repartit Tyrion. Vous avez été, messire, élevé à Vivesaigues en tant que pupille. On m'a dit que vous étiez intime des Tully.

– Exact. Des filles surtout.

– Très très intime ?

– J'ai eu leur pucelage. Est-ce assez intime ? »

Le mensonge – car c'était un mensonge évident, pour Tyrion – fut débité d'un air si désinvolte qu'il en devenait presque digne de foi. Se pouvait-il que Catelyn Stark eût menti ? Tant à propos de sa défloration que du poignard ? Plus il vivait, plus Tyrion se persuadait de la complexité des choses et de la minceur de la vérité. « Les filles de lord Hoster ne me portant pas dans leur cœur, confessa-t-il, je crains fort qu'elles ne récusent la moindre offre émanée de moi. Mais je présume qu'un mot de vous leur chatouillerait l'oreille, en revanche.

– Cela dépendrait du mot. Si vous vous flattez de proposer l'échange de Sansa contre votre frère, faites perdre son temps à un autre. Joffrey ne rendra jamais son joujou, et lady Catelyn n'est pas cruche au point de troquer le Régicide contre un brin d'oiselle.

– J'entends joindre Arya au lot. J'ai lancé des hommes à sa recherche.

– Chercher n'est pas trouver.

– Je m'en souviendrai, messire. De toute manière, c'est lady Lysa que j'espérais vous voir suborner. Je lui destine une proposition plus alléchante.

– Lysa est plus traitable que Catelyn, assurément..., mais plus froussarde aussi, et je crois savoir qu'elle vous exècre.

– Elle se figure en avoir de bonnes raisons. Quand je jouissais de son hospitalité, aux Eyrié, elle m'a sans relâche accusé d'avoir assassiné son mari, sans daigner seulement entendre mes dénégations. » Il se pencha d'un air de confidence. « Si je lui donnais le véritable meurtrier de Jon Arryn, elle aurait peut-être meilleure opinion de moi. »

Littlefinger accusa le coup en se redressant sur son siège. « Le véritable meurtrier ? J'avoue que vous piquez ma curiosité. Quel candidat proposez-vous ? »

Ce fut au tour de Tyrion de sourire. « Mes cadeaux, je les donne à mes amis, libéralement. Voilà ce que devrait comprendre Lysa Arryn.

– Est-ce son amitié que vous sollicitez, ou ses épées ?

– Les deux. »

Littlefinger lissa la fine pointe de sa barbichette. « Lysa a ses propres ennemis. Les clans des montagnes de la Lune. Leurs incursions dans le Val se mutiplient. Jamais ils ne s'y sont risqués si nombreux..., ni si bien armés.

– Affligeant, lâcha Tyrion Lannister, bien que ce fût son œuvre. Je pourrais l'aider à régler la question. Un mot de moi…

– Et combien lui coûterait ce mot ?

– J'exige qu'elle et son fils reconnaissent hautement Joffrey pour roi, lui jurent allégeance et…

– … entrent en guerre contre les Stark et les Tully ? » Littlefinger secoua la tête. « Là gît l'os, Lannister. Jamais Lysa ne dépêchera ses chevaliers contre Vivesaigues.

– Aussi m'abstiendrai-je de le demander. Nous ne manquons pas d'ennemis. J'utiliserai ses forces contre lord Renly ; ou contre lord Stannis, s'il se décide à appareiller de Peyredragon. En retour, je lui ferai justice pour lord Arryn et donnerai la paix au Val. J'irai même jusqu'à nommer gouverneur de l'Est, à l'instar du père auparavant, son épouvantail de fils. » *Je veux le voir voler*, piaula quelque part, au fond de sa mémoire, la voix lointaine du marmot. « Enfin, pour sceller le marché, je lui accorderai ma nièce. »

A son grand plaisir, une stupeur sincère apparut dans les prunelles gris-vert de Petyr Baelish. « Myrcella ?

– Elle pourra, l'âge venu, épouser le petit lord Robert. Lady Lysa lui servira d'ici là de tuteur aux Eyrié.

– Et Sa Grâce la reine, que pense-t-elle de ces bagatelles ? » Le haussement d'épaules de Tyrion fit rire Littlefinger aux éclats. « Suis-je bête ! Vous êtes un petit bout d'homme effarant, Lannister. Eh bien oui, je pourrais chanter cette chansonnette à Lysa. » Le sourire madré reparut, et la lueur méchante. « Si j'en avais cure. »

Tyrion hocha la tête et attendit, certain que Littlefinger ne résisterait pas à l'épreuve d'un long silence.

« Or donc, reprit effectivement celui-ci au bout d'un moment, mais sans se montrer le moins du monde décontenancé, qu'avez-vous pour moi dans la manche ?

– Harrenhal. »

Scruter la physionomie de lord Petyr se révéla d'un rare intérêt. Ayant eu pour père le plus menu des menus lords et pour grand-père un obscur chevalier sans terres, il ne devait à sa naissance que quelques arpents rocailleux sur la côte éventée des Quatre Doigts. Harrenhal était en revanche l'une des prunes les plus pulpeuses des Sept Couronnes, avec ses vastes domaines riches et fertiles, son château, formidable autant que les plus formidables du royaume et tellement colossal, tellement ! qu'à côté... Vivesaigues semblait un hochet-Vivesaigues d'où, pupille des Tully, Petyr Baelish s'était fait carrément vider, dès l'instant où il avait eu le toupet de lever les yeux jusqu'à la fille de lord Hoster.

Littlefinger eut beau s'accorder le loisir de rectifier le drapé de sa cape, Tyrion n'en avait pas moins surpris un éclair famélique dans son regard de matou matois. *Je le tiens*, sut-il. « Harrenhal est maudit, lâcha finalement lord Petyr d'un ton qui se voulait blasé.

– Qui vous empêche de le raser et de le rebâtir à votre gré ? Ce n'est pas le numéraire qui vous manquera. Je prétends vous faire suzerain du Trident. Ces fichus seigneurs riverains se sont révélés des gens sans parole. Autant en faire vos vassaux.

– Tully inclus ?

– S'il reste des Tully quand nous en aurons terminé. »

Littlefinger avait la mine d'un marmot qui vient de mordre à la dérobée dans un rayon de miel. Il *tentait* bien de loucher du côté des abeilles, mais le miel était si friand... « Harrenhal et tous ses terres et revenus, murmura-t-il, rêveur. Ainsi, d'un seul coup, vous feriez de moi l'un des tout premiers seigneurs du royaume. Ne voyez pas en moi un ingrat, messire, mais – pourquoi ?

– Vous avez bien servi ma sœur, au moment de la succession.

– Tout comme Janos Slynt. A qui ce même château de Harrenhal était échu tout récemment – et qu'une pichenette en a dépossédé sitôt qu'il fut devenu inutile... »

Tyrion se mit à glousser. « Vous m'avez, messire. Que puis-je dire ? J'ai besoin de vous pour accoucher la lady Lysa. Je n'avais pas besoin de Janos Slynt. » Il haussa une épaule. « J'aime mieux vous voir siéger à Harrenhal que Renly sur le Trône de Fer. Se peut-il rien de plus simple ?

– Rien, en effet. Vous vous doutez qu'il va me falloir à nouveau baiser la Lysa Arryn avant qu'elle ne consente à ce mariage ?

– Je ne doute guère que vous ne soyez à la hauteur de la besogne.

– J'ai dit un jour à Ned Stark que la seule chose à faire, si l'on se trouve à poil avec un laideron, est de clore les paupières et de se la taper. » Il joignit ses doigts et sonda les yeux vairons de son vis-à-vis. « Donnez-moi quinze jours pour régler mes affaires et m'entendre avec un bateau qui me débarque à Goëville.

– Ce sera parfait. »

Baelish se leva. « Je vous dois une charmante matinée, Lannister. Et profitable… pour nous deux, ma foi. » Il s'inclina et, satiné d'un tourbillon jaune, se dirigea vers la porte.

Et de deux, se congratula Tyrion.

Il gagna sa chambre, où Varys ne tarderait guère à pointer le bout de son nez. Sur le soir, supposa-t-il. Peut-être pas avant le lever de la lune, ce qui ne laisserait pas que d'être fâcheux, car lui-même nourrissait l'espoir d'aller rendre visite à Shae, cette nuit… Aussi fut-il agréablement surpris lorsque, moins d'une heure après, Galt le Freux vint lui annoncer l'eunuque. « Ce pauvre Grand Mestre, le taquina celui-ci, vous êtes cruel de le torturer. Car ce lui est supplice que d'ignorer un secret…

– Est-ce à la corneille de dénoncer la noirceur du corbeau ? Ou dois-je comprendre qu'il vous est indifférent de savoir quelle proposition j'ai faite à Doran Martell ? »

Varys eut un rire de gorge. « Mes oisillons me l'ont peut-être dévoilée.

– Vraiment ? » La curiosité le prit. « Je vous écoute.

– Jusqu'à présent, les gens de Dorne se sont tenus à l'écart des hostilités. Martell a convoqué ses bannières, mais rien de plus. Son aversion pour la maison Lannister étant de notoriété publique, on lui prête généralement l'intention de rallier lord Renly. Vous désirez l'en dissuader.

– Voilà de simples évidences.

– Reste à deviner ce que vous avez bien pu lui offrir contre son allégeance. Le prince est un sentimental, et il persiste à pleurer sa sœur et son nourrisson de neveu.

– Mon père m'a dit jadis qu'un seigneur ne laissait jamais son cœur se mettre en travers de ses ambitions… Or, maintenant que lord Janos a pris le noir, il se trouve un siège vacant au Conseil restreint.

– Un siège au Conseil n'est certes pas à dédaigner, convint Varys, mais en oublie-t-on pour autant le meurtre d'une sœur, lorsqu'on est homme d'honneur ?

– Qui parle d'oublier ? » Tyrion sourit. « J'ai promis de lui remettre les assassins de sa sœur – morts ou vifs, à lui d'en décider. Une fois la guerre *achevée*, naturellement. »

Un regard pénétrant lui répondit. « Mes oisillons fredonnent qu'en voyant entrer ses meurtriers, la princesse Elia… proféra certain… certain nom…

– Un secret demeure-t-il un secret quand nul ne l'ignore ? » Tout Castral Roc savait que l'enfant puis la mère étaient morts de la main de Gregor Clegane. Et c'est encore tout éclaboussé par la cervelle et le sang du nouveau-né que celui-ci avait, disait-on, violé la princesse. « Ce secret-*là* concerne un homme lige du seigneur votre père.

– Mon père serait le premier à vous rétorquer qu'entre cinquante mille Dorniens et un chien enragé il n'y a pas à balancer. »

Varys effleura d'une caresse sa joue poudrée. « Et si le prince Doran exige aussi bien la tête du seigneur qui donna l'ordre que celle du chevalier qui l'exécuta… ?

– Robert Baratheon menait la rébellion. En définitive, tous les ordres émanaient de lui.

– Robert ne se trouvait pas à Port-Réal.

– Ni Doran Martell.

– Soit. Du sang pour son orgueil et un fauteuil pour son ambition. Plus de l'or et des terres, cela va de soi. Du bonbon…, mais il arrive que les bonbons soient empoisonnés. Si j'étais le prince, je me garderais d'y goûter avant d'avoir demandé quelque chose d'autre. Un gage de bonne foi, une solide garantie contre toute espèce de fourberie. » Il sourit de son sourire le plus finaud. « Que lui consentirez-vous donc ? »

Tyrion soupira. « Vous le savez pertinemment.

– Puisque vous le prenez sur ce ton – oui. Il ne vous est guère possible d'offrir Myrcella simultanément à Doran Martell et Lysa Arryn.

– Veuillez dorénavant m'avertir de ne plus jouer aux devinettes contre vous. Vous trichez.

– Le prince Tommen est un gentil garçon.

– Si je l'arrache encore jeune à Cersei et Joffrey, il a même de quoi faire un homme de bien.

– Et un bon roi ?

– Le roi, c'est Joffrey.

– Mais Tommen est l'héritier présomptif, s'il advenait malheur à Sa Majesté. Tommen, dont l'exquis caractère est merveilleusement… docile.

– Votre pente est la suspicion, Varys.

– Je prends ceci comme un compliment, messire. En tout cas, le prince Doran ne manquera pas de se montrer sensible au grand honneur que vous lui faites. Voilà qui est d'une suprême habileté, dirais-je..., à un minuscule détail près. »

Le nain se mit à rire. « Un détail nommé Cersei, hein ?

– Que pèse la raison d'Etat contre l'amour d'une femme pour le fruit de ses entrailles ? Peut-être, à la rigueur, la reine se laisserait-elle, en faveur de la gloire de sa maison et de la sécurité du royaume, convaincre de se priver de Tommen ou de Myrcella..., mais des deux ? jamais.

– Ce qu'ignore Cersei ne saurait m'atteindre.

– Mais si Sa Grâce découvrait vos intentions avant même que vos projets n'eussent abouti ?

– Eh bien, riposta-t-il, je tiendrais dès lors pour mon ennemi avéré l'homme qui les lui aurait révélées. » Et il lui suffit d'entendre glousser Varys pour se dire : *Et de trois*.

SANSA

Rendez-vous au bois sacré cette nuit même, si vous souhaitez rentrer chez vous.

Cent lectures n'en modifiaient rien, le message demeurait tel qu'à la première, après qu'elle l'avait découvert plié sous son oreiller. Comment il était venu là, qui l'avait rédigé, mystère. Point de sceau, point de signature, et une écriture inconnue. Elle chiffonna le billet contre son sein et, dans un souffle, se murmura : « Rendez-vous au bois sacré cette nuit même, si vous souhaitez rentrer chez vous. »

Que pouvait signifier cela ? Que faire ? Rapporter ce billet à la reine pour preuve de son imperturbable loyauté ? D'une main fébrile, elle se massa l'estomac. Quoique passée d'un violet vicieux à un vilain jaunâtre, la contusion qu'y avait faite le poing maillé de ser Meryn restait douloureuse. Oui, douloureuse, mais le tort lui en incombait. Que ne dissimulait-elle mieux ses sentiments pour s'épargner la colère de Joffrey. En apprenant que le Lutin venait d'expédier lord Slynt au Mur, devait-elle s'oublier au point de s'exclamer : « Les Autres l'emportent ! » ? Exactement ce qu'il fallait pour ulcérer le roi…

Rendez-vous au bois sacré cette nuit même, si vous souhaitez rentrer chez vous.

Se pouvait-il que tant et tant de prières ardentes fussent exaucées, à la fin, par l'envoi d'un sauveur ? d'un véritable chevalier ? Mais qui, qui ? L'un des jumeaux Redwyne, peut-être. Ou bien cet effronté de ser Balon Swann. Ou même…, pourquoi non ? le beau damoiseau dont les cheveux d'or rouge et le manteau noir constellé d'étoiles affolaient le cœur de la pauvre Jeyne, Béric Dondarrion.

Rendez-vous au bois sacré cette nuit même, si vous souhaitez rentrer chez vous.

Mais s'il s'agissait d'une méchante farce de Joffrey, comme le jour où il l'avait forcée de monter voir sur les remparts la tête de Père ? Ou d'un stratagème destiné à la convaincre de félonie ? Si elle se rendait dans le bois sacré, n'y trouverait-elle pas, l'attendant en silence sous l'arbre-cœur, Glace au poing, l'œil pâle aux aguets, l'abominable ser Ilyn ?

Rendez-vous au bois sacré cette nuit même, si vous souhaitez rentrer chez vous.

Quand la porte s'ouvrit, Sansa fourra précipitamment le billet sous le drap et posa son séant dessus. L'intrus n'était qu'une camérière – la brune au museau de souris noyée. « Que me veux-tu ?

– Madame désire-t-elle prendre un bain, ce soir ?

– Du feu, je pense... J'ai des frissons. » A la vérité, elle *grelottait*, bien qu'il eût fait très chaud, durant la journée.

« Votre servante. »

Sansa la scruta, soupçonneuse. Avait-elle vu le billet ? L'avait-elle glissé sous l'oreiller ? Il y avait peu d'apparence à cela ; elle semblait stupide et tout sauf le genre à qui l'on confierait le soin de transmettre des messages en catimini, mais comment en jurer sans la connaître ? Pour supprimer tout risque de connivence ou de sympathie, la reine veillait à ce que les femmes attachées au service de sa prisonnière changent tous les quinze jours.

Quand le feu brûla haut et clair, Sansa remercia poliment la fille et la congédia. Mais celle-ci eut beau obéir avec sa promptitude coutumière, Sansa lui trouva un regard vaguement sournois. Voilà. Elle allait se précipiter moucharder chez la reine. Ou bien chez Varys. Oui, sûr et certain, toutes des espionnes.

Une fois seule, elle jeta le billet dans les flammes et le regarda se tordre et s'ourler, noircir. *Rendez-vous au bois sacré cette nuit même, si vous souhaitez rentrer chez vous.* Elle se porta jusqu'à la fenêtre. Armure lunaire et manteau blanc, un chevalier courtaud faisait les cent pas sur le pont-levis. D'après la stature, il ne pouvait s'agir que de ser Preston Verchamps. Bien qu'elle eût, par permission expresse de la reine, toute latitude de circuler dans le château, il ne manquerait pas de s'étonner qu'elle sorte à une heure aussi avancée de la citadelle de Maegor et de lui demander où elle allait. Que répondre ? Dans sa perplexité, elle se réjouit du moins d'avoir brûlé le billet.

Elle se défit de sa chemise et se faufila dans son lit mais ne put trouver le sommeil. *Y est-il encore ?* se demandait-elle. *Combien de temps m'attendra-t-il ?* Mais aussi, lui faire passer ce message sans rien lui dire était par trop cruel. Mille pensées tournaient et retournaient, confuses, dans sa tête.

Si seulement elle avait quelqu'un pour lui dicter la conduite à tenir. Septa Mordane lui manquait, septa Mordane et même Jeyne, son amie la plus sincère. Mais la première avait payé de sa tête, comme les autres, le crime de servir la maison Stark. Quant à la seconde, Sansa ignorait tout de son sort depuis qu'elle avait disparu semblait-il corps et biens. Elle avait beau éviter le plus possible de penser à elles, leur souvenir l'assaillait parfois à l'improviste, et elle avait alors le plus grand mal à refouler ses larmes. Il lui arrivait même, de-ci de-là, de regretter sa sœur. Arya devait être maintenant de retour à Winterfell, saine et sauve, à danser, coudre, jouer avec Bran et Petit Rickon, voire parcourir à cheval, si cela lui chantait, la ville d'hiver. Tandis qu'elle-même… Oh, on lui permettait bien de monter, mais uniquement dans la cour, et cela devenait vite lassant que d'y tourner en rond.

Elle était parfaitement éveillée quand la fit sursauter la clameur. Des cris d'abord lointains mais qui se rapprochaient. Maints appels qui s'entremêlaient. Sans qu'elle pût distinguer les mots. Et des piaffements de chevaux, des bruits de pas précipités, des ordres véhéments. Elle se coula jusqu'à la fenêtre. Des hommes couraient sur les murs, munis de piques et de torches. *Retourne te coucher*, s'enjoignit-elle, *rien là qui te concerne, quelque nouvelle émeute, rien de plus.* L'agitation de Port-Réal défrayait tous les commérages, autour des puits, depuis quelque temps. Dans la ville déjà bondée ne cessaient d'affluer de nouveaux réfugiés qui n'avaient souvent d'autre moyen de subsister que le vol et le meurtre. *Va te coucher*.

Son regard s'attarda. Parti, le chevalier blanc. Toujours abaissé sur la douve sèche, le pont-levis, mais dégarni de sentinelle.

Sans réfléchir, elle ne se détourna que pour se précipiter vers sa garde-robe. *Mais qu'est-ce que je fais ?* se dit-elle tout en s'habillant, *c'est de la folie !* Des centaines de torches illuminaient l'enceinte extérieure. Stannis et Renly étaient-ils enfin venus revendiquer le trône de leur frère et tuer Joffrey ? Si tel était le cas, on relèverait le pont-levis pour couper la citadelle de Maegor du reste de la forteresse. Elle n'en jeta pas moins un manteau gris sur ses épaules et saisit au passage le couteau qui lui servait à découper sa viande. *Si c'est un traquenard, plutôt mourir que de les laisser me frapper davantage.* Elle dissimula l'arme sous son vêtement.

Une colonne de spadassins en manteau rouge arrivait au pas de course quand elle parvint, furtive, au seuil de la nuit. Elle leur laissa prendre un bon pas d'avance avant de s'engager sur le pont désert. Dans la cour, des hommes bouclaient leur ceinture ou sellaient leur cheval. Non loin des écuries, ser Preston et trois de ses compères en manteaux blêmes comme la lune aidaient Joffrey à endosser son armure. Cette vue lui coupa le souffle mais, par bonheur, le roi ne la vit pas, occupé qu'il était à réclamer en vociférant son arbalète et son épée.

Plus elle s'enfonçait dans le dédale du château, sans oser regarder en arrière de peur que Joffrey ne la remarquât... ou, pire, ne la suivît, plus s'assourdissait le vacarme. Devant se discernait l'escalier serpentin, sinueuse succession d'à-plats vaguement jaunis par l'éclairage clignotant des fenêtres en surplomb. En atteignant la dernière marche, Sansa haletait si fort qu'elle dut se précipiter dans l'ombre d'une colonnade et se plaquer au mur pour reprendre souffle. Et son cœur faillit exploser quand quelque chose lui frôla la jambe – mais ce n'était qu'un chat. Un matou noir, pelé, à l'oreille déchiquetée. Qui lui cracha sa hargne avant de s'esbigner.

Du tohu-bohu ne parvenait plus qu'un faible cliquetis d'acier entrecoupé d'exclamations lointaines quand elle parvint dans le bois sacré. Elle s'enveloppa dans son manteau plus étroitement. L'air embaumait la feuille et l'humus. *Lady aurait aimé ces lieux*, songea-t-elle. L'atmosphère des bois sacrés conservait toujours comme un relent de sauvagerie. Même ici, au cœur du château dressé lui-même au cœur de la cité, vous sentiez posés sur votre peau les milliers d'yeux invisibles des dieux.

Elle avait plus volontiers sacrifié aux dieux de sa mère qu'à ceux de son père. Elle aimait les statues, les motifs des vitraux dans leur réseau de plomb, la fragrance de l'encens, les septons, leurs robes et leurs cristaux, les irisations féeriques de ces derniers jouant sur les autels incrustés de nacre, d'onyx, de lapis-lazuli. Et cependant, elle ne pouvait le nier, les bois sacrés n'étaient pas non plus dépourvus de charmes. Notamment la nuit. *Aidez-moi*, pria-t-elle, *envoyez-moi un ami, un authentique chevalier qui me tienne lieu de champion...*

Elle avançait d'arbre en arbre, les doigts sensibles à la rudesse de leur écorce. Leur feuillage caressait ses joues. S'était-elle décidée trop tard ? Il ne pouvait être déjà reparti, si ? Ou n'y était-il pas même venu ? Devait-elle se risquer à appeler ? Tout semblait si discret, si paisible, ici…

« Je craignais que vous ne veniez pas, petite. »

Elle fit volte-face. Un homme émergeait des ombres, lourdement bâti, l'échine épaisse, d'un pas traînant. Il portait une robe gris sombre à coule rabattue. Mais lorsqu'un fin rayon de lune lui effleura la joue, révélant sous sa peau marbrée un fouillis de veines éclatées, Sansa le reconnut instantanément. « Ser Dontos ? souffla-t-elle, au désespoir. C'était donc vous ?

– Oui, madame. » Il se rapprocha. Son haleine empestait le vin. « Moi. » Il tendit une main.

Elle recula, « *Ne me touchez pas !* » tout en glissant la main sous son manteau. « Que… – que me voulez-vous ?

– Simplement vous aider. Comme vous m'avez aidé.

– Vous avez bu, n'est-ce pas ?

– Rien qu'une coupe. Pour me donner du courage. S'ils m'attrapent, ils m'arracheront la peau du dos, cette fois. »

Et que me feront-ils à moi ? A nouveau, elle se surprit à penser à Lady. Lady qui savait flairer la fausseté, qui *savait*, oui, mais elle était morte, Père l'avait tuée, par la faute d'Arya. Sansa tira son couteau et, à deux mains, le pointa devant elle.

« Vous comptez me frapper ? demanda ser Dontos.

– Oui. Dites-moi qui vous a envoyé.

– Personne, gente dame. Je vous le jure sur mon honneur de chevalier.

– De chevalier ? » Joffrey l'avait décrété indigne de ce titre et condamné à n'être qu'un bouffon, le ravalant plus bas que Lunarion lui-même. « J'ai prié les dieux d'envoyer un chevalier me sauver, dit-elle. J'ai prié, prié. Pourquoi m'infligeraient-ils un vieil ivrogne de bouffon ?

– Je mérite vos mépris, quoique…, je sais que c'est bizarre, mais si… si je n'ai été qu'un bouffon pendant tout le temps où je fus chevalier, maintenant…, maintenant que je suis bouffon, il me semble, gente dame…, j'ai l'impression que je puis trouver en moi de quoi être à nouveau chevalier. Et tout cela grâce à vous…, à cause de votre beauté, de votre bravoure. Ce n'est pas seulement de Joffrey que vous m'avez sauvé, c'est aussi de moi. » Il baissa la voix. « Les chanteurs parlent d'un autre bouffon qui, jadis, fut le plus insigne des chevaliers…

– *Florian*, murmura-t-elle, frissonnante.

– Je voudrais être votre Florian, gente dame », dit humblement Dontos en tombant à genoux devant elle.

Lentement s'abaissa le couteau de Sansa. Elle avait l'impression de flotter dans un vide vertigineux. *C'est de la folie. Accorder ma confiance à cet ivrogne. L'éconduire ? Mais s'il ne se présente plus d'occasion ?* « Comment… – comment vous y prendriez-vous ? Pour me tirer d'ici ? »

Il leva son visage vers elle. « Le plus dur sera de vous faire sortir du château. Une fois dehors, quelque bateau vous ramènerait chez vous. Ma tâche se résumerait à trouver de l'argent et à tout combiner.

– Nous pourrions partir tout de suite ? demanda-t-elle, écartelée entre l'espoir et l'incrédulité.

– Cette nuit même ? Non, madame, à mon grand regret. Il me faut d'abord trouver le moyen de vous faire évader à coup sûr, le moment venu. Ce qui ne sera ni facile ni immédiat. Ils me surveillent aussi. » Il se lécha convulsivement les lèvres. « Ne rangerez-vous pas ce couteau ? »

Elle le refourra sous son manteau. « Levez-vous, ser.

– Merci, gente dame. » Il se remit gauchement sur pied, épousseta les feuilles et la terre qui maculaient ses genoux. « Alors que le royaume n'avait jamais vu d'homme plus intègre que le seigneur votre père, je le leur ai lâchement laissé assassiner. Je n'ai rien dit, rien fait…, tandis que vous, vous…, dût Joffrey vous en punir de mort, vous avez élevé la voix. Je n'ai jamais rien eu d'un héros, dame, d'un Ryam Redwyne ou d'un Barristan le Hardi. Je n'ai pas remporté de tournoi, je ne me suis distingué par aucun exploit guerrier…, mais le chevalier que je *fus* jadis, vous l'avez obligé à se rappeler ses obligations. Si peu qu'elle vaille, ma vie est à vous. » Sa main se plaqua sur le tronc noueux de l'arbre-cœur. Il était tout tremblant. « Je jure, et que les dieux de votre père soient témoins de mon serment, je jure de vous renvoyer chez vous. »

Il a juré. Un serment solennel, sous le regard des dieux. « Eh bien…, je me remets entre vos mains, ser. Mais l'heure du départ, comment saurai-je qu'elle a sonnée ? M'enverrez-vous un nouveau message ? »

Il jeta un coup d'œil inquiet sur les alentours. « Trop dangereux. Il vous faudra venir ici même. Le plus souvent possible. C'est le lieu le plus sûr. Le *seul* sûr. Nous ne devons nous voir nulle part ailleurs. Ni dans vos appartements ni chez moi ni dans l'escalier ni dans la cour. Lors même que nous nous croirions seuls. Les pierres du Donjon Rouge ont toutes des oreilles. Nous ne pouvons parler à cœur ouvert qu'ici.

– Qu'ici, dit-elle. Je m'en souviendrai.

– Et pardonnez-moi, petite, si je vous parais cruel, railleur ou indifférent quand nous serons entourés d'yeux. Mon rôle va m'y forcer, et vous devrez agir de même. Un faux pas, un seul, et nos têtes iront orner le rempart comme le fit celle de votre père. »

Elle acquiesça d'un signe. « Je comprends.

– Vous devrez vous montrer courageuse et énergique... – et patiente, surtout patiente.

– Je le serai, promit-elle, mais..., de grâce..., faites au plus vite. J'ai si peur...

– Moi aussi, dit-il avec un sourire navré. Et maintenant, partez, partez vite avant qu'on ne s'aperçoive de votre disparition.

– Vous ne venez pas ?

– Mieux vaut que personne ne nous voie ensemble. »

Elle hocha la tête, esquissa un pas... puis, se retournant vivement, lui déposa, paupières closes, un baiser sur la joue. « Mon Florian, chuchota-t-elle. Les dieux m'ont entendue. »

Elle suivit dans sa fuite l'allée de la Néra, dépassa les petites cuisines et traversa le clos aux pourceaux. Les grognements des pensionnaires y couvraient le bruit de sa course. *Chez moi*, songeait-elle, *chez moi, il va me ramener chez moi, saine et sauve, il veillera sur moi, mon Florian*. Les chansons consacrées à Jonquil et Florian l'enchantaient par-dessus toute autre. *Il était un peu rustre aussi, Florian, quoique pas si vieux...*

Elle dévalait déjà les marches serpentines quand un homme jaillit de sous un porche dérobé, et leur collision fut si rude qu'elle aurait perdu l'équilibre si des doigts de fer ne s'étaient refermés sur son poignet, tandis que la cinglait une voix de bronze. « La cabriole serait longuette, petit oiseau, dans cet escalier ! Voulais nous tuer tous les deux ? » s'esclaffa-t-il. Son rire grinçait comme une scie de tailleur de pierre. « Jurerait, ma foi... »

Le Limier. « Non, messire, pardonnez-moi, vraiment pas. » Si vivement qu'elle se fût détournée, trop tard, il avait vu ses traits. « Vous me faites mal, gémit-elle en se débattant pour se libérer.

– Et comment se fait-il que le petit oiseau de Joffrey volette en pleine nuit dans ces parages ? » Comme elle demeurait muette, il la secoua. « *Où étais-tu ?*

– D-d-dans le bois sacré, messire, balbutia-t-elle, n'osant mentir. A prier…, prier pour mon père et… pour le roi, prier qu'il ne soit pas blessé.

– Me crois si soûl que je vais gober *ça* ? » Il relâcha l'étreinte. Il tanguait imperceptiblement. L'ombre et la lumière zébraient les terribles décombres de son visage. « T'as presque l'air d'une femme…, frimousse, nichons, et la taille aussi, presque…, ah, mais t'es encore qu'un stupide petit oiseau, hein ? A chanter toutes les chansons qu'on t'a serinées…, pourquoi tu m'en chantes pas une, à moi ? chante ? Allez. Chante pour moi ? Une de ces chansons farcies de chevaliers et de nobles pucelles… T'aimes bien les chevaliers, non ? »

Il la terrifiait. « Les v-vrais chevaliers, messire.

– *Vrais* chevaliers ! se gaussa-t-il. Seulement, moi, je ne suis pas sire, pas plus *sire* que chevalier. Faut te battre pour que ça t'entre dans la cervelle ? » Il recula, manqua tomber. « *Bons dieux !* jura-t-il, trop de vin. L'aimes, toi, le vin, petit oiseau ? Le *vrai* vin ? Un flacon de rouge âpre, noir comme du sang, tout ce qu'un homme a besoin. Homme ou femme. » Il se mit à rire, secoua la tête. « Aussi saoul qu'un chien, le diable m'emporte ! A présent, tu viens. Retour à ta cage, petit oiseau. T'y ramène. Intacte pour le roi. » D'une bourrade étrangement délicate, il la mit en route et la suivit dans l'escalier. Le temps de parvenir au bas, il était retombé dans un mutisme tellement sombre qu'il semblait avoir oublié qu'il n'était plus seul.

En abordant la citadelle de Maegor, Sansa s'affola : c'était désormais ser Boros qui gardait le pont. Au bruit de leurs pas, le grand heaume blanc se retourna avec roideur. De son mieux, Sansa esquiva le regard de Blount. Le pire des membres de la Garde. Aussi vil que laid, tout fronces et bajoues.

« Rien à craindre de çui-là, petite. » La main pesante du Limier lui saisit l'épaule. « Peins des rayures sur un crapaud, ça n'en fera jamais un tigre. »

Ser Boros releva sa visière. « Où donc, ser… ?

– Fous-toi tes *ser*, Boros. C'est toi, le chevalier, pas moi. Je suis le chien du roi, l'oublies ?

– C'est beaucoup plus tôt que le roi avait besoin de son chien.

– Le chien s'abreuvait. C'était à toi de protéger le roi, cette nuit, *ser*. A toi et à mes autres *frères*. »

Blount se tourna vers Sansa. « D'où vient que vous ne soyez pas dans vos appartements à cette heure, dame ?

– Je suis allée dans le bois sacré prier pour la sécurité du roi. » Le mensonge sonnait mieux, cette fois, presque véridique.

« Comment dormirait-elle avec tout ce barouf ? ajouta Clegane. Que s'est-il passé ?

– Des crétins à la porte, expliqua l'autre. De bonnes langues avaient répandu des sornettes sur les préparatifs du festin de noces de Tyrek, et ces canailles se sont figuré qu'on devrait aussi les repaître. Une sortie conduite par Sa Majesté les a fait déguerpir.

– Courageux de sa part », commenta Clegane, la bouche de travers.

Son courage, on en jugera quand il affrontera mon frère, se dit Sansa, pendant que le Limier lui faisait franchir le pont. Puis, comme ils gravissaient tous deux le colimaçon, elle questionna : « Pourquoi laisser les gens vous appeler "chien" ? Vous ne laissez *personne* vous appeler "ser"...

– J'aime mieux les chiens que les chevaliers. Le père de mon père était maître piqueux au Roc. Une année d'automne, lord Tytos se trouva coincé entre une lionne et la proie qu'elle convoitait. Etre le propre emblème des Lannister ne valait pas même une crotte, pour la lionne. Elle mit en pièces la monture de notre seigneur et l'aurait lui-même déchiré par-dessus le marché si mon grand-père n'était survenu avec les limiers. Trois de ceux-ci périrent contre elle. Mon grand-père y laissa une jambe, et les Lannister la lui payèrent en lui donnant des terres, un manoir et en prenant son fils comme écuyer. Les trois chiens qui figurent sur notre bannière sont ceux qui succombèrent, sur l'herbe jaunie de l'automne. Un limier saura mourir pour vous, jamais il ne vous mentira. Et il vous regardera toujours droit dans les yeux. » Il lui glissa la main sous la mâchoire et, le pinçant sans ménagements, lui souleva le menton. « Les petits oiseaux ne sauraient en faire autant, n'est-ce pas ? Je n'ai pu obtenir ma chanson.

– Je… j'en sais une sur Florian et Jonquil.

– Florian et Jonquil ? Un fol et son con. Epargne-les-moi. Mais, un jour, je tirerai une chanson de toi, que tu le veuilles ou pas.

– Je la chanterai volontiers pour vous. »

Sandor Clegane renifla. « Un joli bibelot, mais si mauvais menteur. Les chiens flairent infailliblement le mensonge, sais-tu. Regarde autour de toi, et hume un grand coup. Il n'y a que des menteurs, ici…, et tous mieux doués que toi. »

ARYA

Après avoir escaladé le tronc jusqu'à la cime, elle aperçut pointer parmi les arbres des cheminées. Des toits de chaume s'échelonnaient le long du lac et du menu cours d'eau qui s'y déversait. Une jetée de bois s'avançait dans les flots. Un long bâtiment bas couvert d'ardoise la jouxtait.

Elle rampa le plus loin qu'elle put sans la faire ployer vers l'extrémité de la plus forte branche. Point de bateaux amarrés mais, de-ci de-là, de fines volutes de fumée, et des ridelles de charrette à l'arrière d'une écurie.

Quelqu'un vit là. Elle se mâchouilla la lèvre. Ils n'avaient, partout ailleurs, trouvé que solitude et désolation. Fermes, châteaux, villages, septuaires, granges, nulle différence. Ce qui pouvait brûler, les Lannister y avaient mis le feu, ce qui pouvait mourir, ils l'avaient tué. Ils avaient même fait de leur mieux pour incendier les bois, et si la flamme n'avait pas gagné, ce n'était pas leur faute mais celle de la végétation, trop verte encore et gorgée de sève par les pluies récentes. « L'auraient-ils pu qu'ils brûlaient le lac », avait dit Gendry, et il disait vrai. La nuit de leur fuite, le brasier de la ville en illuminait si brillamment les flots qu'on les eût eux-mêmes *jurés* en fusion.

Il leur avait fallu rassembler tout leur courage pour retourner finalement dans les ruines, en catimini, la nuit suivante, malgré les supplications de Tourte et les piaillements de Lommy : « Vous êtes fous, ou quoi ? Vous voulez qu'ils vous prennent et qu'ils vous tuent aussi ? » Mais ils n'y découvrirent que pierres noircies, carcasses calcinées, cadavres. Des cendres montaient encore, çà et là, des fumerolles blêmes. Quant à ser Amory Lorch et sa clique, ils avaient décampé depuis belle lurette. Les portes étaient brisées, les murs à demi démolis, l'intérieur jonché de morts sans sépulture. Un coup d'œil suffit à

Gendry. « Pas de survivant, pas un seul, dit-il. Et des chiens s'y sont mis aussi, voyez.

– Ou des loups.

– Chiens, loups, ça change quoi ? Terminé. »

Mais Arya refusa de partir tant qu'on n'aurait pas retrouvé Yoren. Ils ne pouvaient pas l'avoir tué, *lui*, se disait-elle, il était trop tenace, trop coriace… – et de la Garde de Nuit, en plus. Tous arguments dont elle saoula Gendry pendant les recherches.

Bien que le coup de hache qui l'avait tué lui eût fendu le crâne en deux, la grande barbe hirsute était bien la sienne, impossible de s'y méprendre, non plus qu'au vêtement, maculé, crasseux, et délavé au point de paraître plus gris que noir. Lorch ne s'étant pas plus soucié d'enterrer ses complices que ses victimes, quatre hommes d'armes Lannister gisaient près de Yoren. Ils avaient dû s'y prendre à combien pour l'abattre ? se demanda-t-elle.

Il allait me ramener à la maison, songea-t-elle pendant que l'on creusait sa fosse. Le nombre de morts était tel qu'on ne pouvait les enterrer tous, mais elle avait insisté pour que Yoren du moins ait une sépulture. *Il promettait de me ramener saine et sauve à Winterfell.* Au fond d'elle-même, quelque chose brûlait de le pleurer, quelque chose d'autre de le bourrer de coups de pied.

C'est Gendry qui se souvint des trois hommes expédiés par Yoren tenir la tour seigneuriale. Il se révéla qu'on les y avait bien assaillis, mais qu'elle ne comportait d'autre accès qu'une porte au second étage et qu'une fois l'échelle retirée à l'intérieur ils s'étaient trouvés hors d'atteinte. Les fagots empilés par les Lannister au pied de la tour avaient flambé sans en desceller les moellons, et Lorch n'avait pas eu la patience d'affamer les assiégés. Aussi Cutjack ouvrit-il sitôt que le héla Gendry et, en entendant Kurz pester qu'ils auraient mieux fait de détaler vers le nord au lieu de revenir sur leurs pas, Arya se reprit à espérer atteindre un jour ou l'autre Winterfell.

Oh, certes, la bourgade qu'elle avait à présent sous les yeux n'était pas Winterfell, mais ses toits rustiques promettaient chaleur, asile, voire nourriture, à qui aurait l'audace de s'aventurer. *Mais si c'était Lorch ? Il avait des chevaux. Facile à lui de nous devancer.*

Du haut de son arbre, elle épia longtemps, dans l'espoir de finir par voir quelque chose d'autre, homme ou cheval ou bannière, n'importe quoi, qui la renseigne. Mais s'il lui arriva de discerner quelque mouvement, la distance interdisait toute espèce de certitude. Elle n'identifia, mais fort net, là, qu'un hennissement.

Le ciel pullulait d'oiseaux – essentiellement des corbeaux. Qui, pas plus gros que des mouches, battaient mollement des ailes et tourbillonnaient au-dessus des chaumières. A l'est, l'Œildieu couvrait de sa nappe bleue martelée de soleil la moitié du monde. Certains jours, tandis que l'on remontait pas à pas le rivage humide (Gendry ne voulait pas entendre parler de routes, et même Tourte et Lommy trouvaient fondée sa répugnance), Arya se sentait comme appelée par le lac. Elle mourait d'envie de se fondre dans l'azur paisible de ses eaux, d'éprouver à nouveau le bien-être de la propreté, de nager, barboter, se chauffer au soleil. Mais elle n'osait se déshabiller, fût-ce pour faire une lessive, alors qu'on risquait de la voir. Elle en était réduite, le soir venu, à s'asseoir sur un rocher et à laisser pendre ses pieds dans l'eau froide. Elle avait fini par jeter ses bottes éculées, crevassées. Aller pieds nus était un supplice, au début, mais vos ampoules se crevaient, à la longue, vos entailles se cicatrisaient, votre plante devenait du cuir. Elle appréciait désormais le moelleux de la vase entre les orteils tout comme la fermeté de la terre durant la marche.

De son perchoir, elle distinguait, au nord-est, un îlot boisé. A trente pas peut-être de la grève voguaient, sereins, tellement sereins..., trois cygnes noirs. Nul ne les avait avertis que la guerre avait éclaté, et des villes en feu, de l'affreux carnage ils n'avaient cure. Elle les envia. Au fond d'elle, quelque chose brûlait d'être cygne, et quelque chose d'autre brûlait d'en manger un. Pour tout déjeuner, elle n'avait eu qu'un peu de pâtée de glands et une poignée de punaises. Pas si mauvais, les punaises, à condition de s'y habituer. Beaucoup moins mauvais que les vers, mais rien n'était pire que les crampes de votre estomac vide depuis plusieurs jours. Trouver des punaises était un jeu d'enfant, vous n'aviez qu'à retourner les pierres à coups de pied. Comme elle en avait déjà croqué une, dans son enfance, rien que pour faire piauler Sansa, en croquer d'autres ne l'avait pas effarouchée. La fouine n'était pas difficile non plus, mais Lommy et Gendry ne voulaient même pas essayer, depuis que Tourte avait dégobillé la bouchée qu'il s'efforçait d'en avaler. La veille, Gendry avait partagé une grenouille avec Lommy et, quelques jours plus tôt, Tourte entièrement dépouillé des ronces de leurs mûres mais, à part cela, on vivait surtout de glands et d'eau fraîche. C'est

Kurz qui leur avait montré comment écraser les glands pour en faire cette pâtée. Infecte !

Elle n'en déplorait pas moins sa mort. Le braconnier était mieux à son affaire qu'eux tous réunis, dans les bois, mais une flèche lui avait transpercé l'épaule alors qu'il retirait l'échelle de la tour, et il avait eu beau jurer ses grands dieux que c'était une égratignure, l'emplâtre de mousse et de boue du lac confectionné par Tarber n'avait pas empêché la chair de sa gorge de noircir au bout de deux jours ni des traînées rougeâtres de lui envahir peu à peu la mâchoire et le torse. Si bien qu'un matin ses forces le trahirent et qu'il mourut le lendemain.

Après qu'on l'eut enterré sous un amas de pierres, Cutjack s'adjugea son cor de chasse et son épée, Tarber son arc, ses bottes et son couteau. Puis décampèrent, emportant le tout. On les avait d'abord crus simplement partis chasser. Ils allaient revenir avec du gibier, on aurait à manger... Mais l'attente se prolongea, vaine, indéfiniment, et Gendry finit par obtenir qu'on se remette en route. Peut-être Tarber et Cutjack s'étaient-ils dit que traîner cette bande d'orphelins réduisait leurs chances de s'en sortir, et c'était probablement vrai, mais Arya leur en voulait à mort de leur défection.

Au bas de son arbre, Tourte se mit à aboyer. Kurz, toujours lui, leur avait conseillé d'imiter des cris de bêtes pour correspondre entre eux. « Un vieux truc de braconnier », selon lui, mais il était mort avant d'avoir pu leur apprendre à émettre les sons judicieusement. Les rossignolades de Tourte étaient une calamité. Son chien valait un peu mieux – guère.

Elle sauta de sa branche sur celle du dessous, mains en dehors comme balancier. *Jamais ne tombe un danseur d'eau.* D'un pied léger, les orteils bien reployés autour du bois, elle progressa quelque peu, se laissa choir, aérienne, sur une ramure plus massive puis, main après main, se fraya passage dans l'épais des feuilles jusqu'au tronc. L'écorce était rude sous ses vingt doigts. Elle descendit prestement, décrocha pour les six derniers pieds, se laissa bouler à l'atterrissage.

Gendry lui tendit la main pour l'aider à se relever. « Tu y es restée un bon bout de temps, là-haut ! Tu as vu quoi ?

– Un village de pêcheurs, juste une bourgade, au nord, en suivant le rivage. Vingt-six toits de chaume, un d'ardoise, j'ai compté. L'arrière d'une charrette. C'est habité. »

Le son de sa voix fit émerger Belette des buissons. Bien que sa ressemblance avec la bestiole fût pure invention de Lommy, ce surnom collait si fort à la peau de la chialeuse qu'on ne pouvait s'empêcher de le lui appliquer, même depuis qu'elle ne chialait plus. En lui voyant la bouche toute crottée, Arya craignit qu'elle n'eût une fois de plus mangé de la vase.

« Tu as vu quelqu'un ? questionna Gendry.

– Guère mieux que des toits, reconnut-elle, mais quelques cheminées fumaient, et j'ai entendu un cheval. » A deux bras, Belette lui étreignit la jambe. Ça la prenait, comme ça, de temps à autre.

« S'y a du monde, y a d' quoi becter », déduisit Tourte, un ton trop haut. Gendry avait beau lui rabâcher de parler plus bas, cela ne servait à rien. « 't-êt' qu'on voudra nous en donner ?

– Ou nous tuer, dit Gendry.

– Pas si on s' rendait, si ? suggéra Tourte avec la naïveté de l'espoir.

– Voilà que tu parles comme Lommy. »

Mains-vertes était prostré au pied du chêne. Deux grosses racines le calaient. Sa blessure au mollet l'avait contraint, dès le lendemain soir, à ne marcher qu'à cloche-pied, appuyé sur Gendry, et voilà qu'il ne pouvait même plus faire *ça*. On avait bien bricolé une civière de branchages, mais le transporter tout du long était non seulement lent mais éreintant, et le moindre cahot lui arrachait des gémissements.

« Faut se rendre, dit-il. Ça qu'aurait dû faire Yoren. Il aurait dû ouvrir les portes comme les autres lui disaient. »

La ritournelle de Lommy : Yoren aurait dû se rendre, écœurait Arya. Il n'arrêtait pas de resservir ça pendant qu'on le trimbalait, ça et sa jambe et son ventre vide.

Tourte approuva. « Y-z-y ont *dit* d'ouvrir les portes, y-z-y ont dit au nom du roi. Faut toujours faire ce qu'y vous disent au nom du roi. Sa faute, à c' vieux puant, tout ça. S'y s' 'tait rendu, les autres nous laissaient tranquilles. »

Gendry se renfrogna. « Entre eux, noblaille et chevaliers, ça se fait prisonnier, ça se paie rançon, mais qu' ça se rende ou pas, ton espèce, si ça s'en branle ! » Il se tourna vers Arya. « Tu as vu quelque chose d'autre ?

– Si c'est un village de pêcheurs, insista Tourte, on nous vendrait du poisson, j' parie. » Le poisson abondait dans le lac, mais ils n'avaient rien pour l'attraper. Elle avait bien tenté de le faire à la main, selon la méthode de Koss, mais l'eau était pleine de trompe-l'œil, et le poisson plus rapide que les pigeons.

« Pour le poisson, je ne sais pas. » Les doigts emmêlés dans la tignasse de Belette, elle songeait que la meilleure solution serait peut-être de la raser. « Mais des corbeaux s'abattent non loin de l'eau. Quelque charogne, de ce côté-là…

– Du poisson rejeté sur le rivage, s'obstina Tourte. Si les corbeaux l' mangent, on peut nous aussi, j' parie.

– On d'vrait prend' des corbeaux, reprit Lommy. C't *eux* qu'on mang'rait. On pourrait faire du feu et les rôtir com' des poulets. »

Gendry le regarda de travers, ce qui lui donnait l'air féroce. Sa barbe avait poussé, aussi noire et drue qu'un hallier. « J'ai dit : pas de feu.

– Mais Lommy a *faim* ! geignit Tourte, et moi aussi…

– Nous avons tous faim, riposta Arya.

– Pas *toi.* » Mains-vertes cracha par terre. « Tu r'foules l'asticot. »

Elle réprima son envie de botter le mollet blessé. « J'ai *dit* que je te chercherais des vers, si tu voulais. »

Il fit une grimace de dégoût. « S'rait pas ma jambe, j'irais vous chasser des sang'iers.

– Des sangliers ! ricana-t-elle. Il faut une lance spéciale pour chasser le sanglier, et des chevaux, et des chiens, et des hommes pour le débusquer de sa bauge. » Père l'avait chassé, le sanglier, lui, dans le Bois-aux-Loups, avec Robb et Jon. Il avait même emmené Bran, une fois, mais jamais elle, quoiqu'elle fût plus âgée que Bran. A en croire septa Mordane, chasser le sanglier n'était pas pour les dames. Et Mère : « Le sanglier…, voyez-moi ça ! Quand tu seras un peu plus grande, tu auras ton propre faucon. » Plus grande, elle l'était à présent, mais eût-elle un faucon qu'elle le *mangerait.*

« Tu sais quoi de la chasse au sanglier, *toi* ? insinua Tourte.

– Plus que vous. »

Gendry n'était pas d'humeur à tolérer ces chamailleries. « Fermez-la, vous deux. Laissez-moi réfléchir. » L'effort de réfléchir lui donnait toujours une expression aussi douloureuse que s'il se meurtrissait contre un mur.

« S' rendre, dit Lommy.

– Je t'ai dit de la boucler là-dessus. Nous ne savons même pas qui se trouve dans le village. On pourrait peut-être y voler de la nourriture ?

– Lommy, oui, s'y avait pas sa jambe, dit Tourte. Il était voleur, en ville.

– Un mauvais voleur, dit Arya, puisqu'il s'est fait piquer. »

Gendry jeta un coup d'œil au soleil. « Vaut mieux le crépuscule pour s'y faufiler. J'irai me rendre compte, à la brune.

– Non, dit Arya, c'est moi. Tu fais trop de bruit. »

Le nuage familier assombrit la physionomie de Gendry. « On ira tous les deux.

– Faudrait mieux Arry, dit Lommy. 'l est plus furtif qu' toi.

– J'ai dit : *tous les deux*.

– Et si vous r'venez pas ? Tourte peut pas me porter tout seul, vous savez bien, peut pas…

– Puis y a des loups, ajouta Tourte. Je les ai entendus, pendant que je montais la garde, la nuit dernière. Z'avaient l'air tout près… »

Elle aussi les avait entendus. Elle s'était assoupie à la fourche d'un orme quand leurs hurlements l'avaient réveillée. Elle en avait eu froid dans le dos plus d'une heure, à les écouter.

« Et tu nous interdis de faire du feu pour les tenir à distance, reprit Tourte. C'est pas juste, nous abandonner aux loups…

– Personne vous abandonne, riposta Gendry d'un air dégoûté. Lommy a sa lance, si les loups viennent, et tu restes avec lui. On va juste voir, c'est tout ; et puis on revient.

– Qui qu'y soient, ces gens, vous d'vriez vous rendre à eux, gémit Mains-vertes. M' faut des drogues, pour ma jambe. Fait vachement mal.

– Si on voit des drogues à jambe, on te les rapporte, dit Gendry. En route, Arry. Je veux arriver dans les parages avant que le soleil se couche. Tourte, tu retiens Belette. Je veux pas qu'elle nous suive.

– Elle m'a donné des coups de pied, la dernière fois…

– C'est moi qui t'en donnerai si tu la retiens pas. » Sans lui laisser le temps de répliquer, Gendry coiffa son heaume et s'en fut.

Comme il était son aîné de cinq ans, plus grand qu'elle de douze pouces et possédait des jambes longues à proportion, Arya devait tricoter ferme pour se maintenir à sa hauteur. Il demeura muet un bon moment, se contentant de se frayer passage, à grand tapage et d'un air furibond, parmi la futaie touffue. Il finit tout de même par s'arrêter et dit : « Lommy va mourir, je crois. »

Le pronostic ne la surprit pas. Bien qu'il fût autrement vigoureux que Lommy, Kurz était mort de sa blessure. Chaque fois que venait son tour de s'atteler à la civière, Arya était frappée par la fièvre intense de l'orphelin et la puanteur de sa jambe. « Si nous pouvions trouver un mestre...

– On trouve de mestres que dans les châteaux et, même on en trouverait un, il consentirait pas à se salir les mains pour un pauvre diable comme Lommy. » Il se coula sous une branche basse.

« Ce n'est pas vrai. » Mestre Luwin aurait secouru quiconque fût venu le trouver, elle en était sûre.

« Il va mourir et, plus vite il mourra, mieux ce sera pour nous autres. On devrait l'abandonner, comme il dit. Si le blessé, c'était toi ou moi, tu sais très bien qu'il nous abandonnerait. » Ils dégoulinèrent dans un ravin, en escaladèrent l'autre versant en s'agrippant à des racines. « J'en ai marre, de le porter, et j'en ai marre aussi, de l'entendre ressasser : "Faut se rendre." S'il tenait debout, j'y ferais avaler ses dents. Il sert à rien ni à personne. Pas plus que la morveuse.

– Fous la paix à Belette, elle a peur et faim, voilà tout. » Elle jeta un regard en arrière mais, pour une fois, la petite ne les suivait pas. Tourte avait dû la retenir de force, comme ordonné.

« Elle est inutile, s'opiniâtra Gendry. Elle et Tourte et Lommy. Ils nous ralentissent et finiront par nous faire tuer. T' es le seul du groupe à être bon à quelque chose. Quoique t'es une fille. »

Elle se pétrifia. « *Je ne suis pas une fille !*

– Si. Tu me crois aussi bête qu'eux ?

– Non. Plus bête. La Garde de Nuit ne prend pas les filles, chacun sait ça.

– C'est vrai. Je ne sais pas pourquoi Yoren t'a emmenée, il devait avoir de bonnes raisons, mais t'en es pas moins une fille.

– Je ne le suis pas !

– Alors, sors ta queue et pisse. Allez ?

– Je n'ai que faire de pisser. Je pourrais si je le voulais.

– Menteuse. Tu peux pas sortir ta queue parce que t'en as pas. J'avais pas remarqué tant qu'on était trente, mais tu files toujours dans les bois pour faire ton eau. Pas Tourte qui ferait ça, ni moi. Si t'es pas une fille, alors, tu dois être plus ou moins eunuque.

– L'eunuque, c'est *toi.*

– Tu sais bien que non. » Il se mit à sourire. « Tu veux que je la sorte, ma queue, pour te prouver ? J'ai rien à cacher, moi.

– Si fait, lâcha-t-elle, dans un élan désespéré pour esquiver le sujet de la queue qu'elle n'avait pas. Ces manteaux d'or en avaient après toi, à l'auberge, et tu as refusé de nous dire pourquoi.

– Je voudrais le savoir moi-même. A mon avis, Yoren savait, mais il m'a jamais rien dit. Mais toi, pourquoi t'as cru qu'ils étaient après toi ? »

Elle se mordit la lèvre. Elle se rappelait les paroles de Yoren, le jour où il lui avait coupé les cheveux. *Dans c'te clique, la moitié te r'fourguerait à la reine, eul temps d' cracher, contre un pardon, rien qu' quéqu' sous même, p't-êt'. L'aut', pareil, mais t' viol'raient d'abord.* Gendry seul était différent, la reine le voulait aussi. « Je te dirai mon secret si tu me dis le tien, répondit-elle prudemment.

– Je te le dirais si je le savais, Arry... – c'est vraiment comme ça que tu t'appelles, ou bien tu portes un nom de fille ? »

Elle fixa la racine qui se convulsait à ses pieds. La fraude était éventée, comprit-elle. Gendry savait, et elle n'avait pas dans ses chausses de quoi le convaincre du contraire. De deux choses l'une, ou bien elle tirait Aiguille et le tuait, là, sur place, ou bien elle lui faisait confiance. Le tuer ? elle n'était pas sûre d'y parvenir, même si elle essayait ; il avait sa propre épée, et il était *fichtrement* plus costaud qu'elle. Cela la réduisait à dire la vérité. « Tourte et Lommy ne doivent pas savoir, dit-elle.

– Ils sauront pas, promit-il. Pas par moi.

– Arya. » Elle leva les yeux vers les siens. « Je m'appelle Arya. De la maison Stark.

– De la maison... » Il lui fallut un bon moment pour retrouver la voix. « La Main du roi s'appelait Stark. Celui qu'ils ont tué comme traître.

– Jamais il n'a trahi. Il était mon père. »

Gendry s'écarquilla. « Et c'est pour *ça* que tu as cru... ? »

Elle hocha la tête. « Yoren me ramenait à Winterfell. Chez moi.

– Je... T'es de la haute, alors, une... tu seras une dame... »

Les yeux d'Arya tombèrent sur ses vêtements en loques, ses pieds nus, couverts de crevasses et de durillons. Sur ses mains écorchées, ses ongles crasseux, ses coudes couronnés de croûtes. *Septa Mordane ne me reconnaîtrait même pas, je gage. Sansa peut-être, mais elle affecterait le contraire.* « Ma mère est une dame, ma sœur aussi, moi pas, jamais.

– Bien sûr que si. Tu étais la fille d'un grand seigneur et tu habitais un château, n'est-ce pas ? Et tu… – bons dieux de bons dieux ! jamais je… » Il semblait tout à coup décontenancé, presque effrayé. « Tout ce micmac sur les queues…, j'aurais jamais dû. Ni proposer de pisser devant toi et tout le reste. Je… je vous demande pardon, m'dame.

– *Arrête !* » grinça-t-elle. Se moquait-il ?

« Je connais les manières, m'dame, poursuivit-il, plus bouché que jamais. Chaque fois que des damoiselles de la haute venaient à la boutique avec leurs pères, mon maître me disait de leur ployer le genou devant, de leur causer que si elles m'adressaient la parole et de les appeler *m'dame*.

– Si tu te mets à m'appeler m'dame, même *Tourte* s'en apercevra. Garde-toi même de pisser différemment.

– Serviteur, m'dame. »

Des deux poings, elle lui assena un grand coup dans la poitrine. Il trébucha contre une pierre et tomba sur le derrière avec un gros *pouf*. « En voilà, des façons, s'étouffa-t-il, pour une damoiselle du meilleur monde !

– En voilà d'autres. » Elle lui décocha un coup de pied dans les côtes, mais il ne s'en esclaffa que mieux. « Rigole tout ton saoul. *Moi*, je vais voir qui habite le village. »

Déjà, le soleil s'était abaissé sous les frondaisons ; il ferait sombre incessamment. C'est Gendry qui, pour le coup, dut courir aux trousses d'Arya. « Tu sens ? » demanda-t-elle.

Il huma l'air. « Poisson pourri ?

– Tu sais bien que non.

– Gaffe, alors. Je vais faire le tour par l'ouest, voir s'y a une route. Probable, avec ta charrette. Tu suis le rivage. Si t'as besoin d'aide, t'aboies.

– Idiot. Si j'ai besoin d'aide, je gueule : *A l'aide.* » Elle s'élança. Ses pieds nus foulaient l'herbe en silence. Un coup d'œil par-dessus l'épaule lui confirma que Gendry la regardait s'éloigner de cet air chagrin que lui donnait la perplexité. *Il doit se dire qu'il ne devrait pas laisser m'dame partir piquer de quoi croûter.* Il n'allait faire que des bêtises, sûr et certain.

Plus elle approchait du village, plus s'aggravait la pestilence. A ses narines, tout sauf celle du poisson pourri. Bien plus fétide et plus infecte. Son nez s'en fripa.

Dès que la futaie s'éclaircit, elle recourut aux buissons pour se dissimuler, se faufilant, silencieuse comme une ombre, de l'un à l'autre. S'immobilisant tous les cinq ou six pas pour tendre l'oreille. Ainsi finit-elle par entendre des chevaux, ainsi qu'une voix d'homme. Et la puanteur ne cessait d'empirer. *Pue le cadavre, voilà.* Celle-là même qu'elle n'avait déjà que trop sentie avec Yoren et les autres.

Au sud du village s'échevelait un impénétrable roncier. Le temps de l'atteindre en demeurant constamment à couvert, et les longues ombres du crépuscule avaient commencé à s'estomper, les phalènes à fuser. Juste au-delà des ronces s'apercevait la silhouette des toits de chaume. A croupetons, Arya poursuivit sa progression jusqu'à ce qu'elle découvre une vague brèche où s'insinuer en rampant. Alors, elle vit de quoi émanait l'odeur.

Non loin de la berge que venaient laper gentiment les eaux de l'Œildieu se dressait un interminable gibet sommaire de bois vert où ballottaient, pieds entravés, des choses qui avaient été des hommes et que des corbeaux becquetaient en voletant de l'un à l'autre, parmi des nuées de mouches. Un soupçon de brise souffla du lac, et le cadavre le plus proche tourna sur sa corde, à peine à peine, comme par coquetterie. Les corbeaux ne lui avaient guère laissé de visage ni du reste, de tout le reste. Sa gorge et sa poitrine étaient déchiquetées, son ventre béant laissait pendouiller des boyaux verdâtres et des lambeaux de chair. De l'un de ses bras, tranché au ras de l'épaule, ne subsistaient, à quelque pas d'Arya, que les os, dépecés, rongés, mis en pièces.

Elle se contraignit à regarder le deuxième homme et le troisième et celui d'après..., tout en s'intimant de rester de pierre. Des cadavres, tous, et tellement défigurés, tellement putréfiés qu'il lui fallut un bon moment pour s'apercevoir qu'avant de les pendre on les avait déshabillés. Comme ils avaient à peine figure humaine, leur nudité ne se remarquait pas. Les corbeaux leur avaient toujours dévoré les yeux, parfois les joues. Du sixième de l'interminable file ne restait rien, sauf une jambe, une seule, encore entravée, que le moindre souffle faisait guincher.

La peur est plus tranchante qu'aucune épée. Ces morts ne pouvaient lui faire aucun mal, mais ceux qui les avaient tués le pouvaient, quels qu'ils fussent. Bien au-delà du gibet, devant le long bâtiment bas proche de la jetée, celui au toit d'ardoise, se tenaient, appuyés sur leur lance, deux types en haubert de mailles. Deux grands mâts fichés au bord du rivage portaient des bannières. L'une semblait rouge, l'autre plus pâle – blanche, peut-être, ou jaune –, mais comme elles ne flottaient pas et que l'obscurité s'épaississait, Arya n'aurait pas même pu affirmer que la rouge était Lannister. *Pas besoin de voir le lion. Me suffit de voir tous ces morts. Qui d'autre que les Lannister aurait fait cela ?*

Alors retentit un cri.

Qui fit se retourner les lances tandis que, poussant un prisonnier devant lui, paraissait un troisième larron. Il faisait désormais trop sombre pour distinguer les visages, mais le captif portait un heaume étincelant d'acier dont les cornes achevèrent d'éclairer Arya. *Espèce d'idiot d'idiot d'idiot D'IDIOT !* Elle l'aurait à nouveau roué de coups de pied s'il s'était trouvé avec elle.

Les gardes avaient beau gueuler, la distance l'empêchait d'entendre ce qu'ils disaient, surtout avec les battements d'ailes et les piaillements des corbeaux tout proches. L'une des lances arracha son heaume à Gendry et lui posa une question, mais il ne dut pas trouver la réponse à son goût, car il lui balança sa hampe en pleine figure et l'envoya bouler à terre, où celui qui l'avait fait prisonnier lui botta les flancs, tandis que leur compagnon coiffait la tête de taureau. Enfin, après l'avoir remis sur pied, ils l'emmenèrent vers l'entrepôt. A peine en eurent-ils ouvert la porte qu'en fusa un petit garçon, mais l'un d'eux lui attrapa le bras et le renvoya baller à l'intérieur. D'où s'ensuivirent des sanglots puis un cri de douleur si déchirant qu'Arya s'en mordit la lèvre.

Là-dessus, les gardes propulsèrent aussi Gendry dans le bâtiment et en barrèrent la porte sur ses talons. Au même moment, l'haleine du lac émut les bannières, les défripa. La première portait, comme redouté, le lion, la seconde, trois minces figures noires courant sur un champ jaune beurre. *Des chiens*, pensa-t-elle. Des chiens qu'elle avait déjà vus quelque part, mais où ça ?

Il n'importait. La seule chose importante était que les autres tenaient Gendry. Savaient-ils que la reine le voulait ? Tout têtu et borné qu'il était, elle devait le tirer de là.

Il lui était odieux de voir le garde parader sous le heaume de Gendry, mais qu'y faire ? Etouffés par les murs aveugles de l'entrepôt montèrent, lui sembla-t-il, de nouveaux cris, mais peut-être se trompait-elle, après tout.

Elle demeura là suffisamment pour assister à la relève et voir mille autres choses. Des hommes allaient et venaient, menaient leurs chevaux s'abreuver au ruisseau. Une troupe de chasseurs rapporta des bois la dépouille d'un daim suspendue à une longue perche. Après qu'ils l'eurent écorché, vidé, qu'ils eurent allumé un feu sur la berge opposée du ruisseau, le fumet de la viande en train de rôtir se mêla de manière étrange à l'ignoble odeur de décomposition, barbouillant si bien son estomac vide qu'Arya pensa dégobiller, tandis qu'il attirait de nouveaux groupes de soldats casernés dans les chaumières et pour la plupart équipés de maille ou de cuir bouilli. Une fois le gibier cuit, ses meilleurs morceaux furent emportés dans une maison.

Elle avait compté que les ténèbres lui permettraient de se rapprocher en tapinois pour libérer Gendry, mais les autres enflammèrent des torches à même les braises. Un écuyer vint apporter de la viande et du pain aux deux factionnaires apostés devant l'entrepôt et qu'un peu plus tard rejoignirent deux nouveaux sbires avec une outre de vin qui circula de main en main. Cette dernière aussitôt vidée, ceux-ci s'éloignèrent mais, appuyés sur leur lance, ceux-là reprirent leur faction.

Ce que voyant, Arya finit, toute ankylosée, par s'extraire de sa tanière pour regagner le noir des bois. D'encre était la nuit, filiforme le croissant de lune que tour à tour occultait et dévoilait la fuite des nuages. *Silencieux comme une ombre*, se dit-elle en se coulant à travers les arbres. Si profondes étaient les ténèbres qu'elle n'osait courir, de peur de buter sur quelque obstacle invisible ou de s'égarer. Sur sa gauche, l'Œildieu lapait imperturbablement ses rives. Sur sa droite, un rien de vent faisait soupirer les branches, bruire et frissonner les feuilles. Au loin se percevaient des hurlements de loups.

Tourte et Lommy faillirent se conchier quand elle surgit du fourré derrière eux. « Chut », leur souffla-t-elle en enlaçant Belette qui s'était ruée sur elle.

Tourte lui fit les gros yeux. « On croyait que vous nous aviez abandonnés. » Son poing se crispait sur l'épée dont Yoren avait délesté l'officier des manteaux d'or. « J'avais peur que tu sois un loup.

– Où est Taureau ? demanda Lommy.

– Ils l'ont pris, murmura-t-elle. Nous faut le tirer de là. Besoin de toi, Tourte. On se faufile, on tue les gardes, puis j'ouvre la porte. »

Les deux garçons échangèrent un regard. « Y en a combien ?

– Pas pu compter, confessa-t-elle. Une vingtaine au moins. Mais seulement deux à la porte. »

La physionomie de Tourte se chiffonna comme s'il allait pleurer. « On peut pas en combattre *vingt*...

– Tu n'en combattras qu'*un*. Je me charge de l'autre. On libère Gendry et on file.

– On d'vrait se rendre, intervint Lommy. Juste aller s' rendre. »

Elle secoua la tête avec véhémence.

« Alors, abandonne-le, Arry, insista-t-il. Nous, y savent pas qu'on est là. Si on s' cache, y partiront, tu sais qu'y partiront. Pas not' faute, qu'y s'est fait pincer.

– Ce que tu es bête ! ragea-t-elle. Tu *mourras*, si nous ne le libérons pas. Qui va te porter, dis ?

– Toi et Tourte.

– Tout le temps ? Sans personne pour nous relayer ? Nous n'y arriverons pas. C'était Gendry, le costaud. Puis cause toujours, je m'en fiche, moi, j'y retourne. » Elle fixa Tourte. « Tu viens ? »

Ses yeux coururent de Lommy à elle, d'elle à Lommy. « Je viens, dit-il, non sans répugnance.

– Lommy, garde-moi Belette. »

Il saisit la main de la mioche, l'attira à lui. « Et si les loups viennent ?

– Rends-toi ? »

Le trajet jusqu'au village leur parut durer des heures. Comme Tourte trébuchait sans cesse, dans le noir, s'égarait sans cesse, Arya devait sans cesse l'attendre ou rebrousser chemin pour le retrouver. A la longue, elle préféra lui tenir la main et le guider dans le sous-bois. « La ferme et suis. » Mais dès que s'entrevit au bas du ciel le vague rougeoiement des feux du village, elle l'avertit : « Tu vas voir des pendus, de l'autre côté de ce roncier, là. Tu n'as rien à redouter d'eux. Mets-toi seulement dans la tête que la peur est plus tranchante qu'une épée. On va progresser pas à pas et dans un silence absolu. » Il acquiesça d'un hochement.

Elle se glissa la première sous la haie d'épines et, accroupie au ras du sol, l'attendit de l'autre côté. Il finit par la rejoindre, blême et pantelant, la figure et les bras tout sillonnés de longues griffures sanguinolentes. Il voulut dire quelque chose, mais elle lui posa un doigt sur les lèvres. A quatre pattes, ils longèrent le gibet. Au-dessus d'eux oscillaient doucement les morts, mais Tourte se garda de lever les yeux et de piper son.

Mais il ne put réprimer un hoquet lorsqu'un corbeau se posa sur son dos. Et un : « *Qui va là ?* » fracassa les ténèbres.

Déjà, Tourte avait bondi sur ses pieds. « *Je me rends !* » Et de jeter loin de lui son épée, tandis que des dizaines de corbeaux s'envolaient avec des croassements plaintifs ou furieux, giflant de leurs ailes les suppliciés. Arya lui agrippa la jambe, mais elle eut beau tirer de toutes ses forces pour l'obliger à se baisser, il se dégagea d'une saccade et se mit à courir en agitant les bras. « Je me rends ! je me rends ! »

Debout d'un bond, Arya dégaina Aiguille, mais déjà des hommes la cernaient. Elle tailla vers le plus proche, mais il para le coup avec son bras bardé d'acier, pendant qu'un autre se jetait sur elle et la terrassait, puis qu'un troisième lui arrachait son arme. Elle tenta de mordre, ses dents se refermèrent sur de la maille crasseuse et glacée. « Hoho, c't un démon ! » rigola l'homme en lui abattant sur le crâne son poing ganté de fer.

De l'échange qui s'ensuivit par-dessus sa souffrance, elle ne parvint pas à comprendre un traître mot. Les oreilles lui bourdonnaient. Elle essaya de se défiler à quatre pattes, la terre se déroba sous elle. *M'ont pris Aiguille.* Elle en éprouva une honte plus douloureuse que la douleur, toute rude qu'était la douleur. C'est Jon qui la lui avait donnée, et Syrio lui avait appris à la manier…

Finalement, quelqu'un l'empoigna par son justaucorps et la planta sur ses genoux. Tourte aussi était agenouillé, mais devant l'homme le plus colossal qu'elle eût jamais vu, un monstre issu des pires contes de Vieille Nan. Elle ne l'avait pas vu arriver. Trois chiens noirs couraient en travers de son surcot jaune délavé, ses traits durs avaient l'air taillés dans la pierre. Et, subitement, elle se rappela où et quand elle avait vu ces chiens pour la première fois. A Port-Réal, le soir du tournoi. Chaque chevalier avait suspendu son écu devant les pavillons. « Celui-là appartient au frère du Limier, lui avait confié Sansa. Un géant. Encore plus grand qu'Hodor, si tu vois ? On l'a surnommé *la Montagne-à-cheval.* »

A demi consciente seulement de ce qui se passait autour d'elle, Arya laissa retomber sa tête. Tourte n'en finissait pas de se rendre encore un peu. La Montagne dit : « Tu vas nous conduire jusqu'à ces deux autres », et s'en fut. Puis elle s'aperçut qu'elle venait de dépasser, titubante, le dernier pendu, cependant que Tourte promettait aux autres force tourtes et tartes s'ils ne le maltraitaient pas. Ils étaient quatre à les escorter. Un brandissait une torche, un portait une épée, deux avaient des lances.

Lommy n'avait pas bougé de sa place, au pied du chêne. « J' me rends ! » cria-t-il du plus loin qu'il les aperçut. Il avait déjà jeté sa propre lance au diable et leva ses mains barbouillées de teinture verte. « J' me rends. Pitié. »

Le type à la torche se mit à fureter parmi les arbres. « Y a que toi ? Mitron disait qu'y avait une fille…

– Elle s'est enfuie quand elle vous a entendus, dit Lommy. Faisiez un fameux boucan. » Et Arya pensa : *Cours, Belette, cours aussi loin que tu pourras, cours te cacher, cours et garde-toi de jamais revenir.*

« Dis-nous où se terre ce fils de pute de Dondarrion, et tu te farciras un repas chaud.

– Qui ça ? s'ébahit Lommy.

– Quand j'te disais…, râla l'homme à l'épée. C'te bande en sait pas pus qu' les aut' cons du village. Perd not' putain d' temps ! »

L'une des lances se pencha sur Lommy. « Des emmerdes avec ta jambe, mon gars ?

– 'll' est blessée.

– Peux marcher ? » Le ton marquait la sollicitude.

« Non. Faudra m' porter.

– Crois ça ? » Posément, l'homme leva sa lance et la lui ficha dans la gorge sans même lui laisser le loisir de se rendre une fois de plus. Un soubresaut, et ce fut tout. Puis une fontaine de sang noir quand le meurtrier libéra son fer. « L' porter, qu'y dit… », marmonna-t-il avec un petit rire.

TYRION

Comme ils lui avaient conseillé de se vêtir chaudement, Tyrion Lannister décida de les prendre au mot en enfilant non seulement d'épaisses chausses molletonnées et un doublet de laine, mais en s'empaquetant par-dessus le marché dans la pelisse de lynx qu'il avait gagnée sur Marillion dans les montagnes de la Lune. Taillée pour un homme deux fois plus grand que lui, celle-ci était d'une longueur grotesque et, à moins de se trouver à cheval, il ne pouvait la porter qu'à condition de s'y enrouler plusieurs fois, ce qui lui donnait la dégaine d'un ballot de poil à rayures.

Accoutrement à part, il se félicitait à présent de sa docilité. Dans ce long boyau voûté, le froid et l'humidité vous pénétraient jusqu'au cœur des os. Il avait suffi à Timett d'en tâter pour préférer remonter dare-dare dans la cave. Taillées quelque part sous la colline de Rhaenys, derrière la Guilde des Alchimistes, les parois de pierre suintaient, tachées de salpêtre, et le seul éclairage qui les révélât provenait de la lanterne à huile dûment scellée que ne portait Hallyne le Pyromant qu'avec une délicatesse de bigote.

De quoi, bigre… ! et voici les grès à bigarreaux, n'est-ce pas ? Tyrion souleva l'un des pots pour l'examiner. Tourné dans une argile grasse, il était rond, rougeâtre et de la taille d'un grappe-fruit. Un peu gros pour sa main mais idéal pour bien tenir, il le savait, dans celle d'un homme normal. Au demeurant d'une si extrême fragilité, tant la pâte était fine, que mieux valait ne trop serrer le poing, l'avait-on prévenu. De contact rêche et granuleux. « C'est fait exprès, lui avait dit Hallyne. Lisse, il risquerait de glisser des doigts. »

Le feu grégeois moussa sournoisement vers la bouche du pot quand Tyrion inclina celui-ci pour y jeter un œil, mais la pauvreté de la lumière interdisait de distinguer le vert glauque annoncé. « Epais, remarqua-t-il.

– A cause du froid, messire », expliqua Hallyne. Ses manières obséquieuses ne démentaient ni ses mains moites ni son teint blafard. De la zibeline soutachait ses robes à rayures écarlates et noires, mais elle avait l'air et plus que l'air mangée aux mites et rapetassée. « En s'échauffant, la substance se fluidifie comme l'huile de lampe. »

La substance était le terme par lequel les pyromants désignaient le feu grégeois. Ils se qualifiaient également de *sagesse* entre eux, ce que Tyrion trouvait presque aussi assommant que leur manie de vouloir lui faire accroire, à force d'insinuations, qu'ils possédaient un prodigieux arsenal de connaissances occultes. Car si leurs semblables avaient jadis constitué une puissante corporation, cela faisait des siècles que les mestres de la Citadelle les supplantaient à peu près partout. Leur ordre vénérable ne comportait désormais qu'une poignée de membres, qui ne prétendaient même plus à la transmutation des métaux...

... mais qui *savaient* toujours confectionner le feu grégeois. « L'eau ne peut l'éteindre, à ce qu'on dit.

– C'est exact. Une fois enflammée, la substance brûle inexorablement jusqu'à son propre épuisement. De surcroît, elle imprègne si bien le tissu, le bois, le cuir et même l'acier que ceux-ci s'embrasent également. »

A ces mots, Tyrion se remémora Thoros de Myr et son épée de flammes. Si mince fût-il, l'enduit de feu grégeois pouvait brûler une heure durant. Après chaque mêlée, le prêtre rouge avait besoin d'une nouvelle épée, mais Robert, qui s'était entiché de lui, se faisait un plaisir de la lui offrir. « Comment se fait-il qu'il n'imprègne pas aussi l'argile ?

– Oh, mais il le fait ! s'énamoura l'alchimiste. A l'étage au-dessous de celui-ci, nous avons une cave réservée au stockage des pots anciens. Ceux qui datent du roi Aerys. Il avait eu la fantaisie de leur faire donner la forme de fruits. De fruits fort dangereux, à la vérité, seigneur Main, et, hmhm, plus *mûrs* à présent que jamais, si vous voyez ce que je veux dire. Nous avons eu beau les sceller à la cire avant d'inonder leur resserre, eh bien, malgré cela... Il eût été légitime de les détruire, mais il se fit un tel carnage de nos sagesses durant le sac de Port-Réal que les quelques acolytes qui avaient survécu se montrèrent inférieurs à la tâche. Une grande partie du fonds constitué pour Aerys fut perdue. C'est seulement l'année dernière que l'on découvrit deux cents pots dans l'un des magasins souterrains du Grand Septuaire de Baelor. Nul ne fut à même de se rappeler comment diable ils avaient pu échouer là, mais je n'ai sûrement pas besoin de vous préciser que la nouvelle a rendu le Grand Septon fou de terreur. J'ai moi-même en personne présidé à la sécurité de leur déménagement. J'avais fait emplir de sable une carriole et trié nos acolytes sur le volet. Nous opérâmes exclusivement de nuit, et nous fîmes…

– … merveilles, je n'en doute point. » Tyrion replaça le pot qu'il tenait toujours en compagnie de ses potes. Ils couvraient la table et, quatre par quatre, défilaient en bon ordre vers les ténèbres du souterrain. D'autres tables s'y trouvaient, beaucoup d'autres. « Et ces…, ah oui, ces fameux *fruits* du feu roi Aerys, on peut encore les utiliser ?

– Oh oui, sans conteste…, mais avec *prudence*, messire, tellement de prudence, toujours. En prenant de l'âge, la substance devient de plus en plus, hmhmhm, *frivole*, disons. La moindre flamme y met le feu. La moindre étincelle. Trop de chaleur, et les pots s'embrasent de conserve, à l'unanimité. Il est malavisé de les exposer au soleil, fût-ce brièvement. Une fois que le feu s'y met, la substance se dilate avec tant de violence que les pots ne tardent guère à exploser. Et si, d'aventure, on en a déposé d'autres à proximité, ceux-ci sautent à leur tour, de sorte…

– Vous en avez combien, pour l'heure ?

– Sept mille huit cent quarante, m'a dit ce matin même sagesse Munciter. Y inclus, bien entendu, les quatre mille qui datent du roi Aerys.

– Nos fruits blets ? »

Hallyne pencha la tête de côté. « Sagesse Malliard opine que nous serons en mesure d'en fournir dix milliers tout ronds à la reine, comme promis. J'abonde. » Le pyromant semblait se gargariser de cette abominable perspective.

A supposer que nos ennemis vous en laissent le temps.

Les alchimistes pouvaient bien tenir jalousement secrète la recette du feu grégeois, Tyrion savait néanmoins que le processus d'élaboration réclamait des minuties, des précautions, des patiences infinies.

Aussi avait-il d'abord tenu leur engagement d'en procurer un tel volume pour une fanfaronnade aussi outrée que celle du fameux banneret jurant ses grands dieux à son suzerain de lui aligner dix mille hommes et n'en produisant que cent deux le jour de la bataille. *S'ils sont vraiment capables de nous en donner dix mille...*

Devait-il en être horrifié ? devait-il s'en féliciter ? il l'ignorait lui-même. *Peut-être un chouïa des deux.* « J'espère, sagesse, que vos confrères de la guilde ne sont pas en train de pécher par précipitation. Il nous fâcherait fort d'avoir dix mille pots de substance défectueuse, voire même un seul..., et nous ne voulons certes à aucun prix d'un quelconque incident.

– Il n'arrivera pas d'incident, seigneur Main. Elle est préparée par la crème de nos acolytes dans des cellules de pierre nue, et chaque pot prélevé puis descendu ici même par un apprenti dès l'instant où il est fin prêt. Au-dessus de chaque cellule opérative se trouve une pièce exactement comblée de sable. Les lieux sont protégés par une formule magique des plus, hmhmhm, efficiente. Que le moindre feu se déclare dans une cellule du bas, le plafond de celle-ci s'effondre, et le sable étouffe instantanément l'incendie.

– Sans parler de l'acolyte désinvolte. » *Formule magique* devait signifier, dans le jargon d'Hallyne, *ingénieux trucage.* Aller visiter l'une de ces cellules à faux plafond pour voir comment cela fonctionnait tentait assez Tyrion, mais ce n'était pas le moment. Une fois la guerre gagnée, le cas échéant.

« Mes confrères sont incapables de désinvolture, affirma l'autre. S'il m'est permis de me montrer, hmhmhmhm, *franc...*

– Mais faites donc.

– La substance coule dans mes veines, et elle palpite au cœur de tout pyromant. Nous respectons ses pouvoirs. Mais le soldat vulgaire, les, hmhmhmhm, servants de l'un des boutefeux de la reine, dites, une étourderie, dans la fièvre de la bataille..., la moindre anicroche peut provoquer une catastrophe. On ne saurait assez insister sur ce point. Mon père en avisait plus qu'à son tour le roi Aerys, et son père à lui le vieux roi Jaehaerys.

– Lesquels ont dû se montrer attentifs, lâcha le nain. S'ils avaient brûlé la ville de fond en comble, j'en aurais entendu parler. Ainsi, vous nous recommandez de nous montrer prudents ?

– *Très* prudents, appuya Hallyne. *Très très* prudents.

– Ces pots de grès..., vous en avez des réserves assez considérables ?

– Oui, messire. Je vous remercie de vous en inquiéter.

– Dans ce cas, vous ne vous offusquerez pas si je vous en prends. Quelques milliers.

– Quelques *milliers* ?

– Ou en aussi grand nombre qu'en pourra concéder votre guilde sans compromettre le rythme de production. Comprenez-moi bien, ce sont des pots *vides* que je demande. Faites-les livrer aux capitaines chargés de la garde de chacune des portes de la cité.

– Je n'y manquerai pas, messire, mais pourquoi... ? »

Tyrion lui sourit de bas en haut. « Quand vous m'enjoignez de me vêtir chaudement, je me vêts chaudement. Quand vous m'enjoignez la prudence, eh bien... » Il haussa les épaules. « J'en ai assez vu. Pousseriez-vous l'obligeance jusqu'à me raccompagner jusqu'à ma litière ?

– Je m'en ferai un immense, hmhmhm, plaisir, messire. » Elevant sa lampe, il le précéda vers l'escalier. « Trop aimable à vous de nous avoir rendu visite. Un immense honneur, hmhmhm. Cela faisait trop longtemps que la Main du roi n'avait daigné nous accorder la grâce de sa présence. En fait depuis lord Rossart, et il appartenait à notre ordre. Ce qui nous renvoie à l'époque du roi Aerys. Le roi Aerys prenait un immense intérêt à nos travaux. »

Le roi Aerys vous utilisait pour griller la viande de ses ennemis. Tyrion tenait de Jaime des anecdotes croustillantes sur le roi fol et ses chouchous de pyromants. « Joffrey ne manquera pas non plus de s'y intéresser. » *Raison de plus pour le tenir soigneusement à l'écart de vous.*

« C'est notre espoir le plus cher que d'accueillir en l'hôtel de la Guilde la royale personne de Sa Majesté. J'en ai moi-même entretenu votre royale sœur. Un grand festin... »

Le froid diminuait au fur et à mesure que l'on montait. « Sa Majesté a formellement interdit toute espèce de festivité jusqu'à la victoire définitive. » *Sur mes instances.* « Le roi trouve malséant de banqueter somptueusement quand son peuple n'a pas de pain.

– Une attitude des plus, hmhmhm, *aimante*, messire. Certains d'entre nous ne pourraient-ils, à titre de consolation, se rendre au Donjon Rouge auprès de Sa Majesté ? Une petite démonstration de nos pouvoirs serait, je m'en flatte, susceptible de La distraire une soirée de tous ses soucis. Le feu grégeois n'est jamais que l'un des terribles secrets dont notre vénérable ordre détient les clés. Il est nombre de merveilles auxquelles nous vous initierions.

– Sa Grâce et moi y songerons. » S'il n'avait rien contre quelques tours de magie, Tyrion trouvait déjà bien assez alarmant le faible de Joffrey pour les duels à mort ; il n'allait sûrement pas le laisser goûter à la jouissance de brûler vifs les gens.

En atteignant enfin la dernière marche, il se défit de sa pelisse et la plia sur son bras. Sans lui laisser le loisir d'admirer l'imposant dédale de la Guilde – une garenne de pierre noire –, Hallyne l'y fit tournicoter jusqu'à la galerie des Torches-de-fer, longue pièce peuplée d'échos dont les colonnes de métal noir, hautes de vingt pieds, étaient comme gainées de flammèches vertes ondoyantes. Les flammes fantomatiques qui chatoyaient sur la noirceur miroitante du marbre des murs et du sol achevaient l'ambiance émeraude. Mais cette fantasmagorie aurait davantage impressionné Tyrion s'il n'avait su que l'on venait tout juste d'illuminer en son honneur, et que l'on éteindrait dès son départ. Le feu grégeois coûtait trop cher pour se gaspiller.

Au sommet du large escalier courbe, ils débouchèrent sur la rue des Sœurs, presque au pied de la colline de Visenya. Ses adieux faits au pyromant, Tyrion trottina rejoindre, un peu plus bas, Timett, fils de Timett, et ses Faces Brûlées. Eu égard à sa démarche du jour, le choix d'une telle escorte lui avait paru singulièrement judicieux. Sans compter que les cicatrices de ce joli monde flanquaient à la populace une trouille bleue. Et ce n'était pas du luxe, ces derniers temps. Rien que trois nuits plus tôt, la foule s'était à nouveau massée aux portes du Donjon Rouge afin de chanter sa faim, et Joff l'avait fait remercier de la sérénade par une grêle de flèches – quatre morts –, avant de gueuler : « Bouffez-les ! je vous donne la permission ! » *Autant de nouveaux amis gagnés à notre cause.*

A la surprise de Tyrion, Bronn l'attendait aussi, près de la litière. « Qu'est-ce que tu fabriques ici ?

– Je vous apporte des messages. Main-de-fer vous réclame d'urgence à la porte des Dieux. Il refuse de dire pourquoi. Et vous êtes également convoqué à Maegor.

– *Convoqué ?* » Il ne voyait capable d'utiliser pareil mot qu'une seule personne. « Que me veut Cersei ? »

Bronn haussa les épaules. « La reine vous ordonne de regagner le château sur-le-champ et de vous présenter chez elle. Le commissionnaire était votre jouvenceau de cousin. Quatre poils sur la lèvre, et ça se croit un homme.

– Quatre poils et un titre de chevalier. Il est *ser* Lancel, maintenant, tiens-le-toi pour dit. » Pour que Prédeaux le dérange, il fallait qu'il s'agît d'une affaire importante. « Autant commencer par ser Jacelyn. Mande à ma sœur que j'irai la voir dès mon retour.

– Elle n'appréciera pas, l'avertit Bronn.

– Tant mieux. Plus Cersei attend, plus elle enrage, et la rage la rend idiote. Je l'aime cent fois mieux furieuse et idiote que maligne et de sang-froid. » Il balança sa pelisse dans la litière et l'y rejoignit, plus ou moins hissé par Timett.

A la porte des Dieux, la place du marché qui, dans des circonstances normales, aurait été bondée de maraîchers, était quasiment déserte lorsqu'il la traversa. Devant la poterne l'attendait ser Jacelyn, qui brandit d'un air bourru sa main de fer en guise de salut. « Messire. J'ai ici votre cousin Cleos Frey. Il arrive de Vivesaigues sous bannière blanche, porteur d'une lettre de Robb Stark.

– Conditions de paix ?

– Paraît-il.

– Ce cher cousin. Menez-moi à lui. »

Les manteaux d'or avaient relégué ser Cleos dans un poste de police aveugle de la conciergerie. Il se leva à l'entrée de Tyrion. « Enchanté de te voir.

– Un compliment qu'on ne me fait guère, cousin.

– Cersei t'accompagne ?

– Ma sœur a d'autres occupations. C'est la lettre de Stark ? » Il la préleva sur la table. « Vous pouvez nous laisser, ser Jacelyn. »

Prédeaux s'inclina et se retira. « Je suis prié de transmettre l'offre à la reine régente, dit ser Cleos comme la porte se refermait.

– Je m'en charge. » Tyrion jeta un coup d'œil sur la carte jointe à la lettre par Robb Stark. « Chaque chose en son temps, cousin. Prends un siège. Repose-toi. Tu as une mine de déterré. » C'était un euphémisme, à la vérité.

« Oui. » Il s'affala sur un banc. « C'est du vilain, dans le Conflans, Tyrion. Autour de l'Œildieu et le long de la route royale en particulier. Les seigneurs riverains brûlent leurs propres récoltes dans l'espoir de nous affamer, et les fourrageurs de ton père incendient chaque village dont ils s'emparent et en exterminent la population. »

La guerre ordinaire, quoi. On égorgeait les petites gens, et les gens bien nés, on les retenait captifs pour les rançonner. *Rappelle-moi de rendre grâces aux dieux qui m'ont fait naître Lannister.*

Ser Cleos se passa la main dans ses fins cheveux bruns. « Malgré notre bannière blanche, on nous a attaqués deux fois. Des loups vêtus de maille, affamés d'étriper quiconque est plus faible qu'eux. A quel bord ils appartenaient initialement, les dieux seuls le savent, mais ils sont désormais de leur propre bord. Perdu trois hommes et eu deux fois plus de blessés.

– Quelles nouvelles de notre adversaire ? » Il reporta son attention sur les conditions de Stark. *Il ne se montre pas trop gourmand. Rien que la moitié du royaume, la libération de nos prisonniers, des otages, l'épée de son père..., puis ses sœurs, ah oui.*

« Le garçon reste à ne rien faire à Vivesaigues, disait cependant ser Cleos. Je pense qu'il craint d'affronter ton père en rase campagne. Ses forces s'amenuisent de jour en jour. Les seigneurs riverains l'ont quitté pour aller défendre chacun ses terres. »

Est-ce à cela que visait Père ? Il roula la carte. « Ces conditions sont inacceptables.

– Consentiras-tu du moins à échanger les petites Stark contre Willem et Tion ? » demanda ser Cleos d'un ton plaintif.

Tion était son frère cadet, se rappela Tyrion. « Non, dit-il sans rudesse, mais nous proposerons notre propre échange de prisonniers. Laisse-moi en conférer avec Cersei et le Conseil. Nous te renverrons à Vivesaigues avec nos conditions. »

Manifestement, cette perspective ne le réconforta pas. « Je ne crois pas, messire, que Robb Stark se rende aisément. C'est lady Catelyn qui veut cette paix, pas lui.

– Lady Catelyn veut ses filles. » Tyrion s'extirpa de son banc, carte et lettre aux doigts. « Ser Jacelyn veillera à te faire avoir nourriture et feu. Tu as salement besoin de dormir, ça se voit. Je t'enverrai chercher quand nous aurons débrouillé les choses. »

Du rempart, ser Jacelyn regardait s'exercer sur le terrain plusieurs centaines de nouvelles recrues. Si, vu l'énorme afflux de réfugiés, Port-Réal ne manquait pas d'hommes désireux de s'engager dans le Guet pour avoir quelque chose à se mettre sous la dent et disposer d'une paillasse dans les casernes, Tyrion ne se faisait aucune illusion quant à la valeur de pareils défenseurs si l'on en venait à se battre.

« Vous avez bien fait de me requérir, dit-il. Je vous confie ser Cleos. Ne le laissez manquer de rien.

– Et ceux qui l'escortent ?

– Donnez-leur à manger, des vêtements propres, et trouvez un mestre qui visite leurs blessures. Qu'ils ne mettent pas le pied en ville, compris ? » Laisser éclairer Vivesaigues sur la situation problématique de la cité eût été pour le moins malvenu.

« Parfaitement, messire.

– Oh, une chose encore. Chaque porte va recevoir des alchimistes pas mal de pots de grès vides que vous ferez emplir de peinture verte et que vous utiliserez pour entraîner vos boutefeux. Je veux des gens qui sachent les manipuler. Tout homme éclaboussé sera disqualifié. Une fois acquise la dextérité nécessaire, substituez à la peinture de l'huile de lampe et instruisez-les à l'allumage et au lancement. Lorsqu'ils auront maîtrisé ces opérations sans se brûler, nous pourrons leur confier le feu grégeois. »

Ser Jacelyn se gratta la joue avec sa main de fer. « Sages mesures. Encore que je déteste ce pissat d'alchimiste.

– Moi de même, mais j'emploie ce que l'on me donne. »

Sitôt rencogné dans sa litière, Tyrion Lannister en tira les rideaux, se fourra un coussin sous le coude. Qu'il eût intercepté la lettre de Stark allait mécontenter Cersei, mais c'est pour gouverner que Père l'avait envoyé, pas pour contenter Cersei.

A son avis, Robb Stark venait de leur offrir une chance en or. Qu'il attende à Vivesaigues, avec ses rêves de paix à bon compte. Tyrion répliquerait par des conditions de son propre cru, juste à point consentantes pour entretenir dans ses chimères le roi du Nord. Que ser Cleos se casse son cul osseux de Frey à caracoler dans les deux sens avec des propositions et contre-propositions. Cela laisserait tout loisir à leur cousin ser Stafford d'entraîner et d'armer la nouvelle armée levée à Castral Roc et, la chose faite, de s'entendre avec lord Tywin pour prendre en tenaille une bonne fois pour toutes les Stark et Tully.

Si seulement les frères de Robert voulaient bien se montrer aussi accommodants. Si glacial que fût sa progression, Renly Baratheon n'en grignotait pas moins le terrain tant au nord qu'à l'est avec son énorme armée de méridionaux, et il ne se passait guère de nuit que Tyrion ne craignît d'être réveillé par la nouvelle que Stannis et sa flotte remontaient la Néra. *Bon, il semblerait que je possède d'assez jolies quantités de feu grégeois, mais mais...*

Un brouhaha de la rue vint le divertir de ses préoccupations. Il entrebâilla prudemment les rideaux. Sous les auvents de cuir de la place Crépin que l'on traversait pour lors se pressait une foule considérable, ameutée par les transes prophétiques d'un énergumène que sa robe de laine brute et le cordon de chanvre de sa ceinture désignaient comme frère mendiant.

« *Corruption !* piaillait-il. Tel est l'avertissement ! Voici le fouet du Père ! » Il brandit l'index vers la plaie rougeâtre du ciel, dans son dos. Grâce à quoi l'auditoire embrassait simultanément la colline d'Aegon surmontée par la sihouette lointaine du Donjon Rouge et, en suspens telle une menace au-dessus des tours, la comète. *Judicieux, le choix de l'angle...*, rumina Tyrion. « Nous sommes ballonnés, boursouflés, fétides. Le frère s'accouple à la sœur dans le lit des rois et, en son palais, le fruit de l'inceste galipette au son du pipeau d'un petit singe démoniaque ! Les grandes dames forniquent avec les bouffons et mettent au monde des monstres ! Le Grand Septon lui-même a oublié les dieux ! Il se vautre dans des bains capiteux et s'empiffre à lard de lamproie, d'ortolans pendant que son peuple se meurt de faim ! La vanité prévaut sur la prière, l'asticot règne dans nos châteaux, l'or est tout..., mais *suffit* ! L'été pourri s'achève, et voilà jeté à bas le roi maquereau ! Une effroyable puanteur assiégea le ciel lorsque l'ouvrit le sanglier, et sa panse vomit des myriades de reptiles sifflants et mordants ! » A nouveau, son doigt décharné montra la comète et le château, derrière. « Voici que vient l'Avant-coureur ! Purifiez-vous, clament les dieux, de peur qu'on ne vous purifie ! Baignez-vous dans le vin de la vertu, ou votre bain sera de feu ! *De feu !*

– *De feu !* » reprirent certains auditeurs, mais leur voix se perdit sous les huées et les quolibets, au soulagement de Tyrion. Il donna l'ordre de poursuivre, et la litière se remit à rouler comme un navire par mer forte dans le sillage des Faces Brûlées. *Un petit singe démoniaque, ah mais.* Le bougre avait à l'évidence une dent contre le Grand Septon. Au fait, qu'en avait dit Lunarion, l'autre jour ? *Un pie qui pousse la ferveur à l'endroit des Sept jusqu'à se farcir un repas pour chacun d'eux chaque fois qu'il se met à table.* Le souvenir de cette pique le fit sourire.

Il fut bien aise d'atteindre le Donjon Rouge sans autre incident. Et la situation lui parut, pendant qu'il remontait chez lui, beaucoup moins désespérée qu'à l'aube. *Du temps, voilà tout ce dont j'ai véritablement besoin, du temps pour tout combiner. Une fois fabriquée la chaîne...* Il ouvrit la porte de sa loggia.

Cersei se détourna si vivement de la baie que l'envol de ses jupes souligna la minceur de ses hanches. « Comment *oses*-tu bafouer mes ordres ?

– Qui t'a admise dans ma tour ?

– *Ta* tour ? Ce château royal appartient à mon fils.

– C'est ce qu'on m'a dit. » Il n'avait pas envie de rire. Et Crawn l'aurait encore moins, ses Sélénites étant de garde, aujourd'hui. « Il se trouve que je m'apprêtais à t'aller voir.

– Vraiment ? »

Il claqua la porte derrière lui. « Tu doutes de moi ?

– Toujours, et non sans motifs.

– Tu me blesses. » Il tricota jusqu'au dressoir pour se servir une coupe de vin. Il ne savait rien de si altérant qu'un entretien avec sa sœur. « Si je t'ai le moins du monde offensée, autant m'apprendre en quoi.

– Quel répugnant petit vermisseau tu fais. Myrcella est ma fille unique. T'es-tu figuré un seul instant que je te la laisserais vendre comme un sac d'avoine ? »

Myrcella..., songea-t-il. *Cet œuf est éclos, bon. Voyons voir la couleur du poussin.* « Un sac d'avoine ? à peine. Elle est princesse. D'aucuns diraient qu'elle est née pour cela. A moins que tu ne projetasses de la marier à Tommen ? »

Prompte comme une mèche de fouet, la main de Cersei fit voler la coupe qu'il tenait. Le sol fut tout éclaboussé de vin. « Frère ou pas, je devrais t'arracher la langue pour ce mot-là. C'est *moi* qui assure la régence pour Joffrey, pas toi, et je dis que Myrcella ne sera pas expédiée à ce Dornien comme je le fus à Robert Baratheon. »

Tyrion secoua ses doigts dégoulinants de vin et soupira. « Pourquoi pas ? Elle serait bien plus en sécurité à Dorne qu'ici.

– Est-ce ignorance crasse ou pure perversité ? Tu le sais aussi bien que moi, les Martell n'ont aucune raison de nous aimer.

– Les Martell les ont toutes de nous haïr. Néanmoins, je me flatte qu'ils accepteront. La rancune du prince Doran contre la maison Lannister a beau ne dater que d'une génération, les gens de Dorne guerroient depuis mille ans contre Accalmie et Hautjardin, ce qui n'a pas empêché Renly de considérer comme acquise leur allégeance. Myrcella a neuf ans, Trystan Martell onze, j'ai proposé de les unir quand elle en aurait treize révolus. D'ici là, elle serait traitée en hôte de marque à Lancehélion, sous la protection du prince Doran.

– En otage, dit Cersei, la bouche pincée.

– En hôte de marque, maintint-il, et m'est avis qu'il la traitera plus aimablement que Joffrey ne traite Sansa Stark. Je méditais de la faire accompagner par ser Arys du Rouvre. Avec un chevalier de la Garde pour écu lige, elle ne risque pas que quiconque oublie qui et ce qu'elle est.

– Piètre secours pour ma fille que ser Arys, si Doran Martell décide de laver la mort de sa sœur par la sienne.

– Martell est trop homme d'honneur pour assassiner une fillette de neuf ans, surtout une fillette aussi câline et innocente que Myrcella. Du moment qu'il la tient, il peut raisonnablement se promettre une loyauté sans faille de notre part, et je lui fais des conditions trop riches pour qu'il les refuse. Myrcella n'en est que la moindre. Je lui offre aussi l'assassin de sa sœur, un siège au Conseil, des châteaux dans les Marches…

– Excessif. » Elle s'écarta de lui, fébrile comme une lionne. « Excessif et offert en dehors de mon autorité – sans même mon consentement.

– C'est du prince de Dorne que nous parlons. En offrant moins, je m'exposais à ce qu'il me crache à la figure.

– *Excessif !* répéta-t-elle en revenant sur lui.

– Que lui aurais-tu donc offert, *toi* ? s'emporta-t-il à son tour, furieux, le trou de ton entrecuisse ? »

La gifle, il la vit venir, cette fois. Elle ne lui en dévissa pas moins la tête, avec un *crac !* des cervicales. « Chère chère sœur, dit-il, crois-m'en sur parole, jamais plus tu ne me frapperas. »

Elle éclata de rire. « Ne me menace pas, bout d'homme. T'imagines-tu que la lettre de Père suffit à te préserver ? Un chiffon de papier. Eddard Stark se reposait aussi sur un chiffon de papier. Avec le succès que l'on sait. »

Eddard Stark n'avait pas le Guet, répliqua mentalement Tyrion, *ni les prétoriens des clans ni les reîtres engagés par Bronn. Moi si*. Du moins l'espérait-il. Tout dépendait de la fiabilité de Varys, de ser Jacelyn Prédeaux, de Bronn. Lord Stark avait également dû se faire pas mal d'illusions...

Il garda néanmoins ses réflexions pour lui. Un sage ne verse pas de feu grégeois sur le brasier. Il se versa par compensation une nouvelle coupe de vin. « De quelle sécurité te flattes-tu que jouira Myrcella, si par hasard Port-Réal tombe ? Stannis et Renly empaleront sa tête à côté de la tienne. »

A ces mots, Cersei se mit à sangloter.

Aegon le Conquérant eût-il en personne fait irruption dans la pièce à dos de dragon et jonglant avec des tartes au citron que Tyrion Lannister n'aurait pas été davantage abasourdi. Il n'avait pas vu sa sœur en pleurs depuis leur lointaine enfance, à Castral Roc. Avec gaucherie, il esquissa un pas vers elle. Vous êtes bien censé, quand votre sœur pleure, la réconforter, non ? ... Mais cette sœur était *Cersei* ! Il ébaucha timidement le geste de lui toucher l'épaule.

« Bas les pattes ! » dit-elle avec un haut-le-corps qui n'aurait pas dû le blesser, mais qui le blessa, le blessa plus qu'aucun soufflet. La face aussi empourprée de colère que de chagrin, Cersei haleta : « Ne me regarde pas comme... – comme ça... – pas *toi* ! »

Il lui tourna discrètement le dos. « Je ne voulais pas t'affoler. Il n'arrivera rien à Myrcella, je te le promets.

– Menteur ! lui cracha-t-elle entre les épaules. Je ne suis pas une enfant, pour me laisser bercer de promesses. Tu m'as aussi promis de libérer Jaime. Eh bien, où est-il ?

– A Vivesaigues, si je ne m'abuse, et en vie. Sous bonne garde en attendant que je trouve un biais pour le tirer de là. »

Elle émit un reniflement. « C'est homme que j'aurais dû naître. Je n'aurais dès lors besoin d'aucun d'entre vous. Rien de tout cela ne serait arrivé, je ne l'aurais pas toléré. Comment diable Jaime a-t-il pu se laisser capturer par ce *mioche* ? Et Père, en qui j'avais la bêtise de croire, où est-il à présent ? Que *fabrique*-t-il donc ?

– La guerre.

– De derrière les créneaux d'Harrenhal ? ricana-t-elle avec mépris. Curieuse façon de se battre. J'y verrais plutôt une manière de se planquer.

– Regarde plus attentivement.

– Comment veux-tu que j'appelle cela ? Père se prélasse dans un château, Robb Stark dans un autre, et aucun des deux ne *fout* rien !

– Il y a se prélasser et se prélasser, suggéra Tyrion. Chacun des deux attend que l'autre fasse mouvement, mais le lion se fouette posément, patiemment les flancs, pendant que le faon, pétrifié de frousse, a les tripes en compote. Quelque bond qu'il fasse, et il le sait, le lion finira par l'avoir.

– Et tu es *absolument* certain que Père est le lion ? »

Tyrion s'épanouit. « Nos bannières l'affirment unanimement. »

Elle dédaigna la plaisanterie. « Si c'était Père qu'on avait fait prisonnier, je te garantis que Jaime se démènerait au lieu de se prélasser. »

Jaime délabrerait son armée, lambeau par lambeau, contre les murs de Vivesaigues, et ce serait pour les autres du pain bénit. La patience n'a jamais été son fort, non plus que le tien, chère sœur. « Nous ne pouvons avoir tous sa hardiesse, mais il est d'autres moyens de gagner les guerres. Harrenhal bénéficie de sa puissance et de sa position.

– Contrairement à Port-Réal. Une évidence pour nous deux. Criante. Or, pendant que Père joue au lion et au faon avec le petit Stark, Renly s'avance sur la route de la Rose, et il peut à tout moment se présenter à nos portes !

– La ville ne tombera pas en un jour. Pour descendre de Harrenhal, la route royale est directe et rapide. A peine Renly aura-t-il dressé ses engins de siège que Père viendra le prendre à revers. Le marteau d'un côté, l'enclume des remparts de l'autre, cela ne fait-il pas un charmant tableau ? »

Les prunelles vertes de Cersei le sondèrent, toujours méfiantes, mais la faim de croire aux assurances qu'il lui jetait en pâture s'y devinait aussi. « Et si Robb Stark se met en marche ?

– Harrenhal se trouve assez près des gués du Trident pour empêcher l'infanterie de Roose Bolton de les franchir et d'opérer sa jonction avec la cavalerie du Jeune Loup. Stark ne saurait marcher sur Port-Réal avant d'avoir pris Harrenhal et, même grossies de celles de Bolton, ses forces n'y suffiraient pas. » Tyrion lui façonna son sourire le plus vainqueur. « Et, d'ici là, Père vit sur la graisse du Conflans, tandis qu'Oncle Stafford nous amasse des troupes fraîches au Roc. »

Le regard de Cersei se fit soupçonneux. « D'où tiens-tu tout cela ? Père t'a révélé ses intentions avant de t'expédier ici ?

– Non. J'ai jeté un coup d'œil sur la carte. »

Une moue dédaigneuse lui répliqua. « Ainsi, tout ce galimatias s'est combiné dans ta cervelle de pantin burlesque, c'est bien ça, Lutin ?

– *Tt tt*, clappa-t-il. Je te le demande, chère sœur, les Stark nous feraient-ils des ouvertures de paix si nous n'étions pas en train de gagner la guerre ? » Il exhiba la lettre apportée par ser Cleos Frey. « Le louveteau nous fait part de ses conditions, vois-tu. Des conditions inacceptables, naturellement, mais ce n'est qu'un début, après tout. Te soucierais-tu de les voir ?

– Oui. » Son port de reine lui revint instantanément. « Comment se fait-il qu'elles soient en *tes* mains ? C'est à moi qu'elles auraient dû parvenir.

– A quoi servirait une Main, sinon pour te tendre les choses ? » Il lui remit la lettre. La joue lui cuisait encore de la gifle qu'il avait reçue. *Tant pis pour la marque qu'elle y a laissée, c'est peu cher payer son consentement au mariage de Dorne*. Il était sûr d'obtenir celui-ci, maintenant, il le pressentait.

Du gâteau. *Avec...*, eh oui, pour cerise les convictions acquises quant à certain mouchard...

BRAN

Des bardes en laine d'un blanc de neige frappées au loup-garou gris caparaçonnaient Danseuse, et Bran portait des chausses grises et un doublet blanc dont les manches et le col étaient soutachés de vair ; sur son sein gauche était agrafée une tête de loup d'argent et de jais poli. Plutôt que cette broche sur la poitrine, il eût préféré les gambades d'Eté près de lui, mais ser Rodrik s'était montré inexorable.

Les degrés de pierre rampants ne firent broncher Danseuse qu'une seconde, et elle les descendit gentiment dès la première injonction. Au-delà des larges vantaux de chêne et de fer s'alignaient dans la grande salle de Winterfell huit longues rangées de tables volantes, quatre de chaque côté de l'allée centrale. Des hommes se pressaient, épaule contre épaule, sur les bancs, qui se dressèrent à son passage en criant « Stark ! » et « Winterfell ! *Winterfell !* ».

Il n'était plus assez jeune pour s'y méprendre : ces ovations ne s'adressaient pas vraiment à *lui*, elles saluaient la moisson, Robb et ses victoires, la mémoire de Père, de Grand-Père et de tous les Stark qui s'étaient succédé là depuis huit mille ans. Il s'en gonfla néanmoins d'une telle fierté qu'il s'oublia brisé depuis son entrée jusqu'à l'autre bout de la salle. La mémoire lui en revint cependant lorsque, au pied de l'estrade, Hodor et Osha durent le défaire, sous les yeux de tous, de son harnais, l'enlever de selle et le porter sur la cathèdre de ses aïeux.

Sa fille Beth à ses côtés, ser Rodrik occupait la gauche de Bran. A droite, Rickon, dont la tignasse auburn avait tellement poussé qu'elle balayait son mantelet d'hermine, et qui refusait de la laisser couper tant que Mère ne serait pas de retour. Il avait même récompensé d'un coup de dents la dernière bonne âme qui l'avait abordé, ciseaux en main. « Moi aussi, je voulais arriver à cheval, maugréa-t-il pendant qu'Hodor emmenait Danseuse. Je monte mieux que toi.

– Non pas. Boucle-la », souffla Bran puis, ser Rodrik ayant intimé silence à l'assistance, il éleva la voix. Après avoir souhaité la bienvenue à ses hôtes au nom de son frère, le roi du Nord, il les pria de rendre grâces aux dieux anciens et nouveaux pour les succès de Robb et pour l'opulence de la moisson. « Puissions-nous en fêter cent autres ! conclut-il en brandissant le gobelet d'argent de Père.

– *Cent autres !* » Un tintamarre de chopes d'étain, de coupes d'argile et de cornes à boire cerclées de fer qui s'entrechoquaient accompagna le toast. Tout sucré de miel et parfumé de cinnamome et de girofle qu'il était, le vin de Bran ne laissait pas que d'être plus fort qu'à l'accoutumée. Chaque gorgée vous faisait fourmiller dans la poitrine de longs serpentins brûlants. La tête lui tournait lorsqu'il reposa le gobelet.

« Tu t'en es bien tiré, le complimenta ser Rodrik. Lord Eddard aurait été très fier de toi. » Un peu plus loin, mestre Luwin approuva d'un signe, tandis que l'on commençait à servir.

A servir des mets tout nouveaux pour Bran ; et si nombreux qu'à peine pouvait-il prendre une ou deux bouchées de chacun des plats qui se succédaient indéfiniment. D'énormes cuissots d'aurochs rôtis avec des poireaux, des tourtes de venaison farcies de carottes, de lard et de champignons, des côtelettes de mouton nappées de sauce miel-et-girofle, du canard aux herbes, du sanglier poivrade, de l'oie, des brochettes de pigeon et de chapon, du ragoût de bœuf et d'orge, du velouté de fruits glacé… Lord Wyman avait apporté de Blancport vingt barils de poisson, de mollusques et de crustacés conservés dans la saumure sur des lits d'algues ; moules, aiglefins, crabes et bigorneaux, palourdes, harengs, morues, saumons, langoustes et lamproies. Il y avait encore du pain-de-nègre et des pains d'épices et des biscuits d'avoine ; et puis des pois et des betteraves et des navets, des haricots et de la purée et de gigantesques oignons rouges ; et il y avait des pommes au four et des tartes aux baies et des poires pochées dans du vin capiteux ; à chaque table étaient disposées, de part et d'autre du sel, des formes entières de fromage, et sans trêve, de main en main, circulaient des flacons fumants de vins épicés, des carafes de bière d'automne frappée.

Toute la fougue et le talent des musiciens de lord Wyman n'empêchèrent pas les sons de la harpe, du crincrin, du cor de sombrer bientôt sous la houle des rires et joyeux devis, le fracas des coupes et de la vaisselle, les aboiements des limiers qui se disputaient les reliefs du banquet. Le chanteur chanta de bonnes chansons, *Lances de fer* et *La Belle et l'Ours* et *L'Incendie de la flotte*, mais seul Hodor y parut attentif, qui, debout près du cornemuseux, sautait en cadence d'un pied sur l'autre.

Le tintamarre finit par s'enfler jusqu'à devenir un rugissement continu de borborygmes qui vous entêtait, vous obnubilait comme une monstrueuse buée sonore. Ser Rodrik causait avec mestre Luwin par-dessus les boucles de Beth, et Rickon interpellait gaiement les Walder. Ceux-là... N'eût été que de Bran, ils n'auraient pas mis les pieds à la table haute, mais mestre Luwin lui avait rafraîchi la mémoire : « Ils seront bientôt de ta parenté, puisque Robb va épouser l'une de leurs tantes et Arya l'un de leurs oncles. » A quoi il eut beau riposter du tac au tac : « Pas Arya, jamais de la vie ! », peine perdue, le mestre n'avait pas cédé, les Frey se trouvaient à côté de Rickon.

Afin d'y prélever, s'il le désirait, le morceau du seigneur, Bran avait la primeur de chaque nouveau plat, mais la satiété lui vint aux canards, et il se contenta dès lors de dodeliner tour à tour son approbation puis d'esquisser un geste de refus. Si le fumet du mets lui paraissait particulièrement exquis, il faisait présenter celui-ci à l'un des lords attablés sur l'estrade pour l'honorer et lui marquer son amitié, conformément aux leçons du mestre. Ainsi dédia-t-il du saumon à cette pauvre affligée de lady Corbois, le sanglier à ces grandes gueules d'Omble, de l'oie aux baies à Cley Cerwyn et une langouste géante au maître d'écuries Joseth qui, pour n'être ni lord ni hôte de marque, n'en avait pas moins dressé Danseuse pour lui permettre de la monter. De même envoya-t-il des confiseries à Vieille Nan et Hodor, sans autre motif que son affection. Mais il fallut les instances expresses de ser Rodrik pour qu'il régalât ses frères adoptifs, Petit Walder de raves bouillies, Grand Walder de navets au beurre.

En bas, sur les bancs, se mêlaient aux gens de Winterfell le menu peuple de la ville d'hiver, des amis venus de manoirs voisins, les hommes d'escorte des invités. Si certains visages étaient inconnus de Bran, si d'autres lui étaient en revanche aussi familiers que le sien, il se sentait néanmoins étranger à tous. Il les regardait d'un regard aussi lointain que s'il n'avait pas quitté sa chambre et, de sa fenêtre, en haut, contemplait l'agitation de la cour, voyant toutes choses sans prendre de part à aucune.

De table en table allait Osha, bière en main. L'un des hommes de Leobald Tallhart lui ayant fourré sa main sous la cotte, elle lui brisa son pichet sur le crâne, les rires explosèrent. Et pourtant Mikken tripotait le corsage d'une autre femme sans qu'elle fît seulement mine de s'en offusquer. Bran épia Farlen expédier sa chienne rouge quémander des os, et les doigts crochus de Vieille Nan attaquant la croûte d'une tourte chaude lui arrachèrent un sourire. Sur l'estrade, lord Wyman se rua contre une platée de lamproies bouillante avec autant de fougue que s'il se fût agi d'ennemis mortels. Il était si gras que ser Rodrik avait dû lui faire fabriquer d'urgence un fauteuil spécial, mais il riait si fort et si volontiers que Bran se découvrit quelque sympathie pour lui. Près de cet ogre était assise la malheureuse lady Corbois qui, pâlotte et figée au point de sembler porter un masque de pierre, picorait, muette, d'un air absent. A l'autre bout de la table, Hother et Mors jouaient à boire à qui mieux mieux, choquant pour trinquer leurs cornes aussi rudement qu'oncques leurs armes chevaliers en lice.

Il fait trop chaud, ici, et trop de bruit, et ils vont tous finir par se saouler. Aux démangeaisons que lui provoquaient ses lainages blancs et gris, Bran désira soudain se trouver n'importe où sauf là. *Il fait frais maintenant dans le bois sacré. Des bassins chauds s'élève une vapeur, et les feuilles rouges du barral bruissent doucement. Les arômes y sont plus riches qu'ici, et la lune ne tardera guère à se lever, saluée par les chants de mon frère.*

« Bran ? s'inquiéta ser Rodrik. Tu ne manges rien… »

Le songe éveillé avait été d'une telle vivacité que, pendant un moment, Bran avait entièrement perdu conscience de sa position. « Plus tard, répondit-il. J'ai le ventre plein à éclater. »

Le vin rosissait la moustache blanche du vieux chevalier. « Tu t'en es vraiment bien tiré, Bran. Pendant les audiences et ici. Tu feras un jour, je pense, un seigneur d'exception. »

Je veux être chevalier. A nouveau, il trempa ses lèvres dans le vin d'épices et de miel, plein de gratitude pour le gobelet de Père – quelque chose à empoigner, du moins. L'un des flancs en était orné d'une tête de loup grondant. Au contact du museau d'argent qui lui creusait la paume, Bran se remémora la dernière fois où il avait vu Père utiliser la coupe.

C'était le soir du festin donné pour accueillir le roi Robert et sa cour. L'été régnait encore, à l'époque. Père et Mère partageaient l'estrade avec le roi, la reine et les frères de celle-ci. Et Oncle Benjen aussi, tout de noir vêtu. Quant à lui-même, il se trouvait avec ses frères et sœurs à la table des enfants royaux, Joffrey, Tommen et la princesse Myrcella qui n'avait cessé, tout au long du repas, de couver Robb d'un air d'adoration. Quand personne ne la regardait, Arya, juste en face, faisait des grimaces ; Sansa prit un air extatique lorsque le premier harpiste du roi se mit à chanter des chansons de chevalerie ; et comme Rickon n'arrêtait pas de demander pourquoi Jon ne se trouvait pas là, il avait fallu lui souffler, à la fin : « Parce qu'il est bâtard. »

Et les voici tous partis, maintenant. Comme si quelque dieu cruel avait abattu son immense main pour les balayer, les filles en captivité, Jon sur le Mur, Robb et Mère à la guerre, le roi Robert et Père en la tombe et, peut-être, Oncle Ben aussi…

Même aux tables du bas se trouvaient des hommes nouveaux. Mort, Jory, morts, Gros Tom et Porther et Alyn et Desmond, mort, Hullen, l'ancien maître d'écuries, mort, son fils, Harwin…, ainsi que tous ceux que Père avait emmenés dans le sud, et morts eux-mêmes, septa Mordane et Vayon Poole. Et, partis pour la guerre avec Robb, les autres aussi mourraient peut-être, après tout. Les nouveaux, les Bille-de-foin, Tym-la-Grêle et autres Mic-muche…, oh, Bran les aimait bien, mais il regrettait ses copains d'avant.

Son regard parcourut un à un les visages, tristes ou gais, qui peuplaient tout du long les bancs, et il se demanda lesquels auraient, l'année suivante et celle d'après, disparu. Il en aurait pleuré mais ne pouvait se le permettre, lui, le Stark de Winterfell, le fils de Père, l'héritier de Robb et presque un homme, désormais.

Au bas bout de la salle, les portes s'ouvrirent, et une bouffée d'air froid fit une seconde briller les torches d'un éclat plus vif. « Lady Meera, de la maison Reed ! aboya, par-dessus le vacarme, le garde – un rondouillard. Et son frère, Jojen de Griseaux ! »

Coupes et tranchoirs se hérissèrent d'yeux curieux. Bran entendit Petit Walder grommeler : « Mange-grenouilles », à l'adresse de

Grand Walder. Ser Rodrik se jucha sur pied. « Bienvenue, amis, pour le partage de cette moisson. » Des serviteurs s'empressèrent de rallonger la table d'honneur avec des tréteaux et des sièges.

« Qui c'est, *ceux-là* ? demanda Rickon.

– Des bourbeux, répondit Petit Walder avec dédain. Ce sont des voleurs et des pleutres, et ils ont les dents vertes à force de manger des grenouilles. »

Mestre Luwin vint s'accroupir aux côtés de Bran et lui chuchota : « Il te faut les accueillir chaleureusement. Je ne m'attendais pas à les voir ici, mais… – tu sais qui ils sont ? »

Bran acquiesça d'un hochement. « Les gens des paluds. Dans le Neck.

– Howland Reed était un grand ami de ton père, ajouta ser Rodrik. Ce doivent être ses enfants. »

Le temps que les nouveaux venus remontent l'allée centrale, Bran s'avisa que l'un d'eux était effectivement une fille, encore que sa tenue – braies en peau d'agneau assouplies par un long usage et justaucorps sans manches tapissé d'écailles de bronze – n'en révélât rien. Fluette comme un garçonnet, bien qu'elle eût l'âge à peu près de Robb, et les seins à peine ébauchés, elle portait sa longue chevelure brune nouée dans le dos. A l'une de ses hanches étroites était suspendu un filet, un long poignard de bronze à l'autre ; elle coinçait sous son aisselle un grand heaume de fer moucheté de rouille ; un baudrier lui maintenait en travers des épaules une pique à grenouilles et une rondache de cuir.

Le frère, beaucoup plus jeune, ne portait pas d'armes, et il était entièrement vêtu de vert, y inclus le cuir de ses bottes. Dès que son approche permit à Bran de les discerner, ses yeux avaient la couleur de la mousse, mais ses dents autant de blancheur que celles de quiconque. Fins d'ossature et minces comme des lames, lui et sa sœur n'étaient guère plus grands que Bran. Parvenus devant l'estrade, ils ployèrent un genou.

« Messeigneurs Stark, dit la damoiselle, les années se sont écoulées par centaines et milliers depuis que mon peuple jura pour la première fois fidélité au roi du Nord. Le seigneur mon père nous envoie renouveler, au nom de tous les nôtres, l'ancien serment. »

C'est moi qu'elle regarde, se dit brusquement Bran, saisi. Il fallait répondre, dire quelque chose. « Mon frère se bat dans le sud, articula-t-il, mais vous pouvez, s'il vous agrée, jurer votre foi devant moi.

– A Winterfell, dirent les deux Reed d'une seule voix, nous engageons la foi de Griseaux. Foyers, récoltes et cœurs, nous vous remettons tout, messire. Nos épées, nos lances et nos arcs, les voici vôtres et à vos ordres. Accordez miséricorde à nos égarés, secours à nos désarmés, justice à tous, et jamais nous ne vous manquerons.

– Je le jure par la terre et l'eau, dit le garçon en vert.

– Je le jure, ajouta sa sœur, par le bronze et le fer.

– Nous le jurons par la glace et le feu », conclurent-ils simultanément.

Bran tâchait de répondre, éperdu. Etait-il censé retourner un serment ? Le leur n'était pas de ceux qu'il avait appris. « Puissent les hivers vous être brefs et les étés prodigues », dit-il enfin. Une formule qui, d'ordinaire, était de bon ton. « Levez-vous. Je suis Brandon Stark. »

Lady Meera se redressa, puis donna la main à son frère pour qu'il fît de même. Il avait constamment gardé les yeux fixés sur Bran. « Nous vous apportons en présents du poisson, des grenouilles et de la volaille, dit-il.

– Je vous remercie. » Lui faudrait-il manger une grenouille par politesse ? « Permettez-moi de vous offrir le pain et le sel de Winterfell. » Il essaya de se rappeler les leçons reçues quant aux habitants des paluds du Neck. Ils n'en sortaient que rarement. Pêcheurs et chasseurs de grenouilles, ils cachaient leur pauvreté sur des îles flottantes, au fin fond des marais, dans des huttes de chaume et de roseaux tressés. On les taxait de couardise, car ils se servaient, disait-on, d'armes empoisonnées, aimant d'ailleurs mieux s'embusquer que de combattre ouvertement. Ce qui n'empêchait pas Howland Reed de s'être montré l'un des plus fermes compagnons de Père durant la guerre qui, dès avant la naissance de Bran, avait valu le trône à Robert Baratheon.

Tout en prenant place, Jojen Reed promena un regard curieux sur la salle. « Où sont les loups-garous ?

– Dans le bois sacré, répondit Rickon. A cause de la méchanceté de Broussaille.

– Mon frère aimerait les voir », glissa Meera.

Petit Walder jugea bon de piailler : « Gare à lui s'ils le voient, ils n'en feront qu'une bouchée !

– Pas si je suis là. » Bran était charmé de leur intérêt pour les loups. « Eté ne mord pas, de toute manière, et je tiendrai Broussaille à l'écart. » Ces prétendus « bourbeux » l'intriguaient. Il ne se rappelait pas en avoir jamais vu auparavant. Malgré la correspondance régulière de Père avec le sire de Griseaux, Winterfell n'avait semblait-il reçu la visite d'aucun des gens des paluds depuis des années. Bavarder un peu avec ces deux-là l'aurait ravi, mais le tapage était tel dans la grande salle qu'on n'y pouvait à la rigueur entendre que son voisin immédiat.

Son voisin immédiat étant ser Rodrik, il l'interrogea : « C'est vrai qu'ils mangent des grenouilles ?

– Mmouais, répondit le vieux chevalier. Des grenouilles et du poisson et des lézards-lions et des oiseaux de toutes sortes. »

Peut-être n'ont-ils ni gros ni petit bétail, se dit Bran. Aussi commanda-t-il de leur apporter une bonne tranche d'aurochs, des côtelettes de mouton et d'emplir à ras bord leurs tranchoirs de ragoût de bœuf. Ils en parurent assez friands. Mais lorsque Meera, surprenant l'attention dont elle était l'objet, sourit, Bran rougit et se détourna.

Bien plus tard, après que l'on eut fini de servir et d'engloutir les pâtisseries puis de les noyer dans des pintes et des pintes de vin d'été, de débarrasser les tables et de les repousser contre les murs pour faire de la place, il ne fut plus question que de danser. La musique se fit beaucoup plus trépidante, les tambours s'en mêlèrent, et Hother Omble accoucha d'une trompe de guerre courbe colossale cerclée d'argent dont il tira si grand fracas, lorsque le chanteur aborda le passage de *La Nuit suprême* où la Garde de Nuit fondait sur les Autres durant la bataille de l'Aube, que tous les chiens se répandirent en aboiements furieux.

A peine deux des Glover eurent-ils entamé sur la harpe et la cabrette une ritournelle endiablée que Mors Omble bondit le premier sur ses pieds et, empoignant au passage une servante dont la carafe de vin vola se briser au sol, se mit à la faire, parmi la jonchée que souillaient mille détritus, débris d'os et quignons de pain, toupiller, branler, gigoter en l'air, suffocante, hilare et cramoisie dans un tourbillon de jupes retroussées.

D'autres s'empressèrent de les imiter. Tandis qu'Hodor entreprenait de gambiller seul, lord Wyman invitait Beth Cassel et, pour un homme d'une telle ampleur, n'était pas dépourvu de grâce, sinon d'endurance, car sa lassitude permit à Cley Cerwyn de s'emparer de la petite. Ser Rodrik tenta sa chance auprès de lady Corbois, mais elle se récusa avant de se retirer. Quant à Bran, après s'être imposé le rôle de spectateur assez longuement pour ne point faillir à la courtoisie, il manda Hodor. Il se sentait brûlant, vanné, bouffi d'avoir bu, et la vue des danses le chagrinait. Encore une chose que jamais il ne pourrait faire. « Je veux partir.

– Hodor ! » lui repartit Hodor d'une voix de stentor en s'agenouillant. Mestre Luwin et Bille-de-foin hissèrent Bran dans sa hotte. Une cérémonie que les habitants de Winterfell avaient vue cent fois, mais qui ne pouvait manquer de sembler curieuse à ceux des invités que la politesse n'étouffait point. Ces regards pesants...

Pour s'épargner de retraverser toute l'immense salle, il se fit emporter par la porte arrière, celle du seigneur, qui ne l'obligeait qu'à baisser la tête. Dans la pénombre du corridor, ils trouvèrent le maître d'écuries, Joseth, engagé dans une partie plutôt particulière d'équitation. Il tenait plaquée contre le mur une femme inconnue de Bran qui, cottes retroussées jusqu'aux reins, gloussait en se trémoussant. Mais lorsque Hodor s'immobilisa, fasciné, elle poussa un cri. « Fiche-leur la paix, Hodor, dut intervenir Bran. Ramène-moi dans mes appartements. »

Ce que fit le géant, docile, avant de le déposer auprès de son lit et, une fois qu'il s'y fut lui-même étendu en s'aidant des barres de fer, de lui retirer ses bottes et ses chausses. « Tu peux retourner à la fête, à présent, le congédia Bran, mais ne va pas importuner Joseth, au moins.

– Hodor ! » répliqua Hodor, la tête inclinée de côté.

Dès que Bran eut soufflé sa chandelle de chevet, les ténèbres l'enveloppèrent à la manière familière et moelleuse d'une courtepointe. Par les volets clos sourdait l'écho des flonflons lointains.

Subitement lui revint de sa petite enfance un mot de Père. Comme il demandait à lord Eddard si les chevaliers qui composaient la Garde étaient véritablement la fine fleur des Sept Couronnes, celui-ci répondit : « Plus maintenant. Alors qu'ils faisaient d'elle un joyau, jadis, une éblouissante leçon pour le monde.

– En fut-il un dont l'excellence surpassa toute autre ?

– Je n'en ai pas connu de plus parfait que ser Arthur Dayne dont l'épée, Aube, avait été forgée dans le cœur même d'une étoile tombée du ciel. On l'appelait, lui, l'Epée du Matin, et il m'aurait tué, sans l'intervention d'Howland Reed. » Là-dessus, Père s'était rembruni et, maintenant, il était trop tard, hélas, pour obtenir une explication…

Il s'endormit la cervelle pleine de chevaliers revêtus d'armures étincelantes et dont les épées avaient des chatoiements d'astres, mais le rêve survint, qui le ramena dans le bois sacré. Les odeurs en provenance des cuisines et de la grande salle y sévissaient si fort qu'il pouvait presque croire n'avoir toujours pas quitté la fête. Il se glissait, talonné par son frère, sous les arbres. Emplie qu'elle était des hurlements de la meute humaine toute à ses jeux, la nuit foisonnait d'une vie sauvage. Tout ce boucan le rendait fébrile. Il voulait courir, il voulait chasser, il voulait…

Le ferraillement lui fit pointer l'oreille. Son frère les pointait aussi. Ils prirent tous deux leur course dans les fourrés en direction du bruit. Et comme il franchissait d'un bond l'étang paisible au pied du bon vieux barral, il perçut la senteur, la senteur étrangère, une senteur d'homme où s'enchevêtraient le cuir, la terre et le fer.

Les intrus n'avaient fait que quelques pas dans le bois sacré lorsqu'il les découvrit ; une femelle et un jeune mâle qui ne manifestèrent aucune espèce de frayeur, lors même qu'il leur montra la blancheur de ses crocs. Et son frère eut beau émettre un grondement de gorge, ils ne s'enfuirent pas davantage.

« Les voici », dit la femelle. *Meera*, chuchota quelque chose en lui, quelque volute évanescente du petit dormeur égarée dans le loup de rêve. « Tu t'attendais à les voir si gros ?

– Ils le seront bien davantage, une fois adultes, dit le jeune mâle en les dévisageant sans ciller de ses grands yeux verts. Le noir n'est que rage et que peur, mais quelle puissance a le gris ! … une puissance bien plus grande qu'il ne s'imagine…, la sens-tu, ma sœur ?

– Non, dit-elle tout en portant sa main vers la garde du long poignard brun glissé dans sa ceinture. Vas-y doucement, Jojen.

– Il ne me fera pas de mal. Le jour de ma mort n'est pas celui-ci. » Et il s'avança, du même air intrépide, et il tendit la main, lui flatta le museau d'une caresse aussi légère que, l'été, la brise. Mais, au seul contact de ces doigts-là, voilà que le bois s'évapora, voilà que le sol lui-même s'évanouit en fumée sous ses pieds dans un éclat de rire virevoltant, et voici que, sur une cabriole, il tombait, tombait, *tombait*…

II

L'Ombre maléfique

CATELYN

Parmi la houle des prairies qui cernaient les songes de Catelyn, Bran gambadait comme auparavant ; Arya et Sansa se tenaient par la main ; Rickon n'était encore qu'un nourrisson ; Robb, nu-tête, s'amusait avec une épée de bois. Et, quand ils se furent tous assoupis, paisibles, à ses côtés reposait Ned, un sourire aux lèvres.

Douceur des songes, douceur, hélas, trop vite enfuie, cruauté de l'aube qui, tel un poignard lumineux, l'éveilla douloureuse et solitaire et lasse ; lasse de chevauchées, lasse de souffrances et lasse de ses devoirs. *J'aimerais tant pleurer*, songea-t-elle. *J'aimerais tant qu'on me réconforte. Je suis tellement éreintée d'être forte. J'aimerais tant, pour une fois, me montrer frivole et froussarde. Pas longtemps, juste un brin..., un jour..., une heure...*

On s'affairait, autour de sa tente. Les chevaux piaffaient, Shadd se plaignait de courbatures, ser Wendel réclamait son arc. Elle les aurait volontiers envoyés au diable, eux et les autres. De braves types, certes, et loyaux, tous, mais elle avait autant de satiété de leur compagnie que faim de celle de ses enfants. Un jour, se promit-elle, un jour, elle s'accorderait ce luxe inouï : la faiblesse.

Un jour. Qui ne serait pas celui-ci. Qui ne pouvait être aujourd'hui.

En farfouillant dans ses effets, elle eut l'impression que ses doigts étaient plus gauches qu'à l'ordinaire. Encore heureux qu'ils consentissent le moindre service. Il suffisait d'un coup d'œil sur leurs cicatrices pour se rappeler ce que valaient les morsures de l'acier valyrien.

Au-dehors, Shadd touillait une marmite de bouillie d'avoine. Assis à terre, l'énorme ser Wendel manipulait son arc. « Madame, dit-il en l'apercevant, ces prés regorgent d'oiseaux. Vous agréerait-il de déguster une caille rôtie, ce matin ?

– Nous nous contenterons... tous, je pense, de cette bouillie et de pain, messer. Il nous reste encore bien des lieues à faire.

– Comme il vous plaira, madame. » Le dépit fanait sa face lunaire et tordait ses bacchantes de morse. « Se peut-il rien de meilleur que l'avoine et le pain ? » Tout goinfre et gourmand qu'il était, son ventre lui tenait tout de même moins à cœur que l'honneur.

« Déniché des orties et fait une infusion, bredouilla Shadd. M'dame en veut-elle ?

– Oui, merci. »

Ses pauvres mains refermées autour du gobelet, elle souffla sur le breuvage pour le refroidir. Originaire de Winterfell, Shadd était l'un des vingt guerriers d'élite que Robb avait chargés d'escorter sa mère, leur adjoignant cinq seigneurs dont la haute naissance devait rehausser l'ambassade auprès de Renly. Au cours de sa marche vers le sud, la petite troupe avait eu beau se tenir au large des villes et des places fortes, les occasions de voir des bandes vêtues de maille ou de discerner l'embrasement de l'est ne lui avaient pas manqué, mais nul n'avait osé se frotter à elle. Elle ne constituait en effet ni une menace, de par sa modestie, ni une proie facile, de par son nombre. Une fois franchie la Néra, le pire se trouvait derrière. Si bien que, depuis quatre jours, tout indice de guerre avait disparu.

Cette mission, Catelyn l'accomplissait contre son gré. A Vivesaigues, elle n'avait cessé de répéter à Robb : « La dernière fois que je l'ai croisé, Renly n'était pas plus vieux que Bran. Je ne le connais pas. Envoie quelqu'un d'autre. Ma place est ici, au chevet de mon père, aussi longtemps qu'il sera en vie. »

Son fils s'était montré désemparé. « Je n'ai personne d'autre. Je ne puis y aller moi-même. Votre père est trop mal en point. Je n'ose me priver du Silure, il est mes yeux et mes oreilles. Votre frère, j'en ai besoin pour garder Vivesaigues quand nous marcherons...

– Marcherons ? » Il n'en avait jamais été question devant elle.

« Il m'est impossible d'attendre ici que la paix se conclue. J'aurais l'air d'avoir peur de me remettre en campagne. Et je me rappelle les mots de Père : “Lorsqu’il n’y a pas de batailles à livrer, le soldat se met à rêver moisson et coin du feu.” Mes gens du Nord eux-mêmes s’impatientent de plus en plus. »

Mes gens du Nord, pensa-t-elle. *Voici qu’il commence à parler en roi.* « Personne n’est jamais mort d’impatience, tandis que la précipitation... Nous avons semé des graines, laisse-les germer. »

Robb secoua la tête d’un air buté. « Nous avons jeté quelques graines au vent, voilà tout. Si Lysa venait à notre aide, nous le saurions déjà. Combien d’oiseaux avons-nous expédiés aux Eyrié, quatre ? Moi aussi, je désire la paix, mais pourquoi les Lannister m’accorderaient-ils *rien* si je me contente de camper ici pendant que mon armée fond tout autour de moi comme neige au soleil d’été ?

– Ainsi donc, plutôt que de paraître un lâche, riposta-t-elle, tu céderas aux pipeaux de lord Tywin ? Il *veut* te voir danser à Harrenhal, oncle Brynden te le confirmera si...

– Je n’ai pas mentionné Harrenhal, coupa-t-il. Bref, serez-vous mon émissaire auprès de Renly, ou dois-je envoyer le Lard-Jon ? »

Au souvenir de cette réplique, un vague sourire effleura les lèvres de Catelyn. Un peu grosse, la blague, mais assez maligne, de la part d’un gamin de quinze ans. Robb le savait pertinemment, lord Omble était exactement l’homme qu’il ne fallait pas pour traiter avec un Renly Baratheon, et il savait pertinemment qu’elle le savait aussi. Ce subterfuge l’avait contrainte à céder, au détriment de la piété filiale. L’état navrant dans lequel elle laissait lord Hoster ne facilitait pas la séparation, loin de là. Lorsqu’elle vint prendre congé de lui, il ne la reconnut même pas, l’appela Minisa, demanda : « Où sont donc les enfants ? Ma petite Cat, ma Lysa câline... ? » En le baisant au front, elle le rassura, les petites allaient bien, lui souffla, tandis qu’il refermait les yeux : « Attendez-moi, messire, je vous prie. Je vous ai si souvent attendu, moi, si souvent... Maintenant, c’est à vous de m’attendre, vous devez m’attendre. »

Le sort m’entraîne au sud, et toujours plus au sud, songea-t-elle en sirotant l’âpre infusion, *quand c’est au nord que je devrais aller, au nord, chez moi.* La veille du départ, elle avait écrit à Rickon et Bran. *Je ne vous oublie pas, mes chéris, vous devez le croire. Seulement, je suis encore plus nécessaire à votre frère.*

« Nous devrions atteindre la Mander aujourd'hui, madame, déclara ser Wendel pendant que Shadd prélevait une louchée de bouillie. Lord Renly n'en serait pas loin, s'il faut en croire la rumeur. »

Et que lui dirai-je lors de la rencontre ? Que mon fils le tient pour un usurpateur ? Elle répugnait à cette entrevue. C'était d'amis, non d'ennemis supplémentaires, qu'ils avaient besoin, mais Robb ne plierait jamais le genou devant un homme auquel il déniait tout droit au trône.

A peine eût-elle pu dire quel goût avait la bouillie qu'elle découvrit son bol vide et le reposa. « Nous devrions être déjà en route. » Plus vite elle aurait parlé à Renly, plus vite elle reprendrait le chemin du retour. Elle fut la première en selle et dicta l'allure de la colonne. A ses côtés chevauchait Hal Mollen, brandissant la bannière au loup-garou gris sur champ de neige immaculé.

Ils se trouvaient encore à une demi-journée de marche du camp de Renly quand on les prit. Parti en éclaireur, Robin Flint revint au galop annoncer la présence d'un guetteur dans les combles d'un moulin à vent mais, le temps d'y parvenir, l'individu s'était éclipsé. Moins d'un mille au-delà, cependant, une vingtaine de patrouilleurs vêtus de maille et menés par un grison de chevalier barbu dont le surcot s'ornait de geais bleus fondit sur eux.

A la vue de la bannière Stark, ce dernier se détacha toutefois du groupe et s'avança au trot. « Ser Colen d'Etanverts, pour vous servir, madame, protesta-t-il. Ces parages sont dangereux...

– Affaire urgente, répliqua-t-elle. Robb Stark, roi du Nord, mon fils, m'envoie traiter avec Renly Baratheon, roi du Sud.

– Sa Majesté Renly est le suzerain consacré de *l'ensemble* des Sept Couronnes, madame, riposta-t-il, d'un ton relativement courtois néanmoins. Son armée campe aux abords de Pont-l'Amer. Ce sera pour moi un immense honneur que de vous escorter jusqu'à lui. » Sur un geste de sa main revêtue de maille, ses gens vinrent flanquer de part et d'autre Catelyn et ses compagnons. *Escorte ou captivité ?* se demanda-t-elle. Force lui était de toute façon de s'en remettre à la foi de ser Colen – et de lord Renly.

On était encore à une bonne heure du point où la route de la Rose franchissait la Mander quand se distinguèrent les fumées du camp. Puis, par-dessus les vallonnements de la plaine ponctuée de cultures et de fermes, se devina peu à peu sa rumeur, confuse comme le ressac de quelque mer lointaine, et s'enflant progressivement. Ce n'est pourtant qu'en vue des flots boueux de la rivière éclaboussée de soleil que se différencièrent hennissements, voix mâles et cliquetis d'acier. Mais ni le tapage ni la fumée ne préparaient les voyageurs au spectacle qu'ils finirent par découvrir.

Des milliers de feux voilaient de gaze l'atmosphère. Sur des lieues et des lieues s'étiraient les rangées de chevaux. Il avait sûrement fallu abattre des forêts entières pour dresser les mâts de tant de bannières. D'énormes engins de siège, mangonneaux, pierrières, béliers montés sur des roues plus hautes qu'un cavalier, encombraient les bas-côtés herbeux de la route. Le soleil ensanglantait comme par avance le fer des piques, et les pavillons des chevaliers ainsi que des grands seigneurs émaillaient les prés comme autant de champignons soyeux. Catelyn discerna des hommes armés de lances, des hommes armés d'épées, des hommes coiffés d'acier et sanglés de maille, des gueuses à soudards pavanant leurs charmes, des archers empennant leurs flèches, des voituriers pressant l'attelage de leurs fourgons, des porchers pressant leurs troupeaux de porcs, des pages courant transmettre des messages, des écuyers fourbissant des lames, des chevaliers montés sur des palefrois, des palefreniers menant des destriers rétifs. « Ça fait un monde formidable, observa ser Wendel comme on empruntait le tablier de pierre auquel Pont-l'Amer devait son nom.

– En effet », convint Catelyn.

A peu près toute la chevalerie méridionale semblait avoir rallié Renly. Partout se voyait la rose d'or de Hautjardin : cousue sur le sein droit des hommes d'armes et des valets, claquant ou flottant aux fanions de soie verte qui ornaient piques et lances, peinte sur les boucliers pendus à l'extérieur des pavillons des fils, frères, oncles et cousins de la maison Tyrell. Catelyn repéra aussi les guirlandes-au-renard Florent, les pommes vertes et rouges Fossovoie, le chasseur Tarly, les feuilles de chêne du Rouvre, les grues Crane, la nuée de papillons noir et orange Mullendor.

Sur l'autre rive se déployaient les étendards des seigneurs de l'Orage, bannerets personnels de Renly en tant que liges des

Baratheon, sires d'Accalmie. S'y reconnaissaient les rossignols de Bryce Caron, les plumes Penrose et, vert sur vert, la tortue de mer Estremont, parmi cent autres emblèmes non identifiables – ceux d'un essaim de vassaux secondaires, d'obscurs chevaliers et de francs-coureurs attirés par l'espoir de concrétiser la royauté nominale du prétendant.

Bien au-dessus de cette cohue flottait, au sommet de la plus haute tour de siège, colossal édifice de bois monté sur roues et tendu de peaux brutes, l'insigne de celui-ci : le plus prodigieux étendard de guerre qu'eût jamais vu Catelyn ; assez vaste pour tapisser toute une demeure, son brocart d'or arborait en noir, immense et cabré avec arrogance, le cerf couronné des Baratheon.

« Qu'est-ce là, madame ? demanda Hallis Mollen en se portant contre son étrier. Ce boucan ? »

Elle prêta l'oreille. Des clameurs, des hennissements, le fracas de l'acier, puis... « Des ovations », dit-elle. Après qu'ils eurent gravi une pente douce en direction de pavillons multicolores qui en bordaient le sommet, la foule s'épaissit, le boucan s'amplifia. Ils comprirent enfin.

A leurs pieds, sous les murs de pierre et de bois d'un castel, joutait une mêlée.

Aménagé en lice, le terrain comportait clôture, gradins et portillons mobiles. Des centaines, voire des milliers de gens assistaient au spectacle. A en juger par l'aspect de l'arène, défoncée, bourbeuse et jonchée de débris d'armures cabossées, de lances rompues, le divertissement durait depuis un jour au moins, mais il approchait de son terme. Seuls demeuraient en selle une poignée de chevaliers qui se chargeaient et se tapaient dessus sous les acclamations de la foule et des combattants déjà évincés. Deux destriers lourdement armés se heurtèrent de plein fouet sous les yeux de Catelyn et s'effondrèrent en un inextricable amas de ruades et d'acier. « Un tournoi, crut devoir assener Mollen qui ne ratait jamais une évidence.

– Oh, superbe ! » commenta pour sa part ser Wendel, lorsqu'un chevalier en manteau irisé d'arcs-en-ciel eut fait volter sa monture pour écrabouiller d'un revers de hache l'écu de son poursuivant qui mordit la poussière.

Devant eux, la presse rendait presque impossible la progression. « Si vos gens veulent bien nous attendre ici, lady Stark, intervint ser Colen, pendant que je vais vous présenter au roi ?

– Soit. » Après qu'elle eut crié ses ordres aussi clairement que le permettait le vacarme, ser Colen poussa son cheval pas à pas à travers la foule, et elle s'inséra dans son sillage. Un rugissement d'enthousiasme salua l'exploit d'un grand chevalier bleu qui venait d'abattre une barbe rouge sans heaume et dont le bouclier s'ornait d'un griffon. De cobalt sombre était son armure d'acier, tout comme la plommée qu'il maniait si mortellement, et sur le caparaçon de sa monture s'écartelaient les armes lune-et-soleil de la maison Torth.

« Maudits soient les dieux ! jura quelqu'un, v'là qu'est foutu Ronnet le Rouge !

– Loras lui f'ra son affaire, à c' bleu », grogna un compère, avant qu'un second rugissement ne noyât la suite du propos.

Un nouveau compétiteur gémissait désormais, coincé sous son cheval blessé qui gémissait aussi. Des écuyers se précipitèrent à leur secours.

Folie, folie, songeait Catelyn. *Malgré des ennemis véritables de toutes parts et la moitié du royaume en flammes, Renly s'amuse ici à singer la guerre comme un gosse armé de sa première latte.*

Dans leurs loges, dames et seigneurs se montraient aussi passionnés par la mêlée que les jouteurs eux-mêmes. Grâce aux relations suivies de son père avec eux, Catelyn reconnaissait là nombre d'hôtes de Vivesaigues. Lord Mathis Rowan, plus gueulard et bouffi que jamais, sous l'arbre d'or qui barrait son pourpoint blanc. Un rang plus bas, lady du Rouvre, frêle et délicate ; à sa gauche, lord Randyll Tarly de Corcolline derrière le dossier duquel dépassait la garde de sa longue épée, Corvenin. Tels autres encore dont elle ne connaissait que les armoiries. Puis des inconnus complets.

Et, au milieu d'eux, trépignant et riant avec sa jeune épouse, un fantôme couronné d'or...

Rien d'étonnant, se dit-elle, *qu'une telle ferveur s'agglutine autour de sa personne, c'est Robert, Robert ressuscité.* A vingt et un ans, Renly était beau comme Robert l'avait été ; aussi large d'épaules et délié des membres ; avec la même chevelure de jais, les mêmes traits nobles et réguliers ; avec les mêmes prunelles bleu sombre et le même sourire amène. Et cet air de porter naturellement le mince diadème qui cerclait son front. Une exquise guirlande de roses d'or souple d'où se détachait, en médaillon de jade ombreux, un chef de cerf aux yeux et aux andouillers d'or.

Brochage d'or et velours vert, la tunique du roi associait de même l'emblème des Baratheon et les couleurs de Hautjardin ; c'est en effet par son mariage avec la propre fille de lord Mace Tyrell que Renly avait scellé la puissante alliance des seigneurs du Sud. Du même âge que Robb, la reine Margaery était du reste ravissante : longues boucles brunes et prunelles veloutées de biche, doux sourire presque effarouché.

Le manteau arc-en-ciel venant de désarçonner un nouvel adversaire, Catelyn entendit le roi crier : « *Loras !* », avec le reste de l'assistance, « *Loras ! Hautjardin !* » et, comme la reine applaudissait frénétiquement, se tourna vers la lice pour regarder.

Seuls quatre hommes demeuraient en course, et le favori du souverain comme du bas peuple n'était pas douteux. Bien qu'elle n'eût jamais rencontré le chevalier des Fleurs, l'écho des prouesses de celui-ci avait retenti jusqu'au fond du Nord. Monté sur un grand étalon blanc juponné de maille d'argent, ser Loras maniait une hache à long manche. Du faîte de son heaume cascadait un panache de roses d'or.

Ayant fait cause commune, deux des rescapés éperonnèrent leurs montures pour assaillir le chevalier cobalt mais, lorsqu'ils furent sur le point de le coincer, celui-ci brida net et balança dans la figure du premier son écu brisé, pendant que son destrier noir décochait au second une ruade d'acier, ce qui désarçonna l'un tout en envoyant l'autre voler à terre. A peine eut-il le loisir, cependant, de laisser choir les vestiges de son bouclier pour libérer son bras gauche que ser Loras était déjà sur lui, ser Loras nimbé d'arcs-en-ciel et dont la grâce et la prestesse paraissaient à peine se ressentir de la pesanteur de l'acier.

Tandis que le cheval noir et le cheval blanc tourbillonnaient tels des amants enlacés pour quelque danse des moissons, leurs cavaliers échangeaient, eux, des baisers d'acier. La plommée virevoltait, la hache flamboyait, et, si mouchetées que toutes deux fussent, encore produisaient-elles un épouvantable fracas. Faute de bouclier, le chevalier bleu écopait du pire, une grêle de coups sur la tête et sur les épaules que la foule scandait en vociférant : « *Hautjardin !* » Et il avait beau riposter vaillamment, toujours sa plommée venait s'écraser sur l'écu cabossé, champ vert et trois roses d'or, de son adversaire. Aussi, lorsque la hache atteignit la main qu'il brandissait une fois de plus et la délesta de son arme, monta-t-il de la foule un hurlement de fauve en rut.

Or, le chevalier des Fleurs relevait sa hache pour le coup de grâce quand l'autre chargea, droit dessus. Les étalons s'écrasèrent l'un contre l'autre, la hache s'abattit derechef sur le corselet de plates cobalt, mais... – mais son manche se trouva comme par miracle pris dans l'étau d'un gantelet d'acier, le chevalier bleu arracha l'arme à ser Loras et, tout à coup, ce fut l'empoignade entre eux, presque aussitôt suivie de leur chute conjointe. Leurs chevaux s'étant séparés, ils s'aplatirent simultanément au sol avec une violence à se rompre les os. Tombé à la renverse, Loras Tyrell en fut le premier secoué. Dégainant une dague, le chevalier bleu lui ouvrit la visière, et si le déchaînement de la populace empêcha Catelyn d'entendre ce que disait le chevalier des Fleurs, du moins vit-elle se former sur ses lèvres sanglantes le mot : *grâce*.

Le vainqueur se remit lourdement sur pied avant de tendre sa dague en direction de Renly Baratheon, ainsi qu'il sied à tout champion saluant son roi. Des écuyers s'empressaient entretemps de relever ser Loras et, en le voyant enfin sans heaume, Catelyn s'ébahit de son extrême juvénilité. Deux ans de plus que Robb, au pis. Et sans doute aussi avenant que la reine, sa sœur, si fort que le desservissent lèvre tuméfiée, regard vitreux, cheveux hirsutes et gluants de sang.

« Approche », ordonna le roi Renly au chevalier bleu.

Celui-ci tituba vers la tribune. De tout près, son étourdissante armure cobalt perdait pas mal de son prestige ; elle n'était que plaies et bosses, et l'on y lisait toutes les morsures de la masse d'armes et de la plommée, les longues balafres de chaque épée, partout manquaient des copeaux d'émail. Et que des haillons pour manteau. Et non moins malmené devait être, à en juger par sa piètre allure, l'homme qu'ils dissimulaient. Quelques voix le hélèrent en criant : « *Torth !* » et, chose étrange,

« *Belle ! Belle !* » mais la plupart des gens demeuraient silencieux. Parvenu devant le roi, il s'agenouilla. « Sire, dit-il d'une voix qu'étouffait son grand heaume désormais informe.

– Vous êtes exactement ce que prétendait votre père. » La voix de Renly portait admirablement. « J'ai déjà vu démonter ser Loras une ou deux fois..., mais jamais, au grand jamais, de *cette* manière.

– C'tait pas d' jeu, maugréa non loin de Catelyn un archer passablement ivre dont le justaucorps portait la rose Tyrell. L'a pas démonté, l'a tiré par terre. Sale tricherie. »

On se dispersait déjà. « Qui est ce chevalier ? demanda-t-elle à ser Colen. Pourquoi cette aversion qu'on lui manifeste ? »

Il se renfrogna. « Parce qu'il ne s'agit pas d'un homme, madame, mais de Brienne de Torth, fille de l'Etoile-du-Soir, lord Selwyn.

– *Fille ?* s'exclama-t-elle, horrifiée.

– Brienne la Belle, on l'appelle..., mais dans son dos, de peur d'avoir à en répondre corps à corps. »

Après avoir déclaré victorieuse de la grande mêlée de Pont-l'Amer lady Brienne de Torth, dernière montée des cent seize chevaliers en lice, Renly reprit : « En tant que champion, vous pouvez réclamer de moi la faveur qui vous conviendra. Vous l'obtiendrez, s'il est en mon pouvoir.

– Sire, répondit-elle, je demande l'honneur d'entrer dans votre garde Arc-en-ciel. Je voudrais être de vos sept et vouer ma vie à la vôtre, aller où vous allez, monter à vos côtés et préserver votre personne de toute atteinte et de tout danger.

– Accordé, dit-il. Levez-vous et retirez votre heaume. »

Elle s'exécuta et, sur-le-champ, Catelyn comprit l'insinuation louche de ser Colen.

Dérision que le sobriquet de « Belle ». La tignasse qui venait d'apparaître tenait du nid d'écureuil et de la litière souillée. Et si Brienne avait de grands yeux très bleus de jeune fille, des yeux candides et francs, que dire du reste... ? Des traits épais, vulgaires, une ganache prognathe et crochue, la bouche démesurée, lippue au point de sembler boursouflée. Des milliers de taches de son mouchetaient ses joues et son front, les méandres hasardeux du nez trahissaient plus d'une fracture. *Se peut-il en ce monde créature plus malheureuse*, songea Catelyn avec compassion, *qu'une femme laide ?*

Et pourtant, lorsque Renly lui retira son manteau en loques afin d'y substituer celui de la garde Arc-en-ciel, Brienne de Torth ne paraissait pas malheureuse. Un sourire l'illumina, et c'est d'une voix forte où perçait la fierté qu'elle proféra : « Ma vie vous appartient, Sire. Je serai dorénavant votre bouclier, je le jure par les dieux anciens et nouveaux. » Sa manière de regarder le roi – de le *toiser*, car elle le dépassait d'une bonne largeur de main, bien qu'il fût presque aussi gigantesque que Robert, jadis – faisait peine à voir.

« Sire ! » Ser Colen d'Etanverts sauta de selle et s'approcha de la tribune. « Avec votre permission. » Il mit un genou en terre. « J'ai l'honneur de vous amener lady Catelyn Stark, émissaire de son fils Robb, seigneur de Winterfell.

– Seigneur de Winterfell et roi du Nord, ser », rectifia-t-elle en démontant à son tour.

Le roi Renly parut surpris. « Lady Catelyn ? Quel bonheur pour nous. » Il se tourna vers sa jeune épouse. « Permettez-moi, chère Margaery, de vous présenter lady Catelyn Stark de Winterfell.

– Soyez la très bienvenue parmi nous, lady Stark, susurra galamment la reine. Votre deuil me touche.

– C'est aimable à vous.

– Sur ma foi, madame, déclara le roi, les Lannister répondront du meurtre de votre mari. Dès que j'aurai pris Port-Réal, vous recevrez la tête de Cersei. »

Et cela me rendra Ned, peut-être ? « Il me suffira de savoir que justice est faite, messire.

– *Sire !* corrigea vertement Brienne la Bleue. Et vous devriez vous agenouiller, en présence du roi.

– Entre *messire* et *sire*, la distance est mince, madame, riposta Catelyn. Lord Renly porte une couronne, tout comme mon fils. Si tel est votre désir, nous pouvons demeurer ici, à patauger dans la boue et à disputer des honneurs et titres dus à chacun d'eux, mais nous avons, si je ne m'abuse, à traiter d'affaires autrement urgentes. »

La réplique hérissa quelques courtisans, mais Renly se contenta d'en rire. « Bien parlé, madame. Il sera bien temps d'aborder ces *gracieusetés* une fois clos le chapitre des hostilités. Dites-moi, quand votre fils entend-il marcher contre Harrenhal ? »

Tant qu'elle ignorerait si ce roi comptait se comporter en allié ou en adversaire, Catelyn n'était pas disposée à rien révéler des projets de Robb. « Je ne siège pas aux conseils de guerre de mon fils, messire.

– Du moment qu'il me laisse quelques Lannister, je ne me plains pas. Qu'a-t-il fait du Régicide ?

– Jaime Lannister se trouve à Vivesaigues dans un cachot.

– En vie ? » Lord Mathis Rowan ne cachait pas sa consternation.

Ni Renly sa stupéfaction. « Le loup-garou ferait donc preuve de plus de clémence que le lion ?

– Plus de clémence que les Lannister, murmura lady du Rouvre avec un sourire acerbe, c'est plus saumâtre que la mer.

– J'appelle ça de la pusillanimité ! » La barbiche grise et hirsute de lord Randyll Tarly ne démentait pas sa réputation de mufle à l'emporte-pièce. « Sauf votre respect, lady Stark, il eût été mieux séant qu'au lieu de se camoufler derrière vos jupes lord Robb vînt en personne rendre hommage à Sa Majesté.

– Le *roi* Robb est en train de guerroyer, messire, rétorqua-t-elle avec une politesse glaciale, et non de se divertir en tournois. »

Renly eut un sourire goguenard. « Prudence, lord Randyll, on vient de vous damer le pion... » Puis, hélant un régisseur aux couleurs d'Accalmie : « Loge-moi les compagnons de notre visiteuse en veillant qu'ils ne manquent de rien. Lady Catelyn occupera mon propre pavillon dont je n'ai que faire, puisque lord Caswell a eu l'extrême obligeance de m'abandonner son château. Après que vous vous serez reposée, madame, daignez honorer de votre présence, je vous prie, le festin que nous offre ce soir mon hôte. Un festin d'adieux. Car je crains que Sa Seigneurie ne brûle de voir enfin les talons de ma horde affamée.

– Permettez-moi, Sire, de m'inscrire en faux, protesta un jeune homme mince qui devait être Caswell. Ce qui est à moi est à vous.

– Mon frère prenait au mot quiconque lui disait cela, badina Renly. Vous avez des filles ?

– Oui, Sire. Deux.

– Eh bien, rendez grâces aux dieux que je ne sois pas Robert. Ma douce reine est la seule femme que je désire. » Il tendit la main pour aider Margaery à se lever. « Nous reprendrons notre entretien, lady Catelyn, après que vous vous serez délassée. »

Pendant qu'il entraînait sa femme en direction du castel, son régisseur conduisit Catelyn vers le pavillon de soie verte. « S'il vous faut quoi que ce soit, madame, prenez seulement la peine de le demander. »

La peine était plutôt d'imaginer une quelconque envie qui ne fût d'avance comblée. Plus vaste que les salles communes de nombre d'auberges, la tente offrait tout le confort possible : matelas de duvet et courtepointes de fourrure, baignoire de cuivre et de bois assez large pour deux, braseros contre la fraîcheur nocturne, pliants de cuir, écritoire munie de plumes et d'encrier, jattes de pêches, de prunes et de poires, fiasque de vin et service de coupes d'argent, coffres de cèdre emplis d'effets du roi, livres, cartes, tables à jeux, harpe, arc, carquois, flèches, deux faucons rouge-queue de poing, panoplie d'armes de parade... *Se refuse rien, le Renly,* pensait-elle en promenant un regard circulaire. *Pas étonnant que son armée lambine autant.*

Près de la portière se dressait en sentinelle l'armure du roi ; un agencement de plates vert sapin aux jointures rehaussées d'or ; sur le heaume se déployaient d'extravagants andouillers d'or. Et tel était le poli de l'acier qu'elle se voyait réfléchie dans le corselet, se rendant regard pour regard comme du fond d'un étang glauque. *Un visage de femme noyée,* se dit-elle. *Noyée dans le chagrin, peux-tu te le permettre ?* Elle se détourna brusquement, fâchée de sa propre fragilité. S'apitoyer sur elle-même était un luxe intempestif. Elle n'avait que le loisir, et vite, de se décrasser les cheveux et d'enfiler une tenue moins indigne d'un festin de roi.

Ser Wendel Manderly, ser Perwyn Frey, Lucas Nerbosc et consorts de haut parage l'accompagnèrent au castel. Il fallait une éducation raffinée pour appeler grande la grande salle de lord Caswell, mais on finit par dénicher quelques interstices à leur intention, parmi les chevaliers liges de Renly, sur les bancs bondés, tandis que Catelyn gagnait sur l'estrade sa propre place, entre le rubicond lord Mathis Rowan et l'affable ser Jon Fossovoie, de la branche Fossovoie pomme-verte. L'un badina, l'autre s'enquit poliment des santés de père, frère, enfants.

On avait assis Brienne de Torth tout au bout de la table haute. Au lieu de s'habiller en dame, elle avait choisi des fanfreluches de chevalier, doublet de velours écartelé de rose et d'azur, braies, bottes, ceinturon joliment ouvragé ; son nouveau manteau arc-en-ciel lui flottait dans le dos. Du reste, aucun costume n'aurait pu déguiser sa disgrâce ; ses énormes pattes maculées de son ; sa bouille épatée ; sa denture protubérante. Une fois désarmé, son corps se désaccordait, large de hanches et trapu des membres, musculeux d'épaules et bossueux du torse, hormis à l'endroit requis. Et chacun de ses gestes clamait qu'elle en avait conscience et qu'elle en souffrait. Elle n'ouvrait la bouche que pour répondre et ne détachait guère les yeux de son écuelle.

Et, certes, la nourriture ne manquait pas. La guerre avait épargné la fertilité légendaire de Hautjardin. Des poires pochées au vin ouvrirent la valse, pendant que chantaient les chanteurs et que les jongleurs jonglaient ; suivit une succulente friture de goujons croustillants et saupoudrés de sel ; puis des chapons farcis d'oignons et de champignons ; d'énormes miches de pain bis et des pyramides de navets, de pois, de maïs doux, des jambons colossaux et des oies rôties, des tranchoirs d'où dégoulinaient les ragoûts de venaison mitonnés dans la bière et l'orge. En guise de dessert, les gens de lord Caswell passèrent des plateaux de pâtisseries maison : cygnes à la crème et cornes de sucre filé, biscuits au citron moulés en forme de roses et pains d'épice et tartes aux mûres et beignets de pommes et formes de fromage tartinées de beurre.

Le cœur soulevé par l'opulence de tous ces mets, Catelyn se gardait d'en rien montrer, à cette heure où tant d'intérêts dépendaient de son énergie. Elle se contenta de grignoter, tout en épiant l'homme qui voulait être roi. Il avait à sa gauche sa jeune épouse et, à sa droite, son beau-frère, ser Loras. Abstraction faite du bandage blanc qui lui cernait le front, ce dernier ne semblait nullement se ressentir de l'épreuve qu'il avait subie. Son charme était bien tel que Catelyn l'avait pressenti.

Loin d'être vitreux, son regard était vif et intelligent, et le fouillis sans apprêt de ses mèches brunes avait de quoi susciter la jalousie de bien des filles. A son manteau de tournoi lacéré s'était substitué le pareil, chamarré d'arcs-en-ciel mais neuf, et la rose d'or Hautjardin en agrafait le col.

Quitte à offrir, de-ci de-là, du bout de son poignard une becquée friande à Margaery ou à se pencher pour lui planter un imperceptible bécot sur la joue, c'est avec ser Loras que Renly blaguait ou chuchotait la plupart du temps. Et s'il appréciait à l'évidence la chère et le vin, du moins ne manifestait-il aucun penchant pour l'intempérance et la gloutonnerie. Il riait aussi volontiers que de bonne grâce et prodiguait autant d'affabilité pour la dernière des souillons que pour les plus grands seigneurs.

Certains des invités montraient moins de modération, buvant trop sec, au gré de Catelyn, et fanfaronnant trop. Les fils de lord Willum, Elyas et Josua, s'échauffaient à disputer sur le thème : je serai le premier sur les remparts de Port-Réal. Tout en la branlant dans son giron, lord Varnier fouillait du groin la nuque d'une servante et lui plongeait une patte dans le corsage. Guyard le Vert, qui se prenait pour un rhapsode, faucha une harpe et débita des couplets rimaillés sur la manière de nouer les queues de lion. Escorté d'un macaque pie, ser Mark Mullendor lui donnait à picorer dans sa propre assiette. Quant à ser Tanton Fossovoie – de la branche pomme-rouge –, il se jucha sur la table et jura solennellement de tuer Sandor Clegane en combat singulier. Serment dont la solennité fut un tantinet ternie par le fait qu'un pied du chevalier barbotait, ce disant, dans une saucière.

Pour comble de grotesque vint là-dessus cabrioler un fol grassouillet qui, coiffé d'un bonnet en mufle léonin et tintinnabulant de fer-blanc doré, se mit à poursuivre un nain tout autour des tables en lui martelant le crâne avec une vessie jusqu'à ce que Renly demande : « Pourquoi battre ton propre frère ?

– Mais ! c'est que je suis le Raticide, Sire..., expliqua le fol.

– *Régicide*, bouffon de bouffon », repartit Renly, et toute la salle de s'esbaudir.

Lord Rowan ne partagea point cette hilarité. « Sont-ils jeunes... », commenta-t-il.

Il disait vrai. Le chevalier des Fleurs ne devait pas avoir seulement fêté son deuxième anniversaire quand Robert tuait le prince Rhaegar au gué du Trident. Rares étaient les convives beaucoup plus âgés. La plupart des autres marchaient à peine, lors du sac de Port-Réal, et ils n'étaient guère, au moment où Balon Greyjoy soulevait les îles de Fer, oui, guère que des gamins. *Ils n'ont pas encore subi l'épreuve du sang*, songea-t-elle en regardant lord Bryce défier ser Robar à jongler avec deux poignards. *Ils ne voient encore là-dedans qu'un jeu, qu'un tournoi en grand, ils n'y discernent qu'occasions d'honneur, de gloire et de dépouilles. Ce sont des gosses enivrés de chansons, de fables et qui, comme tous les gosses, se croient immortels.*

« La guerre va les vieillir, dit-elle, comme elle nous a vieillis nous-mêmes. » Juste une fillette lorsque Robert et Ned et Jon Arryn levaient l'étendard de la révolte contre Aerys Targaryen, et déjà femme, la guerre achevée... « Je les plains.

– Pourquoi cela ? s'étonna lord Rowan. Considérez-les. Ils sont jeunes et vigoureux, débordants de rires et de vitalité. Et d'appétit, mouais, de trop d'appétit pour savoir qu'en faire. Il sera conçu maint bâtard, cette nuit, si vous m'en croyez. Les plaindre..., pourquoi ?

– Parce que cela ne va pas durer, répondit-elle tristement. Parce qu'ils sont des chevaliers d'été, et que l'hiver vient.

– Vous faites erreur, lady Catelyn. » Aussi bleus que son armure, les yeux de Brienne la dévisageaient. « Pour nos pareils, l'hiver ne viendra jamais. Dussions-nous périr au combat, nul doute, on nous chantera, et les chansons parlent toujours d'été. Tous les chevaliers des chansons brillent par leur vaillance, et toutes les filles par leur beauté, sous un soleil éternellement éclatant. »

L'hiver vient, maintint Catelyn à part elle, *et pour nous tous. Il est venu pour moi lors de la mort de Ned. Et il viendra aussi pour toi, petite, et plus tôt que tu ne le souhaites.* Elle n'avait certes pas le cœur à le dire.

Le roi la tira d'embarras. « Lady Catelyn ? appela-t-il. Un peu d'air me ferait du bien. Me feriez-vous la grâce de m'accompagner ? »

Elle se dressa sur-le-champ. « L'honneur en serait pour moi. »

Brienne s'était également levée. « Je n'ai besoin que d'un instant, Sire, pour m'armer. Il faut quelqu'un pour vous protéger. »

Renly se mit à sourire. « Si je ne suis en sécurité au cœur même du château de lord Caswell et au milieu de ma propre armée, une épée n'y changera rien..., fût-elle la vôtre, Brienne. Restez paisiblement à table. Si j'ai besoin d'aide, je vous manderai. »

Ces paroles parurent affecter la donzelle plus qu'aucun des horions encaissés durant l'après-midi. « Votre servante, Sire », dit-elle en se rasseyant, le regard à terre. Après s'être emparé du bras de Catelyn, Renly la mena hors de la salle. En les apercevant, un garde plutôt nonchalant rectifia si précipitamment la position qu'il faillit en lâcher sa pique. Avec un mot taquin, le roi lui claqua l'épaule.

« Par ici, madame. » Il lui fit franchir une porte basse au-delà de laquelle s'amorçait un colimaçon. Puis, tandis qu'ils en commençaient l'ascension : « Ser Barristan Selmy se trouverait-il par hasard auprès de votre fils à Vivesaigues ? demanda-t-il ex abrupto.

– Non, répondit-elle, abasourdie. Il n'est plus avec Joffrey ? Il était pourtant commandant de la Garde... »

Il secoua la tête. « Les Lannister l'ont déclaré trop vieux, et le Limier a hérité de son manteau. Je me suis laissé dire qu'il avait quitté Port-Réal en jurant d'aller se mettre au service du roi légitime. Le manteau qu'a réclamé Brienne tout à l'heure, c'est à lui que je le réservais, espérant qu'il viendrait m'offrir son épée. Mais, comme il ne s'est pas présenté à Hautjardin, je pensais qu'il avait peut-être choisi Vivesaigues.

– Nous ne l'avons pas vu.

– Vieux, il l'était, pour sûr, mais d'une bravoure intacte. Je souhaite qu'il ne lui soit pas arrivé malheur. Des imbéciles de première, les Lannister. » Au bout de quelques marches, il reprit : « Quelques heures avant la mort de Robert, j'offris une centaine de lames à votre mari en le conjurant de s'assurer de la personne de Joffrey. S'il m'avait écouté, c'est lui qui serait à présent régent, et rien ne m'aurait contraint à revendiquer le trône.

– Ned vous refusa. » Elle l'affirmait comme une évidence.

« Il avait juré de protéger les enfants de Robert. Mes forces étaient insuffisantes pour agir seul. En me repoussant, lord Eddard ne me laissait d'autre solution que la fuite. Si j'étais resté, comment l'ignorer ? la reine ne m'aurait guère permis de survivre à mon frère. »

Si vous étiez resté pour appuyer Ned, peut-être vivrait-il encore, songea-t-elle avec amertume.

« J'aimais assez votre mari, madame. Robert avait en lui un ami loyal, je le sais..., mais un ami têtu qui ne voulait rien écouter, qui ne voulait jamais ployer. Maintenant, je souhaite vous montrer quelque chose. » Ils avaient atteint le haut de l'escalier. Une porte de bois leur ouvrit l'accès au toit en terrasse.

Le donjon des Caswell était à peine assez haut pour mériter le nom de tour, mais la campagne environnante était si peu montueuse que le panorama s'ouvrait sur des lieues dans toutes les directions. De quelque côté qu'elle portât ses regards, Catelyn apercevait des feux. La terre entière en était jonchée comme d'autant d'étoiles, et ce firmament-là n'avait pas plus de bornes que le véritable. « Comptez-les, madame, si cela vous tente, déclara tranquillement Renly. L'aube éclairera l'orient que vous n'en aurez pas fini. Combien de feux brûlent en cette heure autour de Vivesaigues, voilà ce que je serais curieux de savoir. »

De vagues flonflons montaient de la grande salle et s'éparpillaient dans la nuit. Compter les étoiles...

« D'après mes informations, reprit Renly, votre fils a traversé le Neck à la tête de vingt mille épées. Mettons, maintenant qu'il a les seigneurs du Trident, qu'il en commande quarante mille ? »

Non, pensa-t-elle, *tant s'en faut. Nous en avons perdu sur les champs de bataille, et d'autres encore pour la moisson.*

« J'en ai deux fois plus, ici, poursuivit Renly, et ils ne représentent qu'une partie de mes forces. A Hautjardin, Mace Tyrell en a conservé dix mille autres, une garnison puissante me garde Accalmie, et les gens de Dorne ne tarderont pas à me grossir de toutes leurs troupes. Ce sans oublier mon frère, Stannis, qui tient sous sa coupe, outre Peyredragon, les seigneurs du détroit.

– N'est-ce pas vous plutôt qui l'oublieriez, Stannis ? rétorqua-t-elle avec plus de mordant qu'elle ne l'eût voulu.

– Vous voulez dire ses présomptions ? » Il éclata de rire. « Parlons sans détours, madame. Stannis ferait un roi épouvantable. Il n'est d'ailleurs pas à même de le devenir. Les gens le respectent et même le craignent, mais il en est infiniment peu qui se soient jamais avisés de l'aimer.

– Il n'en est pas moins votre aîné. Si l'un de vous deux peut être réputé prétendant légitime au Trône de Fer, c'est sans conteste lord Stannis. »

Il haussa les épaules. « De quel droit au Trône de Fer, dites-moi, pouvait se prévaloir Robert ? » Il n'attendit pas la réponse. « Oh, on ne se priva pas d'invoquer les liens du sang des Baratheon et des Targaryen, telles épousailles séculaires, tels cadets, telles filles aînées. Autant de foutaises tout juste bonnes pour les mestres. C'est avec sa masse d'armes que Robert s'adjugea le trône. » Sa main balaya l'espace où pétillaient d'un horizon l'autre les feux de camp. « La voilà, ma légitimité. Celle de Robert ne fut jamais mieux fondée. Que votre fils me soutienne comme son père soutint Robert, et il n'aura qu'à se louer de ma générosité. Je le confirmerai de grand cœur dans tous ses domaines, titres et honneurs. Il pourra régir Winterfell à son gré. Il pourra même, si cela lui chante, continuer à s'intituler roi du Nord, pourvu toutefois qu'il ploie le genou en hommage et m'avoue pour son suzerain. *Roi* n'est qu'un mot, mais féauté, loyauté, service..., je ne saurais transiger là-dessus.

– Et s'il n'y consent, messire ?

– J'entends être roi, madame, et pas d'un royaume en miettes. C'est parler, je pense, on ne peut plus net. Lorsqu'il eut perdu tout espoir de victoire, voilà trois siècles, un roi Stark se soumit à Aegon le Conquérant. C'était là sagesse. Votre fils doit agir de même. Qu'il rallie ma cause, et cette guerre est d'ores et déjà gagnée. Nous... » Il s'interrompit, brusquement aux aguets. « Que se passe-t-il ? »

Impossible de se méprendre au grincement des chaînes : on levait la herse. En bas, dans la cour, une estafette à heaume ailé poussa son cheval écumant sous les pointes de fer en criant : « Appelez le roi ! »

Renly se rua au créneau. « Me voici, ser.

– Sire. » Des deux éperons, le cavalier se rapprocha. « Je suis venu au plus vite. D'Accalmie. On nous assiège, Sire, ser Cortnay tient bon mais...

– Mais... c'est impossible ! On m'aurait averti si lord Tywin avait quitté Harrenhal...

– Ce ne sont pas les Lannister, monseigneur. C'est lord Stannis. Le *roi* Stannis, comme il s'intitule à présent. »

JON

Tandis qu'il poussait son cheval dans le ruisseau en crue, des paquets de pluie lui cinglaient la face. A ses côtés, lord Mormont rabattit rageusement sa capuche tout en grommelant des injures contre le temps. Sur son épaule était perché, non moins trempé, non moins grincheux que lui, plume ébouriffée, son corbeau. Une rafale les environna de feuilles mouillées qui tournoyèrent comme une bande d'oiseaux morts. *La forêt hantée*, se désola Jon. *La forêt noyée, oui.*

Pourvu que Sam tînt le coup, là-bas, vers l'arrière de la colonne... Il était tout sauf un cavalier émérite, même par beau temps, et ces six jours de déluge avaient rendu le terrain des plus traître, tout mélasse et fondrières et rochers sournois. Sans parler de ce foutu vent qui vous flanquait la flotte en plein dans les yeux. Le Mur devait être en train de dégouliner vers le sud, sa glace de fondre et, mêlée de pluie tiède, d'y aller grossir nappes et rivières. Pyp et Crapaud devaient se tenir près du feu, dans la salle commune, et, en attendant le dîner, lamper coupe après coupe de vin chaud. Il les enviait. Gluants et urticants, ses lainages humides lui collaient à la peau, le poids de la maille et de l'épée lui suppliciait la nuque et les épaules, et ce qu'il en avait marre, de la morue salée, du bœuf salé, du fromage coriace !

Droit devant chevrota, à demi noyée sous le crépitement sempiternel des gouttes, la sonnerie d'un cor de chasse. « Buckwell, déclara le Vieil Ours. Les dieux soient loués, Craster se trouve toujours là. » Son corbeau s'arracha un gros battement d'ailes flasques, croassa : « *Grain* », puis s'ébouriffa de plus belle.

Craster, Craster et son fortin, les frères noirs en avaient rebattu les oreilles de Jon. Il allait désormais le voir de ses propres yeux. Après sept villages déserts, on en était unanimement venu à redouter de trouver la résidence de Craster aussi morte et lugubre qu'eux, mais on n'aurait apparemment pas à subir cette nouvelle épreuve. *Peut-être le Vieil Ours y obtiendra-t-il enfin des bribes d'explication ? Au moins serons-nous à l'abri de la pluie...*

A en croire Thoren Petibois, sa détestable réputation n'empêchait pas Craster d'être un ami de la Garde. « Qu'il soit à demi dément, je ne le nie pas, avait-il dit à Mormont, mais, si vous passiez toute votre vie dans ces bois maudits, vous le seriez aussi. A cela près, jamais il n'a refusé d'héberger l'un de nos patrouilleurs, et il n'aime pas Mance Rayder. Il nous sera de bon conseil. »

Qu'il nous procure seulement un repas chaud et de quoi nous sécher, je n'en demande pas davantage. Non content, lui, d'accuser Craster de parricide et de fausseté, de viol et de pleutrerie, Dywen le suspectait de traficoter avec marchands d'esclaves et démons. « Et pire..., ne manquait-il pas d'ajouter, ses dents de bois en castagnettes. Y vous répand, brrrr ! comme une odeur *froide*... »

« Jon ? commanda Mormont, va le long de la colonne annoncer la nouvelle. Et veille que les officiers le rappellent à chacun : je ne veux pas d'ennuis avec les femmes de Craster. Bas les pattes et bouche cousue.

– Bien, messire. » Il rebroussa chemin, tout au plaisir, même précaire, de tourner le dos à la pluie. Tous ceux qu'il croisait semblaient en larmes. La colonne s'échelonnait dans les bois sur un demi-mille.

Au milieu du train des équipages, Samwell Tarly ballottait en selle sous un large chapeau flapi. Il montait un cheval de trait et guidait les autres. La pluie qui tambourinait sur le capuchon de leurs cages énervait les corbeaux qui se démenaient en poussant des couacs. « Tu as mis un renard avec eux ? » blagua Jon.

Le bord du chapeau fit gouttière lorsque Sam releva la tête. « Oh, Jon ! salut. Non, c'est la pluie qu'ils détestent, tout comme nous.

– Comment va, toi ?

– Spongieusement. » Il grimaça un sourire mou. « Rien ne m'a tué jusqu'ici, néanmoins.

– Bon. On arrive au manoir de Craster. Si les dieux se montrent compatissants, nous dormirons au coin du feu. »

Sam prit un air sceptique. « Edd-la-Douleur dépeint Craster comme un cannibale qui épouse ses propres filles et respecte uniquement les lois qu'il fabrique. Et Grenn tient de Dywen qu'il a du sang noir dans les veines. Et comme sa sauvageonne de mère a couché avec un patrouilleur, il n'est qu'un bâ... » Il s'aperçut de sa gaffe et demeura pantois.

« Qu'un bâtard, acheva Jon avec un rire. Tu peux le dire, Sam. Le mot m'est connu. » Il éperonna son bidet. « Me faut partir en chasse de ser Ottyn. Ah..., ne va pas lutiner les femmes de Craster. » Un genre de mise en garde dont n'avait que faire Samwell Tarly. « Pour l'instant, trêve de bavardages. »

Ser Ottyn Wythers pataugeait péniblement de conserve avec l'arrière-garde. De la même génération que Mormont, ce petit homme au teint de pruneau semblait toujours fatigué, même à Châteaunoir, et la pluie qui l'avait implacablement rossé lui fit accueillir le message avec un ouf franc et massif. « Lessivé jusqu'à l'os qu'elle m'a, et même mes douleurs de cul se plaignent de douleurs de cul. »

Pour regagner son poste en tête, Jon préféra, comme accoutumé, couper par le profond des bois. Peu à peu s'estompa, dégluti par la végétation détrempée du hallier, le tohu-bohu de bêtes et d'hommes, et seul se perçut bientôt l'opiniâtre clapotis de l'eau sur les buissons, les arbres, la rocaille. Et là-dedans, il faisait aussi sombre, en plein après-midi, qu'à la nuit tombante. La sente que suivait Jon serpenta d'abord entre des mares et des éboulis, puis parmi d'énormes chênes et des vigiers vert-de-gris, des fûts de ferrugiers noirs. Parfois, leurs frondaisons formaient dais et, bref répit, suspendaient le tambourinement de la pluie sur son crâne. Il dépassait un châtaignier terrassé par la foudre et submergé d'églantines blanches quand lui parvint comme un bruissement des taillis. « *Fantôme*, appela-t-il, ici, Fantôme. »

Or c'est Dywen qui, monté sur un bidet gris et hirsute, émergea finalement de la verdure, ainsi que Grenn, à cheval aussi. Le Vieil Ours avait déployé des éclaireurs de part et d'autre du corps principal, tant afin de couvrir sa marche que pour prévenir toute approche hostile, et, par surcroît de précaution, les détachait toujours par paires.

« Ah, c'est toi, lord Snow ! sourit Dywen du sourire boisé que lui faisait son râtelier postiche et branlant. Cru qu' moi et l' gosse' n'avait affaire à l'un d' ces Aut'. Perdu ton loup ?

– Filé chasser. » Fantôme n'aimait pas traînasser en compagnie de la colonne, mais il ne s'en éloignait guère et, lorsqu'on dressait le camp, savait parfaitement retrouver la tente du commandant.

« Pêcher, j' dirais, vu c' qu'y pleut.

– Ma mère disait toujours : "La pluie fait pousser la récolte", intervint Grenn dans un sursaut d'espoir.

– Mouais, la récolte des moisissures..., maugréa le vieux. C' qu'y a d' mieux, dans un' pluie com' ça, c'est qu'on a pas à prend' un bain. » Ses dents émirent un clic-clac ligneux.

« Buckwell a trouvé Craster, leur annonça Jon.

– L'avait paumé ? » Dywen ricana sous cape. « F'rez ben, 'tits coqs, d'aller pas lui plumer ses poules, hein ? »

Jon sourit. « Les veux toutes pour toi seul, Dywen ? »

Nouveau clic-clac ligneux. « S' pourrait. L'a dix doigts, Craster, et qu'un' queue, peut pas compter pus qu'onze. Quèqu'-z-unes en moins, verrait qu' du feu.

– Sans blague, il en a combien ? demanda Grenn.

– Pus qu' t'en auras jamais, frangin. Et sans s' fouler, pisqu'y s' les fait lui-même... V'là ta bête, tiens, Snow. »

Sa blanche fourrure hérissée dru contre l'averse et la queue dressée, le loup, en effet, trottinait déjà à la hauteur de Jon, si silencieux que celui-ci n'aurait su préciser à quel instant il avait reparu. Son odeur fit broncher la bête de Grenn ; ils avaient beau le côtoyer depuis plus d'un an, sa présence affolait encore les chevaux. « Viens, Fantôme. » Et ils s'élancèrent tous deux vers le fort de Craster.

Si Jon ne s'était jamais attendu à voir le moindre château de pierre au-delà du Mur, il ne s'en était pas moins figuré trouver ce jour-là une espèce d'enclos palissé de pieux, avec motte et braie et donjon de bois. Ce qu'il découvrit à la place comportait un tas de fumier, une porcherie, un parc à moutons – vide – et un édifice aveugle, bas, tout en longueur qui, couvert de tourbe et bricolé de rondins, de claies, de torchis, ne méritait guère le nom d'habitat. Planté sur un ressaut trop modeste pour s'appeler colline, l'ensemble était cerné par un remblai de terre. Des ruisselets brunâtres dévalaient la pente par toutes les brèches ouvertes dans l'enceinte par la voracité de la pluie, et ils allaient grossir la courbe d'un petit torrent que sa crue déjà bourbeuse emportait ensuite, furieux, droit au nord.

Au sud-ouest béait une porte que flanquaient deux grands mâts surmontés de crânes, l'un d'ours, l'autre de bélier. Au premier de ceux-ci, nota Jon tout en rentrant dans les rangs du convoi, adhéraient toujours des lambeaux de barbaque. Au-delà, déjà les gens de Jarman Buckwell et de Thoren Petibois s'affairaient qui à parquer les bêtes côte à côte, qui à tâcher de monter les tentes. Dans leur soue, des portées de gorets fouaillaient trois énormes truies. Non loin, nue sous la pluie dans un potager, une fillette arrachait des carottes, et deux femmes ligotaient pour l'égorger un porc dont les glapissements d'angoisse suraigus avaient quelque chose d'humain. Les copieux jurons dont Chett les abreuvait n'empêchaient nullement ses limiers d'y répliquer par des jappements et des aboiements forcenés, et deux chiens de Craster les leur retournaient à qui mieux mieux, babines retroussées. La vue de Fantôme en fit détaler quelques-uns, pendant que les autres grondaient et clabaudaient éperdument, mais, tout comme son maître, le loup-garou les ignora.

Eh bien, ça mettra toujours une trentaine d'entre nous au chaud et au sec, se dit Jon après un examen plus poussé du logis. *Peut-être une cinquantaine.* En tout cas, les lieux ne pouvaient en héberger deux cents. La plupart devraient rester dehors. Encore fallait-il les y caser... Des mares profondes d'un demi-pied occupaient la moitié de la cour, l'autre étant dévolue à des boues mouvantes. Ce qui présageait une nouvelle nuit de jubilation.

S'étant vu confier la monture du lord Commandant, Edd-la-Douleur s'échinait à lui décrotter les paturons lorsque Jon mit pied à terre. « Mormont est dedans, l'avisa-t-il. Tu dois l'y rejoindre. Feras mieux de pas emmener ton loup, m'a l'air assez affamé pour bouffer l'une des gosses de Craster. Enfin..., soyons franc, c'est moi qui suis assez affamé pour y en bouffer une, pourvu qu'on la serve chaude. Vas-y, je me charge de ton cheval. S'y fait bon et sec à l'intérieur, m'en dis rien, on m'a pas prié d'entrer. » Il envoya paître un paquet de glaise coincé sous le fer du cheval. « Dirait pas de la merde, hein ? Possible, tu crois, que toute la colline soit de la merde de Craster ?

– Hé ! sourit Jon, depuis le temps qu'il l'occupe, à ce qu'il paraît...

– Voilà qui me réconforte. Zou, le Vieil Ours t'attend.

– Reste ici, Fantôme », ordonna Jon. Deux pans de peau de daim tenaient lieu de porte au manoir de Craster. Baissant la tête pour ne pas heurter le linteau, Jon se faufila dans la salle. Une vingtaine d'officiers s'y trouvaient déjà, groupés autour du foyer central, parmi les mares que formaient leurs bottes sur le sol de terre battue. L'atmosphère puait la suie, la fiente et le chien mouillé. Et l'humidité persistait quelque peu, malgré l'épaisseur de la fumée que par le trou du toit refoulait la pluie. Au-dessus de cette pièce unique se trouvait un galetas de couchage auquel on accédait par deux échelles rudimentaires.

En se rappelant son humeur, le jour où l'on avait quitté le Mur, nerveux comme une pucelle mais brûlant d'entrevoir les mystères et merveilles que recelerait chaque horizon nouveau, Jon, devant ces lieux sordides et fétides, songea : *Eh bien, en voilà une, de tes merveilles !* L'âcreté de la fumée lui embuait l'œil. *Dommage que Pyp et Crapaud ignorent ce qu'ils ratent.*

De l'autre côté du feu trônait Craster, seul à jouir d'un siège individuel. Lord Mormont lui-même devait se contenter du banc commun. Son corbeau lui ronchonnait sur l'épaule, et derrière lui se tenaient côte à côte Jarman Buckwell dont luisaient, sous le goutte à goutte de la maille rapetassée, les cuirs détrempés, et, paré des dépouilles du regretté Rykker, pesant corselet de plates et manteau liséré de martre, Thoren Petibois.

Si son justaucorps en peau de mouton rivalisait dans le minable avec ses fourrures dépareillées, Craster portait au poignet un lourd bracelet que ses reflets suggéraient d'or. Et si avancé fût-il dans l'hiver de ses jours, comme en témoignait sa crinière grise tirant vers le blanc, il conservait un aspect puissant. Nez camus et bouche affaissée lui conféraient un air cruel, et il lui manquait une oreille. *Ainsi, voici un sauvageon.* Alors que, dans les contes de Vieille Nan, cette engeance-là buvait du sang dans des crânes humains, celui-ci ne lampait apparemment qu'une bière blonde, et dans une coupe de pierre ébréchée. On n'avait pas dû lui narrer les contes.

« Ça fait trois ans que je n'ai pas vu Benjen Stark, disait-il à Mormont, et, pour parler franc, sans l'ombre d'un regret. » Une demi-douzaine de chiots noirs persillés de pourceaux erraient parmi l'assistance, et des femmes empaquetées dans des haillons de daim distribuaient des cornes à bière, attisaient les braises et jetaient dans une marmite carottes en rondelles et hachis d'oignons.

« Il aurait dû passer par ici l'an dernier », lâcha Petibois. Un chien vint lui renifler les mollets, un coup de pied l'expédia piailler au diable.

« Il était parti à la recherche de ser Waymar Royce, disparu avec ses compagnons, Gared et le jeune Will, précisa Mormont.

– Ces trois-là, mouais, m'en souviens. Pas plus vieux que ces chiots, le damoiseau, mais trop de morgue, avec ses zibelines et son acier noir, pour daigner dormir sous mon toit. Et des yeux de vache aussi pour mes femmes. » Son regard loucha vers la plus voisine. « D'après Gared, ils poursuivaient des pillards. Mieux valait pas les attraper, je l'ai prévenu, avec un pareil bleu pour chef. Dans le genre corbac, moitié moins nul, ce Gared. Moins d'oreilles que moi. Bouffées par le gel. Comme la mienne. » Il s'esclaffa. « Et v'là qu'il a plus de tête non plus, alors ? Le gel encore qu'a fait ça ? »

Une giclée de sang rouge sur la neige blanche, se remémora Jon, et cette andouille de Greyjoy envoyant valser la tête du pauvre bougre. *Un déserteur, c'était un déserteur.* Il se revit faisant la course avec Robb, lors du retour à Winterfell, et découvrant les six louveteaux dans la neige. Des milliers d'années de cela...

« Quand ser Waymar vous a quitté, où comptait-il aller ? »

Craster haussa les épaules. « Se trouve que j'ai mieux à faire que surveiller les allées et venues des corbacs. » Il s'envoya une gorgée de bière et posa la coupe. « Manque ici de bon vin du sud, pour un soir d'ours. Serait pas de trop, du pinard. Et une hache neuve. Tranche plus beaucoup, la mienne, et j'y peux rien. Quand me faut bien protéger les femmes. » Il promena un regard circulaire sur leur grouillement.

« Vous êtes trop peu pour vivre aussi isolés, déclara Mormont. Si cela vous convient, je détacherai quelques hommes pour vous escorter jusqu'au Mur.

– *Mur !* » La perspective eut l'air de ravir le corbeau, dont les ailes soudain déployées firent à son maître comme un grand col noir.

L'hôte, lui, grimaça un vilain sourire qui dénuda tout un chaos de chicots brunâtres. « Et qu'irions-nous faire là-bas ? vous servir à souper ? Nous sommes un peuple libre, par ici. Craster n'est le serviteur de personne.

– Par les temps qui courent, la solitude dans ces parages est une folie. Les bises vont se lever.

– Libre à elles. J'ai des racines plantées profond. » Il saisit au passage l'une des femmes par le poignet. « Dis-lui, toi. Dis au seigneur Corbac à quel point nous sommes heureux. »

Elle lécha ses lèvres étroites. « Nous sommes ici chez nous. Craster est notre protecteur. Plutôt mourir libre que vivre serf.

– *Serf* », marmonna le corbeau.

Mormont se pencha en avant. « Nous n'avons traversé que des villages abandonnés. Vous êtes les premiers êtres vivants que nous ayons vus depuis notre départ du Mur. Les gens ont disparu..., morts, enfuis ou captifs, je ne saurais dire. Les bêtes aussi. Il ne reste rien. Auparavant, nous avions découvert, à quelques lieues seulement du Mur, le cadavre de deux des patrouilleurs de Ben Stark. Livides et glacés, ils avaient les mains noires, les pieds noirs et des blessures qui ne saignaient pas. Et pourtant, après que nous les eûmes rapportés à Châteaunoir, ils se levèrent durant la nuit pour tuer. L'un fut le meurtrier de ser Jaremy Rykker, l'autre s'en prit à moi ; d'où je déduis qu'ils conservaient quelque souvenir de leur vie passée mais aucun sentiment d'humanité. »

Rose et moite béait à présent, menton décroché, la bouche de la femme, mais Craster n'émit qu'un reniflement dédaigneux. « Nous n'avons pas eu d'ennuis de ce genre ici..., et je vous saurai gré de ne pas raconter de pareilles horreurs sous mon toit. Je suis un homme pieux, et les dieux veillent sur ma sécurité. Si vos créatures viennent me trouver, je saurai comment les réexpédier dans la tombe. Encore qu'une hache neuve ne m'y serait pas inutile. » D'une tape au jarret complétée par l'ordre : « De la bière, et vite ! », il renvoya sa femme s'affairer plus loin.

« Pas d'ennuis avec les morts, intervint Buckwell, bon, mais les vivants, messire ? Qu'en est-il de votre roi ?

– *Roi !* piailla le corbeau de Mormont, *Roi ! roi ! roi !*

– Ce pitre de Mance Rayder ? » Craster cracha dans l'âtre. « Roi d'Outre-Mur... Que feraient de rois des gens libres ? » Son regard fourbe se tourna vers Mormont. « Pourrais vous en dire pas mal, si j'aurais envie, sur les faits et gestes de Rayder. Ces villages vides, un coup à lui, tenez. J'étais le genre à m'aplatir, la trouviez déserte aussi, ma baraque. M'envoie une estafette qui me dit : largue-moi tout ce qu' t'as et va y lécher les pieds. Vous l'ai envoyée paître, moi. J'ai gardé que sa langue. Qu'est clouée au mur, là, tenez. » L'index précisa. « Se pourrait ben que je pourrais vous dire où le chercher, Mance Rayder. Si j'aurais envie. » Nouveau sourire brunâtre. « Mais on a le temps, spa ? Z'allez vouloir me roupiller chez moi, chuppose, et me bouffer tous mes cochons...

– Un toit ne serait assurément pas de refus, messire, acquiesça Mormont. La chevauchée fut rude, et nous sommes à tordre.

– Alors, va pour une nuit. Mais pas davantage, suis pas si friand de corbacs. L'étage pour moi et les miens, tout le bas pour vous. J'ai de la viande et de la bière pour vingt, voilà tout. Que vos aut'-zoiseaux se débrouillent pour becter.

– Nous avons nos propres provisions, messire, dit le Vieil Ours, et nous nous ferions un plaisir de partager les vivres et le vin. »

D'un revers de patte velue, Craster torcha sa bouche affalée. « Je goûterai volontiers votre vin, lord Corbac, ça oui. Un détail encore..., le premier qui touche à mes femmes, j'y tranche la main.

– Votre toit, votre loi, décréta Thoren, tandis que Mormont hochait la tête avec une raideur qui mitigeait pour le moins la spontanéité de son agrément.

– Dans ce cas, ça va, daigna leur grogner Craster. Z-avez quelqu'un capable de faire une carte ?

– Sam Tarly, suggéra Jon. Il adore ça. »

Mormont lui fit signe d'approcher. « Dis-lui de nous rejoindre après son repas. Avec plumes et parchemin. Trouve-moi aussi Tallett. Qu'il apporte ma hache. Un présent pour notre hôte.

– C'est qui, celui-là ? intervint Craster avant que Jon ne se fût éclipsé. M'a tout l'air d'un Stark...

– Mon ordonnance-écuyer, Jon Snow.

– Un bâtard, hein ? » Il l'examina de pied en cap. « Quand un type veut s'envoyer une femme, y ferait bien de l'épouser. Mon principe à moi. » Il congédia Jon d'un geste impatienté. « Eh bien, bâtard ? file à ton service ! et gaffe que la hache coupe..., j'ai rien à foutre d'acier pourri. »

Jon s'inclina de mauvaise grâce et, sur le seuil, manqua entrer en collision avec ser Ottyn Wythers qui, au même instant, franchissait la portière de peaux de daim. Le déluge, au-dehors, semblait s'atténuer. Les tentes submergeaient désormais l'enceinte. D'autres pointaient sous les arbres, au-delà.

Edd-la-Douleur distribuait le picotin. « Une hache pour le sauvageon ? ma foi... » Il exhiba l'arme de Mormont, une hache de guerre à court manche et sur l'acier ténébreux de laquelle folâtraient des filigranes d'or. « La rendra, j' parie. Plantée dans la cervelle du Vieil Ours, j' parie. Pourquoi pas lui donner, tant qu'on y est, *toutes* nos haches, et nos épées, par-dessus le marché ? J'aime pas le bruit de ferraille qu'elles font tout le long du chemin. Puis l'encombrement. Sans elles, on serait arrivés plus vite aux portes de l'enfer, tout droit. Crois qu'y pleut, en enfer ? Préférerait pas un joli chapeau, plutôt, le Craster ? »

Jon sourit. « Il veut une hache. Et du vin.

– Un malin, le Vieil Ours, au fond. Qu'on parvienne à le saouler, mais raide, se pourrait que le sauvageon ne nous coupe qu'une seule oreille quand il essaiera de nous hacher menu. Moi, j'ai deux oreilles mais qu'une tête.

– Petibois prétend qu'il est un ami de la Garde.

– Tu la vois, toi, la différence entre un sauvageon qui est un ami de la Garde et un qui l'est pas ? s'acharna l'écuyer. Nos ennemis abandonnent nos corps aux loups et aux corbeaux. Nos amis nous creusent des tombes secrètes. J'aimerais savoir depuis combien de temps cet ours est cloué sur l'entrée, et ce qu'y avait empalé Craster avant qu'on arrive avec nos

“Coucou !” » Il contemplait la hache d’un air défiant, la pluie dégoulinait tout le long de sa longue face. « Fait sec, là-dedans ?

– Plus sec qu’ici dehors.

– Si je m’y glisse, après, ni vu ni connu, pas trop près du feu, probable qu’on me remarquera pas, d’ici demain. Il commencera par assassiner les gens sous son toit, mais on mourra secs, au moins. »

Jon ne put réprimer ses rires. « Craster est seul. Nous sommes deux cents. Qu’il assassine quiconque m’étonnerait.

– Réconfortant, confessa la Douleur d’un ton manifestement accablé. Ça a du reste bien des avantages, une bonne hache aussi effilée qu’un rasoir. Je détesterais être assassiné au merlin. J’ai vu le front d’un type, un jour, défoncé avec ça. La peau presque pas entamée mais la tête, dessous, en bouillie, puis gonflée gros comme une courge, à part qu’elle était violette. Un bon bougre, mais qui a eu une sale mort. On fait bien de ne pas leur donner de merlins. » Sur ces mots, il s’en fut, branlant du chef et noir dans son manteau trempé qui lui traçait un sillage de pluie.

Pendant que les chevaux mangeaient, Jon, oublieux de son propre dîner, se demandait où dénicher Sam, quand un cri de terreur : « *Au loup !* » lui parvint de derrière les bâtiments. Prenant ses jambes à son cou malgré la glaise qui faisait ventouse sous ses semelles, il contourna ceux-ci et découvrit l’une des femmes de Craster qui, plaquée contre le torchis maculé de boue, glapissait : « Du large ! » à Fantôme, et « Va-t’en ! ». Le loup-garou tenait dans sa gueule un lapin ; à ses pieds en gisait un second, sanglant. « Chassez-le, messire... ! implora-t-elle Jon en l’apercevant.

– Il ne vous fera pas de mal. » Une cage de bois renversée dans l’herbe, barreaux en miettes, lui révéla ce qui s’était passé. « Il devait avoir faim. Nous n’avons guère vu de gibier. » Jon émit un sifflement et, le temps d’engloutir sa proie dont les os crissèrent entre ses mâchoires, Fantôme trottina vers lui.

Les yeux agrandis, la femme regardait, muette. Plus jeune que Jon ne l’avait cru d’abord. Dans les quinze ou seize ans. La pluie plaquait sur son visage maigre des mèches noires, et elle barbotait, pieds nus, dans la gadoue jusqu’à la cheville. Un début de grossesse arrondissait sa taille sous le sarrau de peaux cousues. « Vous êtes une des filles de Craster ? » demanda-t-il.

Elle posa une main sur son ventre. « Femme, maintenant. » Evitant prudemment le loup, elle s'agenouilla d'un air navré près de la cage fracassée. « Z'allaient me faire des petits. Main'nant qu'y a plus de moutons.

– La Garde vous dédommagera. » S'il avait eu de l'argent, il le lui aurait donné de grand cœur..., si sceptique qu'il fût sur l'utilité pour elle de quelques sous de cuivre ou même d'une pièce d'argent au-delà du Mur. « J'en parlerai à lord Mormont dès demain. »

Elle s'essuya les mains sur sa jupe. « M'lord...

– Je ne suis pas lord. »

Alertés par les appels au secours, d'autres étaient cependant accourus, qui faisaient cercle. « L' crois pas, p'tite..., couina le patrouilleur Fauvette des Sœurs, en vil roquet qu'il était, c't à lord Snow en personne qu' t'as l'honneur.

– Bâtard de Winterfell et frangin de rois, ricana Chett, à qui la curiosité avait fait délaisser sa meute.

– Pas toi qu'y guignerait, c' loup, des fois ? reprit Fauvette. L'aurait envie, moi, du pantin qu' t'as dans l' tiroir... »

Jon protesta, horripilé. « Vous l'effrayez.

– L'avertit, plutôt, susurra Chett avec un sourire aussi appétissant que les furoncles de son minois.

– On n'a pas à vous parler, se souvint brusquement la fille.

– Un instant ! » pria Jon, mais elle déguerpissait déjà.

Fauvette voulut s'emparer du second lapin, mais Fantôme le devança, et la seule vue des crocs dénudés fit déraper l'homme et, à l'hilarité des spectateurs, en affala les fesses osseuses dans la fange, pendant que le loup, prenant le lapin dans sa gueule, l'apportait à Jon.

« Vous avance à quoi, d'avoir affolé la fille ? râla-t-il.

– Rien à foutre de tes leçons, bâtard. » Non sans raison, Chett lui gardait rancune de son intervention en faveur de Sam. Il y avait perdu sa position peinarde auprès de mestre Aemon et, au lieu de choyer un vieillard aveugle, écopé d'une bande de limiers vicieux. « T'as beau être le chouchou du lord Commandant, t'es pas lord Commandant..., et ta putain d'arrogance, t'en rabattrais pas mal si t'avais pas toujours ce monstre à tes basques.

– Tant que nous sommes au-delà du Mur, répondit froidement Jon, alors qu'il bouillait intérieurement, je refuserai toute empoignade avec un frère. »

Fauvette retrouva l'un de ses genoux. « Il a peur de toi, Chett. Aux Sœurs, on a un mot pour ses pareils.

– Je connais ce vocabulaire. Epargne ta bave. » Il tourna les talons, suivi de Fantôme. La pluie n'était plus que bruine quand il atteignit la porte. Et le crépuscule imminent présageait, la joie, une nouvelle nuit de trempette noire. Occultant la lune comme les étoiles et la prétendue « Torche de Mormont », les nuages allaient enfouir les bois dans des ténèbres impénétrables. Ça ferait de pisser toute une aventure, à l'exaltation près des aventures chimériques escomptées jadis... !

Dans les fourrés, certains patrouilleurs avaient dégoté suffisamment de bois mort sec pour allumer un feu sous une saillie de schiste. D'autres, au lieu de dresser la tente, s'étaient fabriqué un abri de fortune en étalant leurs manteaux sur des branches basses. Géant, lui, s'était simplement coulé dans le tronc d'un chêne mort. « T' plaît, mon château, lord Snow ?

– M'a l'air douillet. Tu sais où est Sam ?

– Toujours tout droit. Si tu tombes sur le pavillon de ser Ottyn, t'es déjà trop loin. » Il sourit. « A moins que Sam se soit aussi trouvé un arbre... Un *fameux*, dans c' cas ! »

C'est Fantôme qui, à la longue, repéra Tarly sous un ressaut rocheux qui l'abritait à peine de la pluie et, tel un carreau d'arbalète, fondit sur lui. Sam était en train de nourrir les corbeaux. A chaque pas jutaient ses bottes avec un bruit flasque. « J'ai les arpions trempés de part en part, admit-il d'un ton lamentable. En mettant pied à terre, je me suis flanqué dans une fondrière avec de l'eau jusqu'aux genoux.

– Déchausse-toi et fais sécher tes bas. Je vais te chercher du bois sec. Nous parviendrons bien à le faire prendre, si le sol n'est pas trop mouillé, là-dessous. » Et, exhibant le lapin : « On va faire un festin.

– Tu ne dois pas seconder Mormont, là-bas ?

– Non. Mais toi oui. Il veut que tu lui dresses une carte. Craster prétend qu'il nous localisera Mance Rayder.

– Oh. » Malgré la perspective d'un peu de chaleur, rencontrer Craster ne l'enflammait pas outre mesure, manifestement.

« Les ordres sont que tu manges d'abord. Sèche-toi les pieds. » Sur ce, il partit en quête de combustible, fouillant ici sous les feuilles mortes qui dissimulaient les brindilles les moins humides, déblayant là les aiguilles de pin pour accéder aux couches à peu près susceptibles de s'embraser. Sa provision faite, il s'écoula néanmoins une éternité avant qu'une étincelle n'acceptât d'y mordre, et il lui fallut encore suspendre son manteau devant le rocher pour constituer une espèce d'alcôve et préserver vaille que vaille de la pluie le feu maigrichon qui, confort suprême, les enfumait.

Enfin, comme il s'agenouillait pour dépecer le lapin, Sam entreprit de se débotter. « J'ai l'impression qu'il me pousse des lichens entre les orteils, déclara-t-il sombrement tout en tortillant les orteils susdits. Ton lapin va nous régaler. Ça ne me touche même plus, le sang, les tripes et tout et tout. » Il se détourna. « Enfin..., rien qu'un peu. »

Après avoir flanqué le feu de deux gros cailloux, Jon embrocha la viande et la mit à cuire. Tout chétif qu'il était, le lapin répandit bientôt un fumet tellement royal que les alentours luisaient de regards d'envie. Fantôme lui-même humait le rôt d'un air émoustillé, ses prunelles rouges embrasées par le reflet des flammes. « Tu as eu le tien, lui rappela Jon.

– Est-il aussi féroce qu'on le dit, Craster ? » s'enquit Sam. Bien qu'elle fût un rien trop rose, la chair était succulente. « Il ressemble à quoi, son château ?

– A un tas de fumier qui aurait un âtre et un toit. » Puis il circonstancia ce qu'il avait vu et entendu.

Le temps d'achever le récit, la nuit était tombée, et Sam se pourléchait les doigts. « C'était bien bon, mais un gigot d'agneau me ferait plaisir, maintenant. Tout un gigot, pour moi tout seul, nappé de sauce à la menthe, avec du miel et du girofle... Tu n'aurais pas vu d'agneaux, par hasard ?

– Il y avait bien un enclos à moutons, mais pas de moutons.

– Il nourrit ses hommes avec quoi ?

– Je n'ai pas vu d'hommes. Juste Craster, ses femmes et quelques fillettes. M'étonnerait qu'il puisse tenir la place. Pas de défenses à proprement parler, rien qu'un remblai de boue. Mais tu ferais mieux d'y aller tout de suite dessiner ta carte. Tu sauras trouver ton chemin ?

– Si je ne tombe pas dans une tourbière. » Non sans mal, il renfila ses bottes et, une fois muni de plumes et de parchemin, poussa dans la nuit son chapeau mou et son manteau qu'entreprit aussitôt de marteler la pluie.

Le mufle posé sur les pattes, Fantôme s'offrit un somme près du feu. Savourant la chaleur comme un bienfait, Jon s'étendit à ses côtés. Tout humide et glacé qu'il était, il l'était infiniment moins qu'une heure auparavant. *Qui sait si, cette nuit, le Vieil Ours n'apprendra pas quelque chose qui nous conduirait à Oncle Benjen ?*

Lorsqu'il rouvrit les yeux, son haleine fumait dans l'air froid du matin. Bouger lui crucifiait les os. Fantôme s'était envolé, et le feu éteint. Il tendit la main pour décrocher son manteau du rocher et le découvrit raidi par le gel. Il s'en enveloppa tant bien que mal et se dressa. La forêt, tout autour, s'était cristallisée.

Sur chaque feuille et chaque branche et chaque pierre chatoyait la pâle roseur de l'aube. La moindre pointe d'herbe était taillée dans l'émeraude, et la moindre gouttelette dans le diamant. Les champignons comme les fleurs étaient revêtus de verre. Et il n'était jusqu'aux fondrières qui ne fussent d'un brun poli. Dans la verdure scintillante, une fine couche de givre faisait pétiller la noirceur des tentes.

Il y a donc bien quelque chose de magique, après tout, de l'autre côté du Mur. Il se surprit à penser à ses sœurs, peut-être en raison du rêve qu'il avait fait d'elles au cours de la nuit. Devant ce spectacle, Sansa parlerait d'enchantement, ses yeux émerveillés s'humecteraient de larmes, tandis qu'Arya prendrait sa course et, tout cris, tout rires, voudrait tout toucher, tout.

« *Lord Snow ?* », entendit-il. A peine un souffle. Il se retourna.

Accroupie sur le rocher qui l'avait abrité durant la nuit se tenait la fille aux lapins, drapée dans un manteau noir si vaste qu'il l'engloutissait. *Le manteau de Sam*, devina-t-il en un éclair. *Pourquoi porte-t-elle le manteau de Sam ?* « Le gros m'a dit que je vous trouverais ici, m'lord, reprit-elle.

– Si c'est pour le lapin que vous venez, nous l'avons mangé. » Cet aveu lui causa un sentiment de culpabilité bouffon.

« Le vieux lord Corbac, çui à l'oiseau qui parle, il a donné à Craster une arbalète qui vaut cent lapins. » Elle reploya les bras sur l'orbe de son sein. « C'est vrai, m'lord ? Vous êtes le frère d'un roi ?

– Demi-frère, admit-il. Je suis le bâtard de Ned Stark. Mon frère, Robb, est le roi du Nord. Que faites-vous là ?

– C'est ce Sam, le gros, il m'a dit de vous voir. Il m'a donné son manteau, que personne dise que j'étais pas du noir.

– Craster ne vous le reprochera pas ?

– Mon père a trop bu du vin de lord Corbac, la nuit dernière. Il va dormir toute la journée. » De petites bouffées gelées trahissaient sa nervosité. « On dit que le roi fait justice et protège les faibles. » Elle entreprit, non sans gaucherie, de descendre de son perchoir, mais la glace qui avait rendu la roche glissante lui fit perdre l'équilibre, Jon la saisit au vol et la déposa sur ses pieds. Elle s'agenouilla aussitôt devant lui. « Par pitié, m'lord...

– Ne me demandez rien. Rentrez chez vous, votre place n'est pas ici. Il nous est interdit d'adresser la parole aux femmes de Craster.

– Pas la peine de me parler, m'lord. Emmenez-moi juste, quand vous partirez, voilà tout ce que je demande. »

Tout ce qu'elle demande. Comme si ce n'était rien...

« Je serai..., je serai votre femme, si vous voulez. Mon père, il en a déjà dix-neuf, une de moins, ça le privera pas, pas du tout.

– Les frères noirs font vœu de ne jamais se marier, ne savez-vous pas ? Et nous sommes les hôtes de votre père, en plus.

– Pas *vous*, dit-elle. J'ai bien regardé. Vous n'avez pas mangé à sa table ni couché auprès de son feu. Vous n'avez pas eu droit à son hospitalité, vous n'avez pas de devoir envers lui. C'est pour mon enfant que je dois partir.

– Je ne connais pas même votre nom.

– Vère, il m'a nommée. A cause de la verveine.

– C'est joli. » Un compliment qu'il devait, lui avait un jour enjoint Sansa, dire à toute dame qui lui révélerait son nom. Faute de rien pouvoir pour elle, il espérait du moins charmer ainsi la malheureuse. « C'est Craster qui vous fait peur, Vère ?

– Pas pour moi, pour l'enfant. Si c'est une fille, passe, elle grandira et, au bout de quelques années, il l'épousera, mais Nella m'assure que ce sera un garçon, et, comme elle en a eu six, elle en sait un bout. Il donne les garçons aux dieux. Vienne le froid blanc, et il les leur donne, et le froid blanc vient plus souvent, ces derniers temps. C'est pour ça qu'il a commencé à leur donner les moutons, quoiqu'il soit friand de mouton. Seulement y a plus de moutons, maintenant. Après, ce sera les chiens, puis... » Elle baissa les yeux sur son ventre et le caressa.

« Quels dieux ? demanda Jon, de plus en plus frappé de n'avoir en effet vu chez Craster, hormis Craster lui-même, aucun mâle, homme ou enfant.

– Les dieux froids. Ceux qui rôdent dans la nuit. Les ombres blanches. »

A ces mots, Jon se retrouva dans la tour de Mormont. Une main tranchée lui escaladait le mollet, il s'en débarrassait avec la pointe de son épée mais, à terre, elle persistait à se convulser, à ouvrir et refermer les doigts, et le mort, lui, se remettait sur pied, et dans sa face ravagée flamboyaient des prunelles bleues, et de son ventre déchiqueté par Fantôme se déversaient des choses immondes, et rien de tout ça ne saignait...

« De quelle couleur ont-ils les yeux ? insista-t-il.

– Bleus. Aussi brillants que les étoiles bleues, et aussi glacés. »

Elle les a bel et bien vus. Craster en a menti.

« Vous me prendrez ? Jusqu'au Mur...

– Nous n'allons pas en direction du Mur. Nous marchons vers le nord, sur les traces de Mance Rayder et des Autres, de ces ombres blanches et de leurs créatures. Nous les *cherchons*, Vère. Votre enfant ne serait pas en sécurité, avec nous. »

La terreur la défigurait. « Mais vous reviendrez... Vous repasserez par ici, quand vous aurez fini de vous battre...

– Possible. » *S'il en réchappe aucun d'entre nous.* « Du Vieil Ours, de l'homme que vous appelez lord Corbac, et de lui seul dépendra notre itinéraire. Je ne suis que son écuyer. La route que je suis, je ne la choisis pas.

– Ah. » Son timbre l'avouait vaincue. « Pardon du tracas, m'lord. J'avais seulement... On disait que le roi protège les gens, et je pensais... » Elle s'enfuit, désespérée. Dans son dos battait, telles d'immenses ailes noires, le manteau de Sam.

Jon la suivit du regard. Massacrée, la splendeur du matin, massacrée, la joie qu'il y avait puisée. *Maudite soit-elle*, songea-t-il, aigre de rancœur, *et doublement maudit Sam qui me l'a envoyée. Que se figurait-il ? Que je pourrais rien pour elle ? Nous sommes ici pour combattre les sauvageons, pas pour les sauver.*

De sous leurs abris sortaient un à un, qui rampant, qui s'étirant, bâillant, ses compagnons. Déjà s'était flétrie la magie de l'aube, et changée en rosée vulgaire au soleil levant la magnificence glacée. On avait quelque part allumé du feu ; du sein des arbres s'exhalait, mêlé à l'odeur de fumée de bois, un arôme fumé de lard. Jon se défit de son manteau et, après en avoir fustigé la roche afin de le débarrasser de la fine couche de givre accumulée durant la nuit, ramassa Grand-Griffe et, enfilant son bras dans le baudrier, se l'arrima à l'épaule. Il soulagea sa vessie quelques pas plus loin contre un buisson gelé. L'urine embuait l'air froid, la glace fondait sous le jet. Une fois relacées les braies noires, il se laissa guider par le parfum du feu.

Parmi les frères qui s'étaient groupés tout autour des flammes se trouvaient Grenn et Dywen. Des mains de Hake, Jon reçut un tranchoir de pain farci de lard calciné et de morceaux de poisson salé réchauffés dans la graisse de porc. Pendant qu'il l'engloutissait, Dywen se vanta de s'être tapé trois femmes de Craster durant la nuit.

« C'est pas vrai, dit Grenn d'un air mauvais. J' l'aurais vu. »

Dywen lui talocha l'oreille d'un revers de main. « Toi ? vu ? t'y vois pas plus que mestre Aemon ! T'as même pas vu c't ours...

– Quel ours ? Y avait un ours ?

– Y a toujours un ours, proféra la Douleur de son ton lugubre et résigné. L'un d'eux tua mon frère quand j'étais jeune. Même qu'après il porta ses dents enfilées sur une lanière de cuir autour du cou. Et que c'étaient de bonnes dents, aussi, meilleures que les miennes. Avec mes dents, j'ai jamais eu que des ennuis.

– Est-ce que Sam a dormi dans la salle, cette nuit ? lui demanda Jon.

– J'appellerais pas ça dormir. La terre était dure, la jonchée puante, et mes frères ronflaient épouvantablement. Peux toujours parler d'ours, personne a jamais grogné si férocement que Bernarr-le-Brun. Quoique j'avais chaud. Des chiens me sont passés sur le corps pendant la nuit. Mon manteau était presque sec quand y en a un qui m'y a pissé dessus. Ou peut-être c'est-y Bernarr. L'as remarqué, que la pluie s'est arrêtée dès que j'ai eu un toit sur la tête ? Va repleuvoir, maintenant que je suis ressorti. Les dieux se délectent comme les chiens de me pisser dessus.

– Je ferais bien de rejoindre Mormont », s'excusa Jon.

La pluie avait eu beau cesser, l'enceinte n'en demeurait pas moins un lacis de lacs entrelardés de marécages et de casse-gueule boueux. Des frères noirs pliaient les tentes ici, là nourrissaient les chevaux, tout en mâchouillant des semelles de viande salée. Sur le point de partir, les éclaireurs de Jarman Buckwell resserraient les sous-ventrières. « B'jour, Jon, jeta ce dernier du haut de sa selle. Veille à l'affût de ton épée bâtarde. Bien assez tôt qu'on en aura besoin... »

Au sortir du grand air, la salle avait tout d'une caverne. Les torches y agonisaient dans le noir, rendant presque inconcevable le jour levé. Le corbeau de Mormont repéra le premier l'arrivée de Jon. Trois battements d'ailes paresseux le perchèrent sur la garde de Grand-Griffe. « *Grain ?* » Il lui tirailla une mèche.

« Méprise ce maudit mendigot d'oiseau, Jon, il vient juste de me piquer la moitié des lardons. » Attablé avec la plupart de ses officiers, le Vieil Ours déjeunait de lard, de pain frit, d'andouille de mouton. La nouvelle hache de Craster gisait parmi les plats, la lueur des torches en faisait vaguement miroiter les filigranes d'or. Et si son propriétaire roupillait, pâteux, dans le galetas, les femmes, en revanche, étaient toutes là, vaquant au service. « Quel temps fait-il ?

– Froid, mais la pluie a cessé.

– Tant mieux. Débrouille-toi pour que je n'aie qu'à sauter en selle. Départ dans une heure. Tu as mangé ? La chère de notre hôte est simple mais bourrative. »

Pas question que j'y touche, décida-t-il subitement. « J'ai déjeuné avec les hommes, messire. » Il vira de Grand-Griffe le corbeau qui regagna incontinent l'épaule de son maître et y merdoya vite fait. « Pouvais pas faire ça sur Snow, au lieu de me le réserver ? » grommela le Vieil Ours. Ce qui lui attira du tac au tac un *couac*.

Jon finit par dénicher Sam sur l'arrière, auprès du clapier démantibulé. En compagnie de Vère, qui l'aidait à réajuster son manteau, mais elle s'esbigna dès qu'elle aperçut Snow. Le regard du gros se fit lourd de reproche. « Et moi qui croyais que tu consentirais à l'aider...

– En m'y prenant de quelle manière ? répliqua Jon vertement. En l'emmenant fagotée dans ton manteau ? On nous avait interdit de...

– Je sais, convint Sam d'un air penaud, mais elle avait peur. Et la peur, je connais. Je lui ai dit... » Il avala sa salive.

« *Quoi ?* Que nous la prendrions avec nous ? »

Sam, rougit, s'empourpra. « Au retour. » Il esquivait le regard de Jon. « Elle va avoir un enfant.

– Mais tu perds la boule, ou quoi ? Nous ne sommes même pas certains de repasser par ici. Et tu te figures que, le cas échéant, le Vieil Ours te laisserait emballer l'une des femmes de Craster ?

– Je pensais..., je pensais pouvoir, d'ici là, peut-être..., imaginer un stratagème...

– Je n'ai pas de temps à perdre pour ces foutaises, il me faut panser et seller nos chevaux. » Aussi chamboulé qu'agacé, il le planta là. Pour assorti que fût le cœur de Sam à sa corpulence, sa cervelle, en dépit de tous les bouquins, n'avait, des fois, pas plus de jugeote que celle de Grenn. Une gageure intenable et, pour comble, déshonorante... *D'où vient, alors, que je me sens tellement honteux ?*

Il prit, comme accoutumé, sa place aux côtés de Mormont pendant que le flot de la Garde de Nuit se déversait au-delà des crânes qui décoraient la porte de Craster pour s'engager dans une trouée de gibier qui sinuait tantôt vers le nord et tantôt vers l'ouest. La glace en fusion dégouttait sur eux sa petite rengaine douce d'averse alanguie. Le torrent grossi roulait à pleins bords des eaux épaissies de feuilles et de branches mortes, mais les éclaireurs avaient découvert le gué qui permettrait à la colonne de traverser. Les chevaux en ayant jusqu'au ventre, Fantôme le franchit à la nage et atteignit la rive opposée tout maculé de gouttelettes brunes. En le voyant ébrouer sa fourrure blanche et projeter de tous côtés des éclaboussures boueuses, Mormont demeura coi mais, sur son épaule, le corbeau se mit à piailler.

« Craster n'a pas de moutons, messire, avança Jon d'un ton paisible après que les bois se furent une fois de plus refermés sur eux. Ni de fils. »

Mormont ne répliqua rien.

« A Winterfell, l'une de nos servantes nous contait des histoires, poursuivit Jon. Elle rabâchait que certains sauvageons couchaient avec les Autres et qu'il en naissait des demi-humains.

– Contes de coin du feu. Craster te semblerait-il moins qu'humain ? »

A nombre d'égards. « Il donne ses fils à la forêt. »

Long, long silence, puis : « Oui. » Et « *Oui*, ronchonna le corbeau, tout jabot dehors. *Oui, oui, oui.*

– Vous le saviez ?

– Petibois m'a dit. Voilà des lustres. Tous les patrouilleurs le savent, mais la plupart répugnent à en parler.

– Mon oncle le savait ?

– Tous les patrouilleurs, répéta Mormont. Tu penses que j'aurais dû mettre fin à ses manigances. Le tuer, au besoin. » Il soupira. « N'était sa propension à boucler certains becs, j'enverrais volontiers Yoren ou Conwys ramasser les garçons. Nous les formerions pour le noir, et la Garde en serait renforcée d'autant. Mais les sauvageons servent des dieux plus cruels que nous ne faisons, toi ou moi. Ces garçons sont les offrandes de Craster. Ses prières, si tu préfères. »

Ses femmes doivent prier tout autrement, songea Jon.

« Comment es-tu au courant de tout ça ? demanda le Vieil Ours. Une des femmes de Craster ?

– Oui, messire, avoua-t-il. J'aimerais mieux ne pas dire laquelle. Elle était affolée et demandait de l'aide.

– Le vaste monde est plein de gens qui crient à l'aide, Jon. Puissent certains prendre sur eux de s'aider eux-mêmes. A l'heure qu'il est, Craster roupille encore dans son galetas, puant le vin et inconscient. Sur sa table, en bas, se trouve une hache tranchante comme un rasoir. S'il n'était que de moi, je la nommerais "Prière exaucée", je l'utiliserais pour clore le chapitre. »

Oui. Jon évoqua Vère. Elle et ses sœurs. Elles étaient dix-neuf, et Craster tout seul, mais...

« Il nous faudrait cependant marquer d'une pierre noire le jour de sa mort. Ton oncle pourrait te parler des occasions où la demeure de Craster fit, entre vie et mort, pencher la balance en faveur de nos patrouilleurs.

– Mon père... » Il hésita.

« Vas-y, Jon. Dis ce que tu voulais dire.

– Mon père m'a parlé un jour des hommes qui ne méritaient pas de posséder, acheva-t-il. L'injustice ou la brutalité d'un banneret déshonorent autant que lui-même son suzerain.

– Craster est son propre maître. Il ne nous a pas juré sa foi. Il n'est pas non plus soumis à nos lois. Malgré la noblesse de ton cœur, Jon, retiens la leçon que je vais te donner. Le droit, nous ne saurions l'imposer au monde. Tel n'est d'ailleurs pas notre but. La Garde de Nuit a d'autres batailles à livrer. »

D'autres batailles. Oui. Ne pas l'oublier. « Jarman Buckwell m'a prévenu que je pourrais bien avoir besoin de mon épée sous peu.

– Ah bon ? » Mormont paraissait mécontent. « En bavardant tant et plus, hier soir, Craster a suffisamment corroboré mes appréhensions pour me faire passer une nuit blanche sur sa vacherie de terre battue. Mance Rayder est en train de regrouper son monde aux Crocgivre. D'où la désertion des villages. Exactement l'histoire déballée, si tu te rappelles ? à ser Denys Mallister par le sauvageon capturé dans les Gorges..., à ce détail près, capital, que vient de nous fournir Craster : *où.*

– Pour fonder une ville ou former une armée ?

– Là est la question. Qui en soulève d'autres. Combien y a-t-il de sauvageons ? Et, parmi eux, combien d'hommes en âge de se battre ? Nul ne sait au juste. La région des Crocgivre est terriblement inhospitalière, un désert de roche et de glace. Une population nombreuse n'y aura pas de quoi se nourrir longtemps. Aussi ne vois-je qu'un but à sa concentration. Mance Rayder projette une descente en masse vers le sud, à l'intérieur des Sept Couronnes.

– Les sauvageons ont déjà envahi le royaume, par le passé. » Sur ce point, mestre Luwin et Vieille Nan se trouvaient d'accord. « Sous la conduite de Raymun Barberouge, du temps de mon trisaïeul. Et, auparavant, sous celle d'un roi nommé Baël le Barde.

– Mouais. Et les avaient de longue date précédés le seigneur aux Cornes et les rois frères Gorne et Gendel et, à une époque encore plus reculée, Joramun qui, en sonnant du cor de l'Hiver, réveilla les géants dans la terre. Mais tous se brisèrent contre le Mur ou furent broyés par la puissance de Winterfell, au-delà... Seulement, la Garde de Nuit n'est plus que l'ombre de ce qu'elle fut, et qui reste-t-il, hormis nous, pour contrer les sauvageons ? Le sire de Winterfell est mort, et son héritier a emmené toutes ses forces sus aux Lannister dans le sud. Une aubaine inespérée pour les sauvageons. J'ai connu Mance Rayder, Jon. Un parjure, c'est entendu..., mais il a des yeux pour voir, et jamais personne n'a eu le front de le taxer de pusillanimité.

– Qu'allons-nous faire, alors ?

– Le trouver. L'affronter. L'arrêter. »

Trois cents, songea Jon, *contre la fureur de la barbarie.* Ses doigts s'ouvrirent et se fermèrent convulsivement.

THEON

Elle avait sans conteste belle tournure. *Mais votre première vous éblouit toujours*, songea-t-il.

« Eh bien, la voilà galante, dit une voix de femme derrière lui. Alors, Sa Seigneurie la trouve à son gré ? »

Il se retourna pour jauger l'intruse, et ce qu'il vit lui plut. Fernée, cela se voyait au premier coup d'œil ; mince, avec de longues jambes et des cheveux noirs coupés court, le hâle du vent, des mains fortes et sûres, un poignard à la ceinture. Le nez trop fort et pointu pour ses traits délicats, mais un sourire qui rachetait. Elle devait être un peu plus âgée que lui mais avoir dans les vingt-cinq ans, pas davantage. Ses mouvements donnaient l'impression qu'elle avait l'habitude de fouler les ponts.

« Ravissante, oui, lui dit-il, mais beaucoup moins ravissante que toi.

– Hoho. » Elle s'épanouit. « Gare à moi. Sa Seigneurie a du miel sur la langue.

– Goûte, tu verras bien.

– C'est donc le moyen ? » dit-elle en le dévisageant effrontément. Aux îles de Fer, on admettait certaines femmes – pas beaucoup, juste quelques-unes – dans les équipages au même titre que leurs maris, et la mer, le sel, disait-on, les modifiaient jusqu'à leur donner des appétits d'homme. « Seriez-vous resté si longtemps en mer, monseigneur ? Ou bien n'y avait-il pas de femmes, là d'où vous venez ?

– Il y en avait pas mal, mais aucune qui te ressemble.

– Et comment sauriez-vous à quoi je ressemble ?

– Mes yeux voient ton visage. Mes oreilles entendent ton rire. Et ma queue s'est durcie comme un mât pour toi. »

Elle s'approcha, lui palpa les chausses. « Non, vous ne mentez pas... », pinça au travers du tissu. « Ça fait très mal ?

– Affreusement.

– Mon pauvre seigneur. » Elle lâcha prise, recula. « Il se trouve que je suis une femme mariée et que, d'aventure, je porte un enfant.

– C'est bonté aux dieux, dit-il. Comme ça, aucun risque que je te fasse un bâtard.

– Mon mari ne vous en rendrait pas grâces pour autant.

– Lui non, toi peut-être.

– Et pourquoi cela ? Je me suis déjà fait des lords. Ils sont fabriqués comme le commun des mortels.

– T'es-tu jamais fait un prince ? insista-t-il. Quand tu seras grise et ridée, que tes mamelles te pendront plus bas que le ventre, tu pourras dire aux gosses de tes gosses : "J'ai aimé un roi, jadis."

– Oh... ! c'est d'amour qu'on cause, maintenant ? Et moi qui pensais que c'était seulement de queues et de cons...

– C'est d'amour que tu as envie ? » La gueuse le bottait, décidément, qui qu'elle fût ; son esprit acéré le charmait comme un répit dans la maussaderie spongieuse de Pyk. « Donnerai-je ton nom à ma frégate et te jouerai-je de la harpe et te garderai-je recluse au sommet d'une tourelle de mon château, nue sous des cascatelles de joyaux, telle une princesse de rhapsodie ?

– Vous *devriez* donner mon nom à votre frégate, dit-elle, ignorant tout le reste. C'est moi qui l'ai construite.

– Nenni. C'est Sigrinn, le caréneur du seigneur mon père, qui l'a construite.

– Je suis Esgred. Fille d'Ambrod et femme de Sigrinn. »

Qu'Ambrod eût une fille ou Sigrinn une femme, il l'ignorait..., mais il n'avait rencontré le second qu'une seule fois, et à peine se rappelait-il le premier. « Te taper un Sigrinn, quel gâchis.

– Hoho. Comme la frégate. Se taper vous, dit Sigrinn, quel gâchis. »

Il se cabra. « Sais-tu qui je suis ?

– Le prince Theon, de la maison Greyjoy, soi-même. Qui d'autre, sinon ? Parlons franc, messire, quels sentiments vous inspire votre nouvelle maîtresse ? Ils toucheront Sigrinn. »

Le bâtiment, flambant neuf, embaumait encore la résine et la poix. Sa bénédiction par Oncle Aeron ne devait avoir lieu que le lendemain, mais Theon était accouru d'une seule traite pour l'examiner avant le lancement. S'il n'avait l'ampleur de *La Grand-Seiche* de lord Balon ou du *Fer vainqueur* d'Oncle Victarion, il frappait, même là, sur la grève, installé dans son ber de bois, par son allure souple et vive, avec sa fine coque noire, longue de cent pieds, son mât unique, ses cinquante rames, son pont suffisant pour une centaine d'hommes... et, à la proue, son formidable éperon de fer en forme de tête de flèche. « Sigrinn m'a gâté, convint Theon. Sera-t-elle aussi rapide qu'elle le paraît ?

– Plus rapide – si son maître sait la manier.

– Voilà quelques années que je n'ai navigué. » *Et jamais, en vérité, commandé à bord.* « Cependant, je suis un Greyjoy et un Fer-né. J'ai la mer dans le sang.

– Et votre sang rougira la mer, si vous naviguez comme vous parlez, riposta-t-elle.

– Je me garderai bien de violenter une aussi jolie fille.

– Jolie fille ? s'esclaffa-t-elle. Une chienne de mer, oui.

– Eh bien, voilà, tu l'as nommée. *Chienne de mer.* »

L'idée divertit manifestement Esgred, dont pétillèrent les prunelles sombres. « Et vous disiez que vous lui donneriez mon nom..., reprit-elle d'un ton de reproche.

– C'est ce que j'ai fait. » Il lui saisit la main. « A l'aide, ma dame. Dans les terres vertes, on croit que la femme enceinte porte bonheur à l'homme qui couche avec elle.

– Et que sait-on des bateaux, dans vos terres vertes ? Ou des femmes, vis-à-vis d'eux ? Sans compter que je vous soupçonne de supercherie.

– Si j'en conviens, m'aimeras-tu encore ?

– Encore ? Quand donc vous ai-je aimé ?

– Jamais, admit-il, mais cette lacune, je tâche de la combler, chère Esgred. La bise est froide. Montez à bord de ma frégate et laissez-moi vous réchauffer. Demain, mon oncle Aeron lui versera sur la proue de l'eau de mer en marmottant une prière au dieu Noyé, mais je la bénirais plus volontiers avec le lait de mes reins et des tiens.

– Le dieu Noyé risquerait de s'en offusquer.

– Qu'il aille se faire mettre. S'il nous dérange, je le renoierai. On appareille dans quinze jours. Tu consentirais que je me lance dans la bataille obsédé par la frustration ?

– De grand cœur.

– Cruelle...! J'ai trop bien nommé mon bateau. Ne t'en prends qu'à toi si, par distraction, je le gouverne contre les écueils.

– Comptez-vous donc sur ce gouvernail ? » Lui flattant à nouveau les chausses, elle se mit à sourire tandis que son doigt soulignait la raideur du membre.

« Retournons à Pyk tous les deux », dit-il brusquement, tout en pensant : *Qu'en dira lord Balon ?* puis : *Que m'importe ? je suis adulte ! Si j'ai envie de baiser, qui cela regarde, à part moi ?*

– A Pyk ? Et qu'irais-je y faire ? » Sa main demeurait en place.

« Mon père offre un banquet à ses capitaines, ce soir. » Il les festoyait en fait tous les soirs, dans l'attente des derniers traînards, mais Theon trouva ces détails oiseux.

« Feriez-vous de moi votre capitaine toute la nuit, seigneur prince ? »

Jamais il n'avait vu fleurir sur les lèvres d'aucune femme un sourire aussi canaille. « Peut-être. Si j'étais sûr que tu me gouvernes sain et sauf au port.

– Pour ça..., je sais quel bout de la rame plonge dans la mer, et je ne crains personne en fait de bitords et de nœuds. » D'une seule main, elle le délaça puis, sourdement narquoise, s'écarta un peu. « Dommage que je sois mariée et enceinte. »

Totalement perdu, Theon se relaça. « Il me faut regagner le château. Si tu ne m'accompagnes pas, le chagrin risque de m'égarer, et toutes les îles en seraient appauvries.

– Nous ne saurions nous offrir ce luxe..., mais je n'ai pas de cheval, messire.

– Tu pourrais prendre celui de mon écuyer.

– Et laisser votre pauvre écuyer se taper tout le chemin du retour à pied ?

– Partager le mien, alors.

– Vous seriez trop aise... » Nouveau sourire. « Dites, je serais derrière ou devant vous ?

– A ta guise.

– J'aime être dessus. »

Comment me suis-je passé jusqu'ici de cette garce ? « La demeure de mon père est lugubre et glacée. Elle réclame Esgred pour s'embraser de feux de joie.

– Sa Seigneurie a du miel sur la langue.

– N'est-ce point par là que nous débutâmes ? »

Elle leva les mains au ciel. « Et par là que nous terminons. Esgred est vôtre, prince de mon cœur. Emmenez-moi dans votre château. Que je voie surgir de la mer vos tours arrogantes.

– J'ai laissé mon cheval à l'auberge. Viens. » Ils longèrent la grève ensemble et, lorsque Theon s'empara de son bras, elle ne le repoussa pas. Sa démarche le ravissait ; mi-chaloupée, mi-langoureuse, elle avait quelque chose de hardi qui suggérait tout autant de hardiesse sous l'édredon.

Jamais il n'avait vu Lordsport si populeux. Les boutres échoués sur les galets tout le long du rivage ou mouillés bien au-delà du môle y avaient essaimé des nuées de marins. Mais Theon remarqua que, malgré la souplesse d'échine plus que relative des Fer-nés, tout, rameurs comme citadins, faisait silence sur son passage et s'inclinait en le reconnaissant d'un air respectueux. *Ils ont fini par apprendre qui je suis*, se dit-il. *Pas trop tôt non plus.*

Lord Bonfrère était arrivé la nuit précédente de Grand Wyk avec le gros de ses forces, près de quarante bateaux. D'emblée reconnaissables à leur ceinture bicolore en poil de bique, des hommes à lui traînaient un peu partout. Aussi murmurait-on, dans les parages de l'auberge, que des biquets imberbes se farcissaient à la queue leu leu les putains d'Otter Jarrettes. Theon leur y souhaitait bien du plaisir, lui que ne tentaient plus, mais alors plus du tout, les culs vérolés de ce bouge. Il trouvait sa compagne actuelle autrement à son goût. Femme du caréneur de Père et pleine à ras bord ? d'autant plus piquante...

« Mon seigneur prince a-t-il commencé à recruter son équipage ? s'enquit-elle, comme ils se frayaient passage vers les écuries. Ho, Dents-bleues ! » Le grand diable de matelot qu'elle venait d'apostropher portait une veste en peau d'ours, des ailes de corbeau surmontaient son heaume. « Comment va ta fiancée ?

– Près d'accoucher. Des jumeaux, paraît...

– Déjà ? » Elle eut son sourire canaille. « Tu n'as pas tardé à souquer...

– Mouais, et ferme, ferme, *ferme !* beugla-t-il.

– Sacré gaillard, observa Theon. "Dents-bleues", n'est-ce pas ? Si je l'engageais pour ma *Chienne de mer* ?

– Vous ne sauriez mieux faire pour l'insulter. Il possède son propre bateau.

– Mon absence a trop longtemps duré pour que je sache qui est qui », reconnut-il. Des quelques vieux copains de jeux avec lesquels il avait compté renouer, d'aucuns étaient partis, d'aucuns morts, les autres devenus des étrangers. « Mon oncle Victarion me prête son propre timonier.

– Rymolf Typhonbu ? Du sérieux, quand il n'est pas saoul. » Trois gars de sa connaissance passant par là, elle lança : « Uller ! Qarl ! Où est donc votre frère, Skyt ?

– Bien peur que le dieu Noyé cherchait un vigoureux rameur..., répondit un trapu à la barbe filetée de blanc.

– Y veut dire, traduisit son voisin, jeune homme à joues roses, qu'Eldiss a trop picolé, ça lui a fait péter la panse.

– Ce qui est mort ne saurait mourir, proféra-t-elle.

– Ce qui est mort ne saurait mourir. »

Theon marmonna la formule avec eux. Puis, lorsqu'ils se furent éloignés : « Tu m'as tout l'air d'une célébrité.

– La femme du caréneur est aimée de tous, et ils y ont tout intérêt, s'ils ne veulent pas voir leur bateau sombrer. Au fait, pour tirer vos rames, il y aurait pire que ces trois-là.

– Pas les malabars qui manquent, à Lordsport. » Theon ne s'était pas une seconde préoccupé de ce chapitre-là. Ce qu'il cherchait, en revanche, c'est des combattants, et des combattants qui fussent à son entière dévotion, pas à celle de ses père ou oncles. Tout en jouant pour l'heure au jeune prince obéissant, il guettait celle où lord Balon lui aurait découvert toutes ses batteries. Mais si celles-ci ne lui convenaient pas, d'aventure, ou le rôle qu'il s'y verrait impartir, eh bien...

« Le muscle ne suffit pas. Pour donner sa pleine vitesse à un bateau, le banc de rame doit fonctionner comme un seul homme. Il serait avisé à vous de prendre une équipe déjà rodée.

– Merci du conseil. Tu pourrais m'aider à choisir. » *Laissons-lui croire que sa science m'importe, les femmes adorent ça.*

« Soit. Si vous me traitez gentiment.

– Cela ne va-t-il pas de soi ? »

Aux abords du *Myraham* qui se dandinait, soutes vides, contre le quai, Theon pressa le pas. Lord Balon interdisait au capitaine d'appareiller depuis deux semaines. Pour empêcher que le continent n'eût vent des concentrations de troupes avant l'attaque, il n'autorisait en effet le départ d'aucun des marchands venus faire escale à Lordsport.

« M'sire... », appela une voix plaintive. Penchée par-dessus le bastingage du gaillard d'avant, la fille du capitaine tentait d'attirer l'attention de Theon. Elle était sévèrement consignée à bord mais il l'avait, à chacune de ses virées, vue errer lamentablement sur le pont. « Un moment, m'sire..., insista-t-elle. Plaise à m'sire...

– Elle a ? demanda Esgred comme il l'entraînait précipitamment. Plu à m'sire ? »

La pudibonderie ne s'imposait pas avec cette démone-là. « Un moment. Et voilà qu'elle rêve d'être ma femme-sel.

– Hoho. Un rien de sel, effectivement, lui profiterait. Trop bonasse et fadasse, le morceau. Me trompé-je ?

– Non. » *Bonasse et fadasse. Dans le mille. Comment l'a-t-elle deviné ?*

A l'auberge, où il avait sommé Wex de l'attendre, la salle commune était si bondée qu'il lui fallut jouer des coudes dès le seuil. Pas un siège libre, pas une table. Et point d'écuyer non plus. « *Wex !* » hurla-t-il par-dessus le charivari. *S'il est monté baiser l'une de ces véroles, je le pèle vif*, se promettait-il quand il finit par l'apercevoir, les dés à la main, près de l'âtre..., et en train de gagner, vu les pièces empilées devant lui.

« Ouste ! » ordonna-t-il. Le garçon ne tenant aucun compte de lui, il le prit par l'oreille et l'arracha à la partie. Wex rafla sa poignée de sols et, sans un mot, suivit. L'une de ses qualités majeures, aux yeux de Theon. Alors que ses pareils avaient pour la plupart la langue bien pendue, lui était né muet..., ce qui ne l'empêchait apparemment pas d'être aussi malin qu'il est permis quand on a vingt ans. Prendre pour écuyer cet obscur rejeton d'un demi-frère de lord Botley avait fait partie du marché conclu par Theon lors de l'achat de son cheval.

En découvrant Esgred, Wex fit les yeux ronds. *On jurerait qu'il n'avait jamais vu de femme auparavant.* « Elle m'accompagne à Pyk. Va seller les chevaux, et sans lambiner. »

Si l'écuyer montait une petite bête maigre issue des écuries de lord Balon, il en allait tout autrement de Theon. « D'où diable avez-vous tiré ce canasson d'enfer ? » Le ton persifleur d'Esgred la révélait impressionnée.

« Lord Botley l'avait acheté à Port-Lannis l'an dernier. A l'usage, il l'a trouvé trop cheval pour n'être ravi de le vendre. » Si le sol pauvre et rocailleux des îles de Fer excluait l'élevage de qualité, la plupart des insulaires étaient en outre des cavaliers pour le moins quelconques. Plus à l'aise eux-mêmes sur un pont qu'en selle, les seigneurs fer-nés se contentaient de bourrins communs, voire des poneys chevelus d'Harloi, et l'on voyait sur les chemins beaucoup moins de carrioles que de chars à bœufs. Quant aux paysans trop démunis pour s'offrir le moindre animal de trait, c'est en s'attelant eux-mêmes à l'araire qu'ils égratignaient la caillasse.

En revanche, ses dix années de séjour à Winterfell ne prédisposaient nullement Theon à partir guerroyer sur une bourrique. Aussi, quelle aubaine que la bévue de Botley : noir de fougue autant que de robe et aussi grand qu'un coursier, l'étalon, pour n'être pas tout à fait aussi massif que la plupart des destriers, ne lui en convenait que plus admirablement, puisqu'il n'était lui-même pas tout à fait aussi massif que la plupart des chevaliers. L'œil plein de feu, la bête avait d'ailleurs, sitôt en présence de son nouveau maître, retroussé les babines et tenté de lui emporter la face d'un coup de dents.

« Il a un nom ? demanda Esgred pendant que Theon mettait le pied à l'étrier.

– Blagueur. » Lui tendant une main, il la hissa en selle devant lui de manière à la tenir par la taille pendant la course. « En me voyant sourire, un type m'a reproché un jour de blaguer à tort et à travers.

– Et qu'en est-il ?

– C'est simplement l'avis des gens qui ne sourient jamais. » Il pensait à Père et Oncle Aeron.

« Etes-vous en train de sourire, mon prince ?

– Oh oui. » Il l'enlaça pour saisir les rênes. Elle était presque aussi grande que lui. Une cicatrice rosâtre déparait sa jolie nuque, et ses cheveux n'étaient pas de la dernière netteté, mais il prisait l'odeur de sel, de sueur et de femme qui émanait d'elle.

Ainsi le retour à Pyk promettait-il d'être bien plus captivant que n'avait été l'aller.

Theon attendit cependant d'avoir largement dépassé Lordsport pour aventurer une main vers les seins d'Esgred qui, d'un geste preste, la repoussa. « Je tiendrais les rênes à deux mains, ou votre noir démon nous flanquera tous deux par-dessus bord et nous piétinera jusqu'à ce que mort s'ensuive.

– Je l'ai guéri de ce travers », plaisanta-t-il. Puis, affectant momentanément la décence, il se mit à bavarder benoîtement du temps (invariablement gris, plombé et volontiers pluvieux depuis son arrivée), conta par le menu ses sanglants exploits du Bois-aux-Murmures. Et comme il abordait enfin les détails *touchant* au Régicide en personne, ses doigts remontèrent comme par mégarde occuper leur position précédente. Des seins petits, mais d'une délectable fermeté.

« Vous ne sauriez agir de la sorte, mon prince.

– Oh si. » Il accentua la pression.

« Votre écuyer a les yeux sur vous.

– Libre à lui. Il n'en soufflera mot, j'en jure. »

Elle lui empoigna la main pour se dégager mais, cette fois, la garda prisonnière. Et elle avait une fameuse force.

« J'aime bien qu'une femme ait cette poigne-là. »

Elle renifla. « A voir la fille du cargo, je ne m'en serais pas doutée.

– Il ne faut pas me juger d'après elle. Il n'y avait pas d'autre femme à bord.

– Parlez-moi de votre père. Me fera-t-il bon accueil au château ?

– Pourquoi s'en soucierait-il ? C'est à peine s'il m'a accueilli, *moi*, son propre sang, l'héritier de Pyk et des îles de Fer.

– L'héritier ? repartit-elle d'un ton débonnaire. Vous avez des oncles, des frères, une sœur, paraît-il.

– Mes frères sont morts depuis belle lurette, et ma sœur..., bon, sa robe favorite est à ce qu'on dit le haubert de mailles qui lui pendouille jusqu'à mi-mollets, dissimulant des caleçons de cuir bouilli, mais s'accoutrer en mâle fait-il d'elle un mâle ? La guerre achevée, je m'assurerai une bonne alliance en la mariant, si je parviens à dégoter un homme qui consente à se la farcir. Asha se tapait, pour autant que je m'en souvienne, un pif en bec de vautour, une flopée de furoncles mûrs, et pas plus de miches qu'un garçonnet.

– Vous pouvez à la rigueur vous débarrasser d'elle par le mariage, mais pas de vos oncles.

– Mes oncles... » De quelque préséance qu'il pût se prévaloir sur les trois frères de son père, Esgred venait néanmoins de le toucher au point sensible. Ce n'eût pas été une première pour les îles que de voir un oncle ambitieux et puissant déposséder de son héritage légitime et, de préférence, en l'assassinant par-dessus le marché, un neveu faiblard. *Mais je ne suis pas faible*, se dit Theon, *et je compte devenir encore plus puissant d'ici à la mort de Père.* « Mes oncles ne constituent aucune menace pour moi, affirma-t-il. Aeron est saoul d'eau de mer et de sainteté. Il vit exclusivement pour son dieu, et...

– *Son* dieu ? Pas le vôtre ?

– Le mien aussi. Ce qui est mort ne saurait mourir. » Sourire finaud. « Si je l'étourdis d'autant de patenôtres qu'il l'escompte, Tifs-trempes me fichera la paix. Quant à mon oncle Victarion...

– Lord capitaine de la flotte de Fer et guerrier des plus redoutable. J'ai entendu chanter ses exploits dans les brasseries.

– Durant la rébellion du seigneur mon père, il mena effectivement ses voiles jusque dans Port-Lannis et y incendia la flotte des Lannister, convint Theon, mais d'après le plan d'Oncle Euron – qui l'accompagnait. A la vérité, s'il a tout d'un grand bœuf gris, la force infatigable et la docilité, il n'est pas taillé pour gagner des courses. Je ne doute pas qu'à l'avenir il ne me serve aussi loyalement qu'il sert à présent mon père. Les talents du comploteur et l'ambition du félon lui font défaut.

– Euron le Choucas ne passe pas pour dépourvu d'astuce, en tout cas. Il court sur lui des histoires atterrantes. »

Theon déplaça son séant. « Voilà près de deux ans qu'on ne l'a revu dans les îles. Peut-être est-il mort. » Et tant mieux si s'avérait cette hypothèse. L'aîné des frères de lord Balon n'avait jamais renoncé, fût-ce un seul jour, à l'Antique Voie. Avec ses voiles noires et sa coque rouge foncé, *Le Silence* s'était, disait-on, fait une exécrable réputation dans chacun des ports entre Ibben et Asshai.

« Peut-être est-il mort, concéda Esgred, et, s'il vit toujours, tout ce temps passé en mer en ferait presque un étranger ici. Jamais les Fer-nés n'assiéraient un étranger sur le trône de Grès.

– Probable... », acquiesça-t-il, avant de s'apercevoir que certains ne manqueraient pas de le qualifier lui-même d'étranger. Cela le rembrunit. *C'est beaucoup, dix ans, mais je suis de retour, à présent, Père n'est pas près de mourir, j'ai le temps de faire mes preuves.*

Il envisagea de repeloter les nichons d'Esgred mais, outre qu'il s'attirerait sans doute une nouvelle rebuffade, toutes ces parlotes à propos des oncles avaient quelque peu douché son ardeur. Il aurait tout loisir, au château, de s'adonner à ce genre de badinage dans l'intimité de ses appartements. « A notre arrivée, reprit-il, j'aviserai Helya d'avoir à t'honorer d'une place décente au festin. Je serai forcément sur l'estrade, à la droite de mon père, mais je descendrai te rejoindre dès qu'il se sera retiré. Il ne s'attarde guère, d'habitude. Il ne tient plus la boisson.

– Triste chose, pour un grand homme, que de vieillir.

– Lord Balon n'est que *le père* d'un grand homme.

– Et modeste, le damoiseau.

– Il faut être idiot pour s'humilier soi-même quand le monde pullule de gens qui brûlent de vous suppléer dans cette besogne. » Il lui baisa légèrement la nuque.

« Quelle tenue porterai-je à ce fameux festin ? » D'un revers de main, elle lui repoussa le visage.

« Je demanderai à Helya de quoi t'habiller. L'une des robes de dame ma mère devrait aller. Elle est partie pour Harloi. Sans espoir de retour.

– Exténuée par les vents glacés, j'ai appris. N'irez-vous pas la voir ? Harloi n'est qu'à un jour de voile, et je présume que lady Greyjoy rêve de revoir son fils une dernière fois.

– Que ne le puis-je ! Trop d'occupations me retiennent ici. Père se repose de tout sur moi, depuis mon retour. La paix venue, peut-être...

– C'est à *elle* que votre visite apporterait la paix.

– Voilà que tu parles comme une bonne femme, geignit-il.

– Je le confesse, j'en suis une..., et enceinte. »

Bizarrement, cette idée l'excita. « Du moins le prétends-tu, bien que ton corps n'en trahisse rien. Quelle preuve m'en donneras-tu ? Avant que de te croire, il me faudra voir tes seins mûrir et goûter de ton lait.

– Et qu'en dira mon mari ? le serviteur et l'homme lige personnel de votre père ?

– Nous lui ferons construire tant de bateaux qu'il ne s'apercevra pas que tu l'as quitté. »

Elle éclata de rire. « Me voici captive d'un bien féroce damoiseau ! Si je vous promets, dites, de vous laisser un jour regarder mon enfant téter, me parlerez-vous plus avant de votre guerre, Theon, de la maison Greyjoy ? Nous avons encore à parcourir des milles de montagnes, et je serais charmée de vous entendre sur ce roi-loup que vous serviez et les lions d'or qu'il combat. »

Par désir de lui plaire, il redoubla d'obligeance, et l'interminable trajet s'écoula promptement, grâce aux mille détails sur la guerre et sur Winterfell dont il régala sa jolie compagne, quitte à s'étonner lui-même de se livrer parfois autant. *Bénie soit-elle de rendre si faciles les confidences !* se disait-il. *Il me semble la connaître depuis des années. Il me faudra la garder coûte que coûte, si elle révèle au déduit moitié autant d'habileté qu'elle montre d'esprit...* En se rappelant Sigrinn le caréneur et son corps épais, sa cervelle épaisse et les cheveux filasse qui désertaient déjà son front boutonneux, il secouait la tête. Un gâchis. *Un gâchis du dernier tragique.*

Le temps avait quasiment suspendu son vol quand ils aperçurent les sinistres murailles de Pyk.

Les portes étaient ouvertes. Theon éperonna Blagueur qui les franchit d'un trot fringant, dans un concert d'aboiements furieux. Comme il aidait la jeune femme à mettre pied à terre, plusieurs limiers accoururent en bondissant, queue battante, et, le dépassant en trombe, déboulèrent carrément sur elle et l'assaillirent de jappements, de coups de langue et de sauts fébriles. « Bas les pattes ! » vociféra-t-il en bottant sans l'atteindre une grande lice brune, cependant que pour sa part Esgred ne repoussait ses agresseurs que par des fous rires.

Un palefrenier se présentant pour enfermer la meute, « Prends le cheval, ordonna Theon, et débarrasse-moi de ces maudits chiens, je... ».

Le rustre ne lui accorda que dédain. Mais à Esgred, il dit, sa face s'évasant en un sourire aussi brèche-dents que démesuré : « Lady Asha ! Vous êtes de retour...

– Depuis hier soir. J'ai ramené de Grand-Wyk lord Bonfrère, passé la nuit à l'auberge de Lordsport, et mon petit frère a eu la gentillesse de me laisser partager sa monture jusqu'ici. » Elle embrassa l'un des chiens sur la truffe et régala Theon d'un large sourire.

N'en pouvant mais, ce dernier la considérait, pantois. *Asha. Non non. Ce ne peut être Asha.* Et il s'aperçut brusquement qu'il avait deux Asha en tête. L'une était la fillette jadis familière, l'autre un vague produit de son imagination, plus ou moins décalqué de Mère. Mais aucune des deux ne ressemblait le moins du monde à cette... cette... cette...

« Les furoncles ont filé quand sont venues les miches, expliqua-t-elle tout en repoussant les assauts d'un chien, mais le bec de vautour m'est resté. »

Theon recouvra la voix. « *Pourquoi ne m'avoir rien dit ?* »

Elle se libéra du chien, se redressa. « Je voulais d'abord voir qui tu étais. C'est fait. » Elle lui dédia une demi-révérence narquoise. « A présent, petit frère, daigne m'excuser. Avant de m'habiller pour le banquet, je dois prendre un bain. Et une chose me tarabuste : l'ai-je gardée, cette robe de mailles que je me plais à porter sur des caleçons de cuir bouilli ? » Elle lui grimaça son sourire le plus canaille et, de la démarche qui l'avait tant séduit, mi-chaloupée, mi-langoureuse, traversa le pont.

Quand Theon se détourna d'elle, ce fut pour découvrir l'air malicieux de Wex. Il l'en récompensa d'une taloche sur l'oreille. « Et d'une, pour y prendre tant de plaisir. » La seconde fut plus sévère. « Et de deux, pour ne m'avoir pas averti. A l'avenir, grouille un brin de langue. »

Jamais ses appartements du donjon des hôtes ne lui avaient paru si glaciaux, malgré le brasero qu'y avaient installé les serfs. Après avoir arraché ses bottes et laissé choir à terre son manteau, il se versa une coupe de vin, tout en remâchant les pustules et les genoux cagneux de la gamine godiche de ses souvenirs. *Elle a délacé mes braies*, songea-t-il, outré, *puis a dit..., oh, bons dieux ! et moi, moi, j'ai dit...* Il émit un grognement. Se pouvait-il exhibition plus bouffonne ? un épouvantail ! Quel ridicule il s'était donné...

Non, ragea-t-il alors, *non, c'est* elle *qui m'a ridiculisé. Ce qu'elle a dû jouir, la garce. Tout du long. Et sa manière de me tripoter la queue...*

Emportant la coupe, il alla s'asseoir dans l'embrasure de la fenêtre et, l'œil perdu sur la mer qu'assombrissait l'approche du crépuscule, se mit à siroter. *Je n'ai pas de place à Pyk*, se dit-il, *et Asha, les Autres l'emportent ! en est cause.* En bas, les flots passèrent du vert au gris puis au noir. Alors lui parvinrent de lointains accords, l'heure était venue de se changer pour le festin.

Son choix se porta sur de simples bottes et des vêtements plus simples encore, dont les tons gris et noirs s'accordaient avec son humeur. Aucun bijou, puisqu'il ne possédait rien qu'eût acquis le fer. *J'aurais volontiers dépouillé le sauvageon que j'ai tué pour sauver Bran, mais il ne portait pas un seul objet de valeur sur lui. Bien ma veine, tuer les pauvres...!*

Quand il y pénétra, vassaux de Père et capitaines, près de quatre cents hommes bondaient la longue salle enfumée de Pyk. Dagmer Gueule-en-deux n'avait pas encore ramené de Vieux-Wyk les Timbal et les Maisonpierre, mais tous les autres étaient présents : les Harloi d'Harloi, les Noirmarées de Noirmarées, les Sparr, Merlyn, Bonfrère de Grand-Wyk, les Salfalaise et les Valleuse de Salfalaise, ainsi que les Wynch et Botley de Pykouest. Les serfs versaient déjà la bière au son des instruments, crincrins, cabrettes et tambours. Armés de haches à manche court qui virevoltaient entre eux, trois gaillards râblés exécutaient la danse dite du doigt parce que la perte d'un ou deux..., voire de cinq, en signalait d'ordinaire la fin, le fin du fin étant en l'occurrence de bloquer les coups ou bondir par-dessus sans cesser de marquer les pas.

Theon Greyjoy gagna l'estrade dans l'indifférence à peu près totale des danseurs comme des buveurs. Lord Balon occupait le trône de Grès qui, taillé dans un énorme bloc noir et moiré, affectait la forme d'une seiche géante. La légende assurait que les Premiers Hommes l'avaient découvert tel quel sur le rivage de Vieux-Wyk, à leur débarquement dans les îles de Fer. A sa gauche étaient assis les oncles de Theon. A droite, Asha, fièrement campée pour ce suprême honneur. « Tu es en retard, Theon, lâcha Père.

– Veuillez me pardonner. » Il prit le siège vacant près d'Asha puis, se penchant vers elle, lui siffla dans l'oreille : « Tu es à ma place. »

Elle darda sur lui un regard candide. « Tu t'abuses, frère. Ta place est à Winterfell. » Son sourire se fit mordant. « Qu'as-tu donc fait de tes gracieux atours ? J'avais cru comprendre que ta douce peau n'aimait que velours et soies. » Elle portait pour sa part un lainage vert et moelleux dont la coupe sobre n'allait pas sans mettre en valeur les courbes et la délicatesse de son corps.

« La rouille a donc rongé ton haubert, sœurette ? riposta-t-il. Quel dommage. J'aimerais tant te voir entièrement revêtue de fer... »

Elle se contenta de glousser : « Tu le pourras toujours, frérot..., si ta *Chienne de mer* est capable de tenir tête à mon *Vent noir.* » L'un des serfs de leur père s'approcha, muni d'un flacon de vin. « Que boiras-tu ce soir, Theon ? de la bière ou du vin ? » Elle se pencha d'un air confidentiel. « A moins que tu n'aies encore soif de goûter mon lait ? »

Il s'empourpra. « Du vin », commanda-t-il au serf, tandis que sa sœur se détournait et, martelant la table, réclamait de la bière à grands cris.

Theon partagea une miche, en évida une moitié pour s'en faire un tranchoir, héla un cuisinier : « Emplis-moi ça de ragoût de poisson. » En dépit du vague à l'âme que lui causait l'arôme de purée crémeuse, il se força d'en ingurgiter quatre ou cinq bouchées. Il avait assez bu de vin pour dériver deux repas durant. *Si je dégueule, ce sera sur elle.* « Père le sait, que tu as épousé son caréneur ? demanda-t-il.

– Pas plus que Sigrinn. » Geste désinvolte. « *Esgred* est la première frégate sortie de ses mains. Il lui a donné le nom de sa propre mère. Je serais fort en peine de décider quelle est des deux sa préférée.

– Chacun de tes mots n'était qu'un mensonge.

– Pas chacun. Te souviens, quand je t'ai dit : "J'aime être dessus" ? » Elle sourit à belles dents.

Il n'en ragea que davantage. « Toutes tes simagrées de femme mariée, de future mère...

– Oh, là, je n'inventais guère. » Elle bondit sur ses pieds. « *Rolf, par ici !* » cria-t-elle à l'un des danseurs en brandissant la main. Alors, le temps pour l'homme de la voir et de pirouetter, une hache lui fusa des doigts, refléta dans son fer l'éclat successif des torches, et à peine Theon casa-t-il un hoquet qu'Asha la saisissait au vol et, la fichant dans la table, y fendait en deux le tranchoir et couvrait son frère d'éclaboussures. « Voilà messire mon époux. » Après quoi, plongeant la main dans l'échancrure de sa robe, elle retira d'entre ses seins un poignard. « Et voici mon nourrisson chéri. »

Quelle tête il faisait désormais, Theon Greyjoy ne pouvait nullement se le figurer, mais ce dont il prit conscience tout à coup, c'est que la salle entière croulait sous les rires, et qu'il était la cible des hilarités. Il n'était jusqu'à Père qui ne sourît, maudits soient les dieux ! pendant qu'Oncle Victarion gloussait à gorge déployée. *Nous verrons bien qui rira le dernier, chienne, une fois le rideau tombé.* Il ne réussit toutefois à s'extirper qu'une grimace jaune en guise de riposte.

Des ovations frénétiques et des sifflets saluèrent Asha lorsqu'elle arracha la hache de la table et la renvoya voler jusqu'aux danseurs. « Pour ton équipage, tu ferais bien de suivre mes conseils. » Dans la jatte que leur présentait un serf, elle piqua un poisson salé qu'elle engloutit à la pointe de son poignard. « Si tu t'étais seulement donné la peine de t'informer si peu que ce soit sur Sigrinn, jamais je n'aurais pu te duper. Dix années en loup, puis tu débarques et tu te prends pour le prince des îles, sans rien savoir ni connaître personne. Pourquoi les gens devraient-ils se battre et mourir pour toi ?

– Je suis leur prince légitime, répondit-il avec raideur.

– Selon les lois en vigueur dans les terres vertes, il se pourrait. Mais nos lois, nous les faisons nous-mêmes, ici, l'aurais-tu oublié ? »

D'un air renfrogné, il se mit à contempler le tranchoir et ses dégoulinades. Encore un peu, et le ragoût lui tremperait les chausses. Il appela un serf pour éponger tout ça. *J'ai passé la moitié de ma vie à attendre de rentrer chez moi. Pour y trouver quoi ? L'indifférence et la dérision ?* Ceci n'était pas le Pyk de ses souvenirs. S'il s'en souvenait *vraiment*... Il était encore si jeune quand on l'avait emmené comme otage !

La mesquinerie du festin, simple succession de ragoûts de poisson, de chèvre insipide, faute d'épices, et de pain noir, contribuait à l'accabler. Le plat qu'il trouva le plus savoureux n'était qu'une vulgaire tourte à l'oignon. La bière et le vin continuèrent à couler bien après qu'on eut desservi le dernier des plats.

Lord Balon Greyjoy se leva du trône de Grès. « Videz vos coupes et venez me rejoindre dans ma loggia, ordonna-t-il à ses compagnons de l'estrade. Nous avons des plans à combiner. » Sans un mot de plus, il se retira, flanqué de deux de ses gardes. Ses frères le suivirent de près. Theon voulut les imiter.

« Mon petit frère est bien pressé de se débiner. » Asha brandit sa corne à boire afin qu'on la resservît.

« Notre seigneur père attend.

– Il attend depuis tant d'années qu'attendre un peu plus ne lui fera rien, mais... si tu redoutes sa colère, va, cours-lui derrière. Tu ne devrais pas avoir de mal à rattraper nos oncles. » Elle sourit. « L'un est saoul d'eau de mer, après tout, et l'autre un grand bœuf gris tellement obtus qu'il risque de se paumer. »

Theon se rassit de mauvaise grâce. « Je ne cours derrière personne.

– Personne ? Aucun homme, mais toutes les femmes.

– Ce n'est pas moi qui t'ai empoigné la queue.

– Je n'en ai pas, l'oublies ? Tu n'as pas été long à m'empoigner tout le reste de ma personne. »

Il sentit la rougeur lui envahir les joues. « Je suis un homme, j'ai des faims d'homme. Quel genre de créature monstrueuse es-tu, toi ?

– Rien qu'une vierge timide. » Sa main fila sous la table lui pincer la queue. Il faillit bondir de son siège. « Hé quoi, frérot, tu ne veux pas que je te gouverne à bon port ?

– Le mariage n'est pas ton affaire, décréta-t-il. M'est avis qu'une fois le maître je te fourguerai aux sœurs du Silence. »

Une embardée le propulsa debout, et, d'un pas mal assuré, il partit retrouver Père.

La passerelle de la tour de Mer ondoyait sous une forte averse quand il l'atteignit, la tripe aussi tumultueuse et barattée que les vagues qui, sous ses pieds ramollis par l'abus de vin, s'enflaient, se fracassaient sur les écueils. Les dents serrées, Theon se stimula durant la traversée par l'illusion qu'au lieu d'une rampe de corde, c'est le gosier d'Asha qu'agrippaient ses doigts.

La loggia cumulait plus que jamais la poisse et les vents coulis. Enseveli sous ses peaux de phoque entre ses deux frères, Père se recroquevillait devant le brasero. D'un geste, il fit taire Oncle Victarion qui pérorait de vents et de marées. « J'ai fini de dresser mes plans. Il est temps de vous les révéler.

– Je souhaiterais suggérer quelques..., intervint Theon.

– Si j'ai besoin de tes conseils, je songerai à t'en aviser, coupa son père. Un oiseau nous est arrivé de Vieux-Wyk. Dagmer nous amène les Maisonpierre et les Timbal. Si le dieu nous accorde la faveur des vents, nous appareillerons dès leur arrivée... – *toi* du moins, Theon. Tu lanceras la première attaque en menant au nord huit bateaux et...

– *Huit ?* » Le rouge lui monta au front. « Que puis-je me flatter d'accomplir avec huit bateaux seulement ?

– Il t'appartient de harceler les Roches, de razzier les villages de pêcheurs et de couler tous les bâtiments que d'aventure tu croiseras. Peut-être aussi de débusquer tel ou tel seigneur de ses remparts de pierre. Aeron t'accompagnera, ainsi que Dagmer Gueule-en-deux.

– Puisse le dieu Noyé bénir nos épées », marmotta le prêtre.

Tout cela, Theon le prenait aussi mal qu'un soufflet. On l'expédiait faire une besogne de brigand, brûler des masures de pêcheurs et violer leurs laiderons de filles, et encore lord Balon ne l'en croyait-il même pas capable. Assez dur, déjà, de devoir subir les sermons et les regards en biais de Tifs-trempes. Mais son commandement, que devenait-il, avec Gueule-en-deux par surcroît ? purement nominal.

« Toi, ma fille, poursuivit lord Balon – et Theon s'aperçut alors qu'Asha s'était glissée sans bruit derrière lui –, tu emmèneras trente bateaux de troupes d'élite au-delà de la presqu'île de

Merdragon. Accoste sur les bancs découverts par la marée au nord de Motte-la-Forêt. Marche vite, et le château tombe avant même de se douter que tu lui fonds dessus. »

Asha eut un sourire de chat dans la crème. « Un château, mon rêve..., ronronna-t-elle.

– Alors, prends-le. »

Theon dut se mordre la langue. La forteresse de Motte-la-Forêt appartenait aux Glover. Partis tous deux guerroyer dans le sud, Galbart et Robett n'avaient dû laisser qu'une modeste garnison. Une fois la place en leurs mains, les Fer-nés disposeraient là d'une base solide en plein cœur du Nord. *C'est moi qu'on devrait envoyer s'en emparer.* Il la *connaissait*, lui, pour s'y être maintes fois rendu avec Eddard Stark.

« C'est à toi, Victarion, reprit lord Balon, qu'incombe l'effort principal. Après que mes enfants auront frappé, Winterfell se verra obligé de riposter. Tu ne devrais donc guère rencontrer d'obstacle lorsque tu embouqueras le fjord de Piquesel et remonteras la Fièvre. Moins de vingt milles séparent le cours supérieur de la rivière et Moat Cailin. Le Neck est la clef du royaume. Nous sommes déjà maîtres des mers à l'ouest. Aussitôt que nous tiendrons Moat Cailin, le louveteau ne pourra plus regagner son fief..., et, s'il est assez fou pour s'y frotter, ses ennemis du Sud lui fermeront la route dans le dos, et il se retrouvera pris dans la nasse comme un rat. »

Theon ne put se taire davantage. « Un plan hardi, Père, mais les seigneurs dans leurs châteaux... »

Lord Balon culbuta l'objection. « Ils ont suivi le freluquet. Il n'est demeuré à l'arrière que des pleutres, des vieillards, des bleus. Ils se rendront ou tomberont un à un. Winterfell peut nous tenir tête un an ? et après ? Tout le reste nous appartiendra, bois, labours, manoirs, et nous ferons de ses habitants nos serfs et nos femmes-sel. »

Les bras au ciel, Aeron Tifs-trempes s'écria : « Lors se gonfleront les flots de la fureur, et le pouvoir du dieu Noyé déferlera sur les terres vertes !

– Ce qui est mort ne saurait mourir », psalmodia Victarion, repris en écho par lord Balon et Asha, ce qui força Theon à marmonner de même. La séance était achevée.

Dehors, plus drue que jamais s'acharnait la pluie. La passerelle de cordes oscillait et se tortillait sous les pieds de Theon Greyjoy. Parvenu au milieu, il s'immobilisa pour contempler les écueils, en bas. Le rugissement des vagues qui s'y écrasaient l'assourdissait, l'écume lui mettait aux lèvres l'âpreté du sel. Une brusque rafale lui fit perdre l'équilibre, il tomba à genoux. Asha l'aida à se relever. « Tu ne tiens pas non plus le vin, frère. »

Appuyé sur son épaule, il se laissa guider pour passer les planches vernies de pluie. « Je t'aimais mieux quand tu étais Esgred », dit-il d'un ton vindicatif.

Elle se mit à rire. « Comme de juste. Et *toi*, je t'aimais mieux quand tu avais neuf ans. »

TYRION

Au travers du vantail filtraient de suaves accords de harpe où s'entrelaçaient les trilles d'une musette. L'épaisseur des murs feutrait la voix du chanteur, mais le Lutin connaissait par cœur la ballade. *J'aimais une beauté belle comme l'été*, se souvint-il, *le soleil, jaloux de ses cheveux...*

Ser Meryn Trant gardait le seuil de la reine, ce soir-là. Tout évocateur d'un lardon rechigné que lui fut son « Messire » grognon, Tyrion n'en ouvrit pas moins la porte et, comme il pénétrait dans la chambre à coucher de sa sœur, la musique s'interrompit brusquement.

Cersei reposait, pieds nus, sur des amoncellements de coussins, parmi sa chevelure d'or artistement ébouriffée. Sa robe de lamé vert et or où se reflétait la flamme des bougies miroita lorsqu'elle leva les yeux. « Comme tu es belle, ma sœur, ce soir, dit-il puis, se tournant vers le chanteur : Toi aussi, cousin. Je ne soupçonnais pas le moins du monde que tu possédasses une si jolie voix. »

Le compliment rendit ser Lancel maussade ; peut-être y redoutait-il quelque rosserie. Il semblait avoir grandi de trois pouces depuis son accession à la chevalerie. Sous sa toison d'or roux brillaient les prunelles vertes des Lannister, un frisélis de soie fauve ornait sa lèvre supérieure. La malédiction qui pesait sur lui voulait qu'à l'aplomb de ses seize printemps se conjuguât, sans l'once d'humour ni le moindre effleurement de doute, l'outrecuidance par trop spontanée des gens nés blonds, vigoureux et beaux. Et sa récente élévation n'avait servi qu'à l'empirer. « Sa Grâce vous aurait-elle convoqué ? le toisa-t-il.

– Pas que je me rappelle, avoua Tyrion. Je suis navré de perturber vos ébats, Lancel, mais il se trouve que j'ai à discuter d'affaires sérieuses avec ma sœur. »

Cersei lui jeta un regard en dessous. « Si c'est pour me tanner de ces frères mendiants que tu viens, Tyrion, fais-moi grâce de tes reproches. Je ne tolérerai pas que leurs infamies séditieuses infectent la rue. Libre à eux de s'entre-prêcher dans les oubliettes.

– Et de se tenir pour chanceux d'avoir une reine si magnanime, ajouta Lancel. Je leur aurais fait arracher la langue, moi.

– L'un d'eux a même eu le front de prétendre que les dieux nous punissaient parce que Jaime a assassiné le roi légitime, insista Cersei. C'est intolérable, Tyrion. Je ne t'ai que trop laissé le loisir d'écraser ces poux, mais comme ni toi ni ton ser Jacelyn n'en avez rien fait, j'ai chargé Vylar de régler la question.

– Et il l'a réglée. » Ulcéré, Tyrion l'*avait été* d'apprendre que les manteaux rouges s'étaient mêlés, sans le consulter, de jeter dans des culs-de-basse-fosse une poignée de prophètes hirsutes, mais il n'estimait pas utile de batailler pour de pareils énergumènes. « Un peu de calme dans les rues, ma foi, nous nous en porterons tous mieux. Tel n'était pas l'objet de ma visite. J'ai reçu des nouvelles qui, je le sais, te paraîtront, chère sœur, du plus haut intérêt, mais dont mieux vaudrait parler tête à tête.

– Fort bien. » Harpiste et museux s'inclinèrent et, pendant qu'ils se dépêchaient de sortir, Cersei baisait chastement la joue du cousin. « Laisse-nous, Lancel. Seul, mon frère n'est pas dangereux. Si ses toutous l'avaient escorté, nous les sentirions. »

Un regard noir au nain, et le jeune chevalier claquait impudemment la porte derrière lui. « Permets-moi de t'en informer, je fais baigner Shagga tous les quinze jours, spécifia Tyrion.

– Tu es enchanté de toi-même, n'est-ce pas ? Pourquoi ?

– Pourquoi pas ? » Dans la rue de l'Acier, les marteaux sonnaient nuit et jour, et l'énorme chaîne devenait de plus en plus longue. D'un saut, il se retrouva sur le grand lit à baldaquin. « Est-ce le lit dans lequel Robert trépassa ? Curieux, que tu l'aies gardé...

– Il me procure des rêves exquis, dit-elle. A présent, crache tes salades, et puis va te dandiner ailleurs, Lutin. »

Il sourit. « Lord Stannis a appareillé de Peyredragon. »

Elle bondit sur ses pieds. « Et tu restes là, la bouche fendue comme une citrouille le jour des moissons ? Prédeaux a-t-il convoqué le Guet ? Il nous faut expédier sur-le-champ un oiseau à Harrenhal. » Et voilà qu'il riait, maintenant ! Elle l'empoigna aux épaules et le secoua. « Arrête ! Tu perds la boule, ou tu as bu ? *Arrête !* »

Malgré tous ses efforts, il étouffait, les mots ne sortaient pas, « Peux pas ! hoqueta-t-il, c'est... c'est... c'est trop..., bons dieux ! trop drôle... Stannis...

– *Quoi ?*

– ... n'a pas..., n'a pas fait voile contre nous, parvint-il enfin à articuler. C'est Accalmie qu'il assiège. Et Renly court l'y affronter. »

Les ongles de sa sœur le meurtrissaient cruellement. Et elle n'en finissait pas de le dévisager, d'un air aussi médusé que s'il s'était mis à baragouiner un idiome inconnu. « Stannis et Renly se battent ? *l'un l'autre ?* » En le voyant hocher la tête, elle se prit à glousser. « Bonté divine ! s'étrangla-t-elle, je commence à croire que c'était Robert, le *malin* des trois... ».

Le col démanché, Tyrion poussa un rugissement qui les fit s'esclaffer de conserve, et Cersei, emportée par une gaieté de gamine, l'enleva du lit, le fit tournoyer, le pressa même sur son cœur. Et il était si essoufflé par le vertige lorsqu'elle le reposa qu'il dut, titubant, s'appuyer sur une commode pour recouvrer son équilibre.

« Ils en viendront vraiment aux mains, selon toi ? S'ils arrivaient à s'accorder...

– Impossible, affirma Tyrion. Ils sont tout à la fois trop différents et trop semblables, et ils n'ont jamais pu se piffer.

– Et Stannis a toujours considéré la perte d'Accalmie comme une spoliation, reprit Cersei d'un ton pensif. Le siège ancestral de la maison Baratheon, son fief légitime à lui..., en a-t-il assommé Robert, de cette rengaine éculée, sur le mode lugubre et chagrin dont il a le secret, tu n'imagines pas ! Lorsque Robert donna la place à Renly, Stannis crispa sa ganache à s'en faire péter les dents.

– Il a pris la chose comme un affront.
– Elle se voulait un affront.
– Si nous portions un toast à l'amour fraternel ?
– Oui, haleta-t-elle. Oh, bons dieux, oui. »

Lui tournant carrément le dos, il emplit deux coupes de rouge moelleux de La Treille. Dès lors, jeter dans celle qu'il lui destinait une pincée de poudre était un jeu d'enfant. « A Stannis ! » s'écria-t-il en la lui tendant. *Pas dangereux quand je suis seul, n'est-ce pas ?*

« A Renly ! riposta-t-elle en riant. Puissent-ils s'entre-déchirer longuement, et que les Autres les emportent tous deux ! »

Est-ce là la Cersei que voit Jaime ? Quand elle souriait, sa beauté vous éblouissait, littéralement. *J'aimais une beauté belle comme l'été. Le soleil, jaloux de ses cheveux*... Il éprouva comme un chagrin de l'empoisonner.

Il était en train de déjeuner, le lendemain matin, quand survint le messager. La reine, indisposée, ne pourrait quitter ses appartements. *Sa chaise percée, plutôt.* Après avoir bruyamment sacrifié aux usages de l'apitoiement, Tyrion fit dire à Cersei de reposer en paix, il donnerait à ser Cleos les instructions convenues.

Si le trône de Fer d'Aegon le Conquérant devait, avec son embrouillamini sournois de barbelures et de crocs déchiquetés, dépiter tout homme assez farfelu pour prétendre y prendre ses aises, et si, non contentes de vous infliger des crampes atroces, les marches qui en compliquaient l'accès donnaient de la grimpette, sur vos pattes torses, un spectacle tout du long grotesque et mortifiant, du moins fallait-il lui reconnaître un mérite : il était *haut.*

Drapés d'écarlate et coiffés de salades à mufle de lion, des gardes Lannister étaient plantés, muets, sur tout un côté de la salle. Sur l'autre stationnaient les manteaux d'or de ser Jacelyn. Bronn et ser Preston se tenaient de part et d'autre de l'escalier du trône. Dans la tribune se pressaient des courtisans, tandis que les solliciteurs étaient massés auprès des gigantesques portes de chêne bardé de bronze. En dépit de sa pâleur laiteuse, Sansa Stark était particulièrement ravissante, ce matin. Lord Gyles dandinait ses quintes de toux, le pauvre cousin Tyrek avait les mains encombrées par le mantelet, vair et velours, de sa nouvelle moitié. Depuis trois jours qu'il avait épousé la petite lady Ermesande, les autres écuyers l'accablaient du sobriquet « Nounou » et le harcelaient de questions sur la layette de sa fiancée durant la nuit de noces.

Après avoir promené son regard sur tous, Tyrion découvrit qu'il en éprouvait du plaisir. « Que s'avance ser Cleos Frey ! » Sa voix se répercuta sur les murs de pierre et résonna jusque dans le fond. Il en fut également charmé. *Dommage que Shae ne puisse voir cela.* Elle avait demandé à venir, mais le permettre était inconcevable.

Sans un regard à droite ni à gauche, ser Cleos remonta toute la salle entre les manteaux écarlates et or. Et, lorsqu'il s'agenouilla, Tyrion nota qu'il se dégarnissait.

C'est Littlefinger qui, de la table du Conseil, ouvrit le feu. « Soyez remercié, ser Cleos, de nous avoir apporté les offres de paix de lord Stark. »

Le Grand Mestre Pycelle s'éclaircit la gorge. « La reine régente, la Main du roi et le Conseil restreint ont examiné les conditions de ce prétendu roi du Nord. Elles sont, par malheur, inacceptables, et vous devrez l'en aviser.

– Voici les *nôtres*, en revanche, intervint Tyrion. Robb Stark devra déposer l'épée, jurer fidélité puis retourner à Winterfell. Il devra libérer mon frère sain et sauf, lui remettre le commandement de sa propre armée, qui marchera contre les rebelles Stannis et Renly Baratheon. Chacun de ses bannerets devra nous envoyer un fils en otage. Une fille y suppléera, en l'absence de fils. Ils seront tous traités avec égards et se verront attribuer des postes éminents à la Cour, sous réserve que leurs pères ne trahissent pas derechef. »

Ser Cleos parut atterré. « Messire Main, dit-il, jamais lord Stark ne consentira. »

Nous l'escomptons justement, Cleos. « Prévenez-le que nous avons levé une seconde armée puissante à Castral Roc, qu'elle marchera incessamment contre lui par l'ouest, tandis que mon père avance par l'est. Prévenez-le qu'il devra les affronter seul et sans espoir de se faire des alliés. Stannis et Renly Baratheon sont entrés en guerre l'un contre l'autre, et le prince de Dorne est convenu de marier son fils, Trystan, à la princesse Myrcella. »

Des murmures où le ravissement se mêlait à la consternation s'élevèrent de la tribune et du fond de la salle.

« Pour ce qui est de mes cousins, poursuivit-il, nous offrons Harrion Karstark et ser Wylis Manderly contre Willem Lannister, lord Cerwyn et ser Donnel Locke contre votre frère, Tion. Informez Stark qu'en toute saison deux Lannister valent quatre hommes du Nord. » Il attendit que les rires se fussent éteints. « Il aura les os de son père, en gage de la bonne foi de Joffrey.

– Lord Stark réclamait également ses sœurs et l'épée de son père », rappela ser Cleos.

Ser Ilyn Payne se tenait là, muet. Par-dessus son épaule se voyait la garde de la longue épée d'Eddard Stark. « Glace, dit Tyrion. Elle lui reviendra lorsqu'il aura fait sa paix avec nous. Pas avant.

– Soit. Et ses sœurs ? »

Tyrion jeta un coup d'œil vers Sansa, et c'est le cœur blessé de compassion qu'il répondit : « Tant qu'il ne libérera pas sain et sauf mon frère Jaime, elles demeureront nos otages ici. Il ne tient qu'à lui qu'elles soient bien traitées. » *Et, les dieux aidant, Prédeaux retrouvera Arya vivante avant que Robb n'apprenne qu'elle a disparu.*

« Je lui transmettrai votre message, messire. »

Tyrion donna une pichenette à l'une des lames tordues qui vrillaient le bras du trône. *Et maintenant, l'estocade.* « Vylar ? appela-t-il.

– Messire.

– Pour protéger les os d'Eddard Stark, les gens de Stark suffisent, mais un Lannister devrait avoir une escorte de Lannister, déclara-t-il. Ser Cleos est le cousin de la reine tout comme le mien. Nous aurons un sommeil plus serein si vous vous chargez de le ramener sain et sauf à Vivesaigues.

– A vos ordres. Combien d'hommes dois-je emmener ?

– Mais tous, voyons. »

Comme Vylar demeurait pétrifié, le Grand Mestre Pycelle se dressa, bredouillant : « Mais cela, messire Main..., cela ne se peut... Votre... votre père en personne, lord Tywin, a envoyé ces braves dans notre ville afin de protéger la reine Cersei et ses enfants...

– La Garde et le Guet suffisent à leur protection. Les dieux veillent sur votre voyage, Vylar. »

A la table du Conseil, Varys souriait d'un air entendu, Littlefinger affectait posément l'ennui, et Pycelle, pâle, interdit, bâillait comme une carpe. Un héraut s'avança. « S'il est quiconque, en ce lieu, qui souhaite soumettre d'autres sujets à la Main du roi, qu'il parle, à présent, ou qu'il se retire en silence.

– Je désire être entendu, *moi.* » Un individu maigre et de noir vêtu se fraya passage entre les jumeaux Redwyne.

« Ser *Alliser* ! s'écria Tyrion. Si je m'attendais à vous voir à la Cour... Hé quoi, vous auriez dû me faire signe.

– Et je l'ai fait, vous le savez pertinemment. » Le visage en lame de couteau, le poil poivre et sel, l'œil dur, la main sèche et la cinquantaine anguleuse, il hérissait toutes ses épines. « On m'a esquivé, ignoré, laissé poireauter comme le dernier des larbins.

– Vraiment ? Cela n'est pas bien, Bronn. Ser Alliser et moi sommes de vieux amis. Nous avons arpenté le Mur de conserve.

– Cher ser Alliser, murmura Varys, ne nous jugez pas si sévèrement... Notre Joffrey se voit submergé de suppliques, par ces temps de troubles et de tumulte.

– Des temps plus troublés, eunuque, que tu ne le sais.

– En sa présence, rectifia le sardonique Littlefinger, c'est du *lord* Eunuque que nous lui donnons.

– En quoi pouvons-nous vous aider, brave frère ? s'enquit Pycelle, tout sucre tout miel.

– Le lord Commandant m'a chargé d'une mission auprès de Sa Majesté, répliqua Thorne. L'affaire est trop grave pour se confier à des serviteurs.

– Le roi est en train de jouer avec sa nouvelle arbalète », l'informa Tyrion. Se débarrasser de Joffrey n'avait en effet requis qu'une arbalète de Myr encombrante au possible mais qui décochait quatre carreaux simultanément et que le roi, dût l'univers crouler, avait exigé de tester sur-le-champ. « Vous parlerez à ses serviteurs ou bien vous tairez.

– Il en sera selon votre bon plaisir. » Chaque mot lui écorchait manifestement la gorge. « Je suis chargé de vous informer que nous avons découvert deux de nos patrouilleurs portés disparus depuis longtemps. Ils étaient morts et, cependant, après que nous les eûmes rapportés au Mur, ils se relevèrent durant la nuit. L'un tua ser Jaremy Rykker, pendant que l'autre essayait d'assassiner le lord Commandant. »

De sa place, Tyrion perçut un ricanement lointain. *A quoi riment ces balivernes ? Veut-il se ficher de moi ?* On ne peut plus mal à l'aise, il changea de position tout en jetant un coup d'œil sur Varys, Pycelle et Littlefinger : l'un d'eux jouait-il un rôle dans cette farce ? Un nain se délectait outre mesure de détenir un rien de dignité. Un jour, la Cour et le royaume se prirent à rire de lui, et ce fut sa perte. Néanmoins..., oui, néanmoins...

Le souvenir l'assaillit d'une nuit glaciale où, sous les étoiles, il s'était tenu sur le Mur, là-bas, tout au bout du monde, à sonder, aux côtés de Jon Snow et d'un grand loup blanc, l'au-delà vierge et ténébreux. Eprouvant – quoi ? – *quelque chose*, assurément, une terreur aussi tranchante que la bise acérée du septentrion. Un loup s'était mis à hurler dans la nuit, et le souvenir de ce hurlement le faisait encore grelotter.

Ne sois pas stupide, s'intima-t-il. *Un loup, du vent, la noirceur des bois, cela ne signifiait rien. Néanmoins...* Un faible lui était venu pour le vieux Jeor Mormont, durant son séjour à Châteaunoir. « J'espère que le Vieil Ours a survécu à cette agression ?

– Oui.

– Et que vos frères ont tué ces..., ces morts ?

– Oui.

– Vous êtes sûr qu'ils sont bien morts, cette fois ? » demanda-t-il d'un ton suave. Au rire de nez qu'émit Bronn, il sut comment il devait désormais s'y prendre. « Bien bien morts ?

– Ils étaient bel et bien morts la première fois, jappa ser Alliser. Blêmes et froids, les mains et les pieds noirs. J'ai apporté la main de Jared, telle que l'avait arrachée au cadavre le loup du bâtard. »

Littlefinger frétilla. « Et où se trouve cette charmante pièce à conviction ? »

Ser Alliser fronça les sourcils d'un air embarrassé. « Elle... s'est entièrement décomposée pendant que j'attendais en vain, malgré mes réclamations. Il n'en reste rien que les os. »

Des rires sous cape coururent la salle. « Lord Baelish ? appela Tyrion de son piédestal, achetez à notre valeureux ser Alliser un cent de bêches à rapporter au Mur.

– Des bêches ? » La défiance étrécit les yeux de ser Alliser.

« Si vous *enterrez* vos morts, ils cesseront de se balader, expliqua Tyrion, déchaînant par là l'hilarité de la Cour. Avec des bêches et quelques dos solides pour les manier, c'en sera fait de vos ennuis. Ser Jacelyn, veillez que le brave frère ait ses choux gras dans nos cachots.

– A vos ordres, messire, mais les cellules sont quasiment vides. Yoren y a raflé tout le gratin.

– Alors, procédez à quelques arrestations supplémentaires, conseilla Tyrion. Ou bien propagez qu'au Mur il y a du pain et des navets, et vous aurez toujours des volontaires. » Si la ville avait trop de bouches à nourrir, la Garde de Nuit souffrait en permanence du manque d'hommes. Au signal de Tyrion, le héraut proclama la séance close, et la salle commença à se vider.

Bien résolu à ne pas se laisser congédier si facilement, ser Alliser attendait Tyrion au pied du trône de Fer. « Vous figurez-vous, l'apostropha-t-il, que je ne me suis tapé cette interminable traversée, depuis Fort-Levant jusqu'ici, que pour essuyer les quolibets de vos pareils ? » Il bloquait le passage. « Il ne s'agit pas d'une blague. J'ai vu la chose de mes propres yeux. Je vous l'affirme, les morts marchent.

– Essayez donc de les tuer plus consciencieusement. » Tyrion l'écarta de sa route. Ser Alliser voulut l'attraper par la manche, mais Preston Verchamps le tira en arrière. « Pas un pas de plus, ser. »

Plutôt que de se colleter avec un chevalier de la Garde, Thorne se crut bien malin de crier : « Tu n'es qu'un bouffon, Lutin ! »

Aussitôt, le nain lui fit face : « Moi ? Vraiment ? Dans ce cas, pourquoi est-ce de vous qu'on riait ? je me le demande. » Il eut un sourire pâlot. « C'est bien pour des hommes que vous veniez, n'est-ce pas ?

– Les vents froids se lèvent. Il va falloir tenir le Mur.

– Et, pour le tenir, vous avez besoin d'hommes, et je vous en ai accordé..., comme vous l'auriez remarqué si vos oreilles ne se débouchaient que pour les insultes. Prenez-les, remerciez-moi, et filez avant de me forcer à reprendre une pince de crabe en votre faveur. Rappelez mon chaleureux souvenir à lord Mormont..., sans oublier Jon Snow. » A ces mots, Bronn prit ser Alliser par le coude et l'entraîna sans ménagements vers la sortie.

Le Grand Mestre avait déjà déguerpi, mais Varys et Littlefinger n'avaient pas perdu une miette de la scène. « Mon admiration pour vous ne cesse de croître, messire, confessa l'eunuque. D'un seul coup de cuiller à pot, vous amadouez le petit Stark avec les os de son père et vous dépouillez votre sœur de ses protecteurs, vous donnez à ce frère noir les hommes qu'il cherche et vous débarrassez la cité de quelques ventres affamés, mais, ce faisant, vous semblez si bien vous jouer que nul n'ira prétendre que les tarasques et les snarks suffisent à faire trembler le nain. Oh, cette dextérité ! »

Littlefinger se lissait la barbe. « Vous comptez vraiment renvoyer tous vos gardes, Lannister ?

– Non. Je compte renvoyer tous ceux de *ma sœur*.

– La reine n'y consentira jamais.

– Oh, je crois que si. Je *suis* son frère et, lorsque vous m'aurez suffisamment pratiqué pour me connaître, vous saurez que chacune de mes paroles exprime le fond de ma pensée.

– Même quand vous mentez ?

– *En particulier* quand je mens. J'ai l'intuition que je vous chagrine, lord Petyr.

– Je vous adore autant que jamais, messire. Encore que je n'apprécie point que l'on me prenne pour un imbécile. Si elle épouse Trystan Martell, Myrcella sera fort en peine d'épouser Robert Arryn, non ?

– Sauf à susciter un scandale énorme, admit Tyrion. Je suis au regret de ma petite ruse, lord Petyr, mais, lors de notre conversation, j'ignorais si les gens de Dorne accepteraient mes ouvertures. »

Littlefinger ne s'en radoucit pas pour autant. « Je n'aime pas que l'on me mente, messire. Ne m'impliquez pas dans votre prochaine supercherie. »

Sous l'unique réserve que tu m'accordes la réciproque, objecta Tyrion en louchant vers le poignard gainé qui reposait sur la hanche du faux-jeton. « Si je vous ai offensé, vous m'en voyez au désespoir. Chacun sait à quel point nous vous chérissons, messire. Et quel besoin nous avons de vous.

– Alors, tâchez de vous en souvenir, lança l'autre avant de tourner les talons.

– Accompagnez-moi, Varys », dit Tyrion, contournant le trône pour emprunter la porte du Roi. Les babouches de l'eunuque faisaient sur les dalles un léger clapotis.

« Lord Baelish est dans le vrai, vous savez. Jamais la reine ne vous laissera renvoyer sa garde.

– Si fait. Vous la convaincrez. »

L'ombre d'un sourire effleura les lèvres grassouillettes de Varys. « Ah bon ?

– Oh, certes. En l'assurant que cela fait partie de mon plan pour délivrer Jaime. »

Varys caressa sa bajoue poudrée. « Qui comprend, je présume, les quatre individus que votre Bronn mettait tant d'ardeur à chercher dans les bas-fonds de Port-Réal. Un voleur, un empoisonneur, un histrion et un meurtrier.

– Mettez-leur un manteau écarlate et des heaumes au lion, rien ne les distinguera de leurs compagnons. Je m'épuisais depuis quelque temps à inventer un stratagème pour les introduire à Vivesaigues quand l'idée m'est venue de les rendre invisibles en les exhibant. Ils y pénétreront par la grande porte, déployant bannières Lannister et escortant les os de lord Eddard. » Sourire crochu. « Quatre hommes isolés seraient surveillés de près. Parmi cent, quatre ont chance de se perdre. Aussi me faut-il envoyer les gardes authentiques tout comme les faux..., ainsi que vous le direz à ma sœur.

– Et le salut de son frère bien-aimé l'y fera consentir, en dépit de ses répugnances. » Ils longeaient une colonnade abandonnée. « Il n'empêche, la perte de ses manteaux rouges va sûrement l'affoler.

– L'affoler m'agrée », proféra Tyrion.

Escorté par Vylar et une centaine de gardes rouges Lannister auxquels se joignirent, à la porte du Roi, les hommes de Robb Stark, ser Cleos partit l'après-midi même pour sa longue chevauchée vers l'ouest.

Lorsque Tyrion pénétra dans leurs baraquements, Timett jouait aux dés avec ses Faces Brûlées. « Viens à minuit dans ma loggia. » Dur regard borgne, hochement sec, Timett n'était pas un grand discoureur.

Le soir, Tyrion festoya dans la Petite Galerie en compagnie des Freux et des Sélénites, mais sans boire de vin, pour une fois. Il tenait à conserver toute sa présence d'esprit. « Quelle est la lune, Shagga ? »

Terrifiant, Shagga, lorsqu'il fronçait les sourcils. « Noire, il me semble.

– Dans l'ouest, on l'appelle "lune-à-judas". Essaie de ne pas trop te saouler, ce soir, et contrôle-moi l'affût de ta hache.

– Les haches freux sont toujours affûtées, et plus affûtées que toutes celle de Shagga. Un jour, j'ai coupé la tête à un type, et il ne s'en est aperçu que lorsqu'il a voulu se la brosser. Parce qu'alors elle est tombée.

– C'est pour cela que tu ne te la brosses jamais ? » Les Freux se mirent à rugir de rire et à trépigner, Shagga beuglant plus que quiconque.

Vers la mi-nuit, le château reposait, sombre et silencieux. Assurément, quelques-uns des manteaux d'or postés sur les remparts les virent quitter la tour de la Main, mais nul « Qui-vive ? » ne s'éleva. Es qualité de Main du Roi, la destination de Tyrion ne regardait que lui.

Non sans un *crac* retentissant, le mince vantail de bois vola en éclats sous le talon botté de Shagga. Parmi la chute des bouts de planches à l'intérieur, Tyrion perçut un cri de femme apeurée. En trois coups de hache, Shagga acheva de démolir la porte et en enjamba les vestiges. Timett le suivit puis, attentif à ne point fouler les débris, Tyrion. Du feu ne subsistaient que de vagues braises, et la chambre était plongée dans d'épaisses ténèbres. Timett arracha les lourdes courtines. Nue dans le lit, la petite servante écarquillait de grands yeux blancs. « Pitié, messires, supplia-t-elle, ne me faites pas de mal. » Aussi confuse qu'effrayée, elle se blottit hors de portée de Shagga, tenta de couvrir ses charmes avec ses mains, mais toujours lui en manquait une.

« Va-t'en, dit Tyrion. Ce n'est pas toi que nous voulons.

– Shagga veut cette femme.

– Shagga veut chaque pute, dans cette cité de putes, gémit Timett, fils de Timett.

– Oui, confirma Shagga sans se démonter. Shagga lui ferait un enfant robuste.

– Si elle désire un enfant robuste, elle saura à qui s'adresser, dit Tyrion. Fais-la sortir, Timett..., en douceur, s'il te plaît. »

Le Face Brûlée arracha la fille du lit et lui fit traverser la pièce, à demi debout, à demi traînée, sous l'œil de Shagga, navré comme un chiot. En titubant, elle franchit le seuil jonché d'échardes et, sous la poussée ferme de Timett, passa dans le vestibule. A l'étage au-dessus piaillaient les corbeaux.

D'une secousse, Tyrion fit venir à lui la courtepointe douillette qui dissimulait le Grand Mestre Pycelle. « Dites-moi, mestre, la Citadelle approuve-t-elle vos coucheries ancillaires ? »

Bien qu'il se trouvât dans le même appareil que sa servante, le vieillard offrait une vision nettement moins attrayante. Largement ouverts, pour une fois, ses yeux ne se camouflaient pas sous leurs paupières appesanties. « Q-que signifie ceci ? Je suis un vieil homme, votre serviteur loyal... »

Tyrion se hissa sur le lit. « Tellement loyal que vous n'avez expédié à Doran Martell qu'une seule de mes lettres. La seconde, vous l'avez remise à ma sœur.

– N-non ! piaula Pycelle, non, c'est faux, je le jure, ce n'est pas moi ! Varys, c'est Varys, l'Araignée, je vous ai prévenu...

– Les mestres mentent-ils tous aussi piteusement ? A Varys, j'ai dit que je donnerais pour pupille au prince Doran mon neveu Tommen ; à Littlefinger que je comptais marier Myrcella à lord Robert des Eyrié ; à personne que j'avais offert ma nièce pour Trystan de Dorne... – vérité que recelait seule ma lettre, et c'est à *vous* que j'ai confié celle-ci. »

Pycelle essaya d'attraper un coin de la courtepointe. « Les oiseaux se perdent, les messages se volent ou se vendent..., c'est un coup de Varys ! Je pourrais vous dire sur cet eunuque des choses qui vous glaceraient le sang...

– Ma dame préfère que je l'aie bouillant.

– Ne vous y trompez pas, pour chaque secret qu'il vous murmure dans l'oreille, l'eunuque s'en réserve sept. Quant au Littlefinger, celui-là...

– Je sais tout de lord Petyr. Il est presque aussi scrupuleux que vous. Shagga, coupe-lui l'engin, pour nourrir les chèvres. »

Shagga brandit son énorme francisque. « Y a pas de chèvres, Bout-d'Homme.

– Fais. »

Avec un rugissement, Shagga bondit en avant, tandis que Pycelle, tout en s'égosillant, rampait à reculons dans l'espoir de se dérober, non sans compisser copieusement le lit comme ses abords, mais le sauvageon l'attrapa par sa houleuse barbe blanche et, d'un seul coup, la lui raccourcit des trois quarts.

« A ton avis, Timett, notre ami se montrera-t-il plus abordable, à présent qu'il n'a plus ces favoris pour s'y camoufler ? » Tyrion se servit d'un bout du drap pour éponger ses bottes éclaboussées d'urine.

« Il dira bientôt la vérité. » Les ténèbres se concentraient dans l'orbite évidée de Shagga qui renifla : « Pue la trouille. »

Jetant à la jonchée la poignée de poils, il empoigna ce qui restait de barbe au vieillard. « Tenez-vous tranquille, mestre, enjoignit Tyrion. Ses mains tremblent, s'il se met en rogne.

– Les mains de Shagga ne tremblent jamais ! s'indigna le géant qui, pressant l'énorme lame en croissant sous le menton tremblotant de Pycelle, entreprit de scier un nouveau pan de barbe.

– Depuis combien de temps pratiquez-vous l'espionnage au profit de ma sœur ? », interrogea Tyrion.

Le souffle de Pycelle n'était plus qu'un halètement précipité. « Tout ce que j'ai fait, je l'ai fait pour la maison Lannister. » Une pellicule de sueur tapissait la peau ridée de son vaste crâne où s'engluaient de vagues flocons blancs. « Toujours..., des années..., le seigneur votre père, demandez-lui, j'ai toujours été son serviteur fidèle..., c'est moi qui poussai Aerys à ouvrir ses portes... »

Celle-là, Tyrion ne s'y attendait pas. Lors de la prise de la ville, il n'était lui-même, à Castral Roc, qu'un gamin bien laid. « Ainsi, le sac de Port-Réal fut aussi votre œuvre ?

– Pour le bien du royaume ! Rhaegar mort, la guerre était terminée. Aerys était fou, Viserys trop jeune, le prince Aegon un nourrisson, et le royaume avait besoin d'un roi... Je demandais dans mes prières que celui-ci soit votre excellent père, mais Robert était trop puissant, et lord Stark intervint trop vite...

– Combien de gens avez-vous donc trahis, dites ? Aerys, Eddard Stark, moi... – le roi Robert également ? et lord Arryn ? et le prince Rhaegar ? Où cela débute-t-il, Pycelle ? » Il savait où cela *s'achevait.*

Après lui avoir raclé la pomme, la hache effleura les tendres fanons ballottants, crissa sur les derniers poils du menton. « Vous... n'étiez pas ici, hoqueta Pycelle lorsque la lame remonta vers ses joues. Robert... – ses blessures..., si vous les aviez vues, les aviez senties, vous n'auriez pas de doute...

– Oh, je sais que le sanglier fit le boulot pour vous..., mais s'il l'avait fait à demi, sûrement l'auriez-vous terminé.

– Il était un roi lamentable..., vaniteux, ivrogne, débauché..., il aurait écarté votre sœur, sa reine..., pitié..., Renly tramait d'amener à la Cour la damoiselle de Hautjardin pour qu'elle séduise son frère..., c'est la pure vérité, les dieux...

– Et lord Arryn ? Que tramait-il ?

– Il *savait*, dit Pycelle. A propos..., à propos...

– Je sais quoi, coupa sèchement Tyrion, peu désireux de laisser Timett et Shagga le savoir aussi.

– Une fois sa femme rentrée aux Eyrié et son fils parti comme pupille pour Peyredragon, il... il comptait agir...

– Aussi l'avez-vous devancé en l'empoisonnant.

– *Non.* » Il se débattit faiblement. Avec un grondement, Shagga lui empoigna la tête. Sa main était si énorme que, d'une simple pression, elle aurait pu réduire en miettes comme une coquille d'œuf le crâne du mestre.

« Tt tt, fit Tyrion. J'ai vu les larmes de Lys parmi vos potions. Et vous avez congédié le mestre personnel de lord Arryn et soigné celui-ci vous-même de manière à rendre sa mort absolument certaine.

– Faux !

– Rase-le de plus près, suggéra Tyrion. Repasse la gorge. »

La hache redescendit en râpant la peau. Un menu filet de salive vint éclore en bulles sur les lèvres tremblantes de Pycelle. « J'ai tâché de sauver lord Arryn. Je jure...

– Tout doux, Shagga, tu l'as coupé.

– Dolf a procréé des guerriers, gronda Shagga, pas des barbiers. »

Quand il sentit le sang dégouliner le long de son cou puis sur sa poitrine, le vieillard fut pris d'un frisson, et ses dernières forces l'abandonnèrent. Tout ratatiné, il paraissait deux fois plus petit et fragile qu'à l'heure où ils s'étaient jetés sur lui. « Oui, pleurnicha-t-il, oui, Colemon le purgeait, alors, je l'ai congédié. La reine exigeait que lord Arryn meure, elle ne l'a pas dit, c'était impossible, avec Varys qui écoutait, qui écoutait à tout moment, partout, mais je l'ai compris en la regardant. Mais ce n'est pas moi qui ai administré le poison, je le jure. » Il pleurait. « C'est son écuyer, Varys vous dira, Hugh qu'on l'appelait, c'est sûrement lui qui a dû le faire, demandez à votre sœur, demandez-lui. »

Tyrion était écœuré. « Vous le ligotez puis vous l'emmenez, ordonna-t-il. Fourrez-le dans l'une des oubliettes. »

Comme on entraînait enfin le captif vers le vestibule, « Lannister, geignit-il, tout ce que j'ai fait, je l'ai fait pour les Lannister... ».

Une fois seul, Tyrion fouilla les lieux sans se presser, préleva quelques fioles supplémentaires sur les étagères. Pendant qu'il opérait, les corbeaux marmonnaient, là-haut, une rumeur étrangement paisible. Il lui faudrait trouver quelqu'un pour s'occuper d'eux jusqu'à ce que la Citadelle envoie le remplaçant de Pycelle.

Il était celui en qui j'avais espéré me fier. Sans être moins déloyaux, subodorait-il, Varys et Littlefinger étaient toutefois plus... subtils et, par là même, plus dangereux. Peut-être aurait-il mieux valu employer la méthode de Père : convoquer Ilyn Payne, ficher trois têtes au-dessus des portes et en avoir fini. *Puis quel joli spectacle ce serait*, songea-t-il, *non ?*

ARYA

La peur est plus tranchante qu'aucune épée, se ressassait-elle, mais le charme n'opérait pas, la peur s'était incrustée en elle, aussi indissociable de ses jours que le pain coriace et que les ampoules aux pieds après une longue journée de marche parmi crevasses et cailloux.

La peur, qu'elle s'était figuré naguère connaître à fond, les huit jours passés dans le hangar des bords de l'Œildieu lui avaient offert tout loisir de l'appréhender mieux. Elle avait vu périr quelqu'un chaque jour, avant que la Montagne n'ordonnât le départ.

La Montagne... Sitôt après son déjeuner, il pénétrait dans le hangar et y choisissait l'un des prisonniers pour l'interroger. Les gens du village s'abstenaient coûte que coûte de le regarder. Peut-être s'imaginaient-ils qu'en feignant de l'ignorer, lui-même les ignorerait..., mais il les lorgnait tout de même et choisissait selon sa fantaisie. Impossible de lui échapper, de ruser, se cacher, tricher, pas moyen de sauver sa peau.

Trois nuits de suite, une fille partagea la couche d'un soldat ; et le soldat ne dit pas un mot lorsque, au matin du quatrième jour, la Montagne choisit la fille.

Jamais à court de risettes pour les geôliers, un vieux leur raccommodait leurs affaires en leur babillant que son fils servait à Port-Réal dans les manteaux d'or. « Un homme du roi qu'il est, rabâchait-il, un fidèle du roi, comme moi, tout Joffrey. » Une ritournelle si obsédante que ses compagnons de détention ne l'appelaient plus que « Tout-Joffrey », quand les gardes n'écoutaient pas. Tout-Joffrey fut choisi le cinquième jour.

Une jeune femme au visage grêlé s'étant proposé de révéler tout ce qu'elle savait si l'on promettait d'épargner sa fille, la

Montagne l'entendit de bout en bout mais, pour s'assurer qu'elle ne lui avait rien dissimulé, choisit la gamine, le lendemain.

Les auditions des malheureux élus ayant lieu sous leurs yeux, les captifs ne pouvaient rien méconnaître du sort réservé aux rebelles et aux traîtres. Un type surnommé Titilleur par ses acolytes posait les questions. Sa tête des plus banale et sa mise des plus ordinaire ne le distinguaient nullement d'abord des rustres locaux ; mais Arya s'aperçut bientôt qu'il fallait le voir à l'œuvre pour lui rendre pleine justice. « Titilleur vous fait si bien gueuler les gens qu'ils en font plein leur froc », avait pourtant prévenu Chiswyck, le vieux voûté qu'elle avait essayé de mordre au moment de sa capture, qui l'avait traitée de « démon » et assommée d'un coup de poing ganté de maille. Il lui arrivait de seconder Titilleur quand d'autres ne s'en chargeaient pas. Quant à ser Gregor Clegane, il se tenait là sans bouger, mais tout yeux tout oreilles jusqu'à la mort du patient.

L'interrogatoire était invariable. Y avait-il de l'or caché dans le village ? Des vivres supplémentaires ? Où se trouvait lord Béric Dondarrion ? Quels villageois l'avaient soutenu ? A son départ, où se rendait-il ? Combien d'hommes l'accompagnaient ? Combien de chevaliers, combien d'archers, combien d'hommes d'armes ? En quoi consistait leur équipement ? Combien d'entre eux étaient montés ? Combien blessés ? Quel autre ennemi avait-on vu ? Combien d'hommes ? Quand ? Quelles bannières arboraient-ils ? Où étaient-ils allés ? Y avait-il de l'or caché dans le village ? De l'argent, des pierreries ? Où se trouvait lord Béric Dondarrion ? Combien d'hommes l'accompagnaient ? Au bout de trois jours, Arya aurait pu poser les questions elle-même.

On découvrit finalement un chouïa d'or, un chouïa d'argent, un gros sac de liards – et un gobelet cabossé mais serti de grenats pour lequel deux soudards faillirent en venir aux mains. On apprit que lord Béric menait dix crève-la-faim ou bien cent chevaliers montés ; qu'il avait filé vers le nord ou bien vers le sud ou vers l'ouest ; qu'il avait pris un bateau pour traverser le lac ; qu'il était fort comme un aurochs ou quasi vidé de son sang. Du moins personne – ni homme ni femme ni enfant – ne survivait-il aux interrogatoires de Titilleur ; sa victime la plus résistante dura jusqu'au-delà du crépuscule ; afin de ne point décourager les loups, on suspendait les cadavres à l'écart des feux.

L'heure venue de se mettre en marche, Arya ne se faisait plus d'illusions, elle n'était pas un danseur d'eau. Jamais Syrio Forel ne se serait laissé terrasser d'un coup de poing, jamais laissé faucher son épée, jamais il n'aurait sans moufter laissé tuer Lommy Mains-vertes. Jamais non plus Syrio ne serait demeuré, lui, passif et coi dans le hangar, jamais il n'aurait toléré de s'y avilir comme un prisonnier quelconque. Le loup-garou pouvait bien être l'emblème des Stark, Arya se sentait davantage agneau, maintenant qu'elle bêlait parmi des tas d'autres moutons. Et elle haïssait presque autant les villageois pour leur moutonnerie qu'elle se haïssait personnellement.

Les Lannister lui avaient tout pris : Père, amis, maison, courage, espérance. L'un lui avait pris Aiguille, un autre sa latte et se l'était brisée sur le genou. On lui avait pris jusqu'à son secret stupide. Car si l'ampleur du hangar lui avait permis de se réfugier à l'insu de tous dans un coin sombre pour lâcher son eau, une fois en route, c'était impossible. Elle eut beau se retenir de son mieux, force lui fut enfin de s'accroupir près d'un buisson, braies délacées devant tout le monde. Cela, ou se tremper. Au demeurant, si Tourte s'en exorbita, personne à part lui n'y prit garde. Qu'elle fût mouton mâle ou mouton femelle, ser Gregor et ses sbires n'en avaient en fait cure, manifestement.

Ils interdisaient cependant de parler. Une lèvre amochée suffit à Arya pour apprendre à tenir sa langue, mais aucune leçon ne corrigea les autres. Un bambin de trois ans n'arrêtant pas d'appeler son père, une masse d'armes lui écrabouilla la tête, et sa mère s'étant mise à glapir, Raff Tout-miel la tua aussi.

Arya les regarda mourir sans s'interposer. A quoi bon faire la bravache ? L'une des femmes choisies pour subir l'interrogatoire avait bien tenté de se montrer brave, elle n'en était pas moins morte en piaulant comme tous les autres. En fait de braves, le troupeau ne comportait que de pauvres bêtes terrifiées et affamées. Des femmes et des gosses, pour l'essentiel. Peu d'hommes, et très jeunes ou très âgés ; enchaîné au fameux gibet, le reste, afin de repaître corbeaux et loups. Gendry n'avait dû la vie sauve qu'à l'aveu d'avoir forgé lui-même son heaume à cornes ; les forgerons, même apprentis, étaient d'une espèce trop précieuse pour qu'on les tue.

« On vous emmène à Harrenhal, avait décrété la Montagne, vous y servirez lord Tywin. Rendez grâces aux dieux qu'il vous accorde cette chance, tout traîtres et rebelles que vous êtes. Vous ne vous en tireriez pas à si bon compte avec les brigands. Obéissez, servez, et vous resterez en vie. »

« C' pas juste, non... », entendit gémir Arya, couchée dans l'ombre, cette nuit-là. C'était une vieille parcheminée qui se plaignait à sa voisine. « On a jamais trahi quelqu'un. Les autres sont venus prendre ce qu'y voulaient, pareil que cette bande-là.

– Puis lord Béric nous a pas fait de mal, lui, souffla la confidente. Et ce prêtre rouge qu'était avec, y nous a payé ce qu'il emportait.

– Payé ? Pour les deux poulets qu'y m'a pris, y m'a donné qu'un morceau de papier avec un truc écrit dessus. Je vais le manger, peut-être, son bout de papier, dis ? Y va me pondre des œufs, peut-être, son bout de papier ? » Elle jeta un coup d'œil furtif du côté des gardes, cracha trois fois. « Ça, c'est pour les Tully, ça pour les Lannister, et ça pour les Stark !

– Que c'en est une honte, un péché... ! grinça un vieux. Si le vieux roi vivait encore, jamais il l'aurait supporté, moi.

– Le roi Robert ? s'oublia étourdiment Arya.

– Le roi *Aerys*, les dieux le bénissent ! » répliqua-t-il un ton trop haut. Un garde accourut pour le faire taire en piétinant quelques dormeurs. Le vieux y perdit ses deux dents, et plus personne ne pipa.

En plus de ces infortunés, ser Gregor traînait à sa suite une douzaine de cochons, une cage pleine de volailles, une vache laitière étique et neuf fourgons de poisson salé. Lui et ses hommes étaient montés, mais les captifs allaient tous à pied, et l'on abattait sur-le-champ ceux dont la faiblesse retardait la marche, ainsi que quiconque était assez fou pour tenter de fuir. Le soir, les soudards emmenaient les femmes dans les fourrés, et, non contentes de les suivre assez docilement, la plupart semblaient l'escompter. Plus mignonne que ses compagnes, l'une d'elles, forcée d'en subir quatre ou cinq par nuit, finit par en blesser un avec une pierre..., et ser Gregor contraignit chacun d'admirer avec quelle aisance il maniait son colossal estramaçon pour trancher un col délicat puis, tout en remettant l'arme à son écuyer pour qu'il la nettoie, ricana : « Un peu de viande pour les loups. »

Arya jeta un coup d'œil en biais vers Aiguille qui, dans son fourreau, ornait désormais la hanche d'un demi-chauve à barbe noire nommé Polliver. *Une chance, qu'il me l'ait volée*, songea-t-elle. Elle aurait, sinon, tenté de frapper ser Gregor et, coupée en deux, servi à son tour de pâture aux loups...

Tout voleur qu'il était, Polliver se montrait moins méchant que nombre de ses semblables. Après n'avoir vu dans les Lannister, le soir de sa capture, que des heaumes à nasal, sans plus de nom que de visage, que des étrangers tous pareils, elle en était venue à les connaître tous. Mieux valait savoir qui était quoi, qui cruel et qui fainéant, qui stupide ou gentil. Mieux valait savoir qu'en dépit des immondices invraisemblables qu'il ne cessait de dégorger le dénommé Merde-en-bec vous refilait du rab de pain si vous le demandiez, tandis qu'avec sa gaillardise le vieux Chiswyck, et Raff, avec son onction, ne vous retournaient que des baffes.

Ainsi, l'œil et l'oreille aux aguets, polissait-elle aussi patiemment ses haines qu'auparavant Gendry son heaume de taureau. De celui-ci s'était paré Dunsen, et elle l'en haïssait. Elle haïssait Polliver d'arborer Aiguille, et elle haïssait Chiswyck de le trouver marrant. Et elle haïssait encore davantage Raff Tout-miel d'avoir planté sa lance dans la gorge de Lommy. Elle haïssait ser Amory Lorch pour la mort de Yoren, et elle haïssait ser Meryn Trant pour celle de Syrio, le Limier pour celle de Mycah, ser Ilyn et la reine et le prince Joffrey pour celle de Père et celle de Gros Tom et celle de Desmond et celle de tous les autres, même et y compris celle de Lady. Quant à Titilleur, il était presque trop effacé pour qu'elle le haïsse avec persévérance ; il s'en fallait de peu, parfois, qu'elle n'oubliât jusqu'à sa présence, là, parmi eux ; séances d'interrogatoires à part, il n'était qu'un troupier quelconque, plus paisible que la plupart, et sans un trait qui le différenciât de milliers de gueules ordinaires.

Nuit après nuit, Arya se nommait ses exécrations. « Ser Gregor, soufflait-elle à son oreiller de cailloux, Dunsen, Polliver,

Raff Tout-miel, Chiswyck. Titilleur et le Limier. Ser Amory, ser Ilyn, ser Meryn, le roi Joffrey, la reine Cersei. » A Winterfell, elle avait prié dans le septuaire en compagnie de Mère et, en compagnie de Père, dans le bois sacré, mais, faute de dieux sur la route d'Harrenhal, les noms exécrés étaient la seule prière qu'elle entendît se rappeler.

Le jour, on marchait, marchait, la nuit, elle répétait, répétait ces noms, telle une litanie, jusqu'à l'heure où la dilution des arbres restituait un paysage arlequiné de collines ondoyantes et de cultures ensoleillées, de ruisseaux sinueux que piquetait çà et là, noire et déchiquetée comme des chicots, la carcasse calcinée d'un fort.

Ce n'est qu'au terme d'une nouvelle longue et dure journée de marche qu'enfin se détachèrent au loin, sur l'azur du lac, les tours revêches d'Harrenhal.

Une fois là, se chuchotaient les captifs, leur sort ne manquerait pas de s'améliorer. Arya en doutait, pour sa part. Vieille Nan affirmait le château fondé sur la terreur ; Harren le Noir en avait, disait-elle d'une voix subitement si basse que son auditoire enfantin devait se presser tout contre pour l'entendre, imbibé le mortier de sang humain, et il n'avait pas fallu moins que les dragons d'Aegon pour rôtir néanmoins Harren et ses fils dans leurs énormes remparts de pierre. Plus que quelques milles, et l'on y serait..., se disait Arya, l'œil fixé sur la forteresse, tout en avançant l'un après l'autre ses pieds cornés de callosités. Elle s'en mâchouillait la lèvre.

Or, contrairement à son estimation, il leur fallut encore marcher jusqu'au soir et presque tout le jour suivant avant d'aborder les avant-postes de lord Tywin, dont l'armée campait, à l'ouest du château, parmi les décombres d'un bourg incendié. En fait, Harrenhal ne paraissait tout près, de loin, qu'en raison de son invraisemblable *gigantisme.* Comme surgie des bords du lac, son enceinte extérieure faisait l'effet d'une falaise à pic, et si prodigieuse que les scorpions de fer et de bois qui bordaient ses créneaux y paraissaient aussi petits que les bestioles du même nom.

La puanteur qui suffoqua Arya bien avant que ne fussent devenues lisibles les armoiries des bannières flottant au-dessus des pavillons dressés tout au long des berges suffisait à trahir un assez long séjour des hordes Lannister. Les feuillées établies à la frange du camp débordaient, sous des essaims de mouches. Et des traînées verdâtres affectaient nombre des pieux pointus qui protégeaient la périphérie.

Aussi formidable en soi que le plus gros donjon de Winterfell, la porte d'Harrenhal se révéla non moins délabrée que monumentale, avec ses moellons disjoints et décolorés. Du dehors ne s'apercevait que le faîte de cinq tours géantes, la plus modeste étant de moitié plus haute que la plus grande de Winterfell, encore qu'aucune ne s'élevât selon les critères ordinaires. Arya leur trouva l'aspect d'un vieillard tordu dont les doigts noueux tâtonneraient à la poursuite des nuages. Sous le feu des dragons, contait Vieille Nan, la pierre avait fondu comme cire et dégouliné, lave lugubre et rougeoyante et sèche, par les fenêtres et les escaliers, comme en quête d'Harren et de sa cachette. Et toute cette fantasmagorie devenait réelle, au vu des lieux ; chacune des tours était plus grotesque et contrefaite que la précédente, plus grumeleuse et plus cloquée, crevassée, ravinée.

« J' veux pas entrer là-d'dans ! couina Tourte lorsqu'Harrenhal s'ouvrit pour eux. Y a des fantômes, là-d'dans... »

Chiswyck l'entendit mais se contenta de sourire, pour une fois. « A toi de voir, mitron. Ou t'entres chez les fantômes, ou t'en deviens un. »

Et Tourte entra comme tout le monde.

Une fois massés dans la salle de bains dont les murs de pierre et de bois décuplaient le moindre bruit, les prisonniers reçurent l'ordre de se mettre à poil et de se décrasser jusqu'à l'os dans des baquets d'eau bouillante. Deux farouches mégères veillaient à l'exécution, commentant aussi crûment chaque anatomie que s'il s'était agi d'ânes à l'encan. Le tour d'Arya venu, matrone Amabel gloussa d'épouvante à la vue de ses pieds, pendant que matrone Harra tripotait ses mains et, devant les cals conquis à force d'exercices avec Aiguille, lâchait : « Attrapé ça à baratter du beurre, j' parie. » Puis : « Fille de fermier, hein ? Ben, t'inquiète, alors, p'tiote, t'as une chance de grimper plus haut dans c' monde, te suffira de travailler dur. Mais si tu travailles pas dur, des torgnoles. C'est quoi qu'on t'appelle ? »

Arya préférait taire son vrai nom, et Arry ne valait pas mieux, maintenant que son sexe était une évidence. « Belette, dit-elle, empruntant le sobriquet de la première fille qui lui traversa l'esprit. Lommy m'appelait Belette.

– Pas mal vu, ma foi, renifla matrone Amabel. Une horreur, sa tignasse, et un nid à poux. Va la lui raser puis zou, aux cuisines.

– Je préférerais l'écurie. » Sans compter qu'elle aimait les chevaux, s'occuper d'eux lui permettrait, le cas échéant, d'en voler un pour s'évader.

La torgnole que lui flanqua matrone Harra fut si violente qu'elle rouvrit la plaie de sa lèvre. « F'ras bien d'avaler ta langue, ou t'en prendras pire. T'a pas demandé ton avis. »

Arya baissa les yeux, muette. Le sang, dans sa bouche, avait un goût de métal salé. *Si j'avais encore Aiguille*, songea-t-elle avec chagrin, *elle n'oserait me frapper.*

« Lord Tywin et ses chevaliers ont suffisamment d'écuyers et de palefreniers pour n'avoir que faire de tes pareils, enchaîna matrone Amabel. Les cuisines sont propres et douillettes, y a toujours un bon feu pour dormir auprès et plein à manger. Tu t'y serais trouvée pas mal, mais je vois bien que t'es idiote. On ferait mieux de la donner à Weese, Harra.

– Comme tu voudras, Amabel. » Et elles la congédièrent, après l'avoir accoutrée d'une chemise de bure grise et de chaussures pas à sa pointure.

Sous-intendant de la tour Plaintive et d'aspect trapu, Weese avait pour pif un anthrax charnu, et une flopée de boutons colère enflammait un coin de son groin pulpeux. Il reçut les six qu'on lui destinait en les détaillant d'un regard en vrille. « Les Lannister se montrent généreux envers ceux qui les servent bien, et quoiqu'aucun des gens de votre espèce ne mérite pareil honneur, quand on est en guerre, on fait avec ce qu'on a sous la main. Si vous travaillez dur sans jamais oublier votre rang, peut-être un jour vous élèverez-vous aussi haut que moi. Mais si vous comptez abuser de la bonté de Sa Seigneurie, c'est à *moi* que vous aurez affaire après son départ, vu ? »

Tout en se pavanant de long en large devant eux, il les avisa de ne jamais dévisager *la haute*, jamais ouvrir le bec sans y être invités, jamais se trouver sur le passage de Sa Seigneurie. « Mon nez ne ment jamais, fanfaronna-t-il. Je flaire instantanément l'insolence, je flaire instantanément l'orgueil, je flaire instantanément l'indocilité. Que je subodore le moindre relent de semblables fétidités, et vous m'en répondrez. Je ne veux sentir aucune autre odeur, quand je vous renifle, qu'un parfum de trouille. »

DAENERYS

Les murs de Qarth saluaient sa venue, qui martelant des gongs, qui soufflant dans des cors bizarres qui s'enroulaient autour des sonneurs comme de fantastiques serpents de bronze. En guise de garde d'honneur, une colonne de chameliers sortait de la ville à sa rencontre. Juchés sur des selles où scintillaient rubis et grenats, ces hommes portaient une armure à écailles de cuivre, des heaumes en forme de hure et surmontés de boutoirs de cuivre et de longues pennes de soie noire ; et cent coloris différents caparaçonnaient leurs montures.

« Il n'a jamais existé ni n'existera jamais de cité si vaste que Qarth, l'avait avertie Pyat Pree, là-bas, parmi les ossements de Vaes Tolorro. Elle est le centre du monde, la porte du nord et du sud, le pont de l'est et de l'ouest, son antiquité défie la mémoire humaine, et sa magnificence est telle qu'à peine eut-il jeté les yeux sur elle Saathos le Sage, trop sûr de trouver désormais tout autre spectacle sordide et hideux, préféra se les arracher. »

Tout outrées qu'étaient les assertions du conjurateur, nul ne pouvait leur dénier une certaine pertinence. Trois murs massifs et délicatement sculptés entouraient Qarth. Edifiée en grès rouge et haute de trente pieds, l'enceinte extérieure s'ornait d'animaux : y rampaient des serpents, planaient des milans, nageaient des poissons, parmi des loups du désert rouge et des zéquions zébrés, des pachydermes monstrueux ; en granit gris et haute de quarante-cinq pieds, la médiane offrait de saisissantes scènes de guerre : au fracas des épées, des piques et des boucliers se mêlait le sifflement des flèches, et des héros s'affrontaient auprès de bûchers funèbres et de nouveau-nés massacrés ; en marbre noir et haute de cinquante pieds, l'intérieure osait des reliefs dont rougit d'abord Daenerys, qui se reprocha bientôt sa sottise : à quoi rimaient ces pudibonderies de pucelle ? Si elle supportait sans ciller les scènes de carnage du mur précédent, pourquoi s'offusquer maintenant de couples enlacés ?

Alors que les premières portes étaient bardées de cuivre et de fer les suivantes, les dernières, cloutées d'yeux d'or, s'ouvrirent à leur tour devant elle. Au-delà, des bambins s'empressaient, chaussés de sandales d'or et peints de couleurs vives, à cela près nus, de répandre des fleurs sous les pas de son argenté.

Autant Vaes Tolorro avait joué la blancheur uniforme, autant Qarth se complaisait dans la polychromie ; comme dans un rêve fiévreux s'y pressait une orgie fantastique d'édifices roses, ocre, violets. On passa sous un arc de bronze figurant deux serpents accouplés sur les écailles desquels chatoyaient le jade et l'obsidienne et le lapis-lazuli. De tous côtés se discernaient des minarets, d'une hauteur et d'une sveltesse inouïes, des fontaines exquises ciselaient chaque carrefour de leurs dragons, de leurs tarasques ou de leurs manticores.

Massés le long des rues ou installés sur des balcons tellement ouvragés qu'ils semblaient trop frêles pour porter quiconque, les Qarthiens frappaient Daenerys par leur teint pâle et leur haute taille, ainsi que par leur distinction ; vêtus de lin, de brocart ou de peaux de tigre, ils avaient tous un port seigneurial. Leurs robes laissaient aux femmes le sein découvert, les hommes marquaient une préférence pour la fustanelle de soie perlée. A passer devant eux dans sa fourrure léonine et Drogon le noir sur l'épaule, Daenerys se sentait minable et barbare. Sachant que leur complexion valait aux Qarthiens le sobriquet de « Sang-de-Lait » parmi ses Dothrakis, et que le rêve de Khal Drogo avait été de saccager un jour les grandes cités de l'est, elle épia les sombres yeux en amande des sang-coureurs mais n'en put déchiffrer les pensées. *Ne voient-ils ici qu'un lieu à piller ?* se demanda-t-elle. *Comme nous devons sembler sauvages à ses habitants...*

A la suite de Pyat Pree, son maigre *khalasar* aboutit sur une vaste place à arcades où, sur des colonnes de marbre alternativement blanc et vert se dressaient, trois fois plus grands que nature, les héros mythiques de la cité, puis traversa un bazar ombreux dans la voûte ajourée duquel nichaient gaiement des nuées d'oiseaux multicolores. Au-dessus s'étageaient des terrasses plantées à foison d'arbres et de fleurs, et les échoppes, en bas, semblaient proposer toutes les merveilles divines de l'univers.

L'argenté de Daenerys broncha quand le prince marchand Xaro Xhoan Daxos se porta à sa hauteur ; les chevaux, s'était-elle aperçue, ne pouvaient souffrir la proximité des chameaux. « S'il vous arrivait de rien désirer de ce que vous voyez ici, ô belle des belles, daignez seulement dire un mot, et ce sera vôtre, lança-t-il du haut de son éblouissante selle en lyre.

– Tout Qarth est sien, elle n'a que faire de telles babioles, répliqua de sa voix chantante le mage aux lèvres bleues qui chevauchait de l'autre côté. Il en sera comme j'ai promis, *Khaleesi*. Daignez m'accompagner à la demeure des Nonmourants, et vous serez abreuvée de science et de vérité.

– Que lui servirait ton palais des poussières, alors que je puis lui offrir la chaleur du soleil, la douceur de l'eau et la soie du sommeil ? riposta Xaro. Les Treize couronneront son adorable tête de jade noir et d'opales de feu.

– Le seul palais que je désire est le château rouge de Port-Réal, messire Pyat. » Elle se défiait du mage. Mirri Maz Duur l'avait aigrie contre les manieurs de sortilèges. « Et si les grands de Qarth tiennent à me faire des présents, qu'ils me donnent épées et navires pour reconquérir ce à quoi j'ai droit. »

Les lèvres bleues de Pyat se retroussèrent en un gracieux sourire. « Il en sera selon vos ordres, *Khaleesi*. » Et il s'éloigna, ondoyant au pas de son chameau, ses longues robes emperlées flottant dans son sillage.

« La jeune reine a plus de sagesse que d'ans, murmura Xaro Xhoan Daxos du haut de son perchoir. "Maison de mage est bâtie de mensonges et d'os", affirme un dicton de Qarth.

– Dans ce cas, pourquoi les gens ne parlent-ils qu'à voix basse des mages de Qarth ? Tout l'Orient révère leur science et leur pouvoir.

– Ils furent puissants, jadis, convint-il, mais ils sont aussi comiques, à présent, que ces vétérans débiles qui se gargarisent de leurs prouesses bien après que la force et l'adresse les ont délaissés. Ils ont beau s'abîmer dans leurs grimoires en loques et se gorger d'ombre-du-soir jusqu'à s'en bleuir la bouche et se targuer à mots couverts de pouvoirs terribles, ils ne sont, comparés à leurs prédécesseurs, que des coquilles vides. Entre vos doigts, je vous préviens, les dons de Pyat Pree deviendront poussière. » Un simple frôlement de fouet suffit à son chameau pour presser l'allure.

« Le choucas trouve noir le corbeau », maugréa ser Jorah Mormont en vernaculaire de Westeros. Il chevauchait à sa droite, comme d'habitude, mais avait, pour leur entrée à Qarth, dépouillé le costume dothrak en faveur de la tenue de plates, mailles et lainage chère aux Sept Couronnes – l'antipode... « Votre Grâce ferait bien d'éviter ces deux individus.

– Ces deux individus m'aideront à recouvrer ma couronne, rétorqua-t-elle. Xaro possède une immense fortune, et Pyat Pree...

– ... des pouvoirs prétendus », dit-il sèchement. Son surcot vert sombre arborait en noir l'ours de la maison Mormont, dressé sur ses pattes arrière d'un air féroce. Et ce n'est pas d'un air plus urbain que le chevalier scrutait la cohue du bazar. « Je me garderais de trop traîner par ici, ma reine. Jusqu'à l'odeur qui m'en déplaît. »

Elle sourit. « Sentiriez-vous pas celle des chameaux ? Les Qarthiens eux-mêmes charmeraient plutôt mes narines à moi.

– Les parfums charmeurs ne servent parfois qu'à couvrir des relents fétides. »

Mon grand ours, se dit-elle. *J'ai beau être sa reine, je n'en demeurerai pas moins à jamais son ourson, et il ne cessera jamais de veiller sur moi.* Elle en éprouvait un sentiment de sécurité mêlé de tristesse. Elle aurait voulu l'aimer mieux qu'elle ne faisait.

Xaro Xhoan Daxos lui avait offert de l'héberger chez lui tant que durerait son séjour à Qarth. Elle s'était attendue à une demeure spacieuse, mais à tout sauf à un palais plus vaste que nombre de bourgs marchands. *A côté, l'hôtel de maître Illyrio passerait pour un bouge à porchers*, se dit-elle. En protestant que sa maison logerait à l'aise tout le *khalasar*, et chevaux inclus, Xaro minaudait : elle n'en faisait qu'une bouchée. Daenerys s'en vit abandonner une aile entière. Elle y disposerait de ses propres jardins, avec bassin de marbre où se baigner, minaret-pagode et labyrinthe magique. Des esclaves lui obéiraient aveuglément. Dans ses appartements privés, les sols étaient de marbre vert, les murs drapés de tentures vives dont la moindre brise moirait la soie. « Vous êtes trop généreux, dit-elle à son hôte.

– Il n'est point de cadeau trop fastueux pour la Mère des Dragons. » Aussi languide qu'élégant, Xaro portait sous sa calvitie un grand bec de nez serti de rubis, d'opales et pailleté de jade. « Demain, vous festoierez de paon, de langues d'alouette, et vous entendrez une musique digne de vous, belle des belles. Les Treize viendront vous rendre hommage, ainsi que tous les grands de Qarth. »

Quitte à songer : *C'est à mes dragons que s'adressera la visite des grands de Qarth*, elle ne lui en exprima pas moins sa gratitude avant de le congédier. Au moment de se retirer à son tour, Pyat Pree se fit fort de lui obtenir une audience des Nonmourants. « Un honneur aussi rare que neiges d'été. » Puis, baisant ses pieds nus de ses lèvres bleues, il la supplia d'accepter une fiole d'onguent grâce auquel, jura-t-il, se manifesteraient à elle les esprits de l'air. Dernière à la quitter de ses poursuivants fut Quaithe Larve-noue. Sur un simple avertissement. « Méfie-toi, souffla-t-elle sous son masque de laque rouge.

– De qui ?

– De tous. Ils viendront nuit et jour voir les prodiges renés au monde, et cette vue déchaînera leur convoitise. Car les dragons sont le feu fait chair, et pouvoir et feu ne font qu'un. »

Quaithe partie, ser Jorah commenta : « Elle dit vrai, ma reine..., mais je la prise aussi peu que les autres.

– Elle m'est incompréhensible. » Dès la seconde où ils avaient entrevu ses dragons, Pyat et Xaro s'étaient en effet mis à l'accabler de promesses, de serments et d'hommages inconditionnels, alors que Quaithe n'avait desserré les dents que pour proférer des mots sibyllins. N'avoir au surplus jamais vu son visage aggravait le malaise de Daenerys. *Souviens-toi de Mirri Maz Duur*, s'enjoignit-elle. *Souviens-toi de sa perfidie.* Elle se tourna vers ses sang-coureurs. « Nous monterons nous-mêmes notre garde, aussi longtemps que nous vivrons ici. Assurez-vous que nul n'accède à cette aile du palais sans mon autorisation, et que la surveillance des dragons ne se relâche pas une seconde.

– Vous serez obéie, *Khaleesi*, dit Aggo.

– Nous n'avons vu de Qarth que ce qu'a bien voulu nous en montrer Pyat Pree, reprit-elle. Va visiter les autres quartiers, Rakharo, et rapporte-moi ce que tu auras découvert. Choisis des hommes pour t'accompagner – et des femmes ; elles pénétreront où les mâles sont interdits.

– Vos désirs sont des ordres, sang de mon sang.

– Portez-vous vers les quais, ser Jorah, et voyez ce qui s'y trouve de navires à l'ancre. Je ne sais plus rien des Sept Couronnes depuis six mois. Peut-être les dieux auront-ils poussé dans le port quelque brave capitaine de Westeros susceptible de nous ramener chez nous. »

Il fronça les sourcils. « Ce serait là un fâcheux bienfait. L'Usurpateur vous tuera, aussi sûr que le soleil se lève. » Il enfonça ses pouces dans son ceinturon. « Ma place est ici même, à vos côtés.

– Jhogo peut se charger de ma sécurité. Vous maîtrisez un plus grand nombre de langues que mes sang-coureurs, et les Dothrakis se défient de la mer autant que des navigateurs. Vous seul pouvez me servir dans ce domaine. Allez flâner parmi les bateaux, bavarder avec les équipages, vous informer de leur origine, de leur destination, de la mentalité de leurs supérieurs. »

Non sans répugnance, il acquiesça d'un signe. « Soit, ma reine. »

Après le départ des hommes, Daenerys se laissa dévêtir de ses soieries souillées par le voyage et, d'un pas nonchalant, gagna le bassin de marbre extérieur qu'ombrageait un portique. Elle en trouva l'eau d'une fraîcheur exquise, et les nuées de petits poissons d'or qui lui frôlaient curieusement la peau lui arrachèrent des gloussements chatouilleux. Quelle volupté c'était que de flotter ainsi, paupières closes, et que de se dire, en se délassant : tant que je voudrai ! Le Donjon Rouge d'Aegon possédait-il un bassin semblable ? possédait-il des jardins semblables, embaumés de lavande et de menthe ? se demanda-t-elle. *Sûrement. Viserys le disait toujours, il n'est rien au monde de si beau que les Sept Couronnes.*

La pensée de la patrie perdue rompit le charme. S'il avait vécu, le soleil étoilé de ses jours aurait mené le *khalasar* par-delà les flots vénéneux et balayé les ennemis, mais sa vigueur n'était hélas plus de ce monde. Ses sang-coureurs lui demeuraient, certes, habiles au carnage et liés à elle à la vie à la mort, mais si leurs mœurs de seigneurs du cheval les appelaient au sac des villes et au pillage des royaumes, elles les rendaient inaptes à rien gouverner. Or, elle ne souhaitait nullement réduire Port-Réal en ruines calcinées que hanteraient des spectres inconsolables. Elle s'était assez abreuvée de larmes. *Mon royaume, je veux l'embellir, je le veux peuplé d'hommes florissants, de jolies filles et d'enfants rieurs. Je veux voir mon peuple sourire sur mon passage comme, à entendre Viserys, il souriait sur celui de Père.*

Seulement, avant que de réaliser ce rêve, encore fallait-il opérer la conquête.

L'Usurpateur vous tuera, aussi sûr que le soleil se lève, prédisait Mormont. Et si, de fait, Robert Baratheon avait jadis abattu de sa main le vaillant Rhaegar, naguère encore une de ses créatures avait osé franchir la mer Dothrak afin de les empoisonner, elle et son fils à naître ; et il avait la réputation d'être aussi fort qu'un taureau, intrépide au combat, et de n'aimer rien si passionnément que la guerre ; et à ses côtés se tenaient ceux des grands seigneurs que Rhaegar surnommait les chiens de l'Usurpateur, Eddard Stark, regard de pierre et cœur de glace, ainsi que les Lannister père et fils, cousus d'or, puissants au possible et la félonie incarnée...

Comment espérer culbuter de tels hommes ? De son vivant, les peuples tremblaient devant Khal Drogo et tâchaient de s'épargner sa rage à force de cadeaux ; sinon, leurs villes, leurs biens, leurs femmes, il s'appropriait tout ; mais aussi se trouvait-il à la tête d'un colossal *khalasar*, alors qu'à peine en menait-elle l'ombre pour sa part ; sans doute ses sujets l'avaient-ils suivie dans le désert rouge sur les traces de la comète, sans doute la suivraient-ils encore au travers des flots vénéneux, mais ils étaient en si petit nombre... Ses dragons eux-mêmes ne pourraient suffire à la tâche. Car, pour se figurer que le royaume se soulèverait pour soutenir ses droits légitimes, il fallait être fou comme Viserys. Seuls les fous se persuadent de pareilles folies.

Ces réflexions la firent frissonner. L'eau lui parut soudain bien froide, et bien importuns les petits poissons qui la taquinaient.

Reprenant pied pour escalader la margelle du bassin, elle appela : « Irri ? Jhiqui ? »

Tandis que celles-ci l'épongeaient puis lui enfilaient une robe de soie sauvage, ses pensées se portèrent vers le trio venu la chercher dans la cité des Os. *Ce n'est pas sans motif que l'étoile sanglante m'a conduite à Qarth. J'y trouverai ce qui me fait défaut, si j'ai l'énergie de prendre ce que l'on m'offre et l'esprit d'éviter chausse-trapes et rets. Que mes projets de conquête aient leur aval, et les dieux y pourvoiront, ils m'enverront un signe. Autrement..., autrement...*

Elle était en train de nourrir ses dragons quand, aux approches du crépuscule, s'écartèrent sur Irri les rideaux de soie : ser Jorah était de retour..., mais point seul. « Introduis-le, dit-elle, dévorée de curiosité, ainsi que la personne qu'il me ramène. »

Elle les reçut assise sur des amoncellements de coussins, parmi ses dragons. D'une noirceur de jais poli, le compagnon de ser Jorah se drapait dans un manteau de plumes vertes et jaunes. « Que Votre Grâce me permette, dit le chevalier, de lui présenter Quhuru Mo, capitaine de *La Brise Cannelle*, originaire de Grand-Banian.

Le Nègre s'agenouilla. « Trop honoré, ma reine, lui dit-il, non pas dans la langue des îles d'Eté qu'elle ignorait, mais dans le valyrien fluide des neuf Cités libres.

– Tout l'honneur est pour moi, Quhuru Mo, répondit-elle dans le même idiome. Vous arrivez des îles d'Eté ?

– Oui, Votre Grâce, mais, auparavant, voilà moins de six mois, j'ai fait escale à Villevieille. Et c'est de là que je vous rapporte un fabuleux présent.

– Un présent ?

– Sous forme de nouvelles. En vérité, je vous le dis, Mère des Dragons, Fille du Typhon, Robert Baratheon est mort. »

A l'extérieur, la nuit descendait sur Qarth, mais dans le cœur de Daenerys venait de surgir une aurore. « Mort ? » répéta-t-elle. En son giron, Drogon le noir exhala un sifflement dont la fumée pâle s'éleva tel un voile devant le visage de sa maîtresse. « Vous êtes sûr ? L'Usurpateur est mort ?

– Du moins l'affirmait-on à Villevieille et à Dorne et à Lys et dans tous les ports où j'ai relâché. »

Il m'avait envoyé du vin empoisonné, mais je suis vivante et il n'est plus. « De quelle manière a-t-il péri ? » Sur son épaule, Viserion le pâle l'éventait par ses battements d'ailes couleur de crème.

« Eventré par un sanglier monstrueux lors d'une chasse dans le Bois-du-Roi, si j'en crois les rumeurs de Villevieille. D'autres prétendent trahi par sa reine, ou par son frère, ou par sa Main, lord Stark. Ces versions diverses convergent en tout cas sur ce point que le roi Robert est mort et enterré. »

Bien qu'elle n'eût jamais vu la figure de l'Usurpateur, il ne s'était guère écoulé de jour sans qu'il obsédât sa pensée. Son ombre immense avait plané sur elle dès l'instant où sa naissance l'avait projetée, parmi le fracas de l'orage et les flots de sang, dans un monde où elle n'avait plus de place. Et voilà qu'un étranger d'ébène dissipait cette ombre.

« C'est le gamin qui occupe à présent le trône de Fer, intervint ser Jorah.

– Oui, confirma Quhuru Mo, le roi Joffrey règne, mais les Lannister gouvernent. Les frères de Robert ont fui Port-Réal. Bien résolus, dit-on, à revendiquer la couronne. Quant à lord Stark, l'ami et la Main du roi, sa chute est consommée. Il croupit en prison sous l'inculpation de félonie.

– Félon, Ned Stark ? renifla Mormont, c'est invraisemblable ! Le Long Eté sera de retour avant que ce bougre-là ne s'abaisse à ternir son précieux honneur...

– De quel honneur se targuerait-il ? lança Daenerys. Il a trahi son véritable roi, tout comme ces Lannister ! » Elle était ravie d'apprendre que les chiens de l'Usurpateur s'entre-dévoraient, mais cela ne la surprenait pas. Le même phénomène s'était produit après la disparition de Drogo, et le grand *khalasar* dispersé lui-même en lambeaux. « Mon frère Viserys, le seul roi authentique, avisa-t-elle son noir visiteur, est mort également. Couronné d'or en fusion par Khal Drogo, mon seigneur et maître. » Un peu moins délirant, se serait-il douté que la vengeance tant désirée n'était qu'une question de jours ?

« Je le déplore pour vous, Mère des Dragons, et pour Westeros qui saigne et que voici privé de son souverain légitime. »

De sous les doigts câlins de Daenerys, Rhaegal le vert dardait sur l'étranger ses prunelles d'or liquide et, lorsqu'il ouvrit la gueule, ses dents étincelèrent, telles des aiguilles noires. « Quand retournez-vous à Westeros, capitaine ?

– Pas avant un an, voire davantage, à mon grand regret. D'ici, *La Brise Cannelle* fera voile à l'est, afin d'accomplir le tour des comptoirs de la mer de Jade.

– Je vois, dit-elle avec dépit. Je vous souhaite donc vents favorables et affaires prospères. Vous m'avez offert un cadeau sans prix.

– J'en suis amplement dédommagé, grande reine. »

La réponse la suffoqua. « Comment cela ?

– J'ai vu des dragons. » Ses yeux flamboyaient.

Elle se mit à rire. « Et vous les verrez davantage un jour, j'espère. Venez me trouver, lorsque j'occuperai le trône de mes pères, et comptez sur ma munificence. »

Il promit de n'y point manquer, lui effleura les doigts des lèvres et, conduit par Jhiqui, se retira. Ser Jorah s'attarda, lui.

« Si j'étais que de vous, *Khaleesi*, dit-il une fois seul à seule, je ne dévoilerais point mes projets. Cet homme va les publier partout où il passera.

– Et après ? riposta-t-elle. Qu'importe, si le monde entier connaît mes intentions ? l'Usurpateur est mort.

– Récit de marin n'est pas forcément véridique, énonça-t-il d'un ton sentencieux. Puis quand bien même Robert serait mort, son fils lui a succédé. En fait, rien n'est changé.

– *Tout* est changé. » Elle se leva si brusquement que ses dragons déployèrent leurs ailes en piaillant. Drogon prit son essor et s'en fut se percher sur le linteau de l'entrée, tandis que ses frères égratignaient le marbre en voletant au ras du sol. « Auparavant, la mosaïque des Sept Couronnes devait, à l'instar du *khalasar* de mon cher Drogo, son espèce de cohésion à la poigne unique qui en renfermait les pièces innombrables. Elle s'éparpille et se décompose, à présent, comme il le fit lui-même à la mort du *khal*.

– Les grands seigneurs s'affrontent depuis toujours. Dites-moi le vainqueur, et je vous dirai qu'en conclure. Les Sept Couronnes ne tomberont pas en vos mains comme autant de pêches mûres, *Khaleesi*. Il vous faut une flotte, de l'or, des armées, des alliances...

– Je sais tout cela. » Elle empoigna les mains du chevalier et, les yeux levés vers lui, sonda longuement ses sombres prunelles ombrageuses. *Il voit en moi tantôt une enfant qu'il doit protéger, tantôt une femme avec qui il aimerait coucher, mais lui arrive-t-il jamais de me considérer vraiment comme sa reine ?* « Je ne suis plus la fillette effarée de Pentos, Jorah. Je n'ai certes que quinze ans..., mais je suis aussi vieille que les sorcières du *dosh khaleen* et aussi jeune que mes dragons. J'ai mis au monde un enfant, allumé le bûcher d'un *khal*, traversé la mer Dothrak et le désert rouge. Bel et bien mien est le sang du dragon.

– Tout comme l'était celui de votre frère, répliqua-t-il, buté.

– Je ne suis pas Viserys.

– Non, concéda-t-il. Il y a plutôt du Rhaegar en vous, ce me semble, mais Rhaegar lui-même n'était pas invincible. Robert ne l'a que trop prouvé, au Trident, et avec une simple masse de guerre. Les dragons eux-mêmes peuvent mourir.

– Et meurent. » Elle se jucha sur la pointe des pieds pour frôler d'un baiser sa joue râpeuse. « Mais les tueurs de dragons aussi. »

BRAN

Meera procédait par cercles circonspects. Dans sa main gauche pendait mollement le filet, sa droite balançait le mince trident à grenouilles. Tout en tournant sur place, Eté, la queue dressée, la suivait de ses prunelles d'or. Si attentif, si attentif...

« Yaï ! » cria-t-elle en pointant son trident. Elle n'eut pas le temps de le reculer qu'Eté l'avait esquivé par la gauche et bondissait, mais le filet déjà volait, déployait ses mailles et, emporté par son élan, le loup s'y emprisonnait, l'entraînait dans sa course et, heurtant de plein fouet le torse de la fille, la projetait en arrière. Le trident prit l'air en tournicotant. Et l'herbe humide eut beau amortir sa chute, Meera, le souffle coupé, n'en lâcha pas moins un « Hou ! », pendant qu'Eté s'accroupissait sur elle.

Bran ulula : « Perdu... !

– Gagné, contesta Jojen. Eté s'est fait prendre. »

Il avait raison, Bran le constata. Le loup avait beau se débattre et gronder pour se libérer, il ne parvenait qu'à s'entortiller de plus belle dans le filet, sans même pouvoir mordre au travers. « Délivrez-le. »

En riant, la petite Reed jeta ses bras autour du loup captif et se laissa rouler avec lui. A ruer vainement des quatre pattes contre les cordes qui le ligotaient, celui-ci finit par pousser un vagissement piteux. Alors, Meera s'agenouilla, défit un tour du filet, tira sur un coin, démêla d'une main preste ici puis là et, soudain, le loup s'esquiva, libre enfin.

« Ici, Eté. » Bran ouvrit ses bras. « Regardez », dit-il, et, une seconde plus tard, le loup déboulait sur lui. Il l'empoigna de toutes ses forces, tandis que le loup le propulsait dans l'herbe, et ils luttèrent en s'enchevêtrant, cramponnés l'un à l'autre, celui-ci grognant et jappant, celui-là riant à perdre haleine. Enfin, Bran prit l'avantage et s'allongea sur le loup-garou tout crotté de terre. « Bon loup », haleta-t-il. La langue d'Eté lui balaya l'oreille.

Meera secoua la tête. « Il ne se met jamais en colère ?

– Pas avec moi. » Il l'attrapa par les oreilles, Eté répliqua par un féroce claquement de crocs, mais tout cela n'était qu'un jeu. « Il lui arrive de me déchirer les vêtements, mais il n'est jamais allé jusqu'au sang.

– Vous voulez dire *votre* sang. Si mon filet ne l'avait empêché...

– Il ne vous ferait pas de mal. Il sait que je vous aime bien. » Quelques heures avaient suffi pour disperser tous les seigneurs et chevaliers réunis à Winterfell par la fête des moissons, mais les Reed demeureraient en permanence auprès de lui. Si les mines cérémonieuses de Jojen l'avaient fait qualifier par Vieille Nan de « petit grand-père », Bran trouvait à Meera quelque ressemblance avec sa sœur Arya. Elle ne craignait pas de se salir, savait aussi bien courir et se battre et tirer qu'un garçon. Elle était plus âgée qu'Arya, toutefois ; près de seize ans ; une femme, quoi. Du frère aussi, Bran était largement le cadet, malgré ses neuf ans enfin sonnés, révolus, mais ni l'un ni l'autre ne l'avaient jamais traité en mioche.

« Que n'êtes-vous nos pupilles, au lieu de ces Walder... » Il entreprit de se traîner vers l'arbre le plus proche. Ce n'était pas un joli spectacle que ses reptations et tortillements mais, lorsque Meera esquissa le geste de le soulever, « Non, ne m'aidez pas », dit-il. A la seule force des bras, il progressait en tanguant gauchement, tirait, poussait, finit, grâce à une contorsion compliquée vers l'arrière, par s'adosser au tronc d'un grand orne. « Vous voyez, ça y est. » Eté s'allongea près de lui, la tête dans son giron. « Je ne connaissais personne qui combatte armé d'un filet, reprit-il, tout en grattant le loup entre les oreilles. C'est votre maître d'armes qui vous en a appris le maniement ?

– Mon père. Nous n'avons pas de chevaliers, à Griseaux. Ni de maître d'armes ni de mestre.

– Qui s'occupe de vos corbeaux ? »

Elle sourit. « Des corbeaux seraient aussi incapables que nos ennemis de dénicher Fort-Griseaux.

– Pourquoi donc ?

– Parce qu'il est mobile. »

N'ayant jamais entendu parler d'un château mobile, il lui décocha un regard perplexe mais ne réussit pas à déterminer si elle parlait sérieusement ou le taquinait. « Je serais curieux de le voir. Croyez-vous que messire votre père me permettrait de le visiter, lorsque la guerre sera finie ?

– Vous y seriez le très bienvenu, mon prince. Alors comme dès maintenant.

– *Maintenant ?* » Pour avoir passé sa vie entière à Winterfell, il brûlait de découvrir des contrées lointaines. « Je pourrais en parler à ser Rodrik lorsqu'il rentrera. » Le vieux chevalier s'était rendu dans l'est pour tenter d'y rétablir l'ordre. Le bâtard de Roose Bolton y avait ouvert les hostilités en s'emparant de lady Corbois qui regagnait ses terres après la fête et en l'épousant le soir même, bien qu'elle eût l'âge d'être sa mère. A quoi lord Manderly avait répliqué en la dépossédant de son château ; à seule fin, prétextait sa lettre, de préserver les domaines Corbois des prétentions Bolton, mais ser Rodrik avait presque aussi mal pris le forfait de l'un que le crime de l'autre. « Lui, peut-être, acceptera de me laisser partir. Pas mestre Luwin. »

Assis jambes croisées sous le barral, Jojen Reed posa sur Bran un regard solennel. « Vous feriez bien de quitter Winterfell.

– Ah bon ?

– Oui. Et le plus tôt serait le mieux.

– Mon frère possède un don de vervue, expliqua Meera. Ce qu'il rêve advient parfois.

– Pas *parfois*, Meera. » Ils échangèrent un coup d'œil ; navré de sa part à lui, impérieux de sa part à elle.

« Dites-moi ce qui va arriver, dit Bran.

– Je le ferai, répliqua Jojen, si vous me parlez de vos propres rêves. »

Dans le silence épaissi du bois sacré, Bran percevait le vague bruissement des feuilles et, au loin, les éclaboussants ébats d'Hodor dans les sources chaudes. A l'homme d'or et à la corneille aux trois yeux se mêlèrent en un éclair le craquement des os sous ses crocs et la saveur cuivrée du sang. « Je n'ai pas de rêves. Mestre Luwin me donne des somnifères.

– Qui vous soulagent ?

– Quelquefois.

– Tout Winterfell est au courant, Bran, intervint Meera. La nuit, vous vous réveillez, trempé de sueur et hurlant. Les femmes en parlent, au puits, les gardes dans leur salle.

– Confiez-nous ce qui vous terrifie de la sorte, reprit Jojen.

– Je n'y tiens pas. Ce ne sont jamais que des rêves, d'ailleurs. Qui peuvent aussi bien signifier quelque chose ou rien, d'après mestre Luwin.

– Mon frère rêve comme le font tous les garçons, mais si ces rêves-là ne sont pas forcément dépourvus de sens, insista Meera, ils n'ont rien de commun avec les rêves verts. »

Avec ses yeux couleur de mousse, Jojen vous donnait par moments l'impression de voir autre chose que vous. C'était à présent le cas. « J'ai rêvé d'un loup ailé que rivaient à la terre des chaînes de pierre grise, dit-il. Et comme il s'agissait là d'un rêve vert, je ne pouvais douter de sa véracité. Une corneille essayait de picorer au travers des chaînes, mais leur pierre était trop dure, et elle s'y ébréchait vainement le bec.

– Elle avait trois yeux ? »

Jojen fit un signe affirmatif.

Eté souleva sa tête du giron de Bran et fixa sur le maraîchin ses insondables prunelles d'or.

« Enfant, je faillis mourir des fièvres griseaux. C'est alors que me visita la corneille.

– Et moi après ma chute, avoua Bran. J'étais assoupi depuis fort longtemps. Elle me prévint qu'il fallait voler ou mourir, et je m'éveillai. Seulement..., seulement, j'étais brisé – et incapable de voler, de toute manière.

– Vous le pouvez si vous le voulez. » Ramassant son filet, Meera le secoua pour achever de le démêler puis entreprit de le disposer en plis lâches.

« Le loup ailé, c'est *vous*, Bran, reprit Jojen. Je n'en étais pas sûr, à notre arrivée, maintenant si. La corneille nous a envoyés pour rompre vos chaînes.

– Elle est à Griseaux ?

– Non. Dans le nord.

– Au Mur ? » Il désirait depuis toujours le voir. Et Jon, son frère bâtard, s'y trouvait désormais. Dans la fameuse Garde de Nuit.

« Au-delà du Mur. » Meera Reed suspendit le filet à sa ceinture. « C'est en apprenant le rêve de Jojen que le seigneur notre père a décidé notre départ pour Winterfell.

– Comment m'y prendre pour briser mes chaînes, Jojen ?

– Ouvrez l'œil.

– Mais ils *sont* ouverts ! Ne le *voyez*-vous pas ?

– Deux le sont. » Il brandit l'index. « Un, deux.

– Je n'en *ai* que deux !

– Vous en avez trois. Le troisième, la corneille vous l'a donné, mais vous refusez de l'ouvrir. » Il parlait d'une voix douce et nonchalante. « Avec deux yeux, vous voyez mon visage. Avec trois, vous verriez mon cœur. Avec deux, vous voyez sans peine ce chêne-là. Avec trois, vous verriez sans peine et le gland dont il est issu et la souche qu'il deviendra tôt ou tard. Avec deux, vous ne voyez pas plus loin que vos murs. Avec trois, vous verriez au sud jusqu'à la mer d'Eté et au nord par-delà le Mur. »

Eté se leva.

« Je n'ai que faire de voir si loin. » Il eut un petit sourire crispé. « Assez parlé de corneilles. Parlons de loups. Ou de lézards-lions. Vous en avez déjà chassé, Meera ? Nous n'en avons pas, par ici. »

Elle repêcha son trident parmi les fourrés. « Ils vivent dans l'eau. Dans les ruisseaux lents, les bas-fonds stagnants... »

Son frère la coupa. « Vous avez rêvé d'un lézard-lion ?

– Non, dit Bran, mais, je vous le répète, je ne tiens pas...

– Et d'un loup ? »

Il finissait par l'exaspérer. « Je n'ai pas à vous conter mes rêves. Je suis le prince. Je suis le Stark de Winterfell.

– S'agissait-il d'Eté ?

– Fermez-la, vous.

– La nuit de la fête, vous avez bien rêvé que vous étiez Eté, dans le bois sacré, n'est-ce pas ?

– *Assez !* » glapit Bran. Les crocs dénudés, Eté se faufila vers le barral.

Jojen Reed ne s'en soucia pas. « Quand j'ai touché Eté, c'est votre présence en lui que j'ai sentie. Exactement comme à présent.

– Cela ne se peut. J'étais couché. Je dormais.

– Vous vous trouviez dans le bois sacré. Tout en gris.

– Ce n'était qu'un cauchemar... »

Jojen se leva. « Je vous ai senti. Je vous ai senti tomber. C'est cela qui vous terrifie, la chute ? »

La chute, songea Bran, *et l'homme doré, le frère de la reine, il me terrifie, lui aussi, mais surtout la chute.* Il n'en souffla mot, néanmoins. Comment l'aurait-il pu ? Il n'y était pas parvenu avec ser Rodrick ou mestre Luwin, il n'y parviendrait pas davantage avec les Reed. S'il s'en taisait, peut-être finirait-il par oublier ? Jamais il n'avait souhaité se souvenir. Peut-être même s'agissait-il là d'un souvenir trompeur.

« Vous tombez chaque nuit, Bran ? » reprit paisiblement Jojen.

Un grondement sourd, et qui n'avait rien de joueur, roula dans la gorge d'Eté. Qui s'avança, toutes dents dehors, l'œil ardent. Trident au poing, Meera s'interposa entre son frère et lui. « Faites-le reculer, Bran.

– C'est Jojen qui le rend hargneux. »

Elle secoua son filet.

« C'est votre propre hargne, Bran, repartit le frère. Votre peur.

– Nullement. Je ne suis pas un loup. » Il n'en avait pas moins hurlé avec eux, la nuit, et tâté du sang, dans ses rêves de loup.

« Une part de vous est Eté, une part d'Eté vous, et vous le savez, Bran. »

A ces mots, le loup se rua sur Jojen, mais Meera le bloqua en le piquant du bout de son trident. Il se mit alors à louvoyer de côté, d'un trot souple, en traçant des cercles, et Meera à tourner pour lui faire face. « Rappelez-le, Bran.

– Eté ! hurla-t-il, ici, Eté ! » Il se claqua la cuisse et s'y meurtrit la paume, mais sa jambe morte ne sentit rien.

Or, le loup-garou se précipita de nouveau, et de nouveau jaillit le trident de Meera. Il se jeta de côté et reprenait ses cercles quand, à l'arrière du barral, les fourrés s'ouvrirent en frémissant sur une mince silhouette noire qui s'approcha à pas feutrés. La puissante odeur de fureur que dégageait son frère avait attiré Broussaille. Bran sentit se dresser les cheveux de sa nuque. Un loup de chaque côté, Meera se campa auprès de Jojen. « Détournez-les, Bran.

– *Mais je ne peux pas !*

– Dans l'arbre, Jojen.

– Pas besoin. Je ne mourrai pas aujourd'hui.

– *Obéis !* » s'emporta-t-elle, et il se mit à grimper, utilisant la face du barral pour assurer ses prises. Les loups-garous resserraient cependant l'étau. Meera lâcha trident et filet pour agripper, d'un bond, la branche qui la surplombait, ne soustrayant que d'extrême justesse sa cheville aux mâchoires de Broussaille quand, d'un coup de reins, elle y opéra son rétablissement. Assis sur son arrière-train, Eté se mit à hurler, pendant que Broussaille tourmentait le filet en le secouant entre ses dents.

C'est alors seulement que Bran recouvra suffisamment de présence d'esprit pour appeler à l'aide. « Hodor ! s'époumona-t-il, les mains en porte-voix, *Hodor ! Hodor !* » Aux affres de l'angoisse se mêlait quelque peu de honte. « Ils ne toucheront pas Hodor », affirma-t-il à ses amis.

Précédé d'un fredonnement monocorde, Hodor ne tarda guère à surgir, demi-nu, certes, et maculé de tourbe, mais jamais sa vue n'avait si fort réjoui Bran. « Aide-moi, Hodor. Chasse les loups d'ici. Chasse-les. »

Sans se faire autrement prier, Hodor se mit à mouliner des bras, trépigner sur ses pieds énormes, vociférer d'enthousiasme : « Hodor ! Hodor ! » et à foncer tantôt sur un loup, tantôt sur l'autre. Broussaille fut le premier à battre en retraite, à reculons, dans les buissons, non sans un dernier grondement. Eté, quant à lui, finit par se lasser du manège et retourna se coucher près de Bran.

C'était eux, pas moi. D'où leur était venue pareille sauvagerie, voilà qui le stupéfiait. *Peut-être mestre Luwin avait-il raison de les renfermer dans le bois sacré.* « Porte-moi chez le mestre, Hodor. »

L'appartement de la tourelle, sous la roukerie, faisait partie de ses lieux de prédilection. Malgré son écœurante saleté, le fouillis de bouquins, de grimoires et de fioles lui était aussi réconfortant et familier que la calvitie de Luwin, ses battements de manches et l'ampleur de ses robes grises. Et il aimait bien les corbeaux, aussi.

Juché sur un grand tabouret, le mestre était en train d'écrire. En l'absence de ser Rodrik, il devait assumer l'accablante gestion du château. « Vous venez bien tôt, mon prince, dit-il lorsqu'entra Hodor, prendre vos leçons, aujourd'hui. » Il consacrait, l'après-midi, plusieurs heures à l'éducation de Bran, de Rickon et des deux Walder.

« Ne bouge plus, Hodor. » A deux mains, Bran saisit une applique fichée dans le mur pour s'extirper de sa hotte et attendit un moment, ballant sur le vide à bout de bras, qu'Hodor le décrochât pour l'installer dans un fauteuil. « Meera prétend que son frère possède un don de vervue. »

Avec sa plume, le mestre se gratta une aile du nez. « Ah bon ? »

Bran opina du chef. « Vous m'avez dit, je me rappelle, que les enfants de la forêt possédaient ce don.

– Certains s'en flattaient. On appelait les plus remarquables *vervoyants*.

– S'agissait-il de magie ?

– Si tu veux, mais faute de terme plus adéquat. Par essence, il s'agissait plutôt d'un mode de connaissance particulier.

– En quoi consistait-il ? »

Luwin reposa sa plume. « Nul ne sait au juste, Bran. Les enfants de la forêt ont quitté ce monde, et leur science les a suivis. Nous la supposons en corrélation avec la face des arbres-cœurs. Les Premiers Hommes croyaient les vervoyants capables de voir par les yeux des barrals. Voilà pourquoi ils abattaient systématiquement ceux-ci lorsqu'ils guerroyaient contre les enfants. Les vervoyants étaient également censés détenir un pouvoir sur les oiseaux des arbres et les fauves des bois. Même sur les poissons. Est-ce que le petit Reed s'en attribue de tels ?

– Non. Je ne pense pas. Mais il lui arrive de faire des rêves qui, d'après Meera, se vérifient.

– Il nous arrive à tous de faire des rêves qui se vérifient. Souviens-toi..., n'as-tu pas rêvé, dès avant d'apprendre sa mort, que ton seigneur père reposait dans les cryptes ?

– Rickon aussi. Le même rêve nous a visités tous deux.

– Nomme cela vervue, si tu le désires..., mais n'oublie pas non plus les dizaines de milliers de rêves que vous avez faits, Rickon et toi, et qui ne se sont pas vérifiés. Dis-moi, te souviendrait-il de ce que je t'ai appris quant au collier que portent les mestres ? »

Bran fouilla quelques secondes dans sa mémoire. « Chacun d'entre vous forge sa chaîne en la Citadelle de Villevieille. Son aspect symbolise votre serment de servir, et les différents métaux qui la composent indiquent que vous servez le royaume, lequel se compose lui-même de toutes sortes de gens différents. A chaque nouveau savoir acquis correspond un nouveau chaînon. Le fer noir désigne l'art des corbeaux, l'argent celui de guérir, l'or celui de dénombrer, compter... Je ne me les rappelle pas tous. »

Glissant un doigt sous son collier, Luwin entreprit de faire tourner celui-ci, pouce après pouce. Il avait, malgré sa petite taille, un cou épais, et la chaîne s'y ajustait fort étroitement, mais il suffit de quelques tractions pour l'amener au point requis. « Voici de l'acier valyrien, dit-il lorsqu'un chaînon gris sombre se fut appliqué contre la pomme de son gosier. Seul en porte un mestre sur cent. Il signifie que j'ai étudié ce que la Citadelle nomme les *mystères supérieurs* – la magie, si tu veux, mais toujours à défaut de terme plus adéquat. Une quête fascinante, un usage des plus limité, voilà pourquoi si peu de mestres s'en donnent le mal.

« Tout homme qui étudie les mystères supérieurs s'essaie tôt ou tard à la pratique des incantations. J'y ai moi-même succombé, je dois l'avouer. En gamin que j'étais, car quel gamin n'aspire à se découvrir, dans le secret de son cœur, des pouvoirs intimes ? Mes efforts n'ont pas été mieux couronnés que ceux des mille gamins qui m'avaient précédé et des mille qui m'ont succédé. La magie, triste à dire, ne marche pas.

– Parfois si ! protesta Bran. Je l'ai quand même fait, ce rêve, et Rickon aussi ! Et il existe, à l'est, des mages et des sorciers qui...

– Il existe des gens qui *s'intitulent* mages et sorciers de leur propre chef, objecta le mestre. A la Citadelle, j'avais un ami qui savait vous tirer de l'oreille une rose, il n'en était pas pour autant plus magicien que moi. Oh..., bien des choses nous demeurent assurément incompréhensibles. Tandis que les années s'écoulent par centaines et par milliers, que voit l'homme de la vie ? quelques étés, quelques hivers... Nous contemplons les montagnes et les qualifions d'éternelles, et elles le paraissent, en vérité..., mais les montagnes, au cours des temps, s'élèvent et s'écroulent, les rivières abandonnent leur lit, les étoiles tombent du firmament, et la mer engloutit d'immenses cités. Il n'est jusqu'aux dieux qui ne meurent, à notre avis. Tout est sujet au changement.

« Il se peut que la magie, jadis, ait disposé de prodigieux pouvoirs sur le monde, ce temps n'est plus. Le peu qu'il en subsiste a autant de consistance que ces effilochures de fumée qu'on voit flotter dans l'air à la suite des incendies, et ce peu même achève de s'estomper. Valyria fut l'ultime braise, et Valyria s'est éteinte. Les dragons ne sont plus, les géants sont morts, et les enfants de la forêt sont sortis des mémoires avec tout leur savoir.

« Non, mon prince. Jojen Reed peut avoir fait un rêve ou deux qu'il s'imagine s'être vérifiés, mais il ne possède pas de don de vervue. Aucun homme vivant n'en est plus doué. »

Vers le soir, Meera vint rejoindre Bran et, assis à sa fenêtre d'où il regardait renaître une à une en clignotant les lumières de Winterfell, il lui rapporta tout du long la conversation précédente. « Je suis désolé de ce qui s'est passé avec les loups. Eté n'aurait pas dû s'en prendre à Jojen, mais Jojen n'aurait pas dû non plus se permettre tous ces commentaires sur mes rêves. La corneille mentait en me disant que je pouvais voler, et votre frère mentait aussi.

– A moins que votre mestre ne se trompe.

– Il ne se trompe pas. Père lui-même se fiait en son jugement.

– Votre père écoutait d'abord, je n'en doute point. Mais il décidait par lui-même, à la fin. Bran, me permettez-vous de vous parler d'un rêve qu'a fait Jojen et où vous figuriez avec vos frères adoptifs ?

– Les Walder ne sont pas mes frères. »

Elle dédaigna la remarque. « Vous étiez attablé pour souper mais, au lieu d'un valet, c'est mestre Luwin qui apportait les mets. Du rôti, il vous servit le morceau du roi ; assez peu de viande, et saignante, mais le fumet qui s'en exhalait mettait l'eau à la bouche de tous les convives. Aux Frey, en revanche, il servit une viande vieille et grise et morte. Ce qui ne les empêchait pas de se délecter beaucoup plus que vous.

– Je ne comprends pas.

– Mon frère assure que vous comprendrez. Et, alors, nous en reparlerons. »

En gagnant sa place au souper, cette nuit-là, Bran ne put se défendre d'éprouver une espèce d'appréhension mais, une fois assis, c'est une tourte au pigeon que l'on déposa devant lui. On en servit de même à tout le monde, et il ne repéra rien d'incongru dans la portion qui échut aux Walder. *C'est mestre Luwin qui voit clair*, se dit-il. Nulle menace ne pesait sur Winterfell, quoi que prétendît Jojen. Il en fut soulagé... mais désappointé aussi. Tant qu'existait la magie, tout pouvait arriver ; les spectres pouvaient circuler, les arbres pouvaient parler, et les garçons brisés pouvaient devenir, une fois adultes, chevaliers. « Mais elle n'existe pas, dit-il tout haut dans les ténèbres, du fond de son lit. La magie n'existe pas, et les contes ne sont que des contes. »

Et jamais lui ne remarcherait ni ne volerait ni ne serait chevalier.

TYRION

La jonchée grattait, sous ses pieds nus. « Il choisit une drôle d'heure, mon cousin, pour me rendre visite... », maugréa-t-il. Encore abruti de sommeil, Podrick Payne s'était manifestement attendu à périr rôti, pour l'avoir réveillé. « Introduis-le dans ma loggia. Je l'y rejoindrai sous peu. »

D'après les ténèbres collées aux fenêtres, il était minuit largement passé. *Lancel pense-t-il me trouver pâteux et l'esprit gourd, à cette heure-ci ?* se demanda-t-il. *Non, à peine s'il pense tout court. Un coup de Cersei.* Elle serait déçue. Lors même qu'il était au lit, il travaillait à la lueur tremblante d'une chandelle jusque fort avant le matin, plongé dans la lecture et l'examen minutieux des rapports de la clique à Varys ou le contrôle des livres de comptes de Littlefinger, dont les colonnes finissaient, sous ses yeux douloureux, par se chevaucher.

Il s'aspergea la figure avec l'eau tiédasse de la cuvette placée près de son chevet puis s'accroupit en prenant son temps dans sa garde-robe où le froid de la nuit picotait sa peau nue. Fort de ses seize ans, ser Lancel n'était pas célèbre pour sa patience. Qu'il attende, et que l'attente exaspère sa fébrilité. Une fois délestées ses tripes, Tyrion enfila une chemise de nuit, passa les doigts dans ses cheveux filasse afin de bien les ébouriffer comme ceux d'un homme qui vient tout juste de se réveiller.

Paré d'un pourpoint de velours rouge à crevés de soie noire, Lancel allait et venait devant les cendres de la cheminée. Au ceinturon de son épée brillaient les joyaux d'un poignard en son fourreau doré. « Cousin, le salua Tyrion, vos visites sont chose trop rare. Que me vaut ce bonheur immérité ?

– Sa Grâce la reine régente m'envoie vous commander de

relâcher le Grand Mestre Pycelle. » Il exhiba un ruban écarlate dont le cachet de cire d'or était scellé du lion de Cersei. « Voici, pour le certifier.

– Oui, oui. » Tyrion le balaya d'un revers de main. « Ma sœur n'abuse pas de ses forces, j'espère, à peine relevée de sa maladie. Une rechute serait déplorable.

– Sa Grâce est tout à fait remise, dit Lancel d'un ton sec.

– Vous m'en voyez charmé. » *Sauf que le refrain ne m'emballe point. J'aurais dû forcer sur la dose.* Il avait escompté quelques jours supplémentaires de coudées franches, mais la prompte convalescence de Cersei ne le consternait pas outre mesure. Elle était la jumelle de Jaime, après tout. Il se contraignit à sourire avec affabilité. « Fais-nous du feu, Pod, cette ambiance glaciale m'est désagréable. Prendrez-vous une coupe avec moi, Lancel ? Figurez-vous que le vin aux épices m'aide à dormir...

– Je n'ai que faire d'une telle aide, trancha ser Lancel. Je suis venu sur ordre de Sa Grâce, pas pour boire en votre compagnie, Lutin. »

Sa chevalerie l'avait décidément rendu plus outrecuidant, rumina Tyrion – elle, et la part pitoyable qu'il avait prise au meurtre de Robert. « Le vin n'est en effet pas sans danger. » Il se mit à sourire, tout en versant. « Quant au Grand Mestre Pycelle..., si son sort touchait si fort ma chère sœur, elle serait venue en personne, je pense. Et elle se contente de vous envoyer. Que dois-je en déduire ?

– Déduisez ce qui vous plaira, mais relâchez votre prisonnier. En sa qualité d'ami indéfectible, le Grand Mestre se trouve placé sous la sauvegarde personnelle de la reine régente. » L'ombre d'un ricanement passa sur les lèvres du freluquet ; cette scène le ravissait. *Il prend ses leçons de Cersei.* « Jamais Sa Grâce ne tolérera cet outrage. Elle vous rappelle qu'*elle* est la régente de Joffrey.

– Comme je suis la Main de Joffrey, moi.

– La Main sert, l'informa le jeune chevalier d'un air hautain, le régent *gouverne* jusqu'à la maturité du roi.

– Si vous me mettiez cela noir sur blanc, peut-être me le remémorerais-je plus aisément. » Le feu pétillait gaiement. « Tu peux nous laisser, Pod. » Il attendit que l'écuyer se fût retiré pour en revenir à Lancel : « Autre chose ?

– Oui. Sa Grâce me charge de vous aviser que ser Jacelyn Prédeaux a osé défier un ordre expressément donné au nom du roi. »

Ce qui signifie que Cersei lui a déjà commandé de relâcher Pycelle et en a essuyé un refus. « Je vois.

– Elle exige que cet individu soit démis de sa charge et arrêté pour félonie. Je vous avertis... »

Tyrion reposa sa coupe. « Garde tes avertissements pour toi, mon gars.

– *Ser* », rectifia l'autre avec raideur. Il porta la main à son épée, peut-être afin de souligner qu'il en avait une. « Prenez garde à votre manière de me parler, Lutin. » Sans doute entendait-il prendre un ton menaçant, mais sa dérision de moustache ruinait l'effet.

« Oh, lâche ce joujou... Un seul cri de ma part, et Shagga entre en trombe et te tue. A la hache, et non avec une gourde de vin. »

Lancel s'empourpra. Etait-il bête au point de se figurer que son rôle dans la mort de Robert était passé inaperçu ? « Je suis un chevalier...

– J'en ai pris note. Dis-moi un peu... Quand Cersei t'a-t-elle fait chevalier ? avant ou après t'avoir mis dans son lit ? »

Le vacillement qu'il perçut dans les prunelles vertes de Lancel suffit à édifier Tyrion. Ainsi, Varys disait vrai. *Eh bien, nul ne pourra du moins reprocher à ma sœur de ne pas aimer sa famille.* « Hé quoi, c'est tout ? Plus d'avertissements à m'offrir, *ser* ?

– Vous allez retirer ces ignobles accusations, ou bien...

– De grâce. As-tu un instant réfléchi à ce que fera Joffrey quand je lui aurai révélé que tu as assassiné son père pour baiser sa mère ?

– Ça ne s'est pas passé ainsi ! protesta Lancel, horrifié.

– Non ? Et ça s'est passé comment, je te prie ?

– C'est la reine qui m'a remis ce vin corsé ! Et votre propre père, lord Tywin, m'a ordonné de lui obéir aveuglément, lorsqu'on m'a nommé écuyer du roi.

– Et c'est aussi sur son ordre que tu as couché avec elle ? » *Regarde-le... Un peu moins grand, des traits moins parfaits, les cheveux blonds au lieu d'être filés d'or, et cependant... Même une pâle copie de Jaime vaut mieux qu'un lit vide, je présume.* « Non, m'est avis que non.

– Je... Jamais je n'ai voulu dire... J'ai simplement exécuté les ordres, en...

– ... en dépit de l'horreur constante qu'ils t'inspiraient, c'est cela que tu comptes me faire gober ? Une position éminente à la Cour, la chevalerie, les cuisses de ma sœur t'accueillant la nuit, oh, oui, ç'a dû être un supplice de tous les instants. » Il se leva. « Attends ici. Sa Majesté sera trop heureuse d'entendre cela. »

Instantanément disparut la mine arrogante du chevalier, et c'est un gamin effaré qui tomba à ses genoux. « Pitié, messire, je vous en conjure.

– Garde ça pour Joffrey. Il adore qu'on le conjure instamment.

– C'est bien sur ordre de votre sœur, la reine, vous l'avez deviné, messire..., mais Sa Majesté..., jamais il ne comprendra...

– Tu voudrais que je cache la vérité au roi ?

– Au nom de mon père, je vous en supplie ! Je quitterai la ville, et tout sera comme si rien n'était arrivé ! Je le jure, je romprai ma... mon... »

C'était dur de garder son sérieux. « Je ne suis pas de cet avis. »

Du coup, le gosse eut l'air perdu. « Pardon, messire ?

– Tu as bien entendu. Mon père t'a commandé d'obéir à ma sœur ? Fort bien, obéis-lui. Demeure à ses côtés, conserve sa confiance, fais-la jouir aussi souvent qu'elle t'en requiert. Personne n'en saura rien..., tant que tu me tiendras parole. Je veux savoir ce que fait Cersei. Où elle va, qui elle voit, de quoi l'on parle, quels plans elle ourdit. Tout. Et c'est toi qui me le diras, n'est-ce pas ?

– Oui, messire. » Il avait répondu sans la moindre hésitation. Tyrion apprécia. « Je le ferai. Je le jure. A vos ordres.

– Lève-toi. » Il emplit la seconde coupe, la lui remit. « Bois à notre entente. Je te garantis qu'il n'y a pas, à ma connaissance, de sangliers dans le château. » Lancel leva la coupe et but, non sans roideur. « Souris, cousin. Ma sœur est belle, et tout cela ne vise qu'au bien du royaume. La chevalerie n'est rien. Montre-toi malin, et tu recevras de moi une seigneurie avant d'en avoir terminé. » Il fit tournoyer le vin dans sa propre coupe. « Il faut que Cersei ait en toi une foi absolue. Retourne lui dire que je la prie de me pardonner. Dis-lui que tu m'as effrayé, que je ne veux pas de conflit avec elle, que, dorénavant, je ne ferai rien sans son consentement.

– Mais... ses exigences...?

– Oh, Pycelle, je le lui donne.

– Vraiment ? » Lancel était abasourdi.

Tyrion sourit. « Je le relâcherai demain. Je pourrais jurer que je n'ai pas touché un seul de ses cheveux, mais ce serait quelque peu jouer sur les mots. En tout cas, il se porte assez bien ; encore que je ne réponde pas de sa vitalité ; les oubliettes ne sont pas un lieu des plus sain pour un homme de son âge. Que Cersei l'expédie au Mur ou le prenne pour toutou, je m'en balance, mais je ne veux plus de lui au Conseil.

– Et ser Jacelyn ?

– Dis à ma sœur que tu te fais fort, à la longue, de le détourner de moi. Ça devrait la satisfaire un moment.

– Soit. » Lancel acheva son vin.

« Une dernière chose. Maintenant que Robert est mort, il serait on ne peut plus embarrassant que son inconsolable veuve se retrouvât grosse, tout soudain.

– C'est que je..., messire, nous..., la reine m'interdit de... » Ses oreilles arboraient l'écarlate Lannister. « Je répands ma semence sur son ventre, messire.

– Un ventre adorable, j'en suis convaincu. Humecte-le aussi souvent que tu le désires..., mais prends bien garde que ta rosée tombe nulle part ailleurs. Je ne veux pas davantage de neveux, c'est clair ? »

Une brève révérence, et ser Lancel se retira.

Tyrion s'accorda un moment pour s'apitoyer. *Un sot de plus, et doublé d'un pusillanime. Mais il ne mérite pas le bien que nous lui faisons, Cersei et moi.* Une bénédiction, que l'oncle Kevan eût deux autres fils. Celui-ci avait peu de chances de passer l'année. Cersei le ferait tuer sur-le-champ, si elle apprenait qu'il la trahissait, et si quelque faveur divine le préservait de cet accident, ce ne serait que partie remise, le sursis prendrait fin dès le retour de Jaime à Port-Réal. La seule question pendante étant de savoir si Lancel périrait victime de la jalouse rage de son beau cousin ou des précautions que prendrait sa belle cousine pour empêcher la découverte du pot-aux-roses par celui-ci. Tyrion misait sur Cersei.

Il le savait pertinemment, barbouillé comme il l'était, retrouver le sommeil lui serait impossible. *Ici, du moins.* Il alla sur le palier secouer Podrick qui roupillait dans un fauteuil. « Appelle-moi Bronn, puis galope aux écuries me faire seller deux chevaux. »

L'écuyer écarquilla des yeux tout embrumés. « Chevaux.

– De grosses bêtes brunes et qui aiment les pommes, tu en as déjà vu, je suis sûr. Quatre pattes, une queue. Mais Bronn d'abord. »

Le reître apparut bientôt. « Qui vous a pissé dans la soupe ? demanda-t-il.

– Cersei, pour changer. Je devrais être fait au goût, à force, mais n'importe. Ma noble sœur semble me prendre pour Ned Stark.

– Il était plus grand, paraît-il.

– Pas après que Joffrey lui eut tranché la tête. Tu aurais dû t'habiller plus chaudement, la nuit est frisquette.

– Allons-nous quelque part ?

– Tous les reîtres sont-ils aussi futés que toi ? »

Les rues de la ville étaient dangereuses, mais la présence de Bronn à ses côtés suffisait à le rassurer. Après que les gardes leur eurent ouvert une poterne du mur nord, ils descendirent l'allée Sombrenoir jusqu'au pied de la colline d'Aegon puis défilèrent entre les innombrables volets clos de la rue Pourcière et ses hautes maisons de pierre et de bois tellement inclinées que leurs étages supérieurs manquaient se bécoter. Jouant à cache-cache parmi les cheminées, la lune avait l'air de les talonner. Ils ne croisèrent âme qui vive, hormis une vieille sorcière qui charriait un chat mort par la queue. Elle leur jeta un regard où se lisait la peur qu'on ne lui vole son dîner puis, sans un mot, s'évanouit dans les ténèbres.

Les réflexions de Tyrion dérivèrent vers ses prédécesseurs et leur incapacité flagrante à mettre en échec les finasseries de sa sœur. *Comment diable l'auraient-ils pu ? Des hommes de cet acabit..., trop probes pour vivre, trop nobles pour chier, des idiots pareils, Cersei en dévore à son déjeuner, chaque matin. La seule manière de la déconfire est d'entrer dans son jeu à elle, et c'est précisément à quoi ces bons lords Arryn et Stark n'auraient point consenti.* Rien d'étonnant qu'ils fussent morts tous deux, tandis que Tyrion

Lannister ne s'était jamais senti si vivant. Ses pattes torses pouvaient bien le rendre burlesque à un bal des moissons, ce rigodon-là n'avait pas d'arcanes pour lui.

En dépit de l'heure, le bordel était comble. Chataya les accueillit avec bonne grâce et les escorta au salon. Bronn monta avec une fille de Dorne à l'œil noir, mais Alalaya n'était pas disponible. « Elle sera si contente de votre visite, commenta la mère. Je vais vous faire apprêter la chambre de l'échauguette. En attendant, messire prendrait-il une coupe de vin ?

– Volontiers. »

Comparé aux crus de La Treille que servait d'ordinaire l'établissement, c'était une piètre bibine. « Veuillez nous pardonner, messire, plaida Chataya. Même à prix d'or, je n'arrive plus à me procurer de bon vin.

– Tu n'es pas la seule dans ce cas, je crains. »

Après quelques déplorations conjointes sur les circonstances, elle s'excusa de l'abandonner. *Beau brin de femme*, songea-t-il en la regardant s'éclipser. Il avait rarement vu tant d'élégance et de dignité à une putain. Mais elle se considérait plutôt, à la vérité, comme une sorte de prêtresse. *Là gît peut-être le secret. Moins importe ce que nous faisons que notre raison de le faire.* Il puisa dans cette idée une espèce de réconfort.

Certains des clients l'observaient de biais. La dernière fois qu'il s'était aventuré dehors, un type lui avait craché dessus..., enfin, avait essayé. Son crachat ayant atteint Bronn, il lui faudrait désormais cracher sans ses dents.

« Est-ce que messire se sent le cœur en écharpe ? » Almée se glissa sur ses genoux et lui mordilla l'oreille. « Je saurais l'en guérir, moi... »

Avec un sourire, il secoua la tête. « Les mots sont impuissants à dire ta beauté, ma douce, mais je me suis amouraché des remèdes d'Alalaya.

– Vous n'avez pas *tâté* des miens. Le choix de messire se porte toujours sur Yaya. Elle est bonne, mais je suis meilleure, vous ne voulez pas essayer ?

– La prochaine fois, peut-être. » Il ne contestait pas qu'avec sa chair potelée, son petit nez camus, ses taches de rousseur et la crinière rouge qui lui cascadait plus bas que la taille Almée ne fût un friand morceau, mais il avait Shae, Shae qui l'attendait chez elle.

Avec des gloussements, Almée lui posa la main entre les cuisses et entreprit de le palper à travers ses braies. « *Lui* n'a pas envie, je crois, d'attendre la prochaine fois, déclara-t-elle. Il ne demande qu'à mettre le nez dehors pour compter mes taches de rousseur, je crois.

– Almée ? » Impassible et sombre dans des vapeurs de soieries vertes, Alalaya se dressait sur le seuil. « C'est moi qu'est venue voir Sa Seigneurie. »

Tyrion se désenlaça gentiment de la fille et se leva. Elle ne s'en rebuta pas pour autant. « La prochaine fois », lui rappela-t-elle. Elle se fourra un doigt dans la bouche et le suçota.

Tout en lui faisant grimper l'escalier, la belle d'ambre soupira : « Pauvre Almée... Elle a quinze jours pour amener messire à la choisir. Sans quoi, ses perles noires appartiennent à Marei. »

Il avait aperçu cette Marei une fois ou deux. Pâle et délicate, elle avait des yeux verts, un teint de porcelaine et de longs cheveux raides couleur d'argent. Fort jolie, mais d'un sérieux... ! « Je serais navré que cette petite perde ses perles par ma faute.

– Alors, faites-la monter, la prochaine fois ?

– Je pourrais, oui. »

Elle sourit. « J'en doute, messire. »

Elle a raison, se dit-il, je n'en ferai rien. *Shae peut bien n'être qu'une putain, je lui suis fidèle à ma façon.*

Comme il ouvrait la porte de l'armoire, dans la chambre de l'échauguette, une curiosité le prit. « Que fais-tu pendant mon absence ? »

Elle leva les bras, s'étira, voluptueuse comme un chat noir. « Sommeil... Je suis bien moins fourbue depuis que vous nous honorez de vos visites, messire. Et comme Marei est en train de nous apprendre à lire, peut-être serai-je bientôt à même de prendre un livre pour passer le temps.

– Bon, le sommeil, dit-il. Et meilleur, les livres. » Il lui baisa prestement la joue, puis l'échelle le happa, le tunnel l'engloutit.

Il sortait de l'écurie, monté sur le hongre pie, quand, flottant par-dessus les toits, des flonflons frappèrent son oreille. L'idée que des êtres chantaient encore, en pleine famine et quand tout s'étripait, lui fit un plaisir sensible. Des notes surgies du passé lui embrouillèrent la cervelle, et peu s'en fallut, un moment, qu'il ne les entendît fredonner comme, une demi-vie plus tôt, Tysha les fredonnait pour lui. Il s'arrêta pour écouter. La tonalité n'était pas la bonne, la distance empêchait de distinguer les mots. Une autre chanson, alors ? pourquoi pas ? Candeur et câlins, mensonge, mensonge de bout en bout, sa Tysha n'était qu'une putain louée par Jaime pour le déniaiser.

Je suis délivré d'elle à présent, songea-t-il. *Elle a hanté la moitié de ma vie, mais je n'ai plus besoin d'elle, et pas davantage besoin d'Alalaya, d'Almée, de Marei ni des centaines de leurs pareilles avec qui j'ai couché entre-temps. J'ai Shae, maintenant. Shae.*

Les portes de la demeure étaient closes et barrées. A force d'y heurter, leur judas de bronze ciselé finit par claquer contre son butoir. « C'est moi. » L'individu qui le fit entrer était l'une des plus jolies trouvailles de Varys : un chourineur de Braavos, doté d'un bec de lièvre et d'un œil en berne. Pour garder Shae jour après jour, Tyrion s'était refusé à engager de séduisants godelureaux. « Dénichez-moi des vieux, bien grêlés, bien moches et, de préférence, impuissants, telle était la consigne donnée à l'eunuque. Des types qui préfèrent les garçons. Ou qui préfèrent les ovidés. Pour la bagatelle. » S'il n'était pas arrivé à recruter d'ovidophiles, Varys avait en revanche découvert un étrangleur châtré et un couple d'Ibbénins puants dont la passion pour les haches n'avait d'égale que celle qu'ils se portaient mutuellement. Le reste du lot se composait de mercenaires aussi triés que fine fleur de basse-fosse et plus repoussants les uns que les autres. Tant et si bien que, lors de la parade organisée par Varys à son intention, Tyrion craignit d'être allé trop loin, mais Shae n'avait pas émis la moindre plainte. *Et pourquoi le ferait-elle ? Elle ne s'est jamais plainte de moi, qui suis plus hideux pourtant que tous ses cerbères ensemble. Peut-être ne voit-elle même pas la laideur.*

En tout état de cause, il aurait mieux aimé placer la demeure sous la protection de ses sauvages montagnards ; des Oreilles Noires de Chella, par exemple, ou bien des Sélénites. Leur loyauté de fer et leur sens de l'honneur lui inspiraient plus de confiance que la voracité des spadassins. Seulement, le risque était trop évident. Tout Port-Réal les savait attachés à sa personne. Eux placés là, la ville entière n'aurait pas ignoré longtemps que la Main du roi y entretenait une concubine.

L'un des Ibbénins lui prit son cheval. « On l'a réveillée ? demanda Tyrion.

– Non, m'sire.

– Bien. »

Le feu n'était plus que braises, dans la cheminée, mais la chambre demeurait tiède. Dans son sommeil, Shae avait repoussé d'un coup de pied drap et couvertures. Elle reposait nue sur le lit de plumes. Les dernières lueurs de l'âtre soulignaient les tendres courbes de son jeune corps. Debout sur le seuil, Tyrion s'enivrait de la contempler. *Plus jeune que Marei, plus câline qu'Almée, plus belle qu'Alalaya, elle est tout ce qu'il me faut, et davantage encore.* Comment une putain pouvait-elle paraître et si propre et si douce et si pure ? Il n'en revenait pas.

Il n'avait pas eu l'intention de la déranger, mais sa seule vue le faisait bander. Il laissa ses vêtements tomber sur le sol puis se hissa sur le lit, s'approcha d'elle à quatre pattes, lui écarta tout doucement les jambes et l'embrassa entre les cuisses. Toujours endormie, Shae exhala un murmure. Il l'embrassa de nouveau, puis se mit à lécher sa douceur secrète, encore et encore et encore, jusqu'à ce que barbe et con fussent aussi trempés l'un que l'autre. Et lorsque, frémissante, elle émit un gémissement sourd, il l'escalada, se jeta en elle et, presque aussitôt, s'y désintégra.

Ses yeux étaient ouverts. Elle sourit en lui caressant le crâne et chuchota : « Je viens juste de faire le plus délicieux des rêves, m'sire. »

Il lui pinça un petit téton durci, se nicha la tête au creux de son épaule. Il ne se retira pas d'elle ; plût aux dieux qu'il ne fût jamais forcé de se retirer d'elle. « Ce n'était pas un rêve », l'assura-t-il. *C'est la réalité, tout, tout cela,* songea-t-il, *les guerres, les intrigues, le grand jeu sanglant, et moi tout au centre..., moi, le nain, le monstre, l'objet de leurs rires et de leurs mépris, et j'ai tout dans ma main, maintenant, le pouvoir, la ville, la fille. Voilà pour quoi j'étais fait et, les dieux me pardonnent, j'aime ça...*

Et elle. Et elle.

ARYA

Quels diables de noms Harren le Noir avait pu donner à ses tours, le souvenir s'en était perdu depuis des siècles. On les appelait à présent tour de l'Horreur, tour de la Veuve, tour Plaintive, tour des Spectres et tour Bûcher-du-Roi. Arya couchait, dans les caves caverneuses de la tour Plaintive, au creux d'une niche jonchée de paille. Libre de se laver autant qu'elle le désirait, elle avait de l'eau, un morceau de savon. Le travail était dur, mais pas plus dur qu'auparavant les milles et les milles de marche quotidiens. Et Belette n'était pas forcée comme Arry de chercher des vers et des punaises pour se nourrir ; elle avait chaque jour sa ration de pain, du ragoût d'orge où se soupçonnaient navets et carottes et même, une fois par quinzaine, une bouchée de viande.

Tourte était encore moins mal loti ; on l'avait affecté aux cuisines, et il logeait dans la rotonde de pierre à voûte en coupole qui, vaste à elle seule comme un monde, les abritait. Tout comme ses compagnons d'infortune, Arya prenait ses repas au sous-sol, à la table de Weese, mais il lui arrivait de se voir désigner pour aider au service, et elle en profitait pour dérober quelques instants de bavardage avec Tourte. Incapable de se rappeler qu'elle était devenue Belette, il persistait, tout en sachant qu'elle était une fille, à l'appeler Arry. Un jour, il essaya de lui glisser en douce une tarte aux pommes brûlante, mais il s'y prit si gauchement que deux cuisiniers s'en aperçurent et, après l'avoir délesté de son larcin, le rossèrent avec une énorme louche de bois.

Comme on avait envoyé Gendry à la forge, Arya le voyait rarement. Quant à ceux avec qui elle s'échinait, elle préférait ignorer jusqu'à leurs noms. Connaître les gens ne servait qu'à vous rendre leur mort encore plus pénible. Plus âgés qu'elle pour la plupart, ils la laissaient d'ailleurs tranquille dans son coin.

Victime de son gigantisme même, Harrenhal se révélait gravement délabré. Détentrice du château comme banneret des Tully, lady Whent avait occupé les seuls tiers inférieurs de deux des cinq tours et laissé le reste crouler. La modeste maisonnée demeurée sur place après la fuite de sa dame ne pouvant suffire à assumer ne fût-ce que les premiers besoins de tous les chevaliers, seigneurs et prisonniers de haut parage amenés par lui, lord Tywin s'était vu contraint à razzier des serviteurs tout autant qu'à piller provisions et fourrage. La rumeur lui attribuait le projet de rétablir Harrenhal dans toute sa gloire et d'en faire sa résidence, une fois la guerre achevée.

Weese utilisait Arya pour porter des messages, aller chercher les plats, tirer de l'eau, servir à table, de-ci de-là, dans la salle des Garnisaires qui, juste au-dessus de l'armurerie, servait de réfectoire aux hommes d'armes, mais le ménage était sa principale besogne. Entrepôts et greniers occupaient le rez-de-chaussée de la tour Plaintive ; le premier et le deuxième étages abritaient une partie de la garnison ; mais les niveaux supérieurs, à l'abandon depuis quatre-vingts ans, devaient, sur ordre exprès de lord Tywin, recouvrer leur destination première d'habitation. Il fallait en récurer les sols, en décrasser les fenêtres et déblayer les sièges brisés, les literies gâtées qui les encombraient. Au dernier étage pullulaient les énormes chauves-souris que la maison Whent avait adoptées pour armoiries, les caves n'étaient pas moins infestées de rats... et de fantômes, chuchotaient certains – les fantômes d'Harren le Noir et de ses fils.

Absurde, aux yeux d'Arya. Puisqu'Harren et ses fils avaient péri dans la tour Bûcher-du-Roi, son nom l'indiquait assez, pourquoi auraient-ils traversé la cour ? afin de la tourmenter, elle ? La tour Plaintive ne gémissait que par vent du nord, et ses prétendus gémissements s'expliquaient le plus simplement du monde : l'air s'insinuait par toutes les fissures ouvertes dans la pierre par le brasier. S'il y avait *vraiment* des fantômes à

Harrenhal, ils lui fichaient une paix royale. C'est des vivants qu'elle avait peur, de Weese et de ser Gregor Clegane et de lord Tywin Lannister lui-même, dont les appartements se trouvaient dans la tour Bûcher-du-Roi, laquelle demeurait la plus haute et la plus puissante, toute déjetée qu'elle était, sous la masse de pierres carbonisées qui lui donnait l'air d'une colossale chandelle noire à demi fondue.

Que ferait-il, lord Tywin, se demandait-elle, si elle l'abordait en déclarant : « Je suis Arya Stark » ? Une vue de l'esprit. Jamais elle ne pourrait suffisamment s'approcher de sa personne pour lui adresser la parole. Et le ferait-elle que, de toute manière, il ne la croirait pas. Et Weese, ensuite, la battrait au sang.

Dans son genre de petit jars, Weese l'épouvantait presque autant que ser Gregor. Si Clegane écrasait les hommes comme des mouches, du moins semblait-il ignorer, la plupart du temps, la présence de la mouche. Weese, lui, savait *toujours* que vous étiez là, ce que vous étiez en train de faire et, parfois, ce que vous étiez en train de penser. Une imperceptible provocation ? il cognait, et il avait un chien presque aussi malfaisant que lui, une vilaine femelle tachetée qui répandait une puanteur véritablement sans exemple. Il la lança un jour, sous les yeux d'Arya, contre un préposé aux latrines qu'il avait pris en grippe et s'esbaudit fort du morceau de mollet qu'elle déchiquetait.

Il ne lui fallut que trois jours pour conquérir la place d'honneur dans les prières nocturnes d'Arya. « Weese, marmonnait-elle pour débuter. Dunsen, Chiswyck, Polliver, Raff Tout-miel. Titilleur et le Limier. Ser Gregor, ser Amory, ser Ilyn, ser Meryn, le roi Joffrey, la reine Cersei. » Si d'aventure elle en oubliait ne fût-ce qu'un seul, comment le retrouverait-elle pour le tuer ?

Alors que, sur la route, elle s'était fait l'effet d'un mouton, c'est en souris que la métamorphosa Harrenhal. Sa chemise de laine rugueuse la rendait aussi grise qu'une souris et, déguerpissant telle une souris de la voie des puissants, elle ne pratiquait que les trous noirs, crevasses et lézardes du château.

La pensée lui venait parfois qu'ils étaient *tous* des souris, tous, entre ces murailles épaisses, tous, chevaliers et grands seigneurs inclus. Les dimensions de la forteresse faisaient paraître tout petit Gregor Clegane lui-même. Elle couvrait trois fois plus de terrain que Winterfell, et ses édifices étaient tellement plus importants qu'à peine souffraient-ils la comparaison. Dans ses écuries logeaient un millier de chevaux, son bois sacré s'étendait sur vingt arpents, ses cuisines étaient aussi vastes que la grande salle de Winterfell, et sa grande salle, pompeusement nommée « salle aux Cent Cheminées », bien qu'elle n'en comportât que trente et quelque (Arya s'était essayée deux fois à les compter, mais elle en avait dénombré trente-trois, la première, et trente-cinq, la seconde), était un antre si colossal que lord Tywin y aurait pu festoyer l'ensemble de ses troupes, si la fantaisie l'en eût pris. Murs, portes, escaliers, pièces, tout était d'une échelle si inhumaine qu'Harrenhal évoquait forcément les contes de Vieille Nan consacrés aux géants vivant au-delà du Mur.

Du reste, comme seigneurs et dames ne remarquent jamais les souriceaux gris qui trottinent à leurs pieds, Arya n'avait, tout en vaquant à ses obligations, qu'à ouvrir grandes ses oreilles pour surprendre toutes sortes de secrets. La jolie Pia, de l'office, était une gueuse qui frayait sa route auprès de chaque chevalier du château. La femme du geôlier attendait un enfant dont le véritable père était soit ser Alyn Gerblance soit un chanteur surnommé Wat Blancherisette. A table, lord Lefford se gaussait des spectres, mais une chandelle brûlait en permanence à son chevet. Jodge, l'écuyer de ser Dunaver, était incontinent, la nuit. Par mépris pour lui, les cuistots crachaient dans tout ce que mangeait ser Harys Swyft. D'après ce que confiait à son frère une servante de mestre Tothmure, certain message annonçait que Joffrey n'était qu'un bâtard et en aucun cas le roi légitime. « Lord Tywin lui a ordonné de brûler la lettre et de ne jamais reparler de cette infamie », chuchota-t-elle.

Les frères du roi Robert, Stannis et Renly, étaient entrés en guerre à leur tour. « Deux rois de plus, ça fait, lâcha Weese. Le royaume a plus de rois, maintenant, qu'un château de rats. » Les soldats Lannister eux-mêmes se demandaient combien de temps Joffrey conserverait le trône de Fer. « Le gosse a pas d'armée, rien que ses manteaux d'or, et il est sous la coupe d'un coupé, d'un nabot et d'une bonne femme, grommelait entre autres tel damoiseau passablement éméché. Ferait du joli, des machins pareils, sur un champ de bataille, non ? » Béric Dondarrion défrayait toujours la chronique. En prétendant un jour que les Pitres sanglants l'avaient eu, un archer gras à lard n'obtint qu'un succès de rires. « Lorch l'avait déjà tué une fois, aux Cataractes, et la Montagne deux autres fois. Un cerf d'argent que l'est pas, mort, cette fois aussi. »

Quinze jours s'écoulèrent avant que la compagnie la plus extravagante qu'elle eût jamais vue ne vînt l'édifier sur ce qu'étaient les « Pitres sanglants ». Sous la bique noire à cornes dorées qui blasonnait leur étendard chevauchaient des hommes de cuivre aux tresses chargées de sonnailles ; des lanciers aux montures zébrées de noir et de blanc ; des arbalétriers aux joues fardées ; des magots velus à boucliers hirsutes ; des moricauds en manteaux de plumes ; un bout de bouffon bariolé de rose et de vert ; des spadassins de fantaisie dont la barbe fourchue était teinte en argent, vert, violet ; des piques aux visages couturés de cicatrices peintes ; un gringalet en robe de septon ; un paterne en gris mestre, et un souffreteux dont la cape de cuir était frangée de longs cheveux blonds.

A leur tête se trouvait un type sec comme une trique et dégingandé dont la noire barbe graisseuse issue de son menton pointu et descendant presque à la taille achevait d'allonger la longue figure émaciée. Noir et d'acier, le heaume appendu au pommeau de sa selle affectait l'aspect d'une tête de chèvre. Une chaîne qui juxtaposait des pièces de toutes tailles, toutes formes et tous métaux lui parait le col, et il montait l'un de ces étranges chevaux noir et blanc.

« Cette clique-là, t'y frotte pas, Belette », maugréa Weese en la voyant écarquillée. Deux de ses compagnons de beuverie – des hommes d'armes appartenant à lord Lefford – se trouvaient par là.

« Qui sont-ils ? » demanda-t-elle.

L'un des soudards se mit à rigoler. « Les valets-de-pied, petite. Les orteils de la Chèvre. Les Pitres sanglants de lord Tywin.

– C'est ça, cervelle de pois, vas-y ! fais-la écorcher, et c'est *toi* qui gratteras ces putains de marches..., avertit Weese. C'est des mercenaires, Brin-de-belette. Les “Braves Compaings”, qu’ils se disent, eux. Leur donne pas d’autre nom, quand y peuvent entendre, ou gare à ta peau. Le heaume à la chèvre est leur capitaine. Lord Varshé Hèvre.

– Lord de mon cul, trancha le second soldat, comme dit ser Amory. Un reître, rien que, avec plein de bave, et gonflé faut voir.

– Mouais, convint Weese, mais elle fera mieux d’y *donner* du lord, si elle veut garder tous ses abattis. »

Elle loucha de nouveau vers Varshé. *Mais combien lord Tywin en possède-t-il, de monstres ?*

Comme les Braves Compaings cantonnaient dans la tour de la Veuve, elle n’avait pas à les servir. Heureusement. Le soir même de leur arrivée, une bagarre les opposa à des Lannister. L’écuyer de ser Harys Swyft périt poignardé, et deux des Pitres furent blessés. Le lendemain matin, lord Tywin les fit pendre aux créneaux de la porte, en compagnie d’un archer de lord Lydden. A en croire Weese, ce dernier avait tout déclenché par ses sarcasmes à propos de Béric Dondarrion. Une fois terminées les ruades des suppliciés, Varshé Hèvre et ser Harys se donnèrent l’accolade et, sous les yeux de lord Tywin, s’entrebaisèrent en se jurant une amour éternelle. Arya trouva comiques les zézaiements baveux de Varshé, mais elle se garda précieusement d’en rire.

Si les Pitres sanglants ne s’attardèrent guère à Harrenhal, elle eut tout de même, avant qu’ils ne repartent, l’occasion d’en entendre un raconter qu’une armée du Nord commandée par Roose Bolton avait occupé le gué aux rubis du Trident. « S’il traverse, lord Tywin l’écrasera de nouveau, comme à la Verfurque », affirma un arbalétrier Lannister. Ses copains le descendirent en flammes. « Bolton traversera pas. Pas avant que le louveteau marche de Vivesaigues avec ses gus de la cambrousse et tous ces loups qu’y-z-ont. »

Elle ignorait que son frère se trouvât si près. Vivesaigues était beaucoup moins loin que Winterfell, mais de quel côté au juste par rapport à Harrenhal, là était le hic. *J’arriverais toujours à le trouver, je sais que j’y arriverais, si seulement je pouvais filer.* A l’idée de revoir Robb, elle s’en mordit la lèvre. *Et je veux voir*

Jon aussi, et Bran et Rickon et Mère. Et même Sansa... Je l'embrasserai et la conjurerai comme une vraie dame, ça, elle aimera, de me pardonner.

Les caquets de la cour lui avaient appris qu'au sommet de la tour de l'Horreur étaient détenus une quarantaine d'hommes capturés au cours d'une bataille sur la Verfurque du Trident. En échange de leur parole de ne pas tenter de s'évader, la plupart s'étaient vu accorder la liberté de circuler dans le château. *Ils ont juré de ne pas s'évader*, se dit-elle, *mais ils n'ont pas juré de ne pas seconder mon évasion.*

Ils mangeaient à leur propre table dans la salle aux Cent Cheminées, et on les voyait souvent flâner du côté des lices. Armés de lattes et de boucliers de bois, quatre frères s'entraînaient chaque jour ensemble dans la cour aux Laves. C'étaient des Frey du Pont, trois légitimes et un bâtard. Mais leur séjour fut assez bref ; deux autres frères se présentèrent un matin sous bannière blanche, avec une cassette d'or pour payer la rançon des captifs aux chevaliers qui les avaient pris. Et les six Frey s'en furent de conserve...

Nul ne rachetait les hommes du Nord, en revanche. Inlassablement en quête d'un bout de gras, un patapouf de nobliau hantait les cuisines, l'avisa Tourte ; il avait une moustache tellement fourrée qu'elle lui masquait la bouche, et un trident de saphirs et d'argent agrafait son manteau. Lui appartenait à lord Tywin, alors que le farouche jouvenceau barbu qui, drapé dans un manteau noir constellé de soleils blancs, se plaisait à arpenter seul les chemins de ronde, s'était fait prendre par un minable chevalier qui comptait en tirer le prix fort. Sansa aurait su qui c'était, le patapouf aussi, mais emblèmes et titres avaient toujours barbé Arya. Elle, chaque fois que septa Mordane se mettait à déballer l'histoire de cette maison-ci, cette maison-là, son esprit tendait à dériver, rêvasser, bâiller – à quand la fin de la leçon...?

Lord Cerwyn, en revanche, *là,* elle s'en souvenait. Vu la proximité de ses terres avec Winterfell, lui et son fils Cley étaient maintes fois venus en visite. Mais, comme par une malice exprès de la fatalité, il était précisément le seul des prisonniers que l'on ne vît jamais ; alité dans sa cellule, il se remettait de ses blessures. Durant des jours et des jours, elle se tortura les méninges pour inventer un stratagème qui lui permît de se faufiler jusqu'à lui malgré les plantons. En la reconnaissant, il serait tenu d'honneur de l'aider. Il devait avoir de l'or, tous ses pairs en avaient ; peut-être irait-il jusqu'à soudoyer tels des reîtres de lord Tywin pour la conduire à Vivesaigues. Père n'affirmait-il pas que, contre espèces bien sonnantes, la plupart des reîtres étaient prêts à trahir n'importe qui ?

Et puis, un matin, elle vit trois robes grises à coule – des sœurs du Silence – déposer dans leur carriole un cadavre cousu dans un manteau de soie magnifique armorié de la hache de guerre. Elle questionna l'un des gardes et apprit de lui que lord Cerwyn avait succombé. Cela lui fit l'effet d'un coup de pied au ventre. *Il n'aurait pu t'aider*, de toute façon, songea-t-elle, pendant que la carriole des sœurs franchissait la porte. *Il n'a même pas pu s'aider lui-même, sotte de souris que tu es !*

Il ne lui restait désormais plus qu'à retourner gratter, déguerpir, écouter aux portes. Lord Tywin allait bientôt marcher contre Vivesaigues. Fondre plutôt sur Hautjardin, dans le sud, ce qui surprendrait tout le monde. Non, il devait défendre Port-Réal, Stannis était l'adversaire le plus dangereux. Il avait expédié Gregor et Varshé démolir Roose Bolton, ce poignard levé sur ses arrières. Il avait envoyé des corbeaux aux Eyrié ; il voulait épouser la lady Lysa pour se gagner le Val. Il avait acheté une tonne d'argent pour forger des épées magiques qui égorgeraient ces zomans de Stark. Il était en train d'écrire à lady Stark pour faire la paix, le Régicide serait libéré sous peu.

Les corbeaux avaient beau aller et venir à longueur de jour, lord Tywin passait, lui, sous triples verrous, le plus gros de son temps avec son conseil de guerre. Arya ne fit que l'entr'apercevoir, et toujours de loin – arpentant les murs, une fois, en compagnie de trois mestres et du patapouf moustachu ; sortant à cheval, une autre, avec ses bannerets pour une visite des bivouacs ; mais encadré le plus souvent dans une baie de la galerie couverte et, debout, étreignant à deux mains le pommeau d'or de sa rapière, regardant s'entraîner les hommes dans la cour, en bas. Il passait pour aimer l'or par-dessus tout. « Même qu'il en *chie* ! » blagua devant elle un écuyer. Malgré son âge et sa calvitie, Lannister conservait, sous ses rudes favoris dorés, une allure vigoureuse. Quelque chose dans son visage, en dépit de traits absolument dissemblables, rappelait Père. *La tête d'un seigneur*, voilà tout. Un mot de Mère : « Prends donc ta tête de seigneur, Ned » – il avait à traiter quelque affaire importante –, lui revint en mémoire. Ainsi que les rires de Père. Impossible au contraire de s'imaginer lord Tywin en train de rire. Jamais ni de rien.

Un après-midi, elle attendait au puits son tour de tirer un seau d'eau quand grincèrent les gonds de la porte est. Une escouade de cavaliers défila au pas sous la herse. L'écu de leur chef était frappé d'une manticore. Une flambée de haine la frappa au cœur.

Au grand jour, ser Amory Lorch était moins effrayant qu'à la lueur des torches, mais il avait bel et bien des yeux de goret. Une commère jacassa que, partis traquer Béric Dondarrion tout autour du lac, lui et ses hommes avaient massacré des rebelles. *Nous n'étions pas des rebelles*, s'insurgea mentalement Arya. *Nous étions la Garde de Nuit ; la Garde de Nuit ne prend pas parti.* Ser Amory conduisait moins d'hommes qu'elle n'eût juré de mémoire. Et beaucoup blessés. *Puissent leurs plaies s'infecter. Puissent-ils crever, tous.*

Presque en queue de colonne lui apparurent alors les trois.

Le demi-heaume noir à large nasal de fer qui le coiffait désormais empêchait de voir que Rorge n'avait plus de nez. A ses côtés, accablant de sa masse un destrier qui semblait près de s'effondrer, bringuebalait Mordeur ; les brûlures encroûtées qui le tapissaient parfaisaient sa hideur première.

Jaqen H'ghar persistait à sourire, lui. Tout vêtu de loques crasseuses qu'il était encore, il avait néanmoins trouvé le temps de se laver et brosser les cheveux. Ils lui flottaient sur les épaules, rouges et blancs, si luisants que le cercle des bonnes femmes s'en trémoussa d'admiration.

J'aurais mieux fait de les laisser rôtir, comme le préconisait Gendry, j'aurais mieux fait de l'écouter. Sans la hache qu'elle leur avait balancée, ils seraient tous morts. La peur l'étreignit, mais ils la dépassèrent sans lui manifester l'ombre d'un intérêt. Seul Jaqen H'ghar jeta un coup d'œil dans sa direction, et ce bref coup d'œil fila par-dessus sa tête. *Il ne me connaît pas*, se dit-elle. *Arry était un petit fauve affublé d'une épée, et je ne suis qu'une souris grise équipée d'un seau.*

Elle passa le reste de la journée à tant gratter de marches dans la tour Plaintive que, le soir venu, ses mains à vif saignaient et que ses bras perclus ne purent sans trembler remporter le seau jusque dans la cave. Trop éreintée même pour manger, elle s'en excusa auprès de Weese et rampa se pelotonner dans sa litière. « Weese, bâilla-t-elle. Dunsen, Chiswyck, Polliver, Raff Tout-miel. Titilleur et le Limier. Ser Gregor, ser Amory, ser Ilyn, ser Meryn, le roi Joffrey, la reine Cersei. » Ne convenait-il pas d'enrichir sa prière de trois nouveaux noms ? Elle n'eut pas la force d'en décider cette nuit-là.

Elle rêvait de loups courant à toutes jambes dans les bois quand une main puissante s'appesantit sur sa bouche, telle une pierre lisse et tiède, inébranlable et sans merci. Elle s'éveilla instantanément, se tordit et se débattit. « Une fille ne dit rien, lui chuchota une voix à l'oreille. Une fille garde fermées ses lèvres, personne n'entend, et des amis peuvent causer en secret. Oui ? »

Le cœur battant, elle composa la silhouette d'un hochement.

Jaqen H'ghar retira sa main. Il faisait si noir dans la cave que son visage était invisible, même de tout près. Elle le *sentait*, toutefois ; une odeur de peau propre et de savon ; il s'était parfumé les cheveux. « Un garçon devient une fille, murmura-t-il.

– J'ai *toujours* été une fille. Je ne pensais pas que vous m'aviez vue.

– Un homme voit. Un homme sait. »

Elle se souvint qu'elle le haïssait. « Vous m'avez fait peur. Vous êtes un des *leurs*, maintenant, j'aurais dû vous laisser rôtir. Que faites-vous ici ? Partez, ou j'appelle Weese.

– Un homme paie ses dettes. Un homme en doit trois.

– Trois ?

– Le dieu Rouge, il lui faut son dû, petite, et seule la mort peut payer la vie. Cette fille en a pris trois qui lui revenaient. Cette fille doit lui en donner trois en échange. Dis les noms, et un homme fera le reste. »

Il veut m'aider, comprit-elle avec une bouffée d'espoir vertigineuse. « Emmenez-moi à Vivesaigues, ce n'est pas loin, si nous volions des chevaux, nous pourrions... »

Il lui posa un doigt sur les lèvres. « Trois vies tu auras de moi. Ni plus ni moins. Trois, et nous sommes quittes. Ainsi, une fille doit réfléchir. » Il lui baisa doucement les cheveux. « Mais pas trop longtemps. »

Le temps d'allumer un bout de chandelle, seule demeurait de lui l'ombre évanescente d'un parfum de girofle et gingembre. La femme de la niche voisine roula sur le flanc pour se plaindre de la lumière. Arya éteignit et ferma les yeux. Aussitôt se mirent à flotter devant elle des visages. Joffrey et sa mère, Ilyn Payne et Meryn Trant et Sandor Clegane..., mais ils se trouvaient tous à Port-Réal, à cent lieues d'Harrenhal, et ser Gregor était reparti vers de nouvelles prouesses au bout de quelques jours, emmenant Raff et Chiswyck et Titilleur. Restait ser Amory, qu'elle haïssait presque autant. Vraiment ? Elle n'était pas sûre. Puis Weese, toujours.

Elle repensait à lui, le lendemain matin, quand le manque de sommeil lui décrocha la mâchoire. « Te préviens, Belette, ronronna-t-il, que je te voie encore le four à l'air, et je t'arrache la langue pour nourrir ma chienne. » Et de lui vriller l'oreille pour s'assurer qu'elle avait entendu. « Et maintenant, retourne à ton escalier. Et que, ce soir, ça brille jusqu'au troisième palier... »

Tout en travaillant, elle passa la revue de ceux qu'elle haïssait *à mort*. Elle se persuadait qu'elle en voyait les tronches sur les marches et grattait pour les effacer. Les Stark étaient en guerre avec les Lannister, et, comme elle était une Stark, son devoir était de tuer le plus possible de Lannister, c'était ça, la guerre. Quant à s'en reposer sur Jaqen..., il ne lui inspirait pas confiance. *Je devrais les tuer moi-même.* Quand Père condamnait un type à mort, il l'exécutait lui-même avec Glace. « Si tu t'arroges la vie d'un homme, tu lui dois de le regarder dans les yeux et d'écouter ses derniers mots », son principe, enseigné tour à tour à Robb et Jon et Bran.

Le lendemain, elle évita Jaqen H'ghar, ainsi que le surlendemain. Ce n'était pas difficile. Elle était minuscule, Harrenhal immense et tout plein de caches à souris.

Or, voilà que reparut, plus tôt que prévu, ser Gregor. Cette fois, ce n'était pas un troupeau de captifs qu'il ramenait, mais un troupeau de biques. L'un des raids nocturnes de Béric

Dondarrion lui avait, disait-on, fait perdre quatre hommes, mais ceux qu'elle haïssait revinrent indemnes et s'installèrent au deuxième étage de la tour Plaintive. Weese les fit copieusement ravitailler en boisson. « Des fameux soiffards, ces gars-là, grogna-t-il. Belette, monte voir demander s'y-z-ont des frusques à raccommoder, je dirai aux femmes de s'en occuper. »

Elle grimpa quatre à quatre ses marches si bien grattées. Son arrivée n'attira l'attention de personne. Assis près du feu, Chiswyck, une corne de bière en main, déballait une de ses bien bonnes. De peur d'une mornifle, elle se garda de l'interrompre.

« Après le tournoi de la Main, c'était, disait-il. Avant que la guerre éclate, quoi. On retournait à l'ouest, sept qu'on était avec ser Gregor. Y avait Raff et le jeune Joss Stilbois, qu'avait fait l'écuyer de Ser pour les joutes. Bon, voilà qu'on arrive à cette rivière de merde, en crue qu'elle était, cause qu'avait plu de l'eau. Pas mèche de passer à gué, mais y a un troquet pas loin, du coup on y va. Ser vous secoue le patron que nos cornes soyent toujours pleines jusqu'à temps que la rivière baisse, et z'auriez vu s'y brillaient, ses yeux de cochon, le type, devant l'argent... ! Y nous porte alors de la bière, lui et sa fille, et c'est une saloperie, de la pisse brune, que j'en suis pas plus content du tout, Ser aussi. Et que tout ce temps le troquet nous tanne comme il est heureux de nous avoir, qu'y a pas guère de clients, cause de ces pluies. Et y ferme pas son clapet, le con, sans arrêt, bien que Ser dit pas un mot, qu'y rumine juste le tour qu'y a joué ce bougre de ser aux Pensées. Z'imaginez, quoi, la bouche vachement pincée, que moi et les potes, tu parles, on y dit que couic, mais le troquet, lui, y cause cause cause, et même y demande comment m'sire s'est tiré des joutes. Ser vous l'a juste regardé comme ça. » Avec un ricanement, Chiswyck lampa sa bière, en torcha la mousse d'un revers de main. « Pendant ça, la fille au type arrêtait pas d'amener, verser, un petit boudin dans les dix-huit ou...

– Treize, je dirais, lâcha Raff Tout-miel d'un ton languissant.

– Bof, treize ou dix-huit, ça la rend pas plus regardable, mais Eggon, qu'est bu, se met à vous la tripoter, moi aussi, p't-être, je la palpe un peu, et v'là-t-y pas que Raff dit à Stilbois, “Tire-la en haut, qu'y dit, et fais-toi un homme”, manière de l'encourager.

Qu'à la fin Joss lui fourre la main sous les jupes, et elle glapit, tombe sa cruche et fout son camp dans la cuisine. Ça aurait pu s'arrêter là, hein ? seulement, y fait quoi, le vieux fou, y trouve rien de mieux que s'en prendre à *Ser*, qu'y doit nous dire de laisser la fille tranquille, lui qu'est chevalier oint et patati et patata !

« Ser Gregor, nos petites blagues, il avait rien vu, mais, du coup, v'là qu'y *regarde*, comme vous savez qu'y fait, et y commande qu'on y amène la fille. Main'nant, le vieux, y faut qu'y la traîne de la cuisine, et y peut s'en prendre qu'à lui. Ser vous la toise, et y dit : "Alors, c'est ça, la putain pour qui tu te tracasses tellement ?", et ce vieux abruti de fou qui dit : "Ma Layna n'est pas une putain, ser", là, sous le nez de Gregor ! Ser, y bronche pas, juste y dit : "Maintenant, si", y jette au vieux un autre écu d'argent, vous trousse la fille et hop ! vous la prend, là, sur la table, devant son pa', sautant et ballant comme un lapin, 'vec tous les couinements. La gueule qu'y tirait, le vieux ! je rigolais tellement que ma bière me sortait du nez ! Ça attire alors le garçon, ce boucan, le fils, j'imagine, y se précipite du cellier, que Raff est obligé d'y foutre un poignard dans le ventre. Quand Ser a fini, y retourne boire, et on a not' tour. Vu ses goûts, vous savez, Tobbot la retourne et enfile le mauvais chemin. Quand j' l'ai eue, la fille se débattait plus, elle y avait p't-être pris goût, après tout, quoique franchement j'aurais pas détesté qu'elle gigote un peu. Mais c'est pas le meilleur, tout ça... Quand la chose est faite, Ser dit au vieux : "Ma monnaie. La fille vaut pas un écu", qu'y dit..., et, malédiction s'il a pas, le vioque, rendu sa poignée de liards en disant : "Pardonnez, m'sire" et "*Merci pour votre pratique*" ! »

L'auditoire rugit de joie, mais personne plus fort que Chiswyck lui-même, et si égayé par sa propre histoire que la morve lui dégoulinait depuis le pif jusqu'à ses picots gris de barbe. Tapie dans l'ombre du palier, Arya le regardait. Elle regagna furtivement les caves sans dire un mot. Lorsqu'il découvrit qu'elle n'avait pas accompli sa mission, Weese lui arracha ses braies et lui administra une bastonnade qui lui ensanglanta les cuisses, mais elle ferma les paupières et se répéta si bien les adages enseignés par Syrio qu'à peine sentit-elle la correction.

Deux soirs plus tard, Weese l'envoya servir les dîneurs dans la salle des Garnisaires. Munie d'un pichet de vin, elle s'employait à verser quand elle aperçut Jaqen H'ghar attablé devant son tranchoir dans un bas-côté. En mâchouillant sa lèvre, elle jeta un regard circulaire pour s'assurer que Weese n'était pas en vue. *La peur est plus tranchante qu'aucune épée*, se récita-t-elle.

Elle avança d'un pas, d'un autre, et chacun lui donnait l'impression qu'elle était moins une souris. Vaille que vaille, elle longea le banc, tout en remplissant les coupes de vin. Rorge occupait la droite de Jaqen mais, ivre mort, ne la remarqua même pas. Elle se pencha vers Jaqen et lui souffla dans le tuyau de l'oreille : « Chiswyck », sans qu'il manifestât d'aucune manière avoir entendu.

Une fois son pichet vide, elle se précipita aux celliers pour l'emplir au tonneau puis retourna promptement servir. Personne n'était mort de soif entre-temps, ni ne s'était seulement avisé de sa brève absence.

Rien n'arriva le lendemain ni le jour suivant mais, le troisième, elle accompagna Weese aux cuisines pour en rapporter le dîner. « L'un des hommes de la Montagne est tombé comme un idiot du chemin de ronde et s'est rompu le col, annonça Weese à un cuistot.

– Bourré ?

– Pas plus que d'habitude. Y en a qui disent que c'est le fantôme d'Harren qui l'a balancé en bas. » Un reniflement exprima ce que *lui* pensait de pareilles foutaises.

Ce n'était pas Harren, eut-elle envie de dire, *c'est moi*. Elle avait tué Chiswyck d'un souffle, et elle en tuerait deux autres avant d'être quitte. *Je suis le fantôme d'Harrenhal*, pensa-t-elle. Et, cette nuit-là, il y eut un nom de moins à haïr.

CATELYN

Champignons grisâtres et troncs d'arbres couchés parsemaient la prairie où devait se tenir la rencontre. Personne en vue.

« Nous sommes les premiers, madame », assena Mollen comme ils immobilisaient leurs montures parmi les souches, à mi-distance des deux armées. Au bout de sa lance palpitait, clapotait la bannière au loup-garou de la maison Stark. Bien que la mer fût invisible, les bouffées saumâtres du vent d'est qui vous fustigeaient le visage la révélaient toute proche.

Devant les coupes sombres pratiquées par les pionniers de Stannis Baratheon afin de monter catapultes et tours de siège, Catelyn tenta d'évaluer l'ancienneté du bosquet. Avait-il abrité sous ses ombrages le repos de Ned, quand celui-ci s'était rué vers le sud pour débloquer Accalmie ? Une grande victoire que celle-là... D'autant plus grande que remportée sans effusion de sang.

Puissent les dieux m'accorder la même, pria-t-elle. Une démence, aux yeux de ses propres gens, que d'être seulement venue. « Cette guerre n'est pas la nôtre, madame, avait opiné ser Wendel Manderly. Le roi serait assurément furieux de voir sa mère s'exposer.

– Exposés, nous le sommes tous, répliqua-t-elle, avec peut-être trop d'âpreté. Croyez-vous que cela m'amuse, d'être ici, ser ? » *Ma place est à Vivesaigues, au chevet de Père, et à Winterfell, auprès de mes fils.* « Robb m'a envoyée le représenter dans le sud, et je l'y représenterai. » Amener les deux frères à faire la paix ne serait certes pas chose aisée, mais le bien du royaume exigeait qu'elle s'y efforce.

Par-delà crêtes rocheuses et champs détrempés s'apercevait, cabrée contre le ciel et le dos à la mer, la puissante silhouette grise d'Accalmie. Sa masse de pierre donnait aux troupes massées tout autour l'air dérisoire de mulots munis de petits fanions.

A en croire les chansons, la forteresse avait été jadis édifiée par Durran, premier roi de l'Orage, qui s'était fait aimer de la belle Elenei, fille du dieu des mers et de la déesse des vents. En renonçant son pucelage, la nuit des noces, en faveur d'un mortel, Elenei s'était condamnée à mourir comme une mortelle et, leur deuil se changeant en fureur, ses parents déchaînèrent si bien lames et rafales à l'assaut du fort que frères, amis du marié, convives, tout périt écrasé sous la ruine des murs ou noyé par les flots, tout hormis Durran que surent préserver les enlacements de sa femme et qui, lorsqu'enfin se leva l'aurore, jura de rebâtir et déclara la guerre aux dieux.

Ainsi construisit-il successivement cinq châteaux, chacun plus vaste et plus formidable que le précédent, mais il les vit tour à tour s'effondrer sous les hurlements des bises rageuses qui, dans la baie des Naufrageurs, poussaient devant elles des remparts liquides. Vainement, ses vassaux lui conseillèrent de bâtir à l'intérieur des terres ; vainement, ses prêtres l'avisèrent qu'il n'apaiserait les dieux qu'en rendant Elenei à la mer ; vainement, ses sujets eux-mêmes le conjurèrent de s'incliner. Il éleva un septième château, plus massif que nul autre et auquel, disaient certains, contribuèrent les enfants de la forêt par la taille magique des pierres ; c'est, selon d'autres, un petit garçon – le futur Bran le Bâtisseur – qui lui indiqua comment procéder. Pour diverger sur ce point, les contes du moins s'accordaient quant au résultat : la fureur divine eut beau découpler sur lui tempête après tempête, le septième château la défia si victorieusement qu'Elenei et Durran Dieux-deuil y vécurent en paix jusqu'à leur dernier souffle.

Les dieux n'ayant cependant garde d'oublier, les vents mauvais continuaient à soulever les houles du détroit. Mais, pareil à nul autre, Accalmie leur tenait tête, siècle après siècle et depuis des dizaines de siècles. Haut de cent pieds, son mur extérieur, que ne perçait archère ni poterne, était d'une rotondité parfaitement *lisse* ; ajustées avec une adresse inouïe, ses pierres n'offraient nulle part ouverture ni angle ni faille par où pût s'infiltrer le moindre soupçon de brise. Il passait pour avoir quarante pieds d'épaisseur du côté des terres et, face aux flots, grâce à une double paroi comblée de sable et de gravier, près de quatre-vingts. A l'intérieur de ce prodigieux appareil, les cours, les cuisines et les écuries se trouvaient à l'abri des rafales comme des vagues. En fait de tours, il n'y en avait qu'une, en forme de tambour, aveugle vers la baie mais assez colossale pour renfermer tout à la fois les greniers, les casernements, la salle des fêtes et la demeure seigneuriale. Les énormes parapets crénelés qui la couronnaient lui conféraient, de loin, l'aspect menaçant d'un poing barbelé de piques en bout de bras.

« Dame ? » Hal Mollen la tira de ses réflexions pour lui signaler deux cavaliers qui, se détachant du joujou de camp bien aligné sous le château, venaient vers eux d'un pas circonspect. « Ce sera le roi Stannis.

– Evidemment. » Elle les examina. *Ce doit être Stannis et, pourtant, ce n'est pas la bannière Baratheon.* Si éclatant qu'il fût, son jaune n'avait rien des ors adoptés par Renly, et rouge était l'emblème encore indiscernable qu'elle arborait.

Renly comptait arriver le dernier. Il l'en avait prévenue lorsqu'elle était partie, il ne se mettrait en selle qu'une fois son frère suffisamment avancé. Le premier devrait attendre l'autre, et il ne voulait pas attendre, lui. *C'est à une sorte de jeu que se jouent les rois,* se dit-elle. Eh bien, le fait qu'elle n'était pas roi la dispensait de ce jeu-là. Quant à attendre, elle en avait une longue longue habitude.

L'approche de Stannis lui permit de voir qu'il portait une couronne d'or rouge aux fleurons en forme de flammes. Des topazes et des grenats émaillaient sa ceinture, et un gros rubis carré brillait sur la garde de son épée. A cela près, sa mise était des plus simple : justaucorps de cuir clouté, doublet de piqué, bottes usagées, braies de bure brune. Le champ jaune soleil de sa bannière était frappé d'un cœur sanglant nimbé de flamboiements orange. Le cerf couronné figurait bien là, oui..., mais ratatiné au centre du cœur. Encore plus bizarre était si possible le porte-enseigne – une femme, entièrement vêtue de rouges divers, et la face perdue dans le capuchon d'un vaste manteau pourpre. *Une prêtresse rouge...,* se dit-elle, abasourdie. Puissante et forte de nombreux adeptes dans les cités libres et au fin fond de l'Orient, la secte n'avait guère essaimé dans les Sept Couronnes.

« Lady Stark », la salua froidement Stannis Baratheon en tirant sur les rênes. Et il s'inclina, plus chauve qu'elle ne le voyait dans ses souvenirs.

« Lord Stannis », lui retourna-t-elle.

Sous la barbe taillée court se crispa durement la lourde mâchoire, mais il s'abstint des bisbilles de titres, et elle lui en sut gré. « Je ne m'attendais pas à vous voir à Accalmie.

– Je ne m'attendais pas davantage à y venir. »

La façon dont ses yeux profondément enfoncés la scrutaient la mettait mal à l'aise. Pas homme à sacrifier aux convenances de la politesse. « Je déplore la mort de lord Stark, dit-il, bien qu'il ne fût pas de mes amis.

– Ni de vos ennemis, messire. Quand les lords Tyrell et Redwyne vous bloquaient mourant de faim dans ce château, c'est Eddard Stark qui rompit le siège.

– Sur les ordres de mon frère, et non par amour pour moi, riposta-t-il. Lord Eddard accomplit là son devoir, je ne vais pas le contester. Fis-je moins ? C'est *moi* qui aurais dû être la Main de Robert.

– Telle fut la volonté de votre frère. En dépit de Ned qui n'ambitionnait rien de tel.

– Il n'en accepta pas moins. Quand ces fonctions auraient dû m'échoir. Toutefois, je vous en donne ma parole, vous obtiendrez justice pour son meurtre. »

Adorent-ils vous promettre des têtes, ces hommes qui briguent la royauté... ! « Votre frère m'en a donné la sienne également. Mais, à parler franc, je préférerais ravoir mes filles et, pour la justice, m'en remettre aux dieux. Ma Sansa se trouve encore aux mains de Cersei, et je n'ai pas eu la moindre nouvelle d'Arya depuis la disparition de Robert.

– Si l'on découvre vos enfants, lorsque je prendrai Port-Réal, elles vous seront renvoyées. » *Mortes ou vives*, insinuait le ton.

« Et quand cela arrivera-t-il, lord Stannis ? Port-Réal n'est guère éloigné de Peyredragon, mais c'est ici que je vous découvre.

– Puisque vous vous montrez franche, lady Stark, fort bien, je vous parlerai franchement. Pour m'emparer de la cité, les forces de ces seigneurs du Sud que j'aperçois là-bas, dans la campagne, me sont indispensables. Mon frère les a. Il me faut les lui enlever.

– Chacun porte son allégeance où il veut, messire. Ces seigneurs du Sud ont juré fidélité à Robert et à la maison Baratheon. Si vous et votre frère omettiez vos différends...

– S'il se conduisait comme il sied, Renly et moi n'aurions point de différends. Je suis son aîné et son roi. Je réclame uniquement ce qui m'appartient de droit. Renly me doit obéissance et loyauté. J'entends obtenir cela. De lui comme des seigneurs susdits. » Il la dévisagea. « Et vous, madame, quel motif vous amène en ces parages ? Me faut-il inférer de votre présence que la maison Stark a tiré au sort en faveur de Renly ? »

Celui-là ne cédera jamais, se dit-elle, mais sans se laisser ébranler pour autant. Trop d'intérêts étaient en jeu. « Mon fils règne en qualité de roi du Nord, par la volonté de nos seigneurs et de nos peuples. Il ne ploie le genou devant personne, mais il tend à tous la main de l'amitié.

– Les rois n'ont pas d'amis, rétorqua sèchement Stannis, seulement des sujets et des ennemis.

– Et des frères », lança gaiement une voix derrière elle. Un regard par-dessus l'épaule lui révéla Renly, dont le palefroi posait un à un ses sabots parmi souches et troncs abattus. Etourdissant dans un doublet de velours vert et un manteau de satin soutaché de petit-gris, ses longues boucles noires cascadant de sous la couronne de roses d'or au chef frontal de cerf en jade, il portait au col une chaîne d'or et d'émeraudes, et des éclats de diamants noirs enrichissaient son ceinturon.

Il avait lui aussi choisi une femme pour porte-enseigne, mais rien du sexe de Brienne ne transparaissait sous la visière abaissée du heaume et l'armure de plates qui la corsetait. En haut de sa lance de douze pieds caracolait au gré du vent marin, noir sur or, le cerf couronné.

Le cadet se vit accueillir sans effusions. « Lord Renly.

– *Roi* Renly. Est-ce bien toi, Stannis ? »

Stannis se renfrogna. « Qui serait-ce d'autre ? »

Renly haussa sans façons les épaules. « Ton étendard m'en faisait douter. Quelle bannière est-ce là ?

– La mienne. »

La prêtresse rouge intervint. « Le roi a pris pour emblème le cœur ardent du Maître de la Lumière. »

L'explication parut divertir Renly. « Tant mieux. Si nous utilisions la même bannière, la bataille serait abominablement confuse.

– Espérons, glissa Catelyn, qu'il n'y aura pas de bataille. Nous avons un adversaire commun qui n'aspire qu'à notre ruine à tous. »

Stannis la considéra d'un air sévère. « Le trône de Fer me revient de droit. Tous ceux qui le contestent sont mes adversaires.

– Le royaume entier le conteste, frère, dit Renly. L'ancêtre le conteste avec un cliquetis macabre, l'à-naître le conteste au ventre maternel. On le conteste à Dorne, on le conteste au Mur. Nul ne te veut pour roi. Désolé. »

Mâchoires bloquées, traits durcis, Stannis grinça : « J'avais juré de ne jamais traiter avec toi tant que tu porterais ta couronne de traître. Que n'ai-je tenu parole.

– Sornettes ! s'emporta Catelyn. Lord Tywin occupe Harrenhal avec vingt mille épées. Ce qui reste des troupes du Régicide s'est regroupé à la Dent d'Or, une nouvelle armée Lannister se forme à l'ombre de Castral Roc, Cersei et son fils tiennent Port-Réal et votre inestimable trône de Fer. Vous vous intitulez *roi* tous les deux mais, tandis que le royaume saigne, aucun de vous ne brandit l'épée pour le défendre comme fait mon fils. »

Renly haussa les épaules. « Si votre fils a remporté quelques batailles, moi, je gagnerai la guerre. Les Lannister n'ont qu'à attendre mon bon plaisir.

– Si vous avez rien à proposer, faites, trancha Stannis, ou je me retire.

– Fort bien, riposta Renly. Je te propose de mettre pied à terre, de ployer le genou et de me jurer allégeance. »

Fou de rage, Stannis hoqueta : « Ça, jamais !

– Tu as bien servi Robert, pourquoi pas moi ?

– Robert était mon aîné. Tu es mon cadet.

– En effet, ton cadet. Plus jeune, plus hardi, et *infiniment* plus aimable...

– ... et voleur et usurpateur, par-dessus le marché. »

Renly haussa les épaules. « Les Targaryens taxaient Robert d'usurpation. Il en portait allégrement la honte, semble-t-il. Je ferai de même. »

En pleine aberration... « Entendez-vous ce que vous dites ? Vous seriez mes fils, je cognerais vos crânes l'un contre l'autre, puis je vous enfermerais dans la même chambre jusqu'à ce que vous vous souveniez que vous êtes frères ! »

Stannis lui coula un regard de travers. « Vous vous oubliez par trop, lady Stark. Je suis le roi légitime, et votre fils rien de plus qu'un félon, tout comme mon frère. Son heure sonnera aussi. »

L'impudence de la menace la mit en fureur. « Vous qualifiez bien libéralement les autres de félons, messire, et d'usurpateurs, mais en quoi différez-vous d'eux ? Vous vous prétendez le seul roi légitime et pourtant, si je ne m'abuse, Robert a laissé deux fils. Comme toutes les lois des Sept Couronnes font du prince Joffrey son héritier légitime, et de Tommen, après lui..., nous sommes *tous* félons, si bonne que soit notre cause. »

Renly se mit à rire. « Pardonne à lady Catelyn, Stannis. Vivesaigues se trouve au diable, elle en arrive tout d'une traite, elle n'aura pas lu, je crains, ton charmant poulet.

– Joffrey n'est pas de mon frère, affirma Stannis de but en blanc. Tommen non plus. Ils sont bâtards. Et leur sœur aussi. Tous trois sont d'exécrables rejetons d'inceste. »

Même Cersei serait folle à ce point ? Catelyn demeura sans voix.

« Que vous dit de cette histoire exquise, madame ? susurra Renly. Je campais à Corcolline quand lord Tarly en reçut la révélation, laquelle, je confesse, me coupa le souffle. » Il sourit à son frère. « Je ne t'aurais jamais cru si malin, Stannis. Si la chose était seulement véridique, tu serais véritablement l'héritier de Robert.

– *Si* elle était véridique ? M'accuserais-tu de mensonge ?

– Peux-tu fournir la moindre preuve de cette fable ? »

Stannis se contenta de grincer des dents.

Robert n'a rien dû savoir, réfléchit Catelyn, *Cersei l'aurait instantanément payé de sa tête.* « Mais si vous saviez la reine coupable d'un crime aussi monstrueux, lord Stannis, pourquoi vous en être tu ?

– Je ne m'en suis pas tu, déclara-t-il, j'ai informé Jon Arryn de mes soupçons.

– De préférence à votre propre frère ?

– Mon frère ne m'a jamais manifesté d'égards que de pure forme, expliqua-t-il. Emanant de moi, ce genre d'accusations aurait paru dicté par la rancune et l'intérêt, une manigance pour me placer en tête de la ligne successorale. Je présumai que Robert se montrerait moins récalcitrant si le dossier lui parvenait par l'intermédiaire de son cher Arryn.

– Ah, dit Renly. Voici la clé d'une mort d'homme.

– Parce que, bougre d'idiot, tu le croyais mort par le plus grand des hasards ? Cersei le fit empoisonner, de peur qu'il ne la dénonce. Il s'était employé à réunir un certain nombre de preuves...

– ... qui ont sûrement disparu avec lui. Très très ennuyeux. »

En fouillant sa mémoire, Catelyn recomposait le puzzle. « Dans une lettre qu'elle m'a fait parvenir à Winterfell, ma sœur accusait effectivement la reine du meurtre de son mari, admit-elle. Mais, par la suite, aux Eyrié, c'est au frère de Cersei, Tyrion, qu'elle l'imputa. »

Stannis émit un reniflement. « Quand vous mettez le pied sur un nid de serpents, que vous importe qui mord le premier ?

– Pour ne pas manquer de piquant, toutes ces salades d'inceste et de serpents ne changent strictement rien, Stannis. Tes prétentions sont peut-être les mieux fondées, mais c'est sous moi que marche la plus forte armée. » La main de Renly se faufila sous son manteau. Stannis s'en aperçut et, sur-le-champ, porta la sienne à son épée, mais il n'eut pas le temps de dégainer que son frère exhibait... une pêche. « En voudrais-tu une, frère ? demanda-t-il en souriant. De Hautjardin. Jamais tu n'as goûté rien de si fondant, sur ma foi. » Il y planta ses dents, le jus lui en dégoulina au coin de la bouche.

« Je ne suis pas venu manger des fruits. » Il écumait.

« *Messires !* s'interposa Catelyn. Au lieu d'échanger des sarcasmes, nous devrions être en train de peaufiner les termes d'une alliance.

– On ne devrait jamais refuser de goûter une pêche, reprit Renly en jetant le noyau. L'occasion peut ne jamais se représenter. La vie est courte, Stannis. Souviens-toi du mot des Stark : "L'hiver vient"... » Il s'essuya les lèvres d'un revers de main.

« Je ne suis pas venu non plus me laisser menacer.

– Ni l'être ! aboya Renly. Quand je proférerai des menaces, tu le sauras. Pour parler net, Stannis, je ne t'ai jamais aimé, mais comme tu n'en es pas moins mon sang, je n'ai aucune envie de te tuer. Ainsi, si c'est Accalmie que tu veux, prends-le..., mais comme un cadeau fraternel. De même que Robert me le donna jadis, de même te le donné-je.

– Tu ne peux donner ce qui n'est pas tien. Accalmie m'appartient de droit. »

Avec un soupir, Renly se tourna à demi sur sa selle. « Que faire, Brienne, d'un pareil frère ? Il refuse ma pêche, il refuse mon château, il a même boudé mes noces...

– Nous le savons tous deux, tes noces n'étaient qu'une pantalonnade. Voilà un an, tu complotais de faire de cette enfant l'une des catins de Robert.

– Voilà un an, je complotais d'en faire sa reine, mais quelle importance ? Le sanglier a eu Robert et moi Margaery. Tu seras charmé d'apprendre qu'elle était vierge.

– Et elle a toute chance de mourir vierge, dans ton lit.

– Oh, je compte bien qu'elle me donne un fils dans l'année. Au fait, Stannis, combien de fils as-tu, s'il te plaît ? Ah oui... – aucun. » Il sourit d'un air ingénu. « Quant à ta fille, je comprends. Si ma femme était aussi appétissante que la tienne, je déléguerais aussi mes devoirs à mon fou.

– *Assez !* rugit Stannis. Je ne te permettrai pas de m'insulter, tu m'entends ? *je ne le permettrai pas !* » Il dégaina sa longue épée. Malgré le soleil pâlichon, l'acier flamboyait d'un éclat bizarre, tantôt rouge et tantôt jaune et tantôt d'une incandescente blancheur. L'air, tout autour, en était dépoli comme sous l'effet d'une chaleur intense.

Le cheval de Catelyn hennit, recula d'un pas, mais Brienne, lame au poing, se porta entre les deux frères. « Rengainez ! » cria-t-elle à Stannis.

Cersei Lannister en rit à perdre haleine, songea Catelyn, consternée.

Stannis pointa sa lame étincelante vers son frère. « Je ne suis pas impitoyable ! tonna-t-il, en dépit de sa réputation bien établie d'homme sans merci. Et je ne désire pas non plus souiller du sang d'un frère Illumination. Au nom de la mère qui nous porta tous deux, Renly, je t'accorde cette nuit encore pour revenir de ta folie. Amène tes bannières et viens me trouver d'ici l'aube, je t'accorderai Accalmie, te rendrai ton siège au Conseil et te désignerai même pour mon héritier jusqu'à ce qu'un fils me soit né. Sinon, je t'anéantirai. »

Renly éclata de rire. « Tu as une épée ravissante, Stannis, je te le concède, mais ses chatoiements t'aveuglent, m'est avis. Regarde un peu par là, frère. Les vois-tu, toutes ces bannières ?

– Te figures-tu que quelques poignées de chiffons suffiront à te faire roi ?

– Les épées de Tyrell me feront roi. A la hache et à la masse et au marteau de guerre me feront roi Rowan et Tarly et Caron. Et flèches Torth et lances Penrose, et Fossovoie, Cuy, Mullendor, Estremont, Selmy, du Rouvre, Hightower, Crane, Caswell, Nègrebar, Morrigen, Shermer, des Essaims, Dunn, Piète, tous me feront roi, tous..., y compris la maison Florent, les propres oncles et frères de ta femme. A mes côtés chevauche toute la chevalerie du Sud, et ce n'est là que ma moindre force. Mon infanterie suit, cent mille épées, piques et lances. Et tu prétends *m'anéantir* ? Avec quoi, je te prie ? Le minable clapier que j'entrevois tapi sous les murs du château, là ? Ces disons cinq mille..., et je suis généreux ! sires des morues, chevaliers d'oignons, rapières de location et susceptibles pour moitié de changer de bord avant la bataille ? Tu possèdes moins de quatre cents chevaux, je le tiens de mes éclaireurs, et encore sont-ce des francs-coureurs vêtus de cuir bouilli qui ne tiendront pas un instant contre des lanciers en armures. Tu peux bien te prendre pour un guerrier chevronné, Stannis, je m'en moque, à la première charge de mon avant-garde, il aura vécu, ton semblant d'armée.

– Nous verrons, frère. » Comme il remettait l'épée au fourreau, le monde parut s'assombrir un brin. « Vienne l'aube, nous verrons.

– J'espère que ton nouveau dieu n'ignore point la compassion, frère. »

Avec un reniflement de dédain, Stannis s'éloigna au galop. La prêtresse rouge ne le suivit pas sur-le-champ. « Méditez vos péchés, lord Renly », lança-t-elle avant de faire volter sa monture.

Catelyn et lui regagnèrent le camp où les attendaient respectivement des milliers d'hommes et quelques-uns. « Une séance divertissante, commenta-t-il, sinon fructueuse. J'aimerais bien savoir où me procurer une épée pareille... Bah, sans doute Loras me l'offrira-t-il après la bataille. Etre forcé d'en venir là me chagrine.

– Vous avez le chagrin bien gai, objecta Catelyn dont la détresse n'avait rien de feint.

– Ah bon ? » Il haussa les épaules. « Soit. Stannis n'a jamais été, je le confesse, mon chouchou de frère. Vous y croyez, à son histoire, vous ? Si Joffrey est bien du Régi...

– ... votre frère est l'héritier légitime.

– Tant qu'il vit, concéda Renly. Encore qu'il s'agisse d'une loi absurde, pas votre avis ? Pourquoi le plus vieux, et non le plus apte ? La couronne m'ira bien mieux qu'elle n'allait à Robert, et elle n'irait nullement à Stannis. J'ai l'étoffe de faire un grand roi, énergique mais généreux, juste, intelligent, diligent, loyal à mes amis, terrible à mes ennemis mais capable de pardon, de patience...

– ... d'humilité ? » compléta-t-elle.

Il s'esclaffa. « Souffrez à un roi *quelques* imperfections, madame. »

Elle se sentait à bout de forces. Les Baratheon allaient se noyer dans le sang l'un de l'autre pendant que son fils affrontait seul les Lannister, et rien de ce qu'elle pourrait dire ou faire ne l'empêcherait. *Il n'est que temps de retourner fermer les paupières de Père à Vivesaigues*, se dit-elle. *Cela du moins est en mon pouvoir. Je puis être un piètre émissaire, je suis douée pour le deuil, les dieux me préservent.*

Le camp jouissait d'une position avantageuse. Implanté sur une vague crête rocailleuse qui courait du nord au sud, il se présentait de manière autrement satisfaisante que le capharnaüm des bords de la Mander ; mais aussi était-il quatre fois moins vaste. En apprenant que son frère assaillait Accalmie, Renly avait, un peu comme Robb aux Jumeaux, divisé ses forces et, laissant à Pont-l'Amer avec sa jeune reine sa cohue de fantassins, ses fourgons, charrettes, bêtes de somme et son encombrante machinerie de siège, foncé lui-même vers l'est avec ses chevaliers et ses francs-coureurs.

Tellement semblable à son frère Robert, même à cet égard... ! sauf que Robert avait, pour tempérer constamment sa témérité, la circonspection d'Eddard Stark. Ned eût sûrement fini par persuader Robert d'emmener *l'ensemble* de ses forces encercler Stannis et assiéger les assiégeants. Cette solution, Renly se l'était lui-même interdite par sa fringale d'en venir aux mains avec Stannis. Il avait, dans cette course éperdue, semé son intendance, et provisions, fourrage, fourgons, mules et bœufs, tout traînait derrière, à des journées de là. Aussi lui *fallait*-il combattre au plus vite ou crever famine.

Après avoir chargé Mollen de panser son cheval, Catelyn escorta Renly jusqu'au pavillon royal, en plein cœur du camp. Assemblés sous les pentes de soie verte, capitaines et bannerets attendaient le récit de l'entrevue. « Mon frère n'en démord pas, leur annonça le jeune roi, pendant que Brienne lui dégrafait son manteau et allégeait son front de la couronne d'or et de jade. Châteaux, amabilités, rien ne saurait l'apaiser, il lui faut du sang. Dès lors, je suis d'avis d'exaucer son vœu.

– Je ne vois pas, Sire, la nécessité de nous battre ici, glissa lord Mathis Rowan. La place possède une solide garnison, quantité de vivres, ser Cortnay Penrose n'a plus à prouver ses mérites de gouverneur, et l'on n'est pas près de construire le mangonneau qui ouvrirait la brèche dans les murailles d'Accalmie. Laissez lord Stannis s'en offrir le siège. Il n'y récoltera que mécomptes et, pendant que, le ventre vide, il se gèlera pour rien, nous prendrons Port-Réal.

– Et laisserons dire que j'ai eu peur d'affronter Stannis ?

– Seuls des imbéciles l'allégueront, argua lord Mathis. »

Renly se tourna vers les autres. « Qu'en dites-vous ?

– Je dis, moi, que Stannis est un danger pour vous, déclara lord Randyll Tarly. Laissez-le intact, et il ne fera que se renforcer, tandis que la guerre amenuisera vos propres forces. On n'abattra pas les Lannister en un jour. Quand vous en aurez terminé avec eux, lord Stannis sera peut-être aussi puissant que vous..., voire davantage. »

L'auditoire fit chorus dans le même sens. Le roi s'en montra charmé. « Alors, nous nous battrons. »

J'ai donc failli à Robb comme j'ai failli à Ned, se désola Catelyn. « Messire, intervint-elle. Si vous devez en venir à vous battre, ma tâche ici est terminée. Veuillez me permettre de regagner Vivesaigues.

– Je vous l'interdis. » Il s'installa dans un fauteuil de camp.

Elle se rebiffa. « J'avais espéré vous aider à faire une paix, messire. Je ne vous aiderai pas à faire une guerre. »

Il haussa les épaules. « J'ose affirmer que nous la gagnerons sans vos vingt-deux hommes, madame. J'entends non pas que vous participiez à la bataille mais que vous y assistiez.

– Je me trouvais au Bois-aux-Murmures, messire. J'ai eu mon compte de boucherie. Je suis venue en émissaire...

– Et c'est en émissaire que vous partirez, mais en émissaire plus raisonnable qu'à votre arrivée. Quand vous aurez vu de vos propres yeux le sort réservé aux rebelles, le rapport que vous en ferez à votre fils de vos propres lèvres n'en sera que plus édifiant. Nous veillerons sur votre sécurité, ne craignez rien. » Il se détourna pour donner ses ordres. « Lord Mathis, vous conduirez le centre du corps principal. A vous la gauche, Bryce. Je prends la droite. Lord Estremont, vous commanderez la réserve.

– Vous pouvez compter sur moi, Sire », s'inclina ce dernier.

Rowan reprit la parole. « Qui aura la charge de l'avant-garde ?

– J'en réclame l'honneur, Sire, dit ser Jon Fossovoie.

– Réclamez à votre aise, gronda ser Guyard le Vert, le privilège de frapper le premier coup revient de droit à l'un des sept.

– Il ne suffit pas d'un joli manteau, siffla Randyll Tarly, pour charger un mur de boucliers. Je conduisais déjà l'avant-garde de Mace Tyrell, Guyard, que vous tétiez encore votre mère. »

D'autres candidats firent bruyamment valoir leurs propres titres, et il s'ensuivit un tapage infernal dans le pavillon. *Chevaliers d'été*, songea Catelyn. La main de Renly se leva. « Suffit, messires. Si je possédais une douzaine d'avant-gardes, chacun de vous obtiendrait la sienne, mais il est légitime d'attribuer la gloire la plus insigne au plus émérite des chevaliers. Ser Loras frappera le premier.

– De grand cœur, Sire. » Le chevalier des Fleurs s'agenouilla devant lui. « Daignez m'accorder votre bénédiction et un chevalier qui brandisse à mes côtés votre étendard. Que le cerf et la rose marchent au combat d'un même pas. »

Renly jeta un regard à l'entour. « Brienne.

– Sire ? » Elle portait toujours son armure d'acier bleu mais, eu égard à l'atmosphère suffocante, avait retiré son heaume. La sueur empoissait de filasse jaune sa large face disgraciée. Ma place est auprès de vous. Je suis votre bouclier lige...

– L'un des sept, lui rappela le roi. N'aie crainte, quatre de tes compagnons m'escorteront au combat. »

Elle tomba à ses genoux. « Si je dois me séparer de Votre Majesté, qu'Elle m'accorde au moins l'honneur de l'armer avant la bataille. »

Quelqu'un ricana sous cape derrière Catelyn. *Elle l'aime, la pauvre*, songea-t-elle avec un serrement de cœur. *Elle n'aspire à jouer l'écuyer que dans l'espoir de le toucher, dût-on la trouver grotesque.*

« Accordé, dit Renly. Maintenant, laissez-moi, vous tous. Les rois eux-mêmes ont besoin de se reposer, la veille des batailles.

– Messire, dit Catelyn, il y avait un petit septuaire dans le dernier village que nous avons traversé. Puisque vous vous opposez à mon départ pour Vivesaigues, permettez-moi d'aller m'y recueillir.

– A votre guise. Ser Robar, faites escorter lady Stark à ce septuaire..., et veillez qu'elle nous rejoigne à l'aube.

– Il ne serait pas malvenu de prier vous-même, ajouta-t-elle.

– Pour obtenir la victoire ?

– Pour obtenir un grain de bon sens. »

Il se mit à rire. « Loras, reste m'aider dans mes oraisons. Depuis le temps, j'ai presque oublié comment l'on s'y prend. Quant à vous autres, que chacun soit à son poste, équipé, armé et en selle dès le point du jour. Je veux nous voir gratifier Stannis d'une aube qu'il n'oublie pas de sitôt. »

Le soir tombait lorsque Catelyn quitta le pavillon. Ser Robar Royce lui emboîta le pas. Elle le connaissait vaguement – l'un des fils de Yohn le Bronzé ; affable, en dépit de dehors rugueux ; jouteur de quelque renom. En faisant de lui l'un de ses sept, Renly lui avait offert un manteau arc-en-ciel et une armure complète rouge sang. « Vous voici bien loin du Val, ser, dit-elle.

– Et vous à cent lieues de Winterfell, madame.

– Je sais ce qui m'a amenée ici, mais vous, pourquoi y être venu ? Cette bataille n'est pas plus la vôtre que la mienne...

– Je l'ai faite mienne en faisant de Renly mon roi.

– Les Royce sont bannerets de la maison Arryn.

– Le seigneur mon père doit fidélité à lady Lysa, de même que son héritier. Force est à un cadet de chercher la gloire où il peut. » Il haussa les épaules. « On finit par se lasser des tournois, quand on est un homme. »

Il ne devait pas avoir plus de vingt et un ans, songea-t-elle, à peu près l'âge de son roi..., mais son roi *à elle*, son Robb, avait à quinze plus de jugeote que n'en avait acquis l'autre godelureau. Du moins priait-elle qu'il en fût ainsi.

Dans le minuscule coin du camp réservé à ses gens, Shadd taillait des carottes en rondelles au-dessus d'une marmite, Hal Mollen jouait aux dés avec trois hommes de Winterfell, et Lucas Nerbosc aiguisait posément son poignard. « Lady Stark, dit ce dernier en l'apercevant, Mollen prétend qu'on va se battre à l'aube.

– Il dit vrai », convint-elle. *Mais quel bavard impénitent... !* « Et nous allons combattre ou filer, nous ?

– Prier, Lucas, répondit-elle. Prier. »

SANSA

« Plus vous le faites attendre, et plus il vous en cuira », la prévint Sandor Clegane.

Elle essaya de se hâter, mais ses doigts s'empêtraient dans les boutons et les lacets. Le parler rude du Limier ne la surprenait plus, mais quelque chose dans sa manière de la regarder l'emplissait de crainte. Joffrey avait-il découvert les rendez-vous avec ser Dontos ? *Les dieux veuillent que non*, songea-t-elle tout en se coiffant. Elle n'avait d'espoir qu'en ser Dontos. *Il me faut être jolie, Joffrey se plaît à me voir jolie, il s'est toujours plu à me voir porter cette robe, cette couleur.* Elle en lissa les pans. Le tissu bridait sur sa poitrine.

Une fois prête, elle prit la gauche du Limier pour s'épargner la vue des brûlures qui le défiguraient. « Dites-moi quel mal j'ai pu faire… ?

– Pas vous. Votre roi de frère.

– Robb est un traître. » Elle récitait comme un automate. « Je n'ai pris aucune part à ses agissements. » *Bonté divine ! pourvu qu'il ne s'agisse pas du Régicide…* Que Robb eût touché à Jaime Lannister, c'en était fait d'elle. Elle revit le maigre visage grêlé de ser Ilyn et l'implacable fixité de ses terribles prunelles pâles.

Le Limier renifla. « On t'a bien entraîné, petit oiseau. » Dans la courtine inférieure où il la mena s'étaient massés, autour des buttes de tir à l'arc, des tas de gens qui s'écartèrent pour leur livrer passage. Elle entendit tousser lord Gyles. Des garçons d'écurie rôdaient par là, qui la dévisagèrent effrontément, mais ser Horas Redwyne se détourna dès qu'il l'aperçut, et son frère, Hobber, affecta de ne pas la voir. Les reins transpercés par un carreau d'arbalète, un chat jaune agonisait avec des miaulements navrants sur le terrain. Sansa le contourna, prise de haut-le-cœur.

A califourchon sur son canasson de bruyère, ser Dontos s'approcha d'elle ; depuis que l'ivresse l'avait empêché d'enfourcher son destrier de joute, le roi l'obligeait à n'aller que monté. « Courage », chuchota-t-il en lui pressant le bras.

Campé au centre de la foule, Joffrey tripotait une arbalète de parade. Ser Boros et ser Meryn se trouvaient avec lui. Leur seule vue suffit à nouer les tripes de Sansa.

« Sire. » Elle tomba à ses genoux.

« Vous agenouiller ne sert plus à rien, dit le roi. Debout. Vous êtes ici pour répondre des derniers forfaits de votre frère.

– Quelque crime qu'ait put perpétrer mon félon de frère, Sire, je n'en ai pas été complice. Vous le savez, pitié, je vous en conjure…

– *Relevez-la !* »

Le Limier la remit sur pied, sans la rudoyer.

« Ser Lancel, reprit Joffrey, informez-la de l'outrage qui nous est fait. »

Elle avait toujours vu en Lancel Lannister un jeune homme amène et courtois, mais le regard qu'il lui décocha ne témoignait ni compassion ni bienveillance. « Grâce à quelque infâme diablerie, votre frère et une armée de zomans ont, à moins de trois journées de Port-Lannis, fondu sur ser Stafford Lannister. Sans seulement pouvoir tirer l'épée, des milliers de braves ont été massacrés durant leur sommeil. Après ce carnage, les hommes du Nord se sont repus de la chair des cadavres. »

Telles des mains glacées, l'horreur étrangla Sansa.

« Qu'avez-vous à dire ? demanda Joffrey. Rien ?

– Sire, murmura ser Dontos, le choc l'a privée de ses esprits. La pauvre enfant…

– Silence, bouffon ! » Joffrey leva son arbalète et la pointa sur le visage de Sansa. « Vous autres Stark êtes aussi monstrueux que vos maudits loups. Je n'ai pas oublié comment votre fauve m'a saccagé.

– C'était le loup d'Arya, dit-elle. Lady ne vous avait fait aucun mal, et vous l'avez néanmoins tuée.

– Pas moi, votre père, répliqua-t-il, mais j'ai bien tué votre père. Que ne l'ai-je fait de mes propres mains. J'ai tué un homme plus grand que votre père, la nuit dernière. Des misérables assaillaient la porte et réclamaient du pain en gueulant mon nom comme si j'étais *boulanger…* ! Je leur ai montré, moi. J'ai crevé la gorge du plus gueulard.

– Et il est mort ? » Lorgnée comme elle était par la hideuse pointe de fer du carreau, elle ne trouva rien d'autre à dire dans sa cervelle.

« Evidemment qu'il est mort ! il avait mon carreau fiché dans la gorge… Une bonne femme jetait des pierres, et je l'ai eue aussi, mais seulement au bras. » D'un air renfrogné, il abaissa l'arbalète. « Je vous descendrais bien aussi, mais Mère affirme qu'on tuera mon oncle Jaime, si je le fais. Aussi me contenterai-je de vous châtier, puis nous aviserons votre frère de ce qui vous pend au nez s'il ne se rend pas. Frappe-la, Chien.

– Laissez-moi la battre ! » Ser Dontos se poussa de l'avant, dans son armure tintinnabulante de fer-blanc. Il brandissait une plommée dont la tête n'était qu'un melon. *Mon Florian.* Elle l'aurait embrassé, malgré veines éclatées, rougeurs et tout et tout. Tout en décrivant au trot de son balai des cercles autour d'elle, il beuglait : « Traître ! traître ! », et lui martelait la tête avec le melon. Elle se protégeait vaille que vaille avec ses mains, titubait chaque fois que l'atteignait le fruit, les cheveux gluants dès le second coup. Les gens rigolaient. Le melon finit par voler en pièces. *Ris, Joffrey,* pria-t-elle, tandis que le jus lui dégoulinait le long de la figure et maculait le devant de sa robe en soie bleue. *Ris, et sois satisfait.*

Il n'émit pas même un ricanement. « Boros ? Meryn ? »

Ser Meryn Trant empoigna par le bras le fou rubicond et l'écarta si brutalement qu'il l'envoya mordre la poussière avec balai, melon et tout le reste. Ser Boros saisit Sansa.

« Pas au visage, commanda Joffrey. J'aime qu'elle soit jolie. »

En la percutant au creux de l'estomac, le poing de Boros lui coupa le souffle et la plia en deux, mais le chevalier la rattrapa par les cheveux, tira l'épée. Durant une abominable seconde, elle eut la certitude qu'il allait lui trancher la gorge, mais le plat de la lame lui cingla les cuisses, et si violemment qu'elle crut ses jambes brisées. Elle poussa un cri. Les larmes inondèrent ses yeux. *Ce sera bientôt terminé.* Elle ne perdit bientôt que le compte des coups.

« Assez », entendit-elle. Le timbre râpeux du Limier.

« Pas du tout, répliqua le roi. Boros, déshabille-la. »

Boros porta une main viandue sur le corsage de Sansa et l'arracha d'une seule traction. La soie se déchira tout du long, la dénudant jusqu'à la taille. Elle se couvrit la poitrine à deux mains. Des ricanements lui parvinrent, lointains et féroces. « Fouettez-la au sang, dit Joffrey, nous verrons si son frère apprécie…

– *Que signifie ?* »

La voix du Lutin claqua comme un fouet, et Sansa se retrouva libre, subitement. Elle s'affaissa sur ses genoux, les bras croisés sur la poitrine, et à bout de souffle. « Est-ce là votre conception de la chevalerie, ser Boros ? » demanda Tyrion Lannister d'un ton furibond. Son reître favori se tenait près de lui, ainsi que l'un de ses barbares, l'homme à l'œil brûlé. « Quelle espèce de chevalier rosse les filles sans défense ?

– L'espèce qui sert son roi, Lutin. » Ser Boros leva son épée, ser Meryn vint le flanquer tout en dégainant à son tour.

« Mollo, vous deux, avertit le reître. Serait fâcheux d'éclabousser de sang ces jolis manteaux blancs.

– Qu'on donne à la petite de quoi se couvrir », dit le nain. Sandor Clegane dégrafa son manteau et le jeta à Sansa qui l'appliqua contre sa poitrine, les poings crispés dans la laine blanche. Tout urticant qu'était sur sa peau le grain de la trame, jamais velours ne lui avait paru si moelleux.

« Cette petite est censée devenir ta reine, dit le Lutin à Joffrey. Son honneur t'importe-t-il si peu ?

– Je suis en train de la punir.

– De quel crime ? Elle n'a pris aucune part à la bataille de son frère.

– Elle a un sang de loup.

– Et toi une cervelle d'oie.

– Vous ne pouvez me parler sur ce ton. Le roi est libre de faire ce qui lui plaît.

– Aerys Targaryen fit ce qui lui plaisait. Ta mère ne t'a jamais conté ce qui lui arriva ?

– Nul ne menace impunément Sa Majesté, *grognonna* ser Boros Blount, en présence de la Garde. »

Tyrion Lannister haussa un sourcil. « Je ne suis pas en train de menacer le roi, ser, mais d'éduquer mon neveu. Bronn ?

Timett ? la prochaine fois que ser Boros ouvrira son bec, tuez-le. » Il sourit. « *Cela* était une menace, ser. Pigée, la différence ? »

Ser Boros vira au rouge sombre. « La reine le saura !

– Sûr et certain. Et pourquoi tarder ? Enverrons-nous quérir ta mère, Joffrey ? »

Le roi s'empourpra.

« Rien à dire, Sire ? poursuivit son oncle. Bon. Apprends à utiliser davantage tes oreilles et moins ta langue, sans quoi ton règne sera plus bref que je ne suis. La brutalité gratuite n'est pas le moyen de conquérir l'amour de tes sujets... ni de ta reine.

– Mieux vaut la peur que l'amour, dit Mère. » Joffrey montra Sansa du doigt. « *Elle* a peur de moi. »

Le Lutin soupira. « Oui, je le vois. Dommage que Stannis et Renly ne soient pas eux-mêmes des fillettes de douze ans. Bronn, Timett, amenez-la. »

Elle avança comme dans un rêve. Alors qu'elle s'attendait à se voir reconduire à sa chambre, dans la citadelle de Maegor, c'est à la tour de la Main que l'emmenèrent les hommes du nain. Elle n'y avait pas mis les pieds depuis la disgrâce de Père, et en grimper de nouveau l'escalier la mit au bord de s'évanouir.

Des servantes la prirent en charge, qui lui déclamèrent d'incompréhensibles paroles de réconfort pour qu'elle arrête de trembler. L'une lui retira sa robe en lambeaux, ses sous-vêtements, une autre la baigna, lui débarbouilla la figure et les cheveux, mais, tandis qu'on la savonnait, récurait, faisait ruisseler de l'eau bien chaude sur sa tête, elle était incapable de voir autre chose que les trognes de la courtine. *Les chevaliers font vœu de défendre les faibles, de protéger les femmes et de combattre en faveur du droit, mais aucun d'eux n'est intervenu.* Ser Dontos seul avait tenté, mais il n'était plus chevalier, et le Lutin ne l'était pas, le Limier non plus..., il haïssait les chevaliers, le Limier... *Moi aussi, je les hais,* se dit-elle, *ils ne sont pas de véritables chevaliers, aucun d'eux.*

Une fois propre, elle reçut la visite rouquine et dodue de mestre Frenken. Il la fit s'allonger à plat ventre sur le matelas et tartina de baume les vilaines marques violacées qui lui zébraient le dos des cuisses. Puis il concocta du vinsonge en y mêlant un rien de miel pour qu'elle l'avale plus facilement. « Dormez un peu, mon enfant. Vous aurez l'impression, au réveil, de n'avoir fait qu'un méchant rêve. »

Oui oui, triple sot, songea-t-elle, *oui oui,* mais elle but sans broncher le vinsonge et s'endormit.

Il faisait sombre lorsqu'elle se réveilla, sans trop savoir où elle se trouvait, dans quelle pièce étrangère et étrangement familière à la fois. Elle se leva, et la douleur qui lancina ses jambes lui remémora tout d'un seul coup. Ses yeux s'emplirent de larmes. On avait déposé une robe pour elle au chevet du lit. Elle l'enfila et ouvrit la porte. Sur le seuil se tenait une femme aux traits rudes, à la peau brune comme du cuir, et au col décharné de laquelle pendouillaient trois sautoirs – un d'or, un d'argent et un d'oreilles humaines. « Où c'est qu'elle croit qu'elle va aller ? demanda-t-elle, en prenant appui sur la grande lance qu'elle tenait.

– Au bois sacré. » Il lui fallait coûte que coûte voir ser Dontos et le supplier de la ramener chez elle *sur l'heure,* ensuite il serait trop tard.

« Bout-d'Homme a dit que tu dois pas sortir. Prie ici, les dieux entendront. »

Sans insister, Sansa baissa les yeux et battit en retraite. Elle comprit alors, subitement, pourquoi la pièce lui paraissait tellement familière. *Ils m'ont mise dans la chambre qu'occupait Arya, du temps où Père était la Main du roi. Ses affaires personnelles ont toutes disparu, les meubles changé de place, mais c'est bien la même...*

Peu de temps après, une servante apporta un plateau de pain, d'olives et de fromage, ainsi qu'un pichet d'eau fraîche. Sansa eut beau commander : « Remportez ça », la fille laissa le tout sur la table. En fait, la soif la tenaillait, s'aperçut-elle. Chaque pas lui poignardait les cuisses, mais elle se força à traverser la pièce, but deux coupes d'eau, et elle mordillait une olive quand on cogna à la porte.

Non sans angoisse, elle se retourna, lissa les plis de sa robe. « Oui ? »

Le battant s'ouvrit sur Tyrion Lannister. « Madame. J'espère ne pas vous importuner ?

– Suis-je votre prisonnière ?

– Mon hôte. » Il portait la chaîne aux mains d'or qui attestait ses fonctions. « Si nous causions ?

– Comme il plaira à Votre Excellence. » Elle éprouvait la plus grande difficulté à ne pas le dévisager ; chose étrange, il la fascinait par sa laideur même.

« Les mets et les vêtements sont-ils à votre convenance ? s'enquit-il. Si vous désirez quoi que ce soit, demandez seulement.

– C'est très aimable à vous. Et, ce matin..., vous avez été bien bon de me secourir.

– Vous avez le droit de savoir ce qui a rendu Joffrey fou furieux. Voilà six nuits, mon oncle Stafford campait avec son armée près du village de Croixbœuf, à moins de trois journées de Castral Roc, quand votre frère s'est jeté sur lui. Une victoire écrasante pour vos gens du Nord. Nous ne l'avons apprise que ce matin. »

Robb vous exterminera, jubila-t-elle en son for. « C'est... terrible, messire. Mon frère est un infâme traître. »

Le nain eut un sourire tristounet. « Pas un faon, du moins. Il le démontre assez clairement.

– D'après ser Lancel, Robb menait une armée de zomans... »

Un éclat de rire méprisant salua l'assertion. « En preux qu'il est de la gourde à vin, ser Lancel ne ferait pas la différence entre zozotage et zoman ! Votre frère était bien accompagné de son loup-garou, mais je soupçonne que c'est là tout. Les hommes du Nord se sont faufilés dans le camp de mon oncle pour le couper de sa cavalerie, sur laquelle lord Stark a lâché son fauve, et les destriers les mieux aguerris sont devenus fous. Des chevaliers ont été piétinés à mort dans leurs pavillons, et la piétaille ne s'est réveillée, terrifiée, que pour déguerpir, en jetant ses armes pour courir plus vite. Ser Stafford s'était élancé à la poursuite d'un cheval quand la lance de lord Karstark lui a transpercé la poitrine. Ont également péri ser Rubert Brax et ser Lymond Vikair, lord Crakehall et lord Jast. Une cinquantaine d'autres, notamment les fils de Jast et mon neveu, Martyn Lannister, sont prisonniers. Quant aux rescapés, ils colportent des contes à dormir debout, jurant que les anciens dieux marchent avec votre frère.

– Mais alors, il n'y a pas eu de... diablerie ? »

Tyrion renifla. « La diablerie n'est que la sauce que les idiots répandent à pleine louche sur leurs échecs pour masquer le fumet de leur incompétence. Mon faciès ovin d'oncle ne s'était même pas soucié de poster des sentinelles, semblerait-il. Il avait une armée de bleus – apprentis, saisonniers, mineurs, pêcheurs, les raclures de Port-Lannis. Comment votre frère s'est débrouillé pour l'atteindre, là réside l'unique mystère. Nos forces tiennent toujours la citadelle de la Dent d'Or, et elles jurent qu'il n'y est pas passé. » Il haussa les épaules d'un air exaspéré. « Enfin, voilà, Robb Stark est le fléau de mon père. Moi, j'ai Joffrey. Dites-moi, quels sentiments vous inspire mon royal neveu ?

– Je l'aime de tout mon cœur, répondit-elle du tac au tac.

– Vraiment ? » Le ton n'était pas convaincu. « Même à présent ?

– Mon amour pour Sa Majesté est plus grand qu'il ne fut jamais. »

Le Lutin s'esclaffa bruyamment. « Eh bien ! quelqu'un vous a bien appris à mentir... Vous lui en saurez peut-être gré, un jour ou l'autre, mon enfant. Car vous êtes *encore* une enfant, n'est-ce pas ? Vous n'avez pas déjà fleuri, si ? »

Elle rougit. C'était une question triviale, mais la honte d'avoir été mise à nu devant la moitié du château la rendait comme insignifiante. « Non, messire.

– Tant mieux. Si cela peut vous consoler, je n'ai nullement l'intention de vous voir jamais épouser Joffrey. Aucun mariage ne réconciliera Stark et Lannister après ce qui s'est passé, je crains. Et c'est grand dommage. Cette union était l'une des meilleures idées du roi Robert. Et il a fallu que Joffrey gâche tout... »

Elle aurait dû dire quelque chose, elle le savait, les mots ne purent sortir de sa gorge.

« Vous voici bien silencieuse, observa Tyrion Lannister. C'est bien ce que vous désirez ? La rupture de vos fiançailles ?

– Je... » Elle ne savait que dire. *Est-ce une ruse ? Me punira-t-il si je dis la vérité ?* Elle détailla, éperdue, la brutale protubérance du front, la dureté de l'œil noir, la perspicacité du vert, les dents crochues, la barbe en paille de fer... « Je n'ai qu'un désir, me montrer loyale.

– Loyale..., rêva-t-il, et à cent lieues de tous les Lannister. Je ne saurais guère vous en blâmer. Quand j'avais votre âge, je n'aspirais moi-même qu'à cela. » Il sourit. « On me dit que vous vous rendez chaque jour dans le bois sacré. Que demandez-vous dans vos prières, Sansa ? »

La victoire de Robb et la mort de Joffrey..., et puis la maison Winterfell. « La fin de la guerre.

– Nous l'aurons tôt ou tard. Une autre bataille aura lieu, qui opposera votre frère au seigneur mon père, et cela scellera le sort. »

Robb le battra, songea-t-elle. *Il a battu votre oncle et votre frère, il battra votre père aussi.*

Aussi aisément que si son visage avait été un livre ouvert, le nain y lut ses espérances. « Ne prenez pas Croixbœuf trop au sérieux, madame, avertit-il sans marquer la moindre agressivité. Une bataille n'est pas la guerre, et mon seigneur de père n'est assurément pas mon Stafford d'oncle. Lors de votre prochaine visite dans le bois sacré, priez que votre frère ait la sagesse de ployer le genou. Une fois que le royaume aura réintégré la paix du roi, je vous renverrai chez vous. » Un petit saut lui fit quitter la banquette de la fenêtre, et il ajouta : « Vous pouvez dormir ici, cette nuit. Je chargerai quelques-uns de mes hommes de veiller sur vous – des Freux, peut-être...

– Non ! » s'écria-t-elle, consternée. Si on l'enfermait dans la tour de la Main sous pareille garde, comment ser Dontos la subtiliserait-il jamais pour la délivrer ?

« Préféreriez-vous des Oreilles Noires ? Je vous donnerai Chella, si vous vous sentez plus à l'aise avec une femme...

– Non, messire, par pitié, ces sauvages me terrifient ! »

Il s'épanouit. « Moi aussi. Mais, bien mieux encore, ils terrifient Joffrey et ce nid de vipères sournoises et de chiens lécheurs qu'il appelle sa Garde. Avec Timett ou Chella près de vous, nul n'oserait vous donner une pichenette.

– Je préférerais coucher dans mon propre lit. » Un mensonge lui traversa brusquement l'esprit, et il semblait si *pertinent* qu'elle le débita d'une seule traite. « C'est dans cette tour qu'ont été tués les gens de mon père. Leurs fantômes me donneraient des rêves épouvantables, et je verrais du sang partout. »

Tyrion Lannister la scruta longuement. « Les cauchemars ne me sont pas étrangers, Sansa. Peut-être êtes-vous plus avisée que je ne croyais. Permettez-moi du moins de vous faire escorter saine et sauve jusqu'à vos appartements personnels. »

CATELYN

Ils n'atteignirent le village qu'à la nuit noire, et Catelyn se surprit à se demander s'il avait un nom. Si oui, ses habitants en avaient emporté le secret dans leur fuite, avec tout ce qu'ils possédaient, cierges du septuaire inclus. Ser Wendel embrasa une torche et ouvrit la marche.

Franchi le seuil – il fallait se baisser – les sept murs de l'oratoire se révélèrent lézardés, pochés. *De même que ses sept murs n'empêchent point le septuaire d'être un seul et unique édifice*, avait-elle appris dans son enfance de septon Osmynd, *de même, Dieu est un sous sept aspects divers.* Les riches septuaires urbains possédaient des statues des Sept, chacune honorée de son propre autel. A Winterfell, septon Chayle accrochait aux parois leurs masques sculptés. Ici ne se voyaient que grossiers dessins au charbon. Après avoir fiché la torche dans une applique près de la porte, ser Wendel sortit rejoindre Robar Royce.

Catelyn examina les figures. Le Père était barbu, conformément à la tradition. La Mère souriait, aimante et tutélaire. Son épée sommaire identifiait le Guerrier, son marteau le Ferrant. La Jouvencelle était belle, l'Aïeule aussi ridée que sage.

Quant à l'Etranger..., il n'était ni mâle ni femelle mais androgyne, l'éternel proscrit, l'errant venu de contrées lointaines, plus et moins qu'humain, inconnu et inconnaissable. Ici réduite à un ovale noir, sa face ténébreuse avait pour tous yeux des étoiles. Catelyn en éprouva un sentiment de malaise peu compatible avec le réconfort escompté des lieux.

Elle s'agenouilla devant la Mère. « Daigne poser sur ceux qui vont s'affronter, Dame, un regard maternel. Tous sont des fils, et chacun d'eux. Epargne-les, si tu le peux, épargne mes fils aussi. Veille sur Robb, sur Bran et sur Rickon. Puissé-je être avec eux. »

Une fissure qui lui courait le long de l'œil gauche donnait à la Mère un air éploré. Au-dehors s'entendaient la voix retentissante de ser Wendel et, par intermittence, les répliques discrètes de ser Robar ; ils discutaient de la bataille du lendemain. Hormis cela, muette était la nuit. Sans même un chant de grillon. Et les dieux toujours silencieux. *Tes anciens dieux te répondaient-ils jamais, Ned ? T'entendaient-ils, agenouillé devant ton arbre-cœur ?*

Les flammes de la torche animaient les murs d'ombres dansantes qui, tordant et modifiant leurs traits, donnaient aux faces un air à demi vivant. Les statues des grands septuaires urbains n'arboraient jamais pour visages que le choix de chaque sculpteur, alors que par leur rusticité même ces barbouillages représentaient n'importe qui. La figure du Père évoquait Père agonisant à Vivesaigues. Celle du Guerrier Stannis et Renly, Robb et Robert, Jaime Lannister, Jon Snow. Et même Arya..., l'espace d'une seconde. Avant que, se ruant par la porte, une bouffée de vent ne fasse crépiter la torche et ne disperse la ressemblance et ne l'efface en une explosion de lumière orange.

La fumée lui brûlait les yeux. Du dos de ses mains couturées de cicatrices, elle se les frotta. Et quand elle reporta son regard vers la Mère, c'est Mère qu'elle vit là. Lady Minisa Tully, morte en couches du second fils qu'elle donnait à lord Hoster. L'enfant ne lui avait pas survécu, et la vitalité s'était peu à peu retirée de Père. *Elle était si calme, toujours*, songea-t-elle, troublée par le souvenir des mains douces et du sourire chaleureux. *Elle là, quelle existence différente nous aurions eue... !* Comment réagirait lady Minisa, se demanda-t-elle, en voyant ici, à genoux devant elle, sa fille aînée ? *J'ai parcouru des milliers et des milliers de lieues, et pour quel résultat ? Qui ai-je servi ? J'ai perdu mes filles, Robb ne veut pas de moi, Bran et Rickon doivent me prendre pour une mère sans cœur et dénaturée, je n'étais pas même à ses côtés lorsque Ned est mort...*

La tête lui tournait, le septuaire valsait autour d'elle. Les ombres dérivaient, tanguaient, des bêtes furtives galopaient sur la blancheur craquelée des murs. Pas mangé de la journée, voilà. Ce n'était pas très raisonnable. Elle tenta de se persuader que le temps lui avait manqué, mais la vérité, c'est que, dans un monde sans Ned, les mets n'avaient plus aucune saveur. *Quand ils lui ont tranché la tête, ils m'ont tuée aussi.*

Un crachotement de la torche, derrière, et c'est soudain sa sœur qu'elle vit sur le mur, sa sœur avec un regard plus dur que dans ses souvenirs, non pas son regard mais celui de Cersei. *Cersei est mère, elle aussi. Ses enfants, peu importe qui les engendra. Elle les a sentis ruer en son propre sein, les a mis au monde avec sa propre douleur et son propre sang, les a nourris de son propre lait. S'ils sont vraiment de Jaime...*

« Cersei vous prie-t-elle également, Dame ? » demanda-t-elle à la Mère. Désormais se détachaient sur le mur les traits orgueilleux, glacés, ravissants de la reine Lannister. La fissure était toujours là ; Cersei elle-même se montrait capable de pleurer pour ses enfants. « Chacun des Sept incarne la totalité des Sept », enseignait septon Osmynd. La beauté irradiait autant de l'Aïeule que de la Jouvencelle, et la Mère pouvait déployer plus de férocité que le Guerrier, dès lors qu'un danger menaçait ses enfants. *Oui...*

Elle avait suffisamment percé à jour Robert Baratheon, à Winterfell, pour deviner qu'il n'appréciait guère Joffrey. La preuve faite que celui-ci n'était que le fils de Jaime, il l'eût mis à mort, tout comme la mère, et sans susciter beaucoup de réprobations. Si l'adultère et les bâtards n'avaient rien que d'assez banal, l'inceste était un monstrueux péché vis-à-vis des dieux anciens et nouveaux, et les fruits issus d'une pareille vilenie se voyaient également abominer dans le septuaire et le bois sacré. Certes, les Targaryens avaient volontiers pratiqué les mariages entre frères et sœurs, mais cette coutume coulait dans leurs veines avec le sang de l'antique Valyria, et ils se conformaient autant que leurs dragons aux prescriptions divines et humaines.

Ned avait dû découvrir la chose, comme Arryn avant lui. Rien d'étonnant dès lors que la reine les eût éliminés tous deux. *Y manquerais-je, pour mon propre compte ?* Ses poings se serrèrent, et la rigidité de ses doigts entamés jusqu'à l'os par l'acier de l'assassin à gages témoignait assez de l'acharnement qu'elle avait mis à sauver son fils. « Bran aussi le sait », murmura-t-elle en baissant la tête. *Bonté divine ! il avait dû voir quelque chose, entendre quelque chose, et voilà pourquoi ils ont essayé de le tuer.*

Eperdue de fatigue et de chagrin, Catelyn Stark se remit tout entière aux mains de ses dieux. Elle s'agenouilla devant le Ferrant, réparateur des objets brisés, et le pria d'aider le pauvre cher Bran. Elle aborda la Jouvencelle et la supplia de prêter son courage à Sansa et Arya, de préserver leur innocence. Au Père, elle demanda l'équité, avec l'énergie nécessaire pour la chercher et la sagesse nécessaire pour la reconnaître, et elle conjura le Guerrier de soutenir la vigueur de Robb et de le protéger sur les champs de bataille. Enfin, elle se tourna vers l'Aïeule, à qui nombre de ses effigies donnaient une lanterne pour attribut. « Guide-moi, Dame de sagesse, dit-elle. Montre-moi le sentier que je dois suivre, et ne permets pas que je trébuche dans les ténèbres où vont m'aventurer mes pas. »

Des bruits de bottes et un brouhaha la firent se retourner vers la porte. « Pardon, madame, dit poliment ser Robar, mais il faudrait nous mettre en route si nous voulons être de retour avant l'aube. »

Elle se releva, percluse et les genoux endoloris. Elle aurait donné gros pour avoir sur l'heure un lit de plumes et un oreiller. « Merci, ser. Je suis prête. »

Ils chevauchèrent en silence parmi des landes à demi boisées dont les arbres penchaient comme des ivrognes en se détournant de la mer. Hennissements nerveux, cliquetis d'acier leur permirent enfin de repérer le camp de Renly. Aussi noires que si le Ferrant les avait forgées dans de l'acier nocturne se devinaient les longues files de cavaliers, blocs indistincts d'armures et de caparaçons. A droite se discernaient des bannières, à gauche des bannières, et, devant, rangées par rangées, des bannières, mais le jour toujours à naître interdisait ne fût-ce que d'en pressentir les emblèmes et les coloris. *Une armée grise*, songea Catelyn. *Des hommes gris sur des chevaux gris sous des bannières grises.* Tout en attendant, immobiles en selle, les chevaliers d'ombre de Renly relevèrent leurs lances au ciel, et c'est à travers cette forêt de grands arbres nus, sans feuilles et sans vie, qu'elle poursuivit. L'emplacement d'Accalmie même ne se signalait que par une épaisseur plus dense des ténèbres, un mur de noirceur que nulle étoile ne pouvait percer, mais des torches mouvantes dans la campagne indiquaient vaguement le camp de Stannis.

L'éclairage intérieur qui embrasait ses murs de soie chatoyante métamorphosait le grand pavillon de Renly en une espèce de château magique illuminé par quelque émeraude de féerie. Deux gardes arc-en-ciel en flanquaient la portière, et, tout en coulant des reflets bizarres aux prunes violettes brodées sur le surcot de ser Parment, la lumière verte affectait d'un ton souffreteux l'émail jaune des tournesols sous lesquels croulait littéralement la plate de ser Emmon. De longues plumes de soie panachaient leurs heaumes, et leurs épaules étaient drapées du manteau arc-en-ciel.

Sous la tente, Brienne était en train d'équiper le roi pour la bataille, les lords Rowan et Tarly discutaient tactique et stratégie. Une bonne chaleur régnait là, grâce aux charbons qui rougeoyaient dans une dizaine de petits braseros de fer. « Il faut que je vous parle, Sire, dit Catelyn, ne lui condescendant cette fois le grand style protocolaire qu'afin de retenir son attention.

– Dans un instant, lady Catelyn », répondit-il. Par-dessus la tunique matelassée, Brienne ajustait les plates de la dossière à celles du corselet. Verte était l'armure du roi, verte comme les feuilles au fond des bois, l'été, d'un vert si sombre qu'il absorbait l'éclat des chandelles. Et, tels des feux lointains dans les bois, brillaient et s'éteignaient au moindre mouvement les ors des attaches et des filigranes. « Veuillez poursuivre, lord Mathis.

– Je disais donc, Sire, reprit Mathis Rowan non sans un regard en coin vers Catelyn, nos troupes n'attendent que le signal. Pourquoi différer jusqu'au point du jour ? Faites sonner la marche.

– Au risque de m'entendre accuser d'avoir remporté la victoire par perfidie ? Il ne serait pas chevaleresque d'attaquer avant l'heure convenue.

– Choisie par Stannis, signala Randyll Tarly. Trop heureux de nous voir charger face au soleil levant. Nous serons plus ou moins aveugles.

– Seulement jusqu'au premier choc, affirma Renly avec un bel aplomb. Ser Loras va les enfoncer et, après, ce sera le chaos. » Brienne serra les lacets de cuir vert et boucla les boucles d'or. « Quand mon frère tombera, veillez qu'on n'outrage pas sa dépouille. Il est mon propre sang, je ne veux pas qu'on promène sa tête au bout d'une pique.

– Et s'il se rend ? demanda lord Tarly.

– Se rendre, lui ? » Lord Rowan pouffa. « Quand Mace Tyrell assiégeait Accalmie, Stannis bouffa du rat plutôt que d'ouvrir ses portes.

– Je m'en souviens parfaitement. » Renly leva le menton pour permettre à Brienne de disposer le gorgeret. « Vers la fin, ser Gawen Wylde et trois de ses chevaliers tentèrent de filer se rendre par une poterne dérobée. Stannis les attrapa et ordonna de les faire voler par-dessus les murs à l'aide d'une catapulte. Je vois encore la tête que faisait Gawen pendant qu'on l'y attachait. Il avait été notre maître d'armes. »

Lord Rowan eut l'air stupéfait. « On ne projeta personne du haut des murs. Je ne l'aurais sûrement pas oublié.

– C'est que mestre Cressen dissuada Stannis. Alors que nous risquions de nous trouver forcés de manger nos morts, lui dit-il, il ne servait à rien de balancer de la bonne viande. » Il rejeta ses cheveux en arrière, Brienne les noua d'un ruban de velours puis lui enfonça jusqu'aux oreilles le bonnet matelassé destiné à amortir la pesanteur du heaume. « C'est grâce au chevalier Oignon que nous n'en fûmes jamais réduits à dîner de cadavres, mais peu s'en fallut. Trop peu pour ser Gawen, qui mourut dans sa cellule.

– Sire. » Catelyn avait attendu patiemment, mais le temps se raccourcissait. « Vous m'avez promis un instant d'entretien. »

Il acquiesça d'un signe. « Chacun à son corps, messires… Au fait, si Barristan Selmy se trouvait du côté de mon frère, j'entends qu'il soit épargné.

– On n'a pas eu vent de lui depuis que Joffrey l'a congédié, objecta lord Rowan.

– Je connais ce vieil homme. S'il n'a un roi à garder, qui est-il ? Or, il n'est pas venu vers moi, et lady Catelyn m'affirme qu'il ne se trouve pas à Vivesaigues auprès de Robb Stark. Où pourrait-il être, sinon chez Stannis ?

– A vos ordres, Sire. Il ne lui sera fait aucun mal. » Sur une profonde révérence, les deux hommes se retirèrent.

« Je vous écoute, lady Stark », dit Renly. Sur ses larges épaules, Brienne développa un somptueux manteau de brocart d'or échampi de jais à l'effigie du cerf Baratheon.

« Les Lannister ont tenté d'assassiner mon fils Bran. Mille

fois, je me suis demandé pourquoi. Votre frère m'a fourni la réponse. Une chasse avait lieu, le jour de ce que nous prîmes pour un accident. Robert, Ned et la plupart de nos hôtes partirent courre le sanglier, mais Jaime ne quitta pas Winterfell, la reine non plus. »

Renly saisit immédiatement. « Ainsi, vous croyez que le petit les prit en flagrant délit d'inceste...

– Je vous en prie, messire, permettez-moi d'aller trouver Stannis pour lui révéler mes soupçons.

– Dans quel but ?

– Robb résignera sa couronne si votre frère et vous faites de même », dit-elle, espérant que ce désir se réaliserait. Au besoin, elle le *forcerait* à se réaliser. Robb l'écouterait, dussent les grands vassaux demeurer sourds, eux. « A vous trois, convoquez un Grand Conseil tel que le royaume n'en a pas vu depuis un siècle. Nous ferons venir Bran de Winterfell, et son témoignage fera connaître à tous que les Lannister sont les véritables usurpateurs. Qu'ensuite de quoi les seigneurs des Sept Couronnes assemblés choisissent celui qui les gouvernera. »

Renly se mit à rire. « Dites-moi, madame, les loups-garous élisent-ils leur chef de meute ? » Avec les gantelets, Brienne apporta le heaume aux andouillers d'or. Ceux-ci grandiraient le roi d'un bon pied et demi. « L'heure des palabres est passée. Voici venue celle de l'épreuve de force. » Il enfila sa main gauche dans un gantelet à l'écrevisse vert et or, pendant que Brienne s'agenouillait pour lui boucler son ceinturon qu'alourdissaient poignard et longue épée.

« Je vous en conjure au nom de la Mère », reprenait Catelyn quand une brusque rafale souleva la portière de la tente. Croyant avoir aperçu comme un mouvement, elle se retourna, ce n'était que l'ombre agitée du roi sur les parois de soie. Elle entendit Renly lâcher le début d'une blague, tandis que son ombre se déplaçait, brandissait l'épée, noir sur vert, que les chandelles dégouttaient, prises de tremblote, quelque chose était détraqué, loufoque, surtout que l'épée de Renly, s'aperçut-elle alors, se trouvait toujours au fourreau, toujours au fourreau ! mais que l'épée d'ombre...

« Froid », dit Renly d'une petite voix stupide, un battement de cœur avant que l'acier de son gorgeret ne se déchire comme gaze sous l'ombre d'une lame absente et qu'à peine le laps d'un menu hoquet gras le sang ne gicle de sa gorge.

« Votre Ma... – *non !* » cria Brienne la Bleue, d'un ton suraigu de fillette affolée, mais déjà le roi s'affaissait dans ses bras. Une nappe de sang allait s'élargissant sur son pectoral, une marée pourpre qui noyait le vert et l'or. De plus en plus de chandelles dégouttaient. Renly voulut parler, mais il s'embourbait dans son propre sang. Ses jambes flageolaient, et seule la force de Brienne le maintenait encore debout. Elle rejeta la tête en arrière et, possédée d'une détresse indicible, se mit à hurler.

L'ombre, se dit Catelyn, consciente que, s'il venait de se passer là quelque chose de démoniaque et de ténébreux, ce quelque chose lui demeurait absolument incompréhensible. *Ce n'est pas Renly qui projetait cette ombre. La mort est entrée par cette portière et a soufflé sa vie aussi promptement que le vent mouché ses chandelles.*

A peine s'était-il écoulé quelques secondes que Robar Royce et Emmon Cuy faisaient irruption sous la tente, quelques secondes..., et elle eût juré la moitié de la nuit. Deux hommes d'armes les suivaient, munis de torches. En découvrant Renly dans les bras de Brienne, et Brienne trempée du sang de Renly, ser Robar poussa un cri d'horreur. « La maudite ! vociféra ser Emmon, du fond de ses tournesols. Bas les pattes, vile créature !

– Bonté divine, Brienne... ! gémit ser Robar, *pourquoi* ? »

Brienne détacha les yeux du corps de son roi. Le manteau arc-en-ciel qui la drapait s'était imbibé de rouge. « Je... je...

– Ta vie paiera celle du roi ! » Parmi les armes empilées près de l'entrée, ser Emmon rafla une hache de guerre à long manche. « Tu vas mou...

– *NON !* » hurla Catelyn, retrouvant enfin sa voix, mais trop tard, une folie sanguinaire possédait ces hommes, et ils se ruèrent avec des rugissements qui couvrirent ses protestations.

Brienne réagit cependant plus vite qu'elle n'aurait cru. Sa propre épée se trouvant hors de portée, elle dégaina vivement celle de Renly et la brandit pour contrer la hache qui s'abattait déjà sur elle. Une étincelle bleu-blanc fusa quand l'acier rencontra l'acier dans un vacarme épouvantable, Brienne se redressa d'un bond et repoussa brutalement le corps du roi. Ser Emmon trébucha dessus lors d'une manœuvre d'approche, et elle en profita pour abattre sa lame sur le manche de la hache et en envoyer valser le fer. Par-derrière, un homme darda sur elle une torche, mais le manteau arc-en-ciel était trop saturé de sang pour prendre feu. Elle pivota, coupa, et torche et main s'envolèrent à leur tour. Des flammes coururent sur le tapis. Le blessé se mit à gueuler. Ser Emmon lâcha son arme dérisoire et tâtonna vers son épée. Le second homme porta un coup droit, Brienne para, et leurs épées dansèrent en cliquetant l'une contre l'autre. Finalement, le retour en scène d'Emmon Cuy força Brienne à battre en retraite, non sans donner du fil à retordre à ses adversaires. A terre, la tête de Renly roula, pitoyable, sur le côté, faisant béer une seconde bouche d'où le sang ne coulait plus qu'à lentes pulsations.

Retenu jusqu'alors à l'écart par la perplexité, ser Robar portait la main à la garde quand Catelyn l'arrêta. « Non, Robar, écoutez ! dit-elle en l'empoignant au bras. Vous lui faites injure, elle n'y est pour rien. *Secourez-la !* Je vous le dis, c'est Stannis, le coupable ! » Ce nom lui était venu aux lèvres sans qu'elle sût seulement comment mais, en le disant, elle eut la certitude qu'il était le bon. « Je vous le jure, vous me connaissez, c'est *Stannis*, l'assassin ! »

Le jeune chevalier arc-en-ciel dévisagea comme une folle cette femme aux yeux pâles, égarés. « Stannis ? Mais comment ?

– Je ne sais pas. Sorcellerie, magie noire, il y avait une ombre, une *ombre.* » A ses propres oreilles, sa voix rendait un son farfelu, dément, mais, tandis que, dans son dos, les épées continuaient à ferrailler, les mots affluaient toujours, débordaient. « Une ombre avec une épée, je l'ai vue, je le jure. Etes-vous aveugle ? la fille *l'aimait* ! *Secourez-la donc !* » Un regard en arrière, le second homme tombait, sa main molle lâchait l'épée. Au-dehors retentissaient des appels. D'un instant à l'autre allaient survenir en trombe de nouveaux furieux. « Elle est innocente, Robar. Je vous en donne ma parole, sur la tombe de mon mari, sur mon honneur de Stark ! »

Cela le décida. « Je vais les retenir, dit-il. Faites-la filer. » Il se détourna, sortit.

Les flammes avaient fini par atteindre un côté de la tente et en escaladaient les pentes de soie. Ser Emmon pressait rudement Brienne, lui tout émaillé d'acier jaune, elle vêtue de laine. Il ne se rappela la présence de Catelyn que lorsqu'un brasero de fer se fracassa contre sa nuque. Coiffé comme il l'était, le coup n'était pas bien méchant, mais il suffit à l'envoyer sur les genoux. « Avec moi, Brienne », commanda-t-elle. La jeune femme ne fut pas longue à saisir l'occasion. Une taillade, et la soie verte se fendit en deux. Elles se faufilèrent dans les ténèbres glacées. Des éclats de voix s'entendaient de l'autre côté. « Par ici, souffla Catelyn. Mais d'un pas normal, comme si tout allait pour le mieux. Il ne faut pas courir, ça les alerterait. »

Après avoir enfilé la lame nue dans sa ceinture, Brienne lui emboîta docilement le pas. L'air nocturne sentait la pluie. Derrière elles, le pavillon royal s'embrasait, les flammes léchaient la noirceur du ciel. Nul ne fit un geste pour arrêter les fuyardes. Des hommes les croisèrent, qui couraient en beuglant au meurtre, aux diables, au feu. Immobiles par petits groupes, d'autres chuchotaient. Quelques-uns priaient, et un jeune écuyer sanglotait à deux genoux.

Déjà se disloquaient, au fur et à mesure que la rumeur se répandait de bouche à oreille, les corps de bataille de Renly. Les feux de camp n'étaient plus que cendres et, à la faveur des premières lueurs, à l'est, la formidable masse d'Accalmie émergeait peu à peu comme un rêve de pierre, pendant que, fuyant le soleil et portés sur les ailes du vent, s'effilochaient au ras des champs de pâles bouchons de brume. *Fantômes du matin*, selon le mot de Vieille Nan, un jour, esprits regagnant leurs tombes. Et Renly l'un des leurs, à présent, parti comme Robert, son frère, et comme Ned, le bien-aimé.

« Je ne l'ai soutenu que lorsqu'il est mort », dit doucement Brienne comme elles traversaient le chaos croissant. Le timbre de sa voix la trahissait incessamment près de se briser. « Il était juste en train de rire et, tout à coup, du sang partout..., je ne comprends pas, madame. Avez-vous vu, avez-vous... ?

– J'ai vu une ombre. Je l'ai d'abord prise pour celle de Renly, mais c'était l'ombre de son frère.

– Lord Stannis ?

– Je l'ai *senti*. C'est insensé, je sais... »

C'était suffisamment sensé pour ce grand laideron de Brienne. « Je le tuerai, déclara-t-elle. Avec la propre épée de mon seigneur, je le tuerai. Je le jure. Je le jure. Je le jure. »

Hal Mollen et le reste de l'escorte attendaient auprès des chevaux. L'impatience de savoir ce qui se passait mettait en nage ser Wendel Manderly. « Le camp perd la boule, madame, lâcha-t-il dès qu'il l'aperçut. Lord Renly est-il… ? » La vue de Brienne couverte de sang lui coupa le sifflet.

« Mort, mais pas de nos mains.

– La bataille…, commença Mollen.

– Il n'y aura pas de bataille. » Catelyn se mit en selle, ses gens se déployèrent en formation, ser Wendel se porta à sa gauche, ser Perwyn Frey à sa droite. « Brienne ? nous avons amené des montures de rechange pour chacun de nous. Choisissez-en une et suivez-nous.

– J'ai mon propre cheval, madame. Et mon armure…

– Abandonnez-les. Il nous faut être le plus loin possible avant qu'on ne pense à nous rechercher. Nous étions seules avec le roi quand il a péri. On s'en souviendra forcément. » Sans un mot, Brienne tourna les talons et obtempéra. « En route, ordonna Catelyn sitôt rassemblé son monde. Si quiconque essaie de nous arrêter, sabrez. »

Avec l'aurore qui déployait ses longs doigts au travers des champs, le monde reprenait couleur. Là où stationnaient peu auparavant sous des piques d'ombre des hommes gris montés sur des chevaux gris, là scintillaient désormais, froids comme vif-argent, dix mille fers de lance, et sur les myriades de bannières battantes venaient éclore le rouge, l'orange et le rose, les mille nuances des bleus et des bruns, des flamboiements de jaune et d'or. Toute la puissance d'Accalmie et de Hautjardin, la puissance qui, voilà moins d'une heure, était encore celle de Renly. *Ils appartiennent à Stannis, maintenant*, se dit brusquement Catelyn, *même s'ils l'ignorent encore. Vers qui se tourneraient-ils d'autre que vers le dernier des Baratheon ? D'un seul coup maléfique, il se les est tous adjugés.*

Je suis le roi légitime, avait-il déclaré, les mâchoires bloquées comme un étau de fer, *et votre fils n'est pas moins félon que ne l'est mon frère. Son heure sonnera aussi.*

Un frisson la transit.

JON

Visible depuis des lieues dans sa solitude abrupte et battue des vents par-dessus l'inextricable fouillis de la forêt, la butte, appelée par les sauvageons Poing des Premiers Hommes, avait effectivement, se disait Jon, le profil d'un poing brun violemment brandi du fond de la terre au travers des arbres, avec ses jointures de roc et ses versants pelés.

Au moment d'en gagner le sommet avec lord Mormont et ses officiers, il prétendit laisser Fantôme en bas, sous les arbres, mais le loup ne l'entendait pas de cette oreille, qui, par trois fois, tenta de s'esbigner ; les deux premières, un coup de sifflet impérieux le rappela, rétif, en arrière mais, à la troisième, le Vieil Ours perdit patience et jappa : « Fiche-lui la paix, mon garçon ! le récupéreras plus tard… Tiens à arriver là-haut avant le crépuscule, moi. »

Au bout de la pente, raide et caillouteuse, il se trouva qu'une muraille de blocs erratiques haute de sept pieds couronnait le faîte, et ils durent la contourner par l'ouest assez longuement avant d'y trouver une brèche assez large pour les chevaux. « Bon emplacement, Thoren, déclara Mormont quand ils dominèrent enfin les parages. Difficile d'espérer mieux. Nous y camperons jusqu'à l'arrivée de Mimain. » Il sauta à bas de sa selle et, délogé de son épaule, le corbeau prit l'air avec un gros croassement chagrin.

Le panorama qu'offrait le site avait beau être captivant, c'est sur l'antique enceinte de pierre grise, avec ses marbrures de lichen blanchâtres et ses barbes de mousse verte que s'attarda le regard de Jon. Le Poing passait pour avoir, à l'aube des temps, été une forteresse des Premiers Hommes. « Vieux, tout ça. Et costaud, dit Thoren Petibois.

– *Vieux*, piailla le corbeau qui décrivait des cercles tapageurs au-dessus des têtes, *vieux, vieux, vieux.*

– La ferme ! » lui décocha le Vieil Ours, grondeur. Il était trop fier pour reconnaître sa lassitude, mais la tension qu'il s'imposait pour demeurer à la hauteur d'hommes plus jeunes lui coûtait cher, Jon ne s'y trompait pas.

« Cette éminence sera facile à défendre, au besoin », souligna Thoren qui, menant son cheval par la bride, examinait le rempart circulaire. La bise fustigeait son manteau bordé de martre zibeline.

« Oui, ça ira. » Mormont leva une main vers le vent, et les griffes du corbeau qui vint atterrir sur son avant-bras en égratignèrent la maille noire.

« Et l'eau, messire ? demanda Jon.

– Nous avons traversé un ruisseau, en bas.

– Une longue trotte, et rude, objecta Jon, pour boire un coup. Et hors les murs.

– Trop flemmard pour grimper, mon gars ? » grimaça Thoren. En entendant Mormont décréter : « Nous ne saurions trouver de position plus forte. On charriera suffisamment d'eau pour être sûr de n'en pas manquer », Jon comprit qu'il serait vain de discuter. Ainsi les frères de la Garde de Nuit reçurent-ils l'ordre de s'installer dans l'ancienne citadelle des Premiers Hommes. Tels champignons après l'averse y poussèrent des tentes noires, et la terre nue s'en tapissa de couvertures et de paquetages. Après les avoir entravées par longues rangées, les tringlots s'employèrent à nourrir et abreuver les bêtes. Les forestiers s'égaillèrent, armés de leurs cognées, dans le jour déclinant, pour récolter le bois nécessaire à entretenir les feux toute la nuit. Une fois débroussaillé le terrain, une escouade du génie entreprit de creuser les feuillées, déballer les bottes de pieux durcis au feu. « D'ici à la nuit, je veux voir la moindre ouverture de l'enceinte hérissée de pointes et munie d'un fossé », telles étaient les directives du Vieil Ours.

Quand il eut dressé la tente du lord Commandant et pansé les chevaux, Jon repartit en quête de Fantôme et le vit reparaître en silence presque instantanément. A peine, une seconde avant, foulait-il à longues enjambées, seul dans la forêt, les pignes et les feuilles mortes en sifflant et appelant qu'une seconde après trottinait à ses côtés, pâle comme brume matutinale, le grand loup-garou.

Aux abords du mur, toutefois, Fantôme renâcla derechef. Il alla bien, d'un pas des plus circonspect, flairer la brèche mais recula aussitôt, comme si ce qu'il sentait ne lui plaisait pas. Jon essaya de la lui faire franchir à bras le corps en l'empoignant par la peau du cou, tâche malaisée car, à poids égal, le loup se montrait autrement plus fort. « Qu'y a-t-il, Fantôme ? » Jamais il ne l'avait vu manifester pareille anxiété. Elle le contraignit finalement à renoncer. « A ta guise, lui dit-il. Va donc chasser. » Les prunelles rouges ne le lâchèrent pas qu'il n'eût disparu derrière les pierres moussues.

On serait en sécurité, là-dedans. La butte commandait de tous côtés le site, et ses pentes, vertigineuses à l'ouest et au nord, étaient à peine plus douces à l'est. Mais, au fur et à mesure que l'ombre qui s'épaississait creusait des puits de ténèbres entre les frondaisons, les lugubres pressentiments de Jon s'aggravaient. *Nous nous trouvons au cœur de la forêt hantée*, se répétait-il. *Peut-être y a-t-il des spectres, ici. Les esprits des Premiers Hommes. Cette forteresse leur appartenait, jadis.*

« Arrête de faire le gosse ! » s'intima-t-il. Il grimpa se percher sur l'antique muraille et porta ses regards en direction du soleil couchant. Le brusque coude que faisait la Laiteuse vers le sud avait des scintillements d'or martelé. En amont, la région se faisait plus accidentée, la jungle s'entrebâillait, au nord et à l'ouest, sur des chapelets d'éminences rocheuses dont la nudité accentuait l'aspect farouche et à pic. Sur l'horizon gris-bleu, les montagnes déployaient comme une ombre immense et peu à peu évanouie leur succession de plans divers et les neiges éternelles de leurs cimes déchiquetées. Elles vous faisaient, même de si loin, l'effet de géantes hostiles et glacées.

Plus près, les arbres régnaient sans partage. Au sud comme à l'est, la forêt prolongeait à perte de vue ses enchevêtrements prodigieux de racines et de branches et ses mille nuances de vert ponctuées çà et là par la pourpre d'un barral émergeant des vigiers et des pins ou par le flamboiement jaune de quelque feuillu touché par l'automne. Au moindre souffle, Jon en entendait mugir et craquer les ramures infiniment plus âgées que lui. Leurs myriades de feuilles se soulevaient en un instant, tel un sombre océan de verdure gonflé, battu par la tempête, éternel et inconnaissable.

Pas le genre de Fantôme de rester seul là-dedans, se disait-il. N'importe quoi pouvait se déplacer sous cette houle infinie, n'importe quoi pouvait ramper sous le couvert et, invisible dans les ténèbres, approcher du fort. *N'importe quoi.* Sans qu'on s'en doutât seulement. Quant à savoir quoi… Il ne quitta son poste qu'après que le soleil eut sombré derrière les montagnes en dents de scie et la poix commencé d'engluer la forêt.

« Jon ? le héla Samwell Tarly. Il me semblait bien que c'était toi. Ça va ?

– Pas mal. » Il sauta à terre. « Comment s'est passée ta journée ?

– Bien. J'ai bien tenu le coup. Vraiment. »

Jon n'allait pas lui faire part de son malaise, surtout maintenant que le courage finissait par venir au malheureux couard. « Le Vieil Ours compte attendre ici Qhorin Mimain et les hommes de Tour Ombreuse.

– La place a l'air forte, dit Sam. Une citadelle des Premiers Hommes. Tu crois que des batailles se sont déroulées ici ?

– Sûrement. Tu feras bien de préparer un oiseau. Mormont va vouloir donner des nouvelles.

– Si je pouvais les expédier tous… Ils détestent vivre en cage.

– Tu détesterais toi aussi, si tu pouvais voler.

– Si je pouvais voler, je retournerais à Châteaunoir me farcir une tourte au porc », dit-il, ce qui lui valut une bourrade sur l'épaule. Pendant qu'ils traversaient ensemble le camp, des feux s'allumaient un peu partout. Au firmament se levaient les premières étoiles, et la queue rouge de la Torche de Mormont brûlait d'un éclat aussi vif que la lune. Jon entendit piailler les corbeaux dès avant de les voir. Certains prononçaient son nom. L'occasion de faire du boucan ne les trouvait jamais timorés.

Eux aussi le sentent. « Autant que j'aille tout de suite chez le Vieil Ours. La faim le rend tapageur comme eux. »

Mormont devisait avec Thoren Petibois et six autres de ses officiers. « Ah, te voilà ! dit-il d'un ton bourru. Tu serais bien aimable de nous servir du vin chaud. La nuit est froide.

– Oui, messire. » Après avoir bâti le foyer, il alla aux magasins demander un petit baril du rouge corsé que préférait le Vieil Ours, emplit la bouilloire, la suspendit au-dessus des flammes et s'occupa de réunir les ingrédients nécessaires au breuvage. A cet égard, Mormont se montrait des plus pointilleux. Tant de cinname et tant de muscade et tant de miel, mais pas une once de plus ou de moins. Des raisins, des baies secs, des noix, mais de citron – le comble de leurs hérésies, dans le sud ! – point, ce qui ne laissait pas que d'être bizarre, de la part de quelqu'un qui citronnait toujours sa bière du matin. Le tout brûlant, pour bien réchauffer son homme, spécifiait-il à satiété, mais sans avoir jamais toléré la moindre apparence d'ébullition. Aussi Jon ne quittait-il pas la bouilloire des yeux.

Tout en travaillant, il percevait la conversation qui se poursuivait sous la tente. « Pour accéder aux Crocgivre, disait Jarman Buckwell, le plus facile est de remonter la Laiteuse jusqu'à sa source. Mais, si nous passons par là, Rayder sera informé de notre approche. Aussi sûr et certain que le soleil se lève.

– La Chaussée du Géant pourrait suppléer, opina ser Mallador Locke, ou le col Museux, s'il est libre. »

Le vin fumait. Jon retira la bouilloire du feu, emplit huit coupes et les emporta sous la tente. Le Vieil Ours examinait la carte dressée par Sam chez Craster. Il préleva une coupe sur le plateau que lui présentait Jon, y trempa ses lèvres, hocha sèchement son approbation. Le corbeau dévala en sautillant le long de son bras. « *Grain !* quémanda-t-il, *grain ! grain !* »

Ser Ottyn Wythers refusa le vin d'un geste. « Pour ma part, je me garderais d'entrer du tout dans les montagnes, dit-il d'une voix monocorde et lasse. Déjà que, l'été, ça mord sec, dans les Crocgivre, à cette époque-ci..., si nous nous trouvions pris dans une tempête...

– Je n'envisage de m'y risquer qu'en cas de nécessité, repartit Mormont. Les sauvageons ne peuvent pas plus que nous vivre de roches et de congères. Ils ne tarderont pas à sortir de leur perchoir, et la seule route qu'une troupe quelque peu conséquente puisse emprunter longe la Laiteuse. Dans ce cas, nous nous trouvons ici en position de force. Il leur est impossible de nous glisser entre les doigts.

– Telle n'est peut-être pas leur intention. Ils sont des milliers, et nous ne serons que trois cents lorsque Mimain nous aura rejoints. » Ser Mallador accepta une coupe.

« Si l'on en vient à se battre, aucun terrain ne nous serait plus favorable, affirma Mormont. Nous renforcerons les défenses. Fosses et piques, chausse-trapes éparpillées sur les versants, brèches réparées. Et tes meilleurs guetteurs, Jarman. En cercle tout autour de nous et répartis sur les berges de la rivière, de manière que toute approche nous soit signalée. Tu les dissimuleras soigneusement à la fourche des arbres. Autant, par ailleurs, constituer dès à présent des réserves d'eau supérieures à nos besoins. On creusera des citernes. A toutes fins utiles pour la suite et pour maintenir, d'ici là, les hommes occupés.

– Mes patrouilleurs..., commença Thoren Petibois.

– Tes patrouilleurs ne patrouilleront que sur cette rive jusqu'à l'arrivée de Mimain. Ensuite, nous verrons. Je ne veux pas perdre d'autres hommes.

– Mais si Mance Rayder est en train de masser ses troupes à une journée d'ici ? gémit Thoren, nous n'en saurons rien...

– Nous savons où s'opère le regroupement, riposta Mormont. Craster a été formel. Et, malgré mon peu de goût pour lui, je ne crois pas qu'il nous ait menti sur ce point.

– Soit », concéda Petibois d'un air maussade en se retirant. Avant de prendre congé à leur tour, mais plus poliment, les autres achevèrent leur vin.

« Souhaitez-vous dîner maintenant, messire ? s'enquit Jon.

– *Grain !* » glapit le corbeau. Mormont, lui, ne répondit pas tout de suite. Et, lorsqu'il reprit la parole, ce fut simplement pour demander : « Ton loup a trouvé du gibier, aujourd'hui ?

– Il n'est pas encore de retour.

– Serait bienvenu, de la viande fraîche. » Il puisa dans un sac une poignée de grain qu'il offrit à l'oiseau. « A ton avis, j'ai tort de retenir les patrouilles dans le coin ?

– Il ne m'appartient pas d'en juger, messire.

– Sauf si je t'en prie.

– Ce n'est pas en restant dans les parages immédiats du Poing qu'elles peuvent se targuer de retrouver mon oncle, j'imagine.

– Non. » Le corbeau picorait dans sa paume. « Deux cents hommes ou dix mille, le pays est trop vaste. » Une fois sa main vide, il la retourna.

« Vous n'abandonneriez pas les recherches ?

– Mestre Aemon te trouve intelligent. » Mormont repoussa le corbeau vers son épaule. L'œil étincelant, celui-ci pencha la tête de côté.

La réponse finit par venir. « Il est... – il me semble qu'il devrait être plus facile à un homme d'en trouver deux cents qu'à deux cents d'en retrouver un. »

Le corbeau poussa comme un ricanement, mais le Vieil Ours sourit dans sa barbe grise. « Un si grand nombre d'hommes et de chevaux laissent une trace que mestre Aemon lui-même pourrait suivre. En haut de cette butte, nos feux doivent se distinguer jusqu'aux contreforts des Crocgivre. Si Ben Stark est en vie et libre, il ne manquera pas de nous rejoindre.

– Oui, dit Jon, mais si... s'il...

– ... est mort ? » acheva Mormont, sans aucune agressivité.

A contrecœur, Jon acquiesça d'un signe.

« *Mort !* fit écho le corbeau, *mort ! mort !*

– Il peut encore nous rejoindre, de toute façon, conclut le Vieil Ours. Comme l'ont fait Jafer Flowers et Othor. Je le redoute autant que toi, Jon, mais force est d'admettre cette éventualité.

– *Mort !* croassa le corbeau, plumes ébouriffées, d'une voix de plus en plus forte et stridente, *mort* ! »

Mormont lissa le noir plumage puis, d'un revers de main, étouffa un bâillement subit. « Je vais sauter le dîner, je pense. Le repos sera plus réparateur. Réveille-moi dès le point du jour.

– Dormez bien, messire. » Il ramassa les coupes vides et sortit. Au loin s'entendaient des rires et les accents plaintifs de la cornemuse. Au centre du camp brasillait un grand feu d'où provenait un fumet de ragoût qui mijote. Jon se glissa de ce côté-là. Si le Vieil Ours n'avait pas faim, lui si.

Dywen pérorait, cuillère au poing. « Je connais ces bois mieux qu'âme qui vive et, je vous le dis, toujours pas moi qui m'y aventurerais seul, cette nuit. Le sentez pas, vous ? »

Grenn en avait les yeux comme des soucoupes, mais Edd-la-Douleur objecta : « Rien d'autre que le crottin de deux cents chevaux. Puis c'te tambouille. Qu'exhale un arôme aussi ragoûtant, maintenant que je la renifle.

– T'en foutre un coup, moi, d'*arôme aussi ragoûtant*... ! » Hake tapota son poignard. Toujours grommelant, il emplit le bol de Jon directement dans la marmite.

Gluant d'orge et mêlé de carottes et d'oignons, le rata recelait de vagues lanières de bœuf salé qu'avait assouplies la cuisson.

« Mais tu sens quoi, Dywen ? » demanda Grenn.

Le forestier suçota sa cuillère un moment. Il avait ôté son dentier. Sa face était ridée comme du vieux cuir, ses mains aussi noueuses que des racines antédiluviennes. « Ça sent comme qui dirait..., ben..., *froid*.

– En bois, que t'as la tête, comme les ratiches ! lui lança Hake. Ça sent rien, le froid. »

Que si, songea Jon, fort de l'expérience qu'il en avait faite chez lord Mormont, la fameuse nuit. *Ça sent la mort.* Il n'avait plus faim, du coup. Il refila sa platée à Grenn, manifestement avide de rab qui le réchauffe contre la nuit.

Une bise frisquette soufflait quand il s'éloigna. La terre en serait toute blanche, au matin, les cordes des tentes raidies par le gel. Au fond de la bouilloire clapotaient quelques doigts de vin épicé. Il rajouta du bois pour relancer le feu et la suspendit sur les flammes. En attendant que le grog se réchauffe, il s'exerça à ployer, déployer ses doigts jusqu'à y éprouver des fourmillements. Tout autour du camp veillaient les premières sentinelles. Pas de lune, mais des milliers d'étoiles.

Du fin fond des ténèbres monta brusquement, lointain, presque imperceptible mais reconnaissable entre tous, le hurlement des loups. Leurs voix qui s'élevaient, retombaient en un chant solitaire et glacé hérissèrent la nuque de Jon. Il aperçut dardées sur lui, dans l'ombre, par-delà le feu, des prunelles rouges où se reflétaient les flammes.

« Fantôme..., souffla-t-il, surpris. Alors, tu as quand même fini par entrer, hein ? » Comme le loup blanc chassait souvent toute la nuit, il ne s'était pas attendu à le revoir avant l'aurore. « Mauvaise à ce point, la chasse ? demanda-t-il. A moi, Fantôme, ici. »

Incapable de tenir en place, le loup-garou fit le tour du feu, flairant Jon et flairant le vent, mais ce n'était pas de viande qu'il semblait soucieux. *Lorsque les morts se baladaient, lui ne s'y est pas trompé. Et il m'a réveillé, mis en garde.* L'angoisse le fit sauter sur ses pieds. « Il y a quelque chose, là, dehors ? Tu le sens, Fantôme ? » *Dywen a parlé d'une odeur de froid.*

En trois bonds, le loup détala. S'arrêta. Jeta un regard en arrière. *Il veut que je le suive.* Remontant la capuche de son manteau, il s'éloigna de son feu, s'éloigna des tentes, et il allait dépasser les alignements de chevaux quand le trot furtif de Fantôme fit broncher l'un d'eux. Il apaisa celui-ci d'un mot, s'arrêta pour lui flatter les naseaux. Aux abords du mur se percevait le sifflement du vent qui s'engouffrait dans chaque interstice des pierres. Interpellé par un « Qui va là ? », Jon s'avança dans le halo de la torche. « Je vais chercher de l'eau pour le lord Commandant.

– Va, dans ce cas, dit le garde. Fais vite. » Emmitouflé jusqu'au nez dans son manteau noir pour se protéger de la bise, il ne s'inquiéta pas seulement de savoir si Jon portait un seau.

Suivant toujours le loup qui se faufila par-dessous, lui-même se glissa de biais entre deux pieux pointus. On avait planté une torche dans une crevasse, et chaque rafale lui arrachait des flammèches orange pâle qui lui faisaient comme une banderole. Au moment d'enfiler la brèche, il la rafla, la brandit devant lui pour éclairer la pente et, laissant dévaler le loup, adopta pour sa part une allure plus modérée. Bientôt s'estompèrent les bruits du camp. D'encre était la nuit, raide la descente, et caillouteuse et propice aux faux pas. Une seconde d'inadvertance, et il se romprait une cheville..., voire le cou. *Suis en train de fiche ?* se demanda-t-il tout en surveillant ses pieds.

En bas, les arbres qui, tels d'innombrables guerriers en armures de feuilles et d'écorce, n'attendaient, muets, qu'un signal pour submerger la butte. Noirs, eût-il dit..., jusqu'à ce que la lueur de la torche en effleure la lisière et y suscite un soupçon de vert. A peine plus qu'un murmure, la rumeur du torrent sur son lit rocheux. Fantôme s'évanouit dans les fourrés. Jon l'y suivit tant bien que mal, l'oreille tendue vers la voix des eaux, le soupir du vent dans les frondaisons. Des branches agrippaient son manteau, les troncs pressés dont s'entrelaçaient les membrures abolissaient les astres du firmament.

Immobilisé sur la rive, le loup lapait les flots. « *Fantôme !* appela-t-il, ici. *Tout de suite.* » Quand le loup releva la tête, ses prunelles rouges luisaient d'un éclat funeste, l'eau qui lui dégouttait des babines semblait de la bave, et quelque chose en lui trahit une terrifiante férocité. Puis il reprit sa course sous les bois, et les ténèbres déglutirent sa fine silhouette blanche, en dépit des ordres véhéments de Jon : « *Non !* Fantôme ! arrête ! » qui n'eut plus d'autre choix que de le suivre ou de remonter.

Il suivit, rageur, torche basse afin de repérer les pierres qui menaçaient à chaque pas de le faire trébucher, les grosses racines qui semblaient n'aspirer qu'à lui cramponner les jambes, les trous trop propices aux entorses. Et il avait beau héler Fantôme à tout instant, le vent qui tourbillonnait sous les arbres noyait ses appels. *C'est de la folie !* se disait-il, tout en poursuivant sa plongée dans la jungle, et il était sur le point de retourner en arrière quand il discerna, droit devant puis vers la droite, un éclair pâle qui repartait en direction de la butte. Il se lança à sa poursuite, à bout de souffle et de malédictions.

Il avait contourné un bon quart du Poing sur les traces du loup quand il les perdit à nouveau. Si bien qu'il finit par s'arrêter pour reprendre haleine au pied de la butte, parmi les éboulis, les ronces et les fourrés. Au-delà du halo de la torche, à trois pas, nuit noire.

Un léger grattement l'alerta. Guidé par le bruit, Jon s'aventura prudemment dans ce chaos de roches et d'épineux. Derrière un arbre tombé, Fantôme. Qui, des quatre pattes, creusait le sol avec fureur.

« Qu'as-tu découvert ? » La torche révéla un monticule régulier de terre meuble. *Une tombe*, songea-t-il. *Mais pour qui ?*

Il s'agenouilla, planta la torche à ses côtés, prit une poignée de terre. Celle-ci coulait entre les doigts, sableuse. Elle ne contenait ni cailloux ni racines. Quoi que ce fût, ce qu'elle recouvrait ne s'y trouvait que depuis peu. A deux pieds de profondeur, les doigts de Jon rencontrèrent du tissu. Là où il s'était attendu à trouver un cadavre, avait redouté de trouver un cadavre, allait apparaître autre chose. La palpation révélait, sous le vêtement, des formes étroites, inflexibles, aiguës. Aucune odeur. Et pas trace de vers. A reculons, Fantôme se retira de la fosse et, attentif, s'assit sur les déblais.

En écartant peu à peu l'humus, Jon fit apparaître un ballot rond d'environ deux pieds de diamètre. Il glissa ses doigts dessous et sur le pourtour pour le libérer. Quand il y parvint, le contenu du paquet émit une espèce de tintement. *Un trésor*, pensa-t-il, mais rien dans le contact n'évoquait des pièces, et le *son* n'était pas non plus celui du métal.

Un bout de corde effiloché entourait le ballot. Jon dégaina son poignard pour la couper puis, saisissant les bords du tissu, tira. Le ballot s'ouvrit à l'envers, et son contenu s'éparpilla sur le sol, avec des miroitements sombres. Une douzaine de couteaux, quelques têtes de lance foliées, tout un tas de pointes de flèches. Jon préleva une lame de dague, noire comme jais, d'une légèreté de plume. L'infime lueur orange que fit courir la torche sur le fil disait assez un affût de rasoir. *Du verredragon. Ce que les mestres nomment obsidienne.* Fantôme avait-il découvert là quelque antique cache des enfants de la forêt ? Un arsenal enfoui depuis des milliers d'années ? Le Poing des Premiers Hommes ne datait effectivement pas d'hier, mais…

Sous le verredragon se trouvait un vieux cor de chasse fait d'une corne d'aurochs et cerclé de bronze. Jon le secoua pour en faire tomber la terre, et une flopée de pointes de flèches s'en échappa. Sans se soucier de les ramasser, il saisit un coin du tissu qui avait servi à envelopper les armes et le fit rouler entre ses doigts. *De bonne laine, épaisse, double tissage, trempée mais en excellent état.* Cela prohibait un ensevelissement prolongé. Et de couleur *sombre.* L'attrapant à pleines mains, il l'approcha de la torche. *Pas sombre. Noir.*

Ainsi sut-il, dès avant de se lever et de le déployer en le secouant, ce qu'il tenait là : le manteau noir d'un frère juré de la Garde de Nuit.

BRAN

C'est dans la forge, occupé à manier les soufflets pour Mikken, que le dénicha Panse-à-bière. « Le mestre vous demande dans sa tour, m'sire prince. Y a un oiseau qu'est arrivé du roi.

– De Robb ? » Dans son enthousiasme, il préféra ne pas attendre Hodor et se laissa charrier par le messager. Un grand diable, mais pas aussi grand qu'Hodor, et tellement moins costaud qu'en parvenant en haut de l'escalier il soufflait comme un bœuf, bouille violacée. Rickon les avait précédés, ainsi que les deux Walder.

Mestre Luwin congédia Panse-à-bière et referma la porte. « Messires, dit-il d'un ton grave, nous avons reçu un message de Sa Majesté qui nous annonce tout à la fois de bonnes et de mauvaises nouvelles. Il a remporté une grande victoire dans l'ouest en écrasant une armée Lannister, près d'un village nommé Croixbœuf, et s'est également emparé de plusieurs châteaux. Il nous écrit de Cendremarc, forteresse naguère aux Marpheux. »

Rickon se pendit à la robe du mestre. « Est-ce qu'il revient ?

– Pas pour l'instant, je crains. Il lui faudra d'abord livrer de nouvelles batailles.

– Qui a-t-il battu ? demanda Bran, lord Tywin ?

– Non. Ser Stafford Lannister. Qui a été tué durant le combat. »

Comme le nom de ser Stafford ne lui disait strictement rien, Bran se trouva d'accord avec Grand-Walder quand celui-ci lâcha : « Lord Tywin est le seul qui compte.

– Dites-le à Robb, je veux qu'il revienne ! reprit Rickon. Il n'a qu'à ramener son loup, et Mère, et Père. » Tout en sachant pertinemment que Père était mort, il lui arrivait de l'oublier... – exprès, subodorait Bran. Car il était aussi têtu que peut l'être un mioche de quatre ans.

Malgré la joie que lui causait la victoire de Robb, Bran, lui, n'en demeurait pas moins anxieux. Les propos tenus par Osha – *Il part du mauvais côté* –, le jour même où son frère avait quitté Winterfell à la tête de son armée, continuaient à le hanter.

« Par malheur, toute victoire se paie. » Mestre Luwin se tourna vers les Walder. « Votre oncle ser Stevron, messires, est de ceux à qui Croixbœuf a coûté la vie. Alors qu'on croyait ses blessures sans gravité, mande Robb, il y a succombé trois jours plus tard durant son sommeil. »

Grand-Walder haussa les épaules. « Il était très vieux. Soixante-cinq ans, je crois. Trop vieux pour se battre. Il se plaignait tout le temps d'être fatigué.

– Hou hou ! fit Petit-Walder, fatigué d'attendre la mort de Grand-Père, tu veux dire !... Au fait, c'est ser Emmon, maintenant, l'héritier ?

– Es-tu bête ! riposta son cousin. Les fils de l'aîné précèdent le cadet, voyons... Ser Ryman vient en tête, puis Edwyn, puis Walder le Noir, puis Petyr Boutonneux. Puis Aegon, avec *tous* ses fils.

– Ryman aussi est vieux, dit Petit-Walder. Plus de quarante ans, je parie. Et des problèmes d'estomac. Tu crois qu'il sera lord ?

– *Moi*, je serai lord. M'en fous bien s'il l'est. »

Mestre Luwin coupa court d'un ton sec. « Vous devriez rougir de parler ainsi, messires ! Et votre deuil, y pensez-vous ? Votre oncle est mort !

– Oui, minauda Petit-Walder. Nous en sommes très affligés. »

Pas le moins du monde. Alors que Bran se sentait patraque. *Ils savourent ce plat mieux que moi.* Il demanda la permission de se retirer.

« Soit. » Le mestre sonna. Hodor devait être occupé dans les écuries, c'est Osha qui se présenta. Plus vigoureuse que Panse-à-bière, elle n'eut aucun mal à soulever Bran et à l'emporter dans ses bras.

« Dis-moi, lui demanda-t-il pendant qu'ils traversaient la cour, tu connais la route du Nord ? Jusqu'au Mur et... et même au-delà ?

– Facile. On cherche le Dragon de Glace, et on poursuit l'étoile bleue dans la prunelle du Cavalier. » D'un coup d'épaule, elle ouvrit une porte et entreprit de grimper le colimaçon.

« Et, là-bas, il y a encore des géants et… le reste…, les Autres, ainsi que les enfants de la forêt ?

– Les géants, je les ai vus, les enfants, j'en ai entendu parler, quant aux marcheurs blancs…, pourquoi poser ces questions ?

– Et une corneille à trois yeux, en as-tu jamais vu ?

– Non. » Elle gloussa. « Et, franchement, pas très envie. » D'un coup de pied, elle ouvrit la porte de la chambre et déposa Bran sur la banquette d'où il contemplait volontiers les allées et venues du château.

A peine la sauvageonne avait-elle tourné les talons que la porte se rouvrit sur Jojen Reed qui entra sans façons, suivi de Meera. « Vous êtes au courant, pour l'oiseau ? » demanda Bran. L'intrus hocha la tête. « Ce n'était pas le menu que vous m'aviez prédit. Simplement une lettre de Robb, et nous ne l'avons pas mangée, mais…

– Les rêves verts prennent parfois d'étranges formes, admit Jojen, et leur véracité n'est pas toujours facile à comprendre.

– Contez-moi donc l'aventure funeste que vous avez rêvée, repartit Bran. L'aventure funeste censée concerner Winterfell.

– Mon prince est-il disposé à me croire, à présent ? Ajoutera-t-il foi à mes paroles, quelque bizarres qu'elles risquent de lui paraître ? »

Bran acquiesça d'un signe.

« C'est la mer qui vient.

– La *mer* ?

– J'ai rêvé que la mer léchait l'enceinte de Winterfell. J'ai vu des vagues noires s'écraser contre les portes et les tours, et puis les flots salés ont submergé les murs et empli le château. Des noyés flottaient dans la cour. La première fois que je fis ce rêve, à Griseaux, leurs visages m'étaient inconnus, mais je les connais, maintenant. Le garde qui nous annonça à vous, le jour de la fête, Panse-à-bière, est l'un d'eux. Votre septon un autre. Et un troisième votre forgeron.

– Mikken ? » Il était aussi consterné qu'ahuri. « Mais la mer se trouve à des centaines et des centaines de lieues d'ici, et la hauteur de nos remparts l'empêcherait d'entrer, si seulement elle venait les battre !

– Dans le noir de la nuit, la mer salée les submergera néanmoins, maintint Jojen. J'ai vu les morts, boursouflés, noyés.

– Il faut les prévenir, dit Bran. Panse-à-bière et Mikken et septon Chayle. Afin qu'ils ne se noient pas.

– Cela ne les sauvera nullement », répliqua l'adolescent vert.

Meera s'approcha de la banquette. « Ils n'en voudront rien croire, Bran, dit-elle en lui posant la main sur l'épaule. Comme vous d'abord. »

Jojen s'assit au bord du lit. « A vous de me conter *vos* rêves. »

Mis au pied du mur, il s'affola, mais il avait juré de leur faire confiance, et un Stark tient toujours sa parole. « Il en est de diverses sortes, débuta-t-il à mots comptés. Il y a les rêves de loup, qui ne sont pas les plus pénibles. Je cours, je chasse, je tue des écureuils. Et il y a les rêves où la corneille m'enjoint de voler. L'arbre-cœur y figure quelquefois aussi, qui m'appelle – nommément. Cela m'effraie. Mais les pires sont ceux où je tombe. » Accablé de misère, il se détourna vers la cour. « Jamais je n'étais tombé. A l'époque où je grimpais. Rien ne me résistait, ni le faîte des toits, ni l'aplomb des murs, et je nourrissais les corneilles en haut de la tour brûlée. Mère vivait dans la crainte que je ne tombe, mais je savais que c'était impossible. Seulement, c'est arrivé, et je me mets à tomber, maintenant, dès que je m'endors. »

Meera lui pressa l'épaule. « C'est là tout ?

– Je présume.

– *Zoman* », lâcha Jojen Reed.

Bran ouvrit de grands yeux. « Pardon ?

– Zoman. Homme-bête. Mutant. Tels sont les noms que l'on vous donnera, si l'on entend jamais parler de vos rêves de loup. »

Il eut un nouvel accès de panique. « Qui, on ?

– Vos propres gens. Par peur. D'aucuns iront jusqu'à vous exécrer s'ils apprennent ce que vous êtes. D'autres essaieront même de vous tuer. »

Il arrivait à Vieille Nan de narrer d'abominables histoires peuplées de ces hommes-bêtes, de ces mutants..., et ils y étaient toujours l'incarnation du Mal. « Je ne suis pas comme ça, protesta-t-il, je ne le suis *pas* ! Ce ne sont que des rêves.

– Les rêves de loup ne sont pas de véritables rêves. A l'état de veille, vous maintenez votre œil soigneusement clos mais, pour peu que vous vous relâchiez, votre œil se met à cligner, et votre âme cherche son autre moitié. C'est plus fort que vous.

– Je ne veux pas de cela. C'est *chevalier* que je veux être.

– Chevalier en désir, mais zoman vous êtes. Et vous ne pouvez rien là contre, Bran, ni le nier ni le rejeter. Vous êtes le loup ailé, mais jamais vous ne volerez. » Jojen se leva et se dirigea vers la fenêtre. « A moins d'*ouvrir votre œil.* » Il noua deux de ses doigts et lui en frappa le front, rudement.

Instinctivement, Bran y porta sa main, le tâta. Intacte et lisse, de la peau, rien d'autre. Point d'œil. Ni même d'œil clos. « Comment l'ouvrirais-je, s'il n'existe pas ?

– Ce n'est pas avec vos doigts que vous le trouverez, Bran. C'est avec votre cœur qu'il vous le faut chercher. » Ses étranges prunelles vertes le dévisagèrent. « Est-ce la peur qui vous arrête ?

– Mestre Luwin dit qu'il n'y a pas lieu d'avoir peur des rêves.

– Si.

– En quoi ?

– Le passé. L'avenir. La réalité. »

Après le départ des Reed, Bran se retrouva plus embarrassé que jamais. Il tenta bien d'ouvrir son troisième œil, mais il ne savait comment s'y prendre. Si fort qu'il se plissât ou heurtât le front, sa vision demeurait exactement la même qu'auparavant. Les jours suivants, il essaya aussi d'avertir ceux dont Jojen prédisait la mort, mais sans plus de succès. Mikken trouva ça rigolo. « Ah bon, la mer ? Se trouve que j'ai toujours eu envie de la voir, la mer. Jamais pu aller où c'était possible. Et alors, comme ça, c'est elle qui va me rendre visite, hein ? Bonté divine ! se donner tout ce mal pour un forgeron de rien... !

– Les dieux me prendront quand il leur plaira, dit septon Chayle sans s'émouvoir, mais ta noyade... ne me paraît guère vraisemblable, Bran. Ayant grandi sur les rives de la Blanchedague, je suis plutôt bon nageur, tu sais. »

Seul Panse-à-bière prit la chose assez au sérieux. Il alla en parler à Jojen lui-même et, du coup, cessa de se baigner et refusa de s'approcher du puits. Mais il finit par sentir si mauvais que six de ses acolytes le jetèrent dans un baquet d'eau bouillante et le récurèrent à mort, tandis qu'il beuglait : « Z-allez me noyer comme a dit la Grenouille ! » Moyennant quoi, s'il croisait Bran ou Jojen, il les regardait de travers en bougonnant sous cape, désormais.

Quelques jours après l'incident, ser Rodrik reparut à Winterfell, escorté d'un prisonnier. Un jeune homme assez rondouillard, à lippe grasse et moite, et dont la longue tignasse exhalait un parfum de chiottes à rendre jaloux Panse-à-bière en personne avant son bain forcé. « Schlingue, qu'on l'appelle, répondit Bille-de-foin aux questions de Bran. Son vrai nom, j' sais pas. 'l était au service du bâtard Bolton et l'a aidé à assassiner lady Corbois, paraît. »

Le bâtard aussi était mort, apprit Bran le soir même au cours du dîner. Les hommes de ser Rodrik l'avaient surpris en train de commettre un épouvantable forfait sur les terres Corbois (quoi au juste, Bran hésitait, quelque chose en tout cas qui se fait à poil) et criblé de flèches alors qu'il tentait de s'enfuir. Ils étaient toutefois arrivés trop tard, pour la pauvre lady Corbois. Après l'avoir épousée, le bâtard l'avait enfermée dans une tour et laissée mourir de faim. S'il fallait en croire le corps de garde, ser Rodrik avait, une fois la porte enfoncée, découvert la malheureuse la bouche barbouillée de son propre sang pour s'être dévoré les doigts.

« Le monstre nous a tortillé là des nœuds de première, dit à mestre Luwin le vieux chevalier. Plaise ou non, lady Corbois était sa femme. Après l'avoir contrainte à lui engager sa foi tant devant le septon que devant l'arbre-cœur, il avait couché avec elle devant témoins. Et elle le désigne pour héritier dans un testament signé de son nom et scellé de son sceau.

– Les vœux prononcés sous la menace de l'épée sont nuls et non avenus, objecta le mestre.

– Et si Roose Bolton conteste le fait ? Il y a des domaines en jeu… » Il semblait accablé. « Quant au serviteur, je lui trancherais volontiers la tête, il ne vaut pas mieux que son maître, mais il va me falloir le bichonner jusqu'au retour de Robb. Il est l'unique témoin des pires crimes du bâtard. Peut-être ses aveux dissuaderont-ils finalement lord Bolton de prétendre à rien mais, en attendant, les gens de Fort-Terreur et les chevaliers Manderly s'entre-tuent dans les forêts Corbois, et je n'ai pas les moyens de le leur interdire. » Pivotant sur son siège, il posa sur Bran un regard sévère. « Et vous, mon prince, de quoi vous êtes-vous mêlé pendant mon absence ? Pourquoi commander à nos gardes de ne plus se laver ? Désirez-vous donc qu'ils sentent aussi bon que ce coquin de Schlingue ?

– La mer va nous assaillir, se défendit Bran. Jojen l'a vu dans un rêve vert. Panse-à-bière périra noyé. »

Mestre Luwin tripota sa chaîne. « Le petit Reed s'imagine avoir des rêves prophétiques, ser. J'ai bien mis Bran en garde contre de si douteuses prédictions mais, à dire vrai, il se passe *effectivement* des choses fâcheuses du côté des Roches. Des pillards montés sur des boutres razzient les villages de pêcheurs. Violent, incendient. Leobald Tallhart a envoyé contre eux son neveu Benfred, mais ils se rembarqueront pour filer, je présume, à l'apparition des premiers gens d'armes.

– Mouais..., pour frapper plus loin. Les Autres emportent des pleutres pareils ! Ils n'auraient pas plus cette audace que le bâtard Bolton, s'ils ne savaient nos forces à mille lieues au sud. » Il reporta les yeux vers Bran. « Il dit quoi d'autre, ton copain ?

– Il dit que l'eau submergera nos murs. Qu'il a vu noyés Panse-à-bière et Mikken et septon Chayle aussi. »

Ser Rodrik fronça le sourcil. « Eh bien, si je me trouvais obligé d'aller en personne contre ces pillards, je n'emmènerais pas Panse-à-bière, alors. Il ne m'a pas vu noyé, *moi*, si ? Non ? Bon. »

Ces propos réconfortèrent Bran. *Dans ce cas, peut-être ne se noieront-ils pas. A condition d'éviter la mer.*

Meera fut du même avis lorsque, accompagnée de Jojen, elle vint, en fin de soirée, disputer dans sa chambre une partie de cartes à trois, mais le frère secoua la tête. « Ce que je vois dans mes rêves verts est inéluctable. »

Elle se mit en colère. « Pourquoi les dieux enverraient-ils des avertissements, si nous ne pouvons en tenir compte afin d'infléchir les événements ?

– Je l'ignore, avoua tristement Jojen.

– Tu serais Panse-à-bière, tu te jetterais dans le puits, c'est ça ? pour que tout soit fini ! Moi, je prétends qu'il devrait *se battre*, et Bran également.

– Moi ? » La peur l'envahit soudain. « Me battre contre quoi ? Vais-je me noyer, moi aussi ? »

Meera prit un air penaud. « Je n'aurais pas dû dire… »

Elle lui cachait manifestement quelque chose. « Vous m'avez vu en rêve vert ? pressa-t-il fébrilement Jojen. Vu noyé ?

– Pas noyé. Non. » Chacun des mots qu'il s'extirpait semblait lui déchirer la gorge. « J'ai rêvé de l'individu qui est arrivé aujourd'hui. Celui qu'on surnomme Schlingue. Votre frère et vous gisiez morts à ses pieds, et il vous dépeçait la face avec une longue épée rouge. »

Meera se dressa d'un bond. « Si j'allais lui percer le cœur dans sa cellule ? Une fois mort, il ne pourrait assassiner Bran, n'est-ce pas ?

– Les geôliers t'empêcheront de passer, dit Jojen. Les gardes. Et si tu leur expliques pourquoi tu désires sa mort, ils te croiront folle.

– J'ai des gardes, moi aussi, leur rappela Bran. Panse-à-bière et Tym-la-Grêle et Bille-de-foin et les autres. »

Les prunelles moussues de Jojen s'emplirent de pitié. « Ils seront incapables de l'arrêter, Bran. Ses motifs, je les ignore, mais j'en ai vu le résultat. Je vous ai vus, Rickon et vous, dans le noir de vos cryptes, en bas, parmi tous les rois morts et leurs loups de pierre. »

Non ! s'insurgea Bran à part lui, *non !* « Et si je partais… pour Griseaux, ou vers la corneille, loin, dans un coin où l'on ne pourrait me trouver… ?

– Cela ne servirait à rien. Le rêve était un rêve vert, Bran, et les rêves verts ne mentent jamais. »

TYRION

Debout à l'écart, Varys tendait ses pattes onctueuses vers la chaleur du brasero. « Selon toute apparence, il aurait été assassiné de la manière la plus terrifiante, au cœur même de son armée. La lame qui lui a ouvert la gorge d'une oreille à l'autre a traversé l'acier et les os comme du fromage.

– Assassiné de la main de qui ? demanda Cersei.

– Vous n'êtes pas sans savoir, je suppose, que trop de réponses valent autant qu'aucune ? Mes informateurs ne se trouvent pas toujours aussi haut placés que nous pourrions le désirer. Quand meurt un roi, les sornettes poussent sur sa dépouille aussi dru que les champignons dans le noir. A en croire un palefrenier, Renly a été tué par l'un de ses propres gardes arc-en-ciel. Une blanchisseuse jure que c'est Stannis qui, armé de son épée magique, a su se faufiler jusqu'au centre du camp de son frère. Pas mal d'hommes d'armes croient pouvoir imputer à une femme cet odieux forfait, mais quant à *laquelle*, désaccord total. Une fille rebutée par Renly, selon l'un. Une gueuse à soudards qu'il s'était fait amener pour en jouir la veille de la bataille, selon l'autre. Et le troisième avance le nom de lady Catelyn Stark. »

La reine en marqua de l'humeur. « Vous faut-il nous faire perdre notre temps par ce déballage de rumeurs stupides ?

– Ces rumeurs, Votre Grâce m'en rémunère généreusement.

– C'est pour savoir la vérité que nous vous payons, lord Varys. Souvenez-vous-en, ou ce Conseil restreint va se restreindre encore davantage. »

Varys étouffa un rire nerveux. « A ce train, Votre Grâce et son noble frère aurez tôt fait de priver Sa Majesté de Conseil tout court.

– Je me flatte que le royaume survivrait à la réduction du nombre de conseillers, lâcha Littlefinger avec un sourire.

– Cher cher Petyr, riposta Varys, montreriez-vous tant de désinvolture si votre nom était le prochain, sur la petite liste de Son Excellence la Main ?

– Avant vous, Varys ? Je me garderais d'un tel songe.

– Il se pourrait que nous fraternisions sur le Mur, vous et moi. » Nouveau rire étouffé.

« Plus tôt que vous ne le souhaitez, eunuque, si les prochains mots que proférera votre bouche se révèlent aussi vains. » Dans les yeux de Cersei flamboyait l'intention de le châtrer de nouveau sur-le-champ.

« Et s'il s'agissait d'une ruse ? suggéra Littlefinger.

– Elle serait, dans ce cas, d'une prodigieuse ingéniosité, répliqua Varys. Je m'en avoue dupe. »

Ces échanges aigres-doux finirent par impatienter Tyrion. « Qui va être bien marri, c'est Joff, dit-il. Il réservait une si jolie pique à la tête de Renly. Quel que soit en tout cas l'assassin, force est de présumer Stannis comme instigateur. Il est le bénéficiaire évident du crime. » La nouvelle ne lui plaisait guère ; il avait compté que les Baratheon s'affaibliraient l'un l'autre par une bataille sanglante. Son coude le lancinait. Une séquelle du coup de plommée encaissé sur la Verfurque, et qui profitait parfois du temps humide pour le tracasser. Il étreignit le point douloureux sans en éprouver de soulagement et demanda : « Et l'armée de Renly ?

– La plus grande partie de l'infanterie se trouve encore à Pont-l'Amer. » Délaissant le brasero, Varys vint prendre son siège à la table. « La plupart des seigneurs qui avaient volé au secours d'Accalmie derrière Renly sont passés avec armes et bannières à Stannis, ainsi que tous leurs chevaliers.

– Florent en tête, je gagerais », dit Littlefinger.

Varys lui décerna un sourire mignard. « Vous gagneriez, messire. Lord Alester fut en effet le premier à ployer le genou. Nombre d'autres l'ont imité.

– Nombre ? releva Tyrion. Pas tous, donc ?

– Pas tous, confirma l'eunuque. Pas Loras Tyrell, ni Randyll Tarly, ni Mathis Rowan. Accalmie non plus ne s'est pas rendu.

Ser Cortnay Penrose, qui tient la place au nom de Renly, refuse de croire à la mort de son suzerain. Il exige d'en voir la dépouille mortelle avant d'ouvrir les portes, mais il semblerait que le cadavre de Renly se soit évanoui de manière inexplicable. Evacué en douce, très probablement. Un cinquième des chevaliers de Renly ont préféré partir avec ser Loras plutôt que de rendre hommage à Stannis. On dit que le chevalier des Fleurs a perdu l'esprit devant le corps de son maître et que, dans un accès de folie furieuse, il a tué trois des gardes arc-en-ciel, notamment Emmon Cuy et Robar Royce. »

Rien que trois ? dommage, songea Tyrion.

« Il est vraisemblablement en route pour Pont-l'Amer, poursuivit Varys. Sa sœur, la reine de Renly, s'y trouve, ainsi qu'une énorme masse de soldats désormais sans roi. Quel parti vont-ils rallier, maintenant ? question épineuse. Beaucoup sont au service des seigneurs restés à Accalmie et qui désormais relèvent de Stannis. »

Tyrion se pencha par-dessus la table. « Il y a là, me semble-t-il, une chance à saisir. Si nous gagnions Loras Tyrell à notre cause, lord Mace Tyrell et ses bannerets pourraient bien nous rallier aussi. Certains de ces derniers ont eu beau jurer fidélité à Stannis, il est impossible que ce soit de gaieté de cœur, sans quoi ils auraient opté pour lui dès le premier jour.

– Nous en aiment-ils davantage, nous ? demanda Cersei.

– Guère, convint-il. Ils aimaient Renly, manifestement, mais Renly n'est plus. Nous pourrions..., *si* nous allons vite, leur fournir des motifs nécessaires et suffisants de préférer Joffrey à Stannis.

– Des motifs de quel ordre ?

– Des motifs jaune d'or, souffla d'emblée Littlefinger.

– Tt tt, fit Varys. Vous n'allez tout de même pas insinuer, je pense, mon cher Petyr, que ces puissants seigneurs et nobles chevaliers sont prêts à se laisser *acheter* comme de vulgaires poulets au marché, si ?

– Avez-vous mis les pieds sur nos marchés, ces derniers temps, lord Varys ? lui susurra l'autre. Il vous serait plus facile d'y acheter un seigneur qu'un poulet, sauf votre respect. Je vous l'accorde, les seigneurs gloussent d'un ton plus altier que les poulets, et ils prennent un air offensé si vous leur offrez de l'argent comme un acquéreur, mais il est rare qu'un présent..., dignités, terres ou châteaux..., les trouve inexorables.

– En leur graissant la patte, on corrompra tel ou tel hobereau, le cas échéant, dit Tyrion, mais pas Hautjardin.

– Exact, admit lord Baelish, et ser Loras est, en l'occurrence, la clé de tout. Il a beau avoir deux frères aînés, son père lui marque depuis toujours une singulière prédilection. Lui gagné, Hautjardin tombe dans votre escarcelle. »

Oui, pensa Tyrion. « M'est avis que nous devrions sur ce point nous inspirer de feu lord Renly. En alléchant comme lui la maison Tyrell. Par un mariage. »

Varys comprit le premier. « Vous envisagez d'unir Joffrey à Margaery.

– Voilà. » Pour autant qu'il se le rappelât, la veuve de Renly devait avoir dans les quinze à seize ans..., soit un peu plus que Joffrey – trois fois rien. Son projet se précisait, pulpeux, délectable.

« Joffrey est fiancé à Sansa Stark, objecta Cersei.

– Les contrats de mariage, cela se rompt. De quel profit serait au roi de prendre pour épouse la fille d'un félon défunt ?

– Il suffirait de signaler à Sa Majesté que les Tyrell sont bien plus fortunés que les Stark, intervint Littlefinger, et qu'en plus de passer pour une beauté Margaery est d'ores et déjà... baisable.

– En effet, dit Tyrion. Cet argument devrait assez botter Joffrey.

– Mon fils est trop jeune pour se soucier de pareilles choses.

– Tu crois vraiment ? Il a treize ans, Cersei. Tout juste l'âge auquel je me mariai.

– Et cet exploit sordide nous humilia tous. Joff est d'une étoffe autrement plus fine.

– Si fine qu'il a fait déchirer la robe de Sansa par ser Boros.

– Il était en colère contre elle.

– Il était en colère aussi, hier soir, contre ce marmiton qui a renversé le potage, et il ne l'a pas fait mettre à poil.

– Quelques gouttes de potage ne méritaient pas... »

Non, mais quelques jolies larmes le méritaient bien. Après l'incident de la cour, il avait consulté Varys sur la question : comment ménager à Joffrey une visite chez Chataya ? Il espérait qu'une becquée de miel sucrerait son neveu ; inspirerait même à son souverain (dussent s'en offusquer les dieux) quelque *gratitude*, une once, une ombre, un rien de gratitude dont tirer parti. Le secret le plus absolu s'imposerait, naturellement. Restait à trouver le moyen d'écarter Clegane. Le hic. « Le maudit chien lui rôde toujours plus ou moins dans les jambes, avait souligné Tyrion, mais enfin, tous les hommes dorment. Et certains jouent, vont aux putes ou se saouler dans les bistrots...

– Tout cela, le Limier le fait, si vous tenez à le savoir.

– Non. La seule chose qui m'importe est *quand*. »

Avec un sourire énigmatique, l'eunuque s'était placé l'index sur la joue. « Un homme soupçonneux penserait, messire, que vous désirez profiter d'un moment où Sandor ne le protège pas pour jouer quelque vilain tour au roi.

– Vous me connaissez sûrement trop bien pour croire cela, lord Varys. En fait, je n'aspire qu'à me faire aimer de Joffrey. »

Varys avait promis d'étudier l'affaire. Mais la guerre présentait un caractère autrement urgent que l'initiation virile de Joffrey... Aussi Tyrion se força-t-il à reprendre : « Nul doute que tu ne connaisses ton fils mieux que moi, mais il y aurait encore, indépendamment de cela, fort à dire en faveur d'un mariage Tyrell. Joffrey n'a peut-être pas d'autre moyen de rester en vie jusqu'à sa nuit de noces. »

Littlefinger approuva. « La petite Stark ne lui apporte que son corps, si gracieux soit-il. Margaery Tyrell apporte, elle, cinquante mille épées et toutes les ressources de Hautjardin.

– Le fait est. » Varys posa sa main douce sur la manche de la reine. « Vous avez un cœur de mère, et je n'ignore pas l'amour que Sa Majesté porte à sa douce et tendre. Mais les rois doivent apprendre à donner aux nécessités du royaume la primauté sur leurs vœux personnels. Je suis d'avis qu'il faut tenter cette ouverture. »

La reine se libéra du contact de l'eunuque. « Vous ne parleriez pas de la sorte si vous étiez des femmes. Dites ce que vous voudrez, messires, mais Joffrey a trop de fierté pour se contenter des restes de Renly. Jamais il ne consentira. »

Tyrion haussa les épaules. « A sa majorité, dans trois ans, le roi sera libre de donner ou de refuser son consentement. D'ici là, tu es sa régente, moi sa Main, et il épousera qui nous lui ordonnerons d'épouser. Restes ou pas. »

Le carquois de Cersei était vide. « Fais tes ouvertures, alors, mais les dieux vous préservent tous que la fille ne déplaise à Joffrey.

– Notre accord m'enchante, s'extasia-t-il. A présent, lequel d'entre nous se rendra-t-il à Pont-l'Amer ? Il faut que notre offre atteigne ser Loras avant qu'il n'ait recouvré son sang-froid.

– Tu veux envoyer un membre du Conseil ?

– Je vois mal le chevalier des Fleurs traiter avec Bronn ou Shagga, non ? Les Tyrell ont leur fierté. »

Sa sœur sauta d'emblée sur l'occasion de retourner à son profit la situation. « Ser Jacelyn Prédeaux est de noble naissance. Envoie-le. »

Tyrion fit un signe de dénégation. « Il nous faut un émissaire dont l'autorité ne se borne pas à transmettre notre message et à rapporter la réponse. Il doit parler au nom du roi comme du Conseil et régler l'affaire en un tournemain.

– La Main parle avec la voix du roi. » Dans les yeux de Cersei, la flamme des bougies avait l'éclat vert du grégeois. « Si nous t'envoyons, Tyrion, ce sera comme si Joffrey se déplaçait personnellement. Solution idéale, tu manies les mots avec autant de virtuosité que Jaime l'épée. »

Si désireuse que cela, Cersei, de me faire quitter la ville ? « Tes éloges me confondent, chère sœur, mais il me semble, à moi, que, pour arranger le mariage d'un garçon, la mère est bien mieux indiquée qu'aucun oncle. Et tu es si douée pour conquérir les cœurs que je ne saurais te disputer la palme.

– Ma présence est indispensable à Joffrey. » Ses yeux s'étaient rétrécis.

« Votre Grâce..., messire Main..., dit Littlefinger, le roi a besoin de vous deux, ici. Laissez-moi partir à votre place.

– Vous ? » *Quel profit guigne-t-il là-dedans ?* se demanda Tyrion. « Etant membre du Conseil du roi sans être de sang royal, je ferais un piteux otage. J'ai pas mal fréquenté ser Loras quand il se trouvait à la Cour et ne lui ai jamais donné lieu de ne pas m'aimer. Mace Tyrell ne me voue aucune inimitié non plus, que je sache, et je me flatte de n'être pas un négociateur entièrement dépourvu d'habileté. »

Il nous possède. Si Tyrion se défiait de Petyr Baelish, il ne souhaitait pas non plus le perdre de vue, mais avait-il vraiment le choix ? L'émissaire ne pouvait être que lui-même ou Littlefinger, et il savait pertinemment que, s'il quittait Port-Réal si peu que ce fût, tout ce qu'il avait si péniblement accompli serait démoli. « Des combats se déroulent entre ici et Pont-l'Amer, glissa-t-il prudemment. Et vous pouvez être absolument sûr que lord Stannis va disséminer partout ses propres bergers pour récupérer les agneaux égarés de son frère.

– Je n'ai jamais redouté les bergers. C'est le troupeau qui me chiffonne. Une escorte n'en serait pas moins de rigueur, je suppose.

– Je puis détacher cent manteaux d'or.

– Cinq cents.

– Trois cents.

– Plus quarante – vingt chevaliers et autant d'écuyers. Si je me présente sans une suite de qualité, les Tyrell ne m'accorderont qu'un mince crédit. »

Ce n'était pas faux. « Entendu.

– En feront partie Horreur et Baveux, que j'enverrai à leur seigneur et père, après. En signe de bienveillance. Nous avons besoin de Paxter Redwyne, il est l'ami le plus ancien de lord Mace et jouit dans son propre ressort d'un très grand prestige.

– Un félon ! s'indigna la reine. Qui se serait déclaré pour Renly comme tous les autres, s'il n'avait su que sa marmaille en ferait les frais.

– Renly est mort, Votre Grâce, objecta Littlefinger, et ni Stannis ni Paxter ne sont près d'oublier que, durant le siège d'Accalmie, jadis, c'étaient les galères de l'un qui interdisaient à l'autre la mer. La restitution des jumeaux peut nous valoir les bonnes grâces de lord Redwyne. »

Cersei n'en démordit pas pour si peu. « Aux Autres, ses bonnes grâces ! ses voiles et ses épées, voilà ce que je veux. Et le meilleur moyen de les obtenir à coup sûr est encore de lui visser ses jumeaux. »

Tyrion tenait la solution. « Eh bien, ne renvoyons à La Treille que ser Hobber, et gardons ici ser Horas... Je doute que lord Paxter soit assez borné pour se méprendre sur le message. »

La suggestion fut adoptée à l'unanimité, mais Littlefinger n'en avait pas terminé. « Il va nous falloir des chevaux. Vites et solides. Les combats rendront la remonte ardue. Il va falloir également d'assez coquettes quantités d'or pour les présents dont nous avons parlé.

– Emportez-en autant que de besoin. Si la ville tombe, Stannis raflera tout, de toute façon.

– Afin que Mace Tyrell ne puisse mettre en doute mon autorité, un ordre de mission me sera rédigé en bonne et due forme, spécifiant que j'ai pleins pouvoirs pour traiter de ce mariage et des diverses clauses y afférentes, le cas échéant, et pour établir, au nom du roi, les engagements mutuels et leurs garanties. Signé par Joffrey et par chacun des membres du Conseil, ce document sera revêtu de nos sceaux à tous. »

Tyrion s'agita, mal à l'aise. « Soit. Rien d'autre ? Je vous rappelle que la route est longue jusqu'à Pont l'Amer.

– Je l'aurai prise avant le point du jour. » Il se leva. « Je présume qu'à mon retour le roi récompensera comme il sied mes vaillants efforts pour sa cause ? »

Varys se mit à glousser. « Vu le souverain penchant de Sa Majesté à la gratitude, je suis convaincu que vous n'aurez aucun sujet de plainte, mon cher et brave sieur. »

La reine y mit moins d'ambages. « Que réclamez-vous, Petyr ? »

Littlefinger glissa un sourire finaud vers Tyrion. « Il m'y faut réfléchir à tête reposée. Il me viendra sans doute une petite idée. » Il esquissa la plus désinvolte des révérences et se retira, aussi nonchalant que s'il s'apprêtait à partir visiter l'un de ses bordels.

Tyrion jeta un coup d'œil par la fenêtre. Le brouillard était si épais que l'on ne distinguait pas même le rempart, de l'autre côté de la cour. De vagues lueurs émaillaient confusément cette grisaille, par-ci par-là. *Sale temps pour voyager*, pensa-t-il. Non, il n'enviait pas Petyr Baelish. « Autant nous occuper tout de suite de ces documents. Lord Varys, faites apporter plumes et parchemin. Et que quelqu'un se charge d'éveiller Joffrey. »

Il faisait encore nuit grise quand la séance s'acheva. Après que Varys se fut précipitamment éclipsé de son côté, fouettant le sol de ses souples babouches, les Lannister s'attardèrent ensemble près de la porte. « Où en est ta chaîne, frère ? demanda la reine, pendant que ser Preston lui fixait aux épaules un manteau de brocart d'argent soutaché de vair.

– S'allonge. Maillon après maillon. Nous devrions remercier les dieux pour l'inconcevable entêtement de ser Cortnay Penrose. Tant que la prise d'Accalmie n'aura pas assuré ses arrières, Stannis ne marchera pas vers le nord.

– Si nous ne sommes pas toujours d'accord sur la politique à mener, Tyrion, il me semble toutefois que je m'abusais sur toi. Tu n'es pas tout à fait aussi stupide que je le croyais. A la vérité, je m'en aperçois maintenant, tu t'es révélé un précieux appui. De cela je te remercie. Tu dois me pardonner si je t'ai parlé rudement, parfois.

– Dois-je ? » Il lui dédia un haussement d'épaules, un sourire. « Mais tu n'as rien dit, chère sœur, qui réclame un pardon.

– Aujourd'hui, n'est-ce pas ? » Ils se mirent tous deux à rire..., et Cersei lui planta sur le front un baiser ailé.

Trop suffoqué pour dire un mot, Tyrion la regarda s'éloigner en compagnie de ser Preston. « Ai-je perdu l'esprit, ou bien ma sœur vient-elle de m'embrasser ? demanda-t-il à Bronn quand elle eut disparu.

– Etait-ce si délicieux ?

– C'était... inopiné. » Le comportement bizarre de Cersei, depuis quelque temps, le désarçonnait. « J'essaie de me rappeler quand elle m'a embrassé pour la dernière fois. Je ne devais pas avoir plus de six ou sept ans. Et Jaime l'en avait défiée.

– La bougresse a fini par remarquer vos charmes.

– Nenni, dit Tyrion, nenni, la bougresse me mijote un plat de sa façon. Et j'ai tout intérêt à découvrir lequel, Bronn. Tu sais que je déteste les surprises. »

THEON

Il épongea le crachat sur sa joue d'un revers de main. « Robb t'étripera, Greyjoy ! vociféra Benfred Tallhart. Il fera bouffer par son loup ton cœur de renégat, bout de crotte de bique ! »

Du torrent d'insultes fusa, dure et tranchante comme une épée, la voix d'Aeron Tifs-trempes : « Tue-le.

– J'ai des questions à lui poser, d'abord, dit Theon.

– Peux te les *foutre*, tes questions ! » Sanglant, dénué de tout, Benfred pendouillait comme une loque entre Stygg et Werlag. « T'étoufferont, que t'auras rien tiré de moi, charogne ! renégat ! poltron ! »

Oncle Aeron n'était pas moins accommodant. « Quand il crache sur toi, c'est sur nous tous qu'il crache. Il crache sur le dieu Noyé. Qu'il meure !

– Ici, c'est à moi que Père a confié le commandement, Oncle.

– Avec moi pour te conseiller. »

Et me surveiller. Avec son oncle, il n'osait pousser trop avant les discussions. A lui le commandement, oui, mais la défiance des hommes à son égard n'avait d'égales que leur foi dans le dieu Noyé et la trouille que leur inspirait Tifs-trempes. *Une mouille que je serais mal venu à leur reprocher…*

« Te coûtera la tête, Greyjoy ! La gelée de tes yeux gavera les corbeaux. » Benfred voulut cracher, une fois de plus, mais il n'émit qu'une bulle sanguinolente. « Les Autres enculent votre dieu cramouille ! »

Viens là de cracher ton arrêt de mort, Tallhart…, songea Theon. « Cloue-lui le bec, Stygg », dit-il.

Une fois qu'ils eurent forcé Benfred à s'agenouiller, que, lui arrachant sa ceinture en peau de lapin, Werlag la lui eut fourrée entre les dents pour le faire taire, Stygg apprêta sa hache.

« Non, intervint Aeron. Il faut le donner au dieu. Selon l'Antique Voie. »

A quoi bon ? Un mort est un mort. « Emmenez-le donc.

– Tu viens aussi. Ici, c'est toi qui commandes. L'offrande doit émaner de toi. »

Là, c'était plus que n'en pouvait digérer Theon. « C'est vous le prêtre, Oncle, je vous abandonne le soin du dieu. A titre de revanche gracieuse, abandonnez-moi le soin des batailles. » Il balaya l'air d'un geste, et les sbires entraînèrent le captif vers la mer. Non sans un regard réprobateur à son neveu, Tifstrempes finit par les suivre. Ç'allait descendre jusqu'à la grève de galets puis, plouf, noierait Benfred Tallhart dans l'eau salée. L'Antique Voie.

Une espèce de faveur, peut-être, se dit Theon en partant dans la direction opposée. Stygg avait des talents de bourreau rien moins qu'exceptionnels, et Benfred la nuque épaisse, grasse et musculeuse d'un sanglier. *Je l'en taquinais sans arrêt, juste pour voir jusqu'où je pouvais le faire enrager,* se souvint-il. Cela faisait quoi, trois ans ? Emmené par Ned Stark en visite chez ser Helman, il avait passé une quinzaine en compagnie de Benfred, à Quart-Torrhen.

Du crochet que faisait la route et où s'était déroulée la bataille..., si tant est que l'on pût employer ce terme – *un carnage de moutons, plutôt* –, lui parvenait l'affreux boucan de la victoire. *De moutons, certes, à toison d'acier, mais de moutons, n'empêche.*

Escaladant quelques rochers, Theon promena son regard sur les hommes morts et les montures agonisantes. Elles auraient mérité mieux. Tandis que Tymor et ses frères regroupaient les chevaux intacts, Urzen et Lorren le Noir achevaient ceux que leurs blessures ne permettaient pas de sauver. Les autres Fernés dépouillaient les cadavres. A deux genoux sur le torse d'une victime, Gewin Harloi lui sciait le doigt pour s'en approprier l'anneau. *Le seigneur mon père approuverait.* Il envisagea de partir en quête des deux adversaires qu'il avait personnellement abattus – peut-être portaient-ils un bijou de valeur ? –, mais l'idée lui emplit la bouche d'amertume. Il imaginait trop ce qu'en aurait dit Eddard Stark. Mais y penser le mit en colère. *Crouni, le Stark, en train de pourrir, et il ne m'était rien !* se martela-t-il.

Carré sur son séant, le vieux Botley, dit Barbilles, jouait les cerbères auprès de la pile hétéroclite que ses trois fils continuaient d'enrichir. L'un de ceux-ci frôlait l'empoignade avec un certain Todric, un gros qui, vêtu d'une pelisse de renard blanc point trop éclaboussée par le sang de son propriétaire antérieur, titubait parmi les cadavres en brandissant d'une main une corne à bière, de l'autre une hache. *Saoul,* conclut Theon, l'œil à ses beuglements. On disait que les Fer-nés, jadis, s'enivraient volontiers de sang durant les batailles et y puisaient une telle fureur qu'ils en devenaient insensibles à la crainte comme à la douleur, mais là, non, le type s'était trivialement enivré de bière.

« Wex ? mon carquois, mon arc. » L'écuyer galopa les lui chercher. Theon ploya l'arc, glissa la corde dans les encoches. Cependant, Todric flanquait par terre d'un coup de poing le jeune Botley et lui lançait sa bière dans les yeux. Barbilles bondit en jurant, mais Theon fut plus prompt. Il visa la main qui tenait la corne, dans le but d'épater son monde par un joli coup, mais Todric gâcha tout par un saut de côté juste au moment où lui-même décochait, si bien que la flèche lui creva la panse.

Les pillards s'immobilisèrent, bouche bée. Theon abaissa son arc. « Pas d'ivrognes, j'ai dit, pas de bagarres pour le butin. » Recroquevillé sur ses genoux, Todric râlait horriblement. « Fais-le taire, Botley. » Il n'en fallut pas davantage à Barbilles et ses fils. L'espace à peine d'un soubresaut, et Todric se voyait trancher la gorge et, tout palpitant, délester de sa pelisse, de ses armes, de ses anneaux.

A présent, ils savent que je ne parle pas en l'air. Il avait beau tenir son autorité de lord Balon en personne, certains des hommes ne l'en considéraient pas moins comme un freluquet amolli par les pays verts. « Pas d'autre soiffard ? » Nul ne moufta. « Bon. » Il décocha un coup de pied à la bannière de Benfred qui, toujours coincée dans le poing de son porteur, traînait à terre. En dessous de la flamme était nouée une peau de lapin. *Pourquoi ces peaux de lapin ?* L'une des questions qu'il s'était promis de poser, mais toutes avaient sombré sous le crachat. Il jeta son arc à Wex et s'éloigna, pensif, à longues enjambées. Pourquoi n'éprouvait-il rien de l'exaltation ressentie après le Bois-aux-Murmures ? *Oh, Tallhart, Tallhart, bougre d'imbécile archi-vaniteux, tu n'avais même pas envoyé d'éclaireurs…*

C'est la bouche fleurie de blagues et même de *chansons* que sous la bannière aux trois arbres ils étaient survenus, leurs lances ornées de ces grotesques peaux de lapin. La nuée de flèches décochée sur eux par les archers planqués dans les ajoncs n'avait pas tardé à le leur couper, le sifflet…, et lui-même, à la tête de ses hommes d'armes, plus eu qu'à parachever le carnage – au poignard, à la hache, à la masse de guerre –, non sans ordonner d'épargner le chef – pour interrogatoire.

Lequel s'était trouvé être, contre toute attente, Benfred Tallhart.

Dont on retirait justement des brisants le cadavre flasque au moment où Theon remontait à bord de sa *Chienne de mer.* Alignés côte à côte le long de la grève, les boutres dressaient leur mâture contre le ciel. Du village de pêcheurs ne subsistaient que des cendres froides et leur puanteur sous la pluie. Tous les hommes, hormis une poignée que Theon avait laissés filer sur Quart-Torrhen pour y répandre la nouvelle, avaient été passés au fil de l'épée ; celles de leurs épouses et de leurs filles qui ne manquaient ni de jeunesse ni de charmes revendiquées pour femmes-sel ; les vieilles et les moches tout bonnement violées puis tuées – ou prises comme esclaves si, joint à quelque talent pratique, leur caractère offrait toute garantie de docilité.

Egalement conçue, tout comme l'accostage au plus froid de la nuit, par Theon et conduite en tapinois, hache au poing, par lui, l'attaque, furtive en diable, avait évidemment surpris les villageois en plein sommeil. Rien là cependant qui fût de son goût, mais avait-il le choix des procédés ?

En cet instant même, sa trois fois maudite de sœur devait, à bord de son maudit *Vent noir*, cingler vers le nord, trop assurée de s'y offrir le château de ses rêves… ! et, grâce à l'ignorance totale où se trouvait le continent de l'appareillage en douce des flottes fer-nées, le sale boulot de diversion qu'il se tapait, lui, du côté des Roches, au profit de la garce, nul n'y verrait effectivement que du feu : raids anodins de pillards vulgaires…, avant de découvrir la gravité de la situation, quand Moat Cailin et Motte-la-Forêt seraient à leur tour pilonnés. *Et, lorsqu'une cinglante victoire aura couronné le tout, c'est cette salope d'Asha que célébreront les chansons, sans seulement se souvenir que j'étais ici, moi... !* S'il se laissait faire.

Dagmer Gueule-en-deux se dressait sur la proue sculptée de *L'Ecumeur*, son boutre personnel ; de peur de lui voir attribuer son propre triomphe, Theon lui avait assigné la tâche subalterne de garder les bateaux ; le dernier des fats s'en fût offensé, lui s'était doucement contenté de rigoler.

« Jour faste, lança-t-il de son perchoir, et tu ne souris pas, mon gars ? Faudrait sourire, quand on est vivant, les morts en sont bien empêchés. » Il s'épanouit lui-même, comme à fin de démonstration, résultat hideux. Sous sa crinière d'un blanc de neige, il offrait en effet la cicatrice la plus dégueulasse qu'eût jamais contemplée Theon. Il devait au coup de hache qui l'avait, gamin, mis à deux doigts de la mort en lui fendant la mâchoire et fracassant les dents de devant de posséder non pas deux, comme un chacun, mais quatre lèvres. Et si une barbe hirsute lui couvrait les joues et le col, jamais le poil n'avait consenti à pousser sur les bourrelets de bidoche qui, boursouflés, luisants, froncés, lui fendaient la pêche comme une crevasse en plein névé. « On les entendait chanter, reprit-il. Une jolie chanson, et ils la chantaient bravement.

– Ils chantaient mieux qu'ils ne se battaient. Des harpes ne les auraient pas moins mal défendus que leurs lances.

– Quelles pertes ?

– De notre côté ? » Il haussa les épaules. « Todric. Moi qui l'ai descendu, pour s'être saoulé puis bagarré quant au butin.

– Des types, comme ça, qui naissent pour être tués. » Le dernier des ploucs aurait rechigné à vous terrifier d'un pareil sourire, mais lui vous le tartinait plus large et plus généreux que personne – à commencer par lord Balon.

Si abominable fût-il, ce sourire suffisait à ressusciter des centaines de souvenirs. Que de fois Theon l'avait vu fleurir quand, môme, il sautait à cheval un muret moussu, lançait la hache et mettait carrément au but ! Vu fleurir quand il parvenait à parer une botte de Dagmer, à percer d'une flèche l'aile d'une mouette, ou encore quand, s'emparant de la barre, il guidait fermement un boutre au travers des meutes d'écueils enragés. *Il m'a donné plus de sourires qu'Eddard Stark et Père réunis.* Et Robb lui-même..., tiens, il ne pouvait pas, au lieu de l'engueuler comme un marmiton qui a laissé cramer son ragoût, le récompenser d'un sourire, le jour où il avait sauvé Bran des sauvageons ?

« Il faut que nous causions, vous et moi, Oncle. » Il l'avait toujours appelé ainsi, bien que Dagmer fût un simple vassal – avec, à la rigueur, quelques gouttes de sang Greyjoy, mais de la main gauche, et délayées par quatre ou cinq générations.

« Viens à mon bord, alors. » Les *m'sire* n'étaient pas son genre, surtout s'il se trouvait sur son propre bateau. Chaque capitaine fer-né se considérait d'ailleurs comme un roi dès lors qu'il foulait son pont personnel.

Il gravit en quatre enjambées la passerelle de *L'Ecumeur* et, se laissant entraîner vers la poupe, entra dans la cabine exiguë du vieillard. Après s'être servi de cervoise, celui-ci lui en proposa une corne, mais il refusa. « Nous n'avons pas assez capturé de chevaux. Enfin..., je ferai avec le peu que j'ai. Moins d'hommes, plus de gloire, n'est-ce pas ?

– Qu'avons-nous à faire de chevaux ? » A l'instar de la plupart des insulaires, il préférait se battre à pied, sur le plancher des vaches comme sur son pont. « Ça ne sert qu'à te conchier les navires et t'y encombrer.

– En mer, oui, concéda Theon. J'ai un autre plan. » Il le tenait à l'œil, guettant sa réaction. Sans l'appui de Dagmer, il courait à l'échec. Chef ou pas, les hommes refuseraient de le suivre si ses deux mentors s'opposaient à lui. Et il ne se flattait pas de jamais convaincre ce lugubre éteignoir d'Aeron.

« Messire ton père nous a ordonné de saccager la côte, et c'est tout. » Sous la broussaille des sourcils blancs le scrutaient les yeux pâles comme de l'écume.

Qu'y déchiffrer, le blâme ou l'intérêt ? Une once d'intérêt, crut-il..., tant il l'espérait... « Tu es l'homme de mon père.

– Son *meilleur* homme, et depuis toujours. »

Orgueil, songea Theon. *Il est orgueilleux. A moi d'utiliser la clef de son orgueil.* « Aucun Fer-né ne t'arrive à la cheville pour le maniement de la pique ou de l'épée.

– Tu as été trop longtemps absent, mon gars. Tes éloges, je les méritais à l'époque où tu es parti, mais je me suis fait vieux, depuis, au service de lord Greyjoy. Maintenant, c'est à Andrik que les chanteurs décernent la palme. Andrik l'Insouriant, qu'ils l'appellent. Un colosse. Il est au service de lord Timbal de Vieux-Wyk. Et presque aussi redoutables sont Lorren le Noir et Qarl Pucelle.

– Cet Andrik peut bien être un combattant d'élite, on le craint moins que toi.

– Mouais, c'est vrai, ça. » Ses doigts reployés autour de la corne à boire étaient surchargés de bagues d'or, d'argent, de bronze où chatoyaient saphirs, grenats, verredragon – chacune évidemment payée au fer-prix.

« Eh bien, moi, si j'avais un type de ta trempe à mon service, je ne le bousillerais pas à ces amusettes puériles de piratage et d'incendie. Elles sont indignes du meilleur homme de lord Balon... »

Le hideux sourire s'élargit, tordit les lèvres et les crevassa sur un chaos de chicots brunâtres. « Et de son fils légitime, hein ? hou hou... ! Je te connais trop bien, Theon. J'ai assisté à tes premiers pas, ton premier arc, c'est avec moi que tu l'as bandé. Qui se sent bousillé, dis, moi ?

– Ma sœur a eu ce qui me revenait, confessa-t-il d'un ton geignard qui acheva de le consterner.

– Tu le prends trop mal, mon gars. C'est pourtant tout simple, messire ton père ne te connaît pas. Entre la mort de tes frères et ta captivité chez les loups, il n'a eu que sa fille pour se consoler. Il a pris l'habitude de se reposer sur elle et jamais n'a eu sujet de s'en plaindre.

– Ni de moi. Les Stark reconnaissaient ma valeur. Je faisais partie des éclaireurs sélectionnés par Brynden Silure et, au Bois-aux-Murmures, j'ai chargé avec la première vague. Même, il s'en est fallu de *ça* (ses mains marquèrent un intervalle de deux pieds) que je ne croise le fer avec le Régicide en personne... ! Et Daryn Corbois est mort de s'être jeté entre nous.

– Pourquoi me dire cela ? C'est moi qui t'ai mis au poing ta première épée. Je sais que tu n'es pas un lâche.

– Père le sait-il, lui ? »

Une grimace bizarre lui répondit. On aurait dit que le vieux guerrier venait de mordre dans quelque chose de répugnant.

« Le seul ennui, Theon, c'est que… le Jeune Loup est ton ami, et ces Stark t'ont gardé dix ans.

– Je ne suis pas un Stark. » *Lord Eddard y a bien paré.* « Je suis un Greyjoy. Et j'entends être l'héritier de mon père, mais comment y parviendrai-je si je ne fais mes preuves en m'illustrant par de grands exploits ?

– Tu es jeune. Il surviendra d'autres guerres, et, tes grands exploits, tu les accompliras. Pour l'heure, notre consigne est de dévaster les Roches.

– Qu'Oncle Aeron s'en charge. Je lui donnerai tous les boutres, sauf *L'Ecumeur* et *La Chienne de mer*, et il pourra repaître son dieu de noyades et se régaler d'incendies.

– C'est à toi et non pas à Tifs-trempes qu'a été confié le commandement.

– Quelle importance, pourvu qu'ait lieu la dévastation désirée ? Aucun prêtre ne pourrait réaliser ce que je projette ni ce que je réclame de toi. Seul Dagmer Gueule-en-deux est à la hauteur de cette tâche-là. »

Le vieux s'offrit une longue lampée de bière. « A savoir ? »

Il est tenté, se dit Theon. *Il n'aime pas plus que moi ce boulot de brigand.* « Si ma sœur peut prendre un château, moi aussi.

– Elle a quatre ou cinq fois plus d'hommes que nous. »

Theon s'accorda le plaisir d'un sourire espiègle. « Mais nous avons quatre fois plus d'esprit et cinq fois plus de courage.

– Ton père…

– … me remerciera quand je lui présenterai son royaume sur un plateau. Je veux accomplir un exploit que les chanteurs chanteront mille ans. »

De quoi rendre Dagmer attentif, il le savait. La chanson composée sur le coup de hache qui lui avait fendu la gueule en deux, le vieux adorait l'entendre. Et il ne manquait jamais, lorsqu'il s'adonnait à la boisson, de réclamer telle rhapsodie fracassante où pillage, rage, orage et sauvage rimaient les prouesses de héros mythiques. *Malgré ses cheveux blancs et ses dents gâtées, la passion de la gloire le possède encore.*

« Et quel serait mon rôle dans tes projets, mon gars ? » demanda Dagmer après un long silence.

Partie gagnée. « D'imprimer la terreur au cœur de l'adversaire comme seul peut l'y imprimer un nom fameux comme le tien. Tu prendras la majorité de nos forces et marcheras sur Quart-Torrhen. Helman Tallhart a emmené ses meilleurs hommes dans le sud, et leurs fils viennent de périr ici avec Benfred. Son frère, Leobald, n'aura qu'une modeste garnison. » *Que n'ai-je été capable d'interroger Benfred, j'en connaîtrais exactement la modestie.* « Ne fais nul mystère de ton approche. Chante autant de braves chansons qu'il te plaira. Je veux les voir fermer leurs portes.

– Ce Quart-Torrhen est une place forte ?

– Assez forte. Murs de pierre, trente pieds de haut, quatre tours d'angle carrées, donjon carré au centre de l'enceinte.

– Des murs de pierre, on n'y peut mettre le feu. Comment nous en emparer ? En si petit nombre, nous ne prendrions pas même un petit château…

– Tu dresseras le camp sous leur nez et entreprendras de construire des catapultes et des engins de siège.

– C'est contraire à l'Antique Voie, l'aurais-tu oublié ? Les Fer-nés combattent avec des haches et des épées, pas en lançant des pierres. Et il n'y a pas de gloire à affamer un adversaire.

– Leobald ne le saura pas. Te voir dresser des tours de siège glacera son sang de vieillard, et il bêlera à l'aide. Retiens tes archers, Oncle, et laisse filer son corbeau. Le gouverneur de Winterfell est un brave, mais l'âge lui ankylose la jugeote comme les membres. En apprenant qu'un des bannerets de son roi subit les assauts du redoutable Dagmer Gueule-en-deux, le temps de rassembler ses forces, et il volera au secours de Tallhart. Son devoir l'y oblige, et ser Rodrik n'est rien qu'un homme de devoir.

– Mais, si minces soient-elles, ses forces seront toujours supérieures aux miennes, objecta Dagmer, et ces vieux chevaliers sont plus astucieux que tu n'imagines, ou ils n'auraient pas assez vécu pour voir leur premier cheveu gris. Tu nous apprêtes une bataille que nous n'avons aucune chance de gagner, Theon. Ton Quart-Torrhen ne tombera jamais. »

Theon sourit. « Ce n'est pas Quart-Torrhen que je compte prendre. »

ARYA

Vacarme et capharnaüm régissaient le château. A bord des fourgons se chargeaient fûts de vin, sacs de farine et bottes de flèches empennées de frais. Les forgerons redressaient des lames, décabossaient des corselets, ferraient destriers et mulets de bât. Sur le sol raboteux de la cour aux Laves se roulaient des barils où, dans le sable destiné à les fourbir, quincaillaient des cottes de mailles. Les femmes allouées à Weese avaient vingt manteaux à raccommoder, plus une centaine à laver. Petits et grands mêlés venaient incessamment bonder le septuaire. Hors les murs se démontaient tentes et pavillons. Des écuyers lançaient des seaux d'eau sur les feux de camp, les soldats s'empressaient une dernière fois de peaufiner le fil de leurs épées, et le tapage allait s'enflant, tel un raz de marée furieux de ruades et de hennissements, d'ordres vociférés, de quolibets, d'injures, de malédictions, sous des chamailleries suraiguës de gueuses à soudards.

Lord Tywin Lannister se mettait finalement en marche.

Premier des capitaines à partir, un jour avant les autres, ser Addam Marpheux fit de sa sortie une parade des plus coquette, avec ses longs cheveux flottants du même ton cuivré que la pimpante crinière de son bai rouge ; teint du même bronze que le manteau de son cavalier, le caparaçon d'icelui s'adornait itou de l'emblème à l'arbre ardent. Aussi des bonnes femmes sanglotèrent-elles de le voir s'en aller, tandis que Weese le déclarait « aussi brillant à l'épée qu'en selle et le plus hardi second de lord Tywin ».

Puisse-t-il crever ! songea Arya, tout en le regardant franchir la porte, suivi d'un double fleuve d'hommes. *Puissent-ils tous crever !*

Ils allaient affronter Robb, elle le savait. A force de tendre l'oreille en vaquant à ses besognes, elle avait eu vent de la grande victoire remportée par son frère dans l'ouest. Le bruit courait qu'il avait incendié Port-Lannis – ou qu'il projetait de le faire. Qu'il s'était emparé de Castral Roc et en avait passé tous les habitants au fil de l'épée – ou qu'il assiégeait la Dent d'Or... Ce qui était sûr, en tout cas, c'est que *quelque chose* s'était produit.

Weese l'avait fait trotter du matin au soir, porteuse de messages, l'expédiant parfois même au-delà des murs, dans la bourbe et la folie du camp. *Je pourrais m'enfuir*, songea-t-elle, comme un fourgon la dépassait cahin-caha, *je n'aurais qu'à sauter à l'arrière d'une voiture et à m'y cacher, ou qu'à me faufiler parmi la séquelle de bivouac, personne ne m'arrêterait.* N'eût été Weese, elle le faisait. Mais il les avait tous prévenus cent fois, charitablement, du châtiment que s'attireraient les candidats à l'évasion. « Ça sera pas des coups, oh non. Je lèverai pas le petit doigt sur vous. Je vous réserverai juste pour le Qohorien, voilà, vous réserverai pour l'Estropieur, oui oui. Varshé Hèvre que c'est, son nom. Qu'à son retour il vous coupe vos petits petons. » *Si Weese était mort, peut-être...*, se dit-elle, mais pas tant qu'elle dépendait de lui. Il lui suffisait, prétendait-il constamment, de vous regarder pour sentir ce que vous pensiez.

Il n'avait en tout cas pas flairé qu'elle savait lire ; aussi ne se donnait-il pas la peine de sceller les messages qu'il lui confiait. Elle y jetait toujours un œil, mais ils ne présentaient jamais le moindre intérêt : du blabla stupide pour envoyer telle carriole aux greniers, telle autre à l'armurerie. L'un d'eux, ce jour-là, réclamait le paiement d'une dette de jeu, mais son destinataire, un chevalier, était illettré. Lorsqu'Arya lui en révéla la substance, il voulut la frapper mais, non contente d'esquiver le gnon, elle rafla la corne à boire cerclée d'argent suspendue à sa selle et détala. Avec un rugissement, il se précipita à ses trousses, mais elle se glissa entre deux charretons, zigzagua parmi des archers, franchit d'un bond une fosse d'aisances et, empêtré dans sa maille comme il l'était, le sema. En recevant la corne de ses mains, Weese décréta qu'un si gentil brin de Belette méritait une récompense. « Je me suis repéré pour ce soir un de ces chapons dodu croustillant... ! que tu m'en diras des nouvelles. On se le fera tous les deux, moi et toi. »

De quelque côté que la portent ses courses, elle espérait toujours apercevoir Jaqen H'ghar et lui souffler un nouveau nom avant que ses bêtes noires n'aient pu se mettre hors de portée, mais il demeurait introuvable dans la cohue du branle-bas. Les deux morts qu'il lui devait encore, les obtiendrait-elle jamais s'il partait se battre, comme les copains ? Cette incertitude lui fournit finalement l'audace de questionner un garde de la porte. « Un homme à Lorch, tu dis ? répliqua-t-il, oh, alors, y partira pas. Sa Seigneurie vient de nommer ser Amory gouverneur d'Harrenhal. Tout ça reste ici tenir le château. 'vec les Pitres sanglants comme fourrageurs. Qu' c'te bique de Varshé Hèvre en viendra chèvre, lui et Lorch ont jamais pu s' piffer. »

Quant à la Montagne, il accompagnerait lord Tywin en tant que chef de l'avant-garde, lors de la bataille. Ainsi Dunsen, Polliver et Raff lui glisseraient-ils entre les doigts si elle ne dénichait Jaqen à temps pour qu'il en zigouille un.

« Belette ? la héla Weese au cours de l'après-midi, va m'avertir Lucan à l'armurerie de donner une épée neuve à ser Lyonel, il a ébréché la sienne à l'entraînement. Voici le bon. » Il lui tendit un bout de papier. « Et dépêche, il est de ceux qui vont partir avec ser Kevan Lannister. »

Elle prit ses jambes à son cou. Sous sa haute toiture, la forge du château, contiguë à l'armurerie, se présentait comme un long tunnel équipé de vingt foyers distincts et d'auges de pierre oblongues emplies d'eau pour tremper l'acier. Pour l'heure, une dizaine de fourneaux marchaient. Les murs répercutaient le fracas des marteaux, de solides gaillards en tabliers de cuir s'activaient, trempés de sueur, aux soufflets et sur les enclumes, dans une atmosphère moite et torride. Arya repéra là-dedans le torse ruisselant de Gendry, mais c'est surtout à l'expression butée du regard bleu sous la tignasse noire qu'elle reconnut d'emblée le garçon. Causer avec lui ? Elle ne se doutait pas même en avoir envie. Par sa faute, aussi, qu'ils s'étaient tous fait attraper... « Lequel c'est, Lucan ? » Elle exhiba le bon. « Je dois prendre une épée neuve pour ser Lyonel.

– S'en torche, de ser Lyonel. » Il lui saisit le bras pour la prendre à l'écart. « Hier soir, Tourte m'a demandé si je t'avais entendue gueuler *Winterfell*, quand on se battait, sur le mur du fort.

– Mais je n'ai jamais... !

– Si. Moi aussi, je t'ai entendue.

– Tout le monde gueulait des trucs, répliqua-t-elle, sur la défensive. Tourte a gueulé *tourte* – et plutôt cent fois qu'une !

– Ce qui compte, c'est ce que tu gueulais, *toi*. J'y ai dit de se décrasser les oreilles, que t'avais seulement juré *par l'enfer*. Dis pareil, au cas.

– D'accord », dit-elle, quitte à trouver que *par l'enfer* était du dernier comique, comme cri de guerre. Quant à révéler sa véritable identité à Tourte..., non. *Peut-être est-ce Tourte que je devrais désigner à Jaqen.*

« Je vais chercher Lucan », conclut Gendry.

A la vue du papier (qu'il était probablement incapable de lire, soupçonna Arya), Lucan se mit à grommeler, mais il finit par se dessaisir d'un estramaçon. « Trop bon pour ce minable, et dis-y de ma part, grogna-t-il en le lui remettant.

– Je n'y manquerai pas », mentit-elle. Il n'avait qu'à délivrer lui-même ses insolences. Elle, se faire rosser par Weese ne la tentait point.

Bien que l'épée fût beaucoup plus lourde qu'Aiguille, le contact en charmait Arya. La pesanteur même de l'acier lui donnait l'impression d'une force accrue. *Peut-être ne suis-je pas encore un danseur d'eau, mais je ne suis pas non plus une souris. Une souris ne saurait manier d'épée, moi oui.* Par la porte grande ouverte allaient et venaient des soldats, pénétraient d'un air guilleret des camions vides qui, fourbus de fardeaux, ressortaient en grinçant de tous leurs essieux. L'idée de se rendre aux écuries, d'y prétexter que ser Lyonel réclamait une autre monture effleura Arya. Elle avait le bon, les palefreniers seraient aussi incapables que Lucan de le déchiffrer. *J'enfourcherais le cheval et, l'épée en main, n'aurais plus qu'à prendre la sortie. Si les gardes essayaient de m'arrêter, je leur montrerais le papier et me dirais la commissionnaire de ser Lyonel.* Seulement, ce ser Lyonel, elle ignorait totalement de quoi il avait l'air et où il se trouvait. Qu'on la questionne, on pigerait, et alors, Weese... Weese...

Comme elle se mâchouillait la lèvre en s'efforçant de ne pas penser à l'effet que, les pieds coupés, ça devait vous faire, une escouade d'archers casqués de fer et sanglés de cuir la dépassa, l'arc au dos, et elle surprit des bribes de conversation.

« ... géants, j' te dis qu'y s'est dégottés, des *géants* d'au-delà du Mur, qu'ont vingt pieds de haut et qui le suivent comme des chiens...

– ... pas normal, si vite leur tomber dessus, la nuit et tout. 'l est plus loup qu'homme, pis tous ces Stark...

– ... merde vos loups et vos géants ! Piss'rait dans son froc, l' môme, s'y savait qu'on vient. Mêm' pas eu les couilles d' marcher sur Harrenhal, ho. S' pas tiré d' l'aut' côté, p't-êt'? Déguerpirait, son intérêt, moi...

– Chante chante. Et s'y sait quèqu' chose qu'on sait pas, *nous*, p't-êt' *nous* qu'on faudrait déguerpir, ouais... »

Oui, pensa-t-elle, *oui, vous qui feriez mieux de déguerpir, vous et lord Tywin et la Montagne et ser Addam et ser Amory et cet âne, me fous qui c'est, de ser Lyonel, de déguerpir, tous tant que vous êtes, ou mon frère vous tuera, lui qui est un Stark, et plus loup qu'homme, tout comme moi.*

« Belette ! » Cinglante comme un fouet, la voix de Weese qui, sans qu'elle l'eût seulement vu venir, se dressait là, brusquement, devant elle. « Donne. Y as mis le temps. » Il lui arracha l'épée des doigts et, d'un revers de main, lui administra une gifle cuisante. « T'iras plus vite, la prochaine. »

Une seconde, elle s'était retrouvée loup, mais la gifle avait annihilé ce sentiment, ne lui laissant que le goût du sang sur la langue. Une morsure due au coup. La haine la submergea.

« Veux une autre ? insista-t-il, l'auras..., si tu me regardes une fois d' cet air ! 'n attendant, descends à la brasserie dire à Pupebaie que j'ai deux douzaines de barils pour lui, mais qu'y f'ra bien d'envoyer ses gars m'en débarrasser dare-dare, ou j' trouverai plus mauvais preneur. » Elle s'élança, mais pas assez vite pour lui. « Et au *galop*, si tu veux bouffer, c' soir ! glapit-il, ses promesses de chapon croustillant dodu déjà oubliées. Et va pas t'égarer encore, ou j' te fais pisser l' sang ! »

Feras pas, songea-t-elle. *Plus jamais.* Et de galoper, néanmoins. Mais les dieux du Nord durent guider ses pas car, à mi-chemin de la brasserie, comme elle passait sous le pont de pierre qui reliait la tour de la Veuve à celle du Bûcher-du-Roi, elle entendit un terrible rire de groin, et, en compagnie de trois types qui arboraient au sein gauche la manticore de ser Amory, Rorge tourna le coin. En la voyant, il s'immobilisa, se fendit jusqu'aux oreilles, tout crocs bruns sous le rabat de cuir qui camouflait son trou de nez. « La chatte à Yoren ! s'exclama-t-il. Pasqu'on s' doute, hein ? nous, pour *quoi* qu'y t' voulait, l' frangin noir, su' l' Mur, spa ? » Son rire redoubla, les autres l'imitèrent. « Où qu' t'as ton bâton, main'nant ? » demanda-t-il tout à coup. Il ne souriait plus. « M' semb' que j' t'ai promis t'enculer avec... » Il fit un pas vers elle. Elle recula. « Pus si brave, hein, m'nant qu' j'ai pus d' chaînes ?

– Je vous ai *sauvé* ! » Elle maintenait pas mal d'intervalle, prête à détaler comme un serpent s'il avançait seulement la main.

« D'vrais t'enculer 'core un coup pour ça, moi. Y t' baisait l' con, Yoren, ou 'l aimait mieux t' farcir l'œillet ?

– Je cherche Jaqen, coupa-t-elle. Pour un message. »

Rorge se pétrifia. Quelque chose dans son regard... – la *peur* ? avait-il *peur* de Jaqen H'ghar ? « Aux bains. Barre-toi. »

Elle pirouetta, prit sa course et, vite comme un daim, ses pieds frôlant à peine le pavé, ne fut pas longue à découvrir Jaqen immergé dans un baquet parmi des volutes de vapeur. L'eau bouillante que lui déversait sur la tête une servante empesait jusqu'à ses épaules sa chevelure mi-partie de rouge et de blanc.

Elle eut beau se couler vers lui silencieuse comme une ombre, il n'en ouvrit pas moins les yeux. « Des petits petons de souris furtive, mais un homme entend », dit-il. *Comment diable a-t-il pu ?* s'étonna-t-elle, et il entendit aussi sa pensée, semble-t-il. « Semelle de cuir sur pierre chante aussi fort que cor de guerre à l'oreille d'un homme attentif. Filles malignes vont nu-pieds.

– J'ai un message pour vous », bredouilla-t-elle, embarrassée par la présence de la servante. Puis, comme celle-ci ne faisait pas mine de s'écarter, elle s'inclina sur lui et, les lèvres quasiment contre son oreille, chuchota : « Weese ».

Jaqen H'ghar referma ses paupières et se laissa flottoyer, languide, à demi assoupi. « Dis à Sa Seigneurie qu'un homme réglera son affaire à tête reposée. » A l'improviste, il projeta vers elle une bordée d'eau chaude, et seul un bond la préserva de l'aspersion.

Quant à Pupebaie, les prétentions de Weese le firent sacrer comme un charretier. « Z'ont d'autres trucs à s'occuper, mes gars, dis-lui, et dis-lui aussi qu'un bâtard vérolé comme lui, avant que j'y donne une autre pinte de ma bière, les sept enfers auront gelé ! Si j'ai pas mes barils d'ici une heure, y peut gaffer que lord Tywin saura… »

Weese ne sacra pas de manière moins élégante en apprenant ces propos, bien qu'Arya les eût soigneusement édulcorés du bâtard vérolé, tempêta, proféra mille menaces et, tout en maugréant, finit par enrôler six hommes qu'il dépêcha chez le brasseur avec les barils.

Au menu, ce soir-là, figurait un piteux ragoût d'avoine, d'oignons, de carottes enrichi de croûtons coriaces de pain bis. Une bonne femme se vit en sus attribuer une belle tranche de fromage bleu et une aile du fameux chapon, parce qu'elle couchait avec Weese. Lequel, pustules et lippe embarbouillées de jus, s'envoya le reste du volatile, et il en avait presque terminé quand, levant les yeux de son tranchoir, il s'aperçut qu'Arya le dévisageait. « Ici, Belette. »

Quelques bouchées de viande restaient encore attachées à l'os d'une cuisse. *Il avait oublié, mais il se souvient tout à coup*, songea-t-elle, et un remords la prit d'avoir résolu sa mort. Elle quitta le banc et gagna le haut bout de la table.

« Je t'ai vue me regarder. » Il se torcha les doigts sur le devant du sarrau qu'elle portait puis, l'empoignant à la gorge d'une main, la gifla de l'autre à toute volée. « T'avais prévenue, non ? » Nouvelle gifle, d'un revers. « Ces yeux-là, f'ras bien de t' les garder, main'nant, ou j' t'en arrache un pour nourrir ma chienne ! » Il l'expédia à terre d'une poussée. Une pointe dépassait du banc, elle y déchira son ourlet. « Et reprise-moi ça avant d'aller dormir ! » gronda-t-il, les dents affairées déjà à déchiqueter la cuisse de chapon. Après quoi il se suça bruyamment les doigts et jeta la carcasse à son vilain tavelé de cabot.

« Weese », murmura-t-elle, une fois repliée dans sa niche afin de réparer l'accroc. « Dunsen, Polliver, Raff Tout-miel. » A chaque insertion de l'aiguille d'os dans la laine brute répondait l'un des noms de la litanie. « Titilleur, le Limier, ser Gregor, ser Amory, ser Ilyn, ser Meryn, le roi Joffrey, la reine Cersei. » Combien de temps encore lui faudrait-il inclure Weese dans ses oraisons ? Elle s'endormit en rêvant qu'à son réveil, le lendemain, mort il serait, bel et bien mort.

Ce fut néanmoins la rude botte de Weese qui la réveilla, comme à l'ordinaire. Et Weese qui, pendant que l'on déjeunait de biscuits d'avoine, annonça le départ, le jour même, du gros des troupes de lord Tywin. Et Weese qui prévint : « Et allez pas rêver, aucun, qu'z-allez vous la couler douce quand m'sire Lannister, y s'ra pus là. Ça va pas rendre le château pus p'tit, j' vous jure, y aura seulement moins de bras, main'nant, pour s'en occuper. Z'allez voir, main'nant, bande de feignants, ce que ça veut dire, ah mais, travailler ! »

Toujours pas toi qui nous l'apprendras… Arya mordilla dans sa galette. Weese la regardait de travers comme s'il flairait son secret. Elle se dépêcha de ne s'intéresser qu'à ce qu'elle mangeait et n'osa plus lever les yeux.

La cour blêmissait à peine quand, d'une fenêtre à mi-hauteur de la tour Plaintive, Arya épia le départ de lord Tywin. Drapé dans une somptueuse pelisse d'hermine, il montait un puissant destrier qui, tapissé d'écailles d'émail écarlate, portait têtière et chanfrein d'or. Son frère, ser Kevan, étalait un luxe presque égal. Devant eux marchaient pas moins de quatre porte-enseignes, chacun brandissant une immense bannière au lion d'or sur champ sanglant ; derrière, leurs grands vassaux et capitaines, dont les étendards claquaient en déployant des orgies de couleurs : bœuf rouge et montagne d'or, unicorne pourpre et coq de combat, blaireau, sanglier moucheté, furet d'argent, jongleur arlequiné, paon, panthère, étoiles, échappée de soleil, chevrons et poignard, capuchon noir et flèche verte et scarabée bleu.

Bon dernier venait ser Gregor Clegane, en plate d'acier grise, et chevauchant un étalon non moins ombrageux que lui. L'étendard aux chiens noirs au poing, Polliver le flanquait, coiffé du heaume à cornes de Gendry, mais, tout grand qu'il était, l'ombre de son maître lui donnait l'allure d'un adolescent.

En les voyant tous s'écouler sous l'énorme herse de fer d'Harrenhal, une sueur froide parcourut l'échine d'Arya. Elle eut brusquement conscience d'avoir commis un terrible impair. *Je suis trop bête !* ragea-t-elle. Weese n'avait aucune espèce d'importance, et Chiswyck non plus. Les hommes qui importaient, ceux qu'elle aurait dû faire tuer, c'étaient *eux*, là. C'est le nom de tel ou tel d'entre eux qu'elle aurait dû souffler, la veille, au lieu de se laisser emporter par sa colère contre Weese pour quelques taloches et une histoire de chapon ! *Lord Tywin, pourquoi n'ai-je pas indiqué lord Tywin ?*

Et s'il n'était pas trop tard pour se raviser, si... ? Weese vivait encore. Il suffisait peut-être de trouver Jaqen et de lui dire...

Quatre à quatre, elle dévalait déjà le colimaçon, plantant là tâches et corvées, quand elle entendit grincer les chaînes de la herse que l'on abaissait lentement, dont les piques de fer s'enfonçaient lentement au cœur de la terre, puis, soudain, retentir quelque chose d'autre..., un hurlement d'angoisse et de douleur.

Avant elle étaient arrivées sur les lieux une douzaine de personnes, mais aucune ne s'approchait trop. Elle se faufila dans leur groupe. Recroquevillé sur le pavé, le gosier réduit à une bouillie rouge, Weese ouvrait de grands yeux aveugles sur les moutonnements gris d'un nuage. A croupetons sur sa poitrine, son vilain tavelé de cabot lampait tour à tour le sang qui giclait de l'immonde plaie et tour à tour arrachait au visage une gorgée de chair.

Quelqu'un finit par apporter une arbalète et par étendre la bête enragée raide morte alors qu'elle déchiquetait l'oreille de son ancien maître.

« Enfer et damnation ! s'exclama un type. Depuis toute petite qu'il l'avait, c'te chienne...

– C'te place est maudite, dit l'homme à l'arbalète.

– C'est le fantôme d'Harren, v'là c' que c'est, gémit matrone Amabel. Je couche pas ici une nuit de plus, ma foi. »

Arya se détourna des deux cadavres enchevêtrés. Adossé nonchalamment au mur de la tour Plaintive, Jaqen H'ghar attendit de croiser son regard, puis il leva la main vers sa figure et, comme incidemment, se frotta la joue à deux doigts.

CATELYN

C'est à deux journées de Vivesaigues, alors qu'ils abreuvaient leurs bêtes à l'eau boueuse d'un ruisseau, qu'ils furent repérés par un éclaireur Frey. Jamais la vue du blason aux tours jumelles n'avait si fort réjoui Catelyn.

Mais quand elle pria l'homme de la mener auprès de son oncle, « Le Silure, répondit-il, est parti pour l'ouest avec le roi, madame. Martyn Rivers le supplée comme chef des patrouilles.

– Je vois. » La nouvelle que Robb avait porté la lutte au cœur des terres Lannister n'était pas faite pour l'étonner ; il y songeait, à l'évidence, lorsqu'il l'avait envoyée négocier avec Renly. Quant à ce Rivers, fils illégitime de lord Walder et donc demi-frère de ser Perwyn, elle le connaissait des Jumeaux. « Où puis-je le rencontrer ?

– Son camp se trouve à deux heures d'ici, madame.

– Conduis-nous », commanda-t-elle. Et ils partirent aussitôt que Brienne l'eut aidée à se remettre en selle.

« Vous arrivez de Pont-l'Amer, madame ?

– Non. » Elle n'avait osé s'y risquer, ne sachant trop quelle réception lui réserveraient désormais la jeune veuve et ses protecteurs, et s'était en définitive résolue à couper par le travers même du théâtre des opérations, le Conflans fertile métamorphosé en désert de cendres par la furie des Lannister, sur qui ses avant-coureurs lui rapportaient, soir après soir, des histoires épouvantables. « Lord Renly est mort, ajouta-t-elle.

– Nous avions espéré qu'il s'agissait d'un mensonge propagé par nos adversaires ou...

– Hélas pas. C'est mon frère qui commande, à Vivesaigues ?

– Oui, madame. Sa Majesté a chargé ser Edmure de tenir la place ainsi que d'assurer ses arrières. »

Les dieux veuillent qu'il en ait les moyens matériels, songea-t-elle. *Avec le sang-froid nécessaire.* « Des nouvelles de Robb, depuis son départ ?

– Vous n'êtes pas au courant ? » Il eut l'air suffoqué. « Sa Majesté a remporté une grande victoire à Croixbœuf. Ser Stafford Lannister y a péri, et son armée s'est désintégrée. »

Ser Wendel Manderly lâcha un *ouah !* de plaisir, mais Catelyn se contenta d'un hochement muet. Les épreuves du lendemain la tourmentaient plus que les triomphes de la veille ne la rassuraient.

Martyn Rivers avait établi son camp dans la carcasse d'un fort en ruine, à deux pas d'étables à ciel ouvert et d'une centaine de tombes fraîches. Il mit un genou en terre pendant que démontait Catelyn. « Vous tombez à point, madame. Ser Edmure nous a enjoint de guetter votre escorte et de vous ramener au plus vite à Vivesaigues, si nous vous voyions. »

La directive l'alarma. « Mon père… ?

– Non, madame. Etat stationnaire pour lord Hoster. » Avec son teint rougeaud, Rivers ne ressemblait guère à ses demi-frères. « On craignait seulement que vous ne rencontriez des patrouilles Lannister. Lord Tywin a quitté Harrenhal en direction de l'ouest avec l'ensemble de ses forces.

– Relevez-vous », dit-elle, le front soucieux. Stannis Baratheon n'allait pas non plus tarder à marcher. A la grâce des dieux. « Dans combien de temps risque-t-il de nous tomber dessus ?

– Trois jours, quatre peut-être, difficile de savoir au juste. Nous avons eu beau échelonner des yeux sur toutes les routes, mieux vaut ne pas nous attarder. »

Aussi n'en firent-ils rien. Quelques instants suffirent à Rivers pour lever le camp, sauter en selle aux côtés de Catelyn, et ils reprirent la route, forts désormais d'une cinquantaine d'hommes, sous les trois bannières au loup-garou, à la truite au bond et aux tours jumelles.

Pressé de questions sur la victoire de Croixbœuf par les compagnons de lady Stark, Rivers répondit de fort bonne grâce. « A Vivesaigues est arrivé un chanteur qui se fait appeler Rymond Rimeur et qui a composé une chanson sur la bataille. Vous l'entendrez sûrement ce soir, madame. "La nuit du loup", son titre. » Il ressortit de la suite de son récit que les vestiges de l'armée de ser Stafford s'étaient repliés sur Port-Lannis ; que, faute de machines de siège, il était hors de question de prendre Castral Roc ; et qu'en conséquence le Jeune Loup rendait en nature aux Lannister la dévastation du Conflans. Les lords Karstark et Glover opéraient des razzias le long de la côte ; après avoir capturé des milliers de têtes de bétail, lady Mormont les ramenait vers Vivesaigues ; quant au Lard-Jon, il avait fait main basse sur les mines d'or de Pendricmont, de Castamere et de Trounonnain. Ser Wendel s'esclaffa : « Si vous voulez absolument qu'accoure un Lannister, qu'un truc, menacez son or !

– Mais comment le roi a-t-il pu prendre la Dent d'Or ? s'enquit ser Perwyn. C'est une place foutrement forte, et elle commande le col...

– Il ne l'a pas prise. Il l'a contournée de nuit, mine de rien. On dit guidé par son loup-garou, ce Vent Gris qu'il a. La bête a flairé une piste de chèvre qui sinuait dans une gorge puis grimpait sous une corniche, un sentier, quoi, rocheux, tortueux mais assez large pour des cavaliers à la file. Et, du haut de leurs tours, les Lannister n'y ont vu que du feu. » Rivers baissa la voix. « Le bruit court qu'après la bataille le roi a donné le cœur de Stafford à son loup...

– Contes à dormir debout ! s'indigna Catelyn. Mon fils n'est pas un sauvage.

– Certes, madame, certes. Et cependant, la bête ne méritait pas moins, ce n'est pas un loup ordinaire que celui-là... Le Lard-Jon passe pour avoir dit que ces loups-garous, ce sont les anciens dieux du Nord qui les ont envoyés à vos enfants. »

Le jour où les garçons avaient découvert les chiots dans la neige estivale, s'en souvenait-elle ! Cinq, il y en avait, trois mâles et deux femelles, un pour chacun des cinq enfants légitimes de la maison Stark..., plus un sixième, blanc de fourrure et rouge d'yeux, pour Jon Snow, le bâtard de Ned. *Pas des loups ordinaires*, songea-t-elle. *Vraiment pas.*

Comme on dressait le camp, ce soir-là, Brienne vint la trouver sous sa tente. « Vous voici, madame, de retour saine et sauve parmi les vôtres, et à une journée du château de votre frère. Veuillez m'accorder mon congé. »

Catelyn aurait dû s'y attendre. Durant tout le voyage, la chevalière avait fait bande à part et passé le plus clair de son temps à étriller les chevaux ou leur retirer les cailloux des sabots, seconder Shadd pour la cuisine et vider le gibier, chasser aussi, et avec autant d'adresse que quiconque. A quelque tâche que vous la priiez de prêter la main, vous la trouviez docile, adroite et serviable sans récrimination ; lui adressiez-vous la parole, elle répondait poliment, mais jamais elle ne bavardait, jamais ne riait, jamais ne pleurait non plus. En somme, elle avait eu beau chevaucher chaque jour en leur compagnie, dormir chaque nuit parmi eux, elle n'était pas pour autant devenue des leurs.

Elle se comportait de même du vivant de Renly, réfléchit Catelyn. *A table comme dans la lice, et jusque sous le pavillon royal, avec ses frères de la garde Arc-en-ciel. Elle vit entourée de murs plus hauts que ceux de Winterfell.*

« Où iriez-vous si vous nous quittiez ? demanda-t-elle.

– Derrière, dit Brienne. A Accalmie.

– Seule. » Ce n'était pas une question.

Aussi placide qu'une eau dormante, le large mufle ne trahissait rien de ce qui devait agiter le tréfonds. « Oui.

– Vous voulez tuer Stannis. »

Les gros doigts calleux se crispèrent sur la garde de l'épée. L'épée de Renly, naguère. « J'en ai fait serment. Par trois fois. Vous l'avez entendu.

– Oui », reconnut Catelyn. Des effets trempés de sang dont elle avait dû se débarrasser lors de leur fuite avant d'endosser, faute d'aucun vêtement à sa taille, des frusques hétéroclites prélevées dans la garde-robe de ser Wendel, Brienne, elle le savait aussi, en avait conservé un seul – le manteau arc-en-ciel. « Tenir sa parole est un devoir, je n'en disconviens pas, mais Stannis a pour le protéger une grande armée, sans parler de ses gardes liges.

– Ses gardes ne me font pas peur. Je vaux n'importe lequel d'entre eux. Je n'aurais jamais dû m'enfuir.

– Seriez-vous embarrassée par cette misère que quelque imbécile risque de vous traiter de lâche ? » Elle soupira. « Nul ne saurait vous reprocher la mort de Renly. Lui, vous l'avez servi bravement, mais qui servez-vous, lorsque vous cherchez à le suivre dans la mort ? personne. » Désireuse d'offrir le peu de réconfort que peut procurer le simple contact, elle lui pressa la main. « Je sais combien c'est dur... »

Brienne se dégagea brutalement. « Personne ne le sait.

– Sotte ! riposta Catelyn d'un ton dur. Tous les matins, à mon réveil, je me rappelle que Ned n'est plus. Si je n'ai pas de talent de bretteur, cela signifie-t-il que je ne rêve pas de courir à Port-Réal refermer mes deux mains sur la blanche gorge de Cersei Lannister et serrer, serrer, serrer ! jusqu'à ce que son visage ait viré au noir ? »

Belle leva les yeux, sa seule et unique beauté véritable. « Si vous rêvez cela, pourquoi tenter de me retenir ? A cause de ce qu'a dit Stannis, lors de l'entrevue ? »

Serait-ce le cas ? Aux abords du camp, deux sentinelles faisaient les cent pas, lance au poing. « On m'a enseigné que les gens de bien devaient combattre le Mal, en ce monde, et la mort de Renly fut sans conteste l'œuvre du Mal. Mais on m'a également enseigné que ce sont les dieux, et non les épées des hommes, qui font les rois. Si Stannis est notre souverain légitime...

– Il ne l'est pas. Et Robert ne l'était pas davantage, Renly lui-même se plaisait à le répéter. Le roi légitime, Jaime Lannister l'a *assassiné*, après que Robert en eut terrassé l'héritier légal au Trident. Où se trouvaient les dieux, alors ? Les dieux n'ont pas plus cure des hommes que des paysans les rois.

– Un bon roi a cure.

– Lord Renly..., Sa Majesté, aurait... aurait fait *le meilleur* des rois, madame, il était si bon, il...

– Il est mort, Brienne, dit Catelyn du ton le plus doux possible. Stannis et Joffrey demeurent..., ainsi que mon fils.

– Il n'accepterait..., vous n'accepteriez jamais de conclure la *paix* avec Stannis, n'est-ce pas ? De ployer le genou ? Vous n'accepteriez pas...

– A parler franc, Brienne, je l'ignore. Tout roi que peut être mon fils, moi, je ne suis pas reine..., je ne suis qu'une mère inquiète pour ses enfants, prête à tout, coûte que coûte, pour les préserver.

– Je ne suis pas faite pour la maternité. Il me faut me battre.

– Alors, battez-vous..., mais pour les vivants, pas pour les morts. Les ennemis de Renly sont aussi les ennemis de Robb. »

Les yeux à terre, Brienne barguigna : « Je ne connais pas votre fils, madame. » Elle releva la tête. « Mais vous, je pourrais vous servir. Si vous consentiez à me prendre.

– Moi ? » Elle était abasourdie. « Pourquoi moi ? »

La question parut embarrasser Brienne. « Parce que vous... – vous m'avez aidée. Dans le pavillon... Quand les autres croyaient que j'avais... – que j'avais...

– Vous étiez innocente.

– N'empêche, vous n'étiez pas tenue d'intervenir. Vous auriez pu me laisser tuer. Je ne vous étais rien. »

Peut-être n'ai-je tout simplement pas voulu porter seule le noir secret de ce qui s'est passé là-bas, songea Catelyn. « Ecoutez, Brienne, j'ai pris à mon service maintes dames de haut parage au cours des années, mais jamais une qui vous ressemble. Je n'ai rien d'un chef militaire.

– Non, mais vous avez de la bravoure. Pas la bravoure militaire, peut-être, mais..., je ne sais..., une espèce de bravoure *féminine*. Et je pense que, l'heure venue, vous n'essaierez pas de me retenir. Promettez-moi cela. De ne pas m'interdire Stannis. »

Catelyn entendait encore Stannis promettre à Robb, tôt ou tard, son tour. L'effet d'un souffle glacé sur sa nuque. « L'heure venue, je ne vous retiendrai pas. »

Gauchement, la grande bringue s'agenouilla, dégaina l'épée de Renly, la déposa à ses pieds. « Je suis à vous, madame. Votre homme lige ou... ce qu'il vous plaira que je sois. Je serai votre bouclier, je garderai votre Conseil, je donnerai ma vie pour vous, s'il est de besoin. Je le jure par les anciens dieux et par les nouveaux.

– Et en promettant, moi, que vous aurez toujours une place auprès de mon feu, le pain et le sel à ma table, je m'engage à ne vous requérir d'aucun service susceptible d'entacher votre honneur. Je le jure par les anciens dieux et par les nouveaux. Relevez-vous. » En étreignant les mains de Brienne, elle ne put réprimer un sourire. *Combien de serments d'allégeance n'ai-je pas vu prêter à Ned... !* Témoin de la scène présente, qu'aurait-il pensé, lui ?

C'est en amont de Vivesaigues que, le lendemain soir, ils atteignirent la Ruffurque, là où celle-ci décrivait un large coude et avouait son gué par des eaux bourbeuses. Le passage était gardé par un corps mixte de lanciers et d'archers blasonnés à l'aigle Mallister. La vue des bannières de Catelyn les fit sortir de leur retranchement de pieux, et ils déléguèrent un des leurs sur la rive opposée guider la petite troupe au travers des rapides. « Faut mieux y aller mollo, madame, dit-il en saisissant la bride de sa monture. On a planté des piques de fer, si vous voyez, sous l'eau, et y a des chausse-trapes éparpillées dans ces rochers-là. Pareil à tous les gués, ordre de votre frère. »

Edmure envisage de se battre ici. Le saisissement lui noua les tripes, mais elle s'abstint de tout commentaire.

Entre Ruffurque et Culbute, ils se trouvèrent entourés par un flot de petites gens courant se réfugier à Vivesaigues. Certains poussaient des bêtes devant eux, d'autres tiraient des charretons, mais ils s'écartèrent pour livrer passage à Catelyn aux cris enthousiastes de « Tully ! » ou de « Stark ! ». A un demi-mille du château, elle traversa un vaste bivouac au centre duquel flottait, sur le pavillon seigneurial, la bannière écarlate Nerbosc. Lucas prit alors congé pour se mettre en quête de son père, lord Tytos, et l'on poursuivit sans lui.

Sur la rive nord de la Culbute s'étalait un second camp, au-dessus duquel claquaient dans le vent des étendards familiers : almée Pyper, laboureur Darry, serpents enlacés, rouge et blanc, Paege. Tous bannerets de Père et seigneurs du Trident. Et qui avaient pour la plupart quitté Vivesaigues avant elle afin de courir défendre leurs propres terres. Ils ne pouvaient donc être de retour que sur rappel exprès d'Edmure. *Les dieux nous préservent ! Je ne rêve pas, voilà qu'il s'est mis en tête d'offrir la bataille à lord Tywin…*

Sans que la distance permît d'abord de préciser quoi, quelque chose de noir pendouillait aux murs du château. Cela, de plus près, se révéla être, pendus aux créneaux, des hommes qu'on avait largués au bout de longues cordes, la gorge prise dans un nœud coulant. Ils avaient la face noire et boursouflée. Les corbeaux s'en étaient repus, mais les manteaux rouges conservaient pas mal d'éclat sur le grès des murs.

« Ils ont pendu des Lannister..., commenta l'incurable Hal Mollen.

– Joli spectacle ! s'échauffa ser Wendel Manderly.

– Nos amis ont commencé sans nous », blagua Perwyn Frey. Tous les autres se mirent à rire, hormis Brienne qui, les yeux fixés sur la rangée de corps, ne cilla pas, ne souffla mot ni ne sourit.

S'ils ont exécuté le Régicide, alors, mes filles aussi sont mortes. Catelyn lança son cheval au petit galop.

En criant : « Holà ! de la porte ! », Hal Mollen et Robin Flint la dépassèrent en trombe. Mais les gardes perchés au rempart avaient dû déchiffrer les bannières depuis un bon moment, car la herse était déjà levée.

Edmure se porta au-devant de sa sœur. A ses côtés chevauchaient trois des hommes liges de Père : le maître d'armes ser Desmond Grell, plus que jamais précédé de son ventre ; Utherydes Van, l'intendant ; et ce grand gaillard dégarni de ser Robin Ryger, capitaine des gardes. Tous trois contemporains de lord Hoster, au service duquel s'était écoulée leur existence. Des *vieux*, s'aperçut Catelyn.

Manteau rouge et bleu, poisson d'argent brodé sur sa tunique, poil hirsute, Edmure avait tout l'air de ne s'être pas rasé depuis leur séparation. « Quel soulagement de te revoir, Cat ! En apprenant la mort de Renly, nous avons eu de telles craintes pour tes propres jours... Sans parler de lord Tywin qui s'est mis en marche.

– On m'a dit cela. Comment va Père ?

– Tantôt moins mal, croirait-on, tantôt... » Il secoua la tête. « Il t'a demandée. Je ne savais que lui répondre.

– Je vais monter le voir dans un instant. Des nouvelles d'Accalmie depuis la disparition de Renly ? Ou de Pont-l'Amer ? » Les corbeaux ne pouvant vous joindre, en route, elle brûlait d'apprendre ce qui s'était passé derrière elle.

« De Pont-l'Amer, rien. D'Accalmie, trois oiseaux, message identique. Assiégé par terre et par mer, ser Cortnay Penrose offre son allégeance au roi, quel qu'il soit, qui rompra le blocus. Il se dit inquiet pour la vie du garçon. Mais de quel garçon il s'agit, tu le sais, toi ?

– D'Edric Storm, intervint Brienne. Le bâtard de Robert. »

Edmure lui décocha un coup d'œil curieux. « Stannis a promis à la garnison liberté totale et impunité, sous réserve que la place se rende dans les quinze jours et livre le garçon, mais ser Cortnay n'y consentira pas. »

Et il risque sa peau pour ce petit manant qui n'est pas même de son sang..., songea Catelyn. « Tu lui as répondu ? »

Il fit un geste de dénégation. « Pour quoi faire ? Nous ne saurions le secourir ni lui donner d'espoir. Puis Stannis n'est pas de nos ennemis. »

Ser Robin Ryger prit la parole. « Vous serait-il possible, madame, de nous dire au juste ce qui est arrivé à lord Renly ? Il court là-dessus des contes extravagants.

– On va jusqu'à prétendre que c'est toi, Cat, la meurtrière, dit Edmure. D'autres accusent une femme du Sud. » Son regard s'attarda sur Brienne.

« Mon roi fut bien assassiné, répliqua posément celle-ci, mais pas par lady Catelyn. Je le jure sur mon épée, par les dieux anciens et nouveaux.

– Brienne de Torth que voici, fille de lord Selwyn Etoile-du-soir, appartenait à la garde Arc-en-ciel, dit Catelyn. J'ai l'honneur, Brienne, de vous présenter ser Edmure Tully, mon frère, héritier de Vivesaigues. L'intendant, Utherydes Van. Ser Robin Ryger. Ser Desmond Grell.

– Mes respects », dit ce dernier, les autres en écho. Elle rougit, embarrassée par la formule, on ne peut plus banale pourtant. Drôle de dame, dut penser Edmure, mais il eut la bonne grâce de n'en rien manifester.

« Au moment du meurtre, Brienne se trouvait auprès de Renly, tout comme moi, mais nous n'y prîmes nulle part. » Mais comme aborder le chapitre de l'ombre à tous vents, là, devant tant de témoins, ne la tentait pas, elle fit un geste vers les cadavres. « Qui donc as-tu fait pendre ? »

Le regard d'Edmure se troubla. « Des gens qui accompagnaient ser Cleos lorsqu'il est revenu nous apporter la réponse de la reine à nos offres de paix. »

Elle se scandalisa : « Exécuter des *émissaires*... !

– De faux émissaires, affirma-t-il. Comme ils m'avaient remis leurs armes et promis une attitude pacifique, je leur accordai toute liberté dans le château. Trois nuits durant, ils mangèrent mon pain et burent mon vin tandis que je discutais avec ser Cleos mais, au cours de la quatrième, ils tentèrent de délivrer le Régicide. » Il pointa l'index. « Cette grande brute-là m'a tué deux gardes, rien qu'avec ses énormes pattes, tiens. Il te les a pris à la gorge et leur a fracassé le crâne l'un contre l'autre, pendant que ce maigrichon-ci, maudit soit-il, fracturait la serrure du cachot de Lannister avec un morceau de ferraille. L'autre, au bout, là-bas, était une espèce de sacré cabotin. Il a imité ma voix pour faire ouvrir la porte de la Rivière. A s'y méprendre, jurent les gardes, Enger, Delp et Long-Lou, tous les trois. Absolument pas, si tu me demandes, mais ces couillons relevaient néanmoins la herse. »

Un coup du Lutin, subodora-t-elle ; il en émanait les mêmes relents d'astuce que précédemment aux Eyrié. Le moins dangereux des Lannister, eût-elle juré jadis, mais elle en doutait, à présent. « Comment se fait-il que tu les aies pris ?

– Eh bien..., il se trouve que... – que je m'étais absenté. J'avais traversé la Culbute, eh bien, pour...

– Te taper une pute ou courir la gueuse. La suite ? »

Il était devenu du même rouge que sa barbe. « C'est seulement une heure avant l'aube que j'ai entrepris de rentrer. En apercevant ma barque et en me reconnaissant, Long-Lou s'est tout de même enfin demandé qui, d'en bas, lui beuglait des ordres, et il a jeté l'alarme.

– On a repris le Régicide, au moins ?

– Oui, mais non sans mal. Il s'était emparé d'une épée, il a tué Paul Pemgué et l'écuyer de ser Desmond, Myles, blessé Delp si grièvement que mestre Vyman désespère de le sauver, et on s'est retrouvé dans un foutu pétrin, parce qu'au raffut de l'acier des manteaux rouges ont rappliqué, armés ou pas. C'est ceux-là que tu vois pendus avec les trois précédents. Les autres, je les ai flanqués au cachot. Jaime aussi. Risquera plus de s'évader. Il est dans le noir, ce coup-ci, pieds et poings liés par des chaînes rivées au mur.

– Et Cleos Frey ?

– Il jure qu'il ignorait tout du complot. Va savoir... Il est demi-Lannister, demi-Frey et menteur intégral. Il a hérité de l'ancienne cellule du Régicide.

– Tu dis qu'il a rapporté des propositions ?

– Libre à toi d'employer ce terme. Elles ne seront pas plus à ton goût qu'au mien, je t'assure.

– Ne pouvons-nous compter sur aucune aide du sud, lady Stark ? demanda Van. Cette accusation d'inceste… Lord Tywin n'est pas homme à souffrir sans broncher de pareils outrages. Il va vouloir laver dans le sang du dénonciateur l'opprobre qui souille sa fille, lord Stannis fera bien de se prémunir, et il n'a pas d'autre ressource que de faire cause commune avec nous. »

Stannis a fait cause commune avec des puissances autrement plus redoutables et plus ténébreuses. « Nous discuterons de ces sujets plus tard. » La vue des suppliciés lui soulevait le cœur. Elle franchit au trot le pont-levis, son frère la suivit, et ils atteignaient la courtine supérieure quand un bambin nu comme un ver se jeta dans les jambes de leurs chevaux. Catelyn tira brutalement sur les rênes pour éviter de l'écraser et demeura pantoise du remue-ménage. Le château grouillait de vilains qui s'étaient bricolé des abris de fortune contre les murs, leurs gosses vous poussaient partout sous les pieds ; vaches, moutons, cochons, volailles encombraient la cour. « Qu'est-ce que c'est que ça ?

– Mes gens, répondit Edmure. Ils avaient peur. »

Que lui, vraiment, pour bourrer de bouches inutiles un château qu'on risque d'assiéger sous peu… Elle lui savait le cœur faible et ne l'en aimait que plus tendrement, mais il avait parfois plus faible encore la cervelle, décidément…

« On peut joindre Robb ?

– Il est en campagne, madame, dit ser Esmond. Un corbeau ne le trouverait pas. »

Utherydes Van se mit à toussoter. « Avant de partir, le roi nous a laissé des instructions en prévision de votre retour, madame. Il vous prie d'aller aux Jumeaux faire plus ample connaissance avec les filles de lord Walder pour lui faciliter le choix d'une épouse, le moment venu.

– Nous te fournirons montures fraîches et provisions de bouche, ajouta son frère. Tu entends sûrement prendre un peu de repos, avant…

– J'entends rester », coupa-t-elle en mettant pied à terre. Quitter Vivesaigues et Père pour servir de pourvoyeuse à Robb était totalement exclu. *Il désire me voir en sécurité, je ne puis l'en blâmer, mais son prétexte est éculé.* « Holà ! » héla-t-elle, et un polisson d'écurie accourut prendre son cheval par la bride.

Edmure sauta de selle. Il avait beau avoir une tête de plus qu'elle, son petit frère il était et demeurerait à jamais. « Cat..., dit-il d'un ton désolé, lord Tywin arrive...

– Il va dans l'ouest défendre ses domaines. Si nous fermons soigneusement nos portes et nous retranchons derrière nos murs, son passage ne sera pour nous qu'un spectacle inoffensif.

– Cette terre est Tully, répliqua-t-il. Si Tywin Lannister se figure la traverser sans dommage, il s'expose à recevoir de moi une leçon sévère. »

Comme celle que tu as administrée à son fils ? Quand on chatouillait son orgueil, il pouvait se montrer aussi borné qu'un rocher de rivière, mais, de là à avoir oublié de quelle manière il s'était fait tailler en pièces par ser Jaime lors de leur dernière rencontre, il y avait tout de même loin. « Nous avons tout à perdre et rien à gagner dans une bataille contre lord Tywin, objecta-t-elle en évitant de le froisser.

– La cour n'est pas le lieu le mieux indiqué pour discuter de mes plans de bataille.

– A ta guise. Où irons-nous ? »

Il se rembrunit au point qu'une seconde elle le crut près de la rembarrer crûment, mais il se contenta de japper : « Au bois sacré. Puisque tu y tiens absolument. »

Elle lui emboîta le pas le long de la galerie qui y menait. La colère le rendait, comme accoutumé, maussade et grincheux. Tout en déplorant de l'avoir blessé, Catelyn savait les enjeux trop cruciaux pour se soucier beaucoup de ces piqûres d'amour-propre. Une fois sous les arbres, il se retourna pour lui faire face.

« Tu n'as pas les moyens d'affronter les Lannister en rase campagne, attaqua-t-elle sans ambages.

– Mes regroupements terminés, je devrais aligner huit mille fantassins et trois mille cavaliers.

– Soit deux fois moins que lord Tywin.

– Robb a remporté ses victoires dans de bien pires conditions, riposta-t-il, et j'ai mon plan. Tu as oublié Roose Bolton.

Si lord Tywin l'a battu sur la Verfurque, il a omis de le poursuivre et, lorsqu'il s'est installé à Harrenhal, Bolton a occupé le gué aux rubis et le carrefour avec ses dix mille hommes. J'ai donné l'ordre à Helman Tallhart d'aller le rejoindre avec la garnison laissée par Robb aux Jumeaux, et…

– Mais, Edmure, Robb l'y a laissée pour *tenir* les Jumeaux et pour s'assurer que lord Walder ne nous trahisse pas… !

– Il nous est fidèle, s'obstina-t-il. Les Frey se sont bravement comportés au Bois-aux-Murmures, et le vieux ser Stevron est mort à Croixbœuf, paraît-il. » Elle l'apprenait. « Ser Ryman et Walder le Noir et les autres se trouvent dans l'ouest avec Robb, Martyn s'est révélé un chef de patrouille des plus précieux, et ser Perwyn a contribué à ton arrivée saine et sauve auprès de Renly. Bonté divine ! que te faut-il de plus ? Robb est promis à l'une des filles de lord Walder, et Roose Bolton en aurait épousé une de son côté. » Seconde nouvelle… « N'as-tu pas en outre envoyé deux des petits-fils comme pupilles à Winterfell ?

– De gage à otage, la distance est des plus ténue.

– Raison de plus pour que lord Walder n'ose nous doubler. Ses hommes sont nécessaires à Bolton, ainsi qu'à ser Helman. J'ai commandé de reprendre Harrenhal.

– Coûteuse entreprise.

– Oui, mais la chute de la place coupera la retraite à lord Tywin. Mes propres troupes lui interdiront les gués de la Ruffurque. S'il attaque sur la rivière, il y subira le sort de Rhaegar tentant de passer le Trident. S'il traîne les pieds, il se retrouvera pris entre Vivesaigues et Harrenhal et, au retour de Robb, nous pourrons lui régler définitivement son compte. »

A l'entendre parler d'un ton si péremptoire, Catelyn se surprit à déplorer que Robb eût emmené Oncle Brynden. Le Silure avait une cinquantaine de batailles à son actif, Edmure une seule, et perdue.

« Voilà mon plan, conclut-il, et il est bon, de l'avis de lord Tytos aussi bien que de lord Jonos. Et a-t-on jamais vu Nerbosc et Bracken s'accorder sur rien, je te prie, à moins d'évidence ?

– Advienne donc que pourra. » Elle se sentait subitement vannée. Peut-être avait-elle tort, après tout, de le contrecarrer.

Peut-être s'agissait-il, après tout, d'un plan superbe et ne devait-elle imputer ses noirs pressentiments qu'à des frousses de bonne femme. Que ne pouvait-elle consulter Ned ou Brynden ou… « Et Père, tu lui as demandé ce qu'il en pensait ?

– Père n'est pas en état de soupeser les mérites d'une stratégie. Voilà deux jours, il projetait encore ton mariage avec Brandon Stark ! Va te rendre compte par toi-même, si tu ne me crois pas. Mon plan marchera, Cat, tu verras.

– Je l'espère, Edmure. De tout mon cœur. » Elle l'embrassa sur la joue pour le convaincre qu'elle était sincère et se rendit au chevet de son père.

Elle le trouva tel qu'elle l'avait laissé – alité, hagard, blême et fiévreux. La chambre sentait le malade, une odeur écœurante de drogues et de sueur rance. Lorsqu'elle tira les courtines, lord Hoster émit l'ombre d'un gémissement, ses yeux papillotèrent, et il la considéra comme s'il ne pouvait la reconnaître ou comprendre ce qu'elle lui voulait.

« Père. » Elle l'embrassa. « Me voici de retour. »

Il parut alors recouvrer sa lucidité. « Tu es venue…, murmura-t-il tout bas, sans presque remuer les lèvres.

– Oui. Robb m'avait envoyée dans le sud, mais je me suis hâtée de revenir.

– Le sud…, où ça ?… les Eyrié, c'est au sud, ma douce ? Je ne me rappelle pas… Oh, mon cœur, j'avais peur…, m'as-tu pardonné, mon enfant ? » Des larmes roulaient sur ses joues.

« Je n'ai rien à vous pardonner, Père. » Elle caressa les mèches blanches, lui tâta le front. La fièvre persistait à le dévorer, malgré toutes les potions du mestre.

« C'était le mieux, chuchota-t-il. Jon est un chic type, honnête…, solide et bon…, prendra soin de toi…, oui…, et bien né, crois-moi, tu dois, je suis ton père…, ton père…, tu te marieras en même temps que Cat, oui, tu diras *oui…* »

Il me prend pour Lysa, s'ébahit-elle. *Bonté divine ! il parle comme si nous n'étions encore que des jeunes filles…*

Blanches et tremblantes comme deux oiseaux effrayés, les mains de son père étreignaient les siennes. « Ce damné… godelureau…, tais-toi, même pas son nom…, ton devoir… Ta mère, ta mère aurait… » Un spasme le convulsa, qui lui arracha un cri de douleur. « Oh ! les dieux me pardonnent, me pardonnent, me *pardonnent* ! Mon médicament... »

Déjà survenait mestre Vyman, qui lui portait une coupe aux lèvres. Avec autant d'avidité qu'un enfant au sein, lord Hoster téta l'épaisse liqueur blanche, et Catelyn vit au fur et à mesure qu'il vidait la coupe la paix s'appesantir à nouveau sur ses traits. « Il va s'assoupir, maintenant, madame », dit le mestre, avant d'essuyer avec sa manche le plâtras blanc qu'avait laissé tout autour de la bouche le lait de pavot.

Catelyn n'en put supporter davantage. Alors que Père avait été l'énergie et la fierté mêmes, qu'il fût réduit à tant d'impuissance la bouleversait. Elle sortit sur la terrasse. En bas, dans la cour, la cohue des réfugiés portait à leur comble le vacarme et la confusion mais, au-delà des murs, les rivières déroulaient à perte de vue leurs flots purs et limpides. *Ses rivières à lui, que, bientôt, son dernier voyage lui permettra de retrouver.*

Mestre Vyman se tenait près d'elle. « Madame, dit-il doucement, je ne puis plus guère tenir la mort en échec. Nous devrions dépêcher une estafette à ser Brynden. Je ne doute pas qu'il ne souhaite se trouver là.

– Oui, s'étrangla-t-elle.

– Et lady Lysa peut-être aussi ?

– Elle ne viendra pas.

– Si vous lui écriviez en personne, il se peut...

– Je lui griffonnerai un mot, pour vous faire plaisir. » Qui pouvait bien avoir été le « damné godelureau » ? se demandait-elle. Quelque jeune écuyer, quelque obscur chevalier, selon toute probabilité..., encore qu'à en juger d'après sa véhémente récusation par lord Hoster ne fût pas exclu quelque fils de marchand, quelque apprenti de bas étage, voire un chanteur. Lysa avait toujours montré un penchant outrancier pour les chanteurs. *Je ne saurais lui reprocher ses répugnances pour Jon Arryn. Noblesse à part, il avait vingt ans de plus que notre père.*

La tour qu'Edmure lui avait affectée pour résidence était celle-là même qu'elle partageait dans sa prime jeunesse avec sa sœur. La perspective de dormir à nouveau dans un lit de plumes, avec un bon feu dans l'âtre, n'était pas faite pour lui déplaire ; une fois reposée, le monde lui paraîtrait sans doute moins lugubre.

C'était compter sans Utherydes Van qui l'attendait, devant ses appartements, en compagnie de deux femmes en gris dont les voiles ne laissaient discerner que les yeux. Elle comprit instantanément de quoi il retournait. « *Ned ?* »

Les sœurs regardèrent à terre. « Ser Cleos l'a ramené de Port-Réal, madame, expliqua Van.

– Menez-moi auprès de lui », commanda-t-elle.

On l'avait déposé sur une table à tréteaux et recouvert d'une bannière, la blanche bannière au loup-garou gris de la maison Stark. « Je voudrais le voir, dit-elle.

– Il n'en reste que les os, madame.

– Je voudrais le voir », répéta-t-elle.

L'une des sœurs du Silence rabattit la bannière.

Des os, songea Catelyn. *Ceci n'est pas Ned, ceci n'est pas l'homme que j'aimais, le père de mes enfants.* Il avait les mains jointes sur la poitrine, des doigts de squelette reployés sur la garde d'une épée quelconque, mais ce n'étaient pas les doigts ni les mains de Ned, si vigoureux, si débordants de vitalité. On avait revêtu les os du surcot de Ned, c'était bien le beau velours blanc frappé du loup-garou à hauteur du cœur, mais il ne subsistait rien de la chair tiède sur laquelle tant et tant de nuits elle avait reposé sa tête, rien des bras qui l'avaient étreinte. On avait eu beau rattacher la tête au torse par un beau fil d'argent, rien ne ressemble à un crâne comme un autre crâne, et, dans ces cavités vides, elle cherchait vainement les prunelles gris sombre de son seigneur, ces prunelles qui pouvaient avoir la douceur des brumes ou la dureté de la pierre. *Ils les ont données aux corbeaux*, se souvint-elle.

Elle se détourna. « Ce n'est pas son épée.

– Ils ne nous ont pas rendu Glace, madame, dit Utherydes. Seulement les os de lord Eddard.

– J'en dois néanmoins remercier la reine, j'imagine ?

– Le Lutin, madame. Tout s'est fait à son instigation. »

Un jour, je les remercierai tous. « Je vous suis reconnaissante de vos services, sœurs, mais il me faut vous confier une nouvelle tâche. Lord Eddard était un Stark, ses os doivent reposer dans les cryptes de Winterfell. » *On y sculptera sa statue, une effigie de pierre à sa ressemblance qui trônera dans les ténèbres, un loup-garou à ses pieds et une épée en travers du giron.* « Veillez que les sœurs disposent de montures fraîches et de tout ce que nécessitera leur voyage, ordonna-t-elle à l'intendant. Hal Mollen les escortera jusqu'à Winterfell, ce rôle lui incombe, ès qualités de capitaine des gardes. » Elle reporta son regard sur les os, tout ce qui restait de son seigneur et de son amour. « A présent, laissez-moi, tous. Je désire passer cette nuit seule à seul avec Ned. »

Les femmes en gris inclinèrent la tête. *Les sœurs du Silence n'adressent pas la parole aux vivants*, se souvint-elle avec chagrin, *mais d'aucuns prétendent qu'elles savent parler aux morts.* Que n'avait-elle aussi ce privilège…

DAENERYS

Si les rideaux vous préservaient de la poussière et de la chaleur des rues, ils étaient impuissants contre vos mécomptes. Elle hissa sa lassitude dans leur refuge, avec du moins la satisfaction de se soustraire à l'océan des curiosités. « Place ! criait à la foule Jhogo du haut de son cheval, place ! et il faisait claquer son fouet, place à la Mère des Dragons ! »

Languissamment perdu dans le frais satin de ses capitons, Xaro Xhoan Daxos versa d'une main sûre et ferme, en dépit des oscillations du palanquin, un vin de rubis dans deux gobelets identiques de jade et d'or. « Quelle profonde tristesse vois-je empreinte sur votre visage, ô flambeau d'amour ! » Il lui tendit un gobelet. « Serait-ce la tristesse d'un rêve envolé ?

– Différé, sans plus. » Son carcan d'argent lui échauffait la gorge. Elle le dégrafa, le jeta de côté. L'améthyste enchantée sertie dans le métal suffirait à la garantir, jurait Xaro, contre tout poison. Or, s'ils étaient réputés offrir aux gens qu'ils jugeaient dangereux du vin empoisonné, les Impollus n'avaient pas seulement daigné lui donner un verre d'eau. *Pas une seconde ils ne m'ont considérée comme une reine*, songea-t-elle avec amertume. *Le joujou d'un après-midi, voilà tout. Un bouchon d'amazone avec un étrange toutou.*

Comme elle allait s'emparer du vin, Rhaegal siffla, et ses noires griffes labourèrent son épaule nue. Avec une grimace, elle le déplaça vers son autre épaule où il n'agripperait que du tissu. Prévenue par Xaro qu'ils refuseraient d'entendre une Dothraki, elle avait adopté pour se présenter devant eux les usages vestimentaires en vigueur à Qarth : lamés verts flottants lui laissant à découvert un sein, ceinture de perles noires et blanches, sandales d'argent. *Pour ce que j'ai obtenu d'eux, j'aurais aussi bien pu ne rien mettre du tout. J'aurais dû, peut-être.* Elle but goulûment.

Purs descendants des anciens rois et reines de Qarth, les Impollus commandaient la garde civique et la flotte de galères ouvragées qui gouvernaient le pertuis des mers. C'était cette flotte et ces troupes qu'au moins en partie convoitait Daenerys Targaryen. Aussi n'avait-elle renâclé ni au sacrifice traditionnel dans le temple de la Mémoire, ni à verser le pot-de-vin traditionnel au gardien du Rôle, ni à envoyer la plaquemine traditionnelle à l'huissier de la Porte pour s'assurer de recevoir enfin les non moins traditionnelles babouches de soie bleue qui vous signifiaient votre audience dans la salle aux Mille Trônes.

Les Impollus ouïrent ses suppliques du haut des cathèdres ancestrales. Etagées en hémicycle depuis le dallage de marbre jusqu'à la coupole où des fresques retraçaient la gloire évanouie de Qarth, celles-ci ressemblaient à d'immenses conques de bois, toutes ciselées de motifs fantastiques, toutes brillamment dorées et marquetées d'ambre, d'onyx, de lapis et de jade, mais chacune se distinguant des autres par son décor et briguant la palme du fabuleux. Quant à leurs occupants, ils affichaient tant d'absence, un tel dégoût du monde qu'on pouvait aussi bien les croire endormis. *Ils écoutaient, mais sans entendre ou s'en soucier,* pensa-t-elle. *Des Sang-de-Lait, véritablement. Ils n'ont jamais eu l'intention de m'aider. Ils n'étaient là que par curiosité. Ils n'étaient là que par ennui, et le dragon sur mon épaule les intéressait plus que moi.*

« Confiez-moi les paroles des Impollus, la pressa Xaro Xhoan Daxos. Confiez-moi ce qu'ils ont pu dire pour contrister la reine de mon cœur.

– Ils ont dit non. » Dans le vin chantait la saveur des grenades et des chaudes journées d'été. « Ils l'ont enveloppé de formules exquises, il est vrai, mais derrière les mots suaves retentissait toujours non.

– Les avez-vous flagornés ?

– Sans vergogne.

– Avez-vous pleuré ?

– Le sang du dragon ne pleure pas », répliqua-t-elle avec humeur.

Il soupira. « Vous auriez dû pleurer. » Les Qarthiens avaient la larme d'autant plus fréquente et facile qu'elle estampillait à leurs yeux l'homme civilisé. « Et ceux que nous avions achetés, qu'ont-ils dit ?

– Mathos rien. Wendello a vanté mon éloquence. Et, après m'avoir déboutée comme tous ses pairs, le Délicat s'est répandu en pleurs.

– Las, las, quelle perfidie de sa part. » Sans faire lui-même partie des Impollus, Xaro lui avait indiqué qui d'entre eux corrompre et à quel prix. « Pleurez, pleurez sur la déloyauté des hommes. »

Elle eût plus volontiers pleuré son or. Les sommes glissées à Mathos Mallarawan, Wendello Qar Deeth et Egon Emeros le Délicat lui auraient permis d'acheter un navire ou d'engager une bonne vingtaine de spadassins. « Et si j'envoyais ser Jorah exiger que me soient rendus mes présents ? suggéra-t-elle.

– Et si quelque Navré s'introduisait dans mon palais, une de ces nuits, pour vous tuer durant votre sommeil ? » riposta Xaro. Membres d'une vénérable guilde d'assassins sacrés, les Navrés s'étaient valu ce nom par leur habitude de chuchoter : « Tellement navré... », à leurs victimes avant de les trucider. La politesse était la première vertu des Qarthiens. « On dit de manière fort pertinente qu'il est plus aisé de traire la vache en pierre de Faros que de soutirer de l'or aux Impollus. »

Si elle ignorait où se trouvait Faros, les vaches en pierre, à Qarth, lui semblaient pulluler. Trois factions rivales divisaient les princes marchands, prodigieusement enrichis dans le négoce d'une mer à l'autre : la guilde des Epiciers, la Fraternité tourmaline et les Treize, auxquels appartenait Xaro. Chacune n'aspirait qu'à dominer les autres, et des luttes incessantes les opposaient toutes trois aux Impollus. Le tout couvé de l'œil par les conjurateurs aux pouvoirs effroyables et aux lèvres bleues qui, pour ne se montrer guère, n'en étaient que davantage redoutés.

Sans Xaro, elle ne s'y serait jamais retrouvée. L'or et les trésors de rouerie qu'elle avait prodigués pour s'ouvrir les portes de la salle aux Mille Trônes, elle les devait essentiellement à l'astuce et la générosité du marchand. Plus s'était répandue dans l'est la rumeur de dragons en vie, plus avaient afflué de gens désireux d'en contrôler la véracité, et plus Xaro Xhoan Daxos avait déployé d'ingéniosité pour que tous, du plus gras nabab au dernier des humbles, offre quelque obole à la mère des phénomènes.

Grâce à lui, le goutte-à-goutte initial s'était tôt fait bruine, la bruine pluie et la pluie déluge. Avec les capitaines de cargos se déversaient aux pieds de Daenerys dentelles de Myr et safran de Yi Ti, ambre et verredragon d'Asshai, sacs d'espèces avec les négociants, bagues et chaînes avec les orfèvres. A son intention sonnaient les sonneurs, tambourinaient les tambourineurs, jonglaient les jongleurs, et les teinturiers la drapaient de teintes dont elle n'avait jusqu'alors pas seulement soupçonné l'existence. Deux indigènes de Jogos Nhai lui firent présent d'un fringant zéquion à zébrures noires et blanches. En sa faveur, une veuve se sépara de la momie conjugale, argentée à la feuille, genre de dépouille auquel s'attribuaient des pouvoirs insignes, en particulier lorsque – et c'était le cas – le défunt s'était mêlé de sorcellerie. Et force lui fut d'accepter de la Fraternité tourmaline un diadème en forme de dragon tricéphale annelé d'or jaune, ailé d'argent et cheffé de jade, d'ivoire et d'onyx ciselés.

Afin d'amasser les fortunes qui venaient de s'évaporer au seul profit des Impollus, tout avait été liquidé, tout, hormis le diadème car, malgré les serments de Xaro : « Les Treize vous en offriront un d'une incomparable magnificence », elle refusa de s'en dessaisir. « Pour avoir vendu la couronne de notre mère, Viserys s'est vu traiter de mendigot. Je conserverai celle-ci pour être traitée en reine. » Et ainsi fit-elle, en dépit des torticolis que lui infligeait le poids du joyau.

Toute couronnée que je suis, mendigote je demeure encore, se dit-elle. *La plus somptueuse au monde des mendigotes, et mendigote néanmoins.* Une impression détestable. Qu'avait dû éprouver son frère, lui aussi. *Toutes ces années à courir de ville en ville, talonnés par les sbires de l'Usurpateur, à quémander l'appui d'archontes, de princes et de mercantis, payer en flagorneries notre pain quotidien. Il n'a pu ignorer de quels quolibets il était la cible. Rien d'étonnant qu'il fût devenu tellement irascible et amer.* Avec, pour conséquence ultime, la démence. *J'y succomberai à mon tour si je m'abandonne.* Quelque chose en elle n'aspirait qu'à reconduire son peuple à Vaes Tolorro pour faire refleurir la cité défunte. *Non, ce serait m'avouer battue. J'ai un atout que ne posséda jamais Viserys. Les dragons. Les dragons font toute la différence.*

Elle caressa Rhaegal. Les dents du dragon vert se refermèrent sur sa main et la mordillèrent ardemment. Tout autour murmurait, palpitait, bouillonnait l'immense cité dont les voix innombrables se fondaient en une espèce de rumeur semblable aux flux et reflux de la mer. « Place, Sang-de-Lait ! place à la Mère des Dragons ! » criait toujours Jhogo, et la foule des Qarthiens s'ouvrait à sa voix – si ce n'était plutôt aux bœufs du palanquin. Les ondulations des rideaux permettaient par intermittence à Daenerys de l'entr'apercevoir sur son étalon gris, cinglant de-ci de-là l'une des bêtes de l'attelage avec le fouet à manche d'argent qu'elle lui avait donné. Aggo chevauchait de l'autre côté, et Rakharo fermait la marche, l'œil à l'affût du moindre signe d'hostilité parmi la houle des visages. Quant à ser Jorah, qui n'avait cessé de dénoncer la stupidité de l'expédition, il était, ce jour-là, préposé à la garde des autres dragons. *Il se défie de tout un chacun*, songea-t-elle, *et à juste titre, peut-être.*

Comme elle levait à nouveau son gobelet pour boire, Rhaegal flaira le vin et se rejeta en arrière avec un sifflement. « Votre dragon a le nez fin. » Xaro s'essuya les lèvres. « Ce vin-ci n'est qu'une piquette. On prétend qu'au-delà de la mer de Jade se concocte un cru doré d'une saveur telle qu'il suffit d'y tremper les lèvres pour décréter tout autre du vinaigre. Si nous prenions mon bateau de plaisance et allions en quérir, vous et moi ?

– Le meilleur vin du monde est produit à La Treille », énonça Daenerys, toute à ses souvenirs. Partisan de son père contre l'Usurpateur, lord Redwyne s'était montré l'un des rares fidèles indéfectibles jusqu'au bout. *Se battra-t-il aussi pour moi ?* « Accompagnez-moi là-bas, Xaro, vous y dégusterez les meilleurs crus de votre vie. Seulement, c'est un navire de guerre que nécessitera cette course, et non un bateau de plaisance.

– Je n'ai pas de navires de guerre. La guerre est calamiteuse pour le commerce. Combien de fois ne vous l'ai-je dit, Xaro Xhoan Daxos est un homme de paix. »

Xaro Xhoan Daxos est un homme d'argent, rectifia-t-elle, *et l'argent m'achètera tous les navires et les épées dont j'ai besoin.* « Je ne vous demande pas de prendre l'épée, mais simplement de me prêter vos bâtiments. »

Il eut un sourire modeste. « Des bâtiments marchands, j'en ai bien quelques-uns, c'est un fait. Mais combien, difficile à dire. L'un coule peut-être en ce moment même, dans quelque parage orageux de la mer d'Eté. Il en tombera un autre, demain, aux mains des corsaires. Et qui sait si l'un de mes capitaines, le jour suivant, ne contemplera point les richesses dont il est le dépositaire en se disant : *Tout cela devrait m'appartenir* ? Tels sont les aléas du négoce… Tandis que nous devisons, voyez-vous, s'amenuise vraisemblablement ma chétive flotte, et je m'appauvris d'instant en instant.

– Donnez-moi des navires, et je vous enrichirai de nouveau.

– Epousez-moi, brillant flambeau, et gouvernez le bateau de mon cœur. La seule pensée de votre beauté m'empêche de dormir, la nuit. »

Elle sourit. Ces bouquets de déclarations passionnées l'amusaient, mais le comportement de Xaro suffisait à les démentir. Alors qu'en l'aidant à monter dans le palanquin ser Jorah n'avait pu s'empêcher de dévorer des yeux son sein dénudé, ce même sein, Xaro daignait à peine le remarquer, malgré l'exiguïté du véhicule et l'intimité qu'elle favorisait. Puis comment se méprendre sur la nuée de beaux garçons qui, fanfreluchés de soieries, voletaient de par le palais tout autour du prince marchand ? « Vous avez beau parler de miel, Xaro, ce que j'entends sous vos galanteries est un autre *non*.

– Ce monstrueux trône de Fer dont vous m'entretenez me glace et me blesse. L'idée de ses barbelures acérées entamant votre peau si douce m'est intolérable. » Ses bijoux de nez lui donnaient l'aspect d'un étrange oiseau scintillant. Ses longs doigts élégants papillonnèrent une fin de non-recevoir. « Qu'ici se trouve votre royaume, reine des reines enchanteresses, et souffrez-moi pour votre roi, vous aurez un trône d'or, si vous le désirez. Blasez-vous de Qarth, et nous partirons pour Yi Ti chercher la cité rêveuse des poètes et siroter le vin de sagesse dans un crâne humain.

– Je veux cingler vers Westeros et lamper le vin de vengeance dans le crâne de l'Usurpateur. » Elle grattouilla Rhaegal sous un œil et, déployant un moment ses ailes de jade, il brassa l'air immobile du palanquin.

Un chef-d'œuvre de larme roula le long de la joue de Xaro Xhoan Daxos. « Rien ne vous détournera-t-il jamais de cette folie ?

– Rien, affirma-t-elle avec une conviction purement verbale, hélas. Si chacun des Treize acceptait de me prêter dix navires…

– … cela vous en ferait cent trente, et pas un homme d'équipage. A Qarth, la justice de votre cause ne signifie rien pour les gens du commun. Pourquoi mes matelots se soucieraient-ils d'un royaume aux confins du monde, de son trône et de qui peut bien l'occuper ?

– Je les paierai pour s'en soucier.

– Avec quel argent, gracieuse étoile de mon firmament ?

– Avec celui qu'apportent les visiteurs.

– Certes, convint-il, mais les sympathies au long cours, c'est exorbitant… Il vous faudra verser des soldes infiniment supérieures à celles que je consens, et tout Qarth se moque déjà de mon extravagante prodigalité.

– Si j'essuie un refus des Treize, peut-être serais-je mieux accueillie par la guilde des Epiciers ou par la Fraternité tourmaline ? »

Il haussa des épaules alanguies. « Elles vous repaîtront de fariboles et de flatteries. Les Epiciers sont un ramassis d'hypocrites et de fanfarons, et la Fraternité n'est qu'un repaire de pirates.

– Il me faut donc écouter Pyat Pree et m'adresser aux mages. »

Xaro retrouva brusquement son séant. « Pyat Pree a les lèvres bleues, et le dicton dit vrai, qui dit : "Lèvres bleues, mensonges". Croyez-en l'expérience de qui vous adore, nourris de poussière et abreuvés d'ombres, ce sont créatures de fiel que les conjurateurs. Vous n'en recevrez rien. Ils n'ont rien à donner.

– Je n'en serais pas réduite à solliciter la sorcellerie si mon ami Xaro Xhoan Daxos m'accordait ce que je demande.

– Je vous ai offert ma demeure et mon cœur, n'est-ce rien, à vos yeux ? Je vous ai offert parfums et grenades, singes acrobates et serpents cracheurs et grimoires de la Valyria disparue, je vous ai offert la tête d'une idole et le pied d'un python. Je vous ai offert ce palanquin d'ébène et d'or, et je vous ai offert pour le porter deux bœufs nés pour s'harmoniser, l'un d'une blancheur d'ivoire et l'autre aussi noir que jais, les cornes incrustées de gemmes.

– En effet, dit-elle, mais c'est de navires et de soldats que j'avais envie.

– Ne vous ai-je pas offert une armée, femme féerique ? Mille chevaliers, vêtus d'armures rutilantes... »

Si. Celles-ci d'or et d'argent, ceux-là de béryl, d'onyx, de jade et de tourmaline, d'améthyste, d'opale et d'ambre, et pas plus hauts que son petit doigt. « Mille adorables chevaliers, dit-elle, mais pas de ceux dont mes ennemis frémiraient. Quant à mes bœufs, ils ne sauraient me faire traverser les flots, je... – mais pourquoi nous arrêtons-nous ? » L'attelage marquait sensiblement le pas.

« *Khaleesi !* » L'appel d'Aggo traversa les rideaux, le palanquin s'immobilisa sur une embardée. Se laissant rouler sur un coude, elle se pencha au-dehors. On se trouvait vers la lisière du bazar, mais un mur de dos bloquait la sortie. « Que regardent ces gens ? »

Jhogo rebroussa chemin. « Un pyrologue, *Khaleesi.*

– Je veux voir.

– Il vous suffit de le souhaiter. » Il lui tendit la main et, sitôt qu'elle l'eut saisie, l'enleva sur son cheval et la déposa devant lui. De là, elle dominait les têtes des badauds. Evoquée par le pyrologue flottait au-dessus du sol et quasiment jusqu'au treillage de la voûte une immense échelle, une échelle de flammes orange qui crépitaient en virevoltant.

La plupart des spectateurs n'étaient pas des citadins, remarqua-t-elle : il y avait là des matelots en goguette et des caravaniers, des nomades rougis par la poussière du désert, des soldats vagabonds, des trafiquants d'esclaves, des artisans. Jhogo lui glissa un bras autour de la taille et souffla : « Les Sang-de-Lait se méfient de lui. Voyez-vous la fille au chapeau de feutre, *Khaleesi* ? là, derrière ce poussah de prêtre ? C'est une...

– ... coupeuse de bourse », acheva-t-elle. Elle n'était pas de ces dames trop cajolées pour apercevoir le réel sordide. Ses longues années d'errance dans les cités libres l'avaient pleinement édifiée sur les usages de la rue.

Avec force gesticulations, force ronds de bras, ronds de jambes, le magicien conviait les flammes à s'élever de plus en plus et, tandis que les badauds se démanchaient le col, la crapule se faufilait dans la presse et soulageait d'une main les goussets dont l'autre, armée d'un menu stylet, tranchait les cordons.

Lorsque son échelle ardente eut atteint quelque quarante pieds de haut, il se mit à grimper main sur main, preste comme un singe, et comme, derrière lui, chaque échelon se résolvait en menue volute argentée de fumée, la fin de son escalade acheva d'évaporer l'échelle..., ainsi que lui-même.

« Beau numéro, commenta Jhogo, épaté.

– Numéro, non », protesta une voix de femme en langue vernaculaire.

Quaithe. Que Daenerys n'avait pas repérée dans la cohue, mais qui se tenait là, l'œil étincelant derrière l'effroyable masque de laque rouge. « Que voulez-vous dire, madame ?

– Voilà six mois, cet homme était à peine capable d'éveiller le feu du verredragon. Quelques petits tours de passe-passe à base de poudres et de feu grégeois lui suffisaient pour ébaubir les gobeurs et permettre à ses tire-laine de les délester. Il pouvait marcher sur la braise et faire éclore en l'air des roses enflammées, mais l'ambition de gravir l'échelle ardente lui était aussi accessible qu'à un vulgaire pêcheur l'espoir de prendre une sirène dans ses filets. »

Daenerys se sentit troublée. Là où s'était dressée l'échelle ne subsistait même plus de fumée. Les gens se dispersaient pour retourner à leurs occupations. Nombre d'entre eux n'allaient pas tarder à se rendre compte de leur infortune. « Et maintenant ?

– Et maintenant, ses pouvoirs s'accroissent, *Khaleesi*. Grâce à vous.

– A moi ? » Elle éclata de rire. « Par quel miracle ? »

La femme se rapprocha et lui posa deux doigts sur le poignet. « Etes-vous, oui ou non, la Mère des Dragons ?

– Elle l'est, et le frai des ombres n'a pas le droit de la toucher. » Du manche de son fouet, Jhogo repoussa la main de Quaithe.

Celle-ci recula d'un pas. « Quittez au plus tôt cette ville, Daenerys Targaryen, ou pour jamais l'on vous interdira de la quitter. »

Son poignet fourmillant encore du contact, Daenerys demanda : « Et où devrais-je aller, selon vous ?

– Pour vous rendre au nord, partez vers le sud. Pour gagner l'ouest, cheminez à l'est. Pour aller de l'avant, retournez en arrière et, pour atteindre la lumière, passez sous l'ombre. »

Asshai, songea Daenerys, *c'est sur Asshai qu'elle me dirige.* « Les gens d'Asshai me donneront-ils une armée ? questionna-t-elle. Trouverai-je de l'or à Asshai ? Y trouverai-je des bateaux ? Que trouverai-je à Asshai que je ne puisse trouver à Qarth ?

– La vérité », dit la femme au masque avant de s'incliner puis de se fondre dans la foule.

Un reniflement dédaigneux souleva les noires bacchantes de Rakharo. « Mieux vaut avaler des scorpions, *Khaleesi*, que se fier à du frai d'ombres qui n'ose montrer son visage au soleil. C'est connu.

– C'est connu », approuva Aggo.

Xaro Xhoan Daxos avait suivi toute la scène sans s'extraire de ses coussins. Après que Daenerys eut repris place à ses côtés, toutefois, il lâcha : « Vos barbares sont plus avisés qu'ils ne savent. Le genre de vérités qu'amassent les gens d'Asshai n'est pas de nature à vous rendre le sourire. » Puis, après l'avoir pressée d'accepter une nouvelle coupe de vin, il l'entretint tout du long d'amour, de désir et autres fadaises jusqu'à leur retour au palais.

Rendue à la paix de ses appartements, Daenerys dépouilla ses atours pour enfiler une robe flottante de soie violette. Comme ses dragons avaient faim, elle découpa un serpent en rondelles qu'elle mit à griller sur un brasero. *Comme ils grandissent*, s'ébahit-elle, tandis qu'ils happaient en se chamaillant les morceaux de viande noircie. *Ils doivent peser deux fois plus qu'à Vaes Tolorro.* Mais des années s'écouleraient encore avant qu'ils ne fussent assez gros pour entrer en guerre. *Et il faudra aussi les entraîner, sans quoi ils transformeront mon royaume en désert.* Or, le sang targaryen pouvait bien couler dans ses veines, elle ignorait jusqu'aux rudiments de l'entraînement d'un dragon.

Le soleil déclinait quand ser Jorah vint la rejoindre. « Les Impollus vous ont éconduite ?

– Conformément à vos prédictions. Venez, prenez place et conseillez-moi. » Elle l'attira sur les coussins, près d'elle, et

Jhiqui leur apporta un bol d'olives mauves et d'oignons marinés dans le vin.

« Nul ne vous aidera, dans cette cité, *Khaleesi*, dit-il en prenant un oignon entre le pouce et l'index. Chaque jour qui passe en renforce ma conviction. Les Impollus ne voient pas plus loin que les remparts de Qarth, et Xaro…

– Il m'a de nouveau priée de l'épouser.

– Certes, et je sais pourquoi. » Lorsqu'il se renfrognait, ses gros sourcils rejoints barraient d'un fourré noir le gouffre des orbites.

« Il rêve de moi nuit et jour ! s'esclaffa-t-elle.

– Sauf votre respect, ma reine, c'est de vos dragons qu'il rêve.

– Il m'assure qu'après le mariage, à Qarth, l'homme et la femme demeurent respectivement seuls maîtres l'un et l'autre de leurs biens propres. Les dragons sont à moi. » Le manège de Drogon, qui s'approchait par petits bonds en fouettant des ailes le sol de marbre afin de se lover contre elle sur le coussin, la fit sourire.

« Il ne dit jusque-là que la vérité, mais il omet de mentionner un petit détail. Il se pratique à Qarth, ma reine, une coutume curieuse, le jour des noces. La femme a le droit d'exiger du mari un gage d'amour. Quoi qu'elle désire des biens matériels qu'il possède, il est tenu d'exaucer son vœu. A charge de réciprocité. On ne peut demander qu'une seule chose, mais cette chose-là ne saurait être refusée.

– Une seule chose, répéta-t-elle, et qui ne saurait être refusée ?

– Avec un seul dragon, Xaro Xhoan Daxos deviendrait le maître absolu de la ville, alors qu'un seul navire avancerait fort peu nos affaires. »

Elle grignota un oignon, tout en méditant sombrement sur la déloyauté humaine. « En revenant de la salle des Mille Trônes, dit-elle enfin, nous traversions le bazar quand j'ai croisé Quaithe. » Elle lui conta l'épisode du pyrologue et de l'échelle ardente puis lui rapporta les propos de la femme au masque.

« A parler franc, je quitterais volontiers cette ville, opina-t-il. Mais pas pour Asshai.

– Pour où, alors ?

– L'est.

– Ici, je suis déjà à cent mille lieues de mon royaume. Si je m'enfonce plus avant vers l'est, retrouverai-je jamais la route de Westeros ?

– Dirigez-vous vers l'ouest, vous risquez votre vie.

– La maison Targaryen a des amis dans les cités libres, lui rappela-t-elle. Des amis plus sûrs que Xaro ou les Impollus.

– Plus sûrs, j'en doute, si vous voulez dire Illyrio Mopatis. Qu'on lui offrît suffisamment d'or de votre personne, et il vous vendrait sans plus d'embarras que la dernière des esclaves.

– Mon frère et moi fûmes ses hôtes six mois durant. Il lui était facile alors de nous vendre, s'il l'avait voulu.

– Il vous a vendue, vous, riposta ser Jorah. A Khal Drogo. »

Elle s'empourpra. Il avait raison, mais ce ton acerbe la révulsait. « Illyrio nous a préservés des sbires de l'Usurpateur, et il adhérait à la cause de Viserys.

– Illyrio n'adhère qu'à la cause d'Illyrio. Une loi de nature veut que les gloutons soient voraces et les patrices tortueux. Illyrio Mopatis est les deux. Que savez-vous de lui, au juste ?

– Je sais qu'il m'a donné mes œufs de dragon. »

Il renifla. « S'il les avait sus susceptibles d'éclore, il les aurait couvés lui-même. »

La réplique la fit sourire à son corps défendant. « Oh, j'en suis la première persuadée, ser ! Je le connais mieux que vous n'imaginez. J'avais beau n'être qu'une enfant, quand j'ai quitté son hôtel de Pentos pour épouser le soleil étoilé de ma vie, je n'étais cependant ni sourde ni aveugle. Et je ne suis plus une enfant.

– Illyrio serait-il l'ami que vous vous figurez, s'opiniâtra le chevalier, ses seuls moyens ne lui permettraient pas plus de vous couronner aujourd'hui, vous, qu'hier Viserys.

– Il est riche, objecta-t-elle. Moins riche que Xaro, peut-être, mais assez riche pour fréter les navires et solder les hommes qui me font défaut.

– Les mercenaires ont leur utilité, convint-il, mais vous ne conquerrez jamais le trône de votre père avec les raclures des cités libres. Rien ne ressoude si promptement un royaume en pièces que la profanation de son sol par des envahisseurs.

– Mais je suis sa reine légitime ! s'insurgea-t-elle.

– Vous êtes une étrangère qui se propose de débarquer sur ses rivages avec une armée d'allogènes même pas capables de parler l'idiome commun. Outre qu'ils ne vous connaissent pas, les seigneurs de Westeros ont tout lieu de vous craindre et de se défier de vous. Avant de mettre à la voile, vous devez vous les concilier. Au moins quelques-uns.

– Et le moyen d'y parvenir, si je pars vers l'est comme vous le préconisez ? »

Il croqua une olive et en cracha le noyau dans sa paume. « Je l'ignore, Votre Grâce, avoua-t-il, mais je sais pertinemment que plus vous séjournez en un lieu, plus il est aisé à vos ennemis de vous y atteindre. Le seul nom *Targaryen* persiste à les terrifier. A telle enseigne qu'en apprenant votre grossesse ils n'ont rien eu de plus pressé que de vous dépêcher un assassin. A quoi se résoudront-ils, je vous prie, lorsqu'ils auront vent que vous possédez des dragons ? »

Aussi brûlant qu'une pierre baignée tout le jour par un soleil de feu, Drogon s'était pelotonné sous son bras. Rhaegal et Viserion se disputaient un bout de viande en sifflant et se souffletant l'un l'autre des ailes, narines nimbées de fumée. *Mes furieux d'enfants*, songea-t-elle. *Il ne doit pas leur arriver malheur.* « Ce n'est pas sans motif que la comète m'a conduite à Qarth. J'avais espéré y trouver mon armée, mais il semble qu'il n'en sera rien. Qu'en escompter d'autre, alors ? » *J'ai peur*, comprit-elle, *mais il me faut me montrer brave.* « Nous irons dès demain trouver Pyat Pree. »

TYRION

Jamais une larme, en dépit de son jeune âge. Une princesse née que Myrcella Baratheon. *Et une Lannister, nonobstant son nom*, se rappela Tyrion. *Le sang de Jaime autant que de Cersei.*

Un léger tremblement troublait, certes, son sourire pendant qu'elle recevait les adieux de ses frères sur le pont du *Véloce*, mais elle n'en prononçait pas moins les paroles séantes, et avec une vaillance qui le disputait à la dignité. Tant et si bien qu'au moment de la séparation c'est Tommen qui sanglotait, elle qui le réconfortait.

Tyrion assistait à la scène du haut du *Roi Robert*, énorme galère de quatre cents rameurs qui, surnommée par son équipage *La Massue de Rob*, allait être le navire amiral de l'escorte, laquelle comportait en outre *Le Lion*, *Le Fougueux* et la *Lady Lyanna*.

Amoindrir si grièvement la flotte, quand tant de bâtiments déjà s'étaient empressés de rallier lord Stannis à Peyredragon, ne satisfaisait guère Tyrion, mais Cersei s'était montrée intransigeante à cet égard. Peut-être à juste titre. Que la petite fût capturée avant d'atteindre Lancehélion, et l'alliance avec Dorne s'effondrerait. Doran Martell s'était jusqu'à présent contenté de convoquer son ban. Et s'il avait promis, sitôt Myrcella en sécurité à Braavos, de porter ses forces sur les cols et d'amener par cette menace certains des seigneurs des Marches à reconsidérer leurs engagements et Stannis à réfléchir sur l'opportunité de foncer vers le nord, il ne s'agirait là, de toute manière, que d'une simulation. Car il entendait bien se tenir à l'écart des hostilités, sauf agression caractérisée contre ses domaines – sottise que Stannis se garderait sûrement de commettre. *Stannis, oui, mais tel ou tel de ses bannerets ?* se demanda soudain Tyrion. *Une question que je devrais creuser…*

Il s'éclaircit la gorge. « Vous connaissez vos ordres, capitaine.

– Oui, messire. Nous devons suivre la côte coûte que coûte sans jamais la perdre de vue ni nous laisser apercevoir de Peyredragon jusqu'à la pointe de Clacquepince et, de là, cingler droit sur Braavos, de l'autre côté du détroit.

– Et si vous tombez néanmoins sur nos ennemis ?

– Les distancer ou les détruire s'ils n'ont qu'un bateau. S'ils en ont davantage, notre *Fougueux* collera au *Véloce* pour le protéger pendant que le reste de l'escorte livrera bataille. »

Tyrion acquiesça d'un hochement. Dans le pire des cas, le léger *Véloce* devait être capable de semer ses poursuivants. Vu ses dimensions modestes et l'importance de sa voilure, il était plus rapide qu'aucun vaisseau de guerre en lice, s'il fallait du moins en croire son commandant. Une fois à Braavos, Myrcella ne risquerait apparemment plus rien. Non content de lui donner ser Arys du Rouvre pour bouclier lige, son oncle avait chargé les Braavi de la mener eux-mêmes ensuite à Lancehélion. Lord Stannis en personne balancerait à s'attirer l'ire de la plus puissante des cités libres. Evidemment, le trajet par Braavos n'était pas le plus court pour aller de Port-Réal à Dorne, mais il *garantissait* un maximum de sécurité. L'espoir, enfin, d'un maximum de sécurité…

Si Stannis avait vent de cette expédition, il ne saurait choisir moment plus propice pour lâcher sa flotte contre nous. Un regard en arrière vers l'embouchure de la Néra le rassura : vierge de toutes voiles était le vaste horizon vert. Aux dernières nouvelles, la flotte Baratheon mouillait toujours au large d'Accalmie que ser Cortnay Penrose s'obstinait à défendre au nom de feu Renly. Les tours à treuil de Tyrion en avaient profité pour atteindre entre-temps les trois quarts de leur hauteur définitive. Les ouvriers qui y hissaient en ce moment même d'énormes blocs de pierre supplémentaires devaient le maudire de les forcer à travailler tout au long de ces jours fériés. *Va pour leurs malédictions… Une autre quinzaine, Stannis, voilà tout ce que je demande. Une autre quinzaine, et nous serons parés.*

Il regarda sa nièce s'agenouiller pour recevoir la bénédiction du Grand Septon. Frappée par les rayons du soleil, la couronne de cristal que portait celui-ci nimbait d'irisations le visage levé de l'enfant. Le tapage qui montait des berges rendait les prières inaudibles. Il fallait espérer que les dieux aient l'ouïe plus fine. Avec son embonpoint monumental, l'officiant se montrait encore plus inlassablement pompeux et venteux que Pycelle en personne. *Assez, vieillard,* s'exaspéra Tyrion, *mets le point final. Les dieux ont mieux à faire, et moi aussi, que de t'écouter.*

Lorsqu'eurent enfin cessé bredouillements et marmonnements, Tyrion prit congé du capitaine du *Roi Robert.* « Amenez saine et sauve ma nièce à Braavos, et vous serez fait chevalier à votre retour », promit-il.

Comme il entreprenait de redescendre à quai, d'un pas de canard qu'aggravaient à l'envi la roideur de la passerelle et l'espiègle roulis de la galère, l'inimitié des regards posés sur lui le heurta. *Les ravirait, de rigoler, je gage...* Nul n'osait que sous cape, mais il perçut de sourds murmures parmi les craquements du bois, le crissement des câbles et la ruée du courant contre les pilotis. *Non, ils ne m'aiment pas. Bah, rien d'étonnant. Je suis aussi bien nourri que mal bâti, et ils meurent de faim.*

Précédé de Bronn, qui lui frayait passage au sein de la foule, il rejoignit sœur et neveux. Cersei l'ignora, plutôt que de distraire un seul des sourires qu'elle prodiguait au joli cousin. Il se fit, pour contempler Lancel, des prunelles aussi vertes que les émeraudes dont elle avait cerné sa gorge de neige et s'offrit un fin sourire intérieur. *Je connais ton secret, ma chère.* Elle était devenue depuis peu des plus assidue auprès du Grand Septon – à seule fin, n'est-ce pas, frérot ? de se concilier la faveur des dieux pour la lutte imminente contre Stannis... En vérité, ses oraisons ne la retenaient guère dans le grand septuaire de Baelor. Aussitôt accoutrée d'une pèlerine brune, elle filait rejoindre certain chevalier interlope au nom improbable de ser Osmund Potaunoir et ses non moins ragoûtants de frères Osfryd et Osney. Elle comptait, par le truchement de ces trois marmiteux (Lancel avait craché le morceau), recruter sa propre compagnie de reîtres.

Eh bien, ces petits complots, libre à elle de s'y amuser. Elle ne se montrait jamais si gracieuse envers Tyrion que lorsqu'elle se figurait l'embobiner. Les Potaunoir allaient l'ensorceler, lui piquer son fric, lui promettre autant de lunes qu'elle en voudrait, pourquoi non, du moment que Bronn rendait la monnaie de la pièce, liard pour liard, sol pour sol ? Exquis coquins tous trois, les frères se révélaient infiniment mieux doués comme escrocs que comme donneurs de sang. Trois tambours, voilà tout ce que Cersei était en définitive parvenue à s'acheter ; elle en aurait tout le *boumboum* de ses rêves, mais rien que du vent dedans. Un sujet de rire inépuisable pour Tyrion.

Salués par des fanfares de cors, *Le Lion* et la *Lady Lyanna* s'écartèrent de la berge en direction de l'aval pour ouvrir la route au *Véloce*. De la foule massée sur les rives montèrent quelques ovations, mais aussi maigres, effilochées que les vagues cirrus qu'éparpillait le vent. Avec un sourire, Myrcella agita la main. Derrière elle, manteau blanc flottant, se tenait ser Arys du Rouvre. Le capitaine ordonna de larguer les amarres, les rameurs poussèrent *Le Véloce* au plus fort de la Néra, les voiles fleurirent et s'enflèrent – des voiles blanches ordinaires, conformément aux instructions de Tyrion : « Point d'écarlate Lannister ». Et comme Tommen suffoquait, en larmes, « Assez de vagissements ! lui siffla son frère, un prince est censé ne jamais pleurer.

– Le prince Aemon Chevalier-dragon pleura pourtant, le jour où la princesse Naerys épousa son frère, Aegon, dit Sansa Stark, et n'est-ce pas les joues baignées de larmes qu'après s'être mortellement blessés l'un l'autre expirèrent les jumeaux ser Arryk et ser Erryk ?

– Silence ! ou c'est *vous* que va mortellement blesser ser Meryn... », riposta Joffrey. Tyrion jeta un regard furtif à sa sœur, mais elle était absorbée par les chuchotements de ser Balon Swann. *Se peut-il vraiment qu'elle s'aveugle à ce point sur la nature de son fils ?* se demanda-t-il.

A son tour, *Le Fougueux* déploya ses rames afin de venir se placer dans le sillage du *Véloce*, bientôt suivi par *Le Roi Robert*, joyau de la flotte royale – enfin, de ce qu'en avaient épargné les défections de l'année précédente... Pour former l'escorte, Tyrion s'était efforcé d'exclure tous les bâtiments dont les capitaines étaient, selon Varys, de loyauté suspecte..., mais comme la loyauté de Varys prêtait elle-même à suspicion, de quelle sécurité se flatter ? *Je me repose trop sur Varys*, songea-t-il. *Il me faut mes propres informateurs. Dont me défier tout autant.* Péril mortel que la confiance.

La pensée de Littlefinger revint le tracasser. Il n'en avait reçu aucune nouvelle depuis le départ pour Pont-l'Amer. Ce qui pouvait aussi bien signifier tout que le contraire. Varys lui-même s'en montrait perplexe. « Et s'il avait joué de malchance, en route ? Voire péri ? » Hypothèse que Tyrion balaya d'un reniflement sarcastique. « Lui, mort ? Alors, je suis un géant ! » Les Tyrell devaient tout simplement renâcler, et comment les en blâmer ? *Si j'étais Mace Tyrell, j'aimerais mieux voir fichée la tête de Joffrey sur une pique que sa queue dans ma fille.*

La petite flotte se trouvait déjà fort avant dans la baie quand Cersei donna le signal du départ. Bronn amena son cheval à Tyrion et l'aida à monter. Ces tâches incombaient à Pod, mais on avait laissé Pod au Donjon Rouge. La présence émaciée du reître était autrement plus rassurante pour son maître que celle de l'écuyer.

Les rues étroites étaient bordées de sergents du Guet qui contenaient la foule avec les hampes de leurs piques. Ser Jacelyn Prédeaux précédait le cortège avec une cavalcade de lanciers vêtus de maille noire sous le manteau d'or. Juste derrière venaient ser Aron Santagar et ser Balon Swann, arborant les bannières du roi, lion Lannister et cerf couronné Baratheon.

Suivait Joffrey, couronne d'or à même ses boucles d'or, sur un grand palefroi gris. A ses côtés, l'œil droit devant sous sa résille de pierres de lune et ses cheveux auburn flottant aux épaules, Sansa Stark chevauchait une jument brune. Les flanquaient deux membres de la Garde, à la droite du roi le Limier, ser Mandon Moore à la gauche de la jeune fille.

Sur leurs talons reniflait Tommen, escorté de ser Preston Verchamps, armure blanche et manteau blanc, tandis que ser Meryn Trant et ser Boros Blount encadraient Cersei et l'inséparable Lancel à qui Tyrion emboîtait le pas. Enfin, la litière du Grand Septon devançait une longue file de courtisans parmi lesquels se distinguaient ser Horas Redwyne, lady Tanda et sa fille, Jalabhar Xho, lord Gyles Rosby. Une double colonne d'hommes d'armes fermait la marche.

En deçà des piques, faces hirsutes et crasseuses, regards lourds et sombres rancœurs. *Je n'aime pas ça du tout du tout du tout...*, songea Tyrion. Certes, Bronn avait persillé la presse de mercenaires chargés de prévenir la moindre apparence de trouble, et peut-être Cersei avait-elle requis de même ses Potaunoir, mais serait-ce bien efficace ? il en doutait fort. Pour peu que le feu fût trop vif, suffisait-il de jeter trois carottes dans la marmite pour empêcher le rata de cramer ?

Après avoir traversé la place Poissarde et longé la rue de la Gadoue, on tourna dans la rue Croche qui s'incurvait pour escalader la colline d'Aegon. Quelques voix jetèrent au passage du jeune roi des « *Joffrey ! Vive Joffrey !* » mais, pour une qui l'ovationnait, cent gardaient le silence. Les Lannister sillonnaient une mer d'hommes loqueteux, de femmes affamées, se heurtaient à une houle d'expressions lugubres. A trois pas devant Tyrion, Cersei riait d'un mot de Lancel. Gaieté de façade, soupçonna-t-il. Elle ne pouvait tout de même ignorer l'atmosphère d'émeute qui les cernait. Mais elle avait toujours misé sur les airs bravaches.

A mi-chemin du sommet, une femme éplorée parvint à forcer le cordon du Guet et à se précipiter au-devant du roi et de ses compagnons, brandissant au-dessus de sa tête le cadavre bleui, boursouflé, de son nourrisson. Spectacle hideux, mais qui n'était rien auprès du regard de la malheureuse. Un instant, Joffrey parut vouloir lui passer sur le corps mais, Sansa Stark s'étant penchée vers lui pour lui murmurer quelque chose, il finit par fouiller dans sa bourse et lancer à la femme un cerf d'argent. La pièce rebondit sur l'enfant mort et alla rouler entre les jambes des manteaux d'or et de la foule, où une dizaine d'individus se battirent aussitôt pour sa possession. La mère, elle, n'avait pas seulement cillé. Ses bras décharnés tremblaient sous le poids du petit.

« Laissez, Sire, intervint Cersei, nos secours lui sont inutiles, au point où elle en est, la pauvre. »

En entendant la voix de la reine, la démente recouvra comme une lueur d'esprit, son visage effondré se recomposa sur une expression d'indicible dégoût. « *Putain !* cria-t-elle, *putain du Régicide ! enfoirée de ton frère !* » Dans sa fureur, elle lâcha l'enfant qui tomba comme un sac de son, pointa l'index contre Cersei : « *Enfoirée de ton frère enfoirée de ton frère enfoirée de ton frère !* »

L'agresseur, Tyrion ne le vit même pas. Il entendit seulement Sansa hoqueter, Joffrey lâcher un juron, puis, celui-ci ayant tourné la tête, il le vit s'essuyer le visage. Une bouse y dégoulinait, qui avait surtout encroûté sa chevelure blonde et éclaboussé les jambes de Sansa.

« Qui a fait ça ? » glapit Joffrey. Il se passa les doigts dans les cheveux d'un air furibond, secoua une autre poignée de merde. « Je veux le coupable ! hurla-t-il. Cent dragons d'or pour qui le dénoncera !

– Là-haut ! » cria quelqu'un dans l'assistance. Le roi fit tourner son cheval sur place, la tête levée vers les toits et les balcons qui le surplombaient. Des gestes délateurs hérissaient la foule qui se bousculait, s'injuriait, injuriait Joffrey.

« De grâce, Sire, oubliez-le... », supplia Sansa.

Il n'en tint aucun compte. « Qu'on me l'amène ! commanda-t-il, il léchera cette saloperie, ou j'aurai sa tête. Ramène-le-moi, Chien ! »

Docilement, Sandor Clegane sauta de selle, mais le mur humain lui bloquait le passage, à plus forte raison vers les toits. Les gens des premiers rangs eurent beau se tortiller et se démener pour s'écarter, ceux de derrière poussaient pour voir. Tyrion sentit venir une catastrophe. « Abandonnez, Clegane, le type ne vous aura pas attendu.

– Je le *veux* ! glapit Joffrey, le doigt brandi vers le ciel. Il était là-haut ! Taille donc au travers et ramène... »

La fin de la phrase se perdit dans un ouragan tonitruant de haine, de rage et de peur qui, subitement, se déchaîna tout autour, tels criant : « *Bâtard !* », à Joffrey, « *sale bâtard !* », d'autres invectivant la reine : « *Putain ! Enfoirée de ton frère !* », d'autres régalant Tyrion des quolibets d'« *Avorton !* » et de « *Nabot !* », toutes aménités pimentées, çà et là, perçut-il, de vociférations telles que « *Justice !* », « *Robb ! le roi Robb ! le Jeune Loup !* », « *Stannis !* » et même « *Renly !* ». De part et d'autre de la rue, la foule refoulait les manteaux d'or qui, vaille que vaille, croisaient les hampes de leurs piques en s'arc-boutant pour la contenir. Des pierres et des détritus mêlés d'immondices plus fétides encore se mirent à voler. « A manger ! » hurla une femme. « Du pain ! » tonna derrière elle un homme. « *Du pain qu'on veut, bâtard !* » En une seconde, mille voix reprirent l'antienne, et il n'exista plus dès lors de roi Joffrey, de roi Robb ni de roi Stannis, le trône échut au seul roi Pain. « *Du pain !* clamait la populace comme un seul homme, *du pain ! du pain !* »

Des deux éperons, Tyrion se porta à la hauteur de sa sœur et aboya : « Au château ! *Vite !* » Elle acquiesça d'un signe bref, et ser Lancel dégaina. En tête de la colonne, ser Jacelyn rugissait des ordres. Ses cavaliers abaissèrent leurs lances et avancèrent, formés en coin. Tout à son idée fixe, Joffrey, lui, persistait à faire tourner son palefroi sur place quand, au travers du cordon de manteaux d'or, des mains se tendirent pour l'agripper. L'une d'elles parvint à lui saisir la jambe, mais à peine un instant, car l'épée de ser Mandon s'abattit sur elle et la trancha au ras du poignet. « *Fonce !* » gueula Tyrion à son neveu, tout en appliquant une claque retentissante sur la croupe de sa monture. Celle-ci se cabra, hennit, bondit de l'avant, la foule s'éparpilla.

Tyrion s'élança dans la brèche ainsi ouverte, Bronn à sa hauteur, l'épée au poing. Une pierre lui siffla aux oreilles, un chou pourri explosa sur le bouclier de ser Mandon. Sur leur gauche, trois manteaux d'or s'aplatirent, culbutés par la foule qui se précipita en les piétinant. On avait semé le Limier, dont le cheval galopait seul aux côtés du roi. Tyrion vit désarçonner ser Aron Santagar, auquel on arracha de vive force le cerf Baratheon noir et or. Ser Balon Swann se débarrassa quant à lui du lion Lannister pour tirer l'épée et tailler de droite et de gauche, tandis que les lambeaux de la bannière lacérée se dispersaient en virevoltant comme feuilles écarlates dans la tempête, et puis plus rien. Devant, quelqu'un tituba, poussa un cri sous les sabots du roi, homme ? femme ? enfant ? Tyrion n'eût su dire, fuite éperdue. A ses côtés, Joffrey avait une tête de papier mâché, ser Mandon n'était, sur sa gauche, qu'une ombre blanche.

Et, soudain, le cauchemar cessa, seul résonnait le crépitement des fers sur les abords pavés de la barbacane. Devant les portes, rangée de piques. Et ser Jacelyn qui faisait volter ses lances en prévision d'un nouvel assaut. Les piques s'écartèrent pour permettre au cortège de s'engouffrer sous la herse et de se retrouver surplombé par la masse rougeâtre des remparts, avec le soulagement de les voir si hauts et si bien munis d'arbalétriers.

Tyrion avait démonté sans y prendre garde. Aidé de ser Mandon, Joffrey, tremblant de tous ses membres, mettait pied à terre quand Cersei, Tommen et Lancel franchirent à leur tour l'enceinte, immédiatement suivis de ser Boros et de ser Meryn. L'épée du premier dégouttait de sang, le second s'était vu arracher son manteau blanc. Ser Balon Swann reparut sans heaume, et son cheval couvert d'écume saignait de la bouche. Horas Redwyne ramena une lady Tanda demi-folle pour sa Lollys de fille qui, jetée à bas de sa selle, était demeurée en arrière. Le teint plus gris que jamais, lord Gyles bredouillait la mésaventure du Grand Septon qui, de sa litière renversée, piaulait des prières à la populace qui se refermait sur lui. Sans en être absolument sûr, Jalabhar Xho croyait pour sa part avoir vu ser Preston Verchamps rebrousser chemin pour le secourir.

A peine conscient qu'un mestre lui demandait s'il n'était pas blessé, Tyrion cahota vers le coin de la cour où, couronne bouseuse en biais, se tenait son neveu. « Des traîtres ! babillait Joffrey, cramoisi de rage, et j'aurai leur tête à tous, je... »

Le nain le gifla avec tant de force que sa couronne s'envola au diable. Puis il l'empoigna à deux mains et le projeta à terre. « Espèce de *dingue* obtus !

– C'est que des traîtres ! piailla Joffrey, affalé. Ils m'ont insulté et attaqué !

– *C'est toi qui leur as lâché ton chien dessus !* Que croyais-tu qu'ils allaient faire ? plier humblement le genou pendant que le Limier les taillerait comme des buis ? Bougre de *mioche* imbécile et gâté, tu as tué Clegane et les dieux savent combien d'autres, et tu t'en tires en plus, *toi*, sans une égratignure..., *maudit sois-tu !* » Et il se mit à le botter. Un régal qu'il aurait volontiers prolongé, mais les criaillements alertèrent ser Mandon qui crut bon de s'interposer, suscitant l'intervention instantanée de Bronn. Cersei s'agenouilla sur son fils, pendant que ser Balon Swann refrénait à son tour ser Lancel. Tyrion se dégagea. « Combien des nôtres reste-t-il dehors ? aboya-t-il à l'intention de personne et de tout le monde.

– Ma fille ! pleura lady Tanda. Par pitié, il faut aller chercher Lollys…

– Ser Preston n'est pas revenu, annonça ser Boros Blount, ser Aron non plus.

– Ni Nounou », dit ser Horas Redwyne, désignant Tyrek Lannister par le sobriquet que lui avait valu parmi les écuyers son mariage avec ce poupon de lady Ermesande.

Tyrion jeta un regard circulaire. « Où est la petite Stark ? »

Il n'obtint d'abord aucune réponse. Puis Joffrey finit par dire : « Elle chevauchait à mes côtés. J'ignore où elle a pu aller. »

Pris de vertige, Tyrion se pressa les tempes à deux mains. Qu'il fût arrivé malheur à Sansa, Jaime était un homme mort. « Vous étiez censé la protéger, ser Mandon. »

Moore ne se troubla pas pour si peu. « En voyant les gens s'attrouper autour du Limier, je me suis d'abord préoccupé du roi.

– Et à juste titre, opina Cersei. Boros, Meryn, retournez chercher la petite.

– Et ma fille, sanglota lady Tanda. Par pitié, messers… »

La perspective de ressortir ne parut pas séduire outre mesure ser Boros. « Que Votre Grâce me pardonne, dit-il à la reine, mais la vue de nos manteaux blancs risque d'exaspérer la tourbe. »

Tyrion ne put en digérer davantage. « Les Autres emportent ton foutu manteau ! *Ote-le donc*, bougre d'emmanché, si tu as la trouille de le porter, mais je te préviens…, *trouve-moi Sansa Stark*, ou je te fais fendre ta vilaine tronche par Shagga, qu'on sache enfin s'il y a dedans autre chose que de la chiasse ! »

La colère violaça ser Boros. « *Ma* vilaine tronche, *toi* qui dis ça ? » Déjà se levait l'épée sanglante toujours coincée dans le gantelet de maille. Sans ménagements, Bronn repoussa Tyrion derrière lui.

« *Assez !* jappa Cersei. Obéissez, Boros, ou ce manteau changera d'épaules. Votre serment…

– La voici ! » s'écria Joffrey, le doigt tendu.

Montée par Sandor Clegane, la jument brune franchissait la poterne au galop. En croupe, Sansa, qui étreignait à deux bras la poitrine du Limier.

« Vous êtes blessée, madame ! » s'exclama Tyrion.

D'une large estafilade au cuir chevelu, le sang ruisselait sur son front. « Ils... ils lançaient des choses..., des cailloux, des œufs, des saletés... J'ai bien essayé de leur dire que je n'avais pas de pain à leur donner. Un homme a voulu m'arracher de selle. Le Limier l'a tué, je crois... Son bras... » Les yeux agrandis, elle se plaqua une main sur la bouche. « Il – il lui a *tranché le bras* ! »

Clegane l'enleva comme une plume et la déposa à terre. Son manteau blanc était en loques et couvert d'immondices, de sa manche gauche déchiquetée suintait du sang. « Le petit oiseau saigne. Qu'on le ramène à sa cage. Il faut examiner sa plaie. » Mestre Frenken se précipita. « Ils ont eu Santagar, reprit le Limier. Quatre types le maintenaient à terre et lui écrabouillaient la tête, chacun son tour, avec un pavé. J'en ai étripé un. Sans profit pour ser Aron. »

Lady Tanda s'approcha. « Ma fille...

– Pas vue. » D'un air renfrogné, il parcourut la cour du regard. « Où est mon cheval ? S'il lui est arrivé quelque chose, on me le paiera.

– Il a suivi le train un bon moment, dit Tyrion, mais, après, j'ignore ce qu'il est devenu.

– *Au feu !* cria une voix du haut de la barbacane. On voit de la fumée en ville, messires. Culpucier flambe. »

Tyrion n'en pouvait littéralement plus, mais il n'avait même pas le *loisir* de désespérer. « Bronn, prends autant d'hommes qu'il faudra. Et fais gaffe aux citernes. Qu'on ne les prenne pas à partie. » *Bonté divine ! le grégeois... Qu'une seule étincelle l'atteigne, et...* « Nous pouvons à la rigueur nous permettre de perdre tout Culpucier, mais l'incendie ne doit à aucun prix toucher l'hôtel des Alchimistes, compris ? Clegane, vous l'accompagnez. »

Un quart de seconde, il crut lire la peur dans le sombre regard du Limier. *Le feu !* comprit-il soudain. *Les Autres m'emportent ! évidemment qu'il hait le feu..., il n'en a que trop tâté !* Mais déjà Clegane avait repris son air maussade habituel. « J'irai, dit-il, mais pas pour *vous* obéir. Dois récupérer mon cheval. »

Tyrion se retourna vers les trois autres membres de la Garde. « Escortez chacun un héraut. Commandez aux gens de rentrer chez eux. Tout homme trouvé dans les rues après le carillon du soir sera exécuté.

– Notre place est auprès du roi », se rengorgea ser Meryn.

Cersei se dressa comme une vipère. « Votre place est celle que vous assigne mon frère, cracha-t-elle. La Main parle au nom du roi, lui désobéir est trahir. »

Boros et Meryn échangèrent un coup d'œil. « Devons-nous porter nos manteaux, Votre Grâce ? s'enquit le premier.

– M'en fiche ! allez-y même à poil... Ça rappellerait peut-être à la populace que vous êtes des hommes. Votre attitude d'aujourd'hui a dû le lui faire oublier. »

Tyrion la laissa écumer tout son saoul. La migraine le martelait. Il lui semblait percevoir l'odeur de la fumée, mais peut-être ne sentait-il là que celle de ses nerfs à vif. Deux Freux étaient de faction devant la tour de la Main. « Allez me chercher Timett, fils de Timett.

– Les Freux ne couaquent pas après les Faces Brûlées », s'indigna l'un d'eux, piqué au vif.

Dans son marasme, Tyrion avait oublié à qui il avait affaire. « Shagga, alors.

– Shagga dort. »

Il en aurait pleuré. « Réveille-le.

– Pas facile, réveiller Shagga, fils de Dolf, geignit l'autre. Colère épouvantable. » Il s'éloigna en grommelant.

Lorsque le sauvage survint enfin, traînant les pieds, bâillant et se grattouillant, Tyrion lança : « La moitié de la ville est en proie à l'émeute, l'autre aux flammes, et, pendant ce temps, Shagga ronfle...

– Shagga n'aime pas votre eau boueuse d'ici, ça l'oblige à boire votre bière pâle et votre vin sur et, après, tête lui fait mal.

– J'ai logé Shae dans une maison près de la porte de Fer. Je veux que tu te rendes auprès d'elle pour la protéger, quoi qu'il arrive. »

Le colosse sourit de toutes ses dents. Cela faisait comme une crevasse jaune dans sa barbe hirsute. « Shagga la ramènera ici.

– Non. Veille seulement qu'il ne lui advienne aucun mal. Dis-lui que j'irai la voir le plus tôt possible. Dès cette nuit, peut-être. En tout cas demain, sûrement. »

Quand vint le soir, hélas, la ville n'avait toujours pas recouvré son calme, encore que l'on eût maîtrisé les flammes et, rapporta Bronn, dispersé la plupart des attroupements séditieux. Si fort qu'il aspirât à se blottir dans les bras de Shae, Tyrion dut se rendre à l'évidence, il resterait claquemuré, cette nuit.

Il était en train de dîner à tâtons d'un chapon froid et de pain bis quand ser Jacelyn Prédeaux vint lui présenter la note saignante du jour. A l'heure où, les ténèbres et le froid menaçant d'envahir la loggia, ses serviteurs avaient prétendu allumer les chandelles et lui faire flamber un bon feu, il les avait chassés d'un rugissement. Il était d'humeur aussi noire que la pièce, et rien dans les propos de son visiteur n'était de nature à l'égayer.

En tête des victimes figurait le Grand Septon, dépecé malgré tous ses appels à la merci des dieux. *La foutent mal, aux yeux des affamés, ces prêtres trop gras pour marcher…*, réfléchit-il.

On était passé cent fois devant le cadavre de ser Preston sans le remarquer ; les manteaux d'or cherchaient en effet un chevalier revêtu d'une armure blanche, et on l'avait tellement poignardé puis haché si menu qu'il était rouge sombre de pied en cap.

On avait retrouvé ser Aron Santagar dans le caniveau, la tête en bouillie sous le heaume défoncé.

Quant à la fille de lady Tanda, son pucelage avait succombé aux assauts d'une cinquantaine de gueulards, derrière une boutique de tanneur. Elle errait, nue, rue Pansetruie, quand la découvrirent les manteaux d'or.

Tyrek était toujours porté disparu, tout comme la tiare en cristal du Grand Septon. Neuf manteaux d'or avaient péri, quarante étaient blessés. Pour ce qui était des pertes des émeutiers, nul ne s'était soucié de les dénombrer.

« Il me faut Tyrek, mort ou vif, déclara sèchement Tyrion quand Prédeaux en eut terminé. Il n'est guère qu'un gamin. Le fils de feu mon oncle Tygett. Lequel m'avait toujours traité avec bonté.

– Nous le retrouverons. La tiare aussi.

– Pour ce que j'en ai à faire, les Autres peuvent se la mettre mutuellement.

– En me nommant commandant du Guet, vous m'avez dit que vous vouliez la vérité, toujours et sans ambages.

– J'ai comme l'impression que je n'apprécierai pas ce que vous allez m'assener, s'assombrit Tyrion.

– Aujourd'hui, nous avons pu tenir la ville, messire, mais j'augure mal de demain. Tout présage l'ébullition. Il rôde tant de voleurs et d'assassins que nul n'est en sécurité chez soi, cette maudite pègre se répand dans les gargotes qui bordent l'Anse-Pissat, et ni le cuivre ni l'argent ne permettent plus de se procurer à manger. Alors que naguère ne s'entendaient que des ronchonnements d'égout, désormais, tout parle ouvertement de trahir, au sein des guildes et sur les marchés.

– Il vous faut davantage d'hommes ?

– La moitié de ceux que j'ai ne m'inspirent déjà pas confiance. Slynt avait triplé les effectifs du Guet, mais il faut plus qu'un manteau d'or pour faire un sergent. Non qu'il ne se trouve des types braves et loyaux parmi les nouvelles recrues, mais la proportion de brutes, de saoulards, de lâches et de faux-jetons vous effarerait. A demi entraînée, cette racaille indisciplinée n'est à la rigueur fidèle qu'à sa propre peau. Si l'on en vient à se battre, ils lâcheront pied, je crains.

– Je n'ai jamais nourri la moindre illusion là-dessus, dit Tyrion. A la moindre brèche ouverte dans nos murs, nous sommes perdus, je le sais depuis le début.

– Nombre de mes hommes sont originaires du petit peuple. Ils parcourent les mêmes rues que lui, picolent dans les mêmes bistrots, épongent leurs bolées de brun dans les mêmes bouis-bouis. Votre eunuque a dû vous le dire, on n'adore pas les Lannister, à Port-Réal. Beaucoup d'habitants se souviennent encore de la manière dont votre seigneur père a mis la ville à sac, après qu'Aerys lui eut ouvert les portes. Ils murmurent que les dieux nous punissent pour les crimes de votre maison – pour le régicide commis par votre frère, pour le massacre des enfants de Rhaegar, pour l'exécution d'Eddard Stark et pour la sauvagerie de Joffrey en matière de justice. D'aucuns n'hésitent pas à dire que les choses allaient infiniment mieux du temps de Robert et à insinuer qu'elles s'amélioreraient si Stannis occupait le trône. Ces discours-là se tiennent dans tous les bouis-bouis, les bistrots, les bordels… et, je crains, les casernes et les postes de garde.

– Bref, on exècre ma famille, c'est bien cela ?

– Mouais…, et si l'occasion s'en présente, elle le paiera cher.
– Moi de même ?
– Demandez à votre eunuque.
– C'est à vous que je le demande. »

Du fond de leurs orbites, les yeux de Prédeaux s'attardèrent sur les prunelles dépareillées du nain et ne cillèrent pas. « Vous plus que tous, messire.

– *Plus que tous ?* » Pareille injustice avait de quoi le révulser. « C'est Joffrey qui leur a dit de manger leurs morts, Joffrey qui a lancé son chien sur eux. Comment pourrait-on m'en faire grief, à moi ?

– Sa Majesté n'est qu'un gamin. La rue le dit entouré de méchants conseillers. La reine n'a jamais passé pour chérir les manants, ce n'est pas par amour qu'on nomme Varys l'Araignée…, mais c'est vous qu'on blâme le plus. A l'époque plus heureuse du roi Robert, votre sœur et l'eunuque se trouvaient ici, vous pas. On dit que vous avez pourri la ville de reîtres impudents, de sauvages crasseux, de brutes qui prennent ce qui les tente et ne respectent que leurs propres lois. On dit que vous avez exilé Janos Slynt parce que vous le trouviez trop honnête et carré pour votre fantaisie. On dit que vous avez jeté le sage et bon Pycelle en prison quand il a osé s'opposer à vous en élevant la voix. Certains affirment même que vous ne songez qu'à vous adjuger le trône de Fer.

– Oui, et je suis en outre un monstre, hideux et contrefait, n'oublions jamais ce détail. » Son poing se serra violemment. « Me voilà édifié. Nous avons tous deux des tâches urgentes. Laissez-moi. »

Si tel est le plus bel exploit dont je sois capable, songea-t-il une fois seul, *peut-être messire mon père n'avait-il pas tort de me mépriser depuis tant d'années*. Son regard s'abaissa sur les vestiges de son repas, et la vue du chapon figé dans sa graisse lui souleva l'estomac. Il le repoussa, nauséeux, appela Pod et l'expédia chercher au plus vite Bronn et Varys. *J'ai pour conseillers favoris un eunuque et un spadassin, pour dame une pute. Est-ce un descriptif de ma personnalité ?*

Dès son entrée, Bronn se plaignit des ténèbres et exigea du feu. Celui-ci flambait haut et clair quand parut Varys. « Où étiez-vous passé ? demanda Tyrion.

– Service du roi, mon cher sire.

– Ah oui, du *roi*, marmonna Tyrion. Mon neveu ne saurait se tenir sur sa chaise percée. A plus forte raison sur le trône de Fer. »

Varys haussa les épaules. « Tout apprenti a besoin d'apprendre son métier.

– La moitié des apprentis de la rue Mofette gouverneraient moins mal que votre roitelet. » Bronn s'assit en travers de la table et détacha une aile du chapon.

Si Tyrion s'était fait une règle d'ignorer l'insolence invétérée du reître, il s'en offusqua, ce soir-là. « Je t'ai donné la permission d'achever mon dîner ?

– Vous ne me sembliez pas d'humeur à le manger, répliqua Bronn, la bouche pleine. Dans une ville qui meurt de faim, c'est criminel de gâcher la bouffe. Vous avez du vin ? »

Il finira par me demander de le lui verser, songea sombrement Tyrion. « Tu vas trop loin, prévint-il.

– Et vous, vous n'allez jamais assez loin. » Il jeta l'os dans la jonchée. « Jamais imaginé combien l'existence serait facile, si l'autre était né le premier ? » Il replongea les doigts dans le chapon et en arracha un filet. « Le pleurnicheur, Tommen. Semble le genre à faire tout ce qu'on lui dirait, comme un bon roi devrait. »

En comprenant ce qu'insinuait Bronn, un frisson glacé dévala l'échine de Tyrion. *Si Tommen était roi...*

Mais, pour qu'il le devînt, il n'y avait qu'un seul moyen. Non. Il lui était impossible même de l'envisager. Joffrey était son propre sang, le fils de Jaime autant que celui de Cersei. « Je pourrais te faire décapiter pour des propos pareils », menaça-t-il, mais sans autre succès qu'un rire narquois.

« Amis..., gronda Varys, nous quereller ne nous avance à rien. Je vous en conjure tous deux, reprenez du cœur.

– A qui ? » s'enquit aigrement Tyrion. Pas mal de tentations s'offraient à sa pensée.

DAVOS

Ser Cortnay Penrose ne portait pas d'armure. Il montait un étalon alezan, son porte-enseigne un gris pommelé. Au-dessus d'eux flottaient le cerf couronné Baratheon et les plumes croisées Penrose, blanches sur champ fauve. Du même fauve que la barbe en pelle de ser Cortnay, lequel avait d'ailleurs le crâne absolument chauve et, si l'impressionnaient le moins du monde la splendeur et la conséquence des entours du roi, n'en laissait rien trahir à ses traits ravinés.

Le petit trot qu'on avait adopté faisait pas mal quincailler la maille et ferrailler la plate. Davos lui-même était tapissé de maille, il n'aurait su dire pourquoi ; ce poids inaccoutumé lui endolorissait les épaules et les reins. Il se sentait grotesque et balourd en cet appareil et, pour la centième fois, se demandait ce qu'il fichait là. *Il ne m'appartient pas de discuter les ordres du roi, mais…*

Infiniment mieux né que Davos Mervault, chacun des membres de l'escorte jouissait d'une position bien supérieure à la sienne, et tous ces puissants seigneurs étincelaient au soleil levant, dans leurs armures d'acier niellées d'or et d'argent, sous leurs heaumes empennés de soie, crêtés de plumes et artistement ciselés en mufles héraldiques aux orbites serties de gemmes. En si royale compagnie, Stannis lui-même détonnait ; simplement vêtu, comme Davos, de laine et de cuir bouilli, il ne devait son air de grandeur qu'au diadème d'or rouge qui lui ceignait les tempes et dont les pointes en forme de flamme flamboyaient au moindre mouvement.

Depuis huit jours que *La Botha noire* avait rallié le reste de la flotte au large d'Accalmie, pas un instant Davos ne s'était trouvé si près de Sa Majesté. A la demande d'audience formulée dans l'heure de son retour, fin de non-recevoir : le roi était occupé. Occupé, le roi l'était souvent, apprit Davos de son fils Devan, qui se trouvait aux premières loges, en tant qu'écuyer. Maintenant que Stannis Baratheon avait recouvré sa puissance, les gentillâtres lui bourdonnaient autour comme les mouches sur un cadavre. *Il a d'ailleurs une mine de déterré. Il a pris des années depuis mon départ de Peyredragon.* Il ne dormait plus guère, selon Devan toujours : « Il est hanté, depuis la mort de lord Renly, par d'effroyables cauchemars. Les drogues du mestre sont impuissantes à l'en délivrer. Seule dame Mélisandre parvient à lui procurer un sommeil paisible. »

Est-ce pour cela qu'elle partage à présent son pavillon ? se demanda-t-il. *Pour prier avec lui ? Ou bien l'apaise-t-elle d'une autre manière ?* Question scabreuse, et qu'il n'osait poser, même à son propre fils. Un bon gars, Devan, mais qui portait fièrement sur son doublet l'emblème du cœur ardent. Et Davos l'avait vu de ses propres yeux, le soir, auprès des feux, conjurer le Maître de la Lumière de ramener l'aube. *Il est l'écuyer du roi*, se dit-il, *il fallait s'attendre à le voir adopter son dieu.*

De près, la hauteur et l'épaisseur des remparts d'Accalmie l'étonnèrent presque autant qu'une nouveauté. Le roi Stannis fit halte à leur pied. Trois pas à peine le séparaient de ser Cortnay et de son porte-enseigne. « Ser », dit-il, roide et poli comme à l'ordinaire. Il demeura vissé en selle.

« Messire. » C'était moins poli mais nullement inattendu.

« Il est séant de dire *Sire* aux rois », releva lord Florent. Sur son corselet de plates, un renard d'or rouge pointait son museau brillant parmi des guirlandes de fleurs en lapis-lazuli. Très grand, très gourmé, très riche, le sire de Rubriand, non content d'être le premier des bannerets de Renly à s'être déclaré pour Stannis, avait été le premier à répudier ses dieux au profit du Maître de la Lumière. Stannis avait eu beau laisser Selyse et son oncle Axell à Peyredragon, les hommes de la reine étaient plus nombreux et plus influents que jamais, Alester Florent en tête.

Ser Cortnay Penrose l'ignora pour ne s'adresser qu'à Stannis. « Que vous voilà en belle compagnie. Les hauts et puissants lords Estremont, Errol, Varnier. Ser Jon, des Fossovoie pomme-verte, et ser Bryan, des pomme-rouge. Lord Caron et ser Guyard, de la garde Arc-en-ciel du roi Renly…, *et* l'irrésistible lord Alester Florent de Rubriand, bien sûr. Et, là-bas derrière, n'est-ce pas votre Chevalier Oignon que j'aperçois ? Dans le mille, ser Davos. La dame, m'est avis, je n'ai pas l'honneur.

– On m'appelle Mélisandre, ser. » Elle était seule venue sans armure, abstraction faite de ses rouges falbalas. A sa gorge, le gros rubis s'enivrait de soleil. « Servante de votre roi et du Maître de la Lumière.

– Grand bien vous fasse, madame, riposta-t-il, mais j'honore d'autres dieux et un autre roi.

– Il n'est qu'un seul roi véritable et qu'un seul dieu véritable, releva lord Florent.

– Serions-nous ici pour disputer de théologie, messire ? Si je l'avais su, j'aurais amené un septon.

– Vous savez pertinemment pourquoi nous sommes ici, grinça Stannis. Vous avez eu deux semaines pour méditer mon offre. Vous avez expédié vos corbeaux. Nul secours ne vous est venu. Ni ne vous viendra. Accalmie demeure seul, et je suis à bout de patience. Pour la dernière fois, ser, je vous ordonne d'ouvrir vos portes et de me remettre ce qui m'appartient légitimement.

– Et les conditions ? demanda ser Cortnay.

– Inchangées. Je vous pardonnerai votre trahison comme j'ai pardonné la leur aux seigneurs de ma suite ici présents. Les hommes de la garnison seront libres ou d'entrer à mon service ou de regagner leurs foyers en toute quiétude. Vous pourrez conserver vos armes et ceux de vos biens que peut emporter une carriole à bras. Je réquisitionnerai toutefois vos chevaux et vos bêtes de somme.

– Et en ce qui concerne Edric Storm ?

– Le bâtard de mon frère doit m'être livré.

– Dans ce cas, ma réponse est toujours non, messire. »

La mâchoire du roi se bloqua. Il ne souffla mot.

Mélisandre prit la parole à sa place. « Puisse le Maître de la Lumière vous protéger au sein de vos ténèbres, ser Cortnay.

– Puissent les Autres enculer ton Maître de la Lumière, cracha Penrose du tac au tac, et lui torcher la raie avec tes guenilles. »

Lord Alester Florent s'éclaircit le gosier. « Retenez votre langue, ser Cortnay. Sa Majesté ne veut aucun mal au garçon. Edric est son propre sang, tout comme le mien. Il a eu pour mère ma nièce Delena, comme nul n'ignore. Si vous n'en croyez pas le roi, croyez-m'en. Vous me savez homme d'honneur, et...

– Je vous sais homme d'ambition, coupa le chevalier. Homme à changer de rois et de dieux comme je change, moi, de bottes. Réversible à l'envi, comme tous ces tourne-casaque-là. »

Des clameurs indignées fusèrent des accusés. *Pas si faux*, songea Davos. Naguère encore, les Fossovoie, Guyard Morrigen et les lords Errol, Estremont, Varnier, Caron n'en avaient que pour Renly, se prélassaient sous son pavillon, le secondaient en matière de stratégie, tramaient à qui mieux mieux la perte de Stannis. Et lord Florent était des leurs, que sa qualité d'oncle de Selyse n'avait nullement empêché de se ruer aux pieds de Renly, lorsque l'étoile de Renly montait au firmament.

Bryce Caron poussa son cheval de l'avant. Le vent qui soufflait de la baie faisait tournoyer les pans de son long manteau arc-en-ciel. « Il n'y a point de tourne-casaque ici, ser. Je suis le féal d'Accalmie, dont Sa Majesté Stannis est le maître légitime..., *en même temps que* notre véritable roi. Dernier survivant de la maison Baratheon, il est l'héritier de Robert ainsi que de Renly.

– Si tel est le cas, pourquoi le chevalier des Fleurs ne se trouve-t-il parmi vous ? Et où sont Mathis Rowan ? Randyll Tarly ? lady du Rouvre ? Pourquoi boudent-ils votre compagnie, eux qui chérissaient le mieux Renly ? *Où est Brienne de Torth, je vous prie ?*

– Cette garce ? » Ser Guyard Morrigen s'esclaffa grossièrement. « S'est taillée. Dare-dare. C'est de sa main qu'est mort le roi.

– Mensonge ! répliqua Penrose. J'ai connu Brienne toute petite, alors qu'elle jouait encore aux pieds de son père dans la grand-salle de La Vesprée, et je l'ai connue mieux encore ici même, après que l'Etoile-du-Soir nous l'eut envoyée. Elle a aimé Renly Baratheon dès la seconde où il lui apparut, même un aveugle s'en rendait compte.

– Indubitablement, pontifia lord Florent, mais vous reconnaîtrez qu'elle ne serait pas la première toquée à tuer l'homme qui la dédaigne. Je n'en suis pas moins convaincu, quant à moi, que la meurtrière du roi fut lady Stark. Expressément venue de Vivesaigues pour négocier une alliance, elle s'était vu débouter par Renly. Elle n'a pas hésité à le supprimer parce qu'il incarnait un danger pour son fils.

– La coupable est Brienne, maintint lord Caron. Ser Emmon Cuy n'a cessé d'en jurer jusqu'à son dernier souffle. Je vous en donne ma parole, ser Cortnay.

– Votre parole ? » La voix du chevalier s'était chargée d'un mépris indicible. « Que vaut-elle ? Vous portez votre manteau multicolore, à ce que je vois. Celui dont vous honora Renly quand vous lui jurâtes votre *parole* de le protéger. S'il est mort, comment se fait-il que vous ne le soyez ? » Il reporta ses dédains contre Morrigen. « Je vous poserais volontiers la même question, ser. Guyard le Vert, hein ? De la garde Arc-en-ciel ? Sous serment de donner sa vie pour celle de son roi ? Si j'avais un manteau pareil, je rougirais de le porter. »

L'autre se rebiffa. « Félicitez-vous, Penrose, que nous appellent ici des pourparlers. Sans quoi j'arracherais la langue qui a osé proférer ces mots.

– Pour la jeter dans les foutues flammes où vous avez déjà laissé votre virilité ?

– *Suffit !* cria Stannis. Le Maître de la Lumière a voulu que mon frère expie sa félonie. Qui fut l'instrument, n'importe.

– A *vous*, peut-être, riposta ser Cortnay. J'ai entendu votre offre, lord Stannis. A vous d'entendre la mienne. » Il retira son gant et le lui jeta à la face. « Combat singulier. Epée, lance ou telle arme qu'il vous conviendra de stipuler. Ou bien, si vous avez peur de hasarder votre épée magique et votre royale peau contre un vieillard, nommez-vous un champion, j'agirai de même. » Il darda sur Guyard Morrigen et Bryce Caron un regard cinglant. « L'un ou l'autre de ces chiots ferait l'affaire, je présume. »

Ser Guyard devint noir de fureur. « Je relèverai le défi, s'il plaît au roi.

– Moi aussi. » Lord Bryce interrogea Stannis du regard.

Le roi grinça des dents. « Non. »

Ser Cortnay ne manifesta aucune surprise. « Est-ce de la justice de votre cause que vous doutez, messire, ou de la vigueur de votre bras ? Tremblez-vous que je n'éteigne votre épée ardente en pissant dessus ?

– Me prenez-vous pour le dernier des imbéciles, ser ? demanda Stannis. J'ai vingt mille hommes. Vous êtes assiégé par terre et par mer. Qu'irais-je accepter un combat singulier quand je suis sûr, à la longue, de l'emporter ? » Son index se fit menaçant. « Je vous en avertis charitablement, si vous me contraignez à prendre d'assaut mon propre château, n'escomptez point de merci. Je vous pendrai, tous tant que vous êtes, comme traîtres.

– A la grâce des dieux. Prenez-nous d'assaut, messire – et souvenez-vous de ce que commémore le nom de la place. Les éléments eux-mêmes s'y sont brisés. » Là-dessus, ser Cortnay tourna bride pour regagner les portes.

Sans dire un mot, Stannis l'imita et reprit le chemin du camp. Les autres suivirent. « L'assaut de ces murs nous coûtera des milliers de morts, se tourmenta l'antique lord Estremont, grand-père maternel du roi. Ne vaudrait-il pas mieux ne hasarder qu'une seule vie, non ? Vu la pureté de notre cause, les dieux donneraient à coup sûr la victoire à notre champion, non ? »

Le *dieu, fossile que vous êtes*, songea Davos. *L'oubliez-vous ? nous n'en avons plus qu'un, le Maître de la Lumière de Mélisandre.*

« Je relèverais volontiers le défi moi-même, dit ser Jon Fossovoie, bien que, comme bretteur, je n'arrive pas à la cheville de ser Guyard ou de lord Caron. Renly n'avait pas laissé de chevaliers notoires dans Accalmie. On réserve le rôle de garnisaires aux vieux et aux bleus.

– Une victoire toute cuite, abonda lord Caron, nul doute. Et quelle gloire, que de gagner Accalmie d'un seul coup d'épée ! »

Un coup d'œil de Stannis suffit à les rembarrer. « Vous jacassez comme des pies, et avec moins d'esprit. Silence. » Ses yeux tombèrent sur Davos. « Ser. Avec moi. » Il éperonna pour se porter à l'écart de sa suite. Seule demeura près de lui Mélisandre, arborant l'immense bannière au cerf couronné perdu dans le cœur ardent. *Comme s'il en était dégluti…*

Tout en rejoignant le roi, il surprit les regards qu'échangeaient les huiles sur son passage. C'est qu'on n'était pas des chevaliers oignons mais des hommes fiers issus de maisons dont les dignités et les noms ne dataient pas de la dernière pluie. Jamais Renly, se doutait Davos, ne les avait outragés de la sorte, lui. Le benjamin des Baratheon était né doué d'un tact exquis dont son frère était en revanche tragiquement dépourvu.

En parvenant à la hauteur du roi, il ralentit le trot. « Sire. » De près, Stannis avait encore plus mauvaise mine que de loin. Sa figure s'était décharnée, des cernes sombres lui pochaient les yeux.

« Un contrebandier doit se connaître en hommes, lança le roi. Que vous dit de ce ser Cortnay Penrose ?

– Un obstiné, répondit-il prudemment.

– Un affamé de mort, à mon sens. Il me balance à la figure mon pardon, mouais, et sa vie par-dessus le marché, plus toutes celles qu'abritent ces murs. *Un combat singulier ?* » Il émit un reniflement sardonique. « Il m'a pris pour Robert, ou quoi ?

– Je pencherais plutôt pour une solution désespérée. Quel autre espoir lui reste-t-il ?

– Aucun. Le château tombera. Mais comment l'obtenir dans les plus brefs délais ? » Il rumina cette question un long moment. Sous le *clop-clop* régulier des sabots, Davos percevait le léger grincement de dents maniaque du roi qui enchaîna : « Lord Alester me presse d'amener ici le vieux lord Penrose. Le père de ser Cortnay. Vous le connaissez, je crois ?

– Quand je me suis présenté comme votre émissaire, il m'a reçu plus poliment que la plupart des autres. C'est un vieillard usé, Sire. Fragile, valétudinaire.

– Florent voudrait l'exhiber plus fragile encore. Sous les yeux du fils, la tête dans un nœud coulant. »

Tout périlleux qu'il était de s'opposer au parti de la reine, Davos s'était juré de ne jamais mentir au roi. « Ce serait là mal en agir, à mon avis, Sire. Ser Cortnay regardera périr son père sans consentir à renier sa foi. Ce forfait déshonorerait notre cause, et en pure perte.

– Déshonorerait ? regimba Stannis. Vous ne voudriez pas me voir épargner des félons, j'espère ?

– Vous avez épargné ceux qui chevauchent derrière nous.

– M'en blâmes-tu, contrebandier ?

– Je n'ai aucun titre à le faire. » Il craignit d'avoir trop parlé.

Le roi reprit, implacable : « Tu as plus d'estime pour ce Penrose que pour mes lords bannerets. Pourquoi ?

– Il garde sa foi.

– Une foi déplacée en un usurpateur défunt.

– Oui, concéda Davos, mais c'est encore garder sa foi.

– Contrairement aux gens de derrière ? »

Il se trouvait trop engagé désormais pour jouer les effarouchés. « L'année dernière, ils étaient à Robert. Voilà une lune, ils étaient à Renly. Ce matin, ils sont vôtres. A qui seront-ils demain ? »

A ce coup, Stannis éclata de rire. D'un rire en rafales, haché, rude et lourd de mépris. « Vous étiez prévenue, Mélisandre, lâcha-t-il à l'adresse de la femme rouge, mon Chevalier Oignon ne me mâche pas ses mots.

– Votre Majesté le connaît bien, en effet, dit-elle.

– Tu m'as cruellement manqué, Davos, reprit le roi. Mouais, c'est une queue de traîtres que je traîne là, ton flair ne te trompe pas. Mes lords bannerets sont inconstants jusqu'en leurs félonies. J'ai besoin d'eux, mais tu devrais savoir comme il me révulse de pardonner à des coquins pareils quand j'ai puni de meilleurs sujets pour des crimes moindres. Vous êtes en droit de me le reprocher, ser Davos.

– Vous vous le reprochez bien plus que je ne saurais faire, Sire. Mais comme ces grands seigneurs vous sont nécessaires pour conquérir votre trône…

– Ils risquent d'y perdre les doigts et le reste. » Il fit un sourire macabre.

Instinctivement, Davos porta sa main mutilée vers la pochette pendue à son cou, toucha les phalanges qu'elle recélait. *Chance.*

Le roi surprit le geste. « Toujours là, tes reliques, Chevalier Oignon ? Tu ne les as pas égarées ?

– Non.

– Pourquoi les garder ? Je me le demande souvent.

– Elles me rappellent ce que je fus. D'où je suis sorti. Elles me rappellent votre justice, la justice de mon suzerain.

– Ce *fut* là justice, affirma Stannis. Une bonne action n'efface pas plus les mauvaises qu'une mauvaise les bonnes. Chacune mériterait sa propre rétribution. Tu étais un héros *et* un contrebandier. » Il jeta par-dessus l'épaule un coup d'œil à lord

Florent et compagnie, chevaliers arc-en-ciel et tourne-casaque, qui suivaient à distance respectueuse. « Messires les pardonnés feraient bien d'y réfléchir. Abusés de bonne foi par sa prétendue légitimité, des braves loyaux vont se battre pour Joffrey. Un homme du Nord aurait tout lieu d'invoquer la même excuse en ce qui concerne Robb Stark. Mais, en allant s'agglutiner sous les bannières de mon frère, eux le *savaient* un usurpateur. Seules les fumées de la gloire et de la brigue les ont détournés de leur roi légitime, et ils portent à mes yeux la tache indélébile de ce qu'ils sont. Pardonné, j'ai. Fait grâce, oui, mais pas oublié. » Il retomba dans son silence et ses ruminations de justice. Puis, brusquement : « Que disent les petites gens de la mort de Renly ?

– Ils le pleurent. Ils l'aimaient bien.

– Tendresse de sots pour un sot ! grommela Stannis, mais je le pleure aussi. Le gamin d'autrefois, pas l'adulte. » Nouveau silence, avant de reprendre : « Et l'inceste de Cersei, comment l'ont-ils pris ?

– En notre présence, ils acclamaient le roi Stannis. J'ignore tout de leurs commentaires après notre départ.

– Tu parierais donc pour leur incrédulité ?

– A l'époque où je pratiquais la contrebande, j'ai appris qu'il existait deux sortes d'êtres : ceux qui croient tout et ceux qui ne croient rien. Nous avons croisé les deux sortes. Une autre rumeur est d'ailleurs en train de se propager, concurrente, si...

– Oui. » Bref comme un coup de dents. « Selyse m'a doté d'une paire de cornes enjolivées de clochettes de fol. Engendrée par un bouffon simple d'esprit, ma fille ! Un conte aussi vil qu'absurde. Renly m'a flanqué ça dans les gencives lors des pourparlers. Il faudrait être aussi fou que Bariol pour avaler ça.

– Il n'importe qu'on l'avale ou non, Sire..., on se délecte de le colporter. » Le conte les avait précédés en maints lieux, empoisonnant le puits d'où devait sortir leur propre version de la vérité vraie.

« Si Robert pissait dans une coupe, on s'extasiait : du vin ! moi, j'offre de l'eau pure et fraîche, on louche dessus d'un air soupçonneux et on s'interpelle : drôle de goût, non ? » Il grinça des dents. « Si quelqu'un m'accusait de m'être métamorphosé en sanglier magique pour tuer Robert, il y aurait encore des gobeurs.

– Vous ne pouvez arrêter les caquets, Sire, mais, en vous voyant châtier les meurtriers véritables de votre frère, le royaume reconnaîtra ces fables pour des impostures. »

A peine Stannis parut-il l'entendre. « Je suis convaincu que Cersei a trempé dans la mort de Robert. J'en ferai justice. Mouais. De même que pour Jon Arryn et Ned Stark.

– Et pour Renly ? » Les mots étaient sortis à l'étourdie, Davos s'en repentit trop tard.

Au bout d'un interminable silence, le roi finit par souffler, tout bas : « Il m'arrive d'en rêver. De la mort de Renly. Une tente verte, des chandelles, des cris de femme. Et du sang. » Il considéra ses mains. « A l'heure de sa mort, je me trouvais encore au lit. Votre Devan vous le dira. Il tenta de me réveiller. L'aube approchait, mes vassaux attendaient, dévorés d'anxiété. J'aurais déjà dû être en selle, tout armé. Renly attaquerait, je le savais, dès le point du jour. D'après Devan, je me débattais, poussais des cris, mais qu'importe ? ce n'était qu'un rêve. Je dormais sous ma tente quand Renly est mort et, à mon réveil, j'avais les mains nettes. »

Ser Davos Mervault commençait d'éprouver des démangeaisons dans ses phalanges absentes. *Ça sent le coup tordu*, se dit l'ancien contrebandier. Il hocha néanmoins la tête. « Je vois, dit-il.

– Renly m'offrit une pêche. Lors de notre conférence. Me railla, défia, menaça et m'offrit une pêche. Croyant qu'il tirait un poignard, je portai la main à ma propre épée. Etait-ce là précisément ce qu'il souhaitait, que je me montre effrayé ? Ou n'était-ce qu'une de ses blagues idiotes ? Quand il me vanta l'incomparable suavité de sa pêche, y avait-il quelque sens caché sous ces mots badins ? » Il secoua sa tête d'une saccade pareille à celle d'un chien voulant briser l'échine d'un lapin. « Il n'y avait que Renly pour tant me chagriner avec un simple fruit. Il s'est fait l'instrument de son propre malheur par sa trahison, mais je l'aimais, Davos. Je le sais maintenant. Et, sur ma foi, je descendrai dans la tombe en pensant à la pêche que m'offrait mon frère. »

Ils avaient cependant pénétré dans le camp, dépassaient l'impeccable alignement des tentes, les bannières qui claquaient au vent, les faisceaux de piques et de boucliers. Mêlée d'effluves de bois qui fume et de relents de ragoût, l'odeur de crottin saturait l'atmosphère. Stannis immobilisa sa monture juste assez longtemps pour aboyer campos au reste de sa suite et le convoquer dans une heure sous son pavillon pour un conseil de guerre. Lord Florent et consorts s'inclinèrent avant de se disperser, Davos et Mélisandre accompagnant toujours le roi.

Forcément vaste, puisqu'elle servait de salle de réunion, la tente de Stannis ne se distinguait par aucune espèce de somptuosité. C'était une tente de soldat, en gros drap jaune sombre qu'en raison de sa couleur certains prenaient parfois pour du brocart d'or. Seule la bannière qui flottait en haut de son mât central l'indiquait pour celle du roi. Elle et les factionnaires qui, appuyés sur leurs grandes piques, gardaient l'entrée – des gens de la reine, comme l'attestait le cœur ardent cousu sur leur propre cœur.

Des palefreniers vinrent tenir les montures. L'un des gardes débarrassa Mélisandre de son encombrant étendard et le ficha fermement dans la terre. Debout près de la portière, Devan s'apprêtait à la soulever devant le roi. Un écuyer plus âgé se tenait à ses côtés. Stannis retira sa couronne, la tendit à Devan. « De l'eau fraîche et deux coupes. Vous restez, Davos. Madame, je vous enverrai quérir lorsque de besoin.

– Votre servante, Sire. » Elle s'inclina.

Après la luminosité du monde extérieur, l'ambiance du pavillon paraissait frisquette et lugubre. Après avoir pris un simple pliant de bois, Stannis en désigna un autre à Mervault. « Un jour, je te ferai lord, contrebandier. Ne serait-ce qu'afin de contrarier Celtigar et Florent. Tu ne m'en sauras pas gré, d'ailleurs. Cela t'obligera à subir tout du long ces palabres qu'on nomme conseils et à feindre un semblant d'intérêt pour le braiement des mules.

– Pourquoi les tenir, s'ils ne servent à rien ?

– Les mules adorent s'entendre braire, faut-il un autre motif ? Et j'ai besoin d'elles pour tirer ma carriole. Oh, certes, il arrive, de loin en loin, qu'en sorte une idée pratique. Mais pas aujourd'hui, je pense – ah, voici votre fils avec notre eau. »

Devan posa son plateau sur la table et emplit deux coupes de grès. Avant de boire, le roi saupoudra la sienne d'une pincée de sel ; Davos la préféra pure, non sans déplorer que ce ne fût du vin. « Vous parliez du conseil de tout à l'heure...

– Voici comment il se déroulera. Lord Velaryon me pressera d'attaquer les remparts dès le point du jour, échelles et grappins contre flèches et huile bouillante. Les jeunes mules trouveront ce projet superbe. Estremont optera pour l'expectative et la tactique d'affamement jadis tentée contre moi par Tyrell et Redwyne. Cela peut durer un an, mais les vieilles mules sont patientes. Quant à lord Caron et à ses pareils, leur goût des ruades les inclinera à relever le gant de ser Cortnay et à tout aventurer sur un combat singulier. Chacun se figurant qu'il sera *forcément* mon champion et ne manquera pas de s'immortaliser. » Il termina son eau. « Que devrais-je faire, selon toi, contrebandier ? »

Davos prit son temps avant de répondre : « Aller sur-le-champ frapper Port-Réal. »

Le roi renifla. « Sans m'être emparé d'Accalmie ?

– Avec les forces dont il dispose, ser Cortnay ne saurait vous mettre à mal. Les Lannister, si. Un siège en règle prendrait trop de temps, l'issue d'un combat singulier est trop hasardeuse, un assaut coûterait des milliers de vies, et sans garantie de succès. Et je n'en vois pas la nécessité. Une fois que vous aurez détrôné Joffrey, ce château vous écherra comme tout le reste. Le bruit court, dans le camp, que lord Tywin Lannister fonce à l'ouest secourir Port-Lannis contre les représailles des troupes du Nord...

– Tu as pour père un homme d'une intelligence hors pair, Devan, dit le roi au gamin, toujours campé près de lui. A l'écouter, je me dis : que n'ai-je davantage de contrebandiers à mon service. Et moins de lords. Encore que vous vous trompiez sur un point, Davos. La nécessité *existe* bel et bien. Si je laisse Accalmie sur mes arrières sans m'en être emparé, cela passera pour une déconfiture. Je ne puis tolérer pareille interprétation. On ne m'aime pas comme on aimait mes frères. On me suit parce qu'on me craint..., et les défaites tuent la crainte. Il faut que le château tombe. » Sa mâchoire se mit à moudre latéralement. « Mouais, et *vite*. Non content d'avoir convoqué son ban, Doran Martell fortifie les cols. De là, ses Dorniens n'auraient qu'à se laisser glisser sur les Marches. Et Hautjardin est loin d'être épuisé. Mon frère avait laissé à Pont-l'Amer la plus grande partie de ses troupes – quelque soixante mille fantassins. J'ai envoyé mon beau-frère, ser Enol, et ser Parmen Crane les faire passer sous ma coupe, mais ils ne sont pas revenus. Je crains que ser Loras Tyrell ne les ait devancés et ne se soit adjugé cette infanterie.

– Raison de plus pour prendre au plus tôt Port-Réal. Sladhor Saan m'a dit...

– Sladhor Saan ne rêve que d'or ! explosa Stannis. Il en a la cervelle farcie, du trésor qu'imagine sa cupidité dans les caves du Donjon Rouge ! Aussi, plus un mot de Sladhor Saan. Le jour qui me verra réduit à quémander les avis militaires d'un brigand de Lys, ce jour-là, j'abdique ma couronne et je prends le noir. » Son poing se ferma. « Es-tu là pour me servir, contrebandier ? Ou pour me contrarier par des arguties ?

– Je vous appartiens.

– Alors, écoute-moi. Le lieutenant de ser Cortnay est un cousin des Fossovoie, lord de la Nouë. Un bleu de vingt ans. Qu'il arrive malheur à Penrose, et le commandement d'Accalmie échoit à ce jouvenceau. Ses parents le croient susceptible d'agréer mes conditions et de rendre la place.

– Cela me rappelle un autre jouvenceau à qui fut confié le commandement d'Accalmie. Il ne devait pas avoir beaucoup plus de vingt ans.

– Lord de la Nouë n'est pas la forte tête intransigeante que j'étais.

– Intransigeant ou pleutre, quelle différence ? Ser Cortnay Penrose m'a paru robuste et gaillard.

– Mon frère ne l'était pas moins, la veille de sa mort. La nuit est sombre et pleine de terreurs, Davos. »

Mervault sentit se hérisser les petits cheveux de sa nuque. « Je ne vous entends point, messire.

– Je ne vous demande pas de m'entendre. Uniquement de me servir. Ser Cortnay sera mort d'ici demain. Mélisandre l'a lu dans les flammes de l'avenir. Sa mort et comment. Pas en chevalier combattant, inutile de le préciser. » Il tendit sa coupe, et

Devan l'emplit à nouveau. « Ses flammes ne mentent pas. Elle y avait lu aussi la fin de Renly. Dès Peyredragon. Et elle en avait informé Selyse. Alors que lord Velaryon et votre copain Sladhor Saan voulaient que j'appareille contre Joffrey, Mélisandre m'a dit que, si je me portais sur Accalmie, j'y gagnerais la fine fleur des forces de mon frère, et elle voyait juste.

– M-mais..., bredouilla Davos, lord Renly ne vint ici que parce que vous aviez mis le siège devant le château. Il était en train de marcher sur Port-Réal, contre les Lannister, il aurait... »

Stannis s'agita sur son siège, les sourcils froncés. « *Etait*, *aurait*, qu'est-ce là ? Il fit ce qu'il fit. Il vint ici, avec ses bannières et ses pêches, au-devant de sa fin..., et il le fit pour mon plus grand profit. Mélisandre lut aussi dans ses flammes une autre journée. Ce matin-là, Renly venait du sud dans son armure verte écraser mon armée sous les remparts de Port-Réal. Si la rencontre avec mon frère avait eu lieu là, peut-être est-ce moi qui aurais péri.

– Ou qui auriez joint vos forces aux siennes pour abattre les Lannister, objecta Davos. Pourquoi pas ? Si elle a lu deux avenirs, eh bien..., *tous deux* ne peuvent être vrais. »

Le roi pointa un doigt sur lui. « Là, tu te trompes, Chevalier Oignon. Certaines lumières projettent plus d'une ombre. Place-toi devant un feu, la nuit, et tu le constateras de tes propres yeux. Les flammes s'agitent et dansent sans jamais s'immobiliser. Les ombres grandissent et s'amenuisent, et chaque homme en projette une bonne douzaine. D'aucunes plus pâles que leurs voisines, voilà tout. Bref, les êtres projettent de même leurs ombres sur l'avenir. Une ou plusieurs. Et Mélisandre les voit toutes.

« Tu ne la portes pas dans ton cœur, je le sais, Davos, je ne suis pas aveugle. Mes grands vassaux ne l'aiment pas non plus. Estremont réprouve le choix du cœur ardent et demande à combattre sous le cerf couronné comme par le passé. Selon ser Guyard, je ne devrais pas avoir une femme pour porte-enseigne. D'autres chuchotent que sa présence est déplacée dans mes conseils de guerre, que s'imposerait son renvoi pur et simple à Asshai, que c'est péché que de la garder sous ma tente la nuit. Mouais, ils chuchotent..., tandis qu'elle sert.

– Sert comment ? s'enquit Davos, effaré d'avance de la réponse.

– Comme de besoin. » Le roi le scruta. « Et toi ?

– Moi… » Davos se passa la langue sur les lèvres. « Moi, je suis à vos ordres. Qu'attendez-vous de moi ?

– Rien que tu n'aies déjà fait. Juste d'accoster dans le noir, ni vu ni connu, sous le château. Peux-tu faire cela ?

– Oui. Cette nuit ? »

Bref signe d'acquiescement. « Il te faudra un petit bateau. Pas *La Botha noire*. Personne ne doit être au courant. »

Davos voulut protester. Il était chevalier, maintenant, non plus un contrebandier, et jamais n'avait été un assassin. Mais il eut beau ouvrir la bouche, les mots se refusèrent à lui. Son vis-à-vis était *Stannis*, son maître équitable, à qui il devait tout ce qu'il était. De qui relevaient au surplus ses fils. *Bonté divine ! mais que lui a-t-elle donc fait ?*

« Te voici bien silencieux », observa Stannis.

Et je devrais le rester, songea-t-il, sans pouvoir cependant s'empêcher de dire : « Il vous faut le château, mon seigneur, je le vois à présent, mais il existe sûrement d'autres moyens. Des moyens *plus propres*. Si vous lui laissez le bâtard, peut-être ser Cortnay acceptera-t-il de se rendre ?

– Il me faut le garçon, Davos. Me le *faut*. Mélisandre l'a également lu dans ses flammes. »

Davos tâtonna en quête d'une solution différente. « Accalmie n'a pas de chevalier susceptible de tenir tête à ser Guyard, lord Caron ou cent autres de vos épées liges. Ce combat singulier… ne serait-il pas pour ser Cortnay une espèce d'échappatoire ? un biais pour capituler sans manquer à l'honneur ? Dût-il y perdre lui-même la vie ? »

Un trouble fugace comme un nuage traversa la physionomie du roi. « Il mijote probablement quelque tricherie. Ce duel de champions n'aura pas lieu. Dès avant de me jeter son gant, ser Cortnay était un homme mort. Les flammes ne mentent pas, Davos. »

Mais on a quand même recours à moi pour qu'elles deviennent véridiques. Cela faisait une éternité que Davos Mervault n'avait éprouvé semblable affliction.

Ainsi se retrouva-t-il traversant derechef la baie des Naufrageurs à la faveur des ténèbres et sous voile noire, mais à la barre cette fois d'une coque de noix. Le ciel était pareil, et pareille la mer. Pareil parfum de sel flottait dans l'atmosphère, et les flots clapotaient contre la coque exactement comme il s'en souvenait. Mille feux de camp clignotaient autour du château, pareils aux mille feux de camp Tyrell et Redwyne, seize années plus tôt. Là s'arrêtaient les analogies.

C'était à l'époque la vie que, sous des dehors d'oignons, j'apportais à Accalmie. Aujourd'hui, c'est la mort, sous les dehors de Mélisandre d'Asshai. Voilà seize ans, les rafales faisaient tellement battre et claquer les voiles qu'il avait dû affaler et poursuivre à rames emmitouflées. Et, même ainsi, le cœur dans le gosier... A bord des galères Redwyne, l'attention des vigies avait toutefois fini par se relâcher, après tant de mois, et il s'était faufilé au travers du blocus comme un frisson de satin noir. Maintenant, les seuls bâtiments en vue appartenaient à Stannis, et le seul risque était de se laisser repérer par quelque guetteur des remparts. Mais, même ainsi, les nerfs tendus comme une corde d'arc.

Pelotonnée sur un banc de nage, Mélisandre disparaissait dans les vastes plis d'un manteau rouge sombre qui l'enveloppait de pied en cap, flaque pâle sous le capuchon. Davos adorait l'eau. Jamais il ne dormait mieux qu'avec un pont roulant sous lui, et les soupirs du vent dans ses gréements lui charmaient plus délicieusement l'oreille que les plus harmonieux accents de harpe. Or, cette nuit, la mer elle-même ne lui procurait aucun réconfort. « Toute votre personne respire la peur, chevalier, dit tout bas la femme rouge.

– La nuit est sombre et pleine de terreurs, m'a dit un jour quelqu'un. Et je ne suis pas chevalier, cette nuit. Cette nuit, je suis à nouveau Davos le contrebandier. Puissiez-vous n'être qu'un oignon vous-même... »

Elle gloussa. « C'est moi qui vous fais peur ? Ou ce que nous faisons ?

– Ce que *vous* faites. Je n'y prendrai point de part.

– Votre main a hissé la voile. Votre main tient le gouvernail. »

Dents serrées, il se concentra sur la navigation. Les meutes d'écueils hargneux qui hérissaient la côte le contraignaient à gagner le large en attendant que le changement de marée permette de virer de bord. Dans son dos s'évanouissait Accalmie, mais la femme rouge n'en avait apparemment cure. « Etes-vous homme de bien, Davos Mervault ? »

Un homme de bien ferait-il ceci ? « Je suis un homme, répondit-il. Tout en chérissant ma femme, j'en ai connu d'autres. Je me suis efforcé de me conduire en père avec mes fils et de les aider à se faire une place en ce monde. Et j'ai eu beau bafouer les lois, mouais, jamais jusqu'à cette nuit je n'ai eu l'impression d'être un scélérat. Je dirais plutôt que je suis un mélange, dame. De bien et de mal.

– Un homme gris, dit-elle. Ni blanc ni noir, mais participant des deux. Etes-vous cela, ser Davos ?

– Et quand cela serait ? La plupart des hommes me paraissent gris.

– Si un oignon est à demi noir de pourriture, c'est un oignon pourri. On est un homme de bien ou un scélérat. »

Derrière, les feux s'étaient fondus en une lueur indistincte contre le ciel noir, presque invisible était devenue la terre. Il était temps d'inverser le cap. « Attention à votre tête, dame. » Il poussa sur le gouvernail, et l'esquif entreprit de décrire une boucle noire sur les flots noirs. Cramponnée d'une main au plat-bord et plus impassible que jamais, Mélisandre se baissa tandis que la bôme fauchait l'espace. Le bois craqua, la toile claqua dans des gerbes d'éclaboussures et un vacarme, eût juré tout autre que Davos, à jeter l'alarme dans le château. Mais les colossaux remparts d'Accalmie ne laissaient pénétrer de ce côté-là que le sempiternel fracas des vagues contre la falaise, encore que fort assourdi.

Une fois qu'ils cinglèrent droit au rivage, leur sillage n'étala plus qu'un bruissement soyeux. « Vous parlez d'hommes et d'oignons, reprit Davos. Et les femmes ? En va-t-il de même pour elles ? Etes-vous bonne ou mauvaise, dame ? »

La question la fit pouffer. « Oh, bonne. Je suis moi-même une espèce de chevalier, cher ser. Un champion de la lumière et de la vie.

– Vous n'en avez pas moins l'intention de tuer un homme, cette nuit, dit-il. Et vous avez déjà tué mestre Cressen.

– Votre mestre s'est empoisonné de sa propre main. Il désirait m'empoisonner, mais j'étais protégée par une force beaucoup plus puissante, lui non.

– Et Renly Baratheon ? Qui l'a tué ? »

Elle tourna la tête. Dans l'ombre du capuchon, ses prunelles avaient le rougeoiement pâle de chandelles. « Pas moi.

– Menteuse. » Il était à présent certain.

Mélisandre se remit à rire. « Vous êtes perdu dans les ténèbres et la confusion, ser Davos.

– Et tant mieux. » Il désigna de la main les feux follets lointains qui vacillaient le long des créneaux d'Accalmie. « Sentez-vous comme le vent est froid ? Les gardes vont se blottir contre leurs torches. Un rien de chaleur, un brin de lumière, quel réconfort cela procure par une nuit comme celle-ci. Mais cela va les aveugler. Ils ne nous verront pas passer. » *J'espère.* « Le dieu des ténèbres nous protège à cette heure, dame. Même vous. »

A ces mots, les prunelles rouges parurent brûler d'un éclat plus vif. « Ne prononcez pas un tel nom, ser. Vous risquez d'attirer son œil noir sur vous. Il ne protège personne, je vous l'affirme. Il est l'ennemi de tout ce qui vit. Ce sont les torches qui, de votre propre aveu, nous dissimuleront. Le feu. Le don étincelant du Maître de la Lumière.

– A votre aise.

– Son aise, plutôt. »

Le vent tournait, Davos le sentait, le voyait au fasèyement de la toile noire. Il saisit les drisses. « Aidez-moi à amener la voile. Nous finirons le trajet à la rame. »

Ils carguèrent de conserve. La barque roulait sous leurs pieds. Davos installa les rames et, tout en les plongeant dans les lames noires, demanda : « Qui vous a servi de rameur, pour Renly ?

– Inutile, répondit-elle, il n'était pas protégé. Mais, ici… Cet Accalmie est une place ancienne. Les pierres en sont tissues de sorts – antiques, oubliés, mais toujours présents. Sombres murs que ne saurait traverser d'ombre.

– D'ombre ? » Davos en eut la chair de poule. « L'ombre est l'apanage des ténèbres…

– Vous êtes plus ignare qu'un bambin, chevalier. Il n'est pas d'ombres dans le noir. Les ombres sont les servantes de la lumière, les filles du feu. Plus vive est la flamme, plus sombres sont les ombres qu'elle projette. »

Chut, signifia-t-il, tout en ramant, le front plissé. Ils se rapprochaient du rivage, et les voix portent, sur les flots. La nage sourde des avirons se perdait dans le gonflement régulier de la houle. La façade maritime d'Accalmie écrasait de sa masse énorme une falaise à pic de craie blanchâtre plus haute qu'elle de moitié pourtant. Au bas de celle-ci béait une gueule sombre, et c'est vers elle que, comme seize ans plus tôt, gouvernait ser Davos. Le tunnel débouchait sous le château dans une caverne où les seigneurs de l'Orage avaient jadis bâti leurs appontements.

Uniquement accessible à marée haute, l'abord en était même alors des plus traître, mais Davos avait conservé toute son adresse de contrebandier, et les rochers déchiquetés ne l'empêchèrent pas de se faufiler jusqu'en face de l'ouverture et de s'abandonner aux vagues pour y pénétrer. Elles se fracassaient à l'entour et giflaient la barque en la ballottant tantôt ci tantôt là, non sans tremper jusqu'à la moelle ses deux passagers. A peine émergea-t-il du gouffre un croc luisant de roc imperceptiblement trahi par sa bave rageuse que le rembarra une poussée soudaine d'aviron.

Puis la falaise les avala, les ténèbres les engloutirent et les eaux s'apaisèrent, l'esquif ralentit sa course, tournoya. Répercuté par les échos de la caverne, leur souffle parut les envelopper. Davos ne s'était pas attendu à cette nuit de poix. Seize ans plus tôt, des torches éclairaient le tunnel tout du long, des regards affamés luisaient à chacune des meurtrières de la voûte. La herse se trouvait quelque part au-delà. Retenue par les rames, la barque alla sur son erre y heurter quasiment sans bruit.

« Impossible d'aller plus loin, si vous ne disposez d'un complice, à l'intérieur, pour nous lever la grille », chuchota Davos, et ses chuchotements se débandèrent sur le clapotis comme une nichée de souris feutrées.

« Avons-nous franchi l'enceinte ?

– Oui. Elle nous surplombe, mais je vous l'ai dit, impossible d'aller plus loin. La herse descend jusqu'au fond. Et même un enfant ne pourrait se glisser entre ses barreaux. »

Point d'autre réponse qu'un léger froufrou. Puis une lumière éclaboussa les ténèbres.

Le souffle coupé, Davos leva une main pour se protéger les yeux. Mélisandre avait repoussé sa coule et, d'un simple mouvement d'épaules, dépouillé sa robe vaporeuse. Elle était nue, dessous, et grosse à accoucher. Ses seins gonflés pendaient lourdement sur son buste, et son ventre semblait sur le point d'éclater. « *Les dieux nous préservent* », murmura-t-il, et elle répliqua par un rire de gorge étouffé, rauque. Ses prunelles étaient des charbons ardents, la sueur qui lui emperlait la peau rutilait, comme incandescente de son propre feu. Mélisandre *irradiait.*

Haletante, elle s'accroupit, jambes écartées. Le sang ruisselait sur ses cuisses, un sang noir comme de l'encre. Elle poussa un cri d'extase ou d'agonie si ce n'étaient, comment savoir ? les deux, tandis que surgissait le crâne de l'enfant. Les bras se libérèrent en gigotant convulsivement, des doigts noirs serpentèrent autour des cuisses crispées de Mélisandre qui continua de pousser jusqu'à ce que l'ombre tout entière se fût extirpée au monde et dressée, plus grande que Davos, aussi haute que le tunnel, au-dessus du bateau. Il n'eut qu'une seconde pour la regarder avant qu'elle ne s'éclipse, ne s'insinue entre les barreaux de la herse et ne détale à la surface des eaux, mais cette seconde dura bien assez.

Cette ombre, il la connaissait. Comme il connaissait l'homme qui la projetait.

JON

L'appel survint telle une vrille au plus noir de la nuit. Jon s'accouda, la force de l'habitude lui fit simultanément empoigner Grand-Griffe, déjà s'agitait le camp. *Le cor qui secoue les dormeurs*, songea-t-il.

La longue note basse persistait, à la limite de l'audible. Les sentinelles de l'enceinte battaient, muettes, la semelle, l'haleine au gel et la tête tournée vers l'ouest. Lorsque le son du cor eut achevé de s'évanouir, le vent lui-même cessa de mugir. Les hommes se dépêtraient de leurs couvertures, saisissaient piques et ceinturons, se démenaient en silence, l'oreille aux aguets. Un cheval s'ébroua, que quelqu'un fit taire. Un instant, la forêt tout entière eut l'air de retenir également son souffle. A l'affût d'un second appel, les frères de la Garde de Nuit priaient qu'il ne retentît point, tout en craignant de ne pas l'entendre.

Après que le silence se fut prolongé de manière intolérable et leur eut appris que le cor ne sonnerait plus, ils se sourirent mutuellement d'un air penaud, comme pour nier que l'angoisse les eût étreints. Jon Snow ranima le feu et, pendant qu'il s'habillait, bouclait son ceinturon, enfilait ses bottes, époussetait son manteau et en secouait la rosée avant de se l'arrimer aux épaules, le gai brasillement des flammes lui jeta au visage des bouffées de chaleur bienvenues. A l'intérieur de la tente, il entendait bouger le lord Commandant. Qui, quelques instants plus tard, souleva la portière. « Une seule sonnerie ? » Perché sur son épaule, son corbeau se taisait, plume ébouriffée, l'air piteux.

« Une seule, messire, confirma-t-il. Des frères qui reviennent. »

Mormont s'approcha du feu. « Le Mimain. Pas si tôt. » Au fil des jours, l'attente l'avait rendu de plus en plus quinteux ; un peu plus, et il mettait bas des oursons. « Veille qu'il y ait un repas chaud pour les hommes et du fourrage pour les chevaux. Je veux voir Qhorin dès son arrivée.

– Je vous l'amènerai, messire. » Comme on comptait recevoir les hommes de Tour Ombreuse beaucoup plus tôt, leur retard, que se passait-il ? n'avait pas manqué d'alarmer. A l'heure de la popote, Edd-la-Douleur n'était pas le seul à se répandre en marmonnements sinistres. Ser Ottyn Wythers préconisait de se replier le plus tôt possible sur Château noir. Ser Mallador Locke se serait plutôt porté sur Tour Ombreuse, dans l'espoir de relever la piste de Qhorin et d'apprendre ce qu'il était advenu de lui. Et Thoren Petibois voulait une incursion dans les montagnes. « Mance Rayder sait qu'il lui faudra affronter la Garde, avait-il déclaré, mais jamais il ne s'attendra à nous voir tellement au nord. Si nous remontons la Laiteuse, nous pouvons le prendre à l'improviste et tailler des croupières à ses troupes dès avant qu'il ne se doute de notre présence.

– Il aurait l'avantage du nombre, et comme ! objectait ser Ottyn. Craster a dit qu'il rassemblait une grande armée. Des milliers d'hommes. Sans Qhorin, nous ne sommes que deux cents.

– Lâchez deux cents loups sur dix mille brebis, ser, et voyez ce qu'il en arrive, répondait Petibois, plein d'aplomb.

– Il y a des chèvres, parmi ces brebis, Thoren, avertissait Jarman Buckwell. Mouais, voire quelques lions. Clinquefrac, Harma la Truffe, Alfyn Freux-buteur…

– Je les connais aussi bien que toi, Buckwell ! jappa Thoren. Et je veux me payer leur tête, tous. C'est des *sauvageons*. Pas des soldats. Quelques centaines de fiers-à-bras, plus ou moins bourrés, dans un gros troupeau de femelles, de chiards et de serfs. Qu'on va te balayer vite fait tout ça et te les renvoyer piailler dans leurs gourbis. »

Des heures à disputailler de la sorte sans arriver à se mettre d'accord. Trop tenace pour battre en retraite, le Vieil Ours ne voulait pas davantage aller tête baissée le long de la Laiteuse chercher bataille. Si bien qu'en définitive on n'avait résolu que de patienter quelques jours de plus et, si ne se manifestait entre-temps le détachement de Tour Ombreuse, de reprendre alors les discussions.

A présent qu'il l'avait fait cesseraient les moratoires indéfinis, on allait enfin décider quelque chose. Toujours ça, se réjouissait Jon, à défaut de mieux. Et, s'il fallait en venir aux mains avec Mance Rayder, au plus vite, alors.

Il trouva Edd-la-Douleur en veine de lamentations sur le thème : comment voudriez-vous que je ferme l'œil quand il y a dans les bois des gens qui tiennent absolument à sonner du cor ? et lui fournit nouveau sujet de récriminations. Réveillé par eux deux, Hake accueillit quant à lui par des bordées d'injures les ordres du Vieil Ours, mais à peine se fut-il levé qu'une douzaine de frères se retrouvaient attelés à débiter des betteraves pour sa soupe.

Comme Jon poursuivait sa route au travers du camp, Sam s'essouffla au-devant de lui, la face aussi blême et bouffie que la lune sous la bure noire. « Entendu le cor... Ton oncle est de retour ?

– Ce ne sont que les types de Tour Ombreuse. » Il ne se cramponnait plus si farouchement à l'espoir de jamais revoir Benjen Stark vivant. Le manteau découvert au bas du Poing pouvait avoir appartenu autant à celui-ci qu'à l'un de ses hommes, Mormont lui-même en était convenu, mais pourquoi son propriétaire, après en avoir enveloppé le verredragon, l'avait enfoui là, nul ne le savait. « Faut que j'y aille, Sam. »

Du côté de l'entrée, les gardes retiraient des épieux du sol à demi gelé pour faciliter le passage. Les premiers frères de Tour Ombreuse ne tardèrent guère à zigzaguer le long de la pente, tout de cuir et de fourrures emmitouflés ; de-ci de-là se discernait un miroitement de bronze ou d'acier ; de fortes barbes hérissaient leurs traits émaciés, et tout cela leur donnait l'allure hirsute de leurs bourrins. A la stupeur de Jon, certains chevaux portaient deux hommes. De plus près, l'évidence s'imposait qu'il y avait là pas mal de blessés. *Sont tombés sur un os, en route...*

Sans l'avoir jamais vu, il reconnut instantanément Qhorin Mimain. Une figure presque légendaire de la Garde ; aussi lent de paroles que prompt à agir, aussi droit et dégingandé qu'une pique, il portait solennellement des membres interminables et, contrairement à ses hommes, était rasé de frais. De sous le heaume s'échappaient en une lourde tresse des cheveux touchés par la gelée blanche, et sa tenue noire était si délavée qu'on l'eût dite grise. A la main qui tenait les rênes ne subsistaient que le pouce et l'index. Les autres doigts avaient été sectionnés en contrant la hache d'un sauvageon qui, sans cela, lui fendait le crâne. On racontait qu'il avait alors balancé son poing mutilé dans la gueule de l'adversaire et profité de ce que le sang l'aveuglait pour lui régler son compte. A dater de ce jour, en tout cas, les sauvageons n'avaient pas eu d'ennemi plus implacable, au-delà du Mur.

Jon le héla. « Le lord Commandant vous demande sur-le-champ. Je vais vous conduire à sa tente. »

Qhorin démonta d'un bond. « Mes hommes ont faim, et il faut panser nos chevaux.

– Paré. »

Le patrouilleur confia sa monture à l'un de ses hommes et lui emboîta le pas. « Tu es Jon Snow. Tu ressembles à ton père.

– Vous l'avez connu, messire ?

– Pas de messire. Je ne suis qu'un frère de la Garde de Nuit. J'ai connu lord Eddard, oui. Et son père avant lui. »

Ses longues enjambées forçaient Jon à presser le pas pour se maintenir à sa hauteur. « Lord Rickard est mort avant ma naissance.

– Il était un ami de la Garde. » Qhorin jeta un coup d'œil en arrière. « On dit qu'un loup-garou court sur tes talons.

– Fantôme. Il devrait être de retour à l'aube. Il chasse, la nuit. »

Sur le feu du Vieil Ours, Edd-la-Douleur faisait frire à la poêle une tranche de lard et durcir une douzaine d'œufs dans la bouilloire. Mormont occupait son fauteuil pliant de cuir et de bois. « Voilà un moment que je m'inquiétais de vous. Vous avez eu des ennuis ?

– Une rencontre avec Alfyn Freux-buteur. Mance l'avait envoyé en éclaireur le long du Mur, et le hasard a voulu qu'on lui tombe sur le râble quand il repartait. » Il retira son heaume. « Lui ne tracassera plus le royaume, mais certains des siens nous ont échappé. Nous en avons abattu le plus possible, mais il se peut qu'une poignée parvienne à regagner les montagnes.

– Et le coût ?

– Quatre frères tués. Une douzaine blessés. Trois fois moins que l'adversaire. Et nous avions fait deux prisonniers. Un qui est mort trop vite de ses blessures. L'autre qui a vécu assez longtemps pour qu'on l'interroge.

– Mieux vaut parler de ça dedans. Jon vous apportera une corne de bière. Ou bien préféreriez-vous du vin chaud ?

– De l'eau bouillie suffira. Un œuf et un bout de lard.

– Comme il vous plaira. » Mormont souleva la portière, Qhorin Mimain se baissa pour entrer, disparut.

Edd se mit à tripoter les œufs dans la bouilloire avec une cuiller. « Je les envie, dit-il. M'irait assez, un coup de bouillon, moi aussi. Dommage qu'y a pas la place, j'y ferais un plouf. Quoique j'aimerais mieux du pinard que de la flotte. Chaud et paf, y a pire, comme mort. J'ai connu un frère qui s'est noyé dans le vin, une fois. De la piquette, quoique, et que sa barbaque a pas rendue meilleure.

– Tu en as bu ?

– Te vous retourne, un frère mort, là. Pas de trop, la rincée, lord Snow, pour se requinquer. » Il touilla de nouveau, ajouta une pincée de muscade.

Jon s'accroupit auprès du feu et le tisonna fiévreusement avec un bâton. De la tente lui parvenaient, ponctués par les cris rauques du corbeau et le timbre plus sourd de Qhorin Mimain, les grognements bourrus du Vieil Ours, mais il ne saisissait rien des propos. *Alfyn Freux-buteur tué, voilà une bonne chose.* Le sobriquet de ce pillard des plus sanguinaire exprimait assez sa haine des frères noirs. *D'où vient donc qu'après une telle victoire Qhorin parlait d'un ton si grave ?*

Il s'était bercé de l'espoir que l'arrivée du corps de Tour Ombreuse remonterait le moral du camp. En rentrant de pisser, la nuit dernière encore, il avait surpris les murmures de cinq ou six types blottis autour des braises et, entendant Chett maugréer qu'il n'était que temps de rebrousser chemin, s'était immobilisé dans le noir, tout oreilles. « C't une lubie de vioque, c'te expédition. On trouv'ra qu' nos tombes, dans leurs montagnes.

– Aux Crocgivre, y a des géants, des zomans, puis plein d' trucs 'cor' pus pires, dit Fauvette des Sœurs.

– J'irai pas, moi, promis.

– Com' si l' Vieil Ours, y va t' laisser l' choix !

– P't-êt' à lui qu'on l' laiss'ra pas, nous... », dit Chett.

Là-dessus, l'un des chiens s'était mis à gronder, museau dressé, forçant Jon à se défiler ni vu ni connu. *Je n'étais pas censé traîner dans le coin.* Il envisagea d'informer Mormont, mais moucharder ses frères, s'agît-il de frères tels que Chett et Fauvette, lui répugnait. *Ce n'étaient d'ailleurs que des caquets creux*, se rassura-t-il. *Ils ont froid, ils ont peur – notre cas à tous.* Il était dur d'attendre, là, sur ce piton rocheux cerné par la forêt, dans l'angoisse de ce que serait demain. *Le plus redoutable des ennemis est l'ennemi qu'on ne voit pas.*

Il dégaina son nouveau poignard et se perdit dans la contemplation des flammes qui miroitaient sur la noire lame d'obsidienne. Il en avait taillé lui-même le manche de bois puis arrimé tout autour un cordon de chanvre pour améliorer la prise. Moche mais pratique. Et, ne déplaise à Edd-la-Douleur qui assurait que ce genre de poignard avait à peu près autant d'efficacité que les mamelons sur le corselet de plates d'un chevalier, le verredragon, même s'il était beaucoup plus cassant, tranchait mieux que l'acier.

Ce n'est quand même pas pour rien qu'on l'avait enterré...

Il avait réalisé deux autres poignards analogues, un pour Grenn et un pour le lord Commandant. Quant au cor de guerre, qui s'était à l'examen révélé fendu et, une fois nettoyé, éraillé du bord et rebelle à produire le moindre son, Sam en hérita, qui aimait les vieilleries, fût-ce sans valeur. « Fais-t'en une corne à boire, conseilla Jon. Chaque lampée te rappellera que tu as patrouillé au-delà du Mur jusqu'au Poing des Premiers Hommes. » Il lui avait offert en outre une pointe de lance et une douzaine de têtes de flèches, et distribué le reste comme porte-bonheur à divers amis.

Quoique le présent de Jon eût semblé lui faire plaisir, le Vieil Ours n'en persistait pas moins à préférer porter un poignard d'acier, mais toute cette histoire, qui ? pour quoi ? le laissait perplexe. *Peut-être Qhorin saura-t-il, lui.* Mimain s'était enfoncé beaucoup plus avant que quiconque, en effet, dans ces contrées sauvages.

« Tu veux servir, ou je m'en charge ? »

Jon rengaina son arme. « J'y vais. » Il désirait entendre ce qui se disait.

Edd découpa trois tranches épaisses dans une miche d'avoine rassise, les plaça sur une écuelle de bois, les couvrit de lard et les arrosa de graisse fondue, emplit un bol d'œufs durs, et Jon, un récipient dans chaque main, pénétra dans la tente.

Assis en tailleur à même le sol, Qhorin se tenait toujours aussi droit. La flamme animée des chandelles acérait la rudesse de son visage. « ... Clinquefrac, le Geignard et tous les autres chefs, petits et grands, disait-il. Ils ont aussi des zomans, des mammouths, et des troupes beaucoup plus fortes que dans nos pires cauchemars. Du moins le prétendait-il. Je n'en jurerais pas, pour ma part. Ebben croit qu'il ne nous déballait toutes ces salades que pour vivre un moment de plus.

– Vrai ou faux, le Mur doit être prévenu, dit le Vieil Ours, tandis que Jon déposait les mets entre eux. Et le roi.

– Lequel ?

– Tous. Authentiques ou pas. Puisqu'ils prétendent au royaume, qu'ils le défendent. »

Mimain se servit un œuf dont il écrasa la coquille contre le bol. « Ces rois en feront à leur guise, dit-il, tout en le décortiquant. Pas grand-chose, vraisemblablement. Winterfell est notre meilleur espoir. Il faut que les Stark regagnent le Nord.

– Oui. Nul doute. » Le Vieil Ours déroula une carte qui lui fit froncer les sourcils, la repoussa de côté, en déploya une autre. Il cherchait à localiser, manifestement, le point où se produirait l'attaque. Des dix-sept places jadis tenues sur les centaines de lieues du Mur et abandonnées une à une au fur et à mesure que ses effectifs s'amenuisaient, la Garde de Nuit n'en conservait que trois, fait que Mance Rayder n'ignorait pas plus qu'eux. « Ser Alliser Thorne devrait nous ramener de Port-Réal de nouvelles recrues. Si nous déplaçons une partie des garnisons de Tour Ombreuse et de Fort-Levant vers Griposte et Longtertre...

– Griposte est quasiment en ruine. Mieux vaudrait La Roque, si l'on trouve assez d'hommes. Voire Glacière et Noirlac. Avec des patrouilles quotidiennes entre eux sur le chemin de ronde.

– Des patrouilles, mouais. Si possible deux fois par jour. En lui-même, le Mur constitue un formidable obstacle. Sans défenseurs, il ne saurait arrêter l'agresseur, mais il le retardera. Plus nombreuse sera son armée, plus il lui faudra de temps. A en juger d'après le vide qu'ils ont fait derrière eux, les sauvageons comptent emmener leurs femmes et leurs gosses. Leur bétail aussi..., et avez-vous jamais vu une chèvre grimper une échelle ? une corde ? Il leur faudra donc construire des gradins, ou une rampe colossale..., ce qui leur prendra une lune au moins, plutôt davantage. Mance pigera que sa meilleure chance est de passer *sous* le Mur. Par une porte ou...

– Une brèche. »

Mormont redressa brusquement la tête. « Quoi ?

– Il ne projette ni d'escalader le Mur ni de le creuser pardessous, messire, mais d'y ouvrir une brèche.

– Le Mur a sept cents pieds de haut, et il est d'une telle épaisseur à la base qu'il faudrait y atteler pendant une année des centaines d'hommes armés de haches et de pics pour l'éventrer.

– Et encore... »

Mormont tira sur sa barbe, le front plissé. « Comment, alors ?

– Par le seul autre moyen : la magie. » D'un coup de dents, Qhorin ouvrit l'œuf en deux. « Sans cela, pourquoi Mance choisirait-il d'assembler ses forces aux Crocgivre ? Ils sont rudes, déserts, et à une distance de marche harassante du Mur.

– J'espérais qu'il avait choisi ces montagnes pour opérer sa concentration sans se laisser repérer par mes patrouilleurs.

– Possible, admit Qhorin en terminant son œuf, mais pas uniquement, selon moi. Il cherche quelque chose parmi ces hauteurs glacées. Il est en quête de quelque chose qui lui manque.

– Quelque chose ? » Son corbeau dressa le bec et poussa un piaulement suraigu qui, dans l'espace réduit de la tente, fit l'effet d'un coup de couteau.

« Une espèce de pouvoir. Notre captif n'a pu nous préciser lequel. Nous l'avons peut-être interrogé trop vivement, il est mort sans le révéler. Il ne le savait du reste sans doute pas. »

Dehors, s'aperçut Jon, le vent s'était remis à souffler, qui exhalait des murmures acides en s'insinuant dans chaque faille de l'enceinte et saccadait les amarres de la tente. Mormont se frictionna la bouche d'un air songeur. « Une espèce de pouvoir..., répéta-t-il. Faut que je sache.

– Alors, envoyez des éclaireurs dans les montagnes.

– Pas bien envie d'y risquer davantage d'hommes.

– Nous n'y perdrions que la vie. N'est-ce pas pour la défense du royaume que nous avons endossé nos manteaux noirs ? A votre place, j'enverrais quinze hommes en trois groupes de cinq. Les deux premiers pour explorer respectivement la Laiteuse et le col Museux, le troisième pour escalader la Chaussée du Géant. Avec Thoren Petibois, Jarman Buckwell et moi-même à leur tête. Pour apprendre ce qui se trame dans ces montagnes.

– *Trame !* piailla le corbeau, *trame !* »

Le menton dans la poitrine, Mormont poussa un profond soupir. « Je ne vois pas d'autre solution, convint-il, mais si vous ne revenez pas...

– Il reviendra toujours quelqu'un des Crocgivre, messire, affirma le patrouilleur. Soit nous, tous en pleine forme et gaillards. Soit Mance Rayder, et vous lui coupez carrément le passage. Il ne peut se permettre de marcher vers le sud et de vous ignorer : il vous aurait sur les talons, harcelant ses arrières. Il sera obligé d'attaquer. Malgré la force de votre position.

– Force relative..., marmonna Mormont.

– Soit. Admettons que nous y passions tous. Notre mort achètera toujours du temps pour nos frères du Mur. Le temps de rétablir des garnisons dans les forts désertés et d'en regeler les portes, le temps d'appeler à l'aide seigneurs et rois, le temps de fourbir leurs haches et de réparer leurs catapultes. Nos vies seront des fonds sainement dépensés.

– *Mort*, ronchonna le corbeau en arpentant les épaules de son maître, *mort, mort, mort.* » Le Vieil Ours demeura d'abord prostré et muet. Comme si la corvée de parler lui était devenue d'une pesanteur excessive. Il finit cependant par souffler : « Que les dieux me pardonnent. Choisissez vos hommes. »

Qhorin Mimain se détourna. Ses yeux croisèrent ceux de Jon et s'y attachèrent un long moment. « Très bien. Je prends Jon Snow. »

Mormont tiqua. « Il n'est guère plus qu'un gamin. Mon ordonnance, en plus. Pas même patrouilleur.

– Pour votre service, Tallett est capable de le suppléer, messire. » Qhorin brandit les deux doigts de sa main mutilée. « Les anciens dieux sont toujours puissants, de ce côté-ci du Mur. Les dieux des Premiers Hommes… et des Stark. »

Mormont dévisagea Jon. « Que veux-tu, toi ?

– Y aller », répondit-il sans hésiter.

Le vieillard sourit tristement. « Je m'y attendais. »

L'aube s'était levée quand Jon franchit la portière de la tente aux côtés de Qhorin Mimain. Un tourbillon de vent les enveloppa, qui déploya leurs manteaux noirs en éparpillant une volée de cendres et d'étincelles.

« On part à midi, déclara le patrouilleur. Débrouille-toi pour trouver ton loup. »

TYRION

« La reine veut éloigner le prince Tommen. » Tout seuls qu'ils étaient, à genoux dans le noir silence du septuaire où les cierges les entouraient d'ombres incertaines, Lancel se gardait d'élever la voix. « Lord Gyles va le prendre à Rosby et l'y cacher déguisé en page. Le plan prévoit de lui brunir les cheveux et de le présenter à tous comme le fils d'un obscur chevalier.

– Qui redoute-t-elle ? L'émeute, ou moi ?

– Les deux.

– Ah. » Tyrion apprenait à l'instant cette nouvelle manigance. Les oisillons de Varys s'étaient-ils montrés déficients, pour une fois ? Il devait bien leur arriver de somnoler, comme à un chacun... – mais n'était-ce pas plutôt l'eunuque qui jouait un jeu plus subtil et serré que subodoré ? « Soyez remercié, ser.

– M'accorderez-vous la faveur dont je vous ai prié ?

– Peut-être. » Lancel désirait obtenir un poste de commandement lors de la bataille à venir. Un moyen superbe de périr avant que n'ait fini de croître ce brin de moustache, mais les jeunes chevaliers se figurent toujours invincibles...

Après que son cousin se fut esquivé sans bruit, Tyrion s'attarda le temps d'allumer un cierge à l'un de ceux qui brûlaient déjà devant l'autel du Guerrier. *Veille sur mon frère, espèce de salopard, il est l'un des tiens.* Puis d'en offrir un autre, pour lui-même, à l'Etranger.

Le Donjon Rouge était plongé dans les ténèbres, cette nuit-là, quand Bronn se présenta. Le nain était en train de faire couler de la cire d'or pour sceller une lettre. « Apporte-moi ça à ser Jacelyn.

– Ça dit quoi ? » A défaut de savoir lire, Bronn ne se privait pas de questionner impudemment.

« Qu'il doit prendre cinquante de ses meilleures épées pour aller patrouiller sur la route de la Rose. » Il imprima son sceau dans la cire molle.

« Stannis va plutôt remonter la route royale.

– Oh, je sais bien. Avertis Prédeaux de ne tenir aucun compte de ce que contient la lettre et d'emmener ses hommes vers le nord. Il lui faut tendre une embuscade sur la route de Rosby. Lord Gyles va partir dans un jour ou deux pour ses terres avec une douzaine d'hommes d'armes, quelques serviteurs et mon neveu Tommen. Celui-ci peut-être accoutré en page.

– Et vous voulez qu'il le ramène, c'est ça ?

– Non. Je veux qu'il le mène quand même à Rosby. » Tout bien réfléchi, faire quitter la ville à l'enfant était l'une des meilleures idées de Cersei. Là-bas, il serait à l'abri de l'émeute, et sa séparation d'avec son frère compliquerait les choses pour Stannis qui, dût-il prendre Port-Réal et supprimer Joffrey, aurait encore un prétendant Lannister à affronter. « Lord Gyles est trop mal fichu pour courir et trop pleutre pour se battre. Il donnera l'ordre au gouverneur du château d'ouvrir les portes. Une fois dans les murs, Prédeaux expulsera la garnison et veillera sur la sécurité de Tommen. Demande-lui si *lord* Prédeaux charme son oreille.

– Lord Bronn sonnerait mieux. Je vous attraperais le gosse aussi bien, moi. Avec une lorderie à la clef, je suis tout prêt à lui donner de l'à dada sur mon genou et à lui chanter des berceuses.

– J'ai besoin de toi ici », dit Tyrion. *Et aucune envie de te confier mon neveu.* S'il arrivait malheur à Joffrey, par hasard, les prétentions des Lannister au trône de Fer retomberaient tout entières sur les frêles épaules de Tommen. Que défendraient les manteaux d'or de ser Jacelyn, alors que les reîtres de Bronn étaient hautement susceptibles de le vendre à ses ennemis.

« Qu'est censé faire le nouveau lord de l'ancien ?

– Ce qui lui chante, à condition qu'il n'oublie pas de le nourrir. Je ne veux pas de mort. » Il repoussa son siège de la table. « Ma sœur va charger un membre de la Garde d'escorter son fils. »

Bronn s'en fichait éperdument. « Comme il est le chien de Joffrey, le Limier ne le quittera pas. Les manteaux d'or de Main-de-fer ne devraient pas avoir grand mal à maîtriser les autres.

– Si l'on en vient là, dis à ser Jacelyn d'épargner la vue du massacre à Tommen. » Il s'enveloppa dans un lourd manteau de laine brun sombre. « Viens. Je t'accompagne un bout de chemin.

– Chataya ?

– Tu me connais trop bien. »

Ils sortirent par une poterne percée dans le mur nord, et Tyrion mit son cheval au trot pour descendre l'allée Sombrenoir. Au bruit des sabots sur les pavés, des formes furtives se précipitaient parfois dans les venelles adjacentes, mais personne n'osa accoster les deux cavaliers. Le Conseil avait prorogé le couvre-feu, et la peine capitale guettait quiconque serait pris dehors après le dernier carillon du soir. La mesure avait rendu un semblant de paix à Port-Réal et réduit des trois quarts le nombre des cadavres que l'on ramassait au matin dans le dédale, mais elle lui valait, à en croire Varys, les malédictions de la populace. *Qui devrait être reconnaissante de conserver suffisamment de souffle pour maudire.* Deux manteaux d'or les interpellèrent alors qu'ils longeaient le boyau de la Dinanderie mais, en se rendant compte qu'ils avaient affaire à la Main, ils lui présentèrent leurs plates excuses et l'invitèrent d'un signe à continuer. Et Tyrion se retrouva seul lorsque Bronn, enfin, bifurqua vers la porte de la Gadoue.

Il se dirigeait vers le bordel de Chataya quand, brusquement, la patience l'abandonna. Il se retourna sur sa selle pour scruter ses arrières. Rien n'indiquait qu'on le suivît. Toutes les fenêtres étaient sombres ou leurs volets hermétiquement clos. Ne s'entendait rien d'autre que la brise embouquant les venelles. *Si Cersei me fait filer, cette nuit, son sbire doit s'être déguisé en rat.* « Au diable ces enfoirés ! » grommela-t-il. Il en avait par-dessus la tête, de faire gaffe. Il fit volter son cheval et l'éperonna. *Si j'en ai un au train, nous verrons bien qui de nous est meilleur cavalier.* Et il enfila au galop les rues éclairées par le clair de lune et, faisant feu des quatre fers sur les pavés, fusa par les ruelles en pente ou sinueuses, tantôt grimpant, dévalant tantôt, mais courant toujours, tout à ses amours.

Comme il heurtait à l'huis, de vagues accords mélodieux s'effilochèrent jusqu'à lui par-dessus le mur de pierre hérissé de dards. L'un des natifs d'Ibben l'introduisit. Tout en lui remettant son cheval, Tyrion s'étonna : « Qu'est-ce là ? » Par les fenêtres vitrées en pointe-de-diamant de la salle se déversaient des flots de lumière jaune, et un homme chantait.

Le cerbère haussa les épaules. « Brioche de chanteur. »

Plus Tyrion se rapprochait de la maison, plus s'enflait avec le son son irritation. Il n'avait jamais été friand de rhapsodes, et il n'avait que faire de voir celui-ci pour le trouver encore moins plaisant que le tout-venant de l'engeance. Il ouvrit rudement la porte, l'autre s'arrêta, « Messire Main », s'agenouilla, brioche de marmite, crâne déplumé, murmurant : « Honoré, honoré.

– M'sire ! » Shae s'était mise à sourire en le voyant. Il aimait ce sourire, et la manière spontanée dont il s'épanouissait instantanément sur le charmant minois de sa maîtresse. Elle portait sa robe de soie violette que rehaussait en guise de ceinture une écharpe de brocart d'argent. Deux tons qui mettaient en valeur sa chevelure sombre et sa carnation crémeuse.

« Ma douce, répondit-il. C'est qui, lui ? »

Le rhapsode releva les yeux. « Symon Langue-d'argent, messire. Musicien, chanteur, conteur…

– … et maître sot, termina Tyrion. Comment m'as-tu appelé, quand je suis entré ?

– Appelé ? Je… – je n'ai… » L'argent de sa langue s'était apparemment changé en plomb. « Messire Main, j'ai dit, honoré…

– Plus malin, tu aurais affecté ne pas me reconnaître. Non que j'en eusse été dupe, mais tu aurais au moins dû tenter ta chance. Que vais-je faire de toi, maintenant ? Tu es au courant, pour ma chère Shae, tu sais où elle habite, tu sais que je viens la voir, la nuit, seul.

– Je… – je jure que je… – je n'en dirai rien, à personne…

– Nous voilà d'accord sur un point. Bonne nuit. » Il emmena Shae à l'étage.

« Mon chanteur risque de ne plus jamais chanter, taquina-t-elle. Vous lui aurez coupé le sifflet…

– Un peu de trouille lui facilitera le registre aigu. »

Elle referma sur eux la porte de la chambre. « Tu ne lui feras pas de mal, n'est-ce pas ? » Après avoir allumé une bougie parfumée, elle s'agenouilla pour lui retirer ses bottes. « Ses chansons me réchauffent le cœur, les nuits où tu ne viens pas.

– Que ne puis-je venir chaque nuit ! soupira-t-il, pendant qu'elle frictionnait ses pieds nus. Comment chante-t-il ?

– Mieux que certains. Moins bien que d'autres. »

Il entrebâilla la robe et enfouit son visage au creux des seins. Toujours émanait de Shae, jusqu'au cœur de cette porcherie puante de cité, une odeur de propre. « Garde-le, si ça te fait plaisir, mais garde-le sous les verrous. Je ne veux pas le voir traîner en ville et bavasser dans les tavernes.

– Il ne... », commença-t-elle.

La bouche de Tyrion lui scella les lèvres. Les pia-pias, il en avait sa claque ; ce qu'il lui fallait impérativement, c'était la volupté toute simple et apaisante entre les cuisses de Shae. Le seul lieu du monde où il fût bienvenu, désiré.

Comme elle s'était assoupie, la tête posée sur son bras, il le dégagea doucement, enfila sa tunique et descendit au jardin. La lune en son demi argentait les feuilles des arbres fruitiers et éclaboussait la margelle du bassin de pierre. Tyrion s'assit au bord de l'eau. Quelque part sur sa droite grésillait le timbre étrangement aimable d'un grillon. *Quelle quiétude règne ici*, songea-t-il, *mais pour combien de temps ?*

Une soudaine exhalaison fétide lui fit tourner la tête. Parée de la robe en lamé argent qu'il lui avait donnée, Shae se dressait sur le seuil. *J'aimais une fille blanche comme l'hiver, et la lune luisait dans sa chevelure.* Derrière elle se tenait, nu-pieds, crotté jusqu'aux chevilles, un magot fagoté de nippes repoussantes et rapetassées ; à son cou ballait au bout d'une lanière de cuir non point le cristal du septon, mais la sébile du frère mendiant. Et sa puanteur aurait suffoqué un rat.

« Lord Varys vient vous voir », annonça Shae.

Le frère mendiant papillota vers elle, suffoqué. Tyrion se mit à rire. « En effet ! Mais comment l'as-tu reconnu quand je m'y trompais ? »

Elle haussa les épaules. « C'est toujours lui. Juste accoutré différemment.

– Et physionomie différente, odeur différente, façon de marcher différente, ajouta Tyrion. De quoi abuser la plupart des hommes.

– Et la plupart des femmes, il se peut. Mais pas les putains. Si une putain n'apprend pas à voir l'homme et non ses vêtements, vite fait qu'on l'estourbira dans un coin. »

Varys paraissant chagrin, mais pas en raison des fausses croûtes qui ornaient ses pieds, Tyrion suggéra : « Si tu nous apportais un peu de vin, Shae ? » Une coupe ne serait probablement pas de trop. La nouvelle qu'apportait l'eunuque en pleine nuit ne devait pas être bien réjouissante...

« J'ose à peine vous dire pourquoi je suis venu, messire, lâcha-t-il en effet sitôt que Shae se fut éclipsée. J'ai des nouvelles désastreuses.

– Vous auriez dû vous tapisser de plumes noires, Varys, vous êtes d'aussi sinistre augure qu'une volée de corbeaux. » Il se mit gauchement sur pied, presque affolé de la question qu'il allait poser. « Il s'agit de Jaime ? » *S'ils ont touché à lui, rien ne les sauvera.*

« Non, messire. D'un autre sujet. Ser Cortnay Penrose est mort. Accalmie a ouvert ses portes à Stannis Baratheon. »

A ces mots, la consternation occupa sans partage l'esprit du Lutin. Si bien que, lorsqu'arriva le vin, à peine en eut-il pris une gorgée qu'il envoya la coupe s'écraser contre le mur de la maison. Shae leva une main pour se protéger des éclats, tandis que le liquide dégoulinait, tels d'interminables doigts noirs, le long des pierres éclairées par la lune. « *Le maudit !* » s'exclama-t-il.

Varys sourit, exhibant une bouche pleine de dents pourries. « Qui, messire ? Ser Cortnay, ou lord Stannis ?

– Les deux ! » Vu sa force, Accalmie aurait dû pouvoir résister six mois, voire davantage..., assez longtemps pour permettre à Père d'en finir avec Robb Stark. « C'est arrivé comment ? »

L'eunuque jeta un coup d'œil vers Shae. « Nous faut-il absolument, messire, gâcher le sommeil de votre douce dame avec une histoire aussi lugubre et sanglante ?

– Une dame aurait peut-être peur, dit Shae, moi pas.

– Tu devrais, l'avertit Tyrion. Maintenant qu'Accalmie est en son pouvoir, Stannis ne tardera pas à reporter son attention sur Port-Réal. » Il se repentait à présent d'avoir balancé son vin. « Veuillez patienter un moment, lord Varys, nous retournerons ensemble au château.

– Je vous attends à l'écurie. » Il s'inclina et s'éloigna clopin-clopant.

Tyrion attira Shae contre lui. « Tu n'es pas en sécurité, ici.

– J'ai mes murs et les gardes que tu m'as donnés.

– Des mercenaires, répliqua-t-il. Ils aiment bien mon or, mais mourraient-ils pour lui ? Quant à ces murs, deux hommes qui se feraient la courte échelle les franchiraient en un clin d'œil. Un manoir tout à fait semblable a été incendié par les émeutiers. Ils ont tué son propriétaire, un orfèvre, pour le crime d'avoir un garde-manger plein, et c'est exactement pour la même raison qu'ils ont mis en pièces le Grand Septon, violé Lollys Tanda des dizaines de fois et écrabouillé le crâne de ser Aron. Que crois-tu qu'ils feraient si la dame de la Main leur tombait entre les pattes ?

– La putain de la Main, tu veux dire ? » Elle dardait sur lui ces grands yeux effrontés qu'elle savait avoir. « Quoique je voudrais être votre dame, m'sire. Je porterais tous les beaux atours de satin, de lamé, de brocart d'or que vous m'avez donnés, je me parerais de vos bijoux, vous tiendrais la main et siégerais à vos côtés durant les banquets. Je pourrais vous donner des fils, je sais que je le pourrais..., et jamais, je le jure, vous n'auriez à rougir de moi. »

Je rougis déjà bien assez de t'aimer. « Un beau rêve, Shae. Oublie-le, maintenant, je te prie. Il ne peut se réaliser.

– A cause de la reine ? Je n'ai pas peur d'elle non plus.

– Moi si.

– Alors, *tue*-la, et bon débarras. Ce n'est pas comme s'il y avait la moindre affection entre vous. »

Il soupira. « Elle est ma sœur. L'homme qui tue son propre sang est maudit pour jamais au regard des dieux et des hommes. Au surplus, quoi que toi et moi puissions penser d'elle, mon père et mon frère l'aiment tendrement. Il n'est point d'homme dans les Sept Couronnes dont je ne sois capable de venir à bout par l'intrigue, mais les dieux ne m'ont pas équipé pour affronter Jaime l'épée au poing.

– Le Jeune Loup et lord Stannis ont des épées qui ne t'effraient pas. »

Combien tu me connais peu, ma douce... « Je dispose à leur encontre de toute la puissance de la maison Lannister. Contre Jaime ou contre mon père, je n'ai rien d'autre qu'un dos de traviole et des guibolles torses.

– Tu m'as. » Elle l'embrassa, lui glissa les bras autour du cou, se pressa contre lui.

Comme tous les baisers qu'il recevait d'elle, ce baiser l'érigea mais, cette fois, il la repoussa doucement. « Pas maintenant. Ecoute, ma douce, j'ai..., bon, disons la graine d'un plan. Je crois qu'il me serait possible de t'introduire aux cuisines du château. »

Elle se fit attentive. « Aux cuisines ?

– Oui. Si je passe par l'intermédiaire de Varys, personne n'y verra que du feu. »

Elle se mit à glousser. « Je t'empoisonnerais, m'sire. Ceux qui ont tâté de ma cuistance m'ont tous félicitée sur mes dons de pute.

– Le Donjon Rouge a suffisamment de cuistots. De boulangers et de bouchers aussi. Il te faudrait jouer les souillons.

– La fouille-au-pot. En bure brune qui grattouille. M'sire veut me voir dans cette tenue ?

– M'sire veut te voir en vie. Tu peux difficilement récurer des casseroles atournée de velours et de soie.

– M'sire est dégoûté de moi ? » Elle glissa la main sous la tunique et lui tripota la queue. Succès immédiat. « *Elle* me désire encore. » Elle se mit à rire. « M'sire voudrait-il baiser sa fille de cuisine ? Libre à lui de me saupoudrer de farine et de me graisser les tétons s'il...

– Arrête. » Ces façons lui rappelaient fâcheusement le bordel et l'acharnement d'Almée à gagner son pari. Il écarta brutalement la main pour empêcher de nouvelles friponneries. « Ce n'est pas l'heure des ébats, Shae. Il y va peut-être de ta vie. »

Elle avait cessé de sourire. « Si j'ai déplu à m'sire, ce n'était pas mon intention, mais... ne pourriez-vous simplement me donner des gardes supplémentaires ? »

Il exhala un profond soupir. *Ce n'est qu'une enfant, penses-y*, se morigéna-t-il. Il lui prit la main. « On peut remplacer tes pierreries, on peut te coudre de nouvelles robes deux fois plus jolies que les précédentes. A mes yeux, rien n'est plus précieux que toi, dans cette maison. Le Donjon Rouge n'est pas un abri sûr non plus, mais tu y seras infiniment moins exposée qu'ici. Je veux que tu t'y réfugies.

– Aux cuisines. » Elle parlait d'une voix monocorde. « A récurer des casseroles.

– Pour peu de temps.

– Mon père avait fait de moi sa fille de cuisine, dit-elle en tordant la bouche. Pour ça que je me suis taillée.

– Tu m'as dit que c'est parce qu'il abusait de toi, lui rappela-t-il.

– Ça aussi. Je n'aimais pas plus récurer ses casseroles qu'avoir sa queue en moi. » Elle releva la tête d'un air agressif. « Pourquoi ne pas me loger dans votre tour ? La moitié des seigneurs de la Cour ont bien leur chaufferette auprès d'eux.

– Il m'a été expressément défendu de t'amener à la Cour.

– Par votre buse de père. » Elle fit la moue. « Vous n'avez pas l'âge, peut-être, de vous taper toutes les putes que vous voulez ? Est-ce qu'il vous prend pour un gosse imberbe ? Qu'est-ce qu'il pourrait vous faire ? vous fesser ? »

Il la souffleta. Pas très fort, mais assez quand même. « Le diable t'emporte ! dit-il, *le diable t'emporte !* Ne te paie jamais ma tête. Pas *toi.* »

Elle demeura un bon moment muette. Seul le grillon, dans le silence, grésillait, grésillait. « Vous demande pardon, m'sire, dit-elle enfin d'un ton pesant. Voulais pas vous vexer. »

Ni moi te frapper… Bonté divine ! vais-je me mettre à faire comme Cersei ? « C'était mal agi, dit-il. A moi comme à toi. Tu ne comprends pas, Shae. » Des mots qu'il n'avait jamais eu l'intention de prononcer se bousculaient à qui mieux mieux pour sortir de lui comme des pitres d'un cheval de bois. « A treize ans, j'ai épousé la fille d'un métayer. Je la croyais telle, en tout cas. Aveuglé par l'amour qu'elle m'inspirait, je pensais qu'elle éprouvait le même, mais mon père m'embourba le nez dans la vérité. Ma femme était une putain louée par Jaime pour me dépuceler. » *Et j'ai gobé tout ça, niais que j'étais.* « Afin de rendre plus cuisante la leçon, lord Tywin l'administra à domicile en livrant à ses gardes ma bien-aimée pour qu'ils en jouissent à leur convenance et, il va de soi, sous mes yeux. » *Et en me forçant à la prendre ensuite une dernière fois. Une dernière fois, mais sans plus d'amour, pas l'once, plus de tendresse… « Ainsi te la rappelleras-tu telle qu'elle était », me dit-il, et j'aurais dû le braver, j'aurais dû refuser, mais ma queue me trahit, et j'obtempérai.* « Une fois débarrassé d'elle, mon père fit dissoudre le mariage. Exactement comme si nous n'avions jamais été mari et femme, affirmèrent les septons. » Il lui pressa la main. « De grâce, ne parlons plus de la tour de la Main. Tu ne resteras aux cuisines que très peu de temps. Une fois réglé son compte à Stannis, tu auras un autre manoir, et des soieries aussi soyeuses que tes mains. »

Les yeux de Shae s'étaient agrandis, mais il ne put rien y déchiffrer. « Mes mains ne seront pas soyeuses si je gratte des marmites et nettoie des fourneaux toute la journée. Accepterez-vous encore qu'elles vous touchent quand l'eau brûlante et la soude et le savon les auront gercées, rougies, rendues rugueuses ?

– Plus que jamais, promit-il. Quand je les regarderai, c'est ta bravoure qu'elles me rappelleront. »

L'en croyait-elle ? Il n'aurait su dire. Elle baissa les yeux. « Je suis votre servante, m'sire. »

Là se bornerait, cette nuit, de toute évidence, sa capacité de consentement. Tyrion lui embrassa le coin de la joue qu'avait échauffé la gifle, manière d'en apaiser les picotements. « Je t'enverrai prendre. »

Comme prévu, Varys l'attendait à l'écurie. Son cheval avait l'air crevard et boiteux. Tyrion enfourcha le sien, l'un des reîtres ouvrit les portes, et ils chevauchèrent en silence. *Pourquoi diable ai-je raconté l'histoire de Tysha ?* s'effara-t-il subitement. Il était des secrets qu'un homme ne devrait jamais révéler, des turpitudes qu'un homme devrait emporter dans la tombe. Qu'avait-il escompté de ce déballage, qu'elle lui pardonne ? Et sa manière de le regarder, que signifiait-elle ? Etait-ce la perspective de récurer des casseroles qui la révulsait à ce point, ou bien ce qu'il lui confiait ? *Comment ai-je pu lui conter ces choses et continué de m'imaginer qu'elle m'aimerait ?* s'inquiétait une part de lui, tandis qu'une autre se gaussait : *Nabot bouché ! mais la putain n'aime que l'or et les joyaux… !*

Ebranlé par chaque foulée du cheval, son coude estropié le lancinait au point qu'il avait par moments l'impression d'entendre les os s'en entrechoquer. Peut-être devrait-il consulter un mestre ou prendre quelque drogue contre la douleur…, mais, depuis que Pycelle avait révélé sa véritable nature, Tyrion Lannister se défiait des mestres comme de la peste. Les dieux seuls savaient avec qui complotait cette engeance-là, quels ingrédients elle mêlait aux potions qu'elle vous administrait.

« Varys ? appela-t-il. Il me faut introduire Shae au château sans que s'en avise Cersei. » En trois phrases, il brossa son projet des cuisines.

En retour, l'eunuque émit un léger claquement de langue. « Je ne demande qu'à complaire à Votre Excellence, naturellement, mais... je dois vous avertir, les cuisines sont truffées d'yeux et d'oreilles. Dût la petite ne susciter aucune suspicion, une avalanche de questions s'abattra sur elle. Où elle est née. Qui étaient ses parents. Comment elle est venue à Port-Réal. Et comme la vérité n'est pas bonne à dire, il lui faudra mentir..., et mentir encore, et mentir toujours. » Il abaissa son regard sur le nain. « Et une si jolie souillon suscitera autant de convoitises que de curiosité. On la touchera, pincera, pelotera, chouchoutera. La nuit, les marmitons voudront ramper sous ses couvertures. Il se peut même qu'un chef esseulé cherche à l'épouser. Les boulangers lui pétriront les seins avec des mains enfarinées.

– Plutôt la voir câlinée que poignardée », répliqua Tyrion.

Au bout de quelques pas, Varys reprit : « Il pourrait y avoir une autre solution. Il se trouve que la soubrette attachée à la fille de lady Tanda lui chipe ses bijoux. En informerais-je la mère que force lui serait de la mettre à la porte aussitôt. Et sa Lollys aurait besoin d'une remplaçante.

– Je vois. » Les avantages sautaient aux yeux. En qualité de femme de chambre d'une dame, Shae serait vêtue d'un costume autrement seyant et douillet que celui de souillon, souvent même admise à l'agrémenter d'un ou deux bijoux. De quoi la ravir. Cersei trouvait en outre lady Tanda aussi barbante qu'hystérique, et Lollys d'une vivacité bovine. Il y avait donc peu d'apparence qu'elle les accablât de visites amicales.

« Foncièrement timide et confiante, reprit Varys, Lollys avalera n'importe quel bobard. Depuis la perte à répétition de son pucelage, la seule idée de quitter ses appartements lui fait une peur bleue. De sorte que Shae serait là à l'abri des regards indiscrets... mais sous la main, s'il vous advenait d'avoir besoin de réconfort.

– La tour de la Main est surveillée, vous le savez aussi bien que moi. La curiosité ne manquerait pas de dévorer Cersei dès qu'elle apprendrait que je reçois la camérière de Lollys.

– Je me fais fort de l'amener dans votre chambre en catimini. La maison de Chataya n'est pas la seule à se targuer de posséder des portes dérobées.

– Un accès secret ? A *mes* appartements ? » Il en éprouvait plus de contrariété que de surprise. Dans quel autre but que de préserver pareils arcanes Maegor le Cruel aurait-il, sinon, fait exécuter tous ceux qui avaient œuvré au château ? « Oui, tout le laisse effectivement supposer. Et qui débouche où ? dans ma chambre ? dans ma loggia ?

– Allons, mon ami, vous ne voudriez tout de même pas me forcer à vous révéler *tous* mes petits secrets, si ?

– Veuillez les considérer dorénavant comme *nos* petits secrets, Varys. » Il leva les yeux vers l'eunuque affublé en cabotin puant. « Si tant est que vous soyez *vraiment* de mon bord...

– En pouvez-vous douter ?

– Eh bien, non, je vous fais implicitement confiance. » Les volets clos répercutèrent un ricanement plutôt amer. « Je vous fais confiance, à la vérité, comme à quelqu'un de mon propre sang. Maintenant, dites-moi de quelle manière a péri ser Cortnay Penrose.

– On prétend qu'il s'est précipité lui-même par une fenêtre de sa tour.

– Précipité *lui-même* ? Ça, non, je n'en crois rien !

– Ses gardes n'ont vu personne pénétrer chez lui, et ils n'y ont trouvé personne, après.

– Alors, le meurtrier était entré plus tôt et s'était caché sous le lit, suggéra Tyrion, ou bien laissé descendre le long d'une corde à partir du toit. A moins que les gardes ne mentent. Qui jurerait qu'ils n'ont pas fait eux-mêmes le coup ?

– Sans doute avez-vous raison, messire. »

Le ton suffisant sous-entendait l'opposé. « Vous n'en pensez rien, n'est-ce pas ? Comment s'est-il commis, dans ce cas ? »

Varys différa de répondre un bon bout de temps. Seul s'entendait dans le silence le *clip clop* régulier des sabots contre le pavé. Finalement, l'eunuque s'éclaircit la gorge. « Les vieux pouvoirs, messire, vous y croyez ?

– Vous voulez dire la magie ? riposta Tyrion d'un ton agacé. Les sortilèges au sang, maléfices, évocations d'ombres et tout ce saint-frusquin ? » Il renifla. « Essayez-vous de m'insinuer que quelque diablerie aurait poussé ser Cortnay au suicide ?

– Le matin même de sa mort, Penrose avait défié lord Stannis en combat singulier. Est-ce là, je vous le demande, le comportement d'un homme au désespoir ? Ajoutez à cela l'assassinat non moins opportun que mystérieux de lord Renly, juste à l'heure où l'armée de celui-ci se rangeait en ligne de bataille pour balayer celle de son frère. » Il marqua une pause assez longue. « Un jour, messire, vous m'avez questionné sur les circonstances de ma castration.

– Je me souviens, dit Tyrion. Vous m'avez marqué votre répugnance à en parler.

– C'est toujours le cas, mais… » Nouvelle pause, et beaucoup plus longue que la précédente, mais, lorsqu'il reprit la parole, ce fut sur un ton quelque peu différent. « Orphelin, je faisais mon apprentissage de comédien dans une troupe ambulante. Notre maître possédait un petit cotre rondouillard à bord duquel nous sillonnions en tous sens le détroit pour donner des représentations dans toutes les cités libres et, de temps à autre, à Villevieille et Port-Réal.

« Un jour, à Myr, certain individu vint nous voir et, le spectacle achevé, offrit de ma personne un prix si affriolant que mon maître n'eut garde de refuser. J'étais terrifié, moi. Je redoutais que l'acquéreur n'en use avec moi comme j'avais entendu dire que le faisaient certains avec des garçonnets, mais la seule partie de mon corps qui l'intéressât se révéla être ma virilité. Il me fit boire une potion qui me rendit incapable d'esquisser le moindre geste et de proférer le moindre mot, tout en me laissant la pleine jouissance de ma conscience. Muni d'une longue lame incurvée, il me tronçonna de la souche au tronc, tout en psalmodiant des incantations puis, sous mes yeux, brûla mes attributs virils sur un brasero. Les flammes virèrent au bleu, et j'entendis une voix répondre à ses appels, mais dans une langue inconnue de moi.

« Entre-temps, la troupe avait appareillé. Et comme, une fois atteint l'objectif qu'il s'était fixé, je ne présentais plus à ses yeux le moindre intérêt, l'homme me flanqua dehors. Quand je lui demandai ce que j'allais faire, à présent, "Crever, je présume", fut sa réponse. Et c'est à seule fin de le désappointer que je résolus de vivre. Je mendiai, volai, vendis de mon corps ce qu'il m'en restait, ne tardai guère à égaler ce que Myr comptait de plus habiles tire-laine et, avec l'âge, appris à m'instruire et à faire plus de fonds sur le contenu des cervelles que sur la rondeur des bourses.

« Il n'empêche que je rêve encore de cette nuit-là, messire. Non pas du sorcier ni de sa lame, ni même de la façon dont ma virilité se ratatinait en brûlant. Je rêve de la voix. De la voix qui montait des flammes. Etait-ce un dieu, un démon, un truc d'escamoteur ? je ne saurais dire, encore que, les trucs, je les connaisse tous. Je ne puis affirmer qu'une chose, c'est qu'il appelait *cela*, et que *cela* répondait. Et, depuis ce jour, j'exècre la magie et tous les gens qui la pratiquent. Si lord Stannis est de leur nombre, alors, je n'aspire qu'à le voir mort. »

Le silence à nouveau s'appesantit sur eux. Tyrion finit cependant par se résoudre à le rompre. « Quelle histoire abominable. Je suis navré. »

L'eunuque soupira. « Vous êtes navré, mais vous ne me croyez pas. Non, messire, non, pas besoin de vous en excuser. J'étais sous l'effet de la drogue et je souffrais, et cela se passait voilà une éternité et dans des contrées lointaines au-delà de la mer. Cette voix, j'ai dû la rêver. Des arguments que je me suis moi-même opposés des milliers de fois.

– Je crois aux épées d'acier, aux pièces d'or et à l'intelligence humaine, dit Tyrion. Et je crois qu'il exista des dragons, jadis. J'ai contemplé leurs crânes, après tout.

– Espérons que vous ne voyiez jamais rien de pire, messire.

– D'accord là-dessus. » Le Lutin sourit. « Pour ce qui est de la mort de ser Cortnay, nous savons que Stannis s'est recruté des voiles à gages dans les cités libres. Peut-être s'y est-il aussi acheté un tueur adroit.

– Un tueur *très* adroit.

– Il en est. J'ai maintes fois rêvé d'être un jour suffisamment riche pour lâcher un Sans-Visage aux trousses de ma chère sœur.

– Abstraction faite des modalités de son trépas, reprit Varys, voilà ser Cortnay mort, Accalmie rendu, et Stannis libre de marcher.

– Avons-nous la moindre chance de convaincre les Dorniens de s'abattre sur les Marches ? s'enquit Tyrion.

– Aucune.

– Dommage. Enfin..., la menace en suspens servira toujours à maintenir les seigneurs des Marches dans les parages immédiats de leurs châteaux. Quelles nouvelles de mon père ?

– Si lord Tywin a réussi à franchir la Ruffurque, je n'en ai pas encore eu vent. S'il ne se hâte, il risque de se retrouver pris en étau par ses ennemis. La feuille du Rouvre et l'arbre Rowan ont été aperçus au nord de la Mander.

– Toujours rien de Littlefinger ?

– Il n'a peut-être jamais atteint Pont-l'Amer. Ou bien peut-être y est-il mort. Lord Tarly s'est emparé des entrepôts de Renly et a passé des tas de gens au fil de l'épée. Des Florent, pour l'essentiel. Lord Caswell s'est renfermé dans son château. »

La tête rejetée en arrière, Tyrion se mit à rire à gorge déployée.

Varys tira sur les rênes, ahuri. « Messire ?

– Ne voyez-vous pas, lord Varys ? mais c'est d'une irrésistible cocasserie ! » Il désigna de la main les volets clos, la ville endormie. « Accalmie est tombé, et Stannis approche, bardé de feu, d'acier et des dieux savent quels pouvoirs ténébreux, et ces bonnes gens n'ont pas Jaime pour les protéger, ni Robert, ni Renly, ni Rhaegar, ni leur précieux chevalier des Fleurs. Rien que moi, le seul qu'ils haïssent ! » Son hilarité le reprit. « Le nain, le maléficieux conseiller, le petit singe démoniaque et caricatural ! Je suis tout ce qui se dresse entre eux et le chaos ! »

III

L’Invincible Forteresse

CATELYN

« En lui annonçant mon départ, dis-lui qu'il s'enorgueillira de m'avoir pour fils. » Un bond le mit en selle, seigneurial en diable avec sa maille étincelante sous l'ocre et bleu de son vaste manteau. Identique à celle de son bouclier, une truite d'argent lui faîtait le heaume.

« Père a toujours été fier de toi, Edmure. Et il t'aime passionnément. Sache-le.

– J'entends fournir à son affection des motifs supérieurs à ceux de la simple naissance. » Il fit volter son destrier, leva une main, les trompettes sonnèrent, un tambour se mit à battre, le pont-levis s'abaissa par à-coups et, finalement, ser Edmure Tully sortit de Vivesaigues à la tête de ses hommes, lances au clair, bannières déployées.

Ton ost est peu de chose auprès du mien, frère, se dit-elle en le regardant s'éloigner. *Un ost formidable de doutes et de peurs…*

A ses côtés, presque palpable était la détresse de Brienne. Catelyn avait eu beau lui faire tailler des vêtements sur mesure et l'atourner de robes aussi séantes à son sexe qu'à sa naissance, la chevalière n'en persistait pas moins à préférer s'empaqueter de maille et de cuir bouilli, taille sanglée par un ceinturon. Certes, elle aurait été plus heureuse de partir guerroyer botte à botte avec les autres, mais il fallait bien des épées pour tenir Vivesaigues, tout puissants qu'en étaient les murs. Edmure avait emmené aux gués tous les hommes valides, ne laissant sous les ordres de ser Desmond Grell qu'une garnison composée de blessés, de vétérans, de malades, ainsi que d'une poignée d'écuyers et de petits rustres encore effarés de leur puberté et sans expérience des armes. Ce pour défendre un château bondé de marmaille et de bonnes femmes… !

Une fois que le dernier fantassin se fut engouffré sous la herse, Brienne demanda : « Et maintenant, madame, qu'allons-nous faire ?

– Notre devoir. » Les traits crispés, elle entreprit de retraverser la cour. *J'ai toujours fait mon devoir*, songeait-elle. De là venait peut-être la prédilection que lui avait invariablement marquée Père. La mort au berceau de ses deux frères aînés avait fait d'elle, jusqu'à la naissance d'Edmure, autant le fils que la fille de lord Hoster. Et, après la disparition de Mère, le rôle de dame de Vivesaigues lui était échu, qu'elle avait assumé de même. Enfin, lorsque Père l'avait promise à Brandon Stark, elle avait exprimé toute la gratitude que méritait le choix d'un parti si brillant.

Brandon reçut de moi le droit de porter mes couleurs, et Petyr aucune consolation de ma part après sa blessure ni le moindre adieu lors de son renvoi. Et lorsque, après le meurtre de Brandon, je me vis enjoindre d'épouser son frère, je m'inclinai de bonne grâce, tout inconnu qu'il m'était jusqu'au visage avant le jour même des noces. Et c'est à cet étranger compassé que, toujours par devoir, je donnai ma virginité avant de le laisser rejoindre et sa guerre et son roi et la femme qui portait déjà son bâtard. Par devoir toujours.

Ses pas la guidaient vers le septuaire. Sis au sein des jardins de Mère et chatoyant d'irisations, le temple heptagonal de grès se révéla comble quand elle y pénétra ; son besoin de prier n'était partagé que par trop de gens. Elle s'agenouilla devant l'effigie de marbre polychrome du Guerrier et alluma deux cierges odorants, l'un pour Edmure, le second pour Robb, là-bas, par-delà les collines. *Préserve-les, aide-les à vaincre*, implora-t-elle, *procure la paix aux âmes des morts et le réconfort à ceux qu'elles abandonnent ici-bas.*

L'entrée du septon muni du cristal et de l'encensoir la surprit dans ses oraisons et l'incita à suivre l'office. A peu près de l'âge d'Edmure et d'aspect austère, ce religieux qu'elle ne connaissait pas célébrait avec l'onction requise, et il entonna les laudes des Sept d'une voix chaude et flexible, mais la nostalgie envahit Catelyn des chevrotements ténus de septon Osmynd, mort depuis longtemps. Osmynd aurait essuyé patiemment le récit de ce qu'elle avait vu, ressenti sous le pavillon de Renly, peut-être même aurait-il su lui expliquer ce que tout cela signifiait, lui indiquer comment conjurer les ombres qui arpentaient ses rêves. *Osmynd, Père, Oncle Brynden, le vieux mestre Kym, eux semblaient toujours tout savoir mais, maintenant que me voici réduite à moi-même, j'ai l'impression de ne rien savoir, pas même ce que je dois. Comment accomplir mon devoir, quand j'ignore en quoi il consiste ?*

Au moment de se relever, l'ankylose de ses genoux lui confirma crûment le sentiment de n'être pas plus avancée. Peut-être irait-elle, ce soir, dans le bois sacré, prier aussi les dieux de Ned. Des dieux plus anciens que les Sept.

A l'extérieur, chants d'un tout autre genre... Non loin de la brasserie, le timbre profond de Rymond le Rimeur charmait un cercle d'auditeurs par la geste de lord Deremond à la Prairie Sanglante :

Et là se dressait-il, dernier des dix Darry,
L'épée au poing...

Brienne s'arrêta pour écouter, voûtée de toute sa carrure et ses gros bras croisés sur la poitrine. Une bande de gamins en loques passa en courant, telle une volée perçante de triques et de cris. *D'où vient aux garçons cette passion effrénée de jouer à la guerre ?* se demanda Catelyn. *De Rymond et de ses pareils ?* Plus approchait la fin de la chanson, plus s'enflait la voix du chanteur :

rouge,
Et rouge, l'herbe sous ses pieds,
Et rouges, ses vives bannières,
Et rouge, la lueur du soleil couchant
Qui le baignait de ses rayons.
« A moi, hélait-il, à moi »,
Le preux,
« Mon épée n'est point rassasiée. »
Alors, avec des clameurs de fureur sauvage,
Leurs flots submergèrent le ruisselet...

« Combattre vaut mieux qu'attendre, lâcha Brienne. On n'éprouve pas pareil dénuement pendant qu'on se bat. On possède un cheval, une épée, parfois une hache. Et l'on se sent comme invulnérable, une fois revêtue l'armure.

– Des chevaliers meurent dans la mêlée », rappela Catelyn.

Le magnifique regard bleu la dévisagea. « Comme des dames dans l'enfantement. Nul ne chante jamais de chansons sur *elles*.

– Autre espèce de bataille que les enfants. » Catelyn se remit en marche. « Une bataille qui, pour ne s'orner ni d'étendards ni de sonneries, n'en est pas moins féroce. Porter, mettre au monde..., votre mère vous aura parlé de la douleur que...

– Je n'ai pas connu ma mère, intervint Brienne. Mon père avait des dames..., une dame enfin qui changeait tous les ans, mais...

– Ce n'étaient pas des dames, trancha Catelyn. Si pénible que soit l'accouchement, Brienne, ce qui suit l'est bien davantage. Il m'arrive de me sentir comme écartelée. Que ne puis-je être cinq moi-même, une pour chacun de mes enfants, je pourrais dès lors les sauvegarder.

– Et qui, madame, vous sauvegarderait, *vous* ? »

Petit sourire las. « Eh bien, les hommes de ma maison, si j'en crois les leçons de dame ma mère. Le seigneur mon père, mon frère, mon oncle, mon mari..., mais aussi longtemps que durera leur absence, je présume qu'il vous faudra les suppléer, Brienne. »

Celle-ci s'inclina. « Je m'y efforcerai, madame. »

La journée s'avançait quand mestre Vyman apporta une lettre qui le fit recevoir sur-le-champ mais qui, contre toute attente, émanait non pas de Robb ou de ser Rodrik mais d'un certain lord de La Nouë, gouverneur d'Accalmie, s'intitulait-il. Adressée à lord Hoster, ser Edmure, lord Stark ou « à quiconque tient pour l'heure Vivesaigues », elle annonçait que, par suite du décès de ser Cortnay Penrose, Accalmie s'était ouvert à son héritier légitime et incontestable, Stannis Baratheon. Et chacun des hommes de la garnison lui ayant juré allégeance, tous avaient obtenu leur grâce.

« Sauf Cortnay Penrose », murmura Catelyn. Sans l'avoir jamais rencontré, elle ne pouvait s'empêcher de déplorer sa perte. « Il faudrait en informer Robb immédiatement, dit-elle. Sait-on où il se trouve ?

– Aux dernières nouvelles, il se portait contre Falaise, la résidence des Ouestrelin, répondit le mestre. Si j'expédiais un corbeau à Cendremarc, peut-être y serait-on en mesure de lui dépêcher une estafette.

– Faites. »

Vyman retiré, elle relut le message. « Lord de La Nouë ne dit mot du bâtard de Robert, glissa-t-elle à Brienne. Celui-ci a dû être inclus dans la capitulation, mais j'avoue ne pas comprendre l'acharnement de Stannis à le réclamer.

– En tant que rival éventuel, peut-être ?

– La rivalité d'un bâtard ? non. Quelque chose d'autre... Il est comment, ce gamin ?

– Sept ou huit ans, gracieux, des cheveux noirs, des yeux très bleus. Les visiteurs le prenaient souvent pour le fils de Renly.

– Et Renly ressemblait à Robert. » En un éclair, elle devina. « Stannis compte exhiber le bâtard comme le portrait vivant de son frère et amener le royaume à se demander pourquoi Joffrey l'est si peu, lui.

– Et ce serait si décisif ?

– Les partisans de Stannis crieront à la preuve. Ceux de Joffrey que cela ne signifie rien. » Ses propres enfants étaient plus Tully que Stark. Seule Arya tenait de Ned nombre de ses traits. *Et Jon Snow, mais il n'est pas mon fils.* Elle se prit à songer à la mystérieuse mère de celui-ci, à cet amour secret dont Ned refusait de parler. *Le pleure-t-elle comme moi ? Ou bien s'est-elle mise à le haïr quand il délaissa sa couche pour la mienne ? Prie-t-elle pour son fils comme je le fais pour les miens ?*

Autant de pensées importunes – et vaines. Si Jon était bien, comme d'aucuns le chuchotaient, son rejeton, Ashara Dayne des Météores était morte depuis longtemps ; qui, sinon, était sa mère et où elle pouvait bien se trouver, Catelyn n'en avait pas la moindre idée. Il n'importait, du reste. Ned disparu, mortes, ses amours, et morts avec lui, ses secrets...

Une fois de plus la frappait néanmoins l'incompréhensible comportement des hommes sur le chapitre des bâtards. Si Ned s'était sans relâche montré le farouche protecteur de Jon, si ser Cortnay Penrose venait de donner sa vie pour cet Edric Storm, Roose Bolton, en revanche, tenait moins au sien qu'à l'un de ses chiens, d'après le ton glacé de la lettre reçue par Edmure, trois jours plus tôt. Il annonçait avoir, conformément aux ordres, franchi le Trident pour marcher sur Harrenhal. « Une forteresse puissante et tenue par une bonne garnison, mais Sa Majesté l'aura, dussé-je tout exterminer pour la lui gagner. » Et d'exprimer l'espoir qu'aux yeux du roi cette victoire compenserait les forfaits de son bâtard de fils, abattu par ser Rodrik Cassel. « Une fin sûrement méritée, commentait-il. Sang taré porte à félonie, et le naturel de Ramsay combinait cruauté, cautèle et cupidité. Je me félicite d'en être débarrassé. Lui vivant, les fils légitimes que je me promets de ma jeune épouse n'auraient jamais connu de sécurité. »

Un bruit de pas précipités la détourna de ces réflexions malsaines. Déjà se ruait dans la pièce et s'agenouillait, hors d'haleine, l'écuyer de ser Desmond. « Des Lannister..., madame..., sur la rive opposée.

– Reprends ton souffle, mon garçon, puis parle posément. »

Il s'y efforça avant de reprendre : « Une colonne d'hommes revêtus d'armures. De l'autre côté de la Ruffurque. Unicorne violet sous lion Lannister. »

Quelque fils de lord Brax. Le père était jadis venu à Vivesaigues en proposer un pour elle-même ou Lysa. L'assaillant d'aujourd'hui, là dehors, était-il le prétendant d'alors ?

Les survenants avaient surgi du sud-est sous une flambée d'étendards, expliqua ser Desmond lorsqu'elle l'eut rejoint aux créneaux. « Une poignée d'éclaireurs, pas davantage, affirma-t-il. Le gros des troupes de lord Tywin se trouve beaucoup plus au sud. Nous ne courons aucun danger. »

Au sud de la Ruffurque, le paysage s'ouvrait, tellement plat que, de la tour de guet, la vue portait à plusieurs lieues. Seul s'apercevait toutefois le gué le plus proche, qu'Edmure avait chargé lord Jason de défendre, ainsi que trois autres en amont. Les cavaliers ennemis tournicotaient d'un air perplexe au bord de l'eau, le vent cinglait l'écarlate et l'argent des bannières. « Une cinquantaine d'hommes au plus, madame », estima le gouverneur.

Elle les regarda se déployer en une longue ligne. Retranchés en face derrière roches et monticules herbus, les Mallister s'apprêtaient à les accueillir. Une sonnerie de trompette mit en branle les agresseurs qui, au pas, descendirent patauger dans le courant. Spectacle superbe, au premier abord, que l'éclat des armures sous les bannières déployées et le fer des lances ébloui de soleil.

« *Maintenant !* » entendit-elle marmonner Brienne.

Ce qui se passait au juste, il était malaisé de le démêler mais, même à cette distance, on était si fort obnubilé par les cris des chevaux qu'à peine se percevait le tintamarre sous-jacent de l'acier rencontrant l'acier. Une bannière disparut soudain, comme fauchée avec son porteur, et peu après parut sous les murs, charrié par les flots, le premier cadavre. Entre-temps, les Lannister, qui avaient retraité pêle-mêle, se regroupèrent et, à la suite d'un bref échange, rebroussèrent chemin au galop, sous les huées du rempart qu'ils ne pouvaient déjà plus entendre.

Ser Desmond se claqua la bedaine. « Dommage que lord Hoster n'ait pu voir cela. Il en aurait gambadé !

– Le temps des gambades est révolu pour lui, je crains, riposta Catelyn, et le combat ne fait que débuter. Les Lannister vont revenir. Lord Tywin a deux fois plus d'hommes que mon frère.

– En aurait-il dix fois plus qu'il ne s'en porterait pas mieux, protesta ser Desmond. La rive occidentale de la Ruffurque est plus escarpée que l'orientale, madame, et fort boisée. Nos archers s'y trouvent bien à couvert, ils ont du champ pour ajuster leur tir… et, dût même s'ouvrir une brèche, encore Edmure disposerait-il de l'élite des chevaliers qu'il garde en réserve, prêts à fondre où les requerrait l'urgence. La rivière bloquera nos ennemis.

– Les dieux veuillent vous donner raison », dit-elle gravement.

La nuit suivante confirma ses pressentiments. Elle avait ordonné qu'on la réveille tout de suite, en cas de nouvelle attaque, et, bien après minuit, bondit sur son séant lorsqu'une servante lui posa la main sur l'épaule. « Que se passe-t-il ?

– Le gué de nouveau, madame. »

Le temps de s'emmitoufler dans une robe de chambre, et elle grimpait au sommet du donjon. De là-haut, le regard portait par-dessus les murs et le miroitement lunaire de la rivière jusqu'au lieu où faisait rage la bataille. Au vu des feux de guet échelonnés tout le long de la berge, les Lannister se figuraient-ils bénéficier de la mégarde des défenseurs ou de leur cécité dans le noir ? Chimère alors qu'un pareil calcul. Surtout que les ténèbres étaient un allié pour le moins douteux. En barbotant pour traverser cahin-caha, certains perdaient pied dans des creux sournois et s'abattaient à grand fracas, d'autres trébuchaient contre des écueils ou s'embrochaient sur les chausse-trapes. Et cependant, les archers Mallister décochaient vers la rive opposée des nuées sifflantes de flèches enflammées qui vous fascinaient, de loin, par leur singulière beauté. Immergé jusqu'à mi-jambe et les vêtements en feu, un homme barbelé de dards dansait, virevoltait, finit par s'effondrer, le flot le balaya, ne le rendit à la surface, de-ci de-là, que dans les parages de Vivesaigues, feu et souffle éteints.

Petite victoire, songea Catelyn lorsque, achevée l'échauffourée, les adversaires survivants se furent fondus dans la nuit, *victoire néanmoins*. « Que pensez-vous de cela, Brienne ? interrogea-t-elle tout en descendant l'escalier à vis.

– Que lord Tywin nous a juste effleurés d'une pichenette, madame. Il est en train de nous tâter. Il cherche un point faible, un passage non défendu. S'il n'en découvre, il reploiera chacun de ses doigts et, d'un coup de poing, tentera de s'en ouvrir un. » Ses épaules se tassèrent. « Voilà ce que je ferais. Si j'étais lui. » Sa main se porta vers la garde de son épée, la tapota comme pour s'assurer qu'elle n'avait pas disparu.

Plaise alors aux dieux de nous seconder, se dit Catelyn. Elle n'y pouvait rien, de toute manière. Là-bas dehors, sur la rivière, c'était la bataille d'Edmure ; ici se trouvait la sienne à elle, dans le château.

Pendant qu'elle déjeunait, le matin suivant, elle manda le vieil intendant de Père, Utherydes Van. « Faites apporter à ser Cleos Frey un flacon de vin. Comme j'entends l'interroger sous peu, je lui veux la langue bien déliée.

– A vos ordres, madame. »

Peu après se présenta un courrier – un Mallister, comme en témoignait l'aigle cousu sur sa poitrine –, par qui lord Jason mandait nouvelle escarmouche et nouveau succès : ser Flement Brax avait tenté de forcer le passage à un autre gué, six lieues plus au sud, en abritant cette fois des fantassins derrière un peloton de lances compact, mais le tir parabolique des archers avait malmené ce dispositif, que les scorpions installés par Edmure en haut de la berge contribuaient pour leur part à disloquer en le lapidant. « Une douzaine de Lannister ont péri dans l'eau, ajouta le courrier, et les deux seuls qui manquèrent aborder ont eu promptement leur compte. » On s'était également battu, dit-il, en amont, sur les gués que tenait lord Karyl Vance. « Et l'adversaire y a payé ses échecs aussi cher. »

Peut-être avais-je sous-estimé la sagacité d'Edmure, se dit Catelyn. *Quand ses plans de bataille faisaient l'unanimité de ses feudataires, à quoi rimait ma défiance aveugle ? Pas plus que Robb, mon frère n'est le gamin de mes souvenirs...*

Escomptant que plus elle patienterait, plus il aurait de chances de s'imbiber, elle retarda jusqu'au soir sa visite à ser Cleos Frey. Dès qu'elle entra dans la cellule, il s'affala à deux genoux. « Je ne savais rien, madame, de cette histoire d'évasion. C'est le Lutin qui, sur ma foi de chevalier, je le jure !, a dit qu'un Lannister devait être escorté par des Lannister, et...

– Debout, ser. » Elle prit un siège. « Aucun petit-fils de Walder Frey ne s'abaisserait, je le sais, à se parjurer. » *A moins d'y trouver profit.* « Vous avez rapporté des conditions de paix, m'a dit mon frère ?

– Oui. » Il se jucha tant bien que mal sur pied. Il titubait passablement, nota-t-elle sans déplaisir.

« Je vous écoute », commanda-t-elle, et il s'exécuta.

Une fois au courant, elle dut convenir à part elle, les sourcils froncés, qu'Edmure avait dit vrai : pas l'ombre d'une véritable ouverture, hormis... « Lannister échangerait Sansa et Arya contre son frère ?

– Oui. Il s'y est engagé sous serment du haut du trône de Fer.

– Devant témoins ?

– Devant toute la Cour, madame. Et au regard des dieux. Mais j'ai eu beau le dire et le redire à ser Edmure, il m'a répondu que la chose ne pouvait se faire, que jamais Robb – Sa Majesté – n'y consentirait.

– C'est la vérité. » En quoi elle ne parvenait même pas à lui donner tort. Arya et Sansa n'étaient que des enfants. Tandis que, sitôt libéré, le Régicide redevenait l'un des hommes les plus dangereux du royaume. Cette route-là ne menait nulle part. « Vous avez vu mes filles ? Comment sont-elles traitées ? »

Il hésita, bafouilla : « Je…, oui, elles m'ont paru… »

Il cherche à me mystifier, devina-t-elle, *mais le vin lui brouille la cervelle.* « En laissant vos gens se jouer de nous, ser Cleos, articula-t-elle froidement, vous vous êtes vous-même privé de l'immunité du négociateur. Osez me mentir, et vous irez pendre au rempart en leur compagnie. Est-ce clair ? A nouveau, je vous le demande : *vous avez vu mes filles ?* »

Son front s'était emperlé de sueur. « J'ai vu Sansa à la Cour, le jour où Tyrion m'a informé de ses conditions. Belle à ravir, madame. Peut-être un – un rien pâle. Les traits tirés, en quelque sorte. »

Sansa, mais pas Arya. Cela pouvait signifier n'importe quoi. Arya s'était toujours montrée plus difficile à apprivoiser. Peut-être Cersei répugnait-elle à l'afficher en pleine Cour, de peur de ce qu'elle pourrait dire ou faire. Peut-être la tenait-on recluse, à l'écart des curieux mais saine et sauve. *A moins qu'on ne l'ait tuée.* Elle rejeta cette idée. « Vous avez dit Tyrion et *ses* conditions… C'est pourtant Cersei qui exerce la régence, non ?

– Tyrion parlait en son nom à elle comme au sien propre. La reine n'était pas présente, ce jour-là. En raison, m'a-t-on dit, d'une indisposition.

– Tiens donc. » Le souvenir l'assaillit du terrible voyage à travers les montagnes de la Lune et des manigances qui avaient permis au nain de lui chiper en quelque sorte les services du reître. *Deux fois trop malin, celui-là…* Sans parvenir à concevoir par quel miracle, après son expulsion du Val, il avait pu en réchapper, elle n'en était pas étonnée. *Il n'a pris aucune part au meurtre de Ned, en tout cas. Et il s'est porté à mon secours, lors de l'attaque des clans. Si je pouvais en croire sa parole…*

Elle ouvrit ses mains pour contempler les cicatrices qui en bourrelaient les doigts. *Les marques de son poignard*, se rappela-t-elle. *Son poignard, glissé dans le poing du tueur payé par lui pour égorger Bran.* Encore qu'il l'eût nié mordicus. Mordicus. Même après que Lysa l'avait claquemuré dans l'une de ses cellules célestes et menacé d'envol par sa porte de la Lune, mordicus encore. « Il en a menti ! dit-elle en se levant brusquement. Les

Lannister sont de fieffés menteurs, tous, et le pire de tous est le nain. C'est son propre couteau qui armait l'assassin. »

Ser Cleos ouvrit de grands yeux. « Je ne sais rien de…

– Rien de rien », convint-elle en se ruant hors du cachot. Sans un mot, Brienne vint la flanquer. *C'est plus simple pour elle*, songea Catelyn avec une pointe acérée d'envie. Son cas personnel, Brienne le vivait en homme. Les hommes avaient une réponse invariable et toujours à portée, jamais ils ne cherchaient plus loin que la première épée. Autrement plus raboteuse et difficile à définir se révélait la route, lorsqu'on était femme, lorsqu'on était mère.

Elle dîna tard, dans la grande salle, en compagnie des garnisaires, afin de leur donner autant de cœur qu'il était en elle. Grâce aux chansons dont il ponctua l'intégralité du service, Rymond le Rimeur lui épargna l'obligation de converser. Il acheva par la ballade qu'il avait personnellement composée en l'honneur de Robb et de sa victoire à Croixbœuf.

Et les constellations nocturnes étaient,
Tout comme le vent lui-même,
Les prunelles et le chant de ses loups.

Entre chaque strophe, il hurlait si farouchement, la tête rejetée en arrière, qu'à la fin la moitié de l'auditoire, y compris Desmond Grell en personne, fort éméché, se mit à pousser de conserve des hurlements à faire crouler le plafond.

Laissons-les s'empiffrer de chansons, s'ils y puisent de la bravoure, songea-t-elle, tout en jouant avec son gobelet d'argent.

« Nous avions toujours un chanteur, à La Vesprée, quand j'étais enfant, confia doucement Brienne. J'ai appris par cœur toutes les chansons.

– Sansa aussi, quoique là-bas, tout au nord, notre Winterfell n'attirât guère de rhapsodes. » *Et je lui ai dit, moi, qu'elle en trouverait à la Cour du roi. Et je lui ai dit qu'elle y entendrait toutes sortes de musiques, je lui ai dit que son père engagerait un maître pour lui enseigner le jeu de la harpe. Oh, les dieux me pardonnent…*

« Je me souviens d'une femme, reprit Brienne, originaire de… – de quelque part au-delà du détroit. Je ne saurais préciser même en quelle langue elle chantait, mais sa voix m'enchantait autant que sa personne. Ses yeux avaient le coloris des prunes, et sa taille était si fine que les mains de Père suffisaient à l'enserrer. Il a des mains presque aussi grandes que les miennes. » Elle reploya ses longs doigts épais comme pour les dissimuler.

« Vous chantiez pour lui ? »

Elle secoua la tête, les yeux fixés sur son tranchoir comme dans l'espoir de découvrir une réponse dans le gras figé.

« Et pour lord Renly ? »

Elle s'empourpra. « Jamais, je... son fou – son fou se montrait parfois cruellement railleur, et je...

– Un de ces jours, je vous prierai de chanter pour moi.

– Je..., de grâce, je n'ai aucun don. » Elle repoussa son siège. « Veuillez me pardonner, madame. Me permettez-vous de me retirer ? »

Catelyn acquiesça d'un signe, et cet épouvantail dégingandé de fille sortit à pas démesurés, presque inaperçue des convives tout à leurs agapes. *Puissent les dieux veiller sur elle*, souhaita Catelyn en se remettant à manger machinalement.

Il s'écoula trois jours avant que ne s'opère le coup de boutoir prévu par Brienne et cinq avant que Vivesaigues ne l'apprenne. Catelyn se trouvait au chevet de son père quand survint l'estafette. Son armure était cabossée, ses bottes crottées, son surcot déchiré, troué, mais sa physionomie disait assez, lorsqu'il s'agenouilla, qu'il apportait de bonnes nouvelles. « Victoire, madame. » Il lui tendit une lettre d'Edmure dont elle rompit le sceau d'une main tremblante.

Lord Tywin avait, mandait-il, tenté de forcer le passage sur une douzaine de gués différents, mais il avait échoué partout. Noyé, lord Lefford, capturé, le chevalier Crakehall dit « le Sanglier », contraint par trois fois à battre en retraite ser Addam Marpheux..., mais la rencontre la plus sévère s'était produite au Moulin-de-Pierre, attaqué par ser Gregor Clegane. Lequel avait perdu là tant de cavaliers que les cadavres de leurs montures menaçaient de barrer la rivière. Finalement, la Montagne et une poignée de ses meilleurs hommes avaient réussi à prendre pied sur la rive adverse, mais alors Edmure avait jeté sa réserve contre eux, et ils avaient dû, démantibulés, sanglants, rossés, détaler. Son cheval tué sous lui, ser Gregor lui-même avait, couvert de blessures et fort mal en point, repassé la Ruffurque, clopin-clopant, sous un déluge de flèches et de pierres. « Ils ne traverseront pas, Cat, griffonnait Edmure, lord Tywin se dirige à présent vers le sud-est. Une feinte, peut-être, s'il ne s'agit de repli total, mais c'est égal, *ils ne traverseront pas.* »

Ser Desmond Grell en fut transporté. « Oh, que n'y étais-je ! » gloussait-il à chaque nouveau détail. Et, lorsque Catelyn eut achevé de lui lire la lettre : « Où donc est ce niais de Rymond ? Voilà, parbleu, de quoi nous faire une chanson qu'Edmure lui-même ne bouderait pas ! Le moulin qui broya la Montagne..., ah ! je pourrais presque rimailler ça, si j'avais la fibre rhapsodique...

– Vous m'épargnerez vos chansons, répliqua-t-elle avec un peu trop d'âpreté, peut-être, tant que la lutte se poursuit. » Elle lui permit néanmoins d'ébruiter la nouvelle et consentit à la mise en perce de quelques futailles pour célébrer le Moulin-de-Pierre. Pour soustraire un peu Vivesaigues à son humeur sombre et tendue des jours précédents, rien de tel qu'une pinte de bière et d'espoir.

Aussi le château résonna-t-il cette nuit-là d'un joyeux tapage. « *Vivesaigues !* » s'époumonaient les petites gens, et « *Tully ! Tully !* ». Alors que la plupart des seigneurs les auraient refoulés, Edmure avait ouvert, lui, ses portes à leur détresse et à leur panique. Les éclats de leur gratitude faisaient vibrer les vitraux des fenêtres et se faufilaient sous les vantaux de rubec massif. Rymond taquinait sa harpe, accompagné par deux tambours et les chalumeaux d'un adolescent. A des pépiements rieurs de fillettes se mêlait l'ardent caquet des bleus laissés par Edmure comme garnisaires. Tout cela formait un concert plaisant, nul doute..., mais Catelyn y restait insensible, faute d'en pouvoir partager l'heureuse frivolité.

Dans la loggia de Père, elle dénicha un pesant recueil de cartes relié de cuir et l'ouvrit aux pages du Conflans. Ses yeux se portèrent sur le cours de la Ruffurque et l'examinèrent à la lumière vacillante de la chandelle. *Se dirige vers le sud-est*, réfléchit-elle. A présent, il avait donc probablement atteint la vallée supérieure de la Néra...

Elle referma le volume avec un sentiment de malaise encore aggravé. Jusque-là, victoire sur victoire, grâce aux dieux. Au

Moulin-de-Pierre, à Croixbœuf, lors de la bataille des Camps, au Bois-aux-Murmures…

Nous serions en train de gagner… Mais d'où vient, alors, que j'ai tellement peur, tellement ?

BRAN

Un tintement, *cling*, des plus imperceptible, une éraflure de pierre et d'acier. Il releva la tête d'entre ses pattes, l'oreille tendue, la truffe flairant la nuit. La pluie vespérale avait réveillé cent arômes assoupis qui s'exhalaient, mûrs, avec un regain de vigueur. Herbes, épines, baies foulées au sol, humus, vermisseaux, feuilles pourrissantes, un rat furtif dans le fourré. Flottaient là-dessus le parfum hirsute et noir du poil fraternel et la saveur acide et cuivrée du sang de l'écureuil qu'il avait tué. D'autres écureuils s'affolaient, là-haut, dans les frondaisons, fleurant la frousse et la fourrure humide, égratignant l'écorce de leurs menues griffes. Le même genre de bruit, à peu de chose près, que le bruit précédent.

Qu'il perçut derechef, *cling*, éraflure, et qui le mit debout. Il pointa l'oreille, sa queue se dressa, sa gorge émit un hurlement. Un long cri frémissant, profond, un hurlement à vous réveiller les dormeurs, mais les amas de roche humaine s'obstinèrent au noir de la mort. Une nuit muette et trempée, une nuit à vous tapir les hommes dans leurs trous. L'averse avait eu beau cesser, les hommes demeuraient au sec, blottis près des feux, planqués dans leurs amas de pierres caverneux.

Son frère se glissa d'arbre en arbre au-devant de lui, presque aussi silencieux que cet autre frère dont il conservait vaguement le lointain souvenir, blancheur de neige et prunelles sanglantes. Tels des puits d'ombre étaient les prunelles de ce frère-ci, mais son échine hérissée le proclamait assez : il avait entendu, lui aussi, lui aussi reconnu l'indice d'un péril.

A nouveau, *cling*, éraflure mais, cette fois, suivie d'une glissade et de ce clapot preste et mou que font sur la pierre des pieds de chair. Le vent souffla une infime bouffée d'odeur d'homme, et d'homme inconnu. *Etranger. Danger. Mort.*

Son frère à ses côtés, il se précipita en direction du bruit. Devant se dressaient les antres de pierre, avec leurs parois lisses qui suintaient. Il dénuda ses crocs, mais la roche humaine les dédaigna. Une porte s'y dessinait, barreaux et traverses étranglés par les anneaux noirs d'un serpent de fer. Il s'y jeta de toute sa masse, la porte frémit, le serpent cliqueta, s'ébranla, tint bon. Par-delà les barreaux se voyait le long boyau de pierre qui, courant entre les murs de pierre, menait, là-bas, dans le champ de pierre, mais il était impossible de les franchir. Son museau pouvait à la rigueur s'insérer entre les barreaux, mais pas davantage. Son frère avait à cent reprises essayé de broyer entre ses dents les os noirs de la porte, impossible de les entamer. Et les essais conjoints pour creuser par-dessous s'étaient révélés aussi vains, de larges dalles de pierre se camouflaient sous la mince couche de terre et de feuilles mortes.

En grondant, il recula à pas comptés, s'avança droit dessus, fonça derechef. Elle s'émut un peu mais, d'une claque, le rejeta en arrière. *Enfermé*, chuchota quelque chose. *Enchaîné.* La voix, il ne l'entendit pas, la piste était inodore. Les autres issues n'étaient pas moins closes. Là où s'ouvraient des portes dans les murailles de roche humaine, on se heurtait à du bois, massif et inébranlable. Il n'y avait pas de sortie.

Si, reprit le chuchotement, lui donnant l'impression qu'il distinguait la silhouette sombre d'un grand arbre tapissé d'aiguilles et qui, de biais, dix fois plus grand qu'un homme, surgissait de la terre noire. Mais lorsqu'il regarda tout autour de lui, l'illusion cessa. *L'autre côté du bois sacré, le vigier, vite, vite... !*

Du fond trouble de la nuit surgit, coupé court, un cri étouffé.

Vite une volte, vite un bond sous le couvert, vite vite le bruissement des feuilles mouillées sous ses pattes et les branches fustigeant sa fuite éperdue. Le halètement de son frère le talonnait. Ils plongèrent sous l'arbre-cœur et, contournant à toutes jambes l'étang glacé, se précipitèrent, droit au travers des épineux puis d'un fouillis de chênes et de frênes et d'églantiers drus, vers les confins du bois sacré... où bel et bien s'inclinait, cime pointée vers le faîte des toits, la silhouette entrevue comme une chimère. *Vigier* lui traversa l'esprit.

Lui revint alors la sensation de l'escalade. Partout des aiguilles, le picotis des unes sur son visage, l'intrusion des autres le long de son cou, ses mains engluées de résine, l'entêtant parfum. Et jeu d'enfant que l'escalade, penché, tordu comme était cet arbre, et si touffu que ses branches vous faisaient quasiment l'échelle, et hop, jusqu'au toit.

Il fit en grognant, le flairant, tout le tour du tronc, leva la patte et le marqua d'un jet d'urine. Une branche basse lui balaya le mufle, il la happa, la tortilla, tira jusqu'à ce qu'elle craque et se brise enfin. La gueule bourrée d'aiguilles et saturée d'amertume, il secoua la tête en jappant.

Campé sur son derrière, son frère éleva la voix en un ululement noir de deuil. Impasse que cette issue. Ils n'étaient ni des écureuils ni des chiots d'homme, ils ne pouvaient grimper aux arbres en se trémoussant, n'avaient ni pattes roses et flasques ni vilains petons pour s'y cramponner. Ils étaient coureurs, chasseurs, prédateurs.

Du fin fond de la nuit, par-delà la pierre qui les retenait captifs, leur parvinrent des aboiements. Les chiens se réveillaient. Un puis deux puis trois puis tous, en un concert épouvantable. Ils la sentaient à leur tour, terrifiés, l'odeur ennemie.

Une fureur désespérée l'envahit, brûlante comme la faim. Au diable le mur, il fusa s'enfouir dans le profond du bois, l'ombre des branches et du feuillage mouchetant sa fourrure grise…, et une volte soudaine le rua sur ses propres traces. Ses pieds volaient, dans un tourbillon de feuilles gluantes et d'aiguilles sèches, et, quelques secondes, il fut un chasseur, un dix-cors fuyait devant lui, qu'il voyait, sentait, poursuivit de toutes ses forces. Le fumet de panique qui lui affolait le cœur embavait ses babines, et c'est à fond de train qu'il atteignit l'arbre de travers et se jeta dessus, ses griffes labourant l'écorce au petit bonheur pour y prendre appui. Un bond vers le haut, *hop*, deux, trois, le menèrent, presque d'un trait, parmi la ramure inférieure. Les branches empêtraient ses pattes, cinglaient ses yeux, les aiguilles vert-de-gris s'éparpillaient pendant qu'il s'y frayait passage à coups de dents. Force lui fut de ralentir. Quelque chose agrippait son pied, qu'il dégagea avec un grondement. Sous lui, le tronc allait s'étrécissant, la pente se faisait de plus en plus raide, presque verticale, et poisseuse d'humidité. L'écorce se déchirait comme de la peau quand il tentait d'y arrimer ses griffes. Il en était au tiers de l'ascension, la moitié, trois quarts, presque à portée bientôt du toit… quand, posant son pied, il le sentit glisser sur la rondeur moite du bois, glisser, glisser, glissa brusquement, bascula dans un rugissement d'épouvante et de rage, et comme il tombait en tournant sur lui-même, *tombait*… ! le sol se ruait à sa rencontre pour le fracasser…

Alors, il se retrouva dans son lit, sa chambre de la tour et sa solitude, tout entortillé dans ses couvertures et au bord de la suffocation. « Eté ! s'écria-t-il. Eté ! » Comme si elle avait encaissé tout l'impact de la chute, son épaule le lancinait mais, il le savait, cette douleur n'était que l'ombre de celle qu'éprouvait le loup. *Jojen disait vrai. Un zoman je suis.* Du dehors filtraient de vagues aboiements. *La mer est venue. Et elle est en train, juste comme l'avait prévu Jojen, de submerger l'enceinte.* Il empoigna la barre au-dessus de sa tête et se redressa tout en réclamant de l'aide à grands cris. Personne ne vint, et personne, se rappela-t-il au bout d'un moment, ne viendrait. On lui avait retiré son planton. Ser Rodrik s'étant vu contraint à mobiliser tous les hommes en âge de se battre, le château ne possédait plus qu'une garnison symbolique.

Les autres, six cents hommes de Winterfell et des fortins avoisinants, étaient partis depuis huit jours. En route les rallieraient les trois cents supplémentaires de Cley Cerwyn, et les corbeaux de mestre Luwin avaient devancé tout ce monde pour réclamer des troupes à Blancport, aux Tertres et jusqu'aux dernières bourgades disséminées dans le dédale du Bois-aux-Loups. Quart Torrhen était attaqué par un monstrueux chef de guerre, un certain Dagmer Gueule-en-deux, que Vieille Nan prétendait impossible à tuer. Un coup de hache lui avait-il pas, jadis, fendu la tête sans qu'il s'en émût pour autant ? Il s'était contenté de rassembler ses moitiés de crâne et de les maintenir collées jusqu'à la cicatrisation. *Se pourrait-il qu'il ait gagné ?* Des jours et des jours de marche séparaient bien Quart Torrhen de Winterfell mais, tout de même…

Bran s'extirpa du lit par ses propres moyens et, d'une barre à l'autre, se traîna jusqu'à la fenêtre. Ses doigts bafouillèrent un peu pour ouvrir les volets. La cour était vide, et noire chacune des baies visibles. Winterfell dormait. « *Hodor !* » appela-t-il à pleins poumons. Tout endormi que devait être Hodor dans ses combles des écuries, peut-être finirait-il par entendre, lui ou *quelqu'un* d'autre, si les appels étaient assez forts ? « *Hodor, vite ! Osha ! Meera, Jojen, vite, n'importe qui !* » Il plaça ses mains en porte-voix. « *HOOOOODOOOOOR !* »

Or, lorsque la porte s'ouvrit bruyamment dans son dos, l'individu qui pénétra, Bran ne le connaissait pas. Il portait un justaucorps de cuir écaillé de disques de fer, un poignard à la main et une hache en bandoulière. « Que faites-vous ici ? s'alarma Bran, vous êtes dans ma chambre ! dehors ! »

Theon Greyjoy apparut à son tour. « Nous ne venons pas te faire de mal, Bran.

– Theon ? » Le soulagement lui donnait le vertige. « C'est Robb qui t'envoie ? Il est là, lui aussi ?

– Robb est au diable vauvert. Il ne saurait t'aider.

– M'aider ? » Sa cervelle s'embrouillait. « Tu veux me faire peur, Theon.

– *Prince* Theon, désormais. Nous sommes tous deux princes, Bran. Qui l'eût dit ? Ç'a l'air d'un rêve, n'est-ce pas ? Je ne m'en suis pas moins emparé de votre château, mon prince.

– De Winterfell ? » Il secoua farouchement la tête. « Non non, tu n'as pas *pu* !

– Laisse-nous, Werlag. » L'homme au poignard se retira. Theon se posa sur le lit. « J'ai fait franchir le rempart à quatre de mes gens équipés de cordes et de grappins, et ils n'ont plus eu qu'à nous ouvrir une poterne. A l'heure qu'il est, le compte des vôtres doit être à peu près réglé. Je vous assure, Winterfell est mien. »

Bran ne saisissait toujours pas. « Mais tu es le *pupille* de Père…

– Et, dorénavant, vous et votre frère serez *mes* pupilles. Dès la fin des combats, mes hommes assembleront dans la grande salle ce qui restera de vos gens pour que nous leur parlions, vous et moi. Vous leur annoncerez m'avoir rendu Winterfell et leur ordonnerez de servir leur nouveau seigneur et de lui obéir comme à l'ancien.

– *Non pas*, dit Bran. Nous vous combattrons et nous vous bouterons dehors. Jamais je n'ai capitulé, tu ne pourras me faire affirmer le contraire.

– Ceci n'est pas un jeu, Bran, cessez donc de faire le gosse avec moi, je ne le souffrirai pas. Le château est à moi, mais ces gens sont encore à vous. Pour leur obtenir la vie sauve, le prince ferait mieux d'agir comme indiqué. » Il se leva, gagna la porte. « Quelqu'un viendra vous habiller et vous emporter dans la grande salle. D'ici là, pesez chacun des mots que vous prononcerez. »

L'attente ne fit qu'empirer le désarroi de Bran. Assis sur sa banquette, près de la fenêtre, il ne pouvait détacher ses yeux des sombres tours qui se découpaient par-dessus les murailles noir d'encre. Une fois, il se figura entendre des cris, derrière la salle des Gardes, et quelque chose qui pouvait passer pour des cliquetis d'épées, mais il n'avait pas l'ouïe aussi fine qu'Eté, ni son flair. *A l'état de veille, rompu je demeure, mais, dès que je dors et que je suis Eté, rien ne m'empêche de courir et de me battre et d'entendre et de sentir.*

Il s'était attendu qu'Hodor viendrait le chercher, Hodor ou quelque servante, mais c'est sur mestre Luwin, muni d'une chandelle, que se rouvrit la porte. « Bran, bredouilla-t-il, tu... – tu sais ce qui s'est passé ? On t'a dit ? » D'une estafilade au-dessus de l'œil gauche lui dégoulinaient tout le long de la joue des traînées de sang.

« Theon est venu. Il prétend que Winterfell est à lui, maintenant.

– Ils ont traversé les douves à la nage. Escaladé les murs avec des cordes équipées de grappins. Surgi tout trempés, ruisselants, l'acier au poing. » Il se laissa tomber sur le siège, près de la porte, étourdi par un nouvel afflux de sang. « Panse-à-bière était dans l'échauguette, ils l'y ont surpris et tué. Ils ont aussi blessé Bille-de-foin. J'ai eu le temps de lâcher deux corbeaux avant leur irruption chez moi. L'un pour Blancport, qui s'en est tiré, mais une flèche a descendu l'autre. » Il fixait la jonchée d'un air hébété. « Ser Rodrik nous a pris trop d'hommes, mais je suis aussi coupable que lui. Je n'ai pas prévu ce danger, je... »

Jojen, si, songea Bran. « Autant m'aider à m'habiller.

– Oui. Autant. » Au pied du lit, dans le gros coffre bardé de fer, il préleva sous-vêtements, tunique, braies. « Tu es le Stark de Winterfell et l'héritier de Robb. Allure princière s'impose. » Ils y œuvrèrent de conserve.

« Theon prétend que je lui fasse ma reddition, reprit Bran pendant que le mestre lui agrafait au manteau sa broche favorite, une tête de loup d'argent et de jais.

– Il n'y a là rien d'infamant. Un bon seigneur doit protéger ses gens. Cruels parages enfantent peuples cruels, Bran, souviens-t'en constamment durant ton face-à-face avec les Fer-nés. Le seigneur ton père avait fait de son mieux pour policer Theon, mais trop peu et trop tard, je crains. »

Le Fer-né qui vint les prendre était un magot charbonneux et courtaud, barbu jusqu'à mi-torse. Sans précisément excéder ses forces, la corvée de charrier Bran ne le ravissait manifestement point. Une demi-volée de marches plus bas se trouvait la chambre de Rickon. Lequel, on ne peut plus grincheux qu'on l'eût réveillé, trépignait : « Je veux Mère ! avec l'opiniâtreté futile de ses quatre ans, je la veux ! et Broussaille aussi !

– Madame votre mère est loin, mon prince. » Mestre Luwin lui enfila une robe de chambre par-dessus la tête. « Mais nous sommes là, Bran et moi. » Il lui prit la main pour l'entraîner.

A l'étage inférieur, un type chauve armé d'une pique plus haute que lui de trois pieds poussait devant lui les Reed. Le regard de Jojen s'attarda sur Bran, telles deux flaques glauques de chagrin. D'autres Fer-nés talonnaient les Frey. « Voilà ton frère sans royaume, lança Petit Walder. Terminé, le prince, plus qu'un otage.

– Comme vous, répliqua Jojen, et moi, et nous tous.

– Qui te cause, bouffe-grenouilles ? »

La pluie qui avait repris eut tôt fait de noyer la torche qu'un de leurs gardes brandissait devant. Tandis qu'on traversait précipitamment la cour, ne cessait de retentir le hurlement des loups dans le bois sacré. *Pourvu qu'Eté ne se soit pas blessé en tombant de l'arbre...*

Theon Greyjoy occupait le grand trône des Stark. Il s'était défait de son manteau. Un surcot noir frappé d'or à la seiche couvrait son haubert de maille fine. Ses mains reposaient sur les têtes de loup sculptées dans la pierre des accoudoirs. « Il est assis dans le fauteuil de Robb ! s'étrangla Rickon.

– Chut », souffla Bran, conscient de l'atmosphère menaçante que son frère était trop jeune pour percevoir. Bien que l'on eût allumé quelques torches et fait une flambée dans la vaste cheminée, la salle demeurait quasiment plongée dans l'obscurité. Les bancs empilés le long des murs interdisaient à quiconque de s'asseoir. Aussi les gens du château se pressaient-ils, debout, par petits groupes muets de peur. Il y discerna la bouche édentée de Vieille Nan qui s'ouvrait et se fermait convulsivement. Deux gardes portaient Bille-de-foin, la poitrine nue sous des bandages ensanglantés. Tym-la-Grêle pleurait éperdument, la panique faisait hoqueter Beth Cassel.

« C'est quoi, ceux-là ? demanda Theon devant les Reed et les Frey.

– Les pupilles de lady Catelyn, tous deux nommés Walder Frey, expliqua mestre Luwin. Et voici les enfants d'Howland Reed, Jojen et sa sœur Meera, venus de Griseaux renouveler leur allégeance à Winterfell.

– Des présences intempestives, jugeraient d'aucuns, mais qui m'agréent fort, commenta Theon. Ici vous êtes, ici vous resterez. » Il libéra le trône. « Apporte ici le prince, Lorren. » La barbe noire obtempéra en le balançant sur la pierre comme un sac d'avoine.

On continuait d'entasser des gens dans la grande salle en les bousculant à grands coups de hampes et de gueule. Gage et Osha survinrent des cuisines tout enfarinés par le pétrissage du pain quotidien. Des jurons célébraient la résistance de Mikken. Farlen clopinait, tout en soutenant de son mieux Palla qui, le poing crispé sur sa robe déchirée de haut en bas, marchait comme si chaque nouveau pas l'eût mise à la torture. Septon Chayle s'élança pour lui prêter la main, l'un des Fer-nés l'abattit au sol.

Le dernier à franchir les portes fut le fameux Schlingue, précédé par sa puanteur âcre et blette. Bran en eut l'estomac retourné. « On a trouvé çui-là verrouillé dans une cellule », annonça son introducteur, un rouquin imberbe que ses vêtements dégouttants laissaient présumer l'un des franchisseurs des douves. « Schlingue, y dit qu'on l'appelle.

– Va savoir pourquoi, ironisa Theon. Tu refoules toujours autant, ou tu viens juste de te foutre un porc ?

– Pas foutu rien d'puis qu'y m'ont pris, m'sire. Heke est mon vrai nom. J''tais au service du Bâtard d' Fort-Terreur jusqu'à temps qu' les Stark y plantent une flèche dans l' dos com' cadeau d' noces. »

La chose sembla divertir Theon. « Qui avait-il épousé ?

– La veuv' au Corbois, m'sire.

– Ce vieux truc ? Il était aveugle ? Elle a des nichons fripés et secs comme des gourdes vides !

– C' pas pour ses nichons qu'y la mariait, m'sire. »

Là-dessus se refermèrent à grand fracas les portes du fond. De son perchoir, Bran dénombrait une vingtaine de Fer-nés. *Il a dû en affecter quelques-uns à la garde des poternes et de l'armurerie.* Auquel cas Theon disposait tout au plus de trente hommes.

Ce dernier leva les mains pour réclamer silence. « Vous me connaissez tous..., débuta-t-il.

– Mouais, vociféra Mikken, on sait tous que t'es qu'un fumier ! » Le type chauve lui enfonça le talon de sa pique dans le gosier puis lui balança la hampe en pleine figure. Le forgeron s'effondra sur les genoux et cracha une dent.

« Tais-toi, Mikken », intima Bran d'un ton qui se voulait aussi sévère et seigneurial que celui de Robb édictant ses ordres, mais sa voix le trahit, et il n'émit guère qu'un croassement strident.

« Ecoute donc ton jeune maître, appuya Theon. Il a plus de bon sens que toi. »

Un bon seigneur doit protéger ses gens, se remémora Bran. « J'ai rendu Winterfell entre les mains de Theon.

– Plus fort, Bran. Et en m'appelant "prince".

– J'ai rendu Winterfell entre les mains du prince Theon, reprit-il en élevant la voix. Obéissez tous à ses ordres.

– Jamais ! aboya Mikken, ou que je sois damné ! »

Theon l'ignora. « Mon père a coiffé l'antique couronne de sel et de roc et s'est proclamé roi des îles de Fer. Il revendique également le Nord, par droit de conquête. Vous voici désormais ses sujets.

– *Foutaises !* » Mikken torcha sa bouche ensanglantée. « Je sers les Stark et non je ne sais quel félon de mollusque – *aah... !* » Le talon de la pique venait de lui plaquer le visage contre les dalles.

« Les forgerons ont plus de muscles que de cervelle, observa Theon. Quant à vous autres, si vous me servez aussi fidèlement que vous serviez Ned Stark, vous n'aurez qu'à vous louer de ma générosité. »

A quatre pattes, Mikken cracha rouge. *De grâce !* le conjura mentalement Bran, mais le colosse éructait déjà : « Si tu te figures tenir le Nord avec ce ramassis de... »

Le fer de la pique lui cloua la nuque, la transperça, ressortit par la gorge, le sang bouillonna. Une femme glapit. Les bras de Meera se refermèrent sur Rickon. *C'est dans le sang qu'il s'est noyé*, songea Bran, pétrifié. *Dans son propre sang.*

« Quelque chose à ajouter, quelqu'un ? s'enquit Theon Greyjoy.

– *Hodor hodor hodor hodor !* hurla Hodor, l'œil écarquillé.

– Ce benêt. Faites-la-lui gentiment boucler. »

Deux Fer-nés se mirent à tabasser Hodor qui, s'affalant tout de suite, n'utilisait, recroquevillé, ses énormes mains que pour essayer de se protéger.

« Vous trouverez en moi un aussi bon seigneur qu'Eddard Stark. » Theon força le ton pour se faire entendre par-dessus les volées de bois sur la chair. « Mais trahissez-moi, et vous vous en mordrez les doigts. N'allez pas du reste vous imaginer que les hommes ici présents sont tout ce dont je dispose. Quart Torrhen et Motte-la-Forêt ne tarderont guère à tomber en notre pouvoir, et mon oncle remonte actuellement la Piquesel pour s'emparer de Moat Cailin. Si Robb Stark parvient jamais à enfoncer les Lannister, libre alors à lui de régner comme roi du Trident, mais la maison Greyjoy tiendra dorénavant le Nord.

– Sauf qu'y vous fau'ra combat' les vassaux des Stark, interjeta le dénommé Schlingue. C' verrat bouffi d' Blancport, et d'un, plus les Omble et plus les Karstark. Vous fau'ra du monde. Libérez-moi, et chuis à vous. »

Theon prit le temps de le jauger. « Plus malin que ne présageaient tes remugles, mais je ne pourrais les souffrir.

– Ben…, lâcha l'autre, j' pourrais m' laver, un peu, quoi. Si j' s'rais libre.

– Tant de conséquence… Une rareté. » Theon sourit. « A genoux. »

De l'un des Fer-nés, Schlingue reçut une épée qu'il déposa aux pieds de Theon tout en jurant de servir loyalement la maison Greyjoy et le roi Balon. Bran préféra détourner les yeux. Le rêve vert était en train de se réaliser.

« M'sire Greyjoy ? » Osha enjamba le cadavre de Mikken. « Je suis leur prisonnière, moi aussi. Vous étiez là, le jour où ils m'ont capturée. »

Et je te prenais pour une amie, songea Bran, blessé.

« J'ai besoin de combattants, déclara Theon, pas de souillons.

– C'est Robb Stark qui m'a mise aux cuisines. Ça fait près d'un an que je barbote dans les eaux grasses, que je récure des marmites et que j'y chauffe la paille, à çui-là. » Elle désigna Gage du menton. « Tout ça, j'en ai marre. Remettez-moi une pique au poing.

– T'en foutrai une, de pique, moi… », se fendit l'assassin de Mikken en tripotant son haut-de-chausses.

Elle lui balança entre les cuisses son genou osseux : « Garde ta limace rose », lui arracha son arme, le culbuta d'un revers de hampe, « et à moi le fer et le bois ». Le chauve se tordait à terre, sous les rires et les quolibets de ses acolytes.

Theon n'était pas le dernier à s'esclaffer. « Tu feras l'affaire, dit-il. La pique est à toi, Stygg s'en trouvera une autre. A présent, ploie le genou et prête serment. »

Nul autre volontaire ne s'étant offert, il congédia le reste de l'assistance en sommant chacun d'accomplir docilement ses tâches. A Hodor échut celle de remporter Bran dans sa chambre. Les coups l'avaient hideusement défiguré. Il avait un œil clos, le nez boursouflé. « Hodor », hoqueta-t-il entre ses lèvres tuméfiées, tout en soulevant son fardeau, mains en sang, dans ses bras puissants, avant de s'enfoncer sous la pluie battante.

ARYA

« Y a des fantômes, j' sais qu'y en a. » Enfariné jusqu'aux coudes, Tourte pétrissait le pain. « Pia a vu quèqu' chose, hier soir, à l'office. »

Arya répliqua par un bruit malséant. Pia n'arrêtait pas de voir des choses à l'office. Des types, d'habitude. « Je pourrais avoir une tartelette ? demanda-t-elle. Tu en as cuit tout un plateau.

– M'en faut tout un. Ser Amory a un faible pour les tartelettes. »

Elle haïssait ser Amory. « Crachons-y dessus. »

Il jeta un regard affolé à la ronde. Les cuisines fourmillaient d'ombres et d'échos, mais cuistots et marmitons, tout roupillait dans les noires soupentes aménagées au-dessus des fours. « Y s'apercevra.

– De rien du tout, dit-elle. Ça n'a pas de goût, les *crachats*.

– S'il s'aperçoit, c'est moi qu'aurai le fouet. » Il cessa de pétrir. « Rien qu'*être* ici, tu devrais pas. Fait nuit noire. »

Assurément, mais elle n'en avait cure. Même au plus noir de la nuit, jamais les cuisines ne reposaient ; toujours s'y trouvait quelqu'un, qui brassant de la pâte à pain, qui touillant la tambouille avec une longue cuillère à pot, qui saignant un porc pour le déjeuner de ser Amory. Le tour de Tourte, cette fois.

« Si Zyeux-roses se réveille et te trouve partie..., commença-t-il.

– Zyeux-roses ne se réveille jamais. » Il avait beau se nommer Mebble, tout le monde l'appelait Zyeux-roses à cause de sa chassie. « Et pas une seule inspection. » Il déjeunait, le matin, de bière et, le soir, sombrait, sitôt le dîner fini, dans un sommeil d'ivrogne, le menton gluant de bave vineuse. Arya guettait ses ronflements avant de se risquer, furtive et nu-pieds, vers l'escalier de service et de regrimper, non moins silencieuse que la souris qu'elle avait été. Elle ne portait bougie ni chandelle. Syrio lui avait dit, jadis, que les ténèbres n'étaient pas forcément hostiles, et il avait raison. Pour se repérer, la lune et les étoiles suffisaient. « Nous pourrions nous enfuir, je parie, sans que Zyeux-roses remarque seulement ma disparition.

– Je veux pas m'enfuir, répliqua Tourte. C'est mieux ici que c'était dans leurs bois. Je veux pas manger de tes vers. Tiens, saupoudre-moi la planche de farine. »

Elle inclina la tête de côté. « C'est quoi, ça ?

– Quoi ? Je ne...

– Ecoute avec tes *oreilles* et pas avec ton bec. Un cor de guerre... Deux sonneries, tu es sourd ou quoi ? Et, là, les chaînes de la herse. Quelqu'un qui entre ou qui sort. Si on allait voir ? » Les portes d'Harrenhal ne s'étaient pas ouvertes depuis le matin du départ de lord Tywin et de son armée.

« Mon pain à finir, se déroba Tourte. Puis j'aime pas quand y fait noir, j' t'ai dit.

– J'y vais. Je te raconterai. Tu me donnes une tartelette ?

– Non. »

Elle en rafla quand même une et la dégusta tout en se glissant au-dehors. Composé de fruits, de fromage et de noix pilées, l'appareil, encore tiède, en était tout à la fois moelleux et croustillant. En priver ser Amory lui donnait au surplus la saveur de l'audace. *Pieds nus pieds légers pieds sûrs*, se fredonna-t-elle tout bas, *le fantôme d'Harrenhal, c'est moi.*

Les appels du cor avaient réveillé le château ; des hommes affluaient vers le poste afin de voir de quoi il retournait. Elle suivit le mouvement. Des chars à bœufs défilaient en cahotant bruyamment sous la herse. *Butin*, comprit-elle instantanément. Les cavaliers d'escorte baragouinaient des idiomes étranges. La lune moirait leurs armures de lueurs laiteuses, des zébrures noires et blanches annoncèrent un couple de zéquions. *Les Pitres Sanglants.* Elle se rencogna dans un peu plus d'ombre, l'œil à tout. L'arrière d'un fourgon révélait la cage d'un énorme ours noir. D'autres véhicules couinaient sous le faix de plates d'argent, d'armes et de boucliers, de sacs de farine, de pourceaux stridents comprimés par des claies, de chiens étiques, de volailles. Et elle en était à se demander à quand remontait sa dernière tranche de porc rôti quand parut le premier prisonnier.

Un seigneur, à en juger par son maintien et son port altiers. Sous son surcot rouge en loques se discernait un haubert de maille. Elle le prit d'abord pour un Lannister, mais le brusque éclat d'une torche lui révéla qu'il avait pour emblème, et d'argent, un poing brandi, au lieu du lion d'or. Des liens entravaient ses poignets, et une corde nouée à sa cheville le reliait à l'homme qu'il précédait comme celui-ci au suivant et ainsi de suite, si bien que la colonne entière en était réduite à n'avancer qu'en trébuchant et traînant les pieds. Nombre des captifs étaient blessés. Au moindre arrêt, l'un des cavaliers trottait sus au fautif et le cinglait d'un coup de fouet pour le contraindre à se remettre en marche. Elle essaya de dénombrer les malheureux mais s'embrouilla dans ses chiffres avant d'être parvenue à cinquante. Il y en avait au moins deux fois plus. Vu la crasse et le sang qui maculaient leurs vêtements, il n'était guère aisé, à la lueur des torches, de déchiffrer tous les écussons ou blasons, mais elle identifia certains de ceux qu'elle apercevait. Tours jumelles. Echappée. Ecorché. Hache de guerre. *La hache de guerre est Cerwyn, et le soleil blanc sur champ noir Karstark. Des gens du Nord. Des vassaux de Père – et de Robb.* La seule idée d'en rien déduire la révulsait.

Les Pitres Sanglants entreprirent de démonter. Brutalement tirés de leurs litières, des palefreniers bouffis de sommeil emmenèrent au pansage les chevaux vannés. « De la bière ! » gueulait l'un des cavaliers. Le vacarme attira ser Amory Lorch sur la coursive qui dominait le poste. Deux porteurs de torches le flanquaient. Encore coiffé de son heaume caprin, Varshé Hèvre immobilisa sa monture juste en dessous. « Meffire gouverneur, lança-t-il d'une voix compacte et baveuse comme si sa langue était trop grosse pour sa bouche.

– Qu'est-ce là, Hèvre ? demanda ser Amory d'un air renfrogné.

– Prifonniers. Roof Bolton foulait traferfer la rifière, mes Brafes Compaings ont taillé en pièfes fon afant-garde. Tué des maffes et fait fuir Bolton. Fui-là, f'est leur fef, Glofer, et f't' autre, derrière, fer Aenyf Frey. »

Les petits yeux de goret de ser Amory Lorch s'abaissèrent sur les captifs ligotés. Arya le soupçonna de n'être pas précisément enchanté. Que les deux hommes s'exécraient, nul ne l'ignorait. « Fort bien, dit-il. Jetez-les aux cachots, ser Cadwyn. »

Le seigneur au poing brandi leva les yeux vers lui. « On nous avait promis de nous traiter avec honneur, protesta-t-il, et…

– *Filenfe !* » lui cria Varshé Hèvre dans un flot de postillons.

Ser Amory reprit la parole à l'intention des prisonniers. « Les promesses d'Hèvre n'engagent que lui. C'est à *moi* que lord Tywin a confié le gouvernement d'Harrenhal, et j'en agirai avec vous selon mon bon plaisir. » Il fit un geste vers ses gardes. « Sous la tour de la Veuve. La cellule devrait être assez vaste pour les contenir tous. Libre à ceux qui refuseraient de s'y rendre de mourir ici. »

Comme s'ébranlaient les captifs, harcelés par le fer des piques, Arya vit émerger du trou de l'escalier Zyeux-roses, que les torches faisaient clignoter. Il gueulerait, s'il découvrait son escapade, menacerait de la fouetter, de la peler vive, mais elle ne craignait rien. Il n'était pas Weese. Il n'arrêtait pas de gueuler, il menaçait sans arrêt tel ou tel de le fouetter, de le peler vif, et il n'avait jusqu'à présent jamais *frappé* personne. Mieux valait néanmoins ne pas se laisser voir… Elle examina prestement les entours. On était en train de dételer les bœufs, de décharger les voitures, les Braves Compaings réclamaient à boire comme des forcenés, les curieux s'attroupaient autour de l'ours en cage. Avec pareil remue-ménage, pas bien dur de s'esbigner en catimini. Elle reprit le chemin de l'aller, juste soucieuse de disparaître avant que quiconque ne la remarque et n'ait la fantaisie de la fiche au boulot.

Sauf dans les parages immédiats des portes et des écuries, l'immense château vous faisait l'effet d'être à peu près désert. Derrière elle s'amenuisait le boucan. Le vent qui soufflait par rafales arrachait aux lézardes de la tour Plaintive d'aigres sanglots chevrotants. Dans le bois sacré, les arbres commençaient à se dépouiller de leurs feuilles, et l'on entendait celles-ci parcourir les cours solitaires et voleter parmi les édifices abandonnés avec un léger bruissement de fuite furtive et de pierre frôlée. A présent qu'Harrenhal se retrouvait quasiment vide, le son s'ingéniait à mille bizarreries. Parfois, les pierres paraissaient engloutir le bruit, pelotonner les cours sous un édredon de silence, parfois, les échos semblaient s'animer d'une existence indépendante, et le moindre pas se faisait le piétinement de troupes fantomatiques, la moindre voix lointaine une bacchanale de spectres. L'un des phénomènes qui terrifiaient Tourte, mais elle, ça, non.

Silencieuse comme une ombre, elle passa par le baile médian, contourna la tour de l'Horreur, traversa les volières vides où l'âme en peine des faucons morts, disait-on, brassait l'air d'ailes éplorées. Elle pouvait aller où ça lui chantait. La garnison se composait au pis d'une centaine d'hommes, une dérision dans la colossale carcasse d'Harrenhal. Fermée, la salle aux Cent Cheminées, tout comme nombre de bâtiments moindres, tour Plaintive elle-même incluse. Ser Amory Lorch occupait les appartements de sa charge, aussi vastes à eux seuls qu'un siège seigneurial, au Bûcher-du-Roi, et il avait déménagé dans les sous-sols toute la valetaille pour l'avoir en permanence à portée de main. Aussi longtemps que lord Tywin avait séjourné dans la place, vous tombiez constamment sur les qui ? quoi ? pourquoi ? d'un homme d'armes. Mais maintenant qu'il ne restait plus que cent types pour mille portes, nul ne semblait savoir où devait être qui ni s'en soucier vraiment.

Elle dépassait l'armurerie quand y résonna le fracas d'un marteau. Les hautes fenêtres s'orangeaient d'une lueur sourde. Elle escalada le toit pour jeter un coup d'œil à l'intérieur. Gendry martelait un corselet de plates. Dès qu'il travaillait, plus rien n'existait à ses yeux que le métal, les soufflets, le feu. Bras et marteau semblaient ne faire qu'un. Elle regarda jouer les muscles de son torse tout en l'écoutant frapper sa mélodie d'acier. *Costaud*, pensa-t-elle. Comme il saisissait les pinces à long manche pour plonger l'ouvrage dans le bain de trempe, elle se faufila par la fenêtre et atterrit à ses côtés.

Il ne se montra pas surpris de son intrusion. « Devrais être au pieu, ma fille. » Au contact de l'eau froide, l'acier rougi poussa des sifflements de chat. « C'était quoi, ce vacarme ?

– Varshé Hèvre, de retour avec des prisonniers. J'ai vu leurs écussons. Il y a un Glover, de Motte-la-Forêt. Un homme de mon père. Les autres aussi, pour la plupart. » En un éclair, elle sut pourquoi ses pas l'avaient conduite là. « Tu dois m'aider à les délivrer. »

Il se mit à rire. « Et on s'y prend comment ?

– Ser Amory les a fait jeter au cachot. Dans le grand, sous la tour Plaintive, il n'y en a qu'un. Tu n'auras qu'à défoncer la porte avec ton marteau, et...

– Et les gardes me regarderont faire en prenant seulement des paris sur le nombre de coups qu'il me faudra donner, peut-être ? »

Elle se mâchouilla la lèvre. « On les tuerait.

– De quelle manière, selon toi ?

– Il n'y en aura pas beaucoup, peut-être.

– Même que *deux*, ça fait trop de monde pour toi et moi. T'as rien appris là-bas, dans ce village, hein ? T'essaies ça, et Varshé Hèvre te coupera comme y sait faire les mains et les pieds. » Il reprit ses pincettes.

« Tu as *peur*.

– Fiche-moi la paix, ma fille.

– Gendry..., les hommes du Nord sont une *centaine* ! Peut-être plus, je n'ai pas pu les compter tous. Ser Amory n'en a pas davantage. Mis à part, bon, les Pitres Sanglants. Il nous suffit de les délivrer pour nous emparer du château et filer.

– Sauf que t'arriveras pas plus à les délivrer que t'es arrivée à sauver Lommy. » Avec les pincettes, il retourna le corselet pour l'examiner. « Puis, qu'on s'échappe, on irait où ?

– Winterfell, répondit-elle du tac au tac. Je dirais à Mère que tu m'as aidée, et tu pourrais rester...

– M'dame daignerait permettre ? M'dame m'autoriserait à lui ferrer ses haquenées et à fabriquer des épées pour ses petits frères de lords ? »

Il avait le don, parfois, de la mettre tellement *en rogne*... « Arrête !

– Pourquoi je risquerais mes pieds ? Pour le privilège de suer non plus à Harrenhal mais à Winterfell ? Tu connais le vieux Ben Poucenoir ? Il est arrivé ici tout gosse. A forgé pour lady Whent et pour son père, avant, et pour le père de son père, encore avant, et même pour lord Lothston, qui tenait Harrenhal avant les Whent. Maintenant, il forge pour lord Tywin, et tu sais ce qu'il dit ? Qu'une épée est toujours une épée, un heaume toujours un heaume, et que tu te brûles toujours à trop t'approcher du feu, que ça change rien, qui tu sers. Lucan est un assez bon maître. Je resterai ici.

– Et la reine t'attrapera. Elle n'a pas lâché de manteaux d'or aux trousses de Ben *Poucenoir* !

– Probable que c'était même pas moi qu'ils cherchaient.

– C'était toi aussi, tu le sais. Tu es *quelqu'un*.

– Je suis qu'apprenti forgeron. Et je ferai peut-être, un de ces jours, un maître armurier..., *si* je file pas perdre mes pieds ou me faire tuer. » Il se détourna d'elle, récupéra son marteau et, une fois de plus, se remit à faire sonner l'acier.

Les mains d'Arya se refermèrent en poings désespérés. « Le prochain heaume que tu feras, fous-y des *oreilles de mule* au lieu de cornes de taureau ! » Elle l'aurait battu, préféra déguerpir. *Je cognerais qu'il ne le sentirait sans doute même pas. Quand ils découvriront son identité et lui trancheront sa stupide tête de mule, il regrettera son refus de m'aider.* Elle se tirerait beaucoup mieux d'affaire sans lui, de toute façon. C'était après tout par sa faute à lui qu'on l'avait pincée, au village, elle.

Mais la simple évocation du village lui remémora le dépôt, Titilleur, la marche et, pêle-mêle, le visage du garçonnet écrabouillé par un coup de masse, Lommy Mains-vertes et ce corniaud de Tout-Joffrey. *J'étais un mouton, puis j'ai été une souris, je ne savais rien faire d'autre que me cacher.* Tout en se mâchouillant la lèvre, elle essaya de se rappeler quand le courage lui était revenu. *Jaqen m'a rendu ma bravoure. Il a métamorphosé la souris en fantôme.*

Elle avait soigneusement évité le Lorathi depuis la mort de Weese. Tuer Chiswyck n'avait rien de sorcier, n'importe qui pouvait pousser un homme du chemin de ronde, mais son affreuse chienne tavelée, Weese l'avait dressée toute petite, il avait forcément fallu recourir à la magie noire pour retourner la bête contre son maître. *Yoren avait trouvé Jaqen dans une oubliette, exactement comme Rorge et Mordeur*, se souvint-elle. *Jaqen a dû commettre un crime horrible, et, comme il le savait, Yoren le gardait enchaîné.* S'il était magicien, le Lorathi pouvait avoir aussi bien tiré de quelque enfer Rorge et Mordeur, et c'étaient des diables, pas du tout des hommes, alors.

Jaqen ne lui en devait pas moins une mort de plus. D'après les contes de Vieille Nan où quelque esprit malin vous promettait d'exaucer trois vœux, vous aviez intérêt à faire drôlement gaffe pour le troisième, puisque c'était le dernier. Chiswyck et Weese avaient été du gaspillage. *La dernière mort doit compter*, se disait-elle chaque soir en chuchotant sa litanie de noms. Mais voici qu'elle se demandait si tel était vraiment le motif de ses hésitations. Aussi longtemps qu'il lui serait possible de tuer par un simple murmure, elle n'aurait rien à redouter de quiconque..., mais une fois son ultime vœu proféré ? souris derechef, rien qu'une souris.

Zyeux-roses éveillé, elle n'osait regagner son lit. Faute d'autre cachette, elle se décida pour le bois sacré. Le parfum tonique des vigiers, des pins lui plaisait, ainsi que le contact de l'herbe et de l'humus entre ses orteils et la chanson du vent dans les frondaisons. Un petit ruisseau prélassait ses méandres parmi les arbres, et il avait, à un endroit, creusé la terre sous une cascade.

C'est là qu'elle avait dissimulé, sous du bois pourri et des entrelacs de branches brisées, sa nouvelle épée.

Ce butor de Gendry regimbant à lui en faire une, elle l'avait bricolée elle-même en épluchant les barbes d'un balai. Ce qui donnait une arme beaucoup trop légère et de prise pour le moins scabreuse, mais elle en aimait la pointe hérissée d'échardes. Dès qu'elle avait une heure de loisir, elle filait en douce travailler les bottes que Syrio lui avait apprises et, pieds nus sur les feuilles mortes, se démenait à tailler les branches, rosser les fourrés. Parfois même, elle grimpait aux arbres et, tout en haut, les orteils agrippés à son mouvant perchoir, avançait, reculait, dansait, chancelait un peu moins de jour en jour et recouvrait son équilibre. La nuit surtout s'y montrait propice ; jamais personne ne la dérangeait, la nuit.

Elle grimpa. Aussitôt parvenue au royaume des feuilles, elle dégaina et les oublia tous momentanément, ser Amory comme les Pitres, tous, jusqu'aux gens de Père, s'abîma elle-même dans la sensation de l'écorce rêche à ses pieds et les *pfffiiou* de l'épée dans l'air. Un rameau brisé lui devint Joffrey. Qu'elle frappa jusqu'à ce qu'il dégringole. La reine et ser Ilyn et ser Meryn et le Limier ne furent que des feuilles, mais elle les tua de même, tous, n'en laissant qu'une charpie verte. Son bras finit par se lasser, jambes pendantes elle s'assit sur une haute branche afin de reprendre souffle et de se gorger de fraîcheur nocturne tout en écoutant piauler les roussettes en chasse. Au travers du feuillage se discernait, tel un squelette, la membrure blême de l'arbre-cœur. *D'ici, il ressemble tout à fait au nôtre, à Winterfell.* Que n'était-ce lui... Elle n'aurait eu qu'à redescendre pour se retrouver de plain-pied chez elle et, qui sait ?, découvrir Père assis à sa place ordinaire, en bas dessous, là, près du tronc.

Après avoir glissé l'épée dans sa ceinture, elle se faufila de branche en branche et rejoignit le sol. Si la clarté lunaire peignait d'argent laiteux l'écorce du barral tandis qu'Arya portait ses pas vers lui, la nuit bitumait les cinq lancéoles pourprées de ses feuilles. La face sculptée dans le tronc vous dévisageait. C'était une face effroyable, avec sa bouche tordue, ses yeux flamboyants de haine. Etait-ce là l'aspect d'un dieu ? Les dieux étaient-ils vulnérables, tout comme les gens ? *Je devrais prier*, se dit-elle brusquement.

Elle tomba sur ses genoux. Elle ne savait trop par où commencer. Elle joignit les mains. *Aidez-moi, vous, les dieux anciens*, demanda-t-elle en silence. *Aidez-moi à tirer ces hommes de leur cachot pour tuer ser Amory, et ramenez-moi à la maison, à Winterfell. Faites de moi un danseur d'eau et un loup sans plus de peur, jamais.*

Cela suffisait-il ? Ne fallait-il pas prier à voix haute pour se faire entendre des anciens dieux ? Elle devait, peut-être, prier plus longuement. Il arrivait à Père de prier très très longuement, se souvint-elle. N'empêche que les anciens dieux l'avaient abandonné. Cette pensée la mit hors d'elle. « Vous auriez dû le sauver ! gronda-t-elle. Il vous priait tout le temps. Ça m'est bien égal, que vous m'aidiez ou pas ! Vous en seriez bien incapables, d'ailleurs, je crois, même si vous vouliez... !

– Il ne faut pas moquer les dieux, petite. »

La voix la fit tressaillir, bondir sur ses pieds, tirer son épée de bois. Jaqen H'ghar se tenait si parfaitement immobile dans les ténèbres qu'on l'eût pris pour un arbre parmi les arbres. « Un homme vient entendre un nom. Après un puis deux suit trois. Un homme voudrait avoir terminé. »

Elle abaissa vers le sol la pointe hérissée d'échardes. « Comment saviez-vous que j'étais ici ?

– Un homme voit. Un homme entend. Un homme sait. »

Elle lui décocha un regard soupçonneux. Etait-il l'envoyé des dieux ? « Comment avez-vous fait tuer Weese par son propre chien ? Et Rorge et Mordeur, les avez-vous tirés de l'enfer ? Et Jaqen H'ghar, c'est votre vrai nom ?

– Certains êtres ont des tas de noms. Belette. Arry. *Arya.* »

Elle recula, recula, finit par se retrouver adossée contre l'arbre-cœur. « Gendry a parlé ?

– Un homme sait, répéta-t-il. Lady Stark, ma dame. »

Il était peut-être, *vraiment*, l'envoyé des dieux. Afin d'exaucer ses prières. « J'ai besoin de votre aide pour tirer ces hommes de leur cachot. Le nommé Glover et les autres, tous. Il nous faudra tuer les gardes et nous débrouiller pour forcer la porte...

– Une petite oublie, dit-il sans s'émouvoir. Deux elle a eus, trois étaient dus. S'il faut qu'un garde meure, elle n'a qu'à dire son nom.

– Mais *un* garde ne suffira pas, il nous faut les tuer tous pour ouvrir le cachot ! » Elle se mordit violemment la lèvre afin de réprimer ses pleurs. « Je veux que vous sauviez les hommes du Nord comme moi je vous ai sauvé. »

Il la toisa d'un air impitoyable. « Trois vies ont été dérobées à un dieu. Trois vies doivent être remboursées. Il ne faut pas moquer les dieux. » Sa voix avait le soyeux de l'acier.

« Je ne les moquais pas. » Elle réfléchit un moment. « Le nom..., puis-je nommer *n'importe qui* ? Et vous le tuerez ? »

Il inclina la tête. « Un homme a dit.

– *N'importe qui ?* répéta-t-elle. Homme, femme, nouveau-né, lord Tywin ou le Grand Septon, votre propre père ?

– Le géniteur d'un homme est mort depuis longtemps mais, s'il était en vie et qu'une petite connaisse son nom, il mourrait sur ordre d'une petite.

– Jurez-le, dit-elle. Jurez-le par les dieux.

– Par tous les dieux de la mer et de l'air et même par celui du feu, je le jure. » Il enfonça sa main dans la gueule de l'arbre-cœur.

« Par les sept dieux nouveaux et par les innombrables dieux anciens, je le jure. »

Il a juré. « Même si je nommais le roi…

– Nomme-le, et la mort viendra. Viendra demain ou lors du changement de lune ou dans un an d'ici, viendra. Un homme ne vole pas comme un oiseau, mais un pied avance et puis l'autre et, un jour, un homme est là, et un roi meurt. » Il s'agenouilla, de sorte qu'ils se retrouvèrent bien face à face. « Une petite dit tout bas si elle craint de dire haut. Tout bas, maintenant. C'est *Joffrey* ? »

Elle avança les lèvres et, dans l'oreille, lui souffla : « C'est *Jaqen H'ghar.* »

Même quand, dans la grange en feu, des murs de flammes le dominaient et le cernaient, captif et aux fers, il n'avait pas eu l'air si égaré qu'à présent. « Une petite…, elle veut rire…

– Vous avez juré. Les dieux vous ont entendu jurer.

– Les dieux ont entendu. » Dans sa main venait subitement d'éclore un couteau dont la lame était aussi fine que le petit doigt d'Arya. A qui, d'elle ou de lui, le destinait-il ? impossible à dire… « Une petite va se désoler. Une petite va perdre son unique ami.

– Vous n'êtes pas mon ami. Un ami ne demanderait qu'à *m'aider.* » Elle s'écarta de lui, oscilla sur la pointe des pieds, au cas où il lancerait le couteau. « Jamais je ne tuerais un *ami.* »

Un sourire effleura les lèvres de Jaqen et s'évanouit. « Une petite pourrait alors… nommer un autre nom, si un ami aidait ?

– Une petite pourrait, dit-elle. Si un ami aidait. »

Le couteau disparut. « Viens.

– Maintenant ? » Elle n'avait pas une seconde envisagé qu'il agirait si promptement.

« Un homme entend chuinter le sable dans un verre. Un homme ne dormira pas tant qu'une petite n'aura pas dédit certain nom. Maintenant, méchante enfant. »

Je ne suis pas une méchante enfant, nia-t-elle mentalement, *je suis un loup-garou et le fantôme d'Harrenhal.* Elle alla déposer le bâton de bruyère dans sa cachette et suivit Jaqen hors du bois sacré.

En dépit de l'heure, Harrenhal s'activait d'une vie incongrue. L'arrivée de Varshé Hèvre avait bouleversé toutes les routines.

Chars à bœufs, bœufs, chevaux, tout avait débarrassé la cour, mais la cage à l'ours s'y trouvait encore. On l'avait suspendue par de lourdes chaînes à la voûte du ponceau qui reliait le poste extérieur au poste médian, et elle s'y balançait à quelques pieds du sol. Un cercle de torches en illuminait les parages. Des garçons d'écurie décochaient des pierres au fauve afin de le faire rugir et gronder. A l'autre extrémité, des flots de lumière se déversaient par la porte de la salle des Garnisaires, ainsi que le fracas des chopes et les beuglements de soudards réclamant du vin. Entonnés par une douzaine de voix dans un idiome guttural fusèrent des couplets qu'Arya trouva passablement barbares.

Ça picole et s'empiffre avant d'aller pioncer, saisit-elle soudain. *Qu'il ait envoyé quelqu'un me réveiller pour aider au service, et Zyeux-roses apprendra que j'ai découché.* Elle se rassura vaille que vaille. Il devait s'affairer à abreuver les Braves Compaings et ceux des bougres de ser Amory qui s'étaient joints à eux. Le tapage que tout ça faisait le distrairait bien…

« Les dieux affamés se repaîtront de sang, cette nuit, si un homme fait cette chose, dit Jaqen. Douce petite, gente et gentille. Dédis un nom et dis un autre et dissipe ce mauvais rêve.

– Non.

– Soit. » D'un air résigné. « La chose sera faite, mais une petite doit obéir. Un homme est trop pressé pour bavarder.

– Une petite obéira, promit-elle. Que dois-je faire ?

– Cent ventres ont faim, leur faut manger, messire commande une soupe chaude. Une fille court aux cuisines dire à son mitron.

– Soupe, répéta-t-elle. Où serez-vous ?

– Une fille aide à faire soupe et attend aux cuisines qu'un homme vienne la chercher. Va. Cours. »

Tourte défournait ses pains quand elle entra en trombe, mais il n'était plus seul. On avait réveillé les cuistots en faveur de Varshé Hèvre et ses Pitres Sanglants. Des serviteurs emportaient déjà des corbeilles entières de miches et de tartelettes, le coq en chef découpait des tranches de jambon froid, des tournebroches rôtissaient des lapins que des fouille-au-pot tartinaient de miel, des femmes apprêtaient carottes et oignons. « Te faut quelque chose, Belette ? demanda le coq en l'apercevant.

– De la soupe, déclara-t-elle. Messire veut de la soupe. »

Il branla sèchement son couteau vers les marmites de fer noir accrochées au-dessus des flammes. « Et c'est quoi, ça, tu crois ? Quoique j'aimerais mieux y pisser dedans que la servir à cette chèvre ! Peut même pas laisser les gens dormir une bonne nuit... » Il cracha. « Bon, t'inquiète, détale et dis-y que ça se bouscule pas, les marmites, comme y s'imagine.

– Je dois attendre qu'elle soit prête.

– Déblaie le passage, alors. Ou plutôt, tiens, rends-toi utile. File à l'office, Sa Chèvreté va vouloir en plus du beurre et du fromage. Tire Pia du plumard, et dis-y bien de se grouiller, pour une fois, si ça la tente pas, de perdre ses deux pieds. »

Elle prit ses jambes à son cou. Loin de dormir, dans sa soupente, Pia geignait sous l'un des Pitres, mais elle ne fut pas longue à se rhabiller quand retentirent les appels d'Arya. Elle emplit six paniers de potées de beurre et de grosses formes enveloppées de linge et qui empestaient. « Maintenant, tu m'aides à les porter.

– Je ne peux pas. Mais tu feras bien, toi, de te dépêcher, ou Varshé Hèvre te prendra ton pied. » Et de détaler avant que Pia ne puisse l'attraper. Au fait, s'étonna-t-elle tout en courant, comment se faisait-il qu'aucun des captifs n'eût les mains ni les pieds coupés ? Peut-être que Varshé Hèvre avait peur de mettre Robb en colère. Quoiqu'il fût, semblait-il, du genre à n'avoir peur de *personne*.

Elle retrouva Tourte touillant les marmites, armé d'une longue cuillère de bois. Elle en saisit une aussi et entreprit de le seconder. Le mettre au courant ? Elle hésita un bon moment puis, au souvenir du village, décida que non. *Il ne ferait que se re-rendre.*

Au même instant la pétrifia l'abominable voix de Rorge. « *Coq !* tonna-t-il, *on vient prendre ta putain de soupe !* » Consternée, Arya lâcha sa cuillère. *Je n'avais pas dit de les amener.* Rorge arborait le heaume de fer dont le nasal dissimulait à demi le trou de sa trogne. Jaqen et Mordeur le suivaient.

« La putain de soupe est putain pas prête, riposta le chef. Faut qu'elle mijote. On vient juste d'y mettre les oignons, et...

– La ferme, ou c' ton cul qu' j'embroche, et on t'emmielle un tour ou deux, vu ? J' dit : la soupe, et j' dit : main'nant. »

Avec un de ses sales sifflements, Mordeur arracha directement de la broche une poignée de lapin saignant et, les doigts dégoulinants de miel, la déchiqueta de ses dents pointues.

Le chef s'avoua vaincu. « Prenez votre putain de soupe, alors, mais si ça bêle qu'elle est dégueulasse, démerdez-vous. »

Tandis que Mordeur se pourléchait le gluant des pattes, Jaqen H'ghar enfilait de grosses moufles matelassées puis en tendait une paire à Arya. « Une belette va aider. » La soupe était bouillante, lourdes les marmites. Ils en empoignèrent une à eux deux, Rorge en prit une autre, et Mordeur deux de plus, non sans siffler comme une brute au contact des anses brûlantes, mais sans les lâcher, pourtant. Ainsi vidèrent-ils les cuisines et, ployant sous leurs fardeaux, se dirigèrent vers la tour de la Veuve. Deux hommes en gardaient la porte. « C'est quoi ? demanda l'un à Rorge.

– Du bouillon d' pissat, t'en veux ? »

Jaqen eut un sourire désarmant. « Un prisonnier, ça mange aussi.

– Mais on nous a rien dit de…

– C'est pour *eux*, coupa Arya, pas pour vous. »

Le second garde acquiesça d'un geste. « Allez-y, alors. »

A l'intérieur, un colimaçon plongeait vers les entrailles de la tour. Rorge ouvrit la marche, Jaqen et Arya la fermaient. « Une petite s'en mêle pas », souffla-t-il.

L'escalier débouchait sur un long caveau voûté de pierre aveugle, humide et ténébreux. Quelques torches fichées dans des appliques éclairaient tant bien que mal au premier plan plusieurs des hommes de ser Amory qui, assis autour d'une table de bois grossière, bavardaient en tapant le carton. Une grille de fer massive les séparait des captifs qui grouillaient dans le noir, au fond. L'odeur de la soupe en agrippa des grappes aux barreaux.

Huit gardes, compta Arya. Leurs narines aussi s'étaient dilatées. « Jamais vu plus moche, comme serveuse… ! lança leur capitaine à l'intention de Rorge. Y a quoi, dans ton pot ?

– Tes couilles et ta queue. T'en veux ou pas ? »

Jusque-là, l'un des gardes avait fait les cent pas, un autre était resté planté non loin de la grille, un troisième, le cul par terre, adossé au mur, mais l'idée de bouffer les attira tous vers la table.

« Sacrément temps qu'y pensent à nous !

– D'z-oignons, que j' sens ?

– Où c'est qu'y a l' pain ?

– Et les bols, foutre ! les coupes, les cuillères... ?

– Pas b'soin. » Rorge leur projeta la soupe bouillante en pleine gueule à travers la table, Jaqen l'imita, Mordeur fit de même avec ses deux marmites, mais en les balançant à bout de bras de manière qu'elles virevoltent dans la cave en pleuvant la soupe. L'une d'elles atteignit à la tempe le capitaine alors qu'il essayait de se lever et l'affala comme un sac de sable, inanimé. Le reste gueulait de douleur, implorait pitié, tentait à quatre pattes de s'esbigner.

Arya se plaqua contre la paroi lorsque Rorge se mit à trancher les gorges. Mordeur, lui, préférait empoigner les têtes par l'occiput et le menton dans ses énormes battoirs blêmes et leur rompre l'échine d'une simple torsion. Un seul des gardes s'était débrouillé pour tirer l'épée. Jaqen esquiva sa taillade en dansant, dégaina lui-même, accula l'homme dans un coin grâce à une averse de coups et l'y tua d'une pointe au cœur. Puis il retourna sa lame toute rouge et dégoulinante vers Arya pour l'essuyer sur le devant de son sarrau. « Une petite aussi doit être ensanglantée. Ceci est son œuvre. »

La clef du cachot était accrochée au mur au-dessus de la table. Rorge s'en empara pour ouvrir la grille. Le premier à la franchir fut le seigneur à l'emblème du poing brandi. « De la belle ouvrage, dit-il. Je suis Robett Glover.

– Messire. » Jaqen s'inclina.

Aussitôt libres, certains captifs délestèrent les morts de leurs armes et, l'acier au poing, cavalèrent vers la surface. Nombre de leurs compagnons se pressaient derrière eux, mains nues. Tous grimpaient vivement, presque sans mot dire. Aucun ne semblait aussi mal en point qu'Arya se l'était figuré lors de leur arrivée. « Futé, le coup de la soupe, commentait en bas le dénommé Glover. J'étais loin de m'y attendre. Une idée de lord Hèvre ? »

Rorge se mit à rire. Et il riait si fort que le trou qu'il avait à la place du nez débordait de morve. Carrément assis sur l'un des cadavres dont il tenait la main molle en suspens, Mordeur lui rongeait les doigts. Les phalanges craquaient sous ses dents.

« Qui êtes-vous donc ? » Un sillon se creusa entre les sourcils de Robett Glover. « Vous n'escortiez pas Hèvre, lors de sa visite au camp de lord Bolton. Vous faites partie des Braves Compaings ? »

D'un revers de main, Rorge torcha son menton ruisselant de morve. « Main'nant, oui.

– Un homme a l'honneur d'être Jaqen H'ghar, de la cité libre de Lorath, jadis. Les grossiers compagnons de cet homme s'appellent Rorge et Mordeur. Un seigneur se doutera lequel est Mordeur. » Il agita la main du côté d'Arya. « Et voici…

– Belette », lâcha-t-elle avant qu'il ne dévoilât sa *véritable* identité. Elle ne voulait pas laisser dire son nom ici, devant Rorge et Mordeur et tous ces gens qu'elle ne connaissait pas.

Elle ne fit manifestement qu'effleurer l'esprit de Glover. « Très bien, dit-il. Terminons à présent ce joli boulot. »

En haut de l'escalier, les gardes baignaient dans leur propre sang. Des gens du Nord couraient de tous côtés. On entendait des cris. La porte de la salle des Garnisaires s'ouvrit brutalement sur un blessé qui titubait en gémissant. Trois hommes se ruèrent à sa poursuite et l'achevèrent à coups de pique et d'épée. On se battait aussi dans les parages de la conciergerie. Rorge et Mordeur se précipitèrent avec Glover, mais Jaqen H'ghar s'agenouilla près d'Arya. « Une petite ne comprend pas ?

– Si fait », protesta-t-elle, bien que la réponse fût non, pas vraiment.

Le Lorathi dut le deviner à sa physionomie. « Une chèvre n'a pas de loyauté. Une bannière au loup ne tardera pas à flotter ici, je pense. Mais un homme voudrait d'abord entendre dédire certain nom.

– Je retire le nom. » Elle se mâchouilla la lèvre. « J'ai toujours une troisième mort ?

– Une petite est vorace. » Il toucha l'un des gardes qui gisaient là, brandit ses doigts ensanglantés. « Et ça fait trois et ça fait quatre et ça fait huit de plus en bas. La dette est payée.

– La dette est payée », convint-elle de mauvaise grâce. Elle se sentait un peu triste. Une souris de nouveau, pas plus.

« Un dieu a son dû. Et, maintenant, un homme doit mourir. » Un sourire étrange lui frôla les lèvres.

« *Mourir ?* » s'écria-t-elle, abasourdie. Que voulait-il dire ? « Mais j'ai dédit le nom ! Vous n'êtes pas obligé de mourir, à présent !

– Si. Mon temps est fini. » Il se passa la main sur la figure depuis le front jusqu'au menton et, lorsqu'il la retira, il se *métamorphosa*. Ses joues se firent plus pleines, ses yeux plus bridés ; son nez se recourba ; sa joue droite se marqua d'une cicatrice qui n'existait pas auparavant. Et lorsqu'il secoua la tête se dissipa sa longue chevelure raide, mi-partie rouge, mi-partie blanche, et il eut un casque de boucles noires.

Elle en demeura bouche bée. « Qui *êtes*-vous ? chuchota-t-elle, trop éberluée pour éprouver de l'effroi. Comment avez-vous *fait* ça ? C'était difficile ? »

Il eut un grand sourire où miroitait une dent d'or. « Pas plus que d'adopter un nouveau nom, si tu sais t'y prendre.

– Montrez-moi ! s'emballa-t-elle. Je veux le faire aussi !

– Pour apprendre, il te faudrait m'accompagner. »

Elle hésita. « Où ?

– Loin loin. De l'autre côté du détroit.

– Je ne peux pas. Je dois rentrer chez moi. A Winterfell.

– Nous devons donc nous séparer, dit-il, car j'ai des devoirs, moi aussi. » Il lui saisit la main et plaqua, au creux de la paume, une petite pièce. « Tiens.

– Qu'est-ce que c'est ?

– Une pièce inestimable. »

Elle y mordit et la trouva si dure que c'était forcément du fer. « Elle vaut assez pour acheter un cheval ?

– Elle n'est pas faite pour acheter des chevaux.

– Alors, elle sert à quoi ?

– Autant demander à quoi sert la vie, à quoi sert la mort. S'il arrive un jour que tu souhaites me retrouver, donne cette pièce à n'importe quel homme de Braavos en lui disant ces simples mots : *valar morghulis*.

– *Valar morghulis* », répéta-t-elle. Ce n'était pas difficile. Ses doigts se refermèrent étroitement sur la pièce. De l'autre côté de la cour s'entendaient des cris d'agonie. « Ne partez pas, je vous prie, Jaqen.

– Jaqen est aussi mort qu'Arry, dit-il tristement, et j'ai des promesses à tenir. *Valar morghulis*, Arya Stark. Redis-le.

– *Valar morghulis* », dit-elle une fois encore, et l'étranger qui portait les habits de Jaqen s'inclina devant elle avant d'aller, manteau flottant, se fondre à grands pas dans les ténèbres. Elle était seule avec les morts. *Ils méritaient de mourir*, songea-t-elle en se rappelant tous ceux qu'avait massacrés ser Amory Lorch dans le fort, là-bas, sur les bords du lac.

Au Bûcher-du-Roi, les caves étaient désertes lorsqu'elle y regagna sa litière. Après avoir soigneusement murmuré à l'oreiller sa litanie de noms, « *Valar morghulis* », ajouta-t-elle tout bas d'une voix radoucie – mais qu'est-ce que ça pouvait bien signifier ?

A l'aube avaient reparu Zyeux-roses et tous les autres, à l'exception d'un garçon, tué lors des combats sans que quiconque sût pourquoi. Tout en geignant à chaque pas que sa vieille carcasse en avait assez, de toutes ces marches, Zyeux-roses remonta voir ce que donnaient les choses à la lumière du jour et, à son retour, annonça la prise d'Harrenhal. « C'est leurs Pitres Sanglants qu'z-y ont zigouillé tout plein de monde, à ser Amory, dans leurs pieux, même, et ses autres à table, après que z-étaient fin soûls. Le nouveau lord sera là d'ici ce soir avec toute son armée. Y vient du nord, tout là-haut désert, où c'est qu'y a ce Mur, et paraît que c'est un coriace. Ce lord-ci ce lord-là, y a toujours du travail à faire. Un seul qui déconne, et le fouet, que j'y pèle la peau du cul. » Il fixait Arya, ce disant, mais ne lui demanda ni quoi ni où pour son absence durant la nuit.

Elle passa la matinée à regarder les Pitres dépouiller les cadavres de leur moindre effet de valeur avant de les traîner dans la cour aux Laves où les attendait un bûcher. Huppé le Louf trancha le chef à deux chevaliers puis, les empoignant aux cheveux, se pavana par tout le château en les branlant comme s'ils conversaient. « T'es mort de quoi ? » s'enquérait l'un. « Ebouillanté de soupe à la belette », répondait l'autre.

Arya finit par écoper de la corvée d'éponger les flaques de sang. On ne lui adressait pas plus la parole qu'à l'ordinaire, mais elle sentait constamment des regards louches posés sur elle. Robett Glover et ses compagnons de captivité devaient avoir jacassé pas mal sur ce qui s'était passé dans leur oubliette et, du coup, le Louf et ses foutues têtes colportaient la soupe à la belette. Elle l'aurait volontiers sommé de la boucler mais n'osait s'y risquer. Il était à demi dément, et il passait pour avoir trucidé un type que ses farces ne faisaient pas rire. *Il fera bien de la fermer, ou je l'ajoute sur ma liste*, se promit-elle tout en grattant frénétiquement une tache d'un brun rougeâtre.

C'est aux abords du crépuscule que survint le nouveau maître d'Harrenhal. Il avait des traits communs, pas de barbe et une laideur quelconque où seule vous frappait la pâleur bizarre du regard. Ni replet ni musculeux ni mince, il portait de la maille noire et un manteau rose crotté. L'emblème qui figurait sur sa bannière évoquait un homme immergé dans un bain de sang. « A genoux, marauds, pour le sire de Fort-Terreur ! » piaula son écuyer, un gamin de l'âge d'Arya, et Harrenhal s'agenouilla.

Varshé Hèvre s'avança. « Harrenhal est à fous, meffire. »

Messire répondit, mais si bas qu'Arya ne perçut pas une syllabe. Baignés de frais et proprement vêtus de pourpoints et de manteaux neufs arrivèrent à leur tour Robett Glover et ser Aenys Frey. Après un échange rapide, ce dernier se chargea de présenter Rorge et Mordeur. Elle fut suffoquée de les voir toujours là ; elle s'était attendue peu ou prou qu'ils s'évanouissent dans le sillage de Jaqen. Elle entendit le timbre rocailleux de Rorge mais tendait vainement l'oreille à ses propos quand Huppé le Louf fondit sur elle et se mit à la traîner de force à travers la cour. « Messire, messire, chantait-il en lui saccageant le poignet, voici la belette qui fit la soupe !

– *Lâchez-moi !* » dit-elle en se débattant.

Le lord la dévisagea. Seuls étaient mobiles ses yeux ; des yeux d'une pâleur extrême, des yeux de glace. « Quel âge as-tu, mon enfant ? »

Il lui fallut réfléchir un moment pour s'en souvenir. « Dix ans.

– Dix ans, *messire*, corrigea-t-il. Tu aimes les bêtes ?

– Certaines, Messire. »

Un maigre sourire crispa ses lèvres. « Mais pas les lions, à ce qu'il semblerait. Ni les manticores. »

Ne sachant que dire, elle ne dit rien.

« Il paraît qu'on t'appelle Belette. Terminé. Quel nom t'a donné ta mère ? »

Elle se mordit la lèvre. Lequel inventer ? Lommy l'avait surnommée Tête-à-cloques, Sansa Ganache, et les hommes de Père, autrefois, Arya-sous-mes-pieds, mais aucun de ces sobriquets ne correspondait au genre de nom qu'elle souhaitait adopter.

« Nyméria, dit-elle. Sauf qu'elle utilisait Nan comme diminutif.

– Tu voudras bien m'appeler *messire* lorsque tu t'adresses à moi, Nan, reprit-il d'un ton doux. Tu es trop jeune pour être un Brave Compaing, et pas du bon sexe. As-tu peur des sangsues, mon enfant ?

– Ce ne sont que des sangsues, Messire.

– Apparemment, mon écuyer pourrait prendre leçon sur toi. L'usage fréquent des sangsues est le secret de la longévité. Un homme doit se purger lui-même de son mauvais sang. Tu feras l'affaire, je crois. Tant que durera mon séjour à Harrenhal, Nan, tu seras mon page, et tu me serviras à table et dans mes appartements. »

Elle se garda cette fois de dire qu'elle aimerait mieux travailler dans les écuries. « Oui, votre sire. Je veux dire messire. »

Il fit un geste de la main. « Rendez-la présentable, lança-t-il à la cantonade, et assurez-vous qu'elle sache verser le vin sans mettre à côté. » Puis, se détournant, il pointa l'index vers les toits et dit : « Lord Hèvre, occupez-vous de ces bannières sur la conciergerie. »

Quatre Braves Compaings montèrent au rempart affaler le lion Lannister et la manticore noire personnelle de ser Amory puis hissèrent à la place l'écorché de Fort-Terreur et le loup-garou Stark. Et, ce soir-là, un page du nom de Nan tint lieu d'échanson à Roose Bolton et Varshé Hèvre qui, du haut de la galerie, regardaient les Pitres leur exhiber ser Amory Lorch, à poil, au milieu de la cour. Ser Amory qui supplia, sanglota, s'agrippa aux guibolles de ses captureurs jusqu'à ce que Rorge l'envoie valdinguer puis qu'en le bottant le Louf le précipite dans la fosse à l'ours.

L'ours est noir de pied en cap, songea Arya. *Comme était Yoren.* Et elle emplit la coupe de Roose Bolton sans mettre une seule goutte à côté.

DAENERYS

En cette cité des splendeurs, elle s'était attendue que l'hôtel des Nonmourants serait plus splendide qu'aucun palais. Son palanquin la déposa devant une antiquité de ruine grisâtre.

Bas et tout en longueur, dépourvu de tours comme d'ouvertures, cela se tortillait, tel un serpent de pierre, au travers d'un boqueteau d'arbres à l'écorce noire, et du feuillage bleu d'encre duquel se tirait le philtre sorcier que Qarth nommait *ombre-du-soir.* Point d'autre édifice alentour. Passablement décrochées ou brisées, des tuiles noires couvraient la toiture, le mortier des moellons se délitait, tombait en poussière. Elle comprit soudain pourquoi Xaro Xhoan Daxos qualifiait l'hôtel de « palais des Poussières ». Apparemment, l'aspect des lieux mettait le noir Drogon lui-même mal à l'aise. Ses dents aiguës nimbées de fumerolles, il n'arrêtait pas de siffler.

« Sang de mon sang, grinça Jhogo en dothraki, le mal plane sur ce repaire de fantômes et de *maegi.* Voyez-vous comme s'y absorbe le soleil montant ? Partons avant d'être absorbés nous-mêmes. »

Ser Jorah se porta près d'eux. « Quels pouvoirs posséderaient-ils, quand ils vivent *là-dedans* ?

– Suivez les conseils de ceux qui vous aiment le mieux, susurra languissamment Xaro du fond du palanquin. Aigres créatures que ces buveurs d'ombres et mangeurs de poussière. Les conjurateurs ne vous donneront rien. Ils n'ont rien à donner. »

La main d'Aggo se crispa sur l'*arakh.* « Il est dit, *Khaleesi*, que beaucoup pénètrent au palais des Poussières et peu en sortent.

– Il est dit, confirma Jhogo.

– Nous avons juré de vivre et de mourir comme vous, reprit Aggo. Laissez le sang de votre sang vous accompagner dans ce noir séjour pour vous préserver de toute aventure.

– Il est des lieux que même un *khal* doit aborder seul, dit-elle.

– Acceptez du moins que je vous escorte, moi, pria ser Jorah. Le risque…

– La reine Daenerys entrera seule ou n'entrera pas. » Le conjurateur Pyat Pree surgit de sous les arbres. *Nous épiait-il depuis le début ?* se demanda-t-elle. « Qu'elle s'en retourne à présent, pour jamais les portes de la science lui seront fermées.

– Mon bateau de plaisance est toujours prêt à appareiller, lança Xaro Xhoan Daxos. Détournez-vous de ces mascarades, ô reine des reines opiniâtres. J'ai des flûtistes dont les mélodies suaves sauront apaiser les turbulences de votre âme et une fillette qui, sous sa langue, vous fera fondre et soupirer. »

Ser Jorah Mormont fusilla le prince marchand d'un regard sinistre. « Daignez, Votre Grâce, vous souvenir de Mirri Maz Duur…

– Je m'en souviens, dit-elle d'un ton brusquement résolu. Je me souviens du savoir qu'elle détenait. Quoiqu'elle fût une simple *maegi.* »

Un mince sourire éclaira Pyat Pree. « L'enfant parle avec autant de sagesse qu'une doyenne. Prenez mon bras, permettez que je vous conduise.

– Je ne suis pas une enfant. » Elle n'en prit pas moins le bras qu'il offrait.

Il faisait plus sombre qu'elle ne l'eût cru, sous les arbres noirs, et le parcours se révéla plus long. Bien que, depuis la rue, la sente courût droit jusqu'à la porte du palais, Pyat Pree ne tarda pas à s'en écarter. Pressé de questions, il répondit simplement : « Le chemin frontal mène à l'intérieur mais ne laisse plus aucune issue. Prenez bien garde à mes propos, ma reine. L'hôtel des Nonmourants ne fut pas conçu pour des hommes mortels. Si vous prisez votre âme, ayez soin d'agir exactement selon mes prescriptions.

– Je n'y manquerai pas, promit-elle.

– A votre entrée, vous découvrirez une pièce où s'ouvrent quatre portes : celle que vous aurez franchie et trois autres.

Empruntez la porte à main droite. Chaque fois, la porte à main droite. Si vous arrivez devant une cage d'escalier, montez. Ne descendez pour rien au monde, et, pour rien au monde, n'allez emprunter d'autre porte que la première porte à main droite.

– La porte à main droite, récita-t-elle. Entendu. Et à mon départ, le contraire ?

– Pour rien au monde, répondit Pyat Pree. Partir et arriver, les préceptes sont identiques. Toujours vers le haut. Toujours la porte à main droite. D'autres portes sont susceptibles de s'ouvrir à vous. Elles offriront à vos yeux maint et maint spectacle troublant. Visions de délices et visions d'horreur, merveilles et terreurs. Soupirs et sons de jours enfuis et de jours à venir et de jours qui jamais ne furent. Il se peut qu'habitants ou serviteurs vous adressent la parole en route. Libre à vous d'en tenir compte ou de les ignorer, mais *n'entrez dans aucune pièce* avant d'avoir atteint la salle d'audiences.

– Entendu.

– En atteignant la salle des Nonmourants, montrez-vous patiente. Nos petites vies ne leur sont ni plus ni moins qu'un battement d'ailes de mite. Ecoutez attentivement, et gravez chaque terme dans votre cœur. »

Sur le seuil de la première porte qui, percée dans un mur à faciès humain, affectait l'ovale d'une vaste bouche, les attendait le plus petit nain que Daenerys eût jamais vu, puisqu'à peine lui arrivait-il au genou. Attifé, nonobstant son museau pointu, cave et bestial, d'une délicate livrée pourpre et bleu, il portait dans ses minuscules mains roses un plateau d'argent. Dessus s'effilait une fine flûte de cristal emplie d'un épais breuvage bleu : *ombre-du-soir*, le vin des conjurateurs. « Prenez et buvez, prescrivit Pyat Pree.

– Cela va-t-il me bleuir les lèvres ?

– Une flûte ne fera que vous désobstruer les oreilles et dissoudre la taie de vos yeux. Ainsi serez-vous à même de voir et d'entendre les vérités qui se présenteront à vous. »

Elle porta la flûte à ses lèvres. La première goutte avait sur les papilles un goût d'encre et de viande avariée, mais l'absorption en dissipa la fétidité, et Daenerys eut le sentiment que le liquide, en elle, venait à la vie, s'animait. Cela faisait comme des vrilles qui se développaient dans sa poitrine et qui, tels des doigts de feu, lui enserraient le cœur, elle avait sur la langue des saveurs qui évoquaient le miel, la crème et l'anis, le lait maternel et la semence de Drogo, le sang chaud, la viande rouge et l'or en fusion. A la fois toutes les saveurs qu'elle avait connues et aucune d'elles… – et la flûte se retrouva vide.

« A présent, vous pouvez entrer », déclara le conjurateur. Elle reposa la flûte sur le plateau du nain et s'aventura à l'intérieur.

Le vestibule de pierre qui l'accueillit comportait comme annoncé quatre portes, une par mur. Sans la moindre hésitation, elle emprunta celle de droite. Dans la deuxième pièce, jumelle exacte de la première, elle fit de même et, la porte poussée, découvrit encore un vestibule que quatre portes desservaient. *Me voici face à face avec la sorcellerie.*

Ovale au lieu d'être carrée, la quatrième pièce avait des murs non plus de pierre mais de bois vermoulu et non plus quatre mais six issues. En empruntant la plus à droite, on aboutissait dans un long corridor obscur et très haut de plafond. Sur le côté droit brûlaient de loin en loin des torches qui répandaient une lumière orange et fuligineuse, mais il n'y avait de portes que sur la gauche. Drogon déploya ses vastes ailes noires et, brassant l'air confiné, voleta sur une vingtaine de pieds avant de s'abattre piteusement. Elle pressa l'allure pour le relever.

De ses coloris somptueux de jadis, le tapis mité qu'elle foulait ne conservait qu'un vague souvenir. On y discernait encore le miroitement terne et intermittent d'un fil d'or parmi verts sales et gris délavés. Ces pauvres vestiges servaient tout au plus à étouffer les bruits de pas, mais ce n'était pas forcément un bien. Car le silence permettait d'entendre, émanant de l'intérieur des murs, des fuites furtives et des grattements qui suggéraient la présence de rats. Drogon les percevait aussi. Sa tête en suivait les déplacements, leur cessation lui arracha un hoquet rageur. De certaines des portes closes provenaient d'autres sons, bien plus inquiétants. Des coups ébranlaient l'une d'elles comme si quelqu'un cherchait à la fracasser. Une autre laissait filtrer des fifrements si discordants que la queue du dragon se mit à fouetter frénétiquement. Daenerys se dépêcha de passer outre.

Et toutes les portes n'étaient pas fermées. *Je ne regarderai pas*, se dit-elle, mais la tentation fut trop forte.

Dans une pièce se tordait à même le sol une beauté nue sur qui s'agitaient quatre petits hommes. Ils avaient, à l'instar du serviteur nain, des pattes roses minuscules et des museaux de rat pointus. L'un d'eux soubresautait entre les cuisses de la femme, un autre s'acharnait sur ses seins, lui ravageant les tétons dans ses mandibules écarlates, les déchiquetant et les mastiquant.

Elle tomba plus loin sur un banquet de cadavres. Abominablement massacrés, les convives gisaient pêle-mêle, recroquevillés parmi des sièges renversés, des tables à tréteaux démolies, dans des mares de sang mal coagulé. Certains n'avaient plus de membres ni même de tête. Des mains tranchées tenaient toujours qui coupe sanglante, qui cuillère de bois, pilon rôti, morceau de pain. De son trône les dominait un mort à face de loup. La tête couronnée de fer, il tenait en guise de sceptre un gigot d'agneau, et, lourd d'un appel muet, son regard suivait Daenerys.

Elle prit la fuite pour s'y dérober, mais ne dépassa pas la porte suivante. *Je connais cette pièce*, se dit-elle. Les énormes poutres lui en étaient familières, ainsi que leurs sculptures en masques animaliers. Et, par la fenêtre, s'apercevait un citronnier ! A cette vue, la nostalgie lui poignit le cœur. *La maison à la porte rouge, la maison de Braavos*… Cette pensée lui avait à peine traversé l'esprit qu'entra, pesamment appuyé sur sa canne, le vieux ser Willem. « Vous voici donc, petite princesse, dit-il, gentiment bourru. Venez venez, ma dame, pressa-t-il, vous êtes ici chez vous, ici, vous ne risquez rien. » Sa grosse main tordue se tendait vers elle, aussi parcheminée qu'affectueuse, et Daenerys n'éprouvait qu'un désir, un désir plus impérieux qu'aucun désir jamais, la saisir et l'étreindre et la baiser. Elle faillit avancer un pied, songea brusquement : *Il est mort, il est mort, le cher vieil ours, il est mort depuis une éternité*, se rejeta en arrière et se mit à courir.

L'interminable corridor se poursuivait interminablement, ponctué sans trêve de portes à main gauche et, à main droite, de torches exclusivement. Sa course lui fit dépasser plus de portes qu'il ne s'en pouvait dénombrer, portes ouvertes et portes closes, portes de fer et portes de bois, portes ordinaires et portes ciselées, portes munies de poignées, de loquets, de heurtoirs. Drogon lui fouettait le dos pour qu'elle se hâte, et elle courait, courait, courut jusqu'à ne plus pouvoir courir.

Enfin s'esquissèrent à gauche des vantaux de bronze massif et beaucoup plus grands que les précédents qui, à son approche, s'ouvrirent soudain, la forçant à s'arrêter et à regarder. Par-delà se devinait, ténébreuse, une salle de pierre, la plus vaste qu'elle eût jamais vue. Du haut de ses murs la dévisageaient des crânes de dragons défunts. Parmi les barbelures agressives d'un trône en surplomb se voyait un vieillard paré de robes somptueuses, un vieillard aux yeux sombres et à la longue chevelure argentée. « Laisse-le régner sur de la viande cuite et des os calcinés, disait-il à un homme debout à ses pieds. Laisse-le être le roi des cendres. » Labourant de ses griffes soieries et peau, Drogon cria sa terreur, mais le vieillard du trône ne l'entendit point, et Daenerys poursuivit sa route.

Viserys, songea-t-elle d'abord à l'étape suivante, mais un second coup d'œil la détrompa. S'il avait bien les cheveux de son frère, l'homme était de plus haute taille, et ses prunelles étaient non pas lilas mais d'un indigo prononcé. « Aegon, disait-il à une femme qui, couchée dans un grand lit de bois, donnait le sein à un nouveau-né. Se peut-il meilleur nom pour un roi ?

– Composeras-tu une chanson pour lui ? demanda la femme.

– Il en a déjà une, répliqua l'homme. Comme il est le prince qui fut promis, sienne est la chanson de la glace et du feu. » Il leva les yeux, ce disant, et, à la manière dont son regard croisa celui de Daenerys, elle eut l'impression qu'il la voyait, là, debout en deçà du seuil. « Il doit y en avoir cependant une autre, ajouta-t-il sans qu'elle parvînt à savoir s'il s'adressait à sa compagne ou à elle-même. Le dragon a trois têtes. » Il gagna la banquette de la fenêtre, prit une harpe et laissa ses doigts courir avec légèreté sur les cordes d'argent. Une douce tristesse envahit la chambre et, tandis que lui-même et l'épouse et le nourrisson s'évanouissaient comme brume à l'aube, seuls s'attardèrent des accords épars qui talonnaient la fuite de Daenerys.

Une heure de plus lui parut s'écouler avant que ne s'interrompe le corridor fantastique devant un escalier de pierre qui s'abîmait vertigineusement dans les ténèbres. Or, elle n'avait eu jusque-là de porte, ouverte ou fermée, que sur sa gauche. Un regard en arrière déclencha sa peur. Une à une s'éteignaient les torches. Une vingtaine brûlaient encore. Trente au plus. Sous ses yeux en expira une nouvelle, et le noir en profita, là-bas, pour progresser comme en rampant vers elle. Et comme elle tendait l'oreille, elle eut l'impression que quelque chose d'autre approchait, poussif, qui se traînait par à-coups, peu à peu, mais inexorable, sur le tapis décoloré. La panique la submergea. Il lui était impossible de retourner sur ses pas, rester là l'effrayait, mais comment poursuivre, alors qu'il n'y avait pas de porte à droite et qu'au lieu de monter l'escalier descendait ?

Cependant qu'elle tâchait de se résoudre, une autre torche disparut, les frôlements sourds se firent plus audibles. Drogon dardait son long col ondulant, sa gueule s'ouvrit sur un cri barbouillé de vapeur. *Il les entend aussi.* Elle se tourna pour la centième fois vers le mur lisse, il demeura lisse. *Comporterait-il une porte secrète, une porte que je ne vois pas ?* Une autre torche s'évanouit. Et encore une autre. *La première porte sur la droite, m'a-t-il prescrit, toujours la première sur la droite. La première porte sur la droite...*

Ce fut une illumination. *... est la dernière porte sur la gauche !*

Elle la franchit d'un bond. Au-delà, nouvelle pièce, petite, et quatre portes derechef. A droite elle prit, et à droite, et à droite, et à droite, et à droite, et à droite, et à droite, jusqu'à ce qu'à nouveau lui tourne la tête et lui manque le souffle.

La pause la trouva dans une pièce de pierre, une de plus, froide et humide..., mais où la porte en face avait, pour changer, la forme d'une bouche ouverte ; à l'extérieur se tenait, dans l'herbe, sous les arbres, Pyat Pree. « Les Nonmourants en auraient-ils si tôt terminé avec vous ? demanda-t-il d'un ton incrédule.

– Si tôt ? dit-elle, suffoquée. Voilà des heures que je marche, et je ne les ai toujours pas trouvés.

– Vous avez dû commettre une erreur. Venez, je vais vous guider. » Il lui tendit la main.

Elle hésita. Il y avait encore une porte à droite, fermée...

« Ce n'est pas la bonne, affirma Pyat Pree d'un ton péremptoire et guindé, ses lèvres bleues ne marquant que réprobation. Les Nonmourants ne sauraient attendre éternellement.

– Nos petites vies ne leur sont ni plus ni moins qu'un battement d'ailes de mite, lui repartit-elle de mémoire.

– Enfant opiniâtre. Vous allez vous perdre et ne trouverez jamais. »

Elle ne s'en détourna pas moins de lui pour gagner la porte à main droite.

« Non ! s'exclama-t-il d'une voix de fausset. Non, venez à moi, à moi, venez à *moâââââââ* ! » Son visage s'éboula du dedans, devint quelque chose de pâle et de larvaire.

Le plantant là, Daenerys découvrit l'amorce d'un escalier. Elle entreprit de le gravir. Mais l'ascension, chose d'autant plus étrange qu'aucune tour ne surmontait l'hôtel des Nonmourants, ne tarda pas à lui couper les jambes.

Elle finit tout de même par aboutir sur un palier. A sa droite béait à deux battants une large porte de bois marquetée d'ébène et de barral dont les grains noir et blanc s'enlaçaient et s'enchevêtraient en rinceaux qui formaient des motifs d'une étrange complexité que leur magnificence n'empêchait pas d'être un peu angoissants. *Le sang du dragon ne doit pas avoir peur.* Après une brève prière au Guerrier pour qu'il lui donne du courage et au dieu cheval dothraki pour qu'il lui donne de l'énergie, elle se contraignit à franchir le seuil.

Dans une immense salle se tenait la fleur splendide des magiciens. Des robes somptueuses d'hermine, de velours rubis et de brocart d'or en paraient certains. D'autres privilégiaient le travail exquis d'armures cloutées de gemmes, des chapeaux coniques constellés d'étoiles en coiffaient plusieurs. Drapées dans des voiles d'une inconcevable beauté les côtoyaient des femmes. Par les vitraux des baies se déversaient des flots multicolores de soleil, et l'atmosphère palpitait d'une musique telle que Daenerys n'avait jamais rêvé pareil enchantement.

Un homme d'allure royale en ses riches atours se leva dès qu'il l'aperçut et sourit. « Soyez la bienvenue, Daenerys Targaryen. Venez et partagez les mets de l'à jamais. Vous voyez en nous les Nonmourants de Qarth.

– Voici longtemps que nous vous attendions, dit sa voisine dont la tenue, rose et argent, laissait à découvert, selon les usages de Qarth, la gorge la plus parfaite qu'on pût désirer.

– Nous savions que vous deviez venir, reprit le magicien roi. Nous le savions depuis des millénaires et n'avons cessé d'attendre cet instant. Nous avons envoyé la comète vous montrer la voie.

– Nous devons vous faire part du savoir que nous détenons, dit un éblouissant guerrier en armure émeraude, et vous munir d'armes magiques. Vous avez surmonté chaque épreuve. A présent, venez vous asseoir parmi nous, nous ne laisserons sans réponse aucune de vos questions. »

Elle avança d'un pas, mais ce pas fit bondir Drogon de son épaule et, à tire-d'aile, il s'alla percher sur la porte d'ébène et de barral dont il se mit à mordre la marqueterie.

« Coriace, la bête ! s'esclaffa un beau jouvenceau. Vous enseignerons-nous le langage occulte de son espèce ? Venez, venez. »

Le doute la saisit. La grande porte était si pesante qu'elle eut besoin de toute son énergie pour l'ébranler, mais elle y parvint à force de s'arc-bouter. Derrière s'en dissimulait une seconde, des plus ordinaire, en vieux bois raboteux et gris..., mais qui se trouvait à main droite de celle qu'elle avait empruntée pour entrer. Les magiciens la pressaient d'invites plus mélodieuses que des chansons, mais Daenerys prit la fuite pour s'y soustraire, et Drogon son essor pour la rejoindre et se cramponner. Elle enfila l'étroite issue, se retrouva dans une chambre des plus obscure.

Une longue table de pierre encombrait celle-ci. Au-dessus flottait un cœur humain, boursouflé, bleui par la pourriture et pourtant vivant. Il battait avec un boucan semblable à de lourds sanglots, et chacune de ses pulsations projetait un jet de lumière indigo. Quant aux figures qui entouraient la table, elles n'étaient que des ombres bleues. Et elles demeurèrent inertes et muettes et aveugles quand Daenerys se dirigea vers le siège vacant qui en occupait le bas bout. Seul, dans le silence, s'entendait le lent battement poignant du cœur en décomposition.

... *mère des dragons*..., prononça une voix mi-geignarde mi-confidentielle,... *dragons*... *dragons*... *dragons*..., répondirent en écho, du fond des ténèbres, d'autres voix. Les unes mâles, les autres femelles. Et une avec un timbre puéril. Les battements du cœur flottant scandaient le passage des ténèbres à l'obscurité.

Elle dut faire un effort terrible pour recouvrer la volonté de prendre la parole et rappeler à elle chacun des termes qu'elle avait rabâchés si assidûment. « Je suis Daenerys du Typhon, princesse Targaryen, reine des Sept Couronnes de Westeros. » *M'entendent-ils ? Pourquoi cette immobilité ?* Elle s'assit, les mains jointes dans son giron. « Accordez-moi vos conseils, vous qui possédez le savoir imparti à qui a conquis la mort. »

Le ténébreux indigo lui permit d'entr'apercevoir, à sa droite, les traits du plus proche des Nonmourants, un vieillard desséché, chauve, cacochyme. Il avait le teint pis que violacé, les lèvres et les ongles plus bleus encore, et si sombres qu'on les eût dits noirs. Bleu était même le blanc de ses yeux qui fixaient aveuglément, vis-à-vis, une vieillarde à même la peau de laquelle s'étaient désagrégées de claires soieries. Dénudée dans le goût de Qarth, une mamelle décharnée s'achevait en pointe par une tétine bleue de cuir racorni.

Elle ne respire pas. Daenerys sonda le silence. *Aucun d'eux ne respire, aucun d'eux ne bouge, et leurs yeux ne voient rien. Les Nonmourants seraient-ils morts ?*

La réponse lui parvint en un murmure aussi ténu qu'une moustache de souris... *vivons... vivons... vivons...*, frémit-ce. En écho frissonnèrent : ... *et savons... savons... savons... savons...*, des myriades de chuchotements.

« Je suis venue me faire offrir la vérité, dit Daenerys. Les visions que j'ai eues dans le corridor... étaient-elles véridiques, ou mensongères ? S'agissait-il d'événements passés, ou d'événements à venir ? Quelle était leur signification ? »

... *la forme des ombres... lendemains pas encore échus... boire à la coupe de la glace... boire à la coupe de la glace...*

... *mère des dragons... enfant de trois...*

« Trois ? » Elle ne comprenait pas un traître mot.

... *trois têtes a le dragon...*, lui psalmodia mentalement le chorus des spectres aux lèvres toujours pétrifiées dans le silence bleu que ne troublait aucune haleine... *mère des dragons... enfant du typhon...* Les chuchotements se firent chanson tournoyante... *trois feux te faut allumer... l'un pour la vie, l'un pour la mort, l'un pour l'amour...* Elle sentait son propre cœur battre à l'unisson de celui qui flottait sous ses yeux, bleu de putréfaction... *trois montures te faut chevaucher… l'une pour le lit, l'une pour l'horreur, l'une pour l'amour…* Les voix devenaient plus fortes, s'aperçut-elle, tandis que son pouls lui faisait l'effet de se ralentir, et jusqu'à son souffle… *trois trahisons te faut vivre… l'une pour le sang, l'une pour l'or, l'une pour l'amour…*

« Je ne… » Sa voix n'était plus guère qu'un vague murmure, à l'instar presque de la leur. Que lui arrivait-il donc ? « Aidez-moi. Montrez-moi. »

… *l'aider…*, ricanèrent les chuchotements,… *lui montrer…*

Alors émergèrent de l'obscurité, tels de gélatineux fantômes, des images indigo. Viserys hurla sous l'or en fusion qui roulait le long de ses joues et lui emplissait la bouche. Une ville embrasée derrière lui, se dressa sous une bannière à l'étalon piaffant un seigneur d'imposante stature et dont la toison d'argent doré rehaussait le teint cuivré. Des rubis ruisselèrent comme autant de gouttes de sang de la poitrine d'un prince qui s'effondra sur les genoux, mourant, dans l'eau vive et rendit son dernier soupir en soufflant le nom d'une femme… *mère des dragons, fille de la mort…* Aussi ardente que le crépuscule apparut, brandie par un roi aux prunelles bleues mais dépourvu d'ombre, une épée rouge. Un dragon de tissu fiché sur des mâts ondoya sur d'innombrables ovations. D'une tour fumante s'envola un colossal monstre de pierre qui exhalait des flammes d'ombre… *mère des dragons, mortelle aux mensonges…* Son argenté trottait à présent dans les prés vers une source ombreuse où se reflétait un océan d'astres. Campé à la proue d'un navire parut un cadavre aux yeux étincelants qui juraient dans sa face morte et dont les lèvres grises esquissaient un sourire navré. Une fleur bleue s'épanouit dans les lézardes d'un mur de glace, et l'atmosphère en fut embaumée… *mère des dragons, fiancée du feu…*

De plus en plus vite accouraient et se succédaient les apparitions, si grouillantes que l'air lui-même en devenait tumultueux. Des ombres s'enlacèrent sous une tente en un ballet d'effarants désossés. Une fillette s'élança nu-pieds vers la porte rouge d'une grosse maison. Un dragon lui fusant du front, Mirri Maz Duur hurla dans les flammes. Traîné par un cheval d'argent cahota comme un pantin nu le cadavre ensanglanté d'un homme. Un lion blanc de taille surhumaine effleura l'herbe de sa course. Au bas de la Mère des Montagnes émergèrent à la queue leu leu d'un immense lac des nudités antédiluviennes qui vinrent en grelottant prosterner devant elle leurs têtes chenues. Comme elle passait au galop de son argenté plus prompt que le vent, dix mille esclaves brandirent leurs mains sanglantes. « *Mère !* clamèrent-ils, *Mère, Mère !* » en se portant vers elle comme un seul être, agrippant son manteau, le bas de sa robe ou lui touchant le pied, la jambe, la poitrine. Ils la voulaient, ils avaient besoin d'elle, de la vie, du feu, et, suffocante, elle ouvrait les bras pour se donner à eux...

Mais, tout à coup, de noires ailes la souffletèrent à qui mieux mieux, un cri de fureur perça l'ambiance indigo, balaya les visions comme par miracle, et la stupeur de Daenerys fit place à l'horreur. Les Nonmourants la cernaient de murmures et, bleuâtres et glacés, se portaient vers elle comme un seul être, agrippant ses vêtements, les tiraillant, la frappant, la tripotant de leurs mains froides et sèches, enlaçant leurs doigts dans sa chevelure. Et elle, vidée de toute énergie, demeurait inerte, ne pouvait bouger. Même son cœur avait cessé de battre. Elle sentit une main s'emparer de son sein, lui tordre le téton. Des dents trouvèrent sa gorge. Une bouche dégoulina sur l'un de ses yeux, lécheuse et suceuse et *mordante*...

Alors, l'indigo vira vers l'orange, et les murmures se changèrent en cris suraigus. Son cœur faisait des bonds désordonnés, bouches et mains l'avaient lâchée, la chaleur regagnait sa chair, une clarté soudaine l'éblouit. Perché au-dessus d'elle, ailes déployées, Drogon déchiquetait l'effroyable cœur de ténèbres, en lacérait l'infecte corruption, et, chaque fois qu'il y dardait ses crocs, un jet de feu jaillissait de sa gueule ouverte, torride, aveuglant. Tout aigus qu'ils étaient se percevaient aussi, tel un froissement de grimoires aux idiomes dès longtemps défunts, les piaillements des Nonmourants qui se consumaient. Leur chair n'était que parchemins rongés, leur ossature que sciure enduite de suif. Ils dansaient au rythme des flammes qui les réduisaient à néant ; ils titubaient et tournoyaient et se contordaient, bras en torche et griffes flamboyantes au ciel.

Debout d'un bond, Daenerys fondit au travers. Aussi légers que l'air et aussi consistants que des cosses vides, ils s'effondrèrent à son seul contact. Le temps d'atteindre la porte, et la pièce entière s'embrasait déjà. « *Drogon !* » appela-t-elle dans la fournaise, et il vola la rejoindre en dépit du feu.

Devant se discernait par intermittence, grâce au contre-jour orangé de l'incendie, un long boyau sombre et sinueux. Elle s'y engouffra, en quête d'une porte, d'une porte à droite, d'une porte à gauche, d'une porte, quelle qu'elle fût, mais il n'y avait rien de tel, hormis le louvoiement des parois de pierre et un dallage imperceptiblement mouvant dont les lentes ondulations semblaient lui tramer des faux pas. Tout en veillant à son équilibre, elle accéléra sa course et, soudain, la porte béa devant elle, une porte en forme de bouche ouverte.

Ses brusques retrouvailles avec l'éclat du soleil la firent chanceler. Pyat Pree sautillait d'un pied sur l'autre en baragouinant une espèce de langue inconnue. Jetant un coup d'œil en arrière, Daenerys distingua de minces volutes grises qui se frayaient passage par toutes les failles des pierres vétustes du palais des Poussières et s'élevaient d'entre les noires tuiles de ses toitures.

En vociférant des malédictions, Pyat Pree tira un poignard et dansa vers elle, mais Drogon lui vola au visage, et soudain *claqua*, telle une musique entre toutes agréable, le fouet de Jhogo. Le poignard prit l'air et, une seconde après, Pyat Pree tombait sous les coups de Rakharo. Alors, ser Jorah Mormont s'agenouilla dans l'herbe encore humide de rosée près de Daenerys et lui passa son bras autour des épaules.

TYRION

« Si vous mourez de façon stupide, vos corps me serviront à nourrir les chèvres, menaça-t-il, comme la première fournée de Freux se détachait du quai.

– Le Mi-homme a pas de chèvres ! rigola Shagga.

– Je m'en procurerai spécialement pour vous. »

A la faveur de l'aube miroitaient sur la Néra des flaques de lumière que dispersaient les perches et qui se reformaient sitôt refermé le sillage du bac. Timett avait emmené l'avant-veille ses Faces Brûlées vers le Bois-du-Roi, les Oreilles Noires et les Sélénites avaient suivi le lendemain, les Freux le faisaient ce jour-là.

« Quoi qu'il advienne, en aucun cas ne cherchez bataille, reprit-il. Frappez leur train de bagages et leurs campements. Tendez des embuscades à leurs éclaireurs et pendez-en les cadavres aux arbres qui vont jalonner leur marche, tournez leurs arrières et liquidez-moi les traînards. Je veux des incursions de nuit, si fréquentes et soudaines qu'ils n'osent plus seulement fermer l'œil, je… »

Shagga lui posa sa main sur la tête. « Tout ça, je l'ai appris de Dolf, fils d'Holger, avant que ma barbe pousse. On fait la guerre comme ça, dans les montagnes de la Lune.

– Le Bois-du-Roi n'est pas les montagnes de la Lune, et vous n'y aurez pour adversaires ni Chiens Peints ni Serpents de Lait. Et fais-moi le plaisir d'*écouter* les guides que j'expédie, ils connaissent aussi bien ce bois que toi tes montagnes. Suis leurs avis, tu ne t'en porteras que mieux.

– Shagga écoutera japper les toutous du Mi-homme », promit le sauvage d'un ton solennel avant d'embarquer à son tour avec son cheval. Tyrion regarda le bac se détacher du bord à force de perches, gagner le milieu du courant, se perdre dans la brume et, lorsqu'eut disparu la silhouette de Shagga, éprouva au creux de l'estomac un pincement bizarre. Il allait désormais, dépouillé de ses clans, faire l'apprentissage de la nudité.

Lui demeuraient, certes, les mercenaires engagés par Bronn, près de huit cents hommes à ce jour, mais l'inconstance de pareille engeance était trop notoire pour l'abuser. Oh, il avait fait tout son possible pour s'acheter la loyauté sans faille du reître et de ses meilleures recrues – une bonne dizaine – en leur promettant terres et chevalerie, sitôt acquise la victoire, et tout ça avait bu son vin, savouré ses blagues, échangé du *ser* par-dessus la table avant de s'écrouler dessous, tout ça, sauf... – sauf le sieur Bronn, pardi, qui s'était contenté de sourire de ce sourire insolent et noir, sa spécialité, puis de proférer : « Ils ne manqueront pas de tuer pour obtenir cette chevalerie mais, n'allez pas vous méprendre, ils se garderont de mourir pour elle. »

Ce genre d'illusions, Tyrion n'en nourrissait point.

Les manteaux d'or ? une arme presque aussi douteuse. Des six mille hommes que, merci, Cersei ! comprenait le Guet, seul un quart risquait de se montrer fidèle. « S'il n'y a guère de traîtres à tous crins, quand même y en a-t-il, et votre araignée ne les a pas tous repérés, avait averti Prédeaux. Mais il y a des centaines de bleus plus bleus que leur blouse et qui ne se sont engagés que pour le pain, la bière et la sécurité. Moyennant que personne n'aime se conduire en pleutre devant ses potes, ils se battront assez bravement tant que ça ne sera que son du cor et bannières au vent. Mais que la bagarre vire au vinaigre, ils rompront, et vilainement. Le premier à larguer sa pique et à prendre ses jambes à son cou, mille autres aussitôt lui cavalent aux fesses. »

Evidemment, le Guet comportait aussi des types chevronnés, la crème des deux mille qu'avait drapés d'or Robert et non pas Cersei. Mais même eux..., lord Tywin Lannister se plaisait à le souligner, « sergents et soldats font deux ». Et, en fait de chevaliers, d'écuyers et d'hommes d'armes, les effectifs dont disposait Tyrion n'excédaient pas trois cents. Bien assez tôt sonnerait l'heure où tester la véracité de cette autre assertion de Père : « Un homme au rempart en vaut dix dessous. »

Bronn et l'escorte attendaient au pied de l'embarcadère, parmi des essaims de mendiants, de putes en tapin, de poissardes vantant la prise. Les poissardes vous assourdissaient à elles seules plus que tous les autres ensemble. Les chalands s'agglutinaient autour des caques et des étals pour y chicaner bigorneaux, palourdes et brochets. Plus d'autres victuailles n'entrant en ville, le dernier des poissons coûtait dix fois plus cher qu'avant guerre, et les prix ne cessaient de monter. Les gens qui avaient de l'argent venaient matin et soir au bord de la rivière dans l'espoir de remporter chez eux quelque anguille ou du crabe rouge ; ceux qui n'en avaient pas se faufilaient entre les éventaires dans l'espoir d'un larcin ou bien, faméliques et au désespoir, s'amassaient au bas des murailles.

Les manteaux d'or lui ouvrirent un passage à travers la foule en écartant du bois de leurs piques qui lambinait trop. Il ignora vaille que vaille les murmures de malédiction. Un poisson pourri lancé du fond de la cohue vint atterrir à ses pieds et l'éclaboussa. Il l'enjamba d'un air alerte et se hissa en selle. Des gosses aux ventres ballonnés se bataillaient déjà pour les débris fétides.

Du haut de son cheval, il promena son regard le long de la rivière. Des coups de marteau ébranlaient le petit matin, ceux des nuées de charpentiers qui, sur la porte de la Gadoue, doublaient le créneau par des hourds de planches. Ç'avait bonne allure. Il fut infiniment moins satisfait du ramas minable de cahutes qu'on avait laissées se multiplier en deçà des quais, cramponnées aux murs de la ville comme des bernacles aux coques des bateaux : gargotes et cabanes à filets, échoppes, entrepôts, bistrots, bouges à gagneuses avariées… *Tout doit disparaître. Intégralement.* Dans l'état présent, Stannis aurait à peine besoin d'échelles pour submerger les fortifications.

Il appela Bronn. « Réunis une centaine d'hommes et brûlez-moi tout ce que vous verrez entre berge et murs. » D'un signe, ses doigts courtauds balayèrent la lèpre de bout en bout. « Je ne veux pas qu'il en reste rien, comprends-tu ? »

Après avoir considéré la tâche, le reître hocha sa toison de jais. « Tous leurs biens…, vont pas spécialement aimer.

– Le contraire m'eût étonné. N'importe ; ça leur fournira une raison supplémentaire de maudire le petit singe démoniaque.

– Certains se battront, peut-être.

– Débrouille-toi pour qu'ils soient battus.

– Et on fait quoi de ceux qui vivent là ?

– Laissez-leur un délai décent pour ramasser ce qu'ils possèdent, puis videz-les. Essayez de n'en tuer aucun, l'ennemi n'est pas eux. Et trêve de viols, morbleu ! Bride-moi tes hommes.

– C'est des bretteurs, pas des septons, riposta Bronn. Me faudra leur imposer la tempérance, après ?

– Je n'y vois pas d'inconvénient. »

Que n'était-il aussi facile de doubler la hauteur des murs et de tripler leur épaisseur, déplorait-il à part lui. Mais la ville y gagnerait-elle une quelconque sécurité ? Toute leur masse et toutes leurs tours n'avaient préservé ni Accalmie ni Harrenhal. Et Winterfell non plus.

La mémoire lui ressuscita l'aspect de Winterfell, lors de sa dernière visite. Sans être aussi monstrueusement gigantesque qu'Harrenhal ni paraître inexpugnable comme Accalmie, Winterfell donnait une telle impression de force et d'énergie que l'on pouvait s'y croire à l'abri de tout. Annoncée par Varys, la chute du château l'avait secoué comme un cataclysme. « Les dieux donnent d'une main tout en prenant de l'autre », avait-il marmonné dans sa barbe. Harrenhal contre Winterfell, quel troc lugubre pour les Stark…

Il aurait dû s'en réjouir, bien sûr. Robb Stark allait se voir contraint de regagner le Nord. S'il ne se montrait capable de défendre sa propre demeure, son propre foyer, sa royauté n'était qu'un vain mot. Autant de répit pour l'ouest et pour la maison Lannister, et néanmoins…

Pour l'avoir coudoyé durant son séjour chez les Stark, Tyrion ne conservait de Theon Greyjoy qu'un souvenir on ne peut plus flou. Un béjaune qui n'arrêtait pas de sourire, un archer doué. Sire de Winterfell ? L'imagination renâclait. Seul un Stark pouvait être sire de Winterfell.

Tyrion revit leur bois sacré : les grands vigiers dans leur armure d'aiguilles vert-de-gris ; les chênes colossaux ; les aubépines et les frênes et les pins plantons ; et, au centre, l'arbre-cœur, tel un géant pâle pétrifié par le gel des âges. Le parfum des lieux, ce parfum mêlé d'humus et de rumination, le parfum des siècles, lui remontait presque aux narines, et il demeurait ému par la profondeur de l'obscurité qui, même en plein jour, y régnait. *C'était Winterfell, ce bois. C'était le Nord. Jamais je ne me suis nulle part senti aussi déplacé que là, durant ma promenade, jamais nulle part si intrus ni si malvenu.* Cette impression, les Greyjoy l'éprouveraient-ils également ? Le château pouvait bien leur appartenir, jamais le bois sacré, lui, ne serait à eux. Ni dans un an, ni dans dix, ni dans cinquante ans.

Tyrion Lannister mena son cheval au pas vers la porte de la Gadoue. *Winterfell ne t'est rien*, se morigéna-t-il. *Sois content de sa chute, et surveille tes propres murs.* La porte était ouverte. Dans son enceinte se dressaient côte à côte, à même la place du marché, trois trébuchets qui, tels de monstrueux oiseaux, lorgnaient le vide par-dessus les fortifications ; des bardes de fer destinées à les empêcher d'éclater renforçaient les vieux troncs de chêne qui leur servaient de bras de lancement. L'accueil jouissif que réserveraient ces machines à Stannis leur avait valu chez les manteaux d'or le surnom des Trois Putes. *Espérons qu'elles le méritent.*

Des talons, Tyrion mit sa monture au petit trot pour traverser la place en fendant la marée humaine qui, passé les Trois Putes, se fit peu à peu plus fluide et finit par libérer totalement la rue.

Le trajet jusqu'au Donjon Rouge s'effectua sans incident mais, à la tour de la Main, Tyrion trouva dans sa salle d'audiences une douzaine de capitaines marchands, furieux que l'on eût saisi leurs navires. Il leur en présenta ses sincères excuses et promit des indemnités quand la guerre serait terminée, ce qui ne les apaisa guère. « Et si vous la perdez, messire ? lui lança un type de Braavos.

– Dans ce cas, présentez au roi Stannis votre supplique d'indemnisation. »

Quand il se fut enfin débarrassé d'eux, des volées de cloches lui révélèrent qu'il serait en retard pour l'investiture. C'est presque au pas de course qu'il traversa cahin-caha la cour, et déjà Joffrey fixait aux épaules des deux nouveaux membres de sa garde les manteaux de soie blanche quand il vint s'empiler au fond du septuaire. Où il ne vit strictement rien de la cérémonie, le rituel semblant exiger que chacun demeurât debout, rien d'autre qu'une muraille de culs courtisans. Ce toutefois compensé par le fait que, lorsque le nouveau Grand Septon en aurait fini de faire ânonner leurs vœux solennels aux chevaliers récipiendaires et de les oindre aux sept noms des Sept, il serait en bonne position pour sortir le premier.

Pour remplacer feu Preston Verchamps, Cersei avait choisi ser Balon Swann, et il approuvait. Seigneurs des Marches, les Swann se distinguaient par leur fierté, leur puissance et leur circonspection. Si lord Gulian avait invoqué des ennuis de santé pour demeurer dans son château sans aucunement se mêler au conflit, son fils aîné s'était prononcé pour Stannis après avoir suivi Renly, tandis que le cadet, Balon, servait à Port-Réal. S'en fût-il trouvé un troisième, soupçonnait Tyrion, que ce benjamin-là eût rejoint Robb Stark. Une politique qui, pour n'être pas forcément des plus honorable, indiquait du moins un fameux bon sens ; à quelque prétendant qu'échût finalement le trône de Fer, n'importe, les Swann entendaient survivre. En tout cas, outre qu'il était bien né, le jeune ser Balon se montrait vaillant, courtois et fin manieur d'armes ; bon à la lance, à la plommée meilleur et superbe à l'arc. Bref, tout pour faire un brave et loyal serviteur.

Du second élu de sa sœur, Tyrion ne pensait, hélas, pas autant de bien. Ser Osmund Potaunoir avait des *dehors* assez redoutables. Ses six pieds six pouces n'avouaient guère que muscles et nerfs. Nez crochu, sourcils touffus, barbe à la pelle lui composaient un faciès de brute, à condition qu'il ne sourît pas. D'aussi basse extrace qu'un quelconque chevalier du rang, Potaunoir ne pouvait attendre son avancement que d'une soumission totale à Cersei, et c'était sans doute pour cela qu'elle avait jeté son dévolu sur lui. « Sa loyauté n'a d'égale que sa bravoure », avait-elle dit à Joffrey en avançant le nom de ser Osmund. C'était vrai, malheureusement. Depuis le jour où elle l'avait engagé, les secrets qu'elle lui confiait, ce bon ser Osmund s'empressait de les vendre à Bronn, mais Tyrion ne pouvait tout de même pas la *dessiller* à cet égard.

Il avait bien tort, après tout, de s'en chagriner. Avec une prodigieuse candeur, sa sœur lui procurait de la sorte une oreille de plus dans l'entourage immédiat du roi. Et dût ser Osmund se révéler un pleutre accompli, jamais il ne serait pire que ser Boros Blount. Lequel passait incidemment pour villégiaturer dans un cachot de Rosby. La diligence de sa reddition, lorsque ser Jacelyn et ses manteaux d'or étaient tombés à l'improviste sur l'escorte de Tommen et lord Gyles, avait plongé Cersei dans une fureur que n'aurait pas désavouée le vieux ser Barristan Selmy : un chevalier de la Garde était-il pas censé mourir pour la famille royale comme pour le roi ? Joffrey s'était vu sommer par sa mère de le dépouiller de son manteau blanc sous le double chef de couardise et de félonie. *Et voilà qu'elle le remplace par un fantoche tout aussi creux.*

Les prières, la prestation des vœux, l'onction paraissaient devoir dévorer l'essentiel de la matinée. Ses jambes n'ayant pas tardé à le torturer, Tyrion n'arrêtait pas de soulager l'une en portant tout son poids sur l'autre et vice versa. Il distingua lady Tanda, plusieurs rangs devant, mais sans sa Lollys de fille. Ni Shae, dont il n'avait cependant point trop espéré l'entr'apercevoir. Elle allait bien, selon Varys, mais il eût préféré en juger par lui-même.

« Plutôt cameriste d'une dame que fouille-au-pot, lui avait-elle dit en apprenant le projet de l'eunuque. Pourrai-je emporter ma ceinture de fleurs d'argent et mon collier d'or que m'sire a dit que ses diamants noirs ressemblaient à mes yeux ? Je les mettrai pas, s'il trouve ça pas convenable. »

Malgré sa répugnance à la dépiter, force lui fut de mettre les points sur les *i*. Sans être d'une intelligence ce qui s'appelle exceptionnelle, lady Tanda risquerait quand même de s'étonner si la femme de chambre de sa fille paraissait avoir plus de bijoux que celle-ci. « Choisis deux ou trois robes, pas davantage, commanda-t-il. De la bonne laine, mais pas de soie, pas de lamé, pas de fourrures. Le reste, je le garderai dans mes appartements pour quand tu viendras me voir. » Pas du tout la réponse qu'elle aurait souhaitée, mais du moins était-elle en sécurité.

La cérémonie finit enfin par s'achever. Et tandis que Joffrey gagnait la sortie, flanqué de ser Balon et de ser Osmund drapés dans leurs manteaux neufs, Tyrion s'attarda pour échanger trois mots avec le nouveau Grand Septon (qui était l'homme de *son* choix, et assez malin pour savoir à qui il devait le miel de ses tartines). « Je veux les dieux dans notre camp, lança-t-il sans ambages. Avisez vos fidèles que Stannis a juré de brûler le Grand Septuaire de Baelor.

– Est-ce vrai, messire ? » s'enquit le Grand Septon, trois pommes sagaces et ridées à barbe floconneuse.

Tyrion haussa les épaules. « Vraisemblable. Il a brûlé le bois sacré d'Accalmie en offrande à son Maître de la Lumière. S'il a décidé d'offenser les dieux anciens, pourquoi épargnerait-il les nouveaux ? Avisez-les-en. Avisez-les que quiconque envisage de seconder l'usurpateur trahit autant les dieux que son souverain légitime.

– Je le ferai, messire. Et je leur ordonnerai de prier pour la santé du roi – et celle de sa Main. »

En retrouvant sa loggia, Tyrion se vit remettre deux dépêches apportées par mestre Frenken et informer que l'attendait Hallyne le Pyromant. Comme celui-ci pouvait sans dommage patienter un instant de plus, il se plongea dans la lecture. Déjà ancienne, la première lettre émanait de Doran Martell et annonçait la chute d'Accalmie. Autrement curieuse était la seconde, où Balon Greyjoy, qui s'intitulait pompeusement *roi des Iles et du Nord,* invitait le roi Joffrey à expédier un plénipotentiaire aux îles de Fer définir les frontières des deux royaumes et discuter d'alliance éventuelle.

Après l'avoir lue trois fois, Tyrion la mit de côté. Assurément, les boutres de lord Balon auraient été des plus précieux pour affronter la flotte qui remontait à présent d'Accalmie, mais ils se trouvaient à des milliers de lieues sur la côte opposée. Tyrion n'était au surplus pas vraiment certain que l'hypothèse d'abandonner la moitié du royaume le satisfît. *Peut-être devrais-je refiler cette papillote à Cersei. Ou bien la soumettre au Conseil.*

Là-dessus, il fit introduire son visiteur qui lui exhiba la dernière facture des alchimistes. « Mais c'est de la dernière fantaisie..., commenta-t-il en s'absorbant dans les comptes. Près de treize mille pots ? Me prenez-vous pour un idiot ? Je ne suis pas près de dilapider l'or du roi pour des pots vides et pour des potées d'eaux grasses scellées à la cire, je vous préviens.

– Non non ! couina le pyromant, les chiffres sont exacts, je vous jure. Nous avons été des plus, hmmm, chanceux, messire Main. Une nouvelle cache de lord Rossart, plus de trois cents pots. Sous Fossedragon ! Des catins se servaient des ruines pour négocier leurs charmes, et l'effondrement du dallage a précipité l'un des amateurs dans une cave. Lequel s'est dit, en tâtant les pots, qu'ils devaient contenir du vin. Et il était déjà si soûl qu'il en a décacheté un et s'est offert une lampée.

– Un prince s'y était déjà essayé jadis, dit sèchement Tyrion. Et comme je n'ai point vu de dragon survoler la ville, le truc n'a pas marché cette fois non plus. » Bâti tout en haut de la colline de Rhaenys et à l'abandon depuis un siècle et demi, Fossedragon n'était peut-être pas le pire endroit pour stocker le feu grégeois, il était même peut-être l'un des meilleurs, mais feu lord Rossart aurait pu quand même avoir la *délicatesse* d'en *informer* quelqu'un. « Trois cents pots, dites-vous ? Je n'aboutis toujours pas au même total que vous. La note de ce jour dépasse de plusieurs *milliers* le nombre de pots maximal que vous estimiez possible de fournir lors de notre dernière rencontre.

– Oui oui, en effet. » Hallyne épongea sa pâleur d'un revers de manche écarlate et noir. « Nous avons œuvré sans relâche, messire Main, hmmm.

– Ce qui suffirait, je suppose, à expliquer que vous produisiez tellement plus de substance qu'auparavant. » Avec un sourire, ses yeux vairons s'appesantirent sur le pyromant. « Mais qui justifie, je crains, que l'on se demande pourquoi vous n'avez pas œuvré sans relâche dès le début. »

Sa blafardise de champignon paraissait devoir interdire à l'alchimiste de blêmir si peu que ce fût, il en accomplit néanmoins l'exploit. « Nous le *faisions*, messire Main, mes frères et moi nous y sommes voués nuit et jour depuis le premier instant, je vous le proteste. Le fait est, hmmm, simplement qu'à force d'élaborer de telles quantités de substance nous sommes devenus plus, hmmm, *opératifs*, et aussi que d'aucunes... – l'embarras le rendait de plus en plus fébrile –, d'aucunes incantations, hmmm, primordiales dont notre ordre détient les arcanes, et infiniment délicates, infiniment pénibles et cependant indispensables pour que la substance acquière toutes ses, hmmm, vertus... »

La patience abandonnait Tyrion. Ser Jacelyn Prédeaux devait être arrivé, maintenant, et il détestait poireauter. « Oui oui, des incantations secrètes. Fantastique. Et alors ?

– Eh bien, on dirait qu'elles sont, hmmm, plus *efficientes* que précédemment. » Il délaya un pauvre sourire. « Vous excluez l'idée d'un rapport éventuel avec les dragons, n'est-ce pas ?

– A moins que vous n'en dénichiez un sous Fossedragon. Pourquoi ?

– Oh, pardon, juste un souvenir qui vient de me revenir de l'époque où je n'étais encore qu'un acolyte du vieux sage Pollitor. Un peu surpris que tant et tant de nos incantations parussent avoir, quoi, moins d'*efficace* que ne nous invitaient à le croire les grimoires, je lui en demandai raison. "C'est, me répondit-il, que la magie s'est progressivement retirée du monde à partir de la mort du dernier dragon."

– Navré de vous désappointer, mais je n'ai point vu de dragon. J'ai en revanche aperçu rôder comme une âme en peine la justice du Roi. Et qu'aucun des fruits que vous m'envoyez se révèle empli d'autre chose que de feu grégeois, la même vision vous visitera. »

Hallyne s'enfuit si précipitamment qu'il manqua culbuter ser Jacelyn – *lord* Jacelyn, se fourrer ça dans la mémoire une bonne fois. Lequel se montra comme à l'ordinaire impitoyablement direct. Il avait ramené de Rosby un nouveau contingent de piques levé sur les domaines de lord Gyles et venait reprendre le commandement du Guet. « Comment se porte mon neveu ? demanda Tyrion, une fois épuisé le chapitre des défenses de Port-Réal.

– Le prince Tommen est aussi gaillard qu'heureux, messire. Il a adopté un faon capturé à la chasse par certains de mes hommes. Il en avait déjà eu un, dit-il, mais que dépeça Joffrey pour s'en faire un justaucorps. Il réclame parfois sa mère, et il commence souvent des lettres pour la princesse Myrcella, mais sans en achever aucune, apparemment. Quant à son frère, il n'a pas l'air de lui manquer du tout.

– Vous avez pris à son endroit toutes les dispositions nécessaires, au cas où nous serions vaincus ?

– Mes hommes savent ce qu'ils ont à faire.

– C'est-à-dire ?

– Vous m'avez interdit d'en parler à personne, messire. »

La réplique le fit sourire. « Je suis charmé que vous vous souveniez. » Il risquait aussi bien, si Port-Réal tombait, d'être pris vivant. Mieux valait dès lors qu'il ignore où se cacherait l'héritier de Joffrey.

Prédeaux venait à peine de se retirer qu'apparut Varys. « Quelle créature sans foi que l'homme », dit-il en guise de salutations.

Tyrion soupira. « Qui est notre traître du jour ? »

L'eunuque lui tendit un rouleau. « Pareille vilenie, voilà qui chante une chanson lugubre de notre temps. L'honneur serait-il mort avec nos pères ?

– Mon père n'est toujours pas mort. » Il parcourut la liste. « Je connais certains de ces noms. Artisans, négociants, boutiquiers. Pourquoi donc comploteraient-ils à notre détriment ?

– Parce qu'ils misent apparemment sur la victoire de Stannis et convoitent leur part de gâteau. Ils ont choisi l'appellation d'Epois, par référence à la ramure du cerf couronné.

– Quelqu'un devrait leur signaler que Stannis a changé d'emblème. Et leur suggérer d'adopter plutôt Cœurs Bouillants. » Il n'y avait pas lieu de blaguer, toutefois ; lesdits Epois avaient armé plusieurs centaines de partisans qui devaient s'emparer de la Vieille Porte, une fois la bataille engagée, pour introduire l'ennemi. Parmi les conjurés figurait le maître armurier Salloreon. « Et voilà comment je vais me priver, j'ai peur, se désola Tyrion tout en griffonnant l'ordre d'arrestation, de cet effroyable heaume à cornes de démon. »

THEON

Il dormait. S'éveilla soudain.

Bras léger sur le sien, seins frôlant son dos, nichait contre lui Kyra. A peine en percevait-il le souffle, doux et régulier. Ils s'étaient entortillés dans le drap. Le plus noir de la nuit. La chambre n'était que ténèbres et silence.

Qu'y a-t-il ? Aurais-je entendu quelque chose ? Quelqu'un ?

Le vent soupirait imperceptiblement aux volets. Quelque part, au loin, miaula une chatte en chaleur. Rien d'autre. *Dors, Greyjoy*, s'intima-t-il. *Le château repose, et tes gardes sont à leur poste. Devant ton seuil, aux portes, au-dessus de l'armurerie.*

Fallait-il mettre son émoi sur le compte d'un mauvais rêve ? Il ne se souvenait pas d'avoir seulement rêvé. Kyra l'avait éreinté. Avant qu'il ne la mande, elle avait vécu ses dix-huit printemps dans la ville d'hiver sans jamais fiche ne fût-ce qu'un pied dans l'enceinte de Winterfell. Aussi n'était-elle, en vraie fouine, venue l'y rejoindre, onduleuse et moite, que plus ardemment. Et ç'avait indéniablement épicé les choses que de se farcir une vulgaire fille de taverne dans le propre lit de lord Eddard Stark.

Elle émit un vague marmonnement lorsqu'il se détacha d'elle pour se lever. Quelques braises rougeoyaient encore dans la cheminée. Emmitouflé dans son manteau, Wex roupillait au pied du lit, mort au monde, à même le sol. Rien ne bougea. Theon gagna la fenêtre et l'ouvrit. Sous les doigts glacés de la nuit, la chair de poule courut sa peau nue. Prenant appui sur l'entablement de pierre, il parcourut du regard le sombre des tours, les cours désertes, le ciel noir et cette multitude d'astres que, dût-il vivre centenaire, nul homme ne pourrait compter. Une demi-lune qui flottait au-dessus de la tour Beffroi mirait son reflet sur la toiture des jardins de verre. Et point d'alarme, pas une voix ni ne fût-ce qu'un bruit de pas.

Tout va bien, Greyjoy. Entends-tu ce calme ? Tu devrais être ivre de joie. Tu t'es emparé de Winterfell avec moins de trente hommes. Une geste digne de chanson. Il entreprit de retourner au lit. Il allait te rouler Kyra sur le dos et te la foutre encore un coup, ça chasserait bien les fantômes. Les hoquets de la garce et ses gloussements ne seraient pas du luxe contre ce silence.

Il s'immobilisa. Il s'était si fort accoutumé aux hurlements des loups qu'il ne les entendait quasiment plus…, mais quelque chose en lui, quelque instinct fauve de chasseur, percevait leur absence.

Dos tendineux barré d'un écu rond, Urzen veillait sur le palier. « Les loups se sont tus, lui dit Theon. Va voir ce qu'ils fabriquent et reviens immédiatement. » La seule idée des loups-garous courant en liberté lui noua les tripes. Il revit en un éclair Eté et Vent-Gris déchiqueter les sauvageons, le jour de l'agression de Bran.

Lorsque la pointe d'une botte lui chatouilla les côtes, Wex sauta sur son séant, se frotta les yeux. « Va t'assurer que Bran et son petit frère sont bien dans leur lit, vite, et magne-toi.

– M'sire ? appela Kyra d'une voix pâteuse.

– Rendors-toi, c'est pas tes oignons. » Il se versa une coupe de vin, l'avala cul sec. Il n'avait entre-temps cessé de tendre l'oreille dans l'espoir que retentisse un hurlement. *Trop peu d'hommes*, songea-t-il avec aigreur. *J'ai trop peu d'hommes. Si n'arrive Asha…*

Wex fut le plus prompt à reparaître, la tête agitée de non véhéments. Avec des bordées de jurons, Theon chercha sa tunique et ses braies que dans sa hâte à sauter Kyra il avait éparpillées par terre à travers la chambre. Par-dessus la tunique, il enfila un justaucorps de cuir clouté de fer puis se ceignit la taille d'un ceinturon muni d'un poignard et d'une longue épée. Il se sentait aussi hirsute que le Bois-aux-Loups, mais sa coiffure était bien son dernier souci.

Sur ce finit par revenir Urzen. « Envolés, les loups. »

Il fallait à présent, se dit Theon, faire preuve d'autant de sang-froid et de discernement que lord Eddard lui-même en telle occurrence. « Secoue le château, dit-il. Rassemble les gens dans la cour, tous, nous verrons qui manque. Et que Lorren fasse la tournée des portes. Toi, Wex, tu m'accompagnes. »

Une question le tracassait : Stygg avait-il atteint Motte-la-Forêt ? Sans être un aussi brillant cavalier qu'il le claironnait – aucun des Fer-nés ne montait très bien –, il en avait eu le temps. Asha risquait donc de se trouver en route. *Et si elle apprend que j'ai paumé les Stark*... Une pensée insupportable.

La chambre de Bran était vide, et vide celle de Rickon, une demi-volée plus bas. Theon se maudit de ne leur avoir pas affecté de garde, ayant jugé plus important de faire arpenter les murs et protéger les portes que dorloter deux mioches – dont un infirme.

Du dehors lui parvenaient des sanglots. Extirpés de leurs pieux, les gens du château convergeaient vers la cour. *Je vais te leur en donner, moi, des raisons de sangloter. Je les ai noblement traités, et voilà comment ils me récompensent.* Afin de leur montrer qu'il entendait être équitable, il était même allé jusqu'à faire fouetter deux de ses hommes pour le viol de cette fille de chenil. *Mais c'est quand même à moi qu'ils continuent de l'imputer. Avec tout le reste.* Il estimait inique leur rancune. Mikken s'était tué lui-même avec sa grande gueule, exactement comme Benfred Tallhart. S'agissant de Chayle, il fallait bien donner *quelqu'un* au dieu Noyé, les Fer-nés y comptaient. « Je n'ai personnellement rien contre vous, avait-il dit au septon avant qu'on ne le précipite dans le puits, mais ni vous ni vos dieux n'avez plus rien à faire ici. » Vous auriez pensé que les autres vous seraient reconnaissants de n'avoir pas choisi l'un d'entre eux, n'est-ce pas ? eh bien, non. Ce complot contre sa personne, là, combien d'entre eux y avaient-ils pris part ?

Urzen revint accompagné de Lorren le Noir. « La porte du Veneur, dit celui-ci. Autant voir vous-même. »

La porte en question se situait à proximité commode des chenils et non loin des cuisines. Ouvrant directement sur champs et forêts, elle épargnait aux cavaliers la traversée de la ville d'hiver et bénéficiait par là de la prédilection des parties de chasse. « Qui était chargé de la garder ? demanda Theon.

– Drennan et Loucheur. »

Drennan était l'un des violeurs de Palla. « S'ils ont laissé filer les gosses, c'est plus que la peau du dos que je leur prendrai, cette fois, je le jure.

– Inutile », dit sèchement Lorren le Noir.

Ce l'était effectivement. Loucheur flottait à plat ventre dans la douve, boyaux à la traîne comme une nichée livide de serpents. A demi-nu, Drennan gisait, à l'intérieur de la porterie, dans le réduit douillet d'où s'actionnait le pont-levis. Il avait la gorge ouverte d'une oreille à l'autre. Sa tunique en loques laissait deviner les zébrures à demi cicatrisées de son dos, mais ses bottes traînaient séparément dans la jonchée, et ses braies lui empêtraient les pieds. Sur une petite table près de la porte se trouvaient du fromage et un flacon vide. Plus deux coupes.

Theon saisit l'une d'elles et flaira les traces de vin qui en maculaient le fond. « Loucheur était bien sur le chemin de ronde, non ?

– Ouais », confirma Lorren.

Theon balança la coupe dans l'âtre. « Je dirais que Drennan tombait ses chausses pour la mettre à la bonne femme quand c'est la bonne femme qui la lui a mise. Avec son propre couteau à fromage, d'après la plaie. Que quelqu'un prenne une pique pour me repêcher l'autre andouille. »

L'autre andouille était dans un état nettement plus affriolant que la précédente. Quand Lorren le Noir l'eut retiré de la douve, on constata que Loucheur avait un bras dévissé à hauteur du coude, qu'il lui manquait la moitié de l'échine, et que ricanait, depuis l'aine jusqu'au nombril, un trou déchiqueté. La pique de Lorren l'ayant perforée, la tripaille exhalait une odeur atroce.

« Les loups-garous, décréta Theon. Ensemble, gageons. » Le dégoût le ramena vers le pont-levis. Enserrant de larges douves, une double enceinte massive de granit cernait Winterfell. L'extérieure avait quatre-vingts pieds de haut, plus de cent l'intérieure. Faute d'hommes, Theon s'était vu contraint de négliger la première et de garnir vaille que vaille exclusivement la seconde, car il n'osait courir le risque de se retrouver coupé des siens par le fossé si le château se soulevait.

Ils devaient être au moins deux, conclut-il. *Pendant que la femme amusait Drennan, le ou les autres libéraient les loups.*

Il précéda ses compagnons vers le chemin de ronde après s'être fait remettre une torche dont il balayait le sol devant lui, en quête de... là. Sur la face interne du rempart et dans l'embrasure d'un créneau flanqué de puissants merlons. « Du sang, annonça-t-il. Epongé grossièrement. A vue de nez, la femme égorge Drennan et abaisse le pont-levis ; Loucheur entend le grincement des chaînes, vient jeter un œil, pousse jusqu'ici ; puis on balance son cadavre par le créneau pour éviter qu'une autre sentinelle ne le découvre. »

Urzen parcourut le mur du regard. « Les autres échauguettes sont pas bien loin. On voit brûler...

– Des torches, coupa Theon avec humeur. Mais pas de gardes. Winterfell a plus d'échauguettes que moi d'hommes.

– Quatre à la porte principale, précisa Lorren le Noir, et cinq pour arpenter les murs. En plus de Loucheur.

– S'il aurait sonné son cor... », commença Urzen.

Je suis servi par des butors. « Essaie d'imaginer que c'était toi, ici, Urzen. Il fait noir et froid. Voilà des heures que tu bats la semelle à te dire : "Vivement qu'on vienne me relever." Alors, tu entends un bruit, tu te diriges vers la porte et, tout à coup, qu'est-ce que tu vois, en haut de l'escalier ? des *yeux*, des yeux que ta torche moire de vert et d'or. Déjà, deux ombres se ruent vers toi à une vitesse inimaginable. A peine as-tu le temps d'entrevoir l'éclat des crocs, de commencer à pointer ta pique et, *vlan* ! tu les encaisses, elles t'ouvrent le bide comme si tes cuirs n'étaient que de la mousseline. » Il lui administra une rude bourrade. « Et te voilà sur le dos, les tripes à l'air qui se débandent, et la nuque entre des mâchoires. » Il empoigna le gosier décharné, serra violemment, sourit. « A quel moment, dis, tu te démerdes, dans tout ça, pour *sonner* posément *de ton putain de cor* ? » D'une poussée brutale, il l'envoya baller, titubant, se massant la gorge, contre un merlon. *J'aurais dû faire abattre ces bêtes le jour même où nous avons pris le château !* ragea-t-il. *Je les avais vues tuer, je les savais dangereuses au possible...*

« Faut les poursuivre, dit Lorren le Noir.

– Pas tant qu'il fait nuit. » Traquer des loups-garous dans les ténèbres et à travers bois, l'idée ne l'alléchait pas ; les chasseurs risquaient par trop de s'y transformer en gibier. « Nous attendrons le jour. Autant, d'ici là, m'offrir un petit entretien avec mes loyaux sujets. »

En bas, dans la cour, se pressait, plaquée contre le mur, une cohue d'hommes, de femmes et de gosses angoissés. Faute d'obtenir quelques instants pour s'habiller, nombre d'entre eux s'étaient enveloppés tout nus dans des couvertures de laine, des manteaux, des robes de chambre. Un poing brandissant des torches et l'autre des armes les encerclait une douzaine de Fernés. Le vent qui soufflait par rafales couchait les flammes et orangeait de lueurs sinistres l'acier des heaumes, la poix des barbes et la dureté des regards.

Tout en faisant les cent pas devant les captifs, Theon scrutait les visages. A *tous* il trouva l'air coupable. « Il en manque combien ?

– Six », répondit Schlingue dans son dos avant de s'avancer. Il sentait le savon. Sa longue chevelure flottait au vent. « Les deux Stark, l' gars des marais 'vec sa frangine, l'idiot d's écuries, pis c'te grande bringue de sauvageonne à vous. »

Osha. Il l'avait soupçonnée dès l'instant où il avait vu la seconde coupe. *J'aurais dû me défier de celle-là. Elle est aussi monstrueuse qu'Asha. Même leurs noms sonnent pareil.*

« Quelqu'un est allé faire un tour aux écuries ?

– Aggar dit qu'y manque pas un ch'val.

– Danseuse est toujours dans sa stalle ?

– Danseuse ? » Schlingue fronça les sourcils. « Aggar dit qu'y a tous les ch'vals. Y a d' disparu qu' l'idiot. »

Ils sont donc à pied. La meilleure nouvelle qu'il eût apprise depuis son réveil. Hodor charriait Bran dans sa hotte, forcément. Osha devrait trimbaler Rickon, que ses petites jambes ne pourraient porter bien longtemps. Du coup, Theon se rassura. Il remettrait bientôt la main sur les fugitifs. « Bran et Rickon se sont échappés, dit-il aux gens du château sans lâcher du regard leurs physionomies. Qui sait où ils sont allés ? » Nul ne pipa mot. « Ils n'ont pu s'échapper sans aide, poursuivit-il. Sans provisions, sans vêtements, sans armes. » Il avait eu beau rafler toutes les haches et les épées de Winterfell, on lui en avait sûrement dissimulé quelqu'une. « Je veux les noms de tous leurs complices. Et de ceux qui ont fermé les yeux. » Seule répondit la rumeur du vent. « Dès le point du jour, j'entends aller les rattraper. » Il enfonça ses pouces dans son ceinturon. « J'ai besoin de chasseurs. Qui veut une jolie peau de loup bien chaude pour s'assurer un hiver douillet ? Gage ? » Le cuisinier l'avait toujours accueilli chaleureusement, retour de chasse : « Alors, vous nous rapportez quelque pièce de choix pour la table de lord Eddard ? », mais il demeura cette fois muet. A l'affût du moindre indice de connivence avec les fuyards, Theon reprit dans l'autre sens sa revue des visages. « La sauvagerie des parages est invivable pour un infirme. Et Rickon, jeune comme il est, combien de temps y survivra-t-il ? Songe, Nan, songe comme il doit être terrifié... » Après l'avoir assommé dix ans durant de ses contes interminables, la vieille badait maintenant devant lui comme devant un étranger. « Alors que j'aurais pu tuer tous les hommes ici présents et donner leurs femmes à mes soldats pour qu'ils en jouissent, qu'ai-je fait ? Je vous ai protégés. Est-ce ainsi que vous me remerciez ? » Aucun d'eux, ni Joseth qui avait pansé ses chevaux, ni Farlen, aux leçons duquel il devait tout ce qu'il savait des limiers, ni Bertha, la femme du brasseur, qui avait été sa première, ni..., aucun ne consentait à croiser son regard. *Ils me détestent*, comprit-il.

Schlingue se rapprocha. « Qu'à l's écorcher, pressa-t-il, la lippe allumée de bave. Lord Bolton, y disait qu'un type à poil ç'a peu d' secrets mais qu' sans peau c'en a pus du tout. »

L'écorché, la maison Bolton l'avait en effet pour emblème, savait Theon ; certains des seigneurs de ce nom étaient même allés, jadis, jusqu'à se tanner des manteaux en peau d'ennemi. De Stark notamment. Jusqu'à ce que la soumission de Fort-Terreur par Winterfell eût permis, quelque mille ans plus tôt, d'abolir ces pratiques. *Qu'on prétend, mais les coutumes invétérées ne crèvent pas si facilement, j'en sais quelque chose.*

« On n'écorchera personne dans le Nord tant que je gouvernerai Winterfell », déclara-t-il haut et fort. *Vous n'avez pas d'autre protecteur que moi contre les salopards de son espèce*, avait-il envie de gueuler. Il ne pouvait s'autoriser des manières aussi triviales, mais certains de ses auditeurs seraient peut-être assez finauds pour saisir le sous-entendu.

Le ciel grisaillait par-dessus les murs. L'aube ne tarderait guère. « Joseth, va seller Blagueur et une monture pour toi.

Murch, Gariss, la Grêle, vous venez aussi. » Les deux premiers étaient les meilleurs chasseurs de Winterfell, Tym un excellent archer. « Nez-rouge, Aggar, Gelmarr, Schlingue, Wex. » Il avait besoin d'hommes à lui pour surveiller son dos. « Des limiers, Farlen, et toi pour les mener. »

Le maître-piqueux croisa les bras sur sa toison grise. « Et pourquoi je me mêlerais de traquer mes propres seigneurs légitimes, des bambins, en plus ? »

Theon s'avança sur lui. « C'est moi, maintenant, ton seigneur légitime, et moi qui assure la sécurité de Palla. »

Il vit s'éteindre le défi dans les yeux de Farlen. « Ouais, m'sire. »

Reculant d'un pas, Theon jeta un coup d'œil à la ronde. Qui d'autre emmener ? « Mestre Luwin, lâcha-t-il enfin.

– J'ignore tout de la chasse. »

Oui, mais te laisser au château pendant mon absence, pas si naïf. « Eh bien, il n'est que temps de vous initier.

– Permettez-moi de venir aussi. Je veux la pelisse de loup-garou. » Un gamin, pas plus vieux que Bran. Theon mit un moment à le reconnaître. « J'ai déjà chassé des tas de fois, reprit Walder Frey. Le daim rouge et l'orignac et même le sanglier. »

Son cousin s'esclaffa : « Le sanglier… ! Il a suivi la chasse avec son père, mais on l'en a toujours tenu au diable, du sanglier ! »

Theon regarda le gosse d'un air perplexe. « Viens si tu veux, mais si tu n'arrives pas à tenir le coup, ne compte pas sur moi pour te donner le sein. » Il se tourna vers Lorren le Noir. « A toi Winterfell pendant mon absence. Si nous ne revenons pas, fais-en ce qu'il te plaira. » *Voilà qui devrait bien, morbleu, les faire prier pour ma réussite !*

Les premiers rayons du soleil effleuraient le faîte de la tour Beffroi quand il retrouva son monde assemblé près de la porte du Veneur. Les haleines fumaient dans l'air froid. Gelmarr s'était muni d'une hache à long manche afin d'être en mesure de frapper les loups en les maintenant à distance. Le fer en était assez massif pour tuer sur le coup. Aggar portait des jambières d'acier. Outre une pique à sanglier, Schlingue charriait un sac de lavandière archibourré les dieux savaient de quoi. Theon avait son arc, cela lui suffisait. Une seule flèche lui avait naguère permis de sauver la vie de Bran. Il espérait n'avoir pas besoin d'une seconde pour la lui prendre mais, si nécessaire, la décocherait.

Onze hommes, deux gamins et une douzaine de chiens franchirent la douve. Passé l'enceinte extérieure, la piste était facile à relever dans la terre meuble : l'empreinte des pattes de loup, les traces pesantes d'Hodor, les marques plus superficielles des deux légers Reed. Une fois sous les arbres, le tapis de feuilles et le sol rocheux réduisaient les indices, mais la lice rouge de Farlen n'en avait que faire. Le reste de la meute la talonnait en reniflant et aboyant à qui mieux mieux, deux monstrueux molosses fermaient le ban ; leur taille et leur férocité seraient des plus précieuses pour venir à bout d'un loup-garou acculé.

Theon s'était attendu qu'Osha filerait au sud rallier ser Rodrik ; or, la piste menait au nord par le nord-ouest, soit en plein cœur du Bois-aux-Loups. Il n'aimait pas ça, mais du tout du tout. La farce serait par trop saumâtre si les Stark, en se proposant d'atteindre Motte-la-Forêt, allaient justement se jeter dans les bras d'Asha. *Tout plutôt que ça ! même les reprendre morts*, songea-t-il aigrement. *Mieux vaut passer pour cruel que pour un cornard.*

Entre les arbres s'entremêlaient de pâles bouchons de brume. Vigiers et pins plantons se pressaient fort dru dans le coin, et rien de si sombre et lugubre que leur végétation persistante. Le tapis d'aiguilles qui camouflait sous des airs moelleux les mille accidents du terrain rendait si scabreux le pas des chevaux que force était d'aller très lentement. *Moins lentement toutefois qu'un balourd accablé d'un infirme ou qu'une rosse osseuse d'un moutard de quatre ans*, se ressassait Theon afin de réprimer son exaspération. Il remettrait la main sur eux avant la fin de la journée.

Mestre Luwin trottina le rejoindre comme on suivait une sente à gibier le long d'une ravine. « Jusqu'à présent, messire, je ne discerne aucune différence entre chasse et chevauchée sous bois. »

Theon sourit. « Il existe des similitudes. Mais, au terme de la chasse, il y a du sang.

– Est-ce absolument indispensable ? Telle extravagance qu'ait été leur fuite, ne sauriez-vous leur faire miséricorde ? Ce sont vos frères adoptifs que nous recherchons.

– A l'exception de Robb, aucun Stark ne m'a jamais traité en frère, mais Bran et Rickon valent plus cher vivants que morts.

– C'est également vrai pour les Reed. Moat Cailin se dresse à la lisière des paluds. Son occupation par votre oncle risque de se transformer en séjour aux enfers si lord Howland en décide ainsi. Il lui faudra toutefois s'abstenir aussi longtemps que vous tiendrez ses héritiers. »

Theon n'avait pas envisagé les choses sous cet angle. Ni sous aucun autre, à vrai dire. Il avait superbement ignoré ces bourbeux, sauf à se demander, quand d'aventure, une ou deux fois, son œil s'était égaré sur elle, si Meera avait encore son pucelage. « Peut-être avez-vous raison. Nous les épargnerons dans la mesure du possible.

– Ainsi qu'Hodor, j'espère. Il est simplet, vous le savez. Il fait ce qu'on lui ordonne. Que de fois n'a-t-il pansé votre cheval, savonné votre selle, récuré votre maille… »

Hodor, il s'en fichait éperdument. « S'il ne nous combat, nous lui laisserons la vie. » Theon brandit l'index. « Mais prononcez un seul mot en faveur de la sauvageonne, et vous mourrez avec elle. Libre à vous. Elle ne m'a juré sa foi que pour pisser dessus. »

Le mestre baissa la tête. « Je ne plaide pas la cause des parjures. Faites ce que vous devez. Merci de votre miséricorde. »

Miséricorde, songea Theon pendant que Luwin se laissait à nouveau distancer. *Un satané piège. Soyez-en prodigue, et l'on vous taxe de pusillanimité ; avare, et vous voilà un monstre.* En tout cas, le mestre venait de lui donner un bon conseil, il le savait. Père ne raisonnait qu'en termes de conquête, mais à quoi rimait-il de vous emparer d'un royaume si vous ne pouviez le garder ? Violence et terreur ne servaient que les courtes vues. Dommage que Ned Stark eût emmené ses filles dans le sud ; en épousant l'une d'elles, Theon eût resserré sa prise sur Winterfell. En plus, joli bibelot que Sansa. Et même, désormais, probablement mûre pour baiser. Mais elle se trouvait à mille lieues d'ici, dans les griffes des Lannister. Pas de pot.

Le bois devenait de plus en plus sauvage. Aux pins et vigiers succédèrent de gigantesques chênes noirs. Des fouillis d'églantiers cachaient jusqu'au dernier moment fondrières et failles.

Les collines rocheuses ne s'abaissaient que pour se redresser. On dépassa une métairie déserte et submergée par les herbes folles, et l'on contournait une carrière inondée dont les eaux stagnantes avaient l'éclat gris de l'acier quand la meute poussa des abois forcenés. Se figurant les fuyards à portée, Theon mit Blagueur au trot mais, en fin de compte, ne découvrit que la dépouille d'un faon d'orignac..., ses reliefs du moins.

Il démonta pour l'examiner. La mise à mort, assez récente, était manifestement imputable à des loups. L'odeur surexcitait les chiens, tout autour, et l'un des molosses enfouit ses crocs dans une gigue avant qu'un cri de Farlen ne le rappelle à l'ordre. *On n'a pas débité le moindre morceau de la bête*, s'aperçut Theon. *Les loups ont mangé, mais pas les humains.* Quitte à refuser de prendre le risque d'allumer du feu, la logique eût voulu qu'Osha prélevât de cette bonne viande au lieu de la laisser stupidement pourrir. « Es-tu certain, Farlen, que nous suivons la bonne piste ? demanda-t-il. Se pourrait-il que tes chiens traquent d'autres loups ?

– Ma lice ne connaît que trop l'odeur de Broussaille et d'Eté.

– Espérons. Pour ta propre peau. »

Moins d'une heure plus tard, la piste dévala un versant au bas duquel roulaient les flots boueux d'un ruisseau gonflé par les derniers orages. Et c'est là que les chiens la perdirent. Après les avoir emmenés sur l'autre rive en passant à gué, Farlen et Wex reparurent en secouant la tête négativement. « Ils sont bien entrés dans l'eau ici, messire, mais je n'arrive pas à voir où ils en sont sortis », dit le maître-piqueux, tandis que, nez à terre, ses limiers se démenaient en explorations vaines.

Theon descendit de cheval et, s'agenouillant près des flots, y trempa sa main, la retira glacée. « Ils n'auront pu supporter longuement ce froid, dit-il. Emmène la moitié des chiens vers l'aval, j'irai vers l'amont avec... »

Un bruyant claquement de mains l'interrompit.

« Qu'y a-t-il, Wex ? » s'étonna-t-il.

Le muet désigna le sol.

Les abords immédiats du ruisseau étaient détrempés et spongieux. Les empreintes des loups s'y voyaient nettement. « Traces de pattes, oui. Eh bien ? »

Wex enfonça son talon dans la boue puis fit pivoter son pied dans les deux sens. Ce qui creusait une marque profonde.

Joseth devina. « Un géant comme Hodor aurait dû laisser des traces énormes dans cette gadoue, dit-il. Et d'autant plus avec un gosse sur le dos. Or, les seules visibles sont celles de nos propres bottes. Voyez vous-même. »

Non sans effarement, Theon constata le fait. Les loups étaient bien entrés dans les eaux brunâtres, mais seuls. « Osha doit avoir changé de direction quelque part derrière. Avant l'orignac, très probablement. Elle a lancé les loups de leur côté, dans l'espoir de nous faire prendre le change. » Il en retourna sa colère contre les chasseurs. « Si vous m'avez trompé, vous deux…

– Y a jamais eu qu'une seule piste, messire, je vous jure ! se défendit Gariss. Puis jamais les loups-garous se seraient séparés des petits. Ou pas pour longtemps. »

En effet, convint à part lui Theon. Rien n'excluait qu'ils fussent partis chasser. Tôt ou tard, ils retourneraient auprès de Bran et Rickon. « Gariss, Murch, prenez quatre chiens, rebroussez chemin, et découvrez à quel endroit nous les avons perdus. Toi, Aggar, tu me les tiens à l'œil, qu'ils n'essaient pas de nous blouser. Farlen et moi suivrons les loups. Une sonnerie de cor pour m'annoncer que vous avez retrouvé la trace, deux si vous apercevez les bêtes. Une fois repérées, elles nous mèneront à leurs maîtres. »

Lui-même prit Wex, Ginyr Nez-rouge et le petit Frey pour ses recherches vers l'amont, Wex chevauchant avec lui sur une rive, Walder sur l'autre avec Nez-rouge, une double paire de chiens complétant ce dispositif. Comme les loups pouvaient être sortis du ruisseau par n'importe quel côté, Theon se fit attentif au moindre indice susceptible de les trahir, traces, foulées, rameaux brisés, mais identifia seulement des empreintes typiques de daim, d'orignac, de blaireau. Wex surprit une renarde en train de s'abreuver, Walder leva trois lapins tapis dans les fourrés et fut assez adroit pour placer une flèche au but. Ailleurs, un ours s'était fait les griffes sur l'écorce d'un grand bouleau. Mais des loups-garous, nul signe.

Un peu plus loin, s'exhortait Theon. *Après ce chêne, sur l'autre versant, passé le prochain coude du ruisseau, nous finirons bien par trouver.* Tout en sachant qu'il aurait dû depuis longtemps revenir en arrière, il s'opiniâtrait, malgré l'anxiété qui lui tordait de plus en plus les tripes. Midi flambait quand, le dépit le faisant enfin renoncer, il violenta la bouche de Blagueur pour rebrousser chemin.

Quel qu'eût été leur stratagème, Osha et les maudits gamins étaient en train de lui échapper. Une gageure inconcevable, à pied, et avec un infirme et un bambin qu'il fallait porter. Et chaque heure qui s'écoulait rendait plus probable le succès de leur évasion. *S'ils atteignent un village...* Jamais les gens du Nord ne renieraient les fils de Ned Stark, les frères de Robb. Ils leur fourniraient des montures pour aller plus vite, des provisions. Les hommes mettraient leur point d'honneur à se battre pour les protéger. Et ce putain de Nord rallierait tout entier leur cause.

Les loups sont allés vers l'aval, voilà tout. Il se raccrocha à cette pensée. *Cette lice rouge saura nous flairer l'endroit où ils sont sortis du ruisseau, et la traque recommencera.*

Mais, dès qu'on eut rejoint le groupe de Farlen, un simple coup d'œil à la physionomie du maître-piqueux réduisit à néant les espoirs de Theon. « Ces chiens ne sont bons que pour une battue à l'ours, déclara-t-il avec colère. Que n'ai-je un ours à leur filer !

– Les chiens n'y sont pour rien. » Farlen s'accroupit entre un molosse et son inestimable chienne rouge, une main posée sur chacun. « L'eau qui court ne garde pas d'odeurs, m'sire.

– Il a bien fallu que les loups en sortent *quelque part.*

– Et ils l'ont fait, sûr et certain. Aval ou amont. On trouvera où, si on persévère, mais dans quel sens ?

– Jamais j'ai vu un loup r'monter un courant sur des milles et des milles, intervint Schlingue. Un type pourrait. S'y saurait qu'on l' traque, y pourrait. Mais un loup ? »

Theon demeura néanmoins sceptique. Ces fauves-là n'étaient pas des loups ordinaires. *Maudits machins ! Mieux fait de m'offrir leurs peaux...*

La même rengaine lui fut à nouveau servie tout du long quand on eut récupéré Gariss et consorts. Ils avaient eu beau suivre leurs propres traces jusqu'à mi-chemin de Winterfell, rien n'indiquait que les Stark et les loups-garous se fussent nulle part faussé compagnie. Aussi contrariés que leurs maîtres semblaient les limiers, qui reniflaient désespérément arbres et rochers en échangeant des jappements grincheux.

Theon rechignait à s'avouer vaincu. « On retourne au torrent. Chercher de nouveau. En allant cette fois aussi loin qu'il faut.

– Nous ne les trouverons pas, dit brusquement le petit Frey. Pas tant que les bouffe-grenouilles sont avec eux. Des pleutres, ces bourbeux, qui n'acceptent pas de se battre comme les gens honnêtes, qui se planquent pour vous décocher des flèches empoisonnées. Vous ne les voyez jamais, mais ils vous voient, eux. Ceux qui les poursuivent dans les marais s'égarent et ne reparaissent jamais. Ils ont des maisons qui *bougent*, même les châteaux comme leur Griseaux. » Il promena un regard nerveux sur la noire verdure qui les pressait de toutes parts. « Ils sont peut-être là-dedans, en ce moment même, à écouter ce que nous disons. »

Farlen éclata de rire pour bien montrer ce qu'il pensait de telles assertions. « Mes chiens sentiraient n'importe quoi dans ce fouillis, mon gars. Leur seraient sur le râble avant que t'aies fait qu'ouf.

– Les bouffe-grenouilles ne sentent pas comme les humains, maintint Frey. Ils puent le marécage, comme les grenouilles et les arbres et les eaux croupies. De la mousse leur pousse aux aisselles en guise de poils, et ils peuvent vivre avec rien d'autre à manger que de la tourbe et respirer que de la vase. »

Theon se disposait à lui conseiller de balancer par-dessus bord ces contes de nourrice quand mestre Luwin prit la parole : « Les chroniques assurent qu'à l'époque où les vervoyants tentèrent d'abattre la masse des eaux sur le Neck, les paludiers vivaient dans l'intimité des enfants de la forêt. Il se peut qu'ils détiennent des savoirs secrets. »

Brusquement, le bois sembla bien plus sombre qu'auparavant, comme si un nuage venait d'intercepter les rayons du soleil. C'était une chose que d'entendre un petit crétin débiter des crétineries, mais les mestres étaient censés dispenser la sagesse. « Les seuls enfants qui m'intéressent sont Bran et Rickon, trancha Theon. Retour au ruisseau. Sur-le-champ. »

Une seconde, il crut qu'on n'allait pas lui obéir, mais la force séculaire de l'habitude finit par l'emporter, et, quitte à suivre d'un air maussade, du moins suivit-on. Ce froussard de Frey palpitait autant que ses lapins de la matinée. Après avoir réparti ses hommes sur les deux rives, Theon se mit à longer le courant. Ils chevauchèrent des milles et des milles, lentement, sans rien négliger, mettant pied à terre afin de précéder les chevaux dans les passages les plus scabreux, laissant les chiens tout-juste-bons-pour-une-battue-à-l'ours flairer la moindre touffe et le moindre buisson. Là où la chute d'un arbre l'avait barré, le torrent formait des lacs verts qu'il fallait contourner, mais, s'ils avaient fait de même, les loups n'avaient pas laissé de foulées ni d'empreintes. Ils s'étaient apparemment pris de passion pour la natation. *Quand je les attraperai, je te leur en ferai passer le goût, moi, de nager. Je les offrirai tous deux au dieu Noyé.*

Lorsque le sous-bois commença de se faire encore plus ténébreux, Theon Greyjoy comprit qu'il était battu. Soit que les paludiers connussent *véritablement* les sortilèges des enfants de la forêt, soit qu'Osha se fût servie de quelque ruse sauvageonne pour le posséder. Il ordonna de presser l'allure en dépit de l'obscurité, mais, comme s'éteignait la dernière lueur de jour, Joseth empoigna son courage pour grogner : « C'est peine perdue, messire. On va qu'écloper un cheval ou y casser la jambe.

– Joseth a raison, appuya mestre Luwin. Tâtonner de par les bois à la lumière des torches ne nous sera d'aucun profit. »

Un goût de bile ulcérait l'arrière-gorge de Theon, et son ventre grouillait de serpents qui s'enchevêtraient dans leurs morsures mutuelles. S'il regagnait Winterfell bredouille, tout aussi bien ferait-il dès lors d'endosser le bigarré des fols et d'en coiffer le chapeau pointu, car le Nord tout entier se gausserait de lui. *Et lorsque Père l'apprendra, de même qu'Asha…*

« M'sire prince. » Schlingue poussa son cheval pour se rapprocher. « S' pourrait qu'les Stark, z'ayent jamais pris par là. Que ch'rais eux, j'aurais parti nord et est, putôt. Chez l's Omble. Des bons Stark c'est, ça. Quoique leurs terres sont loin. Vos gars, y vont s' réfugier quèqu' part plus près. S' pourrait qu' chais où. »

Theon lui jeta un regard soupçonneux. « Dis toujours.

– V' savez, c' vieux moulin qu'est tout seul au bord d' la Gland ? On y a fait halte, quand y m' traînaient à Winterfell. La femme au meunier n's a vendu du foin pour les ch'vals, et l' vieux ch'valier y p'lotait ses mioches. S' pourrait qu' les Stark, c'est là qu'y s' cachent. »

Le moulin, Theon le connaissait. Il avait même culbuté la meunière une fois ou deux. Les lieux n'avaient rien de remarquable. Elle non plus. « Pourquoi là ? Il y a une douzaine de villages et de fortins tout aussi près. »

Une lueur rigolarde éveilla l'œil pâle. « Pourquoi ? Ben, chais pas trop, mais chais qu'y-z-y sont, je l' sens. »

Theon commençait à en avoir marre, de ces réponses en biais. *Ses lèvres ont l'air de larves en train de s'enculer.* « Ça veut dire quoi ? Si tu m'as caché quelque chose…

– M'sire prince ? » Schlingue avait déjà sauté de selle et l'invitait à l'imiter. Puis, quand ils furent debout côte à côte, il ouvrit le sac de toile qui ne le quittait pas depuis le départ. « Visez-moi ça. »

On n'y voyait plus guère. Theon plongea une main dans le sac et farfouilla fébrilement parmi douces fourrures et lainages rugueux. Une pointe effilée le piqua tout à coup, ses doigts se refermèrent sur quelque chose de dur et froid, que l'examen révéla être une broche en tête de loup, jais et argent. Il comprit en un éclair. Son poing se serra sur elle. « Gelmarr », dit-il, tout en se demandant en qui se fier. *En aucun d'eux.* « Aggar. Nez-rouge. Avec nous. Quant à vous autres, vous pouvez regagner Winterfell et prendre les limiers. Je n'en aurai plus besoin. Je sais maintenant où se cachent Bran et Rickon.

– Prince Theon…, intervint mestre Luwin d'un ton suppliant, vous voudrez bien vous rappeler votre promesse ? Miséricorde, avez-vous dit.

– Miséricorde était bonne pour ce matin », rétorqua Theon. *Il vaut mieux être redouté que gaussé.* « Avant qu'ils n'aient déchaîné ma colère. »

JON

La nuit donnait au feu l'éclat d'une étoile tombée contre le flanc de la montagne. Un éclat plus rouge que celui des étoiles du firmament et qui ne scintillait pas, encore qu'il se fît plus brillant parfois, parfois se réduisît à la grosseur d'une vague étincelle se mourant au loin.

A un demi-mille de distance et deux mille pieds d'altitude, évalua Jon, *et admirablement situé pour repérer tout ce qui bouge dans la passe, en bas.*

« Des guetteurs au col Museux ? s'étonna le plus âgé de ses compagnons qui, pour avoir été l'écuyer d'un roi dans son vert printemps, se voyait encore appeler *Sieur* Dalpont par les frères noirs. Que peut bien craindre Mance Rayder ?

– S'il savait qu'ils ont allumé du feu, ces pauvres bâtards, il les ferait écorcher vifs, dit Ebben, un chauve trapu bosselé de muscles comme un sac bourré de cailloux.

– Le feu, c'est la vie, là-haut, mais ça peut être aussi la mort », déclara Qhorin Mimain. Sur son ordre, on s'était prudemment abstenu d'en faire depuis l'entrée dans les montagnes. On mangeait du bœuf salé froid, du pain dur, du fromage plus dur encore, et l'on dormait tout habillé, blotti sous des amoncellements de fourrures et de manteaux, du reste fort aise d'y bénéficier de la chaleur de ses voisins. Ce qui n'allait pas sans rappeler à Jon les nuits froides de Winterfell et l'époque tellement lointaine où il partageait le lit de ses frères. Les hommes avec lesquels il vivait maintenant l'étaient aussi, ses frères, mais le plumard commun se rembourrait de terre et de cailloux.

« Vont avoir un cor, dit Vipre.

– Un cor dont ils ne devront pas sonner, riposta Mimain.

– De nuit, fait une vache de grimpette », reprit Ebben, tout en épiant par un interstice des rochers qui les abritaient l'infime étincelle, là-bas. Pas un nuage ne voilait le ciel, les montagnes dressaient noir sur noir leurs silhouettes déchiquetées dont la cime extrême, couronnée de neige et de glace, brillait sourdement dans la pâleur lunaire.

« Et une plus vache de dégringolade, acheva Qhorin. Faut deux hommes, je pense. Y en a probablement deux, là-haut, montant tour à tour la garde.

– Moi. » Le patrouilleur qu'on surnommait Vipre en raison de son aisance dans la caillasse avait amplement prouvé qu'il était aussi le meilleur grimpeur de la bande. La priorité lui revenait forcément. « Et moi », dit Jon.

Le regard de Qhorin Mimain se posa sur lui. Snow entendait le vent s'affûter en grelottant dans le défilé de la passe qui les dominait. L'un des canassons s'ébroua, gratta du sabot le maigre sol caillouteux de l'anfractuosité où l'on se tenait tapi. « Nous garderons le loup, décida Qhorin. Au clair de lune, c'est trop visible, une fourrure blanche. » Il se tourna vers Vipre. « Le boulot fini, balance un brandon dans le précipice. On viendra quand on l'aura vu tomber.

– Pour y aller, y a pas mieux comme heure que main'nant », dit Vipre.

Ils emportèrent tous deux un rouleau de corde, et Vipre se munit en sus d'une sacoche de pitons en fer et d'un petit marteau dont la tête était sérieusement emmitouflée de feutre. Leurs montures, ils les abandonnèrent là, tout comme leurs heaumes et leur maille – et Fantôme. Avant de s'éloigner, Jon s'agenouilla et laissa le loup-garou le taquiner du mufle puis : « Reste, commanda-t-il. Je vais revenir te chercher. »

Vipre passa le premier. C'était un homme bref et sec, à barbe grise, et qui approchait de la cinquantaine, mais plus fort qu'il n'en avait l'air et mieux doué pour voir de nuit que personne, à la connaissance de Jon, qualité qui n'allait pas être en l'occurrence un luxe. De jour, les montagnes étaient d'un gris-bleu estompé de givre mais, sitôt le soleil tombé derrière leurs pics hirsutes, elles viraient au noir. Pour l'instant, la lune qui se levait les nimbait d'argent et de blanc.

Environnés d'ombres noires et de rochers noirs, les deux frères noirs s'échinèrent à escalader une sente abrupte et tortueuse où l'air noir gelait au fur et à mesure leur haleine. Jon se sentait presque nu sans sa maille, mais il n'en regrettait pas la pesanteur. Dure était la marche, et lente. Se hâter, là, c'était s'exposer à la fracture d'une cheville, ou pire. Si Vipre semblait savoir comme d'instinct où poser ses pieds, lui-même devait constamment surveiller le sol raboteux et pourri.

Le col Museux était en fait un long défilé parsemé de cols successifs et qui ne s'élevait en tournicotant parmi des aiguilles de glace érodées par la bise que pour plonger dans des vallées secrètes où ne pénétrait jamais le soleil. En dehors de ses compagnons, Jon n'avait pas entrevu homme qui vive depuis qu'au sortir des bois avait débuté l'ascension. Les Crocgivre étaient aussi cruels que les pires lieux sortis des mains des dieux, et d'une hostilité formidable à l'endroit des créatures humaines. Le vent coupait comme un rasoir, dans ces parages, et il y poussait des cris aussi perçants, la nuit, que ceux d'une mère endeuillée par l'assassinat de tous ses enfants. Le peu d'arbres qui s'y voyaient prenaient des poses grotesques de contorsionnistes en poussant de travers au hasard d'une faille ou d'une fissure. Des chaos de rocs en suspens menaçaient un peu partout la sente, et les stalactites de glace qui les frangeaient ressemblaient, de loin, à de féroces canines blanches.

Jon n'en regrettait pas pour autant d'être venu. Il y avait aussi des merveilles, ici. Il avait vu les rayons du soleil iriser les glaçons d'exquises cascades ruisselant aux lèvres de falaises à pic, et une prairie d'alpage constellée de corolles automnales sauvages, froilaps azur et feugivres écarlates et foisons de flûte-gramines en leur parure brun et or. Il s'était penché sur des gouffres tellement noirs et si insondables qu'ils devaient pour sûr ouvrir sur quelque enfer et, cinglé de rafales, avait à cheval franchi un pont jeté par la nature au travers du ciel. Des aigles nichés dans les nues fondaient chasser dans les vallées ou traçaient des cercles aériens, planant sur leurs immenses ailes d'un bleu si pâle qu'à peine les distinguait-on quelquefois du ciel. Une fois même il avait observé se couler le long d'un versant rocheux, telle une ombre fluide, un lynx-de-fumée puis, ramassé, bondir sur un mouflon.

A nous de bondir, à présent. Il aurait souhaité pouvoir se mouvoir d'une manière aussi silencieuse et sûre que ce chat sauvage, et pouvoir tuer aussi promptement. Dans son fourreau, Grand-Griffe lui battait le dos, mais peut-être n'aurait-il pas le loisir de l'utiliser. Dague et poignard seraient plus pratiques, en cas de corps à corps. *Ils vont être armés, eux aussi, et je ne porte pas d'armure.* La question s'imposa : qui serait le lynx, et qui le mouflon, tout à l'heure ?

Ils suivirent un bon bout de temps la sente, dont les lacets ne cessaient de monter, monter, monter toujours en serpentant contre le flanc de la montagne. Parfois, la montagne se reployait sur elle-même, et ils perdaient de vue le feu qui, tôt ou tard, finissait quand même par reparaître. L'itinéraire choisi par Vipre, les chevaux n'auraient en aucune manière pu l'emprunter. A certains endroits, Jon devait se plaquer le dos contre la pierre froide et n'avancer que latéralement, pouce après pouce, en crabe. Et, lors même qu'il s'élargissait, le passage était parsemé d'embûches ; il comportait des crevasses assez larges pour engouffrer une jambe d'homme, des cailloux traîtres à trébucher, des creux que les eaux transformaient le jour en mares et en patinoires la nuit. *Un pas, et puis un autre*, s'exhortait Jon. *Un pas, et puis un autre, et ça ira, je ne tomberai pas.*

Il ne s'était pas rasé, depuis son départ du Poing des Premiers Hommes, et le gel eut tôt fait de roidir le poil qui lui hérissait la lèvre. Pendant l'escalade, la bise lui décocha deux heures durant des ruades si virulentes qu'il ne pouvait guère faire que le dos rond et, collé à la roche, prier qu'une rafale ne l'emporte pas. *Un pas, et puis un autre*, reprit-il quand elle se fut calmée. *Un pas, et puis un autre, et ça ira, je ne tomberai pas.*

Ils n'avaient pas tardé à se trouver suffisamment haut pour que mieux valût s'abstenir de jauger le vide. Rien d'autre à voir, en bas, que le bâillement des ténèbres, et, en haut, que la lune et les étoiles. « La montagne est ta mère, avait dit Vipre quelques jours plus tôt, lors d'une ascension plus peinarde. Colle-toi à elle, enfouis ta bouille entre ses nichons, et elle ne te lâchera pas. » A quoi Jon avait répliqué d'un ton badin que s'il s'était toujours demandé qui était sa mère, jamais il n'avait songé la découvrir dans les Crocgivre. A présent, la blague lui semblait bien moins rigolote. *Un pas, et puis un autre*, se rabâchait-il, de plus en plus collé.

Brusquement, la sente s'acheva devant un énorme épaulement noir de granit jailli des entrailles mêmes de la montagne. Et il sécrétait une ombre si noire qu'elle vous faisait, au sortir de la clarté lunaire, l'effet que vous tâtonniez dans une caverne. « Par ici, tout droit, l'orienta la voix calme du patrouilleur. Nous faut les avoir par en haut. » Il se défit de ses gants, les fourra dans son ceinturon, se noua une extrémité de sa corde à la taille, arrima l'autre autour de Jon. « Tu me suis dès qu'elle se tend. » Sans attendre de réponse, il se mit à grimper tout de suite en jouant des pieds et des doigts, et ce à une vitesse inimaginable. Tandis que la longue corde se déroulait régulièrement, Jon ne le lâchait pas des yeux, pour enregistrer de son mieux comment il s'y prenait, où diable il découvrait ses prises ; enfin, lorsque le dernier tour du rouleau vint à se dérouler, il se déganta à son tour et, bien plus lentement…, suivit.

En l'attendant, Vipre avait enroulé la corde autour du rocher lisse qui lui servait de perchoir mais, sitôt rejoint, la libéra et repartit. Ne trouvant pas d'entablement propice, au terme de cette deuxième cordée, il saisit son marteau capitonné de feutre, et une série de tapotements délicats lui servit à planter un piton dans une crevasse. Tout étouffé qu'était chacun des martèlements, la pierre le répercutait en échos si tonitruants que Jon s'en ratatinait, persuadé que les sauvageons l'entendaient aussi, forcément. Une fois le piton solidement fiché, Vipre y fixa la corde, et Jon reprit son ascension. *Tète la montagne*, se récita-t-il. *Ne regarde pas vers le bas. Tout ton poids sur tes pieds. Ne regarde pas vers le bas. Regarde la paroi devant toi. Ça, oui, c'est une bonne prise. Ne regarde pas vers le bas. Je peux reprendre haleine sur cette saillie, là, le tout est d'y parvenir. Ne pas regarder vers le bas, jamais.*

Comme il y prenait appui de tout son poids, son pied glissa, une fois, le cœur lui manqua, pétrifié, mais les dieux eurent la bonté de lui épargner la fameuse dégringolade. Malgré le contact glacé de la roche qui engourdissait ses doigts, il n'osait renfiler ses gants ; si parfaitement ajusté qu'il parût, leur drap fourré risquait par trop de jouer entre pierre et peau, risque mortel à des hauteurs pareilles. Cependant, l'ankylose n'en menaçait que mieux sa main brûlée, qui bientôt se mit à le lanciner. Du coup, l'ongle du pouce écopa si vilainement qu'il barbouilla tout ce qu'il éraflait de traînées sanglantes. *Me restera-t-il un seul doigt quand nous en aurons terminé ?*

Plus haut, plus haut, toujours plus haut..., noires ombres reptant sur l'à-pic blanchi par la lune. Du bas de la passe, ils devaient être on ne peut plus visibles, mais un pan de montagne les dérobait aux sauvageons blottis auprès du feu. On n'en était plus très loin, pourtant, Jon le sentait. Et, néanmoins, ce n'est pas vers les adversaires qui l'attendaient à leur insu que dériva son esprit, mais vers le petit frère de Winterfell. *Bran adorait grimper. Trop heureux, si j'avais le dixième de son courage.*

Aux deux tiers de sa hauteur, la paroi s'écartelait en une crevasse biscornue d'éboulis givrés. Vipre tendit la main pour aider Jon à se hisser. Voyant qu'il s'était reganté, Jon s'empressa de l'imiter. D'un signe de tête, le patrouilleur indiqua la gauche, et cent toises au moins de marche en crabe sur la corniche leur permirent enfin de revoir, par la commissure de la falaise, le halo dont s'orangeait pauvrement la nuit.

Les sauvageons avaient dressé leur feu de veille au creux d'une maigre dépression qui surplombait le point le plus resserré de la passe. Devant eux, la pente, abrupte. Derrière, des rochers qui les abritaient des pires morsures du vent. Ce même écran permettait aux deux frères noirs de s'approcher en tapinois. Et ils finirent, à plat ventre, par découvrir, un peu plus bas, les hommes qu'ils devaient tuer.

L'un dormait, roulé en boule sous un amoncellement de fourrures. Jon n'en voyait que les cheveux, d'un rouge ardent à la lueur du feu. Assis au plus près des flammes, le deuxième les alimentait de branches et de brindilles et ronchonnait contre la bise d'une voix dolente. Le troisième surveillait le col, en fait trois fois rien à voir, hormis une vaste bolée de ténèbres d'où émergeait le torse enneigé des montagnes. C'était ce dernier qui portait le cor.

Trois. Il en fut d'abord décontenancé. *Ils ne devaient être que deux.* Mais l'un d'eux dormait. Puis deux, trois, vingt, quelle importance ? Il fallait accomplir la tâche pour laquelle il était venu. Vipre lui toucha le bras, pointa l'index vers le type au cor. Jon acquiesça d'un hochement vers celui du feu. Ça faisait un drôle d'effet, choisir sa victime. Même quand on avait passé la moitié de ses jours à s'entraîner, muni d'une épée et d'un bouclier, précisément en vue de cet instant-là. *Robb a-t-il éprouvé ce trouble, avant sa première bataille ?* se demanda-t-il, mais ce n'étaient ni le lieu ni l'heure d'en ergoter. Avec une célérité digne de son sobriquet, Vipre fondait déjà sur les sauvageons, talonné par une averse de gravillons. Jon dégaina Grand-Griffe et fonça.

Il eut l'impression que l'affaire se réglait en un clin d'œil. Il n'eut qu'après coup le loisir d'admirer la bravoure du sauvageon qui, au lieu de brandir sa lame, voulait d'abord donner l'alarme et portait bien le cor à ses lèvres mais n'en pouvait sonner, car le branc de Vipre venait de l'en déposséder. Au même instant, son adversaire personnel bondissait sur ses pieds et lui dardait à la figure un brandon dont il percevait nettement la cuisante flamme, alors même qu'il l'esquivait par un mouvement de recul et, du coin de l'œil, voyant s'agiter le dormeur, comprenait qu'il fallait en finir au plus vite avec le premier. Comme le brandon balayait derechef l'espace, il se ruait carrément dessus, faisant à deux mains tournoyer son épée bâtarde, l'acier valyrien se frayait passage à travers cuirs, fourrures, lainages et chair, mais la chute en vrille du sauvageon le lui arrachait des mains. Sans quitter son tas de fourrures, le dormeur était sur son séant. Jon dégainait son poignard, empoignait l'homme aux cheveux, lui pointait la lame sous le menton pour le – *la*... – non – sa main se paralysa. « Une fille.

– Un guetteur, rectifia Vipre. Du sauvageon. Achève-moi ça. »

La peur et le feu luisaient dans les yeux de la fille. Du point de sa gorge blanche que piquait le poignard s'écoulait un mince filet de sang. *Une simple poussée*, se dit-il, *et c'est terminé.* Il était si près d'elle qu'il discernait dans son haleine des relents d'oignon. *Mon âge, pas plus.* Sans qu'il existât la moindre ressemblance, quelque chose en elle évoqua tout à coup l'image d'Arya. « Veux-tu te rendre ? » demanda-t-il en imprimant un demi-tour au poignard. *Et si elle refuse ?*

« Je me rends. » Une bouffée de vapeur dans l'air froid.

« Alors, te voici notre prisonnière. » Son poignard s'écarta de la chair fragile.

« Qhorin a jamais dit de faire des prisonniers, protesta Vipre.

– Ni l'inverse. » Sa main lâcha les cheveux de la fille qui se recula précipitamment.

« C'est une guerrière. » Vipre indiqua d'un geste une longue hache à proximité des fourrures. « Elle allait s'emparer de ça quand tu l'as immobilisée. Ne lui donne qu'une demi-chance, et elle te la plante entre les deux yeux.

– Je me garderai de la lui donner. » Un coup de pied propulsa la hache hors de portée de la captive. « Tu as un nom ?

– Ygrid. » Elle se palpa la gorge et contempla d'un air stupide ses doigts rougis.

Après avoir rengainé son poignard, Jon extirpa Grand-Griffe de sous le cadavre. « Tu es ma prisonnière, Ygrid.

– Je vous ai dit comment je m'appelle.

– Moi, c'est Jon Snow. »

Elle sursauta. « Nom de malheur.

– Nom de bâtardise, dit-il. Mon père était lord Eddard Stark de Winterfell. »

Comme elle dévisageait Jon avec méfiance, Vipre, lui, se mit à ricaner, vachard. « Dis, c'est pas les prisonniers qui seraient censés bavarder, des fois ? » Il jeta une longue branche dans le feu. « Pas qu'elle acceptera. J'en ai connu, des sauvageons, qui se rongeaient plutôt la langue que de te répondre. » Quand il vit la branche flamber gaiement, il la balança vers le précipice. Elle y tomba en tournoyant, et la nuit l'engouffra.

« Devriez brûler ces deux que vous avez tués, dit Ygrid.

– Faudrait un feu plus gros pour ça, et un gros feu, ça fait des flammes un peu trop jolies. » Vipre se détourna et se mit à scruter les horizons noirs en quête de quelque lueur. « Y a plein d'autres sauvageons dans le coin, c'est ça ?

– Brûlez-les, répéta-t-elle d'un ton buté, ou ça se pourrait qu'il vous faudra vos épées de nouveau. »

A ces mots, Jon revit les mains noires et glacées d'Othor. « Peut-être que nous ferions bien de suivre son conseil.

– Y a d'autres moyens. » Vipre s'agenouilla près du type au cor et, après l'avoir dépouillé de ses manteau, bottes, lainages et ceinturon, le chargea sur son épaule maigre, le porta jusqu'au bord du vide et, d'un grognement, l'y jeta. Un moment après leur parvint, de beaucoup plus bas, le bruit flasque de l'écrasement. Une fois le second cadavre dénudé, le patrouilleur se mit à le traîner par les bras. Jon le prit par les pieds et, à eux deux, ils le larguèrent à son tour dans le gouffre noir.

Ygrid avait regardé sans piper. Beaucoup plus vieille que Jon n'avait cru d'abord, elle pouvait bien avoir pas loin de vingt ans, mais elle était petite pour son âge, avec une frimousse ronde, des jambes arquées, des mains menues, le nez camus. Sa tignasse rouge s'ébouriffait en tous sens. La posture à croupetons lui donnait un air grassouillet, mais qui tenait pour l'essentiel à tous les lainages, fourrures et cuirs qui l'empaquetaient. Elle devait être aussi maigrichonne, là-dessous, qu'Arya.

« C'est nous que tu étais chargée de guetter ? demanda Jon.

– Vous et d'autres. »

Vipre se réchauffait les pattes au-dessus du feu. « Y a quoi, derrière le col ?

– Le peuple libre.

– Ça fait combien de monde ?

– Des cents et des mille. Plus que t'as jamais vu, corbac. » Son sourire révéla des dents crochues mais d'une blancheur éclatante.

Elle ignore leur nombre. « Qu'êtes-vous venus faire par ici ? »

Elle demeura muette.

« Qu'est-ce qui attire votre roi dans les Crocgivre ? Vous ne pouvez pas vous y installer. On n'y trouve rien à manger. »

Elle détourna son visage.

« Vous comptez marcher contre le Mur ? Quand ? »

Elle fixait les flammes, comme frappée de surdité.

« Sais-tu quelque chose à propos de mon oncle, Benjen Stark ? »

Elle persista à l'ignorer. Vipre se mit à rire. « Si ça finit par cracher sa langue, dis pas que je t'avais pas prévenu. »

Un grondement sourd se répercuta de rocher en rocher. *Lynx*, identifia Jon instantanément. Un second retentit, plus proche, comme il se levait. L'épée au clair, il tourna sur lui-même, l'oreille aux aguets.

« Pas à nous qu'ils en veulent, dit Ygrid. C'est les morts qui les attirent. L'odeur du sang, ils sentent d'une lieue. Vont se tenir près des cadavres jusqu'à ce qu'ils aient bouffé toute la bidoche et croqué les os. Pour la moelle. »

Multiplié par les échos, le boucan du festin rendit Jon patraque. La chaleur du feu lui révélait déjà qu'il n'en pouvait plus, mais le moyen de dormir ? Il avait fait un prisonnier, la garde lui en incombait. « C'étaient des parents à toi ? reprit-il à voix basse. Les deux que nous avons tués ?

– Pas plus que vous.

– Moi ? » Il fronça le sourcil. « Que veux-tu dire ?

– Vous avez dit que vous êtes le bâtard à Winterfell.

– Je le suis.

– C'était qui, votre mère ?

– Une femme. Il n'y a guère d'exceptions. » Quelqu'un lui avait dit ça, un jour. Il ne se rappelait plus qui.

Elle sourit à nouveau, ses dents étincelèrent. « Et elle vous a jamais chanté la chanson de la rose d'hiver ?

– Je n'ai pas connu ma mère. Et jamais entendu parler de cette chanson.

– Une chanson de Baël le Barde, précisa-t-elle. Qu'était roi-d'au-delà-du-Mur voilà très très longtemps. Tout le peuple libre connaît ses chansons, mais vous les chantez pas, peut-être, dans le sud.

– Winterfell n'est pas dans le sud, objecta-t-il.

– Si fait. C'est le sud, pour nous, tout ce qu'y a de l'autre côté du Mur. »

Il n'avait jamais envisagé les choses de ce point de vue. « Tout dépend de l'endroit où on se trouve, hein ?

– Ouais, convint-elle. Toujours.

– Dis-moi... », commença-t-il d'un ton pressant. Des heures et des heures s'écouleraient avant que n'arrive Qhorin, et une histoire l'aiderait à lutter contre le sommeil. « J'entendrais volontiers le conte dont tu parlais.

– Il risque de pas vous plaire.

– Je l'écouterai tout de même.

– Lala, courageux, le corbac ! ironisa-t-elle. Eh bien, des années et des années avant de régner sur le peuple libre, Baël était un fameux guerrier. »

Vipre émit un reniflement de mépris. « Tu veux dire pillard, tueur et violeur, quoi.

– Ça aussi, ça dépend de l'endroit qu'on se trouve, rétorqua-t-elle. Le Stark de Winterfell voulait la tête de Baël, mais il pouvait jamais l'attraper, et ça lui mettait la bile au gosier. Un jour, l'amertume le fit traiter Baël de lâche qui s'attaquait qu'aux faibles. En apprenant ça, Baël jura de donner une leçon au lord. Alors, il escalada le Mur, dévala la route Royale et fit son entrée à Winterfell, un soir d'hiver, la harpe à la main, sous le nom de Sygerrik de Skagos. Or, *sygerrik* signifie "fourbe", dans la langue que les Premiers Hommes parlaient, celle que parlent toujours les géants.

« Nord ou sud, les chanteurs sont bienvenus partout. Aussi, Baël mangea à la propre table de lord Stark et joua pour le lord installé dans son grand fauteuil jusqu'à la mi-nuit. Les vieilles chansons, il jouait, et des nouvelles faites par lui-même, et il jouait et chantait si bien qu'à la fin le lord lui offrit de choisir lui-même sa récompense. "Une fleur est tout ce que je demande, répondit Baël, la plus belle fleur qui fleurit dans les jardins de Winterfell."

« Or, il se trouva que les roses d'hiver commençaient tout juste à fleurir, et qu'y a pas de fleur si rare et si précieuse. Aussi, le Stark envoya dans ses jardins de verre et commanda qu'on coupe la plus belle des roses d'hiver pour payer le chanteur. Et ainsi fut fait. Mais, le matin venu, le chanteur s'était envolé..., et aussi la fille vierge de lord Brandon. Son lit, on le trouva vide, à part que, sur l'oreiller où sa tête avait reposé, reposait désormais la rose bleu pâle gagnée par Baël. »

Ce conte, Jon l'entendait pour la première fois. « De quel Brandon s'agirait-il ? Brandon le Bâtisseur vivait à l'Age des Héros, des milliers d'années avant ton Baël. Il y a bien eu Brandon l'Incendiaire et son père, Brandon le Caréneur, mais...

– Celui-là était Brandon le Sans-fille, coupa-t-elle sèchement. Vous voulez entendre le conte, ou pas ? »

Il se rembrunit. « Vas-y.

– Lord Brandon n'avait pas d'autre enfant. A sa prière, les corbeaux noirs s'envolèrent par centaines de leurs châteaux, mais nulle part ils ne trouvèrent la moindre trace de Baël ou de cette fille. Ils cherchèrent pendant près d'un an mais, là, le lord perdit courage et s'alita. Tout semblait présager que la lignée des Stark était sur le point de s'éteindre quand, une nuit où il gisait, attendant la mort, lord Brandon entendit des vagissements. Guidé par eux, il découvrit sa fille qui, de retour dans sa chambre, dormait, un nouveau-né contre son sein.

– Baël l'avait ramenée ?

– Non. De tout ce temps, ni lui ni elle n'avaient quitté Winterfell mais vécu cachés sous le château avec les morts. La fille aimait Baël si passionnément qu'elle lui donna un fils, dit la chanson… mais, à la vérité, toutes les filles aiment Baël dans les chansons qu'il composa. Quoi qu'il en soit, ce qui est sûr, c'est que Baël laissa l'enfant pour payer la rose qu'il avait cueillie de son propre chef, et que le garçon devint le lord Stark suivant. Et voilà comment vous avez dans vos veines du sang de Baël, comme moi.

– Pure affabulation », dit Jon.

Elle haussa les épaules. « Peut-être, et peut-être pas. Une belle chanson, de toute manière. Ma mère me la chantait. Elle aussi était une femme, Jon Snow. Comme la vôtre. » Elle se frotta la gorge, là où le poignard l'avait entamée. « La chanson s'achève sur la découverte du nouveau-né, mais la fin de l'histoire est plus sombre. Quand, devenu roi-d'au-delà-du-Mur, Baël, trente ans plus tard, mena le peuple libre au sud, c'est le jeune lord Stark qui l'affronta au Gué Gelé… et qui le tua, parce que, quand ils en vinrent à croiser le fer, Baël ne voulut pas verser le sang de son propre fils.

– De sorte qu'il périt à sa place ?

– Oui. Mais les dieux haïssent ceux qui, même à leur insu, tuent leurs propres parents. Quand lord Stark revint de la bataille avec la tête de Baël fichée sur sa pique, ce spectacle affligea sa mère si fort qu'elle se précipita du haut d'une tour. Lui-même ne lui survécut guère. L'un de ses vassaux le dépeça pour s'en faire un manteau.

– Ton Baël n'était qu'un menteur, affirma-t-il, désormais certain de son fait.

– Non, dit-elle, simplement, la vérité d'un barde et la vôtre ou la mienne sont différentes. En tout cas, vous vouliez le conte, je vous l'ai conté. » Elle se détourna de lui, ferma les paupières et eut tout l'air de s'endormir.

L'aube et Qhorin survinrent de conserve. La roche noire était devenue grise et le ciel indigo, à l'est, quand Vipre repéra l'ascension sinueuse des patrouilleurs. Jon réveilla sa prisonnière et la prit par le bras pour s'avancer à leur rencontre. Au nord et à l'ouest existaient heureusement des moyens d'accéder au col beaucoup plus affables que l'itinéraire emprunté la veille. Tous trois se tenaient dans une passe étroite lorsque apparurent les frères noirs, menant les chevaux par la bride. Alerté par son flair, Fantôme se précipita. Jon s'accroupit et laissa les mâchoires du loup se refermer autour de son poignet et lui secouer voracement la main. Cela n'était qu'un jeu, pour eux, mais, lorsqu'il releva la tête, il vit Ygrid écarquiller des yeux aussi gros et blancs que des œufs de poule.

En apercevant la prisonnière, Qhorin Mimain s'abstint de tout commentaire. « Ils étaient trois », l'informa Vipre. Sans plus.

« On en a croisé deux, dit Ebben. Enfin, ce qu'en avaient laissé les chats. » Il posa sur Ygrid un regard hostile, et chacun de ses traits clamait la méfiance.

« Elle s'est rendue », se sentit tenu de déclarer Jon.

Qhorin demeura impassible. « Tu sais qui je suis ?

– Qhorin Mimain. » Elle avait presque l'air d'un gosse, à côté de lui, mais lui faisait face, hardiment.

« Parle vrai. Si je tombais aux mains des tiens et me rendais, j'y gagnerais quoi ?

– Une mort plus lente. »

Le colosse se tourna vers Jon. « Nous n'avons pas de nourriture à lui donner, et nous ne pouvons pas non plus gaspiller un homme pour la garder.

– Y a déjà que trop de dangers devant nous, mon gars, grogna Sieur Dalpont. Un cri quand faut du silence, et on est foutus, nous chaque. »

Ebben tira son couteau. « Un baiser d'acier la rendra tranquille. »

Jon, la gorge sèche, les conjura tous d'un regard muet. « Elle s'est rendue à moi...

– Alors, à toi de faire le nécessaire, répliqua Mimain. Tu es le sang de Winterfell et membre de la Garde de Nuit. » Et, s'adressant aux autres : « Venez, frères. Laissons-le s'en occuper. Il l'aura plus facile, sans nous pour lorgner. » A sa suite, les autres entreprirent de gravir le sentier abrupt et sinueux. Tout là-haut, dans une échancrure de la montagne, le soleil levant s'annonçait par des lueurs roses. Au bout d'un moment, Jon et Fantôme se retrouvèrent tête à tête avec la sauvageonne.

Il pensait qu'Ygrid tenterait de fuir, mais elle restait là, debout devant lui, à attendre et le dévisager. « Vous n'avez jamais tué une femme, avant, hein ? » Il fit un signe de dénégation, et elle reprit : « Nous mourons pareil que les hommes. Mais vous pouvez vous dispenser. Mance vous prendrait volontiers, je le sais. Y a des chemins secrets. Vos corbacs nous rattraperaient pas.

– Je suis un corbeau moi-même. Autant qu'eux. »

Elle eut un hochement de résignation. « Vous me brûlerez, après ?

– Je ne peux pas. La fumée risquerait de se voir.

– Ah oui. » Elle haussa les épaules. « Bah. Y a pire où aboutir que le ventre des chats. »

Il dégaina Grand-Griffe par-dessus l'épaule. « Tu n'as pas peur ?

– La nuit dernière, j'avais peur, avoua-t-elle. Mais le soleil est levé, maintenant. » Elle écarta ses cheveux afin de découvrir sa nuque et s'agenouilla devant lui. « Frappe fort et vrai, corbac, ou je reviendrai te hanter. »

Grand-Griffe n'était ni si longue ni si pesante que Glace, l'épée de Père, mais elle était aussi d'acier valyrien. Il effleura du fil de la lame l'endroit précis où il fallait trancher. Ygrid frissonna. « C'est froid, dit-elle. Allez, faites vite. »

Il brandit Grand-Griffe par-dessus sa tête, les deux mains bien serrées sur la poignée. *Un seul coup, porté de tout mon poids.* Au moins pouvait-il lui offrir une mort prompte et propre. Il était bien le fils de Père. Vraiment ? Vraiment ?

« Mais faites donc ! s'exaspéra-t-elle au bout d'un moment. Bâtard ! *Faites-le !* Je peux pas toujours rester brave... ! » Le coup n'arrivant pas, elle se retourna.

Il abaissa l'épée. « File », marmonna-t-il.

Ygrid ouvrit de grands yeux.

« *Maintenant !* insista-t-il, avant que je reprenne mes esprits. *File !* »

Et elle fila.

SANSA

Le ciel, vers le sud, en était tout noir. Les doigts de suie de la fumée qui s'élevait en tourbillonnant de cent foyers lointains barbouillaient les étoiles. Sur la rive opposée de la Néra, l'horizon n'était de part en part qu'un trait de flammes dans la nuit, tandis que, sur l'autre, l'incendie commandé par Tyrion Lannister avait anéanti tous les bâtiments situés en dehors des murs : entrepôts et cales, bordels et habitations.

Même au Donjon Rouge, l'air avait un goût de cendres. En retrouvant Sansa dans le silence du bois sacré, ser Dontos s'inquiéta : « Vous avez pleuré…

– La faute en est uniquement à la fumée, mentit-elle. On jurerait que brûle une moitié du Bois-du-Roi.

– Lord Stannis cherche à enfumer les sauvages du Lutin. » Il avait beau se raccrocher d'une main au tronc d'un châtaignier, il tanguait passablement. Une tache de vin violaçait le bariolage rouge et jaune de sa tunique. « Ils lui tuent ses éclaireurs et razzient son train. Eux aussi d'ailleurs ont allumé des feux. Le Lutin a dit à la reine que Stannis ferait bien d'entraîner ses chevaux à brouter la cendre, vu qu'ils n'auraient pas une pousse d'herbe. Je l'ai entendu de mes propres oreilles. J'entends des tas de choses, en tant que fou, que jamais je n'avais entendues du temps où j'étais chevalier. On parle comme si je n'étais pas là, et… – il se pencha pour lui souffler la suite et la suffoqua de relents vineux – l'Araignée paie à prix d'or la moindre broutille. Ça fait des années, je crois, que Lunarion est un homme à lui. »

Il est ivre, à nouveau. Il se nomme lui-même mon pauvre Florian, et mon pauvre il est. Mais je n'ai que lui. « Est-il vrai que lord Stannis ait incendié le bois sacré d'Accalmie ? »

Il acquiesça d'un signe. « Il a fait des arbres un énorme bûcher, en offrande à son nouveau dieu. La prêtresse rouge l'y a obligé. On dit qu'elle le gouverne corps et âme. Il a fait serment de brûler aussi le Grand Septuaire de Baelor, s'il s'empare de Port-Réal.

– A son aise. » De prime abord, ses murs de marbre et ses sept tours de cristal lui avaient fait considérer le Grand Septuaire comme le plus beau monument du monde, mais c'était avant que Joffrey ne commande d'exécuter Père sur son parvis. « Puisse-t-il brûler.

– Chut, enfant, les dieux vont vous entendre...

– Pourquoi le feraient-ils ? Ils n'entendent jamais mes prières.

– Mais si. Ne m'ont-ils pas envoyé à vous ? »

Elle se mit à éplucher l'écorce d'un arbre. Elle se sentait presque fiévreuse, avait l'impression qu'elle délirait. « Ils vous ont envoyé, oui, mais à quoi bon ? Avez-vous agi ? Vous m'aviez promis de me ramener chez moi, et je me trouve encore ici. »

Dontos lui tapota la main. « J'ai parlé à un homme de ma connaissance, un bon ami à moi... et à vous, madame. Il louera un vaisseau rapide pour nous conduire en lieu sûr, le moment venu.

– C'est tout de suite, le moment, répliqua-t-elle avec force, avant que ne débutent les combats. On a fini par m'oublier. Nous réussirions à nous esquiver, je le sais, si nous le tentions.

– Enfant, enfant... ! » Il secoua la tête. « Sortir du château, oui, nous le pourrions, mais les portes de la ville sont gardées plus sévèrement que jamais, et le Lutin a même bouclé la rivière. »

C'était vrai. La Néra toujours si active était devenue un désert. On avait retiré tous les bacs vers la rive gauche, et les galères marchandes qui n'avaient pu fuir, le Lutin s'en était saisi pour les armer en guerre. Les seuls bâtiments encore visibles étaient les galères de guerre du roi. Elles ramaient sans trêve en eau profonde, aval et amont, au milieu du courant, tout en échangeant des volées de flèches avec les archers de Stannis postés sur la rive droite.

Lord Stannis lui-même était encore en route, mais une nuit sans lune avait permis à son avant-garde de s'installer en catimini.

Et c'est à son réveil que Port-Réal, la veille, avait découvert tentes et bannières de l'ennemi. Cinq mille hommes, à ce qu'on disait, soit presque autant que de manteaux d'or. Ils arboraient les pommes respectivement verte et rouge des Fossovoie, la palombe Estremont, le renard-aux-guirlandes Florent, sous le commandement de ser Guyard Morrigen, célèbre chevalier du sud que l'on appelait à présent Guyard le Vert. Sur son étendard volait un corbeau dont les noires ailes s'éployaient contre un ciel d'un vert orageux. Mais ce qui alarmait plus que tout la ville, c'étaient les pavois jaune pâle. Ils comportaient de longues basques aiguës qui flottaient avec des intermittences de flammes, et ils portaient l'emblème non pas d'un seigneur mais d'un dieu : le cœur ardent du Maître de la Lumière.

« A son arrivée, Stannis aura, de l'avis général, dix fois plus d'hommes que Joffrey. »

Dontos lui pressa l'épaule. « L'importance de son armée ne compte pas, ma bien-aimée, tant qu'il se trouve du mauvais côté de la rivière. Il ne peut traverser sans bateaux.

– Mais il en a. Plus que Joffrey.

– C'est une longue course, d'Accalmie jusqu'ici. Sa flotte doit contourner le Bec de Massey, franchir le Gosier puis enfiler la baie de la Néra. Sait-on jamais si, dans leur bonté, les dieux ne vont pas déchaîner contre elle une tempête afin d'en purifier les mers ? » Il eut un sourire encourageant. « Je sais, ce n'est pas facile, pour vous, mais patience, mon enfant, patience. Au retour de mon ami, nous l'aurons, notre bateau. Ayez foi en votre Florian, et tâchez de vous apaiser. »

Elle s'enfonça les ongles dans la main. La peur lui nouait, triturait le ventre et empirait de jour en jour. Depuis le départ de la princesse Myrcella, des cauchemars d'émeute la hantaient, la nuit ; des visions sinistres, oppressantes qui la réveillaient en sursaut, le souffle coupé, dans le noir. C'était à elle que s'adressaient les cris de la foule, des cris inarticulés, des cris de fauve. Elle qu'on avait cernée, lapidée d'ordures et tenté d'arracher de selle, à elle qu'il serait arrivé bien pire si le Limier n'était venu, d'estoc et de taille, la secourir, alors qu'on mettait en pièces le Grand Septon, et qu'une pierre écrabouillait le crâne de ser Aron. *Tâchez de vous apaiser*, disait-il !

Mais la ville entière mourait de peur. Même des remparts du château, ça crevait les yeux. Les petites gens se terraient, comme si volets clos et portes barricadées devaient suffire à les préserver. Comme si, la dernière fois, les Lannister n'avaient à leur guise pillé, violé, massacré des centaines d'habitants, bien que Port-Réal eût ouvert ses portes. Or, cette fois-ci, le Lutin entendait se battre, et quelle espèce de miséricorde pouvait espérer, je vous prie, une ville qui s'était battue ? Aucune.

Dontos babillait toujours. « Si j'étais encore chevalier, je serais tenu d'endosser l'armure et d'aller comme les autres garnir les murs. Pour m'avoir épargné cela, je devrais baiser les pieds du roi Joffrey et lui charmer l'oreille de ma gratitude.

– Remerciez-le donc de vous avoir fait fol, il vous refera chevalier ! » dit-elle vertement.

Il se mit à glousser. « Quelle fine mouche, oh..., que ma Jonquil !

– Joffrey et sa mère me disent idiote.

– Tant mieux. Vous n'en êtes que davantage en sécurité, ma bien-aimée. La reine Cersei et le Lutin et lord Varys et leurs pareils, tous s'épient mutuellement comme des gerfauts, chacun paie tel et tel pour espionner ce que font les autres, mais aucun ne s'embarrasse de la fille de lady Tanda, si ? » Il se couvrit le bec pour étouffer un rot. « Les dieux vous gardent, ma Jonquillette. » Il devenait pleurnichard. Sa manière à lui de cuver. « Un petit baiser, maintenant, pour votre Florian. Un baiser de chance. » Il chaloupa vers elle.

Esquivant les lèvres humides qui tâtonnaient, Sansa effleura une joue hirsute et souhaita bonne nuit. Il lui fallut toute son énergie pour ne pas éclater en pleurs. Elle n'avait que trop pleuré, ces derniers temps. Une inconvenance qu'elle déplorait, mais elle n'arrivait pas à s'en empêcher ; les larmes surgissaient, parfois pour une bagatelle, et rien, comment qu'elle s'y prît, rien ne réussissait à les refouler.

On ne gardait plus le pont-levis d'accès à la Citadelle de Maegor. Le Lutin avait déménagé la plupart des manteaux d'or vers les murs de la ville, et les blancs chevaliers de la Garde étaient sollicités par des tâches autrement cruciales que de japper aux talons d'une Sansa Stark. Libre à elle, pourvu qu'elle n'essayât pas de quitter le château, de se rendre où elle en avait envie, mais il n'était nulle part où elle eût envie de se rendre.

Après avoir franchi la douve sèche hérissée de ses abominables piques en fer, elle grimpa l'étroit escalier qui menait chez elle mais, arrivée devant sa porte, la seule idée de se renfermer lui fut insupportable. Elle se sentait prise au piège, entre ces quatre murs-là ; et elle avait le sentiment, lors même que la fenêtre était grande ouverte, d'y manquer d'air pour respirer.

Elle se détourna donc du vantail et poursuivit son ascension. La fumée barbouillait si bien les étoiles et le maigre croissant de lune que la terrasse de la tour n'était qu'ombres poisseuses et ténèbres. De là du moins Sansa pouvait-elle tout voir : les hautes tours du Donjon Rouge et la puissance des bastions d'angle, le fouillis des rues, dessous, la course noire de la rivière, au sud et à l'ouest, à l'est, la baie, et, de toutes parts, des gerbes d'escarbilles et des colonnes de fumée, des feux, des feux, des feux. Telles des fourmis équipées de torches, des soldats grouillaient sur les murs de la ville et dans les hourds qui doublaient désormais le chemin de ronde. A la porte de la Gadoue se discernait vaguement, parmi les tourbillons de fumée et dominant le rempart d'une bonne vingtaine de pieds, la silhouette géante des trois catapultes, les plus grosses qu'on eût jamais vues. Mais rien là n'était de nature à rassurer un peu Sansa. Une douleur fulgurante la traversa, qui lui arracha un sanglot et la plia en deux. Elle aurait pu tomber si, les ténèbres s'animant soudain, des doigts de fer ne l'avaient saisie par le bras et rétablie sur pied.

Elle agrippa un merlon pour se soutenir, ses ongles griffèrent la pierre rugueuse. « Laissez-moi ! s'écria-t-elle, allez-vous-en !

– Le petit oiseau croit avoir des ailes, oui ? Ou désires-tu finir estropiée comme certain frère à toi ? » Elle gigotait pour se libérer. « Je n'allais pas tomber. J'ai seulement eu..., vous m'avez surprise, voilà tout.

– Tu veux dire terrifiée. Et je te terrifie encore. »

Elle inspira un grand bol d'air pour recouvrer son calme. « Je me croyais seule, je... » Elle détourna son regard.

« Le petit oiseau ne peut toujours pas supporter ma vue, n'est-ce pas ? » Il la relâcha. « Tu as été quand même assez contente de la voir, ma tête, quand la populace allait t'avoir. Te rappelles ? »

Elle se rappelait trop bien. Tous les détails. La manière dont les gens hurlaient. La sensation du sang qui dégoulinait le long de sa joue, après qu'une pierre l'avait atteinte. L'haleine à l'ail de l'homme qui essayait de l'attirer à terre. Elle sentait encore le cruel étau des doigts sur son poignet tandis que, perdant l'équilibre, elle commençait à tomber.

Et elle se voyait perdue quand les doigts s'étaient convulsés, les cinq, tout d'un coup, sur un hurlement de l'homme, aussi strident qu'un hennissement, puis ouverts, et une poigne autrement plus forte l'avait raffermie en selle. Le puant l'ail gisait au sol, inondé par le sang qui giclait de son moignon de bras, mais cent trognes la cernaient toujours, hérissées de bâtons. Le Limier fonçait là-dedans, l'acier fulgurait parmi son propre sillage de vapeur pourpre, et la débandade des agresseurs était saluée par un rire énorme qui, l'espace de quelques secondes, transfigurait l'épouvantable visage carbonisé.

Sansa se contraignit à le regarder en face, vraiment en face. Par courtoisie pure, mais une dame se doit de ne jamais oublier ses bonnes manières. *Les cicatrices ne sont pas ce qu'il a de pire, ni même la façon dont se tord sa bouche. Mais ces yeux*… Jamais elle n'avait vu d'yeux si fous de fureur. « Je… j'aurais dû venir vous rendre visite, après, dit-elle d'une voix mal assurée. Pour vous remercier de… – de m'avoir sauvée… – de vous être montré si brave…

– Brave ? s'esclaffa-t-il, mais comme en grondant. Un chien n'a que faire de bravoure contre des rats. Ils étaient à trente contre un, et il ne s'en est pas trouvé un seul pour oser m'affronter. »

Elle détestait sa façon d'en parler, ce ton âpre et rageur. « Vous jubilez donc de terrifier les gens ?

– Non. Je jubile de les tuer. » Sa bouche se tordit. « Plisse ton minois tant que tu voudras, mais épargne-moi tes simagrées de compassion. Tu es issue de la portée d'un grand seigneur. Auras-tu le front de me soutenir que lord Eddard Stark de Winterfell n'a jamais tué ?

– Il accomplissait son devoir. Mais sans y prendre aucun plaisir.

– C'est ce qu'il t'a raconté ? » Il se remit à rire. « Ton père mentait. Il n'est rien de plus agréable au monde que de tuer. » Il tira sa longue épée. « *La voici*, tiens, ta vérité. Ton inestimable père en a eu la révélation sur le parvis de Baelor. Sire de Winterfell, Main du roi, gouverneur du Nord, le puissant Eddard Stark, noble rejeton d'une lignée vieille de huit mille ans… ? L'acier d'Ilyn Payne ne lui en a pas moins tranché le cou, non ? Te souviens, la gigue qu'il a dansée quand sa tête a quitté ses épaules ? »

Elle s'étreignit à deux bras, brusquement glacée. « Pourquoi tant de haine, toujours ? J'étais en train de vous *remercier*…

– Exactement comme si j'étais l'un de ces *véritables* chevaliers que tu aimes tant, oui. A quoi crois-tu que ça *sert*, un chevalier, fillette ? Uniquement à prendre les couleurs des dames et à faire joli dans la plate d'or, tu crois ? Les chevaliers servent à *tuer.* » Il lui appuya juste sous l'oreille, en travers du cou, le fil de l'épée. Elle percevait nettement le tranchant de l'acier. « J'avais douze ans quand j'ai tué mon premier homme. Combien j'en ai tué depuis, j'ai perdu le compte. De grands seigneurs à patronymes antiques, des richards gras à lard accoutrés de velours, des chevaliers bouffis comme des outres de leur honneur, oh oui, et des femmes et des enfants aussi – barbaque que tout ça, et je suis le boucher. Grand bien leur fasse d'avoir leur or et leurs terres et leurs dieux. Grand bien leur fasse d'avoir leurs *sers.* » Sandor Clegane lui cracha aux pieds pour bien montrer quel cas il faisait de tels brimborions. « Moi, tant que j'ai ceci, reprit-il en délaissant sa gorge pour faire miroiter la lame, il n'est pas homme au monde dont j'aie à trembler. »

Sauf de votre frère, songea Sansa, mais trop avisée pour le lui lancer. *Un chien, comme il le proclame lui-même. Un chien à demi sauvage, pétri d'abjection, un chien prêt à mordre la moindre main qui cherche à l'apprivoiser, mais un chien prêt aussi à déchiqueter quiconque se mêlerait de toucher à ses maîtres.* « Même pas de ceux qui campent sur l'autre berge ? »

Les yeux de Clegane se portèrent vers les feux lointains. « Tous ces incendies… » Il remit l'épée au fourreau. « Que les pleutres pour se faire du feu une arme.

– Lord Stannis n'est pas un pleutre.

– Ni non plus l'homme qu'était son frère. Jamais Robert ne se serait laissé arrêter par un obstacle aussi minable qu'une rivière.

– Que comptez-vous faire lorsqu'il la traversera ?

– Me battre. Tuer. Mourir, éventuellement.

– N'avez-vous pas peur ? Les dieux risquent fort de vous précipiter dans quelque enfer épouvantable, pour châtier tous vos forfaits.

– Quels forfaits ? » Il éclata de rire. « Quels dieux ?

– Les dieux dont nous sommes les créatures, tous.

– Tous ? railla-t-il. Dis-moi donc, oiselet, quel genre de dieu peut bien bricoler un monstre comme le Lutin, ou une crétine comme la fille de lady Tanda ? Les dieux, s'il en existe, créent les brebis pour que les loups mangent du mouton, et ils créent les faibles pour que s'en amusent les forts.

– Les véritables chevaliers protègent les faibles. »

Il renifla. « Il n'y a pas de véritables chevaliers, pas plus qu'il n'y a de dieux. Si tu n'es pas capable de te protéger toi-même, crève et cesse d'encombrer le passage à ceux qui le sont. L'acier qui coupe et les bras costauds gouvernent ce monde : hors de cela, tu te goberges d'illusions. »

Elle s'écarta vivement. « Vous êtes ignoble.

– Je suis honnête. C'est le monde qui est ignoble. A présent, petit oiseau, renvole-toi vite, j'en ai jusque-là de tes pépiements. »

Elle déguerpit sans un mot. Sandor Clegane lui faisait une peur affreuse… et, pourtant, quelque chose en elle aurait bien souhaité trouver chez ser Dontos une once de l'effarante férocité du Limier. *Il y a des dieux*, se dit-elle, *et il y a aussi de véritables chevaliers. Il ne se peut pas que les contes soient tous mensongers.*

Elle rêva de nouveau de l'émeute, cette nuit-là. La foule démontée l'assaillait, telle une bête à mille mufles, de ses vociférations. De quelque côté qu'elle se tournât, elle ne voyait que trognes convulsives, masques inhumains, monstruosités. Elle essayait bien, tout en larmes, de leur dire son innocence et qu'elle ne leur avait jamais fait de mal, ils cherchaient tout de même à l'arracher de selle. « Non, criait-elle en pleurant, non, par pitié, non, *non !* » Mais ils n'en tenaient aucun compte. Elle appelait à pleine gorge et ser Dontos et ses frères et son père mort et sa louve morte et le vaillant ser Loras qui lui avait, jadis, offert une rose rouge, mais aucun d'entre eux ne venait. Elle appelait à son secours les héros des chansons, les Florian, ser Ryam Redwyne et le prince Aemon Chevalier-Dragon, mais tous demeuraient sourds. Des femmes grouillaient autour d'elle comme des fouines, lui pinçaient les jambes et lui bourraient le ventre de coups de pied, quelqu'un la frappait en pleine figure, et elle sentait ses dents se briser, quand elle vit luire l'éclat de l'acier. Le couteau plongea dans ses entrailles et les lacéra lacéra lacéra, lacéra jusqu'à ce que d'elle, à terre, ne subsistât rien, plus rien d'autre que des lanières éparses à reflets gluants.

A son réveil, le petit matin pâlissait sa fenêtre, mais elle se sentit aussi nauséeuse et rossée que si elle n'avait pas fermé l'œil un instant. Ses cuisses étaient comme visqueuses. Elle repoussa la couverture, et la seule idée qu'au vu du sang lui dicta son marasme fut qu'elle n'avait qu'à demi rêvé. Le couteau de ses souvenirs l'avait bel et bien fouaillée, labourée. Prise de panique, elle se débattit, rua dans ses draps, tomba au pied du lit, suffocante et nue, sanglante, horrifiée.

A quatre pattes elle était là, recroquevillée, quand la cingla l'illumination. « Non, par pitié, pleurnicha-t-elle, par pitié, non. » Elle ne voulait pas que ça lui arrive, pas maintenant, pas ici, pas maintenant, pas maintenant, pas maintenant, pas maintenant.

Une démence prit possession d'elle. Se hissant debout contre le chevet, elle se traîna jusqu'à la cuvette et se lava furieusement pour éliminer tout ce sang poisseux. La vue de l'eau rose l'affola, quand elle eut fini. Au premier regard, les servantes *sauraient.* Et le linge de lit ? se souvint-elle alors en se précipitant. Rouge sombre s'y étalait une tache qui racontait tout. Perdant la tête, elle n'eut plus qu'une hantise, l'éliminer, coûte que coûte, qu'on ne voie pas, et elle ne pouvait se permettre de laisser voir, ou on la marierait avec Joffrey, on la forcerait à coucher avec lui.

Saisissant en toute hâte son couteau, elle se mit à taillader le drap pour découper la tache. *Et si l'on m'interroge pour le trou, que dire ?* Les larmes l'inondèrent. Elle arracha du lit le drap saccagé, puis la couverture, maculée aussi. Mais que faire de ces pièces à conviction ? *Les brûler.* Elle les mit en boule, les fourra dans la cheminée, les imbiba d'huile avec sa lampe de chevet et y mit le feu. S'apercevant alors que le sang avait traversé le drap et trempé le matelas de plume, elle roula celui-ci à son tour, mais il était volumineux, encombrant, difficile à déplacer. Elle ne parvint à l'insérer qu'à demi dans les flammes. A deux genoux, elle s'efforçait de l'y pousser tout entier, sans souci des gros nuages de fumée grise qui s'amoncelaient dans la chambre et l'environnaient quand elle entendit la porte s'ouvrir brusquement sur une servante qui poussa un cri étranglé.

Ils durent finalement s'y mettre à trois pour l'extirper de là. Et tout ça pour rien. Sa literie avait bien brûlé mais, lorsqu'ils furent parvenus à l'emporter dehors elle-même, elle avait à nouveau du sang sur les cuisses. Comme si son propre corps l'avait trahie au profit de Joffrey en déployant l'écarlate d'une bannière Lannister au vu de l'univers entier.

Une fois le feu éteint, ils évacuèrent les vestiges noirâtres du matelas, chassèrent le plus gros de la fumée et apportèrent un baquet. Des femmes allaient et venaient, qui grommelaient en lorgnant Sansa d'une manière des plus bizarre. Elles emplirent le baquet d'eau bouillante et l'y plongèrent et la baignèrent et lui lavèrent les cheveux puis lui remirent une serviette pour étancher ses hémorragies. Elle avait entre-temps recouvré son calme et rougissait de sa folie. La fumée avait abîmé la plus grande partie de sa garde-robe. L'une des femmes s'en fut lui quérir un sarrau de laine verte à peu près à sa taille. « Il est pas tant joli que vos affaires à vous, mais c'est toujours ça, dit-elle en le lui enfilant par-dessus la tête. Et comme vos chaussures ont pas brûlé, au moins vous serez pas forcée de vous rendre pieds nus chez la reine. »

Cersei Lannister était en train de déjeuner dans sa loggia quand on introduisit Sansa. « Prenez donc un siège, dit-elle gracieusement. Avez-vous faim ? » Sa main désigna la table, chargée de gruau, de lait, de miel, d'œufs durs et de poisson frit croustillant.

La vue des mets souleva l'estomac de Sansa. Elle eût été fort en peine de rien avaler. « Non, Votre Grâce, je vous remercie.

– Je ne vous en fais pas grief. Entre Tyrion et lord Stannis, tout ce que je mange a un goût de cendre. Et voilà que vous allumez des feux, vous aussi. Quel exploit vous flattiez-vous d'accomplir là ? »

Sansa baissa la tête. « La vue du sang m'a affolée.

– Le sang est le sceau de votre féminité. Lady Catelyn aurait pu vous préparer. Vous venez d'avoir votre première floraison, sans plus. »

Jamais Sansa ne s'était sentie moins florissante. « Madame ma mère m'avait prévenue, mais je.... je m'attendais à quelque chose d'autre – différent.

– Différent comment ?

– Je ne sais. Moins..., moins sale – et plus féerique. »

Cersei se mit à rire. « Attendez donc d'avoir un enfant, Sansa. La vie d'une femme comporte neuf dixièmes de saletés contre un de féerie, vous l'apprendrez bien assez tôt..., et ce qui paraît féerique finit souvent par se révéler plus sale que tout. » Elle sirota une goutte de lait. « Ainsi, vous voici femme. Avez-vous la plus petite idée de ce que cela signifie ?

– Cela signifie que me voici désormais propre à être mariée, besognée, répondit-elle, et à porter les enfants du roi. »

La reine grimaça un sourire. « Une perspective qui ne vous séduit plus aussi fort qu'autrefois, à ce que je vois. Je ne vais pas vous le reprocher. Joffrey a toujours été difficile. Même pour naître... J'ai été en travail un jour et demi avant de le mettre au monde. Vous ne pouvez imaginer les douleurs, Sansa. Je criais si fort que je me figurais que Robert m'entendrait peut-être, dans le Bois-du-Roi.

– Sa Majesté n'était pas à votre chevet ?

– Robert ? Robert chassait. Sa coutume à lui. Chaque fois qu'approchait l'heure de ma délivrance, mon royal époux détalait se perdre dans les fourrés avec ses veneurs et ses chiens. A son retour, il m'offrait un massacre de cerf ou des pelleteries, et moi, je lui offrais un nouveau-né.

« Je ne *désirais* nullement le voir rester, note bien. J'avais à mes côtés le Grand Mestre Pycelle, ainsi qu'un bataillon de sages-femmes, et j'avais mon frère. Lorsqu'on prétendit lui interdire la chambre d'accouchement, Jaime sourit et demanda : “Qui compte me jeter dehors ?”

« Joffrey ne te montrera pas tant de dévotion, je crains. Tu en aurais pu rendre grâces à ta sœur, n'eût-elle péri. Jamais il n'est parvenu à oublier ce fameux jour où, dans le Trident, elle l'a mortifié sous tes yeux. Il se revanche en te mortifiant, toi. Tu es cependant plus forte qu'il n'y paraît. Je compte bien te voir survivre à quelques humiliations. Je l'ai fait. Il se peut que tu n'aimes jamais le roi, mais tu aimeras ses enfants.

– J'aime Sa Majesté de tout mon cœur. »

La reine soupira. « Tu ferais bien d'apprendre un petit lot de mensonges neufs, et vite. Lord Stannis n'appréciera pas celui-là, je te le garantis.

– Le nouveau Grand Septon l'a dit : les dieux ne permettront jamais à lord Stannis de l'emporter, puisque Joffrey est le roi légitime. »

Un demi-sourire effleura les traits de Cersei. « Le fils légitime de Robert et son héritier. Encore que Joffrey se mît à pleurer pour peu que Robert le prît dans ses bras. Sa Majesté n'aimait pas cela. Ses bâtards lui avaient toujours gargouillé des risettes et sucé le doigt, lorsqu'il le fourrait dans leurs petits becs vils. Robert voulait des sourires et des ovations, toujours. Aussi courait-il où il en trouvait, chez ses amis et chez ses putes. Robert voulait être aimé. Tyrion, mon frère, est atteint du même mal. Veux-tu être aimée, Sansa ?

– Tout le monde veut être aimé.

– Je vois que la floraison ne t'a pas rendue plus brillante, lâcha Cersei. Permets-moi, Sansa, de partager avec toi un rien de science féminine, en ce jour très particulier. L'amour est un poison. Un poison certes délicieux, mais qui n'en est pas moins mortel. »

JON

Il faisait sombre, dans le col Museux. Les flancs escarpés des montagnes qui le dominaient n'y laissant guère pénétrer le soleil, on chevauchait dans l'ombre presque tout le jour, souffle du cheval et du cavalier fumant au contact du froid. Des congères au-dessus s'effilaient de longs doigts de glace qui, goutte à goutte, alimentaient des flaques gelées qui se craquelaient en crissant sous la corne des sabots. De-ci de-là s'apercevaient de maigres touffes de chiendent cramponnées dans une anfractuosité de la roche ou des plaques de lichen pâle, mais d'herbe point, et l'on avait dès longtemps dépassé la lisière des arbres.

Aussi raide qu'exigu, le chemin serpentait toujours sans cesser de monter. Lorsque se resserrait par trop la passe, les patrouilleurs allaient à la queue leu leu, Sieur Dalpont en tête, l'œil scrutant constamment les hauts, son grand arc toujours à portée de main. Il passait pour avoir les yeux les plus perçants de la Garde de Nuit.

Aux côtés de Jon trottinait fébrilement Fantôme. De temps à autre, il s'immobilisait, se retournait, l'oreille dressée comme s'il entendait quelque chose à l'arrière. Tout en doutant qu'à moins de crever de faim les lynx ne s'attaquent à des hommes en vie, Jon libéra néanmoins la garde de Grand-Griffe dans son fourreau.

Erodée par le vent se dressait au sommet du col une arche de pierre grise. La route, au-delà, s'élargissait pour amorcer sa longue descente vers la vallée de la Laiteuse. Qhorin décida d'y faire halte jusqu'à la recrue des ombres. « Des amies pour les hommes en noir », dit-il.

Remarque judicieuse, estima Jon. S'il eût été plaisant de chevaucher un peu au grand jour et de laisser l'éclatant soleil des montagnes vous déglacer la carcasse à travers le manteau, la prudence devait prévaloir. Où s'étaient trouvés trois guetteurs s'en pouvaient dissimuler d'autres, prêts à sonner l'alarme.

A peine lové sous sa pelisse élimée, Vipre s'endormit. Jon partagea avec Fantôme son bœuf salé, pendant qu'Ebben et Sieur Dalpont donnaient aux chevaux leur picotin. Qhorin Mimain s'assit contre un rocher pour affûter tout du long, à longs et lents gestes, sa longue épée. Jon le regarda faire un moment puis, prenant son courage à deux mains, s'en fut le trouver. « Messire, dit-il, vous ne m'avez pas demandé comment ça s'était passé. Avec la fille.

– Pas de “messire” avec moi, Jon Snow, je ne suis pas noble. » Coincée entre les deux doigts épargnés par la mutilation, la pierre glissait tendrement sur l'acier.

« Elle affirmait que Mance me prendrait volontiers, si j'acceptais de fuir avec elle.

– Elle disait vrai.

– Elle prétendait même que nous étions parents. Elle m'a conté une histoire...

– ... à propos de Baël le Barde et de la rose de Winterfell. Vipre m'en a parlé. Il se trouve que je connais la chanson. Mance la chantait, autrefois, retour de patrouille. La musique sauvageonne, il en raffolait. Ouais, comme de leurs femmes.

– Vous l'avez connu ?

– Nous l'avons tous connu. » Il y avait de la tristesse, dans sa voix.

Ils étaient amis tout autant que frères, comprit soudain Jon, *et, maintenant, ils sont ennemis jurés.* « Pourquoi a-t-il déserté ?

– Pour une fille, selon certains. Pour une couronne, selon d'autres. » Le gras de son pouce éprouva le fil de l'épée. « Du goût pour les femmes, il en avait, Mance, et il n'était pas homme à ployer les genoux sans mal, c'est exact. Mais il y avait plus. Il aimait mieux la sauvagerie que le Mur. Né sauvageon, il avait été capturé, tout gosse, lors d'une expédition contre les meurtriers de quelques patrouilleurs. En quittant Tour Ombreuse, il ne faisait que rentrer chez lui.

– C'était un bon patrouilleur ?

– Le meilleur de nous, dit Qhorin, et le pire aussi. Il faut être imbécile comme Petibois pour mépriser les sauvageons. Ils sont aussi braves que nous, Jon. Aussi forts, aussi prompts, aussi intelligents. Mais ils n'ont pas de discipline. Ils s'appellent eux-mêmes le peuple libre, et chacun s'estime aussi digne qu'un roi et plus savant qu'un mestre. Mance était pareil. Il n'a jamais pu apprendre à obéir.

– Moi non plus », souffla Jon.

Qhorin le vrilla de ses prunelles grises avec une redoutable sagacité. « Ainsi, tu l'as laissée filer ? » Le ton ne marquait aucune espèce d'étonnement.

« Vous savez ?

– A l'instant. Dis-moi pourquoi tu l'as épargnée. »

Il était difficile de le formuler. « Mon père n'a jamais recouru aux services d'un bourreau. Il disait devoir à ceux qu'il allait tuer de les regarder dans les yeux et d'écouter leurs derniers mots. Et quand j'ai regardé dans les yeux d'Ygrid, je... » Il fixa ses mains d'un air désespéré. « Elle était une ennemie, je sais, mais l'esprit du mal ne l'habitait pas.

– Pas plus que les deux autres.

– C'était leur vie ou la nôtre, dit Jon. S'ils nous avaient repérés, s'ils avaient sonné de ce cor...

– Les sauvageons nous prenaient en chasse et nous tuaient, affaire entendue.

– Tandis que le cor se trouve, maintenant, entre les mains de Vipre, et que nous avons pris la hache et le poignard d'Ygrid. Elle est derrière nous, désarmée, à pied...

– Bref, peu à même de constituer une menace, accorda Mimain. S'il m'avait absolument fallu sa tête, c'est à Ebben que j'aurais confié la besogne. A moins de m'en charger moi-même.

– Mais alors, pourquoi me l'avoir commandée ?

– Je ne l'ai pas commandée. Je t'ai simplement dit de faire le nécessaire, te laissant seul juge de ce qu'il serait. » Il se leva pour glisser l'épée dans son fourreau. « Lorsque je veux l'escalade d'une falaise, c'est à Vipre que je fais appel. S'il me fallait ficher une flèche, par grand vent, dans l'œil de quelque adversaire au cours d'une bataille, je convoquerais Sieur Dalpont.

Ebben saurait faire cracher ses secrets à n'importe qui. Pour mener des hommes, on doit les connaître, Jon Snow. Je te connais mieux à présent que je ne faisais ce matin.

– Et si je l'avais tuée ? demanda Jon.

– Elle serait morte, et je te connaîtrais aussi mieux qu'auparavant. Mais assez causé. Tu devrais déjà dormir. Nous avons maintes lieues à faire et maints dangers à affronter. Tu auras besoin de toute ton endurance. »

Sans doute le sommeil se laisserait-il désirer, mais l'avis de Qhorin était à l'évidence pertinent. Jon se trouva une place à l'abri du vent, sous un surplomb rocheux, et retira son manteau pour l'utiliser comme couverture. « Fantôme, appela-t-il, ici. Viens. » Il dormait toujours mieux, lorsque le grand loup blanc s'allongeait à ses côtés ; il puisait comme un réconfort dans son odeur fauve, et la chaleur de sa bonne fourrure n'était pas à dédaigner non plus. Mais Fantôme, cette fois, se contenta de répondre par un bref coup d'œil avant de se détourner puis, passant au large des chevaux, de s'évanouir. *Il souhaite chasser*, se dit Jon. Peut-être y avait-il des chèvres, dans ces montagnes. Les lynx devaient bien vivre de quelque chose. « Ne va pas te frotter à l'un d'eux, au moins », marmonna-t-il. Des adversaires dangereux, même pour un loup-garou. Après avoir tiré le manteau sur lui, il s'étendit de tout son long, ferma les yeux…

… et se mit à rêver de loups-garous.

Il n'y en avait que cinq, alors qu'ils auraient dû être six, et ils se trouvaient disséminés au lieu d'être ensemble. Il en éprouva une douleur profonde. Il se sentait incomplet, vacant. La forêt s'étendait à l'infini, glacée, et ils étaient si petits, là-dedans, tellement perdus ! Ses frères erraient dehors, quelque part, et sa sœur, mais même leur odeur s'était égarée. Il se cala sur son séant, leva le museau vers le ciel qui se rembrunissait, et son hurlement se répercuta par toute la forêt, en une longue plainte solitaire et noire. Lorsque l'écho s'en fut éteint, il pointa les oreilles en quête de réponse, mais seul lui parvint le soupir du vent sur la neige.

Jon ?

L'appel venait de derrière, plus bas qu'un murmure, mais non dépourvu de force. Un cri peut-il se faire silencieux ? Il tourna la tête, cherchant son frère, cherchant sous les arbres le frisson furtif d'une mince silhouette grise, mais il n'y avait rien, sauf…

Un barral.

Qui semblait surgir de la roche même, ses pâles racines s'extirpant avec force contorsions d'innombrables fissures, d'un écheveau de crevasses infimes. Il était grêle, comparé à ses congénères connus, guère plus qu'un arbuste, et, cependant, croissait à vue d'œil, étoffait ses branches au fur et à mesure qu'elles se tendaient plus haut vers le ciel. D'un pas circonspect, il fit le tour du tronc lisse et blanc jusqu'au face à face. Des yeux rouges le dévisageaient. Des yeux qui, tout farouches qu'ils étaient, exprimaient la joie de le voir. Le barral avait le visage de son frère. Son frère avait-il toujours eu trois yeux ?

Pas toujours, cria le silence. *Pas avant la corneille.*

Il flaira l'écorce, elle exhalait une odeur de loup, d'arbre et de garçon, mais aussi des senteurs plus sourdes, la riche senteur brune de l'humus chaud, la rude senteur grise de la pierre et de quelque chose d'autre, de quelque chose d'effroyable. La mort, comprit-il. Il respirait l'arôme de la mort. Il battit en retraite et, le poil hérissé, découvrit ses crocs.

N'aie pas peur, je me plais dans le noir. Personne ne peut t'y voir, mais tu peux voir tout le monde, toi. Tu dois seulement d'abord ouvrir les yeux. Regarde. Comme ça. Et l'arbre se baissa, le toucha.

Et, brusquement, il se retrouva debout dans les montagnes, les pattes enfoncées dans une profonde couche de neige, au bord d'un précipice vertigineux. Devant s'ouvrait, suspendu dans le vide, le col Museux, et une longue vallée en forme de V s'étendait dessous, telle une tapisserie qu'eussent émaillée tous les coloris d'un après-midi automnal.

Un gigantesque mur blanc bleuté s'encastrait si étroitement entre les montagnes pour bloquer une extrémité de la vallée qu'il semblait avoir joué des épaules pour les écarter – mais il ne pouvait s'agir là que d'une vision, songea-t-il une seconde, il s'était, voilà tout, rêvé de retour à Châteaunoir…, avant de comprendre qu'en fait il contemplait un fleuve de glace haut de plusieurs milliers de pieds. Au bas de cette falaise à reflets translucides s'étalait un immense lac dont le sombre miroir cobalt reflétait les cimes neigeuses des pics environnants. Dans la vallée s'affairaient des hommes, il les distinguait à présent ; beaucoup, des milliers, une armée formidable. Certains creusaient de grandes fosses dans le sol à demi gelé, d'autres manœuvraient. Monté sur des destriers pas plus gros que des fourmis, tout un essaim de cavaliers chargea sous ses yeux un rempart d'écus. Du vacarme de ces combats simulés, le vent n'apportait jusqu'à lui qu'une rumeur vague comme un léger bruissement de feuilles d'acier. Aucun plan n'avait présidé à l'établissement du camp proprement dit ; ne se discernaient ni fossés, ni palissades acérées de pieux, ni rigoureux alignements de chevaux ; en tous sens et au petit bonheur avaient poussé sur le terrain, telles des pustules sur un visage, abris de boue sèche et tentes de cuir. Il repéra de grossières meules de foin, flaira des chèvres et des brebis, des porcs et des chevaux, des chiens à profusion. De milliers de foyers s'élevaient des volutes de fumée sombre.

Ceci n'est pas une armée, pas plus que ce n'est une ville. C'est un peuple entier qui s'est rassemblé.

Sur la rive opposée du lac, un monticule se mit à bouger. Non pas la matière inerte, constata-t-il après avoir aiguisé son regard, mais quelque chose de vivant, une bête balourde, hirsute, avec un serpent pour nez et des boutoirs infiniment plus longs que ceux du sanglier le plus colossal que la terre eût jamais porté. Et la chose qui la montait n'était pas moins démesurée, de forme incongrue, trop épaisse de pattes et de hanches pour être un homme.

Alors, une bouffée de froid subite lui hérissa la fourrure, l'air frémit d'un froissement d'ailes, et, comme il levait les yeux vers les sommets blanchis de givre, une ombre fondit des nues, un cri strident déchira l'atmosphère, il entr'aperçut, largement éployées, des pennes gris-bleu qui interceptèrent le soleil, et...

« *Fantôme !* » cria Jon en se mettant sur son séant. Il sentait encore les serres acérées, la *douleur.* « *Fantôme, ici !* »

Ebben surgit, qui l'empoigna, le secoua. « La ferme ! Tu veux nous foutre les sauvageons sur le râble ? Ça va pas, mon gars ?

– Un rêve, bafouilla Jon d'une voix faible. J'étais Fantôme, je me tenais au bord d'un précipice à regarder, en bas, un fleuve gelé, et quelque chose m'a attaqué. Un oiseau…, un aigle, je crois… »

Sieur Dalpont sourit. « C'est toujours des mignonnes, moi, en rêve. Que rêver plus souvent, ça me plairait bien. »

Qhorin s'approcha à son tour. « Un fleuve gelé, tu dis ?

– La Laiteuse prend sa source dans un grand lac, au pied d'un glacier, précisa Vipre.

– Il y avait un arbre avec la face de mon frère. Les sauvageons…, il y en avait des *milliers*, bien plus nombreux que je n'avais jamais imaginé. Et des géants montés sur des mammouths. » A en juger d'après le déclin de la lumière, il avait dû dormir quatre ou cinq heures. La tête lui faisait mal, et le point précis de sa nuque où s'était enfoncé le fer rouge des serres. *Mais c'était en rêve.*

« Raconte-moi, du début à la fin. Tout ce que tu te rappelles », dit Qhorin Mimain.

L'embarras paralysait Jon. « Ce n'était qu'un rêve.

– Un rêve de loup, insista Mimain. A en croire Craster, les sauvageons se regroupaient aux sources de la Laiteuse. Ou bien ton rêve en découle, ou bien tu as vraiment vu ce qui nous attend, d'ici quelques heures. Raconte. »

Quoique débiter de pareilles choses à Qhorin et aux autres lui donnât l'impression d'être un demi-demeuré, il s'exécuta ponctuellement. Aucun des frères noirs ne se gaussa de lui, du reste, et, lorsqu'il en eut terminé, Sieur Dalpont lui-même ne souriait plus.

« Mutant ? » lança Ebben d'un air sombre en consultant Mimain du regard. *Qui veut-il dire ?* se demanda Jon. *L'aigle, ou moi ?* Zomans et mutants ressortissaient aux contes de Vieille Nan, pas au monde où il avait toujours vécu. Mais l'invraisemblable, ici, dans ce bizarre univers lugubre et sauvage de glace et de roc, n'était-on pas plus enclin à y croire ?

« Les vents froids se lèvent. Mormont le redoutait assez. Benjen Stark le pressentait aussi. Les morts marchent, et les arbres ont à nouveau des yeux. Pourquoi récuserions-nous zomans et géants ?

– Ça signifie-t-y que mes rêves aussi sont vrais ? questionna Sieur Dalpont. Que lord Snow garde ses mammouths, à moi mes mignonnes.

– Dès gamin puis homme, j'ai servi dans la Garde de Nuit, et j'ai patrouillé aussi loin qu'aucun, dit Ebben. J'ai vu des os de géants, j'ai entendu conter plein de trucs loufoques, ça s'arrête là. Je veux les voir de mes propres yeux.

– Gaffe, Ebben, qu'y te voyent pas », dit Vipre.

Lorsqu'ils se remirent en route, Fantôme ne reparut pas. Les ombres couvraient désormais le fond de la passe, et le soleil sombrait rapidement vers les pics jumeaux dont la silhouette déchiquetée dominait l'énorme massif, et que les patrouilles appelaient la Fourche. *Si le rêve était vrai...* Rien que d'y penser l'affolait. Se pouvait-il que l'aigle eût blessé, voire poussé Fantôme dans le précipice ? Et le barral qui avait les traits de son frère et qui sentait la mort et les ténèbres ?

Le dernier rayon du soleil s'évanouit derrière la Fourche. Le crépuscule envahit le col Museux. Il semblait que le froid s'aggravait d'une seconde à l'autre. On ne grimpait plus. En fait, on avait même commencé à descendre, mais la déclivité demeurait encore presque insensible. Le sol était crevassé, jonché de monceaux de rochers, d'éboulis. *Bientôt la nuit, et toujours pas trace de Fantôme.* C'était un déchirement que de ne pouvoir l'appeler. La prudence imposait le silence. Des tas de choses pouvaient être à l'écoute.

« Qhorin ? » Sieur Dalpont le héla tout bas. « Là. Regarde. »

Perché sur un piton rocheux bien au-dessus d'eux, l'aigle se détachait en noir contre l'obscurité grandissante du ciel. *Nous en avons déjà vu d'autres*, songea Jon. *Ce n'est pas forcément celui dont j'ai rêvé.*

Ebben esquissant néanmoins un geste pour le tirer, Sieur Dalpont lui retint la main. « Il est pas à portée, tant s'en faut.

– J'aime pas sa façon de nous reluquer. »

Un haussement d'épaules lui répondit. « Moi non plus. Mais tu l'empêcheras pas. Feras que gâcher une bonne flèche. »

Sans bouger de selle, Qhorin considéra longuement l'oiseau. « Dépêchons », dit-il enfin. Et ils reprirent la descente.

Fantôme ! avait envie de gueuler Jon, *Fantôme, où es-tu ?*

Il s'apprêtait à suivre les autres quand il entrevit une lueur blanchâtre entre deux rochers. *Une vieille flaque de neige*, se dit-il, mais cela remua. Il mit pied à terre instantanément.

S'agenouilla. Fantôme releva la tête. Sa nuque était noire de reflets visqueux, mais il n'émit pas un son lorsque Jon se déganta pour le palper. A travers la fourrure, les serres avaient labouré des sillons sanglants jusque dans la chair, mais l'oiseau n'était pas parvenu à briser l'échine du loup.

Qhorin Mimain se dressa au-dessus d'eux. « C'est grave ? »

Comme en guise de réponse, Fantôme se remit gauchement sur pied.

« Il est costaud, commenta-t-il. Ebben, de l'eau. Vipre, ta gourde de vin. Tiens-le tranquille, Jon. »

A eux deux, ils nettoyèrent la fourrure du sang qui l'encroûtait. Le loup se débattit en retroussant les babines lorsque Qhorin versa du vin dans ses vilaines balafres rouges, mais Jon l'enveloppa dans ses bras en lui chuchotant des mots tendres, et il ne tarda guère à s'apaiser. Le temps de déchirer un lé du manteau de Jon pour bander les plaies, close était la nuit. Seul un saupoudrage d'étoiles distinguait de la roche noire le firmament noir. « On démarre ? » s'impatienta Vipre.

Qhorin rejoignit son cheval. « On démarre, mais à rebours.

– On s'en retourne ? » Jon n'en croyait pas ses oreilles.

« Les aigles ont des yeux plus perçants que les hommes. On est repérés. Nous reste plus qu'à déguerpir. » Mimain s'enroula le visage à plusieurs tours dans une longue écharpe noire et sauta en selle.

Les patrouilleurs échangèrent un regard stupide, mais aucun n'envisagea de discuter. Ils enfourchèrent un à un leurs montures et les firent pivoter pour rebrousser chemin. « Viens, Fantôme. » Telle une ombre blafarde au cœur de la nuit, le loup-garou leur emboîta le pas.

Ils chevauchèrent à tâtons toute la nuit pour remonter la passe sinueuse en dépit des mille accidents du terrain. Le vent forcissait. Il faisait si noir, à certains endroits, qu'il fallait démonter et mener son cheval par la bride. Ebben s'aventura bien jusqu'à suggérer que des torches, peut-être, ne gâteraient rien, non ? « Pas de feu », trancha Qhorin, et il n'en fut plus question. On atteignit l'arche de pierre du sommet, la dépassa, amorça la descente. Du fond des ténèbres monta le miaulement furibond d'un lynx qui, répercuté d'écho en écho, vous donnait l'impression que, de toutes parts, lui répondaient des congénères. Une fois, Jon crut apercevoir, sur une corniche en surplomb, la phosphorescence de prunelles aussi vastes que lunes en moisson.

Dans la poix de l'heure qui précède l'aube, ils firent halte pour permettre aux chevaux de s'abreuver, grignoter une poignée d'avoine et un ou deux bouchons de foin. « On n'est plus loin du coin où vous avez tué les sauvageons, dit Qhorin. De là, il suffirait d'un seul homme pour en retenir cent. Si c'est le bon. » Il fixa Sieur Dalpont.

Celui-ci s'inclina. « Laissez-moi seulement autant de flèches que vous pourrez, frères. » Il agita son arc. « Et, à l'arrivée, veillez qu'on donne une pomme à mon canasson. L'aura pas volée, pauv' bétail. »

Il reste mourir, comprit Jon, soudain.

Qhorin referma sa main gantée sur l'avant-bras de l'ancien écuyer royal. « Si l'aigle s'amuse à descendre te reluquer…

– … j'y fais pousser des nouvelles plumes. »

Et Sieur Dalpont tourna les talons pour gravir l'étroit sentier qui menait vers les hauts. La dernière image que Jon emporta de lui.

Au point du jour, il distingua dans l'azur limpide un flocon noir en mouvement. Ebben le vit aussi et se mit à jurer, mais Qhorin lui imposa silence. « Ecoutez. »

Jon retint son souffle et entendit à son tour. Loin loin derrière, l'écho des montagnes propageait un appel, l'appel d'un cor de chasse.

« Les voilà, dit Qhorin, ça y est. »

TYRION

Après l'avoir, pour son supplice, affublé d'une tunique à l'écarlate Lannister en velours peluche, Pod lui apporta la chaîne de son office, mais Tyrion la laissa sur sa table de chevet. Sa sœur détestait se voir rappeler qu'il était la Main du roi, et il n'avait aucune envie d'envenimer davantage leurs relations.

Varys le prit au vol comme il traversait la cour. « Messire, dit-il d'une voix quelque peu essoufflée, tant vaudrait lire ceci tout de suite. » Un parchemin dépassait de sa douce main blanche. « Un message en provenance du Nord.

– Bonnes ou mauvaises nouvelles ?

– Il ne m'appartient pas d'en juger. »

Tyrion déroula la chose. A la lueur louche des torches qui éclairaient la cour, il eut du mal à déchiffrer le texte. « Bonté divine ! s'exclama-t-il sourdement. Tous les deux ?

– Je le crains, messire. C'est si triste. D'une tristesse si désolante. Et eux, si jeunes et innocents. »

Tyrion avait encore l'oreille lancinée par l'insistance avec laquelle hurlaient les loups, après la chute du petit Stark. *Sont-ils en train de hurler, maintenant ?* « En avez-vous informé quiconque d'autre ?

– Pas encore, mais je vais devoir, naturellement. »

Il roula la lettre. « J'aviserai moi-même ma sœur. » Il désirait voir comment elle prendrait la nouvelle. Le désirait passionnément.

La reine était très en beauté, ce soir-là. Extrêmement décolletée, sa robe de velours vert sombre rehaussait la couleur de ses yeux. Sa chevelure d'or cascadait sur ses épaules nues, et une écharpe cloutée d'émeraudes lui ceignait la taille. Tyrion ne lui tendit la lettre – mais sans un mot – qu'une fois assis et gratifié d'une coupe de vin. Cersei lui papillota sa mine la plus ingénue avant de saisir la lettre.

« J'espère que tu es satisfaite, dit-il tandis qu'elle lisait. Tu l'as suffisamment souhaitée, je crois, la mort du petit Stark. »

Elle se rechigna. « C'est Jaime qui l'a précipité dans le vide, pas moi. Par amour, a-t-il dit, comme si son geste était fait pour me plaire. Un geste absurde, et dangereux, de surcroît, mais notre cher frère s'est-il jamais soucié de réfléchir avant d'agir ?

– Le petit vous avait surpris, souligna Tyrion.

– Ce n'était qu'un bambin. Il m'aurait suffi de l'apeurer pour le réduire au silence. » Elle regarda la lettre d'un air pensif. « Pourquoi faut-il que l'on m'incrimine, chaque fois qu'un Stark s'écorche un orteil ? Ce crime est l'œuvre de Greyjoy, je n'y suis absolument pour rien.

– Espérons que lady Catelyn le croie. »

Ses yeux s'agrandirent. « Elle n'irait pas…

– … tuer Jaime ? Pourquoi non ? Comment réagirais-tu si l'on t'assassinait Joffrey et Tommen ?

– Je tiens toujours sa Sansa ! objecta-t-elle avec emportement.

– *Nous* tenons toujours sa Sansa, rectifia-t-il, et nous aurions tout intérêt à la dorloter. Maintenant, chère sœur, où donc est le souper que tu m'avais promis ? »

Elle le régala de mets exquis. Indiscutablement. Ils dégustèrent en entrée une soupe de marrons crémeuse avec des croûtons chauds, et des petits légumes aux pommes et aux pignons. Suivirent une tourte de lamproie, du jambon au miel, des carottes au beurre, des flageolets aux lardons, du cygne rôti farci d'huîtres et de champignons. Tyrion se ruina pour sa part en prévenances du dernier courtois vis-à-vis de Cersei ; il lui offrit le plus friand de chaque plat, se garda de rien engloutir qu'elle n'en eût d'abord tâté. Non qu'il la suspectât vraiment de chercher à l'empoisonner, mais un rien de prudence était-il jamais dommageable ?

Cette histoire des Stark tourmentait Cersei, manifestement. « Toujours rien de Pont-l'Amer ? s'enquit-elle fiévreusement tout en piquant à la pointe de son couteau un quartier de pomme qu'elle se mit à grignoter à menus coups de dents gourmets.

– Rien.

– Je me suis toujours défiée de Littlefinger. Pourvu que la somme soit rondelette, il passerait à Stannis en moins d'un clin d'œil.

– Stannis Baratheon est diablement trop vertueux pour acheter les gens. Et il ne serait pas non plus un maître des plus coulant pour l'engeance Petyr. Cette guerre a eu beau susciter, je te l'accorde, des concubinages assez extravagants, ces deux-là ? non. »

Tandis qu'il détachait des tranches de jambon, elle glissa : « C'est à lady Tanda que nous sommes redevables de ce cochon.

– Un gage de son affection ?

– Un pourboire. Contre la permission expresse de se retirer dans ses terres. La tienne comme la mienne. Elle redoute, m'est avis, que tu ne la fasses arrêter en route, à l'instar de lord Gyles.

– Projette-t-elle aussi d'enlever l'héritier du trône ? » Il la servit de jambon puis en prit lui-même. « Je préférerais qu'elle reste. Si c'est sa sécurité qui l'inquiète, dis-lui de faire venir sa garnison de Castelfoyer. Tous les hommes dont elle dispose.

– Si nous manquons si cruellement d'hommes, pourquoi avoir éloigné tes sauvages ? » Dans sa voix perçait une pointe d'irritation.

« Je ne pouvais mieux les utiliser, répondit-il franchement. Ils sont des guerriers redoutables mais pas des soldats. Dans une bataille rangée, la discipline est plus importante que le courage. Ils se sont déjà montrés plus efficaces dans le Bois-du-Roi qu'ils ne l'auraient jamais fait au rempart. »

Pendant qu'on servait le cygne, la reine le pressa de questions sur la conspiration des Epois. Elle en paraissait d'ailleurs plus contrariée qu'anxieuse. « Pourquoi sommes-nous affligés de tant de trahisons ? De quel tort la maison Lannister s'est-elle jamais rendue coupable envers ces scélérats ?

– D'aucun, concéda-t-il, mais ils spéculent se retrouver du côté du vainqueur…, en quoi la bêtise se conjugue à la félonie.

– Es-tu certain de les avoir tous démasqués ?

– Varys l'affirme. » A son goût, le cygne était trop gras.

Un sillon creusa le front d'albâtre de Cersei, juste entre ses adorables prunelles. « Cet eunuque… tu lui accordes trop de crédit.

– Il me sert bien.

– Du moins s'arrange-t-il pour te le faire croire. Tu te figures être le seul à qui il susurre de petits secrets ? Il n'en administre à chacun de nous que la dose idéale pour nous persuader que, sans lui, nous serions perdus. Il a joué le même jeu avec moi, lorsque j'eus épousé Robert. Des années durant, je fus convaincue de ne pas posséder d'ami plus véritable à la Cour, mais, à présent… » Elle le dévisagea un moment. « Il prétend que tu comptes éloigner le Limier de Joffrey. »

Le maudit ! « J'ai besoin de Clegane pour des tâches plus essentielles.

– Rien n'est plus essentiel que la vie du roi.

– La vie du roi ne court aucun danger. Joff conservera le brave ser Osmund pour le garder, ainsi que Meryn Trant. » *Ils ne sont bons à rien d'autre.* « J'ai besoin de Balon Swann et du Limier pour mener des sorties qui nous garantissent que Stannis ne posera pas un orteil sur cette rive-ci de la Néra.

– Ces sorties, Jaime les mènerait en personne.

– De Vivesaigues ? Ça fait une fichue sortie.

– Joff n'est qu'un gamin.

– Un gamin qui souhaite prendre part à cette bataille, et c'est pour une fois faire preuve d'un grain de bon sens. Je n'entends pas le mettre au plus épais de la mêlée, mais il y va de son intérêt qu'on le voie. Les hommes se battent avec plus d'ardeur pour un roi qui partage avec eux le danger que pour un roi qui se camoufle sous les jupes de sa maman.

– Il a treize ans, Tyrion…

– Tu te rappelles Jaime, à treize ans ? Si tu veux que Joffrey soit le fils de son père, permets-lui d'assumer son rôle. Il arbore l'armure la plus somptueuse qu'on puisse s'offrir à prix d'or, et il aura en permanence autour de lui une douzaine de manteaux d'or. Au moindre indice que la ville risque de tomber, je le fais sur-le-champ reconduire au Donjon Rouge par son escorte. »

Il avait espéré que cette promesse la rassurerait, mais il ne lut que de l'angoisse dans ses yeux verts. « Port-Réal va tomber ?

– Non. » *Mais, dans le cas contraire, prie les dieux que nous puissions tenir le Donjon Rouge assez longtemps pour permettre à notre seigneur père de survenir et de nous dégager.*

« Tu m'as déjà menti par le passé, Tyrion.

– Toujours pour le bon motif, chère sœur. Je souhaite autant que toi notre connivence. J'ai décidé de relâcher lord Gyles. » Il n'avait épargné celui-ci qu'en vue de ce beau geste. « Je te rends volontiers ser Boros Blount aussi. »

Ses lèvres se crispèrent. « Que ser Boros continue de croupir à Rosby, dit-elle, mais Tommen…

– … reste où il se trouve. Il est plus en sécurité sous la protection de lord Jacelyn qu'il ne l'aurait jamais été sous celle de lord Gyles. »

Les serviteurs emportèrent le cygne quasiment intact. Cersei réclama le dessert. « Tu ne détestes pas la tarte aux myrtilles, j'espère ?

– J'aime les tartes à tout.

– Oh, je le sais depuis belle lurette. Sais-tu ce qui rend Varys si dangereux ?

– Allons-nous jouer aux devinettes, maintenant ? Non.

– C'est qu'il n'a pas de queue.

– Toi non plus. » *Et c'est bien ce qui t'enrage, n'est-ce pas, Cersei ?*

« Peut-être suis-je dangereuse aussi. Quant à toi, tu es un aussi gros benêt que les autres hommes. Le vermisseau qui vous pendouille entre les jambes est pour moitié l'agent de votre pensée. »

Tyrion pourlécha ses doigts jusqu'à la dernière miette. Le sourire qu'affichait sa sœur le charmait fort peu. « Oui, même qu'à l'instant mon vermisseau pense qu'il serait peut-être temps que je me retire.

– Serais-tu souffrant, frérot ? » Elle s'inclina vers lui, lui offrant par là une vue plongeante dans son corsage. « Voilà que tu m'as l'air, subitement, comme… démonté.

– Démonté ? » Il jeta un coup d'œil furtif vers la porte. Il lui semblait avoir entendu quelque chose, dehors. Il commençait à regretter d'être venu seul. « Ma queue ne t'avait guère intéressée jusqu'ici.

– Ce n'est pas ta queue qui m'intéresse, mais ce dans quoi tu la plantes. Je ne dépends pas de l'eunuque en tout, contrairement à toi. J'ai des moyens à moi pour découvrir les choses… notamment les choses que les gens veulent me voir ignorer.

– Ce qui veut dire, en clair ?

– Simplement ceci : *Je tiens ta petite pute.* »

Tyrion saisit posément sa coupe de vin, manière de gagner une seconde et de rassembler ses esprits. « Je croyais les mâles plus à ton goût.

– Quel petit farceur tu fais. Dis-moi, tu ne l'as pas encore épousée, celle-ci ? » Voyant qu'il ne répondait pas, elle se mit à rire et gloussa : « Père en sera tellement soulagé ! »

Il se sentait les tripes grouiller d'anguilles. Comment avait-elle déniché Shae ? Varys, qui l'avait trahi ? Ou lui-même qui, par son impatience, avait démoli d'un seul coup son minutieux échafaudage de précautions, la nuit où il s'était rendu d'une traite au manoir ? « Que te chaut qui je choisis pour bassiner mon lit ?

– Un Lannister paie toujours ses dettes, dit-elle. C'est contre moi que tu t'es mis, dès le jour de ton arrivée à Port-Réal, à ourdir tes machinations. Tu m'as vendu Myrcella, dérobé Tommen, et voici que tu me mijotes la mort de Joffrey. Lui disparu, tu t'adjugerais le pouvoir au nom de Tommen. »

Ma foi, l'idée ne laisse pas que d'être tentante, en effet. « Folie que cela, Cersei, folie pure. Stannis sera là d'un jour à l'autre. Je te suis indispensable.

– En quoi ? Par tes mérites inouïs au combat ?

– Sans moi, jamais Bronn et ses mercenaires ne se battront, mentit-il.

– Oh, je pense que si. C'est ton or qu'ils aiment, pas tes malices de diablotin. N'aie crainte, d'ailleurs, ils te conserveront. Je n'affirmerai pas que l'envie de t'égorger ne m'ait, de temps à autre, taraudée, mais Jaime ne me pardonnerait jamais, si j'y succombais.

– Et la pute ? » Il préférait éviter de prononcer son nom. *Si j'arrive à lui persuader que Shae, je m'en moque éperdument, peut-être... ?*

« Aussi longtemps que je verrai mes fils indemnes, on la traitera correctement. Mais que Joff périsse, ou que Tommen tombe aux mains de nos ennemis, alors, ta petite cramouille mourra, et dans des supplices dont tu ne saurais te figurer les raffinements. »

Elle croit vraiment que je projette d'assassiner mon propre neveu. « Tes fils ne courent aucun risque, protesta-t-il d'un ton las.

Bonté divine ! ils sont de mon sang, Cersei ! Pour qui me prends-tu ?

– Pour un bout d'homme contrefait. »

Il s'abîma dans la contemplation de la lie demeurée au fond de sa coupe. *Que ferait Jaime, à ma place ?* Il pourfendrait probablement la garce, et ne s'inquiéterait des conséquences qu'après coup. Mais Tyrion ne possédait pas d'épée d'or, et il n'aurait su comment la manier, de toute façon. S'il chérissait son frère et ses rages inconsidérées, c'était plutôt sur leur seigneur père qu'il devait essayer de prendre modèle. *De pierre, je dois être de pierre, je dois être Castral Roc, dur et inébranlable. Si je rate cette épreuve, du diable si je ne cours me terrer dans le premier trou de bouffon !* « A ce que je comprends, tu l'as déjà tuée, dit-il.

– Te plairait-il de la voir ? Je m'y attendais. » Elle traversa la pièce, ouvrit la lourde porte de chêne. « Introduisez la putain de mon frère. »

En pois sortis d'une même cosse, les frères de ser Osmund, Osney et Osfryd, étaient de grands diables à bec de vautour, poil noir et sourire féroce. Elle pendait entre eux, l'œil agrandi, tout blanc dans sa face sombre. Du sang suintait de sa lèvre fendue, les déchirures de sa robe la révélaient couverte d'ecchymoses. Une corde lui liait les mains, un bâillon lui interdisait de parler.

« On ne la maltraiterait pas, disais-tu.

– 'l'a résisté. » Contrairement à ses frères, Osney Potaunoir était proprement rasé. Grâce à quoi les égratignures visibles sur ses joues glabres confirmaient pleinement ses dires. « Sorti ses griffes comme un chat sauvage, cel'- là.

– Simples contusions, dit Cersei d'un air excédé. Il n'y paraîtra bientôt plus. Ta putain vivra. Tant que Joffrey vit. »

Tyrion lui aurait volontiers ri au nez. Avec quelles délices, hélas, mais quelles délices... indicibles ! A ce détail près que, terminée, la partie, dès lors. *Tu viens de la perdre, Cersei, et tes Potaunoir sont encore plus nuls que ne le clamait Bronn.* Il n'aurait qu'un mot à dire.

Il se contenta de scruter le visage de la petite avant de lâcher : « Tu me jures de la libérer après la bataille ?

– Si tu libères Tommen, oui. »

Il se mit sur pied. « Garde-la, dans ce cas, mais garde-la en sécurité. Si ces bestiaux-là comptent impunément jouir d'elle..., eh bien, chère sœur, permets-moi de te signaler que toute balance oscille en deux sens. » Il parlait d'un ton calme et monocorde, sans s'apercevoir qu'il avait cherché à prendre celui de Père et parfaitement réussi. « Quoi qu'elle subisse, Tommen le subira aussi, sévices et viols inclus. » *Puisqu'elle se fait de moi une image si monstrueuse, autant que je joue son jeu.*

Elle tomba de son haut. « Tu n'aurais pas le front... ! »

Il se contraignit à sourire d'un sourire lent et glacé. Vert et noir, ses yeux se firent goguenards. « Le front ? Je m'y emploierai personnellement. »

La main de sa sœur lui vola au visage, mais il lui saisit le poignet et le tordit de vive force jusqu'à ce qu'elle poussât un cri. Osfryd s'avança pour la secourir. « Un pas de plus, et je le lui casse », prévint le nain. L'homme s'immobilisa. « Je t'avais avertie, Cersei. Plus jamais tu ne me frapperas. » D'une saccade, il la jeta à terre et se tourna vers les Potaunoir. « Détachez-la, et retirez-lui ce bâillon. »

Ils avaient tellement serré la corde que le sang n'irriguait plus les mains de leur prisonnière. Elle ne put réprimer un cri de douleur quand la circulation s'y rétablit. Tyrion lui massa doucement les doigts jusqu'à ce qu'ils aient recouvré toute leur souplesse. « Courage, ma douce, dit-il, je suis navré qu'ils t'aient meurtrie.

– Je sais que vous me libérerez, messire.

– Oui », promit-il, et Alayaya se pencha sur lui pour le baiser au front. Sa lèvre crevassée y laissa une marque rouge. *Un baiser sanglant*, songea-t-il, *je n'en méritais pas tant. Sans moi, jamais on ne l'aurait battue.*

Le front toujours maculé de sang, il toisa la reine demeurée à terre. « Je ne t'ai jamais aimée, Cersei, mais, comme tu n'en étais pas moins ma propre sœur, jamais je ne t'ai fait de mal. Tu viens de clore ce chapitre. Le mal que tu as fait ce soir, je te le revaudrai. J'ignore encore comment, mais laisse-moi le temps. Un jour viendra où, te croyant heureuse et en sûreté, tu sentiras brusquement ta joie prendre un goût de cendre, et tu sauras alors que la dette est payée. »

« A la guerre, lui avait dit Père un jour, la bataille est finie dès lors que l'un des deux osts se débande et fuit. Peu importe si ses effectifs sont les mêmes que l'instant d'avant, s'ils demeurent armés, couverts de leurs armures ; une fois qu'ils ont détalé, vous ne les verrez pas retourner au combat. » Tel était le cas de Cersei. « Dehors ! fut sa seule riposte. Hors de ma vue ! »

Tyrion s'inclina bien bas. « Bonne nuit, alors. Et rêves agréables. »

Il regagna la tour de la Main le crâne martelé par le piétinement de mille poulaines d'acier. *J'aurais dû voir venir cela dès la première fois où je me suis glissé dans l'armoire de Chataya.* Peut-être s'était-il *gardé* de le voir ? Il souffrait abominablement des jambes quand il atteignit enfin son étage, expédia Pod chercher un flacon de vin et se traîna jusqu'à sa chambre.

Assise en tailleur sur le lit à dais, Shae l'attendait, toute nue, sauf qu'elle arborait au col une lourde chaîne d'or qui reposait sur ses seins dodus : une chaîne dont chaque maillon représentait une main refermée sur la main suivante.

Sa présence était inopinée. « Toi ? ici ? » s'étonna-t-il.

Elle secoua la chaîne en riant. « Je désirais des mains sur mes tétons..., mais ces petites mains d'or sont bien froides. »

Pendant un moment, il ne sut que dire. Pouvait-il lui apprendre qu'une autre femme s'était fait rosser à sa place ? qu'elle risquait aussi de mourir à sa place si, par malheur, Joffrey tombait au cours de la bataille ? Du talon de la main, il frotta son front taché du sang d'Alayaya. « Ta lady Lollys...

– Roupille. Son truc favori, roupiller, à cette grosse vache. Roupiller et bouffer. Y arrive de se mettre à roupiller pendant qu'elle bouffe. La bouffe tombe sur les couvertures, et elle s'y *roule*, et faut que je la débarbouille. » Elle fit une grimace de dégoût. « Z'y ont pourtant rien fait que la *foutre* !

– Sa mère la dit malade.

– Y a qu'elle est pleine, et puis c'est tout. »

Tyrion jeta un regard circulaire. Apparemment, rien, dans la pièce, n'avait été dérangé. « Comment es-tu entrée ? Montre-moi la porte secrète. »

Elle haussa les épaules. « Lord Varys m'a mis une cagoule. Je pouvais rien voir, sauf..., y a eu un endroit, j'ai vu le sol, une seconde, par le bas de la cagoule. C'était que des petits carreaux, tu sais, le genre qui fait des tableaux ?

– Une mosaïque ? »

Elle acquiesça d'un hochement. « Des rouges et des noirs. Ça faisait un tableau de dragon, je crois. Autrement, c'était sombre partout. On a descendu une échelle, on s'est tapé toute une trotte, que j'en étais complètement tourneboulée. Une fois, on s'est arrêtés pour qu'il déverrouille une porte en fer. Je l'ai frôlée quand on l'a passée. Le dragon était après. Puis on a monté une autre échelle, et y avait un tunnel, en haut. M'a fallu me baisser, et je pense que lord Varys marchait à quatre pattes. »

Tyrion fit le tour de la chambre. L'une des appliques lui parut branler. Dressé sur ses orteils, il tenta de la faire pivoter. Elle tourna lentement, crissa sur le mur de pierre. Une fois à l'envers, la souche de la chandelle en tomba. Quant aux joncs éparpillés sur les dalles de pierre froide, ils ne révélaient aucune espèce de déplacement. « M'sire a pas envie de me baiser ? demanda Shae.

– Dans un instant. » Il ouvrit son armoire, écarta les vêtements, et appuya sur le panneau du fond. Ce qui marchait pour un bordel marcherait peut-être aussi pour un château..., mais non, le bois était massif et ne cédait pas. Non loin de la banquette de fenêtre, une pierre lui attira l'œil, mais il eut beau tirer, presser dessus, rien ne l'ébranla. Il revint vers le lit déçu, contrarié.

Shae le délaça puis lui jeta les bras autour du cou. « Tes épaules sont aussi dures que des rochers, murmura-t-elle. Hâte-toi, il me tarde de t'avoir en moi. » Mais quand elle noua ses jambes autour de sa taille, il eut une panne de virilité. En s'apercevant qu'il mollissait, Shae se glissa sous les draps et le prit dans sa bouche, mais même cela faillit à l'ériger.

Très vite, il l'arrêta. « Qu'est-ce qui t'arrive ? » demanda-t-elle. Toute la tendresse et toute l'innocence du monde se lisaient, là, sur chacun des traits de son visage juvénile.

Innocence ? Crétin ! ce n'est qu'une pute. Cersei avait raison, tu penses avec ta queue, crétin ! crétin !

« Contente-toi de dormir, ma douce », intima-t-il en l'ébouriffant. Mais après, bien bien après qu'elle eut suivi le conseil, Tyrion, lui, les doigts reployés sur l'orbe d'un sein menu, demeura éveillé, allongé près d'elle, à l'écouter respirer tout bas.

CATELYN

La grande salle de Vivesaigues était un désert, lorsqu'on n'y dînait qu'à deux. Des ombres insondables en drapaient les murs, et l'une des quatre torches initiales s'était consumée. Catelyn contemplait fixement le vin dans son gobelet. Il vous laissait dans la bouche comme une âpreté. Brienne lui faisait face. Entre elles se dressait le haut fauteuil de Père, aussi vacant qu'était vide l'immense vaisseau. Les serviteurs eux-mêmes s'étaient retirés. Elle les avait congédiés pour ne pas les priver des festivités.

Malgré l'épaisseur des murs filtrait de la cour jusqu'à elle, étouffé, le bruit de la beuverie. Ser Desmond avait fait monter des caves vingt barils de brune, et les bonnes gens célébraient corne au poing le retour incessant d'Edmure et la conquête par Robb de Falaise.

Je ne vais quand même pas leur en tenir rigueur ! se gourmanda-t-elle. Ils ne sont pas au courant. Et le sauraient-ils, que leur importerait ? *Ils ne les ont pas connus. Ils n'ont jamais regardé, le cœur en travers du gosier, Bran grimper, jamais goûté cette mixture inextricable de panique et d'orgueil dont il m'abreuvait, jamais entendu son rire, et jamais ils n'ont souri de voir Rickon s'évertuer si farouchement à singer ses aînés.* Elle considéra les mets déposés devant elle : truite au lard, salade aux fanes de turneps, fenouil rouge et doucette, pois et oignons, pain chaud. Brienne mastiquait méthodiquement, comme si dîner figurait au nombre des corvées qu'elle se devait d'accomplir. *Quelle femme acariâtre je suis devenue*, songea Catelyn. *Boire ou manger, rien ne m'est joie, rires et chansons me sont aussi suspects que des inconnus. Je ne suis que deuil et poussière et regrets amers. Je porte désormais un gouffre à la place du cœur.*

Le bruit que faisaient les mâchoires de la chevalière finit par lui être intolérable. « Je ne suis pas une compagnie, Brienne. Allez donc vous joindre aux réjouissances, si vous le souhaitez, lamper une pinte de bière et danser, lorsque Rymond prendra sa harpe.

– Les réjouissances ne sont pas mon fait, madame. » Ses grandes pattes écartelaient une rouelle de pain noir. Elle en contempla les morceaux d'un air aussi buté que si elle cherchait à se rappeler de quoi diable il pouvait s'agir. « Si vous me l'ordonnez, je... »

Catelyn fut sensible à son désarroi. « Je pensais seulement qu'une compagnie plus heureuse que la mienne vous ferait plaisir.

– Je suis parfaitement contente. » Elle utilisa le pain pour saucer le lard fondu dans lequel avait frit sa truite.

« Il est arrivé un autre oiseau, ce matin, reprit Catelyn sans savoir pourquoi elle le disait. Le mestre m'a réveillée immédiatement. C'était son devoir, mais vraiment pas gentil. Pas gentil du tout. » Elle n'avait pas eu l'intention d'en parler à Brienne. Personne d'autre qu'elle et mestre Vyman ne savait, et elle s'était promis de s'en tenir là jusqu'à... – jusqu'à ce que...

Jusqu'à ce que quoi ? Folle que tu es ! le renfermer dans le secret de ton cœur le rend-il moins vrai ? A n'en rien dire, n'en pas parler, deviendra-t-il un simple rêve, moins qu'un rêve, le souvenir d'un cauchemar à demi estompé ? Oh, si seulement les dieux voulaient avoir tant de bonté... !

« C'étaient des nouvelles de Port-Réal ? demanda Brienne.

– Plût au ciel. L'oiseau venait de Castel-Cerwyn, avec un message de ser Rodrik, le gouverneur de Winterfell. » *Noires ailes, noires nouvelles.* « Il a rassemblé le plus d'hommes possible et s'est mis en marche afin de reprendre le château. » Comme tout cela sonnait dérisoire, à présent. « Mais il disait aussi... – écrivait... – m'informait – que...

– Qu'y a-t-il, madame ? Il s'agit de vos fils ? »

Une question si facile à poser ; que n'était-il aussi facile d'y répondre. Catelyn essaya, les mots s'étranglaient dans sa gorge. « Je n'ai plus d'autre fils que Robb. » Elle proféra ces mots terribles sans un sanglot – et cela du moins lui procura une espèce de satisfaction.

Brienne ouvrit des yeux horrifiés. « Madame ?

– Bran et Rickon ont tenté de s'enfuir, mais on les a rattrapés dans un moulin sur la Gland. Theon Greyjoy a fiché leurs têtes sur les remparts de Winterfell. Theon Greyjoy, qui mangeait à ma table depuis l'époque où il avait dix ans. » *Je l'ai dit, les dieux me pardonnent, je l'ai dit et l'ai rendu vrai.*

Un masque fluide avait supplanté les traits de Brienne. Sa main se tendit par-dessus la table et, à deux doigts de Catelyn, se pétrifia, comme par scrupule d'être importune. « Je..., il n'y a pas de mots, madame. Ma bonne dame. Vos fils, ils..., ils sont avec les dieux, à présent.

– Ah oui ? riposta Catelyn d'un ton cinglant. Quel dieu laisserait perpétrer cela ? Rickon n'était qu'un bambin. En quoi a-t-il pu mériter une mort pareille ? Et Bran..., il n'avait toujours pas rouvert les yeux depuis sa chute, lorsque j'ai quitté le Nord. Force m'a été de partir avant qu'il ne reprenne connaissance. Et, maintenant, je ne puis plus le rejoindre ni l'entendre rire à nouveau. » Elle exhiba ses paumes et ses doigts. « Ces cicatrices..., ils avaient dépêché un sbire poignarder Bran pendant qu'il gisait dans le coma. Et il nous aurait tués, lui et moi, si le loup de Bran ne l'avait égorgé. » Ce souvenir la rendit un moment pensive. « Les loups, Theon les aura tués aussi. Il a dû le faire, sans quoi..., je suis convaincue qu'eux vivants et à leurs côtés, les petits n'auraient rien risqué. Comme Robb avec son Vent-Gris. Mes filles n'ont plus les leurs, hélas. »

Ce brusque changement de sujet stupéfia Brienne. « Vos filles...

– Dès l'âge de trois ans, Sansa était une dame, toujours si polie, tellement désireuse de plaire. Elle n'aimait rien tant que les contes de bravoure chevaleresque. On disait qu'elle me ressemblait, mais elle sera bien plus belle que je n'étais, vous verrez un peu. Je renvoyais souvent sa camériste pour m'offrir le bonheur de la coiffer moi-même. Elle avait des cheveux auburn, plus clairs que les miens et si épais, soyeux..., leur nuance rouge réverbérait la lumière des torches et miroitait comme du cuivre.

« Quant à Arya, bon..., les visiteurs de Ned la prenaient souvent pour un palefrenier quand ils pénétraient à l'improviste dans la cour. C'était une calamité, Arya, je dois l'avouer. Mi-garçon mi-chiot de loup. Vous lui interdisiez n'importe quoi, cela devenait le plus cher désir de son cœur. Elle avait la longue figure de Ned et des cheveux bruns où paraissait toujours nicher quelque oiseau. Je désespérais d'en faire jamais une dame. Elle collectionnait les plaies et les bosses comme les autres filles les poupées, et ne disait jamais un mot de ce qu'elle avait dans la tête. Elle doit être morte aussi, je pense. » En prononçant ces mots, elle eut l'impression qu'une main gigantesque lui broyait la poitrine. « Je veux qu'ils meurent tous, Brienne. D'abord Theon Greyjoy, puis Jaime Lannister et Cersei et le Lutin, chacun d'eux, chacun. Mais mes filles..., mes filles vont...

– La reine... – la reine en a une – une à elle, bafouilla Brienne. Et des fils aussi, de l'âge des vôtres. En apprenant que... Peut-être qu'elle – qu'elle s'apitoiera et...

– Renverra mes filles indemnes ? » Catelyn sourit tristement. « Que de candeur en vous, petite... Hélas, je désirerais..., mais non. Robb vengera ses frères. La glace est une tueuse aussi mortelle que le feu. L'épée de Ned s'appelait *Glace.* De l'acier valyrien, comme moiré par son feuilletage, pli selon pli, mille et une fois, et si tranchant que je redoutais d'y toucher. A côté de Glace, l'épée de Robb n'est qu'une trique mal dégrossie. Elle aura de la peine à décoller Theon Greyjoy, je crains. Les Stark n'utilisent pas de bourreau. Ned se plaisait à répéter que l'on doit soi-même exécuter la sentence que l'on prononce, et pourtant cette tâche lui répugnait. *Moi,* elle m'enchanterait, oh oui. » Elle examina ses mains massacrées, les ouvrit, les referma, releva lentement les yeux. « Je lui ai envoyé du vin.

– Du vin ? » Brienne s'y perdait. « A Robb ? Ou à... Theon Greyjoy ?

– Au Régicide. » Avec Cleos Frey, cette rouerie lui avait bien réussi. *Puisses-tu avoir soif, Jaime. Puisses-tu avoir la gorge sèche et serrée.* « Puis-je vous prier de m'accompagner ?

– Vôtre et à vos ordres, madame.

– Bien. » Elle se leva brusquement. « Demeurez. Achevez de dîner en paix. Je vous manderai ultérieurement. A minuit.

– Si tard, madame ?

– Les oubliettes sont aveugles. Rien n'y distingue une heure d'une autre et, pour moi, toutes sont minuit. » Sur ce, elle quitta la salle, où ses pas rendaient un son creux. Tandis qu'elle montait vers la loggia de lord Hoster, les ovations de la cour : « Tully ! », la poursuivaient, les toasts : « Une coupe ! A la santé du jeune lord ! Une coupe pour sa bravoure ! » *Mon père n'est pas mort !* brûlait-elle de leur crier. *Mes fils sont morts, mais pas mon père, maudits soyez-vous ! Et votre seigneur, c'est encore lui.*

Il dormait profondément. « Je lui ai donné tout à l'heure du vinsonge, madame, dit mestre Vyman. Contre la douleur. Il ne sera pas conscient de votre présence.

– C'est égal », répondit-elle. *Il est plus mort que vif, mais plus vif que mes pauvres fils bien-aimés.*

« Est-il rien que je puisse pour vous, madame ? Préparer un somnifère, peut-être ?

– Je vous remercie, mestre, non. Je ne veux pas endormir ma peine. Bran et Rickon méritent mieux de moi. Allez prendre part à la fête, je vais tenir un moment compagnie à mon père.

– Bien, madame. » Il s'inclina et se retira.

Lord Hoster gisait sur le dos, bouche ouverte, et son souffle n'était plus guère qu'un soupir imperceptiblement sifflant. L'une de ses mains pendait au bord du lit, pâle chose frêle et décharnée, mais chaude lorsque Catelyn y enlaça ses doigts et l'étreignit. *Si étroitement que tu le tiennes, il va t'échapper de toute façon*, songea-t-elle, navrée. *Laisse-le partir.* Mais ses doigts refusaient de se dénouer.

« Je n'ai personne à qui parler, Père, lui confia-t-elle. Je prie, mais les dieux ne répondent pas. » Elle lui effleura la main d'un baiser. La peau en était chaude, et sous sa pâleur translucide courait un réseau de veines bleues qui confluaient comme des rivières. Au-dehors coulaient aussi les rivières, autrement plus larges, de Vivesaigues, Ruffurque et Culbute, mais elles couleraient à jamais, contrairement aux rivières de la main de Père. Tôt ou tard, trop tôt s'interromprait le flux de celle-ci. « La nuit dernière, j'ai rêvé de la fois où Lysa et moi nous nous égarâmes en revenant de Salvemer. Vous rappelez-vous ce brouillard bizarre qui se leva, nous faisant toutes deux distancer par nos compagnons ? Tout était gris, et je n'y voyais goutte au-delà du chanfrein de mon cheval. Nous quittâmes la route à notre insu. Les branches avaient l'air de longs bras maigres tendus sur notre passage pour nous agripper. Lysa se mit à pleurer, et j'avais beau appeler, moi, le brouillard s'amusait à gober mes appels. Mais Petyr revint en arrière et nous retrouva...

« Mais je n'ai plus personne pour me retrouver, n'est-ce pas ? Il me faut, cette fois, retrouver seule notre chemin, et c'est pénible, tellement pénible.

« Je suis hantée par la devise des Stark. L'hiver est venu, Père. Pour moi. Robb doit maintenant combattre les Greyjoy, en plus des Lannister, et pour quoi ? Pour un couvre-chef d'or et un fauteuil de fer ? Le pays n'a que trop saigné. Je veux récupérer mes filles, je veux voir Robb mettre bas l'épée, je veux le voir cueillir dans le parterre de Walder Frey quelque laideronne qui le rende heureux et lui donne des fils. Je veux que me reviennent Bran et Rickon, je veux... » Elle baissa la tête. « Je *veux* », répéta-t-elle, mais sans plus ajouter un mot.

La chandelle finit par grésiller, s'éteindre. Les rayons de la lune s'insinuèrent entre les lattes des persiennes, zébrant le visage de Père de pâles traînées d'argent. Par-dessus le laborieux murmure de sa respiration se percevait le ruissellement continu des eaux, ponctué, du côté de la cour, par les vagues accords, si doux, si mélancoliques, d'une chanson d'amour. « *J'aimais une fille aussi empourprée que l'automne*, chantait Rymond, *avec du crépuscule dans ses cheveux.* »

Le chant s'acheva sans qu'elle y prît garde. Des heures s'étaient écoulées en une seconde, lui parut-il, lorsque Brienne se présenta sur le seuil et souffla : « Il est minuit, madame. »

Il est minuit, Père, songea-t-elle, *et je dois accomplir mon devoir.* Elle lui libéra la main.

Le geôlier était un petit homme aux allures furtives et au nez violacé par la couperose. Elles le surprirent, passablement ivre, en pleine conversation avec une chope de bière et des reliefs de tourte au pigeon. Il loucha vers elles d'un air défiant. « Sauf vot' respect, m'dame, mais lord Edmure a dit pas de visite sans un billet d'écrit par lui, et 'vec son sceau d'sus.

– *Lord* Edmure ? Mon père est-il mort, sans que personne m'ait avertie ? »

L'homme se lécha la lippe. « Non, m'dame, pas que j' sais.

– Alors, tu vas m'ouvrir, ou bien je t'emmène à la loggia de lord Hoster, et tu lui expliqueras pourquoi tu crois bon de braver mes ordres. »

Ses yeux tombèrent à terre. « Vot' serviteur, m'dame. » A sa ceinture de cuir clouté pendait au bout d'une chaîne son trousseau de clefs. Tout en marmottant dans sa barbe, il y farfouilla jusqu'à ce qu'il trouve celle de la cellule du Régicide.

« Retourne à ta bière, maintenant », commanda-t-elle. Suspendue à la voûte clignotait une lampe à huile. Elle la décrocha, remonta la flamme. « Assurez-vous qu'on ne me dérange pas, Brienne. »

Avec un hochement, la jeune femme se campa devant l'entrée de la cellule, la main posée sur le pommeau de son épée. « Que ma dame appelle, en cas de besoin. »

Catelyn poussa de l'épaule le lourd vantail bardé de fer, et des ténèbres infectes l'environnèrent. Elle se trouvait dans les entrailles de Vivesaigues, et l'arôme coïncidait. La litière pourrie jutait sous le pied. Des plaques de salpêtre maculaient les murs. A travers la pierre se percevait la rumeur sourde de la Culbute. La lumière de la lampe finit par révéler, dans un angle, un seau débordant d'excréments, dans un autre, une forme recroquevillée. Près de la porte, le flacon de vin, intact. *Tant pis pour la roublardise. Peut-être devrais-je en tout cas savoir gré au geôlier de ne pas l'avoir bu lui-même.*

En levant les mains pour se protéger le visage, Jaime fit quincailler les fers qui lui entravaient les poignets. « Lady Stark, dit-il d'une voix éraillée par un long mutisme. Je crains de n'être pas en état de vous recevoir.

– Regardez-moi, ser.

– La lumière me blesse les yeux. Un moment, je vous prie. » Depuis la nuit de sa capture, au Bois-aux-Murmures, on l'avait privé de rasoir, et une barbe hirsute avait envahi son visage, jadis si semblable à celui de Cersei. Avec les reflets d'or que la lampe y faisait mouvoir, tout ce poil lui donnait l'air d'un grand fauve jaune, un air superbe, en dépit des chaînes. Sa crinière crasseuse lui retombait jusqu'aux épaules, emmêlée, collée, ses vêtements se gangrenaient sur lui, il était blafard, ravagé…, et pourtant irradiaient encore de sa personne vigueur et beauté.

« Je vois que vous avez dédaigné mon vin.

– Une générosité si subite avait quelque chose d'un peu suspect.

– Je puis avoir votre tête à la seconde où il me plairait. Que me servirait de vous empoisonner ?

– La mort par le poison peut sembler naturelle. Il serait plus difficile de protester que ma tête est tombée d'elle-même. » Il cessa de fixer le sol quand ses prunelles d'un vert félin se furent enfin réaccommodées à la lumière. « Je vous inviterais volontiers à vous asseoir, mais votre frère a négligé de me procurer un fauteuil.

– Je tiens à peu près debout.

– Vraiment ? A parler franc, vous avez pourtant une mine épouvantable. Mais peut-être est-ce simplement la faute de cet éclairage. » Il portait aux chevilles comme aux poignets des bracelets si bien reliés entre eux par des chaînes qu'il ne pouvait ni se lever ni s'allonger confortablement. Ses chaînes de chevilles étaient scellées dans le mur. « Trouvez-vous mes fers assez lourds, ou êtes-vous venue m'offrir un petit supplément ? Je les ferai joliment tintinnabuler, si tel est votre bon plaisir.

– Vous vous les êtes attirés vous-même, rappela-t-elle. Eu égard à votre naissance et à votre rang, nous vous avions affecté une cellule confortable dans une tour. Vous nous en avez remerciés par une tentative d'évasion.

– Une cellule est une cellule. Il s'en trouve, sous Castral Roc, qui apparentent celle-ci à un jardin ensoleillé. Un jour, peut-être, vous les montrerai-je. »

S'il a la frousse, il la cache bien, songea-t-elle. « Un homme pieds et poings liés devrait tenir un langage moins discourtois, ser. Je ne suis pas venue entendre des menaces.

– Non ? Alors, ce doit être pour jouir de moi. Les veuves se lassent vite, à ce qu'on prétend, de leur couche vide. Nous autres, de la Garde, jurons de ne jamais nous marier, mais je présume que je pourrais tout de même vous faire ce ramonage, si telle est votre nécessité. Versez-nous donc un doigt de ce vin, puis retirez-moi cette robe, que nous voyions si je suis d'attaque. »

Elle abaissa sur lui un regard révulsé. *Y a-t-il jamais eu au monde d'homme plus beau et plus ignoble que celui-ci ?* « Si vous disiez cela en présence de mon fils, il vous tuerait.

– Sous réserve que je porte encore tous ces trucs-là. » Il lui fit cliqueter les chaînes sous le nez. « Vous savez aussi bien que moi que le mioche a la trouille de m'affronter en combat singulier.

– Tout jeune qu'il est, vous vous êtes lourdement trompé, si vous le preniez pour un imbécile..., et vous n'étiez pas si prompt à lancer des défis, ce me semble, lorsque vous aviez une armée à vos trousses.

– Les anciens rois du Nord se cachaient-ils aussi sous les jupes de leur maman ?

– Brisons là, ser. Il est des choses que je dois savoir.

– Et pourquoi devrais-je rien vous dire ?

– Pour sauver votre vie.

– Parce que vous pensez que j'ai peur de la mort ? » Cela parut le divertir.

« Vous devriez. Vos crimes vous auront valu des tourments de choix dans le plus bas des sept enfers, si les dieux sont justes.

– De quels diables de dieux parlez-vous, lady Catelyn ? Des arbres à qui s'adressaient les prières de votre mari ? Lui furent-ils d'un si grand secours, lorsque ma sœur ordonna de le raccourcir ? » Il émit un gloussement. « S'il existe vraiment des dieux, pourquoi donc ce monde est-il saturé de douleur et d'iniquité ?

– Grâce aux êtres de votre espèce.

– Il n'y a pas d'êtres de mon espèce. Je suis unique. »

Une baudruche, rien de plus. Boursouflé d'orgueil, d'arrogance et de son courage creux de dément. Je m'évertue dans le vide avec lui. S'il a jamais contenu la moindre étincelle d'honneur, il l'a depuis longtemps mouchée. « Puisque vous refusez de parler avec moi, tant pis. Buvez le vin, pissez dedans, ser, je m'en moque. »

Elle atteignait la porte et allait poser la main sur la poignée quand il dit : « Lady Stark ? » Elle se retourna, attendit. « Tout se rouille, dans cette atmosphère humide et glacée, reprit-il. Même les bonnes manières. Restez, et vous obtiendrez vos réponses... à leur juste prix. »

Il est sans vergogne. « Les prisonniers n'imposent pas leurs prix.

– Oh, vous trouverez les miens plutôt modestes. Votre porte-clefs ne me dit rien que des mensonges abjects, et qu'il n'est même pas capable de soutenir. Un jour, c'est Cersei qu'on a écorchée, et, le lendemain, c'est mon père. Répondez-moi, et je vous répondrai.

– Sans tricher ?

– Oh, c'est *la vérité* que vous voulez ? Attention, madame. Selon Tyrion, les gens se prétendent volontiers affamés de vérité, mais ils la trouvent rarement à leur goût lorsqu'on la leur sert.

– Je suis assez forte pour entendre tout ce qu'il vous plaira de dire.

– A votre aise, alors. Mais, d'abord, si ce n'est abuser de vos bontés…, le vin. J'ai la gorge en feu. »

Elle suspendit la lampe à la porte et rapprocha de lui la coupe et le flacon. Jaime fit longuement clapoter le vin dans sa bouche avant de l'avaler. « Aigre et piètre, éructa-t-il, mais ça ira. » Il s'adossa au mur, remonta les genoux contre sa poitrine et, fixant Catelyn : « Votre première question, madame ? »

Ignorant combien de temps durerait cette comédie, elle se précipita : « Vous êtes le père de Joffrey ?

– Vous ne le demanderiez pas si vous ignoriez la réponse.

– Je veux l'entendre de votre propre bouche. »

Il haussa les épaules. « Joffrey est de moi. Comme les autres enfants de Cersei, je présume.

– Vous admettez être l'amant de votre sœur ?

– J'ai toujours aimé ma sœur, et vous me devez deux réponses. Mes parents sont-ils tous en vie ?

– Ser Stafford Lannister passe pour avoir péri à Croixbœuf. »

Il demeura de marbre. « Oncle Cruche, l'appelait Cersei. C'est d'elle et de Tyrion que je suis inquiet. Ainsi que du seigneur mon père.

– Vivants, tous trois. » *Mais plus pour longtemps, si les dieux se montrent compatissants.*

Il reprit un peu de vin. « Suivante ? »

Allait-il oser répondre sans mentir ? se demanda-t-elle. « Comment la chute de mon fils Bran s'est-elle produite ?

– C'est moi qui l'ai précipité du haut d'une fenêtre. »

Elle eut d'abord le souffle coupé par le naturel avec lequel il avait dit cela. *Si j'avais un poignard, je le tuerais, là*, songea-t-elle, avant de se rappeler brusquement ses filles. Mais c'est d'une voix étranglée qu'elle reprit : « En tant que chevalier, vous aviez juré de protéger le faible et l'innocent.

– Faible, il l'était plutôt, mais innocent, peut-être pas tant que cela. Il nous espionnait.

– Espionner, Bran ? Jamais de la vie.

– N'accusez dès lors que vos précieux dieux, qui l'amenèrent à notre fenêtre et le gratifièrent d'une vision qu'il n'était aucunement censé lorgner.

– Accuser *les dieux* ? se récria-t-elle, incrédule. C'est votre main à vous qui l'a poussé. Sa mort, c'est vous qui l'avez voulue. »

Les chaînes tintèrent doucement. « Il ne m'arrive guère de précipiter des gosses du haut des tours afin de les rendre plus gaillards. Bien sûr que je voulais sa mort.

– Et, en le voyant survivre, vous vous êtes senti plus en danger que jamais, et vous avez payé votre homme de main pour vous assurer son silence définitif.

– Ah bon, j'ai fait cela ? » Il leva le coude et s'offrit une bonne lampée. « Je ne nierai pas que nous n'ayons envisagé cette solution, mais vous étiez à son chevet jour et nuit, votre mestre et lord Eddard lui rendaient fréquemment visite, il avait des gardes, sans compter ces maudits loups-garous…, j'aurais dû tailler en pièces la moitié de Winterfell avant de parvenir à lui ! Puis à quoi bon me tracasser, quand tout semblait indiquer qu'il allait mourir de sa propre mort ?

– Si vous vous mettez à mentir, je lève la séance. » Elle tendit ses mains pour qu'il en admire les cicatrices. « Je tiens cela de l'homme qui se présenta pour assassiner Bran. Jurez-vous n'avoir nullement trempé dans cette expédition ?

– Sur mon honneur de Lannister.

– Votre honneur de Lannister vaut moins que *ceci*. » Elle renversa d'un coup de pied le seau de déjections. Leur magma brunâtre se répandit dans la cellule, imbibant la paille et dégageant des miasmes irrespirables.

Jaime Lannister s'éloigna des immondices autant que le lui permettaient ses chaînes. « Il se peut en effet que mon honneur soit de la merde, je n'en disconviendrai pas, mais jamais encore je n'ai loué personne pour tuer à ma place. Croyez ce que vous voudrez, lady Stark, mais, si j'avais vraiment décidé d'achever votre Bran, je m'en serais chargé personnellement. »

Miséricorde, il dit la vérité ! « Si ce n'est vous, c'est votre sœur qui a envoyé l'assassin.

– Je le saurais. Cersei n'a pas de secrets pour moi.

– Alors, c'est le Lutin.

– Tyrion est aussi innocent que votre Bran. A ce détail près que lui n'escaladait aucune façade et n'espionnait par la fenêtre de personne.

– Dans ce cas, pourquoi son poignard se trouvait-il en possession de l'assassin ?

– Quel genre de poignard ?

– De cette longueur, dit-elle en écartant les mains, tout simple d'aspect mais d'un beau travail, avec une lame d'acier valyrien et un manche en os de dragon. Votre frère l'avait gagné sur lord Baelish, lors du tournoi donné pour l'anniversaire du prince Joffrey. »

Jaime se servit, but, se resservit, contempla le vin dans sa coupe. « On dirait que ce vin s'améliore au fur et à mesure que je le bois. Il me semble me rappeler ce poignard, maintenant que vous le décrivez. Gagné, disiez-vous. Comment ?

– En pariant sur vous quand vous joutiez contre le chevalier des Fleurs. » Mais, en s'entendant affirmer cela, elle s'aperçut de son erreur. « Non..., l'inverse ?

– Tyrion a toujours misé sur moi, en tournoi, dit-il, mais, ce jour-là, je fus démonté par ser Loras. Le guignon, j'avais sous-estimé ce garçon, mais n'importe. Quel que fût l'enjeu, Tyrion perdit..., mais ce poignard changea *effectivement* de mains, je me le rappelle, à présent. Robert me le montra le soir même, durant le banquet. Sa Majesté adorait me mettre du sel sur les plaies, surtout quand Elle était ivre. Et quand ne l'était-Elle pas ? »

Tyrion lui avait dit exactement la même chose durant leur équipée dans les montagnes de la Lune, se souvint-elle. Elle avait refusé de le croire. Petyr en avait juré autrement, Petyr, le presque frère de jadis, Petyr qui l'aimait alors si passionnément qu'il s'était battu en duel pour obtenir sa main…, mais si les versions de Jaime et Tyrion concordaient à ce point, qu'en déduire ? D'autant que les deux frères ne s'étaient pas revus depuis leur séparation, à Winterfell, plus d'un an auparavant. « Essaieriez-vous de m'abuser ? » Elle flairait du louche, quelque part.

« Que gagnerais-je à biaiser sur cette histoire de poignard, quand j'ai reconnu ma tentative pour supprimer votre fils ? » Il s'envoya une nouvelle coupe. « Libre à vous de me croire ou non, voilà longtemps que l'opinion des gens quant à ma personne, je m'en contrefiche. A mon tour. Les frères de Robert sont entrés en campagne ?

– Oui.

– Voilà qui s'appelle de la pingrerie. Donnez davantage, ou vous me trouverez avare.

– Stannis marche sur Port-Réal, compléta-t-elle à contrecœur. Renly est mort, assassiné par lui devant Accalmie, grâce à des maléfices auxquels je ne comprends rien.

– Dommage, dit-il, j'aimais bien Renly. Stannis, c'est une autre histoire. Quel parti les Tyrell ont-ils adopté ?

– D'abord celui de Renly. Depuis, j'ignore.

– Votre petit gars doit se sentir bien seul.

– Robb a eu seize ans voilà peu de jours…, il est adulte – et roi. Il a remporté chacune des batailles qu'il a livrées. Aux dernières nouvelles, il avait pris Falaise aux Ouestrelin.

– Il n'a toujours pas affronté mon père, n'est-ce pas ?

– Il le battra. Comme il vous a battu.

– Il m'a eu par surprise. Triche de couard.

– Est-ce à vous de parler de triche ? Votre cher Tyrion nous a dépêché des coupe-jarrets masqués en émissaires sous pavillon blanc.

– Si l'un de vos fils se trouvait à ma place, dans cette cellule, ses frères n'en feraient-ils pas autant pour lui ? »

Mon fils n'a pas de frères, songea-t-elle, peu tentée d'ailleurs de confier sa peine à un individu pareil.

Jaime reprit du vin. « Que pèse la vie d'un frère, quand l'honneur est en jeu, hein ? » Nouvelle gorgée. « Tyrion est assez futé pour comprendre que jamais votre fils ne consentira à me libérer sous rançon. »

Elle se garda de le nier. « Les bannerets de Robb préféreraient votre mort à cela. Rickard Karstark en particulier. Vous lui avez tué deux fils au Bois-aux-Murmures.

– Les deux blasonnés à l'échappée blanche, n'est-ce pas ? » Il haussa les épaules. « Pour ne rien celer, c'est à votre fils que j'en avais. Ils se sont mis en travers de ma route. Je les ai abattus en combat loyal, dans la fournaise de la bataille. N'importe quel autre chevalier eût agi de même.

– Comment pouvez-vous encore vous considérer comme un chevalier, quand vous n'avez cessé de vous parjurer ? »

Il empoigna le flacon pour se resservir. « Ces flopées de serments..., on vous fait jurer, jurer, jurer. De défendre le roi. D'obéir au roi. De taire ses secrets. D'exécuter ses ordres. De lui consacrer exclusivement votre vie. Mais d'obéir à votre père. D'aimer votre sœur. De protéger l'innocent. De défendre le faible. De respecter les dieux. D'obéir aux lois. Trop, c'est trop. Quoi que vous fassiez, vous êtes toujours en train de violer tel ou tel serment. » Il s'envoya une lampée robuste, ferma un instant les yeux, la tête appuyée contre la paroi souillée de salpêtre. « Je fus le plus jeune de toute l'histoire à revêtir le manteau blanc.

– Et le plus jeune à trahir tout ce qu'il impliquait, Régicide.

– *Régicide*, articula-t-il posément. Et de quel roi, bons dieux ! » Il brandit la coupe. « A Aerys Targaryen, second du nom, suzerain des Sept Couronnes et *Protecteur* du royaume. Et à l'épée qui lui trancha le gosier. Une épée *d'or*, savez-vous. Tout bonnement. Jusqu'à ce que son sang dégouline le long de la lame, vermeil. Les couleurs Lannister, écarlate et or. »

A ses éclats de rire, Catelyn comprit que le vin avait fait son œuvre. Jaime avait descendu les deux tiers du flacon, et il était ivre. « Il faut être un homme de votre espèce pour se vanter d'un tel forfait.

– Je vous le répète, il n'y a pas d'hommes de mon espèce. Dites-moi, lady Stark..., votre Ned vous a-t-il jamais conté comment était mort son père ? Ou son frère ?

– On étrangla Brandon sous les yeux de lord Rickard avant d'exécuter celui-ci à son tour. » Une saleté vieille de seize ans. A quoi rimait d'aborder ce sujet ?

« De l'exécuter, oui, mais *comment* ?

– Le garrot, je suppose, ou la hache. »

Jaime sirota une gorgée, se torcha la bouche. « Sans doute Ned désirait-il vous épargner. Sa fiancée, si jeune et si tendre, sinon tout à fait vierge. Eh bien, vous vouliez la vérité ? questionnez... Nous avons conclu un marché, je ne puis rien vous refuser. Questionnez.

– La mort est la mort. » *Je ne veux pas savoir cela.*

« Brandon était différent de son frère, n'est-ce pas ? Il avait du sang dans les veines, et non de l'eau glacée. Tout à fait comme moi.

– Brandon n'était nullement comme vous.

– Si vous le dites... Vous deviez vous épouser.

– Il était en route pour Vivesaigues quand... » Bizarre, comme évoquer cela lui serrait encore la gorge, tant d'années après. « ... quand il apprit, pour Lyanna, et se dérouta sur Port-Réal. La dernière des choses à faire. » Elle se rappelait la fureur de Père lorsque la nouvelle leur en était parvenue. Qualifiant Brandon de *vaillant crétin.*

Jaime se versa le fond du flacon. Une demi-coupe. « Il pénétra au Donjon Rouge à cheval, escorté d'une poignée d'amis et beuglant au prince Rhaegar de se montrer, s'il n'avait pas peur de mourir. Mais Rhaegar n'était pas là. Aerys expédia ses gardes les arrêter tous en tant que conspirateurs du meurtre de son fils. Les autres étaient également, si je ne me trompe, des rejetons nobles.

– Ethan Glover était l'écuyer de Brandon, précisa-t-elle. Lui seul survécut. Avec lui se trouvaient Jeffroy Mallister, Kyle Royce et Elbert Arryn, neveu de lord Jon et son héritier. » Cela semblait extravagant, de se rappeler encore leurs noms, tant d'années après. « Aerys les inculpa de forfaiture et, les retenant en otages, convoqua leurs pères à la Cour pour répondre de l'accusation. A leur arrivée, il les fit assassiner sans autre forme de procès. Les uns et les autres.

– Il y eut des procès. Une espèce. Lord Rickard réclama un duel judiciaire, et le roi le lui accorda. Stark revêtit son armure de bataille, persuadé qu'il affronterait un membre de la Garde. Peut-être moi. Au lieu de quoi il fut emmené dans la salle du

Trône et suspendu à ses poutres pendant que deux des pyromants royaux allumaient un brasier sous lui. Lors, Aerys l'avisa que, le *feu* étant le champion de la maison Targaryen, la seule chose qu'il eût à faire pour prouver son innocence était de... ne point griller.

« Une fois prête la fournaise, on introduisit Brandon. Il avait les mains enchaînées derrière le dos et, autour du cou, une lanière de cuir humide nouée selon une recette rapportée de Tyrosh par le roi. Il avait les jambes libres, toutefois, et l'on avait placé son épée juste hors de sa portée.

« Les pyromants rôtirent lord Rickard tout doucement, couvrant tantôt, tantôt attisant les flammes avec le plus grand soin pour lui mignoter une chaleur égale. Son manteau s'embrasa d'abord, puis son surcot, si bien qu'il finit par ne plus porter que métal et cendres. L'étape suivante verrait sa cuisson, lui promit Aerys, à moins que... – que son fils ne réussît à le délivrer. Brandon essaya mais, plus il se débattait, plus son garrot se resserrait, et il finit par s'étrangler lui-même.

« Quant à lord Rickard, l'acier de son corselet de plates vira au rouge cerise, et l'or de ses éperons fondait goutte à goutte qu'il vivait encore. Je me tenais au pied du trône de fer, dans mon armure blanche et mon manteau blanc, me farcissant le crâne de songeries relatives à Cersei. Ensuite, Gerold Hightower en personne me prit à part et me dit ceci : "Tu as prêté serment de garder le roi, pas de le juger." Tel était le Taureau Blanc, loyal jusqu'au bout et, cela fait l'unanimité, bien plus homme de cœur que moi.

– Aerys... » La bile emplissait sa gorge d'amertume. Le récit devait être véridique, tant s'y déployait de hideur. « Aerys était dément, le royaume entier le savait, mais si vous comptez me faire avaler que vous l'avez tué pour venger Brandon Stark...

– M'en suis-je targué ? Les Stark ne m'étaient de rien. Le dirai-je ? je trouve on ne peut plus loufoque que l'une soit toute prête à m'idolâtrer pour un bienfait sorti de sa seule imagination, alors que tant d'autres vilipendent mon plus bel exploit. Lors du couronnement de Robert, je fus contraint de m'agenouiller à ses royaux pieds, flanqué du Grand Mestre Pycelle et de Varys l'eunuque, afin qu'il pût nous *pardonner* nos crimes avant d'agréer nos services. Quant à votre Ned, qui aurait dû baiser la main qui venait de tuer Aerys, il préféra mépriser le cul qu'il avait surpris posé sur le trône de son ami. Ned Stark aimait Robert bien plus qu'il n'avait jamais fait son frère ou son père… ou n'aima même vous, madame. Il demeura toujours fidèle à Robert, non ? » Il eut un rire de poivrot. « Allons, lady Stark, ne trouvez-vous pas tout cela terriblement drôle ?

– Je ne vous trouve pas drôle du tout, Régicide.

– Encore cette appellation. Je ne crois pas que je vais vous baiser, après tout, Littlefinger a bien eu la primeur, non ? Je ne mange jamais dans le tranchoir d'un autre. En plus, vous n'êtes pas aussi friande que ma sœur, et de loin. » Son sourire s'acéra. « Je n'ai jamais couché avec une autre que Cersei. Plus loyal, à ma manière à moi, que votre Ned ne le fut oncques. Pauvre vieux feu Ned. A qui la merde pour honneur, en définitive, je vous prie ? C'était quoi, déjà, le nom de son bâtard ? »

Catelyn recula d'un pas. « *Brienne !*

– Non, ce n'était pas ça. » Jaime Lannister retourna le flacon. Un filet de vin lui dégoulina le long du visage, écarlate comme du sang. « Snow, c'était. Un nom si *blanc*…, du même blanc que les jolis manteaux que l'on nous donnait, dans la Garde, en nous faisant prêter nos jolis serments. »

La porte s'ouvrit, Brienne entra dans la cellule. « Vous avez appelé, madame ?

– Votre épée, s'il vous plaît », dit Catelyn en tendant la main.

THEON

Un fatras de nuages étouffait le ciel, les bois étaient morts et gelés. Des racines entravaient la course de Theon, les branches nues le cinglaient au visage, marbrant ses joues d'égratignures sanguinolentes. Il fonçait au travers, aveuglément, fonçait, hors d'haleine, et le givre volait en éclats devant lui. *Miséricorde !* sanglotait-il. De derrière lui parvenait un hurlement fiévreux qui lui caillait les sangs. *Miséricorde ! miséricorde !* Un coup d'œil par-dessus l'épaule, il les vit surgir, des loups énormes, gros comme des chevaux, des loups à têtes d'enfançons. *Oh, miséricorde ! miséricorde !* Du sang dégouttait de leurs babines d'un noir de poix, trouant tout du long la neige comme au fer rouge. Chaque foulée les rapprochait. Il essayait de courir plus vite, mais ses jambes n'obéissaient pas. Les arbres avaient tous des faces, et ils se riaient de lui, s'esclaffaient, tandis qu'à nouveau retentissait le hurlement. Le souffle brûlant des monstres, il en percevait les remugles, une puanteur de soufre et de putréfaction. *Ils sont morts, morts, je les ai vu tuer !* voulut-il gueuler, *j'ai vu plonger leurs têtes dans le goudron !* mais, si grand qu'il ouvrît la bouche, il ne s'en extirpa qu'un gémissement, et puis quelque chose le *toucha*, et il pirouetta, piaillant…

… cherchant à tâtons la dague toujours proche de son chevet, ne réussissant qu'à la faire tomber à terre. Wex s'écarta d'un bond. Schlingue se dressait derrière lui, mâchoire éclairée d'en bas par la chandelle qu'il tenait. « Quoi ? » s'écria Theon. *Miséricorde !* « Que me voulez-vous ? Pourquoi êtes-vous dans ma chambre ? *Pourquoi ?*

– M'sire prince, expliqua Schlingue, vot' sœur est là. Z'aviez demandé à êt' averti dès son arrivée.

– Pas trop tôt », grommela Theon en se passant les doigts dans les cheveux. Il en était venu à redouter qu'Asha ne méditât de l'abandonner à son sort. *Miséricorde !* Il loucha vers l'extérieur, les premières lueurs de l'aube commençaient à peine à frôler vaguement les tours de Winterfell. « Où se trouve-t-elle ?

– Lorren l'a m'née déj'ner avec ses hommes dans la grande salle. V'lez la voir tout d' suite ?

– Oui. » Il repoussa ses couvertures. Du feu ne subsistaient que de maigres braises. « De l'eau, Wex, bouillante. » Il n'allait pas s'offrir aux yeux d'Asha trempé de sueur et échevelé. *Des loups à têtes d'enfançons*... Un frisson le prit. « Ferme-moi ces volets. » La chambre lui semblait aussi glaciale que son cauchemar de forêt.

Il n'avait eu ces derniers temps que des rêves de ce genre, des rêves froids, et chacun plus atroce que le précédent. La nuit d'avant, il s'était retrouvé au moulin, agenouillé pour habiller les morts. Déjà leurs membres se roidissaient, de sorte qu'ils avaient l'air de résister vilainement, pendant que ses doigts à demi gelés s'échinaient à les accoutrer, remonter leurs braies, lacer leurs aiguillettes, enfiler de force à leurs pieds rigides les bottes fourrées, boucler autour d'une taille tellement étroite qu'elle tenait entre ses deux mains une ceinture de cuir clouté. « Jamais je n'avais voulu ça, leur disait-il en les malmenant. C'est eux qui ne m'ont pas laissé le choix. » Les cadavres ne répondaient pas, ils se contentaient de devenir plus lourds et plus froids.

La nuit d'avant, ç'avait été la femme du meunier. Son nom, Theon ne s'en souvenait plus, mais il se rappelait son corps, le mol oreiller des nichons, les vergetures sur le bide et la manière dont elle lui griffait le dos pendant qu'il la baisait. Dans son rêve, il était au pieu avec elle, une fois de plus, mais elle avait, cette fois, des dents en haut *et* en bas, et elle lui déchirait la gorge tout en rongeant sa virilité. De la démence. Il l'avait pourtant vue mourir, elle aussi. Gelmarr l'avait étendue d'un seul coup de hache alors qu'elle chialait pour obtenir de lui-même miséricorde. *Fous-moi la paix, pétasse. C'est lui qui t'a tuée, pas moi. Et il a crevé, lui aussi.* Au moins Gelmarr avait-il la décence de ne point venir le hanter.

Theon ne pensait plus trop à son rêve quand Wex lui rapporta l'eau. Une fois épongée sa peau de la sueur et du sommeil, il s'attifa comme au bon vieux temps. Il se choisit une tunique de satin rayé noir et or, un ravissant justaucorps de cuir clouté d'argent... puis se souvint subitement que sa sacrée sœur faisait plus grand cas des lames que des élégances. Avec un juron, il arracha ses beaux atours et s'empaqueta de laine matelassée noire et de maille. Puis il ceignit dague et braquemart, tout en remâchant le soir où elle l'avait humilié à la table de son propre père. *Son cher nourrisson, oui. Eh bien, je possède un couteau, moi aussi, et je sais comment m'en servir.*

Pour finir, il coiffa sa couronne, un bandeau de fer froid pas plus large qu'un travers de doigt et serti de gros éclats de diamant noir et de pépites d'or. C'était moche et biscornu, mais que faire là contre ? Mikken gisait au cimetière, et les talents de son successeur n'excédaient guère les fers à cheval et les clous. Theon se consola par la pensée que ce n'était là qu'une couronne princière. Après son accession au trône, il mettrait quelque chose de beaucoup plus beau.

Sur le palier l'attendaient Schlingue, Urzen et Kromm. Il s'entourait désormais de gardes en tous lieux, même aux chiottes. Winterfell désirait sa mort. Le soir même de leur retour de la Gland, Gelmarr le Hargneux s'était rompu le col en trébuchant dans un escalier ; Aggar retrouvé, le lendemain, la gorge ouverte d'une oreille à l'autre. Aussi Gynir Nez-rouge, non content de s'astreindre au régime sec et de ne dormir que casqué, colleté, maillé, avait-il adopté le roquet le plus tapageur des chenils afin d'être bien réveillé si quiconque essayait de se faufiler jusqu'à sa paillasse. Quelque temps après, le château n'en fut pas moins tiré du lit par les aboiements furibonds de la bestiole que l'on découvrit galopant tout autour du puits où flottait, dûment noyé, son maître.

Laisser ces meurtres impunis ne se pouvait pas. Farlen faisant un suspect hautement plausible, Theon l'inculpa, le déclara coupable et le condamna à mort, mais même cela tourna au vinaigre. En s'agenouillant devant le billot, le maître-piqueux déclara : « M'sire Eddard exécutait ses sentences en personne. » De sorte qu'à moins de manier la hache, Theon passerait pour une mauviette. Au premier coup, ses mains moites laissèrent pivoter le manche, et le fer atteignit Farlen entre les épaules. Et il lui fallut s'y reprendre à trois fois pour entamer les os et les muscles avant que la tête ne finisse par consentir à se détacher du tronc. De quoi dégueuler tripes et boyaux quand, la chose achevée, lui remontèrent en mémoire cent bonnes causeries de chasse et de chiens, coupe en main. *Je n'avais pas le choix !* aurait-il volontiers glapi au cadavre. *Les Fer-nés sont incapables de garder un secret, il fallait qu'ils meurent, et il fallait un responsable.* Il déplorait seulement de n'avoir pas tué plus proprement. Jamais lord Eddard n'avait eu besoin de deux coups pour décoller son homme.

Si la mort de Farlen mit un terme aux meurtres, de funestes pressentiments tenaillaient néanmoins les hommes de Theon. « Ils ne craignent personne au combat, lui dit Lorren le Noir, mais c'est une autre paire de manches que de vivre au milieu de vos ennemis, sans jamais savoir si la lavandière veut vous baisouiller ou vous zigouiller, si le serviteur vous verse bière ou poison. On ferait bien de quitter la place.

– Je suis le prince de Winterfell ! avait vociféré Theon. Ici est ma résidence, et aucun homme au monde ne m'en chassera. Ni aucune femme ! »

Asha. Son œuvre à elle que ce gâchis. Ma sœur bien-aimée. Puissent les Autres l'enculer avec une épée ! Elle n'aspirait qu'à le voir crever, pour le supplanter comme héritier de Père. Et c'est dans ce seul but qu'elle l'avait laissé se morfondre ici, malgré les ordres urgents de le seconder.

Il la trouva vautrée dans le trône des Stark, les doigts plantés dans un chapon. Attablés pour boire et blaguer avec ses gens à lui, ses gens à elle faisaient dans la salle un boucan d'enfer. Si bien que son entrée passa totalement inaperçue. « Où sont les autres ? » s'inquiéta-t-il auprès de Schlingue. Autour des tréteaux ne se trouvaient guère qu'une cinquantaine d'hommes, à lui pour la plupart. La grande salle de Winterfell en aurait sans peine accueilli dix fois plus.

« C' tout c' qu'y a, m'sire prince.

– *Tout ?*... mais elle en a amené combien ?

– Vingt, j'ai compté. »

Theon Greyjoy se rua vers la place où se prélassait sa sœur. Elle était en train de rire d'un mot de sa clique mais s'interrompit brusquement comme il approchait. « Hé, v'là l' prince d' Winterfell ! » Elle jeta un os à l'un des chiens qui erraient par là, truffe au sol. Sous le bec de faucon qui tenait lieu de nez, la lippe élargit un sourire narquois. « Ou le prince des Fols ?

– Vierge et envie font vilain ménage. »

Asha suça ses doigts graisseux. Une mèche noire lui tombait en travers des yeux. Ses hommes réclamaient à grands cris du pain et du lard. Ils vous assourdissaient, malgré leur petit nombre. « Envie, Theon ?

– Tu vois un autre mot ? Trente hommes et une nuit m'ont suffi pour prendre Winterfell. Il t'en a fallu mille et une lune entière pour prendre Motte-la-Forêt.

– C'est que je ne suis pas un grand guerrier comme toi, frérot. » Elle engloutit une demi-corne de bière et se torcha la bouche d'un revers de main. « J'ai vu les têtes, en haut de tes portes. Franchement, lequel t'a donné le plus de fil à retordre, l'infirme ou le bambin ? »

Il sentit le sang l'empourprer. Il ne tirait de ces têtes aucune jouissance, pas plus que d'avoir exposé les corps mutilés des enfants devant le château. En présence de Vieille Nan dont la bouche édentée s'ouvrait et se fermait, toute molle, sans émettre un son. Et de Farlen qui, grondant comme ses limiers, s'était jeté sur lui, et qu'Urzen et Cadwyl avaient dû rosser à coups de hampe jusqu'à ce qu'il s'effondre, inanimé. *Comment en suis-je arrivé là ?* se souvint-il d'avoir pensé, tandis qu'à ses pieds des nuées de mouches bourdonnaient sur les deux cadavres.

Seul mestre Luwin avait eu le cran de s'en approcher, visage de pierre, et de demander la permission de recoudre les têtes sur les épaules avant de déposer les enfants dans les cryptes avec les défunts de leur maisonnée.

« Non, avait riposté Theon. Pas les cryptes.

– Mais pourquoi, messire ? Ils ne risquent certes plus de vous menacer. Elles ont toujours été destinées à les recevoir. Tous les os des Stark...

– J'ai dit *non.* » Les têtes, il en avait besoin pour orner les créneaux. Quant aux corps, il les avait fait brûler le jour même, parés de leurs plus beaux atours, puis, s'agenouillant parmi les esquilles et les cendres, y avait récupéré une babiole informe de jais craquelé et d'argent fondu. Tout ce qui subsistait de la broche tête-de-loup naguère en possession de Bran. Il l'avait conservée.

« J'avais traité Bran et Rickon généreusement, dit-il à sa sœur. Ils se sont eux-mêmes attiré leur sort.

– Comme nous tous, frérot. »

Sa patience était à bout. « Tu comptes me voir tenir Winterfell avec tes vingt types ?

– Dix, rectifia-t-elle. Les autres repartent avec moi. Tu ne voudrais tout de même pas que ta sœur bien-aimée brave sans escorte les périls des bois, si ? Dans le noir rôdent des loups-garous. » Elle se délova du grand fauteuil de pierre et se leva. « Viens, allons quelque part où l'on puisse causer plus intimement. »

Quitte à reconnaître la pertinence de la suggestion, il fut ulcéré qu'Asha s'arrogeât la conduite des opérations. *Jamais je n'aurais dû venir la rejoindre ici*, s'aperçut-il enfin, *il me fallait la convoquer auprès de ma personne.*

Mais il était décidément trop tard pour corriger le tir. Force lui fut donc d'emmener Asha dans la loggia de Ned Stark. Où, face aux cendres du foyer mort, il lâcha : « Dagmer s'est fait battre à Quart Torrhen...

– Le vieux gouverneur a disloqué son mur de boucliers, dit-elle sans s'émouvoir, oui. Tu escomptais quoi ? Ce ser Rodrik connaît la région comme sa poche, Gueule-en-deux non, et les gens du Nord avaient pas mal de cavaliers. Les Fer-nés manquent de discipline pour soutenir une charge de chevaux caparaçonnés. Dagmer est vivant, rends-en grâces, à défaut de mieux. Il est en train de ramener les rescapés vers les Roches. »

Elle en sait plus que moi, constata Theon. Cela ne fit qu'aggraver sa colère. « La victoire a donné à Leobald Tallhart le courage de quitter sa tanière et d'aller rejoindre ser Rodrik. En outre, on m'a signalé que lord Manderly fait remonter la rivière à une douzaine de barges bondées de chevaliers, de destriers et d'engins de siège. Les Omble se concentrent aussi sur l'autre rive de l'Ultime. J'aurai une *armée* à mes portes avant la prochaine lune, et tu ne m'amènes, toi, que *dix* hommes ?

– J'aurais aussi bien pu n'en amener aucun.

– Je t'ai ordonné…

– *Père* m'a ordonné de prendre Motte-la-Forêt ! jappa-t-elle. Pas d'avoir à voler à la rescousse de mon petit frère.

– Encule Motte ! râla-t-il. C'est un pot de pisse en bois sur une colline. Winterfell est le cœur du pays, mais comment le tiendrais-je sans garnison ?

– Que n'y as-tu réfléchi avant de t'en emparer. Oh, c'était une idée magistrale, ma foi. Mais si seulement tu avais eu le bon sens de raser le château et d'emmener les deux petits princes en otages à Pyk, tu gagnais la guerre d'un coup.

– Te ferait plaisir, hein, de voir ma prise réduite en ruine et en cendres ?

– Ta prise sera ta perte. Les seiches surgissent de la *mer*, Theon, l'aurais-tu oublié durant ton séjour chez les loups ? Notre force, ce sont nos boutres. Mon pot de pisse en bois se trouve assez près de la mer pour que m'y parviennent dès que de besoin troupes fraîches et ravitaillement. Winterfell, lui, se situe à des centaines de lieues de la côte, entouré de bois, de collines, de forts et de châteaux amis. A présent, tu t'es fait un ennemi de chaque homme, et sur mille lieues, ne t'y méprends pas. Tu l'as rendu irrémédiable quand tu as fiché ces deux têtes sur ta porterie. » Elle secoua la tête. « Mais comment as-tu pu commettre une aussi sanglante bévue ? Des *gosses*…

– Ils m'avaient *outragé* ! lui cria-t-il à la figure. Et c'était sang pour sang, en plus, deux fils d'Eddard Stark pour Rodrik et Moron. » Les mots lui sortaient de la bouche au hasard, mais il sut d'emblée que Père approuverait. « J'ai apaisé les mânes de mes frères.

– *Nos* frères », rappela-t-elle, avec un demi-sourire qui sous-entendait qu'elle trouvait un rien salé ce joli couplet de vengeance. « Avais-tu emporté leurs mânes de Pyk, frérot ? Je pensais jusqu'ici qu'ils ne hantaient que Père.

– Une vierge a-t-elle jamais compris la soif de vengeance d'un homme ? » Même si Père n'appréciait pas le cadeau de Winterfell, il était *tenu* d'approuver Theon pour sa vindicte fraternelle.

Asha répondit par un rire de nez. « Ce ser Rodrik pourrait bien éprouver la même soif virile, y as-tu songé ? Tu es le sang de mon sang, Theon, quoi que tu puisses être d'autre par ailleurs. Pour l'amour de la mère qui nous a portés, retournons ensemble à Motte-la-Forêt. Incendie Winterfell, et rebrousse chemin tant qu'il en est temps.

– Non. » Il rajusta sa couronne. « J'ai pris ce château, j'entends le tenir. »

Sa sœur le dévisagea longuement. « Eh bien, tu le tiendras, dit-elle, autant de jours qu'il te reste à vivre. » Elle soupira. « Ç'a un goût d'idiotie, je maintiens, mais, des sujets pareils, qu'y pourrait bien comprendre une timide vierge ? » Arrivée à la porte, elle lui dédia un dernier sourire narquois. « Autant que tu le saches, au fait..., jamais je n'ai posé les yeux sur une couronne si moche. Tu l'as bricolée toi-même ? »

Elle le laissa fou de rage et s'attarda juste le temps nécessaire pour nourrir ses chevaux et les abreuver. Elle emmena, comme annoncé, la moitié de ses hommes et emprunta pour quitter Winterfell la porte du Veneur par où s'étaient enfuis Bran et Rickon.

Theon la regarda partir du haut du rempart et se surprit à se demander, comme elle s'évanouissait dans les brumes du Bois-aux-Loups, pourquoi il ne l'avait pas écoutée et accompagnée.

« Partie, ça y est ? » Schlingue le coudoyait.

Theon ne l'avait pas entendu approcher, senti non plus d'ailleurs. Aucune présence ne pouvait lui être plus importune. Voir déambuler, respirer ce type qui en savait trop lui était pénible. *J'aurais dû le faire liquider, dès qu'il a eu liquidé les trois autres*, réfléchit-il, mais l'idée le rendit nerveux. Si invraisemblable qu'il y parût, Schlingue savait lire et écrire, et il était suffisamment vil et retors pour avoir planqué un exposé circonstancié de leurs exploits communs.

« 'vec vot' permission, m'sire prince, c' pas bien à elle, v's abandonner. Et dix hommes, c' pas trop guère assez.

– J'en suis bien conscient », dit Theon. *Pas moins qu'Asha.*

« Ben, j' pourrais v's aider, 't-êt' ben, reprit Schlingue. 'vec un ch'val et des picaillons, j' pourrais v' trouver quèqu' bons gars. »

Theon plissa les yeux. « Combien ?

– Un cent, 't-êt', ou deux. 't-êt' pus. » Il sourit, une lueur passa dans ses prunelles pâles. « Chuis né pus au nord d'ici. J' connais du monde, et du monde qui connaît Schlingue. »

Si deux cents hommes ne faisaient pas une armée, il n'en fallait pas des milliers non plus pour tenir une place aussi forte que Winterfell. Dans la mesure où ceux-là sauraient apprendre par quel bout d'une pique on tue, ils pourraient donner l'avantage. « Fais comme tu dis, et tu ne me trouveras pas ingrat. Choisis toi-même ta récompense.

– Eh ben, m'sire, y a qu'j' pas eu d' femme d'puis tant qu' j'étais 'vec lord Ramsay, répondit-il. C'te Palla m'a tapé dans l'œil, et comm' al' s'est déjà fait eu, paraît, ben… »

Il s'était déjà trop avancé avec Schlingue pour faire machine arrière, à présent. « Deux cents hommes, et tu l'as. Mais un de moins, et tu retournes baiser tes porcs. »

Le soleil n'était pas couché que s'en allait Schlingue, avec un sac d'argent conquis sur les Stark, et les derniers espoirs de Theon Greyjoy. *Plus que probable que je ne le reverrai jamais, ce salaud…*, songea-t-il avec amertume, mais tant pis, il fallait en courir le risque.

Il rêva, cette nuit-là, du banquet donné par Ned Stark en l'honneur du roi Robert. En dépit des vents froids qui se levaient au-dehors, la grande salle croulait sous les rires et les flonflons. Il n'était d'abord question que de viandes rôties et de vin, Theon blaguait et lançait des œillades aux servantes et prenait du bon temps…, quand il s'aperçut que les ténèbres envahissaient les lieux, que la musique cessait d'être si pimpante, avec des silences bizarres et des dissonances, des notes sanguinolentes en suspens. Soudain, le vin prit une saveur amère, et, relevant les yeux, Theon vit qu'il avait les morts pour convives.

Le roi Robert, le ventre ouvert d'une ignoble plaie, déballait ses tripes sur la table, et lord Eddard, à ses côtés, n'avait plus de tête. Des cadavres, au bas de l'estrade, occupaient les rangées de bancs, chacun des toasts qu'ils portaient détachait de leurs carcasses un pan de bidoche gris-brun, des asticots leur grouillaient aux orbites. Et il les connaissait, tous. Jory Cassel comme Gros Tom, et Porther et Cayn, Hullen, le maître d'écurie, et tous ceux qui étaient partis vers Port-Réal pour n'en pas revenir. Mikken et septon Chayle se trouvaient côte à côte, l'un pissant l'eau, l'autre le sang. Benfred Tallhart et ses Bouquins sauvages encombraient presque une table entière. La meunière aussi était là, et Farlen, et même le sauvageon tué d'une flèche pour sauver Bran, dans le Bois-aux-Loups.

Et d'autres, une multitude d'autres qu'il n'avait pas connus de leur vivant, dont il avait seulement vu les effigies en pierre. La fille svelte et triste qui portait une couronne de roses bleu pâle et une robe blanche éclaboussée de caillots ne pouvait être que Lyanna. Près d'elle se tenait son frère, Brandon, et, juste derrière eux, lord Rickard, leur père. Le long des murs se glissaient, à demi visibles dans l'ombre, des silhouettes blêmes aux longues et austères physionomies. Leur vue lancinait Theon de frissons affreux comme autant de coups de couteau. Là-dessus s'ouvrirent à grand fracas les hautes portes, une bise glaciale balaya la salle, et Robb émergea de la nuit. Vent-Gris trottait à ses côtés, l'œil flamboyant. Et, constellés de plaies monstrueuses, l'un comme l'autre ruisselaient de sang.

Theon s'éveilla sur un cri tellement strident que, pris de panique, Wex détala de la chambre nu comme un ver, tandis que les gardes y faisaient irruption, l'épée au clair. Il ordonna d'aller quérir le mestre. Le temps que survienne celui-ci, chiffonné, pâteux, une coupe de vin lui avait raffermi les mains, et il rougissait de son affolement. « Un rêve, maugréa-t-il, ce n'était qu'un rêve. D'une absurdité totale.

– Totale », acquiesça Luwin, avant de lui laisser un somnifère que Theon s'empressa de flanquer aux tinettes après son départ. Tout mestre qu'il était, Luwin n'en était pas moins homme et, en tant qu'homme, ne le portait pas dans son cœur. *Il souhaite me voir dormir, oui oui…, dormir pour toujours. Il en serait aussi ravi qu'Asha.*

Il manda Kyra et, après avoir refermé la porte d'un coup de pied, grimpa sur elle et se mit à la foutre avec une brutalité qu'il ne se connaissait pas jusqu'alors et qui, quand il eut joui, s'exaspéra de voir la gueuse en larmes, les seins et le cou meurtris de morsures et marbrés de gnons. Il l'expulsa du pieu, lui balança une couverture « Dehors ! »

Malgré quoi il lui fut ensuite impossible de fermer l'œil.

A l'aube, il s'habilla et sortit arpenter l'enceinte extérieure. Un vent d'automne frisquet mugissait aux créneaux, qui lui rougit les joues, lui brûla les paupières. En contrebas, le petit jour qui s'infiltrait parmi les arbres muets fit peu à peu passer la forêt du grisâtre au vert. A gauche pointait, par-dessus l'enceinte intérieure, le faîte des tours doré par le soleil levant. Parmi la verdure du bois sacré flamboyaient les frondaisons rouges du barral. *L'arbre de Ned Stark*, songea-t-il, *et le bois des Stark, le château des Stark, l'épée des Stark, les dieux des Stark. Ces lieux sont à eux, pas à moi. Je suis un Greyjoy de Pyk, appelé par ma naissance à peindre une seiche sur mon bouclier et à faire voile sur l'immensité de la mer salée. J'aurais dû partir avec Asha.*

Fichées sur leurs piques de fer en haut de la porterie, les têtes attendaient.

Theon les contempla silencieusement, tandis que les menottes fantomatiques du vent tiraillaient en tous sens son manteau. Du même âge à peu près que Bran et Rickon, les gamins du meunier en avaient eu la taille et la carnation. Une fois leurs bouilles écorchées par Schlingue et marinées dans le goudron, rien n'empêchait de trouver un air familier à ces masses informes de barbaque en décomposition. Les gens étaient tellement cons. *Nous aurions dit : « Voilà des têtes de bélier », sûr et certain qu'ils leur auraient vu des cornes.*

SANSA

Il avait suffi qu'on annonce l'apparition des voiles ennemies pour que le septuaire s'emplît de chants. Durant toute la matinée, piaffements de chevaux, cliquetis d'acier, fracas des énormes portes de bronze couinant sur leurs gonds s'étaient enchevêtrés au concert des voix pour composer une musique aussi bizarre qu'effrayante. *Pendant qu'on chante au septuaire afin d'obtenir de la Mère miséricorde, c'est vers le Guerrier que, sur les remparts, montent les prières, et toutes en silence.* Des leçons de septa Mordane ressortait que Mère et Guerrier n'étaient rien d'autre que deux des facettes d'un même et unique dieu tout-puissant. *Mais s'il n'y en a qu'un, de qui seront exaucées les suppliques ?*

Ser Meryn Trant maintenait le bai sang qu'allait enfourcher Joffrey. Pareillement revêtus de plate émaillée d'écarlate et de maille dorée, cheval et cavalier étaient tous deux coiffés d'un lion d'or. Au moindre mouvement de Joff, le pâle soleil faisait étinceler ses rouges et ses ors. *Brillant, rutilant et vide*, songea Sansa.

Le Lutin montait un étalon pourpre ; en dépit d'une armure beaucoup plus simple que celle du roi, cet accoutrement de bataille lui donnait l'air d'un garçonnet flottant dans les affiquets de papa. A ceci près que la hache de guerre qui pendouillait sous son écu n'avait, elle, rien de puéril. Miroitant d'acier blanc glacé, ser Mandon Moore caracolait à ses côtés. En l'apercevant, Tyrion fit volter son cheval vers elle. « Lady Sansa, l'interpella-t-il de sa selle, ma sœur vous a bien priée de rejoindre les autres dames de haut parage à la citadelle de Maegor, n'est-ce pas ?

– Oui, messire, mais Sa Majesté m'a mandée pour assister à son départ. Je compte aussi me rendre au septuaire pour y prier.

– Je m'abstiendrai de vous demander pour qui. » Sa bouche se tordit en une vilaine grimace. S'il s'agissait là d'un sourire, c'était alors le plus singulier qu'elle eût jamais vu. « Ce jour peut tout bouleverser. Pour vous-même aussi bien que pour la maison Lannister. J'aurais dû vous faire partir avec Tommen, maintenant que j'y pense. Encore devriez-vous être à peu près en sécurité, à Maegor, tant que…

– *Sansa !* » Cet appel de moutard grincheux fit résonner toute la cour. « Ici, Sansa ! » Joffrey l'avait repérée.

Il me siffle comme il sifflerait un chien.

« Sa Majesté vous réclame, observa Tyrion Lannister. Nous reprendrons cet entretien après la bataille, avec la permission des dieux. »

Elle se faufila parmi les rangs de piques en manteaux d'or pour se rapprocher de Joffrey comme il l'en sommait. « La bataille aura lieu sous peu, nul n'en disconvient, lâcha-t-il.

– Puissent les dieux nous faire grâce à tous.

– Mon oncle Stannis est le seul qui en aura besoin, mais je me garderai de la lui accorder si peu que ce soit. » Il brandit son épée. Le pommeau était un rubis taillé en forme de cœur pris dans les mâchoires d'un lion. Trois onglets profonds échancraient la lame. « Ma nouvelle épée, Mangecœur. »

La précédente, se souvint-elle, s'appelait Dent-de-Lion. Il s'en était fait délester par Arya, qui l'avait balancée dans la rivière. *J'espère que Stannis en fera autant de celle-ci.* « Elle est d'un travail magnifique, Sire.

– Bénissez mon acier d'un baiser. » Il lui abaissa la lame sous le nez. « Allez, baisez-le ! »

Jamais ses intonations n'avaient avec autant d'éclat proclamé sa stupidité de marmot. Du bout des lèvres, Sansa fit mine d'effleurer le métal, tout en se jurant de baiser plutôt mille millions d'épées que celle de Joffrey. Il parut néanmoins trouver le simulacre à son gré, et rengaina pompeusement. « A mon retour, vous la baiserez derechef et y goûterez le sang de mon oncle. »

Uniquement si l'un des membres de ta Garde le tue à ta place. Trois d'entre eux l'accompagnaient : ser Meryn, ser Mandon et ce Potaunoir de ser Osmund. « Conduirez-vous en personne vos chevaliers au sein de la mêlée ? s'enquit-elle, éperdue d'espoir.

– Je le voudrais, mais mon Lutin d'oncle dit que mon Stannis d'oncle ne traversera jamais la Néra. Je commanderai toutefois les Trois Putes. Je veillerai à me charger personnellement des félons. » La perspective le fit sourire. Sa lippe rose et grassouillette n'aboutissait jamais qu'à une moue boudeuse. Le temps était loin où Sansa s'en montrait charmée. Elle en avait à présent des nausées.

« On prétend que mon frère, Robb, se jette toujours au plus épais de la bataille, décocha-t-elle imprudemment. Il est vrai qu'il est plus vieux que Votre Majesté. C'est un homme. »

La remarque le renfrogna. « Je réglerai son compte à votre frère quand j'en aurai fini avec mon traître d'oncle. Vous verrez comme Mangecœur saura l'étriper. » Il fit pivoter son cheval et l'éperonna pour gagner la porte. Ser Meryn et ser Osmund vinrent le flanquer à gauche et à droite, les manteaux d'or suivirent, quatre par quatre, ser Mandon Moore et le Lutin fermaient le ban. Les gardes saluèrent leur sortie d'ovations bruyantes. Après quoi s'abattit brusquement sur la cour un silence aussi impressionnant que celui qu'observe la nature à l'approche d'une tornade.

Du fond de cette accalmie monta l'appel des chants. Y cédant, Sansa se dirigea vers le septuaire. Deux garçons d'écurie suivirent, puis l'un des gardes, dont s'achevait la faction. D'autres leur emboîtèrent le pas.

Jamais Sansa n'avait vu le sanctuaire bondé à ce point ni si brillamment éclairé ; du haut des verrières se déversaient des échappées d'irisations, de tous côtés scintillaient des constellations de cierges. Si l'autel de la Mère et celui du Guerrier nageaient dans des flots de lumière, le Ferrant, le Père, l'Aïeule et la Jouvencelle étaient également fort sollicités, et quelques flammes vacillaient même sous la figure à moitié humaine de l'Etranger..., car qu'était Stannis Baratheon, sinon l'Etranger venu juger les gens de Port-Réal ? Sansa visita les Sept à tour de rôle, allumant un cierge devant chacun, puis se dénicha une place assise entre une antique lavandière toute rabougrie et un garçonnet pas plus vieux que Rickon et que sa tunique de toile fine attestait fils de chevalier. La main de la vieille était un paquet d'os calleux, celle de l'enfant menue, potelée, mais quel bien cela faisait, que de se cramponner à quelqu'un. A respirer cette atmosphère lourde et surchauffée, saturée de sueur et d'encens, de caresses arc-en-ciel et d'éblouissements, la tête vous tournait pas mal aussi.

Sansa connaissait l'hymne. Mère le lui avait enseigné, voilà bien bien longtemps, à Winterfell. Sa voix se joignit à celles de l'assistance.

Gente Mère, ô fontaine de miséricorde,
Préserve nos fils de la guerre, nous t'en conjurons,
Suspends les épées et suspends les flèches,
Permets qu'ils connaissent un jour meilleur.
Gente Mère, ô force des femmes,
Soutiens nos filles dans ce combat,
Daigne apaiser la rage et calmer la furie,
Enseigne-nous les voies de la bonté.

Des quatre coins de Port-Réal avaient afflué dans le Grand Septuaire de Baelor, sur la colline de Visenya, des milliers de gens, et ils chantaient de même, et, de là, leurs voix s'épanchaient par toute la ville et vers l'autre berge de la rivière et fusaient vers le ciel. *Les dieux ne peuvent pas ne pas nous entendre*, songea-t-elle.

La plupart des hymnes lui étaient familiers, elle suivait de son mieux ceux qui le lui étaient moins, mêlant sa voix aux voix de serviteurs chenus, de jeunes femmes angoissées pour leurs maris, de filles de service et de soldats, de cuisiniers et de fauconniers, de fripons et de chevaliers, d'écuyers, de tournebroches et de mères allaitant. Elle chantait avec les gens renfermés dans l'enceinte du château comme avec ceux qui se trouvaient à l'extérieur, elle chantait avec la ville entière. Elle chantait pour obtenir miséricorde en faveur des vivants comme des défunts, de Bran, de Rickon et de Robb, de sa sœur Arya comme de son frère bâtard Jon Snow, là-bas, sur le Mur. Elle chantait pour Mère et pour Père, pour son grand-père, lord Hoster, et pour

Oncle Edmure, pour son amie Jeyne Poole et pour ce vieil ivrogne de roi Robert, pour septa Mordane et ser Dontos et Jory Cassel et mestre Luwin, pour tous les braves chevaliers et soldats qui allaient mourir en ce jour, pour ceux, enfants, épouses, qui les pleureraient, se décida même à chanter, finalement, pour Tyrion le Lutin et pour le Limier. *Il a beau ne pas être chevalier*, dit-elle à la Mère, *il ne m'en a pas moins préservée. Épargnez-le, s'il vous est possible, et amendez la rage qui le possède.*

Toutefois, lorsque le septon gravit la chaire et supplia les dieux de défendre et protéger Sa noble et légitime Majesté le roi, Sansa se leva. La foule obstruant les allées, elle s'y fraya malaisément passage tandis qu'il demandait au Ferrant d'insuffler sa force à l'épée et au bouclier de Joffrey, au Guerrier de l'animer de sa bravoure, au Père de l'assister en toute circonstance. *Faites que se brise sa lame et que vole en éclats son écu*, souhaita-t-elle froidement tout en se propulsant vers la sortie, *faites que tout courage l'abandonne et que chacun déserte son parti.*

Exception faite des quelques gardes qui arpentaient le créneau de la conciergerie, le château paraissait évacué. Elle s'immobilisa pour tendre l'oreille. Au loin se percevait le tapage des combats. Les chants le noyaient presque entièrement, mais la rumeur en était bel et bien sensible, si vous aviez l'ouïe un peu fine : vous parvenaient la plainte lugubre des cors de guerre, le grincement des catapultes et le bruit mat du départ de leurs projectiles, suivis d'éclaboussures ou d'impacts ravageurs, le pétillement de la poix bouillante, la détente des scorpions, *vvvrrr !* larguant leurs deux coudées acérées de fer et..., là-dessous, des râles d'agonie.

Un chant d'une autre espèce, en somme, un terrible chant. Sansa s'enfouit jusqu'aux oreilles dans la capuche de son manteau et pressa le pas vers la citadelle de Maegor, château-dans-le-château où la reine affirmait que chacun serait en sécurité. Aux abords du pont-levis, elle tomba sur lady Tanda et ses deux filles. Arrivée la veille de Castelfoyer avec un petit contingent de soldats, Falyse s'efforçait d'entraîner sa sœur, mais Lollys s'agrippait à sa camériste en sanglotant : « Je ne veux pas je ne veux pas je ne veux pas.

– La bataille a *débuté*, dit la mère d'un ton cassant.

– Je ne veux pas je ne veux pas. »

Faute de pouvoir les éviter, Sansa les salua gracieusement. « Puis-je vous être utile en rien ? »

La vergogne empourpra lady Tanda. « Non, madame, mais mille grâces de votre amabilité. Veuillez pardonner à ma fille, elle est souffrante.

– Je ne veux pas. » Lollys se cramponnait plus que jamais à sa camériste, une jolie fille mince et brune coiffée court qui brûlait manifestement de s'en décharger dans la douve au profit des affreuses piques de fer. « Pitié pitié je ne veux pas. »

Sansa prit sa plus douce voix : « Nous serons trois fois mieux abritées, dedans, et nous y aurons à boire comme à manger, ainsi que de la musique. »

Lollys la regarda d'un air hébété, bouche bée. Ses yeux marron sombre semblaient en permanence humectés de pleurs. « Je ne veux pas.

– Il le *faut* ! trancha vertement sa sœur, assez de ces comédies ! Aide-moi, Shae. » Elles la saisirent chacune par un coude et, d'un même élan, lui firent, mi-traînée mi-portée, franchir enfin le pont. « Elle n'est toujours pas remise de son mal », dit lady Tanda. *Si l'on peut qualifier de mal sa grossesse*, songea Sansa. L'état de Lollys défrayait les cancans.

Devant le guichet, les deux factionnaires avaient beau porter le manteau écarlate et le heaume à mufle léonin, ils n'étaient, sous la défroque Lannister, au su de Sansa, que de vulgaires reîtres. Hallebarde en travers des genoux s'en trouvait un troisième qui, vautré au bas de l'escalier – un garde authentique eût été debout –, daigna quand même se lever en les apercevant pour leur ouvrir la porte et les introduire dans la tour.

Quoique dix fois moins vaste que la grande salle du Donjon Rouge et deux fois plus modeste que la petite galerie de la tour de la Main, le Bal de la Reine pouvait encore accueillir une centaine de sièges et gagnait en charme ce que ses dimensions lui faisaient perdre de majesté. Y tenaient lieu d'appliques des miroirs d'argent martelé qui redoublaient l'éclat des torches ; des lambris richement ciselés tapissaient les murs, des jonchées au parfum suave le sol. De la tribune en surplomb se déversaient les accords joyeux des cordes et des vents. Des baies en plein cintre s'évasaient tout du long de la paroi sud, mais de lourds rideaux de velours les masquaient pour l'heure, ne laissant filtrer le moindre rai de jour ni la moindre oraison du monde extérieur ni le moindre son belliqueux. *N'empêche*, songea Sansa, *la guerre est néanmoins sur nous*.

Presque toutes les dames de haut parage présentes à Port-Réal bordaient les longues tables volantes, en compagnie d'une poignée de vieillards et de gamins. Epouses, mères, filles ou sœurs d'hommes partis combattre lord Stannis et dont nombre ne reviendraient pas, leur angoisse empoissait l'ambiance. En sa qualité de fiancée de Joffrey, Sansa occupait la place d'honneur, à la droite de la reine. Elle gravissait l'estrade quand elle discerna l'homme rencogné dans l'ombre, au fond. Revêtu jusqu'aux genoux d'un haubert de maille noire huilée, il tenait devant lui, la pointe reposant au sol, une épée presque de sa taille – l'épée de Père, Glace – et sur la garde de laquelle s'enroulaient ses durs doigts osseux. Le souffle de Sansa s'étrangla. Ser Ilyn Payne se devina peut-être en butte à son regard, car il tourna vers elle son faciès émacié, ravagé de vérole.

« Que fait-il ici, lui ? » demanda-t-elle à Osfryd Potaunoir, promu capitaine de la nouvelle garde rouge de Cersei.

Il s'épanouit. « Sa Grâce s'attend à en avoir besoin avant la fin de la nuit. »

En tant que justice du roi, ser Ilyn ne pouvait être requis que pour un seul et unique service. *De qui veut-elle donc la tête ?*

« Que chacun se lève en l'honneur de Sa Grâce, Cersei Lannister, reine régente et Protecteur du royaume ! » proclama l'intendant royal.

Aussi neigeuse que les manteaux de la Garde était la robe immaculée dans laquelle celle-ci fit son entrée. Les crevés de ses longues manches étaient doublés de satin d'or. Du même ton cascadaient jusqu'à ses épaules nues ses magnifiques cheveux bouclés. Un collier d'émeraudes et de diamants ceignait sa gorge délicate. Le blanc lui conférait un merveilleux air d'innocence, un air presque virginal, mais ses joues étaient comme piquetées d'infimes rougeurs.

« Veuillez vous asseoir, dit-elle après avoir gagné sa place sur l'estrade, et soyez les bienvenus. » Osfryd Potaunoir lui tint son fauteuil pendant qu'un page faisait de même pour Sansa. « Vous êtes pâlotte, Sansa, observa-t-elle. C'est votre floraison qui se poursuit ?

– Oui.

– Tellement congru... Les hommes vont saigner, là-bas dehors, et vous ici dedans. » Elle ordonna d'un signe le début du service.

« Pourquoi ser Ilyn se trouve-t-il là ? » hasarda Sansa.

La reine jeta un coup d'œil vers le bourreau muet. « Pour couper court à la forfaiture et nous défendre, si nécessaire. Avant d'occuper son office actuel, il était chevalier. » Elle pointa sa cuillère vers les hautes portes de bois désormais verrouillées et barrées, au bas bout de la salle. « Qu'on les défonce à coups de hache, et vous n'aurez qu'à vous louer de lui. »

Je me louerais davantage de voir le Limier à sa place, songea Sansa. Elle était convaincue qu'en dépit de son agressivité Sandor Clegane ne tolérerait pas que l'on touche à elle. « Vos gardes ne nous protégeront-ils pas ?

– Et qui nous protégera de mes gardes ? » La reine loucha vers Osfryd. « Les reîtres loyaux sont aussi rares que les putains vierges. Si nous perdons la bataille, mes gardes ne s'empêtreront dans ces manteaux rouges que par leur hâte à s'en dépêtrer. Ils pilleront tout leur possible avant de déguerpir, et ce de conserve avec les serviteurs, blanchisseuses et palefreniers, dare-dare, afin de sauver, chacun pour soi, sa propre inestimable peau. N'avez-vous aucune idée de ce qui se passe lors du sac d'une ville, Sansa ? Non, vous n'auriez garde, n'est-ce pas ? Tout ce que vous savez de la vie, vous l'avez appris des chanteurs, et les bonnes chansons de saccage, il y a disette.

– De véritables chevaliers ne s'en prendraient jamais à des femmes et à des enfants. » Des mots, du vent, s'aperçut-elle au fur et à mesure qu'elle l'énonçait.

« Véritables chevaliers... » La reine trouvait manifestement la formule d'une irrésistible cocasserie. « Sans doute avez-vous raison. Mais, dans ce cas, pourquoi ne pas manger tout bonnement votre potage comme une bonne petite fille en attendant que Symeon Prunelles d'Etoiles et le prince Aemon Chevalier-Dragon accourent à votre rescousse, ma mignonne ? Ils ne tarderont plus guère, à présent, m'est avis. »

DAVOS

De méchantes lames sèches hachaient la baie de la Néra blanchie de moutons. Cravachée par les rafales qui faisaient rugir et claquer sa voile, *La Botha noire* chevauchait le galop de la marée montante, quasiment coque à coque avec *Le Spectre* et la *Lady Maria*. L'intervalle n'excédait pas trente-cinq coudées. Ce de front, s'il vous plaît, constamment. Ser Davos était fier de ses fils.

Sur les flots tonnaient, d'un navire à l'autre, les appels de cor, aussi rauques et ténébreux que des mugissements d'hydres monstrueuses. « Amenez la toile, commanda Davos. » Son cadet, Matthos, relayait les ordres au fur et à mesure. « Abaissez le mât. Rameurs, à vos rames. » Ainsi en avait décidé ser Imry : on ne pénétrerait dans la rivière qu'à la rame, afin de ne pas exposer les voiles aux scorpions et aux bouches à feu des remparts. Le pont de *La Botha noire* se mit à grouiller d'hommes d'équipage qui couraient à leur poste en bousculant la soldatesque qui leur obstruait toujours le passage, en quelque coin qu'elle se réfugiât.

Fort en arrière, au sud-est, se distinguait *La Fureur*, avec ses voiles d'or frappées du cerf couronné qui miroitaient en s'affalant. C'est de son gaillard que, seize ans plus tôt, Stannis Baratheon avait lancé l'assaut contre Peyredragon, mais il avait cette fois-ci choisi de prendre la route avec son armée, confiant le navire et le commandement de la flotte à son beau-frère, ser Imry, qui ne s'était rallié à lui, tout comme lord Alester et les autres Florent, qu'au pied d'Accalmie.

La Fureur, Davos la connaissait aussi intimement que ses propres bateaux. Elle comportait, au-dessus de ses trois cents rameurs, un pont exclusivement dévolu aux scorpions ; quant à ses accastillages de poupe et de proue, des catapultes les occupaient, suffisamment massives pour projeter des barils de poix enflammée. Tout cela faisait d'elle un bâtiment des plus formidable et néanmoins très vif, encore que, bourrée jusqu'à la gueule de chevaliers, d'armures et d'hommes d'armes, elle eût un peu perdu de sa rapidité.

A nouveau sonnèrent les cors de guerre, transmettant les ordres de *La Fureur*. Davos sentit un fourmillement taquiner ses phalanges absentes. « Rames hors ! » cria-t-il, puis : « En ligne ! » Cent pales plongèrent au moment même où commençait à retentir, tel le lent battement d'un énorme cœur, le tambour du maître de nage, et chacune de ses pulsations mit dès lors en mouvement cent hommes comme un être unique.

Simultanément s'étaient déployées les ailes de bois du *Spectre* et de la *Lady Maria*. Au rythme des pales qui barattaient l'eau, les trois galères avançaient toujours impeccablement de front. « Croisière ! » ordonna Davos. *Le Glorieux* à coque argentée de lord Velaryon s'était bien porté comme convenu à bâbord du *Spectre*, *L'Insolent* survenait bon train, mais *La Chipie* sortait à peine ses rames, et *L'Hippocampe* en était encore à coucher son mât. Et derrière, grimaça Davos, oui, là-bas, tout au sud, au diable, cela ne pouvait être que *L'Espadon*, à la traîne, comme toujours. Deux cents rames et le plus gros bélier de la flotte, mais un capitaine... des moins sûr, pour ne dire pis.

Les soldats s'interpellaient d'un bord à l'autre, au comble de l'excitation. N'ayant guère été que du fret depuis Accalmie, ils bouillaient d'affronter l'adversaire et ne doutaient pas de vaincre. En cela parfaitement d'accord avec Sa Seigneurie le Grand Amiral ser Imry Florent.

Lequel avait, trois jours auparavant – la flotte mouillait pour lors à l'embouchure de la Wend –, convoqué un conseil de guerre sur *La Fureur*, afin d'informer ses subordonnés de ses plans. Davos et ses fils s'y étaient vu assigner, dans la seconde vague d'attaque, des postes extrêmement exposés à tribord. « Un honneur », déclara Blurd, emballé par la chance qu'il aurait là d'exhiber ses mérites. « Périlleux », signala Davos, ce qui lui valut les regards apitoyés de sa progéniture, le jeune

Maric inclus. *Le Chevalier Oignon n'est plus qu'une vieille femme*, les entendit-il penser, *tout en demeurant foncièrement un contrebandier.*

Eh bien, soit, le second point n'était pas faux, et Davos ne comptait nullement s'en défendre. Tout seigneurial que sonnaillait *Mervault*, le Culpucier des origines le fondait toujours, et en profondeur. C'était rentrer chez lui que de retrouver Port-Réal et ses trois collines. En fait de bateaux, de voiles et de côtes, il en savait plus que quiconque dans les Sept Couronnes, et personne n'avait davantage mené de combats désespérés, fer contre fer, sur un pont humide. Mais le genre de bataille qui s'annonçait le rendait froussard et nerveux comme une pucelle. Les contrebandiers ne s'amusent pas à sonner du cor et à déployer des bannières. Flairent-ils un danger, ils s'empressent de hisser la voile, et adieu, bon vent.

A la place de l'amiral, il eût agi de manière toute différente. Expédié d'abord quelques-uns de ses navires les plus rapides tâter l'amont, voir à quoi l'on devait s'attendre, au lieu de foncer en masse tête baissée. Or, en s'entendant suggérer pareille tactique, Sa Seigneurie s'était certes répandue en remerciements polis mais bien gardée de policer ses yeux. *Quel vil pleutre est-ce là ?* fulminaient ceux-ci. *Le rustre qui s'est payé un ser de pacotille avec un oignon ?*

Assuré de posséder quatre fois plus de bateaux que son roitelet d'adversaire, ser Imry croyait inutiles et ruse et prudence. Il avait organisé ses forces en dix vagues successives, chacune de vingt bâtiments. Les deux premières étaient censées balayer la Néra, fondre sur la flottille de Joffrey, ses « joujoux », comme les daubait l'amiral, pour la plus grande joie de la fine noblaille, et l'anéantir. Les suivantes ne rejoindraient la lutte sur la rivière qu'après avoir débarqué des compagnies de piques et d'archers sous les murs de la ville. Quant aux bateaux plus petits ou plus lents de l'arrière-garde, ils serviraient à transférer la majeure partie de l'armée de Stannis vers la rive gauche, la rive droite étant protégée par les Lysiens de Sladhor Saan, qui patrouilleraient dans la baie, au cas où les Lannister auraient dissimulé des navires le long de la côte pour prendre la flotte à revers et la harceler.

En toute équité, la hâte de ser Imry n'était pas sans motif. Depuis le départ d'Accalmie, les vents ne l'avaient guère favorisé. Début pitoyable, on avait perdu deux cotres sur les écueils de la baie des Naufrageurs, le jour même de l'appareillage. L'une des galères de Myr avait ensuite sombré dans le pas de Torth, puis une tempête avait, comme on abordait le Gosier, éparpillé la plupart des unités jusque vers le milieu du détroit. Il n'avait pu finalement s'en regrouper, non sans délais considérables, que douze derrière l'écran du Bec de Massey, dans les eaux moins tumultueuses de la baie.

Stannis devait cependant se trouver à pied d'œuvre, lui, depuis des jours et des jours. Comme, d'Accalmie, la route royale filait tout droit sur Port-Réal, la distance à parcourir était nettement moindre que par mer et, au surplus, l'ost royal était en grande partie monté ; près de vingt mille chevaliers, de la cavalerie légère et des francs-coureurs, legs involontaire de Renly à son frère, cela va bon train, mais que leur servaient à présent, contre la profondeur de la rivière et la hauteur des remparts de la ville, les douze pieds de leurs lances et leurs destriers caparaçonnés ? Coincé sur la rive droite avec ses vassaux, Stannis rongeait sûrement son frein en se demandant ce qu'avait bien pu devenir sa flotte et ce que fichait ser Imry.

On avait, l'avant-veille, au large de la roche aux Merles, repéré puis pris en chasse, rattrapé une à une et arraisonné cinq ou six barques de pêcheurs. « Rien de tel qu'une cuillerée de victoire avant la bataille pour creuser l'appétit ! s'était gargarisée Sa Seigneurie. Ça vous met d'attaque pour plus copieux. » Davos s'était montré pour sa part plus avide de renseignements sur les défenses de Port-Réal. A en croire les prisonniers, le nain avait fait construire d'arrache-pied une espèce de barrage en travers de l'embouchure de la Néra, mais certains prétendaient l'ouvrage achevé, d'autres non. Il se surprit à désirer qu'il le fût. Dans ce cas, ser Imry se verrait en effet contraint de marquer une pause et de réviser ses belles conceptions.

Le vacarme était assourdissant sur la mer : cris, appels, sonneries de cors et martèlements de tambours, trilles de sifflets, clapotis des flots sur les coques se mêlaient au tapage des milliers de rames qui s'abaissaient et se relevaient. « *En ligne !* »

rappela Davos. Une rafale tourmenta son vieux manteau verdâtre. Pour toute armure, il avait un justaucorps de cuir bouilli et le bassinet qui traînait à ses pieds. En mer, la pesanteur de l'acier pouvait vous coûter la vie, croyait-il, au moins autant que vous préserver. Un avis que ne partageaient ni Sa Seigneurie ni le gratin des capitaines qui arpentaient, rutilants, leurs ponts respectifs.

L'Hippocampe et *La Chipie* s'étaient enfin glissés à leur poste, en deçà de *La Pince rouge* de lord Celtigar. A tribord de la *Lady Maria* de Blurd marchaient les trois galères enlevées par Stannis au pauvre lord Solverre, *La Piété*, *La Prière* et *La Dévotion*, toutes trois surchargées d'archers. *L'Espadon* lui-même se rapprochait, tant à la voile qu'à la rame, cahin-caha, durement ballotté par une houle de plus en plus grosse. *Avec un pareil banc de nage, il devrait aller bien plus vite*, remarqua Davos avec réprobation. *La faute à ce bélier démesuré qui le déséquilibre.*

Le vent soufflait du sud, mais cela ne présentait pas d'inconvénient, puisqu'on naviguait à la rame. On aurait beau être porté par le flux, les Lannister bénéficieraient néanmoins du courant contraire, vu le débit et l'impétuosité de la rivière à son débouché sur la mer. Le premier choc allait donc forcément leur profiter. *Les affronter sur la Néra est une idiotie.* Au large, il aurait été enfantin de les envelopper pour les détruire. Dans le lit de la rivière, en revanche, le nombre et le tonnage des navires de ser Imry deviendraient plutôt un désavantage. On n'en pourrait aligner plus de vingt de front sans courir le risque d'embrouiller leurs rames et d'entraîner des collisions.

Par-delà les bateaux de guerre qui cinglaient en tête se discernait, sombre sur le ciel citron, la silhouette du Donjon Rouge, au sommet de la colline d'Aegon, et, tout en bas, la bouche béante de la Néra. Noire était la rive opposée, noire d'hommes et de chevaux qui, guettant l'approche des vaisseaux, grouillaient comme des fourmis furibondes. Même occupés par Stannis à empenner des flèches et construire des radeaux, l'attente avait dû leur paraître un supplice. De leur cohue montèrent, crânes et ténues, des sonneries de trompettes qu'engloutirent presque aussitôt les rugissements de milliers de gorges. Davos referma ses doigts estropiés sur la bourse qui recelait les reliques de ses phalanges et mâchonna une prière muette pour se porter chance.

La Fureur occupait le centre de la première ligne, entre le *Lord Steffon* et *Le Cerf des mers*, deux cents rames chacun. A tribord et bâbord se trouvaient les cent-rames, la *Lady Harra*, *Le Congre*, *L'Espiègle*, *Le Démon marin*, *Le Massacre*, la *Jenna*, *Le Trident Trois*, *Le Fleuret*, la *Princesse Rhaenys*, *La Truffe*, *Le Sceptre*, *Le Loyal*, *Le Choucas rouge*, la *Reine Alysanne*, *Le Chat*, *Le Vaillant* et *Le Vainc-dragons*. A la poupe de chacun flottait le cœur ardent, rouge, jaune et orange, du Maître de la Lumière. Derrière Davos et ses fils venait une autre ligne de cent-rames commandés par des chevaliers et des capitaines nobles, puis le contingent de Myr, composé de bateaux moins grands, moins rapides et munis tout au plus de quatre-vingts rames. Suivaient les navires à voiles, caraques et cotres lourdauds, et, bon dernier sur son *Valyrien*, fier géant de trois cents rameurs, Sladhor Saan à la tête de ses galères à coques zébrées. L'éblouissant principicule de Lys avait été fort peu charmé de se voir reléguer à l'arrière-garde, mais ser Imry n'avait manifestement pas plus confiance en lui que Stannis. *Trop de doléances et trop de caquets sur l'or qui lui était dû.* Davos déplorait quand même cette disgrâce. Le vieux pirate était un homme de ressources, et il avait pour équipages des marins nés, intrépides au combat. Un gâchis que de leur affecter la queue.

Ahoooooooooooooooooooo. Emanant du gaillard d'avant de *La Fureur*, le signal de l'assaut roula sur les lames écumantes et le battement régulier des rames. *Ahoooooooooooooooo, ahoooooooooooooooooo.*

L'Espadon venait tout juste d'intégrer la ligne, mais il avait encore toute sa toile. « Souquez ! » aboya Davos, et le tambour se mit à rouler plus vite, et la cadence des rames, levé, baissé, levé, baissé, s'accéléra, *plouf-plof*, *plouf-plof*, *plouf-plof*. Sur le pont, les soldats entrechoquaient épées et boucliers, tandis que les archers cordaient tranquillement leur arc et prélevaient une première flèche dans le carquois suspendu à leur ceinturon. Comme les galères du premier rang obstruaient son champ, Davos se chercha un poste d'observation moins piètre et ne distingua pas trace du moindre barrage à l'embouchure de la Néra qui béait tout grand, comme pour les avaler tous, apparemment libre, hormis…

Du temps de la contrebande, il s'était volontiers vanté en blaguant de connaître infiniment mieux le front de mer de Port-Réal que le dos de sa propre main, car le dos de sa propre main, il n'avait pas passé l'essentiel de sa vie à le franchir dans les deux sens à la dérobée. Or, si les tours trapues de pierre neuve face à face à l'entrée de la Néra ne disaient rien, peut-être, à ser Imry Florent, elles lui faisaient, à lui, Davos, le même effet que si deux doigts supplémentaires avaient surgi de ses moignons.

Protégeant ses yeux du soleil couchant, il examina les tours sous toutes les coutures. Elles étaient trop petites pour contenir une garnison conséquente. Celle de la rive gauche se dressait tout contre l'à-pic au-dessus duquel se renfrognait le Donjon Rouge ; son pendant de la rive droite barbotait en revanche dans l'eau. *Ils ont pratiqué une saignée dans la berge*, comprit-il d'emblée. La tour devenait dès lors très difficile à prendre ; les assaillants devraient pour ce faire de deux choses l'une, ou se tremper pour l'atteindre ou lancer une passerelle sur le chenal. Quitte à poster des archers prêts à tirer si l'un des défenseurs était assez téméraire pour risquer le bout de son nez au créneau, Stannis ne s'en était pas autrement soucié.

Une brusque lueur arrachée par le crépuscule au bas de la tour parmi les tourbillons d'eau noire apprit à Davos ce qu'il désirait savoir. *Une chaîne… Mais alors, pourquoi ne pas nous avoir interdit l'accès de la rivière ? Pourquoi ?*

Il avait bien sa petite idée là-dessus encore, mais n'eut pas le loisir de s'appesantir. Une clameur des navires de tête suivie de nouvelles sonneries de cor, l'ennemi venait d'apparaître.

Dans l'intervalle éblouissant des rames du *Sceptre* et du *Loyal*, guère plus, en travers de la rivière, qu'un maigre chapelet de galères dont le soleil couchant faisait miroiter les coques dorées, mais Davos avait de longue date appris à déchiffrer les indices dont dépendait sa sécurité. Une simple voile sur l'horizon, et il savait non seulement les capacités de course du navire auquel il avait affaire mais si le capitaine en était un jeune homme avide de gloire ou un vétéran dont la carrière s'achevait.

Ahoooooooooooooooooooooo, beuglèrent les cors guerriers. « Allure de combat ! » cria-t-il, et, au même instant, Dale à bâbord, Blurd à tribord lançaient le même ordre. Les tambours se mirent à battre un rythme déchaîné qu'adoptèrent instantanément, levé baissé, les rames, et *La Botha noire* ne fit qu'un bond. Un coup d'œil du côté du *Spectre*, salut de Dale. *L'Espadon* lambinait une fois de plus, titubant déjà dans les eaux des bateaux plus petits présumés le flanquer. Hormis cela, ligne aussi impeccable qu'un mur de boucliers.

Alors qu'elle ne semblait, de loin, qu'un piètre goulet, la rivière, à présent, s'élargissait telle une mer, mais la ville avait également pris des proportions gigantesques. Masse de plus en plus sombre au sommet de la colline d'Aegon, le Donjon Rouge en commandait l'approche. Ses créneaux hérissés de fer, ses tours massives et ses puissantes murailles rouges lui donnaient l'aspect d'un monstre abominable vautré en surplomb des rues et de la Néra. Seuls éraillaient les hauteurs abruptes et rocheuses qu'il écrabouillait des plaques de lichen et des épineux rabougris. Voilà sous quoi devait passer la flotte avant d'atteindre le port et, au-delà, la ville.

La première ligne se trouvait désormais dans la rivière, mais les galères ennemies ramaient à rebours devant elle. *Ils veulent nous attirer plus avant. Ils veulent nous y voir en masse, et si bien serrés qu'il nous soit impossible de les déborder..., jusqu'à ce que la chaîne referme la nasse derrière nous.* Tout en arpentant le pont, il se démanchait le col pour mieux scruter la flotte de Joffrey. Les joujoux du mioche incluaient la pesante *Grâce divine*, nota-t-il, ce vieux traînard de *Prince Aemon*, *La Pudique* et sa jumelle, *La Soyeuse*, *La Bourrasque*, *Le Havre-du-Roi*, *Le Cerf blanc*, *La Pertuisane* et *L'Anémone de mer*. Mais où donc se trouvait *Le Lion* ? Où la superbe *Lady Lyanna*, hommage de feu Robert à sa bien-aimée disparue ? Et où, surtout, le *Roi Robert*, le plus gros bâtiment de la flotte royale, quatre cents rameurs, et le seul susceptible de l'emporter sur *La Fureur* ? La logique aurait voulu qu'il constituât le cœur même de la défense.

Cela puait le coup fourré. Et pourtant, Davos ne repérait rien qui, sur ses arrières, trahît la moindre présence ennemie. Seule s'avançait en bon ordre, ligne après ligne et jusqu'aux confins de la mer et du ciel, la formidable flotte de Stannis Baratheon. *Relèveront-ils la chaîne afin de nous couper en deux ?* L'intérêt d'une manœuvre de ce genre lui échappait, car elle n'empêcherait pas les bateaux demeurés libres dans la rade de débarquer des troupes – solution moins expéditive mais plus sûre – au nord de la ville.

Une volée clignotante d'oiseaux orange, vingt ou trente, prit l'air du haut du rempart : des pots de poix brûlante qui décrivirent sur la rivière des paraboles enflammées. Les eaux engloutirent la plupart d'entre eux, mais quelques-uns touchèrent la première ligne et, en s'écrasant sur les ponts, y propagèrent le feu. A bord de la *Reine Alysanne*, des hommes d'armes se mirent à trépigner, tandis que du *Vainc-dragons*, qui rasait la berge, s'élevaient trois fumées distinctes. Mais déjà s'éparpillait une deuxième volée, et des nuées de flèches s'abattaient aussi des archères nichées au sommet des tours. Un soldat du *Chat* bascula par-dessus le plat-bord, s'écrasa sur les rames et sombra. *Le premier mort de la journée*, pensa Davos, *mais pas le dernier.*

Sur les murs du Donjon Rouge flottaient les bannières du roitelet : cerf couronné Baratheon sur champ d'or et lion Lannister sur champ d'écarlate. Les volées de poix se succédaient, et ça gueulait ferme sur *Le Vaillant* où se propageait l'incendie. Si les rameurs, à l'entrepont, se trouvaient à l'abri des projectiles, il en allait tout autrement pour les hommes d'armes entassés à l'extérieur. Conformément aux appréhensions de Davos, l'aile de tribord épongeait les plâtres. *Et bientôt notre tour*, songea-t-il avec un malaise accru. En sixième position par rapport à la rive gauche, *La Botha noire* se trouvait en plein sous la trajectoire des pots-à-feu. A tribord nageaient seulement la *Lady Maria* de Blurd, ce pataud d'*Espadon* – si loin derrière, maintenant, que la troisième vague ne tarderait guère à le talonner –, et les malheureuses *Piété*, *Prière* et *Dévotion* pour qui, placées comme elles l'étaient, ne seraient pas de trop les sept sollicitudes divines.

Comme on dépassait les tours jumelées, Davos en profita pour un examen plus approfondi. D'un trou pas plus grand qu'une tête humaine sortaient trois maillons d'une énorme chaîne que noyaient les flots. Les tours ne possédaient chacune qu'une porte, percée à une bonne vingtaine de pieds au-dessus du sol. Des arbalétriers juchés sur la terrasse de celle du nord concentraient leur tir sur *La Prière* et *La Dévotion*. Les archers de la seconde ripostèrent, non sans succès, apparemment, car un cri d'agonie suivit de près leurs flèches.

« Ser commandant ? » Matthos se tenait à ses côtés. « Votre bassinet. » Davos le prit à deux mains et se l'enfonça sur le crâne. Pas de visière, avec ce type de heaume-là. Davos détestait tout ce qui réduisait son champ de vision.

Entre-temps s'étaient mis à pleuvoir, tout autour, les pots de poix. Il en vit un se briser sur le pont de la *Lady Maria*, mais l'équipage de Blurd eut tôt fait d'étouffer le feu. A bâbord sonnaient les cors du *Glorieux*. Les rames ne cessaient de s'activer parmi des gerbes d'éclaboussures. Haut de deux coudées, le dard d'un scorpion manqua de peu Matthos et alla se ficher en vibrant dans le plancher. Devant, la première ligne se trouvait à une portée d'arbalète de l'ennemi, et les navires échangeaient des bordées de flèches qui sifflaient comme des serpents à sonnettes.

Sur la rive droite, où l'on traînait vers l'eau des radeaux rudimentaires, rangs et colonnes se formaient sous une marée de bannières. Le cœur ardent s'affichait de tous côtés, mais le cerf noir qu'il emprisonnait dans ses flammes était trop minuscule pour s'y discerner. *Nous ferions infiniment mieux d'arborer le cerf couronné... Il était l'emblème du roi Robert, la ville se réjouirait de le voir. Cet étendard étranger ne sert qu'à dresser les gens contre nous.*

Le seul aperçu du cœur ardent lui remémorait l'ombre enfantée par Mélisandre dans les entrailles d'Accalmie. *Au moins livrons-nous cette bataille-ci*, se consola-t-il, *au grand jour, avec des armes d'honnêtes gens.* La femme rouge et sa ténébreuse progéniture n'y prendraient point part. Stannis l'avait rembarquée pour Peyredragon avec son neveu bâtard Edric Storm, capitaines et bannerets s'étant élevés contre la présence incongrue d'une femme au sein des combats. Le clan de la reine avait seul exprimé son désaccord, mais du bout des lèvres. Stannis serait néanmoins passé outre sans l'intervention de lord Bryce Caron : « Si la sorcière se trouve à nos côtés, Sire, que dira-t-on par la suite ? Que le vainqueur, c'est elle et non vous. Que vous ne devez la couronne qu'à ses sortilèges. » Cet argument avait suffi à retourner la situation. Si Davos lui-même s'était gardé d'intervenir dans la discussion, le renvoi final de Mélisandre ne l'avait pas spécialement fâché. Il préférait les voir, elle et son dieu, ne jouer aucun rôle.

A tribord, *La Dévotion* poussa vers la berge en déployant une passerelle. Des archers s'en élancèrent et, brandissant leurs arcs par-dessus leurs têtes afin de n'en pas tremper les cordes, finirent, à force de barboter, par aborder le bout de plage qui s'étirait au bas de l'escarpement. Nonobstant une grêle de traits et de flèches, des rochers dégringolèrent en bondissant sur eux, mais apparemment sans leur causer grand dommage, en raison même de l'à-pic.

Après que *La Prière* eut accosté quelque cinquante coudées plus haut, *La Piété* obliquait à son tour vers la terre ferme quand des destriers surgirent en amont de la rive au triple galop, faisant gicler les flaques sous leurs sabots. Les chevaliers fondirent sur les archers comme des loups sur des volailles et les refoulèrent vers les bateaux et dans la rivière avant que la plupart d'entre eux puissent encocher ne fût-ce qu'une flèche. Des hommes d'armes se précipitèrent pour les défendre à la pique et à la hache et, en trois clins d'œil, l'échauffourée tourna au chaos sanglant. Davos y reconnut le heaume canin du Limier qui, les épaules auréolées d'un manteau blanc, poussait déjà son cheval sur la passerelle de *La Prière* et, parvenu à bord, y massacrait quiconque commettait la gaffe de trop s'approcher.

Passé le château, Port-Réal se dressait sur ses collines, à l'abri des remparts. Désert noirci que l'esplanade qui bordait ceux-ci ; avant de se replier par la porte de la Gadoue, les Lannister l'avaient incendiée tout du long. La mâture calcinée de bateaux coulés barbelait les hauts-fonds, prohibant tout accès aux longs quais de pierre. *Il nous sera impossible de débarquer là.* Derrière la porte de la Gadoue s'apercevait le faîte de trois trébuchets colossaux. Sur la colline de Visenya scintillaient au soleil les sept tours de cristal du Grand Septuaire de Baelor.

Davos ne vit pas débuter la bataille navale, mais la rencontre retentissante de deux galères, lesquelles ? mystère, l'alerta. Les flots répercutèrent un instant plus tard un deuxième impact, un troisième. Sous le fracas déchirant du bois supplicié se percevait le *vrrrrr pouf !* lancinant de la catapulte avant de *La Fureur*. *Le Cerf des mers* coupa net en deux l'une des galères de Joffrey, mais *La Truffe* était la proie des flammes, et l'équipage de la *Reine Alysanne*, coincée bastingage contre bastingage entre *La Soyeuse* et *La Pudique*, se battait simultanément sur deux fronts.

Droit devant, Davos vit *Le Havre-du-Roi* ennemi se faufiler entre *Le Loyal* et *Le Sceptre*. Le premier coucha ses rames de tribord à temps pour éviter le choc, mais les rames de bâbord du second se rompirent une à une comme autant d'allumettes, au fur et à mesure que l'adversaire éraflait son flanc. « Tir ! » commanda Davos à ses arbalètes, et une grêle de carreaux fulgura par-dessus les flots. En voyant tomber le capitaine Lannister, Davos tenta vainement de s'en rappeler le nom.

A terre, les bras énormes des trébuchets se dressèrent, un, deux, trois, et des centaines de pierres montèrent à l'assaut du ciel jaune. Chacune étant aussi grosse qu'un crâne d'homme, leur chute souleva des geysers, creva les planchers de chêne et réduisit tel être vif en une charpie cartilagineuse de chair et d'os. Sur toute la largeur de la rivière, la première ligne donnait. Des grappins volaient s'agripper, des béliers de fer éventraient des coques, des essaims montaient à l'abordage, des volées de flèches entrecroisaient leurs chuchotements dans des tourbillons de fumée, et des hommes périssaient..., *mais pas un seul des miens, jusqu'ici.*

La Botha noire poursuivait cependant sa route, et, tout en cherchant de l'œil quelque bonne victime à éperonner, son capitaine avait la cervelle farcie par les roulements de tambour démoniaques du maître de nage. La *Reine Alysanne* se trouvait plus que jamais prisonnière de ses deux agresseurs Lannister, les trois navires n'en formant plus qu'un, tant s'enchevêtraient cordages et grappins.

« *Sus !* » cria Davos.

Et les battements du tambour se changèrent en une succession continue de martèlements fiévreux, *La Botha noire* prit son vol, sa proue fendit des flots blancs comme lait, côte à côte avec la *Lady Maria* qui s'était vu simultanément assigner le même objectif par Blurd. En amont, le front s'était disloqué en masses confuses d'affrontements distincts. La silhouette inextricable des trois navires aux prises tournoyait, droit devant, rouge magma de ponts où se démenaient haches et rapières. *Un tout petit peu plus*, adjura le Guerrier ser Davos Mervault, *fais-la tourner un tout petit peu plus, qu'elle se présente à moi de plein flanc.*

Le Guerrier devait prêter l'oreille, car *La Botha noire* et la *Lady Maria* prirent de plein fouet presque au même instant *La Pudique* par le travers et en défoncèrent les extrémités avec tant de force que des hommes de *La Soyeuse*, trois ponts plus loin, firent la culbute dans la Néra. En claquant des dents sous le choc, Davos, quant à lui, manqua se trancher la langue. Un crachat sanglant, puis, *la prochaine fois, boucle-la, bougre de crétin !* En quarante ans de mer, c'était à vrai dire la première fois qu'il éperonnait l'adversaire. Ses archers, eux, tiraient à qui mieux mieux.

« Machine arrière », ordonna-t-il. Aussitôt que *La Botha noire* eut renversé la nage, les flots s'engouffrèrent dans la sale brèche qu'elle avait ouverte, et il vit s'engloutir des pans entiers de *La Pudique* avec des dizaines d'hommes. Certains de ceux-ci s'efforçaient de nager ; d'autres flottaient, morts ; quant à ceux, vifs ou non, qui étaient revêtus de maille ou de plate, ils coulèrent à pic. Les cris de ceux qui se noyaient vous perçaient les tympans.

L'œil de Davos surprit un éclair vert, tant devant qu'à bâbord, plus loin, puis une nichée d'aspics émeraude s'éleva en se tortillant et sifflant de la poupe de la *Reine Alysanne*. Encore une seconde, et l'effroyable alerte retentit : « *Grégeois !* »

Il grimaça. La poix brûlante était une chose, une tout autre le feu grégeois. La dernière des saloperies, et quasiment inextinguible. Vous l'étouffiez sous un manteau, le manteau s'embrasait ; une gouttelette que vous tapotiez de la paume, et les flammes vous rongeaient la main. « Pisses-y dessus, se plaisaient à dire les vieux loups-de-mer, il te carbonise la queue. » L'ignoble *substance* des alchimistes. Il fallait s'attendre à en tâter, les avait d'ailleurs avertis ser Imry, non sans se flatter que des pyromants authentiques, il n'en restait guère. Et d'affirmer : *Ils auront tôt fait d'épuiser les stocks.*

Sur un moulinet de Davos, un banc de nage se mit à pousser pendant que tirait l'autre, et la galère vira de bord. La *Lady*

Maria s'était elle aussi dégagée à temps, par bonheur, car le feu se propageait à une vitesse inimaginable sur la *Reine Alysanne* et ses adversaires. Des hommes empanachés de flammèches vertes se jetaient à la rivière en poussant des cris qui n'avaient rien d'humain. Et, cependant, les murs de Port-Réal vomissaient la mort comme des enragés, les trébuchets de la Gadoue larguaient sans trêve leurs avalanches de pierre. En s'abîmant entre *Le Spectre* et *La Botha noire*, un bloc aussi gros qu'un bœuf les fit sévèrement tanguer et inonda ceux qui se tenaient sur leurs ponts. A peine moindre, un autre écrasa *L'Insolent* qui, tel un jouet lâché du sommet d'une tour, explosa en échardes longues comme le bras.

Au travers des nuages de fumée noire où virevoltaient les flammeroles vertes, Davos discerna des tas de menus esquifs qu'apportait le courant : bacs et bachots, barges, barques et youyous, coquilles à l'air si délabré qu'on s'étonnait de les voir flotter. Le recours à pareils rafiots fleurait le désespoir de cause ; ce train de bois-là ne pouvait en aucun cas modifier l'issue, tout au plus encombrer la lutte. Du reste, la percée définitive avait déjà eu lieu. A bâbord, le *Lord Steffon*, la *Jenna* et *Le Fleuret* balayaient librement l'amont. Ce qui n'empêchait pas l'aile droite de se faire encore malmener pas mal et le centre d'avoir éclaté pour se soustraire coûte que coûte aux maudites pierres des trébuchets, certains capitaines ayant préféré tourner bride, d'autres obliquer vers la rive sud, enfin n'importe quoi. *La Fureur* avait bien mis en branle sa catapulte arrière afin de riposter, mais elle manquait de portée, et ses barils de poix s'écrasaient en deçà des murs. *Le Sceptre* avait perdu la plupart de ses rames, et *Le Loyal*, éperonné, commençait à donner de la bande. Davos guida *La Botha noire* entre eux pour estoquer de biais la barge de plaisance ciselée dorée tarabiscotée de la reine Cersei qui croulait non plus sous les bonbonnailles mais les soldats. La collision en éparpilla une douzaine dans la rivière où les coulèrent quelques bonnes flèches alors qu'ils se débattaient pour rester à flot.

Un rugissement de Matthos l'alerta du danger : de bâbord surgissait une galère dont le bélier menaçait d'écharper *La Botha noire*. « Barre à tribord ! » cria-t-il, et certains de ses hommes utilisèrent leurs rames pour se dégager de la barge pendant que d'autres manœuvraient les leurs de manière à se retrouver face à l'irruption du *Cerf blanc*. Un instant, il craignit de s'être montré trop lent, de finir coulé, mais le courant seconda son virage de bord et, lorsqu'elle survint, la collision se réduisit à un choc en biais des deux coques qui s'éraflèrent tout du long, chacun des navires y brisant ses rames. Aussi acéré qu'une pique, un bout de bois déchiqueté lui frôla le crâne et le fit broncher. « A l'abordage ! » cria-t-il. Des grappins volèrent, il tira l'épée et franchit le premier le plat-bord.

L'équipage du *Cerf blanc* les reçut de pied ferme, mais les hommes d'armes de *La Botha noire* se déversèrent sur lui comme un raz d'acier vociférant. Davos se jeta au plus fort de la mêlée dans l'espoir d'affronter l'autre capitaine, mais il n'en eut que le cadavre. Comme il considérait celui-ci, quelqu'un lui assena un coup de hache par derrière, mais son heaume dévia la lame, et, au lieu d'avoir la cervelle fendue, il en fut quitte pour trente-six chandelles. Abasourdi, il ne trouva rien de mieux à faire que de se laisser rouler à terre. Son agresseur revint à la charge en gueulant. Davos empoigna son épée à deux mains et la lui enfonça en pleines tripes.

L'un de ses hommes l'attira sur pied. « Ser capitaine, *Le Cerf* est à nous. » Un coup d'œil confirma. La plupart des ennemis gisaient, morts ou mourants, les autres s'étaient rendus. Il retira son bassinet, torcha le sang qui lui barbouillait le visage et, prenant bien garde à ne pas glisser sur les planches empoissées d'entrailles, retourna sur son bord personnel, d'où Matthos lui tendit la main pour l'aider à repasser la lisse.

Durant de brefs instants, *Botha noire* et *Cerf blanc* firent l'effet d'un fétu paisible au cœur du cyclone. Toujours cramponnées l'une à l'autre comme une fournaise verte, *Soyeuse* et *Reine Alysanne* dérivaient avec les vestiges de *La Pudique*. Pour les avoir heurtées brûlait également l'une des galères de Myr. *Le Chat* s'activait à sauver du naufrage imminent les hommes du *Vaillant*. En s'insérant vaille que vaille entre deux môles, *Le Vainc-dragons* s'était échoué ; pêle-mêle s'en dégorgeaient hommes d'armes, archers, matelots qui couraient grossir les troupes au bas des remparts. *Le Choucas rouge*, avarié par un bélier, sombrait peu à peu. *Le Cerf des mers* se démenait tout à la fois contre les flammes et contre ses assaillants, mais le cœur ardent flottait désormais sur *Le Fidèle* Lannister. Sa fière étrave ravagée par un bloc de pierre, *La Fureur* se trouvait aux prises avec *La Grâce divine*. Se forçant passage entre deux pirates d'eau douce, *Le Glorieux* de lord Velaryon en chavira un tandis que ses flèches embrasaient le second. Sur la rive sud, des chevaliers embarquaient leurs montures sur les cotres, et quelques-unes des petites galères tâchaient déjà de transférer des hommes d'armes vers la rive nord. Traversée des plus malaisée, car il leur fallait négocier parmi les épaves en train de couler tout en évitant les nappes mobiles de feu grégeois. Exception faite des Lysiens de Sladhor Saan, la flotte entière de Stannis se trouvait désormais massée dans la rivière et en aurait sous peu la maîtrise absolue. *Ser Imry va l'avoir, sa victoire*, songea Davos, *et Stannis pouvoir transborder toute son armée mais, bonté divine !, à quel prix...*

« Ser commandant ! » Matthos lui toucha l'épaule.

L'Espadon survenait, au rythme régulier, levé baissé, de ses deux bancs de rames. Il n'avait toujours pas affalé ses voiles, et de la poix brûlante attaquait son gréement. Le feu gagnait peu à peu, rampait de cordage en cordage, atteignit la toile et finit par faire au navire un sillage aérien d'un jaune flamboyant. Forgé à l'effigie du poisson dont il usurpait le nom, son éperon de fer caricatural fendait la surface de la Néra. Droit dessus un rafiot Lannister qui, à demi immergé, dérivait en pivotant comme pour le séduire et lui offrir son flanc le plus replet, tout suintant de sanie verte.

A cette vue, le cœur de Davos Mervault s'arrêta de battre.

« Non, balbutia-t-il, non..., *NOOOOON !* » mais son cri, le fracas rugissant des combats le couvrit, seul l'entendit Matthos, sûrement pas le capitaine de *L'Espadon*, résolu qu'il était à finalement embrocher quelque chose avec son gros machin pointu. Et comme déjà *L'Espadon* prenait son allure de course, la main mutilée de Davos se leva instinctivement pour étreindre la bourse de cuir où gisaient les restes de ses phalanges.

Avec un vacarme infernal, *L'Espadon* déchira, broya, déchiqueta, sectionna la pitoyable épave qui explosa comme un fruit blet, à ceci près qu'aucun fruit jamais n'avait poussé de hurlement semblable à ce hurlement de bois torturé. Et Davos eut le temps d'entr'apercevoir, tapissant le fond du rafiot, des centaines de pots brisés d'où jaillissait du vert, du vert, tel du venin vomi par les viscères d'une bête à l'agonie, du vert chatoyant, brillant, qui montait se répandre à fleur d'eau...

« Arrière toute ! s'époumona-t-il. Du large ! Vite ! Arrière ! arrière ! » Le temps de trancher les filins, et Davos sentit le pont frémir sous ses pieds, *La Botha noire* repoussait *Le Cerf blanc* et se dégageait, plongeait ses rames dans les flots.

Alors lui parvint une espèce de *wouf !* sec comme si quelqu'un lui avait soufflé dans l'oreille, aussitôt suivi d'un rugissement. Le pont s'évanouit sous lui, l'eau noire le cingla, lui emplit le nez, la bouche. Il suffoquait, sombrait. Sans plus savoir où se situait la surface, où le fond, il empoigna la rivière à bras le corps, en proie à une panique aveugle, et, subitement, émergea, crachant l'eau, cherchant l'air, agrippa les premiers débris que trouva sa main, s'y cramponna.

Disparus, l'épave et *L'Espadon*. Des cadavres noircis descendaient le courant tout autour de lui, des hommes qui hoquetaient, accrochés à des bouts de planches fumants. Haut de cinquante pieds tourbillonnait sur la rivière un frénétique démon vert. Il avait une bonne douzaine de mains, chacune armée d'un fouet, et tout ce qu'elles fustigeaient s'enflammait instantanément. Brûlaient ainsi *La Botha noire* et *Le Fidèle* et *Le Cerf blanc*, ses voisins immédiats. Brasiers que *La Piété*, *Le Chat*, *Le Sceptre* et *Le Choucas rouge* et *La Chipie*, *Le Loyal*, *La Fureur*, tous, ainsi que *La Grâce divine* et *Le Havre-du-Roi*, le démon dévorait aussi bien les siens. L'étincelant *Glorieux* de lord Velaryon tâchait, lui, de virer de bord quand le démon vert coula un doigt désinvolte en travers de ses rames argent, et elles flambèrent une à une comme autant de mèches, si bien que, quelques secondes, le navire eut l'air de battre la rivière avec deux longs bancs de torches étincelantes.

Le courant tenait désormais Davos entre ses mâchoires et le triturait de tous ses remous. Une ruade permit au vieux contrebandier d'esquiver une nappe errante de grégeois. *Mes fils*, songea-t-il, mais le moyen d'aller les chercher au sein de ce chaos dément ? Une autre épave alourdie de fournaise verte surgit derrière lui. La Néra semblait elle-même en ébullition, et l'atmosphère puait le cordage carbonisé, la chair carbonisée, le bois carbonisé.

Je vais être emporté dans la baie. Un moindre mal. Rude nageur comme il l'était, sans doute réussirait-il à regagner la terre ferme. Au surplus, les galères de Sladhor Saan seraient mouillées dans la rade ou y louvoieraient, conformément aux ordres de ser Imry…

Un nouveau remous le fit toupiller, et il découvrit alors ce qui l'attendait vers l'aval.

La chaîne. Ils ont relevé la chaîne, les dieux nous préservent !

Au débouché de la rivière sur la baie, les maillons de fer bloquaient fermement l'issue, à deux ou trois pieds tout au plus au-dessus de l'eau. Une dizaine de galères s'y étaient déjà heurtées, et le courant ne cessait d'en entraîner de supplémentaires. Presque toutes flambaient déjà, les autres ne tarderaient guère. Au-delà se discernaient les coques zébrées de Sladhor Saan, mais Davos comprit qu'il ne les rejoindrait jamais. Un mur d'acier rougi, de bois embrasé, de flammes vertes virevoltantes se dressait entre elles et lui. L'enfer ouvrait sa gueule où naguère encore s'ouvrait la bouche de la Néra.

TYRION

Sans plus bouger sur son genou qu'une gargouille, Tyrion Lannister était à demi accroupi au sommet d'un merlon. Par-delà la porte de la Gadoue et les décombres informes de ce qui avait été les docks et le marché au poisson, la rivière semblait elle-même la proie des flammes. La moitié de la flotte de Stannis brûlait, l'essentiel aussi de celle de Joffrey. Le moindre baiser du grégeois métamorphosait les superbes navires en bûchers funèbres, et en torches vivantes les êtres humains. L'air foisonnait de fumée, de flèches et d'agonies.

En aval, pauvres bougres et capitaines de haut parage pouvaient, massés sur leurs radeaux, bacs et caraques, contempler de pair l'ardente et papillonnante mort verte qu'écoulait vers eux le cours impitoyable de la Néra. Les galères de Myr avaient beau, tels d'étincelants mille-pattes affolés, démener leurs longues rames blanches pour se tirer de là, peine perdue. Point d'issue pour les mille-pattes.

En dépit de leur énormité, la dizaine de foyers qui faisaient rage, au bas des remparts, là où s'étaient fracassés les barils de poix brûlante, paraissaient aussi dérisoires, avec leurs flottoiements de fanions écarlates, orange, que des bougeoirs dans une demeure embrasée, tant prévalaient la virulence et les folies jade du grégeois. Les nuages bas reflétaient la rivière en flammes et plafonnaient le ciel d'ombres vertes et mouvantes, belles à transir. *Une épouvantable splendeur. Digne des dragons.* Aegon le Conquérant avait-il éprouvé ce genre d'impression, se demanda Tyrion, tandis qu'il survolait le Champ de Feu ?

Malgré le souffle de la fournaise qui secouait son manteau rouge et le flagellait au visage, il ne parvenait pas à se détourner.

Sa conscience enregistrait confusément les clameurs joyeuses des manteaux d'or perchés dans les hourds, mais sa voix renâclait à se joindre aux leurs. Ce n'était là qu'une demi-victoire. *Rien n'est réglé.*

Sous ses yeux, le feu engloutit voracement l'un des rafiots qu'il avait fait farcir avec les fruits frivoles d'Aerys le Fol. Un geyser de jade en fusion jaillit de la rivière, éblouissant au point qu'il dut se couvrir la face. Des plumets de flammes hauts de trente et quarante pieds voltigèrent en sifflant, crépitant si fort sur les flots qu'ils couvrirent jusqu'aux cris, momentanément, de ceux qui, par centaines, se noyaient, brûlaient vifs ou combinaient les deux.

Les entends-tu gueuler, Stannis ? Les vois-tu crever ? Ton œuvre autant que la mienne… Oui, quelque part, là-bas, mêlé sur la rive sud à la cohue grouillante des spectateurs, Stannis aussi se gorgeait de cela, Tyrion n'en doutait pas. Jamais ne l'avait altéré comme Robert, son frère, la soif de se battre. Le commandement, c'est de l'arrière qu'il se plaisait à l'exercer, de la réserve, exactement comme le faisait lord Tywin Lannister. Et il y avait fort à parier que ce moment même le voyait en selle, étincelant d'acier et couronne en tête. *Une couronne d'or rouge, à ce que dit Varys, avec des fleurons en forme de flammes.*

« Mes bateaux ! » Fissurée d'un fausset, la voix de Joffrey glapissait du haut du chemin de ronde où, cerné de ses gardes, il se blottissait derrière le parapet. Le diadème d'or de la royauté cerclait son heaume belliqueux. « Mon *Havre-du-Roi* qui brûle ! Et la *Reine Cersei*, et *Le Fidèle* ! Et *L'Anémone-de-mer*, là, voyez ! » De la pointe de son épée neuve, il désigna l'endroit où les flammes vertes lapaient la coque dorée de son *Anémone*, en rongeaient les rames une à une. Le capitaine avait eu beau la faire tourner vers l'amont, le grégeois s'était montré plus rapide qu'elle.

Elle était condamnée par avance, et Tyrion l'avait toujours su. *C'était le seul moyen. Si nous n'avions eu l'air de chercher la bataille, Stannis aurait flairé l'embuscade.* On pouvait viser sa cible avec une flèche ou une pique, voire même avec la pierre d'une catapulte, mais le grégeois n'en faisait qu'à sa guise. Une fois lâché, il échappait au contrôle de ceux-là mêmes qui le débridaient. « Il était impossible d'éviter cela, dit-il à son neveu. Notre flotte était perdue, de toute façon. »

Même du sommet du merlon sur lequel il avait dû se faire hisser, car sa taille ne lui permettait même pas de jeter un œil pardessus le rempart, les flammes, la fumée, le chaos des combats lui avaient dérobé ce qui se passait au juste sur la rivière, en dessous du château, mais il en avait mentalement vécu les mille épisodes. Bronn aurait mis en branle à coups de fouet les bœufs dès le passage sous le Donjon Rouge du navire amiral de Stannis ; la chaîne étant d'une pesanteur inouïe, les énormes treuils ne l'enroulaient qu'avec une extrême lenteur et quel tapage, quel fracas d'enfer. La flotte de l'usurpateur aurait défilé tout entière avant que ne s'entrevoie le premier miroitement du métal sous l'eau. Les chaînons n'allaient émerger, ruisselants, certains vaseux, qu'un par un, avant de se tendre et de se roidir comme il convenait. Les navires du roi Stannis avaient bel et bien pénétré dans la Néra, mais pour n'en plus ressortir.

Le hic était que certains se tiraient néanmoins d'affaire. Grâce aux malignités imprévisibles du courant, le grégeois ne s'étalait pas aussi uniformément qu'espéré. Le flux principal avait beau flamber à merveille, bon nombre des gens de Myr avaient réussi à gagner la rive méridionale et à y trouver des refuges apparemment sûrs, et huit autres bateaux au moins à toucher terre au pied des murs. *Intacts ou déglingués, n'importe, même résultat, ils ont débarqué leurs troupes.* Pis encore, une bonne partie de l'aile gauche des deux premières lignes ennemies se trouvait déjà fort amont de la fournaise quand étaient survenus les rafiots de mort. Ainsi restait-il à Stannis quelque trente ou quarante galères, à vue de nez ; plus qu'assez pour transborder toute son armée, dès lors qu'elle aurait surmonté son abattement.

Pas de sitôt, peut-être ; même les plus braves y éprouveraient quelque répugnance, après avoir vu consumer par le feu grégeois un gentil millier de leurs compagnons. La substance, à en croire Hallyne, ardait parfois si fort que la chair fondait comme cire. En dépit de quoi…

Tyrion ne nourrissait pas d'illusions sur la valeur de ses propres hommes. *Au premier signe que la bataille tourne mal pour nous, ils se débanderont, et ils se débanderont vilainement,* l'avait prévenu Jacelyn Prédeaux. Aussi la seule manière de vaincre consistait-elle à obtenir que la bataille se déroule en douceur du début à la fin.

En distinguant des formes sombres qui se déplaçaient parmi les ruines calcinées des anciens docks, *Bon moment pour une nouvelle sortie*, songea-t-il. Jamais les hommes n'étaient si vulnérables que lorsqu'ils reprenaient terre d'un pied chancelant. Il ne fallait pas laisser à l'adversaire le loisir de s'organiser sur la rive gauche.

Il dégringola du merlon. « Avertis lord Jacelyn que nous avons des ennemis de ce côté-ci », dit-il à l'une des estafettes que lui avait affectées Prédeaux. Puis, à une seconde : « Transmets à ser Arneld mes félicitations et demande-lui de faire pivoter ses Putes de trente degrés vers l'ouest. » Elles bénéficieraient sous cet angle d'une portée plus longue, sauf en direction de l'eau.

« Mère avait dit que je pourrais utiliser les Putes ! » râla Joffrey. Il avait à nouveau relevé sa visière, s'irrita Tyrion. Assurément, le marmot cuisait dans sa lourde coquille d'acier..., mais c'est à lui-même qu'il en cuirait si quelque flèche bien ajustée crevait l'œil de son royal neveu.

D'une taloche, il la rabaissa. « Veuillez la garder fermée, Sire, votre chère personne nous est trop précieuse à tous. » *Et tu serais également fâché qu'on t'abîme ta jolie gueule.* « A vous les Putes. » C'était le moment ou jamais ; balancer davantage de pots-à-feu sur des bateaux en flammes ne s'imposait pas vraiment. Troussés nus comme des volailles et le crâne encloué d'andouillers, les Epois n'attendaient, sur la place, en bas, que le bon plaisir de Joffrey. Lors de leur comparution devant le trône de fer, il leur avait en effet promis de les expédier à Stannis. Un homme pesant autrement moins qu'un bloc de pierre ou qu'un fût de poix, il devait être possible de le lancer autrement plus loin. La question de savoir si les traîtres voleraient jusqu'à la rive opposée suscitait des paris passionnés parmi les manteaux d'or. « Seulement, faites vite, Sire, ajouta-t-il. Il nous tarde à tous que les trébuchets recommencent à larguer des pierres. Le grégeois lui-même ne brûle pas éternellement. »

Fou de joie, Joffrey se précipita, suivi de ser Meryn, et ser Osmund allait leur emboîter le pas quand Tyrion le retint par le poignet. « Quoi qu'il advienne, vous garantissez sa sécurité, et *vous le gardez là*, compris ?

– A vos ordres. » Ser Osmund sourit avec affabilité.

Le sort qu'il leur réserverait à la moindre anicroche, Tyrion en avait prévenu Trant comme Potaunoir. Du reste, une douzaine de manteaux d'or chevronnés campait au bas des marches pour compléter l'escorte de Joffrey. *Je fais l'impossible pour protéger ton damné bâtard*, Cersei, songea-t-il âprement. *Veille à te comporter de même envers Alayaya.*

Il en était là de ses réflexions quand survint, hors d'haleine, une estafette. « Vite, messire ! » L'homme mit un genou en terre. « Ils ont débarqué des hommes, des centaines ! du côté des lices, et ils sont en train d'amener un bélier devant la porte du Roi ! »

Tout en sacrant, Tyrion se mit à dévaler les marches en canard et, sitôt en selle, piqua des deux pour enfiler au triple galop la Promenade de la Rivière, talonné par Pod et ser Mandon Moore. Tous volets clos, les façades macéraient dans une ombre verte, et la voie était libre, ainsi qu'il l'avait exigé pour permettre aux défenseurs de voler sans encombre à toute heure d'une porte à l'autre, mais il eut beau faire, le fracas retentissant, bois sur bois, qui l'accueillit aux abords de celle du Roi lui apprit que le bélier était déjà entré en jeu. Les protestations lugubres des gonds sous les heurts successifs évoquaient les plaintes d'un géant mourant. La place de la conciergerie était jonchée de blessés, mais on y voyait aussi, parmi les rangées d'éclopés, un certain nombre de chevaux valides, et suffisamment de reîtres et de manteaux d'or pour constituer une colonne vigoureuse. « En formation ! vociféra-t-il en sautant à terre, comme un nouvel impact ébranlait la porte. Qui commande, ici ? Vous allez faire une sortie.

– Non. » Une ombre se détacha de l'ombre du mur et se matérialisa sous les espèces d'une grande armure gris sombre. A deux mains, Clegane arracha son heaume et le laissa choir dans la poussière. L'acier en était cabossé, défoncé, roussi, cisaillée l'une des oreilles du cimier au limier grondant. Entamé au-dessus d'un œil, le mufle calciné de Sandor était à demi masqué par un rideau sanglant.

« Si. » Tyrion lui fit face.

Clegane riposta, haletant : « M'en fous. Et de toi. »

Un reître vint se placer à ses côtés. « 'n est déjà. Trois fois. 'n a perdu la moitié de nos hommes, tués ou blessés. 'vec du grégeois qu'explosait tout autour, et que les chevaux beuglaient comme des hommes et les hommes comme des chevaux…

– Tu te figurais quoi ? Qu'on te soldait pour un tournoi ? Que je vais t'offrir une jatte de framboises et une coupe de lait glacé ? Non ? Alors, enfourche-moi ton putain de bourrin. Toi aussi, Chien. »

Toute rutilante de sang qu'était la gueule de Clegane, il avait l'œil blanc. Il dégaina sa longue épée.

La trouille, comprit tout à coup Tyrion, suffoqué. *Le Limier a la trouille !* Il tenta d'expliquer l'urgence. « Ils ont amené un bélier, vous l'entendez, non ? Faut à tout prix les disperser…

– Ouvrez-leur les battants. Lorsqu'ils y feront irruption, cernez-les et massacrez-les. » Le Limier planta son épée en terre et, appuyé sur le pommeau, se mit à tanguer. « J'ai perdu la moitié de mes gens. Mes chevaux, pareil. Je vais pas en jeter davantage dans ce brasier. »

Immaculé dans sa plate d'émail neigeux, ser Mandon Moore vint flanquer Tyrion. « La Main du roi vous en donne l'ordre.

– Me fous de la Main du roi. » Livides étaient ceux de ses traits que n'empoissait l'hémorragie. « A boire, quelqu'un. » L'un des officiers du Guet lui tendit une timbale. Clegane prit une gorgée, la recracha, jeta violemment la timbale. « De l'eau ? Peux te la mettre ! Du vin. »

Un cadavre debout. Tyrion le voyait, à présent. *Sa blessure, le feu…, bon pour le rancart. Lui trouver vite un remplaçant, mais qui ? Ser Mandon ?* Un regard à l'entour lui apprit que ça n'irait pas. La peur de Clegane avait secoué tous les hommes. A moins d'un chef qui les entraîne, ils refuseraient d'une seule voix, et ser Mandon… – un type dangereux, certes, selon Jaime, mais sûrement pas le genre que la troupe suit aveuglément.

Nouveau fracas, là-bas, plus alarmant que jamais. Au-dessus du rempart s'obscurcissait le ciel, drapé de flamboiements orange et verts. Combien de temps encore tiendrait la porte ?

C'est de la folie, se dit-il, *de la folie pure, mais plutôt la folie que la défaite. La défaite, c'est la mort, la mort et l'opprobre.* « Fort bien. C'est moi qui conduirai la sortie. »

S'il s'était attendu que la honte requinquerait Clegane, il en fut pour ses frais. Le Limier se contenta de ricaner : « *Toi ?* »

L'incrédulité se lisait sur tous les visages. « Moi. Ser Mandon, vous porterez l'étendard du roi. Mon heaume, Pod. » Le gamin s'empressa d'obéir. Toujours appuyé sur sa lame ébréchée que maculaient des ruisseaux de sang, le Limier s'inclina sur Tyrion, prunelles blanches écarquillées. Celui-ci se remit en selle avec l'aide de ser Mandon. « *En formation !* » hurla-t-il.

Equipé d'une barde de crinière et d'un chanfrein, son gros étalon rouge couvert de maille était juponné de soie écarlate, en arrière de la haute selle dorée. Après le heaume, Podrik Payne tendit à son maître un bouclier de chêne massif armorié d'une main d'or sur champ de gueules qu'entouraient de petits lions d'or. Tyrion passa la revue de sa troupe en faisant lentement tourner son cheval. Seule une poignée d'hommes, vingt tout au plus, avaient répondu à l'appel et enfourché leurs montures. Mais ils avaient l'œil aussi blanc que le Limier. Son regard s'attarda, méprisant, sur les autres, tant chevaliers que reîtres, qui avaient auparavant chevauché aux côtés du Limier. « Je ne suis qu'un demi-homme, à ce qu'il paraît, lâcha-t-il. Vous êtes quoi, dans ce cas, vous tous ? »

La réflexion ne manqua pas de les mortifier sévèrement. Un chevalier se mit en selle et, sans casque, alla se joindre aux précédents. Deux reîtres suivirent. Puis un plus grand nombre. La porte du Roi s'ébranla de nouveau. En un rien de temps, Tyrion commandait deux fois plus de gens. Il les avait piégés. *Si je me bats, ils doivent agir de même ou passer pour des moins que nains.*

« Vous ne m'entendrez pas crier le nom de Joffrey, prévint-il. Vous ne m'entendrez pas non plus crier celui de Castral Roc. C'est votre ville que Stannis entend saccager, c'est votre porte qu'il est en train de défoncer. Venez donc avec moi tuer ce fils de chienne ! » Il dégaina sa hache et, faisant volter l'étalon, partit au trot vers la sortie. Mais il préféra, tout en se *supposant* suivi, ne pas s'en assurer par un seul coup d'œil en arrière.

SANSA

Le métal martelé des appliques réverbérait avec tant d'éclat la flamme des torches que le Bal de la Reine baignait dans des flots de lumière argentée. Des noirceurs n'en persistaient pas moins dans la salle. Sansa les discernait au fond des prunelles blêmes de ser Ilyn Payne qui, toujours d'une immobilité de pierre auprès de la porte arrière, ne mangeait ni ne buvait. Elle les percevait au fond des quintes de toux qui secouaient lord Gyles comme au fond des chuchotements d'Osney Potaunoir chaque fois qu'il entrait à la dérobée transmettre à Cersei les dernières nouvelles.

Elle achevait son potage, la première fois qu'empruntant la porte de derrière il se présenta. Elle le surprit d'abord en train de palabrer avec son Osfryd de frère. Puis il escalada l'estrade et s'agenouilla près du grand fauteuil de la reine. Il puait le cheval, quatre fines égratignures déjà encroûtées lui sillonnaient la joue, la tignasse qui lui barbouillait les yeux recouvrait entièrement son col. Mais toutes ses façons confidentielles n'empêchèrent pas Sansa d'entendre. « Les flottes s't aux prises, Vot' Grâce. Quèques archers ont pris pied à terre, mais le Limier l's a taillés en pièces. Vot' frère fait l'ver sa chaîne, j'ai entendu l' signal. Quèques saoulots d'scendus à Culpucier s't en train d' défoncer des portes et d' grimper par les f'nêt', mais lord Prédeaux a envoyé les manteaux d'or s'n occuper. Le septuaire de Baelor est bourré à craquer, tout ça prie.

– Et mon fils ?

– Le roi' t allé à Baelor pour la bénédiction du Grand Septon. Y parcourt main'nant le ch'min de ronde avec la Main pour dire aux hommes d'êt' braves et y r'monter comme y faut l' moral. »

Cersei réclama de son page une nouvelle coupe de vin – un cru doré de La Treille, fort et fruité. Elle buvait sec, mais la boisson n'avait apparemment d'autre effet sur elle que de rehausser sa beauté ; ses joues s'étaient empourprées, et ses yeux étincelaient de paillettes fiévreuses quand d'aventure elle les promenait sur l'assistance en contrebas. *Des yeux de grégeois*, songea Sansa.

Les musiciens jouèrent. Les jongleurs jonglèrent. Juché sur des échasses, Lunarion arpenta la salle en brocardant un chacun, tandis que, monté sur son balai, ser Dontos poursuivait les servantes. Les convives riaient, mais d'un rire qui n'avait rien de gai, du genre de rire qui ne demanderait pas même un clin d'œil pour se transformer en sanglots. *Leur corps est bien là, mais leur esprit se traîne en haut des remparts, et leur cœur aussi.*

Au potage succéda une salade de pommes, noix et raisins secs. Un délice, en d'autres temps, mais tout exhalait, ce soir-là, des relents de peur. A l'instar de Sansa, nombre de dîneurs ne se sentaient aucun appétit. Lord Gyles toussait plus qu'il ne mangeait, Lollys Castelfoyer frissonnait, recroquevillée sur son siège, et la jeune épouse d'un chevalier de ser Lancel fondit en larmes, éperdument. La reine chargea mestre Frenken d'aller coucher cette dernière en lui administrant du vinsonge. « Les pleurs ! dit-elle à Sansa d'un air dégoûté tandis qu'on emmenait la coupable. L'arme de la femme, disait dame ma mère. Celle de l'homme étant l'épée. Cela résume tout ce qu'on a besoin de savoir, non ?

– Il faut aussi beaucoup de courage aux hommes, cependant, répondit Sansa. Pour courir sus, affronter les épées, les haches, et puis tous ces gens qui n'aspirent qu'à vous tuer…

– Jaime m'a dit un jour ne se sentir vraiment en vie que dans la bataille et au lit. » Elle leva sa coupe et prit une longue gorgée. Elle n'avait pas touché sa salade. « J'aimerais mieux affronter toutes les épées du monde que de rester ainsi, sans recours, à feindre savourer la compagnie de ce ramassis de volailles affolées.

– C'est à la prière de Votre Grâce qu'elles sont ici.

– Il est des corvées qui passent pour incomber aux reines. Elles passeront pour vous incomber, si jamais vous épousez

Joffrey. Autant le savoir. » Elle considéra les mères, filles, épouses qui peuplaient les bancs. « Les poules ne sont rien par elles-mêmes, mais leurs coqs importent pour une raison ou une autre, et certains réchapperont peut-être de cette bataille. Aussi suis-je tenue d'accorder à leurs femelles ma protection. Que mon maudit nabot de frère se débrouille à force de stratagèmes pour l'emporter, et elles régaleront leurs maris, pères et frères de sornettes sur mon incomparable bravoure, ma manière inouïe de leur insuffler du courage et de les réconforter, ma confiance absolue, jamais démentie, fût-ce une seconde, dans notre triomphe.

– Et si le château tombait ?

– Vous en seriez fort aise, n'est-ce pas ? » Elle n'attendit pas de dénégation. « Si je ne suis trahie par mes propres gardes, je devrais être à même de le tenir un certain temps. Après quoi il me sera toujours possible de monter au rempart et d'en offrir la reddition à Stannis en personne. Cette solution nous épargnera le pire. Mais si la Citadelle de Maegor succombe avant qu'il n'ait pu arriver, la plupart de mes invitées sont bonnes, je présume, pour un tantinet de viol. Sans compter qu'il serait vain d'exclure, par les temps qui courent, les menus sévices, mutilation, torture et meurtre. »

L'horreur submergea Sansa. « Mais ce sont des femmes ! des femmes désarmées…, de noble naissance !

– Leur lignée les protège, en effet, convint Cersei, mais moins que vous ne pensez. Chacune d'elles a beau valoir une jolie rançon, tout semble indiquer qu'au sortir du carnage souvent le soudard convoite plus follement la chair que l'argent. Un bouclier d'or vaut néanmoins mieux, n'empêche, qu'aucun. On ne traitera pas aussi délicatement, loin de là, les femmes de la rue. Ni nos servantes. Si les morceaux friands comme cette camériste de lady Tanda peuvent s'attendre à une nuit mouvementée, n'allez pas vous imaginer qu'on épargnera pour si peu les laiderons, les vieilles ou les infirmes. Pourvu que l'on ait bien bu, la blanchisseuse aveugle et la gueuse puant ses gorets semblent aussi avenantes que vous, ma chérie.

– *Moi ?*

– *Tâchez* de moins couiner comme une souris, Sansa. Vous êtes une femme, à présent, oui ? Et la fiancée de mon premier-né. »

Elle sirota son vin. « Si n'importe qui d'autre assiégeait nos portes, je pourrais me bercer de l'amadouer. Mais c'est à Stannis Baratheon que j'ai affaire. Je séduirais plus facilement son cheval que lui. » La mine effarée de Sansa la fit éclater de rire. « Vous aurais-je choquée, madame ? » Elle s'inclina vers elle. « Petite gourde que tu es. Les pleurs ne sont pas *la seule* arme de la femme. Tu en as une autre entre les jambes, et tu ferais mieux d'apprendre à l'utiliser. Tu t'apercevras que les hommes usent assez libéralement de leurs épées. Leurs deux sortes d'épées. »

La réapparition des deux Potaunoir dispensa Sansa du soin de répondre rien. Ser Osmund et ses frères étaient devenus les grands chouchous du château ; jamais à court de vannes et de risettes, ils bottaient autant veneurs et palefreniers qu'écuyers et chevaliers. Mais c'est à l'office, se cancanait-il, qu'ils exerçaient leurs plus beaux ravages. En tout cas, les plongeuses ne tarissaient pas sur ser Osmund, qui remplaçait depuis peu Sandor Clegane auprès de Joffrey : à les ouïr, il était de même force que le Limier, plus la jeunesse et la rapidité. D'où venait dès lors, s'étonnait Sansa, qu'on n'eût découvert le brio de ces Potaunoir qu'après la nomination de l'un d'eux dans la Garde ?

C'est tout sourires que l'Osney s'agenouilla cette fois aux côtés de la reine. « Les rafiots s'ont embrasé, Vot' Grâce. Le grégeois tient toute la Néra. Y a bien cent bateaux qui brûlent, 't-êt' plus.

– Et mon fils ?

– 'l est à la Gadoue, 'vec la Main et la Garde, Vot' Grâce. 'l a parlé avant aux archers des-z-hourds, et leur a filé des tuyaux pour utiliser l'arbalète, oui oui. Qu' c'est qu'un cri qu' c'est un brave 'tit gars.

– Il ferait mieux de rester *en vie*. » Cersei se tourna vers Osfryd qui, plus grand, moins jovial, avait de noires bacchantes tombantes. « Oui ? »

De son demi-heaume d'acier s'échappaient de longs cheveux de jais, et sa physionomie gardait une expression sinistre. « Vot' Grâce, dit-il d'une voix atone, les gars ont attrapé deux filles de service et un valet d'écurie qu'essayaient de filer par une poterne avec trois chevaux du roi.

– Les premiers traîtres de la nuit, commenta la reine, mais pas les derniers, je crains. Confiez-les à ser Ilyn et placez leurs têtes sur des piques devant l'écurie, en guise d'avertissement. » Pendant que se retiraient les deux hommes, elle ajouta pour Sansa : « Encore une leçon à retenir, si vous espérez toujours prendre place aux côtés de mon fils. Montrez-vous magnanime, une nuit comme celle-ci, et les trahisons pousseront tout autour de vous comme les champignons après une forte averse. Pour contenir vos gens dans les bornes de la loyauté, la seule méthode consiste à vous assurer qu'ils vous redoutent encore plus que leurs ennemis.

– Je m'en souviendrai, Votre Grâce », acquiesça Sansa, bien qu'elle eût toujours entendu affirmer que l'amour valait mieux que la crainte pour s'attacher la loyauté de ses sujets. *Si je suis jamais reine, je les forcerai à m'aimer.*

Après la salade, tourtes au crabe. Puis rôti de mouton, carottes et poireaux servis sur tranchoirs de miche évidée. A bâfrer à toute vitesse, Lollys se rendit malade et vomit autant sur sa sœur que sur elle-même. Lord Gyles, qui toussait, buvait, toussait, buvait, finit par tomber en syncope. A lui voir mariner la face dans son tranchoir et la main dans une flaque de vin, Cersei grimaça, révulsée. « Quelle folie aux dieux que de gaspiller la virilité sur un individu de cet acabit…, et quelle folie à moi que d'avoir exigé sa relaxe ! »

Osfryd Potaunoir reparut dans une envolée d'écarlate. « Y a du monde qui s' rassemble à la porte, Vot' Grâce, y d'mandent à s' réfugier dans l' château. Et pas d' la canaille, des riches marchands et du tout pareil.

– Ordonnez-leur de rentrer chez eux, dit la reine. S'ils refusent de s'en aller, faites-en tuer quelques-uns par les arbalétriers. Mais pas de sorties. Je ne veux voir à aucun prix s'ouvrir les portes.

– Serviteur. » Il s'inclina et s'en fut.

La colère durcissait les traits de Cersei. « Que ne puis-je en personne leur trancher l'échine ! » Elle commençait à bafouiller. « Quand nous étions petits, Jaime et moi nous ressemblions si fort que même notre seigneur père n'arrivait pas à nous distinguer. Il nous arrivait d'échanger nos vêtements pour rire et de passer l'un pour l'autre toute une journée. Eh bien, malgré cela, quand on donna à Jaime sa première épée, il n'y eut pas d'épée pour moi. "Et j'ai quoi, *moi* ?" je me rappelle que j'ai demandé. Nous étions tellement pareils, je n'arrivais pas à comprendre pourquoi on nous traitait si *différemment*. Jaime apprenait à se battre à l'épée, la lance et la masse, et moi, on m'enseignait à sourire, à chanter et à plaire. Il était l'héritier de Castral Roc, alors que mon destin à moi serait d'être vendue à quelque étranger comme un cheval, chevauchée chaque fois que mon nouveau propriétaire en aurait la fantaisie, battue chaque fois qu'il en aurait la fantaisie, mise au rancart en faveur, le moment venu, d'une pouliche plus piaffante. A Jaime étaient échus pour lot la gloire et le pouvoir, à moi les chaleurs et le poulinage.

– Mais vous étiez reine de chacune des Sept Couronnes, objecta Sansa.

– Quand les épées entrent dans la danse, une reine n'est jamais qu'une femme, en définitive. » Sa coupe était vide. Le page esquissa le geste de la lui remplir, mais elle la retourna, secoua sa crinière. « Assez. Je dois garder la tête claire. »

Le dernier plat était du fromage de chèvre aux pommes braisées. La salle entière embaumait la cannelle quand une fois de plus se faufila aux pieds de la reine Osney Potaunoir. « Stannis a débarqué d's hommes aux lices, Vot' Grâce, susurra-t-il, et plein d'aut' s't en train d' traverser. Y-z-attaquent la porte d' la Gadoue, et z-ont un bélier à la porte du Roi. Le Lutin est sorti les r'pousser.

– Voilà qui va les épouvanter, lâcha la reine d'un ton sec. Il n'a pas emmené Joff, j'espère ?

– Non, Vot' Grâce, le roi s' trouve avec mon frère aux Putes, à balancer dans la rivière l's Epois.

– Pendant qu'on assaille la Gadoue ? dément ! Dites à ser Osmund de le tirer de là immédiatement, c'est trop dangereux. Ramenez-le au château.

– Le Lutin n's a dit…

– Vous devriez tenir compte uniquement de ce que *je* dis. » Ses yeux s'étrécirent. « Votre frère va obéir, ou je veillerai personnellement à lui faire assumer la prochaine sortie, et vous l'accompagnerez. »

Après que l'on eut desservi, nombre des convives demandèrent la permission de se retirer pour se rendre au septuaire, et Cersei ne la leur accorda que trop volontiers. Entre autres s'esquivèrent ainsi lady Tanda et ses filles. A l'intention de ceux qui restaient fut introduit un rhapsode qui, aux mélodieux accords de sa harpe, chanta tour à tour Jonquil et Florian, les amours d'Aemon Chevalier-Dragon et de sa belle-sœur la reine, les dix mille navires de Nyméria. Des chansons magnifiques, mais d'une si effroyable tristesse que bien des femmes se mirent à larmoyer. Sansa elle-même sentit s'humecter ses yeux.

« Bravo, ma chère. » La reine se pencha vers elle. « Autant vous entraîner tout de suite. Vos pleurs ne seront pas du luxe avec le roi Stannis. »

Sansa se trémoussa nerveusement. « Pardon, Votre Grâce ?

– Oh, épargne-moi ces politesses creuses ! La situation doit être bien désespérée pour qu'il faille un nabot afin de mener nos gens. Aussi pourrais-tu retirer ton masque, une bonne fois. Tes petites manigances contre nous, dans le bois sacré, je suis au courant.

– Dans le bois sacré ? » *Ne regarde pas ser Dontos, non, non !* s'enjoignit Sansa. *Elle ne sait pas, ni elle ni personne. Dontos m'a juré sa foi, mon Florian ne saurait me tromper.* « Je ne suis coupable de rien. Je ne me rends dans le bois sacré qu'afin de prier.

– Pour Stannis. Ou pour ton frère, ce qui revient au même. Sinon, pourquoi recourir aux dieux de ton père ? Tu pries pour notre défaite. Comment nommes-tu cela, sinon félonie ?

– Je prie pour Joffrey, maintint-elle, éperdue.

– Tiens donc ! A cause des cajoleries, peut-être, dont il t'abreuve ? » Elle prit des mains d'une servante qui passait un flacon de vin de prune liquoreux et emplit la coupe de Sansa. « Bois, ordonna-t-elle d'un ton glacial. Peut-être puiseras-tu là, pour changer, le courage d'affronter la vérité. »

Sansa éleva la coupe jusqu'à ses lèvres et les y trempa. Le breuvage était d'une écœurante douceur mais très fort.

« Tu es capable de faire mieux que cela, reprit Cersei. D'un seul trait, Sansa. Ta reine te le commande. »

Au bord de la nausée, Sansa vida néanmoins la coupe et déglutit l'épais liquide sirupeux. Sa tête se mit à tourner.

« Davantage ? demanda Cersei.

– Non. S'il vous plaît. »

La reine ne déguisa pas son déplaisir. « Quand tu m'as interrogée sur ser Ilyn, tout à l'heure, je t'ai menti. Souhaiterais-tu connaître la vérité, Sansa ? Souhaiterais-tu savoir la véritable raison de sa présence ici ? »

Sansa n'osa répondre, mais quelle importance ? Sans lui en laisser seulement le loisir, la reine leva la main, fit signe d'approcher. Sans que Sansa se fût aperçue de son retour, brusquement ser Ilyn parut, se détachant des ombres amassées derrière l'estrade à longues foulées muettes de félin. Il portait Glace, dégainée. Père, se souvint-elle, en nettoyait toujours la lame dans le bois sacré, quand il venait de trancher le chef de quelqu'un, mais ser Ilyn ne se donnait pas tant de peine. Du sang séchait sur l'acier moiré, du sang dont le rouge virait au brun. « Dis à lady Sansa pourquoi je te garde auprès de nous », lui lança Cersei.

Il ouvrit la bouche, émit un gargouillis râpeux, sa trogne vérolée demeurant parfaitement inexpressive.

« Il est ici pour nous, traduisit la reine. Stannis peut bien s'emparer de la ville, il peut bien s'emparer du trône, mais je ne souffrirai pas, moi, de me laisser juger par lui. Je refuse qu'il nous ait vivantes.

– *Nous ?*

– Tu as bien entendu. Aussi serait-il peut-être mieux avisé à toi de prier de nouveau, Sansa, et pour une tout autre issue. Les Stark n'auront aucun lieu, je te le garantis, aucun, de fêter la chute de la maison Lannister. » Ses doigts se portèrent vers la nuque de Sansa et, d'une caresse impalpable, en rebroussèrent les petits cheveux.

TYRION

Bien que le ventail du heaume limitât quasiment son champ de vision aux objets situés juste devant lui, Tyrion n'eut guère à tourner la tête pour apercevoir trois galères échouées près des lices et une quatrième, plus grosse, qui, croisant assez loin de la berge, catapultait des barils de poix brûlante.

« En coin ! » commanda-t-il comme la poterne utilisée pour la sortie déversait ses hommes au-dehors. Ils se formèrent en fer de pique derrière lui, et ser Mandon prit place à sa droite. Armure neigeuse en miroir des flammes, œil mort luisant d'indifférence sous la visière, ce dernier montait un cheval d'un noir charbonneux tout caparaçonné de blanc et portait, enfilé au bras, l'écu de neige de la Garde. A sa gauche, Tyrion s'ébahit de voir, lame au poing, Podrick Payne. « Tu es trop jeune, dit-il aussitôt. Rentre.

– Je suis votre écuyer, messire. »

Le temps manquait pour en disputer. « Avec moi, alors. Ne t'écarte pas. » Il poussa sa monture en avant.

Chevauchant étrier contre étrier, ils suivirent la ligne du rempart qui les écrasait de sa masse. A la hampe de ser Mandon flottait l'étendard écarlate et or de Joffrey, cerf et lion dansant le sabot dans la griffe. Après le pas, on adopta le trot pour contourner d'assez loin la base de la tour. Du haut des murs pleuvaient les flèches et s'éparpillaient des volées de pierres qui retombaient au petit bonheur amocher la terre, l'eau, la chair ou l'acier. Droit devant se profila l'énorme silhouette de la porte du Roi au pied de laquelle ondulait la houle des soldats qui manipulaient le bélier. Une colossale poutre de chêne noir équipée d'une tête en fer. Entourant les premiers, des archers débarqués harcelaient de traits quiconque se montrait aux créneaux de la conciergerie. « Lances ! » commanda Tyrion tout en prenant le petit galop.

Le terrain glissait, détrempé, par la faute du sang autant que de la glaise. En sentant son étalon buter sur un cadavre puis chasser, baratter la boue, Tyrion craignit un instant que là ne s'achevât sa charge, par une culbute, avant même d'avoir atteint l'ennemi, mais sa monture et lui se débrouillèrent finalement pour conserver leur équilibre. Sous la porte, des hommes pivotaient précipitamment, afin d'amortir vaille que vaille le choc en retour. Tyrion brandit sa hache et beugla : « *Port-Réal !* », beuglement que reprirent d'autres voix, et le fer de pique s'envola, tel un long cri perçant d'acier, de soie, de sabots fous, de lames acérées par des baisers de feu.

Ser Mandon n'abaissa sa lance qu'à la toute dernière seconde, et la bannière de Joffrey s'engouffra dans la poitrine d'un homme à justaucorps clouté qu'elle arracha de terre avant de se briser. Tyrion se trouva pour sa part face à un chevalier sur le surcot duquel épiait un renard dissimulé sous des guirlandes. *Florent* fut sa première pensée, mais *sans heaume* la seconde, presque au même instant. Et il lui assena en pleine figure tout le poids de la hache, du bras, du cheval au galop, emportant la moitié de sa tête. L'épaule engourdie par la violence de l'impact, *Shagga se foutrait de moi*, songea-t-il sans cesser de charger.

Le son mat d'une pique heurtant son bouclier, la vision de Pod qui galopait à ses côtés, taillant tous les adversaires qu'ils dépassaient, le sentiment confus d'ovations en haut des remparts, et le bélier s'affala dans la boue, comme oublié en un clin d'œil par ses desservants, les uns pour détaler, d'autres pour se battre. Tyrion descendit un archer, ouvrit une pique de l'épaule jusqu'à l'aisselle, ricocha sur un heaume en forme d'espadon. Le grand rouge se cabra devant le bélier, mais le charbonneux le franchit d'un saut fluide, et ser Mandon ne fut guère qu'un éclair neigeux et soyeux de mort. Son épée sectionnait des membres, fracassait des crânes, fendait en deux des boucliers – encore qu'assez peu d'ennemis fussent parvenus à franchir la rivière avec des boucliers intacts.

Tyrion força sa monture à passer le bélier. Les ennemis fuyaient. Mais pas trace de Pod, à gauche ni à droite ni d'aucun côté. Une flèche ferrailla contre sa tempe, manquant de peu la fente de la visière. *Si je dois m'amuser à jouer les souches, autant valait me peindre une cible sur le plastron.*

Piquant des deux, il prit le trot parmi les monceaux de cadavres, les foulant ici, les contournant là. Vers l'aval, les galères en flammes encombraient la Néra. Empanachées de plumets verts hauts de vingt pieds, des nappes de grégeois dérivaient encore au fil de l'eau. Devant la porte, plus d'assaillants, mais on se battait tout le long de la rive. Les gens de ser Balon Swann, très probablement, ou ceux de Lancel, qui s'efforçaient de refouler tout ce que les bâtiments incendiés déversaient d'hommes vers la terre ferme. « A la porte de la Gadoue ! » ordonna-t-il.

A peine ser Mandon eut-il rugi : « *La Gadoue !* », qu'on était déjà reparti, parmi les cris dépenaillés de « *Port-Réal !* » et de, plus surprenant pour Tyrion : « *Bout-d'Homme ! Bout-d'Homme !* » Qui pouvait bien l'avoir propagé, celui-là ? A travers l'acier capitonné du heaume l'étourdissaient des mugissements d'angoisse, le pétillement vorace de la fournaise, des sonneries tremblotées de cor, l'appel acide des trompettes. Tout était en feu, partout. *Bonté divine ! pas étonnant, la trouille du Limier. Avec son horreur des flammes...*

Un fracas déchirant courut la Néra. Une pierre grosse comme un cheval venait de s'abattre en plein milieu d'une galère. *Des nôtres ou des leurs ?* Les torrents de fumée empêchaient de trancher. Evaporée, la formation en coin ; chaque homme, à présent, menait sa propre bataille. *J'aurais dû rebrousser chemin*, songea-t-il tout en poussant sus.

En son poing s'appesantissait la hache. Il ne lui restait plus que quelques compagnons, les autres morts ou envolés. Et tout un tintouin que de maintenir la tête de l'étalon dirigée vers l'est. Si le puissant destrier n'avait pas plus de goût pour le feu que Sandor Clegane, il était néanmoins plus facile à brider.

Des hommes émergeaient en rampant des flots, des hommes brûlés, sanglants qui suffoquaient à cracher l'eau, titubaient, moribonds la plupart. Tyrion mena ses gens sur eux afin d'administrer à ceux qui avaient encore assez de force pour se redresser une mort plus prompte et plus propre. La guerre s'étriquait aux dimensions de sa visière. Des chevaliers deux fois plus grands que lui déguerpirent à son approche ou ne l'attendirent que pour mourir. Ils avaient l'air de petites choses effarées. « *Lannister !* » criait-il en les massacrant. Rougi jusqu'au coude, son bras luisait à contre-jour de la rivière en feu. Comme son cheval se cabrait derechef, il brandit sa hache vers les étoiles et les entendit clamer : « *Bout-d'Homme ! Bout-d'Homme !* » Il se sentait saoul.

La fièvre de la bataille. Jaime avait eu beau l'en entretenir maintes fois, jamais il ne s'était attendu à l'éprouver lui-même. A éprouver lui-même sous son emprise combien le temps paraissait s'estomper, se ralentir, voire s'arrêter, combien le passé, l'avenir s'abolissaient jusqu'à n'être plus rien d'autre que cet instant, combien la peur vous fuyait, combien vous fuyait la pensée, vous fuyait même la notion de votre propre corps. « Tu ne sens plus tes blessures, alors, ni les douleurs de ton dos accablé par le poids de l'armure, ni la sueur qui te dégouline dans les yeux. Tu cesses de sentir, tu cesses de penser, tu cesses d'être *toi*, seuls subsistent la lutte et l'adversaire, cet homme et le suivant puis le suivant puis le suivant, et tu sais qu'ils ont peur et qu'ils n'en peuvent plus, toi pas, que tu es en vie, que la mort te cerne de toutes parts, mais que *leurs* épées se meuvent avec tant de lenteur que tu peux, toi, t'en jouer en dansant avec des éclats de rire. » *La fièvre de la bataille. Je suis un bout d'homme et saoul de carnage, qu'ils me tuent, s'ils peuvent !*

Ils essayaient bien. Une nouvelle pique se rua sur lui. Il en trancha le fer puis la main puis le bras tout en lui trottant tout autour. Un archer sans arc lui darda une flèche qu'il maniait comme un couteau, le destrier l'envoya baller en lui décochant une ruade dans les jambons, et l'hilarité fit aboyer le nain. Qui, dépassant une bannière plantée dans la boue, l'un des cœurs ardents de Stannis, en faucha la hampe d'un revers de hache. Un chevalier surgi de nulle part avec un estramaçon se mit à lui battre battre battre le bouclier, un poignard se planta sous son bras. Manié par qui ? par un Lannister ? mystère.

« Je me rends, ser. » Un autre chevalier le hélait, plus en aval. « Me rends. Ser chevalier, je me rends à vous. Mon gage, tenez,

tenez. » Vautré dans une mare d'eau noire, il tendait en gage de soumission un gantelet à l'écrevisse. Tyrion dut se pencher pour s'en saisir. Il s'y employait quand un pot de grégeois explosa en l'air, éparpillant des flammèches vertes, et la brusque illumination lui révéla que la mare était non pas noire mais rouge. Le gantelet remis par le chevalier contenait encore sa main. Ecœuré, Tyrion le rejeta. « Me rends », hoqueta d'un ton navré, désespéré le manchot, tandis qu'il s'éloignait.

Un homme d'armes empoigna son cheval par la bride et lui porta au visage un coup de dague, la hache écarta la lame avant de s'enfouir dans la nuque de l'agresseur. Tyrion se démenait pour l'en dégager quand un éclair blanc fusa vers l'angle de sa visière. Il se retourna, s'attendant à revoir ser Mandon Moore à ses côtés, mais c'est un autre qui lui apparut. Il avait beau porter la même armure, les cygnes noirs et blancs de sa maison frappaient le caparaçon de son destrier. *Plus crasseux que neigeux, le bougre !* songea bêtement Tyrion. Ser Balon Swann était de pied en cap maculé de caillots, barbouillé de suie. Il brandit sa masse vers l'aval. Des bribes d'os et de cervelle la hérissaient. « Regardez, messire. »

Tyrion fit volter son cheval pour examiner ce qu'il indiquait. La Néra roulait toujours ses flots noirs et puissants sous sa couverture de flammes et de sang. Les nues étaient rouges et orange et criardes de vert vénéneux. « Quoi ? » demanda-t-il. Et puis il vit.

Des hommes d'armes tapissés d'acier coulaient à flots vers une galère qui s'était fracassée au fond d'un bassin. *En si grand nombre..., d'où viennent-ils donc ?* Parmi les flamboiements de la fumée, il les escorta vaille que vaille du regard jusqu'à la rivière. Vingt galères s'enchevêtraient là, peut-être davantage, comment dénombrer ? Leurs rames se croisaient, leurs coques disparaissaient sous un fouillis de filins, de grappins, elles s'éventraient l'une l'autre avec leurs éperons, s'empêtraient dans des réseaux de gréements effondrés. Un grand rafiot flottait, quille en l'air, entre deux bateaux plus petits. Des épaves, mais si tassées qu'il était sûrement possible de se faufiler de l'une à l'autre et de traverser ainsi la Néra.

Et ils étaient des centaines, la fine fleur de Stannis Baratheon, à faire cela, rien que cela. Tyrion vit même un grand benêt de chevalier s'échiner à le faire monter, malgré la terreur que manifestait son cheval à franchir rames et plats-bords, à se frayer passage sur les ponts de guingois et poisseux de sang où crépitait le feu grégeois. *Un sacré pont, que nous leur avons fabriqué là*, songea-t-il, consterné. Un pont dont sombraient tels pans, flambaient tels autres et qui branlait, craquait tout du long, prêt à se disloquer d'un instant à l'autre, apparemment, mais qu'ils empruntaient tout de même sans sourciller. « En voilà, des braves ! dit-il à ser Balon avec émerveillement. Allons les tuer. »

Comme il martelait une longue jetée de pierre à la tête de ses propres hommes et de ser Balon parmi les ruisseaux de flammes et les nuées de cendre et de suie, ser Mandon les rejoignit, bouclier démantibulé. Aux tourbillons de fumée se mêlaient des pluies d'escarbilles, et les adversaires ne ripostèrent à la charge qu'en se disloquant pêle-mêle afin de regagner plus vite la rivière, sauf à se bousculer, passer sur le corps, précipiter à l'eau pour grimper à l'abordage du pont. Ils n'y pouvaient accéder que par une de leurs galères, à demi submergée, dont la proue portait *Vainc-dragons*, et dont la cale s'était embrochée sur l'un des bateaux sabordés par Tyrion dans chacun des bassins. Une pique arborant le crabe rouge Celtigar creva le poitrail du cheval de ser Balon Swann qui vida les étriers, Tyrion frappa l'homme à la tête en le dépassant en trombe et puis n'eut pas le temps de tirer sur les rênes. Son étalon bondit dans le vide à l'extrémité de la jetée, survola un plat-bord en ruine et reprit pied, plouf ! avec un hennissement terrifié, dans trois pouces d'eau. La hache de Tyrion prit l'air en virevoltant, suivie de Tyrion lui-même, vers qui le pont se rua pour lui appliquer une claque humide.

Et ce fut la folie. Le cheval s'était brisé une jambe et poussait des clameurs affreuses. Sans trop savoir comment, le nain parvint à tirer sa dague et à trancher la gorge de la pauvre bête. La fontaine écarlate qui en jaillit lui inonda le torse et les bras. Il finit néanmoins par retrouver ses pieds, par tituber jusqu'à la lisse, et il se surprit en train de se battre à nouveau, de poignarder, de patauger sur des ponts gauchis que balayait l'eau, de voir survenir des hommes qu'il tuait ou blessait ou qui disparaissaient, mais de plus en plus d'hommes, toujours plus d'hommes. Il perdit sa dague au profit d'une pique brisée, fort en peine de dire comment. Il la tenait ferme et frappait, frappait, tout en vomissant des jurons. Des hommes fuyaient devant lui, et il se lançait à leurs trousses en escaladant un plat-bord vers le suivant puis le suivant. Ses deux ombres blanches ne le lâchaient pas d'une semelle, Balon Swann et Mandon Moore, superbes en leur plate blême. Cernés par des piques Velaryon, ils combattaient dos à dos, conférant au combat des grâces de ballet.

Moins élégante était sa propre façon de tuer. Il transperça des reins par derrière, agrippa une jambe et en culbuta le propriétaire dans la rivière. Des flèches sifflaient à ses oreilles et clapotaient contre son armure, l'une se logea au défaut de la spallière et du pectoral, il n'en sentit rien. Un type à poil tomba du ciel et, en atterrissant sur le pont, y explosa comme un melon lâché d'une tour. Son sang éclaboussa Tyrion par la fente de la visière. Des pierres se mirent à grêler, perforant si bien les divers bordages tout en réduisant des hommes en bouillie que l'invraisemblable pont finit par sursauter d'une rive à l'autre et, se tordant violemment sous lui, renversa le nain sur le flanc.

Aussitôt, toute la rivière lui emplit le heaume. Il se l'arracha et, à quatre pattes, longea la gîte de la lisse jusqu'à n'avoir plus d'eau qu'au ras du menton. Un grondement semblable aux râles d'agonie de quelque bête monstrueuse l'assaillit. *Le navire*, eut-il le temps de penser, *le navire est sur le point de se démembrer*. Les épaves étaient en train de se séparer en se déchirant, le pont de se rompre. Et à peine se le fut-il formulé qu'avec un *crrrac !* subit et tonitruant le bordage fit une embardée qui, d'une glissade en arrière, l'immergea comme précédemment.

Désormais, le bordage était si abrupt qu'il lui fallut, pour le regravir et en suivre la ligne brisée, se hisser putain de pouce par putain de pouce. Du coin de l'œil, il vit s'éloigner au fil du courant, tournant lentement sur elle-même, l'épave jusqu'alors empêtrée dans la sienne. Des hommes rampaient sur ses flancs. Certains arboraient le cœur ardent de Stannis, certains le cerf et le lion de Joffrey, d'autres emblèmes, mais c'était devenu, semblait-il, dérisoire à leurs yeux. A mont comme à val sévissait le feu. D'un côté, combats plus furieux que jamais, inextricable et rutilant fatras de bannières flottant sur une mer d'hommes au corps à corps, murs de boucliers se formant et se disloquant, chevaliers montés taillant la cohue, poussière et gadoue et sang et fumée. De l'autre, tout là-haut, sinistre, la silhouette du Donjon Rouge crachant le feu. Sauf que tout ça – c'était à l'envers, tout ça. Un moment, Tyrion crut qu'il perdait la tête, que les positions de Stannis et du château s'étaient interverties. *Comment Stannis aurait-il pu gagner la rive gauche ?* Il finit par comprendre que l'épave pivotait, qu'il avait lui-même perdu le nord, de sorte que bataille et château semblaient inversés. *Bataille... ? mais quelle bataille, si Stannis n'a pas traversé, qui affronte-t-il ?* Il était trop épuisé pour trouver une solution rationnelle. Son épaule lui faisait atrocement mal, et c'est en voulant se la masser qu'il aperçut la flèche et, du coup, recouvra la mémoire. *Il me faut quitter ce bateau.* Vers l'aval ne l'attendait rien d'autre qu'un mur de flammes et, si l'épave achevait de se libérer, le courant l'y emmènerait droit dedans.

On criait son nom, quelque part, du fond du tintamarre de la bataille. Il essaya de répondre en gueulant de toutes ses forces : « Ici ! Ici, je suis ici, à l'aide ! », mais d'une voix si ténue, crut-il, qu'à peine pouvait-il l'entendre lui-même. Il agrippa la lisse et reprit vaille que vaille son escalade du plancher gluant. La coque battait si fort contre la galère voisine et rebondissait avec tant de violence qu'il faillit être rejeté à l'eau. Où donc était passée toute son énergie ? Tout juste avait-il encore la force de se cramponner.

« *MESSIRE ! ATTRAPEZ MA MAIN ! MESSIRE TYRION !* »

Sur le pont du bateau voisin, main tendue par-dessus un gouffre d'eau noire qui allait en s'élargissant, se tenait ser Mandon Moore. Des reflets jaunes et verts miroitaient sur son armure blanche, et son gantelet à l'écrevisse était empoissé de sang, mais Tyrion tenta tout de même de le saisir, au désespoir d'avoir des bras si courts, si courts ! Et ce n'est qu'au tout dernier instant, quand leurs doigts se frôlaient par-dessus le gouffre, qu'un détail le tarabusta, tout à coup..., ser Mandon lui tendait la main *gauche*, pourquoi... ?

Est-ce pour cela qu'il recula précipitamment, ou pour avoir, en définitive, vu venir l'épée ? Il n'aurait su dire. La pointe l'atteignit juste sous les yeux, et il en sentit la dureté froide avant que ne fulgurât la douleur. Sa tête se dévissa comme sous l'effet d'une gifle, et les retrouvailles avec l'eau glacée furent une seconde gifle, plus éprouvante encore que la première. Il se débattit pour se raccrocher à quelque chose, trop conscient que, s'il dévalait, jamais il ne pourrait remonter. Sa main s'abattit d'aventure sur le moignon déchiqueté d'une rame qu'il étreignit avec un désespoir d'amant, et il la remonta, pied à pied. Ses yeux étaient pleins d'eau, sa bouche pleine de sang, et sa cervelle le lancinait abominablement. *Puissent les dieux me donner la force d'atteindre le pont...* A cela se réduisait désormais le monde : la rame, l'eau, le pont.

Finalement, il se laissa rouler de côté et s'abandonna, vidé, hors d'haleine, de tout son long sur le dos. Des ballons de flammes vertes et orange crépitaient, là-haut, traçant leur sillon parmi les étoiles. Le temps de penser que c'était bien joli, et ser Mandon lui en obstrua la vision. Telle une ombre d'acier neigeux au fond de laquelle étincelait un regard noir. Et le nain n'avait pas plus de force qu'une poupée désarticulée. Ser Mandon lui poussa la pointe de son épée au creux de la gorge, et ses deux mains se reployaient autour de la garde...

... quand une brusque embardée vers la gauche l'expédia, chancelant, contre le plat-bord. Le bois éclata, et ser Mandon Moore disparut sur un hurlement suivi d'un gros *plouf*. Un instant après, les coques se heurtèrent à nouveau si durement que le pont donna l'impression de bondir, puis quelqu'un s'agenouilla près de Tyrion, se pencha sur lui. « Jaime ? » coassa-t-il, à demi étouffé par le sang qui le bâillonnait. Qui d'autre que son frère aurait pu vouloir le sauver ?

« Ne bougez pas, messire, vous êtes gravement blessé. » *Une voix de gosse, c'est insensé*, songea Tyrion. On aurait juré qu'elle ressemblait à celle de Pod.

SANSA

En apprenant la défaite de la bouche de ser Lancel, Cersei fit tourner sa coupe vide entre ses doigts et finit par dire : « Avisez mon frère, ser », d'une voix lointaine, comme si ces nouvelles ne présentaient guère d'intérêt pour elle.

« Votre frère est probablement mort. » Le sang qui suintait de sous son bras avait imbibé son surcot. A sa seule vue, certaines des personnes réfugiées dans la salle s'étaient mises à larmoyer. « Il se trouvait sur le pont de bateaux quand celui-ci s'est rompu, paraît-il. Ser Mandon a été probablement emporté, lui aussi, et le Limier demeure introuvable. Et vous, Cersei, sacredieux ! *pourquoi* diable avoir fait ramener Joffrey au château ? En le voyant partir, les manteaux d'or se sont complètement dégonflés, et, maintenant, ils jettent leurs piques et déguerpissent – par centaines ! Bien que la Néra ne soit plus qu'une coulée d'épaves et de flammes et de cadavres, nous aurions pu tenir, si... »

Osney Potaunoir se porta près de lui. « Y a main'nant qu' ça s' bat des deux côtés, Vot' Grâce. 't-êt' ben qu'y aurait des seigneurs à Stannis qui s' battent entre eux, personne est sûr, c'est tellement désordre par là-bas ! Le Limier s'est tiré, personne sait où, et ser Balon s'est replié dans la ville. C'te rive est à eux, toujours. Z-attaquent au bélier d' nouveau la porte du Roi, et ser Lancel ment pas, v's hommes, y désertent les murs, et y tuent l's officiers. Pis y a qu'à la porte de Fer et la porte des Dieux, la racaille l's agresse pour sortir d'hors, pus la grosse émeute à Culpucier, qu' sont bus. »

Bonté divine ! songea Sansa, *voici que les choses se réalisent, Joffrey perdu, et moi aussi... !* Son regard chercha ser Ilyn sans parvenir à l'apercevoir. *Mais il rôde par là, je le sens. Tout près. Je ne lui échapperai pas, il aura ma tête.*

D'un air étrangement calme, la reine se tourna vers l'autre Potaunoir. « Relevez le pont et barrez les portes. Personne n'entre à Maegor ou n'en sort sans ma permission.

– Et les femmes parties prier ?

– Elles se sont de leur propre chef soustraites à ma protection. Laissez-les prier ; les dieux les défendront s'ils veulent. Où est mon fils ?

– A la conciergerie du château. 'l a eu envie d' commander les arbalétriers. Pasqu'y a du monde à hurler d'vant, des manteaux d'or pour la moitié. D' ceusses qui z-y couraient après d'puis la Gadoue.

– Ramenez-le ici. *Tout de suite.*

– *Non !* » Dans son indignation, Lancel avait omis de parler bas, et tous les yeux de l'assistance étaient fixés sur l'estrade quand il glapit : « On ne va pas renouveler l'exploit de la Gadoue ! Laissez-le où il est, c'est le *roi*, et...

– C'est mon fils. » Cersei se dressa. « Vous vous flattez d'être un Lannister aussi, mon cousin ? Prouvez-le. Que faites-vous planté là, Osfryd ? *Tout de suite* ne signifie pas demain. »

Le Potaunoir s'esbigna précipitamment, suivi de son frère. Nombre d'invités se ruèrent également vers la sortie. Certaines des femmes pleurnichaient, certaines priaient. Le reste demeura sur place et se contenta de réclamer du vin. « Cersei..., reprit ser Lancel d'un ton suppliant, si nous perdons le château, Joffrey est un homme mort, vous le savez pertinemment. Laissez-le à son poste, je le garderai près de moi, je vous jure...

– Hors de mon chemin. » Elle le claqua à pleine paume sur sa blessure, lui arrachant une exclamation de douleur, et, comme il chancelait, près de s'évanouir, elle sortit comme une furie, sans seulement condescendre à Sansa l'ombre d'un regard. *Elle m'a oubliée. Ser Ilyn me tuera, et elle n'y pensera même pas.*

« Oh, dieux ! se lamenta une vieille femme, nous sommes perdus, Stannis est vainqueur, et elle prend la fuite. » Des enfants piaillaient de tous côtés. *Ils flairent la panique.* Sur l'estrade, il n'y avait plus qu'elle. Lui fallait-il rester là ? Lui fallait-il courir après la reine et la conjurer de lui laisser la vie ?

Sans savoir pourquoi elle se levait, elle se leva. « N'ayez pas peur ! dit-elle d'une voix forte. La reine a fait relever le pont. Nulle part vous ne seriez plus en sécurité qu'ici. Des murs épais nous protègent, et la douve, et les piques…

– Que s'est-il passé ? demanda une femme qu'elle connaissait vaguement pour être l'épouse d'un hobereau. Que lui a dit Osney ? Le roi est-il blessé, la ville tombée ?

– *Dites-nous !* » cria quelqu'un d'autre. Une femme s'inquiéta de son père, une autre de son fils.

Sansa leva les mains pour obtenir silence. « Joffrey a regagné le château. Indemne. On se bat toujours, voilà tout ce que je sais, on se bat courageusement. La reine reviendra sous peu. » C'était finir par un mensonge, mais à seule fin de les apaiser. Elle aperçut les fous, debout sous la tribune. « Fais-nous rire un peu, Lunarion. »

Au terme d'une roue sur les pieds et les mains, Lunarion se retrouva d'un bond juché sur une table. Il s'y empara de quatre coupes et se mit à jongler de manière qu'aucune, en retombant, ne manquait de lui heurter le crâne. Quelques rires nerveux se firent écho dans la salle. Sansa se dirigea vers ser Lancel et s'agenouilla près de lui. Sous la taloche qu'il avait reçue, sa blessure s'était remise à saigner. « De la démence, hoqueta-t-il. Bons dieux ! ce qu'il avait raison, le Lutin, mais raison… !

– Aidez-le », commanda Sansa à deux serviteurs. L'un d'eux ne lui consentit qu'un coup d'œil avant de détaler, lui, plateau et tout. Ses semblables s'esquivaient de même, mais elle n'y pouvait rien. Aidée du second, elle remit sur pied le chevalier blessé. « Emmenez-le chez mestre Frenken. » Lancel avait beau être l'un d'eux, toujours est-il qu'elle ne pouvait se résoudre à désirer sa mort. *Je suis molle et lâche et stupide, exactement comme le dit Joffrey. Je devrais être en train de le tuer, au lieu de le secourir.*

Les torches brûlaient de plus en plus bas, deux ou trois s'étaient déjà éteintes, et nul ne se souciait de les remplacer. Cersei ne revenait pas. Ser Dontos s'aventura jusque sur l'estrade, pendant que l'autre fol fixait sur lui tous les regards. « Regagnez votre chambre, chère Jonquil, souffla-t-il. Verrouillez-vous-y, vous serez moins exposée qu'ici. Je viendrai vous chercher quand auront cessé les combats. »

Quelqu'un viendra m'y chercher, pensa-t-elle, *mais qui ? vous, ou ser Ilyn ?* Dans son affolement, elle faillit une seconde le conjurer de la défendre. Il avait été chevalier, lui aussi, il avait, lui aussi, su manier l'épée, juré de protéger les faibles... *Non. Il n'a ni le courage ni l'habileté nécessaires. Je ne réussirais qu'à le faire périr avec moi.*

Elle eut besoin de toute son énergie pour quitter d'un pas nonchalant le Bal de la Reine, alors qu'elle mourait si vilement d'envie de prendre ses jambes à son cou. Ce n'est pourtant qu'en atteignant son escalier qu'elle les prit *effectivement*, grimpant quatre à quatre et tournant tournant, tant qu'à la fin le souffle lui manqua. Le vertige l'étourdissait quand l'un des gardes boula contre elle. Sous le choc, une coupe enrichie de gemmes et deux chandeliers d'argent s'échappèrent du manteau rouge dans lequel il les avait enveloppés et dégringolèrent de marche en marche avec un tapage d'enfer. Il se jeta à leur poursuite sans prêter à Sansa le moindre intérêt, un vague coup d'œil l'ayant assuré qu'elle n'envisageait pas de lui disputer son butin.

Des ténèbres de poix régnaient dans la chambre. Sansa barra la porte et, se dirigeant à l'aveuglette vers la fenêtre, en fit coulisser les rideaux. Et le spectacle lui coupa le souffle.

Agité de coloris instables et maléficieux, le ciel réfléchissait la véhémence des incendies qui ravageaient la terre. Des houles d'un vert sinistre agressaient la panse des nuages, des mares d'orange embrasaient l'émeute du firmament. Dans la guerre incessante que se livraient les rouges, les jaunes des flammes ordinaires et les jade, les émeraude du feu grégeois, chacun des lutteurs ne flamboyait que le temps de s'éteindre et d'accoucher de hordes d'ombres éphémères qui dépérissaient à leur tour au bout d'un instant. Aubes livides et crépuscules sanguinolents se supplantaient en un clin d'œil. L'air lui-même empestait le *cramé*, l'âcre puanteur de ces cuisines où la soupe oubliée sur les braises a débordé de la marmite. La nuit foisonnait d'escarbilles qui zigzaguaient comme des nuées de lucioles.

Sansa délaissa la croisée pour se replier vers l'abri de l'alcôve. *Je vais dormir*, se promit-elle, *et, à mon réveil, un nouveau jour luira, le ciel sera de nouveau bleu. La bataille sera terminée, et l'on me dira s'il me faut vivre ou si je dois mourir.* « Lady », gémit-elle tout bas. La retrouverait-elle, sa louve, une fois morte ?

C'est alors que quelque chose remua, derrière, et qu'une main surgie du noir se referma autour de son poignet.

Elle ouvrit la bouche pour crier, mais déjà s'y abattait une seconde main qui la bâillonna. Des doigts rudes et calleux, tout gluants de sang. « Petit oiseau. Je savais bien que tu viendrais. » Son timbre rauque d'après boire.

Au-dehors fusa vers les astres un crachat sinueux de jade qui jeta dans la chambre un éclair verdâtre à la faveur duquel elle le discerna, tout noir et vert, avec sa figure toute barbouillée d'un sang de goudron, ses yeux que la brusque intrusion de lumière moira de glauque comme ceux d'un chien. Puis les ténèbres se refermèrent, et il ne fut plus qu'un bloc de ténèbres cerné de neige maculée.

« Je te tue, si tu cries. Parole. » Il lui libéra la bouche. Elle se mit à haleter. Le Limier saisit le flacon de vin qu'il avait déposé sur la table de chevet. Il s'envoya une longue lampée. « Tu ne demandes pas qui est en train de gagner, petit oiseau ?

– Qui ? » souffla-t-elle, trop terrifiée pour le défier.

Il pouffa. « Je sais seulement qui a perdu. Moi. »

Je ne l'ai jamais vu ivre à ce point. Il dormait dans mon lit. Que vient-il faire ici ? « Qu'avez-vous donc perdu ?

– Tout. » La moitié calcinée de son mufle était comme un masque de sang séché. « Putain de nain. Dû le tuer. Y a des années.

– On le dit mort.

– Mort ? Non. Foutre non. Je le veux pas mort. » Il repoussa le flacon vide. « Je le veux *brûlé.* Si les dieux sont bons, ils le brûleront, mais je serai pas là pour le voir. Je me tire.

– Me tire ? » Elle essaya de dégager son poignet, mais il le maintenait dans un étau de fer.

« Le petit oiseau répète tout ce qu'il entend. *Me tire*, oui.

– Où voulez-vous aller ?

– Loin d'ici. Loin des feux. Sortirai par la porte de Fer, je pense. Quelque part au nord, n'importe où.

– Vous ne sortirez pas, objecta-t-elle. La reine a fermé Maegor, et les portes de la ville sont fermées aussi.

– Pas pour moi. J'ai le manteau blanc. Et j'ai *ça.* » Il tapota le pommeau de son épée. « Le type qu'essaie de m'arrêter est un type mort. A moins qu'il soit en feu. » Il éclata d'un rire amer.

« Pourquoi être venu ici ?

– Tu m'as promis une chanson, petit oiseau. T'as oublié ? »

Elle ne comprit pas ce qu'il voulait dire. Chanter pour lui, ici, quand le ciel lui-même était embrasé, quand par centaines mouraient des hommes, par milliers ? « Je ne puis, dit-elle. Laissez-moi, vous m'effrayez.

– Tout t'effraie. Regarde-moi. *Regarde*-moi. »

Le sang avait beau masquer ses pires cicatrices, il était effroyable, avec ses yeux blancs, dilatés. Le coin calciné de sa bouche se convulsait, n'arrêtait pas de se convulser. Et il puait à renverser – la sueur, la vinasse, le vomi rance et, par-dessus tout, le sang, fade… ! le sang, le sang.

« Avec moi, tu serais en sécurité, grinça-t-il. Je leur fous la trouille à tous. Ils n'oseraient plus, plus personne, te faire de mal, ou je les tuerais. » Il l'attira violemment vers lui et, un instant, elle crut qu'il voulait l'embrasser. S'y opposer ? il était trop fort. Elle ferma les yeux, toute au désir d'en avoir fini, mais il ne se passa rien. « Peux toujours pas supporter de regarder, hein ? » l'entendit-elle hoqueter. D'une rude secousse, il la fit pivoter, la jeta sur le lit. « J'aurai ma chanson. Jonquil et Florian, t'as dit. » Il avait tiré son poignard, le lui appuyait sur la gorge. « Chante, petit oiseau. Chante, pour sauver ta petite vie. »

Elle avait la gorge sèche, la peur l'étranglait, et toutes les chansons qu'elle avait sues par cœur s'étaient envolées de sa mémoire. *Pitié, ne me tuez pas !* criait tout son être, *pitié, non, non !* Sentant la pointe du poignard lui vriller la peau, la poussée s'en accentuer, elle faillit à nouveau clore les paupières, et puis elle se souvint. Pas de la chanson de Jonquil et Florian, mais ça se chantait. La voix lui revint, guère mieux, lui sembla-t-il, qu'un filet de voix presque inaudible et tremblotant :

Gente Mère, ô fontaine de miséricorde,
Préserve nos fils de la guerre, nous t'en conjurons,
Suspends les épées et suspends les flèches,
Permets qu'ils connaissent un jour meilleur.

Gente Mère, ô force des femmes,
Soutiens nos filles dans ce combat,
Daigne apaiser la rage et calmer la furie,
Enseigne-nous les voies de la bonté.

Elle avait oublié les autres versets. En entendant s'éteindre la dernière note, elle crut sa mort imminente mais, au bout d'un moment, le Limier, sans un mot, rengaina son arme.

Quelque chose d'instinctif alors la poussa à lever la main et à la poser délicatement sur la joue de Sandor Clegane. Il faisait trop noir dans la chambre pour qu'elle le voie, mais elle sentit sous ses doigts la poisse du sang et une fluidité qui n'était pas du sang. « Petit oiseau », dit-il une fois de plus de sa voix âpre et râpeuse comme sur la pierre l'acier. Puis il se releva. Sansa perçut quelque chose comme un déchirement de tissu, puis, plus mat, le bruit de pas qui s'éloignaient.

Quand elle rampa hors du lit, bien après, elle se trouvait seule. Le manteau blanc gisait à terre, en boule, barbouillé de sang et de suie. Dehors, le ciel s'était assombri. Seuls y dansaient encore, contre les étoiles, quelques spectres d'un vert pâlot. Une bise glaciale soufflait, qui faisait battre les volets. Sansa frissonna. Déployant le manteau en loques, elle se pelotonna dessous, à même le sol, grelottante.

Combien de temps elle resta là, elle n'aurait su dire, mais une cloche finit par sonner quelque part au loin, de l'autre côté de la ville. Un timbre de bronze grave aux vibrations puissantes et dont les volées se succédaient à un rythme de plus en plus vif. Sansa s'interrogeait sur le sens du message qu'elle diffusait quand une nouvelle cloche se joignit à elle, puis une troisième, et leurs voix s'appelaient et se répondaient par monts et par vaux, par-dessus venelles et tours, aux quatre coins de Port-Réal. S'extirpant du manteau, elle alla jusqu'à la fenêtre.

Vers l'est se distinguaient les premiers signes avant-coureurs de l'aube, et les cloches du Donjon Rouge sonnaient à leur tour, entremêlant leurs notes au fleuve sonore que déversaient les sept tours de cristal du Grand Septuaire de Baelor. Cela s'était déjà produit, se souvint-elle, pour le décès du roi Robert, mais d'une manière toute différente. Au lieu du lent glas douloureux d'alors tonnaient à présent des carillons allègres. Des rues montaient aussi des clameurs qui ne pouvaient être que des ovations.

C'est de ser Dontos qu'elle eut le fin mot. Il franchit son seuil en titubant, l'enveloppa dans ses bras flasques et la fit tournoyer tournoyer tournoyer tout autour de la chambre en poussant des exclamations si incohérentes qu'elle n'en saisissait un traître mot. Il était aussi saoul que le Limier, mais il avait, lui, la gueule de bois gaie. Elle défaillait, hors d'haleine, quand il finit par la reposer. « Qu'y a-t-il ? » Elle dut s'accrocher aux montants du lit. « Que s'est-il passé ? Dites-moi !

– C'est fini ! Fini ! Fini ! La ville est sauvée. Lord Stannis est mort, lord Stannis est en fuite, on ne sait pas, et on s'en fout, son ost s'est débandé, terminé, le danger ! Massacré, dispersé, viré de bord, dit-on. Oh, la splendeur des bannières ! les bannières, Jonquil, les bannières ! Avez-vous du vin ? Il nous faut boire à ce jour, oui ! De lui date votre salut, ne voyez-vous pas ?

– *Mais dites-moi donc ce qui s'est passé !* » Elle se mit à le secouer.

Ser Dontos éclata de rire et se mit à sauter d'un pied sur l'autre, au risque de s'affaler. « Ils ont surgi des cendres alors que la rivière était en feu. La rivière, Stannis était jusqu'au cou dans la rivière, et ils lui sont tombés dessus par derrière. Oh, être à nouveau chevalier, avoir pris part à ça ! Ses propres hommes se sont vaillamment battus, paraît-il. Certains se sont enfuis, mais beaucoup ont ployé le genou et viré de bord aux cris de : "Lord Renly !" Qu'a dû penser Stannis en entendant ça ? Je le tiens d'Osney Potaunoir qui le tenait de ser Osmund, mais ser Balon est de retour, et ses hommes disent pareil, et les manteaux d'or aussi. Nous sommes délivrés, ma chérie ! Ils ont emprunté la route de la Rose puis longé la rivière et traversé toutes les campagnes incendiées par Stannis, se poudrant les bottes dans les nuages de cendre qu'ils soulevaient, devenant tout gris dans leurs armures, mais les bannières, oh, les *bannières* ! elles devaient être superbes ! la rose d'or et le lion d'or et cent autres, l'arbre Marpheux et l'arbre des Rowan, le chasseur Tarly, les pampres Redwyne et la feuille de lady du Rouvre ! Tous les gens de l'Ouest, toute la puissance de Castral Roc et de Hautjardin ! Lord Tywin en personne menait l'aile droite, sur la rive nord, Randyll Tarly le centre et Mace Tyrell la gauche, mais la victoire, c'est l'avant-garde. Elle s'est enfoncée dans Stannis comme une lance dans une citrouille, tout ça hurlant comme un démon bardé d'acier. Et savez-vous qui la conduisait, l'avant-garde ? Oui ? Oui ? *Oui ?*

– Robb ? » C'était espérer par trop, mais…

« C'était *lord Renly* ! Lord Renly dans son armure verte, avec les flammes qui se reflétaient dans ses andouillers d'or ! Lord Renly, avec sa grande pique au poing ! On dit qu'il a tué de sa propre main ser Guyard Morrigen en combat singulier, plus une douzaine d'autres chevaliers d'élite. C'était Renly, c'était Renly, c'était Renly ! Oh ! les bannières, Sansa chérie ! Oh ! être chevalier ! »

DAENERYS

Elle était en train de déguster un bouillon froid de crevettes au persil quand Irri lui apporta une robe de Qarth taillée dans un brocart ivoire diaphane rebrodé de semence de perles. « Remporte-moi ces falbalas, dit-elle. Ils seraient déplacés sur les quais. »

Puisque les Sang-de-Lait la trouvaient si barbare, elle endosserait la tenue du rôle à leur intention. Aussi gagna-t-elle les écuries tout bonnement chaussée de sandales d'herbe tissée, vêtue de pantalons de soie sauvage délavés et d'une veste dothrak peinte sous laquelle flottaient librement ses petits seins. A sa ceinture de médaillons était enfilée une dague courbe. Enfin, Jhiqui lui avait tressé les cheveux à la mode dothrak et noué au bas de la natte une clochette d'argent. « Je n'ai pas remporté de victoire », protesta-t-elle en l'entendant tinter.

Tel n'était pas l'avis de la servante. « Vous avez brûlé ces *maegi* dans leur palais de poussière et envoyé leurs âmes en enfer. »

Le mérite en est à Drogon, pas à moi, faillit-elle avouer, mais elle retint sa langue. Quelques sonnailles dans sa chevelure, et les Dothrakis ne l'en respecteraient que mieux. Du reste, la clochette eut beau tintinnabuler lorsqu'elle enfourcha son argenté puis à chacune des foulées de la jument, ni ser Jorah ni les sang-coureurs n'y firent la moindre allusion. Daenerys préposa Rakharo à la garde de son peuple et de ses dragons, pendant qu'elle visiterait le front de mer, escortée d'Aggo et Jhogo.

Abandonnant palais de marbre et jardins embaumés, ils traversèrent un quartier pouilleux de la ville dont les humbles maisons de briques ne montraient tout du long que façades aveugles. On croisait là moins de chevaux et de chameaux, et pas un palanquin en vue, mais les rues grouillaient de mendiants, de marmaille et de roquets maigres couleur de sable. Des hommes pâles enjuponnés de drap crasseux se tenaient sous la voûte des porches à les regarder passer. *Ils savent qui je suis, et ils ne m'aiment pas.* Elle déduisait cela de leur façon de la dévisager.

Ser Jorah aurait mieux aimé la fourrer dans son palanquin, bien camouflée, bien à l'abri derrière les rideaux de soie, mais elle s'y était fermement refusée. Elle en avait assez de se prélasser sur des coussins de soie, de se laisser trimballer ci là par des bœufs. Au moins avait-elle, à cheval, l'impression qu'elle se rendait quelque part.

Sa visite au port ne relevait pas d'un caprice. Il lui fallait fuir à nouveau. Son existence entière lui semblait n'avoir été rien d'autre qu'une longue fuite. Une fuite qui avait débuté dès le sein maternel et ne s'était jamais interrompue depuis. Que de fois Viserys et elle avaient-ils au plus noir de la nuit dû s'esquiver, talonnés qu'ils étaient par les tueurs à gages de l'Usurpateur ! Et voici qu'une fois de plus s'enfuir ou mourir était son lot... Elle tenait de Xaro que Pyat Pree rassemblait les conjurateurs survivants pour lui faire un mauvais parti.

Elle s'était d'abord esclaffée. « N'est-ce pas vous qui m'affirmiez qu'ils étaient comme ces vétérans qui se gargarisent à vide d'exploits oubliés et de prouesses abolies ? »

Il prit un air embarrassé. « Tels étaient-ils alors. Mais maintenant ? Je n'en suis plus si certain. A ce qu'on prétend, les bougies de verre brûlent dans la demeure d'Urrthon l'Erre-nuit, et elles n'avaient pas brûlé depuis cent ans. La phantagmale croît au jardin de Gehane, on a aperçu des tortues-goules chargées de messages entre les maisons sans fenêtres de la rue Mage, et tous les rats de la ville se rongent la queue. La femme de Mathos Mallarawan, qui s'était gaussée de la robe pisseuse et mitée d'un conjurateur, est subitement devenue folle et ne supporte plus le moindre vêtement. Même les soieries lavées de frais lui procurent la sensation que des milliers d'insectes grouillent sur sa peau. Et Sybassion Mange-yeux le Sillé a, au dire de ses esclaves, recouvré la vue. De quoi vous rendre circonspect... » Il soupira. « Temps bizarres que vit là Qarth. Et rien de si néfaste que les temps bizarres pour le négoce. Parler de la sorte me navre, mais vous feriez bien, je crains, de quitter Qarth pour jamais, et le plus tôt possible. » Xaro lui effleura les doigts d'une caresse rassurante. « Rien ne vous oblige à partir seule, cependant. Si le palais des Poussières vous a offert de sombres visions, de brillants songes ont en revanche visité Xaro. Je vous ai vue reposant, comblée, notre enfant contre votre sein. Appareillez en ma compagnie pour un périple en mer de Jade et, ce songe, nous saurons le réaliser ! Il n'est pas trop tard. Donnez-moi un fils, ô ma suave chanson de joie ! »

Un fils ? tu veux dire un dragon... « Je ne veux pas vous épouser, Xaro. »

Les risettes s'étaient figées instantanément. « Alors, partez.

– Pour où ?

– N'importe. Loin d'ici. »

Peut-être était-il temps, en effet. Trop heureux d'abord de pouvoir se remettre de son épouvantable errance dans le désert rouge, le *khalasar* penchait vers l'indiscipline, à présent que l'empâtait l'excès de repos. Les Dothrakis n'avaient pas pour coutume de séjourner longtemps dans un même lieu. Alors que leur caractère nomade et guerrier répugnait à l'existence urbaine, n'avait-elle pas eu tort de les immobiliser tant de mois, séduite qu'elle était par le confort et les charmes de Qarth ? Outre que la ville promettait toujours bien plus qu'elle n'entendait donner, son hospitalité s'était singulièrement aigrie depuis que les flammes avaient anéanti l'hôtel des Nonmourants. Du jour au lendemain, les Qarthiens s'étaient souvenus du *danger* qu'incarnaient les dragons, et leurs assauts de générosité taris instantanément. La Fraternité Tourmaline en avait même profité pour réclamer à cor et à cri l'expulsion de Daenerys, et la Guilde des Epiciers sa mort. L'abstention des Treize est tout ce qu'avait pu obtenir Xaro.

Mais où dois-je aller ? Ser Jorah suggérait de s'enfoncer toujours plus à l'est, afin de la mieux soustraire à ses ennemis des Sept Couronnes. Les sang-coureurs auraient quant à eux préféré retourner vers leur immense houle d'herbe verte, dût-on pour ce faire affronter à nouveau l'incandescence du désert rouge. Elle avait pour sa part caressé le projet de regagner Vaes Tolorro et de s'y installer jusqu'à ce que ses dragons acquièrent leur taille et leur force définitives, mais elle n'était que doute, en son for. Toutes ces solutions lui semblaient erronées, peu ou prou…, et lors même qu'elle eut choisi sa destination, la question de savoir comment elle s'y rendrait persistait à la tarauder.

Xaro Xhoan Daxos ne lui serait d'aucun secours, elle le savait désormais. En dépit de ses innombrables protestations de dévouement, il ne jouait, à l'instar de Pyat Pree, que son propre jeu. Le soir où elle s'était entendu signifier son congé, elle l'avait prié de lui accorder une faveur dernière. « Une armée, c'est cela ? ironisa-t-il. Un chaudron plein d'or ? Peut-être une galère ? »

Elle s'empourpra. Elle détestait mendier. « Un bateau, oui. »

Les yeux de Xaro jetèrent autant de feux que les gemmes de ses narines. « Je suis un négociant, *Khaleesi.* Aussi ferions-nous mieux de parler non plus en termes de dons mais, disons ? de troc. Contre un seul de vos dragons, vous recevrez dix des plus beaux bâtiments de ma flotte. Il vous suffit de prononcer le mot le plus doux du monde.

– Non, dit-elle.

– Hélas, sanglota-t-il, tel n'était pas celui que je sous-entendais.

– Demanderiez-vous à une mère de vendre un de ses enfants ?

– Pourquoi non ? Il est toujours loisible aux mères d'en refaire. Elles en vendent tous les jours.

– Pas celle des dragons.

– Même pour vingt bateaux ?

– Ni même pour cent. »

Sa bouche s'affaissa. « Je n'en ai pas cent. Mais vous possédez trois dragons. Accordez-m'en un, pour toutes mes bontés. Il vous en restera deux encore, et trente bateaux en prime. »

Trente… De quoi débarquer une petite armée sur les côtes de Westeros… *Mais je n'ai pas de petite armée.* « Combien de bateaux possédez-vous, Xaro ?

– Quatre-vingt-trois, sans compter ma barge de plaisance.

– Et vos collègues des Treize ?

– A nous tous, un millier, je pense.

– Et la Fraternité Tourmaline et les Epiciers ?

– Des babioles qui ne comptent pas.

– Mais encore ? insista-t-elle.

– Douze ou treize cents pour les Epiciers. Pas plus de huit cents pour la Fraternité.

– Et les gens d'Asshai, de Braavos, d'Ibben, des îles d'Eté, tous les autres peuples qui sillonnent la grande mer salée, combien de bateaux possèdent-ils ? A eux tous ?

– Des tas et des tas, répondit-il d'un ton agacé. A quoi rime ?

– J'essaie simplement d'estimer ce que vaut l'un des trois dragons qui vivent au monde. » Elle lui glissa un sourire exquis. « M'est avis que le tiers de tous les vaisseaux du monde le paierait à peu près son prix. »

Des ruisseaux de larmes baignèrent les joues de Xaro et les ailes de son nez rutilant de gemmes. « Vous avais-je pas mise en garde contre une visite au palais des Poussières ? Voilà exactement ce que je redoutais. Les chuchotements des conjurateurs vous ont rendue aussi folle que la femme de Mallarawan. Un tiers de tous les vaisseaux du monde ? pouah. Pouah, dis-je. Pouah. »

Elle ne l'avait pas revu depuis. Il lui faisait transmettre ses messages, chacun plus froid que le précédent, par son sénéchal. Elle devait sortir de chez lui. Il en avait assez de les entretenir, elle et sa clique. Il exigeait la restitution des cadeaux qu'elle lui avait déloyalement extorqués. Aussi se félicitait-elle (c'était sa seule consolation) du gros bon sens qui l'avait empêchée de se marier avec lui.

Trois trahisons, m'ont chuchoté les conjurateurs..., l'une pour le sang, l'une pour l'or, et l'une pour l'amour. Le premier traître était assurément Mirri Maz Duur qui, pour venger son peuple, avait assassiné Khal Drogo et son fils à naître. Pyat Pree et Xaro Xhoan Daxos pouvaient-ils être les deux suivants ? Elle ne le croyait pas. L'or n'était pas le mobile de Pyat, et Xaro n'avait jamais été véritablement épris d'elle.

Les rues se vidaient peu à peu, les maisons faisaient place à des entrepôts de pierre ténébreux. Aggo prit la tête, Jhogo les arrières, ser Jorah se maintint à la hauteur de Daenerys qui, au doux tintement de sa clochette, se reprit à songer de manière incoercible au palais des Poussières avec l'espèce d'attrait machinal qui pousse incessamment la langue à se porter vers l'alvéole d'une dent perdue. *Enfant de trois*, l'avait-on qualifiée, *fille de la mort, mortelle aux mensonges, fiancée du feu*. Tellement de trois… Trois feux, trois montures à chevaucher, trois trahisons. « "Trois têtes a le dragon", soupira-t-elle. Vous comprenez ce que cela signifie, ser Jorah ?

– La maison Targaryen a pour emblème un dragon tricéphale, Votre Grâce, rouge sur champ noir.

– Je sais bien. Mais il n'existe pas de dragons tricéphales.

– Les trois chefs symbolisaient Aegon et ses sœurs.

– Rhaenys et Visenya, précisa-t-elle, oui. Je descends de Rhaenys et d'Aegon par leur fils Aenys et leur petit-fils Jaehaerys.

– Xaro ne vous a-t-il pas avertie ? Les lèvres bleues n'exhalent que mensonges. Pourquoi vous tourmenter de leurs chuchotements ? Les conjurateurs ne voulaient qu'une chose, et vous le savez, maintenant, sucer la sève de votre vie.

– Peut-être, admit-elle à contrecœur, mais ce que j'ai vu…

– Un mort à la proue d'un navire, une rose bleue, un banquet sanglant…, quel sens pourraient bien avoir pareilles sornettes, *Khaleesi* ? Et ce dragon d'histrion dont vous avez parlé ? C'est *quoi*, un dragon d'histrion, je vous prie ?

– Un dragon de tissu monté sur des bâtons, expliqua-t-elle. Les histrions s'en servent au cours des représentations pour donner quelque chose à combattre aux héros. »

Ser Jorah se renfrogna.

Elle n'en poursuivit pas moins : « *Sienne est la chanson de la glace et du feu*, disait mon frère. Je suis certaine que c'était mon frère. Pas Viserys, Rhaegar. Il avait une harpe à cordes d'argent. »

Le front de ser Jorah se creusa pour le coup si profondément que ses sourcils se rejoignirent. « Le prince Rhaegar jouait en effet d'un tel instrument, convint-il. Vous l'avez donc vu ? »

Elle hocha la tête. « Lui et une femme alitée qui donnait le sein à un nouveau-né. En lui affirmant que l'enfant était le prince des prédictions, mon frère l'invitait à le nommer Aegon.

– Il eut en effet le prince Aegon, son héritier, de son épouse Elia de Dorne, admit ser Jorah. Mais si c'était là le prince promis, la promesse alla se fracasser contre un mur en même temps que son crâne par la grâce des Lannister.

– Je n'oublie pas, dit-elle tristement. Ils assassinèrent aussi la fille de Rhaegar. Rhaenys, elle se nommait, comme notre aïeule, la sœur d'Aegon. Manquait une Visenya, mais Rhaegar n'en assurait pas moins que le dragon avait trois têtes. En quoi consiste la chanson de la glace et du feu ?

– J'en entends parler pour la première fois.

– C'est l'espoir d'obtenir des réponses qui m'a conduite chez les conjurateurs, et je n'en ai rapporté que cent nouvelles interrogations. »

Les rues se peuplaient à nouveau. « Place ! » criait Aggo, tandis que Jhogo humait l'atmosphère d'un air défiant. « Je la sens, *Khaleesi*, lança-t-il. L'eau vénéneuse. » La mer et ce qu'elle portait inspiraient à tous les gens de sa race une invincible répulsion. Ils s'interdisaient tout contact avec une eau que les chevaux refusaient de boire. *Ils y viendront*, trancha Daenerys. *J'ai bravé leur mer avec Khal Drogo. A eux maintenant de braver la mienne.*

Qarth était l'un des plus vastes ports du monde, et l'abri de son immense rade une orgie de couleurs, de vacarme et d'odeurs bizarres. Gargotes, entrepôts, tripots bordaient joue contre joue le dédale de ses ruelles avec bouges à filles et temples voués à des dieux singuliers. Tire-laine et coupeurs de gorges, changeurs et vendeurs de sorts grouillaient au sein du moindre attroupement. L'ensemble du front de mer ne formait jusqu'à l'horizon qu'un prodigieux marché sur lequel se poursuivaient la vente et l'achat jour et nuit, et, pour qui ne manifestait aucune curiosité sur leur origine, les marchandises y coûtaient cent fois moins qu'au bazar. Aussi voûtées que des bossus sous les jarres vernissées qui leur harnachaient le dos, des vieilles couturées de rides vous proposaient des eaux de senteur ou du lait de chèvre. Vous coudoyiez entre les échoppes des matelots issus de cinquante nations qui, tout en sirotant des liqueurs épicées, blaguaient dans des idiomes aux sonorités extravagantes. Et des odeurs de sel, de poisson frit, de miel et de goudron bouillant, d'encens, d'huile et de sperme vous étourdissaient partout.

Contre un liard, Aggo acquit d'un galopin une brochette de souris laquées qu'il grignota tout en chevauchant. Jhogo s'offrit une poignée de cerises blanches dodues. Plus loin s'étalaient de beaux poignards de bronze, du poulpe sec et des objets d'onyx, ailleurs se vantaient un élixir magique irrésistible fait d'ombre-du-soir et de lait de vierge, voire même des œufs de dragon que l'on pouvait suspecter n'être que cailloux peints.

Comme on longeait les grands quais de pierre réservés aux bateaux des Treize, Daenerys vit le somptueux *Baiser vermillon* de Xaro décharger des coffrets de safran, d'oliban, de poivre. A côté, barils de vin, balles de surelle et ballots de fourrures zébrées empruntaient la passerelle de *La Fiancée d'azur*, appareillage le soir même avec la marée. Plus loin, la foule assaillait une galère de la Guilde, *Le Soleil en gloire*, à fin d'enchères à l'esclave. Il était de notoriété publique que cette denrée se négociait au meilleur compte dès le débarqué de la cargaison, et les flammes flottant à ses mâts proclamaient que le navire arrivait tout juste d'Astapor, sur la baie des Serfs.

Sachant n'avoir rien à espérer des Treize ni de la Fraternité Tourmaline ou des Epiciers, Daenerys parcourut d'un trait sur son argenté les lieues et les lieues que couvraient leurs môles, docks et magasins pour gagner tout au bout du havre en fer à cheval la partie où les navires en provenance des îles d'Eté, de Westeros et des neuf cités libres avaient l'autorisation d'accoster.

Elle démonta près d'une fosse au fond de laquelle un basilic mettait à mal un énorme chien rouge, sous les vociférations d'un cercle de parieurs. « Aggo, Jhogo, vous gardez les chevaux tandis que je vais voir les capitaines avec ser Jorah.

– Bien, *Khaleesi*. Nous aurons l'œil sur vous pendant votre tournée. »

Quel bonheur que d'entendre à nouveau parler valyrien, et même la langue des Sept Couronnes, se dit-elle en approchant du premier bateau. Marins, portefaix, marchands, tout s'écartait sur son passage, assez intrigué par cette mince jouvencelle aux cheveux d'argent qui, vêtue à la façon dothrak, marchait escortée d'un chevalier. Malgré le jour torride, ser Jorah portait par-dessus son haubert de mailles le surcot de laine vert frappé à l'ours noir Mormont.

Cependant, ni sa beauté à elle ni ses taille et vigueur à lui ne suffiraient à impressionner les gens dont ils convoitaient les bateaux.

« Ah bon ? une centaine de Dothrakis avec tous leurs chevaux, vous-même, ce chevalier et trois *dragons* ? » Le capitaine du gros cotre *L'Ardent ami* s'étrangla de rire et les planta là. En apprenant qu'elle était Daenerys du Typhon, reine des Sept Couronnes, le Lysien du *Trompette* prit une mine de merlan frit pour lâcher : « Mouais, comme je suis, moi, lord Tywin Lannister et chie de l'or toutes les nuits. » Le quartier-maître de la galère myrote *Esprit soyeux* déclara les dragons trop dangereux ; leur haleine risquerait à tout moment d'embraser ses gréements. Pour le propriétaire du *Faro pansu*, les dragons, passe, mais les Dothrakis, non. « Des barbares aussi mécréants dans ma panse ? jamais. » Apparemment plus traitables, les deux frères qui commandaient les vaisseaux jumeaux *Vif-argent* et *Chien gris* les invitèrent à monter prendre un verre de La Treille rouge. Touchée d'abord par leur exquise courtoisie, Daenerys faillit reprendre espoir, mais les tarifs qu'ils finirent par annoncer se révélèrent fort au-dessus de ses moyens, voire de ceux qu'eût pratiqués Xaro. *Le Petto cul-pincé* comme *L'Aguicheuse* étaient trop petits, *Le Bravo* faisait voile vers la mer de Jade, et le *Maître Manolo* semblait à peine capable de naviguer.

Comme ils se dirigeaient vers le bassin suivant, la main de ser Jorah s'aventura au creux des reins de Daenerys. « On nous suit, Votre Grâce. Non, ne vous retournez pas. » Il la conduisit galamment vers la baraque d'un dinandier. « Voilà de la belle ouvrage, ma reine ! s'exclama-t-il en s'emparant d'un grand plat comme pour le lui faire admirer. Regardez donc comme il miroite, au soleil… »

Le cuivre jaune en était effectivement si lustré qu'elle y vit nettement reflété son visage…, puis, ser Jorah l'ayant orienté vers la droite, ce qui se trouvait derrière elle. « Lequel est-ce ? souffla-t-elle, le poussah basané ou le vieux à la canne ?

– Les deux, répondit-il. Ils n'ont cessé de nous filer depuis notre départ du *Vif-argent*. »

L'aspect moiré du métal déformait singulièrement les deux étrangers. L'un paraissait maigre et dégingandé, l'autre prodigieusement large et courtaud. « Un cuivre absolument exceptionnel, Votre Seigneurie ! s'époumonait le mercanti. Flamboyant comme le soleil ! Et, à la Mère des dragons, je le laisserais pour rien, trente honneurs seulement. »

Le plat n'en valait pas plus de trois. « Où sont mes gardes ? lança-t-elle. Cet homme essaie de me voler ! » Puis, à voix basse et en vernaculaire, à l'intention de ser Jorah : « Peut-être ne me veulent-ils aucun mal. Les hommes lorgnent les femmes depuis le début des temps, telle est peut-être leur seule visée. »

Le dinandier ignora l'aparté. « Trente ? Ai-je dit trente ? Ah, l'étourdi ! c'est vingt honneurs, le prix.

– Tous les cuivres de votre échoppe n'en valent pas vingt », riposta-t-elle sans cesser d'étudier les reflets. La physionomie du vieux trahissait un homme de Westeros, et le basané devait peser deux cent cinquante livres au bas mot. *L'Usurpateur avait offert d'anoblir quiconque m'assassinerait, et ces deux-là viennent du bout du monde. A moins qu'ils ne soient des créatures des conjurateurs et censés me prendre à l'improviste ?*

« Dix, *Khaleesi*, par amour pour vous. Utilisez-le pour vous contempler. Seul un cuivre aussi merveilleux rendrait justice à vos charmes incomparables.

– Il pourrait servir de tinette. Si vous le jetiez, peut-être le prendrais-je, à condition toutefois de n'avoir pas à me baisser. Mais le *payer* ? » Elle le lui rendit. « Des vers montés par votre nez vous rongent le cerveau, mon brave.

– Huit ! piaula-t-il, huit honneurs ! Mes femmes me battront en me traitant d'idiot, mais je suis un enfant sans défense entre vos mains. Allons..., huit, c'est moins qu'il ne vaut.

– Qu'aurais-je à faire de cuivraille, quand Xaro Xhoan Daxos me sert dans de la vaisselle d'or ? » En se détournant pour s'éloigner, elle laissa son regard courir sur les étrangers. Presque aussi copieux que dans le miroir, le basané avait la calvitie luisante et les joues flasques d'un eunuque. Un grand *arakh* courbe était enfilé dans sa sous-ventrière de soie jaune salie de sueur. Une espèce de caraco clouté de fer et ridiculement mesquin bridait son torse nu. De vieilles cicatrices s'entrecroisaient, blêmes, sur le ton brou de noix de ses bras énormes, sa poitrine énorme et son ventre énorme.

Vêtu d'un manteau de voyage en laine écrue dont il avait rejeté la capuche, l'autre avait de longs cheveux blancs qui lui descendaient à l'épaule, et le bas du visage couvert par une barbe blanche et soyeuse. Il s'appuyait de tout son poids sur un bâton de ronce aussi grand que lui. *A moins d'être idiots, ils ne me dévisageraient pas aussi effrontément s'ils me voulaient du mal.* Néanmoins, la prudence imposait de battre en retraite vers Aggo et Jhogo. « Le vieux n'a pas d'épée », dit-elle à Jorah dans leur propre langue tout en l'entraînant.

Le mercanti les poursuivit en sautillant. « Cinq honneurs ! à cinq, je vous l'abandonne ! il est fait pour vous ! »

Ser Jorah répliqua : « Un bâton de ronce vous fracasse un crâne aussi net que n'importe quelle masse d'armes.

– Quatre ! Je sais que vous en avez envie ! » Il gambadait maintenant devant d'un air folâtre, à reculons, agitant le plat sous leur nez.

« Ils nous suivent ?

– Levez-moi ça juste un peu plus, dit le chevalier au bonhomme. Oui. Le vieux fait mine de s'attarder devant un étal de potier, mais le gros n'a d'yeux que pour vous.

– Deux honneurs ! deux ! deux ! » L'effort de courir à rebours le faisait haleter durement.

« Payez-le, ou il va mourir d'une attaque », dit-elle à ser Jorah, non sans se demander ce qu'elle allait bien pouvoir fiche de ce plat de cuivre encombrant. Et de s'écarter, pendant qu'il se fouillait, bien résolue à mettre un terme à toutes ces pantalonnades. Le sang du dragon n'allait tout de même pas frayer par tout le marché avec un vieillard et un eunuque obèse !

Un Qarthien se mit en travers de sa route. « Pour vous, Mère des dragons. » Il s'agenouilla et lui tendit d'un geste brusque un coffret à bijoux.

Elle s'en saisit presque machinalement. C'était une boîte de bois sculpté, avec un couvercle de nacre serti de jaspe et de chalcédoine. « Vous êtes trop généreux. » Elle ouvrit. A l'intérieur étincelait un scarabée d'onyx et d'émeraude. *Magnifique*, songea-t-elle. *Il nous aidera à payer la traversée.* Comme elle y portait la main, l'homme souffla : « Tellement navré ! », mais à peine l'entendit-elle.

Le scarabée souleva ses élytres en sifflant.

Elle entr'aperçut une face noire et maligne, quasi humaine, et une queue recourbée d'où sourdait le venin…, et puis la boîte lui échappa des mains, virevolta, s'éparpilla en mille morceaux. Une douleur soudaine lui tordit les doigts. Au cri qu'elle poussa en s'étreignant la main, le dinandier fit écho par un piaillement, une femme par des stridences et, soudain, les Qarthiens se mirent à beugler, tous, en se bousculant pour s'écarter plus vite. Heurtée par ser Jorah qui la dépassait en courant, Daenerys chavira sur un genou. Sur un nouveau *sifflement*, le vieil homme planta son bâton dans le sol, Aggo surgit à cheval au travers d'un éventaire d'œufs, bondit de selle, le fouet de Jhogo cingla l'air, ser Jorah assena le plat de cuivre sur la tête de l'eunuque, matelots, putains et marchands, tout fuyait ou gueulait ou les deux à la fois…

« Mille pardons, Votre Grâce. » Le vieil homme s'agenouilla. « Il est mort. Je ne vous ai pas brisé la main, j'espère ? »

Avec une grimace, elle ploya les doigts. « Je ne crois pas.

– Il me fallait à tout prix l'abattre, et… », commença-t-il, mais les sang-coureurs l'empêchèrent d'achever en se jetant sur lui. Un coup de pied d'Aggo le sépara de son bâton, Jhogo l'empoigna aux épaules et, le terrassant, lui piqua la gorge avec son poignard. « Nous l'avons vu vous frapper, *Khaleesi*. Vous plairait-il de voir la couleur de son sang ?

– Relâche-le. » Elle se remit debout. « Examine le talon de son bâton, sang de mon sang. » L'eunuque avait déséquilibré ser Jorah. Elle courut s'interposer au moment même où l'*arakh* et l'épée sortaient flamboyants du fourreau. « Bas l'acier ! Arrêtez !

– Votre Grâce ? » De stupeur, Mormont n'abaissait sa lame que pouce après pouce. « Ces hommes vous ont attaquée…

– Ils me défendaient. » Elle fit claquer ses doigts pour en secouer les élancements. « C'est l'autre qui m'a attaquée, le Qarthien. » Un coup d'œil circulaire lui révéla qu'il avait disparu. « Un membre des Navrés. Le coffret à bijoux qu'il m'a remis recelait une manticore. Le coup de bâton en a débarrassé ma main. » Le dinandier continuait à se rouler au sol. Elle alla vers lui, l'aida à se relever. « Vous avez été piqué ?

– Non, bonne dame, dit-il en s'ébrouant, sans quoi je serais mort. Mais elle m'a touché en atterrissant sur mon bras, *aïe !*

quand la boîte est tombée. » Il s'en était compissé, vit-elle. Rien d'étonnant.

Elle lui remit une pièce d'argent pour le dédommager de sa frousse avant de le congédier puis retourna auprès du vieillard à la barbe blanche. « A qui dois-je la vie sauve ?

– Votre Grâce ne me doit rien. Je m'appelle Arstan, mais Belwas m'a nommé Barbe-Blanche durant tout notre voyage jusqu'en ces lieux. » Bien que Jhogo l'eût libéré, il demeurait un genou en terre. Aggo ramassa le bâton, dont l'examen lui fit exhaler un juron dothrak. Après avoir essuyé sur une pierre les débris de la manticore qui le souillaient, il le rendit à son propriétaire.

« Qui est-ce, Belwas ? » s'enquit Daenerys.

Le colossal eunuque basané s'avança d'un air crâne en rengainant son *arakh*. « Je suis Belwas. Belwas le Fort, on m'appelle dans les arènes de Meeren. Jamais je n'ai perdu de combat. » Il claqua sa bedaine couverte de cicatrices. « Je laisse chacun de mes adversaires me faire une estafilade avant d'en finir. Comptez-les toutes, et vous connaîtrez combien d'hommes a tués Belwas le Fort. »

Daenerys n'avait que faire de les dénombrer ; beaucoup, un simple coup d'œil l'attestait. « Et que venez-vous faire ici, Belwas le Fort ?

– De Meeren, je suis vendu à Qohor et puis à Pentos et au gros lard qui se met des douceurs odorantes dans les cheveux. C'est lui qui a renvoyé Belwas le Fort de l'autre côté de la mer, et le vieux Barbe-Blanche pour le servir. »

Le gros lard qui se met des douceurs odorantes dans les cheveux… « Illyrio ? demanda-t-elle. C'est maître Illyrio qui vous envoie ?

– Oui, Votre Grâce, répondit le vieux. Le Maître vous adjure de lui pardonner s'il nous dépêche en ses lieu et place auprès de vous, mais il lui est impossible de chevaucher comme en son printemps, et naviguer perturbe sa digestion. » Il s'était d'abord exprimé en valyrien des cités libres, mais il poursuivit dans la langue des Sept Couronnes. « Agréez mes regrets de vous avoir alarmée. Mais, à dire vrai, nous hésitions, nous nous attendions à trouver quelqu'un de plus…, de plus…

– Royal ? » Elle se mit à rire. Elle n'avait pas emmené de dragon, et sa tenue n'était pas précisément celle d'une reine. « Vous parlez notre langue à la perfection. Seriez-vous natif de Westeros, Arstan ?

– Je le suis. J'ai vu le jour dans les marches de Dorne, Votre Grâce. Adolescent, je servis d'écuyer à un chevalier de la maisonnée de lord Swann. » Il tenait son bâton droit comme une lance. Seule y manquait une bannière. « A présent, j'en tiens lieu à Belwas.

– Un peu vieux pour ce genre d'emploi, non ? » Ser Jorah s'était porté aux côtés de Daenerys. Le plat de cuivre était gauchement coincé sous son bras. Le crâne coriace de Belwas l'avait passablement cabossé.

« Pas trop pour servir mon seigneur lige, lord Mormont.

– Vous me connaissez moi aussi ?

– Je vous ai vu combattre une ou deux fois. A Port-Lannis, où peu s'en faillit que vous ne démontiez le Régicide. Ainsi qu'à Pyk. Vous ne vous rappelez pas, lord Mormont ? »

Ser Jorah se rembrunit. « Vos traits me disent vaguement quelque chose, mais nous étions des centaines à Port-Lannis et des milliers à Pyk. Et je ne suis pas lord. On m'a retiré l'île aux Ours. Je suis un simple chevalier.

– Chevalier de ma garde Régine. » Daenerys lui prit le bras. « Et mon loyal ami et précieux conseiller. » Elle étudia la physionomie d'Arstan. Il en émanait, avec beaucoup de dignité, une énergie tranquille qui la séduisit. « Relevez-vous, Arstan Barbe-Blanche. Bienvenue à vous, Belwas le Fort. Vous connaissez déjà ser Jorah. Voici Ko Aggo et Ko Jhogo, le sang de mon sang. Ils ont traversé le désert rouge avec moi et vu naître mes dragons.

– Des gamins du cheval. » Belwas sourit à pleines dents. « Dans les arènes, Belwas a tué beaucoup de gamins du cheval. Ça tintinnabule en mourant. »

L'*arakh* surgit dans le poing d'Aggo. « Jamais j'ai tué un gros lard marron. Belwas sera le premier.

– Rengaine ta lame, sang de mon sang, dit Daenerys, cet homme vient me servir. Veuillez quant à vous respecter mon peuple, Belwas, ou vous quitterez mon service plus tôt qu'il ne vous plairait, et avec plus de cicatrices qu'à votre arrivée. »

Le large sourire acéré du colosse s'évanouit au profit d'un embarras teigneux. Les hommes ne devaient guère, manifestement, menacer Belwas, et moins encore les fillettes trois fois plus petites que lui.

Afin d'atténuer la cuisson de la rebuffade, Daenerys se fit enjôleuse : « Si vous me disiez à présent ce que convoite maître Illyrio, pour vous avoir fait entreprendre un si long voyage ?

– Il voudrait les dragons, répondit brutalement Belwas, et la fille qui les fait. Il voudrait vous avoir.

– Nous avons en effet pour mission de retrouver Votre Grâce, enchaîna Arstan, pour La ramener à Pentos. Les Sept Couronnes ont besoin de vous. Robert l'Usurpateur est mort, et le royaume saigne. A notre appareillage de Pentos, quatre rois se le disputaient, et il n'y régnait que l'iniquité. »

Le cœur épanoui de joie, Daenerys se garda d'en rien manifester. « J'ai trois dragons, dit-elle, et une bonne centaine de gens dans mon *khalasar*, avec leurs biens et leurs chevaux.

– Aucun problème, tonna Belwas. On prend tout. Le gros lard loue trois bateaux pour sa petite reine aux cheveux d'argent.

– C'est exact, Votre Grâce, intervint Arstan Barbe-Blanche. Le grand cotre *Saduleon*, qui se trouve à quai, là-bas, et les galères *Joso pimpante* et *Soleil d'été*, mouillées en arrière du brise-lames. »

Trois têtes a le dragon, songea Daenerys, perplexe. « Je vais dire à mon peuple de s'apprêter à partir sur-le-champ. Mais les navires qui me ramènent chez moi doivent changer de nom.

– S'il vous agrée, soit, dit Arstan. Comment souhaitez-vous qu'ils s'appellent ?

– *Vhagar*, répondit-elle. *Meraxès*. Et *Balerion*. Faites peindre ces noms sur les coques en lettres d'or de trois pieds de haut, Arstan. Je veux qu'en les voyant chacun sache que les dragons sont de retour. »

ARYA

On avait fait mariner les têtes dans le goudron pour en ralentir la putréfaction. Chaque fois qu'elle allait au puits, le matin, tirer de l'eau pour les ablutions de Roose Bolton, Arya ne pouvait éviter de les apercevoir, tout là-haut. Leur orientation vers l'extérieur l'empêchait d'en distinguer les traits, mais elle aimait à se figurer que le joli museau de Joffrey faisait partie du lot puis à imaginer ce qu'il donnerait mariné dans le goudron. *Si j'étais un corbeau, je volerais lui becqueter ses grosses lèvres boudinées de crétin boudeur.*

Les têtes ne manquaient pas d'assidus. Les corbeaux charognards qui assiégeaient la porterie d'immondices rauques fondaient au créneau se chicaner chaque œil avec force *croâ* voraces et vindicatifs, quitte à se renvoler lorsqu'une sentinelle arpentait le chemin de ronde. Parfois, les oiseaux du mestre descendaient de la roukerie, vastes ailes noires déployées, banqueter aussi. Survenaient-ils que s'éparpillaient leurs congénères plus petits, mais prêts à revenir sitôt la place libre.

Se souviennent-ils de mestre Tothmure ? se demandait-elle. *Le pleurent-ils ? S'étonnent-ils, quand ils l'appellent, de n'en pas obtenir de réponse ?* Peut-être leur parlait-il, mort, quelque langue secrète inaudible aux vivants.

Tothmure avait tâté de la hache pour les oiseaux dépêchés à Castral Roc et à Port-Réal lors de la chute d'Harrenhal ; l'armurier Lucan pour les armes forgées à l'intention des Lannister ; matrone Harra pour les ordres donnés à la maisonnée de lady Whent de servir l'ennemi ; l'intendant pour les clefs du trésor remises à lord Tywin. Epargné, le cuisinier (pour avoir, chuchotaient d'aucuns, préparé la soupe de belette), mais aux ceps la jolie Pia et toutes les femmes qui avaient accordé leurs faveurs aux soldats Lannister. Entravées près de la fosse à l'ours, elles étaient, nues et tondues, à la disposition de quiconque en aurait fantaisie.

Trois hommes d'armes Frey usaient d'elles en rigolant très fort quand, ce matin-là, Arya se rendit au puits. Il lui fut moins malaisé d'affecter la cécité que la surdité. Une fois plein, le seau pesait énormément. Comme elle s'écartait pour le remporter au Bûcher-du-Roi, matrone Amabel lui saisit le bras. L'eau inonda les jambes de la femme. « Tu l'as fait exprès ! glapit-elle.

– Que me voulez-vous ? » Elle se tortillait pour desserrer l'étau. Amabel était à demi démente depuis le supplice d'Harra.

« Vois ça ? » Elle indiqua Pia, de l'autre côté de la cour. « Prendras sa place, le jour où tombera ton type du Nord.

– Fichez-moi la *paix* ! » Plus elle se démenait pour se libérer, plus se resserrait l'étreinte.

« Parce qu'il *tombera*, lui aussi. Harrenhal finit toujours par les démolir. Maintenant qu'il a remporté la victoire, lord Tywin va ramener toutes ses forces ici, et ce sera son tour de châtier les déloyaux. Et ne t'imagine pas qu'il ne saura pas ce que tu as fait ! » La vieille éclata de rire. « Te rendrai la monnaie moi-même. Avec le vieux balai d'Harra. Vais le mettre de côté pour toi. Il a un manche plein de nœuds, d'échardes et... »

Arya lui balança le seau à la volée, mais le poids de l'eau en fit tourner l'anse entre ses mains, si bien qu'au lieu d'atteindre Amabel en pleine figure comme escompté, elle la trempa seulement de la tête aux pieds. Non sans la consolation que la vieille l'avait lâchée. « Ne me touchez *jamais*, vociféra-t-elle, ou je vous *tuerai* ! *Foutez le camp !* »

Telle une noyée, matrone Amabel brandit un doigt maigre vers l'écorché cousu sur la tunique d'Arya. « Si tu crois que ce pantin saignant va te protéger, tu te goures ! Les Lannister viennent ! Gare à toi quand ils seront là ! »

Les trois quarts de l'eau s'étant répandus au cours de la rixe, Arya dut en puiser d'autre. *Si j'avisais lord Bolton des propos qu'elle m'a tenus, sa tête irait avant ce soir rejoindre celle d'Harra*, songea-t-elle tout en remontant le seau. Mais elle n'en ferait rien.

Gendry l'avait un jour surprise à contempler les têtes – deux fois moins alors qu'à présent. « Admires ton œuvre ? » demanda-t-il. D'un ton colère, elle le savait, parce qu'il aimait bien Lucan, mais l'accusation était trop injuste. « C'est celle de Walton Pelote-d'acier, se défendit-elle. Et des Pitres, et de lord Bolton.

– Et c'est qui qui nous a livrés à eux ? Toi et ta soupe de belette. »

Elle lui boxa le bras. « Du bouillon, pas plus. Ser Amory, tu le détestais, toi aussi.

– Je déteste pire ceux-ci. Ser Amory se battait pour son suzerain. Les Pitres sont que des reîtres et des tourne-casaque. La moitié peut même pas parler notre langue. Septon Utt tripote les petits garçons, Qyburn pratique la magie noire, et ton ami Mordeur *bouffe* les gens. »

Le plus dur était qu'elle ne pouvait contester ces dires. Harrenhal devait aux Braves Compaings l'essentiel de son approvisionnement, et Roose Bolton les avait chargés d'extirper partout les Lannister. Afin de visiter le plus possible de villages, Varshé Hèvre avait formé quatre bandes distinctes. Il conduisait en personne la plus importante, les autres ayant à leur tête ses capitaines les plus inconditionnels. Les méthodes de lord Varshé pour dénicher les traîtres amusaient infiniment Rorge. Il se contentait de revenir là où il s'était déjà illustré sous la bannière de lord Tywin et d'y saisir ses précédents collaborateurs. Et comme nombre de ceux-ci ne l'avaient aidé que contre espèces bien sonnantes, les Pitres revenaient avec autant de sacs d'argent que de paniers de têtes. « Devinette ! beuglait allégrement Huppé. Si la chèvre à lord Bolton croque les gens qui nourrissaient la chèvre à lord Lannister, combien de chèvres ça fait-y ?

– Une, répondit Arya lorsqu'il la lui soumit.

– Une belette aussi maligne qu'une chèvre, holà ! » pouffa le Louf.

En fait de vilenie, Rorge et Mordeur ne déparaient nullement la clique. A chacun des repas que prenait lord Bolton avec la garnison, Arya les retrouvait dans le tas. Vu que Mordeur puait comme un vieux fromage, ses compagnons le reléguaient seul en bas de table, et il y grognait et sifflait tout à son aise en déchiquetant sa viande à coups de griffes et de crocs. Qu'elle vînt à passer dans les parages, et il *reniflait*, mais c'est Rorge qui la terrifiait le plus. De sa place, auprès de Loyal Ursywck, il ne cessait de la peloter des yeux pendant qu'elle vaquait à ses occupations.

Elle regrettait parfois de n'avoir pas suivi Jaqen H'ghar au-delà du détroit. Et son dépit s'exaspérait devant la grotesque piécette qu'il lui avait donnée. Un bout de fer pas plus gros qu'un sou et rouillé sur la tranche. L'une des faces portait une inscription bizarre – des caractères illisibles –, l'autre une tête d'homme, mais tellement usée que les traits ne s'en discernaient plus. *Il a eu beau m'en vanter la valeur extrême, ce n'était là sans doute qu'un mensonge, un de plus, comme son nom et jusqu'à sa figure.* Un accès de rage la lui avait fait jeter, mais elle en éprouva des remords si cuisants qu'au bout d'une heure il lui fallut coûte que coûte la récupérer, fût-ce pour des prunes.

Elle était en train d'y songer, tout en traversant la cour aux Laves, arc-boutée pour traîner son seau quand : « Nan ? héla-t-on. Pose ça et viens m'aider. »

Pas plus vieux qu'elle, Elmar Frey était en outre fluet pour son âge. A force de rouler un baril de sable sur le sol raboteux, il avait le teint violacé d'un apoplectique. Elle alla lui donner un coup de main. Après avoir poussé le baril ensemble jusqu'au mur et retour, ils le mirent en position verticale. Tandis qu'elle écoutait s'écouler le sable vers le fond, Elmar soulevait le couvercle et retirait un haubert de mailles. « Assez net, tu crois ? » Il devait, en sa qualité d'écuyer de Roose Bolton, le maintenir bien rutilant.

« Secoue-le d'abord. Encore des traces de rouille, là, tu vois ? » Elle montra du doigt. « Ferais mieux de recommencer.

– Fais-le, toi. » Fort amical lorsqu'il lui fallait de l'aide, il ne manquait jamais, ensuite, de se rappeler leurs statuts respectifs de vulgaire servante et de noble écuyer. Il se rengorgeait volontiers d'être le fils du seigneur du Pont, pas un neveu, pas un bâtard ni un petit-fils, ça non ! le fils légitime, et, à ce titre, se flattait d'épouser rien de moins qu'une princesse.

Sa précieuse princesse, Arya s'en battait l'œil, et recevoir des ordres de lui, non merci. « Me faut apporter son eau à m'sire. Il est dans sa chambre, couvert de sangsues. Pas les noires banales, les grosses blanchâtres. »

Elmar arrondit des yeux gros comme des œufs durs. Les sangsues lui faisaient horreur, surtout les grosses blanchâtres et leur aspect gélatineux quand elles n'étaient pas gorgées de sang. « J'oubliais, t'es trop maigrichonne pour pousser un baril si lourd.

– Et toi trop bête, j'oubliais. » Elle rempoigna son seau. « Tu devrais peut-être essayer les sangsues. Il y en a, dans le Neck, de grosses comme des porcs. » Et de les planter là, son baril et lui.

Elle trouva la chambre bondée. En sus de Qyburn, qui était de service, s'y pressaient le glacial Walton, en cotte de mailles et jambières, et une douzaine de Frey, tous frères, demi-frères et cousins. Roose Bolton reposait sur son lit, à poil, des sangsues cramponnées à l'intérieur des bras, des jambes et un peu partout sur son torse blême. De longues choses translucides qui viraient au rose luisant pendant qu'elles pompaient leur vie. Bolton les ignorait aussi superbement qu'il ignora Arya.

« Nous ne devons pas laisser lord Tywin nous enfermer dans la nasse d'Harrenhal », disait ser Aenys Frey pendant qu'elle remplissait la cuvette. Géant gris et voûté, l'œil rouge et chassieux, des battoirs énormes et tordus, ser Aenys avait amené quinze cents épées des Jumeaux, mais commander, ne fût-ce qu'à ses propres frères, semblait souvent le désemparer. « Il faut toute une armée pour tenir ce château immense, et, une fois cernés, nous ne pouvons *nourrir* une armée. Ni nous bercer d'ailleurs d'y pouvoir stocker suffisamment de provisions. Le pays est en cendres, les bourgades abandonnées aux loups, les récoltes incendiées ou déjà pillées. Alors que l'automne est sur nous, nos magasins sont vides, et on ne va rien planter. Nous ne subsistons qu'à force de fourrager, et si les Lannister viennent à nous l'interdire, nous en serons réduits d'ici une lune au cuir de chaussure et aux rats.

– Je ne compte pas soutenir de siège. » Roose Bolton parlait si bas que chacun devait tendre l'oreille et que, dans ses appartements, l'ambiance était toujours étrangement feutrée.

« Mais alors quoi ? » demanda ser Jared Frey. Il était maigre, menacé par la calvitie, grêlé. « Sa victoire a-t-elle enivré ser

Edmure Tully au point qu'il envisage d'affronter lord Tywin en rase campagne ? »

Il le rossera, s'il le fait, songea-t-elle. *Il le rossera comme à la Ruffurque, vous verrez*. En douce, elle alla se placer auprès de Qyburn.

« Lord Tywin se trouve à des lieues d'ici, répliqua paisiblement Bolton. Il lui reste à régler des tas de choses à Port-Réal. Il ne marchera pas de sitôt contre Harrenhal. »

Ser Aenys secoua la tête d'un air buté. « Vous connaissez moins bien les Lannister que nous, messire. Le roi Stannis aussi se figurait lord Tywin au diable, et il lui en a cuit. »

Un léger sourire erra sur les lèvres de l'homme pâle qui, sur le lit, gavait les sangsues de son sang. « Je ne suis pas du genre à me laisser cuire, ser.

– Même en admettant que Vivesaigues aligne toutes ses forces et que le Jeune Loup survienne de l'ouest, comment nous flatter d'avoir l'avantage du nombre ? Quand il paraîtra, lord Tywin le fera avec des effectifs autrement considérables qu'à la Verfurque. Hautjardin s'est rallié à Joffrey, je vous signale !

– Merci de me le rappeler.

– J'ai déjà goûté des geôles de lord Tywin, intervint ser Hosteen qui, voix de rogomme et bouille carrée, passait pour le plus énergique des Frey. Je n'ai aucune envie de subir à nouveau son hospitalité. »

Frey lui aussi, mais par sa mère, ser Harys Haigh branla vigoureusement du chef. « Si lord Tywin a su défaire un adversaire aussi chevronné que Stannis Baratheon, que pèsera contre lui notre jeune roi ? » Il quêta d'un regard circulaire l'appui de ses frères et cousins qui ne furent guère à lui marchander un murmure approbateur.

« Quelqu'un doit avoir le courage de le dire, abonda ser Hosteen, la guerre est perdue. Il faut amener le roi Robb à voir les choses sous cet angle. »

Les prunelles pâles de Bolton s'appesantirent sur lui. « Sa Majesté a battu les Lannister à chaque rencontre.

– Mais perdu le Nord, objecta ser Hosteen, perdu *Winterfell* ! Ses frères sont morts, et… »

Sous le choc, Arya omit de respirer. *Morts, Bran et Rickon ? Morts ? Que veut-il dire ? Que veut dire son allusion à Winterfell ? Joffrey n'a pu prendre Winterfell, jamais Robb ne l'aurait toléré, jamais... !* Puis elle se souvint que Robb ne se trouvait pas à Winterfell mais là-bas, dans l'ouest, que Bran était infirme et Rickon âgé d'à peine quatre ans. Il lui fallut se concentrer très fort, ainsi que le lui avait enseigné Syrio Forel, pour demeurer muette, impavide et aussi inerte qu'un meuble. Des larmes lui montèrent aux yeux, que sa volonté refoula. *Ce n'est pas vrai, cela ne peut être, c'est une fable Lannister.*

« Stannis aurait gagné, tout serait différent..., lâcha mélancoliquement Ronel Rivers, l'un des bâtards de lord Walder.

– Il a perdu, le rabroua ser Hosteen. Désirer le contraire ne le fera pas advenir. Le roi Robb doit faire sa paix avec les Lannister. Il doit déposer la couronne et ployer le genou, quelque déplaisir qu'il en éprouve.

– Et qui se chargera de l'en aviser ? » Roose Bolton sourit. « C'est merveilles que d'avoir, en des temps si troublés, tant de frères aussi valeureux. Je vais méditer vos propos. »

Son sourire valait congé. Les Frey se répandirent en courbettes avant de se retirer. Seuls restèrent, en plus d'Arya, Qyburn et Walton Pelote-d'acier. Lord Bolton la fit approcher d'un signe. « Assez de saignée. Ote-moi les sangsues, Nan.

– Tout de suite, messire. » Roose Bolton détestait avoir à répéter ses ordres. Elle brûlait de lui demander ce qu'avait voulu dire ser Hosteen à propos de Winterfell mais n'osa. *J'interrogerai Elmar*, se dit-elle. *Lui m'éclairera.* Les sangsues frétillaient mollement sous ses doigts tandis qu'elle les prélevait une à une, blafardes et gluantes, boursouflées de sang. *De simples sangsues*, se ressassait-elle. *Il me suffirait de fermer le poing pour les écrabouiller.*

« Il est arrivé une lettre de dame votre épouse. » Qyburn extirpa de sa manche un parchemin roulé. En dépit de ses robes de mestre, il ne portait pas de chaîne ; il s'en était vu, murmurait-on, priver pour ses barbotages dans la nécromancie.

« Lis toujours », dit Bolton.

Sa lady Walda lui écrivait des Jumeaux presque tous les jours, mais pour dire invariablement les mêmes choses. « Je prie pour vous matin, midi et soir, cher seigneur, rabâchait la présente, et je compte les jours en attendant que vous reveniez partager ma couche. Faites vite, et je vous donnerai maints fils légitimes pour remplacer votre bien-aimé Domeric et gouverner après vous Fort-Terreur. » A ces mots, Arya se représenta un poupon rose et grassouillet que dans son berceau tapissaient des sangsues grassouillettes et roses.

Elle remit à lord Bolton une serviette humide pour éponger sa chair glabre et flasque. « Je compte moi-même expédier une lettre, souffla-t-il à l'adresse du ci-devant mestre.

– A lady Walda ?

– A ser Helman Tallhart. »

Une estafette de celui-ci s'était présentée l'avant-veille. Un court siège lui avait permis de reprendre le château des Darry contre la reddition de la garnison Lannister.

« Dites-lui que Sa Majesté lui ordonne de passer les captifs au fil de l'épée, d'incendier le château puis d'opérer sa jonction avec Robett Glover et de se rabattre à l'est vers Sombreval. C'est une région opulente et que les combats n'ont fait qu'effleurer. Il est temps qu'elle en goûte. Glover a perdu un château, Tallhart un fils. Qu'ils se vengent sur Sombreval.

– Je vais rédiger le message pour le soumettre à votre sceau, messire. »

L'idée qu'on allait brûler le château des Darry ravit Arya. C'est là qu'on l'avait ramenée comme une prisonnière après son altercation avec Joffrey, là que la reine avait contraint Père à tuer la louve de Sansa. *Pas volé, qu'il brûle.* Mais elle déplorait que Robett Glover et ser Helman Tallhart ne reviennent pas à Harrenhal ; leur départ précipité l'avait prise de court, avant qu'elle ne fût parvenue à trancher s'il était possible de leur révéler son secret.

« J'irai chasser, aujourd'hui, annonça Roose Bolton pendant que Qyburn l'aidait à enfiler un justaucorps matelassé.

– Est-ce bien prudent, messire ? s'inquiéta Qyburn. Voilà seulement trois jours, des loups ont attaqué les gens de septon Utt. Ils se sont aventurés jusqu'au cœur de son bivouac, à moins de cinq pas du feu, et lui ont tué deux chevaux.

– C'est justement eux que je veux traquer. La nuit, leurs hurlements m'empêchent presque de fermer l'œil. » Il boucla son ceinturon, rectifia l'inclinaison du poignard et de l'épée. « On raconte que les loups-garous, jadis, écumaient le Nord par meutes de cent et plus et ne craignaient ni homme ni mammouth, mais cela se passait dans une autre époque et un autre pays. Que ces vulgaires loups du sud se montrent si hardis me paraît curieux.

– A temps épouvantables, choses épouvantables, messire. »

Quelque chose qui pouvait passer pour un sourire découvrit les dents de Bolton. « Ces temps sont-ils si épouvantables, mestre ?

– L'été n'est plus, et le royaume a quatre rois.

– Un roi peut être épouvantable, mais quatre ? » Il haussa les épaules. « Ma pelisse, Nan. » Elle la lui apporta. « Que mes appartements soient propres et rangés d'ici mon retour, ajouta-t-il tandis qu'elle la lui agrafait. Sans oublier la lettre de lady Walda.

– Votre servante, messire. »

Sur ce, les deux hommes sortirent sans lui condescendre fût-ce un coup d'œil. Une fois seule, elle prit la lettre, la jeta dans l'âtre et tisonna les bûches pour ranimer la flamme. Elle regarda le parchemin se tordre, noircir, s'embraser. *Si les Lannister ont osé toucher à Bran et Rickon, Robb les tuera, tous tant qu'ils sont. Il ne ploiera jamais le genou, jamais, jamais, jamais. Il n'a peur d'aucun d'eux.* Des bribes de cendres s'envolaient vers la cheminée. Arya s'accroupit près du feu et les contempla s'élever, toutes voilées de pleurs brûlants. *Si Winterfell n'est plus, vraiment, est-ce ici que je suis chez moi ? Suis-je encore Arya, ou seulement Nan la bonniche, et pour toujours toujours toujours ?*

Les quelques heures qui suivirent, elle les consacra au ménage des appartements. Elle balaya la vieille jonchée, en répandit une fraîche au parfum délicat, rebâtit le feu, changea les draps, fit bouffer le matelas de plumes, vida les pots de chambre à la garde-robe et les récura, charria chez les blanchisseuses une brassée de vêtements souillés, remonta des cuisines une jatte de poires d'automne croquantes. La chambre achevée, elle dévala une demi-volée de marches pour nettoyer à son tour la loggia qui, pour n'être guère meublée que de courants d'air, était aussi vaste que les grandes salles de bien des castels. Des bougies ne restait que la souche, elle les remplaça. Sous les baies se dressait l'énorme table de chêne qui servait au seigneur de bureau. Elle rempila les livres, rassembla plumes, encre et cire à cacheter.

Une grande basane en lambeaux gisait en travers de la paperasse. Arya l'enroulait déjà quand ses couleurs lui sautèrent aux yeux : le bleu des lacs et des rivières, un point rouge à l'emplacement des villes et des châteaux, le vert des bois. Du coup, elle l'étala. LES TERRES DU TRIDENT, proclamait au bas de la carte une inscription enluminée. Tous les détails étaient là, sous ses yeux, depuis le Neck jusqu'à la Néra. *Harrenhal, là, en haut du grand lac*, vit-elle, *mais où se trouve Vivesaigues ?* Elle finit par le repérer. *Pas tellement loin…*

L'après-midi n'étant guère avancé quand elle eut achevé sa besogne, elle porta ses pas vers le bois sacré. En tant qu'échanson de Bolton, elle était moins accablée que du temps de Weese ou même de Zyeux-roses, malgré le désagrément d'avoir à s'habiller en page et à se débarbouiller un peu trop souvent. Et comme les chasseurs ne reviendraient pas avant des heures, rien ne s'opposait à ce qu'elle s'offrît quelques menus travaux d'aiguille.

Elle tailla tant et tant dans les feuilles de bouleau que la pointe ébréchée de son bâton de bruyère en devint verte et poisseuse. « Ser Gregor, murmura-t-elle dévotement, Dunsen, Polliver, Raff Tout-miel. » Elle toupilla, sauta, se tint en équilibre sur la pointe des pieds tout en poussant des bottes de-ci de-là, faisant valser des pignes. « Titilleur », invoquait-elle tantôt, tantôt « le Limier », tantôt « ser Ilyn, ser Meryn, la reine Cersei ». Le tronc d'un chêne se dressa devant elle, et elle se fendit sur lui, grondant : « Joffrey ! Joffrey ! Joffrey ! » Les rayons du soleil et les ombres des frondaisons lui mouchetaient les bras, les jambes. Elle avait la peau luisante de sueur quand elle s'interrompit. Et, comme une écorchure qu'elle s'était faite au talon droit saignait, c'est à cloche-pied qu'elle se planta devant l'arbre-cœur et le salua de l'épée. « *Valar morghulis* », dit-elle aux vieux dieux du Nord. Elle adorait la sonorité de ces mots quand elle les proférait.

Comme elle traversait la cour en direction des bains, elle aperçut un corbeau qui descendait en cercle vers la roukerie.

D'où venait-il ? et porteur de quel message ? *De Robb, peut-être, pour nous annoncer qu'il n'y avait rien de vrai, à propos de Bran et Rickon.* Elle se mâchouilla la lèvre, pleine d'espoir. *Si j'avais des ailes, je volerais à Winterfell me rendre compte de mes propres yeux. Et si la nouvelle m'était confirmée, je reprendrais aussitôt mon essor et, dépassant la lune et les étoiles scintillantes, je verrais tout ce que nous narrait Vieille Nan, les dragons, les monstres marins, le Titan de Braavos, et peut-être que je ne reviendrais jamais, sauf si j'en avais envie.*

La chasse ne reparut qu'aux approches du crépuscule, avec neuf loups morts. Sept étaient adultes ; de grosses bêtes brun-gris, puissantes et d'aspect féroce, avec leurs longs crocs jaunes découverts sur un ultime grondement. Les deux derniers n'étaient guère que des chiots. Lord Bolton ordonna de coudre toutes les peaux pour s'en faire une couverture. « Le poil des petits est encore doux comme du duvet, messire, observa l'un des hommes. Tirez-en plutôt une jolie paire de gants bien douillets. »

Bolton jeta un coup d'œil aux bannières qui claquaient en haut des tours de la porterie. « Ainsi que les Stark nous le rappellent volontiers, l'hiver vient. Des gants, soit. » Il distingua Arya parmi les badauds. « Un flacon de vin bouillant et bien épicé, Nan, je me suis gelé dans les bois. Ne le laisse pas refroidir, surtout. Je suis d'humeur à dîner seul. Pain d'orge, beurre et sanglier.

– Tout de suite, messire. » La seule réponse qui convînt toujours.

Tourte était en train de fabriquer des galettes d'avoine quand elle pénétra aux cuisines. Deux cuistots désarêtaient du poisson, et un marmiton tournait un sanglier au-dessus des flammes. « Messire veut son dîner, et du vin aux épices pour la descente, proclama-t-elle, mais surtout pas froid. » L'un des hommes se lava les mains, prit une bouilloire et l'emplit d'un rouge sirupeux et corsé. Tourte reçut mission de râper les épices pendant que le vin chauffait. Arya s'approcha pour l'aider.

« M'en charge, dit-il d'un ton revêche. Pas besoin de tes leçons pour savoir comment faire. »

Lui aussi me déteste. Ou je lui fais peur. Elle battit en retraite, plus attristée qu'irritée. Quand tout fut prêt, les cuistots posèrent une cloche d'argent sur les mets et enveloppèrent le flacon dans un linge épais. A l'extérieur s'installait la nuit. En haut du rempart, les corbeaux marmonnaient autour des têtes comme des courtisans autour de leur souverain. L'un des gardes plantés à la porte du Bûcher-du-Roi lança plaisamment : « J'espère qu' c'est pas d' la soupe de b'lette ! »

Assis près du feu, Roose Bolton était plongé dans la lecture d'un gros bouquin relié de cuir quand elle entra. « Allume un peu, ordonna-t-il tout en tournant une page. Commence à faire noir, ici. »

Elle déposa le repas près de lui et obtempéra. Le clignotement des chandelles se mêla sourdement dans la pièce au parfum de girofle. Du bout du doigt, Bolton tourna quelques pages supplémentaires puis, fermant le volume, le plaça soigneusement dans les flammes et le regarda s'y consumer, ses yeux pâles allumés de reflets. Un *wouf*, et le vieux cuir sec s'embrasa, puis les pages jaunies se feuilletèrent en brûlant comme sous la main d'un lecteur fantôme. « Je n'aurai plus besoin de toi, ce soir », dit-il, toujours sans se retourner.

Alors qu'elle aurait dû s'esquiver, silencieuse comme une souris, quelque chose la retint. « Messire, demanda-t-elle, m'emmènerez-vous quand vous quitterez Harrenhal ? »

Au regard qu'il posa sur elle, on aurait juré que son dîner venait de lui adresser la parole. « T'ai-je donné la permission de m'interroger, Nan ?

– Non, messire. » Elle baissa le nez.

« Alors, tu n'aurais pas dû parler. Si ?

– Non. Messire. »

Il eut un moment l'air amusé. « Je vais te répondre, juste cette fois. J'entends donner Harrenhal à lord Varshé, lorsque je regagnerai le nord. Tu resteras ici, avec lui.

– Mais je ne… », commença-t-elle.

Il la coupa. « Je n'ai pas pour habitude de me laisser questionner par les serviteurs, Nan. Me faut-il t'arracher la langue ? »

Elle le savait capable de le faire avec autant d'aisance qu'un autre en met à rabrouer un chien. « Non, messire.

– Ainsi, plus un mot ?

– Non, messire.

– Dans ce cas, file. J'oublierai cette impertinence. »

Elle fila, mais pas se coucher. Comme elle abordait les ténèbres extérieures, le factionnaire de la porte lui dit avec un hochement : « Tourne à l'orage… Sens pas ? » Des rafales mordantes torturaient les torches plantées au rempart le long de la file de têtes. En retournant vers le bois sacré, elle passa devant la tour Plaintive où elle avait naguère vécu dans la terreur de Weese. Les Frey se l'étaient adjugée pour résidence depuis la prise d'Harrenhal. D'une fenêtre se déversait le tohu-bohu rageur de disputes entremêlées de discussions. Elmar était assis sur le perron, seul.

« Qu'est-ce qui t'arrive ? » demanda-t-elle. Il avait le museau sillonné de larmes.

« Ma princesse… ! pleurnicha-t-il. Aenys dit qu'on est déshonorés. Un oiseau est arrivé des Jumeaux. Le seigneur mon père veut que j'épouse quelqu'un d'autre, ou je serai septon, sinon. »

Une princesse idiote, songea-t-elle, *vraiment pas de quoi chialer.* « Il paraîtrait que mes frères sont morts », glissa-t-elle.

Il lui décocha un regard de mépris. « Palpitant, les frères d'une bonniche. »

Elle l'aurait volontiers rossé. Se contenta de lancer : « Crève ta princesse ! » et détala sans demander son reste.

Après avoir récupéré la latte dans sa cachette, elle se rendit devant l'arbre-cœur et s'agenouilla. Les feuilles rouges frémissaient. Les yeux rouges la sondaient jusqu'au fond du cœur. *Les yeux des dieux.* « Dites-moi, vous, dieux, ce que je dois faire », pria-t-elle.

Un long moment s'écoula sans qu'elle perçût rien d'autre que le bruit du vent, le murmure de l'eau, le froufrou des feuilles contre l'écorce. Et puis, loin, loin, bien au-delà du bois sacré, des tours hantées et des gigantesques murailles de pierre d'Harrenhal, monta le long hurlement solitaire d'un loup. Elle en eut la chair de poule et comme un vertige. Jusqu'à ce que la voix de Père, oh, ténue, si ténue, chuchotât : « Lorsque la neige se met à tomber et la bise blanche à souffler, le loup solitaire meurt, mais la meute survit. »

« Mais je n'ai pas de meute », souffla-t-elle au barral. Bran et Rickon étaient morts, les Lannister tenaient Sansa, Jon était parti pour le Mur, et Robb… « Je ne suis même plus moi, je suis Nan. »

« Tu es Arya de Winterfell, fille du Nord. Tu m'as affirmé que tu étais capable de te montrer forte. Le sang du loup coule dans tes veines. »

« Le sang du loup. » Elle se souvenait, à présent. « Je serai aussi forte que Robb. J'ai promis de l'être. » Elle prit une profonde inspiration puis, levant à deux mains son épée factice, l'abattit brusquement sur son genou. Le bâton s'y rompit avec un gros *crrrac* ! et elle en jeta les morceaux. *Je suis un loup-garou. Terminé, les quenottes en bois.*

Allongée sur son étroite couchette jonchée de paille urticante, elle prêta cette nuit-là l'oreille, en attendant que se lève la lune, aux voix des vivants et des morts qui conversaient tout bas. Les seules en qui désormais elle aurait confiance. Par-dessus le timbre de sa propre haleine, elle entendait celui des loups, une forte meute, à présent. *Beaucoup plus proches que n'était celui de tout à l'heure, dans le bois sacré*, nota-t-elle. *Et c'est à moi que leurs appels s'adressent.*

Elle finit par se glisser de sous la couverture et, enfilant à la hâte une tunique, descendit l'escalier nu-pieds. Roose Bolton étant la prudence incarnée, l'accès au Bûcher-du-Roi demeurait gardé jour et nuit. Aussi dut-elle s'esquiver par un soupirail du cellier. La cour était muette, et abandonné à ses hantises l'immense château. Au-dessus s'affûtait la bise aux moindres interstices de la tour Plaintive.

Les feux de la forge étaient éteints, ses portes closes et verrouillées. Arya s'y insinua néanmoins par une fenêtre, ainsi qu'elle avait déjà fait naguère. Une fois parvenue dans le galetas que Gendry partageait avec deux autres apprentis, elle attendit à croupetons d'avoir suffisamment accommodé pour être absolument sûre de la place qu'il y occupait. Alors, elle lui posa une main sur la bouche et le pinça. Il ouvrit les yeux. Son sommeil ne devait pas être bien profond. « *S'il te plaît…* », souffla-t-elle. Elle lui libéra la bouche et pointa l'index.

Elle eut d'abord l'impression qu'il ne comprenait pas, mais il finit par repousser ses couvertures et, nu comme un ver, alla revêtir une camisole de bure avant de descendre à son tour. Les autres dormeurs n'avaient pas bougé. « Qu'est-ce que tu veux encore ? demanda-t-il tout bas d'un ton exaspéré.

– Une épée.

– Poucenoir les garde toutes sous clef, je te l'ai déjà répété cent fois. C'est pour lord Sangsue ?

– Pour moi. Brise la serrure avec ton marteau.

– Et on me brisera la main, grommela-t-il. Ou pire.

– Pas si tu t'enfuis avec moi.

– Fuis, ils te rattraperont et te tueront.

– Ils te feront pire. Lord Bolton va donner Harrenhal aux Pitres Sanglants, il me l'a dit. »

Il repoussa les mèches noires qui lui barraient l'œil. « Et alors ? »

Elle le regarda froidement, bien en face. « Alors, dès que Varshé Hèvre sera le maître, il tranchera les pieds de tous les serviteurs pour les empêcher de s'enfuir. Forgerons inclus.

– Des blagues, fit-il avec dédain.

– Non, c'est vrai. J'ai entendu de mes propres oreilles lord Varshé le dire, mentit-elle. Il va trancher un pied à tout le monde. Le gauche. Va aux cuisines réveiller Tourte, il t'écoutera, toi. Il nous faut des galettes d'avoine ou du pain ou n'importe quoi. Charge-toi des épées, moi, je me charge des chevaux. On se retrouve à la poterne du mur est, derrière la tour des Spectres. Personne n'y vient jamais.

– Je connais. Gardée, comme toutes les autres.

– Eh bien ? tu n'oublieras pas les épées ?

– J'ai jamais dit que je venais.

– Non. Mais, si tu viens, tu n'oublieras pas les épées ? »

Il fronça le sourcil. « Non, lâcha-t-il enfin, je parie que non. »

Rentrée au Bûcher-du-Roi comme elle en était sortie, elle gravit le colimaçon, furtive et attentive à étouffer ses pas. Sitôt dans sa cellule, elle ôta sa tunique pour s'habiller soigneusement : sous-vêtements doubles, chausses bien chaudes et sa tunique la plus propre. A la livrée de lord Bolton. Sur la poitrine étaient cousues les armes parlantes de Fort-Terreur : l'écorché. Après avoir lacé ses chaussures, elle drapa ses maigres épaules dans une cape de laine qu'elle se noua sous le menton. Après quoi, silencieuse comme une ombre, elle redescendit l'escalier jusqu'à la porte de la loggia devant laquelle elle s'immobilisa, l'oreille aux aguets. Silence total. Elle poussa lentement le vantail.

La carte de basane se trouvait toujours sur la table, à côté des reliefs du dîner. Elle la rafla et en fit un mince rouleau qu'elle enfila dans sa ceinture. Elle prit également la dague de lord Bolton qui traînait par là. Juste au cas où Gendry se dégonflerait.

Un cheval hennit tout bas lorsqu'elle se faufila dans les ténèbres des écuries. Les palefreniers roupillaient. Elle agaça les côtes de l'un d'eux du bout de l'orteil jusqu'à ce qu'il se mette sur son séant et, pâteux, bafouille : « Hé ? Qu'y a ?

– Lord Bolton demande trois chevaux sellés et harnachés. »

Le valet se jucha sur pied tout en épluchant la paille qui lui hérissait la tignasse. « Bouh, à c'te heure ? ch'vaux, tu dis ? » Il loucha vers l'emblème Bolton. « Veut faire quoi, de ch'vaux, dans l' noir ?

– Lord Bolton n'a pas pour habitude de se laisser questionner par les serviteurs. » Elle se croisa les bras.

Il demeurait comme fasciné par l'écorché. Il en connaissait la signification. « Trois, tu dis ?

– Un deux trois. Des chevaux de chasse. Vitesse et sûreté du pied. » Elle l'aida à trimbaler selles et harnais, qu'il n'ait pas besoin d'éveiller les autres. Elle espérait qu'on ne le maltraiterait pas, par la suite, mais ne se faisait guère d'illusions.

Le plus dur était de mener les montures à travers le château. Elle demeura le plus possible à l'ombre du mur de courtine. Ainsi les sentinelles qui arpentaient le chemin de ronde ne l'apercevraient-elles qu'à condition de regarder juste en dessous. *Et le feraient-elles, qu'importe ? Je suis l'échanson personnel de messire, après tout.* La nuit était glaciale et humide, une nuit d'automne. De l'ouest accouraient des nuages qui dissimulaient les étoiles, et la tour Plaintive répondait aux rafales par des mugissements lugubres. *Sent la pluie*… Propice ou néfaste à leur évasion ? Elle ne savait.

Personne ne la vit, et elle ne vit personne, hormis un matou gris et blanc qui, sur le mur d'enceinte du bois sacré, s'immobilisa pour cracher vers elle, suscitant par là le souvenir de Père et du Donjon Rouge et de Syrio Forel. « Je t'attraperais si je le voulais, lui jeta-t-elle à voix basse, mais je dois partir, chat. » Le matou déguerpit sur un dernier crachat.

La tour des Spectres était la plus en ruine des cinq tours gigantesques d'Harrenhal. Elle se dressait, sombre et désolée, derrière les vestiges chaotiques d'un septuaire où seuls venaient prier les rats depuis près de trois siècles. C'est là qu'elle se posta pour voir si Tourte et Gendry la rejoindraient. L'attente lui parut interminable. Les chevaux se mirent à grignoter les herbes folles qui surgissaient des monceaux de pierre, pendant que les nuages achevaient de gober la dernière étoile. Arya tira la dague et l'aiguisa pour s'occuper les mains. A longs effleurements tendres, ainsi que le lui avait enseigné Syrio. Le crissement régulier lui rendit son calme.

Elle les entendit venir bien avant de les apercevoir. Tourte, qui haletait comme un bœuf, trébucha dans le noir et, en s'éraflant le jarret, jura de manière à réveiller la moitié d'Harrenhal. Gendry se montrait plus discret, mais les épées qu'il charriait ferraillaient à chacun de ses mouvements. « Je suis là. » Elle se dressa devant eux. « Silence, ou on va vous entendre. »

Les garçons la rejoignirent cahin-caha parmi les amas de ruines. Gendry portait sous son manteau de la maille huilée, vit-elle, et son marteau de forgeron lui battait le dos. La bouille ronde et rouge de Tourte prétendait s'enfouir dans un capuchon, il tenait sous l'aisselle gauche une grosse forme de fromage et à la main droite un sac de pain. « Y a un garde, à ta poterne, chuchota Gendry, je t'avais bien dit.

– Restez avec les chevaux, répondit-elle. Je vais m'occuper de lui. Vous arrivez dès que j'appelle. »

Gendry acquiesça d'un signe, mais Tourte : « Ulule comme une chouette quand tu veux qu'on vienne.

– Je ne suis pas une chouette, répliqua-t-elle. Je suis un loup. Je hurlerai. »

Toute seule, elle se glissa dans l'ombre de la tour des Spectres. Elle allait bon train pour se préserver de la peur, et cela lui donnait l'impression que Syrio Forel marchait à ses côtés, ainsi que Yoren et Jaqen H'ghar et Jon Snow. Elle n'avait pas pris l'épée que Gendry lui destinait. Plus tard. En l'occurrence, la dague irait mieux. Une bonne lame effilée. Percée dans un angle de l'enceinte au bas d'une tour de défense, la poterne était la plus modeste d'Harrenhal : rien de plus qu'une porte étroite de chêne massif et clouté de fer. Aussi n'y postait-on qu'un homme, mais encore fallait-il également compter avec les sentinelles nichées en haut de la tour comme avec celles qui faisaient les cent pas au rempart. A elle d'être, quoi qu'il advînt, silencieuse comme une ombre. *Il ne doit pas pousser un cri.* Quelques gouttes éparses s'étaient mises à tomber. Elle en sentit une s'écraser sur son front puis dégouliner lentement le long de son nez.

Loin d'essayer de se dissimuler, elle approcha le garde ouvertement, comme si lord Bolton en personne la lui envoyait. Il la regarda venir d'un air intrigué. Quelle mission pouvait bien amener un page dans ces parages au plus noir de la nuit ? Un homme du Nord, s'aperçut-elle tout en avançant, très grand, très mince, et emmitouflé dans une pelisse élimée. Ce qui compliquait tout. Rouler un Frey ou l'un des Braves Compaings ne la tracassait pas, mais un des gens de Fort-Terreur… Ils avaient servi Roose Bolton leur vie durant, le connaissaient plus à fond qu'elle. *Si je lui dis que je suis Arya Stark et lui ordonne de me laisser passer…* Non. C'était trop risqué. Il était bien du Nord, mais pas de Winterfell. Il appartenait à Roose Bolton.

Au moment de l'aborder, elle écarta les pans de son manteau pour bien mettre en évidence l'emblème à l'écorché. « Lord Bolton m'envoie.

– A c'te heure ? Pour quoi faire ? »

Sous la fourrure se discernait le miroitement de l'acier. Aurait-elle assez de force pour transpercer la cotte de mailles ? *Sa gorge, il me faut sa gorge, mais il est trop grand.* Une seconde, elle ne sut que dire. Une seconde, elle ne fut plus à nouveau qu'une petite fille, une petite fille effarée, la pluie coulant sur son visage comme des larmes.

« Il m'a chargée de remettre à chacun de ses gardes une pièce d'argent, en récompense de leurs bons et loyaux services. » Les mots semblaient surgir de nulle part.

« D'argent, tu dis ? » Il ne la croyait pas mais avait *envie* de la croire, l'argent étant après tout l'argent. « Donne, alors. »

Elle plongea la main sous sa tunique et finit par y attraper la pièce donnée par Jaqen. Dans le noir, le fer pouvait passer pour de l'argent terni. Elle la tendit… et la laissa s'échapper de ses doigts.

En la maudissant dans sa barbe, l'homme mit un genou en terre pour s'emparer de la pièce, et sa nuque se retrouva juste à la bonne hauteur. Arya dégaina, et la dague ouvrit le gosier d'une caresse aussi satinée que soierie d'été. Le sang chaud lui inonda brusquement les mains, le type essaya de crier, mais il ne vomit qu'une gorgée de sang.

« *Valar morghulis* », chuchota-t-elle comme il se mourait.

Quand il eut cessé de bouger, elle ramassa la pièce. Hors les murs, un loup étourdit Harrenhal d'un long hurlement. Elle releva la barre, la rabattit sur le côté, ouvrit le lourd vantail de chêne. La pluie tombait à verse lorsque Gendry et Tourte arrivèrent avec les chevaux. « Tu l'as *tué* ! s'étrangla Tourte.

– Tu croyais que je ferais quoi ? » Elle avait les doigts tout empoissés de sang, et l'odeur en rendait nerveuse sa jument. *Bah*, songea-t-elle en se mettant en selle, *la pluie va les nettoyer.*

SANSA

Un océan de pierreries, de fourrures et de tissus somptueux. Les dames et les seigneurs qui emplissaient le fond de la salle du Trône ou en tapissaient les bas-côtés sous les grandes baies se bousculaient comme des poissardes à la criée.

La cour de Joffrey rivalisait de frais vestimentaires pour l'occasion. Jalabhar Xho s'était tellement emplumé, et emplumé de manière si faramineuse, qu'il paraissait prêt à prendre son essor. Pour peu qu'il dodelinât sous sa couronne de cristal, le Grand Septon vous fulgurait mille arcs-en-ciel. A la table du Conseil flamboyaient les brocarts d'or à crevés de velours grenat de la reine Cersei tout contre les moires clinquantes et les chichis lilas de Varys. Ser Dontos et Lunarion s'étaient vu accoutrer de bariolures neuves et rutilaient comme des matins printaniers. Des atours pareils de satin turquoise rehaussé de vair enjolivaient jusqu'à lady Tanda et ses filles, tout comme lord Gyles le mouchoir incarnat de soie bouillonné de dentelle d'or où enfouir ses quintes. Et, planant là-dessus sous le faix de sa couronne d'or parmi les barbelures agressives du trône de Fer, Sa Majesté Joffrey, tout lampas écarlate et taffetas noir constellé de rubis.

Se faufilant dans une cohue d'écuyers, chevaliers, bourgeois cossus, Sansa parvenait enfin sur le devant de la tribune quand une sonnerie de trompettes annonça l'entrée de lord Tywin Lannister.

Celui-ci remonta toute l'allée centrale sur son destrier pour ne démonter qu'au pied du trône. Jamais Sansa n'avait vu d'armure comparable à celle qu'il portait : toute d'acier rouge bruni, tout incrustée de filigranes et de rinceaux d'or, elle arborait des rondelles en forme d'échappées solaires ; le lion rugissant qui faîtait le heaume avait des yeux de rubis ; à chaque épaule, une lionne agrafait un manteau de brocart d'or si vaste qu'il drapait en plombant tout l'arrière-train du cheval. Lequel n'était pas moins doré sur tranche et bardé de soieries écarlates frappées au lion Lannister.

L'effet produit par le sire de Castral Roc en cet appareil était si sensationnel que sa monture estomaqua l'assistance en égrenant un chapelet de crottin juste au bas du trône. Ce qui contraignit non seulement Joffrey à un détour précautionneux pour descendre accoler son grand-père et le proclamer Sauveur de la Ville mais Sansa à dissimuler derrière sa main un rictus nerveux.

Joff prit sa mine la plus théâtrale pour prier lord Tywin d'assumer la gouvernance du royaume, charge que lord Tywin accepta d'un ton solennel « jusqu'à la majorité de Votre Majesté ». Des écuyers désarmèrent alors celui-ci qui, sitôt le col ceint par le roi lui-même avec la chaîne de la Main, s'en fut prendre place à la table du Conseil auprès de sa fille. Une fois remmené le destrier puis évacué son hommage, la cérémonie se poursuivit sur un simple signe de Cersei.

Chacun des héros qui franchissait les immenses portes de chêne se vit dès lors saluer par une fanfare éclatante. Les hérauts proclamaient hautement, que nul n'en ignore, ses patronyme et prouesses, et gentes dames autant que nobles chevaliers l'ovationnaient avec une ferveur digne de coupe-jarrets massés pour un combat de coqs. En premier lieu fut ainsi honoré Mace Tyrell, sire de Hautjardin, dont la vigueur ancienne s'était singulièrement empâtée, mais qui n'en conservait pas moins une belle prestance. Le suivaient ses deux fils, ser Loras et ser Garlan le Preux. Tous trois étaient vêtus de même, velours vert soutaché de martre.

A nouveau, le roi descendit – grâce insigne – de son perchoir pour les accueillir et leur ceindre au col une chaîne de roses en or massif jaune qui comportait en pendentif un disque d'or au lion Lannister scintillant de rubis. « Les roses, soutien du lion, déclara Joffrey, comme la puissance de Hautjardin soutient le royaume. S'il est la moindre faveur que vous désiriez requérir de moi, requérez, et vous l'obtiendrez. »

Nous y voici, songea Sansa.

« Sire, dit ser Loras, daignez m'accorder l'honneur de servir dans votre Garde, afin de défendre votre personne contre ses ennemis. »

Joffrey releva le chevalier des Fleurs et le baisa sur la joue. « C'est chose faite, frère. »

Lord Tyrell s'inclina. « Il n'est plus grand plaisir que de servir le bon plaisir du roi. Si je n'étais jugé par trop indigne de me joindre à votre Conseil, vous n'auriez pas de plus loyal et fidèle serviteur que moi. »

Joff lui posa la main sur l'épaule et le baisa lorsqu'il se fut relevé. « Votre désir est exaucé. »

De cinq ans l'aîné, ser Garlan était une espèce de réplique agrandie, barbue de son fameux frère. Avec plus de coffre et de carrure, il ne laissait pas d'être assez avenant, mais ses traits n'avaient pas tant de finesse ni tant d'éclat. « Sire, déclara-t-il comme le roi l'abordait, j'ai une jeune sœur, Margaery, qui fait les délices de notre maison. Elle était, ainsi que vous le savez, l'épouse de Renly Baratheon, mais son départ pour la guerre empêcha celui-ci de consommer le mariage, de sorte qu'elle a conservé son innocence. Or, à force de s'entendre vanter votre sagesse, votre bravoure et vos manières chevaleresques, Margaery s'est éprise à distance de votre personne. Je vous prie de la faire venir et de daigner prendre sa main pour unir à jamais à la vôtre notre maison. »

Le roi Joffrey joua les étonnés. « Malgré la réputation que s'est acquise la beauté de votre sœur dans les Sept Couronnes, ser Garlan, je me trouve engagé à une autre. Un roi se doit de tenir parole. »

La reine Cersei se dressa dans des froufrous soyeux. « Votre Conseil restreint, Sire, opine qu'il ne serait point judicieux ni séant à vous d'épouser non seulement la fille d'un homme exécuté pour forfaiture mais la sœur d'un homme toujours en rébellion ouverte contre le trône. Aussi conjure-t-il Votre Majesté de renoncer, pour le bien du royaume, à Sansa Stark. Lady Margaery vous sera une reine incomparablement mieux assortie. »

Telle une bande de toutous savants, dames et seigneurs de l'assistance clabaudèrent instantanément leur enthousiasme.

« *Margaery !* » jappaient-ils à l'envi, « Donnez-nous Margaery ! » et : « Point de reine félonne ! Tyrell ! Tyrell ! »

Joffrey leva la main. « Je serais trop heureux de combler les vœux de mon peuple, Mère, mais j'ai juré une foi que je ne saurais violer. »

Le Grand Septon s'avança. « Si les fiançailles sont effectivement sacrées, Sire, au regard des dieux, il n'en est pas moins vrai que le roi Robert, bénie soit sa mémoire, avait conclu cette alliance avant que les Stark de Winterfell ne révélassent leur duplicité. Leurs crimes contre le royaume vous ont délié de tous les engagements que vous aviez pu prendre précédemment. D'un point de vue strictement religieux, le contrat de mariage entre votre auguste personne et Sansa Stark est d'évidence nul et non avenu. »

Des acclamations délirantes emplirent la salle du Trône et, tout autour de Sansa fusèrent des « *Margaery ! Margaery !* ». Les doigts crispés sur la main courante de bois, elle se pencha pour mieux voir. Tout en sachant ce qui allait venir, elle redoutait les paroles que proférerait Joffrey, craignait qu'il ne refusât de la libérer, même à présent qu'en dépendait le sort du royaume entier. Il lui sembla qu'elle se trouvait à nouveau sur le perron de marbre du Grand Septuaire, attendant de son prince qu'il lui accordât la grâce de Père et l'entendant, au lieu de cela, ordonner à ser Ilyn de le décapiter. *Pitié*, pria-t-elle de toute son âme, *pitié, faites qu'il le dise, faites qu'il le dise.*

Lord Tywin dévisageait son petit-fils. Lequel lui répondit par un coup d'œil maussade avant d'avancer relever ser Garlan Tyrell. « Par un effet de la bonté divine, me voici libre d'écouter mon cœur. J'épouserai votre chère sœur, et de grand gré, ser. » Il baisa la joue barbue de son vis-à-vis sous un ouragan d'ovations.

Elle en éprouva pour sa part une sensation bizarrement vertigineuse. *Délivrée, je suis délivrée.* Les yeux s'attachaient sur elle. *Me garder de sourire*, s'enjoignit-elle. La reine l'en avait assez chapitrée ; quels que fussent vos sentiments intimes, le monde n'en devait rien lire sur votre visage. « Gare à vous si vous humiliez mon fils, avait dit Cersei. M'entendez-vous ?

– Oui. Mais puisque je ne dois pas être reine, que va-t-il advenir de moi ?

– Cela reste à débattre. Pour l'heure, vous resterez à la Cour comme notre gage.

– Je veux rentrer chez moi. »

La reine avait manifesté son agacement. « N'auriez-vous toujours pas compris qu'aucun de nous ne fait ce qu'il veut ? »

J'y suis arrivée, pourtant, songea Sansa. *Je suis délivrée de Joffrey. Je n'aurai pas à l'embrasser ni à lui donner ma virginité ni à lui faire ses enfants. A Margaery Tyrell, la pauvre, toutes ces corvées.*

Quand le tapage se fut éteint, le sire de Hautjardin siégeait à la table du Conseil, et ses fils se trouvaient sous les baies parmi les chevaliers et hobereaux. Sansa s'efforça de feindre une désolation de répudiée tandis que l'on introduisait pour toucher leur récompense d'autres héros de la bataille de la Néra.

S'avancèrent de la sorte Paxter Redwyne, sire de La Treille, entre ses deux fils, Horreur et Baveux, celui-là boquillonnant par suite d'une blessure ; lord Mathis Rowan, doublet neigeux brodé d'arborescences d'or ; lord Randyll Tarly, maigre et déplumé, le dos barré par le fourreau joaillier d'un estramaçon ; ser Kevan Lannister, autre déplumé mais trapu, barbe taillée court ; ser Addam Marpheux, chevelu de cuivre jusqu'aux épaules, et les grands vassaux de l'Ouest Lydden, Crakehall, Brax.

Leur succédèrent quatre moindre-nés qui s'étaient distingués durant les batailles : ser Philip Pièdre, en tuant en combat singulier lord Bryce Caron ; le franc-coureur Lothor Brune qui, en se forçant passage au travers d'une centaine de Fossovoie pour capturer ser Jon de la branche verte et tuer ser Edwyd et ser Bryan de la rouge, s'était acquis le sobriquet de Croque-pomme ; le grison Willit, homme d'armes au service de ser Harys Swyft, si grièvement blessé en dégageant son maître écrasé par l'agonie de sa monture et en le défendant contre une meute d'agresseurs qu'on l'apporta sur un brancard ; enfin, un écuyer duveteux du nom de Josmyn Dombecq que ses quatorze ans tout au plus n'avaient pas empêché d'abattre deux chevaliers, d'en blesser un troisième et d'en capturer deux de plus.

Après que les hérauts eurent fini de détailler tous ces exploits, ser Kevan, qui avait pris place auprès de son frère, lord Tywin, se leva. « N'ayant plus cher désir que de rétribuer ces braves à la hauteur de leur mérite, Sa Majesté décrète ce que suit : ser

Philip sera dorénavant lord Philip Pièdre, et à sa maison écherront les terres, privilèges et revenus de la maison Caron ; élevé à la dignité de chevalier d'ores et déjà, Lothor Brune se verra fieffé dès la guerre achevée d'un domaine et d'un manoir sis dans le Conflans ; en sus d'une épée, d'une armure de plates et d'un destrier de son choix dans les écuries royales, Josmyn Dombecq accédera à la chevalerie sitôt atteint l'âge requis ; quant au valeureux Willit, il recevra une pique à hampe cerclée d'argent, un haubert de mailles nouvellement forgé et un heaume à visière ; en outre, ses fils seront admis à Castral Roc auprès de la maison Lannister, l'aîné en qualité d'écuyer, le plus jeune en qualité de page, avec, sous réserve de bons et loyaux services, promesse d'être un jour adoubés chevaliers. Toutes décisions auxquelles acquiescent la Main du Roi comme les membres du Conseil restreint. »

Sur ce furent honorés les capitaines des vaisseaux de guerre royaux *Prince Aemon*, *Flèche de rivière* et *Bourrasque*, ainsi qu'une poignée de sous-officiers des *Grâce divine*, *Pertuisane*, *Soyeuse* et *Bélier* dont le titre de gloire le plus remarquable était, pour autant du moins qu'en pût juger Sansa, d'avoir survécu. Piètre motif à se glorifier... Le roi exprima de même sa gratitude aux maîtres de la guilde des alchimistes et lordifia Hallyne le Pyromant mais sans le doter, nota-t-elle, ni de terres ni d'un castel, ce qui rendait la lorderie de l'impétrant aussi *factice* que celle du castrat Varys. Autrement conséquente était celle que conféra Joffrey à ser Lancel Lannister, auquel advenaient les château, droits et propriétés de la maison Darry, éteinte en la personne d'un bambin qui avait péri au cours des affrontements, « sans laisser de descendance légitime ni d'héritier légal par le sang, n'ayant qu'un cousin bâtard ».

Ser Lancel ne se présenta pas pour recevoir son titre ; sa blessure, à ce qu'on disait, le menaçait de perdre le bras, voire même la vie. Le Lutin lui-même passait pour agoniser d'une formidable plaie au crâne.

A l'appel du héraut : « *Lord Petyr Baelish !* », celui-ci progressa vers le pied du trône, tout atourné de tons roses et prune sous un manteau chamarré de moqueurs, et, non sans sourire, s'agenouilla. *Exulte-t-il... !* A la connaissance de Sansa, Littlefinger ne s'était signalé durant la bataille par aucune espèce d'héroïsme mais, à l'évidence, il n'en escomptait pas moins une éclatante récompense.

Ser Kevan se leva derechef. « Sa Majesté désire que son loyal conseiller Petyr Baelish soit récompensé pour les services éminents qu'il n'a cessé de rendre à la Couronne et au royaume. Chacun sache en conséquence qu'à lord Baelish est offert, avec toutes les terres et revenus y afférents, le château d'Harrenhal pour en faire sa résidence et y exercer pleine et entière suzeraineté sur tout le Trident. Lui-même et ses fils et petits-fils étant appelés à conserver cette dignité et à en jouir pour jamais, les seigneurs riverains lui rendront hommage comme de droit. Ainsi consentent la Main du Roi et le Conseil restreint. »

Toujours à genoux, Littlefinger leva les yeux vers le roi. « Mille humbles grâces, Sire. Me voici tenu, je présume, d'œuvrer à me faire une postérité. »

Joffrey se mit à rire, et la Cour s'esclaffa. *Seigneur suzerain du Trident*, se dit Sansa, *et sire d'Harrenhal, en plus.* Elle ne voyait pas là de quoi se montrer si ravi ; toutes ces gratifications étaient aussi creuses que le titre d'Hallyne le Pyromant. Sur Harrenhal planait une malédiction, nul ne l'ignorait, et les Lannister ne le possédaient même plus. En outre, les seigneurs riverains étant les vassaux jurés de la maison Tully, de Vivesaigues et du roi du Nord, jamais ils n'accepteraient pour suzerain ce Littlefinger. *A moins de s'y trouver contraints. A moins que mon frère et mon oncle et mon grand-père ne soient tous abattus et tués.* Cette idée l'angoissa, mais elle s'accusa de sottise. *Robb les a déconfits à chaque rencontre. Il déconfira lord Baelish de même, au besoin.*

Plus de six cents nouveaux chevaliers furent faits ce jour-là. Après avoir veillé toute la nuit dans le Grand Septuaire de Baelor, ils avaient, le matin, traversé la ville nu-pieds pour prouver l'humilité de leurs cœurs. Et voici qu'ils approchaient, simplement vêtus de sarraus de laine écrue, pour se faire adouber par la Garde. Une cérémonie d'autant plus interminable que la célébraient seulement trois des Frères de la Blanche Epée. Comme Mandon Moore avait péri durant la bataille, que le Limier s'était évaporé, qu'Aerys du Rouvre se trouvait à Dorne auprès de la princesse Myrcella, et que Jaime Lannister était prisonnier de Robb, la confrérie se voyait réduite à Balon Swann, Meryn Trant et Osmund Potaunoir. Une fois consacrés, les récipiendaires se levaient, bouclaient leur ceinture et allaient se placer sous les baies. La marche à travers la ville avait ensanglanté les pieds de certains, mais Sansa leur trouva néanmoins fière allure et grand air.

Dès avant qu'ils n'eussent tous reçu leur *ser*, l'assistance avait commencé de manifester son impatience, et plus que quiconque Joffrey. Certains des spectateurs de la tribune s'étaient bien éclipsés en catimini, mais les notables, en bas, étaient pris au piège, qui devaient attendre le congé du roi. A en juger par la manière dont il gigotait sur le trône de Fer, Joff le leur aurait accordé volontiers, mais sa tâche était loin d'être terminée. Car avec l'introduction des prisonniers s'annonçait maintenant l'envers de la médaille.

Cette nouvelle compagnie comportait aussi grands seigneurs et nobles chevaliers : ce vieux fielleux de lord Celtigar, le Crabe rouge ; lord Estremont, plus caduc encore ; ser Bonifer le Généreux ; lord Varnier, qu'un genou brisé força de sautiller tout du long mais qui refusa toute aide ; ser Mark Mullendor, visage terreux, le bras gauche amputé à hauteur du coude ; le farouche Red Ronnet, de Perche-Griffon ; ser Dermot, de Bois-la-Pluie ; lord Willum et ses fils, Elyas et Josua ; ser Jon Fossovoie ; ser Timon Râpe-épée ; Aurane, bâtard de Lamarck ; lord Staedmon, alias Grippe-sou ; des centaines d'autres...

A ceux qui avaient changé de camp durant la bataille, il suffisait de prêter allégeance à Joffrey, mais ceux qui s'étaient battus pour Stannis jusqu'à l'amertume finale devaient prendre la parole. De ce qu'ils diraient dépendrait leur sort. S'ils imploraient le pardon de leur forfaiture et promettaient de servir loyalement à l'avenir, Joffrey saluait leur retour à la paix du roi et les rétablissait dans tous leurs domaines et prérogatives. Quelques-uns persistèrent à le défier, néanmoins. « Ne t'imagine pas que c'est terminé, mon gars ! lança l'un d'eux, bâtard de quelque Florent, semblait-il. Le Maître de la Lumière protège le roi Stannis et le protégera toujours. Toutes tes manigances et toutes tes épées ne te sauveront pas, quand sonnera son heure.

– La *tienne* vient à l'instant de sonner ! » Joffrey ordonna à ser Ilyn Payne d'emmener l'insolent et de lui trancher la tête. Mais à peine eut-on entraîné celui-ci qu'un chevalier à la physionomie austère et au surcot frappé du cœur ardent vociféra : « Stannis est le roi authentique ! Sur le trône de Fer est assis l'abominable fruit d'un monstrueux inceste !

– Silence ! » aboya ser Kevan.

Le chevalier n'en hurla que plus fort : « Joffrey est le ver noir qui ronge le cœur du royaume ! Ténèbres fut son père, et sa mère Mort ! Anéantissez-le avant qu'il ne vous gangrène tous ! Anéantissez-les, la reine putain comme son ver de fils, l'ignoble gnome et l'araignée perfide, les fleurs mensongères ! » Un manteau d'or eut beau le jeter violemment à terre, il poursuivit : « Il va surgir, le feu purificateur ! Le roi Stannis va revenir ! »

Joffrey bondit sur ses pieds. « C'est *moi*, le roi ! Tuez-le ! tuez-le sur-le-champ ! Je le veux ! » Il abattit sa main en un geste de mort furieux... et poussa un glapissement. Il venait de s'écorcher le bras sur l'un des crocs acérés qui l'environnaient. L'éclatante écarlate de sa manche s'assombrit sous l'afflux du sang. « *Mère !* » larmoya-t-il.

Profitant de ce que l'on n'avait plus d'yeux que pour le roi, l'homme à terre subtilisa la pique d'un manteau d'or et, s'appuyant dessus pour se remettre debout, cria : « Le trône le récuse ! *Il n'est pas le roi !* »

Cependant que Cersei volait vers son fils, lord Tywin, lui, demeurait de marbre. Et il n'eut qu'à brandir l'index pour que s'anime Meryn Trant, lame au clair, et que tout s'achève. Les manteaux d'or empoignèrent le chevalier, lui ramenèrent les bras en arrière, et, comme il criait à nouveau : « *Pas le roi !* », l'épée de ser Meryn lui perça la poitrine.

Trois mestres accourus trouvèrent Joff enfoui au giron de sa mère et l'emballèrent par l'entrée du roi. Du coup, tout se mit à jacasser simultanément. Les manteaux d'or déblayèrent le cadavre qui traça tout du long un sillage vermeil. Lord Baelish se flatta la barbe pendant que Varys lui parlait à l'oreille. *Va-t-on nous congédier ?* se demanda Sansa. Des tas de prisonniers plantonnaient encore, mais qui s'apprêtaient à quoi ? à maudire ou se renier ?

Lord Tywin se dressa de toute sa taille. « Aux suivants, déclara-t-il d'une voix nette et si vigoureuse qu'elle rétablit le silence instantanément. Que ceux qui veulent se repentir de leurs félonies le fassent. Nous ne tolérerons plus de scandale. » Il se dirigea vers le trône de Fer et s'assit sur l'une des marches qui en commandaient l'accès, à trois pieds au-dessus du sol.

Par les baies ne pénétrait plus que le déclin du jour quand la séance tira vers sa fin. L'épuisement faisait tituber Sansa quand elle entreprit de descendre de la tribune. Joffrey s'était-il sérieusement amoché ? *Le trône de Fer a la réputation de se montrer impitoyable envers qui l'usurpe.*

En retrouvant l'asile de sa chambre, elle enfouit son visage dans un oreiller pour étouffer ses cris de joie. *Oh, bonté divine ! il l'a fait ! il m'a répudiée à la face de l'univers !* A l'arrivée de son dîner, peu s'en fallut qu'elle n'embrassât la servante. Au menu, pain chaud, beurre frais, potage de bœuf, chapon aux carottes, pêches au miel. *Les mets eux-mêmes ont davantage de saveur, à présent*, s'émerveilla-t-elle.

La brune venue, elle s'emmitoufla dans un manteau pour se rendre au bois sacré. Revêtu de sa blanche armure, ser Osmund Potaunoir gardait le pont-levis. Sansa prit sa voix la plus misérable pour lui souhaiter le bonsoir mais, à la manière dont il la lorgna, douta s'être montrée pleinement convaincante.

Le clair de lune mouchetait Dontos au travers des feuilles. « Pourquoi cette mine sinistre ? l'interpella-t-elle gaiement. Vous étiez là, vous avez entendu. Joffrey m'a répudiée, il en a terminé avec moi, il... »

Il lui saisit la main. « Oh, Jonquil, ma pauvre Jonquil, vous méprenez-vous ! Terminé avec vous ? Tout juste commencé. »

Elle défaillit. « Que voulez-vous dire ?

– Jamais la reine ne vous laissera partir, jamais. Vous êtes un otage trop précieux. Et Joffrey..., ma chérie, demeure le roi. S'il désire vous voir partager sa couche, il vous aura, mais, au lieu d'enfants légitimes, c'est de bâtards qu'il ensemencera votre sein.

– *Non !* s'exclama-t-elle, horrifiée. Il m'a signifié mon congé, il... »

Ser Dontos lui planta sur l'oreille un baiser visqueux. « Courage ! J'ai juré de vous ramener chez vous, je puis à présent vous tenir parole. Le jour est déjà choisi.

– Quand ? demanda-t-elle. Quand partons-nous ?

– La nuit des noces de Joffrey. Après le banquet. Tout est réglé dans le moindre détail. Le Donjon Rouge pullulera d'étrangers. La moitié de la Cour sera ivre, et l'autre moitié secondera la parade nuptiale de Joffrey. On vous oubliera le temps de ce bref entracte, et nous aurons la pagaille pour allié.

– Mais le mariage n'aura lieu que dans une lune ! Margaery Tyrell se trouve encore à Hautjardin, et l'on vient tout juste de la mander…

– Vous attendez depuis si longtemps, patientez seulement un peu plus. Tenez, j'ai quelque chose pour vous. » Il fouilla dans sa bourse et finit par en extirper une toile d'araignée brillante qu'il laissa pendiller entre ses gros doigts.

C'était une résille d'argent si fine et si délicate qu'elle ne pesait pas plus qu'un soupçon de brise au creux de la paume. A chaque croisement des fils se devinaient d'infimes gemmes si sombres que le clair de lune s'y engloutissait. « Quelle espèce de pierres est-ce là ?

– Des améthystes noires d'Asshaï. La variété la plus rare. D'un violet véritable et abyssal au jour.

– C'est absolument ravissant, dit-elle, tout en pensant : *C'est d'un bateau que j'ai besoin, pas d'une parure pour mes cheveux.*

– Beaucoup plus ravissant que vous ne pensez, chère enfant. C'est magique, en fait, vous savez. C'est la justice que vous tenez là. C'est la vengeance de votre père. » Il se pencha contre elle et l'embrassa de nouveau. « C'est le *chez moi* que vous désiriez. »

THEON

Mestre Luwin vint le trouver dès que parurent sous les murs les premiers éclaireurs. « Messire prince, il faut vous rendre », annonça-t-il.

Theon considéra fixement les galettes d'avoine, le miel et le boudin rouge qu'on lui avait servis pour son déjeuner. Il émergeait nerfs à vif d'une nouvelle nuit d'insomnie, et la seule vue de la nourriture lui donnait des nausées. « Pas de réponse de mon oncle ?

– Aucune, répondit le mestre. Ni de votre père, à Pyk.

– Expédiez de nouveaux oiseaux.

– Inutile. Le temps qu'ils atteignent…

– *Expédiez-en !* » Repoussant violemment le plateau d'un revers de coude, il rejeta ses couvertures et jaillit du lit de Ned Stark nu et furibond. « Ou c'est ma mort que vous voulez ? Est-ce ça, Luwin ? La vérité, maintenant ! »

Le petit homme gris demeura impavide. « Mon ordre sert.

– Certes, mais qui ?

– Le royaume, dit mestre Luwin, et Winterfell. Jadis, Theon, je vous ai enseigné à lire, écrire, compter, l'histoire et le métier militaire. Et je vous aurais enseigné bien davantage si vous aviez manifesté la moindre envie d'apprendre. Je n'irai pas jusqu'à prétendre que je vous aime de tout mon cœur, mais je ne saurais non plus vous haïr. Et vous haïrais-je que, tant que vous tenez Winterfell, mes vœux m'obligent en conscience à vous conseiller. Aussi vous conseillé-je à présent de *vous rendre.* »

Theon se baissa pour ramasser un manteau qui traînait, roulé en boule, dans la jonchée, secoua les brindilles qui le hérissaient, s'en drapa les épaules. *Du feu. Je veux du feu et des vêtements propres. Où est Wex ? Je ne vais quand même pas descendre dans la tombe en tenue crasseuse !*

« Vous n'avez aucune chance de tenir, ici, poursuivit le mestre. Si votre seigneur père avait eu l'intention de vous porter secours, ce serait déjà chose faite. Il ne s'intéresse qu'au Neck. C'est parmi les ruines de Moat Cailin que se livrera la bataille pour le Nord.

– Il se peut, répliqua Theon. Mais, tant que je tiens Winterfell, ser Rodrik et les bannerets Stark ne peuvent marcher vers le sud et tomber sur les arrières de mon oncle. » *Je ne suis pas si ignare en matière de stratégie que tu te figures, vieillard.* « J'ai suffisamment de provisions pour soutenir un an de siège, le cas échéant.

– Il n'y aura pas de siège. Peut-être passeront-ils un ou deux jours à fabriquer des échelles et fixer des grappins en bout de cordes, mais ils ne tarderont pas à submerger vos murs sous cent assauts simultanés. Même en admettant que vous parveniez à garder le donjon quelque temps, le château lui-même sera tombé au bout d'une heure. Vous feriez mieux d'ouvrir vos portes en demandant...

– ... *miséricorde ?* Je sais quel genre de miséricorde ils me réservent.

– Il existe une voie.

– Je suis un Fer-né, lui rappela Theon, j'ai ma propre voie. Quel choix me laissent-ils ? Non, ne répondez pas, j'ai ma claque de vos *conseils.* Allez expédier vos oiseaux, c'est un ordre, et je le maintiens ; et dites à Lorren que je veux le voir. Wex de même. J'entends que ma maille soit impeccable et que ma garnison s'assemble dans la cour. »

Il crut un instant que le mestre allait le défier, mais celui-ci finit par s'incliner roidement. « A vos ordres. »

Cela produisit un rassemblement dérisoire, tant la cour était vaste et limité le nombre des Fer-nés. « Les gens du Nord seront sur nous d'ici ce soir, leur annonça-t-il. Ser Rodrik Cassel et tous les vassaux qu'a mobilisés son appel. Je ne les esquiverai pas. J'ai pris ce château, j'entends le garder et vivre ou mourir prince de Winterfell. Mais je n'oblige personne à mourir avec moi. Si vous partez sur l'heure, avant que ne survienne le gros des forces de ser Rodrik, vous avez encore une chance de vous en tirer. » Il dégaina sa longue épée pour tracer un trait dans la poussière. « Qui veut rester se battre, un pas en avant. »

Aucun ne pipa. Tous demeurèrent aussi immobiles que s'ils s'étaient, sous leur maille et leurs fourrures et leur cuir bouilli, changés en statues de pierre. Certains échangèrent un regard furtif. Urzen battait mollement la semelle. Dykk Harloi graillonna un glaviot. Un doigt de vent fourragea la longue tignasse blonde d'Endehar.

Theon eut l'impression de couler à pic. *Pourquoi m'étonner ?* songea-t-il mornement. Son père l'avait abandonné, tout comme ses oncles et sa sœur et ce maudit salopard de Schlingue. Pourquoi diable ses hommes auraient-ils dû lui manifester davantage de fidélité ? Il n'y avait là rien à redire, et rien là contre à faire. Il se voyait simplement réduit à jouer les piquets sous les grands murs gris, sous le blanc minéral du ciel, et à attendre, attendre, attendre, l'épée au poing…

Wex fut le premier à franchir la ligne. Trois pas vifs le portèrent aux côtés de Theon, pantelant. Mortifié par l'attitude du gamin, Lorren le Noir suivit, l'œil mauvais. « Qui d'autre ? » lança-t-il. Rolf le Rouge s'avança. Puis Kromm. Werlag. Tymor et ses frères. Ulf la Teigne. Harrag le Voleur-de-moutons. Quatre Harloi, deux Botley. Kenned la Baleine enfin. Dix-sept en tout et pour tout.

Urzen était de ceux qui n'avaient pas bougé. Et Stygg. Et les dix amenés par Asha de Motte-la-Forêt. « Partez, alors, dit Theon. Courez rejoindre ma sœur. Vous recevrez d'elle un chaleureux accueil, je suis sûr. »

A défaut de mieux, Stygg eut la bonne grâce de se montrer honteux. Les autres se retirèrent sans un mot. Theon se tourna vers les dix-sept restants. « Au rempart. Si les dieux consentent à nous épargner, je me rappellerai chacun d'entre vous. »

Ses compagnons partis, Lorren le Noir s'attarda. « Les gens du château se retourneront contre nous dès le début des combats.

– Je sais. Que devrais-je faire, à ton avis ?

– Les foutre dehors. Tous. »

Theon secoua la tête. « La hart est prête ?

– Oui. Comptez vous en servir ?

– Tu vois mieux ?

– Ouais. Je prends ma hache, je me plante sur le pont-levis, et qu'ils viennent se frotter à moi. Un par un, deux, trois, m'est égal. Pas un ne passera la douve tant que j'aurai un souffle d'air. »

Il se propose de mourir, songea Theon. *Ce n'est pas à la victoire qu'il aspire mais à une fin digne d'être chantée.* « Nous utiliserons la hart.

– Soit », répliqua Lorren, l'œil noirci de mépris.

Une fois que Wex l'eut aidé à endosser sa tenue de combat, cuirs bouillis matelassés, cotte de mailles dûment huilée, surcot noir, mantelet d'or, et lui eut remis ses armes, Theon monta dans la tour de guet sise à l'angle des murs est et sud se faire une idée du sort qui l'attendait. Les hommes du Nord se disséminant de manière à parfaire l'encerclement, combien étaient-ils ? difficile à dire. Un millier, voire deux fois plus. *Contre dix-sept.* Ils s'étaient fait suivre de catapultes et de scorpions. Aucune tour de siège ne remontait apparemment la route Royale, mais ce n'était pas le matériau qui manquait dans le Bois-aux-Loups pour en construire tant et plus.

La lunette myrote de mestre Luwin facilita l'examen des bannières. De tous côtés flottait gaillardement la hache de guerre Cerwyn, ainsi que l'arbre Tallhart, le triton de Blancport. Plus clairsemés se révélèrent les emblèmes Flint et Karstark. De-ci de-là s'apercevait encore l'orignac Corbois. *Mais pas de Glover, Asha s'est occupée d'eux, pas de Bolton de Fort-Terreur, pas d'Omble descendus des parages du Mur.* Cela ne modifiait guère, au demeurant, le rapport de forces. Le jeune Cley Cerwyn ne tarda pas à se présenter aux portes et, brandissant en bout de hampe une bannière blanche, à proclamer que ser Rodrik Cassel désirait parlementer avec Theon Tourne-casaque.

Tourne-casaque. Aussi amer à avaler qu'une gorgée de fiel, le terme lui remémora le but initial de son voyage à Pyk : entraîner les boutres de Père contre Port-Lannis… « Je sortirai dans un instant ! cria-t-il. Seul. »

Lorren le Noir signifia sa réprobation. « Seul le sang peut laver le sang, déclara-t-il. Il se peut que les chevaliers respectent leurs trêves avec d'autres chevaliers, mais le point d'honneur les encombre moins quand il s'agit de régler leur compte à ceux qu'ils traitent de bandits. »

Theon se rebiffa. « Je suis le prince de Winterfell et l'héritier des îles de Fer. Va chercher la fille et fais ce que je t'ai dit. »

Regard meurtrier, puis : « Ouais, prince. »

Un de plus contre moi, s'avisa Theon. Il avait depuis quelque temps l'impression que même les pierres de Winterfell s'étaient déclarées ses ennemies mortelles. *Si je meurs, je mourrai sans amis, dans l'abandon le plus total.* Le seul recours était de vivre.

Il gagna la porte à cheval et couronne en tête. Près du puits, une femme remontait son seau. Sur le seuil des cuisines se carrait Gage. Et leur exécration, ils avaient beau la dissimuler sous des airs maussades et des physionomies de bois, Theon ne la percevait que trop clairement.

A l'abaisser du pont-levis, une bise glacée s'engouffra, gémissante, par-dessus la douve, et un frisson lui parcourut la chair. *C'est le froid, voilà tout*, se dit-il, *un frisson, pas un tremblement. La bravoure n'interdit pas de frissonner.* Poussant sa monture dans la gueule même de cette bise, il passa sous la herse et franchit le pont-levis tandis que s'ouvraient devant lui les portes extérieures. En émergeant au bas des murs, il sentit s'appesantir sur lui, du fond des orbites vides, le regard des deux gosses empalés, là-haut.

Ser Rodrik l'attendait au marché, monté sur son hongre pommelé. A ses côtés claquait, brandie par Cley Cerwyn, la bannière au loup-garou Stark. Personne d'autre sur la place, mais Theon distingua des archers postés sur les toits, tout autour, des piques à sa droite et, à sa gauche, une rangée de chevaliers en selle sous la bannière au triton Manderly. *Chacun d'eux n'aspire qu'à me voir mort.* Il reconnut tel et tel gars avec lesquels il avait jadis trinqué, joué aux dés, voire même troussé la gueuse, mais rien de cela ne le sauverait s'il leur tombait entre les pattes.

« Ser Rodrik. » Il tira sur les rênes. « C'est un chagrin pour moi que de devoir vous considérer comme un ennemi.

– Mon unique chagrin est de devoir attendre l'heure de te pendre. » Le vieux chevalier cracha dans la boue. « Theon Tourne-casaque.

– Je suis un Greyjoy de Pyk, rappela Theon. La casaque où m'emmaillota mon père était frappée d'une seiche, pas d'un loup-garou.

– Tu as été dix ans durant pupille des Stark.

– Otage et prisonnier, dirais-je.

– Lord Eddard aurait peut-être dû dès lors t'enchaîner au mur d'un cachot. Il préféra t'élever parmi ses propres fils, ces enfants que tu as massacrés, et je t'ai, moi, pour ma honte éternelle, exercé aux arts de la guerre. Que ne t'ai-je enfoncé l'épée dans les tripes au lieu de t'en mettre une au poing !

– Je suis venu pour parlementer, pas pour me laisser injurier. Dites ce que vous avez à dire, vieil homme. Que souhaitez-vous obtenir de moi ?

– Deux choses. Winterfell et ta peau. Commande à tes gens d'ouvrir les portes et de déposer les armes. Ceux qui n'ont pas assassiné d'enfants seront libres de se retirer, mais tu relèves de la justice du roi, toi. Puissent les dieux te prendre en compassion quand Robb reviendra.

– Plus jamais le regard de Robb ne se posera sur Winterfell, affirma Theon. Il se brisera sur Moat Cailin, comme l'ont fait depuis dix mille ans toutes les armées du sud. C'est nous qui tenons désormais le Nord, ser.

– Vous tenez trois châteaux, répliqua ser Rodrik, et j'entends reprendre celui-ci, Tourne-casaque. »

Theon affecta un souverain dédain. « Voici mes conditions à *moi*. Vous avez jusqu'à ce soir pour vous égailler. Ceux qui jureront leur foi à Balon Greyjoy en tant que leur roi et à moi-même en tant que prince de Winterfell se verront confirmer dans leurs droits et leurs biens sans souffrir la moindre avanie. Ceux qui nous défieront seront anéantis. »

L'incrédulité fit béer le jeune Cerwyn. « Es-tu fou, Greyjoy ? »

Ser Rodrik secoua la tête. « Rien que vain, mon gars. Theon s'est toujours démesuré sa petite personne, je crains. » Il darda son doigt vers lui. « Ne te fais aucune illusion, surtout. Pour régler leur compte aux ordures de ton espèce, je n'ai que faire d'attendre que Robb ait opéré sa percée dans le Neck. J'amène près de deux mille hommes..., et tu en possèdes à peine une cinquantaine, si j'en dois croire mes informateurs. »

Dix-sept, très exactement. Il s'extirpa un sourire. « J'ai mieux que des hommes. » Il agita le poing par-dessus sa tête, ainsi que convenu avec Lorren le Noir.

Les remparts de Winterfell se trouvaient dans son dos mais, les ayant carrément sous le nez, ser Rodrik ne pouvait rater le spectacle, lui. Theon se contenta de scruter sa physionomie. Le tressaillement des bajoues sous les épais favoris blancs suffit à lui révéler dans les moindres détails ce que voyait le vieux chevalier. *Il n'est pas étonné*, s'attrista-t-il, *mais atterré, oui.* « Quelle lâcheté ! grommela ser Rodrik. « Utiliser une enfant si..., c'est – c'est infâme.

– Oh, je sais, riposta Theon. C'est un plat dont j'ai goûté moi-même, auriez-vous oublié ? J'avais dix ans lorsqu'on m'a emmené de chez mon père pour s'assurer qu'il ne fomente plus de rébellions.

– Ça n'a rien à voir ! »

Theon demeura impassible. « Mon propre nœud coulant n'était point fait de chanvre, admettons, mais je le sentais tout de même. Et il m'échauffait, ser Rodrik. Il m'échauffait à vif. » Il n'en avait jamais pris pleinement conscience jusqu'alors, mais chaque mot qui débordait le frappait par sa véracité.

« On ne t'a jamais maltraité.

– Non plus qu'on ne maltraitera votre Beth, tant que vous... »

Ser Rodrik ne lui laissa pas le loisir d'achever. « *Vipère !* cracha-t-il, la face empourprée de colère sous les favoris neigeux. Je t'offrais la chance de sauver tes hommes et de mourir avec un rien d'honneur, Tourne-casaque. J'aurais dû savoir que c'était encore trop exiger d'un tueur d'enfants. » Sa main se porta sur la poignée de son épée. « Je devrais t'abattre ici même, à l'instant, que c'en soit terminé de tes mensonges et de tes vilenies. Je devrais, crebleu ! »

Theon ne craignait pas un vieillard branlant, mais ces archers à l'affût, ces piques et cette ligne de chevaliers, c'était une tout autre affaire. Que ces derniers défourraillent, et ses chances de regagner le château vivant pouvaient être comptées pour nulles. « Parjurez-vous en m'assassinant, et vous verrez votre petite Beth s'étrangler au bout de sa corde. »

L'étreinte avait blanchi les jointures de ser Rodrik, mais il finit par relâcher sa prise. « J'ai trop vécu, décidément.

– Ce n'est pas moi qui vais vous démentir, ser. Acceptez-vous mes conditions ?

– J'ai des devoirs envers lady Catelyn et la maison Stark.

– Et envers votre propre maison ? Beth est la dernière de votre sang. »

Le vieux chevalier se redressa de tout son haut. « Laissez-moi prendre la place de ma fille. Relâchez-la, prenez-moi comme otage. Le gouverneur de Winterfell vaut assurément plus cher qu'une enfant.

– Pas à mes yeux. » *Magnifique, mon vieux, ton geste, mais je ne suis pas stupide à ce point.* « Ni, je gage, à ceux de Leobald Tallhart ou de lord Manderly. » *Ta vieille peau piteuse ne vaut pas un clou, ni pour eux ni pour n'importe qui.* « Non, je garde la petite..., et elle ne courra aucun risque si vous exécutez mes ordres point par point. Sa vie est entre vos mains.

– Mais, bonté divine ! comment peux-tu agir ainsi, Theon ? Tu sais que je dois attaquer, que j'ai *juré*...

– Si votre armée assiège encore ma porte au coucher du soleil, je fais pendre Beth, assena Theon. Un deuxième otage subira le même sort au point du jour, un troisième au crépuscule et ainsi de suite, matin et soir, jusqu'à ce que vous soyez partis. Les otages ne me manquent pas. » Sans attendre de réponse, il fit volter Blagueur et retourna vers le château, d'abord au pas, mais la hantise des archers dans son dos l'incita bientôt à s'offrir un petit galop. Du haut de leurs piques, les deux crânes enfantins le lorgnaient venir, plus impressionnants à chaque foulée, avec leurs faces écorchées noircies de bitume ; entre eux se tenait, hart au col, Beth Cassel, en larmes. Des deux éperons, Theon lança Blagueur au triple galop. Les sabots crépitèrent sur le pont-levis comme une volée de tambour.

Il sauta de selle dans la cour et, tout en tendant les rênes à Wex, « Ça va peut-être les dissuader, dit-il à Lorren le Noir. Nous le saurons au crépuscule. D'ici là, rentre la gamine et mets-la-moi quelque part au frais. » Sous ses strates de cuir, d'acier, de laine, il était moite de sueur. « Une coupe de vin ne sera pas de trop. L'idéal serait une cuve. »

Un bon feu flambait dans la chambre de Ned Stark. Theon s'assit au coin de la cheminée et se versa un rouge plein de corps qu'on lui avait monté des caves et aussi âpre que son humeur. *Ils attaqueront*, songea-t-il sombrement, les yeux sur les flammes. *Malgré sa passion pour sa fille, ser Rodrik s'en fera une obligation comme gouverneur et, surtout, comme chevalier.* La corde eût-elle enserré la gorge de Theon et lord Balon Greyjoy commandé les troupes, à l'extérieur, que déjà les cors eussent, sûr et certain, sonné l'assaut. Les dieux soient loués, ser Rodrik n'était pas Fer-né… Les hommes des terres vertes étaient certes faits d'une étoffe autrement plus souple, mais souple assez ? Theon n'en eût pas juré.

Si, dans le cas contraire, le vieux donnait l'ordre, en dépit de tout, de monter à l'assaut, Winterfell tomberait, Theon ne se berçait à cet égard d'aucune illusion. Dussent ses dix-sept tuer trois, quatre, cinq fois plus d'adversaires, ils finiraient fatalement par succomber.

L'œil attaché sur les flammes par-dessus le bord de sa coupe, Theon ruminait l'injustice de tout cela. « J'ai chevauché aux côtés de Robb Stark dans le Bois-aux-Murmures », bougonna-t-il. La peur qui l'avait tenaillé, cette nuit-là, bagatelle à côté de celle qu'il éprouvait à présent. C'était une chose que de se jeter dans la mêlée entouré d'amis, c'en était une autre que de périr seul et couvert d'opprobre. *Miséricorde*, songea-t-il misérablement.

Le vin ne lui apportant aucun réconfort, il dépêcha Wex lui chercher son arc, se traîna vers l'ancienne cour intérieure et, campé là, décocha flèche après flèche aux cibles d'entraînement jusqu'à en avoir mal aux épaules et les doigts sanglants, mais sans s'accorder d'autre pause que pour aller récupérer ses flèches avant de recommencer. *C'est avec ce même arc que je sauvai Bran*, se rappela-t-il. *Que ne peut-il me sauver moi-même.* Des femmes vinrent au puits, qui n'eurent garde de s'attarder ; ce qu'elles percevaient de sa physionomie les faisait promptement déguerpir.

Derrière lui se dressait, déchiquetée comme une couronne par l'incendie de ses étages supérieurs, la tour foudroyée jadis. La course du soleil en déplaçait incessamment l'ombre et l'allongeait peu à peu, tel un bras noir brandi vers Theon Greyjoy. Si bien que celui-ci, lorsque le soleil frôla le sommet du rempart, se retrouva pris dans son poing. *Si je pends la gosse, ils attaqueront immédiatement*, se dit-il en lâchant un trait. *Mais si je ne la pends pas, ils sauront que je menace en l'air.* Il encocha une nouvelle flèche. *Pas moyen de sortir de là, pas un.*

« Si vous possédiez une centaine d'archers aussi doués que vous, vous auriez peut-être une chance de tenir », le fit tressaillir une voix paisible.

Mestre Luwin était derrière lui. « Du large ! gronda Theon. J'en ai marre, de vos conseils.

– Et de la vie ? En avez-vous marre aussi, messire prince, de la vie ? »

Il haussa son arc. « Un mot de plus, et cette flèche vous perce le cœur.

– Vous n'en ferez rien. »

Theon banda l'arc, et les plumes d'oie grises vinrent effleurer sa joue. « Vous amuse de parier ?

– Je suis votre ultime espoir, Theon. »

Je n'espère rien, songea-t-il, mais il n'en abaissa pas moins l'arc d'un demi-pouce. « Je ne m'enfuirai pas.

– Je ne parle pas de fuite. Prenez le noir.

– La Garde de Nuit ? » Il laissa la corde se détendre lentement puis pointa la flèche vers le sol.

« Ser Rodrik a depuis sa naissance servi la maison Stark, et la maison Stark est depuis toujours l'amie de la Garde. Il ne vous rebutera pas. Ouvrez-lui vos portes, mettez bas les armes, acceptez ses conditions, et il se fera un *devoir* de vous laisser prendre le noir. »

Frère de la Garde de Nuit. Cela signifiait ni couronne ni fils ni femme..., mais cela signifiait vivre, et vivre avec honneur. Le propre frère de Ned Stark avait choisi la Garde, ainsi que Jon Snow.

Des tenues noires, une fois arrachée la seiche, j'en ai des tas. Jusqu'à mon cheval qui est noir. Il me serait possible de m'élever haut, dans la Garde – chef des patrouilles, voire même lord Commandant. Qu'Asha garde ces putains d'îles, elles sont aussi rébarbatives qu'elle. Si je servais à Fort-Levant, je pourrais commander mon propre navire, et le gibier abonde, au-delà du Mur. Quant aux femmes, quelle sauvageonne ne désirerait un prince dans son lit ? Un sourire s'ébaucha lentement sur ses traits. *Un manteau noir, ça ne peut pas se retourner. Je me montrerais aussi valeureux que quiconque, et...*

« *PRINCE THEON !* » La brusquerie de l'appel pulvérisa ce rêve éveillé. Kromm accourait à toutes jambes. « Les gens du Nord... »

Une nausée de trouille le submergea. « L'assaut ? »

Mestre Luwin le saisit par le bras. « Il est encore temps. Une bannière blanche...

– Ils se battent ! haleta Kromm. Il en est venu d'autres, des centaines, qui ont d'abord fait mine de se joindre à eux, mais ils leur foncent dedans, maintenant !

– Asha ? » S'était-elle enfin résolue à le sauver ?

Kromm branla du chef. « Non. Des *gens du Nord*, je vous dis ! Avec un homme en sang sur leur bannière. »

L'écorché de Fort-Terreur. Avant sa capture, se souvint Theon, Schlingue appartenait au bâtard Bolton. Qu'une pareille ordure ait pu convaincre les Bolton de changer de camp semblait aberrant, mais comment s'expliquer leur arrivée, sinon ? « Me faut voir ça. »

Mestre Luwin leur emboîta le pas. Une fois parvenus sur l'enceinte extérieure, la place du marché leur apparut jonchée d'hommes morts et de chevaux mourants. Au lieu de lignes de bataille ne se distinguait qu'un magma mouvant de bannières et d'acier. Le frisquet de l'automne retentissait de cris et de beuglements. Si ser Rodrik avait apparemment l'avantage du nombre, les Bolton avaient celui d'un meilleur chef et le bénéfice de la surprise. Theon les contempla charger, tournoyer, charger de nouveau, tailler des croupières sanglantes dans chacune des tentatives de l'ennemi pour se reformer entre les maisons. Du vacarme assourdissant que faisaient les haches en s'abattant sur les boucliers de chêne émergeaient les hennissements claironnants d'un cheval épouvanté par ses mutilations. L'auberge brûlait.

Lorren le Noir surgit aux côtés de Theon et fut longtemps sans prononcer un mot. Déjà bas sur l'horizon, le soleil peignait de rougeoiements sombres les façades et les champs. Un maigre cri de douleur tremblota par-dessus les murs, une sonnerie de cor s'éteignit brusquement derrière des chaumières en feu. Theon regarda un blessé ramper vaille que vaille dans son propre sang que buvait la terre en direction du puits, au centre du marché, et mourir avant de l'atteindre ; il portait un justaucorps de cuir et un heaume conique, mais aucun insigne qui permît d'identifier le parti pour lequel il s'était battu.

Le sol était bleu quand les corbeaux survinrent avec les étoiles du soir. « Les Dothrakis voient dans les étoiles les âmes des preux défunts », dit Theon. Mestre Luwin le lui avait conté, voilà bien longtemps.

« Dothrakis ?

– Les seigneurs du cheval, par-delà le détroit.

– Ah. Eux. » Lorren le Noir grimaça sous sa barbe. « Les sauvages croient toutes sortes de conneries. »

Au fur et à mesure que s'épaississait la nuit et que s'épanchait la fumée, ce qui se passait sous les murs devenait de plus en plus indéchiffrable, mais le fracas du fer s'amenuisa graduellement jusqu'à trois fois rien, les braillements et les sonneries firent place aux plaintes et à de pitoyables gémissements. Une colonne d'hommes à cheval finit par émerger des tourbillons de fumée. A leur tête se trouvait un chevalier revêtu d'une armure sombre. Son heaume arrondi rougeoyait de façon lugubre, et un manteau rose pâle flottait dans son dos. Il tira sur les rênes à l'entrée principale, et l'un de ses gens somma le château d'ouvrir.

« Etes-vous des amis ou des ennemis ? leur brailla Lorren le Noir.

– Un ennemi apporterait-il d'aussi beaux présents ? » Le heaume rouge agita la main, et trois cadavres basculèrent devant les portes. Une torche vint les illuminer de manière à permettre aux défenseurs de les identifier.

« Le vieux gouverneur, dit Lorren le Noir.

– Ainsi que Leobald Tallhart et Cley Cerwyn. » Une flèche avait crevé l'œil du jeune lord, un bras de ser Rodrik était tranché à hauteur du coude. Avec un cri de détresse inarticulé, mestre Luwin se détourna et tomba à genoux, l'estomac retourné.

« Si ce gros porc de lord Manderly n'avait été trop lâche pour quitter Blancport, on vous l'aurait livré aussi ! » gueula le heaume rouge.

Sauvé, pensa Theon. Pourquoi, dès lors, se sentait-il si vide ? Il la tenait pourtant, la victoire, la douce victoire, la délivrance tant désirée. Il jeta un coup d'œil vers mestre Luwin. *Et dire que j'étais à deux doigts de me rendre et de prendre le noir…*

« Ouvrez les portes à nos amis. » Peut-être allait-il, cette nuit, dormir, dormir enfin sans plus craindre les fantômes qui hantaient ses rêves.

Les gens de Fort-Terreur franchirent la douve et les portes de l'enceinte intérieure. Suivi de Lorren le Noir et de mestre Luwin, Theon les accueillit dans la cour. Des pennons rougeâtres ornaient bien le fer de quelques lances, mais la plupart des survenants ne charriaient que des haches, rapières et boucliers plus ou moins en pièces. « Combien d'hommes avez-vous perdus ? s'enquit Theon pendant que démontait le heaume rouge.

– Vingt ou trente. » Le reflet de la torche éclaboussa l'émail éraillé de sa visière. Heaume et gorgeret affectaient l'effigie d'un visage et de ses épaules écorchés, sanglants. La bouche béait sur un hurlement d'angoisse muet.

« Ser Rodrik vous avait à cinq contre un.

– Ouais, mais il nous a pris pour des potes. Une erreur banale. Quand le vieil idiot m'a tendu la main, je lui ai piqué la moitié du bras. Avant de lui révéler mon visage. » Il porta les deux mains à son heaume, le souleva par-dessus sa tête et le coinça sous son bras.

« Schlingue ! » s'écria Theon, mal à l'aise. *Comment diable un serviteur vulgaire a-t-il pu se procurer une armure aussi splendide ?*

L'autre ricana. « Mort, cette canaille. » Il se rapprocha. « La faute à la fille. Si elle ne s'était pas mise à courir comme une dératée, il n'aurait pas estropié son cheval, et nous aurions pu nous enfuir. Quand j'ai vu les cavaliers, du haut de la crête, je lui ai refilé le mien. J'avais fini la fille, à ce moment-là, mais lui, ça lui plaisait, de prendre la relève tant qu'elles étaient tièdes encore. Il m'a fallu le retirer d'elle et lui fourrer mes propres vêtements dans les mains – doublet de velours, bottes en veau, ceinturon niellé d'argent, tout, même ma pelisse de zibeline. "File à Fort-Terreur, lui ai-je dit, et ramènes-en le plus possible de secours. Prends mon cheval, tu iras plus vite, et, tiens, l'anneau que m'a donné mon père, ça leur prouvera que tu viens de ma part." Il savait que mieux valait ne pas me poser de question… Et moi, le temps qu'on lui fiche une flèche entre les épaules, je m'étais bien barbouillé avec la merde de la fille avant d'endosser sa défroque à lui. Au risque d'ailleurs de me faire pendre, mais j'ai vu là ma seule chance de m'en tirer. » Il se frotta la bouche du dos de la main. « Et maintenant, mon cher prince, une femme m'était promise si je ramenais deux cents hommes. De fait, j'en ai amené trois fois plus, et pas des bleus, pas des bouseux non plus… – la garnison de mon propre père. »

Theon avait donné sa parole. Et ce n'était pas le moment de flancher. *Paie-lui sa livre de chair, tu lui régleras son compte par la suite.* « Harrag, dit-il, rends-toi aux chenils et ramènes-en Palla pour… ?

– Ramsay. » Un sourire flottait sur sa lippe grasse, mais pas l'ombre dans ses prunelles pâles, pâles… ! « Snow, m'appelait ma femme avant de se ronger les doigts, mais je dis Bolton. » Le sourire s'ourla. « Ainsi, vous m'offririez une fille de chenil en récompense de mes bons et loyaux services, c'est bien cela ? »

Quelque chose dans le ton qu'il venait de prendre n'était pas pour plaire à Theon, non plus que l'impudence avec laquelle le toisaient les hommes de Fort-Terreur. « Telles étaient nos conventions.

– Elle pue la crotte de chien. Or il se trouve que, ce genre de fragrances-là, j'en ai satiété. Tout bien réfléchi, je prendrai plutôt votre chaufferette. Vous l'appelez comment, déjà ? Kyra ?

– Etes-vous fou ? s'emporta Theon. Je vais vous faire… »

Le revers du Bâtard le prit en pleine figure, il entendit sa pommette se pulvériser avec un fracas répugnant sous le gantelet à l'écrevisse, et puis le rugissement pourpre de la douleur abolit l'univers.

Lorsqu'il finit par reprendre conscience, il gisait au sol. Il roula sur son ventre et déglutit une bolée de sang. Essaya bien de gueuler : *Fermez les portes !*, mais il était trop tard. Les types de Fort-Terreur avaient déjà trucidé Rolfe le Rouge et Kenned, et les portes ne cessaient d'en dégorger d'autres, un fleuve ininterrompu de maille et de lames acérées. Il était assourdi de bourdons, et l'horreur l'environnait. Il vit que Lorren le Noir avait tiré l'épée, mais que quatre hommes le serraient de près. Il vit Ulf courir vers la grande salle et s'effondrer, la panse crevée par un carreau d'arbalète. Il vit mestre Luwin s'efforcer de le rejoindre et un chevalier monté lui planter une pique entre les épaules puis, d'une volte, lui passer sur le corps. Il vit un autre homme faire tournoyer une torche par-dessus sa tête et la balancer finalement vers le toit de chaume des écuries. « *Sauvez-moi les Frey !* brailla le Bâtard, comme les flammes s'élançaient avec un mugissement, *et brûlez les autres ! Brûlez-moi ça ! Brûlez-moi tout !* »

La dernière image qu'emporta Theon Greyjoy fut celle de Blagueur qui, la crinière en feu, surgissait de la fournaise des écuries en cabriolant, claironnant, ruant…

TYRION

Sur son rêve planaient un plafond de pierre crevassé et des odeurs inextricables de sang, de merde et de viande carbonisée. Et l'âcreté de la fumée vous suffoquait. Tout autour s'exhalaient des gémissements, des plaintes, et, de temps à autre, un cri de douleur strident montait, qui vous écorchait les tympans. Il tenta de se mouvoir et s'aperçut qu'il avait embrenné sa literie. La fumée faisait ruisseler ses yeux. *Suis-je en train de pleurer ?* Il ne devait surtout pas le laisser voir à Père. Il était un Lannister, un Lannister de Castral Roc. *Un lion. Je dois être un lion, vivre en lion, mourir en lion.* Mais ce qu'il souffrait, bons dieux. Trop faible pour geindre, il s'abandonna dans sa propre merde et ferma les yeux. Non loin, quelqu'un maudissait les dieux d'une voix pâteuse et monocorde. Il prêta l'oreille aux blasphèmes et se demanda s'il était en train de mourir. Au bout d'un moment, la pièce se dissipa.

Il se retrouva hors les murs, parcourant à pied un monde entièrement décoloré. Les vastes ailes noires des corbeaux sillonnaient le ciel gris, et chacun de ses pas soulevait des nuées furieuses de freux charognards dont il perturbait les festins. Des asticots blancs affouillaient la pourriture noire. Gris étaient les loups, grises aussi les sœurs du Silence, et ils dépouillaient de conserve les morts de leur chair. D'innombrables cadavres jonchaient les lices. Pas plus gros qu'un liard porté à incandescence, le soleil blanc brillait sur la rivière grise qui se ruait avec des remous sur les carcasses calcinées de bateaux sombrés. Des bûchers funèbres s'élevaient de noires colonnes de fumée et de cendres chauffées à blanc. *Mon œuvre,* songea Tyrion Lannister. *Ils sont morts sur mon ordre.*

Au premier abord, le monde lui parut comme un bloc de silence, mais, à la longue, il y perçut la voix des morts, des voix basses, des voix effroyables. Qui pleuraient et se lamentaient, qui suppliaient que leurs tourments cessent et appelaient à l'aide et réclamaient leur mère. Sa mère, Tyrion ne l'avait pas connue. Il réclamait Shae, lui, mais Shae ne se trouvait pas là. Solitaire, il marchait parmi la foule d'ombres grises, essayant de se souvenir…

Les sœurs du Silence dépouillaient les morts de leur armure et de leurs vêtements. Leurs mille teintures éclatantes avaient fui les surcots ; de vagues nuances de gris et de blanc paraient seulement les cadavres dont le sang était noir, uniformément, noir et croûteux. Une fois dénudés, on les soulevait par un bras, une jambe, et on les charriait, ballants, jusqu'aux bûchers de leurs copains. Métal et tissu s'amassaient sur le plancher d'une charrette blanche attelée de deux grands chevaux noirs.

Tant de morts, tant, tant, tant… Les corps pendouillaient, flasques, les visages étaient tantôt mous, tantôt crispés, tantôt boursouflés par les gaz, méconnaissables, à peine humains. Les tenues ôtées par les sœurs s'ornaient de cœurs noirs, de lions gris, de fleurs fanées, de cerfs blafards comme des spectres. Toutes les armures étaient dentelées, fracassées, toutes les cottes démaillées, rompues, déchirées. *Pourquoi les ai-je massacrés, tous ?* Il l'avait su, puis oublié, bizarrement.

Il aurait volontiers interrogé une sœur du Silence mais, chaque fois qu'il voulait parler, il découvrait n'avoir pas de bouche. Comment vivre sans bouche ? Il prenait ses jambes à son cou. La ville n'était pas bien loin. Il y serait à l'abri, dans la ville, loin de tous ces morts. Les morts, il n'en faisait pas partie. Il n'avait pas de bouche, bon, mais il était encore un homme en vie. *Non, un lion, un lion, et vivant, bien vivant.* Mais, lorsqu'il atteignit les murs de la ville, on lui en ferma les portes.

Il faisait sombre, à son réveil. Il ne distingua d'abord rien, mais peu à peu finirent par lui apparaître les vagues contours d'un lit sur lequel il était couché. Puis, malgré les courtines étroitement closes, il discerna la silhouette de montants sculptés, le baldaquin dont le velours pochait au-dessus de lui. Sous ses membres cédait le moelleux d'un matelas de plumes, et l'oreiller sur lequel reposait sa tête était bourré de duvet d'oie. *Mon propre lit. Je me trouve dans mon propre lit, dans ma propre chambre.*

Il faisait chaud, dans l'alcôve close et sous l'amas de fourrures et de courtepointes qui le couvraient. Il transpirait. *Fièvre*, songea-t-il obscurément. Il se sentait d'une faiblesse extrême, et la douleur le lancina par tout le corps quand il prétendit lever une main. Il renonça. Trop dur. Il avait l'impression d'être affublé d'une tête énorme, aussi grosse que le lit, et beaucoup trop lourde pour se détacher de l'oreiller. Le reste de son corps, à peine en avait-il le sentiment. *Comment suis-je arrivé ici ?* Il essaya de se rappeler. La bataille lui revint par bribes et par brèves images. Le combat le long de la berge, le chevalier présentant en gage son gantelet, le pont de bateaux…

Ser Mandon. Ressurgirent les yeux vides et morts, la main tendue, les miroitements verts sur la plate émaillée de blanc. Une vague de peur glacée le submergea ; il sentit sa vessie s'en vider sous les draps. Il aurait bien crié, mais il n'avait pas de bouche. *Non, c'était le cauchemar, ça*, songea-t-il, la cervelle sous le laminoir. *A l'aide ! à l'aide ! quelqu'un, Jaime, Shae, Mère, quelqu'un…, Tysha…*

Personne n'entendit, personne ne vint. Seul dans le noir, il resombra dans un sommeil qui puait la pisse. Et rêva que sa sœur se penchait au-dessus du lit, le seigneur leur père à ses côtés, revêche. Ce ne pouvait être qu'un rêve, puisque lord Tywin se trouvait à mille lieues de là, dans l'ouest, combattant Robb Stark. D'autres allaient et venaient de même. Si Varys soupirait en le contemplant, Littlefinger lâchait une boutade. *Putain de bâtard de traître*, songea Tyrion, venimeux, *on t'a expédié à Pont-l'Amer, et tu n'es jamais revenu !* Il lui arrivait de les entendre converser, mais il ne comprenait pas leurs paroles. Leurs voix bourdonnaient à ses oreilles comme des guêpes tout emmitouflées de feutre.

Il mourait d'envie de demander si l'on avait remporté la victoire. *Nous avons dû, sans quoi je ne serais plus qu'une tête sur une pique, quelque part. Si je vis, nous avons gagné.* Quel plaisir, au fait, prisait-il le plus, celui de la victoire ou celui d'être parvenu à la déduire ? Il recouvrait son humour, encore que lentement. Ouf. Son seul et unique bien, l'humour.

A son réveil suivant, les rideaux se trouvaient tirés, Podrick Payne s'inclinait sur lui, muni d'un bougeoir. Qui, le voyant ouvrir les yeux, détala. *Non, ne t'en va pas, aide-moi, à l'aide*, essaya-t-il d'articuler, mais sans mieux émettre qu'un vagissement sourd. *Je n'ai pas de bouche.* Il leva une main, geste aveugle, geste déchirant, mal, mal ! vers sa figure, et ses doigts finirent par rencontrer quelque chose de rigide où ils auraient dû trouver des lèvres, de la peau, des dents. *Tissu.* Des bandages lui enserraient tout le bas du visage, un emplâtre durci qui, tel un masque, comportait des trous pour le passage du souffle et des aliments.

Pod reparut presque aussitôt. Un inconnu l'escortait, cette fois, collier, robes – un mestre. « Il ne faut pas vous agiter, messire, murmura l'homme. Vous êtes grièvement blessé. N'empirez pas vous-même votre état. Avez-vous soif ? »

Il s'arracha un semblant de hochement. Le mestre inséra une pipette de cuivre incurvée dans le trou d'alimentation qui signalait l'emplacement de la bouche, et un menu filet liquide s'en déversa. Tyrion avala. Pas grand goût. Du lait de pavot, comprit-il un instant trop tard. La pipette se retirait à peine qu'il retombait en tournoyant dans le puits du sommeil.

A présent, c'est à un banquet que le conviait son rêve, un banquet de victoire, dans une vaste salle. Il trônait en haut de l'estrade, et, gobelets brandis, des hommes l'ovationnaient comme un héros. Là se trouvait Marillion, le rhapsode jadis mêlé à l'équipée dans les montagnes de la Lune, et il célébrait en s'accompagnant sur la harpe son audace et ses prouesses à lui, Lutin. Et Père lui-même souriait d'un air approbateur. La chanson achevée, Jaime bondissait de sa place. « A genoux, Tyrion », ordonnait-il, et son épée d'or lui touchait une épaule puis l'autre. Ainsi se relevait-il chevalier. Shae n'attendait que le moment de l'embrasser. Elle lui prenait la main et, rieuse et taquine, l'appelait « mon géant Lannister ».

La chambre était noire, glacée, déserte lorsqu'il émergea. On avait de nouveau fermé les courtines. Quelque chose clochait, qui prenait une sale tournure, il le sentait sans savoir quoi. Il était seul, une fois de plus. Il repoussa les couvertures, tenta de s'asseoir, mais il souffrait trop et s'abandonna, hors d'haleine.

Le pire n'était pas son visage, tant s'en fallait. Son côté droit n'était qu'un énorme foyer de souffrance et, pour peu qu'il bougeât le bras, des fulgurances lui ravageaient le torse tout entier. *Que m'est-il arrivé ?* Les combats eux-mêmes baignaient dans un flou de rêve quand il s'efforçait de s'en souvenir. *Je ne me doutais pas que j'étais si salement amoché quand ser Mandon...*

Malgré l'épouvante qu'elle ressuscitait, Tyrion se contraignit à supporter cette évocation, la scruter sans détours, y appliquer tout son esprit. *Il a tenté de m'assassiner, pas d'erreur. Cela, je ne l'ai pas rêvé. Et il m'aurait tranché la gorge, si Pod... Pod ! où est Pod ?*

Quitte à grincer des dents, il attrapa les tentures du lit, tira dessus. Elles se décrochèrent du baldaquin, s'affalèrent, à demi dans la jonchée, à demi sur lui. Tout dérisoire qu'il avait été, cet effort suffit à lui donner d'affreux vertiges. La pièce se mit à tourner, toute ombres épaisses et murs nus percés d'une seule fenêtre étroite. Il aperçut un coffre qui lui appartenait, un monceau de vêtements à lui, son armure démantibulée. *Ce n'est pas ma chambre*, saisit-il soudain. *Pas même la tour de la Main.* Quelqu'un l'avait déménagé. Son cri de colère se résolut en un geignement étouffé. *On m'a relégué ici pour mourir*, songea-t-il, et, renonçant à lutter, il ferma les yeux une fois de plus. L'atmosphère était froide, humide et, malgré cela, il se sentait brûlant.

Il rêva d'un lieu plus aimable, une petite maison douillette au bord de la mer d'occident. Les murs avaient beau en être lézardés, de guingois, le sol de terre battue, toujours il s'y était senti bien au chaud, lors même qu'on avait laissé le feu dépérir. *Elle me taquinait là-dessus*, se rappela-t-il. *Jamais l'idée d'alimenter le feu ne m'avait traversé l'esprit. Un serviteur s'en chargeait toujours.* « Nous n'avons pas de serviteurs », lui signalait-elle, et il répondait : « Tu m'as, je suis ton serviteur », et elle ripostait : « Un serviteur cossard. Et les serviteurs cossards, on leur fait quoi, à Castral Roc, messire ? » et il rétorquait : « On les embrasse. » Elle se mettait à pouffer, chaque fois. « Sûrement ! Je parie qu'on les rosse, moi », faisait-elle, et lui de maintenir : « Non pas, on les embrasse, juste comme ça », et il lui montrait : « On leur embrasse d'abord les doigts, un à un, là, puis on leur embrasse les poignets, oui, et la saignée du coude. Puis on embrasse leurs drôles d'oreilles, ils ont tous de drôles d'oreilles, nos serviteurs. Arrête de rire ! Et on leur embrasse les joues, et on leur embrasse les narines avec un petit *boum* ! dedans, là, *boum !*, comme ça, et on embrasse leurs chers sourcils et leurs cheveux et leurs lèvres, leur... mmmm... bouche..., ainsi... »

Ils se bécotaient des heures et des heures, et ils passaient des journées entières à ne rien faire d'autre que se prélasser au lit, écouter les vagues et se peloter. Il était émerveillé par son corps à elle, et elle avait l'air de se délecter de son corps à lui. Parfois, elle chantait pour lui. *J'aimais une fille belle comme l'été, elle avait du soleil dans sa chevelure.* « Je t'aime, Tyrion, lui chuchotait-elle avant qu'ils ne cèdent au sommeil, la nuit, j'aime tes lèvres, j'aime ta voix, j'aime les mots que tu me dis, j'aime ta gentillesse à mon égard, j'aime ton visage.

– Mon *visage* ?

– Oui. Oui. J'aime tes mains et leur manière de me toucher. Ta queue, j'aime ta queue, j'aime la sensation de l'avoir en moi.

– Elle t'aime aussi, ma dame.

– J'aime prononcer ton nom. Tyrion Lannister. Il va avec le mien. Pas le Lannister, l'autre. Tyrion et Tysha. Tysha et Tyrion. Tyrion. Mon seigneur Tyrion... »

Mensonges, pensa-t-il, *rien que simagrées, que cupidité, une pute, la pute de Jaime, le cadeau de Jaime, ma dame de la menterie.* On eût dit dépolis par un voile de pleurs, les traits de Tysha s'estompèrent, mais bien après qu'ils se furent effacés, sa voix demeura perceptible, toute faible et distante qu'elle était, lointaine, qui l'appelait : « ... messire, m'entendez-vous ? Messire ? Tyrion ? Messire ? Messire ?... »

A travers les brumes du pavot, dormait-il toujours ? Tyrion discerna un visage rose et flasque incliné sur lui. Il était de retour dans la chambre humide aux courtines arrachées, et le visage n'était pas le bon, pas le sien à elle, trop rond, puis frangé d'une barbe brune. « Avez-vous soif, messire ? J'ai votre lait, votre bon lait. Vous ne devez pas vous débattre, pas essayer de bouger, il faut absolument vous reposer. » Une de ses mains, rose et moite, tenait la pipette de cuivre, l'autre une carafe.

Comme l'individu se penchait davantage, les doigts de Tyrion se faufilèrent sous sa chaîne de métaux divers, la saisirent, tirèrent brusquement. Le mestre lâcha sa carafe, le lait de pavot se répandit de tous côtés sur la couverture. Tyrion tordit la chaîne jusqu'au moment où il sentit les maillons s'incruster dans le lard de l'autre. « *Non. Plus* », croassa-t-il d'une voix tellement enrouée qu'il douta même avoir parlé. Mais il avait dû le faire, car le mestre hoqueta en retour : « Lâchez, messire..., vous le faut, le lait..., la douleur..., la chaîne, non, lâchez, non... »

Sa bouille rose commençait à se violacer quand le libéra Tyrion. Il se recula précipitamment, cherchant l'air. Sur sa gorge rougie s'imprimait en blanc la marque de chaque maillon. Il avait aussi les yeux blancs. La main de Tyrion se leva vers son bâillon de plâtre et fit mine de l'arracher. Une fois. Deux. Trois.

« Vous..., vous souhaitez qu'on retire le pansement, c'est cela ? fit enfin le mestre. Mais je ne..., ce serait... fort malavisé, messire. Vos plaies ne sont pas encore cicatrisées, la reine désirait... »

La mention de sa sœur fit gronder Tyrion. *Tu es de sa clique, alors ?* Il brandit l'index vers le mestre puis referma violemment son poing. Manière de promettre à ce crétin : je te broierai, t'étranglerai ! si tu n'obtempères.

Par bonheur, celui-ci comprit. « Je..., je le ferai, si tel est le bon plaisir de messire, mais..., c'est inopportun, vos blessures...

– *Fais-le.* » D'une voix nettement plus distincte, cette fois.

Avec une révérence, l'homme quitta la pièce et revint au bout de peu d'instants chargé d'un long couteau à fine lame en dents de scie, d'une cuvette d'eau, d'un tas de compresses et de pas mal de fioles. Entre-temps, Tyrion s'était débrouillé pour se trémousser vers l'arrière de quelques pouces, de sorte qu'il se trouvait désormais à demi assis contre l'oreiller. Le mestre lui intima la plus parfaite immobilité pendant qu'il lui insérait sous le menton et le masque la lame de son couteau. *Que sa main dérape, et voilà Cersei délivrée de moi*, songea-t-il, tandis que la lame crissait à deux doigts de sa gorge sur son carcan de plâtre et de tissu.

La chance voulut que ce mollasson rose ne fût pas l'une des créatures les plus intrépides de la reine. Tyrion ne tarda guère à sentir sur ses joues la fraîcheur de l'air. La souffrance aussi, mais il l'ignora de son mieux. Le mestre écarta les bandages, encore encroûtés de drogues. « Tenez-vous bien tranquille, il me faut nettoyer la plaie. » Il avait la main délicate, et l'eau tiède un pouvoir apaisant. *La plaie.* Tyrion revit l'éclair vif-argent fuser subitement juste au bas de ses yeux. « Ça risque de picoter », prévint le mestre tout en humectant une compresse avec du vin qui embaumait la décoction de simples pilés. Cela fit pis que picoter. Cela lui traça un sillage de feu sur tout le travers du visage et lui tortilla jusqu'à la racine du nez un tisonnier rougi. Ses doigts agrippèrent les draps, et il en perdit la respiration, mais du moins réussit-il à ne pas couiner. Le mestre cependant caquetait comme une vieille poule. « Il aurait été plus sage de maintenir le masque jusqu'à ce que les lèvres se soient ressoudées, messire. C'est propre, néanmoins, bon, bon. Quand nous vous avons retrouvé, au fond de cette cave, parmi les morts et les mourants, vos blessures étaient pleines d'immondices. Vous aviez une côte cassée, vous devez vous en ressentir, un coup de masse, peut-être, ou bien une chute, difficile à dire. Et vous aviez pris une flèche au bras, juste à la jointure de l'épaule. Il portait des traces de gangrène, et j'ai bien cru d'abord que vous alliez le perdre, mais nous l'avons traité avec du vin bouillant et des asticots, et on dirait que sa guérison est en bonne voie…

– Nom, lui exhala Tyrion. *Nom.* »

Le mestre cilla. « Eh bien, vous êtes Tyrion Lannister, messire. Frère de la reine. Vous rappelez-vous la bataille ? Il arrive parfois que les blessures à la tête…

– *Votre* nom. » Il avait la gorge à vif, et sa langue avait oublié comment prononcer les mots.

« Je suis mestre Ballabar.

– Ballabar, répéta Tyrion. Apportez. Miroir.

– Mais, messire, objecta le mestre, sans me permettre de vous conseiller…, cela risque d'être…, ah, malavisé, en l'occurrence… Votre blessure…

– *Apportez* », dut-il insister. Il avait la bouche raide et douloureuse comme si un coup de poing lui avait fendu la lèvre. « Et boire. *Vin.* Pas pavot. »

Le mestre se leva, tout rouge, et fila, le temps de rapporter un flacon d'ambré pâle et un petit miroir d'argent poli qu'entourait un cadre d'or ciselé. Se posant sur le bord du lit, il emplit une demi-coupe et la porta aux lèvres boursouflées de son patient. Un filet de vin en coula, dont Tyrion perçut la fraîcheur, mais la saveur, guère. « *Encore* », dit-il quand la coupe fut vide. Mestre Ballabar versa de nouveau. Après cette seconde coupe, Tyrion Lannister se sentit assez fort pour supporter sa propre vue.

Il retourna le miroir et ne sut s'il lui fallait rire ou pleurer. Toute de biais, la balafre débutait à un cheveu sous son œil gauche pour ne s'achever qu'au bas de sa mâchoire, à droite. Trois quarts de son nez avaient disparu, et un copeau de lèvre. Quelqu'un avait recousu les bords de la déchirure avec du boyau de chat, et ces points de suture grossiers hérissaient tout du long l'horrible lézarde rouge et bouffie de chair en voie de cicatrisation. « *Joli* », croassa-t-il en jetant le miroir de côté.

Il se souvenait, maintenant. Le pont de bateaux, ser Mandon Moore, une main qui se tend, une épée lui volant au visage. *Si je ne m'étais rejeté en arrière, ce coup-là me faisait valser la moitié du crâne.* Jaime l'avait toujours dit, ser Mandon était le membre de la Garde le plus dangereux, parce que ses yeux vides et morts ne trahissaient jamais rien de ses intentions. *Jamais je n'aurais dû faire confiance à aucun d'entre eux.* S'il avait toujours su ser Boros et ser Meryn les âmes damnées de Cersei, il s'était fait accroire que leurs compères n'étaient pas absolument perdus d'honneur. *Cersei l'aura payé pour m'empêcher coûte que coûte d'en sortir vivant. Pourquoi, sinon ? Jamais je n'avais, que je sache, causé le moindre tort à Moore.* Il se palpa le visage, en éprouvant hardiment à pleins doigts chacune des fongosités. *Encore un cadeau de ma chère sœur.*

Le mestre se dandinait à côté du lit comme une oie prête à s'envoler. « Là, messire, il est fort probable que vous garderez une cicatrice…

– *Fort probable ?* » Son reniflement goguenard n'aboutit qu'à une grimace de supplicié. Pour sûr, il garderait une cicatrice. Et probable aussi que son nez ne repousserait pas de sitôt. Bon. Moins grave que si sa gueule avait toujours été un sujet de contemplation. « Rappelez-moi, ne pas, jamais, jouer avec, haches. » Ça tirait, de sourire. « Où, sommes-nous ? Quel, quel lieu ? » C'était douloureux de parler, mais il était resté trop longtemps silencieux.

« Ah. Dans la citadelle de Maegor, messire. Une chambre au-dessus du Bal de la Reine. Sa Grâce a voulu vous avoir tout près, pour veiller sur vous personnellement. »

Gageons qu'elle l'a fait. « Ramenez-moi, ordonna-t-il. Propre lit. Propres appartements. » *Où j'aurai mes propres hommes sous la main, et mon propre mestre aussi, si j'en déniche un en qui je puisse me fier.*

« Vos propres… Ce serait impossible, messire. La Main du roi s'est installée dans vos anciens appartements.

– Je. *Suis.* Main du roi. » L'effort de parler commençait à l'épuiser, et ce qu'il apprenait le laissait pantois.

Mestre Ballabar parut désemparé. « Non, messire, je… Vous étiez blessé, presque à l'agonie. Le seigneur votre père assume ces fonctions, maintenant. Lord Tywin. Il…

– *Ici ?*

– Depuis la nuit de la bataille. C'est lui qui nous a tous sauvés. Les petites gens disent que ce fut le fantôme du roi Renly, mais les hommes sensés ne s'y trompent pas. C'est votre père, et lord Tyrell, ainsi que le chevalier des Fleurs et lord Littlefinger, qui, chevauchant au travers des cendres, tombèrent sur les arrières de l'usurpateur Stannis. Ce fut une grande victoire et, à présent, lord Tywin s'est installé à la tour de la Main pour aider Sa Grâce à rétablir la justice dans le royaume, loués soient les dieux.

– Loués soient les dieux », répéta machinalement Tyrion. Ce salaud de Père *et* ce salaud de Littlefinger et le *fantôme de Renly* ? « Je veux… » *Qu'est-ce que je veux ?* Il n'allait sûrement pas charger le rose Ballabar d'aller lui chercher Shae. Mais qui en charger ? En qui pouvait-il se fier ? Varys ? Bronn ? Ser Jacelyn ? « … mon écuyer », termina-t-il. « Pod. Payne. » *C'était Pod, sur le pont de bateaux, le gamin m'a sauvé la vie.*

« Le garçon ? Le garçon bizarre ?

– Garçon bizarre. Podrick. Payne. Allez. Envoyez. *Lui.*

– Bien, messire. » Mestre Ballabar hocha du chef et sortit en trombe. Pendant qu'il attendait, Tyrion sentait ses forces s'amenuiser. Depuis combien de temps dormait-il, là ? *Cersei serait ravie que je m'endorme pour jamais. Je n'aurai pas tant d'obligeance.*

Podrik Payne entra dans la chambre avec une timidité de souris. « Messire ? » Il osait à peine approcher. *Comment un garçon si hardi sur le champ de bataille peut-il se montrer si froussard dans une chambre de malade ?* « Je voulais rester à votre chevet, mais le mestre m'a congédié.

– Congédie-le, *lui*. Ecoute-moi. Dur de parler. Besoin de vinsonge. *Vinsonge*, pas lait du pavot. Va voir Frenken. *Frenken*, pas Ballabar. Regarde-le faire. Rapporte ici. » Pod lui jeta un regard à la dérobée et, vite vite, détourna les yeux. *Vais pas l'en blâmer.* « Je veux, poursuivit-il, ma propre garde. Bronn. Où est Bronn ?

– On l'a fait chevalier. »

Même froncer le sourcil lancinait. « Trouve-le. Ramène.

– A vos ordres. Messire. Bronn. »

Tyrion lui saisit le poignet. « Ser Mandon ? »

Le gamin chancela. « Je ne v-v-voulais pas le t-t-t-t...

– *Mort ?* Tu... certain ? *Mort ?* »

Il remua les pieds, penaud. « Noyé.

– Bon. Dis rien. De lui. De moi. De tout ça. *Rien.* »

Quand son écuyer se fut retiré, les dernières forces de Tyrion s'étaient également retirées de lui. Il s'allongea sur le dos, ferma les yeux. Peut-être allait-il à nouveau rêver de Tysha. *Qui sait comment elle trouverait mon visage, à présent ?* songea-t-il avec amertume.

JON

En recevant de Qhorin Mimain l'ordre de glaner du bois pour faire un feu, Jon sut qu'approchait la fin.

Voilà qui nous procurera du moins l'agrément, si précaire soit-il, de ne plus grelotter, se dit-il tout en dépouillant de ses branches un arbre mort. Plus muet que jamais, Fantôme le regardait faire, assis sur son séant. *Hurlera-t-il son deuil, après que j'aurai péri, comme le fit Eté, lors de la chute de Bran ? Et chacun de ses frères, ceux de Winterfell ou, quelque part qu'ils se trouvent, Vent-Gris, Nyméria, joindra-t-il à la sienne sa voix désolée ?*

La lune émergeait, derrière une montagne, et le soleil sombrait derrière une autre quand, à force d'entrechoquer silex et poignard, s'éleva du foyer un maigre bouchon de fumée. Qhorin vint se planter au-dessus de Jon comme la première flamme léchait en vacillant le ramas d'écorce et d'aiguilles de pin. « Aussi timide, commenta-t-il à mi-voix, qu'une vierge au soir de ses noces, et presque aussi jolie. On en vient parfois à omettre combien c'est plaisant, le feu. »

Evoquer vierges et soirs de noces, lui ? cela semblait inconcevable. A la connaissance de Jon, toute l'existence de Qhorin s'était déroulée dans la Garde de Nuit. *A-t-il jamais aimé une fille ? fait l'expérience du mariage ?* Ne pouvant se permettre de le demander, il se contenta d'éventer les braises et, une fois que le feu flamba haut et clair en crépitant, retira ses gants raidis par le gel pour se chauffer les mains. Une merveille. Comme si du beurre fondu vous irriguait peu à peu les doigts. Il soupira. Jamais baiser lui avait-il procuré autant de plaisir ?

Mimain s'assit en tailleur à même le sol, et la flambée se mit à équarrir capricieusement sa rude physionomie. Des cinq patrouilleurs enfuis du col Museux ne demeuraient qu'eux deux, refoulés au fin fond gris-bleu des Crocgivre inhospitaliers.

L'espoir que Sieur Dalpont réussirait à coincer pas mal de temps les sauvageons dans la nasse du col s'était effondré le premier lorsque avait retenti la sonnerie du cor annonçant trop clairement sa perte. Ensuite avait surgi des ombres le grand aigle aux ailes bleuâtres, mais il s'était mis hors de portée dès avant que Vipre, saisissant son arc, n'en eût seulement pu bander la corde, ce qui fit cracher Ebben, puis grommeler de nouvelles imprécations où revenaient les mots lugubres de mutants et autres zomans.

L'aigle, ils l'aperçurent à deux reprises le lendemain, tandis que sur leurs arrières ne cessait de se répercuter d'écho en écho, chaque fois plus fort, chaque fois plus proche, l'appel du cor. A la tombée de la nuit, Ebben reçut l'ordre de repartir au triple galop vers l'est avec son propre cheval et celui de Sieur alerter Mormont, tandis qu'eux-mêmes donneraient le change à leurs poursuivants. « Envoie Jon, conjura-t-il Mimain, il monte aussi vite que moi.

– Un autre rôle l'attend.

– Il n'est encore qu'un gamin…

– Non, riposta Qhorin, il est un homme, et un homme de la Garde de Nuit. »

Ebben les quitta donc, dès la lune levée. Vipre l'escorta un bout de chemin, manière, en revenant sur ses pas, de brouiller les pistes, puis tous trois repartirent vers le sud-ouest.

Dès lors, leurs jours et leurs nuits se succédèrent en s'enchevêtrant. Ils dormaient en selle, ne faisaient halte que le temps d'abreuver et de nourrir leurs montures avant de les renfourcher. Ils chevauchaient tantôt sur la roche nue, tantôt au travers de forêts de pins ténébreuses ou de vieilles coulées de neige, tantôt sur des crêtes glacées ou dans des ravins où couraient des torrents sans nom. Parfois, Qhorin ou Vipre s'écartaient pour décrire une boucle censée dépister la traque, mais cette précaution ne rimait à rien, surveillé comme on l'était. Chaque aube et chaque crépuscule étaient en effet marqués par l'apparition, guère plus qu'un point dans le ciel immense, de l'aigle entre les cimes.

On gravissait un escarpement médiocre entre deux pics enneigés quand, à moins de dix pas, surgit en grondant de sa tanière un lynx étique et demi-mort de faim mais dont la seule vue terrifia si bien la jument de Vipre qu'elle se cabra, prit le mors aux dents et, avant que son cavalier ne parvînt à la maîtriser, dévala la pente et s'y brisa une jambe.

Si Fantôme mangea son content, ce jour-là, Qhorin insista, lui, pour qu'on imbibe la bouillie d'avoine de-sang de cheval, à titre de roboratif. L'estomac soulevé par cette mixture infecte, Jon eut toutes les peines du monde à la déglutir. Cela fait, ses compagnons et lui n'en prélevèrent pas moins sur la carcasse qu'on allait devoir abandonner aux lynx une douzaine de tranches à mâchouiller, chemin faisant, telles quelles, fibreuses et crues.

Il n'était cependant plus question de doubler le train. Vipre offrit de rester en arrière afin de surprendre les poursuivants et d'en emmener quelques-uns, si possible, en enfer avec lui, mais Qhorin refusa. « S'il est, dans toute la Garde de Nuit, un homme susceptible de se tirer des Crocgivre seul et à pied, c'est toi, frère. Tu peux traverser des montagnes qu'un cheval se voit forcé de contourner. Gagne le Poing, et dis à Mormont ce qu'a vu Jon, et de quelle manière. Dis-lui que les vieilles puissances sont en train de se réveiller, qu'il se trouve face à des géants, des zomans et pire. Dis-lui que les arbres ont à nouveau des yeux. »

Il n'a aucune chance, songea Jon, les yeux attachés sur la silhouette noire de Vipre qui allait, telle une infime fourmi, s'amenuisant de plus en plus parmi les replis montueux des congères.

Désormais, chaque nuit parut plus glaciale et plus désolée que la précédente. Si le loup s'absentait souvent, jamais il ne s'éloignait beaucoup, et son unique réconfort, Jon le puisait dans le sentiment de sa proximité, car Qhorin n'était pas des plus sociable, qui, sa longue natte grise oscillant au rythme de la progression, pouvait chevaucher des heures sans vous dire un mot. Seuls s'entendaient dans le grand silence le cliquetis régulier des sabots sur la pierre et les mugissements incessants du vent dans les hauts. Jon venait-il à s'assoupir qu'il dormait d'un sommeil sans rêves, d'un sommeil sans loups ni frères ni rien. *Des parages mortels même pour les rêves*, songea-t-il.

« Ton épée tranche bien, Jon Snow ? lui lança brusquement Mimain par-dessus le halètement des flammes.

– Elle est en acier valyrien. Un cadeau du Vieil Ours.

– Tu te rappelles les termes de tes vœux ?

– Oui. » Comment oublier pareilles formules ? Une fois prononcées, impossible de s'en dédire, elles modifiaient votre vie pour jamais…

« Redis-les avec moi, Jon Snow.

– Comme il vous plaira. » Leurs voix s'enlacèrent pour n'en former qu'une, avec pour témoins la lune qui montait au ciel et Fantôme qui dressait l'oreille et les montagnes qui les cernaient. « La nuit se regroupe, et voici que débute ma garde. Jusqu'à ma mort, je la monterai. Je ne prendrai femme, ne tiendrai terres, n'engendrerai. Je ne porterai de couronne, n'acquerrai de gloire. Je vivrai et mourrai à mon poste. Je suis l'épée dans les ténèbres. Je suis le veilleur au rempart. Je suis le feu qui flambe contre le froid, la lumière qui rallume l'aube, le cor qui secoue les dormeurs, le bouclier protecteur des royaumes humains. Je voue mon existence et mon honneur à la Garde de Nuit, je les lui voue pour cette nuit-ci comme pour toutes les nuits à venir. »

Quand ils eurent achevé retomba le silence, à peine troublé par le léger crépitement des braises et le chuchotis lointain des rafales. Tout en ployant, déployant les doigts de sa main brûlée, Jon se pénétra mentalement de chacun des mots proférés et pria les dieux de son père de l'aider à périr en brave, l'heure venue. Celle-ci ne tarderait plus guère, à présent. Les chevaux étaient à bout de forces. Le lendemain serait probablement fatal, subodorait-il, à celui de Qhorin.

Le feu avait déjà singulièrement baissé, la chaleur commençait à s'évanouir. « Le feu va bientôt s'éteindre, lâcha Mimain, mais que le Mur tombe, et ce sont tous les feux qui s'éteindront. »

Ce constat ne souffrant aucune réplique, Jon se contenta d'un hochement muet.

« Nous pouvons encore leur échapper, reprit Qhorin. Ou non.

– Je n'ai pas peur de la mort. » Ce n'était qu'un demi-mensonge.

« Les choses ne sont pas forcément aussi simples que tu le penses, Jon. »

La remarque l'abasourdit. « Que voulez-vous dire ?

– Que, s'ils nous prennent, tu devras te rendre.

– Me rendre ? » L'incrédulité le fit papilloter. Les sauvageons ne faisaient pas de prisonniers parmi les hommes qu'ils qualifiaient de corbacs. Ils les tuaient tous, à moins que ceux-ci... « Ils n'épargnent que les parjures. Ceux qui les rallient, tel Mance Rayder.

– Et toi.

– Non. » Il secoua la tête. « Jamais. Je n'en ferai rien.

– Si. Je t'en donne l'ordre.

– *L'ordre ?* mais...

– Notre honneur est aussi dépourvu de valeur que nos jours, quand il s'agit de sauvegarder le royaume. Es-tu un homme de la Garde de Nuit ?

– Oui, mais...

– Il n'y a pas de *mais*, Jon Snow. Tu l'es ou tu ne l'es pas. »

Jon se raidit. « Je le suis.

– Alors, écoute-moi. S'ils nous prennent, tu passeras dans leur camp, comme t'en pressait la fille, l'autre jour. Peut-être t'obligeront-ils à lacérer ton manteau, à leur jurer ta foi sur les mânes de ton propre père, à maudire tes frères et le lord Commandant mais, quoi qu'ils exigent, tu ne devras pas barguigner. Obéis-leur..., sauf, en ton cœur, à te rappeler qui tu es et ce que tu es. Marche avec eux, mange avec eux, bats-toi dans leurs rangs aussi longtemps qu'il le faudra. Et *regarde* de tous tes yeux.

– Quoi donc ?

– Si je le savais..., marmonna Qhorin. Ton loup a vu leurs fouilles, dans la vallée de la Laiteuse. Que cherchaient-ils, en ces lieux désertiques et au diable ? L'ont-ils découvert ? Voilà ce que tu dois apprendre, avant de rejoindre Mormont et nos frères. Telle est la tâche que je t'assigne, Jon Snow.

– Je m'y emploierai, puisque vous le voulez, promit-il, non sans répugnance, mais..., vous les en informerez, n'est-ce pas ? le Vieil Ours, au moins ? vous le lui direz, que je n'ai pas violé mon serment ? »

Par-dessus les tisons, Qhorin Mimain fixa sur lui ses yeux noyés dans deux flaques d'ombre. « Aussitôt que je le reverrai. Parole. » Il fit un geste en direction du feu. « Du bois. Que ça flambe clair et cuisant. »

Jon alla couper de nouvelles branches qu'il brisa chacune en deux avant de les déposer sur les braises. Bien qu'il fût mort depuis belle lurette, l'arbre semblait revivre au contact du feu, tant ses moindres ramures éveillaient instantanément de bacchantes qui virevoltaient et tourbillonnaient avec frénésie dans des flamboiements de voiles jaunes, rouges, orange.

« Suffit, dit brusquement Mimain. Départ immédiat.

– Départ ? » Au-delà du feu, nuit noire et glacée. « Pour où ?

– En arrière. » Qhorin enfourcha une fois de plus son bidet vanné. « Le feu les incitera, j'espère, à nous dépasser. Viens, frère. »

Une fois de plus, Jon enfila ses gants, s'enfouit sous son capuchon. Les chevaux eux-mêmes semblaient ne s'éloigner qu'à regret du feu. Les ténèbres avaient dès longtemps naufragé toutes choses, et le chemin scabreux qu'ils allaient rebrousser, tout au plus le givrait d'argent la lueur d'un quartier de lune. Quel stratagème mijotait au juste Qhorin, Jon l'ignorait, mais il en espérait désespérément le succès. L'idée de jouer les parjures, fût-ce pour le bon motif, lui était odieuse.

En combinant prudence d'allure et autant de silence que s'en peuvent promettre hommes et montures, ils rétrocédèrent à flanc de montagne jusqu'à certaine ravine d'où débouchait un torrent glacé dans lequel ils avaient abreuvé leurs chevaux vers la fin du jour.

« L'eau est en train de geler, observa Qhorin au moment de s'engager dans le défilé, dommage, nous aurions emprunté son lit. Mais si nous brisons la glace, ils risquent de le remarquer. Colle au plus près de la paroi. Dans un demi-mille, elle fait un crochet qui nous dissimulera. » Sur ce, il éperonna, et Jon, après un dernier regard nostalgique vers le feu qui brillait au loin, suivit.

Plus on avançait, plus se resserraient les murailles, de part et d'autre. Le torrent déroulait jusque vers sa source un ruban lunaire. Des glaçons barbelaient ses rives rocheuses, mais on l'entendait toujours, en dépit de la fine carapace qui le tapissait, courir en pestant.

L'effondrement d'un énorme pan de falaise avait, un peu plus haut, quasiment bloqué le passage, mais le pied sûr des petits chevaux sut triompher de cet obstacle chaotique. La faille, au-delà, se pinçait encore plus sévèrement, et l'on aboutissait au pied d'une grande cascade tout échevelée. Saturée d'embruns, l'atmosphère glaciale évoquait le souffle d'un monstre inédit. La lune lamait les eaux bouillonnantes. Ce spectacle désempara Jon. *Il n'y a pas d'issue.* A la rigueur, Qhorin et lui pourraient escalader le cul-de-sac, mais les chevaux, non. Et quelle illusion se faire, une fois à pied, sur la durée de leur survie ?

« Vite ! » commanda Mimain. Et, dégingandé sur son modeste canasson, il poussa droit sur les rochers gluants de glace vers le rideau tumultueux et s'y engouffra. Ne le voyant pas reparaître, Jon talonna son propre cheval, parvint à le contraindre, non sans mal, à faire de même, et la cascade finit par le marteler de coups de poing si violents et glacés qu'il crut en perdre la respiration.

Et puis il se retrouva de l'autre côté ; trempé, grelottant, mais de l'autre côté.

A peine le pertuis qui s'ouvrait dans l'à-pic était-il assez large pour un cavalier, mais il s'évasait, au bout, et du sable moelleux tapissait le sol. Jon sentait déjà le gel hérisser sa barbe mouillée quand Fantôme surgit à son tour dans un élan rageur, ébroua sa fourrure en une multitude de gouttelettes, flaira les ténèbres d'un air méfiant puis leva la patte contre une paroi. Qhorin avait déjà mis pied à terre. Jon l'imita. « Vous connaissiez l'existence de cette caverne.

– Un jour, j'avais à peu près ton âge, un frère a raconté en ma présence qu'un lynx qu'il poursuivait s'était réfugié derrière cette cascade. » Il dessella son cheval, lui ôta le mors et la bride, en fourragea la crinière emmêlée. « Il existe un passage, au cœur de la montagne. S'ils ne nous ont pas retrouvés d'ici l'aube, nous l'emprunterons vite fait. A moi la première veille, frère. » Il se laissa choir sur le sable, s'adossa au mur et ne fut plus qu'une vague ombre noire dans le noir de l'antre. Malgré le tapage incessant de la chute, un léger crissement d'acier sur du cuir avertit Jon que le vieux patrouilleur venait de dégainer.

Il retira son manteau saucé, mais l'ambiance glaciale et humide le dissuada de se dévêtir davantage. Fantôme vint s'étendre contre son flanc et, après lui avoir léché une main gantée, se roula en boule pour dormir. Touché de lui devoir un peu de chaleur, Jon se demanda si le feu, là-haut, brûlait toujours, ou s'il s'était éteint. *Que le Mur tombe, et ce sont tous les feux qui s'éteindront.* A travers la nappe incessante des eaux qu'elle moirait de scintillements, la lune faufilait sur le sable un pâle rayon tremblant qui finit lui-même par s'effacer, et tout ne fut plus que ténèbres.

A la longue vint le sommeil, et des cauchemars avec lui. Des châteaux brûlaient, des morts angoissés se dressaient en sursaut dans la tombe. Il faisait toujours noir quand Mimain l'éveilla. Pendant que celui-ci dormait à son tour, il s'assit et, calé contre la paroi, prêta l'oreille au ruissellement de la chute en guettant l'aurore.

Lorsque s'esquissa celle-ci, ils mastiquèrent chacun sa tranche de cheval à demi-gelée puis ressellèrent leurs montures et s'enveloppèrent dans leurs manteaux noirs. Durant son tour de garde, Qhorin avait bricolé une demi-douzaine de torches en imbibant des gerbes de mousse sèche avec la provision d'huile qu'il charriait dans ses fontes. Après en avoir allumé une, il prit les devants dans le noir, le bras tendu pour éclairer la marche vaille que vaille. Jon prit la bride des chevaux et suivit la flamme pâlotte. Le corridor rocheux se poursuivait en tournicotant, tantôt vers le bas, tantôt vers le haut, puis s'enfonçait de plus en plus. Et il se faisait parfois si étroit que les chevaux rechignaient à croire qu'il leur était possible de s'y insérer. *Quand nous nous retrouverons à l'air libre, nous aurons semé les sauvageons*, finit par se dire Jon. *Même un regard d'aigle ne saurait percer l'écran de la pierre. Nous les aurons semés, et nous n'aurons plus qu'à chevaucher dur pour aviser le Vieil Ours, au Poing, de tout ce que nous savons.*

Or, lorsqu'ils émergèrent après bien des heures en pleine lumière, cent pieds au-dessus de leur corniche les attendait l'aigle, perché sur un arbre mort. Et Fantôme eut beau lui courir sus en bondissant de roche en roche, il n'eut besoin que d'un battement d'ailes pour reprendre l'air.

La bouche serrée, Qhorin suivit le rapace des yeux. « La position est idéale pour résister, déclara-t-il enfin. L'embouchure de la caverne nous protège de toute attaque par le haut, et l'on ne peut nous surprendre sur nos arrières sans traverser les entrailles de la montagne. Ton épée tranche bien, Jon Snow ?
– Oui.
– Autant nourrir les chevaux. Ils nous ont vaillamment servis, les pauvres. »

Pendant que Fantôme rôdait comme une âme en peine dans la rocaille, Jon donna tout ce qui restait d'avoine à sa monture et, après lui avoir longuement flatté l'encolure, rajusta ses gants pour mieux éprouver la flexibilité de ses doigts brûlés. *Je suis le bouclier protecteur des royaumes humains.*

De montagne en montagne avait à peine rebondi la sonnerie d'un cor que s'entendirent des aboiements. « Ils nous auront bientôt rejoints, déclara Qhorin. Retiens ton loup.
– Ici, Fantôme », ordonna Jon. Le loup-garou n'obtempéra, queue verticale, qu'à contrecœur.

Déjà, les sauvageons, toute une bande, submergeaient un escarpement distant de moins d'un demi-mille. Devant eux galopaient des limiers grondants dont le poil grisâtre attestait plus qu'un cousinage avec les loups. Les babines de Fantôme se retroussèrent, et sa fourrure se hérissa. « Sage, murmura Jon, au pied. » Un bruissement d'ailes lui fit lever les yeux. Après s'être posé sur un ressaut rocheux, l'aigle glatit un ricanement de triomphe.

Cependant, les chasseurs n'approchaient qu'avec circonspection. Il se pouvait par crainte d'encaisser des flèches. Jon en compta quatorze, et huit chiens. Couverts de peaux tendues sur une armature d'osier, leurs boucliers ronds étaient ornés de crânes peints. Des heaumes rudimentaires de bois et de cuir bouilli dissimulaient les traits de cinq ou six d'entre eux. Les encadraient quelques archers qui, malgré la flèche encochée sur la corde de leurs petits arcs de bois et de corne, ne tiraient pas. Les autres n'étaient apparemment armés que de piques et de maillets. L'un balançait une hache de pierre taillée. Et ce qu'ils portaient de bribes d'armure, ils le devaient à quelque razzia ou à la dépouille de patrouilleurs, car ils ne pratiquaient ni l'extraction ni la fonte des minerais, et les forges étaient encore plus rares, au nord du Mur, que les forgerons.

Qhorin tira sa longue épée. Qu'après la mutilation de sa main droite il se fût appris à ferrailler de la gauche et, contait-on, avec encore plus d'habileté que précédemment contribuait à sa légende. Epaule contre épaule avec lui, Jon dégaina Grand-Griffe. Malgré l'intensité du froid, la sueur lui piquait les yeux.

Les chasseurs firent halte à une dizaine de pas en dessous de l'entrée de la grotte, et leur chef s'avança seul. Il montait une bête qui, à en juger d'après son aisance à gravir l'éboulis pour le moins abrupt, tenait de la chèvre plus que du cheval. Un cliquetis bizarre les précédait, qui s'expliqua finalement par le fait que tous deux étaient revêtus d'os. D'os de vache et d'os de mouton, d'os de chèvre, d'aurochs, d'orignac, d'énormes os de mammouth..., ainsi que d'os humains.

« Clinquefrac, salua de son haut le grand patrouilleur, avec une politesse glaciale.

– Eul' s'gneur des Os, pour les corbacs », corrigea l'autre. Un crâne brisé de géant lui tenait lieu de heaume, et des griffes d'ours cousues côte à côte sur ses manches de cuir bouilli lui recouvraient les bras du haut en bas et de bas en haut.

Qhorin émit un reniflement. « Le seigneur, vois pas. Vois rien qu'un cabot accoutré de pilons de poulet qui font du barouf quand il bouge. »

Le sauvageon émit un sifflement colère qui fit se cabrer son cheval, et le *barouf* assourdit Jon ; fixés côte à côte comme autant de pendeloques, les os s'entrechoquaient et quincaillaient au moindre mouvement. « Mon barouf, c' 'vec *tes* os, Mimain, que j' vais, t't à l'heure ! Te ferai bouillir la bidoche jusqu'à temps que tes côtelettes m' servent d'haubert... Me taillerai des runes, 'vec tes ratounes, et ton crâne, je m'y mangerai ma bouillie...

– Veux ma carcasse ? Viens la prendre... ! »

Ce défi-là, Clinquefrac ne se montrait guère enclin à le relever. L'exiguïté de la position qu'occupaient les frères noirs réduisait presque à rien l'avantage du nombre ; pour les extirper de leur tanière, les sauvageons se verraient contraints de monter les y affronter deux par deux. Un cavalier grimpa néanmoins le rejoindre, une de ces amazones que, dans son jargon, leur peuplade appelait *piqueuses*. « On est dix-quatre et vous deux, corbacs, plus huit chiens contre votre loup, lança-t-elle. Combattre ou fuir, vous êtes à nous.

– Montres-y, commanda Clinquefrac. »

Elle farfouilla dans un carnier maculé de sang et brandit un trophée. Ebben. Qui, chauve comme un œuf, pendouillait de biais, tenu par une oreille. « Mort en brave, commenta-t-elle.

– Mais mort, conclut Clinquefrac. Vous pareil. » Il exhiba sa hache de guerre et la fit tournoyer au-dessus de sa tête. Du bel et bon acier, dont les deux lames miroitaient d'un éclat funeste. Pas homme à négliger ses armes, Ebben. Venus se masser auprès de leur chef, les autres sauvageons se répandirent en quolibets. Quelques-uns prirent Jon pour cible. « 'l est à toi, c' loup, mon gars ? cria un adolescent maigrichon qui agitait un fléau de pierre. M'en f'rai un manteau d'ici c' soir. » A l'autre bout du groupe, une piqueuse écarta ses fourrures en loques sur une lourde mamelle blême. « Y veut pas sa m'man, bébé ? Viens m' sucer ça, petiot ! » Les molosses clabaudaient aussi.

« Cherchent à nous humilier pour qu'on fasse une connerie. » Le regard de Qhorin s'appesantit sur Jon. « Oublie pas tes ordres.

– 'paremment qu'y faut l'ver les corbacs ! aboya Clinquefrac par-dessus les vociférations. Fichez-y des plumes !

– *Non !* » éructa Jon avant que les archers n'aient le temps de tirer. Deux pas le jetèrent vers l'adversaire. « Nous nous rendons !

– On m'avait bien prévenu que c'était couard, le sang de bâtard, entendit-il Qhorin Mimain déclarer froidement dans son dos. Le fait est, je vois. Va t'aplatir devant tes nouveaux maîtres, pleutre. »

Rouge de honte, il descendit jusqu'à l'endroit où se tenait, toujours en selle, Clinquefrac. Qui, du fond des orbites de son heaume, le dévisagea avant de lâcher : « Le peuple libre n'a que faire de pleutres.

– Ce n'est pas un pleutre. » Retirant son couvre-chef tapissé de peau de mouton, l'un des archers secoua sa tignasse rouge. « C'est le bâtard de Winterfell. Il m'a épargnée. Qu'il vive. »

Jon croisa le regard d'Ygrid et demeura muet.

« Qu'il meure, riposta le seigneur des Os. Le corbac est un fourbe noir. Pas confiance en lui. »

Sur son perchoir rocheux, l'aigle battit des ailes en claironnant sa rage.

« Y te hait, Jon Snow, expliqua Ygrid. Et pas pour rien. 'l était homme, avant que tu le tues.

– Je l'ignorais, avoua Jon, non sans candeur, tout en essayant de se rappeler les traits de sa victime, au col. Tu m'as dit que Mance me prendrait.

– Et y le fera, maintint-elle.

– Mance est pas là, coupa Clinquefrac. Etripe-le-moi, Ragwyle. »

Les yeux plissés, la piqueuse objecta : « Si le corbac veut rejoindre le peuple libre, il a qu'à montrer sa vaillance et nous prouver sa bonne foi.

– Demandez-moi n'importe quoi, et je le ferai. » C'était dur à sortir, mais il parvint à se l'arracher.

A l'éclat de rire qui le secoua, l'armure de Clinquefrac répondit par un fracas d'os. « Alors, tue le Mimain, bâtard.

– Comme s'il en était capable ! ricana Qhorin. Demi-tour, et crève, Snow. »

Déjà s'abattait son épée, mais il se trouva que Grand-Griffe bondit, bloqua. L'impact fut néanmoins si violent que Jon manqua lâcher la lame bâtarde et dut reculer, titubant. *Quoi qu'ils exigent, tu ne devras pas barguigner.* Assurant sa prise à deux mains, il fut assez prompt pour contre-attaquer, mais le patrouilleur balaya sa botte d'un simple revers dédaigneux. Et ils poursuivirent de la sorte, avançant, reculant tour à tour, environnés de leurs manteaux noirs, la prestesse du cadet compensant l'effroyable vigueur et les estocades gauchères du grand aîné. Semblant surgir de partout à la fois, le fer de Mimain grêlait à droite, à gauche et menait Jon, tel un fantoche, où il voulait, menaçant sans trêve de le déséquilibrer, l'éreintant si bien qu'il sentait déjà s'engourdir ses bras.

Et, lors même que les mâchoires de Fantôme se furent refermées sur l'un de ses mollets, Qhorin se débrouilla pour ne pas perdre pied, mais la seconde qu'il consacra à se démener fournit l'ouverture, Jon pointa, pivota, le patrouilleur s'était rejeté en arrière, et il sembla un instant que le coup ne l'avait pas touché, mais, soudain, tout un collier de larmes rouges, aussi rutilantes que des rubis, lui cercla la gorge, le sang gicla à gros glouglous, et Qhorin Mimain s'effondra.

Si le museau de Fantôme en dégoulinait, seule était barbouillée d'écarlate l'extrême pointe de l'épée bâtarde, deux maigres travers de doigts. Ayant fait lâcher prise au loup, Jon s'agenouilla, l'enferma dans un de ses bras. Déjà s'éteignait le regard du vieux patrouilleur. « … tranche », exhala-t-il en levant sa main mutilée. Qui retomba. C'était fini.

Il savait, songea-t-il, vaseux. *Il savait ce qu'on allait exiger de moi.* Puis la pensée le traversa de Samwell Tarly, et de Grenn, et d'Edd la Douleur, et de Pyp et de Crapaud restés à Châteaunoir, là-bas. Venait-il de les perdre, tous, comme il avait déjà perdu Bran et Rickon et Robb ? Qui était-il, maintenant, quoi ?

« Relevez-le. » De rudes mains le remirent debout. Il ne résista pas. « T'as un nom ? »

Ygrid répondit à sa place. « Y s'appelle Jon Snow. 'l est le sang d'Eddard Stark, de Winterfell. »

Ragwyle se mit à glousser. « Qui aurait cru ? Qhorin Mimain crouni par un détritus de noblaille !

– Etripe-le-moi. » L'ordre émanait de Clinquefrac, toujours à cheval. L'aigle vint à tire-d'aile se jucher, braillard, sur son heaume d'os.

« Y s'est rendu, protesta Ygrid.

– Ouais, pis fait son frangin, renchérit un vilain bout d'homme coiffé d'un morion dévoré de rouille. »

Tout cliquetant d'os, Clinquefrac poussa de l'avant. « C' le loup qu'a fait tout l' boulot. Une saleté. C't à moi qu' rev'nait la mort du Mimain.

– Même que t'en mourais d'envie ! ça, on est tous témoins…, se gaussa Ragwyle.

– C't un zoman, grommela le seigneur des Os, puis qu'un corbac. Y m' débecte.

– Et quand y serait un zoman, riposta Ygrid, toujours pas ça qui nous fait peur, les zomans, si ? » Des cris d'approbation fusèrent, çà et là. Tout noir de méchanceté que se devinait son regard au fond des orbites du crâne jauni, Clinquefrac finit par grogner un simulacre de soumission. *Ils sont vraiment un peuple libre*, songea Jon.

Ils brûlèrent Qhorin Mimain à l'endroit même où il était tombé, sur un bûcher primitif d'aiguilles de pin, de broussailles et de branchages. Comme il s'y trouvait du bois vert, la combustion fut lente et fuligineuse, accompagnée d'un panache noir qui jurait sur l'azur minéral du ciel. Après que Clinquefrac se fut adjugé quelques os noircis, ses compagnons jouèrent aux dés les frusques du patrouilleur. A Ygrid échut son manteau.

« On rentre par le col Museux ? » lui demanda Jon. Il doutait d'en jamais revoir les parages, dût son cheval survivre à cette seconde équipée.

« Non, dit-elle. Là-bas derrière, y a plus rien. » Son regard n'exprimait que tristesse. « A cette heure, Mance a dû pas mal descendre la Laiteuse. 'l est en marche contre ton Mur. »

BRAN

De toutes parts neigeait la grisaille feutrée des cendres.

Foulant à petits pas le tapis brun d'aiguilles et de feuilles, il gagna la lisière où se clairsemaient peu à peu les pins. Par-delà prairies et champs se distinguaient, fièrement campés contre les tourbillons de la fournaise, les prodigieux amoncellements de pierres humaines. La bise brûlante lui soufflait des effluves de chair saignante et carbonisée si puissants que l'eau lui en vint aux babines.

Mais si ceux-ci l'attiraient invinciblement, d'autres l'alarmaient autant. Il huma les bouffées de fumée. *Des hommes, beaucoup d'hommes, beaucoup de chevaux, et du feu, du feu, du feu.* Nulle odeur n'était plus dangereuse, pas même l'odeur dure et froide du fer, remugle ambigu de griffe humaine et de cuir coriace. Au travers des cendres et de la fumée qui l'obnubilaient lui apparut dans le ciel une hydre aux ailes gigantesques et qui rugissait un torrent de flammes. Il découvrit ses crocs, elle avait déjà disparu. Derrière les falaises édifiées de main d'homme, un brasier monstrueux dévorait les étoiles.

Toute la nuit crépita sa rage, jusqu'à ce que se produisît une espèce d'épouvantable grondement, suivi d'un vacarme qui ébranla jusqu'aux entrailles de la terre, déchaînant des abois déments, des hennissements de terreur. Des hurlements transpercèrent la nuit, des hurlements de meute humaine, tout un fatras d'appels féroces et de cris d'angoisse, de rires et de déchirements stridents. Tandis qu'il se contentait de pointer les oreilles, attentif à tout, ce tapage d'enfer faisait grogner continûment son frère. Ils finirent par regagner furtivement le couvert résineux lorsque les rafales peuplèrent par trop les nues de cendres et d'escarbilles, mais l'incendie perdit à la longue en intensité, décrut, s'amenuisa, parut s'éteindre, et le matin vit se lever un soleil grisâtre et fuligineux.

Il ne s'aventura hors du bois qu'alors, pas à pas, le long des labours. Fasciné par l'odeur de mort et de sang, son frère l'escortait. Ils se glissèrent sans bruit parmi les tanières de bois, de roseaux, de torchis que s'étaient fabriquées les hommes. Nombre d'entre elles et davantage avaient brûlé, nombre d'entre elles et davantage croulé, quelques-unes se dressaient telles qu'auparavant. Mais nulle part ne s'apercevait ni ne se flairait la moindre apparence de vie. Les cadavres étaient noircis de charognards qui prenaient leur essor en croassant sitôt qu'ils approchaient, son frère et lui, faisant déguerpir de même les chiens sauvages.

Au bas des grandes falaises grises retentissait l'agonie d'une jument qui, malgré sa jambe brisée, tentait désespérément de se relever et s'effondrait en hennissant. Mais elle eut beau ruer tant bien que mal et rouler des prunelles exorbitées, une brève manœuvre d'encerclement permit au frère de l'égorger. Or ce dernier, comme lui-même abordait à son tour la proie, coucha ses oreilles et lui jappa un avertissement. Il riposta par un coup de patte et une morsure au jarret, puis ce fut l'empoignade, et ils roulèrent emmêlés sous l'averse de cendres près du cheval mort, parmi la poussière et l'herbe jusqu'à ce que, ventre en l'air et queue pacifiée, son frère eût signifié sa soumission. Après avoir gratifié la gorge ainsi offerte d'un mordillement, il se mit à manger puis, non content de tolérer que le vaincu mange à son tour, lécha le sang qui maculait sa fourrure noire.

Vint là-dessus le tirailler l'impérieuse attraction du lieu de ténèbres, séjour des murmures et des cécités humaines. Tels des doigts froids qui l'empoignaient. Une odeur de pierre aussi vibrante qu'un murmure et qui lui affolait le flair. Il résista de toutes ses forces. Il détestait ce genre de ténèbres. Il était un loup. Un chasseur, un coureur et un prédateur. Il appartenait, à l'instar de ses frères et sœurs, au profond des bois, ne connaissait de plus grand bonheur que de courir libre sous les astres du firmament. Il se dressa sur son séant, leva la tête et se mit à hurler. *Je n'irai pas !* cria-t-il, *je suis un loup, je n'irai pas !* Mais plus il s'arc-boutait, plus s'épaississaient néanmoins les ténèbres, plus les ténèbres l'investissaient, qui finirent si bien par lui siller les yeux, boucher les oreilles et sceller le nez qu'il se retrouva aussi incapable de rien voir que de rien entendre, rien sentir et dans l'impuissance de fuir, tandis qu'étaient abolies les falaises grises, aboli le cheval mort, aboli son frère, et que l'univers se faisait noirceur et silence et noirceur et glace et noirceur et mort et noirceur...

« *Bran*, murmurait une voix presque imperceptible, *Bran, revenez, maintenant, Bran, Bran...* »

Il ferma son troisième œil et ouvrit les deux autres, les deux d'autrefois, les deux aveugles. Dans le lieu de ténèbres, les hommes étaient tous aveugles. Mais quelqu'un le tenait. Des bras l'entouraient, il le sentait, comme il sentait la chaleur d'un corps pressé contre le sien. Et il entendait nettement Hodor fredonner pour lui-même, à part lui, paisiblement, « Hodor, hodor, hodor ».

« Bran ? » La voix de Meera. « Vous vous débattiez. Vous poussiez des cris épouvantables. Qu'avez-vous vu ?

– Winterfell. » Sa langue lui faisait l'effet d'un corps étranger, pâteux. *Un de ces jours, quand je reviendrai, je ne pourrai plus parler, je ne saurai plus.* « Winterfell. En proie aux flammes, tout entier. Et cela sentait le cheval, l'acier, le sang. Ils y ont tué tout le monde, Meera. »

Il eut la sensation qu'elle lui passait la main sur le visage, en repoussait doucement les cheveux. « Vous êtes en nage, dit-elle. Désirez-vous boire ?

– Boire », acquiesça-t-il. Une gourde effleura ses lèvres, et il y téta si voracement que l'eau déborda la commissure de sa bouche. Chacun de ses retours était marqué par la même conjugaison d'extrême faiblesse et de soif intense. De faim dévorante aussi. Il se ressouvint du cheval mourant, de la saveur du sang, de l'odeur de viande brûlée qui flottait sur le froid du petit matin. « Longtemps ?

– Trois jours », répondit Jojen. Soit qu'il fût survenu à pas feutrés ou qu'il eût été là tout du long. Bran n'aurait su dire, en ce monde aveugle. « Nous étions mortellement inquiets.

– Je me trouvais avec Eté.

– Cela durait trop. Vous vous tuerez d'inanition. Le peu d'eau que Meera vous faisait avaler goutte à goutte et le miel que nous étalions sur vos lèvres sont des aliments très insuffisants.

– J'ai mangé, dit Bran. Nous avons abattu un orignac qu'il nous a fallu défendre contre les prétentions d'un chat sauvage. » Il le revoyait très précisément, beige et brun, de moitié moindre qu'un loup-garou, mais des plus agressif, et il en sentait encore les relents musqués, alors que, des branches du chêne où il s'était finalement réfugié, le chat persistait à leur cracher sa hargne.

« Le loup a mangé, rectifia Jojen, vous non. Prenez garde, Bran. Souvenez-vous de qui vous êtes. »

Il ne s'en souvenait que trop, hélas. Bran le gamin, Bran le rompu. *Mieux vaut Bran le fauve.* Comment s'étonner un instant qu'il préférât ses rêves d'Eté, ses rêves de loup ? Ici, dans les ténèbres humides et glacées de la tombe, s'était finalement ouvert son troisième œil, et il se trouvait désormais en mesure de communier avec Eté chaque fois qu'il le désirait. Une fois même, il avait réussi, par l'intermédiaire de Fantôme, à s'entretenir avec Jon. A moins qu'il ne l'eût simplement rêvé. Pourquoi, dès lors, Jojen s'acharnait-il à essayer de l'en empêcher ? C'était incompréhensible. A la seule force des bras, il se hissa sur son séant. « Il me faut dire à Osha ce que j'ai vu. Est-elle ici ? Où est-elle allée ? »

La sauvageonne répondit en personne. « Nulle part, m'sire. Me suis bien assez cognée dans le noir comme ça. » Entendant un talon claquer sur la pierre, il tourna bien la tête en direction du bruit mais ne vit rien. Quant à percevoir son odeur comme il le croyait, ce pouvait n'être qu'une impression. Tous dégageaient la même, là-dedans, et le flair d'Eté lui aurait seul permis de différencier celle d'un chacun. « La nuit dernière, j'ai pissé sur le pied d'un roi, reprit Osha. Si c'était pas ce matin, va savoir. Je dormais, en plus, mais pas maintenant. » Ils dormaient tous énormément, pas seulement lui. Que faire d'autre, en effet, que dormir, manger, redormir ? Echanger quelques mots, bon, de-ci de-là, mais pas trop…, puis qu'en murmurant, comme l'exigeait la sécurité. Encore Osha aurait-elle préféré que l'on ne parle pas du tout, mais rien n'angoissait Rickon comme le silence, et comment empêcher Hodor de se marmonner sans trêve « Hodor, hodor, hodor » ?

« J'ai vu brûler Winterfell, Osha », souffla Bran. Quelque part sur sa gauche, il percevait le souffle léger de Rickon.

« Un rêve, répliqua-t-elle.

– Un rêve de loup, rétorqua-t-il. Et puis je l'ai *senti*, aussi. Il n'est pas d'odeur qui se puisse confondre avec l'odeur du feu ou celle du sang.

– Sang de qui ?

– De tout le monde. D'hommes, de chevaux, de chiens. Il nous faut aller *voir*.

– C'est peut-être un sac d'os, mais j'ai que cette peau, dit-elle. Qu'y m'attrape, leur prince calmar, et c'est à coups de fouet qu'on me l'enlèvera du dos. »

La main de Meera trouva dans le noir celle de Bran et l'étreignit brièvement. « J'irai, si tu as peur, moi. »

Des doigts tripotèrent du cuir, puis de l'acier crissa contre un briquet. Crissa derechef. Une étincelle jaillit, qui prit corps. Osha souffla doucement. Une longue flamme pâle s'anima, se dressa telle une fillette faisant des pointes. Au-dessus flottaient en suspens les traits de la sauvageonne. Qui la mit au contact d'une torche, et Bran ne put s'empêcher de ciller quand la poix s'embrasa, saturant le monde d'ardeurs orange. La lumière éveilla Rickon, qui s'assit en bâillant.

Du mouvement qui déplaça les ombres naquit un instant l'illusion que se levaient à leur tour les morts. Brandon et Lyanna comme leur père, lord Rickard, et son père à lui, lord Redwyle, et lord William et son frère, Artos l'Implacable, et lord Donnor et lord Beron et lord Rodwell et lord Jonnel le Borgne, et lord Barth comme lord Brandon, et lord Cregan, adversaire émérite du fameux Chevalier-Dragon. Tous se carraient sur les trônes de pierre, loups-garous de pierre à leurs pieds. Ce noir séjour les avait accueillis après que la chaleur s'était retirée de leurs membres, ici résidaient les morts, au sein de ténèbres que craignaient d'affronter les vivants.

Là se pelotonnaient, dans l'embrasure béante de la tombe où son austère effigie de granit attendait lord Eddard, les six fugitifs, avec leurs maigres provisions de pain, d'eau, de viande séchée. « Reste plus grand-chose, maugréa Osha, inventoriant celles-ci d'un coup d'œil. M'aurait de toute manière forcée à monter bientôt dérober de la nourriture. Qu'on était réduits, sans ça, à manger Hodor.

– Hodor ! s'exclama Hodor en lui dédiant un sourire épanoui.

– Fait-il jour ou nuit, là-haut ? s'inquiéta-t-elle. J'ai plus la moindre idée de ça.

– Jour, affirma Bran, mais sombre à cause de la fumée.

– M'sire est certain ? »

Sans qu'il eût à bouger si peu que ce fût ses membres estropiés, son don de double vue lui révéla tout en un éclair. Tout en distinguant parfaitement Osha qui, debout, brandissait sa torche, et Meera, Jojen et Hodor, et l'impressionnante allée de piliers de granit et l'interminable kyrielle de seigneurs défunts qui se perdaient au loin dans les ténèbres..., il discernait avec autant de netteté parmi les trouées de fumée, dehors, la grisaille de Winterfell, les massives portes de chêne et de fer charbonneuses, à demi dégoncées, les chaînes brisées qui s'enchevêtraient sur le tablier en loques du pont-levis. Iles à corbeaux, flottaient sur la douve des tas de cadavres.

« Certain », déclara-t-il.

Osha rumina quelque temps l'assertion. « Je vais risquer un œil, alors. Serrez-vous tous derrière moi. La hotte de Bran, Meera.

– On rentre à la maison ? s'échauffa Rickon. Je veux mon cheval. Et je veux de la tarte aux pommes et du beurre et du miel – et Broussaille. On va où il est, Broussaille ?

– Oui, promit Bran, mais il faut te taire. »

Après avoir fixé le panier d'osier aux épaules d'Hodor, Meera aida Bran à se soulever pour y insérer ses jambes inertes. Il s'étonna d'avoir les tripes aussi nouées, quand il savait pertinemment quel spectacle l'attendait en haut, mais sa frousse n'en était pas moindre, tant s'en fallait. Comme on s'ébranlait vers l'issue, il se détourna pour jeter à Père un dernier regard, et il lui sembla déchiffrer dans ses yeux comme une tristesse, comme un regret de les voir partir. *Nous devons*, songea-t-il. *Il est temps.*

Osha, la torche dans une main, charriait dans l'autre sa longue pique. Une épée nue lui barrait le dos, l'une des dernières auxquelles Mikken eût imprimé sa marque. Il l'avait expressément forgée pour la tombe de lord Eddard, afin que reposent en paix les mânes de celui-ci. Mais une fois Mikken mort et les Fer-nés maîtres de l'armurerie, la tentation du bon acier devenait trop forte, fût-ce au prix d'une profanation. Tout en déplorant qu'elle fût trop lourde, Meera s'était adjugé celle de lord Rickard, et Bran celle faite pour son éponyme, l'oncle Brandon qu'il n'avait pas connu. Il avait beau ne se faire aucune illusion sur sa propre efficacité, en cas de combat, le simple contact de l'arme dans son poing lui procurait une espèce de satisfaction.

Ce n'était qu'un jeu, et il ne s'y méprenait pas.

Chacune des galeries de la crypte répercutait tour à tour l'écho des pas. Tandis que les ombres, derrière, engloutissaient Père, les ombres, devant, battaient en retraite, et de nouvelles statues se dévoilaient l'une après l'autre ; non de seigneurs au sens strict, elles, mais de rois du Nord plus anciens. Des couronnes de pierre ceignaient leurs fronts. Torrhen Stark, le roi devenu vassal. Edwyn le Printanier. Theon le Loup famélique. Brandon l'Incendiaire et Brandon le Caréneur. Jonos et Jorah, Brandon le Mauvais, Walton le Lunaire, Edderion le Fiancé, Eyron, Benjen le Miel et Benjen le Fiel, Edrick Barbeneige. Ils avaient des physionomies sévères, énergiques, et certains avaient perpétré des forfaits effroyables, mais tous étaient des Stark, et Bran connaissait par cœur l'histoire de chacun. Les cryptes ne l'avaient jamais effrayé ; elles faisaient partie intégrante de son chez soi, de son identité propre, et il avait toujours su qu'un jour il y reposerait aussi.

Or, voici qu'il en doutait quelque peu. *Si je monte à présent, y redescendrai-je jamais ? Où irai-je, à ma mort ?*

« Attendez ici », dit Osha lorsqu'ils eurent atteint le colimaçon de pierre qui vous menait vers la surface ou s'enfonçait vers les étages inférieurs dans les ténèbres desquels trônaient impassibles les rois issus de la nuit des temps. Elle tendit la torche à Meera. « Je grimperai à tâtons. » Aussitôt, ses pas s'éloignèrent, d'abord audibles, puis de plus en plus sourds, et le silence retomba. « Hodor », grinça fiévreusement Hodor.

Après s'être dit cent fois, dit et répété n'exécrer rien tant que demeurer là, tapi dans le noir, et ne rien désirer si fort que revoir le soleil, chevaucher dans le vent, la pluie, Bran se sentait gagné par la panique, à présent qu'allaient être comblés ses vœux. Les ténèbres lui avaient jusqu'alors procuré le sentiment d'être en sûreté ; quand vous ne pouviez seulement repérer sous votre nez votre propre main, vous n'aviez aucune peine à vous convaincre que vos ennemis ne sauraient davantage vous repérer. Au surplus, la présence des seigneurs de pierre vous donnait du cœur au ventre. Même sans les voir, vous les saviez là.

Le silence était si profond que l'attente s'éternisait. A se demander s'il n'était pas arrivé malheur à la sauvageonne. Rickon ne tenait plus en place et s'impatientait. « Je veux rentrer *chez moi* ! » finit-il par glapir en trépignant. Hodor secoua sa crinière et hennit : « Hodor ! » Puis s'entendit un frôlement qui se fit peu à peu bruit de pas de plus en plus net, et Osha reparut enfin, qui, dans le halo de la torche, grimaça d'un air sombre. « Quelque chose bloque la porte. Pas pu l'ébranler.

– Hodor le fera, dit Bran, rien ne lui résiste. »

D'un coup d'œil, Osha jaugea le colosse. « Peut-être. Allons-y. »

L'étroitesse de l'escalier les contraignit à grimper à la file. Osha menait. Hodor la talonnait. Sur son échine se plaquait Bran, de peur de se fracasser le crâne contre la voûte. Meera suivait, torche au poing. Main dans la main, Jojen et Rickon fermaient la marche. Tandis qu'on montait en tournant, tournait en montant toujours, Bran pensait percevoir l'odeur de fumée. Celle de la torche, tout simplement ?

Taillée des siècles auparavant dans la masse d'un ferrugier, la pesante porte d'accès aux cryptes reposait de guingois sur le sol. Comme n'en pouvait approcher qu'une seule personne à la fois, Osha s'efforça de nouveau de l'ouvrir, mais Bran eut tôt fait de constater que c'était en vain. « A Hodor d'essayer. »

Il fallut d'abord l'extraire de sa hotte, où il risquait de se faire aplatir, et le déposer sur les marches. Meera s'accroupit à ses côtés et, telle une aînée tutélaire, lui enlaça les épaules, pendant qu'Osha s'effaçait au profit d'Hodor. « Ouvre la porte, Hodor », commanda Bran.

Le géant mit ses deux mains à plat sur le vantail, poussa, émit un grognement. « Hodor ? » Le violent coup de poing qu'il lui infligea ne fit pas seulement sursauter le bois. « Hodor !

– Avec ton dos, insista Bran, et tes jambes. »

Hodor se tourna, s'arc-bouta, poussa. Poussa encore. Et encore. « Hodor ! » Il posa l'un de ses pieds plus haut que l'autre de manière à se retrouver ployé sous le biais que formait la porte et tenta de la soulever. Le bois geignit, pour le coup, craqua. « *Hodor !* » Le second pied remonta d'une marche, Hodor écarta les jambes et banda ses muscles en se redressant. Sa face s'empourpra, son col se corda de monstrueuses protubérances qu'enflait à vue d'œil la lutte acharnée contre la puissance de l'inertie. « *Hodor hodor hodor hodor hodor HODOR !!!* » D'en haut provint un grondement sinistre puis, subitement, la porte eut un soubresaut, et un rai de lumière en travers du visage aveugla Bran momentanément. A une poussée nouvelle répliqua le fracas de pierres dégringolant, et la voie fut libre. Pique en avant, Osha se risqua dehors, et Rickon la suivit en se faufilant entre les jambes de Meera. D'un coup d'épaule, Hodor acheva d'écarter la porte et enjamba le seuil. Force fut dès lors aux Reed de porter Bran pour escalader les dernières marches.

Gris pâle était le ciel, et de toutes parts l'assaillait la fumée. Ils se tenaient dans l'ombre du premier donjon, de ce qu'il en restait, du moins. Un pan de ses murs s'était écroulé. Débris de gargouilles et moellons jonchaient la cour. *Ils sont tombés au même endroit que moi*, songea Bran en les apercevant. Certaines des gargouilles étaient si bien pulvérisées qu'il s'étonna d'être encore en vie, lui. Des corbeaux becquetaient non loin un cadavre écrasé sous les monceaux de pierre. Mais comme il gisait face contre terre, Bran était incapable de l'identifier.

Malgré des siècles et des siècles de déréliction, jamais le premier donjon n'avait eu si fort l'aspect d'une coquille vide. Tous ses étages avaient flambé, et toutes ses poutres. Sa façade crevée permettait au regard de s'aventurer dans chacune des pièces et de lorgner jusqu'au fond de la garde-robe. En arrière, toutefois, se dressait toujours la tour mutilée, telle exactement que par le passé. Des quintes de toux – la fumée – secouaient Jojen.

« Ramenez-moi à la maison ! piaillait Rickon. Je veux retrouver *la maison* ! » Hodor piétinait en rond. « Hodor », geignait-il tout bas. Et ils demeuraient là, debout, étroitement blottis contre la ruine et la mort qui les environnaient.

« Tout le boucan qu'on a fait, dit Osha, y avait de quoi réveiller un dragon, mais y vient personne. Mort, le château, brûlé. Exactement comme avait rêvé Bran, mais on ferait mieux… » Un léger bruit, derrière, l'interrompit et la fit pivoter, pique en arrêt.

Au pied de la tour démantelée surgirent deux minces silhouettes sombres qui se glissaient prudemment parmi les décombres. « *Broussaille !* » s'écria joyeusement Rickon, et le loup noir ne fit qu'un bond vers lui. D'un pas plus circonspect s'approcha Eté qui, tout en se frottant le museau contre le bras de Bran, lui lécha le visage.

« Il faudrait partir, intervint Jojen. Toute cette mort va attirer bien d'autres loups qu'Eté et Broussaille, et tous n'auront pas quatre pattes.

– Mouais, partir, acquiesça Osha, et le plus tôt possible, mais nous devons d'abord trouver des provisions. L'incendie n'a peut-être pas tout ravagé. Restons bien groupés. Bouclier haut, Meera, surveillez nos arrières. »

Ils consacrèrent le reste de la matinée à explorer patiemment le château. En subsistaient les remparts de granit, certes noircis de loin en loin mais somme toute intacts. A l'intérieur de l'enceinte, en revanche, régnaient la mort et la destruction. Calcinées, les portes de la grande salle achevaient de se consumer ; dedans, la charpente avait cédé, et le toit tout entier s'était effondré. En miettes, les verrières jaunes et vertes des jardins d'hiver, saccagés les arbres, les fruits, les fleurs, ou bien condamnés à périr de froid. Des écuries, bâties en bois et couvertes de chaume, ne subsistait rien que des cendres et des braises jonchées de carcasses. Bran dut repousser l'image de Danseuse pour ne pas pleurer. Un lac fumait sous la tour de la Librairie, et l'eau bouillante giclait à force par une crevasse dans l'un de ses flancs. Le pont qui reliait le beffroi à la roukerie s'était écroulé dans la cour, et la tourelle de mestre Luwin avait disparu. Par les soupiraux se devinaient des rougeoiements sinistres dans les celliers du Grand Donjon, et un autre incendie dévorait encore l'une des resserres.

Au fur et à mesure qu'ils avançaient dans les tourbillons de fumée, Osha multipliait les appels discrets, mais personne ne répondait. Ils aperçurent un chien besognant un cadavre, mais l'odeur des loups le fit immédiatement détaler ; ses congénères avaient péri dans les chenils. Les corbeaux du mestre courtisaient eux-mêmes quelques dépouilles, d'autres les corneilles de la tour en ruine. En dépit du coup de hache qui l'avait défiguré, Bran reconnut quelque part Tym-la-Grêle. Devant les vestiges éboulés du septuaire de Mère était assise une figure carbonisée dont les bras à demi repliés et les poings crispés sur leur noirceur même semblaient vouloir boxer quiconque oserait s'approcher. « Si les dieux ont un rien de bonté, marmonna Osha d'un ton colère, les Autres emporteront ceux qui ont fait ça.

– C'est Theon, dit Bran sombrement.

– Non. Regarde. » Sa pique désigna plusieurs points de la cour. « Un de ses Fer-nés, ça. Et ça. Et là, tu vois ? son destrier. Le noir, tout criblé de flèches. » Elle se mit à circuler parmi les morts, les sourcils froncés. « Et voilà Lorren le Noir. » On l'avait taillé en pièces et déchiqueté si sauvagement que sa barbe paraissait désormais brun rouge. « En a pris plus d'un dans la mort, lui. » Du bout du pied, elle retourna l'une des victimes. « Y a un écusson. Un bonhomme tout rouge.

– L'écorché de Fort-Terreur », dit-il.

Sur un hurlement, Eté prit sa course.

« Le bois sacré. » Ecu et trident au poing, Meera s'élança aux trousses du loup-garou. Les autres la suivirent en se frayant cahin-caha passage à travers les monceaux de pierre et les nuages de fumée. On respirait un air moins âcre sous les arbres. Quelques pins étaient bien roussis, le long de la lisière, mais le sol humide et la luxuriance de la verdure avaient, au-delà, triomphé des flammes. « Le bois vivant possède des pouvoirs, dit Jojen, comme s'il devinait la pensée de Bran, des pouvoirs aussi puissants que ceux du feu. »

L'herbe foulée, maculée de sang, trahissait assez qu'un homme avait rampé vers l'étang. Au bord des eaux noires, en effet, du côté qu'abritait l'arbre-cœur, gisait dans l'humus, à plat ventre, mestre Luwin. Mort, déduisit Bran des façons d'Eté qui, penché sur lui, le flairait posément, mais lorsque Meera lui palpa la gorge, le vieillard émit un gémissement. « Hodor ? pleurnicha Hodor, hodor ? »

Tout doucement, ils étendirent Luwin sur le dos. Gris d'yeux, gris de poil, il portait ses éternelles robes grises, mais le sang qui les détrempait y avait élargi de noires auréoles. « Bran », murmura-t-il dans un souffle en l'apercevant juché sur le dos d'Hodor. « Et Rickon aussi. » Il eut un sourire. « Bénie soit la bonté des dieux. Je savais...

– Savais ? s'ébahit Bran.

– Les jambes m'ont suffi... Les vêtements correspondaient bien, mais les muscles des jambes..., pauvre gosse... » Un accès de toux le prit, qui lui barbouilla la bouche d'écarlate. « Dans les bois, vous... avez disparu... comment ?

– Nous n'y sommes jamais allés, dit Bran. Enfin, pas plus loin que l'orée, puis nous avons rebroussé chemin. J'ai chargé les loups de tracer la piste, et nous nous sommes réfugiés dans la tombe de Père.

– Les cryptes », gloussa Luwin, les lèvres ourlées d'écume rose. Il voulut bouger, grimaça un hoquet de douleur.

Les yeux de Bran s'emplirent de larmes. Quand quelqu'un se blessait, c'est chez le mestre que vous l'emmeniez, mais que faire quand c'était le mestre, le blessé ?

« Va falloir faire un brancard pour le transporter, dit Osha.

– Pas la peine, fit Luwin. Je vais mourir, femme.

– Vous ne *pouvez* pas ! s'insurgea Rickon, non, vous ne pouvez pas ! » A ses côtés, Broussaille dénuda ses crocs en grondant.

Le mestre sourit. « Chut, enfant, chut, je suis beaucoup plus vieux que toi. Je peux... mourir à ma guise.

– Hodor, baisse-toi », commanda Bran. Le colosse s'agenouilla docilement près du mestre.

« Ecoute, reprit ce dernier à l'adresse d'Osha. Les princes..., héritiers de Robb. Pas... pas ensemble..., tu entends ? »

Appuyée sur sa pique, la sauvageonne s'inclina. « Mouais, séparés. Plus sûr. Mais où les emmener ? Je m'étais dit, ces Cerwyn, peut-être... »

Bien que le moindre geste le martyrisât, manifestement, mestre Luwin secoua la tête. « Mort, le petit Cerwyn. Et ser Rodrik, Leobald Tallhart, lady Corbois…, morts, tous. Tombés, Motte et Moat Cailin, Quart Torrhen sous peu. Fer-nés du côté des Roches. Et, à l'est, le bâtard Bolton.

– Alors où ? insista Osha.

– Blancport… les Omble… je ne sais… guerre partout… chacun contre son voisin, et l'hiver qui vient…, tant, tant de bestialité, de bestialité frénétique et noire… » Dans un élan désespéré, il agrippa l'avant-bras de Bran, l'étreignit avec véhémence. « Fort te faut être, à présent. *Fort.*

– Je le serai », promit Bran. Une promesse dure à tenir, désormais qu'il n'aurait plus ser Rodrik ni Luwin ni… *Personne, personne…*

« Bien, approuva le mestre. Brave gars. Digne… digne de ton père, Bran. Et maintenant, *pars.* »

Osha leva furtivement les yeux vers les frondaisons du barral puis, considérant le tronc pâle et la face rouge : « Comme ça ? En vous abandonnant aux dieux ?

– Je voudrais… » Il fit un effort pour déglutir. « … un… boire un peu d'eau, et te prier… Une autre faveur. S'il te plaît…

– Mouais. » Elle se tourna vers Meera. « Emmenez les petits. »

Jojen et sa sœur encadrèrent Rickon, et Hodor les suivit entre les arbres vers la sortie. Si, pas après pas, les branches basses fustigeaient le visage de Bran, leurs feuilles épongeaient ses pleurs. Osha ne tarda guère à reparaître dans la cour mais ne souffla mot de mestre Luwin. « Hodor reste avec Bran pour lui tenir lieu de jambes, déclara-t-elle d'un air presque guilleret. Moi, j'emmène Rickon.

– Nous accompagnons Bran, décida Jojen.

– M'y attendais, mouais. Crois que j'essaierai la porte de l'Est et prendrai la route royale un bout.

– Nous emprunterons la porte du Veneur, annonça Meera.

– Hodor ! » fit Hodor.

Ils s'arrêtèrent d'abord aux cuisines, et la sauvageonne y dénicha quelques miches de pain passablement brûlées mais encore mangeables, et même une volaille rôtie qu'elle partagea équitablement. Meera parvint quant à elle à exhumer une jatte de miel et un gros sac de pommes. Les adieux se firent dehors. Comme Rickon sanglotait en se cramponnant à la jambe d'Hodor, Osha finit par lui botter le train avec la hampe de sa pique, et il la suivit presque instantanément, Broussaille dans son sillage. La dernière image qu'emporta Bran de leur départ fut la disparition de la queue du loup derrière la tour foudroyée.

A la porte du Veneur, la fournaise avait tellement déformé la herse de fer qu'à peine parvinrent-ils à la relever d'un pied. Il leur fallut ramper sous ses piques, un par un.

« Irons-nous chez votre seigneur père ? demanda Bran, pendant qu'on traversait le pont-levis jeté sur la douve entre les enceintes. A Griseaux ? »

Meera consulta son frère d'un coup d'œil. « Notre chemin va vers le nord », indiqua-t-il.

Au moment de pénétrer dans le Bois-aux-Loups, Bran se retourna pour avoir, du haut de sa hotte, un dernier aperçu du château qui avait jusqu'alors incarné sa vie. Des bouchons de fumée s'élevaient encore vers le gris du ciel, mais pas plus que n'en auraient, par un banal après-midi frisquet d'automne, exhalé les cheminées de Winterfell. Des traces de suie maculaient telle ou telle archère, et de loin en loin se distinguaient dans le mur extérieur une crevasse, une vague lacune, mais la distance les réduisait à des dommages insignifiants. Au-delà, le faîte des donjons, des tours conservait son aspect séculaire, et bien fin qui se fût douté là-devant que le saccage et l'incendie avaient ravagé la forteresse de fond en comble. *La pierre est forte*, se dit Bran, *les racines des arbres plongent fort avant dans le sol, et là-dessous trônent, impassibles, les rois de l'Hiver*. Aussi longtemps qu'ils y demeureraient demeurerait de même Winterfell. Winterfell n'était pas mort, il n'était que rompu. *Comme moi*, songea Bran. *Moi non plus, je ne suis pas mort.*

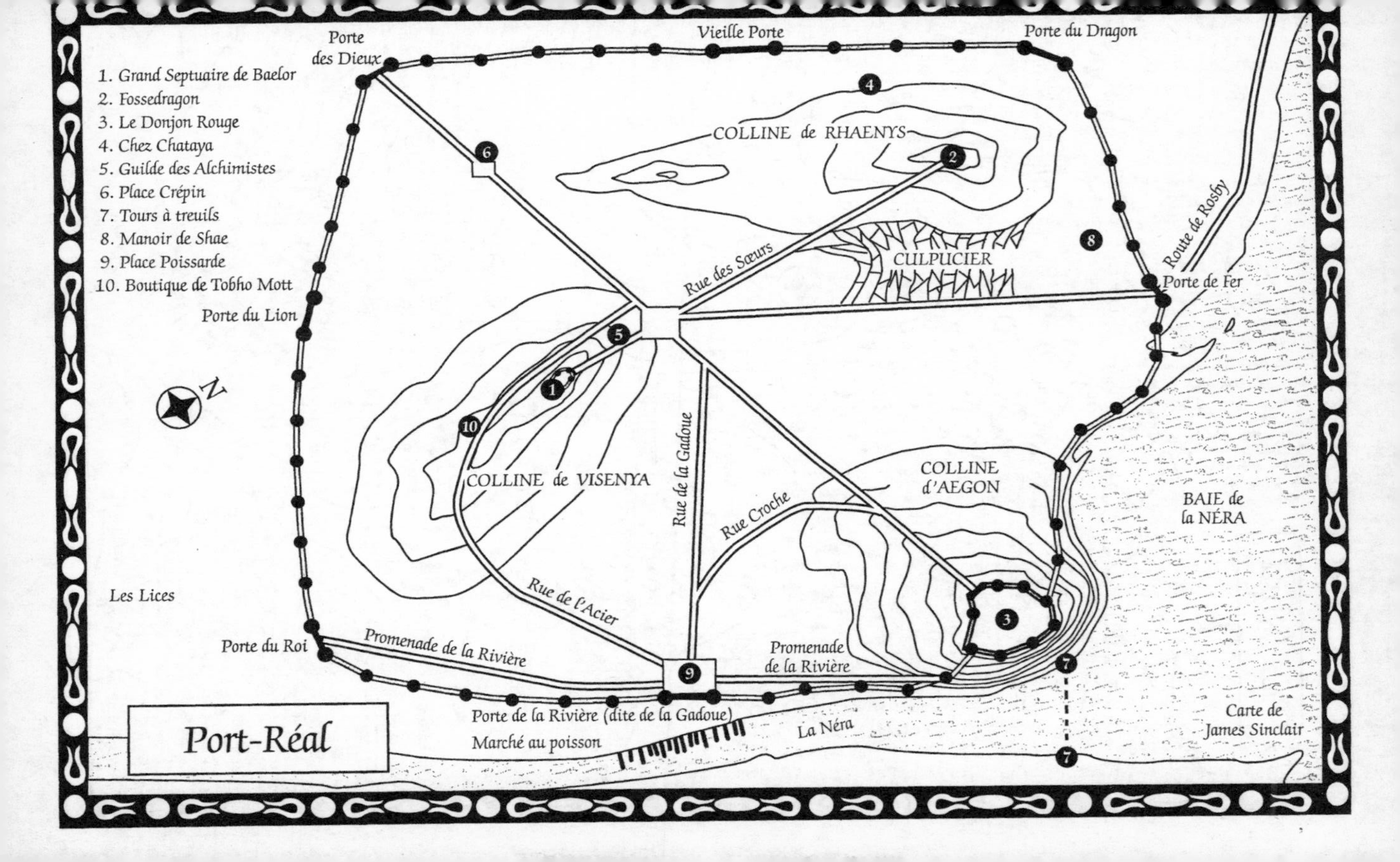

Port-Réal
1. Grand Septuaire de Baelor
2. Fossedragon
3. Le Donjon Rouge
4. Chez Chataya
5. Guilde des Alchimistes
6. Place Crépin
7. Tours à treuils
8. Manoir de Shae
9. Place Poissarde
10. Boutique de Tobho Mott
Porte des Dieux
Vieille Porte
Porte du Dragon
COLLINE de RHAENYS
Route de Rosby
Porte de Fer
CULPUCIER
Rue des Sœurs
Porte du Lion
N
COLLINE de VISENYA
Rue de la Gadoue
COLLINE d'AEGON
Rue Croche
BAIE de la NÉRA
Les Lices
Rue de l'Acier
Porte du Roi
Promenade de la Rivière
Promenade de la Rivière
Porte de la Rivière (dite de la Gadoue)
Marché au poisson
La Néra
Carte de James Sinclair

Le Nord
La Grève Glacée
Les Crocgivre
La Forêt Hantée
LE MUR
Tour Ombreuse
Châteaunoir
Fort Levant
Baie des Phoques
Skagos
Baie des Glaces
Ile-aux-Ours
Presqu'île de Merdragon
Ultime
Karhold
Motte-la-Forêt
Bois-aux-Loups
Fort-Terreur
N
Winterfell
Route Royale
Blanchedague
Les Roches
Quart-Torrhen
LES TERTRES
Les Rus
Blancport
La Veuve
Fjord de Piquesel
Moat Cailin
Baie d'Enfer
Pouce-Flint
Le Neck
La Morsure
Cap Kraken
Falaises de Flint
Griseaux
Les Trois Sœurs
Les Quatre Doigts
Les Jumeaux
Iles de Fer
Vieux Wick
Cap des Aigles
Grand Wick
Salvemer
Baie du Fer-né
Verfurque
Bleufurque
Les Eyrié
La Porte Sanglante
VAL D'ARRYN
Carte par James Sinclair
Vivesaigues
Ruffurque

Le Sud
Les Trois Sœurs
Les Quatre Doigts
Route Royale
Verfurque
Iles de Fer
Salvemer
VAL D'ARRYN
Les Eyrié
Bleufurque
Le Trident
La Porte Sanglante
Goëville
Pyk
Ruffurque
Culbute
Vivesaigues
Baie des Crabes
Presqu'île de Clacquepince
Harrenhal
Belle Ile
La Dent d'Or
L'Œildieu
Ile aux Faces
Route Royale
Viergétang
Duskendale
Peyredragon
Castral Roc
Port Lannis
Rosby
Route d'Or
Néra
Port-Réal
LE GOSIER
Le Bec de Massey
LE BIEF
Route du Front de Mer
N
Bois-du-Roi
Wend
Torth
Route de la Rose
Pont-l'Amer
Mander
Accalmie
Baie des Naufrageurs
Ashford
Hautjardin
Marches de Dorne
Bois de la Pluie
Cap de l'Ire
Mer de Dorne
Villevieille
Le Bras Cassé
Les Météores
DORNE
Lancehélion
La Treille
Carte par James Sinclair

Achevé d'imprimer en Italie
par Grafica Veneta SpA
le 25 mars 2014
EAN 9782290019443
1er dépôt légal dans la collection : décembre 2009
L21EDDN000220C020

Éditions J'ai lu
87, quai Panhard-et-Levassor, 75013 Paris
Diffusion France et étranger : Flammarion